本書出版受國家古籍整理出版專項經費資助
本書出版受華夏英才出版基金資助

中國古典文學基本叢書

白居易詩集校注

第一册

〔唐〕白居易 著
謝思煒 校注

中華書局

圖書在版編目(CIP)數據

白居易詩集校注:典藏本/(唐)白居易著;謝思煒校注. —北京:中華書局,2017.10(2025.7 重印)
(中國古典文學基本叢書)
ISBN 978-7-101-12747-8

Ⅰ.白…　Ⅱ.①白…②謝…　Ⅲ.唐詩-詩集
Ⅳ.I222.742

中國版本圖書館 CIP 數據核字(2017)第 200890 號

責任印製:管　斌

中國古典文學基本叢書
白居易詩集校注(典藏本)
(全六册)
〔唐〕白居易 著
謝思煒 校注
*
中 華 書 局 出 版 發 行
(北京市豐臺區太平橋西里 38 號　100073)
http://www.zhbc.com.cn
E-mail:zhbc@zhbc.com.cn
三河市宏達印刷有限公司印刷
*
850×1168 毫米 1/32 · 100⅜印張 · 16 插頁 · 2300 千字
2017 年 10 月第 1 版　　2025 年 7 月第 3 次印刷
印數:3501-4000 册　定價:498.00 元

ISBN 978-7-101-12747-8

白樂天曳筇吟行圖

弘安七年（1284）無學翁（無學祖元）題贊

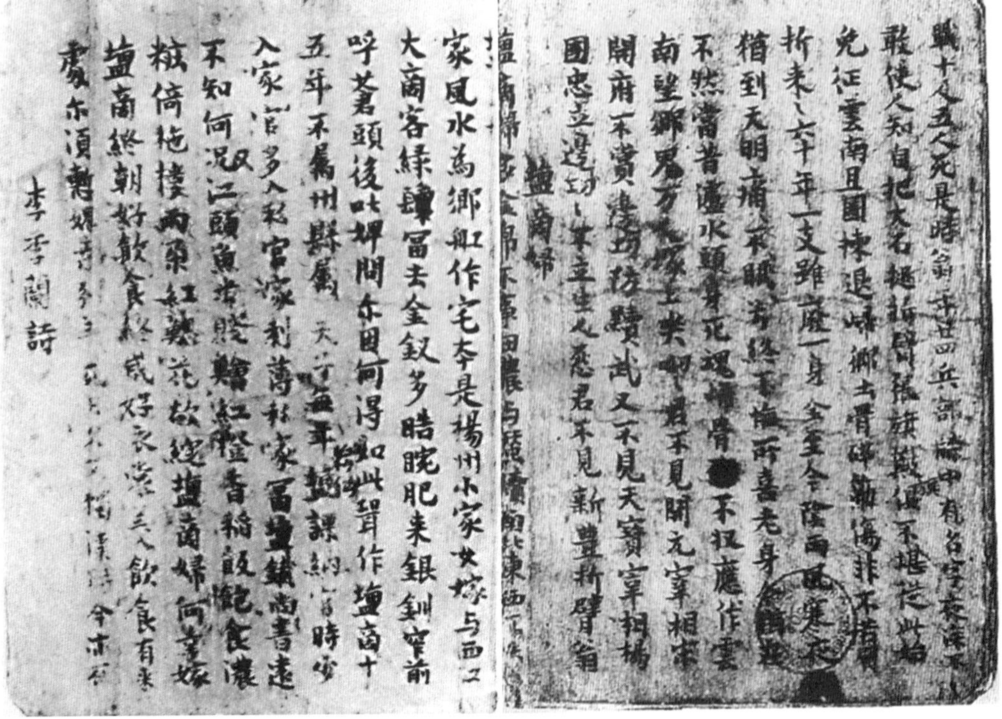

敦煌文書法藏 P.2492（右，尾部）與俄藏 Дx.3865（左，首部）綴接，抄寫白居易等人詩

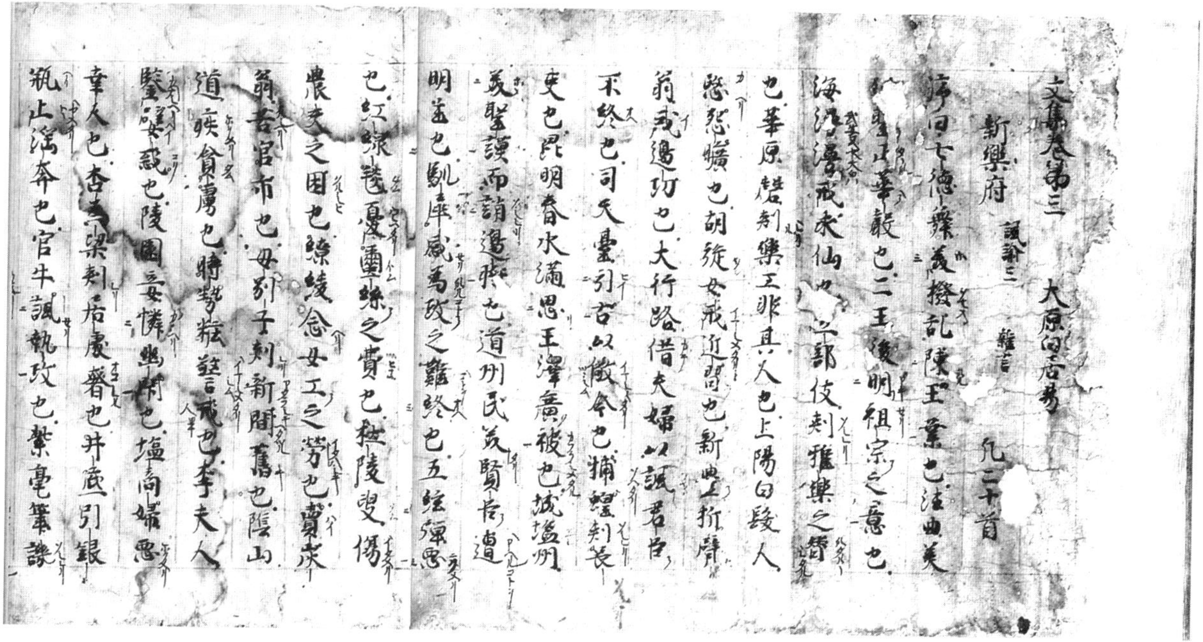

神田本《白氏文集》

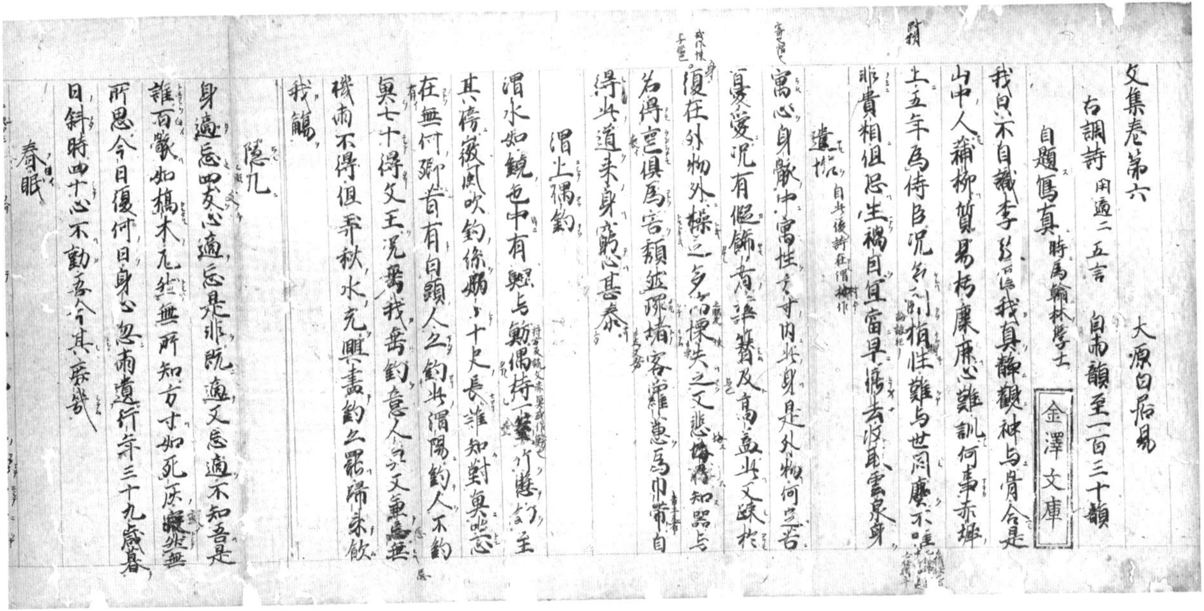
文集卷第六　大原白居易
古調詩　閑適二　五言　自兩韻至一百三十韻
自題寫真　時爲翰林學士
我貌不自識，李放寫我真。靜觀神與骨，合是
山中人。蒲柳質易朽，麋鹿心難馴。何事赤墀
上，五年爲侍臣。況多剛狷性，難與世同塵。不唯
非貴相，但恐生禍因。宜當早罷去，收取雲泉身。
遣懷　自此後詩在渭村作
寓心身體中，寓性方寸內。此身是外物，何足苦
憂愛。況有假飾者，華簪及高蓋。此又疏於
身，復在外物外。操之多惆悵，失之又悲悔。知器与
名，得喪俱爲害。頹然環堵客，蘿蕙爲巾帶。自
得此道來，身窮心甚泰。
渭上偶釣
渭水如鏡色，中有鯉與魴。偶持一竿竹，懸釣在
其傍。微風吹釣絲，嫋嫋十尺長。誰知對魚坐，心
在無何鄉。昔有白頭人，亦釣此渭陽。釣人不釣
魚，七十得文王。況我垂釣意，人魚又兼忘。無
機兩不得，但弄秋水光。興盡釣亦罷，歸來飲
我觴。
隱几
身適忘四支，心適忘是非。既適又忘適，不知吾是
誰。百體如槁木，兀然無所知。方寸如死灰，寂然無
所思。今日復何日，身心忽兩遺。行年三十九，歲暮
日斜時。四十心不動，吾今其庶幾。
春眠

金澤文庫本《白氏文集》

見說居人也寂寥溪畔毒砂藏水弩城頭枯樹下山魈

若於此郡爲卑吏刺史廳前又折腰

曲江醉後贈諸親故

郭東丘墓何年客江畔風光幾日春只合殷勤逐盃酒

不須踈索向交親中天或有長生藥下界應無不死人

除却醉來開口笑世間何事更關身

和元八侍御升平新居四絶句時方與元八卜鄰

看花屋

忽驚映樹新開屋却似當簷故種花可惜年年紅似火

今春始得屬元家

累土山

北京國家圖書館藏殘宋本《白氏文集》

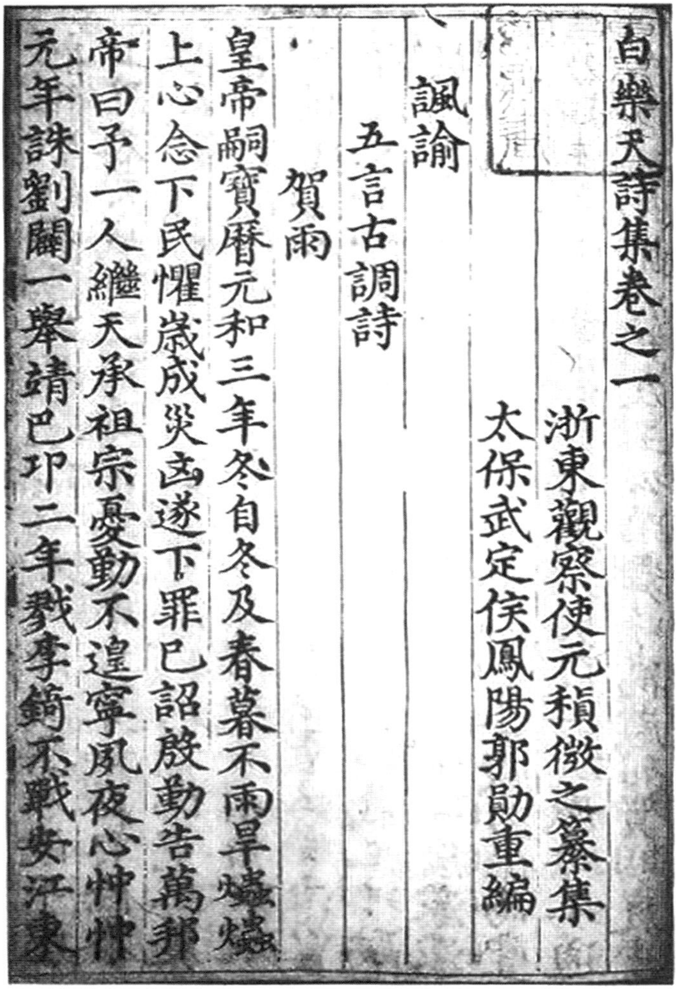

白樂天詩集卷之一

浙東觀察使元稹微之纂集

太保武定侯鳳陽郭勛重編

諷諭

五言古調詩

賀雨

皇帝嗣寶曆元和三年冬自冬及春暮不雨旱爞爞上心念下民懼歲成災凶遂下罪己詔殷勤告萬邦帝曰予一人繼天承祖宗憂勤不遑寧夙夜心忡忡元年誅劉闢一舉靖巴卭二年戮李錡不戰安江東

東京都立圖書館藏明郭勛刻本《白樂天詩集》

前　言

一

唐代偉大詩人白居易存世詩作計二千八百餘首，他生前自編文集（初名《白氏長慶集》，後名《白氏文集》），先後編成五十卷本、六十卷本、六十七卷本、七十卷本及七十五卷定本，並抄寫五部，三部分送寺院，兩部傳付家人①。白居易詩歌創作數量之多，作品保存之完整，在唐代詩人中首屈一指。這是由於他本人非常珍重自己的創作，親自動手編輯整理（其他唐人詩作幾乎都經過宋以後人搜集重編，而且絕大部分詩人是否曾自編詩集及其原貌如何均無從得知）；當然更重要的是由於他的詩作膾炙人口，在當時和後代受到讀者的珍重和喜愛。

白居易詩作受歡迎的程度，他自己在《與元九書》中記述：「昨過漢南日，適遇主人集衆樂娛他賓，諸妓見僕來，指而相顧曰：此是《秦中吟》、《長恨歌》主耳。自長安抵江西三四千里，凡鄉校佛寺、逆旅行舟之中，往往有題僕詩者，士庶僧徒、孀婦處女之口，每每有詠僕詩者。」元稹在《白氏長慶集序》中也談到：「然而二十年間，禁省觀寺、郵候牆壁之上無不書，王公妾婦、牛童馬走之口無不道，至於繕寫模勒、衒賣於市井或持之以交酒茗者，處處皆是。其有甚者，有至於盜竊名姓，苟求自售，雜亂間廁，無可奈何。……又雞林賈人求市頗切，自云：本國宰相每以千金換一篇，其甚僞者宰相輒能辨別之。自篇章以來，未有如是流傳之廣者。」白居易在最後寫定《白氏集後記》中也曾提到，自己手定本之外還有「其日本、新羅諸國及兩京人家傳寫者」之本。今敦煌所見抄本白居易詩及托名「白侍郎」詩作②，晚唐出現、後世多有翻刻的白居易《新樂府》單行本《白氏諷諫》③，日本《文德實錄》、圓仁《入唐新求聖教目錄》、藤原佐世《日本國見在書目》中的記錄，以及現存源自平安時代抄本的多種古抄本《白氏文集》④，可以與上述説法相印證。

白居易身後，自晚唐五代至宋初，白詩仍廣爲流行，使他在近二百年間成爲影響詩壇的最重要詩人。晚唐張爲作《詩人主客圖》，奉白居易爲「廣大教化主」，下列上入室、入室、升堂、及門者計十八人（元稹僅被列爲「入室」）。黄滔稱：「大唐前有李杜，後有元白，信若滄溟無際，華嶽於天。」（《黄御史集》卷七《答陳磻隱論詩書》）陶穀謂：「世稱白傅文行比造化之功，蓋後之學者，若群鳥之宗鳳皇，百川之朝滄海也。秉筆之士出斯道而取位卿相者，十七八焉。」（《龍門重修白樂天影堂記》）晚唐五代出現了一大批詩風宗白的詩人，覆蓋面之廣、影響之持久遠勝於同一時期宗温、李或宗姚、賈者。其中韋莊、杜荀鶴、羅隱、貫休、齊己、徐鉉等詩人，分別爲蜀中、吴國、中朝、南唐等地的詩壇領袖，在他們周圍又有衆多詩友和追隨者。五代入宋後，徐鉉、李昉等人繼續在詩壇上發揮影響，形成宋初的所謂「白體」詩風⑤，並出現了王禹偁這樣作爲文壇主盟者的白體詩人。事實上，在元代方回所説的「宋初三體」（見《桐江續集》卷三十二《送羅壽可詩序》）中，「晚唐體」之名是後來追認的，「崑體」則到真宗時期才出現。從五代至宋初，「白體」（又稱香山體、白樂天體）是延續時間最久、具有主導性的一種詩體。宗姚、賈的晚唐體則與其相互補充，但始終居於下風。直到楊億、劉筠的西崑體和歐陽修、梅堯臣等人的詩文革新先後掃蕩詩壇之後，白體的流行才告一階段。此後，「杜詩韓文」逐漸成爲宋人模仿的經典。按照宋人新的詩學標準，白詩不斷遭到貶抑和指責。但即便如此，白居易本人對兩宋乃至後代詩人的影響，仍然無所不在，在唐代詩人中也僅次於杜甫，而不輸於韓愈、李商隱等人。

白居易的影響是多方面的。其中最引人注目的，首先是他的取材現實生活的叙事型詩歌創作以及與之相配合的淺近通俗的詩風。唐詩中平易近人的作風，被他推到極致，於是才會「王公妾婦、牛童馬走之口無不道」，才有唐宣宗所謂「童子解吟長恨曲，胡兒能唱琵琶篇」（《唐摭言》卷十五），甚至有荆州街子葛清「自頸已下遍刺白居易舍人詩」，被呼爲「白舍人行詩圖」（《酉陽雜俎》前集卷八）這樣的事例。白居易所採用的主要用於叙事的「長慶體」歌行，被韋莊以至清代吳偉業等詩人繼續運用於叙事詩創作。《長恨歌》等作品則成爲宋以後小説、戲曲一再改編重寫的題材來源。白居易在古代朝鮮、日本、越南等地漢字文化圈内所産生的巨大影響，也主要應歸因於這一類創作。白居易影響的另一重要方面，是他所提出的諷諭詩創作理論以及以《新樂府》、《秦中吟》爲代表的創作實踐。自諷諭詩開始，政論詩才真正成爲文人詩寫作的重要内容。李商隱是繼白居易之後的又一政論詩大家。五代時曾有四明人胡抱章和後蜀楊士達作《擬白氏諷諫》五十首，「頗諷時事」（《南部新書》癸集)。諷諭精神在宋初王禹偁等人的詩歌創作中再次得到提倡，並在其後的詩文革新中通過梅堯臣等人得到進一步發揚。在這兩方面之外，白居易在閑適詩(也包括律體及後期的大部分創作)中通過瑣細生活描寫和平易風格所表達的應對人生的態度，對文人詩歌創作及其精神生活可能產生了更持久、更深入的影響。皮日休在詩中稱道他：「處世似孤鶴，遺榮同脱蟬。」(《皮子文藪》卷十《七愛詩・白太傅》)史官也給他做了如下論定：「放心於自得之場，置器於必安之地，優游卒歲，不亦賢乎。」(《舊唐書・白居易傳》)宋人曾指出北宋三位最傑出人物自號中的巧合：「醉翁(歐陽修)、迂叟(司馬光)、東坡(蘇軾)之名，皆出於白樂天詩云。」(龔頤正《芥隱筆記》)白居易精神人格潛移默化的影響於此可見一斑。由於生活境遇的近似和精神境界的内在吻合，閑適詩實際上成爲宋詩人——包括蘇軾和陸游兩位最著名詩人——以及後代多數詩人最主要的創作内容。

然而，上述這些方面又同時給白詩帶來很多批評和指責。「元和已後……歌行則學流蕩於張籍，詩章則學矯激於孟郊，學淺切於白居易，學淫靡於元稹，俱名爲元和體。」(李肇《國史補》卷下)這個由元、白創作引申擴大而來的「元和體」概念，已被白居易的同時代人在含有明顯貶意的情況下引用。如果説李商隱所批評的「推李杜則怨刺居多，效沈宋則綺靡爲甚」(《樊南文集》卷三《獻侍郎鉅鹿公啟》)，還是暗指元、白，杜牧則不留一點情面，借李戡之口直言：「嘗痛自元和已來，有元、白詩者，纖絶不逞，非莊士雅人，多爲其所破壞……淫言媟語，冬寒夏熱，入人肌骨，不可除去。」(《樊川文集》卷九《隴西李府君墓誌銘》)唐末以「澄澹精緻」、「韻外之致」論詩的司空圖則謂：「元、白力勍

而氣孱，乃都市豪估耳。」（《司空表聖文集》卷一《與王駕論詩書》）

在這些批評中，所謂「淫靡」、「綺靡」，是指元、白感傷詩和叙事類作品中與「風情」有關的内容，在作品中專列「豔詩」之目的元稹在這方面程度明顯甚於白居易。白居易本人可能也注意到這種批評（杜牧之文作於開成年間，白居易尚在世），並試圖有所補救⑥。這種批評帶有很明顯的片面性，《新唐書·白居易傳》就稱杜牧之文「蓋救所失不得不云」。後來更有人以杜牧本人的纖豔詩風爲説辭，批駁其立論不當⑦。此外，白詩在整體上被視爲淺切近俗，這一點已得到公認，其鋪張繁富之病遭到如司空圖這樣的詩論家的貶斥。對白詩的批評主要集中於這兩方面。至於諷諭詩論，儘管在創作當時曾給作者帶來很大的政治壓力，但由於它所依據的儒家詩教立場的正統性，後來很少遭受正面責難。

宋人論詩普遍强調含蓄蘊藉，從容不迫，在這種背景下，白詩的「淺」和「俗」便愈來愈爲人詬病。當宋初「白體」流行時，人們曾批評白體（而不是白居易本人）「多得於容易」（歐陽修《六一詩話》）。到北宋中葉以後，對白詩本身的批評明顯增多。其中影響最大的，莫過於蘇軾所下的四字斷語：「元輕白俗。」（《東坡前集》卷三十五《祭柳子玉文》）蘇軾本人對白居易的由衷仰慕和學習，被這四個字完全抵銷了。此外，宋人從「温柔敦厚」的詩教立場出發，對感傷詩乃至諷諭詩創作的具體内容都有所指責，如批評《長恨歌》，「豈特不曉文章體裁，而造語蠢拙，抑已失臣下事君之禮矣」（魏泰《臨漢隱居詩話》）；「其叙楊妃進見專寵行樂事，皆穢褻之語……不若子美詩微而婉也」（張戒《歲寒堂詩話》卷上）；批評《秦中吟》等諷諭詩「察察言……則幾於罵矣」（洪炎《豫章黄先生文集後序》）。北宋中葉以後，杜甫被推爲詩歌集大成者，成爲詩學典範，人們也常常通過白、杜之對比，抑揚其間。世人對白詩輕視的程度，也可以從以下一些人的感慨中看出：「公（韓駒）嘗曰：白樂天詩，今人多輕易也，大可憫矣。」（范季隨《陵陽先生室中語》）「詩到香山老，方無斧鑿痕。……學人稱白俗，真是小兒言。」（張鎡《南湖集》卷四《讀樂天詩》）作爲這種風氣的集中反映，北宋後期出現了一則著名的傳言：「白樂天每作詩，令一老嫗解之，問曰解否？嫗曰解則錄之，不解則易之。故唐末之詩近於鄙俚。」（惠洪《冷齋夜話》）儘管這則傳言明顯出於杜撰，當時和後世一再有人出來辯駁⑧，但它却迎合了人們需要將某些詩人詩風類型化、極端化的心理，從此不脛而走，婦孺皆知，「老嫗能解」已成爲白詩無法抹去的標簽。

這樣來看，宋以來人們對白居易的閲讀和接受實際上已劃分爲兩個不同層面，一個是大衆傳説的層面，在這個層面上白居易被類型化和高度簡約化了，就像人們熟知鐵杵磨針和力士脱靴的李白一樣。另一個是文人的和學者的層面，他們應該是直接和全面閲讀白居易作品的，對白居易的認識也應當是比較全面的。儘管後者時時努力矯正前者形象的偏頗，但前者的類型形象對後者也始終有着强烈影響，乃至近幾十年來編寫的文學史教科書仍然在塑造帶有這種類型化特點的詩人形象，只不過角度稍稍有所調整。

二

文學研究，包括文學注釋，是文學接受的學術性部分和基礎工作。唐詩的接受情況，自然也反映到對它的研究和注釋中。宋人有千家注杜之説，説明杜詩在當時所具有的文學範本意義，就如唐人注《文選》一樣。但唐宋兩代，這種被選擇爲注釋对象的文學範本，只集中於少數幾種典籍。除杜詩外，宋代只有韓愈文（連帶地全部韓集）以及蘇軾、黄庭堅等幾個有特殊地位的宋代詩人纔有注本。即便像李白這樣重要的詩人，直到南宋後期纔有一個很簡陋的楊齊賢注本。在白居易主導詩壇的二百年間，恰恰是文學教育衰退的時期，没有出現任何像樣的文學注本。到文學注本大量産生的北宋中後期，「白俗」的説法已佔據了上風，白居易的地位已被杜甫完全取代。明清時期，文學注本的範圍有所擴大，李白、王維、李賀、李商隱、杜牧、温庭筠等唐代詩人都已有了有相當影響的注本。這些注本不一定像《文選》注、杜詩注那样承擔指導寫作的任務，其産生可能更多地出自注釋者個人的閲讀興趣，反映了唐詩閲讀和研究範圍的擴大。這類注本應當屬於研究性注本。但直到近代，白居易詩却始終没有注本産生，不能不説是白詩研究中的一大遺憾。

事實上，如上所説，在文人和學者圈子裏，由於白詩潛移默化的巨大影響，即便在宋代它也並没有被忽視。宋代有大量白集印本，説明對白詩的閲讀需要是始終不衰的。南宋著名學者陳振孫編有《白文公年譜》，是除杜甫、韓愈之外宋人所編爲數不多的唐代詩人年譜之一。在他之前，李璜已有白氏年譜(不傳)，計有功的《唐詩紀事》也做了類似工作。在沈括《夢溪筆談》、葉夢得《避暑錄話》、吳曾《能改齋漫錄》、洪邁《容齋隨筆》、程大昌《演繁露》、王楙《野客叢書》等學術性筆記中，都有大量篇幅考證白詩所涉及的各類史事、制度、風俗、典故和語言問題。此外，各種詩話中對白詩的賞鑒評判資料也極爲豐富。明代也有多種白集刊本，還出現了由郭勛分刻的《白樂天詩集》和《白樂天文集》。清康熙間汪立名刊行《白香山詩集》，在陳振孫所編年譜基礎上，對白詩編年做了更細緻的考訂，並嘗試復原白集前後集分編的原貌。此外，查慎行的《白香山詩評》，盧文弨、何焯等人所作的白集校勘，也都具有重要的學術價值。

然而，白詩的完整注釋工作始終没有人做。推究其原因，也許首先與「老嫗能解」這樣的習慣認識有關。就像戲曲小説和白話詩在過去很難成爲學者關注的對象，注家極難甘冒淺陋無學之名與流行觀念挑戰，去爲極俗的白詩做注。此外，注家不屑爲白詩做注，確實與白詩自身的一個重要特點有關，即絶大部分白詩均題旨明白，即便採用寓言形式，也會明確交待寓意所指。自宋以來，由於比興寄托詩説的影響，文學注釋工作的重點往往在那些寓意隱曲乃至衆説紛紜的作家作品。愈是晦澀難懂的作品愈易引起「研究」的興趣，這倒也符合常理。作品總的題旨明白，細節問題也就相對容易理解或被忽視，對注釋的需要也相對減低，那些長於索隱附會的注家當然也就無用武之地。因此，到文學注釋日益學術化的清代，李商隱詩便成爲這方面的代表，出現了衆多注本。舊注釋學的這種偏頗造成很多流弊，我們在杜甫、李白等大家的注釋中已看到太多的不顧作品原意的穿鑿附會之説。白詩中僅有極少數作品如《長恨歌》曾遭遇類似的生剝曲解，説明它對這種過分的解釋具有一種天然的抵抗力，因此不合注家的口味。

但與上述情況完全相反的另一面是，白詩無注，其實不是由於它無須注、太易懂，而是因爲白詩卷帙浩繁，涉及問題太多，清代學者已有難措手之憾。汪立名《白香山詩集序》云：「白詩日在人口，獨無披榛莽而掃蕪穢者，徒以公詩視唐人獨富，辟如營丘濬壑則日求增拓爲快，若黄河千里，望洋而歎，但能考星宿於圖經而不暇躬泝其源流之分合也。」由於缺少前人校勘、注釋工作的積累，又由於聚書不易、頭緒煩雜、書寫繁重等原因，要對篇幅超出其他唐人文集至少一倍以上的白集進行全面的校理注釋，對於勤於著述的清代學者來説也是非常艱難的工作。事實上，在當時我們尚未見到卷帙如白詩之巨的其他文學注本。如仇兆鰲注杜詩，杜詩篇目僅及白詩一半，又有宋以來大量注本參考，仇氏尚爲此付出幾乎畢生精力。因此，清代學者有意治白詩者，也多限於校勘工作。汪立名用力最多，曾對若干篇章中的部分問題酌加箋釋，「雖不能篇篇皆備，而引據典核，亦勝於注書諸家漫衍支離」（《四庫全書總目提要》）。在他之後，趙翼、翁方綱等人對白詩還多有評論，但再無超過汪著的進一步成就。

從清後期迄今，唐詩乃至其他古代文學作品的閲讀研究重點在不斷遊移之中，但總的來看，從新的歷史觀和學術視野出發，文學研究愈趨全面客觀，研究性的注釋工作也愈趨深入廣泛。二十世紀上半葉，幾乎在同一時期，傑出歷史學家陳寅恪和岑仲勉兩人的研究領域均延伸到白居易。其中陳著《元白詩箋證稿》，主要從政治和社會史研究入手，從《新樂府》、《長恨歌》等代表作品中發掘史料，並以元、白爲個案例證深入剖析唐代社會風習。岑仲勉除對白集版本源流進行深入考證外，還以竭澤方式鈎稽各種史料，考訂人物世系、行第、官職等問題。他們的研究方式和關注問題有所不同，但同樣採用客觀的歷史研究方法，將文學史料視爲全部歷史材料的有機組成部分，力圖爲文學闡釋提供真實可靠的歷史背景説明乃至各種細微的歷史人事綫索，以此取代舊注釋學的索隱比附方法。他們的研究對唐代文學研究和唐史研究産生了深遠影響，至今白居易研究乃至中唐文學研究仍是史學與文學研究相互滲透、結合最爲緊密的領域之一。在他們之後，八十年代朱金城出版《白居易集箋校》，除對白集進行全面校勘外，繼續岑仲勉的歷史考證工作，對白集所涉及的歷史事件、人物交遊、地理方物、官職制度等問題全面加以箋釋，取得了遠超於清人的研究成果。

三

爲白居易詩提供一個完整全面的注釋本，在學界早有醖釀。箋釋本因體例所限，着重箋釋寫作背景與人事地理，與全面的注釋工作尚有距離。《白居易詩集校注》的編撰爲彌補這一缺憾，力求在充分利用各種校勘資料、全面總結前人研究成果的基礎上，爲白居易全部詩歌作品所包含的各種問題提供詳實注釋。與其他詩文注釋的工作方法基本相同，本書的注釋内容也大致包括三方面：一、史實與社會生活；二、用典；三、語言。

在唐代政治社會史與白詩關涉方面，《元白詩箋證稿》提供了典範性的研究成果。其他歷史背景、人事地理和白詩所涉及的社會生活内容，朱金城《箋校》也有較充分的説明。在此基礎上，本書將汲取唐史研究的最近成果，不再只是選擇性的而是對白詩全部作品所涉及的各種問題，諸如制度朝章、官職服飾、農桑商貿、日用百工、房舍建築、四時習俗、婚喪禮儀、歌舞伎藝乃至象戲博弈之類，都通過鉤稽史料，提供盡可能詳實的説明。宋人程大昌説：「樂天詩最爲平易，至其鋪叙物制，如有韻之記。」（《演繁露》卷十三）通過全面的注釋工作可以看到，白詩的各種描寫包括很多細節，都可以從史料中得到印證。白詩本身也提供了很多唐代社會生活的史料，其例不勝枚舉。此外，運用日本古抄本等新的校勘資料，一些疑難或被忽略的問題也可找到新的解決綫索。如《新樂府·蠻子朝》（本書卷三 0140）：「蠻子導從者誰何，摩挲俗羽雙隈伽。」二句向稱難解。日本古抄本「摩挲」作「磨些」。根據《新唐書·南蠻傳》「磨蠻、些蠻與施、順二蠻皆烏蠻種」，「異牟尋畏東蠻、磨些難測」的記載，可大概斷定此句是説南詔導從羽儀出自磨些之族。白居易個人生活的一些問題，也需結合相關歷史環境做進一步考察。如白居易晚年常以「逋客」自稱，一般情況下可能被理解爲只是表達退隱之意。但如《喜老自嘲》（卷三十七 2783）所云：「名籍同逋客，衣裝類古賢。」實際是指其久居洛陽，爲寄住户或衣冠户，性質類同客户。這是唐代士人規逃賦税的慣常做法，由此我們也可瞭解白氏退居洛陽的另一層社會原因。

在白詩所涉及的地理、人事方面，本書也對前人考釋成果有所補充修正。如《遊悟真寺詩一百三十韻》（卷六0261）所記「寫經僧」，經考證爲法誠事蹟，見道宣《續高僧傳》。《新樂府・陰山道》（卷四0156）所謂「合羅將軍」，應據日本抄本作「合闕將軍」，即新舊《唐書・回紇傳》之「合闕達干」。《黑潭龍》（同卷0168）之「黑潭」應指仙遊寺潭，與炭谷湫或黑龍飲渭之説無關。《送文暢上人東遊》（卷十三0649）之「文暢」，爲南泉普願弟子，見於《宋高僧傳》，與《香山避暑二絶》（卷三十三2412）之香山寺「暢師」無關。《别蘇州》（卷二十一1426）詩中所言之「滸水」，即蘇州滸墅河，非常熟以北之許浦。《天津橋》（卷二十八2066）所言之「窈娘堤」，在洛水上，因傳説喬知之妾窈娘投洛水而得名。《開成二年三月三日河南尹李待價以人和歲稔將禊於洛濱》（卷三十三2458）之「倉部郎中崔晉」，當依日本抄本作「崔瑨」，見《唐郎官石柱題名考》，又見《舊唐書・崔珙傳》，爲珙弟。《和李中丞與李給事山居雪夜同宿小酌》（卷三十六2707）：「憲府觸邪峨豸角，瑣闈駮正犯龍鱗。」注：「二人當官盛事，爲時所稱也。」此「李給事」爲李中敏，其上言斬鄭注雪宋申錫冤事，見《舊唐書》本傳，等等。

白詩用典之多、語料之豐富，不遜於任何唐代詩人。由於無前人注釋可參考，注釋工作的繁難在很大程度上產生於此。前人因輕視白詩，不自知學識不廣，往往導致刊刻中誤會誤改。一般人讀白詩，也可能滿足於明白大意，而忽略了許多問題。歷代學者在白詩校勘中，已指出了一些錯誤。如南宋彭叔夏《文苑英華辨證》就曾指出：《賀雨》（卷一0001）「已責寬三農」用《左傳》語，刊本誤爲「責己」。清王應奎《柳南隨筆》指出：《池上篇》「如鼃居坎」用《莊子・秋水》篇語，「近世相沿誤刻，前明如董尚書，今如王吏部，皆喜寫《池上篇》，而鼉字不免沿誤作黿（俞樾《茶香室叢鈔》卷八引）」。又如《夜送孟司功》（卷十七 1038）：「潯陽白司馬，夜送孟功曹。」「白司馬」日本古校本作「魚司馬」，平岡武夫校本以爲「魚」爲「魯」字之破體，指晉良吏魯芝。傅璇琮先生指出，「魚」字並非破體，此用何遜《日夕望江山贈魚司馬》詩意。類似的誤刊之例，在校勘和注釋中仍時有發現。如《寓意詩五首》之一（卷二 0090）：「不如糞上英，猶有人掇之。」用石崇《王明君詞》「昔爲匣中玉，今爲糞上英」語，而被明刻改爲「糞土英」。又如《送陳許高僕射赴鎮》（卷三十一 2241）：「敦詩閱禮中軍帥，重士輕財大丈夫。」「閱禮」當作「説禮」，用《左傳》僖公二十七年「説禮樂而敦詩書」語，刊本均誤。這些用例均出自常見典籍，只是由於輕視白詩，未有人認真爲其作注，以致讀書莽鹵者相沿誤會，長期未能糾正。

白詩用佛典之語甚多，其中被誤會之例可能更不易覺察。如《香山居士寫真詩》（卷三十六 2688）：「勿歎韶華子，俄成婆叟仙。」「婆叟仙」即婆藪仙，爲密教胎藏界曼荼羅所繪二十八部衆之一，明刻及《全唐詩》等均作「皤叟仙」，顯然不明其所指。又如《歲暮寄微之三首》之二（卷二十四 1654）：「龍鍾校正騎驢日，顦顇通江司馬時。若並如今是全活，紆朱拖紫且開眉。」「全活」，唯日本抄本作「王活」。此用波斯匿王卧聞二内官相爭「依王活」、「自業力活」故事，見《雜寶藏經》，亦爲《法苑珠林》所引。這個故事頗爲流行，唐代曾有一個改寫的魏徵聞二典事相爭的故事（見《朝野僉載》，《太平廣記》卷一百四十六亦引）。刊本因不明其意，而改爲不知所云的「全活」。

在詩歌語言的其他方面，宋人曾指出：「親家翁、開素、鵲填河，皆俗語。白樂天用俗語爲多。」（朱翌《猗覺寮雜記》卷上）由於敦煌文獻、禪宗文獻提供了大量新的唐五代語言材料，近幾十年漢語史唐五代階段的研究取得了極大進展。在語言史研究中，白詩由於保留大量唐代俗語，常常作爲傳世文獻材料被引用，與敦煌文獻等相印證。除民間俗語外，白詩還提供了很多唐代官場及其他社會場合的流行語材料。這些方面的研究成果極爲豐富，本書注釋亦受賜極大。這裏只舉兩個語音方面的例子。《贈鄰里往還》（卷二十八 2017）：「骨肉都盧無十口，糧儲依約有三年。」「都盧」即都（全都），《廣韻》、《集韻》「都」均無又讀，可見「都盧」即是唐人對「都」（全都）的記音，二字連讀即今語之音。《老熱》（卷二十九 2144）：「亦無別言語，多道大悠悠。」「大」日本抄本注：「音拖。」《禮記·曲禮上》鄭玄注：「裘大溫。」《經典釋文》：「大音泰。徐他佐反。」白詩讀音正同。又《藍田劉明府攜酎相過與皇甫郎中卯時同飲醉後贈之》（卷三十一 2253）：「不爲劉家賢聖物，愁翁笑口大難開。」「大」讀音亦同。敦煌文書P. 3125闕題詩：「春來分付與日頭，冬天没衣總獨卧。連竹色淒三個婦，數内最他阿林大。」卧、大押韻，讀音亦同白詩。「大悠悠」在敦煌文獻和禪宗典籍中屢見，讀音均應同白詩。此字在元雜劇和明清小説中多寫作「忒」，今書面語作「特」，仍是一個使用頻率極高的詞。

綜合用典和語言來看，白詩注釋的任務應包括三方面：首先，給出所有前代文獻和書面語出典，確定白詩思想和語言表達的延承關係；其次，盡可能充分地給出同代語言用例，確定白詩作爲斷代語言標本的意義； 再次，尋找白詩特有的語言表達和藝術處理方式，確認詩人的個性及其藝術創造性。一個好的文學注本，應當能承擔起這三方面的任務。當然，在完成任務的具體工作中，本書尚有許多不足。

自二十世紀五十年代以來，《白氏文集》的多種刊本、抄本珍貴資料陸續刊布，爲白詩研究提供了前所未有的便利條件。同時，唐史和唐文學研究、敦煌學研究、唐五代語言研究也取得了極大進展，爲白詩研究和注釋提供了多方面可資借鑒的研究成果，使後人有可能百尺竿頭更進一步，嘗試前人未能完成的工作。近十餘年來文獻典籍數字化處理技術的發展，更使文史研究的工作方式發生根本性的變化，使注釋所依賴的繁重的資料積累和文獻檢索工作達到前人無法想像的便捷程度，極大地降低了勞動强度，加快了工作速度，减少了錯漏。《白居易詩集校注》的編撰是拜無數學術前輩所賜，也是拜時代所賜，拜良好社會環境和技術進步所賜。儘管如此，這樣一部含有近三千首詩、數萬條校語和注釋、涉及許多複雜問題、以百萬字計的注本，因校注者學識和能力所限，難免仍會留有許多錯漏和未解决的問題。此外，深感遺憾的是，仍有一些珍貴校勘資料本書未能利用。如日本管見抄本，全文仍未公布，本書只能以轉引方式引用部分内容。又如清代藏書家已謂罕見的武定侯家（郭勛）刻本《白樂天詩集》，日本東京都立圖書館藏有一部，本書也只能通過轉引引用了其中很小一部分。這些缺憾只能留待以後設法彌補了。

【注釋】

①參見元稹《元氏長慶集》卷五十一《白氏長慶集序》，白居易《白氏文集》卷二十一《後序》，卷七十《東林寺白氏文集記》、《聖善寺白氏文集記》、《蘇州南禪院白氏文集記》，卷七十一（那波道圓本）《白氏集後記》。

②有關敦煌所見白居易詩及托名之作，參見王重民《敦煌古籍叙録》，商務印書館一九五八年；黄永武《敦煌的唐詩》，洪範書店一九八七年；徐俊《敦煌詩集殘卷輯考》，中華書局二〇〇〇年。

③參見王重民《敦煌古籍叙録》；太田次男《白氏諷諫明刊本について》，《日本中國學會報》第30集（一九七八年）；謝思煒《白居易集綜論》上編《明刻本白氏諷諫考證》，中國社會科學出版社一九九七年。

④參見花房英樹《白氏文集の批判的研究》，朋友書店一九六〇年；太田次男《舊鈔本を中心とする白氏文集本文の研究》，勉誠社一九九七年；謝思煒《白居易集綜論》上編《日本古抄本白氏文集的源流及校勘價值》。

⑤參見賀中復《論五代十國的宗白詩風》，《中國社會科學》一九九六年第五期。

⑥證據之一是，白居易在《與元九書》中曾説：「如今年春遊城南時，與足下馬上相戲，因各誦新艷小律，不雜他篇。自皇子陂歸昭國里，不絶聲者二十里餘。樊、李在旁，無所措口。」而在現存白集中，很難指實哪些作品屬於這些「新艷小律」，看來已被作者删除。又《才調集》卷一所收《江南喜逢蕭九徹因話長安舊遊戲贈五十韻》一篇，艷情成分較重，而不載於《白氏文集》，如此長篇也不大可能是偶然遺漏，而是被有意剔除的。

⑦見葉夢得《避暑録話》餘話卷下、楊慎《升庵詩話》卷九等。

⑧見魏慶之《詩人玉屑》卷八《煆煉》引張文潛、苕溪漁隱説，汪立名《白香山詩集》後集卷五《詩解》評語等。

凡例

一、本書爲白居易全部存世詩歌的校注本，收入《白氏文集》中的全部詩歌作品及集外佚詩。

二、本書以一九五五年文學古籍刊行社影印宋紹興刻本《白氏文集》七十一卷（簡稱紹興本）爲底本，屬於這一系統的《白氏文集》爲先詩後筆本，即其中的卷一至卷三十七爲詩，其餘卷爲文。本書保留底本卷一至卷三十七的原有編次，底本其餘卷中的詩歌作品附於卷三十七末。《白氏文集》的另一版本系統爲前後續集本，日本那波道圓翻刻朝鮮刻本及金澤文庫本等日本古抄本屬於這一系統。以紹興本和那波道圓本爲例，這兩個系統本子中詩歌卷的對應關係是：卷一至卷二十相同，那波本卷五十一至卷五十八相當於紹興本卷二十一至卷二十八，那波本卷六十二至卷六十九相當於紹興本卷二十九至卷三十六，那波本卷七十一相當於紹興本卷三十七。

三、本書以以下各本參校：

（一）敦煌文書法藏P. 2492與俄藏Дх. 3865綴合詩文叢抄卷白居易詩（徐俊《敦煌詩集殘卷輯考》錄文。簡稱敦煌本）。

（二）《四部叢刊》影印日本元和四年（一六一八）那波道圓翻刻朝鮮刻本《白氏文集》（簡稱那波本。影印本中的訛誤據原刊本校正）。

（三）北京國家圖書館藏宋刻殘本《白氏文集》（存十七卷。與本書底本相關各卷爲卷十三至十六、卷二十六至三十四。簡稱殘宋本）。

（四）明萬曆三十四年馬元調刻本《白氏長慶集》（簡稱馬本）。

（五）清康熙四十三年汪立名一隅草堂刻本《白香山詩集》（簡稱汪本。附載宋陳振孫編《白文公年譜》，簡稱陳《譜》。汪立名編《白香山年譜》，簡稱汪《譜》）。

（六）《白氏諷諫》：

北京國家圖書館藏明正德年間曾大有刻本（簡稱曾本）；

北京國家圖書館藏明公文紙印本（簡稱公文本）；

中華書局一九五八年影印清光緒十九年費念慈影刻宋本《新雕校正大字白氏諷諫》（簡稱光緒本）。

（七）北京國家圖書館藏失名臨清何焯校《白香山詩集》（簡稱何校）及轉録黄（一説黄丕烈，一説黄儀）校。

（八）清查慎行《白香山詩評》校語（簡稱查校）。

（九）清盧文弨《羣書拾補》校《白氏文集》（簡稱盧校）。

（十）上海古籍出版社二〇〇四年據北京故宫博物院圖書館藏抄補本影印明胡震亨編《唐音統籤》。

（十一）清康熙四十六年揚州詩局刊《全唐詩》。

（十二）日本東京都立中央圖書館藏明正德十二年郭勛刊本《白樂天詩集》（簡稱郭本。據太田次男、小林芳規《神田本白氏文集の研究》轉引卷三、四部分）。

（十三）岑仲勉《論白氏長慶集源流並評東洋本白集》（簡稱岑校）。

（十四）中華書局一九七九年出版顧學頡校點《白居易集》（簡稱顧校）。

（十五）上海古籍出版社一九八八年出版朱金城箋校《白居易集箋校》（簡稱朱《箋》）。

以下爲各種日本古抄本及校勘本：

（十六）日本勉誠社一九八二年出版太田次男、小林芳規著《神田本白氏文集の研究》影印神田喜一郎藏日本嘉承二年抄《文集》卷三、四（簡稱神田本）。

（十七）金澤文庫本：

日本勉誠社一九八三至一九八四年影印《金澤文庫本白氏文集》（與本書底本相關各卷爲卷三、四、六、九、十二、十七、五十二、五十四、六十二、六十三、六十五、六十八）；

日本臨川書店二〇〇一年出版《國立歷史民俗博物館藏貴重典籍叢書》文學編第二十一卷影印《白氏文集》（與本書底本相關卷爲卷八、十四。以上均簡稱金澤本）。

（十八）日本京都大學人文科學研究所一九七一至一九七三年出版平岡武夫、今井清校定《白氏文集》（簡稱平岡校）。

（十九）日本勉誠社二〇〇三年出版《白居易研究年報》第四號影印、靜永健翻字解題東京國立博物館藏（平安時代）古筆切《白氏文集》卷六十六（簡稱東博本）。

又據平岡武夫、今井清《白氏文集》、太田次男、小林芳規《神田本白氏文集の研究》、太田次男《舊鈔本を中心とする白氏文集本文の研究》（日本勉誠社一九九七年。以上二書簡稱太田校）諸書轉引以下抄本：

（二十）日本内閣文庫藏《重鈔管見抄》（簡稱管見抄本）。

（二十一）日本東大寺圖書館藏《白氏文集要文抄》（簡稱要文抄本）。

（二十二）日本斯道文庫藏《重鈔文集抄》（簡稱文集抄本）。

（二十三）日本宮内廳書陵部藏藤原時賢寫本（簡稱時賢本）。

（二十四）日本高野山三寶院藏鐮倉時代寫本（簡稱高野本）。

（二十五）日本愛知縣猿投神社藏文和二年寫本（簡稱猿投文和本）。

（二十六）上野精一藏建保四年寫本（簡稱上野本）。

（二十七）日本東洋文庫藏寫本（簡稱東洋文庫本）。

（二十八）日本真福寺藏南北朝室町初期寫本（簡稱真福寺本）。

（二十九）某家藏後二條家院政期以前寫本（簡稱後二條本）。

（三十）日本慶安三年片山舍正刊本（簡稱慶安本）。

（三十一）日本醍醐三寶院藏鎌倉寫本（簡稱醍醐寺本）。
（三十二）傳日本伏見天皇臨模本（簡稱御物本）。
（三十三）日本京都大學附屬圖書館藏鎌倉寫本四種（簡稱京大本）。
此外，又據花房英樹《白氏文集の批判的研究》轉引：
（三十四）日本前田尊經閣文庫藏天海僧正校本（簡稱天海校本）。
四、本書並以以下諸總集參校：
（三十五）《文苑英華》：
北京國家圖書館藏宋嘉泰元年至四年周必大刻本（存卷二百三十一至二百四十、二百五十一至二百六十、二百九十一至三百、六百零一至七百）；
北京國家圖書館藏明抄本甲本（存九百九十六卷）、乙本（存九百四十卷）；
日本靜嘉堂文庫藏明抄本（據平岡武夫、今井清《白氏文集》轉引，部分據《日本實踐女子大學文藝資料研究所年報》第二十一號影印靜嘉堂文庫藏明鈔本《文苑英華》所載《新樂府》）；
中華書局一九六六年影印明隆慶刊本。
（三十六）北京國家圖書館藏宋紹興九年臨安府刻本《唐文粹》。
（三十七）《四部叢刊》影印述古堂鈔本《才調集》。
（三十八）《四部叢刊》影印明汲古閣刊本《樂府詩集》。

（三十九）明嘉靖談愷刊本《太平廣記》。

五、本書凡底本明顯訛脱衍倒而别本可據者，據别本校改。底本與别本異文兩通者均出校。别本顯誤或晚出本明顯偏離早期本的增改變動（如馬本所增音注），概不出校。别本異文雖不足據但有可能産生疑義者，酌情出校。校記爲求簡明，異文出校通常以早期通行本爲代表，晚出因襲者不再一一臚列。日本抄本異文亦以重要本爲代表，其他各本不詳列。那波本與底本相校，缺少所有細字題注、夾註，亦不再一一説明。底本中的避諱缺筆字、常見俗寫字及版刻變異字均徑改爲通行體，必要時在校記中説明。底本及參校本同題數首作品表示格式不一，本書均統一爲一題，不再保留「又一首」、「其二」等格式。

六、白詩向無注。近代始有陳寅恪著《元白詩箋證稿》，朱金城著《白居易集箋校》。此外，中國、日本學者又有多種選注本。日人佐久節有《白樂天詩集》，是對汪立名《白香山詩集》的全注本，然極簡略。本書在編年、行蹤、交遊、時事等方面，依據朱著尤多。此外，亦儘量汲取參酌歷代以至近期與白詩訓釋有關的各方面研究成果。凡有參照，均在注釋中一一説明。本書注釋力求詳明，凡與白詩内容理解、詞語訓釋相關有文獻典據可證或有助參考者，均給出文獻來源。引文有節取處，均以删節號標明。

七、除注釋之外，歷代有關白詩作品的評論分析材料亦極爲豐富。本書擇取其中確實關乎題旨理解的代表性意見附於各篇之後，不求詳備，一般性的技法評論或籠統空泛的風格評點概不録。

八、本書《外集》收録集外佚詩，主要參考胡震亨《唐音統籤》、汪立名《白香山詩集》、清修《全唐詩》、陳尚君輯校《全唐詩補編》（含王重民等《全唐詩外編》、陳尚君《全唐詩續拾》）、顧學頡《白居易集》、朱金城《白居易集箋校》等。歷代已經辨明之僞作以及未能判定之作，亦附録備考。

九、本書後附《白居易年譜簡編》，參照陳振孫、汪立名、顧學頡、朱金城諸家所作，其中朱著所附《簡譜》及單行《白居易年譜》最爲詳密，然亦間有修正。

十、本書爲全部白詩作品統一編號（三十七卷之外作品及《外集》作品單獨編號）。但由於本書所據底本爲先詩後筆本，又白詩中所含序文（如《新樂府》序）等均不視爲獨立作品，未予編號，所以本書編號與日本學者採用的花房英樹所作《白氏文集》編號未能一致。書後另附篇目索引，以便檢索。

白居易詩集校注目録

白居易詩集校注卷第二……一四一

白居易詩集校注卷第三……二六七

白居易詩集校注卷第四……三五七

白居易詩集校注卷第七……五九三

閑適三　古調詩五言　五十八首

白居易詩集校注卷第八

閑適四　古調詩　五言七言　凡五十七首

長慶二年七月自中書舍人出守杭州

白居易詩集校注卷第九

感傷一　古調詩五言　五十五首

白居易詩集校注卷第十二

感傷四　歌行曲引雜言　凡二十九首

白居易詩集校注卷第十三……九七七

白居易詩集校注卷第十五 一一四九

白居易詩集校注卷第十七

白居易詩集校注卷第十九……一五〇一

白居易詩集校注卷第二十

律詩　五言　七言　凡一百首

格詩歌行雜體　凡五十七首

白居易詩集校注卷第二十二……一七二一

格詩雜體　凡六十首

白居易詩集校注卷第二十三……一七九五

律詩　凡一百首

白居易詩集校注卷第二十六……二〇二九

律詩　五言　七言　凡一百首

白居易詩集校注卷第二十七

律詩　五言　七言　凡九十首

白居易詩集校注卷第二十八……二一七九

律詩　五言　七言　凡一百首

白居易詩集校注卷第二十九

格詩歌行雜體　凡四十七首

白居易詩集校注卷第三十一

白居易詩集校注卷第三十四 …… 二五六五

律詩　凡七十五首

白居易詩集校注卷第三十六……二七〇七

半格詩　律詩附　凡九十五首

白居易詩集校注卷第三十七……二七八七

律詩　五言　七言　凡一百首

白居易詩集校注外集卷上……二八五五

白居易年譜簡編

引用書目

後記

篇目索引

白居易詩集校注卷第一

諷諭一　古調詩五言　凡六十五首①

賀雨

皇帝嗣寶曆，元和三年冬。自冬及春暮，不雨旱爞爞。上心念下民，懼歲成災凶。遂下罪己詔，殷勤告萬邦②。帝曰予一人，繼天承祖宗。憂勤不遑寧，夙夜心忡忡。元年誅劉闢，一舉靖巴邛③。二年戮李錡，不戰安江東。顧惟眇眇德，遽有巍巍功。或者天降沴④，無乃儆予躬。上思答天戒，下思致時邕。莫如率其身，慈和與儉恭。乃命罷進獻，乃命賑饑窮。宥死降五刑，已責寬三農⑤。宮女出宣徽，厩馬減飛龍。庶政靡不舉⑥，皆出自宸衷。奔騰道路人，傴僂田野翁。歡呼相告報，感泣涕沾胸。順人人心悦，先天天意從。詔下纔七日，和氣生沖融。凝爲悠悠雲，散作習習風。晝夜三日雨，淒淒復濛濛。萬心春熙熙，百穀青芃芃。人變愁爲喜，歲易儉爲豐。乃知王者心，憂樂與衆同。皇天與后土，所感無不通。冠珮何鏘鏘，將相及王公。蹈舞呼萬歲，列賀明庭中⑦。小臣誠愚陋，職忝金鑾宮。稽首再三拜，一言獻天聰。君以明爲聖，臣以直爲忠⑧。敢賀有其始，亦願有其終。（0001）

【校】

①〔六十五首〕此卷實有六十四首。

②〔告萬邦〕「告」馬本、《唐音統籤》、汪本作「制」。

③〔靖巴邛〕「靖」《文苑英華》作「清」。

④〔天降沴〕「天」《文苑英華》明刊本作「大」，抄本校：「一作大。」

⑤〔已責〕紹興本、那波本、馬本作「責己」，文集抄本、《唐音統籤》作「已責」。彭叔夏《文苑英華辨證》：「責己句用《左傳》晉悼公已責事，謂止逋責也。而集本、《文粹》並作責己。上文已云下罪己詔，此不應又云責己。」汪本、盧校從其説。據文集抄本、彭校、《唐音統籤》改。

⑥〔靡不舉〕《文苑英華》明刊本作「無不舉」。

⑦〔明庭〕《文苑英華》明刊本作「朝庭」。

⑧〔直爲忠〕《文苑英華》明刊本作「真爲忠」。

【注】

陳《譜》、汪《譜》、朱《箋》：作於元和四年（八〇九），長安。

〔諷諭〕白居易《與元九書》（《白氏文集》卷四五）：「自拾遺來，凡所適、所感，關於美刺興比者；又自武德迄元和，因事立題，題爲『新樂府』者，共一百五十首，謂之『諷諭詩』。……謂之『諷諭詩』，兼濟之志也。」班固《兩都賦序》：「或以抒下情而通諷諭，或以宣上德而盡忠孝。」鍾嶸《詩品》《晉記室左思》：「文典以怨，頗爲精切，得諷諭之致。」《禮記·經解》：「其爲人也，温柔敦厚，《詩》教也。」孔穎達疏：「若以詩辭美刺諷諭以教人，是《詩》教也。」「諷諭」即《詩》教美刺興比之義。

〔古調詩〕即古體詩、古詩。《唐摭言》卷二：「（楊）衡業古調詩，其自負者有『一一鶴聲飛上天』之句。」《宋高僧傳》卷三十《後唐明州國寧寺晉光傳》：「多作古調詩，苦僻寡味，得句時有得色。」

〔皇帝嗣寶曆，元和三年冬〕寶曆，謂國祚。《梁書·元帝紀》：「何以應寶曆，何以嗣龍圖。」《陳書·後主紀》：「朕以哀煢，嗣膺寶曆。」

〔自冬及春暮，不雨旱爞爞〕《爾雅·釋天》：「爞爞、炎炎，薰也。」郭璞注：「皆旱熱薰炙人。」

〔遂下罪己詔，殷勤告萬邦〕《論語·堯曰》：「朕躬有罪，無以萬方；萬方有罪，罪在朕躬。」《墨子·兼愛》、《呂氏春秋·順民》均謂此爲成湯戰勝夏桀後，遭逢大旱，向上天祈禱求雨之詞。《左傳》莊公十一年：「臧文仲曰：『宋其興乎？禹湯罪己，其興也悖焉。桀紂罪人，其亡也忽焉。』」孔穎達疏：「《湯誥》云『其爾萬方有罪，在予一人』，是罪己也。《泰誓》數紂之罪云『焚炙忠良，刳剔孕婦』，是罪人也。」後因稱帝王自責爲罪己。《舊唐書·李抱真傳》：「上自奉天下罪己之詔，悉赦群賊。」《資治通鑑》唐憲宗元和四年三月：「上以旱久，欲降德音。翰林學士李絳、白居易上言，以爲欲令實惠及人，無如減其租税；又言宮人驅使之餘，其數猶廣，事宜省費，物貴徇情；又請禁諸道橫斂，以充進奉；又言嶺南、黔中、福建風俗，多掠良人賣爲奴婢，乞嚴禁止。閏月己酉，制降天下繫囚，蠲租税，出宮人，絕進奉，禁掠賣，皆如二臣之請。己未，雨。」白居易《奏請加德音中節目狀・緣今時旱請更減放江淮旱損州縣百姓今年租稅》(《白氏文集》卷五八)：「右，伏以聖心憂軫，重降德音，欲令實惠及人，無如減放租稅。昨正月中所降德音，量放去年錢米。……伏望聖恩更與宰臣及有司商量，江、淮先旱損州作分數，更量放今年租稅。」詩言「罪己詔」，即《通鑑》及白氏此文所言憲宗所降「德音」。

〔帝曰予一人，繼天承祖宗〕《書・湯誥》：「王曰：嗟爾萬方有衆，明聽予一人誥。……其爾萬方有罪，在予一人；予一人有罪，無以爾萬方。」《穀梁傳》宣公十五年：「爲天下主者天也，繼天者君也。」《漢書・宣帝紀》：「朕以眇身奉承祖宗。」

〔憂勤不遑寧，夙夜心忡忡〕《詩・小雅・魚麗》序：「文、武以《天保》以上治内，《采薇》以下治外，始於憂勤，終於佚樂。」《書・無逸》：「自朝至於日中昃，不遑暇食。」《詩・小雅・小弁》：「心之憂矣，不遑假寐。」《書・泰誓》：「予小子夙夜祗懼，受命文考。」《詩・召南・草蟲》：「未見君子，憂心忡忡。」

〔元年誅劉闢〕《新唐書・憲宗紀》：元和元年正月，以高崇文爲左神策行營節度使，率衆「以討劉闢」；九月辛亥，「高崇文克成都。」同書《劉闢傳》：「劉闢者，字太初，擢進士宏詞科，佐韋皋府，……皋卒，闢主後務，諷諸將徼旄節，……時帝新即位，欲靜鎮四方，即拜檢校工部尚書、劍南西川節度使。闢意帝可動，益驁蹇，吐不臣語，求統三川，欲以所善盧文若節度東川，即以兵取梓州。且以術家言五福、太一舍于蜀，乃造大樓以祈祥，帝始重征討。」

〔二年戮李錡〕《新唐書・憲宗紀》：元和二年十月，「鎮海軍節度使李錡反」，「淮南節度使王鍔爲諸道行營兵馬招討使以討之。」十一月甲申，「李錡伏誅。」同書《李錡傳》：「李錡，淄川王效同五世孫。以父國貞蔭調鳳翔府參軍。貞元初，遷至宗正少卿。……遷潤州刺史、浙西觀察、諸道鹽鐵轉運使。多積奇寶，歲時奉獻，德宗昵之。錡因恃恩驁横。……憲宗即位，不假借方鎮，故諸道倔强者稍稍入朝。錡不自安，亦三請覲。……稱疾遷延不即行。（王）澮及中使數趣之，錡不悦，乘澮視事有所變更者，諷親兵圖澮。……室五劍，授管内鎮將，令殺五州刺史。屬别將庾伯良兵三千築石頭城，謀據江左。」

〔顧惟眇眇德，遽有巍巍功〕顧惟，自念、自謂之義。李隆基《鶺鴒頌》：「顧惟德凉，夙夜兢惶。」杜甫《寄題江外草堂》：「顧惟魯鈍姿，豈識悔吝先。」眇眇，微小之義。《書・顧命》：「眇眇予末小子，其能而亂四方。」傳：「言微微我淺末小子，其能如父祖治四方。」《論語・泰伯》：「子曰：大哉堯之爲君也，巍巍乎。」

〔或者天降沴，無乃儆予躬〕降沴，降災。此謂不雨由陰陽不和所致。《漢書・五行志》：「氣相傷，謂之沴。沴猶臨莅，不和意也。」董仲舒《雨雹對》：「敞曰：『然則未至一日，其不雨乎？』曰：『然。頗有之，則妖也。和氣之中，自生災沴。能使陰陽改節，暖凉失度。』」《書・大禹謨》：「帝曰：來，禹。降水儆予，成允成功。」傳：「儆，戒也。」

〔上思荅天戒，下思致時邕〕《書・胤征》：「先王克謹天戒，臣人克有常憲。」時邕，同時雍。雍，和也。《書・堯典》：「協和萬邦，黎民於變時雍。」傳：「協合黎衆，時是雍和也。」

〔莫如率其身，慈和與儉恭〕《左傳》昭公二十八年：「賞慶刑威曰君，慈和遍服曰順。」儉恭，恭儉之倒文。《書・周官》：「恭儉惟德，無載爾僞。」《孟子・滕文公上》：「是故賢君必恭儉禮下，取於民有制。」

〔乃命罷進獻，乃命賑饑窮〕《説苑・談叢》：「飢渴得食，誰能不喜？賑窮救急，何患無有？」

〔宥死降五刑，已責寬三農〕《書・舜典》：「象以典刑，流宥五刑。」傳：「宥，寬也。以流放之法寬五刑。」又：「汝作士，五刑有服。」傳：「五刑，墨、劓、剕、宫、大辟。」《左傳》成公二年：「乃大户，已責。」杜預注：「棄逋責。」謂寬免拖欠之債務。《周禮・天官・大宰》：「以九職任萬民，一曰三農，生九穀。」鄭注：「鄭司農云：三農，平地、山、澤也。」

〔宮女出宣徽〕《唐兩京城坊考》卷一大明宮：「由紫宸而東，經綾綺殿、浴堂殿、宣徽殿、……以達左銀臺門。」「宣徽殿」注：「在浴堂殿東，見《大典》閣本《圖》。」王建《宮詞》：「往來舊院不堪修，近敕宣徽別處樓。聞有美人新近入，六宮未見一時愁。」知宣徽殿亦爲宮女所居之處。

〔厩馬減飛龍〕《雍録》卷八：「飛龍厩，後苑有驥德院，禁馬所在。韋后入飛龍厩爲衛士斬首，蓋自玄武門出宮入厩也。」《唐兩京城坊考》卷一大明宮：「北面三門：中玄武門，門外有飛龍厩。」《新唐書·憲宗紀》：「（元和四年閏月己酉）以旱……省飛龍厩馬。」

〔庶政靡不舉，皆出自宸衷〕《書·周官》：「庶政惟和，萬國咸寧。」傳：「官職有序，故衆政惟和。」宸代指帝王。王慈《朝堂諱榜表》：「若使鑾駕紆覽，四時臨閲，豈不重增聖慮，用感宸衷。」

〔奔騰道路人，傴僂田野翁〕奔騰，道路奔波。此指諸道進奉之人。《後漢書·和帝紀》：「舊南海獻龍眼、荔枝，十里一置，五里一候，奔騰險阻，死者繼路。」杜甫《病橘》：「憶昔南海使，奔騰獻荔枝。」

〔歡呼相告報，感泣涕沾胸〕《樂府詩集》卷六二《傷歌行》：「感物懷所思，泣涕忽霑裳。」霑同沾。

〔順人人心悦，先天天意從〕《荀子·大略》：「禮以順人心爲本。」《管子·君臣上》：「是以明君順人心，安情性，而發於衆心之所聚。」《易·乾·文言》：「先天而天弗違，後天而奉天時。」孔穎達疏：「先天而天弗違者，若在天時之先行事，天乃在後不違，是天合大人也。」

〔和氣生沖融〕杜甫《往在》：「端拱納諫諍，和氣日沖融。」

〔凝爲悠悠雲，散作習習風〕《詩·王風·黍離》：「悠悠蒼天。」毛傳：「悠悠，遠意。」曹植《幽思賦》：「望翔雲之悠悠，羌朝霽而夕陰。」《詩·邶風·谷風》：「習習谷風，以陰以雨。」毛傳：「習習，和舒貌。」

〔晝夜三日雨，淒淒復濛濛〕《詩·鄭風·風雨》：「風雨淒淒，雞鳴喈喈。」朱熹《集傳》：「淒淒，寒涼之氣。」

《詩·豳風·東山》：「我來自東，零雨其濛。」毛傳：「濛，雨貌。」鄭箋：「道遇雨，濛濛然。」

〔萬心春熙熙，百穀青芃芃〕潘岳《閑居賦》：「於是凜秋暑退，熙春寒往。」劉禹錫《省試風光草際浮》：「熙熙春景霽，草緑春光麗。」《詩·小雅·黍苗》：「芃芃黍苗，陰雨膏之。」毛傳：「芃芃，長大貌。」

〔乃知王者心，憂樂與衆同〕《孟子·梁惠王下》：「爲民上而不與民同樂者，亦非也。樂民之樂者，民亦樂其樂。憂民之憂者，民亦憂其憂。樂以天下，憂以天下，然而不王者，未之有也。」

〔皇天與后土，所感無不通〕《左傳》僖公十五年：「君履后土而戴皇天，皇天后土實聞君之言。」

〔冠珮何鏘鏘，將相及王公〕傅嘏《皇初頌》：「佩玉鏘鏘，鑾聲噦噦。」

〔蹈舞呼萬歲，列賀明庭中〕蹈舞，朝廷跪拜之儀。韋應物《滁城對雪》：「厠迹鴛鷺末，蹈舞豐年期。」《新唐書·杜審言傳》：「後武后召審言，將用之。問曰：『卿喜否？』審言蹈舞拜。」明庭，傳説爲黄帝接萬靈之所，後指帝王祀神之所，亦代指朝廷。《漢書·郊祀志》：「申公曰：……其後黄帝接萬靈明庭。明庭者，甘泉也。」楊烱《奉和上元酺宴應詔》：「宣室召群臣，明庭禮百神。」

〔小臣誠愚陋，職忝金鑾宮〕金鑾宮，即金鑾殿。《雍録》卷四：「金鑾殿在蓬萊山正西微南也。龍首山坡隴之北至此餘勢猶高，故殿西有坡，德宗即之以造東學士院。」又：「翰林院、學士院皆在三殿西廊之外，……而金鑾又在學士院之左。」李紳有《憶夜直金鑾殿承旨》。白居易時爲左拾遺、翰林學士，故云「職忝金鑾宮」。

〔稽首再三拜，一言獻天聰〕《周禮·春官·大祝》：「辨九拜：一曰稽首，二曰頓首，三曰空首，四曰振動，五曰吉拜，六曰凶拜，七曰奇拜，八曰襃拜，九曰肅拜。」鄭氏注：「稽首，拜頭至地也。」賈公彦疏：「此三者（謂稽首、頓首、空首），正拜也。稽首，拜中最重，臣拜君之拜。」《儀禮·燕禮》：「小臣請致者，若君命皆致，則序進奠觶於篚，阼階下，皆再拜稽首。」顧炎武《日知録》卷二八「九頓首三拜」：「韓之戰，秦獲晉侯，晉大夫三拜稽首。古但有再拜稽首，無三拜也。申包胥之九頓首，晉大夫之拜也。《楚語》：『椒舉遇蔡聲子，降三拜，納其乘馬。』亦亡人之禮也。《周書·宣帝紀》：『詔諸應拜者皆以三拜成禮。』後代變而彌增，則有四拜。」曹植《求存問親戚疏》：「冀陛下倘發天聰而垂神聽也。」王維《送綦毋秘書棄官還江東》：「頑疏暗人事，僻陋遠天聰。」〔君以明爲聖，臣以直爲忠〕《書·冏命》：「昔在文武，聰明齊聖，小大之臣，咸懷忠良。」《史記·平津侯主父列傳》：「臣聞明主不惡切諫以博觀，忠臣不敢避重誅以直諫。」《漢書·賈山傳》：「臣聞忠臣之事君也，言切直則不用而身危，不切直則不可以明道，故切直之言，明主所欲急聞，忠臣之所以蒙死而竭知也。」〔敢賀有其始，亦願有其終〕《易·謙·卦》：「謙，亨。君子有終。」《詩·大雅·蕩》：「靡不有初，鮮克有終。」按，此亦用《詩·小雅·魚麗》序稱周文王、武王「始於憂勤，終於佚樂」意。

讀張籍古樂府①

張君何爲者，業文三十春。尤工樂府詩，舉代少其倫。爲詩意如何，六義互鋪陳。風雅比興外，未嘗著空文。讀君學仙詩，可諷放佚君。讀君董公詩，可誨貪暴臣。讀君商女詩②，可感悍婦仁。讀君勤齊詩，可勸薄夫敦③。上可裨教化，舒之濟萬民。下可理情性，卷之善一身。始從青衿歲，迨此白髮新。日夜秉筆吟，心苦力亦勤。時無采詩官，委棄如泥塵。恐君百歲後，滅没人不聞。願藏中秘書，百代不湮淪。願播内樂府，時得聞至尊。言者志之苗，行者文之根。所以讀君詩，亦知君爲人。如何欲五十，官小身賤貧。

病眼街西住，無人行到門。（0002）

【校】

①〔題〕文集抄本題末有「詩」字。

②〔商女〕文集抄本作「高母」。

③〔薄夫敦〕紹興本、那波本、文集抄本作「薄夫淳」。顧校、朱《箋》引《孟子·萬張》：「故聞柳下惠之風者，鄙夫寬，薄夫敦。」顧校：「唐憲宗名純，當時凡淳、惇等同音字均避嫌名不用。」朱《箋》：「考唐人嫌名之諱有避有不避，不如宋代之嚴，……且唐憲宗李純初名淳，而『敦』亦非『純』、『淳』之同音字，不得謂之避嫌名。」據馬本、《唐音統籤》改。

【注】

朱《箋》：作於元和十年（八一五），長安。張籍方官太常寺太祝，與居易時相往還酬唱。

〔張籍〕字文昌。新舊《唐書》有傳。和州烏江人，一説吳郡人。貞元十五年（七九九）進士，官太常寺太祝、國子助教，韓愈薦爲國子博士，歷水部員外郎、主客郎中，仕終國子司業。與王建俱工樂府詩，有《張司業集》。

〔古樂府〕即漢魏古題、古體樂府，與唐代近體歌詩、樂府新詞及新樂府相對而言。前者如《全唐詩》卷二一四高適《古樂府飛龍曲留上陳左相》，卷三七二孟郊《雜怨》，一作《古樂府雜怨》。後者如《全唐詩》卷三八謝偃《樂府新歌應教》，《舊唐書·李白傳》：「玄宗度曲，欲造樂府新辭，亟召白。」按，此詩所提及《學仙》、《董公》等詩，均非樂府題，在《張司業集》中被編入「古風」類。題稱「古樂府」，或就詩體而言。

〔業文三十春〕業文，習文、作文。劉禹錫《送李二十九兄員外赴邠寧使幕》：「家襲韋平身業文，素風清白至今貧。」白居易《題文集櫃》（本書卷三十 2173）：「我生業文字，自幼及老年。」

〔爲詩意如何，六義互鋪陳〕《毛詩序》：「故詩有六義焉：一曰風，二曰賦，三曰比，四曰興，五曰雅，六曰頌。」《周禮·春官·大師》：「教六詩：曰風，曰賦，曰比，曰興，曰雅，曰頌。」鄭注：「賦之言鋪，直鋪陳今之政教善惡。」

〔風雅比興外，未嘗著空文〕空文，不實之文，不切實用之文。《鹽鐵論·非鞅》：「言之非難，行之爲難。故賢者處實而效功，亦非徒陳空文而已。」《論衡·對作》：「用筆墨者，造生空文，爲虛妄之傳。」

〔讀君學仙詩，可諷放佚君〕《學仙》詩，見《張司業集》卷七、《全唐詩》卷三八三。放佚，放蕩。《晉書·高光傳》：「子韜，字子遠，放佚無儉。」

〔讀君董公詩，可誨貪暴臣〕《董公詩》，見《張司業集》卷七、《全唐詩》卷三八三。詩爲贊頌汴州節度使董晉而作，作於貞元十三年（七九七）張籍至汴州拜謁韓愈時。《漢書·食貨志上》：「故貧民常衣牛馬之衣，而食犬彘之食。重以貪暴之吏，刑戮妄加。」

〔讀君商女詩，可感悍婦仁〕《商女》詩今不存。

〔讀君勤齊詩，可勸薄夫敦〕《勤齊》詩今不存。朱《箋》：「疑爲詠勤思齊之詩，『勤齊』者，『勤思齊』三字之簡稱耳。……勤思齊，和州歷陽人。李白《歷陽壯士勤將軍名思齊歌序》云：『歷陽壯士勤將軍，神力出於百夫，則天太后召見，奇之，授遊擊將軍，賜錦袍玉帶，朝野榮之。後拜横南將軍，大臣慕義結十友，即燕公張説、館陶公郭元振爲首，余壯之，遂作詩。』……又據乾隆《江南通志》卷三六《輿記志古迹》，勤將軍宅在（和）州西北雞籠山。籍亦家和州，宅在州通淮門内，兩人有鄉里之誼，則勤齊即勤思齊之説，蓋非出於偶合。」《論語·爲政》：

「舉善而教不能，則勸。」《孟子・萬章》：「故聞柳下惠之風者，鄙夫寬，薄夫敦。」趙岐注：「薄淺者更深厚。」

〔上可裨教化，舒之濟萬民〕《毛詩序》：「先王以是經夫婦，成孝敬，厚人倫，美教化，移風俗。」《淮南子・原道訓》：「夫道者，覆天載地，……舒之幎於六合，卷之不盈於一握。」《易・繫辭下》：「臼杵之利，萬民以濟。」

〔下可理情性，卷之善一身〕《淮南子・精神訓》：「達至道者則不然，理情性，治心術，養以和，持以適，樂道而忘賤，安德而忘貧。」《論語・衛靈公》：「君子哉，蘧伯玉。邦有道則仕，邦無道則可卷而懷之。」《孟子・盡心下》：「窮則獨善其身，達則兼善天下。」

〔始從青衿歲，迨此白髮新〕青衿，《詩・鄭風・子衿》：「青青子衿，悠悠我心。」毛傳：「青衿，青領也，學子之所服。」後以指學生，亦以指幼年。蕭統《七契》：「黄髮擊壤，青衿興歌。」

〔時無采詩官，委棄如泥塵〕《漢書・藝文志》：「故古有采詩之官，王者所以觀風俗，知得失，自考正也。」又《食貨志》：「孟春之月，群居者將散，行人振木鐸於路以采詩，獻之太師，比其音律，以聞於天子。」委棄，丟棄。《漢書・谷永傳》：「書陳於前，陛下委棄不納。」《後漢書・五行志一》：「麥多委棄，但有婦女獲刈之也。」

〔願藏中秘書，百代不湮淪〕唐有秘書省，監掌經籍圖書之事，領著作局。見《舊唐書・職官志》、《新唐書・百官志》。

〔願播内樂府，時得聞至尊〕唐以太常寺所屬太樂署掌管音樂，又於禁中置内教坊。唐人亦沿前代之名稱爲樂府。《説郛》卷三八曹鄴《梅妃傳》：「上覽詩，悵然不樂，令樂府以新聲度之，號《一斛珠》。」

〔言者志之苗，行者文之根〕《左傳》僖公二十四年：「言，身之文也。」《論語・述而》：「子以四教：文，行，忠，信。」《文心雕龍・宗經》：「夫文以行立，行以文傳，四教所先，符采相濟。」白居易《與元九書》（《白氏文集》卷四五）：「詩者，根情、苗言、華聲、實義。」與此説稍有不同。

〔所以讀君詩，亦知君爲人〕《孟子·萬章下》：「頌其詩，讀其書，不知其人可乎？」

〔如何欲五十〕欲，已。杜牧《書懷》：「只言旋老轉無事，欲到中年事更多。」

〔病眼街西住，無人行到門〕孟郊《寄張籍》：「西明寺後窮瞎張太祝，縱爾有眼誰爾珍？」白居易《酬張十八訪宿見贈》（本書卷六0262）：「憐君將病眼，爲我犯埃塵。遠從延康里，來訪曲江濱。」《長安志》卷十延康坊：「西南隅西明寺。」《唐兩京城坊考》卷四：「次南延康坊……水部郎中張籍宅。」知張籍爲太祝時居延康坊西明寺後。

孔戡①

洛陽誰不死，戡死聞長安。我是知戡者，聞之涕泫然。戡佐山東軍，非義不可干。拂衣向西來，其道直如絃。從事得如此，人人以爲難。人言明明代，合置在朝端。或望居諫司，有事戡必言。或望居憲府，有邪戡必彈。惜哉兩不諧，没齒爲閑官。竟不得一日，謇謇立君前。形骸隨衆人，斂葬北邙山。平生剛腸内，直氣歸其間。賢者爲生民，生死懸在天。謂天不愛人，胡爲生其賢？爲天果愛民②，胡爲奪其年？茫茫元化中，誰執如此權？（0003）

【校】

①〔題〕那波本作「孔戡詩」，馬本、《唐音統籤》作「哭孔戡」。

②〔爲天〕《唐音統籤》、《全唐詩》作「謂天」。

【注】

汪《譜》、朱《箋》：作於元和五年（八一〇），長安。

〔孔戡〕字君勝。《舊唐書·孔巢父傳》：「戡，巢父兄岑父之子。方嚴有家法，重然諾，尚忠義。盧從史鎮澤潞，辟爲書記。從史寖驕，與王承宗、田緒陰相連結，欲效河朔事以固其位。戡每秉筆，至不軌之言，極諫以爲不可。從史怒。戡歲餘謝病歸洛陽。李吉甫鎮揚州，召爲賓佐。從史知之，上疏論列，請行貶逐。憲宗不得已，授衛尉丞，分司洛陽。……戡不調而卒，贈駕部員外郎。」據韓愈《唐朝散大夫贈司勳員外郎孔君墓誌銘》，戡卒於元和五年正月，年五十七。

〔我是知戡者，聞之涕泫然〕《禮記·檀弓上》：「孔子泫然流涕曰：『吾聞之，古不修墓。』」

〔戡佐山東軍，非義不可干〕盧從史授昭義軍節度使。昭義軍治潞州，見《新唐書·方鎮表三》。

〔拂衣向西來，其道直如絃〕謝靈運《述祖德詩二首》之二：「高揖七州外，拂衣五湖裏。」李白《俠客行》：「事了拂衣去，深藏身與名。」《後漢書·五行志》：「順帝之末，京都童謡曰：直如弦，死道邊；曲如鉤，反封侯。」杜甫《寫懷二首》之一：「達士如弦直，小人曲如鉤。」

〔從事得如此，人人以爲難〕下屬官員均可稱從事。《舊唐書·張延賞傳》：「轉殿中侍御史，關内節度使王思禮請爲從事。」《盧從史傳》：「漸狂恣不道，至奪部將妻妾，而辯給矯妄，從事孔戡等以言直不從引去。」

〔人言明明代，合置在朝端〕《書·胤征》：「百官修輔，厥后惟明明。」傳：「修職輔君，君臣俱明。」王儉《褚淵碑文》：「暫遂沖旨，改授朝端。」《文選》李周翰注：「旋改授司徒，以爲朝臣之首也。端，首也。」白詩即指朝廷。

孟浩然《題雲門山寄越府包户曹徐起居》：「故國眇天末，良朋在朝端。」

〔或望居諫司，有事戡必言〕諫司，謂掌規諫諷諭的諫議大夫、補闕、拾遺等官職。《魏書·張普惠傳》：「轉諫議大夫……密表曰：……臣職忝諫司，敢獻狂瞽。」《舊唐書·李泌傳》：「泌又請罷拾遺、補闕，上雖不從，亦不授人，故諫司惟韓臯、歸登而已。」白居易《和答詩十首·和陽城驛》（本書卷二〇一〇一）：「次言陽公節，謇謇居諫司。」

〔或望居憲府，有邪戡必彈〕憲府，謂御史臺，秦、漢爲御史府，東漢稱憲臺。《舊唐書·韋温傳》：「入爲監察御史，以父在田里，憲府禮拘，難於省謁，不拜。」武元衡《秋日臺中寄懷簡諸僚》：「憲府日多事，秋光照碧林。」

〔惜哉兩不諧，没齒爲閑官〕《論語·憲問》：「問管仲，曰：人也。奪伯氏駢邑三百，飯疏食，没齒無怨言。」邢昺疏：「没齒，謂終没齒年也。」

〔竟不得一日，謇謇立君前〕謇謇，亦作蹇蹇，忠誠，正直。《易·蹇·卦》：「王臣蹇蹇，匪躬之故。」王弼注：「執心不回，志匡王室者也。故曰王臣蹇蹇，匪躬之故。」《楚辭·離騷》：「余故知謇謇之爲患兮，忍而不能舍也。」

〔形骸隨衆人，斂葬北邙山〕形骸，人之形體，此指遺體。《莊子·逍遥游》：「豈唯形骸有聾盲哉？夫知亦有之。」《世説新語·容止》：「劉伶身長六尺，貌甚醜悴，而悠悠忽忽，土木形骸。」北邙山，在洛陽郊外，漢魏以來爲墓地，亦用作墓地之代稱。陶淵明《擬古九首》之四：「一旦百歲後，相與還北邙。」韓愈《贈賈島》：「孟郊死葬北邙山，從此風雨得暫閑。」

〔平生剛腸内，直氣歸其間〕嵇康《與山巨源絶交書》：「剛腸嫉惡，輕肆直言，遇事便發。」

〔賢者爲生民，生死懸在天〕《書·畢命》：「道洽政和，澤潤生民。」《論語·顔淵》：「死生有命，富貴在天。」

〔爲天果愛民〕爲通謂，以爲、認爲。項楚《王梵志詩校注》〇八七首：「黄母化爲鱉，只爲鱉爲身。」

〔茫茫元化中，誰執如此權〕元化，猶言大化。孫綽《與庾冰詩》：「浩浩元化，五運迭送。」陳子昂《感遇詩》：「深居觀元化，悱然爭朵頤。」

凶宅①

長安多大宅，列在街西東。往往朱門内，房廊相對空。梟鳴松桂枝，狐藏蘭菊叢。蒼苔黄葉地，日暮多旋風。前主爲將相，得罪竄巴庸。後主爲公卿，寢疾殁其中。連延四五主，殃禍繼相鍾。自從十年來，不利主人翁。風雨壞簷隙，蛇鼠穿牆墉。人疑不敢買，日毁土木功。嗟嗟俗人心，甚矣其愚蒙。但恐災將至②，不思禍所從。我今題此詩，欲悟迷者胸。凡爲大官人，年禄多高崇。權重持難久，位高勢易窮。驕者物之盈，老者數之終。四者如寇盜，日夜來相攻。假使居吉土，孰能保其躬？因小以明大，借家可諭邦。周秦宅崤函，其宅非不同。一興八百年，一死望夷宫。寄語家與國，人凶非宅凶。

（0004）

【校】

①〔題〕文集抄本題末有「詩」字。

②〔但恐〕文集抄本作「但懼」。

【注】

〔凶宅〕「凶宅」之説見於唐人記載者，如《太平廣記》卷三七〇《韋協律兄》（出《玄怪録》）：「太常協律韋生，有兄甚凶，自云平生無懼憚耳，聞有凶宅，必往獨宿之。其弟話於同官，同官有試之者，且聞延康東北角有馬鎮西宅，常多怪物，因領送其宅……。」又卷三八〇《韓朝宗》（出《朝野僉載》）：「天寶中，萬年主簿韓朝宗嘗追一人，來遲，決五下。將過縣令，令又決十下。其人患天行病而卒。後於冥司下狀言朝宗，宗遂被追至。……木決二十放還。朝宗至晚始蘇，脊上青腫，疼痛不復可言，一月已後始可。於後巡檢坊曲，遂至京城南羅城，有一坊，中一宅，門向南開，宛然記得追來及吃杖處。其宅空無人居，問人，云此是公主凶宅，人不敢居。乃知大凶宅皆鬼神所處，信之。」又卷四〇〇《蘇遏》：「天寶中，長安永樂里有一凶宅，居者皆破。後無復人住，暫至，亦不過宿而卒，遂至廢破。」

〔長安多大宅，列在街西東〕此就朱雀街西東而言。《唐兩京城坊考》卷二西京外郭城：「當皇城南面朱雀門，有南北大街，曰朱雀門街，東西廣百步。萬年、長安二縣，以此街爲界。萬年領街東五十四坊及東市，長安領街西五十四坊及西市。」

〔往往朱門内，房廊相對空〕張華《輕薄篇》：「朱門赫嵯峨，蒼梧竹葉清。」韋應物《長安道》：「歸來甲第拱皇居，朱門峨峨臨九衢。」張籍《傷歌行》：「長安里中荒大宅，朱門已除十二戟。」王冏《奉和往虎窟山寺詩》：「房廊相映屬，階閣並殊異。」

〔梟鳴松桂枝，狐藏蘭菊叢〕古以梟鳴爲不祥。《太平御覽》卷四九六引桓譚《新論・見徵》：「余前爲典樂大夫，有梟鳴于庭樹上，而府中門下皆爲憂懼。後余與典樂謝侯爭門，俱坐免去。」

〔蒼苔黄葉地，日暮多旋風〕丘遲《贈何郎詩》：「簷際落黄葉，階前網緑苔。」鮑照《登大雷岸與妹書》：「旋風四起，思鳥群歸。」

〔前主爲將相，得罪竄巴庸〕古巴國、庸國，在今川東、鄂西一帶。

〔後主爲公卿，寢疾殁其中〕寢疾，卧病。《禮記・檀弓上》：「（孔子）蓋寢疾七日而没。」

〔連延四五主，殃禍繼相鍾〕枚乘《七發》：「蒲伏連延。」《文選》李善注：「連延，相續貌。」相鍾，相聚。《説文》段注：「鍾，……引申之義爲鍾聚。」

〔自從十年來，不利主人翁〕居宅不利主人，如《搜神記》卷三：「上黨鮑瑗，家多喪病，貧苦。淳于智卜之，曰：『君居宅不利，故令君困爾。』」

〔風雨壞簷隙，蛇鼠穿牆墉〕謝朓《冬日晚郡事隙詩》：「簷隙自周流，房櫳閑且肅。」崔顥《孟門行》：「黄雀銜黄花，翩翩傍簷隙。」墉亦牆。《詩・召南・行露》：「誰謂鼠無牙，何以穿我墉？」

〔嗟嗟俗人心，甚矣其愚蒙〕嗟嗟，感嘆聲。《楚辭・九章・悲回風》：「曾歔欷之嗟嗟，獨隱伏而思慮。」

〔權重持難久，位高勢易窮〕《魏書・常景傳》：「是故位高而勢愈迫，正立而邪愈欺。安有位極而危不萃，邪榮而正不凋？」

〔驕者物之盈，老者數之終〕《易・謙・彖》：「天道虧盈而益謙，地道變盈而流謙，鬼神害盈而福謙，人道惡盈而好謙。」驕盈連言，如《荀子・仲尼》：「抑有功而擠有罪，志驕盈而輕舊怨。」《説苑・談叢》：「無以奢侈爲名，無以富貴驕盈。」老謂衰老。《説苑・談叢》：「壽命死者，歲數終也。」

〔假使居吉土，孰能保其躬〕《禮記・禮器》：「是故因天事天，因地事地，因名山升中于天，因吉土以饗帝于郊。」

鄭注：「吉土，王者所卜而居之土也。」白詩即謂吉地。

〔周秦宅崤函，其宅非不同〕賈誼《過秦論上》：「秦孝公據崤函之固，擁雍州之地，君臣固守，以窺周室。」劉向《戰國策書録》：「是故始皇因四塞之固，據崤函之阻，跨隴蜀之饒。」

〔一興八百年，一死望夷宫〕《左傳》宣公三年：「成王定鼎于郟鄏，卜世三十，卜年七百。」《漢書·律曆志》：「周凡三十六王，八百六十七歲。」《舊唐書·文苑傳·賈至》載至議：「周有天下八百年，文武之政廢而秦始並焉。」《老子化胡經》卷十《老君十六變詞》：「降鑑周室八百年，運終數盡向罽賓。」《史記·秦始皇本紀》：「二世乃齋於望夷宫，……（趙高）陰與其婿咸陽令閻樂、其弟趙成謀……遣樂將吏卒千餘人至望夷宫殿門……麾其兵進，二世自殺。」陳琳《爲袁紹檄豫州》：「趙高執柄，專制朝權，威福由己，時人迫脅，莫敢正言，終有望夷之敗。」

夢仙①

人有夢仙者，夢身升上清。坐乘一白鶴，前引雙紅旌②。羽衣忽飄飄，玉鸞俄鏘鏘。半空直下視，人世塵冥冥。漸失鄉國處，纔分山水形。東海一片白，列岳五點青。須臾羣仙來，相引朝玉京。安期羨門輩，列侍如公卿。仰謁玉皇帝，稽首前致誠。帝言汝仙才，努力勿自輕。却後十五年，期汝不死庭。再拜受斯言，即寤喜且驚。秘之不敢泄，誓志居巖扃。恩愛捨骨肉，飲食斷羶腥。朝餐雲母散，夜吸沆瀣精。空山三十載，日望輜軿迎。前期過已久，鸞鶴無來聲。齒髮日衰白③，耳目減聰明。一朝同物化，身與糞壤并。神仙信有之，俗力非可營。苟無金骨相，不列丹臺名。徒傳辟穀法，虛受燒丹經④。只自取勤苦，百年終不成。悲哉夢仙人，一夢誤一生。（0005）

【校】

①〔題〕文集抄本題末有「詩」字。

②〔紅旌〕文集抄本、要文抄本作「虹旌」。

③〔日衰白〕《文苑英華》抄本作「日夜衰」。

④〔虛受〕文集抄本、要文抄本作「徒授」。

【注】

〔人有夢仙者，夢身升上清〕《雲笈七籤》卷三《道教三洞宗元》：「其三清境者，玉清、上清、太清是也。亦名三天。」又卷四《上清源統經目注序》：「上清者，宮名也。明乎混沌之表，煥乎大羅之天，靈妙虛結，神奇空生，高浮澄淨，以上清爲名。乃衆真之所處，大聖之所經也。」

〔坐乘一白鶴，前引雙紅旌〕乘白鶴事，如《列仙傳》卷上：「王子喬者，周靈王太子晉也。好吹笙作鳳鳴。遊伊洛之間，浮丘公接以上嵩高山，三十餘年後，於山中謂桓良曰：『告我家，七月七日待我緱氏山頭。』是日，果乘白鶴駐山嶺。望之不得到，舉手謝時人，數日而去。」仙人以紅旌爲引，如《雲笈七籤》卷三七《道士王纂》：「俄而異香天樂下集庭中，介金執銳之士三十餘人，羅列如有所候。頃之，珠幢寶蓋，霓旆羽節，紅旌錦旆，各二人相對前行。」

〔羽衣忽飄飄，玉鸞俄錚錚〕《楚辭·離騷》：「揚雲霓之晻藹兮，鳴玉鸞之啾啾。」王逸注：「鸞，鸞鳥也。以玉爲之，著於衡；和著於軾。」朱熹集注：「鸞，鈴之著於衡者。」曹植《洛神賦》：「騰文魚以警乘，鳴玉鸞以偕逝。」

〔半空直下視，人世塵冥冥〕冥冥，昏暗。《楚辭·九章·涉江》：「深林杳以冥冥兮，乃猿狖之所居。」

〔須臾羣仙來，相引朝玉京〕《魏書·釋老志》：「道家之原，出於老子。其自言也，先天地生，以資萬類。上處玉京，爲神王之宗；下在紫微，爲飛仙之主。」《雲笈七籤》卷二一《四梵三界三十二天》：「四天之上則爲梵行，梵行之上則是上清之天，玉京玄都紫微宫也。乃太上道君所治，真人所登也。」

〔安期羨門輩，列侍如公卿〕《史記·武帝本紀》：「少君言於上曰：……臣嘗游海上，見安期生，食臣棗，大如瓜。安期生仙者，通蓬萊中，合則見人，不合則隱。」正義：「《列仙傳》云：安期生，琅邪阜鄉亭人也，賣藥海邊。秦始皇請語三夜，賜金數千萬。出，於阜鄉亭皆置去。留書，以赤玉舄一兩爲報。曰：後千歲求我於蓬萊山下。」又《秦始皇本紀》：「三十二年，始皇之碣石，使燕人盧生求羨門、高誓。」集解：「韋昭曰：古仙人。」

〔仰謁玉皇帝，稽首前致誠〕《雲笈七籤》卷三《道教三洞宗元》：「三代天尊者，過去元始天尊，見在太上玉皇天尊，未來金闕玉晨天尊。」

〔帝言汝仙才，努力勿自輕〕《太平廣記》卷三《漢武帝》（出《漢武内傳》）：「劉徹好道，適來視之，見徹了了……雖當語之以至道，殆恐非仙才也。」

〔却後十五年，期汝不死庭〕《淮南子·地形訓》：「昆侖之丘，或上倍之，是謂凉風之山，登之而不死。」

〔秘之不敢泄，誓志居巖扃〕巖扃，猶言巖扉。杜甫《橋陵詩三十韻》：「瑞芝産廟柱，好鳥鳴巖扃。」

〔恩愛捨骨肉，飲食斷羶腥〕斷羶腥，蔬食斷肉。《雲笈七籤》卷三二《養性延命録》：「胡昭曰：目不欲視不正之色，耳不欲聽醜穢之言，鼻不欲向羶腥之氣，口不欲嘗毒辣之味，心不欲謀欺詐之事，此辱神損壽。」

〔朝餐雲母散，夜吸沆瀣精〕葛洪《抱朴子内篇・仙藥》：「仙藥之上者丹砂，次則黄金，次則白銀，次則諸芝，次則五玉，次則雲母……。」《楚辭・遠遊》：「餐六氣而飲沆瀣兮，漱正陽而含朝霞。」王逸注引《陵陽子明經》：「冬飲沆瀣，沆瀣者，北方夜半氣也。」

〔空山三十載，日望輜軿迎〕輜軿，有衣蔽之車。仙女乘輜軿車，如《搜神記》卷一：「魏濟北郡從事掾弦超，字義起，以嘉平中夜獨宿，夢有神女來從之。……如此三四夕，一旦，顯然來游，駕輜軿車，從八婢，服綾羅綺繡之衣，姿顔容體，狀若飛仙。」

〔一朝同物化，身與糞壤并〕《古詩十九首》之十一：「人生非金石，豈能長壽考。奄乎隨物化，榮名以爲寶。」

〔神仙信有之，俗力非可營〕嵇康《養生論》：「夫神仙雖不目見，然籍記所載，前史所傳，較而論之，其有必矣。似特受異氣，稟之自然，非積學所能致也。」

〔苟無金骨相，不列丹臺名〕金骨相，謂成仙之骨相。王筠《以服散鎗贈殷鈞别詩》：「玉鉉布交文，金丹焕仙骨。」《雲笈七籤》卷一〇九《蔡經》：「蔡經者，小民耳，而骨相當得仙。方平知之，故往其家。」丹臺，登録仙人名籍之所。《太平廣記》卷二一《司馬承禎》（出《續仙傳》）：「天台山司馬承禎，名在丹臺，身居赤城，此真良師也。」李白《題隨州紫陽先生壁》：「復聞紫陽客，早署丹臺名。」

〔徒傳辟穀法，虚受燒丹經〕《史記・留侯世家》：「留侯性多病，即道引不食穀，杜門不出歲餘。」集解：「《漢書音義》曰：服辟穀之藥，而静居行氣。」《三國志・魏書・華佗傳》裴注引文帝《典論》：「潁川郤儉能辟穀，餌伏苓。」燒丹經，即丹經。《抱朴子内篇・金丹》：「余從祖仙公……凡受《太清丹經》三卷及《九鼎丹經》一卷、

《金液丹經》一卷。……夫金丹之爲物，燒之愈久，變化愈妙。黄金入火，百煉不消。埋之，畢天不朽。服此二物，煉人身體，故能令人不老不死。」

〔只自取勤苦，百年終不成〕《列子・楊朱》：「百年，壽之大齊，得百年者千無一焉。」曹植《贈白馬王彪詩》：「變故在斯須，百年誰能待。」

觀刈麥①　時爲盩厔縣尉。

田家少閑月，五月人倍忙。夜來南風起，小麥覆隴黄。婦姑荷簞食，童稚攜壺漿。相隨餉田去，丁壯在南崗。足蒸暑土氣，背灼炎天光。力盡不知熱，但惜夏日長。復有貧婦人，抱子在其傍。右手秉遺穗，左臂懸弊筐。聽其相顧言，聞者爲悲傷。家田輸税盡，拾此充飢腸。今我何功德，曾不事農桑？吏禄三百石②，歲晏有餘糧。念此私自愧③，盡日不能忘。（0006）

【校】

①〔題〕文集抄本題末有「詩」字。

②〔三百石〕文集抄本作「二千石」。

③〔念此〕文集抄本作「念兹」。

【注】

汪《譜》、朱《箋》：作於元和二年（八〇七），盩厔。

〔盩厔〕《元和郡縣志》卷二關内道京兆府：「盩厔縣，漢舊縣，武帝置，屬右扶風。山曲曰盩，水曲曰厔。後漢省，晉復立。武德三年屬稷州。貞觀元年廢稷州，復屬雍州。天寶中改名宜壽，後復名盩厔。」

〔夜來南風起，小麥覆隴黄〕夜來，夜中，夜裏。來綴於名詞或形容詞之後，構成表時間的名詞。孟浩然《春曉》：「夜來風雨聲，花落知多少。」

〔婦姑荷簞食，童稚攜壺漿〕《後漢書·五行志》：「桓帝之初，天下童謠曰：小麥青青大麥枯，誰當穫者婦與姑。」《禮記·内則》：「婦事舅姑，如事父母。」婦謂兒媳，姑謂婆母。《孟子·梁惠王下》：「簞食壺漿，以迎王師。」《公羊傳》昭公二十五年：「高子執簞食，與四脡脯，國子執壺漿。」何休注：「簞，葦器也。圓曰簞，方曰笥。」

〔相隨餉田去，丁壯在南岡〕《三國志·魏書·常林傳》裴注引《魏略》：「（林）帶經耕鉏，其妻常自餽餉之。」《太平廣記》卷三九五《番禺村女》（出《稽神錄》）：「庚申歲，番禺村中有老姥，與其女餉田。」又卷四九〇《東陽夜怪録》：「咫尺又有盛餉田漿破瓠一，次有牧童所棄破笠一。」《詩·豳風·七月》：「同我婦子，饁彼南畝。」亦即餉田。韋應物《觀田家》：「丁壯俱在野，場圃亦就理。」

〔右手秉遺穗，左臂懸弊筐〕《列子·天瑞》：「林類年且百歲，底春被裘，拾遺穗於故畦。」杜甫《行官張望補稻畦水歸》：「遺穗及衆多，我倉戒滋蔓。」

〔吏禄三百石，歲晏有餘糧〕《漢書·百官公卿表》：「縣令、長，皆秦官，掌治其縣。萬户以上爲令，秩千石至六百石。減萬户爲長，秩五百石至三百石。皆有丞、尉，秩四百石至二百石，是爲長吏。」居易時爲縣尉，故言其禄相當三百石。歲晏，歲終。鮑照《冬至詩》：「哀哀古老容，慘顔愁歲晏。」

題海圖屏風①　元和己丑年作。

海水無風時，波濤安悠悠②。鱗介無小大，遂性各沉浮。突兀海底鼇，首冠三神丘。鈎網不能制③，其來非一秋。或者不量力，謂茲鼇可求。贔屭牽不動④，綸絶沉其鈎。一鼇既頓頷，諸鼇齊掉頭。白濤與黑浪，呼吸繞咽喉。噴風激飛廉，鼓波怒陽侯⑤。鯨鯢得其便，張口欲吞舟。萬里無活鱗⑥，百川多倒流。遂使江漢水，朝宗意亦休。蒼然屏風上，此畫良有由。（0007）

【校】

①〔題〕文集抄本題末有「詩」字。
②〔波濤安悠悠〕文集抄本作「安波澹悠悠」。
③〔鈎網〕馬本、《唐音統籤》作「釣網」。
④〔贔屭〕馬本、《唐音統籤》作「贔贔」。
⑤〔陽侯〕紹興本作「楊侯」，那波本、馬本作「陽侯」。楊、陽，唐人混用。
⑥〔活鱗〕文集抄本作「恬鱗」。

【注】

汪《譜》、朱《箋》：作於元和四年（八〇九），長安。

〔己丑〕元和四年（八〇九）。汪立名云：「按此詩於題下注年，必有爲而作。己丑爲元和四年。四月，憲宗欲乘王士真死，除人代之，不從則興師討之，以革河北諸鎮世襲之弊。裴垍不可。李絳言：『武俊父子相承四十餘年，今承宗又已總軍務，一旦易之，恐未即奉詔。又河北諸鎮事體正同，必不自安，陰相黨助。』中尉吐突承璀欲奪垍權，自請將兵討之，未行。九月，憲宗又欲以承璀爲成德留後，割其德、棣二州更爲一鎮，命王氏壻薛昌朝領之。承宗果囚昌朝，抗不奉詔。遂命承璀統兵討承宗。自此兵連禍結，師久無功。公集有狀論其事云：『臣伏以河北事體本不宜用兵。』此詩當因是託諷也。東坡云：『吴元濟以蔡叛，犯許汝以驚東都，此不可不討者也。當時議者欲置之，固爲非策。然未得武、裴二傑士，亦未易辦也。白樂天豈庸人哉？然其議論亦似屬置之者。其詩有《海圖屏風》者，可見其意。且注云：「時方討淮蔡叛。」吾以是知仁人君子之於兵蓋不忍輕用如此。淮蔡且欲以德懷，況欲弊所恃以勤無用乎？悲乎！此未易與俗士談也。』東坡此語定有爲，特借是以發之耳。然今本並無『淮蔡叛』之注。況元濟反在元和十年，縱兵侵掠，不容不討者。詩中『不自量』、『鼇可求』等語殊不相涉，是詩之作確是元和四年。然則宋本亦有謬誤，東坡以注爲據，遂不復推考也。」所言居易狀即《白氏文集》卷五九《請罷兵第二狀》。所引東坡説見《東坡志林》卷四。朱《箋》：「今宋紹興本亦無『時方討淮蔡叛』注，以時間考之，此詩當係爲王承宗而發，汪説是也。又《臨漢隱居詩話》：『……吾讀此詩，感劉隗、李訓、薛文通等事，爲之太息。』則益不相涉矣。」

〔鱗介無小大，遂性各沉浮〕左思《魏都賦》：「羽翮頡頏，鱗介浮沈。」《文選》李善注：「鄭玄曰：鱗，魚龍之屬；介，龜鱉之屬，水居陸生者也。」

〔突兀海底鼇，首冠三神丘〕《列子・湯問》：「渤海之東，不知幾億萬里，有大壑焉，實惟無底之谷，其下無底，名曰歸墟。八紘九野之水，天漢之流，莫不注之，而無增無減焉。其中有五山焉：一曰岱輿，二曰員嶠，三曰方壺，四曰瀛洲，五曰蓬萊。……而五山之根無所連著，常隨潮波上下往還，不得暫峙焉。仙聖毒之，訴之於帝。帝恐流於西極，失群仙之居，乃命禺彊，使巨鼇十五舉首而戴之。迭爲三番，六萬歲一交焉。五山始峙而不動。而龍伯之國有大人，舉足不盈數步而暨五山之所，一釣而連六鼇，合負而趣，歸其國，灼其骨以數焉。員嶠二山流於北極，沉於大海，仙聖之播遷者巨億計。」三神丘，即三神山。《史記・封禪書》：「自威、宣、燕昭使人入海求蓬萊、方丈、瀛洲，此三神山者，其傳在渤海中。」五山失其二，餘爲三神山。

〔屓贔牽不動，綸絶沉其鈎〕屓贔，亦作贔屓、贔屭。左思《吴都賦》：「巨鼇贔屭，首冠靈山。」《文選》劉逵注：「《列仙傳》曰：鼇負蓬萊山而抃滄海之中。贔屭，用力狀貌。」綸，釣絲。《列子・湯問》：「詹何以獨繭絲爲綸，芒針爲鉤，荆筱爲竿，剖粒爲餌，引盈車之魚於百仞之淵，汩流之中，綸不絶，鉤不伸，竿不撓。」

〔一鼇既頓頷，諸鼇齊掉頭〕頓頷，猶言點頭。一説指摇首。《文選》王延壽《魯靈光殿賦》：「虯龍騰驤以婉蟺，頷若動而躨跜。」李善注：「杜預《左氏傳》注曰：頷，摇(其)頭也。」按，《左傳》襄公二十六年「頷之而已」，頷作動詞用，然李善謂「頷動」通於摇頭則不錯。

〔噴風激飛廉，鼓波怒陽侯〕《楚辭・離騷》：「前望舒使先驅兮，後飛廉使奔屬。」王逸注：「飛廉，風伯也。」《漢書・揚雄傳》載雄《反離騷》：「凌陽侯之素波兮。」應劭注：「陽侯，古之諸侯也，有罪自投江，其神爲大波。」

〔鯨鯢得其便，張口欲吞舟〕《左傳》宣公十二年：「古者明王伐不敬，取其鯨鯢而封之。」杜預注：「鯨鯢，大魚名。以喻不義之人。」潘岳《滄海賦》：「其魚則有吞舟鯨鯢，烏賊龍鬚。」

〔萬里無活鱗，百川多倒流〕木華《海賦》：「魚則橫海之鯨，突兀孤游，戛巖嶅，偃高濤，茹鱗甲，吞龍舟。噏波則洪連蹴蹜，吹澇則百川倒流。」

〔遂使江漢水，朝宗意亦休〕《書·禹貢》：「江漢朝宗于海。」

羸駿①

騂騮失其主，羸餓無人牧。向風嘶一聲，莽蒼黄河曲。踏冰水畔立，卧雪冢間宿。歲暮田野空，寒草不滿腹。豈無市駿者，盡是凡人目。相馬失於瘦，遂遺千里足。村中何擾擾，有吏徵芻粟。輸彼軍廄中②，化作駑駘肉。（0008）

【校】

①〔題〕文集抄本題末有「詩」字。

②〔輸彼〕馬本、《唐音統籤》、汪本作「淪彼」。

【注】

〔騂騮失其主，羸餓無人牧〕《莊子·秋水》：「騏驥騂騮一日而馳千里，捕鼠不如狸狌，言殊技也。」杜甫《天育驃騎歌》：「如今豈無騕褭與騂騮，時無王良伯樂死即休。」

〔向風嘶一聲，莽蒼黄河曲〕《莊子·逍遥遊》：「適莽蒼者，三飡而返，腹猶果然。」成玄英疏：「莽蒼，郊野之色，遥望之不甚分明也。」

〔豈無市駿者，盡是凡人目〕《戰國策・燕策一》：「古之君人，有以千金求千里馬者，三年不能得。涓人言於君曰：『請求之。』君遣之。三月得千里馬，馬已死，買其首五百金，反以報君。君大怒曰：『所求者生馬，安事死馬而捐五百金？』涓人對曰：『死馬且買之五百金，况生馬乎？天下必以王爲能市馬，馬今且至矣。』於是不能期年，千里之馬至者三。」杜甫《昔游》：「有能市駿骨，莫恨少龍媒。」

〔相馬失於瘦，遂遺千里足〕《史記・滑稽列傳》：「諺曰：相馬失之瘦，相士失之貧。」《韓詩外傳》卷七：「使驥不得伯樂，安得千里之足？」

〔村中何擾擾，有吏徵芻粟〕唐代在正租、地税外仍税草，以供閑厩馬、諸衛州府承直馬食料。《舊唐書・職官志二》虞部郎中：「殿中、太僕所管閑厩馬，兩都皆五百里内供其芻藁。」

〔輸彼軍厩中，化作駑駘肉〕《楚辭・九辯》：「却騏驥而不乘兮，策駑駘而取路。」

廢琴

絲桐合爲琴，中有太古聲。古聲淡無味，不稱今人情①。玉徽光彩滅，朱絃塵土生。廢棄來已久，遺音尚泠泠。不辭爲君彈，縱彈人不聽。何物使之然，羌笛與秦箏。（0009）

【校】

①〔今人〕馬本、《唐音統籤》、汪本作「今日」。

【注】

〔絲桐合爲琴，中有太古聲〕桓譚《新論·琴道》：「昔神農氏繼宓羲而王天下，亦上觀法於天，下取法於地，近取諸身，遠取諸物，於是始削桐爲琴，繩絲爲絃，以通神明之德，合天地之和焉。」《通典》卷一四六樂六：「自周、隋以來，管絃雜曲將數百曲，多用西涼樂，鼓舞曲多用龜兹樂，其曲度皆時俗所知也。唯彈琴家猶傳楚漢舊聲，及《清調》、《琴調》，蔡邕《五弄調》、《楚調四弄調》，謂之九弄。雅聲獨存。」劉長卿《彈幽琴》：「古調雖自愛，今人多不彈。」王正白《岳上逢琴》：「同悲古時曲，不入俗人情。」均謂琴曲不合時俗。

〔玉徽光彩滅，朱絃塵土生〕玉徽，琴面玉製的音位標識。蕭綱《傷離新體詩》：「盌中浮蟻不能酌，琴間玉徽調別鶴。」《禮記·樂記》：「清廟之瑟，朱弦而疏越。」何妥《樂部曹觀樂詩》：「清管調絲竹，朱絃韻雅琴。」

〔廢棄來已久，遺音尚泠泠〕陸機《文賦》：「文徽徽以溢目，音泠泠而盈耳。」《文選》蘇武詩：「幸有絃歌曲，可以喻中懷。請爲遊子吟，泠泠一何悲。」

〔何物使之然，羌笛與秦箏〕馬融《長笛賦》：「近世雙笛從羌起，羌人伐竹未及已。」《文選》李善注：「《風俗通》曰：笛元羌出，又有羌笛。然羌笛與笛，二器不同。長於古笛，有三孔，大小異，故謂之雙笛。」庾信《擬詠懷詩》：「胡笳落淚曲，羌笛斷腸歌。」李斯《諫逐客書》：「夫擊甕叩缶彈箏搏髀，而歌呼嗚嗚快耳目者，真秦之聲也。」曹丕《善哉行》：「齊倡發東舞，秦箏奏西音。」

李都尉古劍

古劍寒黯黯，鑄來幾千秋。白光納日月，紫氣排斗牛。有客借一觀，愛之不敢求。湛然玉匣中，秋水澄不流。至寶有本性，精剛無與儔。可使寸寸折，不能繞指柔。願快直士心，將斷佞臣頭。不願報小怨①，夜半刺私讎。勸君慎所用，無作神兵羞。（0010）

【校】

①〔小怨〕文集抄本作「小冤」。

【注】

〔李都尉〕朱《箋》：「六朝及唐人多稱李陵爲李都尉，《文選》江文通《雜體詩》三十首中有《李都尉陵》詩。又白氏《雜感》詩（本書卷二0122）：『都尉身降虜，宫刑加子長。』《春聽琵琶兼簡長孫司户》詩（本書卷十七1077）：『如言都尉思京國，似訴明妃厭虜庭。』白行簡《李都尉重陽日得蘇屬國書》詩（《全唐詩》卷四六六）……皆有力之旁證。」庾信《擬連珠》：「是以李都尉之風霜，上蘭山而箭盡。」《結客少年場行》：「歌撩李都尉，果擲潘河陽。」戎昱《從軍行》：「昔從李都尉，雙鞬照馬蹄。」均同。

〔古劍寒黯黯，鑄來幾千秋〕郭震《寶劍篇》：「精光黯黯青蛇色，文章片片綠龜鱗。」劉長卿《酬張夏》：「劍寒空有氣，松老欲無心。」

〔白光納日月，紫氣排牛斗〕《晉書·張華傳》：「初，吴之未滅也，斗牛之間常有紫氣，道術者皆以吴方强盛，未可圖也，惟華以爲不然。及吴平之後，紫氣愈明。華聞豫章人雷煥妙達緯象，乃要煥宿，……華曰：『是何祥也？』煥曰：『寶劍之精，上徹於天耳。』……華大喜，即補煥爲豐城令。煥到縣，掘獄屋基，入地四丈餘，得一石函，光氣非常，中有雙劍，並刻題，一曰龍泉，一曰太阿。其夕，斗牛間氣不復見焉。」

〔湛然玉匣中，秋水澄不流〕《莊子·刻意》：「夫有干越之劍，柙而藏之，不敢用也。」何遜《別沈助教詩》：「可憐玉匣劍，復此飛凫舄。」李白《門有車馬客行》：「雄劍藏玉匣，陰符生素塵。」《白孔六帖》卷十三引《越絶書》：「太阿劍，其色如秋水。」陽縉《俠客控絶影詩》：「白玉鹿盧秋水劍，青絲宛轉黄金勒。」劉叉《姚秀才愛予小劍因贈》：「一條古時水，向我手心流。」

〔至寶有本性，精剛無與儔〕精剛，精鋼。陳琳《武軍賦》：「鎧則東胡闕鞏，百練精剛。」

〔可使寸寸折，不能繞指柔〕劉琨《重贈盧諶》：「何意百煉鋼，化爲繞指柔。」

〔願快直士心，將斷佞臣頭〕《漢書·朱雲傳》：「雲曰：『……臣願賜尚方斬馬劍，斷佞臣一人以厲其餘。』上問：『誰也？』對曰：『安昌侯張禹。』上大怒。」竇群《題劍》：「心許留家樹，辭直斷佞臣。焉能爲繞指，拂拭試時人。」

〔勸君慎所用，無作神兵羞〕張協《七命》：「大夫曰：『楚之陽劍，歐冶所營。邪谿之鋌，赤山之精。……此蓋稀世之神兵，子豈能從我而服之乎？』」

雲居寺孤桐

一株青玉立，千葉緑雲委。亭亭五丈餘，高意猶未已。山僧年九十，清淨老不死。自云手種時，一顆青桐子。直從萌芽拔，高自毫末始。四面無附枝，中心有通理。寄言立身者，孤直當如此。（0011）

【注】

〔雲居寺〕朱《箋》：「在長安城南終南山。《全唐文》卷七五七何籌《唐雲居寺故寺主律大德神道碑銘》：『盡得南山之要，皆揚東墖之能。』白氏又有《遊雲居寺贈穆三十六地主》詩。」按，何文「南山之要」蓋指道宣之南山律宗，以道宣居終南山得名，非謂此雲居寺在終南山。文中明言「涿鹿名區，時有異人間出」，清《畿輔通志》卷五一：「雲居寺，在涿州東北隅。」吳慶坻《蕉廊脞錄》卷六涿州雙塔諸碑記：「二塔皆唐時建，智度寺在南塔下，雲居寺在北塔下。」蓋即何籌文所言雲居寺，非居易遊蹤所屆。居易《寄王質夫》（本書卷十一 0529）：「春尋仙遊洞，秋上雲居閣。」其地蓋亦在盩厔縣境終南山中。庾信有《和從駕登雲居寺塔詩》，王褒有《雲居寺高頂詩》，其地在關中，或即居易所遊，惜無從確考。

〔一株青玉立，千葉綠雲委〕駱浚《題度支雜事典庭中柏樹》：「幹聳一條青玉直，葉鋪千疊綠雲低。」

〔直從萌芽拔，高自毫末始〕《老子》六十四章：「合抱之木，生於毫末。九層之臺，起於累土。」

〔四面無附枝，中心有通理〕通理，樹之紋理通連。王珣《孝武帝哀策文》：「殊柯通理，異蒂同根。」

京兆府新栽蓮　時爲盩厔尉趨府作。

污溝貯濁水，水上葉田田。我來一長歎，知是東溪蓮。下有清泥污，馨香無復全。上有紅塵撲，顏色不得鮮。物性猶如此，人事亦宜然。託根非其所，不如遭棄捐。昔在溪中日，花葉媚清漣。今來不得地，顦顇府門前。（0012）

【注】

汪《譜》、朱《箋》：作於元和二年（八〇七），長安。

〔京兆府〕《元和郡縣志》卷一關内道京兆府：「武德元年復爲雍州，開元元年改爲京兆府」；「管縣二十三：萬年，長安，昭應，三原，醴泉，奉天，奉先，富平，雲陽，咸陽，渭南，藍田，興平，高陵，櫟陽，涇陽，美原，華原，同官，鄠，盩厔，武功，好畤」；「盩厔縣，畿東北至府一百三十里。」

〔污溝貯濁水，水上葉田田〕《樂府詩集·相和歌辭·江南》：「江南可採蓮，蓮葉何田田。」

〔上有紅塵撲，顔色不得鮮〕紅塵，鬧市飛塵。班固《西都賦》：「披三條之廣路，立十二之通門。内則街衢洞達，閭閻且千。九市開場，貨别隧分。人不得顧，車不得旋。闐城溢郭，旁流百廛。紅塵四合，煙雲相連。」

〔物性猶如此，人事亦宜然〕《論衡·龍虚》：「物性亦有自然，狌狌知往，乾鵲知來，鸚鵡能言。三怪比龍，性變化也。」杜甫《自京赴奉先縣詠懷》：「葵藿傾太陽，物性固難奪。」

〔託根非其所，不如遭棄捐〕弘執恭《秋池一株蓮詩》：「秋至皆空落，凌波獨吐紅。託根方得所，未肯即從風。」《楚辭·七諫·怨世》：「棄捐藥芷與杜衡兮，余奈世之不知芳何。」

〔昔在溪中日，花葉媚清漣〕《詩·魏風·伐檀》：「坎坎伐檀兮，寘之河之干兮，河水清且漣漪。」謝靈運《過始寧墅詩》：「白雲抱幽石，綠筱媚清漣。」

〔今來不得地，顦顇府門前〕沈約《高松賦》：「鬱彼高松，棲根得地。」

月燈閣避暑①

旱久炎氣甚，中（去）人若燔燒。清風隱何處，草樹不動摇。何以避暑氣，無如出塵囂。行行都門外，佛閣正岧嶢。清涼近高生，煩熱委靜銷。開襟當軒坐，意泰神飄飄。迴看歸路傍，禾黍盡枯焦。獨善誠有計，將何救旱苗？（0013）

【校】

①〔題〕紹興本、那波本、馬本、《唐音統籤》作「月夜登閣避暑」，文集抄本作「月燈閣避暑詩」。何校：「詩中無月，必夏夜之誤，並夜字亦疑誤。」據文集抄本改。

【注】

〔月燈閣〕朱金城《雙白簃唐詩巵談》（《文學遺產》一九九五年第四期）：「考月燈閣乃唐代佛寺之閣名，爲新進士宴遊打球之所。元稹《酬翰林白學士代書一百韻》：『僧餐月燈閣，醵宴劫灰池。』自注：『予與樂天、杓直、拒非輩，多於月燈閣閑遊。又嘗與秘書省同官醵宴昆明池。』《南部新書》乙卷：『每歲寒食，……都人並在延興門看人，出城灑掃，車馬喧闐。新進士則於月燈閣置打球之宴。』又《唐摭言》卷三：『咸通十三年三月，新進士集於月燈閣，爲蹴鞠之會，擊拂既罷，痛飲於佛閣之上，四面看棚櫛比，悉皆褰去帷箔而縱觀焉。』延興門是唐長安外郭城東面第三門，則月燈閣當在長安城東南。又據清修《咸寧縣志》卷十《地理志》載，東鄉有韓森社，在城東五里，統四十二村，村名有長樂坡、月燈閣等。又今人王仁波主編《隋唐文化》第二九〇頁謂今西安東南滻河西岸有月燈閣村名。此均爲月燈閣在長安東南之佐證。根據以上許多資料，可以校定白集中『月夜登閣避暑』詩爲『月燈閣避暑』五字。」

〔旱久炎氣甚，中人若燔燒〕《楚辭·九辯》：「憯悽增欷兮，薄寒之中人。」《論衡·言毒》：「夫毒，太陽之熱氣也，中人人毒。」陶淵明《戊申歲六月中遇火》：「正夏長風急，林室頓燒燔。」

〔何以避暑氣，無如出塵囂〕《左傳》昭公三年：「景公欲更晏子之宅，曰：『子之宅近市，湫隘囂塵，不可以居，請更諸爽塏者。』」杜預注：「囂聲塵土。」陶淵明《桃花源詩》：「借問遊方士，焉測塵囂外。」

〔行行都門外，佛閣正岧嶢〕何晏《景福殿賦》：「岧嶢岑立，崔嵬巒居。」

〔清涼近高生，煩熱委靜銷〕杜甫《入奏行贈西山檢察使竇侍御》：「蔗漿歸厨金碗凍，洗滌煩熱足以寧君軀。」

〔開襟當軒坐，意泰神飄飄〕王粲《登樓賦》：「憑軒檻以遥望兮，向北風而開襟。」

初授拾遺

奉詔登左掖，束帶參朝議。何言初命卑，且脱風塵吏。杜甫陳子昂，才名括天地。當時非不遇，尚無過斯位。况予蹇薄者，寵至不自意。驚近白日光，慚非青雲器。天子方從諫，朝廷無忌諱。豈不思匪躬，適遇時無事。受命已旬月，飽食隨班次。諫紙忽盈箱，對之終自愧。（0014）

【注】

朱《箋》：作於元和三年（八〇八），長安。是年四月二十八日除左拾遺，仍充翰林學士。五月八日有《初授拾遺獻書》（《白氏文集》卷五八）。

〔奉詔登左掖，束帶參朝議〕左掖，謂門下省。左拾遺爲門下省屬官。張説《和許給事中直夜簡諸公》：「左掖知天近，南窗見月臨。」包佶《酬于侍郎湖南見寄十四韻》：「主恩留左掖，人望積南宮。」《論語·公治長》：「赤也，束帶立於朝。」《三國志·魏書·杜恕傳》載恕上疏：「况於束帶立朝，至位卿相，所務者非特匹夫之信。」

〔何言初命卑，且脱風塵吏〕《三國志·蜀書·楊戲傳》載戲《季漢輔臣贊·王文儀》：「既就初命，盡心世規。」劉長卿《送薛據宰涉縣》：「頃因歲月滿，方謝風塵吏。」高適《封丘作》：「乍可狂歌草澤中，寧堪作吏風塵下。」

〔杜甫陳子昂，才名括天地〕《新唐書·陳子昂傳》：「以母喪去官，服終，擢右拾遺。」《舊唐書》本傳略同。元稹《唐故工部員外郎杜君墓係銘》：「甫字子美，天寶中，獻《三大禮賦》，明皇奇之，命宰相試文，文善，授甫曹署。京師亂，步謁行在，拜左拾遺。」新舊《唐書》本傳謂拜右拾遺。

〔况予蹇薄者，寵至不自意〕蹇薄，猶言蹇剝。《易·剝·卦》：「剝，不利有攸往。」《蹇·彖》：「蹇，難也。險在前也，見險而能止，知矣哉。」李瀚《蒙求》：「趙壹坎壈，顔駟蹇剝。」白居易《草堂記》（《白氏文集》卷四三）：「一旦蹇剝，來佐江郡。」曹植《自誡令》：「富而不吝，寵至不驕者，則周公其人也。」

〔驚近白日光，慚非青雲器〕顔延之《五君詠·阮始平》：「仲容青雲器，實稟生民秀。」李白《贈清漳明府侄聿》：「天開青雲器，日爲蒼生憂。」

〔天子方從諫，朝廷無忌諱〕《書·伊訓》：「先王肇修人紀，從諫弗咈，先民時若。」《漢書·賈捐之傳》載捐之對：「臣幸得遭明盛之朝，蒙危言之策，無忌諱之患，敢昧死竭卷卷。」

〔豈不思匪躬，適遇時無事〕《易·蹇·卦》：「王臣蹇蹇，匪躬之故。」孔穎達疏：「盡忠於君，匪以私身之故而不往濟君，故曰匪躬之故。」

〔受命已旬月，飽食隨班次〕《論語·陽貨》：「子曰：飽食終日，無所用心，難矣哉。」此謂常參官供食。《唐六典》

卷十五光祿寺太官署令職掌注：「左右厢南牙文武職事五品已上及員外郎供饌百盤，餘供中書、門下供奉官及監察御史，每日常供具三羊，六參之日加一羊焉。」王維《敕賜百官櫻桃》：「飽食不須愁内熱，大官還有蔗漿寒。」

〔諫紙忽盈箱，對之終自愧〕唐制，諫官每月領諫紙。白居易《與元九書》（《白氏文集》卷四五）：「僕當此日，擢在翰林，身是諫官，月請諫紙。」又《論制科人狀》（《白氏文集》卷五八）：「臣今職爲學士，官是拾遺，日草詔書，月請諫紙。」白居易《醉後走筆酬劉五主簿長句之贈兼簡張大賈二十四先輩昆季》（本書卷十二0581）：「月請諫紙二百張，歲愧俸錢三十萬。」元稹《紀懷贈李六户曹崔二十功曹五十韻》：「榮班聯錦繡，諫紙賜箋藤。」薛能《昇平詞》：「戈甲盡生塵，諫紙應無用。」

贈元稹①

自我從宦遊，七年在長安。所得唯元君②，乃知定交難。豈無山上苗，徑寸無歲寒。豈無要津水，咫尺有波瀾。之子異於是，久處誓不諼③。無波古井水，有節秋竹竿。一爲同心友，三及芳歲闌④。花下鞍馬遊，雪中杯酒歡。衡門相逢迎，不具帶與冠。春風日高睡，秋月夜深看。不爲同登科⑤，不爲同署官。所合在方寸，心源無異端⑥。（0015）

【校】

①〔題〕那波本、文集抄本題末有「詩」字。《文苑英華》作「寄贈元九」。

②〔元君〕汪本、《文苑英華》作「元九」。
③〔久處〕文集抄本、《文苑英華》作「久要」。顧校：「用《論語·憲問》『久要不忘平生之言』意。」太田校同。
④〔闌〕紹興本、那波本作「蘭」。據文集抄本、馬本等改。
⑤〔登科〕《文苑英華》作「登第」。
⑥〔心源〕《文苑英華》作「心中」。

【注】

朱《箋》：作於元和元年（八〇六），長安。「白居易貞元十九年與元稹同登第，同授校書郎，而定交始於是年之前。詩云：『自我從宦遊，七年在長安。』白氏貞元十五年冬至長安應進士試，至元和元年適爲七年。」

〔元稹〕字微之，河南人。兩《唐書》有傳。《白氏文集》卷七十有《河南元公墓誌銘》。《舊唐書·元稹傳》：「稹八歲喪父，其母鄭夫人，賢明婦人也，家貧，爲稹自授書。九歲能屬文，十五兩經擢第，二十四調判入第四等，授秘書省校書郎。二十八應制舉才識兼茂、明於體用科，登第者十八人，稹爲第一，（元和）元年四月也。制下，除左拾遺，遇事輒舉。」

〔自我從宦遊，七年在長安〕《史記·司馬相如列傳》：「（相如）素與臨邛令王吉相善，吉曰：『長卿久宦遊不遂，而來過我。』」宋之問《藍田山莊》：「宦遊非吏隱，心事好幽偏。」

〔豈無山上苗，徑寸無歲寒〕左思《詠史》：「鬱鬱澗底松，離離山上苗。以彼徑寸莖，蔭此百尺條。」

〔豈無要津水，咫尺有波瀾〕波瀾，喻人心翻覆。陸機《君子行》：「天道夷且簡，人道險而難。休咎相乘躡，翻覆若波瀾。」劉禹錫《竹枝詞》：「長恨人心不如水，等閑平地起波瀾。」

〔之子異於是，久處誓不諼〕《詩・衛風・考槃》：「考槃在澗，碩人之寬。獨寐寤言，永矢弗諼。」鄭箋：「矢，誓。諼，忘也。」

〔無波古井水，有節秋竹竿〕劉孝先《詠竹詩》：「竹生荒野外，梢雲聳百尋。無人賞高節，徒自抱貞心。」

〔一爲同心友，三及芳歲闌〕鮑照《和王護軍秋夕詩》：「泉涸甘井竭，節徙芳歲殘。」

〔花下鞍馬遊，雪中杯酒歡〕司馬遷《報任安書》：「夫僕與李陵俱居門下，素非能相善也，趣捨異路，未嘗銜杯酒接殷勤之餘歡。」

〔衡門相逢迎，不具帶與冠〕《詩・陳風・衡門》：「衡門之下，可以棲遲。」毛傳：「衡門，橫木爲門，言淺陋也。」

〔所合在方寸，心源無異端〕方寸，指心。《三國志・蜀書・諸葛亮傳》：「（徐）庶辭先主而指其心曰：『本欲與將軍共圖王霸之業者，以此方寸之地也。今已失老母，方寸亂矣。無益於事，請從此別。』」李白《贈崔侍郎》：「長劍一杯酒，男兒方寸心。」以心爲本源，故名心源。《大乘起信論》：「又以覺心源故，名究竟覺。」梁釋智藏《奉和武帝三教詩》：「心源本無二，學理共歸真。」宋之問《自衡陽至韶州謁能禪師》：「物用益沖曠，心源日閑細。」

哭劉敦質

小樹兩株柏，新土三尺墳。蒼蒼白露草，此地哭劉君。哭君豈無辭，辭云君子人。如何天不弔，窮悴至終身。愚者多貴壽，賢者獨賤迍。龍亢彼無悔，蠖屈此不伸。哭罷持此辭，吾將詰羲文。（0016）

【注】

朱《箋》：作於貞元二十年（八〇四），長安。白氏《感化寺見元九劉三十二題名處》詩（本書卷十四0779）：「太白無來十一年。」又據白氏《常樂里閑居偶題十六韻兼寄劉十五公輿……劉三十二敦質》詩（卷五0173），知劉敦質貞元十九年猶健在，以時間逆數，當卒於是年。

〔劉敦質〕字太白。劉知幾曾孫，祖父起居郎貺，父浹，見《元和姓纂》卷五、《新唐書·宰相世系表一上》。

〔小樹兩株柏，新土三尺墳〕李白《答王十二寒夜獨酌有懷》：「君不見裴尚書，土墳三尺蒿棘居。」劉禹錫《哭呂衡州時予方謫居》：「遺草一函歸太史，旅墳三尺近要離。」

〔蒼蒼白露草，此地哭劉君〕《詩·秦風·蒹葭》：「蒹葭蒼蒼，白露爲霜。」《楚辭·九辯》：「白露既下百草兮，奄離披此梧楸。」

〔如何天不弔，窮悴至終身〕《左傳》哀公十六年：「孔丘卒，公誄之曰：旻天不弔，不慭遺一老。」崔瑗《河間張平子碑》：「愍天不弔，降此咎凶。哲人其萎，罔不時恫。」《魏書·高謙之傳》載謙之上表：「今百姓窮悴，甚於曩日。」白居易《與元九書》：「孟浩然輩不及一命，窮悴終身。」

〔愚者多貴壽，賢者獨賤迍〕賤迍，身份低賤，命運迍邅。左思《詠史》：「英雄有迍邅，由來自古昔。」劉長卿《贈别于群投筆赴安西》：「誰謂命迍邅，還令既反覆。」

〔龍亢彼無悔，蠖屈此不伸〕《易·乾·卦》：「上九，亢龍有悔。」《象》：「亢龍有悔，盈不可久也。」《文言》：「上九曰，亢龍有悔，何謂也？子曰：貴而無位，高而無民，賢人在下位而無輔，是以動而有悔也。」孔穎達疏：「上九亢陽之至，大而極盛，故曰亢龍。此自然之象，以人事言之，似聖人有龍德，上居天位，久而亢極，物極則反，故有悔也。」此反用之。《易·繫辭下》：「尺蠖之屈，以求信也。」孔穎達疏：「尺蠖之蟲，初行必屈者，欲求在後之信也。言信必須屈，屈以求信。」

〔哭罷持此辭，吾將詰義文〕義文，謂《周易》，卜筮之書。班固《東都賦》：「講義文之《易》，論孔氏之《春秋》。」《文選》李善注：「《周易》曰：古者庖犧氏始作八卦，以通神明之德，以類萬物之情。又曰：《易》之興也，其當殷之末世，周之盛德邪？當文王與紂之事邪？」

答友問①

大圭廉不割，利劍用不缺。當其斬馬時，良玉不如鐵。置鐵在洪爐，鐵消易如雪。良玉同其中，三日燒不熱。君疑才與德，詠此知優劣。（0017）

【校】

①〔題〕文集抄本題末有「詩」字。

【注】

〔大圭廉不割，利劍用不缺〕《禮記·禮器》：「大圭不琢，大羹不和。」鄭注：「大圭長三尺，抒上終葵首。」孔穎達疏：「大圭，天子朝日月之圭也。」《老子》五十八章：「是以聖人方而不割，廉而不劌，直而不肆，光而不耀。」嵇康《卜疑》：「方而不制，廉而不割。」《說苑·修文》：「諸侯以圭爲贄，圭者玉也。薄而不撓，廉而不劌，有瑕於中，必見於外。故諸侯以圭爲贄。」劌，刺傷。《論衡·率性》：「世稱利劍有千金之價，棠溪、魚腸之屬，龍泉、太阿之輩，其本鋌，山中之恒鐵也。冶工鍛煉，成爲銛利。豈利劍之鍛與煉，乃異質哉？」

〔當其斬馬時，良玉不如鐵〕《漢書·朱雲傳》：「雲曰：『……臣願賜尚方斬馬劍，斷佞臣一人以厲其餘。』」

〔置鐵在洪爐，鐵消易如雪〕洪爐，冶煉之大爐。《後漢書·何進傳》：「今將軍總皇威，握兵要，龍驤虎步，高下在心，此猶鼓洪爐燎毛髮耳。」郭璞《山海經圖贊·貫匈交脛支舌國》：「鑠金洪爐，灑成萬品。」

〔良玉同其中，三日燒不熱〕《淮南子·俶真訓》：「譬若鍾山之玉，炊以爐炭，三日三夜而色澤不變，則至德天地之精也。」

雜興三首①

楚王多内寵，傾國選嬪妃。又愛從禽樂，馳騁每相隨。錦韝臂花隼，羅袂控金羈。遂習宮中女，皆如馬上兒。色禽合爲荒，刑政兩已衰。雲夢春仍獵，章華夜不歸。東風二月天，春雁正離離。美人挾銀鏑，一發疊雙飛。飛鴻驚斷行，斂翅避蛾眉。君王顧之笑，弓箭生光輝。迴眸語君曰②，昔聞莊王時。有一愚夫人，其名曰樊姬。不有此遊樂③，三載斷鮮肥。（0018）

【校】

①〔題〕文集抄本作「雜興詩三首」。

②〔君曰〕文集抄本、管見抄本作「君王」。

③〔不有此遊樂〕文集抄本、管見抄本作「不知有此樂」。

【注】

〔楚王多内寵，傾國選嬪妃〕楚王，指楚靈王。《左傳》昭公七年：「楚子之爲令尹也，爲王旌以田。芋尹無宇斷之曰：『一國兩君，其誰堪之？』及即位，爲章華之宫，納亡人以實之。」又昭公十三年：「楚子之爲令尹也，殺大司馬薳掩而取其室。及即位，奪薳居田，遷許而質許圍。蔡洧有寵於王，王之滅蔡也，其父死焉，王使與於守而行。申之會，越大夫戮焉。王奪鬬韋龜中犫，又奪成然邑，而使爲郊尹。蔓成然故事蔡公，故薳氏之族及薳居、許圍、蔡洧、蔓成然，皆王所不禮也。因群喪職之族，啓越大夫常壽過作亂，圍固城，克息舟，城而居之。……楚公子比、公子黑肱、公子棄疾、蔓成然、蔡朝吴，帥陳、蔡、不羹、許、葉之師，因四族之徒，以入楚。……王曰：『余殺人子多矣，能無及此乎？』右尹子革曰：『請待于郊，以聽國人。』王曰：『衆怒不可犯也。』曰：『若入於大都，而乞師於諸侯。』王曰：『皆叛矣。』曰：『若亡於諸侯，以聽大國之國君也。』王曰：『大福不再，祇取辱焉。』……夏五月癸亥，王縊于芋尹申亥氏。」事又見於《國語・楚語》、《史記・楚世家》。内寵，女寵。《左傳》閔公二年：「昔辛伯諗周桓公云：『内寵並后，外寵二政，嬖子配適，大都耦國，亂之本也。』周公弗從，故及於難。」傾國，舉國，全國。《三國志・吴書・陸抗傳》：「如其有虞，當傾國爭之。」《蜀書・馬謖傳》裴注引《襄陽記》：「今公方傾國北伐以事强賊。」

〔又愛從禽樂，馳騁每相隨〕從禽，從逐於禽，謂打獵。《易·屯·象》：「即鹿无虞，以從禽也。」

〔錦韝臂花隼，羅袂控金羈〕張衡《西京賦》：「青骹摯於韝下，韓盧噬於緤末。」《文選》李善注：「韝，臂衣。」鮑照《代東武吟》：「昔如韝上鷹，今似檻中猿。」潘岳《秋興賦》：「野有歸燕，隰有翔隼。」《文選》李善注：「鷙擊之鳥，通呼曰隼，一曰鷂，春化爲布穀。」張華《遊獵篇》：「鷹隼始擊鷙，虞人獻時鮮。」曹植《洛神賦》：「抗羅袂以掩涕兮，淚流襟之浪浪。」王粲《七啓》：「揚羅袂，振華裳。」曹植《白馬篇》：「白馬飾金羈，連翩西北馳。」《文選》李善注：「《説文》曰：羈，絡頭也。」吴均《行路難》：「青驪白駁的盧馬，金羈緑控紫絲鞶。」

〔遂習宫中女，皆如馬上兒〕《樂府詩集·清商曲辭四》所載《神弦歌·明下童曲》：「走馬上前阪，石子彈馬蹄。不惜彈馬蹄，但惜馬上兒。」

〔色禽合爲荒，刑政兩已衰〕《書·五子之歌》：「其二曰：訓有之：内作色荒，外作禽荒。甘酒嗜音，峻宇彫牆。有一于此，未或不亡。」傳：「迷亂曰荒。色，女色。禽，鳥獸。」《禮記·樂記》：「禮節民心，樂和民聲，政以行之，刑以防之。禮樂刑政，四達而不悖，則王道備矣。」

〔雲夢春仍獵，章華夜不歸〕雲夢，古澤名，在楚地。司馬相如《子虚賦》：「臣聞楚有七澤，嘗見其一，未睹其餘也。臣之所見，蓋特其小小者耳，名曰雲夢。雲夢者，方九百里，其中有山焉。」《史記》索隱：「裴駰云：孫叔敖激沮水作此澤。張揖云：楚藪也，在南郡華容縣。郭璞曰：江夏安陸有雲夢城，南郡枝江亦有雲夢城。華容縣又有巴丘湖，俗云即古雲夢澤也。則張揖云在華容者，指巴湖也。」楚王獵于雲夢之事，如《吕氏春秋·至忠》：「荆莊哀王獵于雲夢，射隨兕，中之。」又《直諫》：「荆文王得茹黄之狗，宛路之矰，以畋于雲夢，三月不返。得丹之姬，淫，期年不聽朝。」《戰國策·楚策一》：「於是楚王遊於雲夢，結駟千乘，旌旗蔽天，野火之起若雲蜺，兕虎之嗥若雷霆。有狂兕牂車依輪而至，王親引弓而射之，壹發而殪。」《淮南子·泰族訓》：「靈王作章華之臺，發乾谿之役，外内搔動，百姓罷敝，棄疾乘民之怨而立公子比，百姓放臂而去之，餓於乾谿，食莽飲水，枕塊而死。」《史記·楚世家》：「七年，就章華臺。」集解：「杜預曰：南郡華容縣有臺，在城内。」

〔東風二月天，春雁正離離〕離離，分明有序貌。陶淵明《聯句》：「顧侶正徘徊，離離翔天側。霜露豈不切，徒愛雙飛翼。」沈約《秋夜》：「噎噎螢入霧，離離雁出雲。」

〔美人挾銀鏑，一發疊雙飛〕銀鏑，銀箭。劉孝威《結客少年場行》：「鷙羽裝銀鏑，犀膠飾象弧。」潘尼《三月三日洛水作》：「沈鈎出比目，舉弋落雙飛。」杜甫《哀江頭》：「翻身向天仰射雲，一笑正墜雙飛翼。」

〔飛鴻驚斷行，斂翅避蛾眉〕陶淵明《閑情賦》：「雞斂翅而未鳴，笛流遠以清哀。」

〔君王顧之笑，弓箭生光輝〕杜甫《奉同郭給事湯東靈湫作》：「坡陀金蝦蟆，出見蓋有由。至尊顧之笑，王母不肯收。」

〔迴眸語君曰，昔聞莊王時〕迴眸，猶言回首。隋煬帝《祭告智顗文》：「踵武觀音，連衡大勢，回眸東視，不捨娑婆。」楊衡《白紵辭》：「芳姿艷態妖且妍，回眸轉袖暗催絃。」

〔有一愚夫人，其名曰樊姬〕劉向《列女傳·賢明》：「樊姬，楚莊王之夫人也。莊王即位，好狩獵。樊姬諫不止，乃不食禽獸之肉。王改過，勤於政事。」

越國政初荒，越天旱不已。風日燥水田，水涸塵飛起。國中新下令，官渠禁流水。流水不入田，壅入王宮裏。餘波養魚鳥，倒影浮樓雉。澹灔九折池，縈迴十餘里。四月芰荷發，越王日遊嬉。左右好風來，香動芙蓉蘂。但愛芙蓉香，又種芙蓉子。不念閶門外，千

里稻苗死。(0019)

【注】

〔越國政初荒，越天旱不已〕《國語·越語》：「(勾踐即位之)四年，王召范蠡而問焉，曰：『先人即世，不穀即位，吾年既少，未有恒常，出則禽荒，入則酒荒。吾百姓之不圖，唯舟與車。上天降禍於越，委質於吳。』」

〔流水不入田，壅入王宫裏〕壅，阻塞。《公羊傳》成公五年：「梁山崩，壅河三日不沠。」《群書治要》卷三一引《六韜·文韜》：「人主好破壞名山，壅塞大川，決通名水，則歲多大水，傷民，五穀不滋。」

〔餘波養魚鳥，倒影浮樓雉〕樓雉，城樓。《左傳》隱公元年：「都城過百雉，國之害也。」杜預注：「方丈曰堵，三堵曰雉。一雉之牆，長三丈，高一丈。」謝朓《和王著作融八公山》：「出没眺樓雉，遠近送春日。」

〔澹灩九折池，縈迴十餘里〕澹灩，同瀲灩，水滿貌。姚系《野居池上看月》：「泫露蒼茫濕，沉波澹灩光。」柳宗元《遊南亭夜還叙志七十韻》：「積翠浮澹灩，始疑負靈鼇。」縈迴，盤繞。王勃《滕王閣序》：「鶴汀鳧渚，窮島嶼之縈迴。」姜晞《享龍池樂章》：「靈沼縈迴邸第前，浴日涵天寫曙天。」

〔四月芰荷發，越王日遊嬉〕《楚辭·離騷》：「製芰荷以爲衣兮，集芙蓉以爲裳。」王逸注：「芰，蔆也。……荷，芙蕖也。」洪興祖補注：「芰生水中，葉浮水上，花黄白色。《爾雅》曰：荷、芙蕖。注云：別名芙蓉。《本草》云：其葉名荷，其華未發爲菡萏，已發爲芙蓉。芰，荷葉也，故以爲衣；芙蓉，華也，故以爲裳。」

〔不念閶門外，千里稻苗死〕閶門，閶闔門之簡稱，代指君門。《楚辭·離騷》：「吾令帝閽開關兮，倚閶闔而望予。」王逸注：「閶闔，天門也。」范縝《答曹思文難神滅論》：「子謂神遊蝴蝶，是真作飛蟲邪？若然者，或夢爲牛，則負人轅輈；或夢爲馬，則入人跨下，明日應有死牛死馬，而無其物，何也？又腸繞閶門，此人即死。豈有遺其肝肺，而可以生哉？……神昏於内，妄見異物，豈莊生實亂南國，趙簡真登閶闔邪？」前言「閶門」，後言「閶闔」，其義相同。

吳王心日侈，服玩盡奇瓌。身卧翠羽帳，手持紅玉杯。冠垂明月珠，帶束通天犀。行動自矜顧，數步一徘徊。小人知所好，懷寶四方來。奸邪得藉手，從此倖門開①。古稱國之寶，穀米與賢才。今看君王眼，視之如塵灰。伍員諫已死，浮屍去不迴。姑蘇臺下草，麋鹿暗生麑。（0020）

【校】

①〔倖門〕文集抄本、管見抄本作「幸門」。

【注】

〔吳王心日侈，服玩盡奇瓌〕吳王，吳王夫差。《左傳》哀公元年：「今聞夫差，次有臺榭陂池焉，宿有妃嬙嬪御焉，一日之行，所欲必成，玩好必從，珍異是聚，觀樂是務，視民如讎，而用之日新。夫先自敗也，安能敗我？」《韓非子·内儲説下》：「衣服玩好，擇其所欲爲之。」奇瓌，同瓌奇。左思《吳都賦》：「雕題之士，鏤身之卒，……相與昧潛險，搜瓌奇。」

〔身卧翠羽帳，手持紅玉杯〕翠羽帳，以翠羽飾帳。《漢書·西域傳》：「自是之後，明珠、文甲、通犀、翠羽之珍盈於後宮。」沈滿願《戲蕭娘》：「明珠翠羽帳，金蒲綠綃帷。」虞世南《怨歌行》：「香銷翠羽帳，絃斷鳳皇琴。」《韓非子·喻老》：「昔者紂爲象箸而箕子怖，以爲象箸必不加於土黶，必將犀玉之杯；象箸玉杯必不羹菽藿，必旄、象、豹胎。」《吳越春秋》卷三載吳王闔閭葬其女，「金鼎玉杯、銀樽珠襦之寶，皆以送之。」赤玉出域外，古以爲珍。《後漢書·東夷傳·夫餘》：「出名馬、赤玉、貂豽。」楊衒之《洛陽伽藍記》卷四：「（後魏河間王琛）嘗會宗室，陳諸寶器，金瓶銀甕百餘口，甌檠盤盒稱是。自餘酒器，有水晶鉢、瑪瑙琉璃碗、赤玉卮數十枚，作工奇妙，中土所無，皆從西域而來。」

〔冠垂明月珠，帶束通天犀〕李斯《諫逐客書》：「垂明月之珠，服太阿之劍。」《抱朴子内篇·登涉》：「又通天犀角有一白理如綖，有自本徹末，以角盛米置羣雞中，雞欲啄之，未至數寸，即驚却退，故南人或名通天犀爲駭雞犀。……他犀亦辟惡解毒耳，然不能如通天者之妙也。」《新唐書·馬植傳》：「初，左軍中尉馬元贄最爲帝寵信，賜通天犀帶。」又《鄭注傳》：「入辭，帝賜通天犀帶。」

〔行動自矜顧，數步一徘徊〕鮑照《舞鶴賦》：「颯沓矜顧，遷延遲暮，逸翮後塵，翱翥先路。」《文選》李善注：「矜顧，矜莊相顧也。」

〔小人知所好，懷寶四方來〕《論語·陽貨》：「（陽貨）曰：『懷其寶而迷其邦，可謂仁乎？』」

〔奸邪得藉手，從此倖門開〕藉手，假手，藉口。《左傳》襄公十一年：「凡我同盟，小國有罪，大國致討，苟有以藉手，鮮不赦宥。」同書成公二年「苟有以藉口而復於寡君」孔穎達疏引服虔曰：「今河南俗語，治生求利，少有所得，皆言可用藉手矣。」《晉書·王衍傳》史臣曰：「及三方構亂，六戎藉手，犬羊之侣，鋒鏑如雲。」倖門，僥倖之門。《舊唐書·楊虞卿傳》載虞卿上疏：「鬱塞正路，偷安倖門。」

〔古稱國之寶，穀米與賢才〕張衡《東京賦》：「所貴唯賢，所寶唯穀。」《文選》李善注：「《尚書》曰：所寶唯賢則邇人安。范子《計然》曰：五穀者，萬人之命，國之重寶。」

〔伍員諫已死，浮屍去不迴〕伍子胥名員。《左傳》哀公十一年：「吳將伐齊，越子率其衆以朝焉，王及列士皆有饋賂，吳人皆喜，唯子胥懼曰：『是豢吳也夫？』諫曰：……弗聽。使於齊，屬其子於鮑氏，爲王孫氏。反役，王聞之，使賜之屬鏤以死。將死，曰：『樹吾墓檟，檟可材也，吳其亡乎？三年其始弱矣，盈必毀，天之道也。』」《吳越春秋》卷三：「（子胥）遂伏劍而死，吳王乃取子胥屍，盛以鴟夷之器，投之於江中。」事又見《史記·伍子胥列傳》等。

〔姑蘇臺下草，麋鹿暗生麑〕《越絶書》卷五載伍子胥臨終言：「今不出數年，鹿豖遊於姑胥之臺矣。」姑蘇臺，又名姑胥臺。麑，鹿子。《國語·魯語上》：「獸長麑麇。」韋昭注：「鹿子曰麑。」

顧學頡、周汝昌《白居易詩選》：「這三首詩，托楚、越、吳三國的事，借古諷今，是爲了諫諍當時的皇帝而發的。據史籍記載，唐憲宗『後庭多嬖艷』，又喜遊獵。第一首，就是勸他不應像楚王色禽兩荒」；第二首「多屬假托想象之詞，用以諷刺時政。據史籍記載，元和時幾乎每年宫内都有土木興建或疏浚水池的工程（見《唐會要》卷三十『雜記』有關各條）」；「唐憲宗時，許多地方官員如于頔、裴均、王鍔等人，進貢舞女、銀器或錢物，向皇帝討好，並結交權貴，有的企圖通過這種手段而獲得宰相的職務。作者另有奏狀反對，可與本篇（指第三首）互相參證。」

王汝弼《白居易選集》注第二首：「唐憲宗元和四年春，淮南、江南、江西、湖南、山南東道亢旱，《舊唐書·憲宗記》、《資治通鑑·唐紀·憲宗》都有明文記載，可知此所反映爲唐事」；又引《舊唐書·德宗本紀》：「貞元十三年六月辛巳，引龍首渠水自通化門入，至太清宫前。八月丁巳，詔京兆尹韓皐修昆明池石炭、賀蘭兩堰兼湖渠。」謂：

「這是唐皇室擅自把灌溉民田的官渠水道，引入京城内苑，供私家玩樂的官方紀録，這種暴政，一直到憲宗時代還在繼續。」

宿紫閣山北村①

晨遊紫閣峰，暮宿山下村。村老見予喜，爲予開一樽②。舉杯未及飲，暴卒來入門。紫衣挾刀斧，草草十餘人。奪我席上酒③，掣我盤中飧④。主人退後立，斂手反如賓。中庭有奇樹⑤，種來三十春。主人惜不得，持斧斷其根。口稱采造家，身屬神策軍。主人慎勿語，中尉正承恩。（0021）

【校】

①〔題〕那波本、文集抄本題末有「詩」字。

②〔爲予〕文集抄本作「爲我」。

③〔奪我〕文集抄本、要文抄本作「奪飲」。〔蓆〕馬本、《唐音統籤》作「席」，字通。

④〔掣我〕文集抄本、要文抄本作「掣食」。

⑤〔奇樹〕文集抄本、要文抄本作「好樹」。

【注】

朱《箋》： 約作於元和五年（八一〇），長安。

〔紫閣峰〕清《陝西通志》卷九鄠縣：「紫閣峰、白閣峰、黄閣峰，俱在縣東南三十里。『紫閣峰陰入渼陂。』唐杜甫詩。『東望白閣雲，半入紫閣松。』岑參詩。『紫閣峰有瀑布，景特奇絶。』王九思《終南山記》。『紫閣峰在縣東南，旭日射之，爛然而紫。其形上聳，若樓閣然。白閣陰森，積雪弗融。』《雍勝略》。」

〔紫衣挾刀斧，草草十餘人〕紫衣，指唐代下層胥吏所服粗紫。《唐會要》卷三一輿服上雜録：「（大和六年）七月，度支户部鹽鐵三司奏：……通引官許依前麤紫絁及紫布充衫袍，……其行官門子等，請許依前服紫麤絁充衫襖，……其騾綱車綱等，緣常押驢騾於諸州府搬運，及送遠軍衣賜，須應程期，請許依前麤紫絁充襖，……餘並不得違元敕。」又唐人文獻中多見「紫衣吏」。《太平廣記》卷一六《張老》（出《續玄怪録》）：「門有紫衣人吏，拜引入廳中。」卷五三《麒麟客》（出《續玄怪録》）：「紫衣吏數百人，羅拜道側。」《玄怪録》卷一郭代公：「未幾，火光照耀，車馬駢闐，二紫衣吏入而復出。」《詩·小雅·巷伯》：「驕人好好，勞人草草。」毛傳：「草草，勞心也。」此爲喧鬧、雜亂義。孟雲卿《古挽歌》：「草草閭巷喧，塗車儼成位。」

〔奪我席上酒，掣我盤中飧〕飧，飯食。《詩·小雅·大東》：「有饛簋飧，有捄棘匕。」毛傳：「飧，熟食。」

〔口稱采造家，身屬神策軍〕采造家，猶言采造之人。采造，采伐營造，特用於唐代宫廷。敦煌文書S. 1344載萬歲通天元年五月六日敕：「官人執衣白直，若不納課，須役正身，採取及造物者，計所納物，不得多於本課。」《太平廣記》卷八四《會昌狂士》（出《芝田録》）：「會昌、開成中，含元殿換一柱，敕右軍採造，選其材合尺度者。」又卷二三九《裴延齡》（出《譚賓録》）：「開元、天寶中，近處求覓五六丈木，尚未易得，皆須于嵐勝州採造。」《册府元龜》卷六一帝王部立制度第二：「唐文宗大和元年五月癸酉，左神策軍奏當軍請鑄『南山採造印』一面。」神策軍,《舊唐書·職官志三》:「上元中,以北衙軍使衛伯玉爲神策軍節度使,鎮陝州,以拒東寇。以中使魚朝恩爲觀軍容使,監伯玉軍。及伯玉入爲羽林帥,出爲荆南節度使,朝恩專統神策軍,鎮陝。廣德元年,吐蕃犯京師,代宗避狄幸陝,朝恩以神策軍迎扈。及永泰元年,吐蕃犯京畿,朝恩以神策兵屯於苑中。自是神策軍恒以中官爲帥。建中末,盜發京師,竇文埸以神策軍扈蹕山南,及還京師,賞勞無比。貞元中,特置神策軍護軍中尉,以中官爲之,時號兩軍中尉。貞元已後,中尉之權,傾於天下,人主廢立,皆出其可否。」

〔主人慎勿語,中尉正承恩〕何焯云:「此亦謂承璀。」朱《箋》:「吐突承璀元和初爲左軍中尉。王承宗叛,詔以承璀爲行營招討處置使統兵征討,諫官李鄘、許孟容、李元素、李夷簡、吕元膺、穆質、孟簡、獨孤郁、段平仲、白居易等衆對延英,謂古無中人位大帥,恐爲四方笑,乃更爲招討宣慰使。見《舊書》卷一八四、《新書》卷二〇七本傳。並參見白氏《論承璀職名狀》(《白氏文集》卷五九)。」

讀漢書

禾黍與稂莠,雨來同日滋。桃李與荆棘,霜降同夜萎。草木既區别,榮枯那等夷?茫茫天地意,無乃太無私?小人與君子,用置各有宜。奈何西漢末,忠邪並信之。不然盡信忠,早絶邪臣窺。不然盡信邪,早使忠臣知。優游兩不斷,盛業日以衰。痛矣蕭京輩,終令陷禍機。蕭望之、京房等。每讀元成紀,憤憤令人悲。寄言爲國者,不得學天時。寄言爲臣者,可以鑒於斯。(0022)

【注】

〔禾黍與稂莠，雨來同日滋〕《詩·小雅·大田》：「既方既阜，既堅既好，不稂不莠。」毛傳：「稂，童粱也。莠，似苗也。」均爲害禾苗之雜草。王符《潛夫論·述赦》：「養稂莠者傷禾稼，惠奸宄者賊良民。」

〔草木既區别，榮枯那等夷〕顔延之《秋胡詩》：「孰知寒暑積，僶勉見榮枯。」《文選》李善注：「程曉《女典》曰：春榮冬枯，自然之理。」《史記·留侯世家》：「今諸將皆陛下故等夷。」索隱：「如淳云：等夷，言等輩。」此謂同等、相等。

〔茫茫天地意，無乃太無私〕《禮記·孔子閒居》：「子夏曰：『敢問何謂三無私？』孔子曰：『天無私覆，地無私載，日月無私照。奉斯三者以勞天下，此之謂三無私。』」

〔優游兩不斷，盛業日以衰〕《漢書·元帝紀》贊：「而上牽制文義，優游不斷，孝宣之業衰焉。」

〔痛矣蕭京輩，終令陷禍機〕《漢書·蕭望之傳》：「蕭望之，字長倩，東海蘭陵人也。……宣帝崩，太子襲尊號，是爲孝元帝。望之、（周）堪本以師傅見尊重，上即位，數宴見，言治亂，陳王事。……初，宣帝不甚從儒術，任用法律，而中書宦官用事。中書令弘恭、石顯久典樞機，明習文法，亦與車騎將軍（史）高爲表裏，論議常獨持故事，不從望之等。弘、顯又時傾仄見詘。望之以爲中書政本，宜以賢明之選，自武帝遊宴後庭，故用宦者，非國舊制，又違古不近刑人之義，白欲更置士人，由是大與高、恭、顯忤。……恭、顯奏：『望之、堪、（劉）更生朋黨相稱舉，數譖訴大臣，毁離親戚，欲以專擅權勢，爲臣不忠，誣上不道，請謁者召致廷尉。』時上初即位，不省『謁者召致廷尉』爲下獄也，可其奏。……弘恭、石顯等知望之素高節，不詘辱，建白：『望之前爲將軍輔政，欲排退許、史，專權擅朝。幸得不坐，復賜爵邑，與聞政事，不悔過服罪，深懷怨望，教子上書，歸非於上，自以托師傅，懷終不坐。非頗詘望之於牢獄，塞其怏怏心，則聖朝亡以施恩厚。』上曰：『蕭太傅素剛，安肯就吏？』顯等曰：『人命至重，望之所坐，語言薄罪，必亡所憂。』上乃可其奏。……使者至，召望之。望之欲自殺，其夫人止之，以爲非天子意。望之以問門下生朱雲，雲者好節士，勸望之自裁。於是望之仰天嘆曰……竟飲鴆自殺。天子聞之驚，拊手曰：『曩固疑其不就牢獄，果然殺吾賢傅！』是時，太官方上晝食，上乃却食，爲之涕泣，哀慟左右。」又《京房傳》：「京房字君明，東郡頓丘人也。治《易》。……是時，中書令石顯顓權，顯友人五鹿充宗爲尚書令，論議相非。二人用事，房嘗宴見，問上曰：『幽、厲之君何以危？所任者何人？』上曰：『君不明，而所任者巧佞。』……上良久乃曰：『今爲亂者誰哉？』房曰：『明主宜自知之。』上曰：『不知也，如知，何故用之？』房曰：『上最信任，與圖事帷幄之中進退天下士者是矣。』房指謂石顯，上亦知之，謂房曰：『已諭。』……初，淮陽憲王舅張博從房受學，以女妻房。……博具從房記諸所説災異事，因令房爲淮陽王作求朝奏草，皆持柬與淮陽王。石顯微司具知之，以房親近，未敢言。及房出守郡，顯告房與張博通謀，非謗政治，歸惡天子，詿誤諸侯王。……房、博皆棄市。」鮑照《苦熱行》：「生軀蹈死地，昌志登禍機。」《文選》李善注：「班固《漢書》述曰：禍如發機。」

〔每讀元成紀，憤憤令人悲〕元成紀，謂《漢書》之《元帝紀》及《成帝紀》。

〔寄言爲國者，不得學天時〕《孟子·公孫丑下》：「孟子曰：天時不如地利，地利不如人和。三里之城，七里之郭，環而攻之而不勝。夫環而攻之，必有得天時者矣；然而不勝者，是天時不如地利也。城非不高也，池非不深也，兵革非不堅利也，米粟非不多也；委而去之，是地利不如人和也。故曰：域民不以封疆之界，固國不以山谿之險，威天下不以兵革之利。得道者多助，失道者寡助。寡助之至，親戚畔之；多助之至，天下順之。以天下之所順，攻親戚之所畔；故君子有不戰，戰必勝矣。」《荀子·議兵》：「臨武君與孫卿子議兵於趙孝成王前。王曰：『請問兵要？』臨武君對曰：『上得天時，下得地利，觀敵之變動，後之發，先之至，此用兵之要術也。』孫卿子曰：『不然。臣所聞古之道，凡用兵攻戰之本在乎壹民。弓矢不調，則羿不能以中微；六馬不和，則造父不能以致遠；士民不親附，則湯武不能以必勝也。故善附民者，是乃善用兵者也。故兵要在乎善附民而已。』」《淮南子·兵略訓》：「夫地利勝天時，巧舉勝地利，勢勝人，故任天者可迷也，任地者可束也，任時者可迫也，任人者可惑也。」此皆告誡君主不得恃天時而忽人事。

贈樊著作①

陽城爲諫議，以正事其君。其手如屈軼，舉必指佞臣。卒使不仁者，不得秉國鈞。元稹爲御史，以直立其身。其心如肺石，動必達窮民。東川八十家，冤憤一言伸。劉闢肆亂心，殺人正紛紛。其嫂曰庾氏，棄絶不爲親。從史萌逆節②，隱心潛負恩。其佐曰孔戡，捨去不爲賓。凡此士與女，其道天下聞。常恐國史上，但記鳳與麟。賢者不爲名，名彰教乃敦。每惜若人輩，身死名亦淪。君爲著作郎，職廢志空存。雖有良史才，直筆無所申。何不自著書，實錄彼善人。編爲一家言③，以備史闕文。（0023）

【校】

①〔題〕那波本題末有「詩」字。

②〔從史〕紹興本、那波本俱作「從使」，誤。據馬本、《唐音統籤》改。

③〔一家言〕《唐音統籤》作「一代言」。

【注】

汪《譜》、朱《箋》：作於元和五年（八一〇），長安。元稹有《和樂天贈樊著作》詩。

〔樊著作〕朱《箋》：「樊宗師，字紹述，南陽人。襄陽節度樊澤子。元和三年擢軍謀宏遠科，授著作佐郎。歷金部郎中，綿州刺史，徙絳州。見《新書》卷一五九本傳、《元和姓纂》二十二元、韓愈《南陽樊紹述墓誌銘》。」《新唐書・百官志二》秘書省：「著作局，郎二人，從五品上；著作佐郎二人，從六品上；……著作郎掌撰碑誌、祝文、祭文，與佐郎分判局事。」

〔陽城爲諫議，以正事其君〕《舊唐書・陽城傳》：「陽城字亢宗，北平人也。……（李）泌爲宰相，薦爲著作郎，……尋遷諫議大夫。……時德宗在位，多不假宰相權，而左右得以因緣用事。於是裴延齡、李齊運、韋渠牟等以姦佞相次進用，誣譖時宰，毁詆大臣，陸贄等咸遭枉黜，無敢救者。城乃伏閤上疏，與拾遺王仲舒共論延齡姦佞，贄等無罪。德宗大怒，召宰相入議，將加城罪。時順宗在東宮，爲城獨開解之，城賴之獲免。……時朝夕欲相延齡，城曰：『脱以延齡爲相，城當取白麻壞之。』竟坐延齡事改國子司業。」

〔其手如屈軼，舉必指佞臣〕《論衡・是應》：「太平之時，屈軼生於庭之末，若草之狀，主指佞人。佞人入朝，屈軼庭末以指之，聖王則知佞人所在。」《文選》王元長《三月三日曲水詩》序李善注：「《田俅子》曰：黄帝時，有草生於帝庭階，若佞臣入朝，則草指之，名曰屈軼，是以佞人不敢進也。」

〔卒使不仁者，不得秉國鈞〕國鈞，同國均。《詩・小雅・節南山》：「尹士大師，維周之氐。秉國之均，四方之維。」鄭箋：「持國政之平，維制四方。」《晉書・王羲之傳》載遺殷浩書：「任國鈞者，引咎責躬，深自貶降以謝百姓。」

〔元稹爲御史，以直立其身〕《舊唐書·元稹傳》：「憲宗召對，問方略。爲執政所忌，出爲河南縣尉。丁母憂，服除，拜監察御史。四年，奉使东蜀，劾奏故劍南節度使嚴礪違制擅賦，又籍没塗山甫等吏民八十八户田宅一百一十一、奴婢二十七人、草千五百束、錢七千貫。時礪已死，七州刺史皆責罰。稹雖舉職，而執政有與礪厚者惡之。使還，令分務東臺。浙西觀察使韓皋封杖決湖州安吉令孫澥，四日内死。徐州監軍使孟昇卒，節度使王紹傳送昇喪柩還京，給券乘驛，仍於郵舍安喪柩。稹並劾奏以法。河南尹房式爲不法事，稹欲追攝，擅令停務。既飛表聞奏，罰式一月俸，仍召稹還京。」

〔其心如肺石，動必達窮民〕《周禮·秋官·大司寇》：「以肺石達窮民。凡遠近惸獨老幼之欲有復於上，而其長弗達者，立於肺石。三日，士聽其辭，以告於上而罪其長。」鄭注：「肺石，赤石也。窮民，天民之窮而無告者。」賈公彦疏：「陰陽療疾法，肺屬南方火，火色赤，肺亦赤。故知名肺石是赤石也。必使之坐赤石者，使之赤心不妄告也。」

〔庾氏〕劉闢叛亂事見本卷《賀雨》（0001）詩注。其嫂庾氏事别無考。

〔從史萌逆節，隱心潛負恩〕從史，即盧從史。其謀叛逆及孔戡諫爭事，見本卷《孔戡》（0003）詩注。隱心，此謂隱瞞真心。《後漢書·皇甫規傳》載規對策：「臣誠知阿諛有福，深言近禍，豈敢隱心以避誅責。」

〔賢者不爲名，名彰教乃敦〕《韓非子·外儲説左上》：「利之所在，民歸之；名之所彰，士死之。」《呂氏春秋·義賞》：「賞罰之柄，此上之所以使也。其所以加者義，則忠信親愛之道彰。久彰而愈長，則民之安之若性，此之謂教成。」

〔雖有良史才，直筆無所申〕《左傳》宣公二年：「孔子曰：董狐，古之良史也，書法不隱。」《晉書·郭璞傳》載璞上疏：「臣以人乏，忝荷史任，敢忘直筆，惟義是規。」
〔何不自著書，實錄彼善人〕揚雄《法言・重黎》：「或問《周官》，曰立事。《左氏》，曰品藻。《太史遷》，曰實錄。」《漢書・司馬遷傳》贊：「然自劉向、揚雄博極羣書，皆稱遷有良史之材，服其善序事理，辨而不華，質而不俚，其文直，其事核，不虚美，不隱惡，故謂之實錄。」
〔編爲一家言，以備史闕文〕司馬遷《報任安書》：「亦欲以究天人之際，通古今之變，成一家之言。」《論語・衛靈公》：「子曰：『吾猶及史之闕文也。有馬者借人乘之，今亡矣夫。』」

蜀路石婦①

道傍一石婦，無記復無銘②。傳是此鄉女，爲婦孝且貞。十五嫁邑人，十六夫征行。夫行二十載，婦獨守孤煢。其夫有父母，老病不安寧。其婦執婦道，一一如禮經。晨昏問起居，恭順發心誠。藥餌自調節，膳羞必甘馨。夫行竟不歸，婦德轉光明。後人高其節，刻石像婦形。儼然整衣巾，若立在閨庭。似見舅姑禮，如聞環珮聲。至今爲婦者，見此孝心生。不比山頭石，空有望夫名。（0024）

【校】

①〔題〕那波本題末有「詩」字。

②〔復無銘〕馬本、《唐音統籤》作「亦無銘」。

【注】

〔蜀路石婦〕《元和郡縣志》卷三四劍州普安縣：「石新婦神在縣東北四十九里，大劍東北三十里。夫遠征，婦極望忘歸，因化爲石。」

〔夫行二十載，婦獨守孤煢〕曹植《靈芝篇》：「丁蘭少失母，自傷早孤煢。」丁廙妻《寡婦賦》：「靜閉門以却掃，魂孤煢以窮居。」

〔其婦執婦道，一一如禮經〕婦道，子婦之道。《禮記·大傳》：「其夫屬乎父道者，妻皆母道也。其夫屬乎子道者，妻皆婦道也。」又指婦人貞節之道。《穀梁傳》襄公三十年：「伯姬之舍失火，左右曰：『夫人少辟火乎？』伯姬曰：『婦人之義，傅母不在，宵不下堂。』左右又曰：『夫人少辟火乎？』伯姬曰：『婦人之義，保母不在，宵不下堂。』遂逮乎火而死。婦人以貞爲行者也，伯姬之婦道盡矣。」《禮經》，先秦儒家經典，漢代列於五經之一。《荀子·大略》：「禮以順人心爲本，故亡於《禮經》而順人心者，皆禮也。」《論衡·謝短》：「五經題篇，皆以事義別之，至《禮》與《律》獨經也題之。」按，五經之《禮》漢代指《儀禮》，後世指《禮記》。

〔晨昏問起居，恭順發心誠〕《禮記·曲禮上》：「凡爲人子之禮，冬温而夏清，昏定而晨省。」鄭注：「安定其牀衽也，省問其安否何如。」《史記·酈生陸賈列傳》：「陸生往請。」集解：「《漢書音義》曰：請，若問起居。」《漢書·哀帝紀》：「臣願且得留國邸，旦夕奉問起居。」《禮記·樂記》：「莊敬恭順，禮之制也。」

〔藥餌自調節，膳羞必甘馨〕《周禮·天官·膳夫》：「膳夫掌王之食飲膳羞。」鄭注：「膳，牲肉也。羞，有滋味者。」《禮記·文王世子》：「朝夕之食上，世子必在，視寒煖之節。食下，問所膳，羞必知所進，以命膳宰，然後退。」甘馨，甘美馨香。揚雄《劇秦美新》：「臭馨香，含甘實。」元稹《估客樂》：「顔色轉光淨，飲食亦甘馨。」

〔夫行竟不歸，婦德轉光明〕婦德，婦女貞順之德。《禮記·昏義》：「教以婦德、婦言、婦容、婦功。」鄭注：「婦德，貞順也。」《禮記·郊特牲》：「信，事人也。信，婦德也。壹與之齊，終身不改。故夫死不嫁。」

〔儼然整衣巾，若立在閨庭〕儼然，莊嚴貌。《論語·子張》：「子夏曰：君子有三變，望之儼然，即之也温，聽其言也厲。」《禮記·檀弓下》：「雖吾子儼然在憂服之中，喪亦不可久也，時亦不可失也。」閨庭，内庭。《三國志·魏書·管寧傳》：「寧常著皁帽、布襦袴，隨時單複，出入閨庭，能自任杖，不須扶持。」《宋書·范曄傳》：「曄素有閨庭論議，朝野所知，故門胄雖華，而國家不與姻娶。」潘岳《京陵女公子王氏哀辭》：「於以祖之，於掖閨庭。」

〔似見舅姑禮，如聞環珮聲〕舅姑，夫之父母。《禮記·内則》：「婦事舅姑，如事父母。」環珮，同環佩。《禮記·經解》：「燕處則聽雅頌之音，行步則有環佩之聲。」鄭注：「環佩，佩環佩玉也，所以爲行節也。」阮籍《詠懷》：「二妃遊江濱，逍遥順風翔。交甫懷環珮，婉孌有芬芳。」

〔不比山頭石，空有望夫名〕《初學記》卷五引劉義慶《幽明録》：「武昌北山上有望夫石，狀若人立。古傳云：昔有貞婦，其夫從役，遠赴國難，攜弱子餞送此山，立望夫而化爲立石，因以名山。」庾信《哀江南賦》：「石望夫而逾遠，山望子而逾多。」

折劍頭①

拾得折劍頭，不知折之由。一握青蛇尾，數寸碧峰頭。疑是斬鯨鯢，不然刺蛟虬。缺落泥土中，委棄無人收。我有鄙介性，好剛不好柔。勿輕直折劍，猶勝曲全鉤。（0025）

【校】

①〔題〕那波本題末有「詩」字。

【注】

〔一握青蛇尾，數寸碧峰頭〕一握，一手所握。《淮南子·原道訓》：「舒之幎於六合，卷之不盈於一握。」青蛇，喻劍。《白孔六帖》卷十三：「青蛇，劍彩。」莊南傑《雁門太守行》：「跨下嘶風白練獰，腰間切玉青蛇活。」施肩吾《壯士行》：「凍梟殘蠹我不取，污我匣裏青蛇鱗。」

〔疑是斬鯨鯢，不然刺蛟虬〕《左傳》宣公十二年：「古者明王伐不敬，取其鯨鯢而封之，以爲大戮。」杜預注：「鯨鯢，大魚名。以喻不義之人。」曹冏《六代論》：「掃除凶逆，翦滅鯨鯢。」《世説新語·自新》：「周處年少時，兇强俠氣，爲鄉里所患，又義興水中有蛟龍，山中有邅迹虎，並皆暴犯百姓，義興人謂爲三横，而處尤劇。或説處殺虎斬蛟，實冀三横唯餘其一。處即刺殺虎，又入水擊蛟，蛟或浮或没，行數十里，處與之俱，經三日三夜，鄉里皆謂已死，更相慶。竟殺蛟而出，聞里人相慶，始知爲人情所患，有自改意。」虬亦龍屬。孟郊《峽哀》：「石劍相劈斫，石波怒蛟虬。」韓愈《劉生詩》：「青鯨高磨波山浮，怪魅炫曜堆蛟虬。」

〔缺落泥土中，委棄無人收〕委棄，丟棄。見本卷《讀張籍古樂府》(0002)注。

〔勿輕直折劍，猶勝曲全鉤〕《後漢書·五行志一》：「順帝之末，京都童謡曰：直如弦，死道邊；曲如鉤，反封侯。」

登樂遊園望①

獨上樂遊園，四望天日曛。東北何靄靄，宮闕入煙雲。愛此高處立，忽如遺垢氛。耳目暫清曠，懷抱鬱不伸。下視十二街，綠樹間紅塵。車馬徒滿眼，不見心所親。孔生死洛陽，元九謫荊門。可憐南北路，高蓋者何人？（0026）

【校】

①〔題〕那波本題末有「詩」字。

【注】

汪《譜》、朱《箋》：作於元和五年（八一〇），長安。元稹有《酬樂天登樂遊園見憶》詩。

〔樂遊園〕即樂遊苑。《長安志》卷八昇平坊：「東北隅漢樂遊廟。漢宣帝所立。因樂遊苑爲名，在高原上，餘址尚存。長安中，太平公主於原上置亭遊賞，後賜寧、申、岐、薛王。其地居京城之最高，四望寬敞。京城之内，俯視指掌。每正月晦日、三月三日、九月九日，京城士女咸就此登賞祓禊。」杜甫有《樂遊園歌》。

〔獨上樂遊園，四望天日曛〕曛，日暮，黄昏。謝靈運《晚出西射堂》：「曉霜楓葉丹，夕曛嵐氣陰。」《文選》李善注：「《楚辭》曰：與曛黄而爲期。王逸注：黄昏時也。」今本《楚辭·九章·思美人》：「指潘冢之西隈兮，與纁黄而爲期。」

〔東北何靄靄，宮闕入煙雲〕靄靄，雲多而昏暗。陶淵明《停雲》：「靄靄停雲，濛濛時雨。」范雲《巫山高》：「靄靄朝雲去，溟溟暮雨歸。」《唐兩京城坊考》卷三：「按白居易《登樂遊園望》詩云：『東北何靄靄，宮闕入煙雲。』蓋言南内之宮闕也。」權德輿《放歌行》：「雙闕煙雲遥靄靄，五衢車馬亂紛紛。」

〔愛此高處立，忽如遺垢氛〕垢氛，猶言塵氛、塵霧。謝靈運《述祖德詩二首》之一：「兼抱濟物性，而不纓垢氛。」

《文選》李善注：「垢，滓也。氛，氣也。謂世事呲惡，不相纓繞，不雜塵霧。」皎然《步虛詞》：「日華煉魂魄，皎皎無垢氛。」

〔耳目暫清曠，懷抱鬱不伸〕清曠，清虚曠遠。謝靈運《過始寧墅》：「緇磷謝清曠，疲薾慚貞堅。」又《田南樹園激流植援》：「中園屏氛雜，清曠招遠風。」

〔下視十二街，綠樹間紅塵〕十二街，指長安皇城内十二街。《長安志》卷七唐皇城：「城中南北七街，東西五街，其間並列臺省寺衛。」韓愈《南内朝賀歸呈同官》：「綠槐十二街，涣散馳輪蹄。」張籍《逢賈島》：「十二街中春雪遍，馬蹄今去入誰家。」紅塵，見本卷《京兆府新栽蓮》（0012）注。

〔孔生死洛陽，元九謫荆門〕孔生，孔戡。見本卷《孔戡》（0003）注。《舊唐書·元稹傳》：「宿敷水驛，内官劉士元後至，爭廳，士元怒，排其户，稹襪而走廳後。士元追之，後以箠擊稹傷面。執政以稹少年後輩，務作威福，貶爲江陵府士曹參軍。」朱《箋》：「元和五年三月，元稹自監察御史貶爲江陵府士曹參軍。」《舊唐書·地理志》：「荆州江陵府……上元元年九月，置南郡，以荆州爲江陵府。」

〔可憐南北路，高蓋者何人〕高蓋，高蓋車，權貴所乘。《漢書·于定國傳》：「少高大閭門，令容駟馬高蓋車。」崔琦《四皓頌》：「駟馬高蓋，其憂甚大。」

酬元九對新栽竹有懷見寄

頃有贈元九詩云：「有節秋竹竿。」故元感之，因重見寄。

昔我十年前，與君始相識。曾將秋竹竿，比君孤且直。中心一以合，外事紛無極。共保秋竹心，風霜侵不得。始嫌梧桐樹，秋至先改色。不愛楊柳枝，春來軟無力。憐君別我後，見竹長相憶。常欲在眼前，故栽庭户側。分首今何處，君南我在北。吟我贈君詩，對之心惻惻。（0027）

【注】

汪《譜》、朱《箋》：作於元和五年（八一〇），長安。朱《箋》：「此詩有『昔我十年前，與君始相識』之句，則知元、白相識於貞元十八年前。陳《譜》云定交於貞元十九年，非是。元稹有《種竹詩》，此詩爲和作。」

〔曾將秋竹竿，比君孤且直〕《史記·老子韓非列傳》：「故作《孤憤》、《五蠹》、《内外儲》、《説林》、《説難》十餘萬言。」索隱：「孤憤，憤孤直不容於時也。」《隋書·房彦謙傳》：「况復愛憎肆意，至乖平坦，清介孤直，未必高名。」

〔中心一以合，外事紛無極〕中心，心中。《詩·邶風·谷風》：「行道遲遲，中心有違。」外事，猶言外物。《莊子·外物》：「外物不可必。」司馬彪曰：「物，事也。」

〔吟我贈君詩，對之心惻惻〕惻惻，悲傷貌。潘岳《寡婦賦》：「庶浸遠而哀降兮，情惻惻而彌甚。」歐陽建《臨終詩》：「下顧所憐女，惻惻心中酸。」

感鶴①

鶴有不羣者，飛飛在野田。飢不啄腐鼠，渴不飲盜泉。貞姿自耿介，雜鳥何翩翾②。同遊不同志，如此十餘年。一興嗜慾念，遂爲矰繳牽。委質小池内，爭食羣雞前。不惟懷稻粱，兼亦競腥羶。不唯戀主人，兼亦狎烏鳶。物心不可知，天性有時遷。一飽尚如此，況乘大夫軒。（0028）

【校】

①〔題〕那波本、文集抄本題末有「詩」字。

②〔翩翾〕文集抄本作「翩翻」。

【注】

〔鶴有不羣者，飛飛在野田〕《楚辭·離騷》：「鷙鳥之不羣兮，自前世而固然。」《淮南子·説林訓》：「猛獸不羣，鷙鳥不雙。」曹植《野田黄雀行》：「羅家得雀喜，少年見雀悲。拔劍捎羅網，黄雀得飛飛。飛飛摩蒼天，來下謝少年。」阮籍《詠懷》：「鴻鵠相隨飛，飛飛適荒裔。」

〔飢不啄腐鼠，渴不飲盜泉〕《莊子·秋水》：「夫鵷鶵，發於南海而飛於北海，非梧桐不止，非練實不食，非醴泉不飲。於是鴟得腐鼠，鵷鶵過之，仰而視之曰：『嚇！』」《淮南子·説山訓》：「曾子立廉，不飲盜泉。」劉文典校：「曾子」本作「孔子」。《論衡·問孔》：「孔子不飲盜泉之水，曾子不入勝母之閭。」《説苑·談叢》：「邑名勝母，曾子不入；水名盜泉，孔子不飲，醜其聲也。」

〔貞姿自耿介，雜鳥何翩翾〕《楚辭·離騷》：「彼堯舜之耿介兮，既遵道而得路。」王逸注：「耿，光也。介，大也。」以耿介譬禽鳥者，如《文選》潘岳《射雉賦》李善注：「薛君《韓詩章句》曰：「雉，耿介之鳥。」」郭璞《遊仙詩》李善注引《古白鴻頌》：「兹亦耿介，矯翮紫煙。」王羲之《書論》：「窈窕出入如飛白，耿介峙立如鶴頭。」翩翾，小鳥或飛蟲飛翔貌。張華《鷦鷯賦》：「育翩翾之陋體，無玄黄以自貴。」《文選》李善注：「《字林》曰：翩，疾飛也。《説文》曰：翾，小飛也。」傅亮《感物賦》：「於時風霜初戒，蟄類尚繁，飛蛾翔羽，翩翾滿室。」謝靈運《山居賦》：「鷗鴻翻翥而莫及，何但燕雀之翩翾。」

〔一興嗜慾念，遂爲矰繳牽〕王褒《四子講德論》：「鳥集獸散，往來馳騖，周流曠野，以濟嗜慾。」《史記·留侯世家》：「上曰：『爲我楚舞，吾爲若楚歌。』歌曰：『鴻鵠高飛，一舉千里。羽翮已就，横絶四海。横絶四海，當可奈何？雖有矰繳，尚安所施？』」集解：「韋昭曰：繳，弋射也。其矢曰矰。」《淮南子·俶真訓》：「今矰繳機而在上，罡罟張而在下，雖欲翱翔，其勢焉得。」

〔委質小池内，爭食羣雞前〕《左傳》僖公二十三年：「策名委質，貳乃辟也。」《史記·仲尼弟子列傳》：「孔子設禮稍誘子路，子路後儒服委質，因門人請爲弟子。」索隱：「服虔注《左氏》云：古者始仕，必先書其名於策，委死之質於君，然後爲臣，示必死節於其君也。」此謂委身、置身。

〔不惟懷稻粱，兼亦競腥羶〕劉峻《廣絶交論》：「分雁鶩之稻粱，沾玉斝之餘瀝。」《文選》李善注：「《韓詩外傳》：田饒謂魯哀公曰：黄鵠止君園池，啄君稻粱。」江淹《翡翠賦》：「雞鶩以稻粱致憂，燕雀以堂借貽愁。」

〔不唯戀主人，兼亦狎烏鳶〕烏、鳶以鼠、蛇及腐肉等爲食。《莊子·列禦寇》：「莊子曰：『在上爲烏鳶食，在下爲螻蟻食，奪彼與此，何其偏也。』」阮籍《詠懷》：「捐身棄中野，烏鳶作患害。」

〔物心不可知，天性有時遷〕《荀子·儒效》：「人積耨耕而爲農夫，積斲削而爲工匠，積反貨而爲商賈，積禮義而爲君子。工匠之子莫不繼事，而都國之民安習其服。居楚而楚，居越而越，居夏而夏。是非天性也，積靡使然也。」《論衡·率性》：「人之性，善可變爲惡，惡可變爲善，猶此類也。蓬生麻間，不扶自直；白紗入緇，不練自黑。彼蓬之性不直，紗之質不黑。麻扶緇染，使之直黑。夫人之性猶蓬紗也，在所漸染，而善惡變矣。」

〔一飽尚如此，况乘大夫軒〕《左傳》閔公二年：「衛懿公好鶴，鶴有乘軒者。」杜預注：「軒，大夫車。」

春雪

元和歲在卯，六年春二月。月晦寒食天，天陰夜飛雪。連宵復竟日，浩浩殊未歇。大似落鵝毛，密如飄玉屑。寒銷春茫上聲蒼上聲，氣變風凜冽。上林草盡没，曲江冰復結。紅乾杏花死，綠凍楊枝折。所憐物性傷，非惜年芳絶。上天有時令，四序平分別。寒燠苟反常，物生皆夭閼。我觀聖人意，魯史有其説。或記水不冰，或書霜不殺。上將儆正教①，下以防災孽。兹雪今如何，信美非時節。（0029）

【校】

①〔正教〕汪本、《全唐詩》作「政教」。

【注】

汪《譜》、朱《箋》：作於元和六年（八一一）二月，長安。

〔月晦寒食天，天陰夜飛雪〕晦日，月盡日。《穀梁傳》成公十六年：「甲午，晦。……日事遇晦曰晦。」楊士勛疏：「震夷伯之廟云晦者，如《公羊》晝日爲冥，自餘稱晦者，是月盡日也。」《藝文類聚》卷四引《荆楚歲時記》：「去冬至一百五日，即有疾風甚雨，謂之寒食。」蓋此年二月晦日恰爲寒食日。

〔大似落鵝毛，密如飄玉屑〕庾信《楊柳歌》：「獨憶飛絮鵝毛下，非復青絲馬尾垂。」以之喻飛雪，如司空曙《雪二首》：「樂遊春苑望鵝毛，宫殿如星樹似毫。」何遜《詠春雪寄族人治書思澄》：「本欲映梅花，翻悲似玉屑。」張南史《雪》：「雪，雪。花片，玉屑。結陰風，凝暮節。」

〔寒銷春茫蒼，氣變風凜冽〕茫蒼，原注二字讀上聲，同莽蒼。《莊子·逍遥遊》：「適莽蒼者，三飡而返，腹猶果然。」成玄英疏：「莽蒼，郊野之色，遥望之不甚分明也。」王楙《野客叢書》卷八蒼茫作上聲：「僕觀揚雄《校獵賦》：『鴻蒙沆茫』，字音莽。白樂天《雪詩》：『寒銷春蒼茫。』又曰：『野道何茫蒼。』注並音上聲。近時蘇子美詩亦曰：『淮天蒼茫背殘臘，江上委蛇逢舊春。』自注：『蒼茫，仄聲。』茫作仄用，似此甚多。」凜冽，寒冷刺骨。傅玄《大寒賦》：「若乃天地凜冽，庶極氣否；嚴霜夜結，悲風晝起。」傅咸《神泉賦》：「六合蕭條，嚴風凜冽。」

〔上林草盡没，曲江冰復結〕上林，漢代林苑。《三輔黄圖》卷四：「漢上林苑，即秦之舊苑也。《漢書》云：武帝建元三年開上林苑。東南至藍田、宜春、鼎湖、御宿、昆吾，旁南山而西至長楊、五柞，北繞黄山，濱渭水而東，周袤三百里，離宫七十所，皆容千乘萬騎。」曲江，曲江池，唐長安名勝。《太平寰宇記》卷二五長安縣：「曲江池，漢武帝所造，名爲宜春苑。其水曲折，有似廣陵之江，故名之。」《長安志》卷九昇道坊：「西北隅龍華尼寺，……寺南曲江。」《分門集注杜工部詩》卷三《哀江頭》注引《兩京新記》：「昇道坊龍華尼寺南有流水屈曲，謂之曲江。」康駢《劇談録》卷下曲江：「曲江池，本秦隑洲。開元中疏鑿，遂爲勝境。其南有紫雲樓、芙蓉苑，其西有杏園、慈恩寺。花卉環周，煙水明媚，都人遊玩，盛於中和、上巳之節，綵幄翠幬，匝於堤岸，鮮車健馬，比肩擊轂。上巳即賜宴臣僚，京兆府大陳筵席。」徐松《唐兩京城坊考》卷三以曲江與芙蓉園相連，其中不容隔立政、敦化二坊，移置曲江於敦化坊南。夏承燾《據〈白氏長慶集〉考唐代長安曲江池》（載《中華文史論叢》第四輯）謂：「因翻讀《白氏長慶集》，仔細鈎稽，始知曲江的面積，除了芙蓉園之外，實佔有晉昌、青龍、曲池、敦化、立政、昇道數坊的一部分，可能也侵及修政。」辛德勇《隋唐兩京叢考》十三《曲江池與昇道坊》謂徐、夏二人均未曾分辨「曲江」與「曲江池」之別：「根據考古工作者的探查，曲江池實際只占有城東南隅一坊餘地，凡明確記叙曲江池範圍的文獻資料，也都説曲江池只占城東南隅一坊餘地。……昇道坊、昇平坊和其他各坊中的所謂『曲江』，只是這個曲江池（芙蓉池）的下洩水道。」又，據《雲麓漫抄》卷八引呂大防《長安圖題記》及《太平御覽》卷一九七引《天文要集》，「乃隋『爲芙蓉園，引黄渠水注之，號曲江』」，故曲江池别稱『芙蓉池』，《通鑑》卷一九四貞觀七年十二月，太宗幸芙蓉園條胡三省注引唐武平一《景龍文館記》亦云芙蓉園『青林重復，緑水瀰漫』，可證曲江池乃在芙蓉園中。」

〔所憐物性傷，非惜年芳絶〕物性，見本卷《京兆府新栽蓮》（0012）注。沈約《三月三日率爾成篇》：「麗日屬元巳，年芳具在斯。」

〔上天有時令，四序平分别〕時令，四時節令。《禮記·月令》：「天子乃與公卿大夫，共飭國典，論時令，以待來歲之宜。」《管子·君臣上》：「時令不淫，而百姓肅給。」四序，四時。《魏書·律曆志上》：「然四序遷流，五行變易。」裴子野《寒夜賦》：「何四序之平分，處修冬而多慮。」

〔寒燠苟反常，物生皆夭閼〕寒燠，寒暖。《書·洪範》：「八，庶徵：曰雨，曰暘，曰燠，曰寒，曰風，曰時。」傳：「雨以潤物，暘以乾物，燠以長物，寒以成物，風以動物，五者各以其時，所以爲衆驗。」《淮南子·俶真訓》：「口鼻之於芳臭也，肌膚之於寒燠，其情一也。」夭閼，摧折。《莊子·逍遥遊》：「背負青天而莫之夭閼者，而後乃今將圖南。」司馬彪注：「夭，折也；閼，止也。」劉峻《辨命論》：「故性命之道，窮通之數，夭閼紛綸，莫知其辨。」

〔我觀聖人意，魯史有其説〕魯史，謂《春秋》。《孟子·離婁下》：「王者之迹熄而《詩》亡，《詩》亡然後《春秋》作。晉之《乘》，楚之《檮杌》，魯之《春秋》，一也。」《論衡·正説》：「若孟子之言，《春秋》者，魯史記之名。《乘》、《檮杌》同。」

〔或記水不冰，或書霜不殺〕《公羊傳》桓公十四年：「無冰，何以書？記異也。」又僖公三十三年：「賈霜不殺草，李梅實，何以書？記異也。何異爾？不時也。」

〔上將儆正教，下以防災孽〕《淮南子·主術訓》：「夫以正教化者，易而必成；以邪巧世者，難而必敗。」災孽，災異妖孽。《書·湯誥》：「天道福善禍淫，降災於夏，以彰厥罪。」《禮記·中庸》：「國家將亡，必有妖孽。」

〔兹雪今如何，信美非時節〕《後漢書·五行志五》：「又先儒言：瑞興非時，則爲妖孽。」洪興祖《韓子年譜》六：「《辛卯年雪》云：『元和六年春，寒氣不肯歸。河南二月末，雪花一尺圍。』即樂天詩云『元和歲在卯，六年春二月。月晦寒食天，天陰夜飛雪』者。然退之以爲豐年之祥，而樂天云『信美非時節』，蓋雪在臘中則爲瑞，入春則多爲災沴故耳。」

高僕射①

富貴人所愛，聖人去其泰。所以致仕年，著在禮經内。玄元亦有訓，知止則不殆。二疏獨能行，遺迹東門外。清風久銷歇，迨此向千載。斯人古亦稀，何况今之世②。遑遑名利客，白首千百輩。唯有高僕射，七十懸車蓋。我年雖未老，歲月亦云邁。預恐耄及時，

貪榮不能退。中心私自儆，何以爲我戒？故作僕射詩，書之於大帶。（0030）

【校】

①〔題〕那波本題末有「詩」字。

②〔今之世〕馬本、《唐音統籤》作「今之代」。

【注】

朱《箋》：作於元和五年（八一〇）九月後，長安。

〔高僕射〕朱《箋》：「高郢。《舊書》卷一四七、《新書》卷一五六俱有傳。貞元十六年，居易在中書舍人高郢門下進士及第。又《舊書·憲宗紀》：『（元和五年九月）以兵部尚書高郢爲右僕射致仕。』」

〔富貴人所愛，聖人去其泰〕《老子》二十九章：「是以聖人去甚、去奢、去泰。」

〔所以致仕年，著在禮經內〕《禮記·曲禮上》：「大夫七十而致事。」鄭注：「致其所掌之事於其君，而告老。」

〔玄元亦有訓，知止則不殆〕玄元，謂老子，唐封爲玄元皇帝。《舊唐書·高宗紀》：麟德三年「二月己未，次亳州，幸老君廟，追號曰太上玄元皇帝。」《老子》三十二章：「名亦既有，夫亦將知止，知止可以不殆。」

〔二疏獨能行，遺迹東門外〕《漢書·疏廣傳》：「疏廣字仲翁，東海蘭陵人也。……地節三年，立皇太子，選丙吉爲太傅，廣爲少傅。數月，吉遷御史大夫，廣徙爲太傅。廣兄子受字公子，亦以賢良舉爲太子家令。……頃之，拜受爲少傅。……在位五歲，皇太子年十二，通《論語》、《孝經》。廣謂受曰：『吾聞知足不辱，知止不殆，功遂身退，天之道也。今仕宦至二千石，宦成名立，如此不去，懼有後悔。豈如父子相隨出關，歸老故鄉，以壽命終，不亦善乎？』受叩頭曰：『從大人議。』即日父子俱移病。滿三月賜告，廣遂稱篤，上疏乞骸骨。……公卿大夫故人邑子設祖道，供張東都門外，送者車數百兩，辭決而去。及道路觀者皆曰：『賢哉二大夫。』或嘆息爲之下泣。」張協《詠史》：「昔在西京時，朝野多歡娛。藹藹東都門，羣公祖二疏。」

〔清風久銷歇，迨此向千載〕阮籍《詠懷》：「休哉上世士，萬載垂清風。」鮑照《行藥至城東橋》：「容華坐銷歇，端爲誰苦辛。」陶淵明《飲酒》：「道喪向千載，人人惜其情。有酒不肯飲，但顧世間名。」

〔唯有高僕射，七十懸車蓋〕辭官家居，廢車不用，故稱懸車。班固《白虎通》卷二下：「臣年七十懸車致仕者，臣以執事趨走爲職，七十陽道極，耳目不聰明，跂踦之屬，是以退老去避賢路者，所以長廉遠恥也。」《後漢書·陳寔傳》：「累見徵命，遂不起，閉門懸車，棲遲養老。」

〔我年雖未老，歲月亦云邁〕《詩·唐風·蟋蟀》：「今我不樂，日月其邁。」毛傳：「邁，行也。」謂時光流逝。《樂府詩集》卷四七《同生曲》：「歲月如流邁，行已及素秋。」

〔預恐耄及時，貪榮不能退〕《禮記·曲禮上》：「八十九十曰耄。」阮籍《詣蔣公奏記辭辟命》：「貪榮塞賢，昧進負譏。」《晉書·庾純傳》：「臣不惟生育之恩，求養老父，而懷祿貪榮，烏鳥之不若。」

〔故作僕射詩，書之於大帶〕《論語·衛靈公》：「子張書諸紳。」《禮記·玉藻》：「大夫大帶四寸。」

白牡丹① 和錢學士作。

城中看花客，旦暮走營營。素華人不顧，亦占牡丹名。閉在深寺中②，車馬無來聲。唯有錢學士，盡日遶叢行。憐此皓然質，無人自芳馨。衆嫌我獨賞，移植在中庭。留景夜不瞑，迎光曙先明。對之心亦靜，虚白相向生。唐昌玉蘂花，攀玩衆所爭。折來比顔色，一種如瑶瓊。彼因稀見貴，此以多爲輕。始知無正色，愛惡隨人情。豈惟花獨爾，理與人事并。君看入時者③，紫艶與紅英。（0031）

【校】

①〔題〕那波本題末有「詩」字。

②〔閑在〕馬本、《唐音統籤》作「閒在」。

③〔入時〕馬本、《唐音統籤》、汪本作「入眼」。

【注】

〔錢學士〕朱《箋》：「錢徽，字蔚章，吴郡人。《舊書》卷一六八、《新書》卷一七七俱有傳。丁居晦《重修承旨學士壁記》：『錢徽，元和三年八月二十六日自祠部員外郎充。……（元和十年）十一月出守本官。』白居易元和二年十一月六日入院，六年四月丁母憂出院。三年至六年期間與錢徽同爲翰林學士。」

〔城中看花客，旦暮走營營〕營營，往來奔走貌，引申爲操勞義。《莊子·庚桑楚》：「全汝形，抱汝生，無使汝思慮營營。」陶淵明《形影神詩序》：「貴賤賢愚，莫不營營以惜生。」鮑照《行藥至城東橋》：「擾擾遊宦子，營營市井人。」

〔素華人不顧，亦占牡丹名〕素華，白花。楊修《節遊賦》：「行中林以彷徨，玩奇樹之抽英。或素華而雪朗，或紅彩而發頳。」左思《吴都賦》：「素華斐，丹秀芳。」

〔憐此皓然質，無人自芳馨〕《列子·湯問》：「火浣之布，浣之必投於火。布則火色，垢則布色。出火而振之，皓然疑乎雪。」謝惠連《雪賦》：「素因遇立，污隨染成。縱心皓然，何慮何營？」《楚辭·九歌·山鬼》：「被石蘭兮帶杜衡，折芳馨兮遺所思。」

〔留景夜不暝，迎光曙先明〕謝惠連《塘上行》：「願君眷傾葉，留景惠餘明。」

〔對之心亦靜，虚白相向生〕《莊子·人間世》：「瞻彼闋者，虚室生白，吉祥止止。」司馬彪注：「室比喻心，心能空虚，則純白獨生也。」江總《借劉太常説文》：「幽居服樂餌，山宇生虚白。」

〔唐昌玉蘂花，攀玩衆所爭〕《唐兩京城坊考》卷四朱雀門街西第一街安業坊：「横街之北，鄎國公主宅。次南，唐昌觀。」《劇談録》卷下：「上都安業坊唐昌觀舊有玉蘂花，其花每發，若瑶林瓊樹。元和中，春物方盛，車馬尋玩若相繼。忽一日，有女子年可十七八，衣綠繡衣，垂髻雙環，無簪珥之飾，容色婉娩，迥出於衆。從以二女冠、三小僕，僕皆丱髻黄衫。……佇立良久，令小僕取花數枝而出。將乘馬，顧謂黄冠者曰：『曩有玉峰之期，自此可以行矣。』時觀者如堵，咸覺煙飛鶴唳，景物輝煥。舉轡百餘步，有輕風擁塵，隨之而去。須臾塵滅，望之已在半天，方悟神仙之遊。餘香不散者經月餘。時嚴給事休復、元相國、劉賓客、白醉吟俱有《聞玉蕊真人降詩》詩。」按，此記事「元和」當爲「大和」。參見本書卷二五《酬嚴給事》（1790）。《雍録》卷十：「唐昌觀玉蘂花，長安惟有一株。或詩之曰：一樹瓏鬆玉刻成。則其葩蘂形似略可想矣。春花盛時，傾城來賞，至謂有仙女降焉。元、白皆賦詩以實其事，則爲時貴重可知矣。」朱《箋》引宋人諸家有關玉蘂花之考證，文繁不録。白居易《代書詩一百韻寄微之》（本書卷十三0604）：「唐昌玉蘂會，崇敬牡丹期。」攀玩，賞玩。上官婉兒《遊長寧公主流杯池》：「此真攀玩所，臨睨賞光輝。」

〔折來比顏色，一種如瑶瓊〕一種，一樣，同樣。蕭綱《詠美人觀畫》：「分明淨眉眼，一種細腰身。」項楚《寒山詩注》○四三首：「二人同老少，一種好面首。」瑶瓊，同瓊瑶。《詩·衛風·木瓜》：「投我以木桃，報之以瓊瑶。」毛傳：「瓊瑶，美玉。」張協《雜詩》：「尺燼重尋桂，紅粒貴瑶瓊。」〔始知無正色，愛惡隨人情〕《禮記·王制》：「姦色亂正色，不粥於市。」又《玉藻》：「衣正色，裳閒色。」〔君看入時者，紫艷與紅英〕劉禹錫《同樂天和微之深春二十首》：「能偷新禁曲，自剪入時花。」朱慶餘《近試上張籍水部》：「妝罷低聲問夫婿，畫眉深淺入時無。」李德裕《春暮思平泉雜詠二十首·芳蓀》：「紫艷映渠鮮，輕香含露潔。」沈約《郊居賦》：「抽紅英於紫蔕，銜素蘂於青跗。」白居易《新樂府·牡丹芳》（本書卷四0150）：「素露輕盈汎紫艷，朝陽照耀生紅光。紅紫二色間深淺，向背萬態隨低昂。」蓋牡丹以紅紫二色爲貴。盧綸《裴給事宅白牡丹》：「長安豪貴惜春殘，爭玩街西紫牡丹。别有玉盤承露冷，無人起就月中看。」裴士淹《白牡丹》與盧詩近同，唯首二句作：「長安少年惜春殘，爭認慈恩紫牡丹。」可與白詩參看。

贈内①

生爲同室親，死爲同穴塵。他人尚相勉，而况我與君。黔婁固窮士，妻賢忘其貧。冀缺一農夫，妻敬儼如賓。陶潛不營生，翟氏自爨薪。梁鴻不肯仕，孟光甘布裙。君雖不讀書，此事耳亦聞。至此千載後②，傳是何如人③？人生未死間，不能忘其身④。所須者衣食，不過飽與温。蔬食足充飢⑤，何必膏粱珍⑥。繒絮足禦寒⑦，何必錦繡文。君家有貽訓，清白遺子孫。我亦貞苦士⑧，與君新結婚。庶保貧與素，偕老同欣欣。（0032）

【校】

①〔題〕那波本題末有「詩」字。文集抄本、要文抄本作「贈妻詩」。

②〔至此〕文集抄本、要文抄本作「至今」。〔千載〕文集抄本、要文抄本作「十載」。

③〔何如〕要文抄本作「如何」。

④〔不能〕要文抄本作「未能」。

⑤〔蔬食〕文集抄本、要文抄本作「蔬飯」。

⑥〔膏粱〕馬本、《唐音統籤》作「嘗膏」。

⑦〔禦寒〕文集抄本、要文抄本作「禦風」。

⑧〔貞苦〕文集抄本、要文抄本作「貧苦」。

【注】

朱《箋》：作於元和三年（八〇八），長安。白氏《祭楊夫人文》（《白氏文集》卷四十）云：「維元和三年歲次戊子八月辛亥朔十九日己巳，……敬祭於陳氏楊夫人之靈。」又云：「近接嘉姻。」據此，可知其婚期當在是年七八月間。居易之妻楊夫人爲楊汝士及楊虞卿之從妹。

〔贈内〕内，内子，妻子。《禮記·曾子問》：「大夫内子有殷事。」鄭注：「内子，大夫妻也。」

〔生爲同室親，死爲同穴塵〕《詩·王風·大車》：「穀則異室，死則同穴。謂予不信，有如皦日。」毛傳：「生在於室則外内異，死則神合同爲一也。」《世説新語·賢媛》：「郗嘉賓喪，婦兄弟欲迎妹還，終不肯歸，曰：『生縱不得與郗郎同室，死寧不同穴？』」後亦稱夫妻生時爲同室。《魏書·列女傳》載高允詩：「兩儀正位，人倫肇甄。爰制夫婦，統業承先。雖曰異族，氣猶自然。生則同室，終契黄泉。」

〔黔婁固窮士，妻賢忘其貧〕劉向《列女傳》卷二《魯黔婁妻》：「魯黔婁先生之妻也。先生死，曾子與門人往弔之。其妻出户，曾子弔之。上堂，見先生之屍在牖下，枕墼席藁緼袍，覆以布被，手足不盡斂，覆頭則足見，覆足則頭見。曾子曰：『斜引其被則斂矣。』妻曰：『斜而有餘，不如正而不足也。先生以不斜之故，能至於此。生時不邪，死而邪之，非先生意也。』……曾子曰：『唯斯人也而有斯婦。』君子謂黔婁妻爲樂貧行道。」

〔冀缺一農夫，妻敬儼如賓〕《左傳》僖公三十三年：「初，臼季使，過冀，見冀缺耨，其妻饁之，敬，相待如賓。與之歸，言諸文公曰：『敬，德之聚也。能敬必有德，德以治民，君請用之。臣聞之：出門如賓，承事如祭，仁之則也。』」

〔陶潛不營生，翟氏自爨薪〕陶潛，陶淵明。蕭統《陶淵明傳》：「其妻翟氏，亦能安勤苦，與其同志。」《淮南子·泰族訓》：「稱薪而爨，數米而炊。」

〔梁鴻不肯仕，孟光甘布裙〕《後漢書·梁鴻傳》：「梁鴻字伯鸞，扶風平陵人也。……埶家慕其高節，多欲女之，鴻並絶不娶。同縣孟氏有女，狀肥醜而黑，力舉石臼，擇對不嫁，至年三十。父母問其故，女曰：『欲得賢如梁伯鸞者。』鴻聞而娉之。女求作布衣、麻屨，織作筐緝績之具。及嫁，始以裝飾入門。七日而梁鴻不答。……乃更爲椎髻，著布衣，操作而前。鴻大喜曰：『此真梁鴻妻也。能奉我矣。』字之曰德曜，名孟光。……遂至吴，依大家皐伯通，居廡下，爲人賃舂。每歸，妻爲具食，不敢於鴻前仰視，舉案齊眉。」

〔蔬食足充飢，何必膏粱珍〕《論語·述而》：「子曰：『飯疏食飲水，曲肱而枕之，樂亦在其中矣。不義而富且貴，於我如浮雲。』」「疏食」或作「蔬食」。《釋文》：「本或作『蔬』。」案《説文》無『蔬』字，新附始有之。『蔬』乃『疏』之俗字。」《孟子·萬章下》：「雖蔬食菜羹，未嘗不飽。」《荀子·正名》：「蔬食菜羹而可以養口。」《孟子·告子上》：「詩云：『既醉以酒，既飽以德。』言飽乎仁義也，所以不願人之膏粱之味也。令聞廣譽施於身，所以不願人之文繡也。」

〔我亦貞苦士，與君新結婚〕《梁書·庾詵傳》載高祖詔：「獨貞苦節，孤芳素履。」

〔庶保貧與素，偕老同欣欣〕《詩·鄘風·君子偕老》：「君子偕老，副笄六珈。」

寄唐生①

賈誼哭時事，阮籍哭路歧。唐生今亦哭，異代同其悲。唐生者何人，五十寒且飢。不悲口無食，不悲身無衣。所悲忠與義，悲甚則哭之。太尉擊賊日，段太尉以笏擊朱泚。尚書叱盜時。顏尚書叱李希烈。大夫死兇寇，陸大夫爲亂兵所害。諫議謫蠻夷。陽諫議左遷道州。每見如此事，聲發涕輒隨。往往聞其風，俗士猶或非②。憐君頭半白，其志竟不衰。我亦君之徒，鬱鬱何所爲？不能發聲哭，轉作樂府詩。篇篇無空文，句句必盡規。功高虞人箴，痛甚騷人辭。非求宮律高，不務文字奇。惟歌生民病，願得天子知。未得天子知，甘受時人嗤。藥良氣味苦，琴淡音聲稀③。不懼權豪怒，亦任親朋譏。人竟無奈何，呼作狂男兒。每逢羣盜息④，或遇雲霧披。但自高聲歌，庶幾天聽卑。歌哭雖異名，所感則同歸。寄君三十章⑤，與君爲哭詞。（0033）

【校】

①〔題〕那波本題末有「詩」字。

②〔猶或非〕何校引抄本作「猶或悲」，謂：「俗士猶爲之感動也。」

③〔瑟淡〕馬本、《唐音統籤》、汪本作「琴淡」。

④〔羣盜〕《唐文粹》、何校作「羣動」。顧校：「此用陶潛《飲酒》詩『日入羣動息』意，本集中屢見。」按，下句「雲霧披」謂睹聖明之君，此句亦非用陶詩意。

⑤〔三十章〕何校、盧校、朱《箋》均謂當作「五十章」，指《新樂府》五十篇。按，《新樂府》五十篇創作當歷時日，《寄唐生》或作於其間，亦未可知。

【注】

〔唐生〕唐衢。《舊唐書·唐衢傳》：「唐衢者，應進士，久而不第。能爲歌詩，意多感發。見人文章有所傷歎者，讀訖必哭，涕泗不能已。每與人言論，既相别，發聲一號，音辭哀切，聞之者莫不淒然泣下。嘗客遊太原，屬戎帥軍宴，衢得預會。酒酣言事，抗音而哭，一席不樂，爲之罷會，故世稱唐衢善哭。……竟不登一命而卒。」事又見《唐國史補》卷中、《桂苑叢談》等。朱《箋》：「《河南邵氏聞見後録》卷十九：『元和中，處士唐衢善哭，聞白樂天謫，輒大哭。』居易元和十年八月謫江州司馬，時唐衢已卒，故白氏《與元九書》云：『有唐衢者，見僕詩而泣，未幾而衢死。』《與元九書》作於元和十年歲暮。又白氏《傷唐衢》詩云：『悲端從東來，觸我心測測。……君歸向東鄭，我來遊上國。』可知唐衢死時，居易正在長安。邵博所記失考。」

〔賈誼哭時事，阮籍哭路歧〕賈誼《陳政事疏》：「臣竊唯時勢，可爲痛哭者一，可爲流涕者二，可爲長太息者六。」

《晉書·阮籍傳》：「籍本有濟世志，屬魏晉之際，天下多故，名士少有全者，籍由是不與世事，遂酣飲爲常。……時率意獨駕，不由徑路，車迹所窮，輒慟哭而反。」

〔太尉擊賊日〕太尉，段秀實。《舊唐書·段秀實傳》：「段秀實字成公，隴州汧陽人也。……（建中）四年，朱泚盜據宮闕，……泚召秀實議事，源休、姚令言、李忠臣、李子平皆在坐。秀實戎服，與泚並膝，語至僭位，秀實勃然而起，執休腕奪其象笏，奮躍而前，唾泚面大罵曰：『狂賊，吾恨不斬汝萬段，我豈逐汝反耶！』遂擊之。泚舉臂自捍，纔中其額，流血匍匐而走。……兇黨羣至，遂遇害焉。」德宗後下詔贈太尉。

〔尚書叱盜時〕尚書，顔真卿。《舊唐書·顔真卿傳》：「顔真卿字清臣，琅邪臨沂人也。……會李希烈陷汝州，（盧）杞乃奏曰：『顔真卿四方所信，使諭之，可不勞師旅。』上從之，朝廷失色。……初見希烈，欲宣詔旨，希烈養子千餘人露刃爭前迫真卿，將食其肉。諸將叢遶慢罵，舉刃以擬之，真卿不動。……時朱滔、王武俊、田悦、李納使在坐，目真卿謂希烈曰：『聞太師名德久矣，相公欲建大號，而太師至，非天命正位？欲求宰相，孰先太師乎？』真卿正色叱之曰：『是何宰相耶！君等聞顔杲卿無？是吾兄也。禄山反，首舉義兵，及被害，詬罵不絶於口。吾今年向八十，官至太師，守吾兄之節，死而後已，豈受汝輩誘脅耶！』……德宗復宮闕，希烈弟希倩在朱泚黨中，例伏誅。希烈聞之怒，興元元年八月三日，乃使閹奴與景臻等殺真卿。」

〔大夫死兇寇〕大夫，陸長源。《舊唐書·陸長源傳》：「陸長源字詠之，……貞元十二年，授檢校禮部尚書、宣武軍行軍司馬，汴州政事，皆決斷之。性輕佻，言論容易，恃才傲物，所在人畏而惡之。及至汴州，欲以峻法繩驕兵，而董晉判官楊凝、孟叔度亦縱恣淫湎，衆情共怒。晉性寬緩，事務因循，以收士心。長源每事守法，晉或苟且，長源輒執而正之。及晉卒，令長源知留後事。……或勸長源，故事有大變，皆賞三軍，三軍乃安。長源曰：『不可使我同河北賊，以錢買健兒取旌節。』兵士怨怒滋甚，乃執長源及叔度等臠而食之，斯須骨肉糜散。」朱

《箋》：「兩《唐書》均未載陸長源帶御史大夫銜，白氏《哀二良文》：『丞相隴西公出鎮於汴州，軍司馬、御史大夫陸長源實左右之。』則知長源在汴州時固檢校御史大夫也。」

〔諫議謫蠻夷〕諫議，陽城。參見本卷《贈樊著作》(0023)注。《舊唐書·陽城傳》：「有薛約者，嘗學於城，性狂躁，以言事得罪，徙連州，客寄無根蒂，臺吏以蹤迹求得之於城家。城坐豪吏於門，與約飲酒訣别，涕泣送之郊外。德宗聞之，以城黨罪人，出爲道州刺史。……順宗即位，詔徵之，而城已卒。」

〔我亦君之徒，鬱鬱何所爲〕鬱鬱，憂傷貌。《楚辭·九章·抽思》：「心鬱鬱之憂思兮，獨永歎乎增傷。」

〔篇篇無空文，句句必盡規〕空文，見本卷《讀張籍古樂府》(0002)注。《國語·周語上》：「故天子聽政，使公卿至於列士獻詩，瞽獻曲，史獻書，師箴，瞍賦，矇頌，百工諫，庶人傳語。近臣盡規，親戚補察，瞽史教誨，耆艾修之，而後王斟酌焉。」

〔功高虞人箴，痛甚騷人辭〕《左傳》襄公四年：「(魏絳)對曰：『昔周辛甲之爲大史也，命百官，官箴王闕。於《虞人之箴》曰：「茫茫禹迹，畫爲九州，經啓九道。民有寢廟，獸有茂草。各有攸處，德用不擾。在帝夷羿，冒于原獸。忘其國恤，而思其麀牡。武不可重，用不恢于夏家。獸臣司原，敢告僕夫。」虞箴如是，可不懲乎？』於是晉侯好田，故魏絳及之。」騷人辭，指《楚辭》。屈原作《離騷》，因稱楚辭作者爲「騷人」。蕭統《文選序》：「又楚人屈原，含忠履潔，君匪從流，臣進逆耳，深思遠慮，遂放湘南。耿介之意既傷，壹鬱之懷靡訴。臨淵有懷沙之志，吟澤有憔悴之容。騷人之文，自茲而作。」

〔非求宮律高，不務文字奇〕宮律，宮商律呂，指音階樂律，又指齊梁以來的詩歌聲律説。《南齊書·陸厥傳》載陸厥《與沈約書》：「自魏文屬論，深以清濁爲言；劉楨奏書，大明體勢之致。岨峿妥帖之談，操末續巔之説，興玄黄於律呂，比五色之相宣。……一人之思，遲速天懸；一家之文，工拙壤隔。何獨宮商律呂，必責其如一邪？」

《文心雕龍·聲律》：「夫音律所始，本於人聲者也。聲含宮商，肇自血氣。先王因之，以制樂歌。」《文心雕龍·辨騷》：「自風雅寢聲，莫或抽緒，奇文鬱起，其《離騷》哉！」又《定勢》：「自近代辭人，率好詭巧，原其爲體，訛勢所變，厭黷舊式，故穿鑿取新，察其訛意，似難而實無他術也，反正而已。故文反正爲乏，辭反正爲奇。效奇之法，必顛倒文句。……舊練之才，則執正以馭奇；新學之鋭，則逐奇而失正。」

〔藥良氣味苦，瑟淡音聲稀〕《韓非子·外儲説左上》：「夫良藥苦于口，而智者勸而飲之，知其入而已己疾也；忠言拂於耳，而明主聽之，知其可以致功也。」《禮記·樂記》：「是故樂之隆，非極音也；食饗之禮，非至味也。清廟之瑟，朱弦而疏越，壹倡而三歎，有遺音者矣。大饗之禮，尚玄酒而俎腥魚，大羹不和，有遺味者矣。」《老子》四十一章：「大音希聲。」

〔每逢羣盜息，或遇雲霧披〕《魏書·任城王傳》：「（任城王）雲廉謹自修，留心庶獄，挫抑豪強，群盜息止，州民頌之者千有餘人。」謝靈運《擬魏太子鄴中集·王粲》：「排霧屬聖明，披雲對清朗。」《文選》李善注：「聖明、清朗，喻太祖也。王隱《晉書》曰：樂廣爲尚書令，衛瓘見而奇之，命諸子造焉，曰：每見此人，瑩然若開雲霧之睹青天。阮瑀《謝太祖箋》曰：一得披玄雲，望白日，唯力是視，敢有二心。」王楙《野客叢書》卷十二披霧睹天：「今用披霧睹天事，多指樂廣。如梁孝元詩：『還思逢樂廣，能令雲霧褰。』駱賓王詩：『情披樂廣天』是也。往往謂此語剏見於晉，不知此語已先見於徐幹《中論》曰：『文王畋於渭水，遇太公釣，召而與之言，載之而歸。文王之識也，灼然若驅雲而見白日，霍然如開霧而睹青天。』晉人蓋引此語以美樂廣耳。曹植《謝入覲表》曰：『若披浮雲而曬白日。』」

〔但自高聲歌，庶幾天聽卑〕《呂氏春秋·制樂》：「天之處高而聽卑，君有至德之言三，天必三賞君。」

傷唐衢二首

自我心存道，外物少能逼。常排傷心事，不爲長歎息。忽聞唐衢死，不覺動顔色。悲端從東來，觸我心惻惻。伊昔未相知，偶遊滑臺側。同宿李翺家，一言如舊識。酒酣出送我，風雪黄河北。日西並馬頭，語别至昏黑。君歸向東鄭，我來遊上國。交心不交面，從此重相憶。憐君儒家子，不得詩書力。五十著青衫①，試官無禄食。遺文僅千首，六義無差忒。散在京索間②，何人爲收得③？（0034）

【校】

①〔青衫〕馬本、《唐音統籤》作「青衣」。

②〔京索〕那波本作「京華」，馬本、《唐音統籤》、汪本作「京洛」。

③〔收得〕馬本、《唐音統籤》、汪本作「收拾」。

【注】

〔自我心存道，外物少能逼〕《論衡·儒增》：「聞用精者，察物不見，存道以亡身。」曹植《孔子廟頌》：「棲棲焉，皇皇焉，欲屈己以存道，貶身以救世。」《韓非子·解老》：「人有惠智，莫不有趨捨。恬淡平安，莫不知禍福之所由來。得於好惡，怵於淫物，而後變亂。所以然者，引於外物，亂於玩好也。……今治身而外物不能亂其精神，故曰修之身，其德乃真。」李白《贈宣城太守兼呈崔侍御》：「白若白鷺鮮，清如清唳蟬。受氣有本性，不爲外物遷。」

〔常排傷心事，不爲長歎息〕王維《歎白髮》：「一生幾許傷心事，不向空門何處銷。」賈誼《陳政事疏》：「臣竊唯時勢可爲痛哭者一，可爲流涕者二，可爲長太息者六。」

〔忽聞唐衢死，不覺動顔色〕《吕氏春秋·精通》：「周有申喜者，亡其母，聞乞人歌於門下而悲之，動於顔色。」

〔悲端從東來，觸我心惻惻〕悲端，悲。端爲名詞或形容詞詞尾，無實義。謝靈運《登臨海嶠初發疆中作》：「兹情已分慮，况乃協悲端。」鮑照《還都中詩三首》之二：「夜分霜下凄，悲端出遥陸。」惻惻，見本卷《酬元九對新栽竹有懷見寄》（0027）注。

〔伊昔未相知，偶遊滑臺側〕伊昔，往昔。伊爲發語詞。陸機《答賈長淵》：「伊昔有皇，肇濟黎蒸。」《文選》李善注：「《爾雅》曰：伊，惟也。郭璞曰：發語詞。」滑臺，即滑州。《元和郡縣志》卷九河南道滑州：「州城即古滑臺城。……相傳云衛靈公所築小城。昔滑氏爲壘，後人增以爲城，甚高峻堅險。臨河亦有臺，慕容時宋公遣征虜將軍王仲德攻破之，即魏武破袁紹、斬文醜於此岸者。」

〔同宿李翱家，一言如舊識〕李翱字習之，新舊《唐書》有傳。朱《箋》：「李翱《論故度支李尚書事狀》（《全唐文》卷六三四）云：『故度支李尚書之出妻也，續有敕停官，及薨，亦無追贈。……翱嘗從事滑臺一年有餘，李尚書具能詳熟。……當時翱爲觀察判官。』李文中之『度支李尚書』乃李元素。考元素貞元十六年九月除滑州刺史、義成軍節度使，元和元年離任。見《舊書·德宗紀》及《憲宗紀》。白氏此詩云：『偶遊滑臺側，同宿李翱家。』翱從事滑州僅一年有餘。貞元十七年至十九年，居易俱無遊滑臺之可能，其與唐衢相識李翱家，約在貞元二十年冬。可知翱之從事滑州亦在貞元十九年至二十年間，至永貞元年還京兆司録參軍。」

〔君歸向東鄭，我來遊上國〕上國，天子所居，指京城。《後漢書·陳蕃傳》載蕃《諫封賞内寵疏》：「夫諸侯上象四七，垂燿在天，下應分土，藩屏上國。」王延壽《魯靈光殿賦》：「恭王始都下國，好治宫室。」《文選》李善注：「韋昭《國語》注曰：曲沃在絳下，故曰下國。然以天子爲上國，故諸侯爲下國。」

〔憐君儒家子，不得詩書力〕韋應物《送崔押衙相州》：「禮樂儒家子，英豪燕趙風。」戎昱《感春》：「名位未沾身欲老，詩書寧救眼前貧。」竇常《求自試》：「文墨悲無位，詩書誤白頭。」

〔五十著青衫，試官無禄食〕《唐會要》卷三一章服品第：「貞觀四年八月十四日，詔曰：……於是三品已上服紫，四品、五品已上服緋，六品、七品以緑，八品、九品以青。」耿湋《過三郊驛却寄楊評事》：「冉冉青衫客，悠悠白髮人。」《新唐書·選舉志下》：「長安二年，舉人授拾遺、補闕、御史、著作佐郎、大理評事、衛佐凡百餘人。明年，引見風俗使，舉人悉授試官，高者至鳳閣舍人、給事中，次員外郎、御史、補闕、拾遺、校書郎。試官之起，自此始。」此爲武后時情況，試官之制則一直延續。《新唐書·陸贄傳》：「道有獻瓜者，帝嘉其意，欲授以試官，贄曰：『爵位，天下之公器，不可輕也。』帝曰：『試官虚名，且已與宰相議矣，卿其無嫌。』贄奏：『……按甲令，有職事官，有散官，有勳官，有爵號。其賦事受奉者，惟職事一官，……勳、散、爵號，止於服色、資蔭，以馭崇貴，以甄功勞，所謂假虚名佐實利者也。今員外、試官與勳、散、爵號同，然而突銛鋒、排禍難者以是酬之，可謂重矣。』」可見試官既無職事，亦無俸禄，其待遇與員外、散官接近。

〔遺文僅千首，六義無差忒〕《史記·太史公自序》：「百年之間，天下遺文古事靡不畢集太史公。」僅，將及，言其多。劉孝威《謝東宫賜聖僧餘饌啓》：「石崇芳果，金谷僅於萬株；陳湯木滋，杜陵幾於千樹。」杜甫《泊岳陽城下》：「江國逾千里，山城僅百層。」六義，指詩之六義。參見本卷《讀張籍古樂府》（0002）注。差忒，差錯。《吕氏春秋·仲冬季》：「大酋監之，無有差忒。」

〔散在京索間，何人爲收得〕京、索，指鄭州滎陽一帶。《史記·項羽本紀》：「楚起於彭城，常乘勝逐北，與漢戰滎陽南京、索間。」集解：「應劭曰：京，縣名，屬河南，有索亭。晉灼曰：索音栅。」正義：「《括地志》云：京縣城在鄭州滎陽縣東南二十里，鄭之京邑也。《晉太康地志》云：鄭太叔段所居邑。滎陽縣即大索城。杜預云：成皋東有大索城，又有小索城，在滎陽縣北四里。」《舊唐書·天文志下》：「柳、星、張，鶉火之次。……其分野：北自滎澤、滎陽，並京、索，暨山南，得新鄭、密縣，至於方陽。」何焯云：「唐客周鄭，故曰京索。賈島有《過京索先生墳絶句》。」

憶昨元和初，忝備諫官位。是時兵革後，生民正憔悴。但傷民病痛，不識時忌諱。遂作秦中吟，一吟悲一事。貴人皆怪怒，閑人亦非訾。天高未及聞，荆棘生滿地。唯有唐衢見，知我平生志。一讀興歎嗟，再吟垂涕泗。因和三十韻，手題遠緘寄。致吾陳杜間，賞愛非常意。此人無復見，此詩尤可貴。今日開篋看，蠹魚損文字。不知何處葬，欲問先歔欷。終去哭墳前，還君一掬淚。陳、杜，謂子昂與甫也。此詩尤可貴，謂唐衢詩也。（0035）

【注】

〔是時兵革後，生民正憔悴〕《史記·秦始皇本紀》載瑯邪臺石刻：「黔首安寧，不用兵革。」按，此指元和元年討西川劉闢、二年討浙西李錡及四年下詔討成德軍王承宗事。

〔但傷民病痛，不識時忌諱〕《老子》五十七章：「天下多忌諱，而人彌貧。」《史記·匈奴列傳》：「太史公曰：孔氏著《春秋》，隱桓之間則章，至定哀之際則微，爲其切當世之文而罔褒，忌諱之辭也。」

〔遂作秦中吟，一吟悲一事〕《秦中吟》組詩十首，見本書卷二（0075—0084）。

〔貴人皆怪怒，閑人亦非訾〕許慎《説文解字序》：「而世人非訾，以爲好奇者也。」

〔天高未及聞〕此反用《呂氏春秋·制樂》「天之處高而聽卑」意，參見本卷《寄唐生》（0033）注。

〔荆棘生滿地〕喻讒言顛倒黑白。東方朔《七諫·怨世》：「行明白而曰黑兮，荆棘聚而成林。」

〔一讀興歎嗟，再吟垂涕泗〕《詩·陳風·澤陂》：「有美一人，傷如之何。寤寐無爲，涕泗滂沱。」

〔致吾陳杜間，賞愛非常意〕陳杜，陳子昂、杜甫，參見本卷《初授拾遺》（0014）注。

〔終去哭墳前，還君一掬淚〕李白《秋浦歌十七首》之一：「遥傳一掬淚，爲我達揚州。」孟郊《楚竹吟酬盧虔端公見和湘絃怨》：「一掬靈均淚，千年湘水文。」

問友①

種蘭不種艾，蘭生艾亦生。根荄相交長，莖葉相附榮。香莖與臭葉，日夜俱長大。鋤艾恐傷蘭，溉蘭恐滋艾。蘭亦未能溉，艾亦未能除。沉吟意不決，問君合何如②？（0036）

【校】

①〔題〕那波本題末有「詩」字。

②〔合何如〕馬本、《唐音統籤》作「欲何如」。

【注】

〔種蘭不種艾，蘭生艾亦生〕《楚辭·離騷》：「蘭芷變而不芳兮，荃蕙化而爲茅。何昔日之芳草兮，今直爲此蕭艾也。」曹攄《贈石崇詩》：「攻璞荆崘，滋蘭江皐。朝採芝蕙，夕玩瓊瑶。豈乏砥石，乃收艾蕭。」

〔根荄相交長，莖葉相附榮〕荄爲草根，此連言即指根。《論衡·自然》：「霈然而雨，物之莖葉根荄，莫不洽濡。」曹植《吁嗟篇》：「願爲中林草，秋隨野火燔。糜滅豈不痛，願與根荄連。」

〔香莖與臭葉，日夜俱長大〕王融《和南海王殿下詠秋胡妻》：「蘭艾隔芳臭，涇渭分清濁。」

〔蘭亦未能溉，艾亦未能除〕到洽《答秘書丞張率詩》：「我好春蘭，子歡秋艾。蘭艾既辯，春秋交害。」

〔沉吟意不決，問君合何如〕沉吟，猶豫不決。王逸《九思·悼亂》：「意欲兮沉吟，迫日兮黄昏。」《古詩十九首》：「馳情整中帶，沉吟聊躑躅。」合，應。常建《嶺猿》：「相思嶺上相思淚，不到三聲合斷腸。」戎昱《再赴桂州先寄李大夫》：「過因讒後重，恩合死前酬。」

悲哉行①

悲哉爲儒者，力學不知疲②。讀書眼欲暗③，秉筆手生胝。十上方一第④，成名常苦遲。縱有宦達者，兩鬢已成絲。可憐少壯日，適在窮賤時。丈夫老且病，焉用富貴爲。沉沉朱門宅，中有乳臭兒。狀貌如婦人，光明膏粱肌⑤。手不把書卷，身不擐戎衣。二十襲封爵⑥，門承勳戚資。春來日日出，服御何輕肥。朝從薄徒飲⑦，暮有倡樓期。平封去還酒債⑧，堆金選蛾眉。聲色狗馬外，其餘一無知。山苗與澗松，地勢隨高卑⑨。古來無奈何，非君獨傷悲。（0037）

【校】

①〔題〕文集抄本作「悲哉詩」。

②〔不知疲〕《樂府詩集》作「不能疲」。

③〔眼欲暗〕馬本、《唐音統籤》、汪本作「眼前暗」。

④〔一第〕文集抄本作「第一」。

⑤〔光明〕文集抄本作「光白」。〔肌〕文集抄本作「肥」。

⑥〔封爵〕文集抄本作「侯爵」。

⑦〔薄徒〕《樂府詩集》、馬本、《唐音統籤》作「博徒」。何校：「宋刻作『薄』，羅隱集中亦多用『薄徒』」。

⑧〔平封〕那波本作「封錢」。汪校：「一作『評封』」。

⑨〔隨高卑〕文集抄本作「限高卑」。

【注】

〔悲哉爲儒者，力學不知疲〕姚合《送費驤》：「兄寒弟亦飢，力學少閑時。」

〔讀書眼欲暗，秉筆手生胝〕白居易《與元九書》：「二十已來，晝課賦，夜課書，間又課詩，不遑寢息矣。以至于口舌成瘡，手肘成胝，既壯而膚革不豐盈，未老而齒髮早衰白，瞥瞥然如飛蠅垂珠在眸子中也，動以萬數。蓋以苦學力文所致，又自悲矣。」詩蓋自道其事。手足所生繭，稱胼胝。《墨子·備梯》：「禽滑釐子，事子墨子，三年，手足胼胝，面目黧黑。」

〔十上方一第，成名常苦遲〕一第，及第。《新唐書·元結傳》：「禮部侍郎陽浚見其文，曰：『一第慁子耳，有司得子是賴！』」《太平廣記》卷一七九《蕭穎士》（出《明皇雜錄》）：「頃曰：『子負文學之名，踞忽如此，止於一第乎？』穎士終揚州功曹。」

〔縱有宦達者，兩鬢已成絲〕李密《陳情事表》：「且臣少仕僞朝，歷職郎署，本圖宦達，不矜名節。」陶淵明《飲酒》：「歲月相催逼，鬢邊早已白。」又《責子》：「白髮被兩鬢，肌膚不復實。」

〔沉沉朱門宅，中有乳臭兒〕儲光羲《望幸亭》：「大厦非一木，沉沉臨九逵。」朱門，見本卷《凶宅》（0004）注。《漢書·高帝紀》：「（漢）王曰：『是口尚乳臭，不能當韓信。』」

〔手不把書卷，身不擐戎衣〕《左傳》成公十三年：「文公躬擐甲胄，跋履山川。」

〔二十襲封爵，門承勳戚資〕《史記·淮陰侯列傳》：「項王見人恭敬慈愛，言語嘔嘔，人有疾病，涕泣分食飲，至使人有功當封爵者，印刓敝，忍不能予。」勳戚，勳貴戚族。齊武帝《贈蕭景先詔》：「綢繆少長，義兼勳戚。」《晉書·劉元海傳》：「元海即王位，宣之謀也。故特荷尊重，勳戚莫二，軍國內外靡不專之。」

〔春來日日出，服御何輕肥〕《論語·雍也》：「子曰：赤之適齊也，乘肥馬，衣輕裘。」范雲《贈張徐州謖》：「儐從皆珠玳，裘馬悉輕肥。」

〔朝從薄徒飲，暮有倡樓期〕薄徒，即輕薄之徒，與「博徒」義有別。《史記·魏公子列傳》：「公子聞趙有處士毛公藏於博徒。」《太平廣記》卷二六六《輕薄士流》：「乃顧諸婦升大樹，各持籠子令摘樹果。其輩薄徒事，如此者甚多。」《舊唐書·錢徽傳》：「大則樞機之重，旁撓於薄徒。」林寬《曲江》：「傾國妖姬雲鬟重，薄徒公子雪衫輕。」徐夤《寄兩浙羅書記》：「博簿集成時輩罵，讒書編就薄徒憎。」蕭繹《蕩婦秋思賦》：「况乃倡樓蕩婦，對此傷情。」蕭綱《東飛伯勞歌》：「西飛迷雀東羈雉，倡樓秦女乍相值。」

〔平封還酒債，堆金選蛾眉〕平封，顧學頡、周汝昌《白居易詩選》：「宋本『封』字下注『去（聲）』。元稹《酬樂天東南行詩一百韻》詩：『微俸封魚租』，亦注明『封』讀去聲。《列子·楊朱》：『聚酒千鍾，積麴成封。望門百步，糟漿之氣，逆於人鼻。』」然未得確解。按，平爲相等、相當之意。《太平廣記》卷三一四《沽酒王氏》（出《稽神録》）：「有沽酒王氏，以平直稱。」「平直」即與其直（值）相等，不多取。封當爲表錢財、財物之數量詞，具體所指不詳。李賀《馬詩》：「堆金買駿骨，將送楚襄王。」張祜《贈淮南將》：「揀匠裝銀鐙，堆錢買鈿箏。」秦韜玉《豪家》：「四鄰池館吞將近，尚自堆金爲買花。」

〔聲色狗馬外，其餘一無知〕《淮南子·要略》：「齊景公内好聲色，外好狗馬，獵射亡歸，好色無辨。」《隋書·煬三子傳》：「暕頗驕恣，昵近小人，所行多不法，遣喬令則、劉虔安、裴該、皇甫諶、庫狄仲錡、陳智偉等求聲色狗馬。」

〔山苗與澗松，地勢隨高卑〕左思《詠史》：「鬱鬱澗底松，離離山上苗。以彼徑寸莖，蔭此百尺條。世胄躡高位，英俊沈下僚。地勢使之然，由來非一朝。」

紫藤①

藤花紫蒙茸，藤葉青扶疏。誰謂好顏色，而爲害有餘。下如蛇屈盤，上若繩縈紆。可憐中間樹，束縛成枯株。柔蔓不自勝，嫋嫋挂空虛。豈知纏樹木，千夫力不如。先柔後爲害，有似諛佞徒。附著君權勢，君迷不肯誅。又如妖婦人，綢繆蠱其夫。奇邪壞人室②，夫惑不能除。寄言邦與家，所慎在其初。毫末不早辨，滋蔓信難圖。願以藤爲誡，銘之於座隅。（0038）

【校】

①〔題〕那波本題末有「詩」字。

②〔奇邪〕那波本作「可憐」。

【注】

〔藤花紫蒙茸，藤葉青扶疏〕蒙茸，原形容禽獸毛皮蓬鬆，又形容草木茂密。謝朓《和沈祭酒行園》：「霜畦紛綺錯，秋町鬱蒙茸。」孟郊《尋言上人》：「竹韻漫蕭屑，草花徒蒙茸。」扶疏，枝條分布蔓延。《韓非子·揚權》：「爲人君者，數披其木，毋使木枝扶疏。」枚乘《七發》：「龍門之桐，高百尺而無枝，中鬱結之輪菌，根扶疏以分離。」

〔下如蛇屈盤，上若繩縈紆〕傅玄《桃賦》：「何兹樹之獨茂兮，條枝紛而麗閑。根龍虬而雲結兮，彌千百而屈盤。」縈紆，回曲。班固《西都賦》：「步甬道以縈紆，又杳窱而不見陽。」《文選》李善注：「《説文》：縈紆，猶回曲也。」王建《宋氏五女》：「兔絲自縈紆，不上青松枝。」

〔柔蔓不自勝，嫋嫋挂空虚〕元稹《兔絲》：「君看兔絲蔓，依倚榛與荆。……樵童斫將去，柔蔓與之並。」嫋嫋，枝條摇曳。陶淵明《雜詩》：「嫋嫋松標崖，婉孌柔童子。」鮑照《在江陵歎年傷老》：「翾翾燕弄風，嫋嫋柳垂道。」

〔先柔後爲害，有似諛佞徒〕《舊唐書·李絳傳》：「開元二十年以後，李林甫、楊國忠相繼用事，專引柔佞之人，分居要劇。」

〔又如妖婦人，綢繆蠱其夫〕《左傳》昭公元年：「晉侯求醫於秦，秦伯使醫和視之，曰：『疾不可爲也。是謂近女室，疾如蠱，非鬼非食，惑以喪志。良臣將死，天命不佑。』……趙孟曰：『何爲蠱？』對曰：『淫溺惑亂之所生也。於文，皿蟲爲蠱。穀之飛亦爲蠱。在《周易》，女惑男，風落山，謂之蠱。皆同物也。』」

〔奇邪壞人室，夫惑不能除〕奇邪，同奇衺。《周禮·天官·宮正》：「去其淫怠與其奇衺之民。」鄭注：「奇衺，譎觚非常。」《史記·梁孝王世家》：「公孫詭多奇邪計。」

〔寄言邦與家，所慎在其初〕《書·蔡仲之命》：「慎厥初，惟厥終。」

〔毫末不早辨，滋蔓信難圖〕《老子》六十四章：「合抱之木，生於毫末。」《左傳》隱公元年：「不如早爲之所，無使滋蔓。蔓，難圖也。」

〔願以藤爲誡，銘之於座隅〕曹植《寫灌均上事令》：「孤前令寫灌均所上孤章，三臺九府所奏事，及詔書一通，置之座隅。孤欲朝夕諷詠，以自警誡。」東漢崔瑗、魏卞蘭有《座右銘》。

放鷹①

十月鷹出籠，草枯雉兔肥。下韝隨指顧，百擲無一遺。鷹翅疾如風，鷹爪利如錐。本爲鳥所設，今爲人所資。孰能使之然，有術甚易知。取其向背性，制在飢飽時。不可使長飽，不可使長飢。飢則力不足，飽則背人飛。乘飢縱搏擊，未飽須縶維。所以爪翅功，而人坐收之。聖明馭英雄，其術亦如斯。鄙語不可棄，吾聞諸獵師。（0039）

【校】

①〔題〕那波本題末有「詩」字。

【注】

〔十月鷹出籠，草枯雉兔肥〕王維《觀獵》：「草枯鷹眼疾，雪盡馬蹄輕。」

〔下鞲隨指顧，百擲無一遺〕下鞲，參見本卷《雜興三首》之一（0018）注。班固《東都賦》：「由基發射，范氏施御，弦不睼禽，轡不詭遇。飛者不及翔，走者不及去，指顧倏忽，獲車已實。」

〔取其向背性，制在飢飽時〕李康《運命論》：「以闚看爲精神，以向背爲變通。」《三國志·魏書·呂布傳》：「始，布因（陳）登求徐州牧，登還，布怒，……登不爲動容，徐喻之曰：『登見曹公言：「待將軍譬如養虎，當飽其肉，不飽則將噬人。」公曰：「不如卿言也。譬如養鷹，饑則爲用，飽則揚去。」其言如此。』布意乃解。」

〔乘飢縱搏擊，未飽須縶維〕《文選》陳琳《爲袁紹檄豫州》李善注引謝承《後漢書》：「陳龜表曰：臣累世展鷹犬搏擊之用。」《詩·小雅·白駒》：「皎皎白駒，食我場苗。縶之維之，以永今朝。」毛傳：「賢者有乘白駒而去者，縶絆維繫也。」晉孝武帝《徵譙武戴韙詔》：「哲王御世，必搜揚幽隱，故空谷流縶維之詠，邱園賁束帛之觀。」

〔聖明馭英雄，其術亦如斯〕《周禮·天官·大宰》：「以八柄詔王馭群臣：一曰爵，以馭其貴。二曰祿，以馭其富。三曰予，以馭其幸。四曰置，以馭其行。五曰生，以馭其福。六曰奪，以馭其貧。七曰廢，以馭其罪。八曰誅，以馭其過。」

〔鄙語不可棄，吾聞諸獵師〕鄙語，俗語。《戰國策·楚策四》：「臣聞鄙語曰：見兔而顧犬，未爲晚也；亡羊而補牢，未爲遲也。」

慈烏夜啼

慈烏失其母，啞啞吐哀音。晝夜不飛去，經年守故林。夜夜夜半啼，聞者爲沾襟。聲中如告訴，未盡反哺心。百鳥豈無母，爾獨哀怨深。應是母慈重，使爾悲不任。昔有吳起者，母殁喪不臨。嗟哉斯徒輩②，其心不如禽。慈烏復慈烏，烏中之曾參。（0040）

【校】

①〔題〕那波本、文集抄本、管見抄本題末有「詩」字。

②〔斯徒輩〕文集抄本、管見抄本作「斯人徒」。

【注】

朱《箋》：「作於元和六年（八一一），下邽。汪《譜》：〔元和六年〕四月，公丁母陳縣君喪退居渭上。」蓋謂此詩爲其母而作。

〔慈烏〕《藝文類聚》卷九二引《春秋元命苞》：「火流爲烏，烏孝鳥。何知孝鳥？陽精，陽天之意，烏在日中，從天，以昭孝也。」桓譚《新論·譴非》：「昔宣帝時，公卿大夫朝會廷中，丞相語次言：『聞梟生子，子長，且食其母，乃能飛。寧然邪？』時有賢者應曰：『但聞烏子反哺其母耳。』丞相大慚，自悔其言之非也。」《文選》束皙《補亡詩》李善注：「《小雅》曰：純黑而反哺者，烏也。」又張協《七命》李善注：「蔡邕曰：烏，反哺之鳥，至孝之應也。」《藝文類聚》卷二十引梁武帝《孝思賦》：「靈蛇銜珠以酬志，慈烏反哺以報親。」

〔慈烏失其母，啞啞吐哀音〕王逸《九思·守志》：「烏鵲驚兮啞啞，余顧瞻兮怊怊。」費昶《行路難》：「千門萬户不知曙，唯聞啞啞城上烏。」

〔昔有吴起者，母殁喪不臨〕《史記·孫子吴起列傳》：「吴起者，衛人也。好用兵，嘗學於曾子，事魯君。……魯人或惡吴起曰：起之爲人，猜忍人也。……與其母決，齧臂而盟曰：『起不爲卿相，不復入衛。』遂事曾子。居頃之，其母死，起終不歸。曾子薄之，而與起絶。……魯君疑之，謝吴起。」

〔慈烏復慈烏，鳥中之曾參〕《史記·仲尼弟子列傳》：「曾參，南武城人，字子輿，少孔子四十六歲。孔子以爲能通孝道，故授之業。作《孝經》，死於魯。」

燕詩示劉叟①

叟有愛子，背叟逃去，叟甚悲念之。叟少年時，亦嘗如是。故作《燕詩》以諭之矣。

梁上有雙燕，翩翩雄與雌。銜泥兩椽間，一巢生四兒。四兒日夜長，索食聲孜孜②。青蟲不易捕，黄口無飽期。觜爪雖欲弊，心力不知疲。須臾十來往，猶恐巢中飢。辛勤三十日，母瘦鶵漸肥。喃喃教言語，一一刷毛衣。一旦羽翼成，引上庭樹枝。舉翅不迴顧③，隨風四散飛。雌雄空中鳴，聲盡呼不歸。却入空巢裏④，啁啾終夜悲⑤。燕燕爾勿悲，爾當返自思。思爾爲鶵日，高飛背母時。當時父母念，今日爾應知。（0041）

【校】

①〔題〕文集抄本作「示劉叟詩」，《文苑英華》作「詠燕示劉叟」。

②〔孜孜〕文集抄本作「咨咨」。

③〔迴顧〕《文苑英華》作「迴頭」。

④〔空巢裏〕文集抄本作「空巢宿」。

⑤〔啁啾〕文集抄本作「啁噍」。

【注】

〔燕詩〕按，此詩命意本之「完山之鳥」事。《説苑·辨物》：「孔子晨立堂上，聞哭者聲音甚悲，孔子援琴而鼓之，其音同也。孔子出，而弟子有吒者，問：『誰也？』曰：『回也。』孔子曰：『回何爲而吒？』回曰：『今者有哭者，其音甚悲，非獨哭死，又哭生離者。』孔子曰：『何以知之？』回曰：『似完山之鳥。』孔子曰：『何如？』回曰：『完山之鳥生四子，羽翼已成，乃離四海，哀鳴送之，爲是往而不返也。』孔子使人問哭者，哭者曰：『父死家貧，賣子以葬之，將與其別也。』孔子曰：『善哉，聖人也。』」

〔梁上有雙燕，翩翩雄與雌〕蕭綱《雙燕詩》：「雙燕有雌雄，照日羽差池。」謝琨《秋夜長》：「燕翩翩以辭宇，雁邕邕而南屬。」辛蕭《燕頌》：「翩翩玄鳥，載飛載揚。頡頏庭宇，遂集我堂。銜泥啄草，造作室房。避彼湫隘，處此高涼。孕育五子，靡夭靡傷。羽翼既就，縱心翱翔。顧影逸豫，其樂難忘。」

〔銜泥兩椽間，一巢生四兒〕傅玄《陽春賦》：「鵲營巢於高樹，燕銜泥於廣庭。」

〔四兒日夜長，索食聲孜孜〕孜孜，同咨咨，嗟歎聲。顧況《上古之什補亡訓傳十三章·上古一章》：「嗇夫咨咨，蕣盛苗衰。」韓愈《嗟哉董生行》：「父母不悽悽，妻子不咨咨。」本書卷三《新樂府·五絃彈》(0139)：「座中有一遠方士，唧唧咨咨聲不已。」「唧唧」可用以象鳥鳴聲，如王維《青雀歌》：「猶勝黃雀爭上下，唧唧空倉復若何。」劉禹錫《百舌吟》：「如何上春日，唧唧滿庭飛。」故「咨咨」亦可用以象鳥鳴聲，即「吱吱」。《醒世恒言》卷六《小水灣天狐詒書》：「忽聞扑碌的一聲，墮下一隻鳥來，不歪不斜，正落在楊寶面前，口内吱吱地叫，却飛不起，在地上亂扑。」

〔青蟲不易捕，黃口無飽期〕黃口，鳥雀之幼者。《説苑·敬慎》：「孔子見羅者，其所得者皆黃口也。孔子曰：『黃口盡得，大爵獨不得，何也？』羅者對曰：『黃口從大爵者不得，大爵從黃口者可得。』」李白《空城雀》：「嗷嗷空城雀，身計何戚促。本與鷦鷯群，不隨鳳皇族。提攜四黃口，飲乳未嘗足。」

〔觜爪雖欲弊，心力不知疲〕觜爲鳥喙。張華《鷦鷯賦》：「翰舉足以沖天，觜距足以自衛。」潘岳《射雉賦》：「當咮值胸，列素破觜。」《文選》李善注：「觜，喙也。」

〔喃喃教言語，一一刷毛衣〕顧況《李供奉彈箜篌歌》：「小絃似春燕，喃喃向人語。」唐彦謙《留别四首》：「野花紅滴滴，江燕語喃喃。」刷毛衣，猶言「刷羽」。沈約《酬謝宣城朓》：「將隨渤澥去，刷羽汎清源。」庾信《鴛鴦賦》：「浮波弄影，刷羽看風。」

〔却入空巢裏，啁啾終夜悲〕啁啾，同啁噍，鳥悲鳴聲。《荀子·禮論》：「今夫大鳥獸則失亡其羣匹，越月逾時，則必反鉛，過故鄉，則必徘徊焉，鳴號焉，躑躅焉，踟躕焉，然後能去之也，小者是燕爵猶有啁噍之頃焉，然後能去之。」

采地黄者①

麥死春不雨，禾損秋早霜。歲晏無口食，田中采地黄。采之將何用，持以易糇糧。凌晨荷插去②，薄暮不盈筐。攜來朱門家，賣與白面郎。與君啖肥馬，可使照地光。願易馬殘粟，救此苦飢腸。（0042）

【校】

①〔題〕那波本題末有「詩」字。

②〔荷插〕那波本、馬本、《唐音統籤》作「荷鋤」。

【注】

〔地黄〕藥用植物。《本草綱目》卷十六草部地黄：「《别録》曰：地黄生咸陽川澤黄土地者佳。二月八月採根陰乾。弘景曰：咸陽郡，長安也。生渭城者乃有子實如小麥。今以彭城乾地黄最好，次歷陽。近用江寧板橋者爲勝。……（蘇）頌曰：今處處有之，以同州者爲上。二月生葉，布地便出，似車前，葉上有皺紋而不光。高者及尺餘，低者三四寸。其花似油麻花而紅紫色，亦有黄花者。其實作房，如連翹。中子甚細而沙褐色，根如人手指，通黄色，粗細長短不常，種之甚易，根入土即生。」

〔歲晏無口食，田中采地黄〕歲晏，歲終。見本卷《觀刈麥》(0006)注。

〔采之將何用，持以易糇糧〕糇同餱。《左傳》宣公十一年：「略基趾，具餱糧。」杜預注：「餱，乾食也。」

〔凌晨荷插去，薄暮不盈筐〕插同臿，又作鍤，用以插地起土。《鄭白渠歌》：「舉臿如雲，決渠爲雨。」《漢書·溝洫志》作「臿」，《文選》班固《西都賦》注作「插」。班固《西都賦》：「決渠降雨，荷插成雲。」《詩·周南·卷耳》：「采采卷耳，不盈頃筐。」

〔攜來朱門家，賣與白面郎〕陳羽《公子行》：「金羈白面郎，何處踏青來。」杜甫《少年行》：「馬上誰家白面郎，臨階下馬坐人牀。」

〔與君啖肥馬，可使照地光〕鮑照《詠史》：「賓御紛颯沓，鞍馬光照地。」韓翃《送張渚越州》：「白面誰家郎，青驪照地光。」

〔願易馬殘粟，救此苦飢腸〕《文選》《善哉行》李善注引《古艷歌》：「居窮衣單薄，腸中常苦飢。」

初入太行路①

天冷日不光，太行峰蒼上聲莽②。嘗聞此中險，今我方獨往。馬蹄凍且滑，羊腸不可上。若比世路難，猶自平於掌。(0043)

【校】

①〔題〕那波本、文集抄本題末有「詩」字。

②〔峰蒼莽〕文集抄本作「山莽蒼」，「蒼」下亦注「上聲」。

【注】

〔太行路〕曹操《苦寒行》：「北上太行山，艱哉何巍巍。羊腸坂詰屈，車輪爲之摧。」《史記·夏本紀》：「太行、常山至於碣石，入於海。」又《周本紀》正義：「《括地志》云：太行、恒山連延，東北接碣石，西北接岳山。」

〔天冷日不光，太行峰蒼莽〕蒼莽，「蒼」注讀「上聲」，即「莽蒼」之倒文，山野迷茫之色。參見本卷《贏駿》（0008）注。

〔馬蹄凍且滑，羊腸不可上〕《史記·夏本紀》正義：「《括地志》云：太行山在懷州河内縣北二十五里，有羊腸坂。」又《魏世家》正義：「羊腸阪道在太行山上，南口懷州，北口潞州。」

〔若比世路難，猶自平於掌〕歐陽建《臨終詩》：「不涉太行險，誰知斯路難。」張九齡《始興南山下有林泉嘗卜居焉》：「世路少夷坦，孟門未嶇嶔。」李白《擬古十二首》：「世路今太行，迴車竟何托。」沈佺期《長安道》：「秦地平如掌，層城出雲漢。」

鄧魴張徹落第①

古琴無俗韻，奏罷無人聽。寒松無妖花，枝下無人行。春風十二街，軒騎不暫停。奔車看牡丹，走馬聽秦箏。衆目悦芳艶，松獨守其貞。衆耳喜鄭衛，琴亦不改聲。懷哉二夫子，念此無自輕。（0044）

【校】

①〔題〕那波本題末有「詩」字。

【注】

朱《箋》：作於元和三年（八〇八），長安。張徹，元和四年進士，落第當是元和三年間事。

〔鄧魴〕生平不詳。白居易《與元九書》：「有鄧魴者，見僕詩而喜，無何而魴死。」又有《讀鄧魴詩》（本書卷十0445）。

〔張徹〕徐松《登科記考》卷十七：「韓愈《答張徹》詩云：『從賦始分手，朝京忽同舲。』《考異》引孫注謂徹赴舉試也。又《故幽州節度判官贈給事中清河張君墓誌銘》云：張君名徹，以進士累官至范陽府監察御史。《考異》云：徹，元和四年進士。《五百家韓注》引孫注：張秘書徹，元和四年登進士第，娶韓氏，禮部郎中雲卿之孫，開封尉俞之女，於公爲叔父孫女。」朱《箋》：「居易少時居符離，與張徹同鄰里，其《醉後走筆酬劉五主簿長句之贈兼簡張大賈二十四先輩昆季》詩（本書卷十二0581）云：『張賈弟兄同里巷，乘閒數數來相訪。』又白氏有《張徹宋申錫可並監察御史制》（《白氏文集》卷四八）。李賀有《酒罷張大徹索贈詩》，可知兩人亦有往還。」

〔春風十二街，軒騎不暫停〕十二街，見本卷《登樂遊園望》（0026）注。軒騎，士大夫之車騎。江淹《吳中禮石佛》：「軒騎久已決，親愛不留遲。」沈佺期《和上巳連寒食有懷京洛》：「天津御柳碧遥遥，軒騎相從半下朝。」

〔奔車看牡丹，走馬聽秦箏〕參見本書卷二《秦中吟·買花》（0084）。孟郊《靖安寄居》：「萬馬踏風衢，衆塵隨奔車。」秦箏，見本卷《廢琴》（0009）注。

〔衆目悦芳艷，松獨守其貞〕顔延之《碧芙蓉頌》：「澤芝芳艷，擅奇水屬。」賈謩《賦得芙蓉出水》：「的皪舒芳艷，紅姿映綠蘋。」范雲《詠寒松》：「凌風知勁節，負雪見貞心。」
〔衆耳喜鄭衛，琴亦不改聲〕《論語・衛靈公》：「放鄭聲，遠佞人。鄭聲淫，佞人殆。」《禮記・樂記》：「鄭衛之音，亂世之音也，比於慢矣。桑間濮上之音，亡國之音也。」
〔懷哉二夫子，念此無自輕〕《詩・王風・揚之水》：「懷哉懷哉，曷月予還歸哉。」《説苑・談叢》：「無以淫泆棄業，無以貧賤自輕。」

送王處士①

王門豈無酒，侯門豈無肉？主人貴且驕，待客禮不足。望塵而拜者，朝夕走碌碌。王生獨拂衣，遐舉如雲鵠。寧歸白雲外，飲水卧空谷。不能隨衆人，斂手低眉目。扣門與我別，沽酒留君宿。好去采薇人，終南山正綠。（0045）

【校】

①〔題〕那波本題末有「詩」字。

【注】

〔王處士〕朱《箋》：「疑爲王質夫。」
〔王門豈無酒，侯門豈無肉〕《戰國策・齊策四》：「齊人有馮諼者，貧乏不能自存，使人屬孟嘗君，願寄食門下。

孟嘗君曰：『客何好？』曰：『客無好也。』曰：『客何能？』曰：『客無能也。』孟嘗君笑而受之，曰：『諾。』左右以君賤之也，食以草具。居有頃，倚柱，彈其劍，歌曰：『長鋏，歸來乎！食無魚。』」此仿其意。

〔望塵而拜者，朝夕走碌碌〕《晉書·潘岳傳》：「岳性輕躁，趨世利，與石崇等謟事賈謐，每候其出，與崇輒望塵而拜。」《史記·酷吏列傳》：「九卿碌碌奉其官，救過不贍，何暇論繩墨之外乎？」

〔王生獨拂衣，遐舉如雲鵠〕拂衣，見本卷《孔戡》（0003）注。《楚辭·遠遊》：「氾容與而遐舉兮，聊抑志而自弭。」《初學記》卷五引盧諶詩：「遐舉遊名山，松喬共相追。」雲鵠，言黃鵠高飛入雲。《商君書·畫策》：「黃鵠之飛，一舉千里。」《楚辭·惜誓》：「黃鵠之一舉兮，知山川之紆曲。再舉兮，睹天地之圜方。」皎然《答豆盧次方》：「微爾與雲鵠，幽懷何由申。」

〔寧歸白雲外，飲水臥空谷〕《太平廣記》卷二〇二《陶弘景》（出《談藪》）：「永明中，謝職隱茅山。……齊高祖問之：『山中何所有？』弘景賦詩以答之：『山中何所有，嶺上多白雲。只可自怡悦，不堪持贈君。』」王維《答裴迪輞口遇雨憶終南山之作》：「君問終南山，心知白雲外。」《論語·述而》：「子曰：飯疏食，飲水，曲肱而枕之，樂亦在其中矣。不義而富且貴，於我如浮雲。」《詩·小雅·白駒》：「皎皎白駒，在彼空谷。生芻一束，其人如玉。毋金玉爾音，而有遐心。」後以空谷指隱居之所。閭丘沖《贈王弘遠》：「將乘白駒，歸于空谷。」謝靈運《酬從弟惠連》：「務協華京想，詎存空谷期。」

〔不能隨衆人，斂手低眉目〕《後漢書·鮑永傳》：「帝常曰：『貴戚且宜斂手，以避二鮑。』其見憚如此。」沈炯《歸魂賦》：「莫不疊足斂手，低眉曲躬。豈論生平與意氣，止望首丘於南風。」

〔好去采薇人，終南山正綠〕好去，道別語。《舊唐書·肅宗紀》：「令力士口宣曰：『汝好去。』」《太平廣記》卷二九五《邵敬伯》（出《酉陽雜俎》）：「敬伯辭出，以刀子贈敬伯曰：『好去，但持此刀，當無水厄矣。』」高適

《送楊山人歸嵩陽》：「山人好去嵩陽路，惟余眷眷長相憶。」采薇，用伯夷、叔齊事。《史記·伯夷列傳》：「武王已平殷亂，天下宗周，而伯夷、叔齊耻之，義不食周粟，隱於首陽山，采薇而食之。及餓且死，作歌。」終南山，在長安南。《史記·夏本紀》正義：「《括地志》云：終南山，一名中南山，一名太一山，一名南山，一名橘山，一名楚山，一名秦山，一名周南山，一名地肺山，在雍州萬年縣南五十里。」唐時多有隱居之士。《舊唐書·盧藏用傳》：「尋隱居終南山，學辟穀、練氣之術。」《新唐書·隱逸傳序》：「然放利之徒，假隱自名，以詭祿仕，肩相摩於道，至號終南、嵩少爲仕途捷徑。」

村居苦寒①

八年十二月，五日雪紛紛。竹柏皆凍死，況彼無衣民。迴觀村閭間，十室八九貧。北風利如劍，布絮不蔽身。唯燒蒿棘火，愁坐夜待晨。乃知大寒歲，農者尤苦辛②。顧我當此日，草堂深掩門。褐裘覆絁被，坐卧有餘温。幸免飢凍苦，又無壠畝勤。念彼深可愧，自問是何人？（0046）

【校】

①〔題〕那波本、文集抄本題末有「詩」字。

②〔尤苦辛〕馬本、《唐音統籤》、汪本作「猶苦辛」。

【注】

陳《譜》、朱《箋》：作於元和八年（八一三），下邽。

〔八年十二月，五日雪紛紛〕王楙《野客叢書》卷二三：「樂天詩有記年月日者，於以見當時之氣令，亦足以裨史之闕，……又詩曰：『八年十二月，五日雪紛紛。竹柏皆凍死，況彼無衣民。』又見元和八年十二月五日大雪寒凍，民不聊生如此。僕按東漢延熹間大寒，洛陽竹柏凍死，襄楷曰：『聞之師曰，柏傷竹槁，不出三年，天子當之。』樂天此説，正所以記異也。」

〔竹柏皆凍死，況彼無衣民〕《漢書·王莽傳》：「（天鳳）三年二月乙酉，地震，大雨雪，關東尤甚，深者一丈，竹柏或枯。」《後漢書·桓帝記》：「（延熹九年）冬十二月，洛城傍竹柏枯傷。」《襄楷傳》載楷上疏：「其冬大寒，殺鳥獸，害魚鱉，城傍竹柏之葉有傷枯者。臣聞於師曰：柏傷竹枯，不出三年，天子當之。」

〔迴觀村閭間，十室八九貧〕村閭，鄉村，鄉里。《舊唐書·李君球傳》：「父義滿，屬隋亂，糾合宗黨，保固村閭。」又《韋景駿傳》：「時河北飢，景駿躬撫合境村閭。」《太平廣記》卷二六《葉法善》（出《集異記》）：「左近村閭，食魚累月。」《晉書·桓玄傳》：「於是百姓疲苦，朝野勞瘁，怨怒思亂者十室八九焉。」《舊唐書·五行志》載宋務光上疏：「百姓衣牛馬之衣，食犬彘之食，十室而九空。」

〔唯燒蒿棘火，愁坐夜待晨〕江淹《待罪江南思北歸賦》：「步庭廡兮多蒿棘，顧左右兮絕親賓。」李白《答王十二寒夜獨酌有懷》：「君不見裴尚書，土墳三尺蒿棘居。」

〔褐裘覆絁被，坐卧有餘温〕褐裘，布面裘皮外衣，旅行遊獵所服。劉師知《侍中沈府君集序》：「於時屬有烽燧，方勤帷扆，遂使褐裘莫計，室劍無追。」《太平廣記》卷一一八《韋丹》（出《河東記》）：「俄而有一老人，鬚眉皓然，身長七尺，褐裘韋帶，從二青衣而出。」又卷四二二《周邯》（出《傳奇》）：「有一老人，身衣褐裘，貌甚古樸，而謁澤曰：『某土地之神。』」王建《花褐裘》：「對織芭蕉雪毳心，長縫雙袖窄裁身。到頭須向邊城著，消殺秋風稱獵塵。」此爲女性所服，故織有花樣。又本書卷三四《三年冬隨事鋪設小堂寢處稍似穩暖因念衰病偶吟所懷》（2538）：「裘新青兔褐，褥軟白猿皮。」亦可見其材質。程大昌《演繁露》卷八褐裘：「褐者，裾垂至地。長背子略同。其異者，背子開胯，裘則縫合兩腋也。然今世道士所服，又略與裘異。裘之兩裾，交相掩擁，而道《張良傳》有老父衣褐至良所。師古曰：『褐制若裘，今道士所服者是也。』裘即如今之道服也，斜領交裾，與今士則兩裾直垂也。師古略舉其概，故不能詳也。長背子古無之，或云近出宣政間。」絁，粗綢。《唐會要》卷三一輿服上雜錄：「通引官許依前麤紫絁及紫布充衫袍。」《太平廣記》卷二二一《袁天綱》（出《定命錄》）：「是時帝數幸宰相宅，見（李）嶠卧青絁帳，帝嘆曰：『國相如是，乖大國之體。』賜御用繡羅帳焉。」王僧孺《贈顧倉曹詩》：「朝爐何馥馥，夜錦有餘温。」

納粟①

有吏夜扣門，高聲催納粟。家人不待曉，場上張燈燭。揚簸淨如珠，一車三十斛。猶憂納不中，鞭責及僮僕。昔余繆從事，内愧才不足。連授四命官，坐尸十年禄。常聞古人語，損益周必復。今日諒甘心，還他太倉穀。（0047）

【校】

①〔題〕那波本題末有「詩」字。

【注】

朱《箋》：約作於元和七年（八一二）至元和九年（八一四），下邽。

〔納粟〕交納粟麥，輸租稅。粟泛指糧食作物。《魏書·食貨志》：「（顯祖）遂因民貧富，爲租輸三等九品之制，千里内納粟，千里外納米。」《舊唐書·德宗紀》：「（貞元二年）冬十月壬午，奏關内、河中、河南等道秋夏兩稅、春苗等錢，悉折納粟麥，並加估收糴以便民，從之。」又《楊元卿傳》：「太和五年，就加檢校司空，進階光禄大夫，以其營田納粟二十萬石，以裨經費故也。」

〔有吏夜扣門，高聲催納粟〕杜甫《石壕吏》：「暮投石壕村，有吏夜捉人。」

〔揚簸淨如珠，一車三十斛〕揚簸，揚去糠稗。《詩·小雅·大東》：「維南有箕，不可以簸揚。」《齊民要術·作豉法》：「淨簸揚，大釜煮之，申舒如飼牛豆。」《舊唐書·食貨志上》：「凡權衡度量之制，……量，以秬黍中者容一千二百爲龠，二龠爲合，十合爲升，十升爲斗，三升爲大升，三斗爲大斗，十大斗爲斛。」（按，同書《職官志二》金部郎中及《唐六典》卷三、《唐會要》卷六六、《唐律疏議》卷二六均作「十斗爲斛」。）又《新唐書·食貨志四》：「田以高下肥瘠豐耗爲率，一頃出米五十餘斛。」爲當時農産量的一般水平。

〔不中〕不合。《太平廣記》卷二三二《李德裕》（出《録異記》）：「匠料之微失，厚薄不中，一鴿少其翼。」

〔鞭責〕笞、杖之刑。《唐律疏議》卷一「笞刑五」：「《疏議》曰：笞者，擊也，又訓爲耻。言人有小愆，法須懲誡，故加捶撻以耻之。漢時笞則用竹，今時則用楚。」又「杖刑五」：「《疏議》曰：……《國語》云：『薄刑用鞭扑。』《書》云：『鞭作官刑。』猶今之杖刑者也。」又卷十三：「諸部内輸課税之物，違期不充者，以十分論，一分笞四十，一分加一等。户主不充者，笞四十。」

〔昔余繆從事，内愧才不足〕《詩・小雅・十月之交》：「黽勉從事，不敢告勞。」鄭箋：「詩人賢者，見時如是，自勉以從王事。」後以指從政爲官。

〔連授四命官，坐尸十年祿〕《舊唐書・職官志一》：「職事者，諸統領曹事，共命王命，……自神龍之後，册禮廢而不用，朝廷命官，制敕而已。」白居易以貞元十九年授秘書省校書郎、元和元年授盩厔尉、元和三年除左拾遺充翰林學士、元和五年改京兆府户曹參軍，四次授官。《漢書・鮑宣傳》載宣上書：「以苟容曲從爲賢，以拱默尸祿爲智，謂如臣宣等爲愚。」居易貞元十九年（八〇三）授校書郎，至元和六年（八一一）服母喪退居下邽，「十年」言其約數。

〔常聞古人語，損益周必復〕《易・損・彖》：「損益盈虚，與時偕行。」《史記・律書》：「數始於一，終於十，成於三，氣始於冬至，周而復始。」

〔今日諒甘心，還他太倉穀〕甘心，情願，亦指勢所必然，主觀上無法可想。《詩・衛風・伯兮》：「願言伯兮，甘心首疾。」李華《雜詩六首》：「王吉歸故里，甘心長閉關。」李白《五月東魯行答汶上君》：「此去爾勿言，甘心爲轉蓬。」太倉，在長安，儲藏租税米粟等。《舊唐書・職官志二》倉部郎中：「凡都以東租納含嘉倉，自含嘉轉運以實京太倉。」《新唐書・崔鄲傳》：「又詔賦粟輸太倉者，歲數萬石，民困於輸，則又輦而致之河。鄲乃旁流爲大敖受粟，竇而注諸艚。」《八瓊室金石補證》卷三十「敖倉粟窖題字」：「貞觀八年十二月廿日，街東從北向第二院，北向南第二行，從西向東第十三窖，納轉運敖倉粟四千碩。」同書卷三四「和糴米窖題字」：「貞觀廿三年十二月廿九日，大街西從北向南第一院，從北向南第六行，從西向東第十三窖，納和糴米四千四百石。第二頭一千五百石。」由此可見太倉規模之大。按，《唐六典》卷十九太倉署令職掌：「凡京官之祿，發京倉以給。」居易在官時由太倉支取祿米，此時納粟於太倉，故詩云「還他太倉穀」。

薛中丞①

百人無一直，百直無一遇。借問遇者誰，正人行得路。中丞薛存誠，守直心甚固。皇明燭如日，再使秉王度。奸豪與佞巧，非不憎且懼。直道漸光明，邪謀難蓋覆。每因匪躬節，知有匡時具。張爲墜綱綱，倚作頹簷柱。悠哉上天意，報施紛迴互。自古已冥茫，從今尤不諭。豈與小人意，昏然同好惡。不然君子人，何反如朝露？裴相昨已夭，薛君今又去。以我惜賢心，五年如旦暮。況聞善人命，長短繫運數。今我一涕零，豈爲中丞故？（0048）

【校】

①〔題〕那波本題末有「詩」字。

【注】

汪《譜》、朱《箋》：作於元和八年（八一三），下邽。

〔薛中丞〕薛存誠。《舊唐書·薛存誠傳》：「薛存誠字資明，河東人。……瓊林庫使奏占工徒太廣，存誠以爲此皆姦人竄名以避征役，不可許。咸陽縣尉袁儋與軍鎮相競，軍人無理，遂肆侵誣，儋反受罰。一敕繼至，存誠皆執之。上聞甚悦，命中使嘉慰之，由是擢拜御史中丞。僧鑒虚者，自貞元中交結權倖，招懷賂遺，倚中人爲城社，吏不敢繩。會于頔、杜黄裳家私事發，連逮鑒虚下獄。存誠案鞫得姦贓數十萬，獄成，當大辟。中外權要，更於上前保救，上宣令釋放，存誠不奉詔。明日，又令中使詣臺宣旨曰：『朕要此僧面詰之，非赦之也。』存誠附中使奏曰：『鑒虚罪款已具，陛下若招而赦之，請先殺臣，然後可取。不然，臣期不奉詔。』上嘉其有守，從之。鑒虚竟笞死。洪州監軍高重昌誣奏信州刺史李位謀大逆，追赴京師。上令付仗内鞫問。存誠一日三表，請付位於御史臺。及推案無狀，位竟得雪。未幾，再授給事中。數月，中丞闕，上思存誠前效，謂宰相持憲無以易存誠，遂復爲御史中丞。未視事，暴卒。」

〔百人無一直，百直無一遇〕元結《寄源休》：「時尚多巧詐，進退多欺貳。縱有一直方，則上似奸智。」

〔中丞薛存誠，守直心甚固〕虞世南《門有車馬客行》：「如何守直道，翻使谷名愚。」韋應物《再遊西山》：「出身厭名利，遇境即躊躇。守直雖多忤，視險方晏如。」

〔皇明燭如日，再使秉王度〕班固《東都賦》：「考聲教之所被，散皇明以燭幽。」《左傳》昭公十二年引祈招之詩：「思我王度，式如玉，式如金。」張衡《東京賦》：「規遵王度，動中得趣。」此謂薛存誠再任御史中丞。

〔直道漸光明，邪謀難蓋覆〕《論語·微子》：「直道而事人，焉往而不三黜？枉道而事人，何必去父母之邦？」《漢書·伍被傳》：「淮南王陰有邪謀，被數微諫。」蓋覆，覆蓋。韓愈《石鼓歌》：「大厦深簷與蓋覆，經歷久遠期無佗。」

〔每因匪躬節，知有匡時具〕匪躬，見本卷《初授拾遺》(0014)注。《後漢書·楊震傳》載順帝策：「故太尉震，正直是與，俾匡時政。」又《左周黄列傳》論曰：「王暢、李膺彌縫衮闕，朱穆、劉陶獻替匡時。」

〔張爲墜網綱，倚作頹簷柱〕《書・盤庚上》：「若網在綱，有條而不紊。」《新論・離事》：「舉網以綱，千目皆張。振裘持領，萬毛自整。」《淮南子・精神訓》：「夫至人倚不拔之柱，行不關之途。」陶淵明《示周續之祖企謝景夷三郎》：「負阿頹簷下，終日無一欣。」

〔悠哉上天意，報施紛迴互〕《史記・伯夷列傳》：「或曰：天道無親，常與善人。若伯夷、叔齊，可謂善人者非邪？積仁絜行如此而餓死。且七十子之徒，仲尼獨薦顏淵爲好學。然回也屢空，糟糠不厭，而卒蚤夭。天之報施善人，其何如哉？」迴互，參差不定之義。《魏書・律曆志下》載司馬子如上表：「迴互靡定，交錯不等。」鮑照《登廬山詩二首》：「迴互非一形，參差悉相似。」

〔自古已冥茫，從今尤不諭〕冥茫，昏暗不明。郭璞《遊仙詩》：「遐邈冥茫中，俯視令人哀。」宗炳《明佛論》：「況過此彌往，渾瀚冥茫，豈復議其邊陲哉。」

〔豈與小人意，昏然同好惡〕昏然，同惛然，糊塗。《史記・刺客列傳》：「太子曰：『太傅之計，曠日彌久，心惛然，恐不能須臾。』」《晉書・桓温傳》：「温於是褫冠解帶，昏然而睡，不怡者數日。」

〔裴相昨已夭〕朱《箋》：「裴垍。字弘中，河東聞喜人。……元和三年冬，拜中書侍郎、同平章事。卒於元和六年。見《舊書》卷一四八本傳、卷十四《憲宗紀》、《新書》卷六二《宰相表》。」

〔以我惜賢心，五年如旦暮〕《漢書・王嘉傳》：「臣竊爲國惜賢，不私此三人。」旦暮，一日。《莊子・徐無鬼》：「庶人有旦暮之業則勸，百工有器械之巧則壯。」《荀子・儒效》：「故積土而爲山，積水而爲海，旦暮積謂之歲。」

〔況聞善人命，長短繫運數〕《論衡・福虛》：「天下善人寡，惡人衆；善人順道，惡人違天。然夫惡人之命不短，善人之年不長。天不命善人常享一百載之壽，惡人爲殤子惡死，何哉？」

〔今我一涕零，豈爲中丞故〕《詩·小雅·小明》：「念彼共人，涕零如雨。」

秋池二首

前池秋始半，卉物多摧壞。欲暮槿先萎①，未霜荷已敗。默然有所感，可以從兹誡。本不種松筠，早凋何足怪。（0049）

【校】

①〔先萎〕《唐音統籤》、汪本作「先委」。

【注】

〔前池秋始半，卉物多摧壞〕卉物，猶言卉木、草木。《隋書·文帝紀上》載營建新都詔：「龍首山川原秀麗，卉物滋阜。卜食相土，宜建都邑。」

〔欲暮槿先萎，未霜荷已敗〕木槿，其花朝開夕落。阮籍《詠懷》：「墓前熒熒者，木槿耀朱華。榮好未終朝，連飈損其葩。」陰鏗《遊始興道館中》：「稍昏蕙葉斂，欲暝槿花疏。」江總《在陳旦解酲共哭顧舍人》：「人隨木槿落，客共晚鶯悲。」鮑照《代白紵曲二首》之一：「窮秋九月荷葉黄，北風驅雁天雨霜。」蕭繹《秋辭》：「樹參差兮稍密，紫荷紛披兮疏且黄。」王建《秋日送杜虔州》：「晚渚露荷敗，早衙風桂凉。」

〔本不種松筠，早凋何足怪〕《南史·袁彖傳》載彖議：「夫迅寒急節，乃見松筠之操。」孟浩然《重酬李少府見贈》：「迴看後凋色，清翠有松筠。」

鑿池貯秋水，中有蘋與芰。天旱水暗銷，塌然委空地。有似汎汎者，附離權與貴。一旦恩勢移，相隨共憔悴。（0050）

【校】

文集抄本選此首題爲「秋池詩」。

【注】

〔鑿池貯秋水，中有蘋與芰〕《呂氏春秋·分職》：「衛靈公天寒鑿池，宛春諫曰：『天寒起役，恐傷民。』」左思《蜀都賦》：「雜以蘊藻，糅以蘋蘩。」《文選》李善注：「蘊、藻、蘋、蘩，皆水草也。」《楚辭·招魂》：「芙蓉始發，雜芰荷些。」參見本卷《雜興三首》之二（0019）注。

〔天旱水暗銷，塌然委空地〕塌然，倒下、衰落貌。杜甫《垂老別》：「棄絶蓬室居，塌然摧肺肝。」白居易《有感三首》之三（本書卷二一1433）：「不如兀然作，不如塌然卧。」

〔有似汎汎者，附離權與貴〕汎汎，亦作泛泛。木華《海賦》：「或掣掣洩洩於裸人之國，或汎汎悠悠於黑齒之邦。」《文選》李善注：「汎汎悠悠，隨流之貌。」阮籍《詠懷》：「天綱彌四野，六翮掩不舒。隨波紛綸客，泛泛若浮鳧。」《漢書·揚雄傳》：「哀帝時，丁、傅、董賢用事，諸附離之者，或起家至二千石。時雄方草《太玄》，有以自守，泊如也。」

〔一旦恩勢移，相隨共憔悴〕《後漢書·蔡茂傳》載茂上書：「然頃者貴戚椒房之家，數固恩勢，干犯吏禁。」

夏旱①

太陰不離畢，太歲仍在午。旱日與炎風，枯燋我田畝②。金石欲銷鑠，况兹禾與黍。嗷嗷萬族中，唯農最辛苦。憫然望歲者，出門何所覩？但見棘與茨，羅生徧場圃。惡苗承沴氣，欣然得其所。感此因問天，可能長不雨？（0051）

【校】

①〔題〕那波本題末有「詩」字。

②〔枯燋〕馬本、《唐音統籤》、汪本作「枯憔」。

【注】

朱《箋》：作於元和九年（八一四），下邽。詩云「太歲仍在午」，即元和九年甲午。

〔太陰不離畢，太歲仍在午〕太陰，月。《詩·小雅·漸漸之石》：「月離於畢，俾滂沱矣。」毛傳：「畢，噣也。月離陰星則雨。」《史記·宋微子世家》：「月之從星，則以風雨。」集解：「孔安國曰：月經於箕則多風，離於畢則多雨。政教失常，以從民欲，亦所以亂。」太歲，歲星。《漢書·天文志》：「（太歲）在午曰敦牂，五月出。《石氏》曰：名啓明，在胃、昴、畢。失次，杓。早旱，晚水。《甘氏》同。《太初》在東井、輿鬼。」

〔旱日與炎風，枯燋我田畝〕燋同焦。《淮南子・本經訓》：「氛霧霜雪不霽，而萬物燋夭。」《論衡・説日》：「火燃木，扶桑，木也。十日處其上，宜燋枯焉。」

〔金石欲銷鑠，况兹禾與黍〕《莊子・逍遥遊》：「之人也，物莫之傷。大浸稽天而不溺，大旱金石流、土山焦而不熱。」枚乘《七發》：「雖有金石之堅，猶將銷鑠而挺解也。」李白《長歌行》：「金石猶銷鑠，風霜無久質。」

〔嗷嗷萬族中，唯農最辛苦〕《史記・秦始皇本紀》：「夫寒者利裋褐而飢者甘糟糠，天下之嗷嗷，新主之資也。」晉元帝《平糴詔》：「亢旱穀貴，百姓嗷嗷。」王中《頭陁寺碑文》：「涉器千名，含靈萬族。」

〔憫然望歲者，出門何所覿〕《左傳》昭公三十二年：「余一人無日忘之，閔閔焉如農夫之望歲，懼以待時。」

〔但見棘與茨，羅生徧場圃〕《詩・小雅・楚茨》：「楚楚者茨，言抽其棘。」鄭箋：「茨，蒺藜也。伐除蒺藜與棘。」《詩・豳風・七月》：「九月築場圃，十月納禾稼。」范雲《州名詩》：「楊柳垂場圃，荆棘生庭門。」

〔惡苗承沴氣，欣然得其所〕沴氣，災沴之氣。見本卷《賀雨》(0001)注。

〔感此因問天，可能長不雨〕可能，豈能。《太平廣記》卷三三一《李霸》(出《廣異記》)：「我雖素清，今已死，謝諸君，可能不惠涓滴乎？」白居易《仙娥峰下作》(本書卷十0488)：「可能塵土中，還隨衆人老？」杜牧《除官行至昭應聞友人出官因寄》：「可能休涕淚，豈獨感恩知。」李商隱《華清宮》：「當日不來高處睡，可能天下有胡塵？」

諭友①

昨夜霜一降，殺君庭中槐。乾葉不待黄，索索飛下來。憐君感節物，晨起步前階。臨風踏葉立，半日顏色低②。西望長安城，歌鍾十二街③。何人不歡樂，君獨心悠哉。白日頭上走，朱顏鏡中頹。平生青雲心，銷化成死灰。我今贈一言，勝飲酒千杯。其言雖甚鄙，可破悒悒懷。朱門有勳賢④，陋巷有顏回。窮通各問命⑤，不繫才不才。推此自豁豁，不必待安排。（0052）

【校】

①〔題〕那波本題末有「詩」字。

②〔顏色低〕那波本、馬本、《唐音統籤》、汪本作「顏色哀」。

③〔歌鍾〕汪本、《全唐詩》作「歌鐘」，鐘、鍾古混用。

④〔勳賢〕馬本、《唐音統籤》、汪本作「勳貴」。

⑤〔各問命〕《唐音統籤》作「各有命」。

【注】

〔乾葉不待黄，索索飛下來〕索索，風起草木摇落狀。裴子野《卧疾賦》：「風索索而傍起，雲霏霏而四密。」江總《貞女峽》：「山蒼蒼以墜葉，樹索索而摇枝。」李百藥《晚渡江津》：「索索風葉下，離離早鴻度。」

〔憐君感節物，晨起步前階〕《禮記・祭義》：「秋，霜露既降，君子履之，必有淒愴之心，非其寒之謂也。春，雨露既濡，君子履之，必有怵惕之心，如將見之。樂以迎來，哀以送往。」即感節物之意。

〔臨風踏葉立，半日顔色低〕顔色低，神情暗淡低落。《論衡·程材》：「阿意苟取榮幸，將欲放失，低嘿不言者，率多文吏。」《漢書·景十三王傳》：「故高漸離擊筑易水之上，荆軻爲之低而不食。」

〔西望長安城，歌鍾十二街〕李白《與史郎中欽聽黄鶴樓上吹笛》：「一爲遷客去長沙，西望長安不見家。」《國語·晉語七》：「鄭伯嘉來納女工、妾三十人，女樂二八，歌鍾二肆。」沈君攸《薄暮動絃歌》：「日暮歌鍾恒不倦，處處行樂爲時康。」十二街，見本卷《登樂遊園望》(0026)注。

〔何人不歡樂，君獨心悠哉〕悠哉，憂思貌。《詩·周頌·訪落》：「於乎悠哉，朕未有艾。」江淹《雜體三十首·休上人怨别》：「西北秋風至，楚客心悠哉。」

〔白日頭上走，朱顔鏡中頹〕謝靈運《彭城宫中直感歲暮》：「修帶緩舊裳，素鬢改朱顔。」王維《歎白髮》：「宿昔朱顔成暮齒，須臾白髮變垂髫。」李白《對酒》：「昨日朱顔子，今日白髮催。」

〔平生青雲心，銷化成死灰〕《史記·范睢蔡澤列傳》：「須賈頓首言死罪，曰：『賈不意君能自致於青雲之上。』」揚雄《解嘲》：「當塗者升青雲，失路者委溝渠。」《莊子·齊物論》：「形固可使如槁木，而心固可使如死灰乎？」《史記·韓長孺列傳》：「獄吏田甲辱安國，安國曰：『死灰獨不復然乎？』」

〔其言雖甚鄙，可破悒悒懷〕悒悒，心中不快。秦嘉《與妻徐淑書》：「想念悒悒，勞心無已。」

〔朱門有勳賢，陋巷有顔回〕勳賢，勳貴與賢良。《後漢書·朱景王杜馬劉傅堅馬列傳》論曰：「若乃王道既衰，降及霸德，猶能授受惟庸，勳賢皆序。」《魏書·出帝平陽王紀》：「永熙之際，權佞擅朝，羣小是崇，勳賢見害。」又《官氏志》：「舊制，有大將軍，不置太尉。有丞相，不置司徒。自正光已後，天下多事，勳賢並軌，乃俱置之。」《舊唐書·憲宗紀》元和四年十月詔：「授節制於舊疆，齒勳賢於列位。」《論語·雍也》：「賢哉回也，一簞食，一瓢飲，在陋巷，人不堪其憂，回也不改其樂，賢哉回也。」

〔窮通各問命，不繫才不才〕《莊子·讓王》：「古之得道者，窮亦樂，通亦樂。所樂非窮通也，道德於此，則窮通爲寒暑風雨之序矣。」劉峻《辨命論》：「余謂士之窮通，無非命也。」《論語·先進》：「子曰：才不才，亦各言其子也。」

〔推此自豁豁，不必待安排〕豁豁，心胸開闊。劉琨《散騎常侍劉府君誄》：「堂堂漢祖，豁豁高韻。」謝靈運《登石門最高頂》：「居常以待終，處順故安排。」杜甫《寫懷二首》之一：「非關故安排，曾是順幽獨。」

丘中有一士　命首句爲題二首。

丘中有一士，不知其姓名。面色不憂苦，血氣常和平。每選隙地居，不踏要路行。舉動無尤悔，物莫與之爭。藜藿不充腸，布褐不蔽形。終歲守窮餓，而無嗟嘆聲。豈是愛貧賤，深知時俗情。勿矜羅弋巧，鸞鶴在冥冥。（0053）

【注】

〔丘中有一士〕謂隱士。嵇康《卜疑》：「爾乃思丘中之隱士，樂川上之執竿也。」左思《招隱》：「岩穴無結構，丘中有鳴琴。」

〔面色不憂苦，血氣常和平〕《論語·學而》：「子貢曰：『貧而無諂，富而無驕，何如？』子曰：『可也。未如貧而樂，富而好禮者也。』」集解鄭曰：「樂爲志於道，不以貧爲憂苦。」《荀子·君道》：「血氣和平，志意廣大，行義塞於天地之間，仁智之極也。」

〔每選隙地居，不踏要路行〕隙地，空地。《左傳》哀公十二年：「宋鄭之間有隙地焉。」《古詩十九首》：「何不策高足，先據要路津。」

〔舉動無尤悔，物莫與之爭〕《論語·爲政》：「子張學干祿，子曰：『多聞闕疑，慎言其餘，則寡尤；多見闕殆，慎行其餘，則寡悔。言寡尤，行寡悔，祿在其中矣。』」班固《漢書述》：「疑殆匪闕，違衆忤世，淺爲尤悔，深作敦害。」《老子》二十二章：「夫唯不爭，故天下莫能與之爭。」六十六章：「以其不爭，故天下莫與之爭。」

〔藜藿不充腸，布褐不蔽形〕《説苑·立節》：「曾子布衣緼袍未得完，糟糠之食、藜藿之羹未得飽，義不合則辭上卿，不恬貧窮，安能行此？」《淮南子·齊俗訓》：「貧人則夏被褐帶索，含菽飲水以充腸，以支暑熱。」《鹽鐵論·毀學》：「而拘儒布褐不完，糟糠不飽，非甘菽藿而卑廣廈，亦不能得已。」《韓詩外傳》卷十：「今百姓之於外，短褐不蔽形，糟糧不充口。」

〔勿矜羅弋巧，鸞鶴在冥冥〕《鹽鐵論·後刑》：「夫不傷民之不治，而伐己之能得姦，猶弋者睹鳥獸掛罻羅而喜也。」此從弋者方設喻。《新序》卷二雜事：「檻鵠保河海之中，厭而欲徙之小澤，必有丸矰之憂；黿鼉保深淵，厭而出之淺渚，則必有羅網釣射之憂。」此就禽鳥方設喻。曹丕《善哉行》：「比翼翔雲漢，羅者安所羈。沖靜得自然，榮華何足爲。」揚雄《法言·問明》：「鴻飛冥冥，弋人何篡焉。」湯惠休《楚明妃曲》：「驂駕鸞鶴，往來仙靈。」

丘中有一士，守道歲月深。行披帶索衣，坐拍無絃琴。不飲濁泉水，不息曲木蔭。所逢苟非義，糞土千黃金。鄉人化其風，薰如蘭在林。智愚與强弱，不忍相欺侵。我欲訪其人，將行復沉吟。何必見其面，但在學其心。（0054）

【注】

〔行披帶索衣，坐拍無絃琴〕《列子・天瑞》：「孔子遊於泰山，見榮啓期行乎郕之野，鹿裘帶索，鼓琴而歌。孔子問曰：『先生所以樂，何也？』對曰：『吾樂甚多。天生萬物，唯人爲貴，而吾得爲人，是一樂也。男女之別，男尊女卑，故以男爲貴，吾既得爲男矣，是二樂也。人生有不見日月，不免襁褓者，吾既以行年九十矣，是三樂也。貧者士之常也，死者人之終也，處常得終，當何憂哉？』」拍，樂曲之拍節，亦指樂曲的一闋，如《胡笳十八拍》。此指按拍節演奏。《太平廣記》卷二〇四《懿宗》（出《盧氏雜説》）：「懿宗一日召樂工，上方奏樂爲道調弄，上遂拍之，故樂工依其節，奏曲子，名《道調子》。」張紘《行路難》：「君不見相如綠綺琴，一撫一拍鳳凰音。」王建《宮詞》：「整頓衣裳皆著却，舞頭當拍第三聲。」《晉書・陶潛傳》：「性不解音，而畜素琴一張，絃徽不具，每朋酒之會，則撫而和之，曰：『但識琴中趣，何勞絃上聲。』」

〔不飲濁泉水，不息曲木蔭〕《淮南子・説山訓》：「曾（孔）子立廉，不飲盜泉。」此類推而言之。儲光羲《採菱歌》：「濁水菱葉肥，清水菱葉鮮。義不遊濁水，志士多苦言。」《鹽鐵論・申韓》：「故曲木惡直繩，姦邪惡正法。」《南齊書・徐伯珍傳》：「舉動有禮，過曲木之下，趨而避之。」《貞觀政要》卷四教戒太子諸王：「見其休於曲木之下，又謂曰：『汝知此樹乎？』對曰：『不知。』曰：『此木雖曲，得繩則正，爲人君雖無道，受諫則聖。』」

〔所逢苟非義，糞土千黃金〕《世説新語·文學》：「人有問殷中軍：『何以將得位而夢棺器，將得財而夢矢穢？』殷曰：『官本是臭腐，所以將得而夢棺屍；財本是糞土，所以將得而夢穢汙。』時人以爲名言。」貫休《行路難》：「誰道黃金如糞土，張耳陳餘斷消息。」

〔鄉人化其風，薰如蘭在林〕王僧孺《從子永寧令謙誄》：「如菊有芬，如蘭有薰。」

新製布裘①

桂布白似雪，吴綿軟於雲。布重綿且厚，爲裘有餘温。朝擁坐至暮，夜覆眠達晨。誰知嚴冬月，支體暖如春。中夕忽有念，撫裘起逡巡。丈夫貴兼濟，豈獨善一身？安得萬里裘，蓋裹周四垠？穩暖皆如我，天下無寒人。（0055）

【校】

①〔題〕那波本、文集抄本題末有「詩」字。

【注】

〔桂布〕《太平廣記》卷一六五《夏侯孜》（出《芝田録》）：「夏侯孜爲左拾遺，嘗着緑桂管布衫朝謁。開成中，文宗無忌諱，好文，問孜衫何太麤澀，具以桂布爲對：『此布厚，可以欺寒。』他日，上問宰臣：『朕察拾遺夏侯孜必貞介之士。』宰臣具以密行：『今之顔冉。』上嗟歎久之，亦效著桂管布。滿朝皆仿效之，此布爲之貴也。」《太平御覽》卷八二〇引沈懷遠《南越志》：「桂州豐水縣有古終藤，俚人以爲布。」又引萬震《南州異物志》：「五色斑衣以絲布吉貝木所作。此木熟時如鵝毳，中有核如蛛珣，細過絲綿。人將用之，則治出其核，但紡不績，任意牽引，無有斷絶。欲爲斑布則染之五色。織以爲布，弱軟，厚緻。」朱《箋》：「古終藤即吉貝，乃今之樹棉。」按，此「桂布」是否即爲吉貝，不能確知。《册府元龜》卷一六九：「（後晉天福九年）湖南遣使獻吉貝等三千匹。」桂布或爲一種棉布，以草棉（即棉花）製成。草棉古亦稱木棉（綿）。《資治通鑑》卷二八五：「地衣，春夏用角簟，秋冬用木綿。」胡三省注：「木綿，今南方多有焉。於春中作畦種之，至夏秋之交結實，至秋半，其實之外皮四裂，中踊出，白如綿。土人取而紡之，織以爲布，細密厚暖，宜以禦冬。」

〔吴綿〕泛指江南所産絲棉。《新唐書・地理志五》淮南道：「厥賦：絁、絹、綿、布。厥貢：絲、布、紵、葛」；江南道：「厥賦：麻、紵。厥貢：金、銀、紗、綾、蕉、葛、綿、練、鮫革、藤紙、丹沙。」

〔中夕忽有念，撫裘起逡巡〕中夕，中夜。劉伶《北芒客舍詩》：「長笛響中夕，聞此消胸襟。」江淹《效阮公詩十五首》：「歲暮懷感傷，中夕弄清琴。」《舊唐書・僕固懷恩傳》：「中夕謂其從者曰：『向者責吾，又收吾馬，是將害我也。』」

〔丈夫貴兼濟，豈獨善一身〕《孟子・盡心》：「窮則獨善其身，達則兼善天下。」任昉《爲范始興作求立太宰碑表》：「道非兼濟，事止樂善，亦無得而稱焉。」後「兼善」、「兼濟」混用。蕭衍《請徵謝朏何胤表》：「夫窮則獨善，達以兼濟。」

〔安得萬里裘，蓋裹周四垠〕《三國志・吴書・三嗣主傳》裴注引《吴録》：「（孟）仁字恭武，江夏人也。……少從南陽李肅學。其母爲作厚褥大被，或問其故，母曰：『小兒無德致客，學者多貧，故爲廣被，庶可得與氣類接也。』」鄭道昭《請置學官生徒表》：「九服感至德之和，四垠懷擊壤之慶。」

〔穩暖皆如我，天下無寒人〕穩謂睡穩。杜甫《王十七侍御掄許攜酒至草堂》：「老夫卧穩朝慵起，白屋寒多暖始開。」又《狂歌行贈四兄》：「吾兄睡穩方舒膝，不襪不巾踏曉日。」

陳巖肖《庚溪詩話》卷上：「白樂天有《新製綾襖》詩曰：『水波文襖造新成，綾軟綿匀温復輕。百姓多寒無可救，一身獨暖亦何情。』卒章曰：『爭得大裘長萬丈，與君都蓋洛陽城。』可謂有善推其所爲之心矣。又觀《新製布裘》詩曰：……，後詩正與杜子美《茅屋爲秋風所破歌》『安得廣廈千萬間，大庇天下寒士俱歡顔，風雨不動安如山』同。觀樂天前詩，則與『楚人亡弓，楚人得之』相類。觀樂天後詩及子美詩，可與『人亡弓，人得之』其意同也。」

黄徹《䂬溪詩話》：「老杜《茅屋爲秋風所破歌》云：『自經喪亂少睡眠，長夜沾濕何由徹。安得廣廈千萬間，大庇天下寒士皆歡顔，風雨不動安如山。嗚呼，何時眼前突兀見此屋，吾廬獨破受凍死亦足。』樂天《新製布裘》云……，《新製綾襖成》云……，皆伊尹身任一夫不獲之辜也。或謂子美詩意寧苦身以利人，樂天詩意推身利以利人，二者較之，少陵爲難。然老杜飢寒而憫人飢寒也，白氏飽暖而憫人飢寒者也。憂勞者易生於善慮，安樂者多失於不思，樂天宜優。或又謂白氏之官稍達，而少陵尤卑，子美之語在前，而長慶在後。達者宜急，卑者可緩也。前者唱導，後者和之耳。同合而論，則子美之仁心差賢矣。」

杏園中棗樹①

人言百果中，唯棗凡且鄙。皮皴似龜手，葉小如鼠耳。胡爲不自知，生花此園裏？豈宜遇攀玩，幸免遭傷毁。二月曲江頭，雜英紅旖旎。棗亦在其間，如嫫對西子。東風不擇木，吹煦長未已。眼看欲合抱，得盡生生理。寄言遊春客，乞君一迴視。君愛繞指柔，從君憐柳杞。君求悅目豔，不敢爭桃李。君若作大車，輪軸材須此。（0056）

【校】

①〔題〕那波本題末有「詩」字。

【注】

〔杏園〕《唐兩京城坊考》卷三朱雀門街東第三街通善坊：「杏園，爲新進士宴遊之所。按貞元四年，以《曲江亭望慈恩寺杏園花發詩》試進士。慈恩、杏園皆在由江之西南也。」朱《箋》謂即此杏園。

〔皮皺似龜手，葉小如鼠耳〕龜手，形容皮皺。《莊子·逍遥遊》：「宋人有善爲不龜手之藥者，世世以洴澼絖爲事。」鼠耳，形容葉之小。《齊民要術·栽樹》：「凡栽種，正月爲上時，二月爲中時，三月爲下時。棗，雞口。槐，兔目。桑，蝦蟇眼。榆，負瘤散。自餘雜木，鼠耳、蝱翅，各其時。」注：「此等名目，皆是葉生形容之所象似，以此時栽種者，葉皆即生。」

〔豈宜遇攀玩，幸免遭傷毀〕攀玩，見本卷《白牡丹》詩（0031）注。

〔二月曲江頭，雜英紅旖旎〕康駢《劇談錄》卷下曲江：「其西有杏園、慈恩寺。」參見本卷《春雪》（0029）注。謝朓《晚登三山望京邑》：「喧鳥覆春洲，雜英滿芳甸。」《楚辭·九辯》：「竊悲夫蕙華之曾敷兮，紛旖旎乎都房。」《文選》李善注：「旖旎，盛貌也。」《詩》云：旖旎其華。」

〔棗亦在其間，如嫫對西子〕嫫，嫫母。《藝文類聚》卷十五引《列女傳》：「黄帝妃嫫母，於四妃之班居下，貌甚醜而最賢，心每自退。」《淮南子・説山訓》：「桀有得事，堯有遺道，嫫母有所美，西施有所醜。」

〔東風不擇木，吹煦長未已〕宋玉《風賦》：「夫風者，天地之氣，溥暢而至，不擇貴賤高下而加焉。」《論衡・祀義》：「風猶人之有吹煦也，雨猶人之有精液也，雷猶人之有腹鳴也。」

〔眼看欲合抱，得盡生生理〕《老子》六十四章：「合抱之木，生於毫末。」《易・繫辭上》：「生生之謂易。」張華《鷦鷯賦》：「鷦鷯，小鳥也。生於蒿萊之間，長於藩籬之下，翔集尋常之内，而生生之理足矣。」

〔君愛繞指柔，從君憐柳杞〕劉琨《重贈盧諶》：「何意百煉鋼，化爲繞指柔。」張衡《西京賦》：「周以金隄，樹以柳杞。」《文選》李善注：「杞，即梗木也。《山海經》曰：杞，如楊，赤理。」

〔君求悦目艷，不敢爭桃李〕《詩・召南・何彼襛矣》：「何彼襛矣，華如桃李。」曹植《雜詩七首》之四：「南國有佳人，容華若桃李。」

〔君若作大車，輪軸材須此〕《管子・輕重丁》：「上斫輪軸，下採杼栗，田獵而爲食。」《周禮・冬官考工記》：「輪人爲輪，斬三材必以其時。三材既具，巧者和之。」

蝦蟆①　和張十六②。

嘉魚薦宗廟，靈龜貢邦家。應龍能致雨，潤我百穀牙。蠢蠢水族中，無用者蝦蟆。形穢肌肉腥③，出没于泥沙。六月七月交，時雨正滂沱。蝦蟆得其志，快樂無以加。地既蓄其生，使之族類多。天又與其聲，得以相諠譁。豈唯玉池上，污君清泠波？可獨瑶瑟前④，亂君鹿鳴歌？常恐飛上天，跳躍隨姮娥。往往蝕明月，遺君無奈何。（0057）

【校】

①〔題〕那波本、文集抄本題末有「詩」字。

②〔和張十六〕文集抄本作「和張十八作」。

③〔肌肉〕文集抄本作「肥肉」。

④〔可獨〕馬本、《唐音統籤》、汪本作「何獨」。

【注】

〔張十六〕按，當從文集抄本作「張十八」，即張籍。「張十六」則別無考。今張籍集中無詠蝦蟆詩。當時詩人詠蝦蟆者有盧仝《蕭宅二三子贈答詩二十首·蝦蟆請客》、《客請蝦蟆》，韓愈《答柳柳州食蝦蟆》。

〔嘉魚薦宗廟，靈龜貢邦家〕《詩·小雅·南有嘉魚》：「南有嘉魚，烝然罩罩。君子有酒，嘉賓式燕以樂。」《禮記·王制》：「天子社稷皆大牢，諸侯社稷皆少牢，士大夫宗廟之祭，有田則祭，無田則薦。庶人春薦韭，夏薦麥，秋薦黍，冬薦稻。韭以卵，麥以魚，黍以豚，稻以鴈。」《書·禹貢》：「九江納錫大龜。」孔穎達疏：「言此大龜錫命乃貢之也。」《爾雅·釋魚》：「一曰神龜，二曰靈龜，三曰攝龜，四曰寶龜，五曰文龜，六曰筮龜，七曰山龜，八曰澤龜，九曰水龜，十曰火龜。」

〔應龍能致雨，潤我百穀牙〕《山海經·大荒東經》：「大荒東北隅中，有山名曰凶犁土丘，應龍處南極，殺蚩尤與夸父，不得復上。故下數旱，旱而爲應龍之狀，乃得大雨。」《廣雅·釋魚》：「有鱗曰蛟龍，有翼曰應龍。」《詩·小雅·信南山》：「既沾既足，生我百穀。」

〔蠢蠢水族中，無用者蝦蟆〕張衡《靈憲》：「庶物蠢蠢，咸得繫命。」張衡《西京賦》：「摷昆鮞，殄水族。」

〔地既蕃其生，使之族類多〕韓愈《答柳柳州食蝦蟆》：「叵堪朋類多，沸耳作驚爆。端能敗笙磬，仍工亂學校。」

〔豈唯玉池上，污君清泠波〕張衡《南都賦》：「於其陂澤，則鉗盧玉池，赭陽東陂。」江淹《雜體詩三十首・嵇中散言志》：「朝食琅玕實，夕飲玉池津。」張協《洛禊賦》：「川流清泠以汪濊，原隰蔥翠以龍鱗。」

〔可獨瑤瑟前，亂君鹿鳴歌〕可，表反問，同豈。岑參《北庭》：「可知年四十，猶自未封侯。」陳子昂《秋園卧病呈暉上人》：「疲痾澹無豫，獨坐泛瑤瑟。」李白《聞丹丘子於城北營石門幽居》：「松風清瑤瑟，溪月湛芳樽。」《詩・小雅・鹿鳴》序：「《鹿鳴》，燕羣臣嘉賓也。」《儀禮・鄉飲酒禮》：「工歌《鹿鳴》、《四牡》、《皇皇者華》。」

〔常恐飛上天，跳躍隨姮娥〕張衡《靈憲》：「羿請不死之藥于西王母，姮娥竊之以奔月。將往，枚筮之于有黃，有黃占之，曰：『吉。翩翩歸妹，獨將西行。逢天晦芒，毋驚毋恐，後且大昌。』姮娥遂託身于月，是爲蟾蠩。」

〔往往蝕明月，遺君無奈何〕《史記・龜策列傳》：「日爲德而君於天下，月爲刑而相佐，見食於蝦蟆。」《初學記》卷一引《春秋元命苞》：「月之爲言闕也，而設以蟾蜍與兔者，陰陽雙居，明陽之制陰，陰之倚陽。」

寄隱者

賣藥向都城，行憩青門樹。道逢馳驛者，色有非常懼。親族走相送，欲別不敢住。私怪問道旁，何人復何故？云是右丞相，當國握樞務。祿厚食萬錢，恩深日三顧。昨日延英對，今日崖州去。由來君臣間，寵辱在朝暮。青青東郊草，中有歸山路。歸去卧雲人，謀身計非誤。（0058）

【注】

汪《譜》、朱《箋》：作於永貞元年（八〇五），長安。

〔賣藥向都城，行憩青門樹〕《漢書·王莽傳》：「霸城門災，民間所謂青門也。」顔師古注：「《三輔黄圖》云：長安城東出南頭名霸城門，俗以其色青，名曰青門。」《史記·蕭相國世家》：「召平者，秦故東陵侯。秦破，爲布衣，貧，種瓜于長安城東。瓜美，故世俗謂之東陵瓜。」阮籍《詠懷》：「昔聞東陵瓜，近在青門外。」劉駕《青門路》：「青門有歸路，坦坦高槐下。」

〔道逢馳驛者，色有非常懼〕馳驛，兼程而行，不在驛站耽擱。《三國志·魏書·王基傳》：「基疑其有詐，馳驛陳狀。」

〔云是右丞相，當國握樞務〕《左傳》襄公十九年：「鄭人使子展當國，子西聽政，立子産爲卿。」《舊唐書·常衮傳》：「（衮）與楊綰同掌樞務。」

〔禄厚食萬錢，恩深日三顧〕《通典》卷十九職官一禄秩：「大唐定給禄之制，京官正一品，米七百石，錢六千八百。從一品，米六百石。正二品，米五百石，錢六千。」又卷三五職官十七禄秩：「開元二十四年六月，乃撮而同之，通謂之月俸。一品月俸八千，食料千八百，雜用千二百，防閤二十千，通計三十一千。二品月俸六千，食料千五百，雜用一千，防閤十五千五百，通計二十四千。」

〔昨日延英對〕《唐六典》卷七：「宣政之左曰東上閤，右曰西上閤，次西曰延英門，其内曰延英殿。」《南部新書》甲：「上元中，長安東内始置延英殿。每侍臣賜對，則左右悉去。故直言讜議，盡得上達。」《新唐書·苗晉卿傳》：「時年老蹇甚，間日入政事堂。帝優之，聽入閤不趨，爲御小延英召對。宰相對小延英自晉卿始。」

〔今日崖州去〕朱《箋》：「疑指永貞元年韋執誼之貶官。」《舊唐書・憲宗紀》：「（永貞元年十月）壬申，貶正議大夫、中書侍郎平章事韋執誼爲崖州司馬。」

〔由來君臣間，寵辱在朝暮〕《老子》十三章：「寵辱若驚，貴大患若身。」《宋書・樂志》載《宋鼓吹鐃歌・雉子遊原澤篇》：「功名豈不美，寵辱亦相尋。」

〔青青東郊草，中有歸山路〕蔡邕《飲馬長城窟行》：「青青河邊草，綿綿思遠道。」

〔歸去卧雲人，謀身計非誤〕李白《望九華贈青陽韋仲堪》：「君爲東道主，於此卧雲松。」《禮記・檀弓下》：「利其君不忘其身，謀其身不遺其友。」《梁書・王僧辯傳》史臣曰：「樹國之道既虧，謀身之計不足，自致殲滅，悲矣！」

放魚　自此後詩到江州作。

曉日提竹籃，家童買春蔬①。青青芹蕨下，疊卧雙白魚。無聲但呀呀，以氣相煦濡。傾藍寫地上，撥刺長尺餘。豈唯刀机憂，坐見螻蟻圖。脱泉雖已久，得水猶可蘇。放之小池中，且用救乾枯。水小池窄狹，動尾觸四隅。一時幸苟活，久遠將何如？憐其不得所，移放於南湖。南湖連西江，好去勿踟躕。施恩即望報，吾非斯人徒。不須泥沙底，辛苦覓明珠。（0059）

【校】

①〔家童〕馬本、《唐音統籤》作「家僮」。

【注】

〔江州〕《元和郡縣志》卷二九江州：「武德四年討平林士弘，復置江州。五年，又置總管。七年，改爲都督。貞觀二年罷都督府。州理城，古之湓口城也」；「管縣三：潯陽，彭澤，都昌。」《舊唐書・白居易傳》：「(元和)十年七月，盜殺宰相武元衡，居易首上疏論其冤，急請捕賊以雪國耻。宰相以宫官非諫職，不當先諫官言事。會有素惡居易者，掎摭居易言浮華無行，其母因看花墮井而死，而居易作《賞花》及《新井》詩，甚傷名教，不宜寘彼周行。執政方惡其言事，奏貶爲江表刺史。詔出，中書舍人王涯上書論之，言居易所犯狀迹，不宜治郡，追詔授江州司馬。」

〔青青芹蕨下，疊卧雙白魚〕《詩・小雅・采菽》：「觱沸檻泉，言采其芹。」鄭箋：「芹菜也，可以爲菹。」《詩・召南・草蟲》：「陟彼南山，言采其蕨。」毛傳：「蕨，鱉也。」釋文：「《草木疏》云：周秦曰蕨，齊魯曰鱉。……俗云其初生似鱉脚，故名焉。」

〔無聲但呀呀，以氣相煦濡〕呀呀，伸張貌。韓愈《月蝕詩效玉川子作》：「東方青色龍，牙角何呀呀。」劉叉《冰柱》：「反令井蛙壁蟲變容易，背人縮首競呀呀。」《莊子・大宗師》：「泉涸，魚相與處於陸，相呴以濕，相濡以沫，不如相忘於江湖。」

〔傾藍寫地上，撥剌長尺餘〕寫同瀉，傾到。《周禮・地官・稻人》：「以澮寫水。」《後漢書・王梁傳》：「梁穿渠引穀水注洛陽城下，東寫鞏川。」撥剌，擺動而發出聲響，用以形容琴絃、弓弦及魚。《淮南子・修務訓》：「琴或撥剌枉橈，闊解漏越。」張衡《思玄賦》：「彎威弧之撥剌兮，射嶓冢之封狼。」杜甫《漫成一絶》：「沙頭宿鷺聯拳静，船尾跳魚撥剌鳴。」

〔豈唯刀机憂，坐見螻蟻圖〕《史記·項羽本紀》：「如今人方爲刀俎，我爲魚肉。」《淮南子·主術訓》：「吞舟之魚，蕩而失水，則制於螻蟻，離其居也。」又：「魚得水而游焉則樂，唐決水涸，則爲螻蟻所食。」

〔南湖〕此指鄱陽湖。湛方生《帆入南湖詩》：「彭蠡紀三江，廬岳主衆阜。」《梁書·陳伯之傳》：「尋轉江州，據尋陽以拒義軍。……衆軍遂次尋陽，伯之退保南湖，然後歸附。」《陳書·陳詳傳》：「王琳下據栅口，詳隨吴明徹襲湓城，取琳家口，不克，因入南湖，自鄱陽步道而歸。」《南史·臧質傳》：「質不知所爲，亦走至尋陽，焚府舍，載妓妾，入南湖，摘蓮啖之。」岑參《送張升卿宰新淦》：「遥知南湖上，只對香爐峰。」以上諸例均謂鄱陽湖。

〔西江〕指長江。謝瞻《王撫軍庾西陽集别時爲豫章太守庾被徵還》：「分手東城闉，發棹西江隩。」唐人用例極多。張説《岳州西城》：「西江三紀合，南浦二湖連。」孟浩然《早春潤州送從弟還鄉》：「歸泛西江水，離筵北固山。」李白《蘇臺覽古》：「只今惟有西江月，曾照吴王宫裏人。」《夜泊牛渚懷古》：「牛渚西江夜，春天無片雲。」杜甫《歷歷》：「巫峽西江外，秦城北斗邊。」

〔不須泥沙底，辛苦覓明珠〕《搜神記》卷二十：「隋侯出行，見大蛇，被傷中斷，疑其靈異，使人以藥封之。蛇乃能走。因號其處『斷蛇丘』。歲餘，蛇銜明珠以報之。」又：「噲參，養母至孝。曾有玄鶴，爲弋人所射，窮而歸參。參收養，療治其瘡，愈而放之。後鶴夜到門外，參執燭視之，見鶴雌雄雙至，各銜明珠，以報參焉。」

文柏牀

陵上有老柏，柯葉寒蒼蒼。朝爲風煙樹，暮爲宴寢床。以其多奇文，宜升君子堂。刮削露節目，拂拭生輝光。玄斑狀貍首，素質如截肪。雖充悦目玩，終乏周身防。華彩誠可愛，生理苦已傷。方知自殘者，爲有好文章。（0060）

【注】

〔陵上有老柏，柯葉寒蒼蒼〕《古詩十九首》：「青青陵上柏，磊磊澗中石。」曹植《贈白馬王彪》：「太谷何寥廓，山樹鬱蒼蒼。」《文選》李善注：「《風俗通》曰：泰山松樹，鬱鬱蒼蒼。」

〔朝爲風煙樹，暮爲宴寢床〕庾信《枯樹賦》：「或低垂於霜露，或撼頓於風煙。」《晏子春秋》卷六：「景公新成柏寢之室，使師開鼓琴。」鮑照《白紵辭》：「桂宮柏寢擬天居，朱爵文窗韜碧疏。」

〔刮削露節目，拂拭生輝光〕節目，木節。《禮記·學記》：「善問者，如攻堅木，先其易者，後其節目。」《呂氏春秋·舉難》：「尺之木必有節目，寸之玉必有瑕璫。」拂拭，擦拭。《新序》卷二：「（無鹽）於是乃拂拭短褐，自詣宣王。」敦煌本《壇經》神秀偈：「身是菩提樹，心如明鏡臺。時時勤拂拭，莫使有塵埃。」

〔玄斑狀貍首，素質如截肪〕司馬相如《上林賦》：「射貍首，兼騶虞。」《史記》集解：「《禮射義》曰：天子以騶虞爲節，諸侯以貍首爲節。」《史記·封禪書》：「萇弘乃明鬼神事，設射貍首。貍首者，諸侯之不來者，依物怪欲以致諸侯。」曹丕《與鍾大理書》：「竊見《玉書》稱美玉，白如截肪，黑譬純漆。」《文選》李善注：「《通俗文》曰：脂在腰曰肪，音方。」

〔雖充悦目玩，終乏周身防〕《説苑·修文》：「衣服容貌者，所以悦目也。」杜預《春秋左氏傳序》：「聖人包周身之防。」

〔華彩誠可愛，生理苦已傷〕《莊子・天地》：「物成生理，謂之形；形體保神，各有儀則，謂之性。」

〔方知自殘者，爲有好文章〕《韓非子・喻老》：「翟人有獻豐狐、玄豹之皮于晉文公，文公受客皮而歎曰：此以皮之美自爲罪。罪莫大於可欲。」陶淵明《讀史述九章・韓非》：「豐狐隱穴，以文自殘。」

潯陽三題 并序

廬山多桂樹，湓浦多修竹，東林寺有白蓮華，皆植物之貞勁秀異者，雖宮囿省寺中，未必能盡有。夫物以多爲賤，故南方人不貴重之。至有蒸爨其桂，剪棄其竹，白眼於蓮花者。予惜其不生於北土也，因賦三題以唁之。

廬山桂

偃蹇月中桂，結根依青天。天風繞月起，吹子下人間。飄零委何處，乃落匡廬山。生爲石上桂，葉如剪碧鮮。枝幹日長大，根荄日牢堅。不歸天上月，空老山中年。廬山去咸陽，道里三四千。無人爲移植，得入上林園。不及紅花樹，長栽温室前。（0061）

【注】

〔潯陽〕《舊唐書·地理志三》江南西道江州：「天寶元年，改爲潯陽郡。乾元元年，復爲江州。」「潯陽，州所理。……武德四年，復爲潯陽，潯水至此入江爲名。」

〔廬山〕《元和郡縣志》卷二八：「廬山在潯陽縣東三十二里，本名鄣山。昔匡俗字子孝，隱淪潛景，廬於此山，漢武帝拜爲大明公，俗號廬君，故山取號。周環五百餘里。」

〔湓浦〕清《江西通志》卷十二山川九江府：「湓浦港在府城西里許，西通龍開河，北通大江，淵深莫測。民居兩岸，可泊舟楫。源發瑞昌縣清湓鄉。相傳昔有人洗銅盆，水忽暴漲，失盆，没水取之，見一龍銜盆，奪之而出。故名盆水。浦口有亭，唐白居易聽商婦彈琵琶即是處也。」

〔東林寺〕宋陳舜俞《廬山記》卷二：「由廣澤下山至太平興國寺七里。……寺，晉武帝太元九年置，舊名東林，唐會昌三年廢，大中三年復。皇朝興國二年賜今名。」《江西通志》卷一一九寺觀九江府：「東林寺，在德化縣廬山之麓，晉太元九年慧遠開創，謝靈運爲鑿池種蓮，號蓮社。」

〔偃蹇月中桂，結根依青天〕《楚辭·招隱士》：「桂樹叢生兮山之幽，偃蹇連蜷兮枝相繚。」《初學記》卷一引虞喜《安天論》：「俗傳月中仙人桂樹，今視其初生，見仙人之足漸以成形，桂樹後生。」段成式《酉陽雜俎》前集卷一：「舊言月中有桂有蟾蜍，故異書言月桂高五百丈，下有一人常斫之，樹創隨合。人姓吳名剛，西河人，學仙有過，謫令伐樹。」杜甫《一百五日夜對月》：「斫却月中桂，清光應更多。」

〔匡廬山〕即廬山，以匡俗隱居於此，又稱匡山。《梁書·劉慧斐傳》：「嘗還都，途經尋陽，遊匡山。」

〔枝幹日長大，根荄日牢堅〕根荄，見本卷《問友》（0036）注。

〔無人爲移植，得入上林園〕上林園，即上林苑。見本卷《春雪》（0029）注。

〔不及紅花樹，長栽温室前〕温室，指漢温室殿。《漢書·孔光傳》：「沐日歸休，兄弟妻子燕語，終不及朝事。或問光：『温室省中樹皆何木也？』光嘿不應，更答以他語。其不泄如是。」

湓浦竹

潯陽十月天，天氣仍温燠。有霜不殺草，有風不落木。玄冥氣力薄，草木冬猶緑。誰肯湓浦頭，迴眼看修竹？其有顧眄者，持刀斬且束。剖劈青琅玕，家家蓋牆屋。吾聞汾晉間，竹少重如玉。胡爲取輕賤，生此西江曲？（0062）

【注】

〔潯陽十月天，天氣仍温燠〕温燠，温暖，參見本卷《春雪》（0029）「寒燠」注。

〔玄冥氣力薄，草木冬猶緑〕玄冥，冬神。《禮記·月令》：「孟冬之月，日在尾，昏危中，旦七星中。其日壬癸，其帝顓頊，其神玄冥。」《淮南子·天文訓》：「北方，水也。其帝顓頊，其佐玄冥，執權而治冬。」

〔其有顧眄者，持刀斬且束〕顧眄，回顧。王延壽《魯靈光殿賦》：「俯仰顧眄，東西周章。」曹植《美女篇》：「顧眄遺光采，長嘯氣若蘭。」

〔剖劈青琅玕，家家蓋牆屋〕琅玕爲美玉名，此形容竹。杜甫《鄭駙馬宅宴洞中》：「主家陰洞細煙霧，留客夏簟清琅玕。」郎士元《和王相公題中書叢竹寄上元相公》：「多時仙掖裏，色並翠琅玕。」

東林寺白蓮

東林北塘水，湛湛見底青。中生白芙蓉，菡萏三百莖。白日發光彩，清飈散芳馨。洩香銀囊破，瀉露玉盤傾。我慚塵垢眼①，見此瓊瑶英。乃知紅蓮華，虛得清淨名。夏萼敷未歇，秋房結纔成②。夜深衆僧寢，獨起繞池行。欲收一顆子，寄向長安城。但恐出山去，人間種不生。（0063）

【校】

①〔塵垢〕馬本、《唐音統籤》、汪本作「塵埃」。

②〔秋房〕馬本、《唐音統籤》、汪本作「秋芳」。

【注】

〔東林寺白蓮〕《廬山記》卷二：「神運殿之後有白蓮池，昔謝靈運恃才傲物，少所推重，一見遠公，肅然心服，乃即寺翻《涅槃經》。因鑿池爲臺，植白蓮池中，名其臺曰翻經臺。今白蓮亭即其故地。」按，世稱慧遠與十八高賢立白蓮社，其説出於中唐以後，多所附會。或説蓮社之名，與東林寺多種白蓮有關。皎然《送演上人之撫州覲使君叔》：「便道須過大師寺，白蓮池上訪高蹤。」已提及東林寺白蓮。居易之後晚唐詩人則屢屢言及，如齊己《題東林白蓮》，李咸用《和人遊東林》：「黄鳥不能言往事，白蓮虛發至如今」，黄滔《遊東林寺》：「翻譯如曾見，白蓮開舊池」，李中《廬山》：「峭拔推雙劍，清虛數二林。白蓮池宛在，翠輦事難尋。」

〔東林北塘水，湛湛見底青〕宋玉《高唐賦》：「滂洋洋而四施兮，蓊湛湛而弗止。」《文選》李善注：「湛湛，深貌。」

〔中生白芙蓉，菡萏三百莖〕《爾雅・釋草》：「荷，芙蕖，其莖茄，其葉蕸，其本蔤，其華菡萏，其實蓮，其根藕。」曹植《芙蓉賦》：「芙蕖騫翔，菡萏星屬。」

〔白日發光彩，清飇散芳馨〕清飇，清風。成公綏《嘯賦》：「南箕動於穹蒼，清飇振乎喬木。」

〔我慚塵垢眼，見此瓊瑶英〕瓊瑶、英，均爲美玉。《詩・衛風・木瓜》：「投我以木桃，報之以瓊瑶。」張衡《四愁詩》：「美人贈我金錯刀，何以報之英瓊瑶。」

〔乃知紅蓮華，虛得清淨名〕蓮花出污泥而不染，佛教用以象徵法性清淨。印度所稱蓮花可大别爲二種，一爲鉢頭摩華，即蓮花，譯爲赤蓮華、紅蓮華、赤黄蓮華，有赤、白二色；一爲優鉢羅華，即睡蓮，譯爲青蓮華、黛蓮華、紅蓮華，有青色、赤色、白色等。另有分（芬）陀利華，亦爲白色睡蓮（一説爲白色蓮花）。白詩蓋只就一般中土所見而言，並取佛經之比喻義。《中阿含經》卷二三《青白蓮花喻經第六》：「猶如青蓮華，紅、赤、白蓮花，水生水長，出水上，不着水，如是，如来世間生，世間長，出世間行，不着世間法。……此青白蓮華喻經如法有義，是梵行本，致通，致覺，亦致涅槃。」《宗鏡録》卷二八：「五華藏者，即五色蓮：一白蓮，二赤蓮，三青蓮，四黄蓮，五黑蓮。是五蓮華皆悉由無生法忍所起。」單以紅蓮爲清淨象徵者，如宗寶本《壇經・疑問品》頌曰：「若能鑽木取火，淤泥定生紅蓮。」敦煌文書P. 2963《五更轉・南宗讚》：「四更闌，五更延，菩提種子坐紅蓮。煩惱泥中常不染，恒將淨土共金顔。」《法華經》則以分陀利華即白蓮華爲經題，特加推重。《妙法蓮華經後序》：「諸華之中，蓮華最勝。華尚未敷，名屈摩羅。敷而將落，名迦摩羅。處中盛時，名芬陀利。未敷喻二道，將落譬泥洹，榮曜獨足以喻斯典。」

〔夏萼敷未歇，秋房結纔成〕敷，分布。何晏《景福殿賦》：「菡萏赩艷，纖縟紛敷。」潘岳《閑居賦》：「游鱗瀺灂，菡萏敷披。」韓愈等《晚秋郾城夜會聯句》：「池蓮拆秋房，院竹翻夏籜。」

大水

潯陽郊郭間，大水歲一至。閭閻半飄蕩，城堞多傾墜。蒼茫生海色，渺漫連空翠。風卷白波翻，日煎紅浪沸。工商徹屋去，牛馬登山避。況當率税時，頗害農桑事。獨有傭舟子，鼓枻生意氣。不知萬人災，自覓錐刀利。吾無奈爾何，爾非久得志。九月霜降後，水涸爲平地。（0064）

【注】

〔閭閻半飄蕩，城堞多傾墜〕閭閻，里巷。《史記·蘇秦列傳》：「夫蘇秦起閭閻，連六國從親，此其智有過人者。」城堞，城牆，堞爲城上矮牆。《左傳》襄公二十七年：「崔氏堞其宮而守之。」《梁書·侯景傳》：「景又攻東府城，設百尺樓車，鈎城堞盡落，城遂陷。」

〔工商徹屋去，牛馬登山避〕徹屋，拆毁房屋。《北史·張季珣傳》：「徹屋而爨，人皆穴處。」《顔氏家訓·治家》：「嘗寄人宅，奴婢徹屋爲薪略盡，聞之顰蹙，卒無一言。」《舊唐書·李實傳》：「人窮無告，乃徹屋瓦木，賣麥苗以供賦斂。」

〔況當率税時，頗害農桑事〕率税，按税率徵税。《舊唐書·順宗紀》：「諸道除正敕率税外，諸色榷税並宜禁斷。」《新唐書·食貨志四》：「（劉）晏奏罷州縣率税，禁堰埭邀以利者。」又《崔融傳》載融上疏：「今江津、河滸列鋪率税，檢覆稽留。」

〔獨有傭舟子，鼓枻生意氣〕傭舟，駕船供人租用。租船亦稱傭舟。《太平廣記》卷四九九《郭使君》（出《南楚紀聞》）：「生之行李間猶有二三千緡，緣兹復得蘇息，乃傭舟與母赴秩。」鼓枻，鼓槳，駕船。《楚辭·漁父》：「漁父莞爾而笑，鼓枻而去。」意氣，好勝逞强之氣。《玉臺新詠》卷一《白頭吟》：「男兒重意氣，何用錢刀爲。」盧諶《與劉琨書》：「昔聶政殉嚴遂之顧，荆軻慕燕丹之義，意氣之間，靡軀不悔。」李嶠《汾陰行》：「豪雄意氣今何在，壇場宫館盡蒿蓬。」

〔不知萬人災，自覓錐刀利〕《左傳》昭公六年：「民知爭端矣，將棄禮而徵於書。錐刀之末，將盡爭之。」

白居易詩集校注卷第二

諷諭二　古調詩五言　凡五十八首

續古詩十首

戚戚復戚戚，送君遠行役。行役非中原，海外黄沙磧。伶俜獨居妾，迢遞長征客。君望功名歸，妾憂生死隔。誰家無夫婦，何人不離拆①？所恨薄命身，嫁遲别日迫。妾身有存歿，妾心無改易。生作閨中婦②，死作山頭石。（0065）

【校】

①〔離拆〕《唐音統籤》作「離析」。

②〔生作〕馬本、《唐音統籤》作「生爲」。

【注】

〔續古詩〕《文選》卷二九雜詩上《古詩一十九首》，李善注：「並云古詩，蓋不知作者。或云枚乘，疑不能明也。」卷三十雜擬上有陸機《擬古詩十二首》，陶淵明《擬古詩》一首；卷三一有劉鑠《擬古二首》，均爲模擬《古詩十九首》之作。

〔戚戚復戚戚，送君遠行役〕《古詩十九首》之一：「行行重行行，與君生別離。」戚戚，憂思貌。陸機《擬古詩十二首》：「悠悠行邁遠，戚戚憂思深。」謝惠連《西陵遇風獻康樂》：「靡靡即長路，戚戚抱遥悲。」

〔行役非中原，海外黄沙磧〕海外，古人以爲中國四面環海，此指西北方邊境。《史記·匈奴列傳》：「驃騎封於狼居胥山，禪姑衍，臨瀚海而還。」集解：「如淳曰：瀚海，北海名。」《外戚世家》：「上既夷李氏，後憐其家，乃封爲海西侯。」正義：「漢武帝令李廣利征大宛，國近西海，故號海西侯也。」《大宛列傳》：「于寘之西，則水皆西流，注西海。」沙磧，沙漠。《魏書·西域傳·焉耆國》：「東去高昌九百里，西去龜兹九百里，皆沙磧，東南去瓜州二千二百里。」《隋書·西域傳·高昌》：「從武威西北，有捷路，度沙磧千餘里，四面茫然，無有蹊徑。欲往者，尋有人畜骸骨而去。」

〔伶俜獨居妾，迢遞長征客〕伶俜，孤獨。潘岳《寡婦賦》：「少伶俜而偏孤兮，痛忉怛以摧心。」《文選》李善注：「伶俜，單孑貌。」《古詩爲焦仲卿妻作》：「晝夜勤作息，伶俜縈苦辛。」迢遞，遥遠。左思《吴都賦》：「曠瞻迢遞，迥眺冥蒙。」《文選》劉逵注：「迢遞，遠貌。」盧思道《從軍行》：「天涯一去無窮已，薊門迢遞三千里。」顧野王《有所思》：「還聞雉子斑，非復長征賦。」李白《戰城南》：「萬里長征戰，三軍盡衰老。」王昌齡《出塞》：「秦時明月漢時關，萬里長征人未還。」

〔誰家無夫婦，何人不離拆〕離拆，分離。左思《悼離贈妹詩》：「骨肉之思，固有歸寧。何悟離拆，隔以天庭。」

〔所恨薄命身，嫁遲別日迫〕《漢書·外戚傳》載薄太后上疏：「妾薄命，端遇竟寧前。」曹丕《寡婦賦》：「傷薄命兮寡獨，内惆悵兮自憐。」《樂府詩集》卷六二雜曲歌辭有《妾薄命》。

〔生作閨中婦，死作山頭石〕見卷一《蜀路石婦》(0024)注。

掩淚別鄉里，飄颻將遠行。茫茫綠野中，春盡孤客情。驅馬上丘壠，高低路不平。風吹棠梨花，啼鳥時一聲。古墓何代人，不知姓與名。化作路傍土，年年春草生。感彼忽自悟，今我何營營。(0066)

【注】

〔掩淚別鄉里，飄颻將遠行〕潘岳《笙賦》：「衆滿堂而飲酒，獨嚮隅以掩淚。」陸機《門有車馬客行》：「撫膺攜客泣，掩淚叙温涼。」飄颻，飄蕩。孔融《雜詩》：「孤魂遊窮暮，飄颻安所依。」曹植《吁嗟篇》：「飄颻周八澤，連翩歷五山。」

〔茫茫綠野中，春盡孤客情〕《古詩十九首》之十一：「回車駕言邁，悠悠涉長道。四顧何茫茫，東風摇百草。」謝靈運《入彭蠡湖口》：「春晚綠野秀，岩高白雲屯。」楊方《合歡詩》：「撫心悼孤客，俯仰還自憐。」鮑照《擬古詩八首》：「憂人本自悲，孤客易傷情。」

〔驅馬上丘壠，高低路不平〕阮籍《詠懷》：「繁華有憔悴，堂上生荊杞。驅馬捨之去，去上西山趾。」陶淵明《歸園田居》：「徘徊丘壠間，依依昔人居。」鮑照《代邊居行》：「長松何落落，丘隴無復行。」

〔風吹棠梨花，啼鳥時一聲〕棠梨，即甘棠，實似梨而小。韓翃《送客水路歸陝》：「春橋楊柳應齊吐，古縣棠梨也作花。」元稹《村花晚》：「三春已暮桃李傷，棠梨花白蔓菁黄。村中女兒爭摘將，插刺頭鬢相夸張。」

〔古墓何代人，不知姓與名〕《古詩十九首》之十五：「出郭門直視，但見丘與墳。古墓犁爲田，松柏摧爲薪。」

〔感彼忽自悟，今我何營營〕陶淵明《諸人共遊周家墓柏下》：「感彼柏下人，安得不爲歡。」《列子·天瑞》：「林類曰：『死之與生，一往一反。故死於是者，安知不生於彼？故吾知其不相若也。吾又安知營營而求生非惑乎？亦又安知吾今之死不愈昔之生乎？』」李白《古風》：「青門種瓜人，舊日東陵侯。富貴故如此，營營何所求。」

朝采山上薇，暮采山上薇。歲晏薇亦盡，飢來何所爲？坐飲白石水，手把青松枝。擊節獨長歌，其聲清且悲。櫪馬非不肥，所苦長縶維。豢豕非不飽，所憂竟爲犧。行行歌此曲，以慰常苦飢。（0067）

【注】

〔朝采山上薇，暮采山上薇〕《史記·伯夷列傳》記伯夷、叔齊隱於首陽山，采薇而食，參見卷一《送王處士》（0045）注。陸機《招隱詩》：「朝采南澗藻，夕息西山足。」

〔歲晏薇亦盡，飢來何所爲〕《詩·小雅·采薇》：「采薇采薇，薇亦作止。曰歸曰歸，歲亦莫止。」陶淵明《乞食詩》：「飢來驅我去，不知竟何之。」

〔坐飲白石水，手把青松枝〕孟郊《憶周秀才素上人時聞各在一方》：「吟聽碧雲語，手把青松柄。」

〔擊節獨長歌，其聲清且悲〕《三國志・蜀書・馬良傳》：「此乃管絃之至，牙曠之調也。雖非鍾期，敢不擊節。」謝靈運《善哉行》：「擊節當歌，對酒當酌。」

〔櫪馬非不肥，所苦長縶維〕杜摯《贈毌丘儉》：「騏驥馬不試，婆娑槽櫪間。壯士志未伸，坎軻多辛酸。」鮑照《擬古詩八首》：「不謂乘軒意，伏櫪還至今。」縶維，參見卷一《放鷹》（0039）注。

〔豢豕非不飽，所憂竟爲犧〕《史記・老子韓非列傳》：「楚威王聞莊周賢，使使厚幣迎之，許以爲相。莊周笑謂楚使者曰：『千金，重利；卿相，尊位也。子獨不見郊祭之犧牛乎？養食之數歲，衣以文繡，以入太廟。當是之時，雖欲爲孤豚，豈可得乎？』」《禮記・樂記》：「夫豢豕爲酒，非以爲禍也。」鄭注：「以穀食犬豕曰豢。」

〔行行歌此曲，以慰常苦飢〕《文選》《善哉行》李善注引《古艷歌》：「居窮衣單薄，腸中常苦飢。」

雨露長纖草，山苗高入雲。風雪折勁木，澗松摧爲薪。風摧此何意，雨長彼何因？百丈澗底死，寸莖山上春。可憐苦節士，感此涕盈巾。（0068）

【注】

〔雨露長纖草，山苗高入雲〕孫綽《遊天台山賦》：「藉萋萋之纖草，蔭落落之長松。」

〔風雪折勁木，澗松摧爲薪〕李顒《雷賦》：「起偉霆於霄際，摧勁木於岩巔。」《古詩十九首》之十五：「古墓犁爲田，松柏摧爲薪。」

〔百丈澗底死，寸莖山上春〕參見卷一《悲哉行》(0037)注。

〔可憐苦節士，感此涕盈巾〕《晉書·華表傳》：「表以苦節垂名。」杜甫《入衡州》：「嗟彼苦節士，素於圓鑿方。」李白《門有車馬客行》：「對酒兩不飲，停觴淚盈巾。」

窈窕雙鬟女，容德俱如玉。晝居不踰閾，夜行常秉燭。氣如含露蘭，心如貫霜竹。宜當備嬪御，胡爲守幽獨？無媒不得選，年忽過三六。歲暮望漢宮，誰在黃金屋？邯鄲進倡女，能唱黃花曲。一曲稱君心，恩榮連九族。(0069)

【注】

〔窈窕雙鬟女，容德俱如玉〕辛延年《羽林郎》：「兩鬟何窈窕，一世良所無。」《周禮·天官·九嬪》：「九嬪掌婦學之法，以教九御婦德、婦言、婦容、婦功。」左芬《元皇后誄》：「率由四教，容德匪荒。」《古詩十九首》之二：「燕趙多佳人，美者顏如玉。」

〔晝居不踰閾，夜行常秉燭〕《左傳》僖公二十二年：「婦人送迎不出門，見兄弟不踰閾，戎事不邇女器。」劉毅《上書請著太后注紀》：「有虞二妃，周室三母，修行佐德，思不踰閾。」《禮記·内則》：「男子入内，不嘯不指，夜行以燭，無燭則止。女子出門，必擁蔽其面，夜行以燭，無燭則止。」

〔氣如含露蘭，心如貫霜竹〕潘岳《閑居賦》：「綠葵含露，白薤負霜。」左芬《武帝納皇后頌》：「如蘭之茂，如玉之榮。」

〔宜當備嬪御，胡爲守幽獨〕《禮記·昏義》：「古者天子后立六宮，三夫人、九嬪、二十七世婦、八十一御妻，以聽天下之内治，以明章婦順。」《左傳》昭公三年：「以備嬪嬙。」

〔無媒不得選，年忽過三六〕《禮記·坊記》：「故男女無媒不交，無幣不相見。」蕭子顯《日出東南隅行》：「三六前年暮，四五今年朝。」

〔歲暮望漢宮，誰在黄金屋〕《漢武故事》：「年四歲，立爲膠東王。數歲，長公主嫖抱置膝上，問曰：『兒欲得婦不？』膠東王曰：『欲得婦。』長主指左右長御百餘人，皆云不用。末指其女問曰：『阿嬌好不？』於是乃笑對曰：『好。若得阿嬌作婦，當作金屋貯之也。』」

〔邯鄲進倡女，能唱黄花曲〕《史記·趙世家》：「趙王遷，其母倡也。」集解：「徐廣曰：《列女傳》曰：邯鄲之娼。」黄花曲，即《皇華》曲，或作「黄華」。《莊子·天地》：「大聲不入里耳，《折楊》、《皇荂》，則嗑然而笑。」「皇荂」，道藏本作「皇華」。成玄英疏：「古之俗中小曲。」李白《答王十二寒夜獨酌有懷》：「折楊黄華合流俗，晉君聽琴枉清角。」

栖栖遠方士，讀書三十年。業成無知己，徒步來入關。長安多王侯，英俊競攀援。幸隨衆賓末，得厠門館間。東閣有旨酒，中堂有管絃。何爲向隅客，對此不開顔？富貴無是非，主人終日歡。貧賤多悔尤，客子中夜歎①。歸去復歸去，故鄉貧亦安。（0070）

【校】

①〔中夜〕馬本、《唐音統籤》、汪本作「終夜」。

【注】

〔栖栖遠方士，讀書三十年〕《論語·憲問》：「微生畝謂孔子曰：『丘何爲是栖栖者與？無乃爲佞乎？』孔子曰：『非敢爲佞也，疾固也。』」班固《答賓戲》：「是以聖哲之治，栖栖遑遑。」

〔業成無知己，徒步來入關〕《漢書·公孫弘傳》：「弘自見爲舉首，起徒步，數年至宰相封侯。於是起客館，開東閣，以延賢人，與參謀議。」又《主父偃傳》：「以諸侯莫足遊者，元光元年，乃西入關見衛將軍。衛將軍數言上，上不省，資用乏，留久，諸侯賓客多厭之，乃上書闕下，朝奏，暮召入見。」

〔長安多王侯，英俊競攀援〕攀援，攀附。《漢書·蕭望之傳附子育》：「時朱博尚爲杜陵亭長，爲咸、育所攀援。」

〔幸隨衆賓末，得厠門館間〕《後漢書·逸民傳·法真》：「以明府見待有禮，故敢自同賓末。」《史記·樂毅列傳》：「先王過舉，厠之賓客之中，立之羣臣之上。」門館，客館。沈約《冬節後至丞相第詣世子車中》：「廉公失權勢，門館有虚盈。」

〔東閣有旨酒，中堂有管絃〕公孫弘起賓館，開東閣，見上注。《詩·小雅·鹿鳴》：「我有旨酒，嘉賓式燕以敖。」劉楨《贈五官中郎將》：「清歌制妙聲，萬舞在中堂。」謝瞻《九日從宋公戲馬臺集送孔令詩》：「四筵霑芳醴，中堂起絲桐。」

〔何爲向隅客，對此不開顔〕《説苑·貴德》：「今有滿堂飲酒者，有一人獨索然向隅而泣，則一堂之人皆不樂矣。」謝靈運《酬從第惠連》：「末路值令弟，開顔披心胸。」

〔貧賤多悔尤，客子中夜歎〕悔尤，同尤悔。見卷一《丘中有一士》（0053）注。《大戴禮記·衛將軍文子》：「德恭而行信，終日言不在悔尤之内，貧而樂也，蓋老萊子之行也。」

涼風飄嘉樹，日夜減芳華。下有感秋婦，攀條苦悲嗟。我本幽閑女，結髮事豪家。豪家多婢僕，門内頗驕奢①。良人近封侯，出入鳴玉珂。自從富貴來，恩薄讒言多。冢婦獨守禮②，羣妾互奇衺。但信言有玷，不察心無瑕。容光未銷歇，歡愛忽蹉跎。何意掌上玉，化爲眼中砂。盈盈一尺水，浩浩千丈河。勿言小大異，隨分有風波。閨房猶復爾，邦國當如何？（0071）

【校】

①〔門内〕文集抄本作「門外」。

②〔冢婦〕紹興本、文集抄本作「家婦」，據他本改。

【注】

〔涼風飄嘉樹，日夜減芳華〕曹植《侍太子坐》：「寒冰辟炎景，涼風飄我深。」顔延之《秋胡詩》：「歲暮臨空房，涼風起座隅。」陸機《擬蘭若生春陽詩》：「嘉樹生朝陽，凝霜封其條。」王筠《春日詩》：「芳華既零落，方作向隅人。」

〔下有感秋婦，攀條苦悲嗟〕《古詩十九首》之九：「庭中有奇樹，緑葉發華滋。攀條折其榮，將以遺所思。」

〔我本幽閑女，結髪事豪家〕顔延之《秋胡詩》：「婉彼幽閑女，作嬪君子室。」《文選》蘇武詩：「結髪爲夫妻，恩愛兩不疑。」李善注：「結髪，始成人也。謂男年二十、女年十五時，取笄冠爲義也。」

〔豪家多婢僕，門内頗驕奢〕《鹽鐵論·授時》：「故民饒則僭侈，富則驕奢。」

〔良人近封侯，出入鳴玉珂〕張華《輕薄篇》：「文軒樹羽蓋，乘馬鳴玉珂。」顔延之《秋胡詩》：「燕居未及好，良人顧有違。脱巾千里外，結綬登王畿。」

〔冢婦獨守禮，羣妾互奇衺〕《禮記·内則》：「舅没則姑老，冢婦所祭祀賓客，每事必請於姑，介婦請於冢婦。舅姑使冢婦，毋怠，不友無禮於介婦。舅姑若使介婦，毋敢敵耦於冢婦，不敢並行，不敢並命，不敢並坐。」鄭注：「謂傳家事於長婦也。」長婦即冢婦。《周禮·天官·宮正》：「去其淫怠與其奇衺之民。」鄭注：「奇衺，譎觚非常。」

〔但信言有玷，不察心無瑕〕《詩·大雅·抑》：「白圭之玷，尚可磨也。斯言之玷，不可爲也。」《左傳》閔公元年：「且諺曰：心苟無瑕，何恤乎無家。」

〔容光未銷歇，歡愛忽蹉跎〕張華《情詩》：「佳人處遐遠，蘭室無容光。」鮑照《行藥至城東橋》：「容華坐銷歇，端爲誰苦辛。」宋子侯《董嬌饒》：「何如盛年去，歡愛永相忘。」

〔何意掌上玉，化爲眼中砂〕吴均《碎珠賦》：「又聞珩璧之獨照，不見掌上之明珠。」白居易《新樂府·母别子》（本書卷四0155）：「新人迎來舊人棄，掌上蓮花眼中刺。」《五燈會元》卷十一涿州紙衣和尚：「直饒玄會得，也是眼中塵。」卷十九祖氏覺庵道人：「直饒玄會得，猶是眼中沙。」

〔盈盈一尺水，浩浩千丈河〕《古詩十九首》之九：「河漢清且淺，相去復幾許。盈盈一水間，脉脉不得語。」

〔勿言小大異，隨分有風波〕隨分，隨緣，隨其所處。蕭衍《會三教詩》：「大椿徑億尺，小草裁云萌。大雲降大雨，隨分各受榮。」盧仝《蕭宅二三子贈答詩·竹答客》：「竹弟謝石兄，清風非所任。隨分有蕭瑟，實無堅重心。」

心亦無所迫，身亦無所拘。何爲腸中氣，鬱鬱不得舒？不舒良有以，同心久離居。五年不見面，三年不得書。念此令人老，抱膝坐長吁。豈無盈鐏酒，非君誰與娛？（0072）

【注】

〔心亦無所迫，身亦無所拘〕《古詩十九首》之三：「極宴娛心意，戚戚何所迫。」李白《古風》：「不知繁華子，擾擾何所迫。」曹植《天地篇》：「復爲時所拘，羈紲作微臣。」

〔何爲腸中氣，鬱鬱不得舒〕左思《悼離贈妹詩》：「含辭滿胸，鬱憤不舒。」張籍《野居》：「四肢暫寬柔，中腸鬱不舒。」

〔不舒良有以，同心久離居〕《古詩十九首》之六：「同心而離居，憂傷以終老。」

〔念此令人老，抱膝坐長吁〕《三國志·蜀書·諸葛亮傳》裴注引《魏略》：「亮獨觀其大略，每晨夜從容，常抱膝長嘯。」劉琨《扶風歌》：「慷慨窮林中，抱膝獨摧藏。」庾信《卧疾窮愁》：「詎知長抱膝，獨爲梁父吟。」

〔豈無盈鐏酒，非君誰與娛〕嵇康《四言贈兄秀才入軍》：「旨酒盈鐏，莫與同歡。」楊素《山齋獨坐贈薛内史二首》：「桂酒徒盈鐏，故人不在席。」

攬衣出門行，遊觀遶林渠。澹澹春水暖，東風生綠蒲。上有和鳴雁，下有掉尾魚。飛沉一何樂，鱗羽各有徒。而我方獨處，不與之子俱。顧彼自傷己，禽魚之不如。出遊欲遣憂，孰知憂有餘。（0073）

【注】

〔攬衣出門行，遊觀遶林渠〕《古詩十九首》之十九：「憂愁不能寐，攬衣起徘徊。客行雖云樂，不如早旋歸。」劉楨《雜詩》：「釋此出西城，登高且遊觀。」

〔澹澹春水暖，東風生綠蒲〕沈約《郊居賦》：「石衣海髮，黃荇綠蒲。」王維《輞川集·白石灘》：「清淺白石灘，綠蒲向堪把。」

〔上有和鳴雁，下有掉尾魚〕《左傳》莊公二十二年：「鳳皇于飛，和鳴鏘鏘。」何劭《洛水祖王公應詔》：「春風動襟，歸雁和鳴。」郭璞《江賦》：「揚鰭掉尾，噴浪飛涎。」謝靈運《山居賦》：「或鼓鰓而湍躍，或掉尾而波旋。」

〔飛沉一何樂，鱗羽各有徒〕李諧《述身賦》：「願托身於魚鳥，永得性於飛沉。」王維《送韋大夫東京留守》：「雲雷康屯難，江海遂飛沉。」荀濟《贈陰梁州》：「依依集鱗羽，眷眷共枝條。」

〔而我方獨處，不與之子俱〕《詩·小雅·白華》：「之子之遠，俾我獨兮。」曹植《雜詩》：「之子在萬里，江湖回且深。」

〔顧彼自傷己，禽魚之不如〕曹植《情詩》：「游魚潛淥水，翔鳥薄天飛。眇眇客行士，遥役不得歸。」陶淵明《始作鎮軍參軍經曲阿作》：「望雲慚高鳥，臨水愧游魚。」《梁書·世祖二子傳》載蕭方等《散逸論》：「故魚鳥飛浮，任其志性。吾之進退，恒存掌握。舉手懼觸，摇足恐墮。若使吾終得與魚鳥同游，則去人間如脱屣耳。」

春旦日初出，曈曈耀晨輝。草木照未遠，浮雲已蔽之。天地黯以晦①，當午如昏時。雖有東南風，力微不能吹。中園何所有，滿地青青葵。陽光委雲上，傾心欲何依？（0074）

【校】

①〔以晦〕馬本、《唐音統籤》作「似晦」。

【注】

〔春旦日初出，曈曈耀晨輝〕曈曈，日出貌。何遜《苦熱詩》：「曀曀風逾靜，曈曈日漸旰。」蕭綱《上之回》：「桃林方灼灼，柳路日曈曈。」

〔草木照未遠，浮雲已蔽之〕《古詩十九首》之一：「浮雲蔽白日，遊子不顧返。」《文選》李善注：「浮雲之蔽白日，以喻邪佞之毁忠良。故遊子之行，不顧反也。」李白《古風》：「浮雲隔兩曜，萬象昏陰霏。」《登金陵鳳凰台》：「總爲浮雲能蔽日，長安不見使人愁。」

〔天地黯以晦，當午如昏時〕《荀子·賦》：「天下不治，請陳佹詩：天地易位，四時易鄉，列星殞墜，旦暮晦盲，幽闇登昭，日月下藏。」昏時，黄昏。《史記·樂書》：「漢家常以正月上辛祠太一甘泉，以昏時夜祠，到明而終。」

〔中園何所有，滿地青青葵〕《文選》《長歌行》：「青青園中葵，朝露待日晞。」

〔陽光委雲上，傾心欲何依〕《吳聲歌曲·子夜四時歌·冬歌》：「葵藿生谷底，傾心不蒙照。」

秦中吟十首　并序

貞元、元和之際，予在長安①，聞見之間，有足悲者②。因直歌其事③，命爲《秦中吟》④。

議婚⑤

天下無正聲，悦耳即爲娱⑥。人間無正色，悦目即爲姝⑦。顔色非相遠⑧，貧富則有殊。貧爲時所棄，富爲時所趨。紅樓富家女，金縷繡羅襦。見人不斂手，嬌癡二八初。母兄未開口，已嫁不須臾⑨。綠窗貧家女，寂寞二十餘。荆釵不直錢，衣上無真珠。幾迴人欲聘，臨日又踟躕。主人會良媒，置酒滿玉壺。四座且勿飲，聽我歌兩途。富家女易嫁，嫁早輕其夫。貧家女難嫁，嫁晚孝於姑。聞君欲娶婦，娶婦意何如？（0075）

【校】

①〔長安〕文集抄本、管見抄本等作「長安中」。

②〔悲者〕文集抄本、管見抄本等作「悲嘆者」。

③〔因直歌〕《才調集》作「略舉」。

④〔命爲秦中吟〕《才調集》作「因命爲秦中吟焉」。

⑤〔（題）議婚〕《才調集》作「貧家女」。

⑥〔即爲娱〕《才調集》作「則爲娱」。

⑦〔即爲姝〕《才調集》作「則爲姝」。

⑧〔顏色〕《唐文粹》作「聲色」。

⑨〔已嫁〕《才調集》作「言嫁」。

【注】

汪《譜》、朱《箋》：作於元和五年（八一〇），長安。白居易《與元九書》：「聞《秦中吟》，則權豪貴近者，相目而變色矣。」又《編集拙詩成一十五卷因題卷末》（本書卷十六1000）：「一篇長恨有風情，十首秦吟近正聲。」

〔天下無正聲，悦耳即爲娱〕《荀子·樂論》：「凡姦聲感人而逆氣應之，逆氣成象而亂生焉。正聲感人而順氣應之，順氣成象而治生焉。」枚乘《七發》：「練色娱目，流聲悦耳。」《魏書·樂志》：「逮乎末俗陵遲，正聲頓廢，多好鄭衛之音，以悦耳目。」

〔人間無正色，悦目即爲姝〕《禮記·王制》：「姦色亂正色，不粥於市。」《説苑·修文》：「衣服容貌者，所以悦目也；聲音應對者，所以悦耳也；嗜欲好惡者，所以安其情也。」《詩·邶風·静女》：「静女其姝，俟我於城隅。」毛傳：「姝，美色也。」

〔顏色非相遠，貧富則有殊〕顏色，容貌。《墨子·尚賢中》：「不黨父兄，不偏貴富，不嬖顏色。」陸機《擬青青河畔草》：「粲粲妖容姿，灼灼美顔色。」

〔紅樓富家女，金縷繡羅襦〕江總《長相思》：「紅樓千愁色，玉箸兩行淚。」李白《陌上贈美人》：「美人一笑褰珠箔，遥指紅樓是妾家。」《古詩爲焦仲卿妻作》：「妾有繡腰襦，葳蕤金縷光。」杜甫《麗人行》：「繡羅衣裳照暮春，蹙金孔雀銀麒麟。」温庭筠《菩薩蠻》：「新帖繡羅襦，雙雙金鷓鴣。」

〔見人不斂手，嬌癡二八初〕斂手，恭敬之態。《後漢書·鮑永傳》：「帝常曰：『貴戚且宜斂手，以避二鮑。』」《三國志·魏書·方伎傳管輅》裴注引輅别傳：「彦緯斂手謝曰：『前言戲之耳。』」韓愈《芍藥歌》：「嬌痴婢女無靈性，競挽春衫來比並。」

〔母兄未開口，已嫁不須臾〕不須臾，不長久。《古詩十九首》：「既來不須臾，又不處金闈。」張籍《短歌行》：「流光暫出還入地，使我少年不須臾。」

〔綠窗貧家女，寂寞二十餘〕蔣冽《古意》：「春風正可憐，吹映綠窗前。妾意空相感，君心何處邊。」楊凝《春怨》：「綠窗孤寢難成寐，紫燕雙飛似弄人。」

〔荆釵不直錢，衣上無真珠〕《宋書·后妃傳》載讓婚表：「荆釵布裙，足得成禮。」劉長卿《别李氏女子》：「俯首戴荆釵，欲拜淒且嚬。本來儒家子，莫耻梁鴻貧。」真珠，即珍珠。《三國志·魏書·東夷傳·倭人》：「出真珠、青玉。」杜甫《即事》：「百寶裝腰帶，真珠絡臂鞲。」

〔主人會良媒，置酒滿玉壺〕《詩·衛風·氓》：「匪我愆期，子無良媒。」

〔四座且勿飲，聽我歌兩途〕兩途，兩種情况。《魏書·公孫表傳附孫邃》：「當斟酌兩途，商量得失。」

重賦①

厚地植桑麻，所要濟生民②。生民理布帛，所求活一身。身外充征賦，上以奉君親。國家定兩税，本意在憂人③。厥初防其淫，明敕内外臣。税外加一物④，皆以枉法論。奈何歲月久，貪吏得因循。浚我以求寵⑤，斂索無冬春。織絹未成疋，繰絲未盈斤。里胥迫我納⑥，不許暫逡巡。歲暮天地閉，陰風生破村。夜深烟火盡⑦，霰雪白紛紛⑧。幼者形不蔽，老者體無温。悲端與寒氣⑨，併入鼻中辛。昨日輪殘税⑩，因窺官庫門。繒帛如山積，絲絮似雲屯⑪。號爲羨餘物，隨月獻至尊⑫。奪我身上暖，買爾眼前恩。進入瓊林庫，歲久化爲塵。（0076）

【校】

①〔題〕《才調集》作「無名税」。

②〔所要〕文集抄本、《才調集》、汪本作「所用」。

③〔憂人〕馬本、《唐音統籤》、汪本作「愛人」。

④〔一物〕文集抄本作「一等」。

⑤〔浚我〕《才調集》、《唐文粹》作「役我」。

⑥〔迫我〕《才調集》作「逼我」。
⑦〔火盡〕《唐文粹》作「火滅」。
⑧〔白紛紛〕《唐文粹》作「落紛紛」。
⑨〔悲端〕《唐文粹》、馬本、《唐音統籤》、汪本作「悲喘」，《才調集》作「悲啼」。
⑩〔殘税〕《才調集》作「餘税」。
⑪〔絲絮〕文集抄本作「絲綿」。〔似雲屯〕《才調集》作「似屯雲」，《全唐詩》作「如雲屯」。
⑫〔隨月〕《才調集》、《唐文粹》作「隨日」。

【注】

〔厚地植桑麻，所要濟生民〕《易·坤·象》：「坤厚載物，德合無疆。」《象》：「地勢坤，君子以厚德載物。」《詩·小雅·正月》：「謂地蓋厚，不敢不蹐。」《管子·牧民》：「故授有德，則國安；務五穀，則食足；養桑麻育六畜，則民富。」《淮南子·主術訓》：「教民養育六畜，以時種樹，務修田疇，滋植桑麻，肥墝高下，各因其宜。」《荀子·大略》：「天之生民，非爲君也；天之立君，以爲民也。」《顔氏家訓·治家》：「生民之本，要當稼穡而食，桑麻以衣。」

〔生民理布帛，所求活一身〕《禮記·禮運》：「治其麻絲，以爲布帛，以養生送死。」《漢書·食貨志》：「《洪範》八政，一曰食，二曰貨。食謂農殖嘉穀可食之物，貨謂布帛可衣，及金刀魚貝，所以分財布利通有無者。二者，生民之本，興自神農之世。」

〔身外充征賦，上以奉君親〕《管子·五輔》：「薄徵斂，輕征賦，弛刑罰，赦罪戾，宥小過，此謂寬其政。」《鹽鐵論·

授時》：「易其田疇，薄其稅斂，則民富矣。上以奉君親，下無飢寒之憂，則教可成也。」

〔國家定兩稅，本意在憂人〕《唐會要》卷八三租稅上：「建中元年正月五日赦文：宜委黜陟使與觀察使及刺史轉運所由，計百姓及客户，約丁産，定等第，均率作，年支兩稅」；「其年八月，宰相楊炎上疏奏曰：國家初定令式，有租賦庸調之法。至開元中，玄宗修道德，以寬仁爲治本，故不爲版籍之書。人口寖溢，隄防不禁，丁口轉死，非舊名矣；田畝移换，非舊額矣；貧富升降，非舊第矣。……則租庸之法，弊久矣。迨至德之後，天下兵起，始以兵役，因之飢癘，徵求運輸，百役並作，人户凋耗，版圖空虚。……故科斂之名凡數百，廢者不削，重者不去，新舊仍積，不知其涯。百姓受命而供之，旬輸月送，無有休息。吏因其苛，蠶食於人。凡富人多丁，率爲官爲僧，以色役免。貧人無所入，則丁存。故課免於上，而賦增於下。是以天下殘瘁，蕩爲浮人，鄉居地著者，百不四五。如是者迨三十年。炎遂請作兩稅法，以一其名，曰：凡百役之費，一錢之斂，先度其數，而賦於人，量出以制入。户無土客，以見居爲簿。人無丁中，以貧富爲差。不居處而行商者，在所州縣稅三十之一，度所取與居者均，使無僥倖。居人之稅，秋夏兩徵之。俗有不便者，正之。其租庸雜徭，悉省而丁額不廢。申報出入，如舊式。其田畝之稅，率以大曆十四年墾田之數爲准，而均徵之。夏稅無過六月，秋稅無過十一月。逾歲之後，有户增而稅減輕，及人散而失均者，進退長吏，而以度支總統之。德宗善而行之。」又見《册府元龜》卷四八八、《舊唐書·楊炎傳》等。憂人，猶言憂民。《孟子·梁惠王下》：「樂民之樂者，民亦樂其樂；憂民之憂者，民亦憂其憂。」《淮南子·修務訓》：「是故禹之爲水，以身解於陽盱之河。湯旱，以身禱於桑山之林。聖人憂民，如此其明也。」

〔厥初防其淫，明敕内外臣〕《書·蔡仲之命》：「慎厥初，惟厥終，終以不固。」《鹽鐵論·本議》：「竊聞治人之道，防淫佚之原，廣道德之端，抑末利而開仁義，毋示以利。」《漢書·平帝紀》元始四年詔：「其明敕百僚。」

〔奈何歲月久，貪吏得因循〕因循，輕率、馬虎。《寒山詩注》二四〇首：「因循過時光，渾是癡肉臠。」《祖堂集》卷十九香嚴和尚：「莫因循，莫猶預，虚度光陰。」

〔浚我以求寵，斂索無冬春〕《左傳》襄公二十四年：「毋寧使人謂子『子實生我』，而謂子『浚我以生』乎？」杜預注：「浚，取也。言取我財以自生。」《國語・晉語九》：「襄子曰：浚民之膏澤以實之，又因而殺之，其誰與我？」

〔織絹未成疋，繰絲未盈斤〕繰同繅，繹繭爲絲。《春秋繁露・實性》：「繭待繅以涫湯，而後能爲絲。」

〔里胥迫我納，不許暫逡巡〕里胥，指里正之類鄉官。《通典》卷三三鄉官：「大唐凡百户爲一里，里置正一人。五里爲一鄉，鄉置耆老一人。」又卷三食貨三：「（里正）掌按比户口，課植農桑，檢查非違，催驅賦役。」《舊唐書・田神功傳》：「家本微賤，天寶末爲縣里胥。」逡巡，遲疑拖延。《莊子・讓王》：「子貢逡巡而有愧色。」

〔歲暮天地閉，陰風生破村〕《禮記・月令》：「孟冬之月，……是月也，天子始裘，命有司曰：天氣上騰，地氣下降，天地不通，閉塞而成冬。」《易・坤・文言》：「天地變化，草木蕃。天地閉，賢人隱。」

〔夜深烟火盡，霰雪白紛紛〕《楚辭・九章・涉江》：「霰雪紛其無垠兮，雲霏霏而承宇。」董仲舒《雨雹對》：「寒有高下，上暖下寒，則上合爲大雨，下凝爲冰，霰雪是也。」謝靈運《苦寒行》：「歲歲曾冰合，紛紛霰雪落。」

〔幼者形不蔽，老者體無温〕《韓詩外傳》卷十：「今百姓之於外，短褐不蔽形，糟糧不充口。」

〔悲端與寒氣，併入鼻中辛〕悲端，見卷一《傷唐衢二首》之一（0034）注。鼻中辛，猶言鼻酸。宋玉《高唐賦》：「孤子寡婦，寒心酸鼻。」曹植《聖皇篇》：「路人尚酸鼻，何況骨肉情。」

〔昨日輸殘税，因窺官庫門〕殘税，殘剩未完之税。《太平廣記》卷一二四《郝溥》（出《儆誡録》）：「僞蜀華陽縣吏郝溥日追欠税户，街判司勾禮遣婢子阿宜赴縣，且囑溥云：不用留禁，殘税請延期輸納。」《舊五代史・梁末帝紀》：「應欠貞明三年、四年諸色殘欠，五年、六年夏税殘税，並放。」

〔繒帛如山積，絲絮似雲屯〕繒帛，泛指絲織品。《舊唐書·憲宗紀》：「出内庫繒帛五萬匹充奉山陵。」《回紇傳》：「自乾元之後，屢遣使以馬和市繒帛，仍歲來市，以馬一匹易絹四十匹，動至數萬馬。」絲絮，絲綿。《舊唐書·李晟傳》：「（河隴）土無絲絮，人苦征役，思唐之心，豈有已乎。」左思《蜀都賦》：「賄貨山積，纖麗星繁。」陸機《從軍行》：「胡馬如雲屯，越旗亦星羅。」

〔號爲羨餘物，隨月獻至尊〕《舊唐書·食貨志上》：「先是興元克復京師後，府藏盡虚，諸道初有進奉，以資經費，復時有宣索。其後諸賊既平，朝廷無事，常賦之外，進奉不息。韋皋劍南有日進，李兼江西有月進，杜亞揚州，劉贊宣州，王緯、李錡浙西，皆競爲進奉，以固恩澤。貢入之奏，皆曰臣於正税外方圓，亦曰羨餘。節度使或託言密旨，乘此盜貿官物。諸道有謫罰官吏入其財者，刻禄廩，通津達道者税之，蒔蔬藝果者税之，死亡者税之。節度觀察交代，或先期税入以爲進奉。然十獻其二三耳，其餘没入，不可勝紀。」《皇甫鎛傳》：「時憲宗以世道漸平，欲肆意娱樂，池臺館宇，稍增崇飾，而（程）异、鎛探知上旨，數貢羨餘，以備經構，故帝獨排物議相之。」白居易《論王鍔欲除官事宜狀》（《白氏文集》卷五八）：「臣又聞王鍔在鎮日，不卹凋殘，唯務差税。淮南百姓日夜無憀。五年誅求，百計侵削，錢物既足，部領入朝，號爲羨餘，親自進奉。凡有耳者，無不知之。」

〔進入瓊林庫，歲久化爲塵〕《舊唐書·陸贄傳》：「初，德宗倉皇出幸，府藏委棄，凝冽之際，士衆多寒，服御之外，無尺縑丈帛。及賊泚解圍，諸藩貢奉繼至，乃於奉天行在貯貢物於廊下，仍題曰瓊林、大盈二庫名。贄諫曰：瓊林、大盈，自古悉無其制，傳諸耆舊之説，皆云創自開元。貴臣貪權，飾巧求媚，乃言：『郡邑貢賦所用，盍各區分：賦税當委於有司，以給經用；貢獻宜歸于天子，以奉私求。』玄宗悦之，新是二庫，蕩心侈欲，萌柢於兹。迨乎失邦，終以餌寇。」《皇甫鎛傳》：「時内出積年庫物付度支估價，例皆陳朽，鎛盡以善價買之，以給邊軍。羅縠繒綵，觸風斷裂，隨手散壞，軍士怨怒，皆聚而焚之。裴度奏事，因言邊軍焚賜之意，鏄因引其足奏曰：『此靴乃内庫出者，臣以俸錢二千買之，堅韌可以久服，所言不可用，皆詐也。』帝以爲然，由是鏄益無忌憚。」

傷宅①

誰家起甲第，朱門大道邊②。豐屋中櫛比，高牆外迴環。累累六七堂，棟宇相連延③。一堂費百萬，鬱鬱起青烟。洞房温且清，寒暑不能忓④。高堂虚且迴⑤，坐卧見南山⑥。繞廊紫藤架，夾砌紅藥欄。攀枝摘櫻桃，帶花移牡丹。主人此中坐，十載爲大官。厨有臭敗肉，庫有貫朽錢⑦。誰能將我語，問爾骨肉間。豈無窮賤者，忍不救飢寒？如何奉一身，直欲保千年？不見馬家宅，今作奉誠園⑧。（0077）

【校】

①〔題〕《才調集》作「傷大宅」。

②〔大道〕《才調集》作「當道」。

③〔棟宇〕文集抄本作「檐宇」，《才調集》作「簷宇」。〔連延〕《唐文粹》作「勾連」。

④〔忓〕文集抄本、馬本、《唐音統籤》、汪本作「干」。

⑤〔高堂〕文集抄本、仁和寺本、《才調集》作「高亭」。〔且迴〕《唐音統籤》作「且卧」。

⑥〔坐卧〕《唐音統籤》作「坐臨」。

⑦〔貫朽〕《才調集》作「朽貫」。

⑧〔奉誠園〕文集抄本作「奉城園」，後二條本作「鳳城園」，《才調集》作「奉成園」。

【注】

〔誰家起甲第，朱門大道邊〕《史記·孝武本紀》：「賜列侯甲第，僮千人。」集解：「《漢書音義》曰：有甲乙第次，故曰第。」張衡《西京賦》：「北闕甲第，當道直啓。」《文選》李善注：「第，館也。甲，言第一也。」張華《輕薄篇》：「甲第面長街，朱門赫嵯峨。」陳後主《長安道》：「大道移甲第，甲第玉爲堂。」

〔豐屋中櫛比，高牆外迴環〕《易·豐·卦》：「豐𠀤屋，蔀其家，闚其户，闃其无人。」《淮南子·泰族訓》：「易曰：豐其屋，蔀其家，闚其户，闃其無人。無人者，非無衆庶也，言無聖人以統理之也。」嵇康《代秋胡歌》：「古人所慎，豐屋蔀家。」《詩·周頌·良耜》：「其崇如墉，其比如櫛。」左思《吴都賦》：「頓營櫛比，解署棊布。」《文選》李善注：「櫛比，喻其多也。」柳宗元《法華寺石門精舍三十韻》：「結構罩羣崖，迴環驅萬象。」

〔累累六七堂，棟宇相連延〕累累，重疊貌。張九齡《登荊州城樓》：「累累見陳迹，寂寂想雄圖。」《易·繫辭下》：「上古穴居而野處，後世聖人易之以宫室，上棟下宇，以待風雨。」左思《蜀都賦》：「棟宇相望，桑梓相連。」連延，見卷一《凶宅》(0004)注。

〔一堂費百萬，鬱鬱起青烟〕《舊唐書·馬璘傳》：「璘久將邊軍，屬西蕃寇擾，國家以爲屏翰。前後賜與無算，積聚家財，不知紀極。在京師治第舍，尤爲宏侈。天寶中，貴戚勳家，已務奢靡，而垣屋猶存制度。然衛公李靖家廟，已爲嬖臣楊氏馬厩矣。及安、史大亂之後，法度隳弛，内臣戎帥，競務奢豪，亭館第舍，力窮乃止，時謂『木妖』。璘之第，經始中堂，費錢二十萬貫，他室降等無幾。」鬱鬱，煙雲盛多貌。《史記・天官書》：「若煙非煙，若雲非雲，鬱鬱紛紛，蕭索輪囷，是謂卿雲。」

〔洞房温且清，寒暑不能忓〕《楚辭・招魂》：「姱容修態，絙洞房些。」王延壽《魯靈光殿賦》：「旋寳㛹娟以窈窕，洞房叫窱而幽邃。」陸機《君子有所思行》：「甲第崇高闥，洞房結阿閣。」忓，通「干」。《國語・魯語下》：「以歜之家，而主猶績，懼忓季孫之怨也。」

〔高堂虛且迥，坐卧見南山〕《楚辭・招魂》：「高堂邃宇，檻層軒些。」南山，指終南山。宋之問《别之望後獨宿藍田山莊》：「爾尋北京路，予卧南山阿。」張説《三月二十日詔宴樂遊園賦得風字》：「北闕連天頂，南山對掌中。」劉禹錫《奉和裴令公新成綠野堂即書》：「堂皇臨綠野，坐卧看青山。」

〔繞廊紫藤架，夾砌紅藥欄〕李白《紫藤樹》：「紫藤掛雲木，花蔓宜陽春。」蕭嵩《奉和聖制送張説上集賢學士賜宴》：「夏葉開紅藥，餘花發紫藤。」紅藥，芍藥。謝朓《直中書省》：「紅藥當階翻，蒼苔依砌上。」張九齡《蘇侍郎紫薇庭各賦一物得芍藥》：「仙禁生紅藥，微芳不自持。」韓愈《和席二十八韻》：「傍砌看紅藥，巡池詠白蘋。」吴曾《能改齋漫録》卷三藥欄：「唐李匡乂《資暇集》謂：園亭中藥欄，欄即藥，藥即欄，猶言圍援，非花藥之欄也。有不悟者，以藤架、蔬圃堪作切對，不知其由矣。按漢宣帝詔曰：『池藥未御幸者，假與貧民。』《漢書》『闌入宫禁』，字多作草下闌，則藥欄尤分明也。方悟杜子美《將赴成都草堂》詩『常苦沙崩損藥欄』及『乘興還來看藥欄』之意。孫少魏以藥爲籞，今本史信然。」按，宋之問《别之望後獨宿藍田山莊》：「藥欄聽蟬噪，書幌見禽過。」以欄與幌、架等爲借對，亦無修辭之不妥。

〔攀枝摘櫻桃，帶花移牡丹〕蕭綱《戲贈麗人詩》：「取花爭間鑷，攀枝念蕊香。」潘岳《閑居賦》：「三桃表櫻胡之别，二柰曜丹白之色。」《文選》李善注：「《漢書音義》曰：櫻桃，含桃也。《爾雅》曰：荆桃，今櫻桃也。」竇鞏

《早春松江野望》：「帶花移樹小，插槿作籬新。」呂温《貞元十四年旱甚見權門移芍藥花》：「四月帶花移芍藥，不知憂國是何人。」白居易《秦中吟·買花》（本卷0084）：「水洒復泥封，移來色如故。」

〔厨有臭敗肉，庫有貫朽钱〕《孟子·梁惠王上》：「庖有肥肉，厩有肥馬，民有飢色，野有餓莩，此率獸而食人也。」《鹽鐵論·園池》：「語曰：厨有腐肉，國有飢民，厩有肥馬，路有餧人。」《史記·平準書》：「京師之錢累巨萬，貫朽而不可校。太倉之粟陳陳相因，充溢露積於外，至腐敗不可食。」《舊唐書·食貨志上》：「開皇之初，議者以比漢代文、景，有粟陳貫朽之積。」

〔豈無窮賤者，忍不救飢寒〕忍不，猶言何忍不、爭忍不。崔日用《又賜宴自歌》：「日用讀書萬卷，何忍不蒙學士。」胡曾《獨不見》：「萬里寂寥音信絶，寸心爭忍不成灰。」方干《海石榴》：「久常年少應難得，忍不叢邊到夜觀。」杜荀鶴《贈李蒙叟》：「一百年能幾日，忍不惜光陰。」

〔如何奉一身，直欲保千年〕《漢書·楊王孫傳》：「楊王孫者，孝武時人也。學黄老之術，家業千金，厚自奉養生，亡所不致。」《晉書·紀瞻傳》：「厚自奉養，立宅於烏衣巷，館宇崇麗，園池竹木，有足賞玩焉。」直欲，真欲，竟欲。張謂《代北州老翁答》：「近傳天子尊武臣，强兵直欲靜胡塵。」杜甫《八月十五夜月二首》：「此時瞻白兔，直欲數秋毫。」

〔不見馬家宅，今作奉誠園〕《舊唐書·馬燧傳》：「燧貲貨甲天下，燧既卒，暢承舊業，屢爲豪幸邀取。貞元末，中尉申志廉諷暢令獻田園第宅，順宗復賜暢。初爲彙妻所訴，析其産，中貴又逼取，仍指使施於佛寺，暢不敢吝。晚年財産並盡，身殁之後，諸子無室可居，以至凍餒。今奉誠園亭館，即暢舊第也。」《唐國史補》卷中：「馬司徒之子暢，以第中大杏饋竇文場，文場以進。德宗未嘗見，頗怪之，令使就第封杏樹。暢懼，進宅，廢爲奉誠園，屋木盡拆入内也。」《長安志》卷八：「奉誠園，司徒兼侍中馬燧宅，在安邑里。」

傷友① 又云傷苦節士。

陋巷孤寒士②，出門苦恓恓③。雖云志氣在④，豈免顏色低。平生同門友⑤，通籍在金閨。曩者膠漆契⑥，邇來雲雨睽⑦。正逢下朝歸，軒騎五門西。是時天久陰，三日雨凄凄。蹇驢避路立，肥馬當風嘶。迴頭忘相識⑧，占道上沙堤。昔年洛陽社，貧賤相提攜。今日長安道，對面隔雲泥。近日多如此，非君獨慘悽。死生不變者，唯聞任與黎。任公叔、黎逢。

（0078）

【校】

①〔題〕《才調集》作「膠漆契」。

②〔孤寒〕文集抄本作「飢寒」。《全唐詩》注：「一作飢。」

③〔苦恓恓〕文集抄本、《才調集》作「甚栖栖」，馬本、《唐音統籤》作「苦栖栖」。

④〔雖云〕《才調集》作「雖然」。〔志氣在〕《才調集》、汪本、《全唐詩》作「志氣高」。

⑤〔同門〕《才調集》作「同袍」。

⑥〔曩者〕《才調集》作「昔爲」。

⑦〔邇來〕《才調集》作「爾來」。

⑧〔忘相識〕《才調集》作「望相識」。

【注】

〔陋巷孤寒士，出門苦恓恓〕《論語·雍也》：「子曰：賢哉回也！一簞食，一瓢飲，在陋巷，人不堪其憂，回也不改其樂。賢哉回也！」《晉書·陶侃傳》載侃上表：「臣少長孤寒，始願有限。」《舊唐書·崔鄲傳》：「釋服爲吏部員外，姦吏不敢欺，孤寒無援者未嘗留滯。」《爾雅·釋訓》：「哀哀，恓恓，懷抱德也。」《論衡·指瑞》：「聖人恓恓憂世，鳳皇、騏驎亦宜率教。」

〔雖云志氣在，豈免顔色低〕《禮記·孔子閒居》：「志氣塞乎天地。」《論衡·定賢》：「富貴人情所貪，高官大位人之所欲，去之而隱，生不遭遇，志氣不得也。」嵇康《與山巨源絶交書》：「且延陵高子臧之風，長卿慕相如之節，志氣所托，不可奪也。」顔色低，見卷一《諭友》(0052)注。

〔平生同門友，通籍在金閨〕謝朓《始出尚書省》：「既通金閨籍，復酌瓊筵醴。」《文選》李善注：「金閨，即金門也。《解嘲》曰：歷金門，上玉堂。應劭《漢書注》曰：籍者，爲二尺竹牒，記其年紀、名字、物色，懸之宫門，案省相應，乃得入也。」張九齡《初發江陵有懷》：「復想金閨籍，何如夢渚雲。」李白《效古二首》：「謬題金閨籍，得與銀臺通。」

〔曩者膠漆契，邇來雲雨睽〕《後漢書·雷義傳》：「鄉里爲之語曰：膠漆自謂堅，不如雷與陳。」《易·序卦》：「睽者，乖也。」顔延之《和謝監靈運》：「雖慚丹雘施，未謂玄素睽。徒遭良時詖，王道奄昏霾。人神幽明絶，朋好雲雨乖。」《文選》李善注：「張載《詠懷詩》曰：雲乖雨散，心乎愴而。」

〔正逢下朝歸，軒騎五門西〕五門，指大明宫南面五門。《唐六典》卷七大明宫：「南面五門，正南曰丹鳳門，東曰望仙門，次曰延政門；西曰建福門，次曰興安門。」《新唐書・朱泚傳》：「初，（姚）令言陣五門，衛兵不出，遂突入含元殿。」王建《春日五門西望》：「百官朝下五門西，塵起春風過玉堤。」《舊唐書・憲宗紀》：元和二年「六月丁巳朔，始置百官待漏院於建福門外」。《文宗紀》：大和九年，「先是，宰相武元衡被害，憲宗出内庫弓箭、陌刀賜左右街使，俟宰相入朝，以爲翼從，及建福門退。」《于頔傳》：「頔率其男……待罪於建福門。」《新唐書・嚴郢傳》：「長安中日數千人遮建福門訟郢冤。」《李訓傳》：「召群臣朝，至建福門，從者不得入。」蓋建福門爲百官出入大明宮之門，故詩言「五門西」。

〔蹇驢避路立，肥馬當風嘶〕阮籍《東平賦》：「騁驊騮於狹路兮，顧蹇驢而弗及。」杜甫《偪仄行贈畢四曜》：「東家蹇驢許借我，泥滑不敢騎朝天。」《古詩十九首》之一：「胡馬嘶北風，越鳥巢南枝。」

〔迴頭忘相識，占道上沙堤〕《唐國史補》卷下：「凡拜相，禮絶班行，府縣載沙填路，自私第至子城東街，名曰沙隄。」白居易《新樂府・官牛》（本書卷四0163）：「載向五門官道西，緑槐蔭下鋪沙堤。」

〔昔年洛陽社，貧賤相提攜〕葛洪《抱朴子内篇・雜應》：「洛陽有道士董威輦，常止白社中，了不食，陳子叙共守事之，從學道積久。」《晉書・隱逸傳・董京》：「董京字威輦，不知何郡人也。初與隴西計吏俱至洛陽，被髮而行，逍遥吟詠，常宿白社中。」王維《過李楫宅》：「一罷宜城酌，還歸洛陽社。」

〔今日長安道，對面隔雲泥〕荀濟《贈陰梁州》：「雲泥已殊路，暄凉詎同節。」杜甫《送韋書記赴安西》：「夫子欻通貴，雲泥相望懸。」

〔近日多如此，非君獨慘悽〕陶淵明《閑情賦》：「步徙倚以忘趣，色慘悽而矜顔。」顔延之《秋胡詩》：「慘悽歲方晏，日落遊子顔。」

〔任與黎〕朱《箋》：「任公叔、黎逢，均爲大曆十二年進士。見《登科記考》卷十一。《全唐詩》卷一九〇有韋應物

《答貢士黎逢》詩，題下並注云：『時任京兆功曹。』又《全唐詩》卷二八八載黎逢詩二首。」

不致仕①

七十而致仕，禮法有明文。何乃貪榮者②，斯言如不聞？可憐八九十，齒墮雙眸昏③。朝露貪名利，夕陽憂子孫。掛冠顧翠緌④，懸車惜朱輪。金章腰不勝⑤，傴僂入君門。誰不愛富貴，誰不戀君恩？年高須告老⑥，名遂合退身。少時共嗤誚⑦，晚歲多因循。賢哉漢二疏，彼獨是何人？寂寞東門路，無人繼去塵。（0079）

【校】

①〔題〕《才調集》作「合致仕」。

②〔榮者〕《才調集》作「榮貴」。

③〔齒墮〕《才調集》作「齒落」。

④〔翠緌〕《才調集》作「翠纓」。

⑤〔金章〕後二條本、要文抄本作「金璋」。

⑥〔告老〕那波本、《才調集》、文集抄本作「請老」。

⑦〔嗤誚〕《才調集》作「嗤笑」。

【注】

〔七十而致仕，禮法有明文〕見卷一《高僕射》（0030）注。

〔何乃貪榮者，斯言如不聞〕貪榮，見《高僕射》注。

〔可憐八九十，齒墮雙眸昏〕《荀子·君道》：「則夫人行年七十有二，齳然而齒墮矣。」白居易《自覺二首》（本書卷十0481）：「悲來四支緩，泣盡雙眸昏。」

〔朝露貪名利，夕陽憂子孫〕朝露，喻人生短促。《漢書·李陵傳》：「人生如朝露，何久自苦如此？」《古詩十九首》：「浩浩陰陽移，年命如朝露。」此指壯年之時。阮籍《詠懷》：「壯年以時逝，朝露待太陽。」劉琨《重贈盧諶》：「功業未及建，夕陽忽西流。」《文選》李善注：「夕陽西流，喻將老之人也。」憂子孫，爲子孫計。《後漢書·獨行傳·李充》：「大丈夫居世，貴行其意，何能遠爲子孫計哉。」

〔掛冠顧翠緌，懸車惜朱輪〕《後漢書·逢萌傳》：「時王莽殺其子宇，萌謂友人曰：『三綱絶矣！不去，禍將及人。』即解冠挂東都城門，歸將家屬浮海，客於遼東。」范廣淵《征虜亭餞王少傅》：「挂冠東門闇，歸褐西唐足。」《禮記·內則》：「冠緌纓。」鄭注：「緌，纓之飾也。」潘岳《西征賦》：「飛翠緌，拖鳴玉，以出入禁門者衆矣。」懸車，見《高僕射》注。《漢書·劉向傳》載向上封事：「今王氏一姓乘朱輪華轂者二十三人。」《楊惲傳》載惲報孫會宗書：「惲家方隆盛時，乘朱輪者十人，位在列卿，爵爲通侯。」

〔金章腰不勝，傴僂入君門〕《晉書·職官志》：「文武官公，皆假金章紫綬，著五時服。」金章即金印。《初學記》卷二六引《漢舊儀》：「丞相、將軍，黃金印龜鈕，文曰章。」《淮南子·精神訓》：「子求行年五十有四，而病傴僂，脊管高於頂。」

〔年高須告老，名遂合退身〕《左傳》襄公七年：「冬十月，晉韓獻子告老。」《後漢書·胡廣傳》：「又拜司空，告老致仕。」《老子》九章：「功成，名遂，身退，天之道。」

〔少時共嗤誚，晚歲多因循〕《舊唐書·李齊運傳》：「末以妾衛氏爲正室，身爲禮部尚書，冕服以行其禮，人士嗤誚。」因循，見本卷《重賦》(0076)注。

〔賢哉漢二疏，彼獨是何人〕見《高僕射》注。

汪立名云：「公此詩所指當與裴(度)同，盛爲當時傳誦。厥後杜牧之每於公多不足語，形之詩篇。至托李戡之言，極口詆誚，文章家報復可畏如此。宋祁不察，據以論公，過矣。牧之，佑之孫也。」

朱《箋》：「此詩蓋譏杜佑也。《國史補》卷中：『高貞公致仕，制云：以年致政，抑有前聞。近代寡廉，罕由斯道。是時杜司徒年七十，無意請老，裴晉公爲舍人，以此譏之。』《堯山堂偶雋》：『元和初，杜佑爲司徒，年過七十，猶未請老。裴晉公時爲知制誥，因高郢致仕命詞曰……，蓋譏佑也。』」按，此詩命意與卷一《高僕射》近同，可參看。

立碑①

勳德既下衰②，文章亦陵夷。但見山中石③，立作路旁碑。銘勳悉太公④，叙德皆仲尼⑤。復以多爲貴，千言直萬貲。爲文彼何人，想見下筆時。但欲愚者悦，不思賢者嗤。豈獨賢者嗤，仍傳後代疑。古石蒼苔字，安知是愧詞⑥。我聞望江縣，麴令撫惸嫠⑦。麴令名信陵。在官有仁政，名不聞京師。身殁欲歸葬，百姓遮路歧。攀轅不得歸⑧，留葬此江湄。

至今道其名，男女涕皆垂⑨。無人立碑碣，唯有邑人知。（0080）

【校】

①〔題〕《才調集》作「古碑」。
②〔下衰〕《才調集》作「已衰」。
③〔山中〕《才調集》作「南山」。
④〔銘勳〕《才調集》作「勳名」。
⑤〔叙德〕《才調集》作「德教」。
⑥〔安知〕《才調集》作「焉知」。
⑦〔惸嫠〕《才調集》作「孤嫠」。
⑧〔不得歸〕《才調集》、文集抄本、馬本、《唐音統籤》作「不得去」。
⑨〔涕皆垂〕《才調集》作「皆涕垂」。

【注】

〔勳德既下衰，文章亦陵夷〕傅毅《北海王誄》：「於是群英列俊，静思勒銘，惟王勳德，是昭是明。」《莊子·繕性》：「逮德下衰，及燧人、伏羲始爲天下，是故順而不一。德又下衰，及神農、黄帝始爲天下，是故安而不順。」《漢書·禮樂志》：「周道始缺，怨刺之詩起。王澤既竭，而詩不能作。……制度遂壞，陵夷而不反，桑間濮上、鄭衛宋趙之聲並出。」

〔但見山中石，立作路旁碑〕《唐律疏議》卷十一：「諸在官長吏，實無政迹，輒立碑者，徒一年。若遣人妄稱己善，申請於上者，杖一百。」朱《箋》：「與此詩相參證，可知唐代官吏立碑之濫。」

〔銘勳悉太公，叙德皆仲尼〕張衡《東京賦》：「銘勳彝器，歷世彌光。」《宋書·王弘之傳》：「顔延之欲爲作誄，書與弘之子曇生曰：『……況僕托慕末風，竊以叙德爲事，但恨短筆不足書美。』」陸機《文賦》：「碑披文以相質，誄纏綿而悽愴。」《文選》李善注：「碑以叙德，故文質相半；誄以陳哀，故纏綿悽慘。」《史記·齊太公世家》：「太公望呂尚者，東海上人。其先祖嘗爲四岳，佐禹平水土甚有功，虞夏之際封於呂，或封於申，姓姜氏。」《孔子世家》：「生而首上圩頂，故因名曰丘云。字仲尼，姓孔氏。」

〔復以多爲貴，千言直萬貲〕桓譚《新論》：「文家各有所慕，或好浮華而不知實核，或美衆多而不見要約。」《唐語林》卷五：「唐宰相王縉好與人作碑誌，有送潤毫者誤扣右丞王維門，維曰：『大作家在那邊。』」《唐國史補》卷中：「長安中，爭爲碑誌，若市賈然。大官薨卒，造其門如市，至有喧競構致，不由喪家。是時裴均之子，將圖不朽，積縑帛萬匹，請於韋相貫之，舉手曰：『寧餓死，不苟爲此也。』」此皆以貲求碑誌事。

〔古石蒼苔字，安知是愧詞〕《後漢書·郭泰傳》記蔡邕語：「吾爲碑銘多矣，皆有慚德，唯郭有道無愧色耳。」《宋書·樂志二》載登歌樂詞：「禮無爽物，信靡愧詞。」白居易《策林》六十八《議文章　碑碣詞賦》（《白氏文集》卷六五）：「伏惟陛下詔主文之司，諭養文之旨。俾辭賦合炯戒諷諭者，雖質雖野，採而獎之；碑誄有虛美愧辭者，雖華雖麗，禁而絶之。」

〔我聞望江縣，麴令撫惸嫠〕洪邁《容齋五筆》卷七《書麴信陵事》：「信陵以貞元元年鮑防下及第，爲四人，以六年作望江令。讀其《投石祝江文》云：『必也私欲之求，行於邑里；慘黷之政，施於黎元，令長之罪也。神得而誅之，豈可移於人以害其歲。』詳味此言，其爲政無愧於神天可見矣。至大中十一年，寄客鄉貢進士姚輦，以其文示縣令蕭縝，縝輟俸買石刊之。樂天十詩，作於貞元、元和之際，距其亡十五年耳，而名已不傳。《新唐藝文志》但記詩一卷，略無它説。非樂天之詩，幾於與草木俱腐。」事又見《唐詩紀事》卷三五、《唐才子傳》卷五。同治《蘇州府志》卷七二引《盧志》：「信陵故居在吴縣包山。」其爲吴縣人。《舊唐書·地理志三》淮南道舒州有望江縣。

〔攀轅不得歸，留葬此江湄〕《北齊書·循吏傳·郎基》：「後卒官，柩將還，遠近將送，莫不攀轅悲哭。」《詩·秦風·蒹葭》：「所謂伊人，在水之湄。」毛傳：「湄，水隒也。」

輕肥①

意氣驕滿路，鞍馬光照塵。借問何爲者，人稱是内臣②。朱紱皆大夫，紫綬或將軍③。誇赴軍中宴④，走馬去如雲⑤。罇罍溢九醖，水陸羅八珍。果擘洞庭橘，鱠切天池鱗。食飽心自若⑥，酒酣氣益振。是歲江南旱，衢州人食人。（0081）

【校】

①〔題〕《才調集》作「江南旱」。

②〔内臣〕《才調集》作「近臣」。

③〔或將軍〕《才調集》作「悉將軍」。

④〔軍中宴〕《才調集》作「中軍會」。

⑤〔去如雲〕《才調集》作「疾如雲」。

⑥〔心自若〕文集抄本、後二條本、仁和寺本作「色自若」。

【注】

〔輕肥〕見卷一《悲哉行》（0037）注。

〔意氣驕滿路，鞍馬光照塵〕意氣，見卷一《大水》（0064）注。鮑照《詠史》：「賓御紛颯沓，鞍馬光照地。」

〔朱紱皆大夫，紫綬或將軍〕朱紱，猶言朱袍。《漢書·韋賢傳》載韋孟諫詩：「黼衣朱紱，四牡龍旂。」唐五品以上衣朱，因用以指五品以上官服。《舊唐書·良吏傳·薛苹》：「理身儉薄，嘗衣一綠袍，十餘年不易，因加賜朱紱，然後解去。」杜甫《寄高三十五書記》：「聞君已朱紱，且得慰蹉跎。」紫綬，紫色絲帶，作印組。《史記·范睢蔡澤列傳》：「懷黄金之印，結紫綬於要。」朱《箋》：「唐人詩文中多稱『朱衣』、『紫衣』爲『朱紱』、『紫綬』。白氏《初著緋戲贈元九》詩：『……我朱君紫綬，猶未得差肩。』……均爲有力之證，今人所注唐詩及白詩選本，多誤釋爲繫印之綬，蓋未熟諳唐人詩文中之習語也。」按，以「朱紱」稱衣朱，爲唐人習語；以「紫綬」指衣紫，則未可概言，所舉白氏《初著緋戲贈元九》詩毋寧爲一變例。《舊唐書·宦官傳》：「自貞元之後，威權日熾，蘭錡將臣，率皆子蓄，藩方戎帥，必以賄成，萬機之與奪任情，九重之廢立由己。元和之季，毒被乘輿。長慶纘隆，徒鬱枕干之憤；臨軒暇逸，旋忘塗地之冤。而易月未除，滔天盡怒。甲第名園之賜，莫非伶官；朱袍紫綬之榮，無非巷伯。」

〔罇罍溢九醖，水陸羅八珍〕罇、罍，均爲酒器。吴均《酬别江主簿屯騎詩》：「趙瑟鳳凰柱，吴醥金罍樽。」《唐明堂樂章》：「樽罍盈列，樹羽交映。」朱《箋》：「九醞，酒名，産於宜城。」引《唐國史補》卷下：「酒之美者，宜城之九醞。」又引《柳亭詩話》卷十八：「襄陽宜城東，有金沙泉，造酒甚美，世稱宜城春，又名竹葉清。張華《輕薄篇》：『蒼梧竹葉清，宜城九醖酒。』梁簡文《烏栖曲》：『宜城醖酒今朝熟，停鞭繫馬暫栖宿。』」此外言九醖者，如隋劉端《和初春宴東堂應令詩》：「八珍羅玉俎，九醖湛金觴。」唐武則天《享昊天樂章》：「罇浮九醖，禮備三周。」韓翃《送崔秀才赴上元兼省叔父》：「楚縣九醖醲，揚州百花好。」盧綸《綸與吉侍郎中孚……兼寄夏侯侍御審侯倉曹釗》：「九醖貯彌潔，三花寒轉馨。」《周禮·天官·膳夫》：「珍用八物。」鄭注：「珍謂淳熬、淳母、炮豚、炮牂、擣珍、漬、熬、肝膋。」《晉書·石崇傳》：「絲竹盡當時之選，庖膳窮水陸之珍。」

〔果擘洞庭橘，鱠切天池鱗〕吳均《餅説》：「洞庭負霜之橘，仇池連蒂之椒。」仲子陵《洞庭獻新橘賦》：「本其來則風秋洞庭，霜落寰海。元侯布教，下吏旁采。碧林冬生，大小異名。已去霜蒂，初辭綠莖。然後盛以瀟湘之竹，束以江淮之菁。背楚塞以西走，望秦雲而北征。」參見本書卷二四《揀貢橘書情》(1644)注。《莊子·逍遥遊》：「窮髮之北有冥海者，天池也。有魚焉，其廣數千里，未有知其修者，其名爲鯤。」此借用。

〔是歲江南旱，衢州人食人〕朱《箋》：「此當指元和三、四年間江南之旱而言。」《舊唐書·憲宗紀》：元和三年，「是歲淮南、江南、江西、山南東道旱。」《舊唐書·地理志》江南東道有衢州。

五絃①

清歌且罷唱②，紅袂亦停舞。趙叟抱五絃，宛轉當胸撫。大聲粗音麁若散，颯颯風和雨。

小聲細欲絶，切切鬼神語。又如鵲報喜，轉作猿啼苦。十指無定音，顛倒宮徵羽③。坐

客聞此聲，形神若無主。行客聞此聲，駐足不能舉④。嗟嗟俗人耳，好今不好古。所以綠窗琴⑤，日日生塵土。（0082）

【校】

①〔題〕《才調集》作「五絃琴」。

②〔罷唱〕《才調集》作「停唱」。

③〔宮徵〕《才調集》作「宮商」。

④〔不能舉〕《才調集》作「不能去」。

⑤〔綠窗〕《才調集》、《唐文粹》、文集抄本作「北窗」。

【注】

〔五絃〕朱《箋》：「白氏《新樂府》中有《五絃彈》。元稹亦有《五絃彈》一篇，係和李紳之作，而白氏則係酬李、元也。」其意謂此篇與《新樂府·五絃彈》所詠同。今按，《才調集》此篇題作「五絃琴」，核以篇中描寫，所詠乃琴，非《新樂府》所詠之五絃彈（五絃琵琶）。《韓非子·外儲說左上》：「昔者舜鼓五絃，歌《南風》之詩而天下治。」桓譚《新論·琴道》：「琴隱長四寸五分，隱以前長八分。五絃，第一絃爲宮，其次商、角、徵、羽。文王、武王各加一絃，以爲少宮、少商。」陸機《演連珠》：「萬殊之曲，窮於五絃。」《文選》李善注：「五絃，琴也。蔡邕《琴操》曰：伏羲氏作琴，絃有五，象五行。」

〔清歌且罷唱，紅袂亦停舞〕曹植《洛神賦》：「馮夷鳴鼓，女媧清歌。」劉楨《贈五官中郎將》：「清歌制妙聲，萬舞在中堂。」鮑溶《范真傳侍御累有寄因奉酬十首》：「紅袂歌聲起，因君始得聞。」

〔趙叟抱五絃，宛轉當胸撫〕朱《箋》引《樂府雜錄》及《唐國史補》卷下所記趙璧彈五絃事，蓋謂此趙叟即趙璧。按，此篇詠琴，此「趙叟」乃泛言，或借趙璧之名混言之。宛轉，形容音樂曲調之回旋。《琴曲歌辭·宛轉歌》：「歌宛轉，宛轉淒以哀。」沈滿願《挾琴歌》：「逶迤起塵唱，宛轉繞梁聲。」撫，撫琴。《韓非子·十過》：「（師涓）靜坐撫琴而寫之。」卞蘭《許昌宮賦》：「趙女撫琴，楚媛清謳。」

〔大聲粗若散，颯颯風和雨〕桓譚《新論·琴道》：「大聲不震嘩而流漫，細聲不湮滅而不聞。」《楚辭·九歌·山鬼》：「風颯颯兮木蕭蕭，思公子兮徒離憂。」

〔小聲細欲絶，切切鬼神語〕《説苑·修文》：「閔子騫三年之喪畢，見於孔子，孔子與之琴，使之絃，援琴而絃，切切而悲作。」《韓非子·十過》：「平公曰：『清角可得而聞乎？』師曠曰：『不可。昔者黄帝合鬼神於泰山之上，駕象車而六蛟龍，畢方並，蚩尤居前，風伯進掃，雨師洒道，虎狼在前，鬼神在後，騰蛇伏地，鳳皇覆上，大合鬼神，作爲清角。今吾君德薄，不足聽之。聽之，將恐有敗。」

〔又如鵲報喜，轉作猿啼苦〕《西京雜記》卷三：「乾鵲噪而行人至，蜘蛛集而百事喜。」《大唐傳載》：「竇參之作相也，用從父弟申爲耳目，每除吏先言於申，申告人，故謂竇給事爲喜鵲。」宋之問《發端州初入西江》：「破顔看鵲喜，拭淚聽猿啼。」《雲謡集雜曲子·鵲踏枝》：「叵耐靈鵲多瞞語，送喜何曾有憑據。」《太平御覽》卷五三引盛弘之《荆州記》：「巴東三峽巫峽長，猿鳴三聲淚沾衣。」

〔十指無定音，顛倒宮徵羽〕宮徵羽，五音宮商角徵羽之省文。顛倒，言五音交錯配合。沈約《答陸厥書》：「十字之文，顛倒相配，字不過十，巧曆已不能盡。」

〔嗟嗟俗人耳，好今不好古〕卷一《廢琴》（0009）亦言：「古聲淡無味，不稱今人情。」參見該詩注。

〔所以綠窗琴，日日生塵土〕綠窗，多用於指女性。參見本卷《議婚》（0075）注。從《才調集》等作「北窗」，則暗用陶淵明《與子儼等疏》「五六月中，北窗下卧，遇凉風暫至，自謂是羲皇上人」及《晉書·陶潛傳》「性不解音，而畜素琴一張，絃徽不具，每朋酒之會，則撫而和之」事。《廢琴》亦云：「玉徽光彩滅，朱絃塵土生。」

歌舞①

秦中歲云暮②，大雪滿皇州。雪中退朝者，朱紫盡公侯。貴有風雲興③，富無飢寒憂。所營唯第宅④，所務在追遊。朱輪車馬客⑤，紅燭歌舞樓。歡酣促密坐，醉暖脱重裘。秋官爲主人，廷尉居上頭。日中爲一樂⑥，夜半不能休。豈知閿鄉獄，中有凍死囚。（0083）

【校】

①〔題〕《才調集》作「傷閿鄉縣囚」。

②〔秦中〕《唐文粹》、馬本、《唐音統籤》、汪本作「秦城」。〔歲云〕《才調集》作「歲日」。

③〔風雲〕《才調集》、文集抄本作「風雪」。

④〔第宅〕《才調集》作「甲第」。

⑤〔朱輪〕馬本、《唐音統籤》、汪本作「朱門」。

⑥〔爲一樂〕《才調集》作「爲樂飲」，那波本、文集抄本作「一爲樂」。

【注】

〔秦中歲云暮，大雪滿皇州〕《詩・唐風・蟋蟀》：「蟋蟀在堂，歲聿其莫。」《古詩十九首》：「凜凜歲云暮，螻蛄夕鳴悲。」鮑照《結客少年場行》：「升高臨四關，表裏望皇州。」

〔雪中退朝者，朱紫盡公侯〕《舊唐書・輿服志》：「貞觀四年又制，三品以上服紫，五品以上服緋。」《韋處厚傳》：「元和以來，兩河用兵，偏裨立功者，往往擢在周行，率以儲綵王官雜補之，皆盛服趨朝，朱紫填擁。」

〔貴有風雲興，富無飢寒憂〕陸機《日出東南隅行》：「藹藹風雲會，佳人一何繁。」《文選》李善注：「風雲，言其多也。」

〔所營唯第宅，所務在追遊〕《古詩十九首》：「長衢羅夾巷，王侯多第宅。」張正見《劉生》：「別有追遊夜，秋窗向月看。」韋應物《再遊西郊渡》：「水曲一追遊，遊人重懷戀。」

〔朱輪車馬客，紅燭歌舞樓〕朱輪，見本卷《不致仕》(0079)注。李白《豳歌行上新平長史兄粲》：「趙女長歌入彩雲，燕姬醉舞嬌紅燭。」

〔歡酣促密坐，醉暖脱重裘〕傅毅《舞賦》：「鄭衛之樂，所以娱密坐、接歡欣也。」白居易《代書詩一百韻寄微之》(本書卷十三0604)：「密坐隨歡促，華樽逐勝移。」賈誼《新書・諭誠》：「楚昭王當宸而立，愀然有寒色，曰：『寡人重裘而立，猶憯然有寒氣，將奈我元元之百姓何！』是日也，出府之裘以衣寒者，出倉之粟以賑飢者。」《三國志・魏志・王昶傳》：「救寒莫如重裘，止謗莫如自修。」

〔秋官爲主人，廷尉居上頭〕《周禮・秋官・大司寇》：「大司寇之職，掌建邦之三典，以佐王刑邦國。」《漢書・百官公卿表》：「廷尉，秦官，掌刑辟。」

〔豈知閿鄉獄，中有凍死囚〕《舊唐書・地理志》關内道虢州屬縣有閿鄉。白居易《奏閿鄉縣禁囚狀》（《白氏文集》卷五九）：「伏聞前件縣獄中有囚數十人，並積年禁繫，其妻兒皆乞於道路，以供獄糧。其中有身禁多年，妻已改嫁者；身死獄中，取其男收禁者。云是度支轉運下，囚禁在縣獄，欠負官物，無可填陪。一禁其身，雖死不放。」

買花①

帝城春欲暮，喧喧車馬度。共道牡丹時，相隨買花去。貴賤無常價，酬直看花數。灼灼百朵紅②，戔戔五束素。上張幄幕庇③，旁織巴籬護④。水洒復泥封，移來色如故⑤。家家習爲俗⑥，人人迷不悟。有一田舍翁，偶來買花處。低頭獨長歎，此歎無人諭。一叢深色花，十户中人賦。（0084）

【校】

①〔題〕《才調集》作「牡丹」。

②〔百朵〕《唐文粹》作「十朵」。

③〔幄幕〕《才調集》作「帷幄」。

④〔巴籬〕馬本、汪本作「笆籬」，字通。

⑤〔移來〕《才調集》作「還來」。
⑥〔習爲俗〕《才調集》作「皆爲俗」。

【注】

〔帝城春欲暮，喧喧車馬度〕《漢書·陳咸傳》：「咸數賂遺（陳）湯，予書曰：『即蒙子公力，得入帝城，死不恨。』後竟徵入爲少府。」此指唐都城長安。徐陵《長安道》：「喧喧擁車騎，非但執金吾。」

〔貴賤無常價，酬直看花數〕酬直，計價付錢。《梁書·陸襄傳》：「忽有老人詣門貨漿，量如方劑，始欲酬直，無何失之。」《隋書·循吏傳·趙軌》：「在道夜行，其左右馬逸入田中，暴人禾，軌駐馬待明，訪禾主酬直而去。」

〔灼灼百朵紅，戔戔五束素〕《詩·周南·桃夭》：「桃之夭夭，灼灼其華。」毛傳：「灼灼，華之盛也。」《易·賁·卦》：「賁于丘園，束帛戔戔。」孔穎達疏：「束帛，財物也」，「束帛乃戔戔，衆多也。」素，素絹。《玉臺新詠》卷一《古詩》：「新人工織縑，故人工織素。」《幽怪錄》卷四《華山客》：「乃鬻束素以市酒肉」，「願奉五素爲酒樓費。」

〔上張幄幕庇，旁織巴籬護〕幄幕，帳幕。《左傳》昭公十年：「桓子召子山，私具幄幕、器用。」巴籬，籬笆。《齊民要術·園籬》：「秋上酸棗熟時，收於壟中，概種之。……至明年春，剶去橫枝，剶必留距，剶訖，即編爲巴籬。」

〔有一田舍翁，偶來買花處〕田舍翁，農夫。《舊唐書·王珪傳》：「昔漢高祖，田舍翁耳。」

〔一叢深色花，十户中人賦〕中人，中產之家。《漢書·文帝紀》：「嘗欲作露臺，召匠計之，直百金。上曰：『百金，中人十家之產也。吾奉先帝宮室，常恐羞之，何以臺爲？』」《唐國史補》卷中：「京城貴遊，尚牡丹三十餘年矣。每暮春車馬若狂，以不耽玩爲恥。執金吾鋪官圍外寺觀種以求利，一本有直數萬者。」

贈友五首① 并序

吾友有王佐之才者，以致君濟人爲己任，識者深許之。因贈是詩，以廣其志云。

一年十二月，每月有常令。君出臣奉行，謂之握金鏡。由兹六氣順，以遂萬物性。時令一反常，生靈受其病。周漢德下衰，王風始不競。又從斬晁錯，諸侯益强盛。百里不同禁，四時自爲政。盛夏興土功，方春勦人命。誰能救其失，待君佐邦柄。峨峨象魏門，懸法彝倫正。（0085）

【校】

①〔題〕文集抄本作「贈友詩」。

【注】

朱《箋》：約作於元和十年（八一五）。蓋據「京師四方則」一首有關京兆尹任職之考證。顧學頡《白箋拾零四則》（《北京師範大學學報》一九八七年第六期）：「復自五詩内容推之，蓋即元和初官翰林學士時之作。」

〔吾友有王佐之才〕《漢書·董仲舒傳讚》：「劉向稱：董仲舒有王佐之材，雖伊、吕亡以加。管、晏之屬，伯者之流，殆不及也。」王汝弼《白居易選集》：「所贈之友，當即與白居易同時作翰林學士的李程、王涯、裴垍、李絳、崔羣。五人皆一時人望，後皆陸續入相。故白氏晚年作詩，有『同時六學士，五相一漁翁』的句子。」顧學頡《白箋拾零四則》：「其時白氏交好中負時望、有『王佐』之才、并極有可能出任宰輔者，如李絳、崔羣、裴垍以及元稹、李紳、牛僧孺諸人，皆先後大用；前三人號稱賢相。則白氏詩中殷殷屬望者，其斯數人歟？」按，此五詩非分贈數人。王、顧之説均猜測耳。此組詩中「私家無錢爐」一首與《策林》十九議論全同，其所贈之友，或亦與居易同撰《策林》之元稹歟？然「贈友」而不言其名，或不過虛設之詞，而所言乃詩人之自期歟？

〔致君濟人〕應璩《與從弟君苗君胄書》：「昔伊尹輟耕，郅惲投竿，思致君於有虞，濟蒸人於塗炭。」杜甫《奉贈韋左丞丈二十二韻》：「致君堯舜上，再使風俗淳。」

〔一年十二月，每月有常令〕《禮記·月令》孔穎達疏引鄭玄《目録》：「名曰《月令》者，以其記十二月政之所行也。」

〔君出臣奉行，謂之握金鏡〕劉峻《廣絶交論》：「蓋聖人握金鏡，闡風烈，龍驤蠖屈，從道汙隆。」《文選》李善注：「《雒書》曰：秦失金鏡。鄭玄曰：金鏡，喻明道也。」

〔由兹六氣順，以遂萬物性〕《左傳》昭公元年：「天有六氣，降生五味，發爲五色，徵爲五聲，淫生六疾。六氣曰陰、陽、風、雨、晦、明也。分爲四時，序爲五節，過則爲災。」又昭公二十五年：「夫禮，天之經也，地之義也，民之行也。天地之經，而民實則之。則天之明，因地之性，生其六氣，用其五行。氣爲五味，發爲五色，章爲五聲，淫則昏亂，民失其性，是故爲禮以奉之。爲六畜、五牲、三犧，以奉五味。爲九文、六采、五章，以奉五色。爲九歌、八風、七音、六律，以奉五聲。爲君臣上下，以則地義。爲夫婦外内，以經二物。爲父子兄弟、姑姊甥舅、昏媾姻亞，以象天明。爲政事庸力行務，以從四時。爲刑罰威獄，使民畏忌，以類其震曜殺戮。爲温慈惠和，以效天之生殖長育。民有好惡喜怒哀樂，生於六氣。是故審則宜類，以制六志。」

〔周漢德下衰，王風始不競〕《莊子・繕性》：「逮德下衰，及燧人、伏羲始爲天下，是故順而不一。德又下衰，及神農、黄帝始爲天下，是故安而不順。」謝瞻《張子房詩》：「王風哀以思，周道蕩無章。」《文選》李善注：「《毛詩序》曰：《關雎》、《麟趾》之化，王者之風。」

〔又從斬晁錯，諸侯益强盛〕《史記・袁盎晁錯列傳》：「（晁錯）遷爲御史大夫，請諸侯之罪過，削其地，收其枝郡。……錯所更令三十章，諸侯皆疾晁錯。錯父聞之，從潁川來，謂錯曰：『上初即位，公爲政用事，侵削諸侯，别疏人骨肉，人口議多怨公者，何也？』晁錯曰：『固也。不如此，天子不尊，宗廟不安。』錯父曰：『劉氏安矣，而晁氏危矣。吾去公歸矣。』遂飲藥死，曰：『吾不忍見禍及吾身。』死十餘日，吳楚七國果反，以誅錯爲名。及竇嬰、袁盎進説，上令晁錯衣朝衣斬東市。」

〔盛夏興土功，方春勦人命〕《禮記・月令》：「孟夏之月，……是月也，繼長增高，毋有壞墮，毋起土功，毋發大衆，毋伐大樹。」鄭注：「爲妨蠶農之事。」又：「季秋之月，……乃趣獄刑，毋留有罪。」鄭注：「殺氣已至，有罪者即決也。」

〔誰能救其失，待君佐邦柄〕《左傳》哀公十七年：「國子實執齊柄。」

〔峨峨象魏門，懸法彝倫正〕《周禮・天官・大宰》：「乃縣治象之法于象魏，使萬民觀治象。」鄭注：「鄭司農云：象魏，闕也。」賈公彦疏：「周公謂之象魏，雉門之外，兩觀闕高魏魏然。孔子謂之觀。」《書・洪範》：「我不知其彝倫攸叙。」傳：「言我不知天所以定民之常道理次，叙問所由。」

銀生楚山曲，金生鄱溪濱。南人棄農業，求之多苦辛。披砂復鑿石，矻矻無冬春。手足盡鈹胝，愛利不愛身。畬田既慵斫，稻田亦懶耘。相攜作游手，皆道求金銀。畢竟金與銀，何殊泥與塵？且非衣食物，不濟飢寒人。棄本以趨末，日富而歲貧。所以先聖王，棄藏不爲珍。誰能反古風，待君秉國鈞。捐金復抵璧，勿使勞生民。（0086）

【注】

〔銀生楚山曲，金生鄱溪濱〕《新唐書·食貨志四》：「凡銀、銅、鐵、錫之冶一百六十八。陝、宣、潤、饒、衢、信五州，銀冶五十八，銅冶九十六，鐵山五，錫山二，鉛山四。」又《地理志五》江南西道宣州宣城郡：「土貢：銀、銅器……」；鄂州江夏郡：「土貢：銀、碌、貲布，有鳳山監錢官。……武昌，有樊山，有銀，有銅，有鐵」；饒州鄱陽郡：「土貢：麩金、銀、簟、茶，有永平監錢官，有銅坑三。」有關唐代礦産之分布，又見《元和郡縣志》、《唐六典》、《通典》等。白詩所言「楚山」、「鄱溪」，主要指宣、饒等州。《資治通鑑》卷二八三：「楚地多産金銀。」《貞觀政要·貪鄙》：「宣、饒二州諸山大有銀坑，採之極是利益。」《太平廣記》卷一〇四《銀山老人》（出《報應記》）：「饒州銀山，採户逾萬，並是草屋。延和中火發，萬室皆盡。」徐鉉《稽神錄》：「饒州鄧公場，採銀之所。天祐中，募銀夫千餘人鑿地道入數步，空闊明朗，有穴如天窗，柱下皆白銀也。採者持斧入，將斫之。俄而山傾，盡壓死。」此可見當地採礦規模之大。

〔披砂復鑿石，矻矻無冬春〕披砂，指淘金。《魏書·食貨志》：「漢中舊有金户千餘家，常於漢水沙淘金。年終總輸。」劉禹錫《浪淘沙》：「日照澄洲江霧開，淘金女伴滿江隈。美人首飾侯王印，盡是沙中浪底來。」錢起（一作錢珝）《江行無題一百首》：「披沙應有地，淺處定無金。」方干《路入金州江中作》：「知是從來貢金處，江邊牧豎亦披沙。」鑿石，指開山採礦。矻矻，辛苦貌。王褒《聖主得賢臣頌》：「故工人之用鈍器也，勞筋苦骨，終日矻矻。」《文選》李善注：「如淳曰：矻矻，健作貌。」

〔手足盡皴胝，愛利不愛身〕皴，皴裂。胝，胼胝，手足生繭。《墨子·備梯》：「禽滑釐子，事子墨子，三年，手足胼胝，面目黧黑。」

〔畬田既慵斫，稻田亦懶耘〕《爾雅·釋地》：「田一歲曰菑，二歲曰新田，三歲曰畬。」又指燒荒種田。劉禹錫《畬田行》：「何處好畬田，團團縵山腹。鑽龜得雨卦，上山燒卧木。……下種暖灰中，乘陽拆芽蘗。蒼蒼一雨後，苕穎如雲發。巴人拱手吟，耕耨不關心。由來得地勢，徑寸有餘金。」杜甫《秋日夔府詠懷一百韻》：「煮井爲鹽速，燒畬度地偏。」白居易《孟夏思渭村舊居寄舍弟》（本書卷十0506）：「泥秧水畦稻，灰種畬田粟。」

〔相攜作游手，皆道求金銀〕《後漢書·章帝紀》：「今肥田尚多，未有墾闢，其悉以賦貧民，給予糧種，務盡地力，勿令游手。」

〔棄本以趨末，日富而歲貧〕《鹽鐵論·本議》：「今郡國有鹽、鐵、酒榷、均輸，與民爭利。散敦厚之本，成貪鄙之化。是以百姓就本者寡，趨末者衆。」賈思勰《齊民要術序》：「捨本逐末，賢哲所非。日富歲貧，飢寒之漸。」

〔所以先聖王，棄藏不爲珍〕《老子》四十四章：「是故甚愛必大費，多藏必厚亡。」《莊子·天地》：「藏金於山，藏珠於淵，不利貨財，不近貴富。」

〔待君秉國鈞〕見卷一《贈樊著作》（0023）注。

〔捐金復抵璧，勿使勞生民〕張衡《東京賦》：「藏金於山，抵璧於谷。」《文選》李善注：「藏、抵，皆謂不取之，謂儉故也。」《抱朴子外篇·安貧》：「上智不貴難得之財，故唐虞捐金而抵璧。」

私家無錢爐，平地無銅山。胡爲秋夏稅，歲歲輸銅錢？錢力日以重，農力日以殫。賤糶粟與麥，賤貿絲與綿。歲暮衣食盡，焉得無飢寒？吾聞國之初，有制垂不刊。傭必算丁口，租必計桑田。不求土所無，不强人所難。量入以爲出，上足下亦安。兵興一變法，兵息遂不還。使我農桑人，顦顇畎畝間。誰能革此弊，待君秉利權。復彼租傭法，令如貞觀年。（0087）

【注】

〔私家無錢爐，平地無銅山〕錢爐，冶銅鑄錢之爐。《魏書·食貨志》：「在所遣錢工備爐冶，民有欲鑄，聽就鑄之。」《舊唐書·職官志三》：「諸鑄錢監，絳州三十爐，揚、宣、鄂、蔚四州各十爐，益、鄧、郴三州各五爐，洋州三爐，定州一爐也。」銅山，産銅之山。《史記·吳王濞列傳》：「吳有豫章郡銅山，濞則招致天下亡命者鑄錢，煮海水爲鹽，以故無賦，國用富饒。」

〔胡爲秋夏稅，歲歲輸銅錢〕秋夏稅，指兩稅，參見本卷《重賦》(0076)注。按，兩稅所收包括錢、穀兩大類。《通典》卷六賦稅下：「建中初……分命黜陟使往諸道收户口及錢穀名數，每歲天下共斂三千餘萬貫，……稅米麥共千六百餘萬石。」

〔錢力日以重，農力日以殫〕《新唐書·食貨志二》：「自初定兩稅，貨重錢輕，乃計錢而輸綾絹。既而物價愈下，所納愈多，絹匹爲錢三千二百，其後爲錢一千六百，輸一者過二，雖賦不增舊，而民愈困矣。」「蓋自建中定兩稅，而物輕錢重，民以爲患，至是四十年。當時爲絹二匹半者爲八匹，大率加三倍。豪家大商，積錢以逐輕重，故農人日困，末業日增。帝亦以貨輕錢重，民困而用不充，詔百官議革其弊。而議者多請重挾銅之律。户部尚書楊於陵曰：『……今宜使天下兩税、榷酒、鹽利，上供及留州、送使錢，悉輸以布帛穀粟，則人寬於所求，然後出内府之積，收市廛之滯，廣山鑄之數，限邊裔之出，禁私家之積，則貨日重而錢日輕矣。』宰相善其議。由是兩税上供、留州，皆易以布帛、絲纊，租、庸、課、調不計錢，而納布帛，唯鹽酒本以榷率計錢，與兩税異，不可去錢。」楊於陵議在穆宗時。

〔賤糶粟與麥，賤貿絲與綿〕糶，出賣糧食。《管子·國蓄》：「歲適美，則市糶無予，而狗彘食人食。……夫往歲之糶賤，狗彘食人食，故來歲之民不足也。」《史記·貨殖列傳》：「夫糶，二十病農，九十病末。」《詩·衛風·氓》：「氓之蚩蚩，抱布貿絲。」

〔吾聞國之初，有制垂不刊〕指唐初實行的租庸調法。《舊唐書·食貨志上》：「武德七年，始定律令。……賦役之法，每丁歲入租粟二石。調則隨鄉土所産，綾絹絁各二丈，布加五分之一。輸綾絹絁者，兼調綿三兩；輸布者，麻三斤。凡丁，歲役二旬。若不役，則收其傭，每日三尺。有事而加役者，旬有五日免其調，三旬則租調俱免。」

〔傭必算丁口，租必計桑田〕白居易《策林》十九《息游墮》（《白氏文集》卷六三）：「夫賦斂之本者，量桑地以出租，計夫家以出庸，租庸者，穀帛而已。今則穀帛之外又責之以錢，錢者桑地不生，銅私家不敢鑄，業於農者何從得之？……今若量夫家之桑地，計穀帛爲租庸，以石斗登降爲差，以匹丈多少爲等，但書估價，並免税錢，則任土之利載興，易貨之弊自革。」與此詩議論同。

〔量入以爲出，上足下亦安〕《禮記·王制》：「冢宰制國用，必於歲之杪，五穀皆入然後制國用。用地大小，視年之豐耗。以三十年之通制國用，量入以爲出。」

〔兵興一變法，兵息遂不還〕指德宗時改行兩稅法，參見本卷《重賦》（0076）注。

〔使我農桑人，顦顇畎畝間〕顦顇，同憔悴。畎畝，田畝。《孟子·告子下》：「舜發於畎畝之中，傅説舉於版築之間。」

〔待君秉利權〕《左傳》襄公二十三年：「既有利權，又執民柄，將何懼焉？」

〔復彼租傭法，令如貞觀年〕《策林》十九《息游墮》題下注：「勸農桑，議賦税，復租庸，罷緡錢，用穀帛。」租傭，同租庸。

京師四方則，王化之本根。長吏久於政，然後風教敦。如何尹京者，遷次不逡巡？請君屈指數，十年十五人。科條日相矯，吏力亦以勤。寬猛政不一，民心安得淳？九州雍爲首，羣牧之所遵。天下率如此，何以安吾民？誰能變此法，待君贊彌綸①。慎擇循良吏，令其長子孫。（0088）

【校】

①〔彌綸〕馬本、汪本作「絲綸」。

【注】

〔京師四方則，王化之本根〕《詩·大雅·卷阿》：「豈弟君子，四方爲則。」《大雅·民勞》：「惠此中國，以綏四方。」《晉書·杜預傳》：「預以京師王化之始，自近及遠，凡所施論，務崇大體。」

〔長吏久於政，然後風教敦〕長吏，長官。《鹽鐵論·疾貪》：「長吏厲諸小吏，小吏厲諸百姓。」《後漢書·左雄傳》載雄上言：「郡國孝廉，古之貢士。出則宰民，宣協風教。」敦，厚。《孟子·萬章下》：「故聞柳下惠之風者，鄙夫寬，薄夫敦。」

〔如何尹京者，遷次不逡巡〕遷次，遷職次序。《三國志·魏書·毛玠傳》：「今所説人非遷次，是以不敢奉命。」《舊五代史·職官志》：「近朝自諫議大夫拜給事中者，官雖序遷，位則降等，至是以其遷次不倫，故改正焉。」不逡巡，不須臾。此言遷任之迅速。參見蔣禮鴻《敦煌變文字義通釋》「逡巡」條。

〔請君屈指數，十年十五人〕岑仲勉《唐集質疑·京尹十年十五人》考，自元和元年至元和十年，任京兆尹者：元年李鄘、鄭雲逵、韋武、董叔經、李鄘，二年無考一人，三年鄭元、無考一人，四年楊憑、許孟容，五年王播，六年元義方，七年李銛，八年裴武，十年李脩。顧學頡《白箋拾零四則》：「（岑氏）所言時間起訖，説似未允。……此五首編次緊接《秦中吟》後，所詠似亦爲『貞元元和之際』事。且岑氏所舉最後一人李脩，於元和十年七月授京兆尹。當時白氏正處於横遭誣害、被貶之際，自無心情作此等詩。……今斷自元和六年丁母憂之前，上推至貞元十八年書判及第授官之後，共十年，白氏均在長安（短期在盩厔縣，仍屬京兆府）。據兩《唐書》紀傳所載，此十年中任京兆尹者，爲：　韋夏卿（貞元十七年冬至十九年春），李實（十九年三月至二十一年二月），王權（二十一年二月至十月），李鄘（永貞元年即貞元二十一年十月至元和元年二月），鄭雲逵（元和元年二月至五月），韋武（五月至閏六月），董叔經（閏六月至八月），李鄘（八月至二年七月），某人（七月至三年春），鄭元（三年春至九月），某人（九月至四年），楊憑（四年授，七月貶），許孟容（七月至五年十月），王播（十月至六年四月），元義方（四月至七年正月），連失者兩人共十五人。」

〔科條日相矯，吏力亦以勤〕科條，刑罰條文。《論衡·謝短》：「古禮三百，威儀三千，刑亦正刑三百，科條三千。」《漢書·王莽傳》：「復明六管之令，每管下，爲設科條防禁，犯者罪至死。」矯，矯正，修改。《韓非子·有度》：「矯上之失，詰下之邪。」

〔寬猛政不一，民心安得淳〕《左傳》昭公二十年：「政寬則民慢，慢則糾之以猛。猛則民殘，殘則施之以寬。」此言「寬猛政不一」，謂未得寬猛相濟之宜，而適得其反。《晉書·姚興傳》：「自桓温、謝安已後，未見寬猛之中。」

〔九州雍爲首，羣牧之所尊〕《書·禹貢》：「禹别九州。……黑水西河惟雍州。」《新唐書·地理志一》：「關内道，蓋古雍州之域」；「京兆府京兆郡，本雍州，開元元年爲府。」

〔待君贊彌綸〕《易·繫辭上》：「易與天地準，故能彌綸天地之道。」孔穎達疏：「彌謂彌縫補合，綸謂經綸牽引。」

〔慎擇循良吏，令其長子孫〕循良吏，即循吏、良吏。《魏書·酷吏傳》：「士之立名，其途不一，或以循良進，或以嚴酷顯。」《史記·平準書》：「守閭閻者食糧肉，爲吏者長子孫。」集解：「如淳曰：時無事，吏不數轉，至於子孫長大而不轉職任。」

三十男有室，二十女有歸。近代多離亂①，婚姻多過期。嫁娶既不早，生育常苦遲。兒女未成人，父母已衰羸。凡人貴達日，多在長大時。欲報親不待，孝心無所施。哀哉三牲養，少得及庭闈。惜哉萬鍾粟，多用飽妻兒。誰能正婚禮，待君張國維。庶使孝子心，皆無風樹悲。（0089）

【校】

①〔多離亂〕文集抄本、後二條本作「因離亂」。

【注】

〔三十男有室，二十女有歸〕《禮記·曲禮上》：「人生十年曰幼，學；二十曰弱，冠；三十曰壯，有室。」《内則》：「女子十年不出，……十有五年而笄，二十而嫁。有故，二十三年而嫁。」《禮運》：「男有分，女有歸。」

〔哀哉三牲養，少得及庭闈〕《孝經》十章：「事親者，居上不驕，爲下不亂，在醜不爭。……三者不除，雖日用三牲之養，猶爲不孝也。」束皙《補亡詩》：「眷戀庭闈，心不遑安。」《文選》李善注：「庭闈，親之所居。」

〔惜哉萬鍾粟，多用飽妻兒〕《説苑·建本》：「子路曰：負重而道遠者，不擇地而休；家貧親老者，不擇禄而仕。昔者由事二親之時，嘗食藜藿之食而爲親負米百里之外，親沒之後，南遊於楚，從車百乘，積粟萬鍾，累茵而作，列鼎而食，願食藜藿負米之時不可復得也。枯魚銜索，幾何不蠹，二親之壽，忽如過隙。草木欲長，霜露不使，賢者欲養，二親不待。故曰：家貧親老不擇禄而仕也。」

〔待君張國維〕《詩·小雅·節南山》：「秉國之均，四方是維。」《漢書·馬宫傳》：「皆以爲四輔之職爲國維綱。」《論衡·恢國》：「第五司空，股肱國維。」

〔庶使孝子心，皆無風樹悲〕《韓詩外傳》卷九：「樹欲靜而風不止，子欲養而親不待。往而不可追者年也，去而不可得見者親也。」

寓意詩五首

豫樟生深山，七年而後知。挺高二百尺①，本末皆十圍。天子建明堂，此材獨中規。匠人執斤墨，采度將有期。孟冬草木枯，烈火燎山陂。疾風吹猛焰，從根燒到枝。養材三十年，方成棟梁姿。一朝爲灰燼，柯葉無孑遺。地雖生爾材，天不與爾時。不如糞上英②，猶有人掇之。已矣勿重陳，重陳令人悲。不悲焚燒苦，但悲采用遲。（0090）

【校】

①〔二百尺〕馬本、《唐音統籤》作「二百丈」。

②〔糞上英〕馬本、《唐音統籤》、汪本作「糞土英」。

【注】

〔豫樟生深山，七年而後知〕豫樟，同豫章。《墨子·公輸》：「荆有長松、文梓、豫章。」《淮南子·修務訓》：「藜藿之生，蠕蠕然日加數寸，不可以爲櫨棟。楩枏豫章之生也，七年而後知，故可以爲棺舟。」

〔挺高二百尺，本末皆十圍〕《論衡·效力》：「或伐薪於山，輕小之木，合能束之。至於大木十圍以上，引之不能動，推之不能移，則委之於山林，收所束小木而歸。」

〔天子建明堂，此材獨中規〕《禮記·明堂位》：「昔者周公朝諸侯於明堂之位，天子負斧依南鄉而立。……明堂也者，明諸侯之尊卑也。」《周禮·冬官·輿人》：「圜者中規，方者中矩。」

〔匠人執斤墨，采度將有期〕斤墨，斧斤繩墨。《莊子·逍遥遊》：「吾有大樹，人謂之樗。其大本臃腫而不中繩墨，其小枝卷曲而不中規矩。立之途，匠者不顧。」采度，采伐量度。《詩·魯頌·閟宮》：「徂徠之松，新甫之柏，是斷是度，是尋是尺。」《周禮·地官·山虞》：「凡服耜，斬季材，以時入之。令萬民時斬材，有期日。」

〔養材三十年，方成棟梁姿〕《莊子·人間世》：「仰而視其細枝，則拳曲不可以爲棟梁。」

〔一朝爲灰燼，柯葉無孑遺〕《詩·大雅·雲漢》：「周餘黎民，靡有孑遺。」

〔不如糞上英，猶有人掇之〕石崇《王明君詞》：「昔爲匣中玉，今爲糞上英。」《詩·周南·芣苡》：「采采芣苡，薄言掇之。」

〔已矣勿重陳，重陳令人悲〕陶淵明《詠貧士》：「知音苟不存，已矣何所悲。」

赫赫京内史①，炎炎中書郎。昨傳徵拜日，恩賜頗殊常。貂冠水蒼玉，紫綬黄金章。佩服身未暖，已聞竄遐荒。親戚不得别，吞聲泣路旁。賓客亦已散，門前雀羅張。富貴來不久，倏如瓦溝霜。權勢去尤速，瞥若石火光。不如守貧賤，貧賤可久長。傳語宦遊子，且來歸故鄉。（0091）

【校】

①〔内史〕文集抄本、後二條本作「内吏」。

【注】

〔赫赫京内史，炎炎中書郎〕京内史，指京兆尹。《通典》卷三三職官十五京兆：「周官有内史，秦因之，掌治京師。漢景帝二年，分置左右内史。武帝太初元年，更名右内史爲京兆尹，更名左内史爲左馮翊。」中書郎，指中書侍郎。《舊唐書・職官志二》：「中書侍郎二員。……魏曰中書郎，晉加侍字。……大曆二年九月，與門下侍郎共升爲正三品也。」《詩・小雅・節南山》：「赫赫師尹，民具爾瞻。」揚雄《解嘲》：「且吾聞之，炎炎者滅，隆隆者絶。」顧學頡《白箋拾零四則》：「此五詩作於元和初年。據《舊唐書・順宗紀》：永貞元年二月，『貶京兆尹李實爲通州長史，以鴻臚卿王權爲京兆尹。』十月，『貶京兆尹王權爲雅王傅。』同書：二月，『以吏部郎中韋執誼爲尚書左丞同中書門下平章事。』三月，『以韋執誼爲中書侍郎。』十一月，『貶中書侍郎韋執誼爲崖州司馬。』……以史實徵之，則確乎爲李、韋二人而發也。」

〔貂冠水蒼玉，紫綬黄金章〕《後漢書・輿服志下》：「武冠，一曰武弁大冠，諸武官冠之。侍中、中常侍加黄金璫，附蟬爲文，貂尾爲飾。謂之趙惠文冠。」《舊唐書・輿服志》：「侍中、中書令，加貂蟬，珮紫綬。」又《職官志二》：「左散騎常侍二人。……並金蟬珥貂。左常侍與侍中左貂，右常侍與中書令右貂，謂之八貂。」《輿服志》：「諸珮，一品珮山玄玉，二品以下，五品以上，珮水蒼玉。」《晉書・職官志》：「文武官公，皆假金章紫綬，著五時服。」

〔佩服身未暖，已聞竄遐荒〕韋孟《諷諫詩》：「彤弓斯征，撫寧遐荒。」《文選》李善注：「荒，荒服也。」

〔親戚不得别，吞聲泣路旁〕江淹《恨賦》：「自古皆有死，莫不飲恨而吞聲。」

〔賓客亦已散，門前雀羅張〕《史記・汲鄭列傳》：「始翟公爲廷尉，賓客闐門。及廢，門外可設雀羅。翟公復爲廷尉，賓客欲往，翟公乃署其門曰：一死一生，乃知交情。一貧一富，乃知交態。一貴一賤，交情乃見。」

〔富貴來不久，倏如瓦溝霜〕陶淵明《飲酒詩》：「一生復能幾，倏如流電驚。」張籍《贈姚怤》：「願爲石中泉，不爲瓦上霜。」

〔權勢去尤速，瞥若石火光〕潘岳《河陽縣作二首》：「熲如槁石火，瞥若截道飆。」《文選》李善注：「古樂府詩曰：鑿石見火能幾時。……張衡《舞賦》曰：瞥若電滅。」

促織不成章，提壺但聞聲。嗟哉蟲與鳥，無實有虛名。與君定交日，久要如弟兄。何以示誠信，白水指爲盟。雲雨一爲別，飛沉兩難并。君爲得風鵬，我爲失水鯨。音信日已疏，恩分日已輕。窮通尚如此，何況死與生。乃知擇交難，須有知人明。莫將山下松①，結託水上萍。（0092）

【校】

①〔山下松〕馬本、《唐音統籤》、汪本作「山上松」。

【注】

〔促織不成章，提壺但聞聲〕促織，蟋蟀。《古詩十九首》之七：「明月皎夜光，促織鳴東壁。……昔我同門友，高舉振六翮。不念攜手好，棄我如遺迹。南箕北有斗，牽牛不負軛。良無盤石固，虛名復何益。」《文選》李善注：「《春秋考異郵》曰：立秋趣織鳴。宋均曰：趣織，蟋蟀也。立秋女功急，故趣之。」《詩·小雅·大東》：「跂彼織女，終日七襄。雖則七襄，不成報章。」《古詩十九首》之十：「纖纖擢素手，札札弄機杼。終日不成章，泣涕零如雨。」提壺，鳥名。劉禹錫《和蘇郎中尋豐安里舊居寄主客張郎中》：「池看蝌蚪成文字，鳥聽提壺憶獻酬。」白居易《早春聞提壺鳥因題鄰家》（本書卷十六 0920）：「厭聽秋猿催下淚，喜聞春鳥勸提壺。」李頻《送陸肱歸吳興》：「勸酒提壺鳥，乘舟震澤人。」顧學頡《白箋拾零四則》：「『提壺』作爲鳥名，爲時不古。當即先秦古籍中之『鵜』，長言之爲『鵜鶘』；迄後文人好事，以音近有意轉爲『提壺』。《詩·曹風·候人》：『維鵜在梁，不濡其翼。』《爾雅·釋鳥》：『鵜，鴮鸅。』郭璞注：『今之鵜鶘也。好群飛，沈水食魚。』知『鵜』晉人呼爲『鵜鶘』，其後以同音字轉寫爲『提壺』，寓勸酒之義。」

〔與君定交日，久要如弟兄〕《論語·憲問》：「見利思義，見危授命，久要不忘平生之言，亦可以爲成人矣。」何晏集解：「孔曰：久要，舊約也。」

〔何以示誠信，白水指爲盟〕《左傳》僖公二十四年：「公子曰：『所不與舅氏同心者，有如白水。』」劉峻《廣絶交論》：「援青松以示心，指白水而旌信。」

〔雲雨一爲别，飛沉兩難并〕雲雨，見本卷《傷友》(0078)注。《北堂書鈔》卷一五八引傅玄《歌》：「飛沉殊厥趣，草木以區别。鸞鷖樂山林，龍蛟安藪穴。」張九齡《感遇十二首》：「飛沉理自隔，何所慰吾誠。」

〔君爲得風鵬，我爲失水鯨〕《莊子·逍遥遊》：「鵬之徙於南冥也，水擊三千里，摶扶摇而上者九萬里」，「風之積也不厚，則其負大翼也無力。故九萬里，則風斯在下矣，而後乃今培風，背負青天而莫之夭閼者，而後乃今將圖南。」張衡《西京賦》：「海若遊於玄渚，鯨魚失流而蹉跎。」潘岳《西征賦》：「靈若翔於神島，奔鯨浪而失水。」

〔音信日已疏，恩分日已輕〕恩分，恩義，恩情。《晉書·苻堅傳》：「朕於卿恩分如何？而於一朝，忽爲此變。」李白《行路難》：「劇辛樂毅感恩分，輸肝剖膽效英才。」

〔窮通尚如此，何況死與生〕窮通，見卷一《諭友》(0052)注。

〔乃知擇交難，須有知人明〕《史記·管晏列傳》：「鮑叔既進管仲，以身下之。子孫世禄於齊，有封邑者十餘世，常爲名大夫。天下不多管仲之賢而多鮑叔能知人也。」

〔莫將山下松，結託水上萍〕曹植《雜詩》：「寄松爲女蘿，依水如浮萍。」傅玄《明月篇》：「浮萍本無根，非水將何依。」江淹《雜體詩三十首·王侍中粲懷德》：「朝露竟幾何，忽如水上萍。君子篤恩義，柯葉終不傾。」白詩本舊喻而有所變化。

王汝弼《白居易選集》謂此詩所言「君」，「指白居易的内兄楊虞卿。案白氏的被貶，固然由於執政者的排擠，而楊虞卿的賣友求榮，也起了幫兇作用。」引《白氏文集》卷四四《與楊虞卿書》：「且與師皋（虞卿字），始於宣城相識，迨於今十七八年，可謂故矣。又僕之妻，即足下從父妹，可謂親矣。親如是，故如是，人之情，又何加焉？」謂書中所言「親」、「故」，即詩中之「久要」所指。按，觀《與楊虞卿書》全文，並無譴責之語，王説失於牽强。《舊唐書·楊虞卿傳》：「虞卿性柔佞，能阿附權幸以爲姦利。每歲銓曹貢部，爲舉選人馳走取科第，占員闕，無不得其所欲，升沉取捨，出其脣吻。而李宗閔待之如骨肉，以能朋比唱和，故時號黨魁。」爲文宗時事。居易後多有與虞卿唱和詩，虞卿卒於貶所後有《哭師皋》（本書卷三十2189）詩，二人關係絶不類此詩所云。

翩翩兩玄鳥，本是同巢燕。分飛來幾時，秋夏炎凉變。一宿蓬蓽廬，一栖明光殿。偶因銜泥處，復得重相見。彼矜杏梁貴，此嗟茅棟賤。眼看秋社至，兩處俱難戀。所託各暫時，胡爲相歎羨？（0093）

【注】

〔翩翩兩玄鳥，本是同巢燕〕《禮記・月令》：「仲春之月，……是月也，玄鳥至。」鄭注：「玄鳥，燕也。」庾肩吾《和晉安王詠燕》：「可憐幕上燕，差池弄羽衣。夜夜同巢宿，朝朝相背飛。」

〔分飛來幾時，秋夏炎涼變〕沈約《八詠詩・解佩去朝市》：「天道有盈缺，寒暑遞炎涼。」

〔一宿蓬蓽廬，一栖明光殿〕傅咸《贈何劭王濟》：「歸身蓬蓽廬，樂道以忘飢。」《漢書・武帝紀》：「（太初四年）秋，起明光宮。」《武五子傳》：「因迎后姬諸夫人之明光殿。」班固《兩都賦》：「自未央而連桂宮，北彌明光而絙長樂。」王楙《野客叢書》卷二一詩家用明光事：「杜子美詩曰：『不遠明光殿，至於丹青地。』洙注曰：『明光殿，霍去病借以避暑。』修可注曰：『漢殿名，元后傅成都侯借以避暑是已。』東坡詩曰：『何人先入明光宮。』又曰：『老死不入明光宮。』趙注皆曰：『武帝太初四年所起，乃成都侯商所借以避暑者也。』僕嘗考之，漢有兩明光宮，一明光殿。按《三輔黄圖》：一明光宮屬北宮，一明光宮屬甘泉宮。屬北宮者，正成都侯商避暑之所。屬甘泉宮者，乃武帝所造，以求仙者。所謂明光殿，自在桂宮。三者元不相干。今觀諸家之注，往往認爲一處，顛倒錯亂，莫知其非。」

〔偶因銜泥處，復得重相見〕《古詩十九首》之十二：「思爲雙飛燕，銜泥巢君屋。」

〔彼矜杏梁貴，此嗟茅棟賤〕司馬相如《長門賦》：「刻木蘭以爲榱兮，飾文杏以爲梁。」沈約《宿東園》：「茅棟嘯秋鴟，平岡走寒兔。」

〔眼看秋社至，兩處俱難戀〕燕以仲秋南歸，在秋社後。《太平廣記》卷一四四《呂羣》（出《河東記》）載題詩：「社後辭巢燕，霜前别蒂蓮。」

〔所託各暫時，胡爲相歎羨〕歎羨，贊歎羡慕。《太平廣記》卷一一五《李洽》（出《廣異記》）：「元昌歎羡良久，令人送回，因此得活。」卷三八二《程道惠》（出《冥祥記》）：「見道惠行在平路，皆歎羨曰：『佛弟子行路，復勝人也。』」

婆娑園中樹，根株大合圍。蠢爾樹間蟲，形質一何微。孰謂蟲至微，蠱蠹無已期①。孰謂樹至大，花葉有衰時。花衰夏未實，葉病秋先萎。樹心半爲土，觀者安得知？借問蟲何在，在身不在枝。借問蟲何食，食心不食皮。豈無啄木鳥，觜長將何爲？（0094）

【校】

①〔蠱蠹〕馬本、《唐音統籤》、汪本作「蟲蠹」。

【注】

〔婆娑園中樹，根株大合圍〕婆娑，枝葉分疏。庾信《枯樹賦》：「殷仲文風流儒雅，海内知名。世異時移，出爲東陽太守，常忽忽不樂，顧庭槐而歎曰：『此樹婆娑，生意盡矣。』」根株，根。《藝文類聚》卷八一引劉楨詩：「青青女蘿草，上依高松枝。幸蒙庇養恩，分惠不可貲。風雨雖急疾，根株不傾移。」合圍，合抱。薛逢《題上皇觀》：「當時丹鳳銜書處，老柏蒼蒼已合圍。」薛能《留題汾上舊居》：「塵顔不見應消落，庭樹曾栽已合圍。」

〔蠢爾樹間蟲，形質一何微〕《詩·小雅·采芑》：「蠢爾荆蠻，大邦爲仇。」

〔孰謂蟲至微，蠱蠹無已期〕《商君書·修權》：「諺曰：蠹衆而木折，隙大而牆壞。故大臣爭於私而不顧其民，則下離上。下離上者，國之隙也。秩官之吏隱下以漁百姓，此民之蠹也。故有隙蠹而不亡者，天下鮮矣。」王褒

《四子講德論》：「樹木者憂其蠹，保民者除其賊。」《齊民要術·雜説》：「芒種節後，陽氣始虧，陰慝將萌，暖氣始盛，蟲蠹並興。」

〔豈無啄木鳥，觜長將何爲〕《藝文類聚》卷九二引袁淑《俳諧集》左氏《啄木詩》：「南山有鳥，自名啄木。飢則啄樹，暮則巢宿。無干於人，唯志所欲。此蓋禽獸，性清者榮，性濁者辱。」元稹《有鳥二十首》：「有鳥有鳥名啄木，木中求食常不足。偏啄鄧林求一蟲，蟲孔未穿長嘴禿。木皮已穴蟲在心，蟲食木心根柢覆。可憐樹上百鳥兒，有時飛向新林宿。」

讀史五首①

楚懷放靈均，國政亦荒淫。彷徨未忍決，遶澤行悲吟。漢文疑賈生，謫置湘之陰。是時刑方措，此去難爲心。士生一代間，誰不有浮沉？良時真可惜，亂世何足欽。乃知汨羅恨，未抵長沙深。（0095）

【校】

①〔題〕文集抄本作「讀史詩」。

【注】

〔楚懷放靈均〕四句　屈原《離騷》：「名余曰正則兮，字余曰靈均。」《史記·屈原賈生列傳》：「懷王使屈原造爲憲令，屈平屬草稾未定，上官大夫見而欲奪之，屈平不與，因讒之曰……王怒而疏屈平。……楚人既咎子蘭以勸懷王入秦而不反也，屈平既疾之，雖放流，睠顧楚國，繫心懷王，不忘欲反，冀幸君之一悟，俗之一改也。其存君興國，而欲反覆之，一篇之中，三致志焉。……令尹子蘭聞知，大怒，卒使上官大夫短屈原於頃襄王，頃襄王怒而遷之。……屈原至於江濱，被髪行吟澤畔，顔色憔悴，形容枯槁。……於是懷石，遂自投汨羅以死。」

〔漢文疑賈生，謫置湘之陰〕賈生，賈誼。《史記·屈原賈生列傳》：「孝文帝初即位，謙讓未遑也。諸律令所更定及列侯悉就國，其説皆自賈生發之。於是天子議以爲賈生任公卿之位，絳、灌、東陽侯、馮敬之屬盡害之，乃短賈生曰：『洛陽之人，年少初學，專欲擅權，紛亂諸事。』於是天子後亦疏之，不用其議，乃以賈生爲長沙王太傅。賈生既辭往行，聞長沙卑濕，自以壽不得長，又以適去，意不自得，及渡湘水，爲賦以弔屈原。」

〔是時刑方措，此去難爲心〕《史記·周本紀》：「成康之日，政簡刑措。」《漢書·文帝紀》：「專務德以化民，是以海内殷富，興於禮義，斷獄數百，幾於刑措，嗚呼仁哉！」難爲心，心情苦悶。《藝文類據》卷二八引陳琳詩：「高會時不娯，羈客難爲心。」

〔士生一代間，誰不有浮沉〕王僧達《答顔延年》：「結遊略年藝，篤顧棄浮沉。」《文選》李善注：「高誘《淮南子》注曰：浮沉，猶盛衰也。」

〔良時真可惜，亂世何足欽〕潘岳《河陽縣作二首》：「卑高亦何常，升降在一著。徒恨良時泰，小人道遂消。」何足欽，何足羨。嵇康《答向子期難養生論》：「以恬淡爲至味，則酒色不足欽也。」

禍患如棼絲，其來無端緒。馬遷下蠶室，嵇康就囹圄。抱冤志氣屈，忍耻形神沮。當彼戮辱時，奮飛無翅羽。商山有黄綺，潁川有巢許。何不從之遊，超然離網罟？山林少羈鞅，世路多艱阻。寄謝伐檀人，慎勿嗟窮處。（0096）

【注】

〔禍患如棼絲，其來無端緒〕《左傳》隱公四年：「臣聞以德和民，不聞以亂。以亂，猶治絲而棼之也。」顔師伯《自君之出矣》：「思君如回雪，流亂無端緒。」

〔馬遷下蠶室，嵇康就囹圄〕《漢書·司馬遷傳》：「十年而遭李陵之禍，幽於纍紲。」司馬遷《報任安書》：「李陵既生降，隤其家聲，而僕又佴以蠶室，重爲天下觀笑。」《晉書·嵇康傳》：「東平呂安服康高致，……後安爲兄所枉訴，以事繫獄，辭相證引，遂復收康。……帝既昵聽信（鍾）會，遂并害之。康將刑東市，太學生三千人請以爲師。」

〔抱冤志氣屈，忍恥形神沮〕司馬遷《報任安書》：「僕懷欲陳之，而未有路。適會召問，即以此指，推言陵功，欲以廣主上之意，塞睚眦之辭。未能盡明，明主不深曉，以爲僕沮貳師，而爲李陵游説，遂下於理。拳拳之忠，終不能自列，因爲誣上，足從吏議。家貧，財賂不足以自贖，交遊莫救，左右親近不爲壹言。身非木石，獨與法吏爲伍，深幽囹圄之中，誰可告愬者。……僕以口語遇遭此禍，重爲鄉黨戮笑，汙辱先人，亦何面目復上父母之丘墓乎！雖纍百世，垢彌甚耳。是以腸一日而九回，居則忽忽若有所亡，出則不知所如往，每念斯恥，汗未嘗不發背霑衣也。」嵇康《幽憤詩》：「咨予不淑，嬰累多虞。匪降自天，實由頑疏。理弊患結，卒致囹圄。對答鄙訊，縶此幽阻。實恥訟免，時不我與。雖曰義直，神辱志沮。澡身滄浪，曷云能補。雍雍鳴雁，厲翼北游。順時而動，得意忘憂。嗟我憤歎，曾莫能疇。」

〔商山有黄綺，潁川有巢許〕《史記·留侯世家》：「上欲廢太子，立戚夫人子趙王如意。大臣多諫爭，未能得堅決者也。……留侯曰：『此難以口舌爭也。顧上有不能致者，天下有四人。四人者年老矣，皆以爲上慢侮人，故逃匿山中，義不爲漢臣。然上高此四人，今公誠能無愛金玉璧帛，令太子爲書，卑辭安車，因使辯士固請，宜來。』……四人從太子，年皆八十有餘，鬚眉皓白，衣冠甚偉。上怪之，問曰：『彼何爲者？』四人前對，各言名姓，曰東園公、角里先生、綺里季、夏黄公。」黄綺，即夏黄公、綺里季之簡稱，代指四人。《漢書·王貢兩龔鮑傳序》謂四人當秦之世，避而入商雒深山。《高士傳》卷上：「巢父者，堯時隱人也。山居，不營世利。年老以樹爲巢而寢其上，故時人號曰巢父。堯之讓許由也，由以告巢父。巢父曰：『汝何不隱汝形，藏汝光？若非吾友也。』擊其膺而下之。」又：「堯讓天下於許由……由於是遁逃於中岳潁水之陽，箕山之下，終身無經天下色。堯又召爲九州長，由不欲聞之，洗耳於潁水濱。」

〔何不從之遊，超然離網罟〕阮籍《詠懷》：「苟非嬰網罟，何必萬里畿。」

〔山林少羈鞅，世路多艱阻〕王維《謁璿上人》：「浮名寄纓珮，空性無羈鞅。」《梁書·何點傳》：「人世艱阻，亦何可言。」

〔寄謝伐檀人，慎勿嗟窮處〕《詩·魏風·伐檀》序：「伐檀，刺貪也。在位貪鄙，無功而受禄，君子不得進仕爾。」

漢日大將軍，少爲乞食子。秦時故列侯，老作鋤瓜士。春華何暐曄，園中發桃李。秋風忽蕭條，堂上生荆杞①。深谷變爲岸②，桑田成海水。勢去未須悲，時來何足喜。寄言榮

枯者，反復殊未已。（0097）

【校】

①〔荆枳〕馬本、《唐音統籤》、汪本、文集抄本、後二條本作「荆杞」。

②〔變爲岸〕文集抄本、後二條本作「變高岸」。

【注】

〔漢日大將軍，少爲乞食子〕《史記·淮陰侯列傳》：「淮陰侯韓信者，淮陰人也。始爲布衣時，貧無行，不得推擇爲吏，又不能治生商賈，常從人寄食飲，人多厭之者。常數從其下鄉南昌亭長寄食，數月，亭長妻患之，乃晨炊蓐食。食時，信往，不爲具食。信亦知其意，怒，竟絶去。信釣於城下，諸母漂，有一母見信飢，飯信，竟漂數十日。信喜，謂漂母曰：『吾必有以重報母。』母怒曰：『大丈夫不能自食，吾哀王孫而進食，豈望報乎。』」

〔秦時故列侯，老作鋤瓜士〕《史記·蕭相國世家》：「召平者，秦故東陵侯。秦破，爲布衣，貧，種瓜于長安城東。瓜美，故世俗謂之東陵瓜。」

〔春華何暐曄，園中發桃李〕曹植《贈王粲》：「樹木發春華，清池激長流。」阮籍《詠懷》：「嘉樹下成蹊，東園桃與李。」暐曄，又作煒曄、煒燁，光盛貌。蔡邕《琴賦》：「丹華煒燁，緑葉參差。」

〔秋風忽蕭條，堂上生荆枳〕曹植《贈白馬王彪》：「秋風發微凉，寒蟬鳴我側。原野何蕭條，白日忽西匿。」阮籍《詠懷》：「繁華有憔悴，堂上生荆杞。」

〔深谷變爲岸，桑田成海水〕《詩·小雅·十月之交》：「百川沸騰，山冢崒崩。高岸爲谷，深谷爲陵。」《神仙傳》卷七《麻姑》：「麻姑自說云：『接待以來，已見東海三爲桑田。向到蓬萊，水又淺於往者會時略半也。豈將復還爲陵陸乎？』方平笑曰：『聖人皆言海中復揚塵也。』」

〔寄言榮枯者，反復殊未已〕阮籍《詠懷》：「視彼莊周子，榮枯何足賴。」《莊子·大宗師》：「反復終始，不知端倪。」

含沙射人影，雖病人不知。巧言構人罪，至死人不疑。掇蜂殺愛子，掩鼻戮寵姬。弘恭陷蕭望，趙高謀李斯。陰德既必報，陰禍豈虛施？人事雖可罔，天道終難欺。明則有刑辟，幽則有神祇。苟免勿私喜，鬼得而誅之。（0098）

【注】

〔含沙射人影，雖病人不知〕《詩·小雅·何人斯》：「爲鬼爲蜮，則不可得。」《釋文》：「蜮，狀如鱉，三足，一名射工，俗呼之水弩。在水中含沙射人，一云射人影。」《搜神記》卷十二：「有物處於江水，其名曰蜮，一曰短狐。能含沙射人。所中者，則身體筋急，頭痛發熱，劇者至死。」鮑照《苦熱行》：「含沙射流影，吹蠱痛行暉。」

〔巧言構人罪，至死人不疑〕《詩·小雅·巧言》：「巧言如簧，顔之厚矣。」《小雅·青蠅》：「讒人罔極，構我二人。」

〔掇蜂殺愛子，掩鼻戮寵姬〕《琴操·履霜操》：「《履霜操》者，尹吉甫之子伯奇所作也。吉甫，周上卿也，有子伯奇。伯奇母死，吉甫更娶後妻，生子曰伯封。乃譖伯奇於吉甫曰：『伯奇見妾有美色，然有欲心。』吉甫曰：『伯奇爲人慈仁，豈有此也？』妻曰：『試置妾空房中，君登樓而察之。』後妻知伯奇仁孝，乃取毒蜂綴衣領，令伯奇綴之，伯奇前持之。吉甫大怒，放伯奇於野。……宣王出遊，吉甫從之。伯奇乃作歌，以言感之於宣王。宣王聞之曰：『此孝子之辭也。』吉甫乃求伯奇於野而感悟，遂射殺後妻。」《戰國策・楚策四》：「魏王遺楚王美人，楚王説之。夫人鄭袖知王之説新人也，甚愛新人，衣服玩好，擇其所喜而爲之。宮室卧具，擇其所善而爲之。……鄭袖知王以己爲不妒也，因謂新人曰：『王愛子美矣。雖然，惡子之鼻。子爲見王，則必掩子鼻。』新人見王，因掩其鼻。王謂鄭袖曰：『夫新人見寡人，則掩其鼻，何也？』鄭袖曰：『妾知也。』王曰：『雖惡，必言之。』鄭袖曰：『其似惡聞王之臭也。』王曰：『悍哉！』令劓之，無使逆命。」陸機《君子行》：「掇蜂滅天道，拾塵惑孔顏。」

〔弘恭陷蕭望，趙高謀李斯〕蕭望，蕭望之。見卷一《讀漢書》(0022)注。《史記・李斯列傳》：「高聞李斯以爲言，乃見丞相曰：『關中羣盜多，今上急發繇治阿房宮，聚狗馬無用之物。臣欲諫，爲位賤。此真君侯之事，君何不諫？』李斯曰：『固也，吾欲言之久矣！今時上不坐朝廷，上居深宮，吾有所言者，不可傳也。欲見，無間。』趙高謂曰：『君誠能諫，請爲君候上閒語君。』於是趙高待二世方燕樂，婦女居前，使人告丞相：『上方閒，可奏事。』丞相至宮門上謁，如此者三。二世怒曰：『吾常多閒日，丞相不來。吾方燕私，丞相輒來請事。丞相豈少我哉？且固我哉？』趙高曰：『如此，殆矣！夫沙丘之謀，丞相與焉。今陛下已立爲帝，而丞相貴不益。此其意亦望裂地而王矣。……且丞相居外，權重於陛下。』……李斯不得見，因上書言趙高之短。……二世已前信趙高，恐李斯殺之，乃私告趙高。高曰：『丞相所患者獨高，高已死，丞相即欲爲田常所爲。』於是二世曰：『其以李斯屬郎中令。』……趙高治斯，榜掠千餘，不勝痛，自誣服。……趙高使其客十餘詐爲御史、謁者、侍中，更往覆訊斯，斯更以其實對，輒使人復榜之。後二世使人驗斯，斯以爲如前，終不敢言，辭服。……二世二年七月，具斯五刑，論腰斬咸陽。」

〔陰德既必報，陰禍豈虛施〕《淮南子・人間訓》：「夫有陰德者，必有陽報。有陰行者，必有昭名。」

〔人事雖可罔，天道終難欺〕《書・湯誥》：「天道福善禍淫。」李康《運命論》：「賞罰懸於天道，吉凶灼乎鬼神，固可畏也。」《梁書・敬帝紀》：「天道人事，豈可誣乎。」

〔明則有刑辟，幽則有神祇〕《左傳》昭公六年：「昔先王議事以制，不爲刑辟，懼民之有爭心也。」《書・太甲上》：「先王顧諟天之明命，以承上下神祇。」張邈《釋嵇叔夜難宅無吉凶攝生論》：「玆所謂明有禮樂，幽有鬼神，人謀鬼謀，以成天下之亹亹也。」傅玄《五祀議》：「神道設教，使民慎之幽明。」

〔苟免勿私喜，鬼得而誅之〕《墨子・明鬼》：「凡殺不辜者，其得不祥。鬼神之誅，若此之速也」；「鬼神之所賞，無小必賞之；鬼神之所罰，無大必罰之。」

季子憔悴時，婦見不下機。買臣負薪日，妻亦棄如遺。一朝黄金多，佩印衣錦歸。去妻不敢視，婦嫂强依依①。富貴家人重，貧賤妻子欺②。奈何貧富間，可移親愛志③。遂使中人心，汲汲求富貴。又令下人力，各競錐刀利。隨分歸舍來，一取妻孥意④。（0099）

【校】

①〔婦嫂〕文集抄本作「嫂婦」。

②〔妻子欺〕文集抄本、後二條本作「妻子輕」。

③〔親愛志〕文集抄本、後二條本作「親愛情」。

④〔一取〕文集抄本、後二條本作「取悅」。

【注】

〔季子憔悴時，婦見不下機〕《戰國策·秦策一》：「蘇秦始將連橫……説秦王書十上而説不納。黑貂之裘弊，黄金百鎰盡，資用乏絶，去秦而歸。羸縢履蹻，負書擔橐，形容枯槁，面目犁黑，狀有愧色。歸至家，妻不下紝，嫂不爲炊，父母不與言。……見説趙王於華屋之下，趙王大悦，封爲武安君，受相印，革車百乘……將説楚王，路過洛陽，父母聞之，清宫除道，張樂設飲，郊迎三十里。妻側目而視，傾耳而聽，嫂虵行匍伏，四拜自跪而謝。蘇秦曰：『嫂何前倨而後卑也？』嫂曰：『以季子之位尊而多金。』蘇秦曰：『嗟乎！貧窮則父母不子，富貴則親戚畏懼。人生世上，勢位富貴，蓋可忽乎哉！』」

〔買臣負薪日，妻亦棄如遺〕《漢書·朱買臣傳》：「朱買臣字翁子，吴人也。家貧，好讀書，不治産業，常艾薪樵，賣以給食。擔束薪，行且誦書。其妻亦負戴相隨，數止買臣毋歌嘔道中。買臣愈益疾歌，妻羞之，求去。買臣笑曰：『我年五十當富貴，今已四十餘矣。女苦日久，待我富貴報女功。』妻恚怒曰：『如公等，終餓死溝中耳。何能富貴！』買臣不能留，即聽去。……拜爲太守，買臣衣故衣，懷其印綬，步歸郡邸。……會稽聞太守且至，發民除道，縣吏并迎送，車百餘乘。入吴界，見其故妻、妻夫治道。買臣駐車，呼令後車載其夫妻，至太守舍，置園中，給食之。居一月，妻自經死，買臣乞其夫錢，令葬。」

〔遂使中人心，汲汲求富貴〕《論語·雍也》：「中人以上，可以語上也；中人以下，不可以語上也。」《論衡·本性》：「夫中人之性，在所習焉。習善而爲善，習惡而爲惡也。」

〔又令下人力，各競錐刀利〕下人，猶言下民。《書·君陳》：「爾爲風，下民爲草。」錐刀利，見卷一《大水》(0064)

注。

〔隨分歸舍來，一取妻孥意〕隨分，見本卷《續古詩十首》之七（0071）注。

和答詩十首　并序

五年春，微之從東臺來，不數日，又左轉爲江陵士曹掾。詔下日，會予下内直歸，而微之已即路，邂逅相遇於街衢中，自永壽寺南，抵新昌里北，得馬上語别①。語不過相勉保方寸、外形骸而已，因不暇及他。是夕，足下次于山北寺。僕職役不得去，命季弟送行，且奉新詩一軸，致於執事，凡二十章，率有興比②，淫文艷韻無一字焉。意者欲足下在途諷讀，且以遣日時，銷憂懣，又有以張直氣而扶壯心也。及足下到江陵，寄在路所爲詩十七章，凡五六千言，言有爲，章有旨，迨于宫律體裁，皆得作者風。發緘開卷，且喜且怪。僕思牛僧孺戒，不能示他人，唯與杓直、拒非及樊宗師輩三四人，時一吟讀，心甚貴重。然竊思之：豈僕所奉者二十章，遽能開足下聰明，使之然耶？抑又不知足下是行也，天將屈足下之道，激足下之心，使感時發憤，而臻於此耶？若兩不然者，何立意措辭，與足下前時詩如此之相遠也？僕既羨足下詩，又憐足下心，盡欲引狂簡而和之。屬直宿拘牽，居無暇日，故不即時如意。旬月來，多乞病假，假中稍閑，且摘卷中尤者，繼成十章，亦不下三千言。其間所見，同者固不能自異，異者亦不能强同。同者謂之和，異者謂之答。并别錄《和夢遊春詩》一章，各附于本篇之末，餘未和者，亦續致之。頃者在科試間，常與足下同筆硯，每下筆時輒相顧，共患其意太切而理太周③。故理太周則辭繁，意太切則言激。然與足下爲文，所長在於此，所病亦在於此。足下來序，果有詞犯文繁之説。今僕所和者，猶前病也。待與足下相見日，各引所作，稍删其煩而晦其義焉。餘具書白。

【校】

①〔語别〕馬本、《唐音統籤》、汪本作「話别」。

②〔興比〕馬本、《唐音統籤》、汪本作「比興」。

③〔輒相顧共患〕那波本作「輒相顧語患」。

【注】

汪《譜》、朱《箋》：作於元和五年（八一〇），長安。元稹原詩見《元氏長慶集》卷一、二，《全唐詩》卷三九六、三九七。

〔五年春〕四句　見卷一《登樂遊園望》（0026）「元九謫江陵」注。

〔永壽寺〕《唐兩京城坊考》卷二朱雀門街東第二街永樂坊：「縣東清都觀，觀東永壽寺。景龍三年，中宗爲永樂公主立。」

〔新昌里〕《唐兩京城坊考》卷三朱雀門街東第五街新昌坊：「……刑部尚書白居易宅。……其時有《和元微之詩序》云……。按微之宅在靖安里，永壽寺在永樂里，永壽之南即靖安北街。樂天下直，每自朱雀街經靖安之北，集中有《靖安北街贈李二十》詩是也。微之蓋東出延興門或春明門，故經新昌之北。」朱《箋》：「居易兩度居長安新昌里：第一次在元和三年爲翰林學士時，其《醉後走筆酬劉五主簿長句之贈兼簡張大賈二十四先輩昆季》詩（本書卷十二0587）云：『晚松寒竹新昌第，職居密近門多閉。』……第二次在長慶元年春官主客郎中、知制誥時。有《題新昌所居》詩（本書卷十九1226）。」

〔山北寺〕《續古逸叢書》影印《宋本杜工部集》卷九《崔氏東山草堂》注：「王維時被張通儒禁在東山北寺。」錢箋引吴若本「東」上有「京城」二字。朱《箋》引錢箋及《文苑英華》卷二三八喻鳧《遊山北寺》：「藍峰露秋院，灞水入春厨。」謂：「《長安志》等均未載此寺，據此當在長安城東藍田縣附近。」

〔季弟〕謂居易弟白行簡。新舊《唐書》有傳。

〔宮律體裁〕卷一《寄唐生》（0033）：「非求宮律高，不務文字奇。」參見該詩注。

〔牛僧孺〕字思黯，第進士，元和初以賢良方正對策，與李宗閔、皇甫湜俱第一，言辭訐激，主考坐考非其宜調去，僧孺調伊闕尉。新舊《唐書》有傳。

〔杓直〕李建字杓直，舉進士，授秘書省校書郎，德宗擢爲左拾遺、翰林學士。新舊《唐書》有傳。

〔拒非〕李復禮字拒非，生平未詳。朱《箋》：「據元稹《酬哥舒大少府寄同年科第》原注云：『同年科第：宏詞吕二炅、王十一起，拔萃白二十二居易，平判李十一復禮、吕四頻（穎）、哥舒大烜（一作恒）、崔十八玄亮、不肖八人，皆奉榮養。』知爲元、白之同年。又見《登科記考》卷十五。由元、白詩文中可知其與微之、樂天過從甚密。」

〔樊宗師〕見卷一《贈樊著作》(0023)。

和思歸樂①

山中不栖鳥②,夜半聲嚶嚶。似道思歸樂,行人掩泣聽。皆疑此山路,遷客多南征。憂憤氣不散,結化爲精靈。我謂此山鳥,本不因人生。人心自懷土,想作思歸鳴。孟嘗平居時③,娱耳琴泠泠。雍門一言感,未奏淚沾纓。魏武銅雀妓,日與歡樂并。一旦西陵望,欲歌先涕零。峽猿亦無意④,隴水復何情?爲入愁人耳,皆爲腸斷聲。請看元侍御,亦宿此郵亭。因聽思歸鳥⑤,神氣獨安寧。問君何以然,道勝心自平。雖爲南遷客,如在長安城。云得此道來,何慮復何營?窮達有前定,憂喜無交爭。所以事君日,持憲立天庭⑥。雖有迴天力,撓之終不傾。况始三十餘,年少有直名。心中志氣大,眼前爵祿輕。君恩若雨露,君威若雷霆。退不苟免難,進不曲求榮。在火辨玉性,經霜識松貞。展禽任三黜,靈均長獨醒。獲戾自東洛,貶官向南荆。再拜辭闕下,長揖别公卿。荆州又非遠,驛路半月程。漢水照天碧,楚山插雲青。江陵橘似珠,宜城酒如餳。誰謂譴謫去,未妨遊賞行。人生百歲内,天地暫寓形。太倉一稊米,大海一浮萍。身委逍遥篇,心付頭陀經。尚達生死觀⑦,寧爲寵辱驚?中懷苟有主,外物安能縈?任意思歸樂,聲

聲啼到明。（0100）

【校】

①〔題〕那波本、文集抄本、後二條本、管見抄本題末有「詩」字。

②〔不栖鳥〕那波本作「獨栖鳥」。

③〔孟嘗〕紹興本作「孟常」，據他本改。朱《箋》：「此處『常』爲地名，蓋與『嘗』通。」引《詩·魯頌·駉》《閟宮》：「居常與許。」毛傳：「常、許，魯南鄙、西鄙。」鄭箋：「常或作嘗，在薛之旁。」及《史記·越王勾踐世家》索隱等。

④〔亦無意〕馬本、《唐音統籤》、汪本作「亦何意」。

⑤〔因聽〕文集抄本、後二條本作「同聽」。

⑥〔天庭〕馬本、《唐音統籤》、汪本作「大庭」。

⑦〔生死觀〕馬本、《唐音統籤》、汪本作「死生觀」。

【注】

〔山中不栖鳥〕八句　元稹《思歸樂》：「山中思歸樂，盡作思歸鳴。爾是此山鳥，安得失鄉名？應緣此山路，自古離人征。陰愁感秋氣，俾爾從此生。」吴融《山中聞思歸樂二首》：「山禽連夜叫，兼雨未嘗休。盡道思歸樂，應多離别愁。」温庭筠《河瀆神》：「暮天愁聽思歸樂，早梅香滿山郭。」

〔孟嘗平居時〕四句　《説苑·善説》：「雍門子周以琴見乎孟嘗君，孟嘗君曰：『先生鼓琴亦能令文悲乎？』雍門子周曰：『臣何獨能令足下悲哉？臣之所能令悲者，有先貴而後賤，先富而後貧者也。……今若足下，千乘之君也。居則廣厦邃房，下羅帷，來清風……方此之時，視天地曾不若一指，忘死與生，雖有善琴者，故未能令足下悲也。』孟嘗君曰：『否！否！文固以爲不然。』雍門子周曰：『然臣之所以爲足下悲者一事也。夫聲敵帝而困秦者君也，連五國之約、南面而伐楚者又君也。天下未嘗無事，不從則横。從成則楚王，横成則秦帝。楚王秦帝，必報讎於薛矣。夫以秦、楚之强而報讎於弱薛，譬之猶摩蕭斧而伐朝菌也，必不留行矣。天下有識之士無不爲足下寒心酸鼻者。千秋萬歲之後，廟堂必不血食矣。高臺既以壞，曲池既以塹，墳墓既以平，而青廷矣！……』於是孟嘗君泫然泣涕，承睫而未殞，雍門子周引琴而鼓之，徐動宫徵，微揮羽角，切終而成曲。孟嘗君涕浪汗增欷而就之，曰：『先生之鼓琴，令文立若破國亡邑之人也。』」

〔魏武銅雀妓〕四句　陸機《弔魏武帝文》：「觀其所以顧命家嗣，貽謀四子……又曰：吾婕妤妓人，皆著銅爵臺。於臺堂上施八尺牀繐帳，朝晡上脯糒之屬，月朝十五輒向帳作妓。汝等時時登銅雀臺，望吾西陵墓田。」

〔峽猿亦無意，隴水復何情〕《太平御覽》卷五三引盛弘之《荆州記》：「巴東三峽巫峽長，猿鳴三聲淚沾衣。」《梁鼓角横吹曲·隴頭歌辭》：「隴頭流水，鳴聲嗚咽。遥望秦川，心肝斷絶。」

〔爲入愁人耳，皆爲腸斷聲〕王褒《渡河北》：「心愁異方樂，腸斷隴頭歌。」

〔元侍御〕朱《箋》：「元稹。唐人稱監察御史爲侍御。」

〔問君何以然，道勝心自平〕《淮南子·精神訓》：「故子夏見曾子，一臞一肥。曾子問其故，曰：『出見富貴之樂而欲之，入見先王之道又説之，兩者心戰，故臞；先王之道勝，故肥。』」

〔窮達有前定，憂喜無交爭〕班彪《王命論》：「是故窮達有命，吉凶由人。」張衡《東京賦》：「客既醉於大道，飽於文義，勸德畏戒，喜懼交爭。」潘尼《安身論》：「塞有欲之求，杜交爭之原。」

〔所以事君日，持憲立天庭〕持憲，任御史。《舊唐書·憲宗紀》：「〔元和三年十月〕甲子，以御史中丞竇羣爲湖南觀察使。……羣初爲李吉甫所擢用，及持憲，反傾吉甫。吉甫諷其陰事，故貶之。」天庭，指朝廷。《春秋繁露·爵國》：「天子分左右五等，三百六十三人，法天一歲之數，五十色之象也。通佐十上卿與下卿，而二百二十人，天庭之象也，倍諸侯之數也。」

〔雖有迴天力，撓之終不傾〕《後漢書·宦者傳·單超》：「其後四侯轉横，天下爲之語曰：『左迴天，具獨坐，徐卧虎，唐兩墮。』」

〔君恩若雨露，君威若雷霆〕《申鑒·雜言上》：「故人主以義申，以義屈也。喜如春陽，怒如秋霜。威如雷霆之震，惠如雨露之降，沛然孰能禦也。」

〔退不苟免難，進不曲求榮〕《禮記·曲禮上》：「臨財毋苟得，臨難毋苟免。」

〔在火辨玉性，經霜識松貞〕在火辨玉，見卷一《答友問》(0017)注。《論語·子罕》：「歲寒然後知松柏之後凋也。」《莊子·讓王》：「天寒既至，霜雪既降，吾是以知松柏之茂也。」《吴聲歌·子夜四時歌·冬歌十七首》：「果欲結金蘭，但看松柏林。經霜不墮地，歲寒無異心。」

〔展禽任三黜，靈均長獨醒〕展禽，柳下惠。《論語·子罕》：「柳下惠爲士師，三黜。人曰：『子未可以去乎？』曰：『直道而事人，焉往而不三黜？』」《荀子·成相》：「世之愚，惡大儒，逆斥不通孔子拘。展禽三絀，春申道綴，基畢輸。」《楚辭·漁父》：「屈原曰：『舉世皆濁我獨清，衆人皆醉我獨醒。』」

〔獲戾自東洛，貶官向南荆〕《左傳》昭公三年：「唯懼獲戾，豈敢憚煩？」

〔再拜辭闕下，長揖别公卿〕《史記·酈生陸賈列傳》：「酈生入，長揖不拜。」郭璞《遊仙詩》：「長揖當塗人，去來山林客。」

〔漢水照天碧，楚山插雲青〕木華《海賦》：「巨鱗插雲，鬐鬣刺天。」

〔江陵橘似珠，宜城酒如錫〕《史記・貨殖列傳》：「燕秦千樹栗，蜀漢、江陵千樹橘……此其人皆與千户侯等。」宜城酒，見本卷《輕肥》(0081)「九醞」注。錫，飴糖。劉禹錫《歷陽書事七十韻》：「湖魚香勝肉，官酒重於錫。」

〔人生百歲内，天地暫寓形〕陶淵明《歸去來兮辭》：「寓形宇内復幾時，何不委心任去留。」《文選》李善注：「《尸子》：老萊子曰：人生於天地之間，寄也。」

〔太倉一稊米，大海一浮萍〕《莊子・秋水》：「計中國之在海内，不似稊米之在太倉乎？」戴逵《釋疑論》：「夫以天地之玄遠，陰陽之廣大，人在其中，豈唯稊米之在太倉，毫末之于馬體哉。」劉伶《酒德頌》：「俯視萬物之擾擾，如江漢之載浮萍。」白居易《答微之》(本書卷十七1041)：「與君相遇知何處，兩葉浮萍大海中。」參見該詩注。

〔身委逍遥篇，心付頭陀經〕逍遥篇，指《莊子・逍遥遊》。頭陀經，朱《箋》引陳寅恪《元白詩箋證稿》：「寅恪少讀樂天此詩，遍檢佛藏，不見所謂《心王頭陀經》者，頗以爲恨。近歲始見倫敦博物院藏斯坦因號貳肆柒肆，《佛爲心王菩薩説投陀經》卷上，五陰山室寺惠辨禪師注殘本(《大正續藏》貳捌捌陸號)，乃一至淺俗之書，爲中土所僞造者。」按，陳氏之論原就《和夢遊春詩一百韻》(本書卷十四0800)「法句與心王，期君日三復」而言。此詩只言「頭陀經」，蓋指《十二頭陀經》之類，講説修治身心、除淨煩惱之十二梵行，有劉宋求那跋陀羅譯本(《大正藏》册十七)，非指中土僞造之《心王頭陀經》。

〔尚達生死觀，寧爲寵辱驚〕《老子》十三章：「寵辱若驚，貴大患若身。何謂寵辱若驚？寵爲下，得之若驚，失之若驚，是謂寵辱若驚。」嵇康《答向子期難養生論》：「不以榮華肆志，不以隱約趨俗，混乎與萬物并行，不可寵辱，此真有富貴也。」潘岳《在懷縣作二首》：「寵辱易不驚，戀本難爲思。」

〔中懷苟有主，外物安能縈〕陶淵明《遊斜川》：「吾生行歸休，念之動中懷。」《韓非子・解老》：「今治身而外物不能亂其精神，故曰修之身，其德乃真。」嵇康《養生論》：「外物以累心不存，神氣以醇白獨著。」

和陽城驛①

商山陽城驛，中有歎者誰？云是元監察，江陵謫去時。忽見此驛名，良久涕欲垂。何故陽道州，名姓同於斯？憐君一寸心，寵辱誓不移。疾惡若巷伯，好賢如緇衣。沉吟不能去，意者欲改爲。改爲避賢驛，大署於門楣。荆人愛羊祜，户曹改爲辭。一字不忍道，況兼姓呼之。因題八百言，言直文甚奇。詩成寄與我，鏘若金和絲②。上言陽公行，友悌無等夷。骨肉同衾裯，至死不相離。次言陽公迹，夏邑始棲遲。鄉人化其風，少長皆孝慈。次言陽公道，終日對酒巵。兄弟笑相顧，醉貌紅怡怡。次言陽公節，謇謇居諫司。誓心除國蠹，決死犯天威。終言陽公命，左遷天一涯。道州炎瘴地，身不得生歸。一一皆實錄，事事無孑遺。凡是爲善者，聞之惻然悲。道州既已矣，往者不可追。何世無其人，來者亦可思。願以君子文，告彼大樂師。附於雅歌末，奏之白玉墀。天子聞此章，教化如法施。直諫從如流，佞臣惡如疵。宰相聞此章，政柄端正持。進賢不知倦，去邪勿復疑。憲臣聞此章，不敢懷依違。諫官聞此章，不忍縱詭隨。然後告史氏，舊史有前規。

若作陽公傳，欲令後世知。不勞叙世家，不用費文辭。但於國史上③，全錄元稹詩。

（0101）

【校】

①〔題〕那波本題末有「詩」字。

②〔鏘若〕馬本、《唐音統籤》、汪本作「鏗若」。

③〔但於〕馬本、《唐音統籤》、汪本作「但使」。

【注】

〔商山陽城驛〕白居易又有《宿陽城驛對月》（本書卷二十1302）。杜牧《商山富水驛》詩題下注：「驛本與陽諫議同姓名，因此改爲富水驛。」

〔陽道州〕陽城，官道州刺史。參見卷一《贈樊著作》（0023）注。

〔憐君一寸心，寵辱誓不移〕陸機《文賦》：「函綿邈於尺素，吐滂沛乎寸心。」沈約《遊東田》：「所願從之遊，寸心於此足。」寵辱，見上詩注。

〔疾惡若巷伯，好賢如緇衣〕《詩·鄭風·緇衣》首章：「緇衣之宜兮，敝予又改爲兮。適子之館兮，還予授子之粲兮。」《小雅·巷伯》六章：「彼譖人者，誰適與謀。取彼譖人，投畀豺虎。豺虎不食，投畀有北。有北不受，投畀有昊。」《禮記·緇衣》：「子曰：好賢如《緇衣》，惡惡如《巷伯》，則爵不瀆而民作愿，刑不試而民咸服。」鄭注：「《緇衣》、《巷伯》，皆《詩》篇名也。《緇衣》首章……言此衣緇衣者，賢者也，宜長爲國君。其衣敝，我願改制，授之以新衣，是其好賢，欲其貴之甚也。《巷伯》六章……此其惡惡，欲其死亡之甚也。」

〔荆人愛羊祜，户曹改爲辭〕《晉書·羊祜傳》：「荆州人爲祜諱名，屋室皆以門爲稱，改户曹爲辭曹焉。」

〔詩成寄與我，鏘若金和絲〕金、絲，謂金石絲竹。虞潭《公除祺祭論》：「且夫祭有金石鏗鏘之和。」

〔上言陽公行〕四句　元稹《陽城驛》：「陽公没已久，感我淚交流。昔公孝父母，行與曾閔儔。既孤善兄弟，兄弟和且柔。一夕不相見，若懷三歲憂。遂誓不婚娶，没齒同衾裯。妹夫死他縣，遺骨無人收。公令季弟往，公與仲弟留。相别竟不得，三人同遠遊。共負他鄉骨，歸來藏故丘。」潘岳《夏侯常侍誄》：「子之友悌，和如琴瑟。」《詩·召南·小星》：「肅肅宵征，抱衾與裯。」鄭箋：「裯，牀帳也。」

〔次言陽公迹〕四句　元稹《陽城驛》：「棲遲居夏邑，邑人無苟偷。里中競長短，來問劣與優。官刑一朝耻，公短終身羞。公亦不遺布，人自不盜牛。問公何能爾，忠信先自修。發言當道理，不顧黨與讐。馨香漸翕習，冠蓋若雲浮。少者從公學，老者從公遊。往來相告報，縣尹與公侯。天子得聞之，書下再三求。」夏邑，指夏縣。《舊唐書·陽城傳》：「德宗令長安縣尉楊寧齎束帛詣夏縣所居而召之。」《舊唐書·地理志一》河南道陝州大都督府有夏縣。《詩·陳風·衡門》：「衡門之下，可以棲遲。」

〔次言陽公道〕四句　元稹《陽城驛》：「月請諫官俸，諸弟相對謀。皆曰親戚外，酒散目前愁。公云不有爾，安得此嘉猷。施餘盡酤酒，客來相獻酬。日旰不謀食，春深仍弊裘。人心良戚戚，我樂獨由由。」《論語·子路》：「朋友切切偲偲，兄弟怡怡。」

〔次言陽公節〕四句　元稹《陽城驛》：「貞元歲云暮，朝有曲如鈎。……公雖未顯諫，惴惴如患瘤。飛章八九上，皆若珠暗投。炎炎日將熾，積燎無人抽。公乃帥其屬，決諫同報仇。延英殿門外，叩閤仍叩頭。且曰事不止，臣諫誓不休。上知不可遏，命以美語酬。降官司成署，俾之爲贅疣。」謇謇，見卷一《孔戡》(0003)注。《左傳》襄公二十二年：「國之蠹也。」《左傳》僖公九年：「天威不違顔咫尺。」羊祜《讓開府表》：「違命誠忤天威，曲從即復若此。」

〔終言陽公命〕四句　元稹《陽城驛》：「姦心不快活，擊刺礪戈矛。終爲道州去，天道竟悠悠。……炎瘴不得老，英華忽已秋。有鳥哭楊震，無兒悲鄧攸。唯餘門弟子，列樹松與楸。」

〔道州既已矣，往者不可追〕《論語·子罕》：「往者不可諫，來者猶可追。」

〔願以君子文，告彼大樂師〕大樂師，指大師、大樂官。《周禮·春官·大師》：「大師掌六律、六同以和陰陽之聲。教六詩：曰風，曰賦，曰比，曰興，曰雅，曰頌。」《漢書·禮樂志》：「漢興，樂家有制式，以雅樂聲律世世在大樂官。」

〔直諫從如流，佞臣惡如疵〕班彪《王命論》：「用人如由己，從諫如順流。」《韓非子·八姦》：「其於説義也，稱譽者所美，毁疵者所惡，必實其能，察其過。」

〔進賢不知倦，去邪勿復疑〕《墨子·尚賢》：「故古者聖王，甚尊尚賢，而任使能。不黨父兄，不偏富貴，不嬖顔色，賢者舉而上之，富而貴之，以爲官長……此謂進賢。」《魏書·張普惠傳》：「任賢勿貳，去邪勿疑。」

〔憲臣聞此章，不敢懷依違〕《後漢書·蔡邕傳》：「指陳政要，勿有依違，自生疑諱。」

〔諫官聞此章，不忍縱詭隨〕《詩·大雅·民勞》：「無縱詭隨，以謹無良。」

〔然後告史氏，舊史有前規〕王儉《褚淵碑文》：「自茲厥後，無替前規。」

答桐花①

山木多蓊鬱，茲桐獨亭亭。葉重碧雲片，花簇紫霞英。是時三月天，春暖山雨晴。夜色向月淺，暗香隨風輕。行者多商賈，居者悉黎氓②。無人解賞愛，有客獨屏營。手攀花枝立，足蹋花影行。生憐不得所，死欲揚其聲。截爲天子琴，刻作古人形。云待我成器，薦之於穆清。誠是君子心，恐非草木情。胡爲愛其華，而反傷其生？老龜被刳腸，不如無神靈。雄雞自斷尾，不願爲犧牲。况此好顏色，花紫葉青青。宜遂天地性，忍加刀斧刑。我思五丁力，拔入九重城。當君正殿栽，花葉生光晶。上對月中桂，下覆階前蓂。汎拂香爐烟，隱映斧藻屏。爲君布綠陰，當暑蔭軒楹。沉沉綠滿地，桃李不敢爭。爲君發清韻，風來如叩瓊。泠泠聲滿耳，鄭衛不足聽。受君封植力，不獨吐芬馨。助君行春令，開花應清明③。受君雨露恩，不獨含芳榮。戒君無戲言，剪葉封弟兄。受君歲月功，不獨資生成。爲君長高枝，鳳凰上頭鳴。一鳴君萬歲，壽如山不傾。再鳴萬人泰，泰階爲之平。如何有此用，幽滯在巖坰？歲月不爾駐，孤芳坐凋零。請向桐枝上，爲余題姓名。待余有勢力，移爾獻丹庭。（0102）

【校】

①〔題〕那波本題末有「詩」字。

②〔黎氓〕馬本、《唐音統籤》、汪本作「黎民」。

③〔清明〕馬本、《唐音統籤》、汪本作「晴明」。何校：「《月令》：『季春之月，桐始華。』《漢三統曆》：『清明三月中。』至唐皆尊用之。則『晴』字乃『清』之訛也。今以意改。孫昌胤《清明詩》：『燧火開新焰，桐花發故枝。』孫與白同時人，亦一證也。」

【注】

〔山木多蓊鬱，茲桐獨亭亭〕張衡《南都賦》：「杳藹蓊鬱於谷底，森蓴蓴而刺天。」《文選》李善注：「皆茂盛貌也。」張衡《西京賦》：「干雲霧而上達，狀亭亭以苕苕。」《文選》李善注：「亭亭、苕苕，高貌也。」

〔行者多商賈，居者悉黎氓〕黎氓，黎民。《南齊書・高帝紀》：「弘宇黎氓，納之軌義。」

〔無人解賞愛，有客獨屏營〕屏營，彷徨。《國語・吳語》：「王親獨行，屏營彷徨於山林之中。」石崇《王明君詞》：「飛鴻不我顧，佇立以屏營。」

〔截爲天子琴，刻作古人形〕桓譚《新論・琴道》：「昔神農氏繼宓羲而王天下，亦上觀法於天，下取法於地，進取諸身，遠取諸物，於是始削桐爲琴，繩絲爲絃，以通神明之德，合天地之和焉。」古以桐木作偶人。《鹽鐵論・散不足》：「古者明器有形無實，示民不可用。及其後，則有醯醢之藏，桐馬偶人彌祭，其物不備。今厚資多藏，器用如生人。郡國縣吏，素桑楺偶車櫓輪，匹夫無貌領，桐人衣紈綈。」《漢書・江充傳》：「遂掘蠱於太子宮，得桐木人。」

〔云待我成器，薦之於穆清〕《詩・大雅・清廟》：「於穆清廟，肅雝顯相。」故後世以「穆清」代指宗廟，亦指宸居。韋應物《奉和聖制重陽日賜宴》：「聖心憂萬國，端居在穆清。」李益《大禮畢皇帝御丹鳳門改元建中大赦》：「宸居穆清受天曆，建中甲子合上元。」王涯《太平詞》：「風俗今和厚，天子在穆清。」

〔老龜被刳腸，不如無神靈〕《莊子・外物》：「宋元君夜半而夢人被髮窺阿門曰：『予自宰路之淵，予爲清江使河伯之所，漁者余且得予。』元君覺，使人占之，曰：『此神龜也。』……龜至，君再欲殺之，再欲活之，心疑，卜之，曰：『殺龜以卜，吉。』乃刳龜以卜，七十二鑽而無遺筴。仲尼曰：『神龜能見夢於元君，而不能避余且之網；知能七十二鑽而無遺筴，不能避刳腸之患。如是，則知有所困，神有所不及也。』」

〔雄雞自斷尾，不願爲犧牲〕《左傳》昭公二十二年：「賓孟適郊，見雄雞自斷其尾，問之，侍者曰：『自憚其犧也。』遽歸告王，且曰：『雞其憚爲人用乎？人異於是。犧者實用人，人犧實難，己犧何害。』」

〔我思五丁力，拔入九重城〕《華陽國志·蜀志》：「蜀有五丁力士，能移山舉萬鈞。每王薨，輒立大石，長三丈，重千鈞，爲墓誌，今石筍是也。」《楚辭·天問》：「增城九重，其高幾里。」又《九辯》：「豈不鬱陶而思君兮，君之門以九重。」

〔上對月中桂，下覆階前蓂〕月中桂，見卷一《廬山桂》(0061)注。《論衡·是應》：「古者蓂莢夾階而生，月朔日一莢生，至十五日而十五莢。於十六日，日一莢落。至月晦，莢盡。來月朔，一莢復生。」《文選》張衡《東京賦》李善注引《田俅子》：「堯爲天子，蓂莢生於庭，爲帝成曆。」

〔汎拂香爐烟，隱映斧藻屏〕斧藻屏，謂斧依。《儀禮·覲禮》：「天子設斧依於户牖之間，左右几，天子衮冕負斧依。」鄭注：「依，如今綈素屏風也。有繡斧文，所以示威也。斧，謂之黼。」斧藻，修飾。揚雄《法言》：「吾未見斧藻其德，若斧藻其楶者也。」此混用之。隱映，映襯。謝舉《凌雲臺》：「綺甍懸桂棟，隱映傍喬柯。」

〔爲君布綠陰，當暑蔭軒楹〕《藝文類聚》卷八八引王孚《安成記》：「府君諱保，如今樹梧於芭兩邊，柯葉蓊藹，炎暑爲之清涼，百姓列宅其間。」

〔爲君發清韻，風來如叩瓊〕孫綽《答許詢》：「貽我新詩，韻靈旨清。粲如揮錦，琅若叩瓊。」

〔泠泠聲滿耳，鄭衛不足聽〕宋玉《風賦》：「清清泠泠，愈病析酲。」陸機《文賦》：「文徽徽以溢目，音泠泠而盈耳。」鄭衛，見卷一《鄧魴張徹落第》(0044)注。

〔受君封植力，不獨吐芬馨〕封植，同封殖。《左傳》昭公二年：「既享，宴于季氏，有嘉樹焉。宣子譽之。武子曰：『宿敢不封殖此樹，以無忘《角弓》。』」

〔助君行春令，開花應清明〕《禮記・月令》：「季春之月，……桐始華。」元稹《桐花》：「年年怨春意，不競桃李林。唯占清明後，牡丹還復侵。」

〔戒君無戲言，剪葉封弟兄〕《史記・晉世家》：「周公誅滅唐，成王與叔虞戲，削桐葉爲珪，以予叔虞，曰：『以此封若。』史佚因請擇日立叔虞。成王曰：『吾與之戲耳。』史佚曰：『天子無戲言。言則史書之，禮成之，樂歌之。』於是封虞叔於唐。」又見《説苑・君道》等。

〔受君歲月功，不獨資生成〕《易・坤・彖》：「至哉坤元，萬物資生。」

〔爲君長高枝，鳳凰上頭鳴〕《詩・大雅・卷阿》：「鳳皇鳴矣，于彼高岡。梧桐生矣，于彼朝陽。」鄭箋：「鳳皇之性，非梧桐不棲，非竹實不食。」

〔一鳴君萬歲，壽如山不傾〕《詩・小雅・天保》：「如南山之壽，不騫不崩。」

〔再鳴萬人泰，泰階爲之平〕《漢書・東方朔傳》：「願陳泰階六符。」顔師古注：「應劭曰：《黄帝泰階六符經》曰：泰階者，天之三階也。」《史記・天官書》索隱：「應劭引《黄帝泰階六符經》曰：泰階，天子之三階。上階，上星爲男主，下星爲女主。中階，上星爲諸侯三公，下星爲卿大夫。下階，上星爲士，下星爲庶人。三階平，則陰陽和，風雨時。」

〔待余有勢力，移爾獻丹庭〕丹庭，指宫廷。傅毅《舞賦》：「婉轉鼓側，蜲蛇丹庭。」史援《後漢使君頌》：「含香青瑣，敷奏丹庭。」

和大觜烏①

烏者種有二，名同性不同。觜小者慈孝，觜大者貪庸。觜大命又長，生來十餘冬。物老顏色變，頭毛白茸茸。飛來庭樹上，初但驚兒童。老巫生姦計，與烏意潛通②。云此非凡烏③，遥見起敬恭。千歲乃一出，喜賀主人翁。祥瑞來白日④，神聖占知風⑤。陰作北斗使，能爲人吉凶。此烏所止家⑥，家産日夜豐。上以致壽考，下可宜田農。主人富家子，身老心童蒙。隨巫拜復祝，婦姑亦相從。殺雞薦其肉，敬若禋六宗。烏喜張大觜，飛接在虛空。烏既飽羶腥，巫亦饗甘濃。烏巫互相利，不復兩西東。日日營巢窟，稍稍近房櫳。雖生八九子，誰辨其雌雄？羣雛又成長⑦，衆觜騁殘兇⑧。探巢吞燕卵，入簇啄蠶蟲。豈無乘秋隼，羈絆委高墉。但食烏殘肉，無施搏擊功。亦有能言鸚，翅碧觜距紅。暫曾説烏罪，囚閉在深籠。青青窗前柳，鬱鬱井上桐。貪烏占栖息，慈烏獨不容。慈烏爾奚爲，來往何憧憧。曉去先晨鼓，暮歸後昏鐘。辛苦塵土間，飛啄禾黍叢。得食將哺母⑨，飢腸不自充。主人憎慈烏，命子削彈弓。弦續會稽竹，丸鑄荆山銅。慈烏求母食，飛下爾庭中。數粒未入口，一丸已中胸。仰天號一聲，似欲訴蒼穹。反哺日未足，非是惜微躬。誰能持此冤，一爲問化工？胡然大觜烏，竟得天年終？（0103）

【校】

①〔題〕那波本、文集抄本、後二條本、管見抄本題末有「詩」字。

②〔與烏意潛通〕文集抄本、後二條本、管見抄本作「詐與烏意通」。

③〔云此〕馬本、《唐音統籤》、汪本作「云是」。

④〔來白日〕文集抄本、後二條本、管見抄本作「來自日」。

⑤〔神聖〕馬本、《唐音統籤》、汪本作「神靈」。

⑥〔此烏〕馬本、《唐音統籤》作「此鳥」。

⑦〔成長〕馬本、《唐音統籤》、文集抄本作「長成」。

⑧〔騁殘凶〕馬本、《唐音統籤》作「逞殘凶」。

⑨〔哺母〕馬本、《唐音統籤》、汪本作「母哺」。

【注】

〔觜小者慈孝，觜大者貪庸〕慈烏，見卷一《慈烏夜啼》（0040）注。元稹《大觜烏》：「陽烏有二類，觜白者名慈。……其一觜大者，攫搏性貪痴。有力强如鶻，有爪利如錐。音聲甚吠唶，潛通妖怪詞。受日餘光庇，終天無死期。」

〔老巫生姦計，與烏意潛通〕以烏爲有神驗，如成公綏《烏賦》：「惟玄烏之令鳥兮，性自然之有識。應炎陽之純精兮，體乾剛之至色。……時應德而來儀兮，介帝王之繁祉。入中州而武興兮，集林木而軍起。能休祥于有周兮，矧貞明于吉士。嘉兹烏之淑良兮，永和樂而靡紀。」元稹《大觜烏》：「翺翔富人屋，棲息屋前枝。巫言此烏至，財産日豐宜。主人一心惑，誘引不知疲。轉見烏來集，自言家轉孳。白鶴門外養，花鷹架上維。專聽烏喜怒，信受若神龜。」又元稹《聽庾及之彈烏夜啼引》：「四五年前作拾遺，諫書不密丞相知。謫官詔下吏驅遣，身作囚拘妻在遠。歸來相見淚如珠，唯説閑宵長拜烏。君來到舍是烏力，妝點烏盤邀女巫。」張籍《烏夜啼引》：「少婦起聽夜啼烏，知是官家有赦書。下牀心喜不重寐，未明上堂賀舅姑。少婦語啼烏，汝啼甚勿虚。借汝庭樹作高巢，年年不令傷爾雛。」可見唐時拜烏習俗。

〔祥瑞來白日，神聖占知風〕《文選》左思《蜀都賦》李善注引《春秋元命苞》：「陽成於三，故日中有三足烏。烏者，陽精。」張華《情詩二首》：「巢居知風寒，穴處識陰雨。」《文選》李善注：「《春秋漢含孳》曰：……巢居之烏先知風，樹木摇，鳥已翔。」《三輔黄圖》引郭延生《述征記》：「長安宮南有靈臺，高十五仞，上有渾儀，張衡所制。又有相風銅烏，遇風乃動。一曰長安靈臺，上有相風銅烏，千里風至，此烏乃動。」《山堂肆考》卷四：「晉車駕出，以相風竿在前，刻烏於竿上，名相風竿，今檣烏是其遺意。實即占風旗也。」

〔陰作北斗使，能爲人吉凶〕《太平御覽》卷九二〇引《春秋運斗樞》：「摇星散而爲烏。」按，摇星即招摇星，在北斗杓端，亦代指北斗。《史記·天官書》：「杓端有兩星，一内爲矛，招摇。」索隱：「案，《詩紀曆樞》云：更河中招摇爲胡兵。宋均云：招摇星在更河内。」

〔主人富家子，身老心童蒙〕《易·蒙·卦》：「匪我求童蒙，童蒙求我。」

〔殺雞薦其肉，敬若禋六宗〕《書·舜典》：「禋于六宗。」傳：「精意以享，謂之禋。宗，尊也。所尊祭者，其祀有六：謂四時也，寒暑也，日也，月也，星也，水旱也。」

〔烏既飽膻腥，巫亦饗甘濃〕韋應物《鳶奪巢》：「霜鸇野鵲得殘肉，同啄膻腥不肯逐。」甘濃，同甘醲。枚乘《七發》：「飲食則温淳甘膬，脭醲肥厚。」

〔日日營巢窟，稍稍近房櫳〕左思《吳都賦》：「房櫳對櫎，連閣相經。」《文選》李善注：「《説文》曰：櫳，房室之疏也。」

〔雖生八九子，誰辨其雌雄〕《相和歌辭·烏生》：「烏生八九子，端坐秦氏桂樹間。」《詩·小雅·正月》：「具曰予聖，誰知烏之雌雄。」鄭箋：「時君臣賢愚適同，如烏雌雄相似，誰能別異之乎。」

〔探巢吞燕卵，入簇啄蠶蟲〕簇，蠶簇，用以承蠶結繭。《齊民要術·養蠶》：「養蠶法，收取種繭，必取居簇中者。」

〔豈無乘秋隼，羈絆委高墉〕《易·解·卦》：「上六，公用射隼于高墉之上。」孔穎達疏：「墉，牆也。……隼之爲鳥，宜在山林。隼於人家高墉，必爲人所繳射。」《漢書·五行志》：「立秋而鷹隼擊。」

〔但食烏殘肉，無施搏擊功〕《文選》陳琳《爲袁紹檄豫州》李善注引謝承《後漢書》陳龜表：「臣累世展鷹犬搏擊之用。」

〔亦有能言鸚，翅碧觜距紅〕《禮記·曲禮上》：「鸚鵡能言，不離飛鳥。」禰衡《鸚鵡賦》：「紺趾丹嘴，綠衣翠衿。……離群喪侶，閉以雕籠。」左思《吳都賦》：「羽族以觜距爲刀鈹。」

〔慈烏爾奚爲，來往何憧憧〕《易·咸·卦》：「憧憧往來，朋從爾思。」

〔曉去先晨鼓，暮歸後昏鐘〕古以鐘、鼓報時，晨鼓、昏鐘，互文。《舊唐書·職官志二》司天臺：「每夜分爲五更，每更分爲五點。更以擊鼓爲節，點以擊鐘爲節也。」韋應物《答暢參軍》：「高樹起棲鴉，晨鐘滿皇州。」劉長卿《龍門八詠·渡水》：「日暮下山來，千山暮鐘發。」劉禹錫《同白二十二贈王山人》：「笑聽鼕鼕朝暮鼓，只能催得市朝人。」張籍《洛陽行》：「六街朝暮鼓冬冬，禁兵持戟守空宮。」李咸用《山中》：「朝鐘暮鼓不到耳，明月孤雲長掛情。」

〔弦續會稽竹，丸鑄荊山銅〕《爾雅·釋地》：「東南之美者，有會稽之竹焉。」《吳越春秋》卷九《彈歌》：「斷竹續竹，飛土逐穴。」蕭衍《子夜四時歌·秋歌四首》：「吹漏未可停，絃斷當更續。」按，續竹者言彈弓，續絃者言琴，白詩蓋混言之。《史記·封禪書》：「黄帝採首山之銅，鑄鼎於荆山下。」

〔數粒未入口，一丸已中胸〕《相和歌辭·烏生》：「左手持强彈兩丸，出入烏東西。喑我，一丸即發中烏身。」

〔誰能持此冤，一爲問化工〕化工，造化之工。權德輿《侍從遊後湖宴坐》：「化工若有情，生植皆不如。」元稹《春鳩》：「猶知化工意，當春不生蟬。」

答四皓廟①

天下有道見，無道卷懷之。此乃聖人語，吾聞諸仲尼。矯矯四先生，同稟希世資。隨時有顯晦，秉道無磷緇。秦皇肆暴虐，二世遘亂離。先生相隨去，商嶺采紫芝。君看秦獄中，戮辱者李斯。劉項爭天下，謀臣競悦隨。先生如鸞鶴，去入冥冥飛②。君看齊鼎中，燋爛者酈其。子房得沛公，自謂相遇遲。八難掉舌樞，三略役心機③。辛苦十數年，晝夜形神疲。竟雜霸者道，徒稱帝者師。子房爾則能，此非吾所宜。漢高之季年，嬖寵鍾所私。冢嫡欲廢奪，骨肉相憂疑。豈無子房口，口舌無所施。亦有陳平心，心計將何爲？皤皤四先生④，高冠危映眉⑤。從容下南山，顧眄入東闈⑥。前瞻惠太子，左右生羽儀。却顧戚夫人，楚舞無光輝。心不畫一計，口不吐一詞。暗定天下本，遂安劉氏危。如彼子房吾則能，此非爾所知。先生道既光，太子禮甚卑。安車留不住，功成棄如遺。如彼旱天雲，一雨百穀滋。澤則在天下，雲復歸希夷。勿高巢與由，勿尚呂與伊。巢由往不返，伊呂去不歸⑦。豈如四先生，出處兩逶迤。何必長隱逸⑧，何必長濟時？由來聖人道，無朕不可窺。卷之不盈握，舒之亘八陲。先生道甚明，夫子猶或非。願子辨其惑，爲予吟此詩。（0104）

【校】

①〔題〕那波本、文集抄本、後二條本、管見抄本題末有「詩」字。

②〔去入〕文集抄本、後二條本、管見抄本作「高入」，馬本、《唐音統籤》作「出入」。

③〔三略〕汪本作「三界」。

④〔皤皤〕馬本、《唐音統籤》作「皓皓」。

⑤〔危映眉〕文集抄本、後二條本、管見抄本作「映尨眉」。

⑥〔顧眄〕紹興本「眄」作「盻」。「盻」，或識爲「眄」，或識爲「盼」。「顧眄」、「顧盼」，宋人版刻中常混淆。

⑦〔去不歸〕文集抄本、後二條本、管見抄本作「來不歸」。

⑧〔隱逸〕文集抄本、管見抄本作「隱迹」，後二條本作「隱迹」。

【注】

〔四皓廟〕四皓，即東園公、角里先生、綺里季、夏黄公，參見本卷《讀史五首》之二（0096）注。《長安志》卷十一萬年縣：「四皓廟在終南山，去縣五十里，唐元和八年重建。」《太平寰宇記》卷一四一商州：「四皓墓在（上洛）縣西四里廟後，高車山在（上洛）縣北二里。《高士傳》云：高車山上有四皓碑及祠，皆漢惠帝所立也。」

〔天下有道見，無道卷懷之〕《論語·泰伯》：「天下有道則見，無道則隱。」又《衛靈公》：「君子哉蘧伯玉！邦有道則仕，邦無道則可卷而懷之。」

〔矯矯四先生，同稟希世資〕曹植《玄暢賦》：「夫何希世之大人，罄天壤而作皇。」

〔隨時有顯晦，秉道無磷緇〕沈約《齊司空柳世隆行狀》：「公抗威川涘，勇略紛紜，顯晦有方，出没無緒。」《漢書·蕭望之傳》：「君其秉道明孝，正直是與。」《論語·陽貨》：「不曰堅乎，磨而不磷；不曰白乎，涅而不緇。」集解：「言至堅者磨之而不薄，至白者染之於涅而不黑。喻君子雖在濁亂，濁亂不能污。」張九齡《驪山下逍遥公舊居遊集》：「軒蓋有迷復，丘壑無磷緇。」韋應物《送馮著受李廣州署爲録事》：「所願酌貪泉，心不爲磷緇。」

〔先生相隨去，商嶺采紫芝〕崔琦《四皓頌》：「昔南山四皓者，蓋甪里先生、綺里季、夏黄公、東園公是也。秦之博士，遭世闇昧，道滅德消，坑黜儒術，詩書是焚，於是四公退而作歌曰：莫莫高山，深谷逶迤。曄曄紫芝，可以療飢。唐虞世遠，吾將何歸。駟馬高蓋，其憂甚大。富貴之畏人兮，不若貧賤之肆志。」

〔君看秦獄中，戮辱者李斯〕參見本卷《讀史五首》之四（0098）注。

〔先生如鸞鶴，去入冥冥飛〕江淹《别賦》：「駕鶴上漢，驂鸞騰天。」《文選》李善注：「雷次宗《豫章記》：洪井西鸞崗、鶴嶺，舊説洪崖先生與子晉乘鸞鶴憩於此。」揚雄《法言》：「鴻飛冥冥，弋人何篡焉。」

〔君看齊鼎中，燋爛者酈其〕酈其，酈食其。《史記·酈生陸賈列傳》：「……從其畫，復守敖倉，而使酈生説齊王……田廣以爲然，聽酈生，罷歷下兵守戰備，與酈生日縱酒。淮陰侯聞酈生伏軾下齊七十餘城，夜度兵平原襲齊。齊王田廣聞漢兵至，以爲酈生賣己，曰：『汝能止漢軍，我活汝。不然，我將亨汝。』酈生曰：『舉大事不細謹，盛德不辭讓。而公不爲若更言！』齊王遂亨酈生。」

〔子房得沛公，自謂相遇遲〕《史記·留侯世家》：「良數以《太公兵法》説沛公，沛公善之，常用其策。良爲他人言，皆不省。良曰：『沛公殆天授。』故遂從之。」

〔八難掉舌樞，三略役心機〕八難，指酈食其與劉邦謀復立六國後世，張良爲言其八不可。事見《留侯世家》。蕭統《文選序》：「留侯之發八難，曲逆之吐六奇。」三略，指《黄石公三略》。陳琳《武軍賦》：「不在孫、吴之篇，《三略》、《六韜》之術者，凡數十事。」《三略》題黄石公著，《留侯世家》載黄石公授張良《太公兵法》，故後人以爲良得《三略》之説。李康《運命論》：「張良受黄石之符，誦《三略》之説，以遊於群雄。」

〔竟雜霸者道，徒稱帝者師〕《漢書·元帝紀》載宣帝語：「漢家自有制度，本以霸王道雜之，奈何純任德教，用周政乎？」《史記·留侯世家》：「留侯乃稱曰：『……今以三寸舌爲帝者師，封萬户，位列侯，此布衣之極，於良足矣。』」

〔漢高之季年〕四句　《史記·吕后本紀》：「及高祖爲漢王，得定陶戚姬，愛幸，生趙隱王如意。孝惠爲人仁弱，高祖以爲不類我，常欲廢太子，立戚姬子如意。……如意立爲趙王後，幾代太子者數矣。賴大臣争之，及留侯策，太子得毋廢。」

〔豈無子房口，口舌無所施〕《史記·留侯世家》：「吕后乃使建成侯吕澤劫留侯，曰：『君常爲上謀臣，今上欲易太子，君安得高枕而卧乎？』……留侯曰：『此難以口舌爭也。』」

〔亦有陳平心，心計將何爲〕《史記·陳丞相世家》：「太史公曰：陳丞相平少時，本好黄帝、老子之術。……常出奇計，救紛糾之難，振國家之患。」

〔從容下南山，顧眄入東闈〕東闈，猶言東宫，太子所居。張説《節義太子楊妃挽歌二首》：「西華三公族，東闈五可才。」班固《答賓戲》：「是故魯連飛一矢而蹶千金，虞卿以顧眄而捐相印。」

〔皤皤四先生，高冠危映眉〕班固《東都賦・辟雍詩》：「皤皤國老，乃父乃兄。」《文選》李善注：「《説文》曰：皤，老人貌。」

〔前瞻惠太子〕四句　《史記・留侯世家》：「及燕，置酒，太子侍，四人從太子，年皆八十有餘……四人皆曰：『陛下輕士善罵，臣等義不受辱，故恐而亡匿，竊聞太子爲人仁孝，恭敬愛士，天下莫不延頸欲爲太子死者，故臣等來耳。』上曰：『煩公幸卒調護太子。』四人爲壽已畢，趨去。上目送之，召戚夫人指示四人者，曰：『我欲易之，彼四人輔之，羽翼已成，難動矣。呂后真而主矣。』戚夫人泣，上曰：『爲我楚舞，吾爲若楚歌。』……歌數闋，戚夫人噓唏流涕。上起去，罷酒，竟不易太子者，留侯本此四人之力也。」潘岳《懷舊賦》：「前瞻太室，傍眺嵩丘。」羽儀，猶言羽翼。《易・漸・卦》：「上九，鴻漸于陸，其羽可用爲儀，吉。」班固《幽通賦》：「皇十紀而鴻漸兮，有羽儀於上京。」《文選》李善注：「言先人至漢十世始進仕，有羽翼於京師也。」

〔安車留不住，功成棄如遺〕《禮記・曲禮上》：「大夫七十而致事。若不得謝，則必賜几杖，行役以婦人。適四方，乘安車。」《詩・小雅・谷風》：「將安將樂，棄予如遺。」鄭箋：「如遺者，如人行道遺忘物，忽然不省存也。」

〔如彼旱天雲，一雨百穀滋〕《孟子・梁惠王上》：「七八月間旱，則苗槁矣。天油然作雲，沛然下雨，則苗浡然興之矣。其如是，孰能禦之？」

〔澤則在天下，雲復歸希夷〕《老子》十四章：「視之不見，名曰夷；聽之不聞，名曰希；博之不得，名曰微。」湛方生《老子贊》：「亦參儒訓，道實希夷。」

〔勿高巢與由，勿尚呂與伊〕巢、由，巢父、許由，見《讀史五首》之二注。伊、呂，伊尹、呂尚。王儉《春日家園詩》：「稷契匡虞夏，伊呂翼商周。」

〔豈如四先生，出處兩逶迤〕《易·繫辭上》：「君子之道，或出或處，或默或語。」嵇喜《答嵇康詩四首》：「出處因時資，潛躍無常端。」

〔何必長隱逸，何必長濟時〕隱逸，當從文集抄本等作隱迹。《晉書·李重傳》：「然古之厲行高尚之士，或棲身岩穴，或隱迹丘園。」鮑照《詠白雪》：「投心障苦節，隱迹避榮年。」《後漢書·延篤傳》：「施物則功濟於時，事親則德歸于己。於己則事寡，濟時則功多。」

〔由來聖人道，無眹不可窺〕《淮南子·兵略訓》：「凡物有朕，唯道無朕。所以無朕者，以其無常形勢也。」朕、眹，字通。

〔卷之不盈握，舒之亘八陲〕《淮南子·原道訓》：「夫道者，覆天載地，廓四方，柝八極，高不可際，深不可測，包裹天地，稟授無形。源流泉浡，沖而徐盈；混混滑滑，濁而徐清。故植之而塞于天地，横之而彌于四海，施之無窮而無所朝夕。舒之幎於六合，卷之不盈於一握。」

〔先生道甚明，夫子猶或非〕子，謂元稹。元稹《四皓廟》：「先生相將去，不復嬰世塵。雲卷在孤岫，龍潛爲小鱗。秦王轉無道，諫者鼎鑊親。茅焦脱衣諫，先生無一言。趙高殺二世，先生如不聞。劉項取天下，先生游白雲。海内八年戰，先生全一身。漢業日已定，先生名亦振。不得爲濟世，宜哉爲隱倫。如何一朝起，屈作儲貳賓。安存孝惠帝，摧頓戚夫人。捨大以謀細，虯盤而蠖伸。惠帝竟不嗣，吕氏禍有因。雖懷安劉志，未若周與陳。皆落子房術，先生道何屯。出處貴明白，故吾今有云。」持論蓋以四皓爲非，居易議論與其異。朱《箋》引《唐宋詩醇》及何焯評語，均是白而非元。二人有爲而發，各取一節，不必定其優劣。

和雉媒①

吟君雉媒什，一哂復一歎。知之一何晚②，今日乃成篇。豈唯鳥有之，抑亦人復然。張陳刎頸交，竟以勢不完。至今不平氣，塞絶泜水源。趙襄骨肉親，亦以利相殘。至今不善名，高於磨笄山。況此籠中雉，志在飲啄間。稻粱暫入口，性已隨人遷。身苦亦自忘，同族何足言。但恨爲媒拙，不足以自全。勸君今日後，養鳥養青鸞。青鸞一失侶，至死守孤單。勸君今日後，結客結任安。主人賓客去，獨住在門闌。（0105）

【校】

①〔題〕那波本、文集抄本、後二條本題末有「詩」字。

②〔知之〕馬本、《唐音統籤》作「和之」。

【注】

〔雉媒〕潘岳《射雉賦序》：「余徙家於琅琊，其俗實善射，聊以講肆之餘暇，而習媒翳之事，遂樂而賦之。」《文選》徐爰注：「媒者，少養雉子，至長狎人，能招引野雉，因名曰媒。翳者，所隱以射者也。晉邦過江，斯藝乃廢。歷代迄今，寡能厥事。嘗覽兹賦，昧而莫曉。聊記所聞，以備遺忘。」

〔張陳刎頸交〕四句　《史記·張耳陳餘列傳》：「（陳）餘年少，父事張耳，兩人相與爲刎頸交。……漢三年，韓信已定魏地，遣張耳與韓信擊破趙井陘，斬陳餘泜水上。……太史公曰：張耳、陳餘，世所稱賢者。其賓客廝役，莫非天下俊傑，所居國無不取卿相者。然張耳、陳餘始居約時，相然信以死，豈顧問哉。及據國爭權，卒相滅亡。何鄉者相慕用之誠，後相倍之戾！豈非以勢利交哉？」

〔趙襄骨肉親〕四句　《史記·趙世家》：「晉出公十七年，簡子卒，太子毋卹代立，是爲襄子。……襄子姊前爲代王夫人。簡子既葬，未除服，北登夏屋，請代王，使厨人操銅枓以食代王及從者，行斟，陰令宰人各以枓擊殺代王及從官，遂興兵平代地。其姊聞之，泣而呼天，摩笄自殺。代人憐之，所死地名之爲摩笄之山。」正義：「《括地志》云：摩笄山一名磨笄山，亦名爲雞鳴山，在蔚州飛狐縣東北百五十里。《魏土地記》云：代郡東南二十五里有馬頭山，趙襄子既殺代王，使人迎其婦。代王夫人曰：『以弟慢夫，非仁也；以夫怨弟，非義也。』磨笄自刺而死，使者遂亦自殺。」

〔況此籠中雉，志在飲啄間〕《莊子·養生主》：「澤雉十步一啄，百步一飲，不蘄畜乎樊中。」何承天《雉子遊原澤篇》：「雉子遊原澤，幼懷耿介心。飲啄雖勤苦，不願棲園林。」

〔稻粱暫入口，性已隨人遷〕見卷一《感鶴》(0028)注。

〔青鸞一失侣，至死守孤單〕嵇康《五言贈秀才詩》：「雙鸞匿景曜，戢翼太山崖。抗首漱朝露，晞陽振羽儀。長鳴戲雲中，時下息蘭池。自謂絶塵埃，終始永不虧。何意世多艱，虞人來我維。雲網塞四區，高羅正參差。奮迅勢不便，六翮無所施。隱姿就長纓，卒爲時所羈。單雄翩獨逝，哀吟傷生離。徘徊戀儔侣，慷慨高山陂。鳥盡良弓藏，謀極身必危。吉凶雖在己，世路多嶮巇。安得反初服，抱玉寶六奇。逍遥遊太清，攜手長相隨。」《藝文類聚》卷九十范泰《鸞鳥詩序》：「昔罽賓王結罝峻卯之山，獲一鸞鳥，王甚愛之，欲其鳴而不致也，乃飾以金樊，饗以珍饈，對之愈戚，三年不鳴。其夫人曰：『嘗聞鳥見其類而後鳴，何不懸鏡以映之？』王從其意，鸞睹形悲鳴，哀響中霄，一奮而絶。嗟乎兹禽，何情之深。」

〔勸君今日後，結客結任安〕《漢書·衛青霍去病傳》：「自是後，青日衰而去病日益貴。青故人門下多去，適去病，輒得官爵，唯獨任安不肯去。」

和松樹①

亭亭山上松，一一生朝陽。森聳上參天，柯條百尺長。漠漠塵中槐，兩兩夾康莊。婆娑低覆地，枝幹亦尋常。八月白露降，槐葉次第黄。歲暮滿山雪，松色鬱青蒼。彼如君子心，秉操貫冰霜。此如小人面，變態隨炎凉。共知松勝槐，誠欲栽道傍。糞土種瑶草，瑶草終不芳。尚可以斧斤，伐之爲棟梁。殺身獲其所，爲君構明堂。不然終天年，老死在南崗。不願亞枝葉，低隨槐樹行。（0106）

【校】

①〔題〕那波本題末有「詩」字。

【注】

〔亭亭山上松，一一生朝陽〕劉楨《贈從弟詩三首》：「亭亭山上松，瑟瑟谷中風。風聲一何盛，松枝一何勁。冰霜正慘悽，終歲常端正。豈不罹凝寒，松柏有本性。」

〔漠漠塵中槐，兩兩夾康莊〕古時於大道兩傍多種槐樹。《太平御覽》卷九五四引《晉書》：「秦符堅時，關隴人歌曰：長安大街，兩邊樹槐。下走朱輪，上有鸞棲。」《舊唐書·外戚傳·吴湊》：「官街樹缺，所司植榆以補之。湊曰：『榆非九衢之玩。』亟命易之以槐。」《唐國史補》卷上：「貞元中，度支欲斫取兩京道中槐樹造車，更栽小樹。先符牒渭南縣尉張造，造批其牒曰：『近奉文牒，令伐官槐。若欲造車，豈無良木？恭惟此樹，其來久遠。東西列植，南北成行。輝映秦中，光臨關外。不惟用資行者，抑亦曾蔭學徒。拔本塞源，雖有一時之利，深根固蒂，須存百代之規。況神堯入關，先駐此樹；玄宗幸岳，見立豐碑。山川宛然，原野未改。且召伯所憩，尚自保全；先皇舊遊，寧宜翦伐？……』」王昌齡《少年行》：「西陵俠年少，送客過長亭。青槐夾兩路，白馬如流星。」《史記·孟子荀卿列傳》：「爲開第康莊之衢，高門大屋，尊寵之。」集解：「《爾雅》曰：四達謂之衢，五達謂之康，六達謂之莊。」

〔婆娑低覆地，枝幹亦尋常〕婆娑，見本卷《寓意詩五首》之五（0094）注。

〔八月白露降，槐葉次第黄〕《禮記·月令》：「孟秋之月，……涼風至，白露降。」次第，接續。盧綸《玩春田寄馮衛二補闕戲呈李益》：「掖垣春色自天來，紅藥當階次第開。」王涯《春遊曲二首》：「上苑何窮樹，花開次第新。」

〔尚可以斧斤，伐之爲棟梁〕《荀子·勸學》：「是故質的張，而弓矢至焉；林木茂，而斧斤至焉。」

〔殺身獲其所，爲君構明堂〕明堂，見《寓意詩五首》之一（0090）注。

〔不然終天年，老死在南崗〕《莊子·人間世》：「故未終其天年而中道之夭於斧斤，此材之患也。」

〔不願亞枝葉，低隨槐樹行〕亞，通壓，使低。杜審言《都尉山亭》：「葉疏荷已晚，枝亞果新肥。」杜甫《入宅三首》：「春酒漸多添，花亞欲移竹。」劉長卿《陪王明府泛舟》：「出没鳧成浪，蒙籠竹亞枝。」

答箭鏃①

矢人職司憂，爲箭恐不精。精在利其鏃②，錯磨鋒鏑成。插以青竹簳，羽之赤雁翎。勿言分寸鐵，爲用乃長兵。聞有狗盜者，晝伏夜潛行。摩弓拭箭鏃，夜射不待明。一盜既流血，百犬同吠聲。狺狺嗥不已，主人爲之驚。盜心憎主人，主人不知情。反責鏃太利，矢人獲罪名。寄言控弦者，願君少留聽。何不向西射，西天有狼星。何不向東射，東海有長鯨。不然學仁貴，三矢平虜庭。不然學仲連，一發下燕城③。胡爲射小盜，此用無乃輕？徒沾一點血，虛污箭頭腥。（0107）

【校】

①〔題〕那波本題末有「詩」字。

②〔精在〕馬本、《唐音統籤》作「精則」。

③〔燕城〕那波本作「遼城」，當爲「聊城」之誤。

【注】

〔矢人職司憂，爲箭恐不精〕《周禮·冬官·矢人》：「矢人爲矢。」《孟子·公孫丑上》：「矢人豈不仁於函人哉？矢人唯恐不傷人，函人唯恐傷人。巫匠亦然。故術不可不慎也。」

〔精在利其鏃，錯磨鋒鏑成〕錯磨，即磨，錯亦磨。皎然《桃花石枕歌贈康從事》：「莫言昨日因錯磨，看取從來無點缺。」鋒鏑，兵刃箭頭。《史記・秦楚之際月表》：「銷鋒鏑。」《説苑・建本》：「子路曰：『南山有竹，弗揉自直。斬而射之，通於犀革。又何學爲乎？』孔子曰：『括而羽之，簇而砥礪之，其入不益深乎？』」

〔插以青竹簳，羽之赤雁翎〕簳，小竹，可作箭竿。陳琳《武軍賦》：「矢則申息肅慎，箘簬空疏，焦銅毒鐵，簳鏃鳴鍭。」韓愈《雉帶箭》：「衝人決起百餘尺，紅翎白鏃相傾斜。」

〔勿言分寸鐵，爲用乃長兵〕《史記・匈奴列傳》：「其長兵則弓矢，短兵則刀鋋。」《藝文類聚》卷六十引《太公兵法》：「箭之神，名續長。」

〔聞有狗盜者，晝伏夜潛行〕《史記・孟嘗君列傳》：「最下坐者有能爲狗盜者，曰：『臣能得狐白裘。』乃夜爲狗，以入秦宮臧中，取所獻狐白裘至。」《史記・范睢蔡澤列傳》：「伍子胥橐載而出昭關，夜行晝伏，至於陵水。」

〔狺狺嗥不已，主人爲之驚〕《楚辭・九辯》：「猛犬狺狺而迎吠兮，關梁閉而不通。」

〔寄言控弦者，願君少留聽〕《史記・匈奴列傳》：「控弦之士三十萬。」

〔何不向西射，西天有狼星〕《史記・天官書》：「西宮咸池……參爲白虎……其東有大星曰狼。狼角變色，多盜賊。」正義：「狼一星，參東南。狼爲野將，主侵掠。」揚雄《河東賦》：「掉奔星之流旃，彏天狼之威弧。」馬融《廣成頌》：「棲招摇與玄弋，注枉矢於天狼。」

〔何不向東射，東海有長鯨〕《左傳》宣公十二年：「古者明王伐不敬，取其鯨鯢而封之，以爲大戮。」杜預注：「鯨鯢，大魚名，以喻不義之人。」《史記・秦始皇本紀》：「方士徐市等入海求神藥，數歲不得，費多，恐譴，乃詐曰：『蓬萊藥可得，然常爲大鮫魚所苦，故不得至。願請善射與俱，見則以連弩射之。』」蕭繹《玄覽賦》：「戮滔天之封豕，斬橫海之長鯨。」

〔不然學仁貴，三矢平虜庭〕《舊唐書·薛仁貴傳》：「薛仁貴，絳州龍門人。貞觀末，太宗親征遼東，仁貴謁將軍張士貴應募。……尋又領兵擊九姓突厥於天山，將行，高宗内出甲，令仁貴試之。上曰：『古之善射者有穿七札者，卿且射五重。』仁貴射而洞之。高宗大驚，更取堅甲以賜之。時九姓有衆十餘萬，令驍健數十人逆來挑戰，仁貴發三矢，射殺三人，自餘一時下馬請降。仁貴恐爲後患，並坑殺之。更就磧北安撫餘衆，擒獲僞葉護兄弟三人而還。軍中歌曰：『將軍三箭定天山，戰士長歌入漢關。』」

〔不然學仲連，一發下燕城〕《史記·魯仲連鄒陽列傳》：「齊田單攻聊城歲餘，士卒多死而聊城不下。魯連乃爲書，約之矢以射城中，遺燕將，……燕將見魯連書，泣三日……喟然歎曰：『與人刃我，寧自刃。』乃自殺。」

和古社①

廢村多年樹，生在古社隈。爲作妖狐窟，心空身未摧。妖狐變美女②，社樹成樓臺。黄昏行人過，見者心徘徊。飢鵰竟不捉，老犬反爲媒。歲媚少年客③，十去九不迴。昨夜雲雨合，烈風驅迅雷。風拔樹根出，雷霹社壇開④。飛電化爲火，妖狐燒作灰。天明至其所，清曠無氛埃。舊地葺村落，新田闢荒萊。始知天降火，不必常爲災。勿謂神默默，勿謂天恢恢。勿喜犬不捕，勿誇鵰不猜。寄言狐媚者，天火有時來。（0108）

【校】

①〔題〕那波本、文集抄本、後二條本題末有「詩」字。

②〔美女〕文集抄本、後二條本作「美婦」。

③〔少年〕馬本、《唐音統籤》、汪本作「年少」。

④〔雷霹〕馬本、《唐音統籤》作「雷劈」。

【注】

〔廢村多年樹，生在古社隈〕《世説新語·方正》：「阮宣子伐社樹，有人止之。宣子曰：『社而爲樹，伐樹則社亡；樹而爲社，伐樹則社移矣。』」

〔妖狐變美女，社樹成樓臺〕《太平廣記》卷四四七《狐神》（出《朝野僉載》）：「唐初已來，百姓多事狐神，房中祭祀以乞恩，食飲與人同之，事者非一主。當時有諺曰：無狐媚，不成村。」元稹《古社》：「古社基址在，人散社不神。惟有空心樹，妖狐藏媚人。狐惑意顛倒，臊腥不復聞。」李紳《趨翰苑遭誣構四十六韻》：「誑天猶指鹿，依社尚憑狐。」

〔飢鴟竟不捉，老犬反爲媒〕《太平廣記》卷四五一《王老》（出《廣異記》）：「唐睢陽郡宋王冢旁有老狐，每至衙日，邑中之狗，悉往朝之。狐坐冢上，狗列其下。東都王老有雙犬能咋媚，前後殺媚甚多。宋人相率以財雇犬咋狐，王老牽犬往，犬乃逕詣諸犬之下，伏而不動。大失宋人所望。」

〔歲媚少年客，十去九不迴〕《太平廣記》卷四四七《上官翼》（出《廣異記》）：「唐麟德時，上官翼爲絳州司馬，有子年二十許，嘗曉日獨立門外，有女子年可十三四，姿容絶代，行過門前，此子悦之，便爾戲調，即求歡狎。……

自是每夜常來，經數日，而舊使老婢于牖中窺之，乃知是魅。」類似傳説甚多。

〔昨夜雲雨合，烈風驅迅雷〕《論語・鄉黨》：「迅雷風烈必變。」

〔天明至其所，清曠無氛埃〕《楚辭・遠遊》：「風伯爲余先驅兮，氛埃辟而清涼。」

〔勿謂神默默，勿謂天恢恢〕《莊子・在宥》：「至道之極，昏昏默默」；「天降朕以德，示朕以默。」《淮南子・主術訓》：「太一之精，通於天道，天道玄默，無容無則。」《老子》七十三章：「天網恢恢，疏而不漏。」

〔勿喜犬不捕，勿誇鵰不猜〕鵰猜，謂鵰機警善捕食。劉孝威《烏生八九子》：「虞機衡網不得施，猜鷹鷙隼無由逐。」

和分水嶺①

高嶺峻稜稜，細泉流亹亹。勢分合不得，東西隨所委。悠悠草蔓底，濺濺石罅裏。分流來幾年，晝夜兩如此。朝宗遠不及，去海三千里。浸潤小無功，山苗長旱死。縈紆用無所，奔迫流不已。唯作嗚咽聲，夜入行人耳。有源殊不竭，無坎終難至。同出而異流，君看何所似？有似骨肉親，派別從兹始。又似勢利交，波瀾相背起。所以贈君詩，將君何所比？不比山上泉，比君井中水。（0109）

【校】

①〔題〕那波本題末有「詩」字。

【注】

〔分水嶺〕朱《箋》引《清一統志》西安府一：「分水嶺在渭南縣南，嶺東北麓水流入湭水，西南麓流入藍田界……」，謂：「鎮安縣東五十里及商南縣西十里均有分水嶺，見《清統志》商州。詩中所指之分水嶺當不出此數處。」

〔高嶺峻稜稜，細泉流亹亹〕稜稜，高峻貌。孟郊《生生亭》：「褭褭立平地，稜稜浮高冥。」亹亹，水流貌。左思《吳都賦》：「玄蔭眈眈，清流亹亹。」《文選》李善注：「《韓詩》曰：亹，水流進貌。」

〔悠悠草蔓底，濺濺石鏬裏〕濺濺，水流聲。蕭衍《遊鍾山大愛敬寺》：「幽谷響嚶嚶，石瀨鳴濺濺。」石鏬，石縫。韋應物《同元錫題琅琊寺》：「山中清景多，石鏬寒泉潔。」韓愈《縣齋有懷》：「湖波翻日車，嶺石坼天鏬。」

〔朝宗遠不及，去海三千里〕《書·禹貢》：「江漢朝宗于海。」

〔浸潤小無功，山苗長旱死〕浸潤，滋潤。王褒《洞簫賦》：「朝露清泠而隕其側兮，玉液浸潤而承其根。」杜甫《行官張望補稻畦水歸》：「公私各地著，浸潤無天旱。」

〔縈紆用無所，奔迫流不已〕縈紆，紆曲。謝靈運《山居賦》：「凌石橋之莓苔，越楢溪之縈紆。」奔迫，奔流。李白《淮南卧病書懷寄蜀中趙徵君蕤》：「功業莫從就，歲光屢奔迫。」

〔唯作嗚咽聲，夜入行人耳〕《梁鼓角横吹曲·隴頭歌》：「隴頭流水，鳴聲幽咽。遥望秦川，心腸斷絶。」謝燮《雨雪曲》：「應隨隴水流，幾過空嗚咽。」

〔有源殊不竭，無坎終難至〕《淮南子·説林訓》：「江水之原，淵泉不能竭」；「塞其源者竭，背其本者枯。」《易·説卦》：「坎爲水，爲溝瀆，爲隱伏，爲矯輮。」按，無坎即無水之義。

〔有似骨肉親，派别從兹始〕左思《吳都賦》：「百川派别，歸海而會。」沈約《齊故安陸昭王碑》：「本枝派别，因菜命氏。」

〔又似勢利交，波瀾相背起〕《史記·張耳陳餘列傳》：「何鄉者相慕用之誠，後相倍之戾！豈非以勢利交哉？」劉峻《廣絶交論》：「凡斯五交，義同賈鬻。……或前榮而後悴，或始富而終貧，或初存而末亡，或古約而今泰，循環翻覆，迅若波瀾。」

〔不比山上泉，比君井中水〕朱《箋》：「白氏《贈元稹》（本書卷一0015）：『無波古井水，有節秋竹竿。一爲同心友，三及芳歲闌。』即此意。」

有木詩八首 并序

余讀《漢書》列傳①，見佞順婞嫛，圖身忘國，如張禹輩者。見惑上蠱下，交亂君親，如江充輩者。見暴佷跋扈②，壅君樹黨，如梁冀輩者。見色仁行違，先德後賊，如王莽輩者。又見外狀恢弘，中無實用者。又見附離權勢，隨之覆亡者。其初皆有動人之才，足以惑衆媚主③，莫不合於始而敗於終也。因引風人、騷人之興，賦《有木》八章，不獨諷前人，欲儆後代爾④。

【校】

①〔余讀〕馬本、《唐音統籤》作「余嘗讀」。

②〔暴佷〕馬本、《唐音統籤》作「暴狠」。

③〔惑衆〕馬本、汪本作「感衆」。

④〔欲傲〕馬本、《唐音統籤》作「亦傲」。

【注】

〔有木〕《説苑·善説》引越人歌：「山有木兮木有枝，心説君兮君不知。」

〔張禹〕《漢書·張禹傳》：「張禹字子文，河内枳人也。……河平四年代王商爲丞相，封安昌侯。爲相六歲，鴻嘉元年以老病乞骸骨……天子數加賞賜，前後數千萬。禹爲人謹厚，内殖貨財，家以田爲業，及富貴，多買田至四百頃，皆涇、渭溉灌，極膏腴上賈。它財物稱是。……禹雖家居，以特進爲太子師，國家每有大政，必與定議。永始、元延之間，日蝕地震尤數，吏民多上書言災異之應，譏切王氏專政所致。上懼變異數見，意頗然之，未有以明見，乃車駕至禹第，辟左右，親問禹以天變，因吏民所言王氏事示禹，禹自覺年老，子孫弱，又與曲陽侯不平，恐爲所怨。禹則謂上曰：『……性與天道，自子贛之屬不得聞，何況淺見鄙儒之所言。陛下宜修政事以善應之，與下同其福喜，此經義意也。……』上雅信愛禹，由此不疑王氏。後曲陽侯根及諸王子弟聞知禹言，皆喜説，遂親就禹。」媕娿，依違隨人。韓愈《石鼓歌》：「中朝大官老於事，詎肯感激徒媕娿。」

〔江充〕《漢書·江充傳》：「江充字次倩，趙國邯鄲人也。……後上幸甘泉，疾病，充見上年老，恐晏駕後爲太子所誅，因是爲姦，奏言上疾祟在巫蠱。於是上以充爲使者治巫蠱，充將胡巫掘地求偶人，捕蠱及夜祠，視鬼，染污令有處，輒收捕驗治，燒鐵鉗灼，强服之。民轉相誣以巫蠱，吏輒劾以大逆亡道，坐而死者前後數萬人。是時，上春秋高，疑左右皆爲蠱祝詛，有與亡，莫敢訟其冤者。充既知上意，因言宮中有蠱氣，先治後宮希幸夫人，以次及皇后，遂掘蠱於太子宮，得桐木人。太子懼，不能自明，收充，自臨斬之。罵曰：『趙虜，亂乃國王父子不足邪，乃復亂吾父子也。』太子繇是遂敗。」

〔梁冀〕《後漢書·梁冀傳》：「冀字伯卓，……冀居職暴恣，多非法，父商所親客洛陽令呂放，頗與商言及冀之短，商以讓冀，冀即遣人於道刺殺放。……商薨未及葬，順帝乃拜冀爲大將軍。……沖帝又崩，冀立質帝。帝少而聰慧，知冀驕横，嘗朝群臣，目冀曰：『此跋扈將軍也。』冀聞，深惡之，遂令左右進鴆加煮餅，帝即日崩。復立桓帝，而枉害李固及前太尉杜喬，海内嗟懼。」佷，狠，本作「很」。《國語·晉語九》：「宵之佷在面，瑶之佷在心。」

〔王莽〕《漢書·王莽傳》：「王莽字巨君，孝元皇后之弟子也。……遷騎督尉光禄大夫侍中，宿衛謹敕，爵位益尊，節操益謙，散輿馬衣裘，振施賓客，家無所餘。收贍名士，交結將相卿大夫甚衆，故在位更推薦之，遊者爲之談説，虚譽隆洽，傾其諸父矣。……莽既拔出同列，繼四父而輔政，欲令名譽過前人，遂克己不倦，聘諸賢良以爲掾史，賞賜邑錢悉以享士，愈爲儉約。……帝年九歲，太后臨朝稱制，委政於莽……於是附順者拔擢，忤恨者誅滅。……莽既滅翟義，自謂威德日盛，獲天人助，遂謀即真之事矣。」

〔風人、騷人之興〕風、騷，指《國風》及《離騷》。曹植《求通親親表》：「是以雍雍穆穆，風人詠之。」應璩《與侍郎曹長思書》：「叔田有無人之歌，闉闍有匪存之思，風人之作，豈虚也哉。」蕭統《文選序》：「又楚一人屈原，含忠履潔……騷人之文，自兹而作。」

有木名弱柳，結根近清池。風烟借顔色，雨露助華滋。峨峨白雪花①，嫋嫋青絲枝。漸密陰自庇，轉高梢四垂。截枝扶爲杖，軟弱不自持。折條用樊圃，柔脆非其宜。爲樹信可玩，論材何所施？可惜金堤地，栽之徒爾爲。（〇一一〇）

【校】

①〔白雪花〕馬本、《唐音統籤》、汪本作「白雪毛」。

【注】

〔有木名弱柳，結根近清池〕《藝文類聚》卷八九引潘岳詩：「柳條横著地，弱柳蔭修衢。」張衡《南都賦》：「結根竦本，垂條蟬媛。」

〔風烟借顔色，雨露助華滋〕施肩吾《玩新桃花》：「一種同沾榮盛時，偏荷清光借顔色。」《古詩十九首》：「庭中有奇樹，緑葉發華滋。」

〔峨峨白雪花，嫋嫋青絲枝〕峨峨，高峻貌，又形容白雪，此借喻柳絮。李頎《欲之新鄉答崔顥綦毋潛》：「寒風卷葉度滹沱，飛雪布地悲峨峨。」顧況《贈别崔十三長官》：「藹藹北阜松，峨峨南山雪。」王褒《奉和趙王途中五韻詩》：「村桃拂紅粉，岸柳被青絲。」

〔折條用樊圃，柔脆非其宜〕《詩·齊風·東方未明》：「折柳樊圃，狂夫瞿瞿。」毛傳：「柳，柔脆之木。樊，藩也。圃，菜圃也。折柳以爲藩圃，無益於禁矣。」

〔可惜金堤地，栽之徒爾爲〕張衡《西京賦》：「周以金堤，樹以柳杞。」《文選》李善注：「金堤，言堅也。」

有木名櫻桃，得地早滋茂。葉密獨承日，花繁偏受露。迎風暗摇動，引鳥潛來去①。烏啄子難成，風來枝莫住。低軟易攀玩，佳人屢迴顧。色求桃李饒，心向松筠妒。好是映牆花，本非當軒樹。所以姓蕭人，曾爲伐櫻賦。（〇一一一）

【校】

①〔潛來去〕馬本、《唐音統籤》、汪本作「自來去」。

【注】

〔有木名櫻桃，得地早滋茂〕潘岳《閑居賦》：「三桃表櫻胡之別，二柰曜丹白之色。」《文選》李善注：「《漢書音義》曰：櫻桃，含桃也。《爾雅》曰：荆桃，今櫻桃也。」傅咸《粘蟬賦》：「櫻桃，其爲樹則多陰，百果則先熟。」

〔葉密獨承日，花繁偏受露〕蕭詧《櫻桃賦》：「葉繁抽而掩日，枝長弱而風生。」

〔鳥啄子難成，風來枝莫住〕蕭詧《櫻桃賦》：「鳥纔食而便墮，雨薄灑而皆零。」

〔色求桃李饒，心向松筠妬〕蕭詧《櫻桃賦》：「未觀紅顔之實，空有薦廟之名。……異梧桐之棲鳳，愧綠竹之恒貞。」

〔好是映牆花，本非當軒樹〕好是，真是。韓翃《送客水路歸陝》：「好是吾賢佳賞地，行逢三月會連沙。」張籍《寄孫洛陽格》：「久持刑憲聲名遠，好是中朝正直臣。」

〔所以姓蕭人，曾爲伐櫻賦〕蕭穎士《伐櫻桃樹賦》：「眷兹櫻之攸止，亦在物之宜除。觀其體異修直，材非幹棟。外陰森以茂密，中紛錯而交亂。先羣卉以效諂，望嚴霜而彫換。綴繁英兮霰集，駢朱實兮星燦。故當小鳥之所啄食，妖姬之所攀玩也。」

有木秋不凋，青青在江北。謂爲洞庭橘，美人自移植。上受顧眄恩，下勤澆溉力。實成乃是枳，臭苦不堪食。物有似是者，真僞何由識？美人默無言，對之長歎息。中含害物

意，外矯凌霜色。仍向枝葉間，潛生刺如棘。（0112）

【注】

〔洞庭橘〕見本卷《輕肥》(0081)注。

〔實成乃是枳，臭苦不堪食〕《周禮・冬官考工記》：「橘踰淮而北爲枳。」《説苑・奉使》：「江南有橘，齊王使人取之而樹之於江北，生不爲橘，乃爲枳。」

〔中含害物意，外矯凌霜色〕虞羲《橘詩》：「獨有凌霜橘，榮麗在中州。」

有木名杜梨，陰森覆丘壑。心蠹已空朽，根深尚盤薄。狐媚言語巧①，妖鳥聲音惡。憑此爲巢穴，往來互棲託。四傍五六本，葉枝相交錯②。借問因何生，秋風吹子落。爲長社壇下，無人敢芟斫。幾度野火來，風迴燒不着。（0113）

【校】

①〔狐媚〕馬本、《唐音統籤》作「媚狐」。

②〔葉枝〕馬本作「枝葉」。

【注】

〔有木名杜梨，陰森覆丘壑〕《詩・召南・甘棠》：「蔽芾甘棠，勿翦勿伐。」毛傳：「甘棠，杜也。」孔穎達疏：「《釋木》云：杜，甘棠。郭璞曰：今之杜梨。又曰：杜，赤棠。白者，棠。」

〔心蠹已空朽，根深尚盤薄〕孫萬壽《庭前枯樹詩》：「庭前生意盡，井上蠹心空。」江淹《草木頌・豫章》：「下貫金壤，上籠赤霄。盤薄廣結，捎瑟曾喬。」

〔狐媚〕見本卷《和古社》(0108)注。

〔爲長社壇下，無人敢芟斫〕張華《朽社賦》：「伊茲槐之挺植，于京路之東隅。得託尊于田主，據爽塏以高居。垂重陰于道周，臨大路之通衢。饗春秋之所報，應豐胙于無射。歷漢京之康樂，蹈喪亂之横逆。」

有木香苒苒，山頭生一蕟。主人不知名，移種近軒闌。愛其有芳味，因以調麴糵。前後曾飲者，十人無一活。豈徒悔封植，兼亦誤采掇。試問識藥人，始知名野葛。年深已滋蔓，刀斧不可伐。何時猛風來，爲我連根拔。(0114)

【注】

〔有木香苒苒，山頭生一蕟〕《集韻》月部方伐切：「蕟，草名。」又廢部放吠切：「蕟，籧篨也，或作蕟。」按，白詩蕟字押月韻。馬本亦注：「放伐切。」本書卷十六《薔薇花一叢獨死不知其故因有是篇》(0922)：「柯條未嘗損，根蘖不曾移。」劉得仁《題新栽小松》：「却向舊山尋得處，白雲根蘖覓應迷。」據此諸例，此字義當爲植物根株。敦煌寫本《字寶》（《碎金》）：「草榦茇，公罕反，下音鉢。」與此字音義同。

〔主人不知名，移種近軒闥〕軒闥，猶言軒室。《陳書·後主紀》改元大赦詔：「對軒闥而哽心，顧扆筵而慄氣。」

〔愛其有芳味，因以調麴糵〕《書·説命下》：「若作酒醴，爾惟麴糵。」

〔豈徒悔封植，兼亦誤采掇〕封植，種植。參見本卷《答桐花》（0102）注。蕭綱《箏賦》：「佳人采掇，動容生態。」

〔試問識藥人，始知名野葛〕《論衡·言毒》：「草木之中，有巴豆、野葛，食之湊懣，頗多殺人。」

〔年深已滋蔓，刀斧不可伐〕滋蔓，見卷一《紫藤》（0038）注。

有木名水檉，遠望青童童。根株非勁挺，柯葉多蒙籠。彩翠色如柏，鱗皴皮似松。爲同松柏類，得列嘉樹中。枝弱不勝雪，勢高常懼風。雪壓低還舉，風吹西復東。柔芳甚楊柳，早落先梧桐。唯有一堪賞，中心無蠹蟲。（0115）

【注】

〔有木名水檉，遠望青童童〕《爾雅·釋木》：「檉，河柳。」江淹《草木頌·檉》：「木貴冬榮，檉實寒色。停黛峰頂，插翠石側。碧葉罨藹，頳柯翕赩。方陋筠櫝，遠笑荆棘。」

〔根株非勁挺，柯葉多蒙籠〕根株，見本卷《寓意詩五首》之五（0094）注。孔臧《楊柳賦》：「緑葉累疊，鬱茂翳沈。蒙籠交錯，應風悲吟。」

〔爲同松柏類，得列嘉樹中〕張衡《南都賦》：「其木則檉松楔櫻。」《文選》薛綜注：「檉似柏而香。」

〔唯有一堪賞，中心無蠹蟲〕齊己《蠹》：「蠹兮蠹兮，何全其生。無託爾形，霜松雪檉。」

有木名凌霄，擢秀非孤標。偶依一株樹，遂抽百尺條。託根附樹身，開花寄樹梢。自謂得其勢，無因有動摇。一旦樹摧倒，獨立暫飄颻。疾風從東起，吹折不終朝。朝爲拂雲花，暮爲委地樵。寄言立身者，勿學柔弱苗。（0116）

【注】

〔有木名凌霄，擢秀非孤標〕凌霄，即紫葳。李頎《題僧房雙桐》：「青桐雙拂日，傍帶凌霄花。」顧況《行路難》：「冬青樹上掛凌霄，歲晏花彫樹不彫。」陸游《老學菴筆記》卷九：「凌霄花未有不依木而生者，惟西京富鄭公園中一株挺然獨立，高四丈，圍三尺餘，花大如杯，旁無所附。」蘇彦《秋夜長》：「貞松隆冬以擢秀，金菊吐翹以凌霜。」蕭繹《莊嚴寺僧旻法師碑》：「獨振孤標，倫類之所遠絶。」

〔偶依一株樹，遂抽百尺條〕左思《詠史》：「以彼徑寸莖，蔭此百尺條。」

〔疾風從東起，吹折不終朝〕阮籍《詠懷》：「墓前熒熒者，木槿耀朱華。榮好未終朝，連飈隕其葩。」

有木名丹桂，四時香馥馥。花團夜雪明，葉剪春雲綠。風影清似水，霜枝冷如玉。獨占小山幽，不容凡鳥宿。匠人愛芳直，裁截爲厦屋。幹細力未成，用之君自速。重任雖大過，直心終不曲。縱非梁棟材，猶勝尋常木。（0117）

【注】

〔有木名丹桂，四時香馥馥〕左思《吳都賦》：「洪桃屈盤，丹桂灌叢。」嵇含《南方草木狀》卷中木類：「桂出合浦，生必高山之巔，冬夏常青。其類自爲林，間無雜樹。交趾置桂園。桂有三種，葉如柏葉，皮赤者，爲丹桂。葉似柿葉者，爲菌桂。其葉似枇杷葉者，爲牡桂。《三輔黄圖》曰：甘泉宫南有昆明池，池中靈波殿，以桂爲柱，風來自香。」《吳聲歌曲·長史變歌》：「朱桂結貞根，芬芳溢帝庭。陵霜不改色，枝葉永流榮。」

〔獨占小山幽，不容凡鳥宿〕《楚辭·招隱士》序：「《招隱士》者，淮南小山之所作也。」辭云：「桂樹叢生兮山之幽，偃蹇連蜷兮枝相繚。」庾信《枯樹賦》：「小山則叢桂留人，扶風則長松繫馬。」《楚辭·九思·守志》：「桂樹列兮紛敷，吐紫華兮布條。實孔鸞兮所居，今其集兮唯鴞。」注：「鴞，小鳥也。以言名山宜神鳥處之，言朝廷宜賢者居位，而今唯小人，故云鴞萃之也。」

〔匠人愛芳直，裁截爲厦屋〕江淹《雜體詩三十首·劉文學楨感遇》：「霜露一何緊，桂枝生自直。」《楚辭·七諫·自悲》：「飲菌若之朝露兮，構桂木而爲室。」

葛立方《韻語陽秋》卷十六：「白樂天賦《有木》八章，其六章託弱柳、枳橘、杜梨、野葛、水檉，以諷在位者。至第七章則曰……專又以諷附麗權勢者。其八章則曰……蓋樂天自謂也。樂天素善李紳，而不入德裕之黨。素善牛僧孺、楊虞卿，而不入宗閔之黨。素善劉禹錫，而不入伾、文之黨。中立不倚，峻節凜然，於八木之中，而自比於桂，殆未爲過也。」朱《箋》：「居易之政見早年同情二王及八司馬，後則接近牛僧孺、李宗閔黨人，謂其『中立不倚』，則未加詳考也。」按，居易結識劉禹錫在元和以後，所謂「不入伾、文之黨」無從談起。

歎魯二首①

季桓心豈忠，其富過周公。陽貨道豈正，其權執國命。由來富與權，不繫才與賢。所託得其地，雖愚亦獲安。毚肥因糞壤，鼠穩依社壇。蟲獸尚如是②，豈謂無因緣？（0118）

【校】

①〔題〕文集抄本作「歎魯詩」。

②〔尚如是〕馬本、《唐音統籤》、汪本作「尚如此」。

【注】

〔季桓心豈忠，其富過周公〕季桓，指春秋魯國三桓之一的季孫氏，孟孫、叔孫、季孫均爲魯桓公後代，稱三桓，實際掌握魯國政權。周公，即指魯公，爲周公後裔。《史記·魯周公世家》：「悼公之時，三桓勝，魯如小侯，卑於三桓之家。」

〔陽貨道豈正，其權執國命〕陽貨，即陽虎，爲季氏家臣，季平子卒後專魯國之政。《史記·魯周公世家》：「（定公）八年，陽虎欲盡殺三桓適，而更立其所善庶子以代之。載季桓子將殺之，桓子詐而得脱。三桓共攻陽虎，陽虎居陽關。九年，魯伐陽虎，陽虎奔齊，已而奔晉趙氏。」

〔㕙肥因糞壤，鼠穩依社壇〕韓愈《寄崔二十六立之》：「孤豚眠糞壤，不慕太廟犧。」《韓非子·外儲説右上》：「君亦見夫爲社者乎？樹木而塗之，鼠穿其間，掘穴託其中。燻之，則恐焚木；灌之，則恐塗陁。此社鼠之所以不得也。今人君之左右，出則爲勢重而收利於民，入則比周而蔽惡於君。内間主之情以告外，外内爲重諸臣百吏以爲富。吏不誅則亂法，誅之則君不安。此亦國之社鼠也。」《貞觀政要·納諫》：「魏徵進曰：『城狐社鼠皆微物，爲其有所憑恃，故除之猶不易。況世家貴戚，舊號難理，漢、晉以來，不能禁禦。武德之中，以多驕縱。……』」

展禽胡爲者，直道竟三黜。顏子何如人，屢空聊過日。皆懷王佐道，不踐陪臣秩。自古無奈何，命爲時所屈。有如草木分，天各與其一。荔枝非名花，牡丹無甘實。（0119）

【注】

〔展禽胡爲者，直道竟三黜〕見本卷《和思歸樂》（0100）注。

〔顏子何如人，屢空聊過日〕顏子，顏回。《論語·先進》：「子曰：回也其庶乎，屢空。」集解：「言回庶幾聖道，雖屢空匱而樂在其中。」

〔皆懷王佐道，不踐陪臣秩〕王佐，見本卷《贈友五首》（0085）注。陪臣，列國大夫。《禮記·曲禮下》：「列國之大夫，入天子之國曰某士，自稱曰陪臣某。」

〔自古無奈何，命爲時所屈〕《莊子·秋水》：「孔子遊於匡，衛人圍之數匝，而絃歌不惙。子路入見之，曰：『何夫子之娱也？』孔子曰：『來，吾語女。我諱窮久矣，而不免，命也；求通久矣，而不得，時也。……知窮之有命，知通之有時，臨大難而不懼者，聖人之勇也。由處矣，吾命有所制矣。』」

反鮑明遠白頭吟

炎炎者烈火，營營者小蠅。火不熱真玉①，蠅不點清冰。此苟無所受，彼莫能相仍。乃知物性中，各有能不能。古稱怨報死②，則人有所懲。懲淫或應可，在道未爲弘。譬如蜩鷃徒，啾啾啅龍鵬。宜當委之去，寥廓高飛騰。豈能泥塵下，區區酬怨憎。胡爲坐自苦，吞悲仍撫膺？（0120）

【校】

①〔真玉〕馬本、《唐音統籤》、汪本作「貞玉」。

②〔怨報〕馬本、《唐音統籤》、汪本作「怨恨」。

【注】

〔鮑明遠〕鮑照。鮑照《代白頭吟》：「直如朱絲繩，清如玉壺冰。何慙宿昔意，猜恨坐相仍。人情賤恩舊，世議逐衰興。毫髮一爲瑕，丘山不可勝。食苗實碩鼠，點白信蒼蠅，鳧鵠遠成美，薪芻前見陵。申黜褒女進，班去趙姬昇。周王日淪惑，漢帝益嗟稱。心賞猶難恃，貌恭豈易憑。古來共如此，非君獨撫膺。」

〔炎炎者烈火，營營者小蠅〕班固《東都賦》：「焱焱炎炎，揚光飛文。」《文選》李善注：「《字林》曰：炎，火光。」《詩・小雅・青蠅》：「營營青蠅，止于樊。」毛傳：「營營，往來貌。」

〔火不熱真玉〕見卷一《答友問》（0017）注。

〔蠅不點清冰〕《呂氏春秋・功名》：「以狸致鼠，以冰致蠅，雖工不能。」仲長統《昌言》：「潔若清冰，嚴若秋霜。」

〔此苟無所受，彼莫能相仍〕仲長統《昌言》：「人之交士也，仁愛篤恕，謙遜敬讓，忠誠發乎内，信效著乎外，流言無所受，愛憎無所偏。」相仍，相因相成。張衡《思玄賦》：「夫吉凶之相仍兮，恒反側而靡所。」《文選》注：「仍，因也。」謝靈運《撰征賦》：「察成敗之相仍，由脣亡而齒寒。」

〔乃知物性中，各有能不能〕《左傳》成公五年：「且人各有能有不能。」

〔古稱怨報死，則人有所懲〕《禮記・表記》：「子曰：以德報德，則民有所勸；以怨報怨，則民有所懲。」

〔譬如蜩鷽徒，啾啾啅龍鵬〕《莊子・逍遥遊》：「鵬之徙於南冥也，水擊三千里，摶扶摇而上者九萬里……蜩與學鳩笑之曰：『我決起而飛，搶榆枋而止，時則不至而控於地而已矣，奚以九萬里而南爲？』……斥鴳笑之曰：『彼且奚適也？我騰躍而上，不過數仞而下，翱翔蓬蒿之間，此亦飛之至也。而彼且奚適也？』」啾啾，蟲鳥鳴聲。《楚辭・招隱士》：「歲暮不自聊，蟪蛄鳴兮啾啾。」啅，聒噪。李白《觀放白鷹二首》：「寄言燕雀莫相啅，自有雲霄萬里高。」杜甫《枯椶》：「啾啾黄雀啅，側見寒蓬走。」

青冢

上有飢雁號，下有枯蓬走。茫茫邊雪裏①，一掬沙培塿。傳是昭君墓，埋閉蛾眉久。凝脂化爲泥，鉛黛復何有。唯有陰怨氣②，時生墳左右③。鬱鬱如苦霧，不隨骨銷朽。婦人無他才，榮枯繫妍否。何乃明妃命，獨懸畫工手？丹青一詿誤，白黑相紛糺。遂使君眼中，西施作嫫母。同儕傾寵幸，異類爲配偶。禍福安可知，美顔不如醜。何言一時事，可戒千年後。特報後來姝④，不須倚眉首。無辭插荆釵，嫁作貧家婦。不見青冢上，行人爲澆酒。（0121）

【校】

①〔邊雪〕文集抄本、後二條本、要文抄本作「邊雲」。

②〔唯有〕馬本、《唐音統籤》作「時有」。

③〔時生〕馬本、《唐音統籤》作「常生」。

④〔特報〕文集抄本、後二條本、要文抄本作「持報」。

【注】

〔青冢〕李白《王昭君二首》：「生乏黄金枉圖畫，死留青冢使人嗟。」《太平寰宇記》卷三八振武軍元領縣金河：「青冢在縣西北，漢王昭君葬於此，其上草色常青，故曰青冢。」《遼史·地理志五》西京道：「豐州，天德軍……青冢，即王昭君墓。」

〔上有飢雁號，下有枯蓬走〕李賀《平城下》：「風吹枯蓬起，城中嘶瘦馬。」

〔茫茫邊雪裏，一掬沙培塿〕賈島《送鄒名府遊靈武》：「邊雪藏行徑，林風透卧衣。」《詩·小雅·采緑》：「終朝采緑，不盈一匊。」毛傳：「兩手曰匊。」培塿，又作部婁，土丘。左思《魏都賦》：「萬邑比焉，亦猶犨麋之與子都，培塿之與方壺也。」《文選》李善注：「《左氏傳》曰：太叔曰：培塿無松柏。」《左傳》襄公二十四年作：「部婁無松柏。」

〔凝脂化爲泥，鉛黛復何有〕《詩·衛風·碩人》：「手如柔荑，膚如凝脂。」劉孝綽《冬曉》：「臨妝罷鉛黛，含淚剪綾紈。」

〔唯有陰怨氣，時生墳左右〕《管子·小稱》：「毛嬙、西施，天下之美人也，盛怨氣于面，不能以爲可好。」劉向《諫營昌陵疏》：「死者恨於下，生者愁於上，怨氣感動陰陽，因之以飢饉。」

〔鬱鬱如苦霧，不隨骨銷朽〕鮑照《舞鶴賦》：「嚴嚴苦霧，皎皎悲泉。」蕭繹《驄馬驅》：「朔方寒氣重，胡關饒苦霧。」

〔何乃明妃命，獨懸畫工手〕《西京雜記》卷二：「元帝後宮既多，不得常見，乃使畫工圖形，案圖召幸之。諸宮人皆賂畫工，多者十萬，少者亦不減五萬，獨王嬙不肯，遂不得見。匈奴入朝求美人爲閼氏，於是上案圖以昭君行。及去，召見，貌爲後宮第一，善應對，舉止閑雅。帝悔之，而名籍已定。帝重信於外國，故不復更人。乃窮案其事，畫工皆棄市。籍其家，資皆巨萬。畫工有杜陵毛延壽……同日棄市，京師畫工，於是差稀。」晉人避司馬昭諱，改昭君爲明君。

〔丹青一詿誤，白黑相紛糺〕桓譚《新論·遣非》：「惑於佞愚，而以自詿誤。」紛糺，即紛糾，紛亂錯誤。劉向《條災異封事》：「文書紛糾，前後錯謬。」

〔遂使君眼中，西施作嫫母〕見卷一《杏園中棗樹》(0056)注。

〔同儕傾寵幸，異類爲配偶〕《左傳》僖公二十三年：「晉鄭同儕，其過子弟。」《三國志·吳志·胡綜傳》：「同儕者以勢相害，異趣者得間其言。」《列子・黄帝》：「雄雌在前，孳尾成群，異類雜居，不相搏噬也。」《後漢書・周舉傳》：「威侮良家，取女閉之，至有白者殁無配偶，逆於天心。」

〔禍福安可知，美顔不如醜〕于濆《宮怨》：「誰憐頰似桃，孰知腰勝柳。今日在長門，從來不如醜。」

〔無辭插荆釵，嫁作貧家婦〕荆釵，見本卷《議婚》(0075)注。

雜感

君子防悔尤，賢人戒行藏。嫌疑遠瓜李，言動慎毫芒。立教圖如此①，撫事有非常。爲君持所感，仰面問蒼蒼。犬齧桃樹根，李樹反見傷。老龜烹不爛，延禍及枯桑。城門自焚爇，池魚罹其殃。陽貨肆兇暴，仲尼畏於匡。魯酒薄如水，邯鄲開戰場。伯禽鞭見血，過失由成王。都尉身降虜，宮刑加子長。呂安兄不道，都市殺嵇康。斯人死已久，其事甚昭彰。是非不由己，禍患安可防？使我千載後，涕泗滿衣裳。(0122)

【校】

①〔圖如此〕馬本、《唐音統籤》、汪本作「固如此」。

【注】

〔君子防悔尤，賢人戒行藏〕悔尤，見卷一《丘中有一士》(0053)注。《論語・述而》：「子謂顔淵曰：『用之則行，舍之則藏，惟我與爾有是夫。』」潘岳《西征賦》：「孔隨時以行藏，蘧與國而舒卷。」江淹《雜體詩三十首·鮑參軍照戎行》：「豎儒守一經，未足識行藏。」

〔嫌疑遠瓜李，言動慎毫芒〕《相和歌辭·君子行》：「君子防未然，不處嫌疑間。瓜田不納履，李下不正冠。」《北齊書·袁聿修傳》：「瓜田李下，古人所慎。」《易·繫辭上》：「言行，君子之樞機，樞機之發，榮辱之主也。言行，君子之所以動天地也，可不慎乎！」鮑照《代白頭吟》：「毫髮一爲瑕，丘山不可勝。」《文選》李善注：「李尤《戟銘》曰：山陵之禍，越於毫芒。」

〔立教圖如此，撫事有非常〕《韓詩外傳》卷八：「學校庠序以立教，事老養孤以化民。」傅亮《爲宋公修張良廟教》：「微管之歎，撫事彌深。」

〔仰面問蒼蒼〕《爾雅·釋天》：「穹，蒼蒼，天也。」

〔犬嚙桃樹根，李樹反見傷〕《相和歌辭·雞鳴》：「桃生露井上，李樹生桃傍。蟲來齧桃根，李樹代桃僵。樹木身相代，兄弟還相忘。」

〔老龜烹不爛，延禍及枯桑〕《殷芸小説》卷六：「孫權時，永康有人入山，遇一大龜，即束之歸。龜便言曰：『遊不量時，爲君所得。』人甚怪之，載出，欲獻吴王。夜泊越里，纜船於大桑樹。宵中，樹呼龜曰：『勞乎元緒，奚事爾耶？』龜曰：『我被拘縶，方見烹臛，雖盡南山之樵，不能潰我。』樹曰：『諸葛元遜博識，必致相苦，令求如我之徒，計從安薄？』龜曰：『子明，無多辭，禍將及爾。』樹寂而止。既至，權命煮之，焚柴萬車，語猶如故。諸葛恪曰：『燃以老桑乃熟。』獻者乃説龜樹共言。權登使伐樹，煮龜立爛。今烹龜多用桑薪。野人故呼龜爲元緒。」

〔城門自焚爇，池魚罹其殃〕《太平廣記》卷四六六《池中魚》：「《風俗通》曰：城門失火，禍及池魚。舊説：池仲魚，人姓字也。居宋城門。城門失火，延及其家，仲魚燒死。又云：宋城門失火，人汲取池中水，以沃灌之。池中空竭，魚悉露死。喻惡之滋，并傷良謹也。」

〔陽貨肆兇暴，仲尼畏於匡〕《論語・子罕》：「子畏於匡。」《史記・孔子世家》：「將適陳，過匡，顏刻爲僕，以其策指之曰：『昔吾入此，由彼缺也。』匡人聞之，以爲魯之陽虎。陽虎嘗暴匡人，匡人於是遂止孔子。孔子狀類陽虎，拘焉五日。」

〔魯酒薄如水，邯鄲開戰場〕《莊子・胠篋》：「魯酒薄而邯鄲圍，聖人生而大盜起。」《淮南子・繆稱訓》：「魯酒薄而邯鄲圍，羊羹不斟而宋國危。」注：「魯與趙俱朝楚，獻酒於楚，魯酒薄而趙酒厚。楚之主酒吏求酒於趙，不與，楚吏怒，以趙所獻酒獻於楚王，易魯薄酒，楚王以爲趙酒薄而圍邯鄲。」

〔伯禽鞭見血，過失由成王〕《禮記・文王世子》：「成王幼，不能涖阼。周公相，踐阼而治。抗世子法於伯禽，欲令成王之知父子君臣長幼之道也。成王有過，則撻伯禽，所以示成王世子之道也。」

〔都尉身降虜，宫刑加子長〕都尉，李陵，見卷一《李都尉古劍》(0010)注。子長，司馬遷。見本卷《讀史五首》之二(0096)注。

〔呂安兄不道，都市殺嵇康〕見《讀史五首》之二注。

〔斯人死已久，其事甚昭彰〕蕭統《陶淵明集序》：「其文章不群，辭彩驚拔，跌宕昭彰。」

白居易詩集校注卷第三

諷諭三① 凡二十首

新樂府 并序②

序曰③：凡九千二百五十二言，斷爲五十篇。篇無定句，句無定字，繫於意，不繫於文。首句標其目④，卒章顯其志⑤，《詩》三百之義也⑥。其辭質而徑⑦，欲見之者易諭也⑧。其言直而切，欲聞之者深誡也⑨。其事覈而實，使采之者傳信也⑩。其體順而肆⑪，可以播於樂章歌曲也。總而言之，爲君、爲臣、爲民、爲物、爲事而作，不爲文而作也。

元和四年爲左拾遺時作⑫。

《七德舞》，美撥亂陳王業也⑬。

《法曲》，美列聖正華聲也。

《二王後》，明祖宗之意也。
《海漫漫》，戒求仙也。
《立部伎》，刺雅樂之替也。
《華原磬》，刺樂工非其人也。
《上陽白髮人》，愍怨曠也。
《胡旋女》，戒近習也。
《新豐折臂翁》，戒邊功也。
《太行路》，借夫婦以諷君臣之不終也。
《司天臺》，引古以儆今也。
《捕蝗》，刺長吏也。
《昆明春水滿》，思王澤之廣被也。
《城鹽州》，美聖謨而誚邊將也。
《道州民》，美臣遇明主也。
《馴犀》，感爲政之難終也。
《五絃彈》，惡鄭之奪雅也。

《蠻子朝》，刺將驕而相備位也。
《驃國樂》，欲王化之先邇後遠也。
《縛戎人》，達窮民之情也。
《驪宫高》，美天子重惜人之財力也。
《百煉鏡》，辨皇王鑒也。
《青石》，激忠烈也。
《兩朱閣》，刺佛寺寖多也。
《西凉伎》，刺封疆之臣也。
《八駿圖》，戒奇物、懲佚遊也。
《澗底松》，念寒儁也。
《牡丹芳》，美天子憂農也。
《紅線毯》，憂蠶桑之費也。
《杜陵叟》，傷農夫之困也。
《繚綾》，念女工之勞也。
《賣炭翁》，苦宫市也。

《母别子》，刺新間舊也。
《陰山道》，疾貪虜也。
《時世妝》，警戒也。
《李夫人》，鑒嬖惑也。
《陵園妾》，憐幽閉也。
《鹽商婦》，惡幸人也。
《杏爲梁》，刺居處奢也。
《井底引銀瓶》，止淫奔也。
《官牛》，諷執政也。
《紫毫筆》，譏失職也。
《隋堤柳》，憫亡國也。
《草茫茫》，懲厚葬也。
《古冢狐》，戒艷色也。
《黑潭龍》，疾貪吏也。
《天可度》，惡詐人也。

《秦吉了》，哀冤民也。

《鴟九劍》，思決壅也。

《採詩官》，鑒前王亂亡之由也。

【校】

①〔諷諭三　凡二十首〕神田本等抄本作「新樂府　諷諭三　雜言　凡二十首」，「諷諭三　雜言」小字。

②〔新樂府　并序〕神田本等抄本無此行。太田校：「那波本卷第四首第二行作『諷諭四　新樂府　三十首』，因此，（卷第三）無第三行的形式更接近於原本。」

③〔序曰〕光緒本《白氏諷諫》作「序曰諷諫」，公文本、曾本《白氏諷諫》、盧校作「是曰諷諫」。神田本等抄本下接「七德舞美撥亂陳王業也」至「採詩官鑒前王亂亡之所由也」五十篇小序。

④〔首句標其目〕公文本、曾本、盧校《白氏諷諫》，神田本等抄本，下有「古十九首之例也」一句，光緒本《白氏諷諫》「十九」作「十有九」。

⑤〔卒章〕公文本、曾本《白氏諷諫》、盧校作「是非」。

⑥〔詩三百〕《白氏諷諫》、神田本等抄本作「詩三百篇」。

⑦〔質而徑〕神田本等抄本作「質而俚」。

⑧〔欲見之者〕神田本等抄本作「欲見者之」。

⑨〔欲聞之者〕神田本等抄本作「欲聞者之」。

⑩〔使采之者〕《白氏諷諫》、神田本等抄本作「使來者之」。〔傳信也〕公文本、曾本《白氏諷諫》、盧校作「傳有徵」。

⑪〔順而肆〕汪本、《白氏諷諫》、神田本等抄本作「順而律」。

⑫〔元和四年爲左拾遺時作〕那波本同，馬本、汪本移至「新樂府　并序」題下，神田本等抄本作「唐元和四年左拾遺白居易作」，不另起。《白氏諷諫》作「唐元和壬辰冬長至日右拾遺兼翰林學士白居易序」。岑校謂此「兼」字不合唐世翰學結銜之例。又「元和壬辰」爲元和七年，與諸本「元和四年」題署相出入。陳寅恪《元白詩箋證稿》引白居易《詩解》：「舊句時時改，無妨悦性情」，謂：「可知樂天亦時改其舊作。或者此《新樂府》雖創作於元和四年，至於七年猶有改定之處，其『元和壬辰冬長至日』數字，乃改定後隨筆所記時日耶？否則後人傳寫，亦無無端增入此數字之理也。」朱《箋》：「竊以『元和壬辰冬長至日』數字或係白氏隨筆所記，而『左（右）拾遺兼翰林學士』之署銜則仍疑爲後人所增。」

⑬〔七德舞美撥亂陳王業也〕以下五十篇篇題及小序，紹興本、那波本分行列於序後。馬本、汪本無，小序分列各篇篇題下。神田本等抄本各篇篇題下有小序。篇題、小序之異文隨各篇出校。

【注】

〔新樂府〕元稹《和李校書新題樂府十二首》序：「余友李公垂貺余《樂府新題》二十首，雅有所謂，不虚爲文。余取其病時之尤急者，列而和之，蓋十二而已。昔三代之盛也，士議而庶人謗。又曰世理則詞直，世忌則詞隱。余遭理世而君盛聖，故直其詞以示後，使夫後之人謂今日爲不忌之時焉。」按，李紳字公垂，其《樂府新題》二十首今不存。元稹所和十二首之題，則爲居易採用，並擴充爲五十首。又元稹《樂府古題序》：「況自風雅至於樂流，莫非諷興當時之事，以貽後代之人。沿襲古題，唱和重復，於文或有短長，於義咸爲贅賸。尚不如寓意古題，刺美見事，猶有詩人引古以諷之義焉。曹、劉、沈、鮑之徒時得如此，亦復稀少。近代唯詩人杜甫《悲陳陶》、《哀江頭》、《兵車》、《麗人》等，凡所歌行，率皆即事名篇，無復依傍。余少時與友人樂天、李公垂輩，謂是爲當，遂不復擬賦古題。」又謝偃有《樂府新歌應教》（《全唐詩》卷三八），《舊唐書·李白傳》：「玄宗度曲，欲造樂府新辭，亟召白。」此所謂「樂府新歌」、「新辭」，固無諷興之義，然其出現又在杜甫之前。白居易於「新樂府」題下特注明「雜言」，與卷一、卷二諷諭詩之「古調詩」迥然分別，此爲新樂府詩體之明確規定，與元稹之作及所舉杜甫《悲陳陶》等均爲「歌行」亦相吻合。郭茂倩編《樂府詩集》於「新樂府辭」單列一類，然於解題中引元稹《樂府古題序》語多有混淆，所收作品亦不僅限於歌行雜言之體。

〔篇無定句，句無定字〕此爲樂府雜言體之特徵。《南齊書·樂志》：「明堂歌辭，……謝莊歌宋太祖亦無定句」，「晉《公莫舞歌》二十章，無定句。」

〔繫於意，不繫於文〕張邈《釋嵇叔夜難宅無吉凶攝生論》：「足下忘于意而責于文，抑不本矣。」

〔首句標其目〕此下抄本及《白氏諷諫》有「古十九首之例也」一句，鈴木虎雄《業間錄》以爲有此句是，陳寅恪《元白詩箋證稿》以爲其説殊未諦：「《詩經》篇名，皆作者自取首句爲題，樂天實取義於此。……夫樂天作詩之意，直上擬三百篇，陳義甚高，其非以古詩十九首爲楷則，而自同於陳子昂、李太白之所爲，固甚明也。」太田次男《神田本白氏文集研究》謂：此句以下至「其體順而律」六句，均爲五字提示、七字應答之對句，故此句殊難删除。按，《詩·周南·關雎詁訓傳第一》孔穎達疏：「《金滕》云：『公乃爲詩，以貽王，名之曰《鴟鴞》。』然則篇名皆作者所自名。既言爲詩，乃云名之，則先作詩，後爲名也。名篇之例，義無定準。多不過五，少纔取一。或偏舉兩字，或全取一句。偏舉則或上或下，全取則或盡或餘。亦有捨其篇首，撮章中之一言，或復都遺見文，假外理以定稱。」可見《詩》三百名篇之例，並非僅取首句。《古詩十九首》則各篇原無篇名，陸機擬其作纔徑以首句爲題。

白居易《丘中有一士》（卷一0053）題下注：「命首句爲題二首。」蓋與此首句標目近同。

〔卒章顯其志〕卒章，在《詩經》指各篇末章，《左傳》稱引之例屢見。後以指詩文結束部分。《文心雕龍·詮賦》：「序以建言，首引情本。亂以理篇，寫送文勢。按《那》之卒章，閔馬稱亂。」馮衍有《顯志賦》。

〔其辭質而徑〕班彪《史記論》：「然善述序事理，辯而不華，質而不野，文質相稱，蓋良史之才也。」《漢書·司馬遷傳》：「然自劉向、揚雄博極群書，皆稱遷有良史之才，服其善序事理，辯而不華，質而不俚。」蓋前人僅言「質而不俚」，若從抄本作「質而俚」，則白氏有意反諸舊説。《文心雕龍·諸子》：「墨翟、隨巢，意顯而語質。」鍾嶸《詩品》宋徵士陶潛：「每觀其文，想其人德，世歎其質直。」徑，徑直。《荀子·性惡》：「少言則徑而省。」《論衡·正説》：「失平常之事，有怪異之説；徑直之文，有曲折之義，非孔子之心。」

〔其言直而切〕《文心雕龍·明詩》：「又古詩佳麗，或稱枚叔。……觀其結體散文，直而不野，婉轉附物，怊悵切情。」《體性》：「顯附者，辭直義暢，切理厭心者也。」《比興》：「故比興雖繁，以切至爲貴。」

〔其事覈而實，使采之者傳信也〕《漢書·司馬遷傳》：「其文直，其事核，不虛美，不隱惡，故謂之實錄。」《穀梁傳》桓公五年：「《春秋》之義，信以傳信，疑以傳疑。」

〔其體順而肆，可以播於樂章歌曲也〕白居易《與元九書》（《白氏文集》卷四五）：「音有韻，義有類，韻協則言順，言順則聲易入。」《易·繫辭下》：「其旨遠，其辭文，其言曲而中，其事肆而隱。」揚雄《反離騷》：「纍初貯厥麗服兮，何文肆而質𪍿。」柳宗元《同吳武陵送前桂州杜留後詩序》：「積爲義府，溢爲高文，愨而和，肆而信。」陸機《文賦》：「被金石而德廣，流管絃而日新。」《文選》李善注：「言文之善者，可被之金石，施之樂章。」石崇《思歸歎》：「恨時無知音者，令造新聲而播於絲竹也。」

〔爲君爲臣爲民爲物爲事而作，不爲文而作也〕《禮記·樂記》：「宮爲君，商爲臣，角爲民，徵爲事，羽爲物。五者不亂，則無怗滯之音矣。」獨孤申叔《審樂知政賦》：「奏宮而君位斯合，動商而臣道克符，角之鳴人斯度矣，徵之應事而形乎。」元稹《桐花》：「宮絃春以君，君若春日臨。商絃廉以臣，臣作旱天霖。人安角聲暢，人困鬥不任。羽以類萬物，妖物神不歆。徵以節百事，奉事罔不欽。五者苟不亂，天命乃可忱。」《文心雕龍·情采》：「昔詩人什篇，爲情而造文；辭人賦頌，爲文而造情。」

七德舞①

武德中，天子始作《秦王破陣樂》②，以歌太宗之功業③。貞觀初，太宗重制《破陣樂舞圖》④，詔魏徵、虞世南等爲之歌詞⑤，因名《七德舞》⑥。自龍朔已後，詔郊廟享宴，皆先奏之⑦。

七德舞，七德歌，傳自武德至元和。元和小臣白居易，觀舞聽歌知樂意，樂終稽首陳其事⑧。太宗十八舉義兵，白旄黃鉞定兩京。擒充戮竇四海清，二十有四功業成⑨。二十有九即帝位，三十有五致太平。功成理定何神速，速在推心置人腹。亡卒遺骸散帛收，貞觀初，詔收天下陣死骸骨⑩，致祭瘞埋之⑪，尋又散帛以求之也⑫。饑人賣子分金贖。貞觀二年大饑⑬，人有鬻男女者⑭。詔出御府金帛盡贖之⑮，還其父母⑯。魏徵夢見天子泣⑰，魏徵疾亟，太宗夢與徵別，既寤流涕⑱，是夕徵卒⑲。故御親製碑云⑳：「昔殷宗得良弼於夢中㉑，今朕失賢臣於覺後㉒。張謹哀聞辰日哭㉓。張公謹卒，太宗爲之舉哀。有司奏曰：在辰，陰陽所忌，不可哭㉔。上曰：君臣義重，父子之情也㉕。情發於中，安知辰日㉖？遂哭之㉗。**怨女三千放出宮，**太宗常謂侍臣曰㉘：婦人幽閉深宮，情實可愍，今將出之，任求伉儷。於是令左丞戴胄、給事中杜正倫於掖庭宮西門，揀出數千人㉙，盡放歸。**死囚四百來歸獄。**貞觀六年，親錄囚徒，死罪者三百九十，放令歸家㉚，令明年秋來就刑。應期畢至㉛，詔悉原之。**剪鬚燒藥賜功臣，李勣嗚咽思殺身。**李勣常疾㉜，醫云㉝：得龍鬚灰㉞，方可療之㉟。太宗自剪鬚燒灰賜之㊱，服訖而愈。勣叩頭泣涕而謝。**含血吮瘡撫戰士，思摩奮呼乞效死㊲。**李思摩嘗中弩㊳，太宗親爲吮血。**則知不獨善戰善乘時㊴，以心感人人心歸。爾來一百九十載㊵，天下至今歌舞之。歌七德，舞七德，聖人有作垂無極。豈徒耀神武，豈徒誇聖文。太宗意在陳王業，王業艱難示子孫。**（0123）

【校】

①〔題〕神田本等抄本、馬本、《唐音統籤》、汪本、《白氏諷諫》、《全唐詩》等題下有小序，然或與詩題字同大，或爲小字，此不一一説明。紹興本、那波本等無小序，以下各篇同。

②〔（注）天子始作〕《白氏諷諫》、神田本等抄本作「天下始作」。

③〔（注）以歌太宗〕《白氏諷諫》、神田本等抄本作「以歌舞太宗」。

④〔（注）太宗重制〕《南部新書》作「文皇重制」。

⑤〔（注）詔魏徵虞世南等〕郭本作「詔魏徵觀舞太常卿蕭瑀」。

⑥〔（注）因名七德舞〕神田本作「因之名七德之舞」，郭本作「更名七德舞」，馬本無「因」字。
⑦〔（注）皆先奏之〕郭本作「首先奏之」。
⑧〔樂終稽首〕《白氏諷諫》、《唐文粹》、郭本作「曲終稽首」。
⑨〔功業成〕「功」神田本等抄本作「王」，《文苑英華》校：「一作王。」
⑩〔（注）詔收天下陣死骸骨〕「收」字紹興本脱，據他本補。「陣死骸骨」《白氏諷諫》、《唐文粹》作「陣亡者」。
⑪〔（注）致祭瘞埋〕他本「祭」下有「而」字。「瘞埋」光緒本《白氏諷諫》作「保全」。
⑫〔（注）尋又散帛以求之〕「散」下神田本等抄本、《文苑英華》有「錢」字，《唐文粹》作「金」。「求」神田本等抄本作「贖」。光緒本《白氏諷諫》作「又散金帛而葬埋之」。
⑬〔（注）貞觀二年大饑〕「二年」馬本、《唐音統籤》、汪本作「五年」。陳寅恪據《貞觀政要》、新舊《唐書》紀等，指出作「五年」誤。
⑭〔（注）人有鬻男女〕光緒本《白氏諷諫》作「有賣男女」。
⑮〔（注）詔出御府〕郭本作「發御府」，《唐文粹》、光緒本《白氏諷諫》作「詔出内府」。
⑯〔（注）還其父母〕《文苑英華》、《唐文粹》、光緒本《白氏諷諫》「還」上有「以」字。
⑰〔天子泣〕神田本等抄本、《文苑英華》、《樂府詩集》、《唐音統籤》作「子夜泣」。
⑱〔（注）既瘖流涕〕郭本作「既瘖涕泣不勝」。
⑲〔（注）是夕徵卒〕《文苑英華》作「是夜徵卒」，郭本作「是夕徵果卒」。
⑳〔（注）故御親製碑云〕公文本《白氏諷諫》、盧校作「故御製碑文云」，光緒本《白氏諷諫》作「故御書製碑文」，郭本作「上命官弔葬御親製碑文」。

㉑〔(注)昔殷宗〕《唐文粹》作「昔殷高宗」,郭本作「昔者高宗」。〔(注)良弼〕《白氏諷諫》作「良相」。

㉒〔(注)今朕〕《白氏諷諫》、《唐文粹》、《南部新書》作「朕今」。

㉓〔張謹〕《白氏諷諫》作「張瑾」,注文「張公謹」亦作「張公瑾」。

㉔〔(注)有司奏曰在辰陰陽所忌不可哭〕「曰」馬本、《唐音統籤》、汪本作「日」。「在」上神田本等抄本、《文苑英華》有「子」字。《白氏諷諫》作「有司奏曰陰陽所忌辰日不哭」。

㉕〔(注)父子之情也〕神田本等抄本、《白氏諷諫》、《唐文粹》作「猶父子也」,《文苑英華》作「如父子也」。

㉖〔(注)安知辰日〕郭本作「安避辰日」。

㉗〔(注)遂哭之〕《白氏諷諫》、《唐文粹》作「乃哭之」,神田本等抄本、《文苑英華》抄本、汪本、《全唐詩》作「遂哭之慟」。

㉘〔(注)太宗常謂〕神田本等抄本、《白氏諷諫》、《唐文粹》、《文苑英華》作「太宗嘗謂」。

㉙〔(注)揀出數千人〕神田本等抄本、《文苑英華》作「簡出數千人」,《白氏諷諫》作「揀放出三千人也」。此注郭本作「天少雨李百藥言往年雖出宮人無用者尚多陰氣鬱積亦足致旱上命簡出之前後三千餘」。

㉚〔(注)死罪者三百九十放令歸家〕神田本等抄本作「歸死罪者三百九十人于家」,《白氏諷諫》、《唐文粹》作「死罪者三百九十人放歸于家」。「三百九十」《文苑英華》作「三百九十四人」。「放令」馬本、《唐音統籤》、汪本作「放出」。

㉛〔(注)應期畢至〕《白氏諷諫》作「應期而至」,《唐文粹》作「及期而至」,《文苑英華》作「應時悉至」。郭本此注作「上親錄繫囚見應死者憫之縱使歸家期以來秋來就死至是皆如期來詣朝堂上皆赦之」。

㉜〔(注)李勣常疾〕《白氏諷諫》、神田本等抄本、《文苑英華》、《唐文粹》作「李勣嘗疾亟」。

㉝〔（注）醫云〕神田本等抄本、《文苑英華》作「醫工云」。

㉞〔（注）得龍鬚灰〕公文本《白氏諷諫》、盧校作「鬚爲」，光緒本《白氏諷諫》作「鬚灰」，神田本等抄本作「得鬚灰」。

㉟〔（注）方可療之〕公文本《白氏諷諫》、盧校作「可療」，光緒本《白氏諷諫》作「可理」。

㊱〔（注）燒灰賜之〕神田本等抄本作「燒灰以賜之」。

㊲〔奮呼〕「呼」，《文苑英華》校：「一作身。」

㊳〔（注）李思摩嘗中弩〕紹興本「李思摩」誤作「李勣」，據馬本、神田本等抄本改。「弩」馬本、《唐音統籤》作「矢」。

㊴〔則知〕馬本、《唐音統籤》、汪本脱二字。

㊵〔爾來〕《白氏諷諫》、《樂府詩集》作「今來」。

【注】

〔七德舞〕《舊唐書·音樂志二》：「《破陣樂》，太宗所造也。太宗爲秦王之時，征伐四方。人間歌謡《秦王破陣樂之曲》。及即位，使呂才協音律，李百藥、虞世南、褚亮、魏徵等製歌辭。百二十人披甲持戟，甲以銀飾之。發揚蹈厲，聲韻慷慨，享宴奏之，天子避位，坐宴者皆興。」又《音樂志一》：「（貞觀）七年，太宗製《破陣舞圖》，左圓右方，先偏後舞，魚麗鵝貫，箕張翼舒，交錯屈伸，首尾迴互，以象戰陣之形。令呂才依圖教樂工百二十人，被甲執戟而習之。凡爲三變，每變爲四陣，有來往疾徐擊刺之象，以應歌節，數日而就。更名《七德》之舞。」《左傳》宣公十二年：「夫武，禁暴、戢兵、保大、定功、安民、和衆、豐財者也。……武有七德，我無一焉，何以示子孫。」陳寅恪《元白詩箋證稿》：「此篇專陳祖宗王業之艱難以示其子孫。易言之，即鋪陳太宗創業之功績，以獻諫於當日之憲宗，所謂採詩、諷諫、爲君諸義，實在於是。斯樂天所以取此篇，爲其《新樂府》五十首之冠也。」朱

《箋》：「元（稹）集卷二四《樂府新題·法曲》云：『秦王破陣非無作，作之宗廟見艱難。』又《立部伎》云：『太宗廟樂傳子孫，取類羣凶陣初破。』居易則取意別爲一篇，即此篇是也。」

〔（序）美撥亂陳王業也〕《公羊傳》哀公十四年：「撥亂世，反諸正，莫近諸《春秋》。」《詩·豳風·七月》序：「《七月》，陳王業也。周公遭變故，陳后稷先公風化之所由，致王業之艱難也。」

〔白旄黄鉞定兩京〕《書·牧誓》：「王左杖黄鉞，右秉白旄以麾。」《淮南子·覽冥訓》：「武王伐紂，渡于孟津，陽侯之波，逆流而擊，疾風晦冥，人馬不相見。於是武王左操黄鉞，右秉白旄，瞋目而撝之，曰：『余任，天下誰敢害吾意者。』於是風濟而波罷。」

〔擒充戮竇四海清〕《魏書·獻文帝紀》：「淮岱率從，四海清晏。」

〔三十有五致太平〕以上六句，陳寅恪《元白詩箋證稿》：「『太宗十八舉義兵』句蓋據（《貞觀政要》）《論慎終篇》中之語改寫而成。『擒充戮竇四海清，二十有四功業成，二十有九即帝位』三句叙寫次序，全與《論災祥篇》中之語相同。『三十有五致太平』者，……太宗以武德九年即位，其年二十有九。次年改元貞觀，至貞觀六年適爲三十五歲。故樂天此句殆即由此章暗示而來。」《貞觀政要·慎終》：「朕觀古先撥亂之主皆年踰四十，惟光武年三十三。但朕年十八便舉兵，年二十四定天下，年二十九昇爲天子，此則武勝於古也。」《災祥》：「但朕年十八便爲經綸王業，北剪劉武周，西平薛舉，東擒竇建德、王世充，二十四而天下定，二十九而居大位，四夷降伏，海内乂安。」

〔功成理定何神速〕理定，即治定，避唐諱改。《禮記·樂記》：「王者功成作樂，治定制禮。」《舊唐書·禮儀志二》：「審夫功成作樂，理定制禮，草創從宜，質文遞變。」

〔速在推心置人腹〕《後漢書·光武紀》：「降者更相語曰：『蕭王推赤心置人腹中，安得不投死乎？』」傅玄《傅子・正心》：「夫推心以及人，而四海蒙其佑，則文王其人也。不推心以虐用天下，則左右不可保，亡秦是也。」《舊唐書・蕭瑀傳》：「太宗謂瑀曰：『爲人君者，驅駕英才，推心待士。』」

〔亡卒遺骸散帛收〕《舊唐書・太宗紀》：「（貞觀二年）夏四月己卯，詔骸骨暴露者，令所在埋瘞。」「（四年）九月庚午，令收瘞長城之南骸骨，仍令致祭。」即此句下注文所云。

〔饑人賣子分金贖〕《貞觀政要・仁惻》：「貞觀二年，關中旱，大饑。太宗謂侍臣曰：『水旱不調，皆爲人君失德。朕德之不修，天當責朕，百姓何罪，而多遭困窮。聞有鬻男女者，朕甚愍焉。』乃遣御史大夫杜淹巡檢，出御府金寶贖之，還其父母。」

〔魏徵夢見天子泣〕《舊唐書・魏徵傳》：「及病篤，輿駕再幸其第，撫之流涕，……後數日，太宗夜夢徵若平生，及旦而奏徵薨，時年六十四。太宗親臨慟哭，廢朝五日。……帝親製碑文，并爲書石。」按，此句下注文所記詳于新舊《唐書》及《貞觀政要》所載。《大唐新語》卷一：「鄭公之薨，太宗自製其碑文并自書，後爲人所間，詔令仆之。及征高麗不如意，悔爲是行，乃歎曰：『若魏徵在，不使我有此舉也。』既渡遼水，令馳驛祀以少牢，復立碑。」《唐摭言》卷十五：「文貞公神道碑，太宗之文。時徵將薨，太宗嘗夢見，及覺，左右奏徵卒。故曰：『俄於髣髴，忽睹形儀。』復曰：『高宗昔日得賢相於夢中，朕今此宵失良臣於覺後。』」《書・説命上》：「高宗夢得説，使百工營求諸野，得諸傅巖。」「恭默思道，夢帝賚予良弼，其代予言。」

〔張謹哀聞辰日哭〕《貞觀政要・仁惻》：「貞觀七年，襄州都督張公謹卒，太宗聞而嗟悼，出次發哀。有司奏言：『準《陰陽書》云：日在辰，不可哭泣。此亦流俗所忌。』太宗曰：『君臣之義，同於父子，情發於中，安避辰日？』遂哭之。」《舊唐書・張公謹傳》記此事作「日子在辰，不可哭泣」。《唐會要》卷二八辰日：「貞觀六年，御史大夫韋挺論風俗失禮表曰：……今朝廷貴臣，搢紳士族，衣冠遞襲，教義是聞，丁父母重哀，拘攣俗忌，至辰日不哭，謂之重喪，信陰陽之書，惑吉凶之説，忽仁孝之至道，忘聖哲之丕訓，浸以成俗，爲日已久。」《舊唐書·呂才傳》：「野俗無識，皆信喪書，……或云辰日不宜哭泣，遂莞爾而對賓客受弔。或云同屬忌於臨壙，乃吉服不送其親。」

〔怨女三千放出宫〕《貞觀政要·仁惻》：「貞觀初，太宗謂侍臣曰：『婦人幽閉深宫，情實可愍。隋氏末年，求採無已。至於離宫别館，非幸御之所，多聚宫人。此皆竭人財力，朕所不取。且灑掃之餘，更何所用？今將出之，任求伉儷，非獨以省費，兼以息人，亦各得遂其情性。』於是後宫及掖庭前後所出三千餘人。」《舊唐書·太宗紀》記此事於貞觀二年九月：「於是遣尚書左丞戴胄、給事中杜正倫等，於掖庭宫西門簡出之。」《資治通鑑》貞觀二年九月：「天少雨，中書舍人李百藥上言：往年雖出宫人，竊聞太上皇宫及掖庭宫人無用者尚多，豈惟虚費衣食，且陰氣鬱積，亦足致旱。」即郭本此句下注文所記事。《史記·呂后本紀》索隱：「永巷，别宫名，有長巷，故名之也。後改爲掖庭。按韋昭云：以爲在掖庭門内，故謂之掖庭也。」

〔死囚四百來歸獄〕《舊唐書·太宗紀》：「（貞觀六年）十二月辛未，親録囚徒，歸死罪者二百九十人于家，令明年秋末就刑。其後應期畢至，詔悉原之。」《通典》卷一七〇載此事作「放死罪三百九十人歸于家」，與此句下注文合。《唐語林》卷一作「二百九十人」。

〔剪鬚燒藥賜功臣，李勣嗚咽思殺身〕《貞觀政要·任賢》：「（李）勣時遇暴疾，驗方云鬚灰可以療之，太宗自剪鬚爲其和藥。勣頓首見血，泣以陳謝。太宗云：『吾爲社稷計耳，不煩深謝。』」《舊唐書·李勣傳》所載同。《大唐新語》卷十一：「勣嘗有疾，醫診之曰：『須龍鬚灰方可。』太宗剪鬚以療之，服訖而愈。勣頓首泣謝。」

〔含血吮瘡撫戰士，思摩奮呼乞效死〕李思摩，即阿史那思摩。《貞觀政要·仁惻》：「太宗征遼東，攻白巖城，右衛大將軍李思摩爲流矢所中，帝親爲吮血，將士莫不感動。」《舊唐書·突厥傳上》：「思摩者，頡利族人也。始畢、處羅以其貌似胡人，不類突厥，疑非阿史那族類，故歷處羅、頡利世，常爲夾畢特勤，終不得典兵爲設。武德初，數來朝貢，高祖封爲和順郡王。……太宗嘉其忠，除右武候大將軍、化州都督。……思摩遂輕騎入朝，尋授右武衛將軍，從征遼東，爲流矢所中，太宗親爲吮血，其見顧遇如此。」《東夷傳·高麗》：「師次白崖城，命攻之，右衛大將軍李思摩中弩矢，帝親爲吮血，將士聞之，莫不感動。」

〔則知不獨善戰善乘時，以心感人人心歸〕《管子·山至數》：「王者乘時，聖人乘易。」《鹽鐵論·擊之》：「休勞用供，因弊乘時，帝王之道，聖賢之所不能失也。」《易·咸·彖》：「天地感而萬物化生，聖人感人心而天下和平。」

〔豈徒耀神武，豈徒誇聖文〕《左傳》哀公二十三年：「君命瑤，非敢耀武也，治英丘也。」《漢書·刑法志》：「漢興，高祖躬神武之材，行寬仁之厚，總攬英雄，以誅秦、項。」《晉書·樂志》載《食舉東西廂歌》：「猗歟盛歟，先皇聖文。」

法曲歌①

法曲法曲歌大定，積德重熙有餘慶，永徽之人舞而詠。永徽之思③，有貞觀之遺風，故高宗製《一戎大定》樂曲也。法曲法曲舞霓裳，政和世理音洋洋，開元之人樂且康。《霓裳羽衣曲》起於開元，盛於天寶也。法曲法曲歌堂堂，堂堂之慶垂無疆。中宗肅宗復鴻業，唐祚中興萬萬葉。永隆元年，太常丞李嗣真審音律，能知興衰，云：近者樂府有《堂堂》之曲④，再言之者，唐祚再興之兆。法曲法曲合夷歌⑤，夷聲邪亂華聲和⑥。以亂干和天寶末，明年胡塵犯宮闕。法曲雖似失雅音⑦，蓋諸夏之聲也⑧，故歷朝行焉，玄宗雖雅好度曲，然未嘗使蕃漢雜奏。天寶十三載，始詔道調法曲與胡部新聲合作⑨，識者深異之。明年冬，而安祿山反也。乃知法曲本華風，苟能審音與政通。一從胡曲相參錯，不辨興衰與哀樂。願求牙曠正華音，不令夷夏相交侵。（0124）

【校】

①〔題〕《白氏諷諫》、汪本、《全唐詩》作「法曲」。陳寅恪云：「考樂天《新樂府》諸篇題例皆不用歌吟等字，而此篇乃和李、元之作，今微之此篇篇題，諸本既皆作《法曲》，則自以無歌字者爲是也。」

②〔（序）美列聖正華聲也〕公文本、曾本《白氏諷諫》、盧校作「美列聖正華音也玄宗雜夷歌不能無所刺焉」。

③〔（注）永徽之思〕神田本等抄本、光緒本《白氏諷諫》作「永徽之理」，《唐音統籤》、汪本作「永徽之時」。

④〔（注）有堂堂之曲〕馬本、《唐音統籤》作「有堂堂之音」，以下脱「再言之者」四字。

⑤〔合夷歌〕《白氏諷諫》、汪本作「雜夷歌」。

⑥〔夷聲邪亂華聲和〕《白氏諷諫》作「夷聲雜雅亂聲和」。

⑦〔（注）雖似失雅音〕神田本等抄本作「雖已失雅音」。

⑧〔（注）諸夏之聲也〕《白氏諷諫》作「諸夏之音也」。

⑨〔（注）道調法曲〕馬本、《唐音統籤》、汪本四字前衍「諸」字。〔（注）胡部新聲〕《白氏諷諫》作「胡部雜聲」。

【注】

〔法曲〕《舊唐書·音樂志三》：「又自開元已來，歌者雜用胡夷里巷之曲，其孫玄成所集者，工人多不能通，相傳謂爲法曲。」《新唐書·禮樂志十二》：「初，隋有法曲，其音清而近雅。其器有鐃、鈸、鐘、磬、幢簫、琵琶。……其聲金、石、絲、竹以次作，隋煬帝厭其聲澹，曲終復加解音。玄宗既知音律，又酷愛法曲，選坐部伎子弟三百教於梨園，聲有誤者，帝必覺而正之，號皇帝梨園弟子。宫女數百，亦爲梨園弟子，居宜春北院。梨園法部，更置小部音聲三十餘人。」陳寅恪《元白詩箋證稿》：「樂天以此篇次於《七德舞》之後者，蓋《七德舞》所以明太宗創業之艱難，此篇則繼述高宗以下祖宗製定諸樂舞，條理次序極爲明晰。」

〔大定〕《舊唐書·音樂志一》：「（永徽）六年三月，上欲伐遼，於屯營教舞，召李義府……等，赴洛城門觀樂，樂名《一戎大定樂》。」《音樂志二》：「《大定樂》，出自《破陣樂》。舞者百四十人，被五彩文甲，持槊。歌和云『八紘同軌樂』，以象平遼東而邊隅大定也。」《新唐書·禮樂志十一》：「帝（高宗）將伐高麗，燕洛陽城門，觀屯營教舞，按新征用武之勢，名曰《一戎大定樂》。」按，據兩《唐書》志及《唐會要》卷三三，《大定樂》屬九部樂中的立部伎。邱瓊蓀《燕樂探微·法曲》：「《教坊記》雜曲類有《大定樂》，這當是小型者。法曲中之《大定樂》，疑即此。」

〔積德重熙有餘慶〕《老子》五十九章：「早服謂之重積德，重積德則無不克。」班固《東都賦》：「至乎永平之際，重熙而累洽。」《易·坤·文言》：「積善之家必有餘慶，積不善之家必有餘殃。」

〔法曲法曲舞霓裳〕《新唐書·禮樂志十二》：「河西節度使楊敬忠獻《霓裳羽衣曲》十二遍，凡曲終必遽，唯《霓裳羽衣曲》將畢，引聲益緩。」《唐會要》卷三三諸樂：「天寶十三載七月十日，太樂署供奉曲名，及改諸樂名……

黄鐘商時號越調，……《婆羅門》改爲《霓裳羽衣》。」宋王灼《碧雞漫志》卷三：「《霓裳羽衣曲》，説者多異。予斷之曰：西凉創作，明皇潤色，又爲易美名。其他飾以神怪者，皆不足信也。……李（祐）詩（《霓裳羽衣曲》）謂明皇厭梨園舊曲，故有此新製。元（稹）詩（《法曲》）謂明皇作此曲多新態，霓裳羽衣非人間服，故號天樂。然元指爲法曲，而樂天亦云『法曲法曲歌霓裳……』，又知其爲法曲一類也。夫西凉既獻此曲，而三人者又謂明皇製作，予以是知爲西凉創作，明皇潤色者也。」餘參見本書卷二十《霓裳羽衣歌》（1406）。

〔政和世理音洋洋，開元之人樂且康〕世理，世治。《禮記·樂記》：「治世之音安以樂，其政和。」《禮記·儒行》：「世治不輕，世亂不沮。」《論語·泰伯》：「子曰：師摯之始，《關雎》之亂，洋洋乎盈耳哉。」《雜曲歌辭·古歌》：「青樽發朱顔，四坐樂且康。」

〔法曲法曲歌堂堂〕《舊唐書·音樂志二》：「《春江花月夜》、《玉樹後庭花》、《堂堂》，並陳後主所作。」《新唐書·五行志二》詩妖：「調露初，京城民謡有『側堂堂，橈堂堂』之言，太常丞李嗣真曰：『側者，不正；橈者，不安。自隋以來，樂府有《堂堂曲》，再言堂堂者，唐再受命之象。』」《李嗣真傳》：「嗣真常曰：『隋樂府有《堂堂曲》，明唐再受命。比日有側堂堂、橈堂堂之謡，側，不正也，橈，危也。皇帝病日侵，事皆決中宫，持權與人，收之不易。宗室雖衆，居中制外，勢且不敵。諸王殆爲后所蹂踐，吾見難作不久矣。』」按，嗣真以「側堂堂」預言武后將移唐祚，白詩注僅言「唐祚再興之兆」，叙事有省略。

〔中宗肅宗復鴻業〕班固《兩都賦序》：「以興廢繼絶，潤色鴻業。」

〔以亂干和天寶末，明年胡塵犯宫闕〕《新唐書·禮樂志十二》：「開元二十四年，升胡部於堂上。而天寶樂曲，皆以邊地名，若凉州、伊州、甘州之類。後又詔道調、法曲與胡部新聲合作。明年，安禄山反，凉州、伊州、甘州皆陷吐蕃。」白詩注言「道調、法曲」，《教坊記序》：「我國家玄元之允，未聞頌德，高宗乃命樂工白明達造《道曲》、

《道調》。」《新唐書·禮樂志十二》：「高宗自以李氏老子之後也，於是命樂工製道調。」道調是用以祀老子的樂曲，參見邱瓊蓀《燕樂探微》。

〔苟能審音與政通〕《禮記·樂記》：「聲音之道，與政通矣。」「是故，審聲以知音，審音以知樂，審樂以知政，而治道備矣。」

〔願求牙曠正華音〕班固《答賓戲》：「若乃牙曠清耳於管絃，離婁眇目兮毫末。」《文選》李善注：「項岱曰：牙，伯牙也。曠，師曠也。」

二王後

二王後，彼何人？介公酅公爲國賓，周武隋文之子孫。古人有言天下者，非是一人之天下。周亡天下傳于隋，隋人失之唐得之。唐興十葉歲二百，介公酅公世爲客。明堂太廟朝享時，引居賓位備威儀②。備威儀，助郊祭③，高祖太宗之遺制。不獨興滅國，不獨繼絶世。欲令嗣位守文君④，亡國子孫取爲戒。（0125）

【校】

①〔（序）明祖宗之意也〕《白氏諷諫》作「刺亡國明祖宗之意也」。

②〔引居賓位〕公文本、曾本《白氏諷諫》作「列居賓位」，光緒本作「列君賓位」。

③〔備威儀助郊祭〕郭本作「龍旂六轡承郊祭」。

④〔守文君〕郭本作「守成君」。

【注】

〔二王後〕《唐會要》卷二四二王三恪：「武德元年五月二十二日詔曰：……其以莒之酅邑，奉隋帝爲酅公，行隋正朔，車旗服色，一依舊章。仍立周後介國公，共爲二王後。」「（天寶）九載六月六日，處士崔昌上封事，以爲國家合承周漢，其周隋不合爲二王後，請廢。詔下尚書省，集公卿議。……至十二年五月九日，魏周隋依舊爲三恪及二王後，復封韓介酅等公。」

〔古人有言天下者，非是一人之天下〕《六韜·武韜》：「天下者，非一人之天下也，莫常有之，唯賢者取之。」《呂氏春秋·貴公》：「天下，非一人之天下也，天下之天下也。」

〔明堂太廟朝享時，引居賓位備威儀〕《舊唐書·職官志二》禮部郎中：「凡元日，大陳設於含元殿……二王後及百官朝集使、皇親，並朝服陪位。」《新唐書·禮樂志一》大祀：「若在宗廟，則前享三日……介公、酅公於廟西門之外，近南。……前享一日……介公、酅公位于西門之内道南。」餘禮儀記載甚多，不備錄。

〔不獨興滅國，不獨繼絶世〕《論語·堯曰》：「興滅國，繼絶世，舉逸民，天下之民心歸焉。」

〔欲令嗣位守文君，亡國子孫取爲戒〕《公羊傳》文公九年：「繼文王之體，守文王之法度。」《論衡·吉驗》：「繼體守文，因據前基。」

海漫漫

海漫漫，直下無底旁無邊①。雲濤煙浪最深處，人傳中有三神山。山上多生不死藥，服之羽化爲天仙。秦皇漢武信此語，方士年年采藥去。蓬萊今古但聞名②，烟水茫茫無覓處③。海漫漫，風浩浩，眼穿不見蓬萊島。不見蓬萊不敢歸，童男丱女舟中老。徐福文成多誑誕，上元太一虛祈禱④。君看驪山頂上茂陵頭⑤，畢竟悲風吹蔓草。何况玄元聖祖五千言，不言藥，不言仙，不言白日昇青天⑥。（0126）

【校】

①〔直下〕《樂府詩集》作「其下」。

②〔但聞名〕光緒本《白氏諷諫》作「但傳名」。

③〔煙水〕神田本等抄本作「天水」。

④〔太一〕郭本作「太乙」。〔祈禱〕神田本等抄本作「祠禱」。

⑤〔驪山頂上〕神田本等抄本作「驪山冢上」。

⑥〔不言白日〕神田本等抄本作「亦不言白日」。

【注】

〔海漫漫〕朱《箋》：「陳寅恪疑此篇作於元和五年以後，引《舊唐書·憲宗紀》元和五年八月乙亥李藩對憲宗事爲證。城按：李語與白詩亦偶合耳，且李語出於白詩亦非絶無可能。似不能僅憑此孤證即斷言《海漫漫》一篇不作於元和四年也。又《貞觀政要》卷二一《慎所好篇》第二章：『貞觀二年太宗謂侍臣曰：神仙事本是虛妄空有其名。秦始皇非分愛好，爲方士所詐，乃遣童男童女數千人隨其入海求神仙，方士避秦苛虐，因留不歸。始皇猶海側踟躕以待之，還至沙丘而死。漢武帝爲求神仙，乃將女嫁道術之士，事既無驗，便行誅戮。據此二事，神仙不凡妄求也。』似即此篇所本。」按，《新樂府》組詩是否作於元和四年，未可遽斷。陳、朱之説，可備參考。

〔雲濤煙浪最深處，人傳中有三神山〕《史記·秦始皇本紀》：「齊人徐市等上書，言海中有三神山，名曰蓬萊、方丈、瀛洲，仙人居之。請得齋戒，與童男女求之。於是遣徐市發童男女數千人，入海求仙人。」《封禪書》：「少君言於上曰：『祠竈則致物，致物而丹沙可化爲黄金，黄金成以爲飲食器則益壽，益壽而海中蓬萊仙者可見，見之以封禪則不死，黄帝是也。……』於是天子始親祠竈，而遣方士入海求蓬萊安期生之屬，而事化丹沙諸藥齊爲黄金矣。……上遂東巡海上，行禮祠八神。齊人之上書言神怪奇方者以萬數，然無驗者。乃益發船，令言海中神山者數千人求蓬萊神人。」

〔不見蓬萊不敢歸，童男丱女舟中老〕《詩·齊風·甫田》：「婉兮孌兮，總角丱兮。」毛傳：「丱，幼穉也，弁冠也。」

〔徐福文成多誑誕〕徐福即徐市。《史記·封禪書》：「齊人少翁以鬼神方見上。上有所幸王夫人，夫人卒，少翁以方術蓋夜致王夫人及竈鬼之貌云。天子自帷中望見焉。於是乃拜少翁爲文成將軍，賞賜甚多。……乃以帛書飯牛，詳弗知也，言此牛腹中有奇，殺而視之，得書，書言甚怪，天子疑之。有識其手書，問之人，果僞書。於是誅文成將軍而隱之。」

〔上元太一虚祈禱〕上元，正月十五日，道教三元節之一。《初學記》卷四：「《史記·樂書》曰：『漢家祀太一，以昏時祠到明。』今人正月望日夜遊觀燈，是其遺事。」《史記·孝武本紀》：「亳人薄誘忌奏祠泰一方，曰：天神貴者泰一，泰一佐曰五帝。」索隱：「案《樂汁徵圖》云：紫微宫北極，天一、太一。宋均以爲天一、太一，北極之別名。」

〔驪山頂上茂陵頭〕《史記·秦始皇本紀》正義：「《關中記》云：始皇陵在驪山。」《漢書·武帝紀》：「三月甲申，葬茂陵。」注：「茂陵在長安西北八十里也。」

〔玄元聖祖五千言〕指《老子》。《舊唐書·禮儀志四》：「（天寶）二年正月丙辰，加玄元皇帝尊號大聖祖三字。」

立部伎

太常選坐部伎無性識者，退入立部伎。又選立部伎絶無性識者②，退入雅樂部。則雅聲可知矣。

立部伎，鼓笛諠③。舞雙劍，跳七丸④。嫋巨索⑤，掉長竿。太常部伎有等級⑥，堂上者坐堂下立⑦。堂上坐部笙歌清，堂下立部鼓笛鳴⑧。笙歌一聲衆側耳⑨，鼓笛萬曲無人聽。立部賤，坐部貴。坐部退爲立部伎，擊鼓吹笙和雜戲⑩。立部又退何所任？始就樂懸操雅音。雅音替壞一至此，長令爾輩調宫徵。圓丘后土郊祀時，言將此樂感神祇。欲望鳳來百獸舞，何異北轅將適楚。工師愚賤安足云，太常三卿爾何人？（0127）

【校】

①〔（序）刺雅樂之替也〕公文本、曾本《白氏諷諫》作「刺輕雅樂也」。

②〔(注)又選立部伎〕光緒本《白氏諷諫》缺「選立部伎」四字。

③〔鼓笛諠〕郭本作「舞笛諠」。

④〔跳七丸〕《樂府詩集》作「跳九丸」，注：「一作七」。

⑤〔嫋巨索〕郭本作「搦巨索」。

⑥〔太常部伎〕《白氏諷諫》作「太常樂伎」。

⑦〔堂上者坐〕真福寺本、醍醐寺本等作「堂上坐」。

⑧〔堂下立部〕光緒本《白氏諷諫》作「堂下立者」。

⑨〔笙歌一聲〕馬本、《唐音統籤》、汪本作「笙歌一曲」。

⑩〔擊鼓吹笙〕神田本等抄本作「擊鼓吹笛」。

【注】

〔立部伎〕此爲李紳、元稹《新題樂府》原題，題下注爲李傳原文。《新唐書·禮樂志十二》：「自周、陳以上，雅鄭淆雜而無別，隋文帝始分雅、俗二部，至唐更曰部當。凡所謂俗樂者，二十有八調。……又分樂爲二部：堂下立奏，謂之立部伎；堂上坐奏，謂之坐部伎。太常閱坐部，不可教者隸立部，又不可教者，乃習雅樂。」

〔鼓笛諠〕《新唐書·禮樂志十二》：「鼓舞曲，皆龜兹樂也。」「立部伎八：一《安舞》，二《太平舞》，三《破陣樂》，四《慶善樂》，五《大定樂》，六《上元樂》，七《聖壽樂》，八《光聖樂》。《安舞》、《太平樂》，周、隋遺音也。《破陣樂》以下皆用大鼓，雜以龜兹樂，其聲震厲。《大定樂》又加金鉦。」

〔舞雙劍，跳七丸，嫋巨索，掉長竿〕此言立部伎樂與散樂百戲相次演奏。《舊唐書·音樂志二》：「散樂者，歷代有之，非部伍之聲，俳優歌舞雜奏。……如是雜變，總名百戲。……梁有《長蹻伎》、《擲倒伎》、《跳劍伎》、《吞劍伎》，今並存。又有《舞輪伎》，蓋今戲車輪者。《透三峽伎》，蓋今《透飛梯》之類也。《高絙伎》，蓋今之戲繩者是也。梁有《獼猴幢伎》，今有緣竿，又有獼猴緣竿，未審何者爲是。」《通典》卷一四六散樂所載稍詳，又謂：「若尋常享會，先一日具坐立部樂名，上太常，太常封上，請所奏御注而下。及會，先奏坐部伎，次奏立部伎，次奏蹀馬，次奏散樂。」《新唐書・宦者傳・李輔國》：「使武士戎裝夾道，陳跳丸舞劍。」陳寅恪《元白詩箋證稿》詳考跳丸、竿索諸伎之源流，可參看。

〔堂上坐部笙歌清〕笙歌，謂以笙伴奏。《儀禮・鄉飲酒禮》：「乃閒歌《魚麗》，笙《由庚》。歌《南有嘉魚》，笙《崇丘》。歌《南山有臺》，笙《由儀》。」鄭玄注：「閒，代也。謂一歌則一吹。」《新唐書・禮樂志十二》：「坐部伎六：一《讌樂》，二《長壽樂》，三《天壽樂》，四《鳥歌萬歲樂》，五《龍池樂》，六《小破陣樂》。……自《長壽樂》以下，用龜茲舞，唯《龍池樂》則否。」《舊唐書・音樂志二》：「《讌樂》，……樂用玉磬一架，大方響一架，搊箏一，臥箜篌一，小箜篌一，大琵琶一，大五絃琵琶一，小五絃琵琶一，大笙一，小笙一，大篳篥一，小篳篥一，大簫一，小簫一，正銅拔一，和銅拔一，長笛一，短笛一，楷鼓一，連鼓一，鞉鼓一，桴鼓一，工歌二。」是坐部伎中仍用笙，然與舊所謂笙歌已不同。

〔擊鼓吹笙和雜戲〕雜戲，即散樂百戲、歌舞雜奏，詳上注。

〔始就樂懸操雅音〕《新唐書・禮樂志十一》：「樂懸之制，宮懸四面，天子用之。若祭祀，前祀二日，太樂令設懸於壇南内壝之外，北嚮。……凡橫者爲簨，植者爲虡。虡以懸鍾磬，皆十有六，周人謂之一堵，而唐人謂之一虡。」又：「初，祖孝孫已定樂，乃曰大樂與天地同和者也，製《十二和》，以法天之成數，號《大唐雅樂》……用於郊廟、朝廷，以和人神。……自高宗以後，稍更其曲名。開元定禮，始復尊用孝孫《十二和》。」白詩所謂雅音，即指郊廟、朝廷祭祀之樂，以樂懸鐘磬演奏。

〔圜丘后土郊祀時〕圜丘，同圜丘，祭天之壇。《周禮·春官·大司樂》：「冬日至，於地上之圜丘奏之。」賈公彦疏：「取自然之丘圜者，象天圜也。」后土，社壇，祭地神。《禮記·月令》：「仲春之月，……擇元日，命民社。」鄭注：「社，后土也。使民祀焉，神其農業也。」

〔欲望鳳來百獸舞，何異北轅將適楚〕《書·益稷》：「簫韶九成，鳳皇來儀。夔曰：於，予擊石拊石，百獸率舞，庶尹允諧。」《戰國策·魏策四》：「今者臣來，見人於大行，方北面而持其駕，告臣曰：『我欲之楚。』臣曰：『君之楚，將奚爲北面？』曰：『吾馬良。』臣曰：『馬雖良，此非楚之路也。』曰：『吾用多。』臣曰：『用雖多，此非楚之路也。』曰：『吾御者善。』此數者愈善而離楚愈遠耳。」《申鑒·雜言下》：「先民有言，適楚而北轅者，曰：吾馬良，用多，御善。此三者益侈，其去楚益遠矣。」

〔太常三卿爾何人〕謂太常卿一員、少卿二人，掌禮樂、郊廟、社稷之事。見《舊唐書·職官志三》。

華原磬

天寶中①，始廢泗濱磬②，用華原石代之。詢諸磬人，則曰③：故老云④：泗濱磬下調之不能和⑤，得華原石考之乃和⑥。由是不改⑦。

華原磬，華原磬⑧，古人不聽今人聽。泗濱石，泗濱石⑨，今人不擊古人擊。今人古人何不同⑩，用之捨之由樂工⑪。樂工雖在耳如壁⑫，不分清濁即爲聾。梨園弟子調律呂，知有新聲不知古⑬。古稱浮磬出泗濱⑭，立辯致死聲感人⑮。宮懸一聽華原石⑯，君心遂忘封疆臣⑰。果然胡寇從燕起，武臣少肯封疆死。始知樂與時政通，豈聽鏗鏘而已矣⑱。磬襄入海去不歸，長安市人爲樂師⑲。華原磬與泗濱石，清濁兩聲誰得知⑳？（0128）

【校】

①〔（注）天寶中〕神田本作「天寶年中」。

②〔（注）始廢泗濱磬〕光緒本《白氏諷諫》、盧校無「始」字。

③〔（注）則巨〕明刊本《文苑英華》作「㠯言㠯」。

④〔（注）故老云〕光緒本《白氏諷諫》、盧校、神田本等抄本作「長老云」，「故」《文苑英華》校：「一作長。」

⑤〔（注）下調之不能和〕光緒本《白氏諷諫》、盧校、《文苑英華》無「之」字。

⑥〔（注）得華原石〕《文苑英華》作「得華原磬」。〔（注）考之〕公文本《白氏諷諫》、盧校無二字。

⑦〔（注）由是不改〕《白氏諷諫》、盧校無四字。

⑧〔華原磬〕敦煌本、《白氏諷諫》三字不重。

⑨〔泗濱石〕敦煌本、《白氏諷諫》三字不重。

⑩〔今人古人〕神田本等抄本、《文苑英華》作「古人今人」。

⑪〔用之捨之〕敦煌本作「捨之用之」。

⑫〔樂工雖在〕《白氏諷諫》作「樂工雖有」，敦煌本作「樂工豈在」，神田本等抄本作「樂工豈有」。

⑬〔不知古〕紹興本等作「不如古」，據《白氏諷諫》、神田本等抄本改。

⑭〔古稱〕敦煌本作「始稱」。

⑮〔立辯〕神田本等抄本、《文苑英華》抄本作「立辨」。平岡校：「辨辯每通用，但立辨語出《禮記·樂記篇》，作辯者非。」〔聲感人〕敦煌本、《白氏諷諫》作「能感人」。

⑯〔宮懸一聽〕敦煌本作「宮商一聽」，《白氏諷諫》作「玄宗爲聽」。此句「華原石」，敦煌本、《白氏諷諫》作「華原磬」。

⑰〔君心遂忘〕敦煌本作「君王遂忘」，《白氏諷諫》作「因茲遂忘」。

⑱〔豈聽鏗鏘〕《白氏諷諫》作「豈獨鏗鏘」。

⑲〔長安市人〕神田本等抄本、《文苑英華》、汪本作「長安市兒」。

⑳〔清濁兩聲〕敦煌本、《白氏諷諫》、《文苑英華》、汪本作「清濁兩音」。

【注】

〔華原磬〕此爲李紳、元稹《新題樂府》原題，題下注爲李傳原文。《舊唐書·音樂志二》：「今磬石皆出華原，非泗濱也。」《通典》卷一四三：「乾元元年三月，肅宗以太常舊鐘磬，自隋以來，所傳五聲，或有錯差，謂太常少卿于休烈曰：『古者聖人作樂，以應天地之和，以合陰陽之序。和則人不夭札，物不疵癘。且金石絲竹，樂之器也。比親享郊廟，每聽樂聲，或宮商不倫，或鐘磬失度。可盡將鐘磬來，朕當定於内。』太常進入，上集樂工考試數日，審知差錯，然後令再造及磨刻。」《舊唐書·音樂志一》所載略同。又《新唐書·禮樂志十一》：「肅宗時，山東人魏延陵得律一，因中官李輔國獻之，云：『太常諸樂調皆下，不合黄鐘，請悉更製諸鐘磬。』帝以爲然，乃悉取太常諸樂器入於禁中，更加磨剡。」此爲肅宗時改製鐘磬之記載，未知與采用華原石是否有關。《舊唐書·地理志一》關内道京兆府有華原縣。何焯引《山海經·西山經》小華之山：「其陰多磬石」，郭璞注：「可以爲樂石。」謂：「取材於華原，其亦本之古人矣。」

〔不分清濁即爲聾〕《韓非子·解老》：「耳不能別清濁之聲則謂之聾。」《禮記·樂記》：「倡和清濁，迭相爲經。」鄭注：「清謂蕤賓至應鐘也，濁謂黄鐘至中吕。」

〔梨園弟子調律吕，知有新聲不知古〕《新唐書·禮樂志十二》：「玄宗既知音律，又酷愛法曲，選坐部伎子弟三百教於梨園，聲有誤者，帝必覺而正之，號皇帝梨園弟子。宫女數百，亦爲梨園弟子，居宜春北院。梨園法部，更置小部音聲三十餘人。帝幸驪山，楊貴妃生日，命小部張樂長生殿，因奏新曲，未有名，會南方進荔枝，因名《荔枝香》。……後又詔道調、法曲與胡部新聲合作。」

〔古稱浮磬出泗濱，立辯致死聲感人〕《書·禹貢》：「泗濱浮磬。」傳：「泗水涯水中見石，可以爲磬。」《禮記·樂記》：「鍾聲鏗，鏗以立號，號以立横，横以立武，君子聽鍾聲則思武臣。石聲磬，磬以立辨，辨以致死，君子聽磬聲，則思死封疆之臣。」鄭注：「辨謂分明於節義。」按，《説苑·修文》引作「立辯」。

〔始知樂與時政通，豈聽鏗鏘而已矣〕《禮記·樂記》：「聲音之道，與政通矣。」「君子之聽音，非聽其鏗鎗而已也，彼亦有所合之也。」

〔磬襄入海去不歸〕《論語·微子》：「少師陽，擊磬襄，入於海。」集解：「孔曰：魯哀公時，禮壞樂崩，樂人皆去。陽、襄，皆名。」

上陽白髮人①

天寶五載已後②，楊貴妃專寵③，後宫人無復進幸矣④。六宫有美色者，輒置别所⑤，上陽是其一也⑥。貞元中尚存焉⑦。

上陽人⑧，紅顔暗老白髮新。緑衣監使守宫門⑨，一閉上陽多少春⑩。玄宗末歲初選入，入時十六今六十。同時采擇百餘人⑪，零落年深殘此身⑫。憶昔吞悲别親族⑬，扶入車中不教哭⑭。皆云入内便承恩⑮，臉似芙蓉胸似玉⑯。未容君王得見面⑰，已被楊妃遥側目⑱。妬令潛配上陽宫，一生遂向空房宿⑲。秋夜長⑳，夜長無寐天不明㉑。耿耿殘燈背壁影㉒，蕭蕭暗雨打窗聲㉓。春日遲，日遲獨坐天難暮。宫鶯百囀愁厭聞，梁燕雙栖老休妬㉔。鶯歸燕去長悄然㉕，春往秋來不記年㉖。唯向深宫望明月，东西四五百迴圓㉗。今日宫中年最老，大家遥賜尚書號㉘。小頭鞋履窄衣裳，青黛點眉眉細長㉙。外人不見見應笑，天寶末年時世妝㉚。上陽人，苦最多。少亦苦，老亦苦㉛，少苦老苦兩如何？君不見昔時呂向美人賦㉜，天寶末，有密采艷色者，當時號花鳥使。呂向獻《美人賦》以諷之。又不見今日上陽白髮歌㉝。（0129）

【校】

①〔題〕敦煌本、《白氏諷諫》、汪本作「上陽人」。陳寅恪云：「微之詩題諸本既均作『上陽白髮人』，則似有『白髮』者爲是。」

②〔（注）天寶五載已後〕《白氏諷諫》作「天寶五年」。

③〔（注）楊貴妃專寵〕公文本《白氏諷諫》、盧校作「楊妃得選入於後宫」，光緒本《白氏諷諫》作「楊貴妃者寵於後宫」。

④〔（注）後宫人〕《白氏諷諫》作「上陽」，神田本等抄本作「後宫」。

⑤〔（注）有美色者輒置别所〕《白氏諷諫》作「有華色者潛配别所」，神田本等抄本作「有美色者輒潛退之别所」。

⑥〔（注）上陽是其一也〕光緒本《白氏諷諫》、神田本等抄本作「上陽人是其一也」。

⑦〔（注）尚存焉〕光緒本《白氏諷諫》作「尚有存焉」。

⑧〔上陽人〕《白氏諷諫》、汪本三字重。

⑨〔緑衣監使〕《白氏諷諫》作「六宫監使」，敦煌本作「緑宫監使」。

⑩〔多少春〕敦煌本、《白氏諷諫》作「來幾春」。

⑪〔同時采擇〕敦煌本、《白氏諷諫》作「同時采摘」。

⑫〔零落年深〕《白氏諷諫》作「零落年多」。

⑬〔憶昔吞悲〕《白氏諷諫》作「憶昔含悲」。

⑭〔不教哭〕敦煌本、公文本、曾本《白氏諷諫》、真福寺本等抄本作「不敢哭」。

⑮〔便承恩〕敦煌本作「並承恩」，神田本等抄本作「必承恩」。
⑯〔臉似芙蓉〕敦煌本作「臉似破蓮」，《白氏諷諫》作「臉似紅蓮」，神田本等抄本作「臉似芙蓉」。
⑰〔君王得見面〕公文本、曾本《白氏諷諫》作「得見君王面」。
⑱〔已被楊妃〕《白氏諷諫》作「早被楊妃」。
⑲〔空房宿〕敦煌本、曾本《白氏諷諫》、神田本等抄本作「空床宿」。
⑳〔秋夜長〕曾本《白氏諷諫》上有「宿空床」三字，光緒本《白氏諷諫》、汪本上有「宿空房」三字。
㉑〔夜長無寐〕敦煌本、神田本等抄本作「夜長無睡」。
㉒〔背壁影〕馬本、《唐音統籤》作「照背影」。
㉓〔暗雨〕公文本、曾本《白氏諷諫》、盧校作「夜雨」。〔打窗聲〕敦煌本、《白氏諷諫》作「灑窗聲」。
㉔〔梁燕雙棲〕《白氏諷諫》作「梁燕雙飛」。
㉕〔長悄然〕神田本等抄本作「情悄然」。
㉖〔春往秋來〕《白氏諷諫》作「春去秋來」。
㉗〔東西四五百迴圓〕醍醐寺本等抄本作「東南四五百迴圓」。
㉘〔大家遥賜〕敦煌本、神田本等抄本作「天家遥賜」，公文本、曾本《白氏諷諫》作「大家齊賜」。
㉙〔青黛點眉〕敦煌本、神田本等抄本作「青黛畫眉」。
㉚〔天寶末年時世妝〕敦煌本作「天寶年中時世妝」，公文本、曾本《白氏諷諫》作「天寶年中時樣妝」，神田本等抄本作「天寶年中時勢妝」。
㉛〔少亦苦老亦苦〕《白氏諷諫》作「老亦苦少亦苦」。

㉜〔呂向美人賦〕馬本、《唐音統籤》、汪本、高野本等抄本「呂向」誤「呂尚」。

㉝〔上陽白髮歌〕《白氏諷諫》、汪本作「上陽宮人白髮歌」。

【注】

〔上陽白髮人〕此爲李紳、元稹《新題樂府》原題。《舊唐書・地理志一》河南道宮城：「上陽宮，在宮城之西南隅。南臨洛水，西拒穀水，東即宮城，北連禁苑。……上陽之西，隔穀水有西上陽宮，虹梁跨穀，行幸往來。皆高宗龍朔後置。」《宦官傳》：「玄宗在位既久，崇重宮禁……開元、天寶中，長安大內、大明、興慶三宮，皇子十宅院，皇孫百孫院，東都大內、上陽兩宮，大率宮女四萬人，品官黄衣已上三千人，衣朱紫者千餘人。」《本事詩・情感》：「顧況在洛，乘間與三詩友遊於苑中，坐流水上，得大梧葉，題詩上曰：『一入深宮裏，年年不見春。聊題一片葉，寄與有情人。』況明日於上游，亦題葉上，放於波中，詩曰：『花落深宮鶯亦悲，上陽宮女斷腸時。帝城不禁東流水，葉上題詩欲寄誰。』後十餘日，有人於苑中尋春，又於葉上得詩，以示況，詩曰：『一葉題詩出禁城，誰人酬和獨含情。自嗟不及波中葉，蕩漾乘春取次行。』」事又見《雲溪友議》卷下等。又顧況《李湖州孺人彈箏歌》：「上陽宮人怨青苔，此夜想夫憐碧玉。」蓋上陽宮女之傳説，在當時頗爲流傳。又按，上陽宮至建中貞元間已封閉頽毁，亦無宮女居住。王建《行宮詞》：「常時州縣每年修，皆留內人看玉案。禁兵奪得明堂後，長閉桃源與綺繡。……官家乏人作宮户，不泥宮牆斫宮樹。兩邊仗屋半崩摧，野火入林燒殿柱。」張籍《洛陽行》：「上陽宮樹黄復綠，野豺入苑食麋鹿。」

〔（序）愍怨曠也〕《孟子・梁惠王下》：「內無怨女，外無曠夫。」

〔楊貴妃專寵〕《新唐書・后妃傳上》：「玄宗貴妃楊氏，隋梁郡通守汪四世孫。徙籍蒲州，遂爲永樂人。幼孤，養叔父家。始爲壽王妃。開元二十四年，武惠妃薨，後廷無當帝意者。或言妃資質天挺，宜充掖廷，遂召内禁中，異之，即爲自出妃意者，丐籍女官，號太真，更爲壽王聘韋詔訓女，而太真得幸。善歌舞，邃曉音律，且智算警穎，迎意輒悟。帝大悦，遂專房宴，宮中號娘子，儀體與皇后等。天寶初，進册貴妃。」餘參見《長恨歌》（本書卷十二0593）注。

〔緑衣監使守宮門〕《舊唐書·職官志三》内侍省：「掖廷局：令二人，從七品下。丞三人，從八品下。宮教博士二人，從九品下。監作四人，從九品下。……掖廷令掌宮禁女工之事。凡宮人名籍，司其除附，公桑養蠶，會其課業。」監使蓋指此。

〔同時采擇百餘人，零落年深殘此身〕鄭衆《婚禮謁文》：「納采，始相與言語，采擇可否之時。」《晉書·穆章何皇后傳》答納采文：「皇帝嘉命，訪婚陋族，備數采擇。」《楚辭·離騷》：「惟草木之零落兮，恐美人之遲暮。」江淹《雜體詩三十首·班婕妤詠扇》：「君子恩未畢，零落在中路。」

〔憶昔吞悲别親族，扶入車中不教哭〕虞通之《爲江斆讓尚公主表》：「吞悲茹氣，無所逃訴。」不教，不讓。王昌齡《出塞》：「但使龍城飛將在，不教胡馬度陰山。」王建《霓裳詞十首》：「自直梨園得出稀，更番上曲不教歸。」

〔皆云入内便承恩，臉似芙蓉胸似玉〕庾肩吾《侍宴詩》：「承恩謝命淺，念報在身前。」劉氏媛《長門怨二首》：「學畫蛾眉獨出群，當時人道便承恩。」《西京雜記》卷二：「文君姣好，眉色如望遠山，臉際常若芙蓉，肌膚柔滑如脂。」陳後主《玉樹後庭花》：「妖姬臉似花含露，玉樹流光照後庭。」武平一《妾薄命》：「紅臉如開蓮，素膚若凝脂。」李白《怨情》：「新人如花雖可寵，故人似玉由來重。」

〔已被楊妃遥側目〕《史記·酷吏列傳》郅都：「列侯宗室，見都側目而視，號曰蒼鷹。」

〔一生遂向空房宿〕曹丕《燕歌行》：「賤妾煢煢守空房，憂來思君不敢忘。」一作「空床」，亦有據。《古詩十九首》

之二：「蕩子行不歸，空床難獨守。」

〔耿耿殘燈背壁影，蕭蕭暗雨打窗聲〕《詩・邶風・柏舟》：「耿耿不寐，如有隱憂。」謝朓《暫使下都夜發新林至京邑贈西府同僚》：「秋河曙耿耿，寒渚夜蒼蒼。」《文選》李善注：「耿耿，光也。」以言燈，白居易《禁中秋宿》（本書卷九0401）：「耿耿背燈影，秋牀一人寢。」李中《離亭前思有寄》：「風月夜長時，耿耿看燈暗。」王諲《後庭怨》：「獨立每看斜日盡，孤眠直至殘燈死。」蕭蕭，朱《箋》以爲諸本誤，當作「瀟瀟」。按，唐人象雨聲，亦用蕭蕭。杜甫《雨二首》：「片片水上雲，蕭蕭沙中雨。」《久雨期王將軍不至》：「天雨蕭蕭滯茅屋，空山無心慰憂獨。」劉長卿《送梁侍御巡永州》：「蕭蕭江雨暮，客散野亭空。」孟郊《巫山高二首》：「但飛蕭蕭雨，中有亭亭魂。」「瀟瀟」字蓋晚出，或爲後人所改。元稹《通州丁溪館夜别李景信三首》：「雨瀟瀟兮鵑咽咽，傾冠倒枕燈臨滅。」虞世基《秋日贈王中舍詩》：「雙崤飛暗雨，八水冰寒流。」儲光羲《蘇十三瞻登玉泉寺峰入寺中見贈作》：「碧雲暗雨來，舊原芳色變。」劉禹錫《酬樂天小亭寒夜有懷》：「斜風閃燈影，迸雪打窗聲。」

〔春日遲，日遲獨坐天難暮〕《詩・豳風・七月》：「春日遲遲，采蘩祁祁。」

〔宮鶯百囀愁厭聞，梁燕雙栖老休妒〕王維《聽宮鶯》：「春樹繞宮牆，宮鶯囀曙光。」顧况《宮詞》：「君門一入無由出，唯有宮鶯得見人。」劉孝綽《詠百舌》：「孤鳴若無對，百囀似群吟。」喬知之《定情篇》：「故歲雕梁燕，雙去今來隻。」沈佺期《古意》：「盧家小婦鬱金堂，海燕雙栖玳瑁梁。」李益《紫騮馬》：「爲謝紅梁燕，年年妾獨栖。」白居易《閨怨詞》（本書卷十八1185）：「朝憎鶯百囀，夜妒燕雙棲。」

〔鶯歸燕去長悄然〕悄然，黯然神傷。《舊唐書・王毛仲傳》：「玄宗時或不見，則悄然如有所失。」杜甫《題鄭十八著作虔》：「窮巷悄然車馬絶，案頭乾死讀書螢。」白居易《與元九書》：「引筆鋪紙，悄然燈前。」

〔唯向深宮望明月，东西四五百迴圓〕陳寅恪《元白詩箋證稿》：「假定上陽宮人選入之時爲天寶十五載（七五六），其年爲十六。則至貞元十六年（八〇〇），其年六十。自入宮至此凡歷四十五年，須加十六閏月，共約五百五十六望，除去陰雨暗夕，上陽宮人之獲見月圓次數，亦不過四五百迴。三五之時，月夕生於東，朝没於西，所以言東西者，蓋隱含上陽人自夕至旦通宵不寐之意也。」按，陳釋月圓次數過泥，白詩言「今六十」及「四五百迴圓」，均不過言其約數，此人物亦爲虚擬，無從考證。日本釋信救《新樂府略意》：「『唯向深宮望明月，東南四五百迴圓』者，《湓浦亭望月》詩云：『西北望鄉何處是，東南望月幾回圓。』」平岡校本亦引此詩（《八月十五日夜湓亭望月》，本書卷十七1062），定「東南」爲是。按，望月言東西、東南，皆有據。劉長卿《遊四窗》：「日月居東西，朝昏互出没。」蘇涣《變律》：「日月東西行，寒暑冬夏易。」元稹《苦雨》：「東西升日月，晝夜如轉珠。」劉希夷《擣衣篇》：「西北風來吹細腰，東南月上浮纖手。」白居易《遊悟真寺詩一百三十韻》（本書卷六0261）：「東南月上時，夜氣青漫漫。」

〔大家遥賜尚書號〕《元白詩箋證稿》：「據蔡邕《獨斷》上：『親近侍從官稱曰大家。』蓋『大家』乃漢代宮中習稱天子之語也。」又引唐人用例多條，謂：「直至唐世，猶保存此稱謂，樂天詩詠宮女，故用宮中俗語也。」《舊唐書·后妃傳·上官昭容》：「觀其此意，即當次索皇后以及大家。」《肅宗張皇后》：「今大家跋履險難，兵衛非多，恐有倉卒，妾自當之。大家可由後而出，庶幾無患。」《宦官傳·李輔國》：「大家但内裏坐，外事聽老奴處置。」按，作「天家」亦有據。蔡邕《獨斷》上：「親近侍從官稱曰大家，百官小吏稱曰天家。天子無外，以天下爲家，故稱天家。」唐人用例，潘炎《李樹連理賦》：「此乃興聖之符，表天家之姓。」李商隱《爲濮陽公附送官告中使回狀》：「詔開垂露，降自天家。」《舊唐書·職官志三》宮官：「六尚，如六尚書之職掌。」《元白詩箋證稿》：「又女尚書之號，古已有之，如《三國志·魏志》叁明帝青龍三年注引《魏略》，及《北史》壹伍《魏書》壹叁《后妃傳序》等，即是其例。……是唐代沿襲前代，宮中亦有女尚書之號也。」

〔小頭鞋履窄衣裳，青黛點眉眉細長〕《新唐書・五行志一》：「天寶初，貴族及士民好爲胡服胡帽，婦人則簪步搖釵，衿袖窄小。」《舊唐書・文宗紀》大和二年：「命中使於漢陽公主及諸公主第宣旨：今後每遇對日，不須著短窄衣服。」蓋短衣便於騎乘，時有流行。元稹《有所教》：「莫畫長眉畫短眉，斜紅傷豎莫傷垂。」《元白詩箋證稿》：「頗疑貞元末年之時世妝，其畫眉尚短，與樂天此詩所言天寶末年之時尚……適得其反也。」

〔君不見昔時呂向美人賦〕《新唐書・呂向傳》：「字子回，亡其世貫，或曰涇州人。……玄宗開元十年召入翰林，兼集賢院校理，事太子及諸王爲文章。時帝歲遣使采擇天下姝好，内之後宮，號花鳥使，向因奏《美人賦》以諷，帝善之，擢左拾遺。」朱《箋》：「據《新傳》則呂向獻《美人賦》在開元間，非天寶末，白氏原注有誤。……岑仲勉《翰林學士壁記注補》……考證『向殆卒天寶初年』，其説蓋可信。檢盧校……無注，費氏覆宋本同。又敦煌本亦無注。元稹《上陽白髮人》自注云：『天寶中密號採取艷異者爲花鳥使。』亦未言及呂尚。疑宋本以降各本此注爲後人所妄加。」《大唐傳載》：「天寶中，天下無事，選六宮風流艷態者，名花鳥使，主宴。」《南部新書》庚、《唐語林》卷五所載略同，爲另一説。

胡旋女

天寶末，康居國獻之①。

胡旋女，胡旋女②，心應絃，手應鼓。絃鼓一聲雙袖舉，迴雪飄颻轉蓬舞③。左旋右轉不知疲，千匝萬周無已時。人間物類無可比④，奔車輪緩旋風遲⑤。曲終再拜謝天子，天子爲之微啓齒。胡旋女，出康居⑥，徒勞東來萬里餘⑦。中原自有胡旋者，鬭妙爭能爾不如⑧。天寶季年時欲變⑨，臣妾人人學圓轉。中有太真外祿山⑩，二人最道能胡旋。梨花園中册作妃⑪，金雞障下養爲兒。祿山胡旋迷君眼，兵過黄河疑未反⑫。貴妃胡旋惑君心⑬，死棄馬嵬念更深。從兹地軸天維轉⑭，五十年來制不禁。胡旋女，莫空舞，數唱此歌悟明主⑮。（0130）

【校】

①〔題下注〕敦煌本作「天寶年中外國進來」，《南部新書》作「天寶末康居國獻胡旋女蓋左旋右轉之舞也」。

②〔胡旋女〕敦煌本、《白氏諷諫》三字不疊。

③〔迴雪飄飖〕《白氏諷諫》作「迴風飄飄」。

④〔人間物類無可比〕敦煌本作「絃催鼓促曲已畢」，《白氏諷諫》作「絃催鼓促曲欲遍」。

⑤〔輪緩〕敦煌本作「輪轉」。

⑥〔出康居〕敦煌本作「外國來此居」，《白氏諷諫》作「外國居」。

⑦〔東來〕敦煌本作「東方」，神田本等抄本作「東南」。

⑧〔爾不如〕公文本、曾本《白氏諷諫》作「汝不如」，光緒本《白氏諷諫》作「汝不知」。

⑨〔天寶季年〕敦煌本、《白氏諷諫》、《文苑英華》作「天寶末年」。

⑩〔外祿山〕公文本、曾本《白氏諷諫》作「與祿山」。

⑪〔梨花園中〕《白氏諷諫》作「梨園宮中」。

⑫〔疑未反〕公文本、曾本《白氏諷諫》作「旋未反」，神田本等抄本作「看未反」。

⑬〔惑君心〕敦煌本、光緒本《白氏諷諫》作「感君心」。

⑭〔從兹〕敦煌本、《白氏諷諫》作「從此」。〔地軸天維〕敦煌本作「地輪天維」，《白氏諷諫》作「地軸天關」。

⑮〔數唱此歌〕敦煌本、《白氏諷諫》作「故唱此曲」。

【注】

〔胡旋女〕此爲李紳、元稹《新題樂府》原題，元诗題下注引李傳原文爲：「天寶中西國來獻。」《舊唐書·音樂志二》：「《康國樂》，工人皂絲布頭巾，緋絲布袍，錦領。舞二人，緋襖，錦領袖，緑綾渾襠袴，赤皮靴，白袴帑。舞急轉如風，俗謂之胡旋。」《新唐書·五行志二》：「天寶後，……又有《胡旋舞》，本出康居，以旋轉便捷爲巧，時又尚之。」《西域傳下·康國》：「開元初，貢……胡旋女子。」「米，……開元時獻璧、舞筵、師子、胡旋女。」識匿：「俱蜜者，……開元中獻胡旋女。」又《舊唐書·外戚傳·武延秀》：「延秀久在蕃中，解突厥語，常於主第，延秀唱突厥歌，作胡旋舞。」是胡旋舞開元前已入中國。向達《唐代長安與西域文明》引日人石田幹之助《胡旋舞小考》，謂白詩注誤。《樂府雜録》：「舞有《骨鹿舞》、《胡旋舞》，俱於一小圓毬子上舞，縱橫騰踏，兩足終不離於毬子上，其妙也如此。」

〔康居國〕《漢書·西域傳》：「康居國，王冬治樂越匿地，到卑闐城，去長安二萬三百里。」《舊唐書·西戎傳·康國》：「康國，即漢康居之國也。其王姓温，月氏人。……貞觀九年，又遣使貢獅子，……自此朝貢歲至。」

〔迴雪飄颻轉蓬舞〕張衡《舞賦》：「裾似飛燕，袖如迴雪。」曹植《洛神賦》：「仿佛兮若輕雲之蔽月，飄颻兮若流風之迴雪。」曹植《雜詩》：「轉蓬離本根，飄颻隨長風。」

〔人間物類無可比，奔車輪緩旋風遲〕《淮南子·人間訓》：「物類相似若然，而不可從外論者，衆而難識矣。」《韓非子・安危》：「奔車之上無仲尼，覆舟之下無伯夷。」僧肇《物不遷論》：「然則旋風偃岳而常靜，江河競注而不流。」

〔曲終再拜謝天子，天子爲之微啓齒〕《莊子・徐無鬼》：「吾所以説吾君者，横説之以詩書禮樂，從説之則以金板六弢，奉事而大有功者不可爲數，而吾君未嘗啓齒。」成玄英疏：「開口而微笑。」

〔梨花園中册作妃，金雞障下養爲兒〕梨花園，梨園。陳寅恪《元白詩箋證稿》：「唐長安有二梨園，一在光化門北，一在蓬萊宫側。其光化門之北者，遠在宫城以外。其蓬萊宫側者，乃教坊之所在。準以地望與情事，似俱無作爲册妃處所之可能。」按，陳説過泥。詩意乃牽合楊氏册爲貴妃與玄宗教習梨園二事爲一處。《舊唐書・安禄山傳》：「後請爲貴妃養兒，入對皆先拜太真，玄宗怪而問之，對曰：『臣是蕃人，蕃人先母而後父。』玄宗大悦，遂命楊銛已下並約爲兄弟姊妹。……上御勤政樓，於御坐東爲設一大金雞障，前置一榻坐之，卷去其簾。」

〔禄山胡旋迷君眼，兵過黄河疑未反〕《舊唐書・安禄山傳》：「晚年益肥壯，腹垂過膝，重三百三十斤，每行以肩膊左右擡挽其身，方能移步。至玄宗前，作胡旋舞，疾如風焉。」「（天寶）十三載正月，謁於華清宫，因涕泣言：『臣蕃人，不識字，陛下擢臣不次，被楊國忠欲得殺臣。』玄宗益親厚之，遂以爲左僕射。……人言反者，玄宗必大怒，縛送與之。」《安禄山事迹》中：「（天寶十四載）九月九日甲午，……太原奏（楊）光翽被擒，并東受降城奏禄山反，玄宗猶疑以讎嫌毁譖，尚不之信。……禄山多載草木於河中，并以長索繫破船，大樹礙凌，一宿而冰合。」

〔貴妃胡旋惑君心，死棄馬嵬念更深〕楊貴妃賜死馬嵬，參見《長恨歌》（本書卷十二0593）注。謂「貴妃胡旋」，詩人之言連及也。

〔從茲地軸天維轉〕喻天下傾覆。木華《海賦》：「又似地軸，挺拔而爭迴。」《文選》李善注：「《河圖括地象》曰：地下有四柱，廣十萬里，有三千六百軸。」宋玉《大言賦》：「壯士憤兮絶天維，北斗戾兮太山夷。」蕭繹《南郊頌》：「緯天維，理地軸。」

新豐折臂翁①

新豐老翁八十八②，頭鬢眉鬚皆似雪③。玄孫扶向店前行④，左臂憑肩右臂折⑤。問翁臂折來幾年，兼問致折何因緣⑥。翁云貫屬新豐縣，生逢聖代無征戰。慣聽梨園歌管聲⑦，不識旗槍與弓箭⑧。無何天寶大徵兵，户有三丁點一丁⑨。點得驅將何處去⑩？五月萬里雲南行。聞道雲南有瀘水⑪，椒花落時瘴烟起。大軍徒涉水如湯，未過十人二三死⑫。村南村北哭聲哀⑬，兒別爺孃夫別妻⑭。皆云前後征蠻者，千萬人行無一迴。是時翁年二十四，兵部牒中有名字。夜深不敢使人知，偷將大石鎚折臂⑮。張弓簸旗俱不堪，從兹始免征雲南⑯。骨碎筋傷非不苦，且圖揀退歸鄉土⑰。臂折來來六十年⑱，一肢雖廢一身全。至今風雨陰寒夜⑲，直到天明痛不眠⑳。痛不眠㉑，終不悔，且喜老身今獨在㉒。不然當時瀘水頭㉓，身死魂飛骨不收㉔。應作雲南望鄉鬼，萬人冢上哭呦呦。雲南有萬人冢，即鮮于仲通、李宓曾覆軍之所也㉕。老人言，君聽取。君不聞開元宰相宋開府㉖，不賞邊攻防黷武。開元初，突厥數寇邊，時大武軍子將郝靈佺出使㉗，因引特勒迴鶻部落㉘，斬突厥默啜，獻首于闕下，自謂有不世之功。時宋璟爲相，以天子年少好武，恐徼功者生心，痛抑其黨㉙。逾年，始授郎將。靈佺遂慟哭嘔血而死也。

又不聞天寶宰相楊國忠㉚，欲求恩幸立邊功。邊功未立生人怨㉛，請問新豐折臂翁㉜。天寶末，楊國忠爲相，重結閤羅鳳之役㉝，募人討之，前後發二十餘萬衆㉞，去無返者。又捉人連枷赴役，天下怨哭，人不聊生，故祿山得乘人心而盗天下。元和初，而折臂翁猶存，因備歌之。（0131）

【校】

①〔題〕敦煌本、公文本、曾本《白氏諷諫》、盧校、汪本作「折臂翁」。

②〔八十八〕敦煌本作「年八十」。

③〔眉鬚〕敦煌本、公文本、曾本《白氏諷諫》、神田本等抄本作「鬚眉」。

④〔玄孫〕光緒本《白氏諷諫》作「兒孫」。

⑤〔左臂憑肩右臂折〕「左」、「右」敦煌本、《白氏諷諫》、神田本等抄本互乙，「臂折」敦煌本、光緒本《白氏諷諫》作「折臂」。

⑥〔致折〕光緒本《白氏諷諫》作「臂折」。

⑦〔慣聽梨園歌管聲〕敦煌本、《文苑英華》、神田本等抄本作「唯聽驪宮歌吹聲」，《白氏諷諫》作「慣聽驪宮歌吹聲」。

⑧〔旗槍〕神田本等抄本作「旗鎗」，《白氏諷諫》、《文苑英華》作「槍旗」。

⑨〔點一丁〕神田本等抄本作「抽一丁」。

⑩〔點得驅將〕《白氏諷諫》作「點得驅行」，神田本等抄本作「點將驅向」，《文苑英華》作「里胥驅向」，敦煌本作「點

向」。

⑪〔聞道〕敦煌本、時賢本等抄本、《文苑英華》作「傳道」。

⑫〔未過〕敦煌本、神田本等抄本作「未戰」。〔二三死〕敦煌本作「五人死」。

⑬〔哭聲哀〕光緒本《白氏諷諫》、《文苑英華》作「哭聲悲」。

⑭〔爺孃〕《文苑英華》作「爹娘」。

⑮〔偷將〕公文本、曾本《白氏諷諫》作「遂把」，光緒本《白氏諷諫》作「遂將」，敦煌本、《文苑英華》、神田本等抄本作「自把」。

⑯〔從茲始免〕敦煌本、公文本、曾本《白氏諷諫》、神田本等抄本作「從此始免」。

⑰〔骨碎筋傷非不苦，且圖揀退歸鄉土〕敦煌本、公文本、曾本《白氏諷諫》、盧校、神田本等抄本上下句互乙。

⑱〔臂折來來〕馬本、《唐音統籤》、汪本作「此臂折來」，神田本等抄本作「臂折來」，或校改「來」下加「成」字。

⑲〔風雨陰寒〕敦煌本作「陰雨風寒」，公文本、曾本《白氏諷諫》、盧校作「風雨淒寒」。

⑳〔直到天明〕敦煌本、《文苑英華》、神田本等抄本作「猶到天明」。

㉑〔痛不眠〕敦煌本作「痛不眠兮」。

㉒〔且喜〕敦煌本、《文苑英華》、神田本等抄本作「所喜」。〔今獨在〕敦煌本、神田本作「今猶在」。

㉓〔當時〕敦煌本作「當昔」，神田本原本同，校改爲「當死」，其他抄本或作「當初死」。

㉔〔身死〕神田本等抄本作「身没」。〔魂飛〕敦煌本作「魂歸」，《白氏諷諫》、《文苑英華》、神田本等抄本作「魂孤」。

㉕〔（注）李宓〕紹興本等原作「李密」，據馬本、《唐音統籤》改。下「曾」字，《文苑英華》、除神田本外其他抄本作「等」。

㉖〔君不聞〕敦煌本、《白氏諷諫》作「君不見」，「君」《文苑英華》抄本作「何」。

㉗〔（注）大武軍〕紹興本等刊本作「天武軍」，神田本等抄本或作「太武軍」，或作「大武軍」。據《白氏諷諫》、新舊《唐書·玄宗紀》、《資治通鑑》改。〔（注）子將〕馬本、《唐音統籤》、汪本作「牙將」，誤。〔（注）郝靈佺〕紹興本等原作「郝雲岑」，或作「郝靈筌」，後文「靈佺」同。據《白氏諷諫》、新舊《唐書》改。

㉘〔（注）因引特勒〕《白氏諷諫》無四字。

㉙〔（注）痛抑其黨〕《文苑英華》、《南部新書》、神田本校改作「痛抑其賞」。

㉚〔又不聞〕敦煌本作「又不見」。

㉛〔邊功未立〕敦煌本、《文苑英華》作「邊功不立」。

㉜〔請問〕敦煌本作「君不見」。

㉝〔（注）重結〕《白氏諷諫》、《文苑英華》、神田本等抄本作「重構」。

㉞〔（注）二十餘萬〕《文苑英華》作「三十餘萬」。

【注】

〔新豐折臂翁〕《資治通鑑》貞觀十六年七月庚申：「制：自今有自傷殘者，據法加罪，仍從賦役。隋末賦役重數，人往往自折支體，謂之福手、福足，至是遺風猶存，故禁之。」貞元二年八月丙戌：「武后以來，承平日久，府兵浸墮，爲人所賤，百姓耻之，至蒸熨手足，以避其役。」《朝野僉載》卷六：「空如禪師者，不知何許人也。少慕修道，父母抑婚，以刀割其勢，乃止。後成丁，徵庸課，遂以麻臘裹臂，以火爇之，遂成廢疾。」蓋類似之事，所在多有，居易取以爲篇。《舊唐書·地理志一》關内道京兆府昭應：「隋新豐縣，治古新豐城北。垂拱二年，改爲慶山縣。神龍元年，復爲新豐。天寶二年，分新豐、萬年置會昌縣。七載，省新豐縣，改會昌爲昭應。」

〔翁云貫屬新豐縣〕貫屬，鄉貫所屬。《舊唐書・李抱玉傳》：「臣貫屬涼州，本姓安氏。」

〔慣聽梨園歌管聲，不識旗槍與弓箭〕梨園，見本卷《華原磬》(0128)注。易靜《兵要望江南・占獸第二十》三二：「三日七朝須大戰，不然講武教旗鎗，速斬免災殃。」鎗、槍，字通。

〔聞道雲南有瀘水，椒花落時瘴烟起〕《後漢書・西南夷傳・滇王》：「（劉）尚軍遂度瀘水，入益州界。」注：「瀘水一名若水，出旄牛徼外，經朱提至僰道入江，在今嶲州南。特有瘴氣，三月四月經之必死，五月以後，行者得無害。故諸葛表云：五月渡瀘。言其艱苦也。」《舊唐書・地理志四》劍南道：「姚州，武德四年置，在姚府舊城北百餘步。漢益州郡之雲南縣。古滇王國。……天寶末，楊國忠用事，蜀帥撫慰不謹，蠻王閤羅鳳不恭，國忠命鮮于仲通興師十萬，渡瀘討之，大爲羅鳳所敗。」雲南産椒，《新唐書・地理志六》黎州：「土貢：升麻、椒、麝香、牛黄。」喻凫《送賈島往金州謁姚員外》：「溪瀝椒花氣，岩盤漆葉陰。」陸暢《成都送別費冠卿》：「紅椒花落桂花開，萬里同遊俱未回。」駱賓王《從軍中行路難二首》：「三春邊地風光少，五月瀘中瘴癘多。」

〔大军徒涉水如湯〕揚雄《冀州箴》：「冀土糜沸，泫沄如湯。」

〔兒別爺孃夫別妻〕爺孃，通耶孃、爺娘。《梁鼓角横吹曲・木蘭詩》：「朝辭爺娘去，暮宿黄河邊。」杜甫《兵車行》：「耶孃妻子走相送，塵埃不見咸陽橋。」《寒山詩注》一五九首：「箇箇惜妻兒，爺孃不供養。」

〔兵部牒中有名字〕《舊唐書・職官志二》尚書省：「凡下之所以達上，其制亦有六：曰表、狀、牋、啓、辭、牒。……非公文所施，有品已上公文，皆曰牒。」此指申報於兵部的文書。《唐六典》卷五：「凡諸州諸府應行兵馬之名簿，器物之多少，皆申兵部。」

〔張弓簸旗俱不堪〕簸旗，摇旗。盧仝《月蝕詩》：「蚩尤簸旗弄旬朔，始捶天鼓鳴璫琅。」

〔且圖揀退歸鄉土〕《舊唐書·忠義傳·許遠》：「虢王巨受代之時，盡將部曲而行，所留者揀退羸兵數千人。」

〔臂折來來六十年〕陳寅恪《元白詩箋證稿》引段成式《戲高侍御七首》之一：「青琴仙子長教示，自小來來號阿珍。」謂：「『來來』連文亦唐人常語。」是。來來，即以來之義。皮日休《病中抒情寄上崔諫議》：「十日來來曠奉公，閉門無事忌春風。」

〔應作雲南望鄉鬼，萬人冢上哭呦呦〕《舊唐書·楊國忠傳》：「南蠻質子閣羅鳳亡歸不獲，帝怒甚，欲討之。國忠薦閬州人鮮于仲通爲益州長史，令率精兵八萬討南蠻，與羅鳳戰于瀘南，全軍覆没。國忠掩其敗狀，仍叙其戰功，仍令仲通上表請國忠兼領益部。（天寶）十載，國忠權知蜀郡都督府長史，充劍南節度副大使，知節度事，仍薦仲通代己爲京兆尹。國忠又使司馬李宓率師七萬再討南蠻。宓渡瀘水，爲蠻所誘，至和城，不戰而敗，李宓死於陣。國忠又隱其敗，以捷書上聞。自仲通、李宓再舉討蠻之軍，其徵發皆中國利兵，然於土風不便，沮洳之所陷，瘴疫之所傷，饋餉之所乏，物故者十八九。凡舉二十萬衆，棄之死地，隻輪不還，人銜冤毒，無敢言者。」

〔開元宰相宋開府，不賞邊攻防黷武〕宋璟文散階至開府儀同三司。《唐國史補》卷下：「開元日通不以名，而可稱者宋開府。」《新唐書·玄宗紀》：開元四年六月，「大武軍子將郝靈佺殺突厥默啜。」《宋璟傳》：「聖曆後，突厥默啜負其彊，數寇邊，侵九姓拔曳固，負勝輕出，爲其狙擊斬之，入蕃使郝靈佺傳其首京師。靈佺自謂還必厚見賞。璟顧天子方少，恐後干寵蹈利者夸威武，爲國生事，故抑之，踰年，纔授右武衛郎將，靈佺恚憤不食死。」《資治通鑑》開元四年六月癸酉：「時大武軍子將郝靈荃奉使在突厥，頡質略以其首歸之，與偕詣闕，懸其首於廣街」；閏月己亥：「郝靈荃得其首，自謂不世之功，璟以天子好武功，恐好事者竟生儌倖，痛抑其賞，踰年始授郎將，靈荃慟哭而死。」《元白詩箋證稿》謂「佺」字取義堯時「仙人偓佺」之義，與「靈」字有關，應作「郝靈佺」。《新唐書·地理志三》河東道代州鴈門郡：「其北有大同軍，本大武軍，調露二年曰神武軍，天授二年曰平狄軍，大足元年復更名。」《通典》卷一四八兵一今制：「每軍，大將一人，……子將八人，委其分行陳，辯金鼓及部署。」

〔特勒迴鶻部落〕《元白詩箋證稿》謂「特勒」爲「鐵勒」之誤，蓋鐵勒乃種族名，特勒即「特勤」，爲突厥王子之稱。《資治通鑑》承聖元年：「突厥土門……自號伊利可汗，號其妻爲可賀敦，子弟謂之特勤。」《舊唐書·迴紇傳》：「迴紇，其先匈奴之裔也，在後魏時，號鐵勒部落。其衆微小，其俗驍强，依托高車，臣屬突厥，近謂之特勒。……特勒始有僕骨、同羅、迴紇、拔野古、覆羅，並號俟斤，後稱迴紇焉。」岑仲勉《突厥集史·舊唐書迴紇傳校注》：「『特勒』實『特勤』之訛稱，《(資治通鑒)考異》一二引柳芳《唐曆》，稱特勤迴紇，以鐵勒爲特勒，殆由芳始。《考異》七又云：『突厥子弟謂之特勤，諸書或作特勒，今從劉昫《舊唐書》及宋祁《新唐書》。』開元已後，唐與北蕃不復如前密切，疑其時早有訛特勤爲特勒者，史家不察，糅爲一稱，故曰『近謂之特勒』，言『近』則初唐未有此號也；《新傳》删去此語，不爲無見。」白詩亦稱「特勒」，是其時有此訛稱之證。

太行路

太行之路能摧車，若比人心是坦途②。巫峽之水能覆舟，若比人心是安流。人心好惡苦不常，好生毛羽惡生瘡③。與君結髮未五載，豈期牛女爲參商④。古稱色衰相棄背，當時美人猶怨悔。何况如今鸞鏡中，妾顔未改君心改。爲君薰衣裳，君聞蘭麝不馨香。爲君盛容飾⑤，君看金翠無顔色⑥。行路難，難重陳。人生莫作婦人身，百年苦樂由他人。行路難，難於山，險於水。不獨人間夫與妻⑦，近代君臣亦如此。君不見左納言，右内史⑧，

朝承恩，暮賜死。行路難⑨，不在水，不在山，只在人情反覆間⑩。（0132）

【校】

①〔（序）借夫婦以諷君臣之不終也〕《白氏諷諫》作「借夫婦以諷君臣也」。

②〔若比人心是坦途〕馬本、《唐音統籤》、汪本、《唐文粹》「人心」作「君心」，下文「人心」同。神田本等抄本「坦途」作「夷途」。

③〔毛羽〕《文苑英華》明刊本、郭本作「毛髮」。〔惡生瘡〕《樂府詩集》、時賢本等抄本作「惡成瘡」。

④〔豈期〕《樂府詩集》、神田本等抄本作「忽從」。

⑤〔盛容飾〕《白氏諷諫》、《文苑英華》、《樂府詩集》、神田本等抄本作「事容飾」。

⑥〔金翠〕《文苑英華》、《唐文粹》、馬本、《唐音統籤》、汪本、郭本作「珠翠」。

⑦〔人間〕《文苑英華》、汪本、神田本等抄本作「人家」。

⑧〔右内史〕紹興本等刊本原作「右納史」，據《樂府詩集》、神田本等抄本改。

⑨〔行路難〕《白氏諷諫》、《唐文粹》三字重。

⑩〔人情〕《白氏諷諫》、《樂府詩集》作「人心」。

【注】

〔太行路〕卷一《初入太行路》（0043）：「若比世路難，猶自平於掌。」參見該詩注。

〔若比人心是坦途〕元稹《送林復夢赴韋令辟》：「蜀路危於劍，憐君自坦途。」

〔若比人心是安流〕《楚辭·九歌·湘君》：「令沅湘兮無波，使江水兮安流。」

〔人心好惡苦不常，好生毛羽惡生瘡〕張衡《西京賦》：「所好生毛羽，所惡成創痏。」趙壹《刺世疾邪賦》：「所好則鑽皮出其毛羽，所惡則洗垢求其瘢痕。」

〔豈期牛女爲參商〕牛女，牽牛星與織女星。《續齊諧記》：「桂陽成武丁，有仙道，常在人間，忽謂其弟曰：『七月七日，織女當渡河，諸仙悉還宮。吾向以被召，不得停，與爾別矣。』弟問曰：『織女何事渡河？去當何還？』答曰：『織女暫詣牽牛，吾復三年當還。』明日失武丁，至今云織女嫁牽牛。」蘇彦《秋夜長》：「牛女隔河以延佇，列宿雙景以相望。」參商，參星與商星。《左傳》昭公元年：「昔高辛氏有二子，伯曰閼伯，季曰實沈，居于曠林，不相能也，日尋干戈，以相征討。后帝不臧，遷閼伯于商丘，主辰，商人是因。故辰爲商星。遷實沈于大夏，主參，唐人是因，以服事夏商。……故參爲晉星。由是觀之，則實沈，參神也。」陸機《爲顧彦先贈婦二首》：「形影參商乖，音息曠不達。」

〔古稱色衰相棄背，當時美人猶怨悔〕《史記·呂不韋列傳》：「吾聞之，以色事人者，色衰而愛弛。」

〔何况如今鸞鏡中，妾顏未改君心改〕《藝文類聚》卷九十范泰《鸞鳥詩序》：「昔罽賓王結罝峻卯之山，獲一鸞鳥，王甚愛之，欲其鳴而不致也，乃飾以金樊，饗以珍饈，對之愈戚，三年不鳴。其夫人曰：『嘗聞鳥見其類而後鳴，何不懸鏡以映之？』王從其意，鸞睹形悲鳴，哀響中霄，一奮而絶。嗟乎茲禽，何情之深。」謝朓《詠風詩》：「時拂孤鸞鏡，星鬢視參差。」駱賓王《代女道士王靈妃贈道士李榮》：「龍飆去去無消息，鸞鏡朝朝減容色。」

〔爲君薰衣裳，君聞蘭麝不馨香〕王訓《奉和率爾有詠》：「學舞勝飛燕，染粉薄南陽。散黄分黛色，薰衣雜棗香。」江總《雜曲三首》：「願奉更衣蘭麝氣，恐君馬到自驚香。」

〔爲君盛容飾，君看金翠無顏色〕楊修《神女賦》：「盛容飾之本艶，奐龍采而鳳榮。」曹植《洛神賦》：「戴金翠之首飾，綴明珠以耀軀。」

〔左納言，右内史〕《舊唐書·職官志二》門下省：「侍中二員。隋曰納言，又名侍内。武德爲納言，又改爲侍中。龍朔改東臺左相，光宅元年改爲納言，神龍復爲侍中。開元元年改爲黄門監，五年復爲侍中。天寶二年改爲左相。至德二年復改爲侍中。」中書省：「中書令二員。……隋曰内書令，武德曰内史令，尋改爲中書令。龍朔爲西臺右相，咸亨復爲中書令。……天寶改爲右相，至德二年復爲中書令。」

陳寅恪《元白詩箋證稿》引德宗賜死劉晏、楊炎及憲宗貶韋執誼崖州諸事，謂：「此篇之作，或竟爲近慨崖州之沉淪，追刺德宗之猜刻，遂取以諷諫元和天子耶？」可參看。

司天臺

司天臺，仰觀俯察天人際。羲和死來職事廢②，官不求賢空取藝③。昔聞西漢元成間，下陵上替謫見天④。北辰微暗少光色⑤，四星煌煌如火赤⑥。耀芒動角射三台⑦，上台半滅中台坼⑧。是時非無太史官，眼見心知不敢言。明朝趨入明光殿，唯奏慶雲壽星見⑨。天文時變兩如斯⑩，九重天子不得知⑪。不得知，安用臺高百尺爲⑫？（0133）

【校】

①〔（序）引古以儆今也〕公文本、曾本《白氏諷諫》、盧校作「引古以證今也」。

②〔職事廢〕敦煌本作「人事廢」。

③〔空取義〕敦煌本作「唯取義」。

④〔下陵上替〕紹興本等作「上陵下替」，據神田本等抄本、《文苑英華》、汪本改。

⑤〔北辰〕敦煌本作「五神」。

⑥〔四星〕神田本等抄本作「五星」。

⑦〔耀芒〕《白氏諷諫》作「光芒」。〔動角〕敦煌本作「振角」。

⑧〔上台半滅〕《文苑英華》作「半見半滅」，敦煌本作「上台半裂」。

⑨〔慶雲〕時賢本等抄本作「卿雲」。

⑩〔兩如斯〕公文本、曾本《白氏諷諫》作「固若斯」，敦煌本、光緒本《白氏諷諫》作「兩若斯」。

⑪〔九重天子不得知〕敦煌本七字重。

⑫〔安用臺高百尺爲〕敦煌本作「焉用司天百尺圍」，神田本等抄本作「安用司天臺高百尺爲」。

【注】

〔司天臺〕《史記・曆書》：「顓頊受之，乃命南正重司天以屬神，命火正黎司地以屬民。」《舊唐書・天文志下》：「舊儀：太史局隸秘書省，掌視天文曆象。……乾元元年三月，改太史監爲司天臺。」

〔仰觀俯察天人際〕《易・繫辭上》：「《易》與天地準，故能彌綸天地之道，仰以觀於天文，俯以察於地理，是故知幽明之故。」《春秋繁露・深察名號》：「是故事各順於名，名各順於天，天人之際，合而爲一。」《史記・太史公自序》：「禮樂損益，律曆改易，兵權山川鬼神，天人之際，承敝通變，作八書。」

〔義和死來職事廢，官不求賢空取藝〕《書・堯典》：「乃命羲和，欽若昊天，曆象日月星辰，敬授民時。」《胤征》：「羲和廢厥職，酒荒于厥邑，胤后承王命徂征。」《論語・雍也》：「曰：『求也可使從政也與？』曰：『求也藝，於從政乎何有？』」

〔昔聞西漢元成間，下陵上替謫見天〕元、成，指西漢元帝、成帝。《漢書・張禹傳》：「永始、元延之間，日蝕地震尤數，吏民多上書言災異之應，譏切王氏專政所致。上懼變異數見，意頗然之，未有以明見，乃車駕至禹第，辟左右，親問禹以天變，因吏民所言王氏事示禹，禹自覺年老，子孫弱，又與曲陽侯不平，恐爲所怨。禹則謂上曰：『……性與天道，自子贛之屬不得聞，何況淺見鄙儒之所言。陛下宜修政事以善應之，與下同其福喜，此經義意也。……』上雅信愛禹，由此不疑王氏。後曲陽侯根及諸王子弟聞知禹言，皆喜説，遂親就禹。」《成帝紀》：「（竟寧三年）冬十二月戊申朔，日有蝕之，夜，地震未央宮殿中。詔曰：『人君不德，謫見天地，災異婁發，以告不治。』」《左傳》昭公十八年：「於是乎下陵上替，能無亂乎？」

〔北辰微暗少光色，四星煌煌如火赤〕《爾雅・釋天》：「北極謂之北辰。」《論語・爲政》：「子曰：爲政以德，譬如北辰，居其所而衆星共之。」四星，當從抄本作「五星」。《漢書・天文志》：「凡五星色：皆圜，白爲喪爲旱，赤中不平爲兵，青爲憂爲水，黑爲疾爲多死，黄吉。皆角，赤犯我城，黄地之爭，白哭泣之聲，青有兵憂，黑水。」

〔耀芒動角射三台，上台半滅中台坼〕《晉書・天文志中》：「熒惑法使行無常，出則有兵，入則兵散。以舍命國，爲亂爲賊，爲疾爲喪，爲饑爲兵，所居國受殃。環繞鉤己，芒角動摇，變色，乍前乍後，乍左乍右，其爲殃愈甚。……鉤己，有芒角如鋒刃，人主無出宮，下有伏兵。」《天文志上》：「三台六星，兩兩而居，起文昌，列抵太微。一曰天柱，三公之位也。在人曰三公，在天曰三台，主開德宣符也。」《天文志下》：「永康元年三月，中台星坼，太白晝見。占曰：台星失常，三公憂。太白晝見，爲不臣。是月，賈后殺太子，趙王倫尋廢殺后，斬司空張華。」

《張華傳》：「少子韙以中台星坼，勸華遜位，華不從。」《周禮·春官·大宗伯》賈公彦疏引《武陵太守星傳》：「三台一名天柱，上台司命爲太尉，中台司中爲司徒，下台司禄爲司空。」

〔明朝趨入明光殿，唯奏慶雲壽星見〕明光殿，見卷二《寓意詩五首》之四（0093）注。《漢書·天文志》：「若煙非煙，若雲非雲，鬱鬱紛紛，蕭索輪囷，是謂慶雲。慶雲見，喜氣也。」《史記·孝武本紀》：「其來年冬，郊雍五帝。還，拜祝祠泰一。贊饗曰：德星昭衍，厥維休祥，壽星仍出，淵耀光明。」索隱：「壽星，南極老人星也，見則天下理安。」

陳寅恪《元白詩箋證稿》：「古有中台星坼三公須避位之説，是此篇所刺者，即當時之執政耶？……又漢家故事，凡遇陰陽災變，則三公縱不握實權者，亦往往爲言者所指斥，而實際柄政之臣，則時或不任其咎。樂天作詩時，裴垍爲中書侍郎、同平章事。鄭絪、李藩相代爲門下侍郎、同平章事。雖爲宰相，並非三公。揆以樂天引古儆今之語，則樂天所指言者，殆屬之當時司徒杜佑、司空于頔二人之一矣。」並引居易《季冬薦獻太清宮詞文》（《白氏文集》卷五七）：「司天臺奏：六月十三日夜，老人星見。河南府申芝草兩莖。司天臺奏：冬至日，佳氣充塞，瑞雪祈寒者。謹遣攝太尉司徒平章事杜佑薦獻以聞。」謂：「此篇之作，或即以曾草是文而有所感觸耶？」其説牽引時事，未有確證。

捕蝗

捕蝗捕蝗誰家子①？天熱日長飢欲死。興元兵久傷陰陽②，和氣蠱蠹化爲蝗。始自兩河及三輔，荐食如蠶飛似雨。雨飛蠶食千里間③，不見青苗空赤土。河南長吏言憂農④，課人晝夜捕蝗蟲。是時粟斗錢三百⑤，蝗蟲之價與粟同。捕蝗捕蝗竟何利，徒使飢人重勞費。一蟲雖死百蟲來⑥，豈將人力競天災⑦。我聞古之良吏有善政，以政驅蝗蝗出境。又聞貞觀之初道欲昌，文皇仰天吞一蝗。一人有慶兆民賴⑧，是歲雖蝗不爲害。貞觀二年，太宗吞蝗蟲，事具《貞觀實録》。（0134）

【校】

①〔捕蝗捕蝗誰家子〕神田本等抄本作「捕蝗捕蝗者誰子」。

②〔兵久〕《白氏諷諫》作「兵革」，馬本、《唐音統籤》作「兵後」。

③〔雨飛〕《白氏諷諫》作「飛蝗」。

④〔言憂農〕《白氏諷諫》作「苦憂農」。

⑤〔是時〕神田本等抄本作「此時」。〔粟斗〕《白氏諷諫》作「斗粟」。

⑥〔一蟲雖死百蟲來〕《白氏諷諫》、汪本兩「蟲」字作「蝗」字。

⑦〔競天災〕《白氏諷諫》、《唐音統籤》、汪本作「定天災」。

⑧〔兆民〕神田本等抄本作「兆人」。

【注】

〔興元兵久傷陰陽，和氣蠱蠹化爲蝗〕《舊唐書·德宗紀》：「（興元元年）是秋，螟蝗蔽野，草木無遺。」「（貞元元年四月）時關東大旱，賦調不入，由是國用益窘，關中飢民蒸蝗蟲而食之。……五月癸卯，分命朝臣禱群神以祈雨。蝗自海而至，飛蔽天，每下則草木及畜毛無復孑遺，穀價騰踊。……（七月）關中蝗蟲食草木都盡，旱甚，灞水將竭，井多無水。」陳寅恪《元白詩箋證稿》：「考貞元元年樂天年十四，時在江南，求其所以骨肉離散之故，殆由於朱泚之亂。而興元、貞元之飢饉，則又家園殘廢之因。……夫兵亂歲飢，乃貞元當時人民最觸目驚心之事。樂天於此，既餘悸尚存，故追述時，下筆猶有隱痛。」《漢書·李尋傳》：「順之於善政，則和氣可立致。」《藝文類聚》卷一百引《洪範五行傳》：「春秋之螽者，蟲災也。以刑罰暴虐，貪叨無厭，興師動衆，蟲爲害矣。」《齊民要術·雜説》：「芒種節後，陽氣始虧，陰慝將萌，暖氣始盛，蟲蠹並興。」

〔始自兩河及三輔，荐食如蠶飛似雨〕兩河，河南河北。三輔，指關中地區。《左傳》定公四年：「吴爲封豕長蛇，以荐食上國。」杜預注：「荐，數也。言吴貪害如蛇豕。」

〔是時粟斗錢三百，蝗蟲之價與粟同〕《資治通鑑》興元元年五月：「時關中兵荒，米斗直錢五百」；又同年十一月：「天下旱蝗，關中米斗千錢。」胡如雷《唐代農産品与手工業品的比價及其變動》（收入《隋唐五代社會經濟史論稿》）：「《捕蝗》詩所記當爲關中粟價，……此詩作於夏季，所以應該與五月米價相比。兩數比較，粟價亦爲米價的60%。根據以上幾例，大致可以斷定，在一般情況下，粟價爲米價的60%左右。」

〔豈將人力競天災〕《鹽鐵論·水旱》大夫曰：「水旱，天之所爲。飢穰，陰陽之運也，非人力。」《舊唐書·姚崇傳》：「開元四年，山東蝗蟲大起，崇乃遣御史分道殺蝗。汴州刺史倪若水執奏曰：『蝗是天災，自宜修德。』仍拒御史不肯應命。崇大怒，……時朝廷喧議，皆以驅蝗爲不便，黄門監盧懷慎謂崇曰：『蝗是天災，豈可制以人事？外議咸以爲非。又殺蟲太多，有傷和氣。今猶可復，請公思之。』崇曰：『若殺蟲救人，因緣致禍，崇請獨受，義不仰關。』」

〔我聞古之良吏有善政，以政驅蝗蝗出境〕《後漢書·卓茂傳》：「遷密令，勞心諄諄，視人如子，……平帝時，天下大蝗，河南二十餘縣皆被其災，獨不入密縣界。」《魯恭傳》：「拜中牟令，恭專以德化爲理，不任刑罰。……建初七年，郡國螟傷稼，犬牙緣界，不入中牟。」類似傳説尚多。

〔又聞貞觀之初道欲昌，文皇仰天吞一蝗〕《貞觀政要·務農》：「貞觀二年，京師旱，蝗蟲大起。太宗入苑視禾，見蝗蟲，掇數枚而呪曰：『人以穀爲命，而汝食之，是害于百姓。百姓有過，在予一人，爾其有靈，但當食我心，無害百姓。』將吞之，左右遽諫曰：『恐成疾，不可。』太宗曰：『所冀移災朕躬，何疾之避。』遂吞之。自是蝗不復爲災。」

〔一人有慶兆民賴〕《書·呂刑》：「一人有慶，兆民賴之。」

昆明春水滿①　貞元中始漲之。

昆明春，昆明春②，春池岸古春流新。影浸南山青滉瀁③，波沉西日紅奫淪。往年因旱靈池竭④，龜尾曳塗魚喣沫⑤。詔開八水注恩波⑥，千介萬鱗同日活⑦。今來淨渌水照天⑧，游魚鱍鱍蓮田田⑨。洲香杜若抽心短⑩，沙暖鴛鴦鋪翅眠。動植飛沉皆遂性⑪，皇澤如春無不被⑫。漁者仍豐網罟資，貧人又獲菰蒲利⑬。詔以昆明近帝城，官家不得收其征⑭。菰蒲無租魚無稅⑮，近水之人感君惠。感君惠，獨何人？吾聞率土皆王民⑯，遠民何疏近何親？願推此惠及天下，無遠無近同欣欣⑰。吴興山中罷榷茗，鄱陽坑裏休封銀⑱。

天涯地角無禁利⑲，熙熙同似昆明春。（0135）

【校】

①〔題〕敦煌本、《白氏諷諫》、汪本作「昆明春」。

②〔昆明春〕敦煌本、《白氏諷諫》三字不重。

③〔影浸〕敦煌本作「影侵」。〔青滉瀁〕《白氏諷諫》作「清滉瀁」。

④〔靈池竭〕《全唐詩》作「池枯竭」。

⑤〔曳塗〕《白氏諷諫》、神田本等抄本作「曳泥」。

⑥〔八水〕馬本、《唐音統籤》、汪本作「分水」。

⑦〔千介萬鱗〕敦煌本作「千介萬蟲」，《白氏諷諫》作「千類萬鱗」。

⑧〔今來淨淥水照天〕敦煌本作「今來淨淥水鏡天」，《白氏諷諫》作「今來淥水波照天」，神田本等抄本作「今來綠水照青天」。

⑨〔鱍鱍〕敦煌本、光緒本《白氏諷諫》、神田本等抄本作「撥撥」，公文本、曾本《白氏諷諫》作「潑潑」。

⑩〔抽心短〕敦煌本、《白氏諷諫》、神田本等抄本作「抽心長」。

⑪〔動植飛沉皆遂性〕敦煌本作「洞植幽沉性皆遂」，《白氏諷諫》作「動植飛潛性皆遂」，神田本等抄本作「動植飛沉性皆遂」。

⑫〔皇澤〕敦煌本作「皇化」。

⑬〔貧人〕《白氏諷諫》作「樵人」。
⑭〔官家不得〕敦煌本作「官家不用」，《白氏諷諫》作「官家不問」。
⑮〔無租〕《白氏諷諫》作「無征」。〔魚無税〕神田本等抄本作「漁無税」。
⑯〔皆王民〕神田本等抄本作「皆皇民」，敦煌本作「皆王人」。
⑰〔同欣欣〕《白氏諷諫》作「皆忻忻」。
⑱〔鄱陽坑裏〕《白氏諷諫》作「鄱陽坑頭」。
⑲〔無禁利〕敦煌本、《白氏諷諫》作「盡蒙利」。

【注】

〔昆明春水滿〕《舊唐書·德宗紀》：「（貞元十三年）八月丁巳，詔京兆尹韓臯修昆明池石炭、賀蘭兩堰兼湖渠。」《册府元龜》卷十四貞元十三年八月詔：「昆明池俯近都城，古之舊制，蒲魚所産，實利於人。宜令京兆尹韓臯充使即勾當修堰漲池。」張仲素、宋俊有《漲昆明池賦》（《文苑英華》卷三五），陳寅恪《元白詩箋證稿》謂白詩或受張賦之啓發。《長安志》卷六：「昆明池，漢武帝置以習水軍，欲征昆明國，故就此名。至秦姚興時竭。唐德宗貞元十三年，命京兆引韓臯充使浚之。」按，據《唐書》本紀，高祖、太宗曾屢次幸昆明池。《舊唐書·巢王元吉傳》：「吾與秦王至昆明池，於彼宴别，令壯志拉之於幕下。」蓋昆明池唐初猶爲皇家遊宴之處。

〔影浸南山青滉瀁，波沉西日紅奫淪〕南山，指終南山。潘岳《西征賦》：「其池則湯湯汗汗，滉瀁彌漫，浩如河漢。」𣽡淪，水深廣貌。劉長卿《雲母溪》：「白髮慚皎鏡，清光媚𣽡淪。」

〔往年因旱靈池竭，龜尾曳塗魚煦沫〕《宋書·符瑞志中》：「魏文帝初，神龜出於靈池。」此借用。《莊子·秋水》：「此龜者，寧其死爲留骨而貴乎？寧其生而曳尾於塗中乎？」《大宗師》：「泉涸，魚相與處於陸，相呴以濕，相濡以沫，不如相忘於江湖。」

〔詔開八水注恩波，千介萬鱗同日活〕《三輔黄圖》卷六：「關中八水皆出上林苑。霸水出藍田谷，西北入渭。滻水亦出藍田谷，北至霸陵入霸。涇水出安定涇陽幵頭山，東至陽陵入渭。渭水出隴西首陽縣鳥鼠同穴山，東北至華陰入河。豐水出鄠南山豐谷，北入渭。鎬水在昆明池北。牢水出鄠縣西南，入潦谷，北流入渭。潏水在杜陵，從皇子陂西北流，經昆明池入渭。」楊素《贈薛播州詩》：「兩河定寶鼎，八水域神州。」駱賓王《帝京篇》：「五緯連影集星躔，八水分流横地軸。」丘遲《侍宴樂遊苑送張徐州應詔詩》：「參差別念舉，肅穆恩波被。」左思《蜀都賦》：「水物殊品，鱗介異族。」

〔游魚鱍鱍蓮田田〕鱍鱍，魚跳貌。杜甫《觀打魚歌》：「綿州江水之東津，魴魚鱍鱍色勝銀。」《寒山詩注》一八六首：「買肉血㵫㵫，買魚跳鱍鱍。」《相和曲・江南》：「江南可采蓮，蓮葉何田田。」

〔洲香杜若抽心短，沙暖鴛鴦鋪翅眠〕《楚辭・九歌・湘君》：「采芳州兮杜若，將以遺兮下女。」杜甫《絶句二首》：「泥融飛燕子，沙暖睡鴛鴦。」

〔動植飛沉皆遂性，皇澤如春無不被〕謝莊《孝武帝哀策文》：「禎被動植，信洎翔泳。」李諧《述身賦》：「願自託於魚鳥，永得性於飛沉。」陸機《謝平原内史表》：「皇澤廣被，惠濟無遠。」

〔漁者仍豐網罟資，貧人又獲菰蒲利〕《淮南子・本經訓》：「末世之政，田漁重稅，關市急徵，澤梁畢禁，網罟無所布，耒耜無以設，民力竭於徭役，財用殫於會賦。」謝靈運《從斤竹澗越嶺溪行詩》：「蘋萍泛沉深，菰蒲冒清淺。」

〔吾聞率土皆王民〕《詩・小雅・北山》：「溥天之下，莫非王土。率土之濱，莫非王臣。」

〔願推此惠及天下，無遠無近同欣欣〕《孟子·梁惠王上》：「故推恩足以保四海，不推恩無以保妻子。古之人所以大過人者，無他焉，善推其所爲而已矣。」《書·大禹謨》：「惟德動天，無遠弗屆。」曹植《大饗碑》：「皇恩所漸，無遠不至。」

〔吴興山中罷榷茗，鄱陽坑裏休封銀〕《舊唐書·食貨志下》：「（建中）三年九月，户部侍郎趙贊上言曰：……贊於是條奏諸道津要都會之所，皆置吏，閱商人財貨，計錢每貫税二十，天下所出竹、木、茶、漆，皆十一税之，以充常平本。」「貞元九年正月，初税茶。先是，諸道鹽鐵使張滂奏曰：『伏以去歲水災，詔令減税。今之國用，須有供儲。伏請於出茶州縣，及茶山外商人要路，委所由定三等時估，每十税一，充所放兩税。……』詔可之，仍委滂具處置條奏。自此每歲得錢四十萬貫。」又《食貨志上》：「（元和）十三年鹽鐵使程异奏：『……伏以榷税茶鹽，本資財賦，贍濟軍鎮，蓋是從權。』」按，《唐六典》卷二十太府寺注：「榷，謂專略其利。」《史記·五宗世家》集解：「韋昭曰：榷者，禁他家，獨王家得爲之。」榷茗，乃茶葉專賣，與税茶有別。然唐代史料中常連言。穆宗、文宗時加茶榷，王涯獻榷茶之利，見《唐書》本紀，事又在《新樂府》寫作之後。《新唐書·地理志五》湖州吴興郡土貢：「紫筍茶。……顧山有茶以供貢。」《唐國史補》卷下：「風俗貴茶，茶之名品益衆。……湖州有顧渚之紫筍。」《新唐書·食貨志四》：「陜、宣、潤、饒、衢、信五州，銀冶五十八，銅冶九十六，鐵山五，錫山二，鉛山四。……開元十五年，初税伊陽五重山銀、錫。德宗時户部侍郎韓洄建議，山澤之利宜歸王者，自是皆隸鹽鐵使。」《元和郡縣志》卷二八饒州樂平縣：「每歲出銀十餘萬，收税山銀七千兩。」參見卷二《贈友五首》之二（0086）注。

〔天涯地角無禁利〕《左傳》襄公九年：「國無滯積，亦無困人。公無禁利，亦無貧民。」

城鹽州 貞元壬申歲，特詔城之。

城鹽州，城鹽州，城在五原原上頭。蕃東節度鉢闡布，忽見新城當要路。金烏飛傳贊普聞①，建牙傳箭集羣臣。君臣赭面有憂色②，皆言勿謂唐無人。自築鹽州十餘載，左衽氊裘不犯塞。晝牧牛羊夜捉生，長去新城百里外。諸邊急警勞戎人③，唯此一道無煙塵。靈夏潛安誰復辨，秦原暗通何處見？鄜州驛路好馬來，長安藥肆黄蓍賤④。城鹽州⑤，鹽州未城天子憂。德宗按圖自定計，非關將略與廟謀。吾聞高宗中宗世，北虜猖狂最難制。韓公創築受降城，三城鼎峙屯漢兵。東西亘絶數千里，耳冷不聞胡馬聲⑥。如今邊將非無策，心笑韓公築城壁。相看養寇爲身謀，各握强兵固恩澤。願分今日邊將恩，褒贈韓公封子孫。誰能將此鹽州曲，翻作歌詞聞至尊⑦？（0136）

【校】

①〔金烏〕《白氏諷諫》、神田本等抄本作「金烏」。

②〔君臣〕《白氏諷諫》、神田本等抄本作「群臣」。

③〔急警〕《白氏諷諫》、神田本等抄本作「警急」。〔勞戎人〕神田本等抄本作「勞戎人」。

④〔藥肆〕神田本等抄本作「藥價」。

⑤〔城鹽州〕神田本等抄本三字重。

⑥〔耳冷〕馬本、《唐音統籤》作「耳聆」，公文本、曾本《白氏諷諫》作「耳聽」。

⑦〔翻作〕神田本等抄本作「播作」。

【注】

〔城鹽州〕陳寅恪《元白詩箋證稿》引《舊唐書・德宗紀》：「貞元九年二月辛酉，詔復築鹽州城。貞元三年，城爲吐蕃所毁，自是塞外無堡障，犬戎入寇。既城之後，邊患息焉。」又引同書《杜希全傳》、《楊朝晟傳》、《吐蕃傳下》均繫是役於貞元九年，謂：「獨《通鑑》唐紀德宗貞元九年二月辛酉條《考異》略云：『《邠志》，八年詔追張公（獻甫）議築鹽、夏二城云云。白居易樂府《鹽州》注亦云：貞元壬申歲特詔城之。而《實録》在九年二月，蓋去歲詔使城之。今年因命杜彦光等而言之。』君實作史，采及此注，足徵雖細不遺。《通鑑》之爲傑作，於此可見矣。」朱《箋》引《新唐書・吐蕃傳下》，謂此傳「亦云築城始於八年，九年訖功，與白氏詩注合。」《元和郡縣志》卷四鹽州：「漢武帝元朔二年，置五原郡。地有五原，故號五原。……隋大業三年爲鹽川郡，貞觀二年討平梁師都，置鹽州，天寶元年改爲五原郡，乾元元年復爲鹽州」；「管縣二：五原，……貞觀二年與州同置。五原謂龍遊原、乞地千原、青嶺原、可嵐貞原、横槽原也。」

〔蕃東節度鉢闡布〕《新唐書・吐蕃傳下》：「（元和）五年，以祠部郎中徐復往使，並賜鉢闡布書。鉢闡布者，虜浮屠預國事者也，亦曰鉢掣逋。」朱《箋》引白居易《與吐蕃宰相鉢闡布敕書》（《白氏文集》卷五六），謂：「當即此次出使所攜之敕書，爲居易元和四年冬在翰林時所草。蓋城鹽州時，鉢闡布猶爲蕃東節度也。又王忠《新唐書·吐蕃傳箋證》引《鉢闡布紀功碑》，鉢闡布有擁立棄獵松贊之功，當時位在宰相之上。」

〔金鳥飛傳贊普聞，建牙傳箭集羣臣〕《新唐書·吐蕃傳上》：「吐蕃本西羌屬，蓋百有五十種，散處河、湟、江、岷間。……其俗謂彊雄曰贊，丈夫曰普，故號君長曰贊普。……其舉兵，以七寸金箭爲契，百里一驛，有急兵，驛人臆前加銀鶻，甚急，鶻益多。告寇舉烽。」《舊唐書·吐蕃傳下》：「適有飛鳥使至，飛鳥，猶中國驛騎也。」趙璘《因話録》卷四：「蕃法刻木爲印，每有急事，則使人馳馬赴贊府牙帳，日行數百里，使者上馬如飛，號爲鳥使。」建牙，中軍牙帳，建有牙旗。《晉書·楊佺期傳》：「佺期内懷忿懼，勒兵建牙，聲云援洛，欲與仲堪襲玄。」《舊唐書·吐蕃傳下》：「去四月二十日到吐蕃牙帳，以五月六日會盟訖。」

〔君臣赭面有憂色〕赭面，以赭塗面。《新唐書·吐蕃傳上》：「（文成）公主惡國人赭面，弄贊下令國中禁之。」

〔左衽氊裘不犯塞〕左衽，遊牧民族服飾。《書·畢命》：「四夷左衽，罔不咸賴。」《論語·憲問》：「微管仲，吾其被髮左衽矣。」氊裘，亦爲遊牧民族所用。《後漢書·段熲傳》：「斬其渠帥以下萬九千級，或牛馬驢騾氈裘廬帳什物。」

〔書牧牛羊夜捉生〕捉生，捕捉敵方人口。《舊唐書·吐蕃傳下》：「大贊普及宰相鉢闡布、尚綺心兒等，先寄盟文要節云：……若有所疑，或要捉生問事，便給衣糧放還。」

〔靈夏潛安誰復辨，秦原暗通何處見〕靈、夏，靈州、夏州。秦、原，秦州、原州。《舊唐書·吐蕃傳下》：「（元和元年）六月，命宰相杜佑等與吐蕃使議事中書令廳，且言歸我秦、原、安樂州地。」「（元和）十三年十月，……靈武於定遠城破吐蕃二萬人，……平涼鎮遏使郝玼破二萬餘衆，收復原州城，獲羊馬不知其數。夏州節度田縉於靈武亦破三千餘人。」

〔鄜州驛路好馬來，長安藥肆黄蓍賤〕《舊唐書·地理志一》關内道坊州：「周天和七年，元皇帝作牧鄜州，於此置馬坊。武德二年，分鄜州置坊州，以馬坊爲名。」《新唐書·兵志》：「自貞觀至麟德四十年間，馬七十萬六千，置八坊岐、豳、涇、寧間，地廣千里……其後益置八監於鹽州，三監於嵐州。……其後邊無重兵，吐蕃乘隙陷隴右，苑牧蓄馬皆没矣。」蓋鄜、坊州原有馬坊，隴右監牧之馬經此路入京。《本草綱目》卷一一引唐蘇恭《本草》：「黄蓍今出原州者最良。」《元白詩箋證稿》據此云：「蓋秦、原閤通，故黄蓍價賤也。」黄蓍，即黄耆。《舊唐書·方伎傳·許胤宗》：「時柳太后病風不言，名醫治者不愈，……乃造黄耆防風湯數十斛，置於牀下，氣如煙霧，其夜便得語。」

〔韓公創築受降城，三城鼎峙屯漢兵〕張仁愿，本名仁亶，封韓國公。《舊唐書·張仁愿傳》：「（中宗神龍三年）時突厥默啜盡衆西擊突騎施娑葛，仁愿請乘虚奪取漠南之地，於河北築三受降城，首尾相應，以絶其南寇之路。太子少師唐休璟以爲兩漢以來，皆北守黄河，今於寇境築城，恐勞人費功，終爲賊虜所有，建議以爲不便。仁愿固請不已，中宗竟從之。仁愿表留年滿鎮兵以助其功，時咸陽兵二百餘人逃歸，仁愿盡擒之，一時斬於城下，軍中股慄，役者盡力，六旬而三城俱就。以拂雲祠爲中城，與東、西兩城相去各四百餘里，皆據津濟，遥相應接，北拓地三百餘里，於牛頭朝那山北置烽候一千八百所。自是突厥不得度山放牧，朔方無復寇掠，減鎮兵數萬人。」

〔耳冷不聞胡馬聲〕耳冷，猶言耳生。《太平廣記》卷二六四《孟弘微》（出《北夢瑣言》）：「上怒曰：『卿何人斯？朕耳冷，不知有卿。』」

〔相看養寇爲身謀，各握强兵固恩澤〕《太平御覽》卷七九引蔣濟《蔣子萬機論》：「君危于上，民安于下，主失于國，其臣再嫁，厥疾之由，非養寇邪？」《宋書·沈慶之傳》：「亦由道濟養寇自資，彦之中塗疾動。」《北史·來護兒傳》：「臣荷恩深重，不敢專爲身謀。」《舊唐書·劉晏傳》：「然多任數，挾權貴，固恩澤。」

道州民

道州民，多侏儒，長者不過三尺餘②。市作矮奴年進送③，號爲道州任土貢。任土貢，寧若斯④？不聞使人生別離，老翁哭孫母哭兒⑤。一自陽城來守郡，不進矮奴頻詔問⑥。城云臣按六典書，任土貢有不貢無。道州水土所生者⑦，只有矮民無矮奴。吾君感悟璽書下，歲貢矮奴宜悉罷⑧。道州民，老者幼者何欣欣⑨。父兄子弟始相保⑩，從此得作良人身⑪。道州民，民到于今受其賜，欲説使君先下淚。仍恐兒孫忘使君⑫，生男多以陽爲字⑬。（0137）

【校】

①〔（序）美臣遇明主也〕神田本等抄本作「美賢臣遇明主也」。

②〔三尺〕敦煌本作「四尺」。

③〔市作〕《白氏諷諫》作「虜作」。〔年進送〕《白氏諷諫》作「來進奉」，汪本作「年進奉」。

④〔寧若斯〕《白氏諷諫》作「安若斯」。

⑤〔哭孫〕神田本等抄本作「泣孫」。

⑥〔不進〕《白氏諷諫》作「不貢」。

⑦〔水土〕《白氏諷諫》作「土地」。

⑧〔歲貢〕敦煌本、神田本等抄本作「歲進」。

⑨〔幼者〕敦煌本、《白氏諷諫》作「少者」。

⑩〔父兄子弟〕敦煌本、《白氏諷諫》作「父子兄弟」。

⑪〔良人〕神田本等抄本作「齊人」。

⑫〔仍恐〕敦煌本作「猶恐」。

⑬〔生男〕敦煌本作「養男」。〔陽爲字〕敦煌本、神田本等抄本作「楊爲字」。

【注】

〔市作矮奴年進送，號爲道州任土貢〕《舊唐書·隱逸傳·陽城》：「道州土地産民多矮，每年常配鄉户供其男，號爲『矮奴』。城不平其以良爲賤，又憫其編甿歲有離異之苦，乃抗疏論而免之，自是乃停其貢，民皆賴之，無不泣荷。」《新唐書·卓行傳·陽城》：「至道州，治民如治家，……州産侏儒，歲貢諸朝，城哀其生離，無所進。帝使求之，城奏曰：『州民盡短，若以貢，不知何者可供。』自是罷。州人感之，以『陽』名子。」參見卷一《贈樊著作》(0023)、卷二《和陽城驛》(0101)注。《書·禹貢》：「禹别九州，隨山浚川，任土作貢。」

〔城云臣按六典書，任土貢有不貢無〕六典，《唐六典》。《唐六典》卷三户部郎中員外郎條：「郎中、員外郎，掌領天下州縣户口之事，凡天下十道，任土所出而爲貢賦之差。」並載有諸州土貢種類數額。

〔從此得作良人身〕良人，良民、平民。《舊唐書·職官志二》都官郎中：「凡公私良賤，必周知之。凡反逆相坐，没其家爲官奴婢。一免爲蕃户，再免爲雜户，三免爲良民，皆因赦宥所及則免之。年六十及廢疾，雖赦令不該，亦並免爲蕃户，七十則免爲良人。」

〔民到于今受其賜〕《論語·憲問》：「子曰：『管仲相桓公，霸諸侯，一匡天下，民到于今受其賜。』」

〔仍恐兒孫忘使君，生男多以陽爲字〕《後漢書·循吏傳·任延》：「駱越之民無嫁娶禮法，各因淫好，無適對匹，不識父子之性，夫婦之道。延乃移書屬縣，各使男年二十至五十，女年十五至四十，皆以年齒相配。其貧無禮聘，令長吏以下各省奉禄以賑助之。同時相娶者二千餘人。是歲風雨順節，穀稼豐衍。其産子者，始知種姓，咸曰：『使我有是子者，任君也。』多名子爲『任』。」白詩言陽城事類此，《元白詩箋證稿》：「恐是用此故典以爲虚美推贊陽、韓二公之詞，未必果有其事也。」《新唐書》史文則據白詩之文。

馴犀

貞元丙子歲②，南海進馴犀，詔納苑中。至十三年冬，大寒，馴犀死矣。

馴犀馴犀通天犀，軀貌駭人角駭雞。海蠻聞有明天子，驅犀乘傳來萬里③。一朝得謁大明宫④，歡呼拜舞自論功。五年馴養始堪獻，六譯語言方得通。上嘉人獸俱來遠，蠻館四方犀入苑。秣以瑶芻鎖以金，故鄉迢遞君門深。海鳥不知鐘鼓樂，池魚空結江湖心。馴犀生處南方熱⑤，秋無白露冬無雪。一入上林三四年，又逢今歲苦寒月⑥。飲冰卧霰苦蜷跼⑦，角骨凍傷鱗甲縮⑧。馴犀死⑨，蠻兒啼⑩，向闕再拜顔色低⑪。奏乞生歸本國去，恐身凍死似馴犀。君不見，建中初，馴象生還放林邑。建中元年，詔盡出苑中馴象，放歸南方也⑫。君不見，貞元末⑬，馴犀凍死蠻兒泣。所嗟建中異貞元，象生犀死何足言。（0138）

【校】

①〔（序）感爲政之難終也〕光緒本《白氏諷諫》作「咸爲政之難慼也」。

②〔（題注）丙子歲〕紹興本等原作「丙戌歲」，元稹詩引李傳、《白氏諷諫》、《文苑英華》作「丙子歲」，汪本校改。據改。

③〔乘傳〕《白氏諷諫》作「繩縛」。

④〔得謁〕神田本等抄本作「得達」。

⑤〔南方熱〕《白氏諷諫》作「南海熱」。

⑥〔苦寒月〕《白氏諷諫》、神田本等抄本作「苦寒天」。

⑦〔卧霰〕公文本、曾本《白氏諷諫》作「卧雪」，光緒本《白氏諷諫》作「卧霜」。〔苦跧跼〕神田本等抄本作「死跧跼」。

⑧〔角骨〕神田本等抄本作「骨角」，《白氏諷諫》作「骨凍」。〔凍傷鱗甲〕公文本、曾本《白氏諷諫》作「皮傷鱗甲」，光緒本《白氏諷諫》作「鱗傷皮甲」。

⑨〔馴犀死〕真福寺本等抄本作「馴犀凍死」。

⑩〔蠻兒啼〕《文苑英華》作「蠻童啼」。

⑪〔再拜〕紹興本等作「再三」，據《文苑英華》、神田本等抄本改。

⑫〔（注）放歸南方也〕《白氏諷諫》作「却放歸本國」。

⑬〔君不見貞元末〕神田本作「又不見貞元末」。

【注】

〔馴犀〕此爲李紳、元稹《新題樂府》原題，題下注與李傳原文小異。《舊唐書·德宗紀》：「（貞元九年十月）癸酉，環王國獻犀牛，上令見于太廟」；「（貞元十二年）十二月己未，大雪平地二尺，竹柏多死。環王國所獻犀牛，甚珍愛之，是冬亦死。」白詩題注「十三年冬」，與史文有出入。又「貞元丙子」即貞元十二年，亦與史不合。朱《箋》：「或係另一次所貢之犀牛，所考仍有可疑也。」

〔馴犀馴犀通天犀，軀貌駭人角駭雞〕《抱朴子内篇·登涉》：「又通天犀有一白理如綖，有自本徹末，以角盛米置羣雞中，雞欲啄之，未至數寸，即驚却退，故南人或名通天犀爲駭雞犀。……他犀亦辟惡解毒耳，然不能如通天者之妙也。」《漢書·西域傳》：「自是之後，明珠、文甲、通犀、翠羽之珍盈於後宮。」

〔驅犀乘傳來萬里〕《史記·孝文本紀》：「太僕見馬遺財足，餘皆以給傳置。」索隱：「《廣雅》云：置，驛也。《續漢書》云：驛馬三十里一置。故樂廣亦云傳置一也。言乘傳者以傳次受名，乘置者以馬取匹。傳音丁戀反。」

〔一朝得謁大明宮，欢呼拜舞自論功〕《唐會要》卷三十大明宮：「貞觀八年十月，營永安宮。至九年正月，改名大明宮，以備太上皇清暑。……至龍朔二年，高宗染風痺，以宮内湫濕，乃修舊大明宮，改名蓬萊宮。……長安元年十一月又改爲大明宮，改含元殿爲大明殿。」

〔六譯語言方得通〕《淮南子·泰族訓》：「夷狄之國，重譯而至。」《史記·三王世家》：「遠方殊俗，重譯而朝，澤及方外。」

〔蠻館四方犀入苑〕《唐六典》卷一八典客署令條注：「（隋）於建國門外置四方館，以待四方使客，各掌其方國及互市事。皇朝以四方館隸中書。」《舊唐書·職官志二》通事舍人：「武德初，廢謁者臺，改通事謁者爲通事舍人，隸四方館，屬中書省。」

〔海鳥不知鐘鼓樂，池魚空結江湖心〕《莊子·至樂》：「昔者海鳥止於魯郊，魯侯御而觴之于廟，奏九韶以爲樂，具太牢以爲膳。鳥乃眩視憂悲，不敢食一臠，不敢飲一杯，三日而死。」江淹《雜體詩三十首·嵇中散康言志》：「咸池饗爰居，鐘鼓或愁辛。」潘岳《秋興賦》序：「譬猶池魚籠鳥，有江湖山藪之思。」

〔建中初，馴象生還放林邑〕《舊唐書·德宗紀》：「（大曆十四年五月）癸亥，即位于太極殿」；「（閏五月）丁亥，詔文單國所獻舞象三十二，令放荆山之陽。」《元白詩箋證稿》：「樂天以德宗初次改元之建中爲言，其實非建中元年也。又《舊紀》所謂『放於荆山之陽』者，據《通鑑》二二五《唐紀》德宗紀大曆十四年閏五月命縱馴象于荆山之陽條胡注云：『此《禹貢》所謂導汧及岐至於荆山者，唐屬京兆府富平縣界。』然則詩云『馴象生還放林邑』及注云『放歸南方』皆有所誤會也。」《舊唐書·高宗紀》：「（永徽四年）夏四月戊子，林邑國王遣使來朝，貢馴象。」《南蠻傳》林邑國：「貞觀初，遣使貢馴象。」白詩蓋據唐人所知泛言。

五絃彈

五絃彈，五絃彈，聽者傾耳心寥寥。趙璧知君入骨愛，五絃一一爲君調。第一第二絃索索，秋風拂松疏韻落②。第三第四絃泠泠③，夜鶴憶子籠中鳴。第五絃聲最掩抑，隴水凍咽流不得。五絃並奏君試聽④，凄凄切切復錚錚⑤。鐵擊珊瑚一兩曲，冰寫玉盤千萬聲⑥。鐵聲殺，冰聲寒⑦。殺聲入耳膚血寒⑧，慘氣中人肌骨酸⑨。曲終聲盡欲半日，四座相對愁無言。座中有一遠方士，唧唧咨咨聲不已⑩。自歎今朝初得聞，始知孤負平生耳⑪。唯憂趙璧白髮生，老死人間無此聲。遠方士，爾聽五絃信爲美，吾聞正始之音不如是。正始之音其若何，朱絃疏越清廟歌。一彈一唱再三歎，曲淡節稀聲不多。融融曳曳召元氣⑫，聽之不覺心平和。人情重今多賤古，古瑟有絃人不撫⑬。更從趙璧藝成來⑭，二十五絃不如五。（0139）

【校】

①〔（序）惡鄭之奪雅也〕公文本、曾本《白氏諷諫》、盧校作「惡鄭聲之奪雅也」。

②〔疏韻〕《白氏諷諫》作「聲韻」。

③〔絃泠泠〕《白氏諷諫》作「絃玲玲」。

④〔君試聽〕《白氏諷諫》作「君更聽」。

⑤〔錚錚〕《白氏諷諫》作「丁丁」。

⑥〔冰寫〕紹興本、馬本、《唐音統籤》作「水寫」，據他本改。《白氏諷諫》作「冰瀉」。

⑦〔鐵聲殺冰聲寒〕六字紹興本、那波本、馬本、《唐音統籤》原脱，據神田本等抄本、《白氏諷諫》、《文苑英華》、汪本補。

⑧〔膚血寒〕汪本、《白氏諷諫》、神田本等抄本作「膚血慘」，《文苑英華》、《全唐詩》作「膚血憯」。

⑨〔慘氣〕汪本、《白氏諷諫》、神田本等抄本作「寒氣」。

⑩〔咨咨〕《文苑英華》作「咨嗟」。

⑪〔孤負〕《白氏諷諫》、《文苑英華》作「辜負」。

⑫〔曳曳〕《文苑英華》、神田本等抄本作「洩洩」。〔召元氣〕《白氏諷諫》作「調元氣」。

⑬〔古瑟〕紹興本等作「古琴」，據《白氏諷諫》、《文苑英華》、神田本等抄本改。

⑭〔更從〕《文苑英華》作「自從」。〔藝成來〕公文本、曾本《白氏諷諫》作「教成來」。

【注】

〔五絃彈〕此爲李紳、元稹《新題樂府》原題。《樂府雜錄》胡部：「樂有琵琶、五絃、箏、箜篌、觱篥、笛、方響、拍板」；五絃：「貞元中有趙璧者，妙於此伎也。白傅《諷諫》有《五絃彈》，近有馮季臯。」《舊唐書・音樂志二》：「琵琶，四絃，漢樂也。……曲項者，亦本出胡中。五絃琵琶，稍小，蓋北國所出。《風俗通》云：以手琵琶之，因爲名。案舊琵琶皆以木撥彈之，太宗貞觀中始有手彈之法，今所謂搊琵琶者是也。」《新唐書・禮樂志十一》：「五絃，如琵琶而小，北國所出，舊以木撥彈，樂工裴神符初以手彈，太宗悦甚，後人習爲搊琵琶。」蓋五絃，即五絃琵琶，以手彈。

〔（序）惡鄭之奪雅也〕《論語・陽貨》：「子曰：『惡紫之奪朱也，惡鄭聲之亂雅樂也，惡利口之覆邦家者。』」

〔聽者傾耳心寥寥〕寥寥，空虛明澈。江淹《雜體詩三十首・謝僕射混遊覽》：「淒淒節序高，寥寥心悟永。」《文選》李善注：「《莊子》曰：寥已吾志。郭象曰：寥然，空虛也。」

〔趙璧知君入骨愛〕《唐國史補》卷下：「趙璧彈五絃，人問其術，答曰：『吾之於五絃也，始則心驅之，中則神遇之，終則天隨之。吾方浩然，眼如耳，目如鼻，不知五絃之爲璧，璧之爲五絃也。』」入骨愛，愛入骨髓。《史記・淮陰侯列傳》：「秦父兄怨此三人，痛入骨髓。」《後漢書・袁紹傳》：「是以智達之士，莫不痛心入骨。」

〔第一第二絃索索，秋風拂松疏韻落〕索索，秋風蕭索聲，亦用以形容音樂。裴子野《卧疾賦》：「風索索而傍起，雲霏霏而四密。」李百藥《晚渡江津》：「索索風葉下，離離早鴻度。」顧況《李供奉彈箜篌歌》：「聲清泠泠鳴索索，垂珠碎玉空中落。」疏韻，亦形容秋風。周徹《尚書郎上直聞春漏》：「寒聲臨雁沼，疏韻應鷄人。」白居易《庭松》（本書卷十一 0565）：「疏韻秋槭槭，涼蔭夏淒淒。」

〔第三第四絃泠泠，夜鶴憶子籠中鳴〕泠泠，風清涼貌，亦用以形容音樂。宋玉《風賦》：「清清泠泠，愈病析酲。」《文選》李善注：「清清泠泠，清涼之貌。」陸機《羽扇賦》：「發芳塵之郁烈，拂鳴弦之泠泠。」《琴操・別鶴操》：「《別鶴操》者，商陵牧子所作也。牧子娶妻五年，無子。父兄將欲爲改娶，妻聞之，中夜驚起，倚户悲嘯。牧子聞之，援琴鼓之云云。」

〔第五絃聲最掩抑，隴水凍咽流不得〕掩抑，壓抑，形容音樂起伏低昂。謝朓《詠琵琶詩》：「掩抑有奇態，淒鏗多好聲。」《隋書・樂志》：「掩抑摧藏，哀音斷絶。」《梁鼓角横吹曲・隴頭歌》：「隴頭流水，鳴聲幽咽。遥望秦川，肝膽斷絶。」

〔淒淒切切復錚錚〕杜摯《笳賦》：「或緼緼以和懌，或淒淒以噍殺。」《説苑・修文》：「閔子騫三年之喪畢，見於孔子，孔子與之琴，使之絃，援琴而絃，切切而悲作。」《北堂書鈔》卷一百八引傅玄《歌》：「絃錚錚，鐸朗朗。」王建《元日早朝》：「裴回慶雲中，竽磬寒錚錚。」

〔鐵擊珊瑚一兩曲，冰寫玉盤千萬聲〕《世説新語・汰侈》：「石崇與王愷爭豪，並窮綺麗以飾輿服。武帝，愷之甥也，每助愷。嘗以一珊瑚樹高二尺許賜愷，枝柯扶疏，世罕其比。愷以示崇，崇視訖，以鐵如意擊之，應手而碎。」閻朝隱《夜宴安樂公主新宅》：「半碎徐擊珊瑚樹，已聞鐘漏曉聲傳。」權德輿《建除詩》：「平明躍腰裹，清夜擊珊瑚。」寫，通瀉。《世説新語・賞譽》：「王太尉云：『郭子玄語議如懸河寫水，注而不竭。』」

〔鐵聲殺，冰聲寒〕《禮記・樂記》：「其哀心感者，其聲噍以殺。」孔穎達疏：「故其聲必踧急而速殺。」

〔唧唧咨咨聲不已〕唧唧咨咨，歎息聲。《木蘭詩》：「唧唧復唧唧，木蘭當户織。不聞機杼聲，唯聞女歎息。」顧況《上古之什補亡訓傳十三章・上古一章》：「嗇夫咨咨，莠盛苗衰。」韓愈《嗟哉董生行》：「父母不淒淒，妻子不咨咨。」

〔正始之音其若何，朱絃疏越清廟歌〕《詩大序》：「《周南》、《召南》，正始之道，王化之基。」蕭統《文選序》：「《關雎》、《麟趾》，正始之道著。」《禮記・樂記》：「清廟之瑟，朱弦而疏越。壹倡而三歎，有遺音者矣。」

〔融融曳曳召元氣，聽之不覺心平和〕曳曳，當作「洩洩」。《左傳》隱公元年：「公入而賦：『大隧之中，其樂也融融。』姜出而賦：『大隧之外，其樂也洩洩。』」杜預注：「融融，和樂也」；「洩洩，舒散也。」《漢書・律曆志》：「黄鐘……以黄色名元氣律者，著宫聲也」；「故黄鐘記元氣之謂律。」《左傳》昭公元年：「先王之樂，所以節百事也。故有五節遲速本末以相及，中聲以降，五降之後，不容彈矣。於是有煩手淫聲，慆堙心耳，乃忘平和。君子弗聽也。」

〔二十五絃不如五〕二十五絃，指瑟。《史記・封禪書》：「太帝使素女鼓五十絃瑟，悲，帝禁不止，故破其瑟爲二十五絃。」《莊子・徐无鬼》：「於是爲之調瑟，廢一於堂，廢一於室，鼓宫宫動，鼓角角動，音律同矣。夫或改調一弦，於五音無當也，鼓之，二十五弦皆動，未始異於聲，而音之君已。」

蠻子朝

蠻子朝，汎皮船兮渡繩橋，來自嶲州道路遥。入界先經蜀川過①，蜀將收功先表賀②。臣聞雲南六詔蠻，東連牂牁西連蕃③。六詔星居初瑣碎，合爲一詔漸强大。開元皇帝雖聖神，唯蠻倔强不來賓。鮮于仲通六萬卒，征蠻一陣全軍没。至今西洱河岸邊，箭孔刀痕滿枯骨。天寶十三載④，鮮于仲通統兵六萬討雲南王閤羅鳳于西洱河，全軍覆歿也。誰知今日慕華風，不勞一人蠻自通。誠由陛下休明德，亦賴微臣誘諭功。德宗省表知如此，笑令中使迎蠻子。蠻子導從者誰何？摩挲俗羽雙隈伽⑤。清平官持赤藤杖，大軍將繫金呿嗟⑥。異牟尋男尋閤勸，特敕召對延英殿。上心貴在懷遠蠻，引臨玉座近天顔。冕旒不垂親勞徠，賜衣賜食移時對。移時對，不可得，大臣相看有羨色。可憐宰相拖紫佩金章，朝日唯聞對一刻⑦。（0140）

【校】

①〔入界〕《白氏諷諫》作「入國」。〔蜀川〕公文本、曾本《白氏諷諫》、盧校作「蜀道」。

②〔收功〕公文本、曾本《白氏諷諫》、盧校作「取收」。

③〔牂牁〕光緒本《白氏諷諫》、《全唐詩》作「牂牱」，字通。〔西連〕公文本、曾本《白氏諷諫》、汪本、神田本等抄本作「西接」。

④〔（注）天寶十三載〕神田本等抄本作「天寶十載」。陳寅恪謂：「恐是指天寶十三載李宓之敗而言，特混李宓爲鮮于仲通耳。」

⑤〔摩挲〕《白氏諷諫》、郭本作「摩娑」，時賢本等抄本作「磨些」。
⑥〔大軍將〕紹興本等作「大將軍」，據神田本等抄本改。〔呿嗟〕光緒本《白氏諷諫》作「佉嗟」。
⑦〔朝日〕神田本等抄本作「隔日」。

【注】

〔蠻子朝〕此爲李紳、元稹《新題樂府》原題。

〔汎皮船兮渡繩橋，來自巂州道路遥〕《舊唐書·地理志四》劍南道巂州中都督府：「隋越巂郡。武德元年，改爲巂州，領越巂、邛部、可泉、蘇祈、臺登六縣。二年，又置昆明縣。三年，置總管府，管一州。貞觀二年，割雅州陽山、漢源二縣來屬。八年，又置和集縣。天寶元年，越巂郡，依舊都督府。乾元元年，復爲巂州也。」繩橋，以藤索爲橋。《新唐書·地理志六》彭州濛陽郡：「有羊灌田、朋笮、繩橋三守捉城。」《元和郡縣志》卷三二巂州昆明縣：「凡言笮者，夷人于大江水上置藤橋，謂之笮，其定笮、大笮，皆是近水置笮橋處。」

〔臣聞雲南六詔蠻，東連牂牁西連蕃〕《新唐書·南蠻傳上》南詔上：「南詔，或曰鶴拓，曰龍尾，曰苴咩，曰陽劍。本哀牢夷後，烏蠻別種也。夷語王爲『詔』，其先渠帥有六，自號『六詔』。……蒙舍詔在諸部南，故稱南詔。居永昌、姚州之間，鐵橋之南，東距爨，東南屬交趾，西摩伽陀，西北與吐蕃接，南女王，西南驃，北抵益州，東北際黔、巫。……王蒙氏，父子以名相屬。……開元末，皮邏閣逐河蠻，取大和城，又襲大釐城守之，因城龍口。……天子賜皮邏閣名歸義。當是時，五詔微，歸義獨彊，乃厚以利啖劍南節度使王昱，求合六詔爲一，制可。……（天寶）七載，歸義死，閣羅鳳立，襲王。……鮮于仲通領劍南節度使，卞忿少方略。故事，南詔嘗與妻子謁都督，過雲南，太守張虔陀私之，多所求丐，閣羅鳳不應。虔陀數詬靳之，陰表其罪，由是忿怨，反，發兵攻虔陀，殺之，取姚州及小夷州凡三十二。明年，仲通自將出戎、嶲州，分二道進攻曲州、靖州。……大敗引還。閣羅鳳斂戰胔，築京觀，遂北臣吐蕃。……大曆十四年，閣羅鳳卒，以鳳迦異前死，立其孫異牟尋以嗣。……稍謀內附，然未敢發。亦會節度使韋皋撫諸蠻有威惠，諸蠻頗得異牟尋語，白于皋，時貞元四年也。皋乃遣諜者遺書，吐蕃疑之，因責大臣子爲質，異牟尋愈怨。後五年，乃決策遣使者三人異道同趣成都。……皋護送使者京師，……德宗嘉之，賜以詔書，命皋遣諜往覘。……乃遣弟湊羅棟、清平官尹仇寬等二十七人入獻地圖、方物，請復號南詔。……明年夏六月，册異牟尋爲南詔王。」

〔西洱河〕《新唐書·南蠻傳下》：「爨蠻西有昆明蠻，一曰昆彌，以西洱河爲境，即葉榆河也。」《資治通鑑》隋開皇十七年二月胡三省注：「西洱河即葉榆河也。蘇軾曰：南詔有西洱河，即牂柯江也。河形如月抱洱，故名之爲西洱河。」

〔摩挲俗羽雙隈伽〕摩挲，抄本作「磨些」。《新唐書·南蠻傳上》：「磨蠻、些蠻與施、順二蠻皆烏蠻種，居鐵橋、大婆、小婆、三探覽、昆池等川，土多牛羊，俗不頮澤，男女衣皮，俗好飲酒歌舞。」又：「異牟尋畏東蠻、磨些難測。」磨些，即《華陽國志·蜀志》之「摩沙夷」，元、明史籍作「麽些」，近代寫作「摩梭」，即今納西族。些，《廣韻》麻韻寫邪切，又箇韻蘇箇切，有開齊二讀。古音歌麻同，些字讀歌麻韻，與沙、挲、娑、梭等讀音並同。參方國瑜《麽些民族考》。刊本作「摩挲」，《諷諫》、郭本作「摩娑」，記音並不誤。《元白詩箋證稿》引元稹《蠻子朝》「求天叩地持雙珙」，謂：「豈『隈伽』者，『珙』之音譯耶？」未諦。《蠻書》卷八記「白蠻語」：「舞謂之伽傍。」「隈伽」之「伽」或與「伽旁」之「伽」同，均爲歌舞義。此寫磨些族之舞。「俗羽」疑爲其羽冠裝束。

〔清平官持赤藤杖，大軍將繫金呿嗟〕樊綽《蠻書》卷九：「清平官六人，每日與南詔參議境內大事。其中推量一人爲內算官，凡有文書，便代南詔判押處置，有副兩員同勾當。」「大軍將一十二人，與清平官同列，每日見南詔議事。出則領要害城鎮，稱節度。」《新唐書・南蠻傳上》：「官曰坦綽，曰布燮，曰久贊，謂之清平官，所以決國事輕重，猶唐宰相也。曰酋望，曰正酋望，曰員外酋望，曰大軍將，曰員外，猶試官也。」赤藤杖出雲南。韓愈《和虞部盧四汀酬翰林錢七徽赤藤杖歌》：「赤藤爲杖世未窺，臺郎始攜自滇池。滇王掃宮避使者，跪進再拜語嗢咿。繩橋拄過免傾墮，性命造次蒙扶持。途經百國皆莫識，君臣聚觀逐旌麾。共傳滇神出水獻，赤龍拔鬚血淋漓。又云羲和操火鞭，暝到西極睡所遺。」《新唐書・南蠻傳上》：「自曹長以降，繫金佉苴。」《蠻書》卷八：「曹長以下，得繫金佉苴。或有等第戰功褒獎得繫者，不限常例。……謂腰帶曰佉苴。」呿嗟、佉苴，蓋同一物而字別。

〔異牟尋男尋閣勸，特敕召對延英殿〕《新唐書・南蠻傳中》南詔下：「元和三年，異牟尋死，詔太常卿武少儀持節弔祭。子尋閣勸立，或謂夢湊，自稱驃信，夷語言也。改賜元和印章。明年死，子勸龍晟立。」白詩意似謂敕詔尋閣勸入對，然據史載，南詔數次遣清平官等入見，並無南詔王入覲之事。《唐六典》卷七：「宣政之左曰東上閤，右曰西上閤，次西曰延英門，其内曰延英殿。」《舊唐書・張建封傳》：「入覲京師，德宗視遇加等，特以雙日開延英召對。」參見卷一《寄隱者》(0058)注。

〔冕旒不垂親勞俫〕《禮記・禮器》：「天子之冕，朱綠藻十有二旒。」勞俫，同勞來。《墨子・尚賢下》：「垂其股肱之力，而不相勞來也。」《漢書・平當傳》：「舉奏刺史二千石，勞俫有意者。」

《唐宋詩醇》卷二十：「自鮮于仲通、李宓搆兵南詔，喪師匱財，西南無寧歲。韋臯經略十餘年，僅能服之，而中國之力已殫矣。元微之詩云：『自居劇鎮無他績，幸得蠻來固恩寵。』蓋刺臯也。此詩命意略同。」

《元白詩箋證稿》：「南康（韋臯）招附西南夷之勳業，亦爲時議所推許也。而元白二公乃借蠻子朝事以詆之，自爲未允。蓋其時二公未登朝列，自無從預聞國家之大計，故不免言之有誤耳。」按，白詩以開元蠻不來賓反襯德宗懷遠之功，未始不有頌美意，與元詩立意不盡同。

驃國樂

貞元十七年來獻之。

驃國樂，驃國樂，出自大海西南角②。雍羌之子舒難陁③，來獻南音奉正朔。德宗立仗御紫庭，黈纊不塞爲爾聽。玉螺一吹椎髻聳，銅鼓千擊文身踊④。珠纓炫轉星宿搖⑤，花鬘斗藪龍蛇動⑥。曲終王子啓聖人，臣父願爲唐外臣。左右歡呼何翕習，皆尊德廣之所及⑦。須臾百辟詣閤門，俯伏拜表賀至尊。伏見驃人獻新樂，請書國史傳子孫。時有擊壤老農父，暗測君心閑獨語。聞君政化甚聖明⑧，欲感人心致太平。感人在近不在遠，太平由實非由聲。觀身理國國可濟，君如心兮民如體。體生疾苦心憯悽，民得和平君愷悌。貞元之民若未安，驃樂雖聞君不歡。貞元之民苟無病⑨，驃樂不來君亦聖。驃樂驃樂徒喧喧，不如聞此芻蕘言。（0141）

【校】

①〔（序）欲王化之先邇後遠也〕公文本、曾本《白氏諷諫》、盧校、神田本等抄本「邇」作「近」，公文本、曾本《白氏諷

諫》、盧校下有「刺不恤民也」五字。

②〔大海〕神田本等抄本作「天海」。

③〔雍羌〕神田本等抄本作「驃王雍羌」。

④〔千擊〕馬本、《唐音統籤》、汪本作「一擊」。

⑤〔珠纓〕《白氏諷諫》作「珠瓔」。〔炫轉〕《白氏諷諫》作「宛轉」。

⑥〔斗藪〕馬本、《唐音統籤》、汪本作「斗擻」。

⑦〔皆尊〕《白氏諷諫》、神田本等抄本作「皆稱」，汪本、《文苑英華》、《全唐詩》作「至尊」。

⑧〔聞君政化〕公文本、曾本《白氏諷諫》、盧校作「吾聞君王」，光緒本《白氏諷諫》作「吾聞君主」，時賢本等抄本作「吾聞吾君」。

⑨〔苟無病〕《白氏諷諫》作「若無病」。

【注】

〔驃國樂〕此爲李紳、元稹《新題樂府》原題。《舊唐書·德宗紀下》：「（貞元十八年正月）乙丑，驃國王遣使悉利移來朝貢，並獻其國樂十二曲與樂工三十五人。」《元白詩箋證稿》：「微之此篇題下李傳云：『貞元辛巳歲始來獻。』（即貞元十七年）蓋實以貞元十七年來獻，而十八年正月陳奏之於闕庭也。」《新唐書·南蠻傳下》：「驃，古朱波也，自號突羅朱，闍婆國人曰徒里拙。在永昌南二千里，去京師萬四千里。東陸真臘，西接東天竺，西南墮和羅，南屬海，北南詔。地長三千里，廣五千里，東北袤長，屬羊苴咩城。……貞元中，王雍羌聞南詔歸唐，有內附心，異牟尋遣使楊加明詣劍南西川節度使韋皋請獻夷中歌曲，且令驃國進樂人，於是皐作《南詔奉聖樂》。」

〔雍羌之子舒難陁，來獻南音奉正朔〕《舊唐書·南蠻傳·驃國》：「乃遣其弟悉利移因南詔重譯來朝。……尋以悉利移爲試太僕卿。」《新唐書·南蠻傳下》：「雍羌亦遣弟悉利移城主舒難陀獻其國樂。」《唐會要》卷一百驃國：「貞元十八年春正月，南詔使來朝。驃國王始遣其弟悉利移來朝。今聞南詔異牟尋歸附，心慕之，乃因南詔重譯，遣子朝貢。」《資治通鑑》貞元十八年：「驃國王摩羅思那遣其子悉利移入貢，仍獻其樂。」《册府元龜》卷九七二：「貞元十八年正月，驃國王使遣其弟悉利移來朝，獻其國樂凡十曲。」白居易《與驃國王雍羌書》（《白氏文集》卷五七）：「又令愛子遠赴闕庭。今授卿太常卿，并卿男舒難陀那及元佐摩訶思那二人亦各授官。」《元白詩箋證稿》謂諸書所記牴牾若此，殊不可解。岑仲勉《白氏長慶集僞文》謂白氏此《書》「稱遣其子來，不見著錄，未詳何年」。沈冬《唐代樂舞新論》謂貞元十七年白居易不可能爲帝王草詔，人也未必在長安，但《與驃國王雍羌書》既收入白集，確爲當時文獻，然作者不詳。按，白氏此《書》亦可能爲「擬作」，或恰與《驃國樂》詩相配合而作，否則亦無由摻入白集。「舒難陁」之名亦當有據，其人究竟爲王之弟或子，或有混淆。至於其名又爲「悉利移」，據《新唐書·南蠻傳》「悉利移城主舒難陀」（「悉利移」爲驃國「鎮城九」之一，亦見該傳），或因其城而名之。《史記·曆書》：「天下有道，則不失紀序；無道，則正朔不行於諸侯。」

〔德宗立仗御紫庭，黈纊不塞爲爾聽〕仗，儀仗，皇帝儀衛之總稱。《新唐書·儀衛志上》：「凡朝會之仗，三衛番上，分爲五仗，號衙内五衛。……每月以四十六人立内廊閤外，號曰内仗。……内外諸門以排道人帶刀捉仗而立，號曰立門仗。」紫庭，即紫宮，皇宮。《後漢書·皇甫規傳》：「臣生長邊遠，希涉紫庭。」《淮南子·主術訓》：「故古之王者，冕而前旒所以蔽明也，黈纊塞耳所以掩聰，天子外屏所以自障。」

〔玉螺一吹椎髻聳，銅鼓千擊文身踊〕《新唐書·南蠻傳下·驃國》：「其音八：金、貝、絲、竹、匏、革、牙、角。……螺貝四，大者可受一升，飾絛紛」；東謝蠻：「會聚，擊銅鼓，吹角。」《地理志七》劍南道：「諸蠻州九十二，皆無城邑，椎髻皮服。」《史記·周本紀》：「乃二人亡如荊蠻，文身斷髮。」集解：「應劭曰：常在水中，故斷其髮，文其身，以象龍子，故不見傷害。」《隋書·南蠻傳》：「其俗斷髮文身。」

〔珠纓炫轉星宿摇，花鬘斗藪龍蛇動〕珠纓，同珠瓔。《舊唐書·南蠻傳·林邑》：「夫人服朝霞古貝以爲短裙，首戴金花，身飾以金鎖真珠瓔珞。」《新唐書·南蠻傳下·驃國》：「（樂工）冠金冠，左右珥璫，絛貫花鬘，珥雙簪，散以毳。」斗藪，亦作「斗擻」，振舉之義，在佛典中爲頭陀之意譯。《文選》王中《頭陀寺碑文》李善注：「天竺言頭陀，此言斗藪，斗藪煩惱，故曰頭陀。」白居易《自覺二首》（本書卷十0481）：「斗藪垢穢衣，度脱生死輪。」《答州民》（卷十八1163）：「宦情斗擻隨塵去，鄉思銷磨逐日無。」皮日休《奉和魯望閑居雜題五首·寺鐘暝》：「百緣斗藪無塵土，寸地章煌欲布金。」

〔左右歡呼何翕習，皆尊德廣之所及〕王延壽《魯靈光殿賦》：「祥風翕習以颯洒，激芳香而常芬。」《文選》李善注：「翕習，盛貌。」班固《東都賦》：「四夷間奏，德廣所及。僸佅兜離，罔不具集。」

〔須臾百辟詣閤門，俯伏拜表賀至尊〕《詩·大雅·假樂》：「百辟卿士，媚于天子。」鄭箋：「百辟，畿内諸侯也。」《史記·萬石張叔列傳》：「上時賜食于家，必稽首俯伏而食之，如在上前。」

〔時有擊壤老農父〕《論衡·感虚》：「堯時，五十之民，擊壤于塗。觀者曰：『大哉，堯之爲德也！』擊壤者曰：『吾日出而作，日入而息，鑿井而飲，耕田而食，堯何等力？』」

〔聞君政化甚聖明，欲感人心致太平〕《説苑·政理》：「政有三品：王者之政化之，霸者之政威之，强者之政脅之。夫此三者各有所施，而化之爲貴矣。」《易·咸·象》：「天地感而萬物化生，聖人感人心而天下和平。」

〔觀身理國國可濟，君如心兮民如體〕《老子》五十四章：「故以身觀身，以家觀家，以鄉觀鄉，以國觀國，以天下觀天下。」理國，治國。《禮記・大學》：「欲治其國者，先齊其家。欲齊其家者，先修其身。」《孟子・離婁下》：「孟子告齊宣王曰：『君之視臣如手足，則臣視君如腹心。君之視臣如犬馬，則臣視君如國人。君之視臣如土芥，則臣視君如寇讎。』」

〔民得和平君愷悌〕《詩・大雅・泂酌》：「豈弟君子，民之父母。」

〔不如聞此芻蕘言〕《詩・大雅・板》：「先民有言，詢于芻蕘。」毛傳：「芻蕘，薪采者。」

縛戎人①

縛戎人，縛戎人，耳穿面破驅入秦③。天子矜憐不忍殺，詔徙東南吳與越。黃衣小使録姓名，領出長安乘遞行④。身被金瘡面多瘠，扶病徒行日一驛。朝餐飢渴費杯盤，夜卧腥臊污床席⑤。忽逢江水憶交河，垂手齊聲嗚咽歌⑥。其中一虜語諸虜，爾苦非多我苦多。同伴行人因借問，欲説喉中氣憤憤。自云鄉管本涼原⑦，大曆年中没落蕃⑧。一落蕃中四十載，遣著皮裘繫毛帶⑨。唯許正朝服漢儀⑩，斂衣整巾潛淚垂⑪。誓心密定歸鄉計，不使蕃中妻子知。有李如暹者，蓬子將軍之子也。嘗没蕃中，自云：蕃法，唯正歲一日，許唐人之没蕃者服唐衣冠。由是悲不自勝，遂密定歸計也。暗思幸有殘筋力⑫，更恐年衰歸不得。蕃候嚴兵鳥不飛，脱身冒死奔逃歸。晝伏宵行經大漠⑬，雲陰月黑風沙惡。驚藏青冢寒草疏⑭，偷渡黃河夜冰薄。忽聞漢軍鼙鼓聲，路傍走出再拜迎。游騎不聽能漢語，將軍遂縛作蕃生。配向江南卑濕地⑮，定無存卹空防備⑯。念此吞聲仰訴天，若爲辛苦度殘年⑰？涼原鄉井不得見，胡地妻兒虚棄捐。没蕃被囚思漢土，歸漢被劫爲蕃虜⑱。早知如此悔歸來，兩地寧如一處苦⑲？縛戎人，戎人之中我苦辛。自古此冤應未有，漢心漢語吐蕃身。

（0142）

【校】

①〔題〕神田本等抄本作「傳戎人」。陳寅恪云：「證以微之此篇題下注中『例皆傳置南方』之語，知極可通，不必定爲譌字。」平岡校同。

②〔（序）達窮民之情也〕「窮民」《白氏諷諫》、神田本等抄本作「窮人」。

③〔面破〕《白氏諷諫》、時賢本等抄本作「面縛」。

④〔乘遞〕神田本等抄本作「乘傳」。

⑤〔夜卧〕神田本等抄本作「夜宿」。

⑥〔齊聲嗚咽〕《白氏諷諫》作「齊唱嗚呼」。

⑦〔鄉管〕《白氏諷諫》、神田本等抄本作「鄉貫」。

⑧〔大曆年中〕神田本等抄本作「大曆年初」。

⑨〔遺著〕《白氏諷諫》、馬本、《唐音統籤》作「身著」。

⑩〔正朝〕公文本、曾本《白氏諷諫》、真福寺本等抄本作「正朔」。

⑪〔斂衣整巾潸淚垂〕《白氏諷諫》作「整巾斂袂雙淚垂」。
⑫〔暗思幸有殘筋力〕馬本、《唐音統籤》作「暗思自有殘筋骨」。
⑬〔宵行〕神田本等抄本作「夜行」。
⑭〔寒草疏〕公文本、曾本《白氏諷諫》、盧校作「寒草枯」。
⑮〔江南〕馬本、《唐音統籤》作「東南」。
⑯〔定無〕那波本、郭本作「略無」，《樂府詩集》作「豈無」。
⑰〔辛苦〕神田本等抄本作「將苦」。
⑱〔歸漢〕公文本、曾本《白氏諷諫》、盧校、神田本等抄本作「還漢」。
⑲〔兩地〕公文本、曾本《白氏諷諫》、盧校、神田本等抄本作「兩處」。

【注】

〔縛戎人〕此爲李紳、元稹《新題樂府》原題。元詩題下注：「近制，西邊每擒蕃囚，例皆傳至南方，不加勦戮。故李君作歌以諷焉。」韓愈《武關西逢配流吐蕃》：「嗟爾戎人莫慘然，湖南地近保生全。我今罪重無歸望，直去長安路八千。」作於元和十四年。又《舊唐書·敬宗紀》：「（寶曆元年五月）丁卯，湖南觀察使沈傳師奏，當道先配吐蕃羅没等一十七人，準赦放還本國，今各得狀，不願還。從之。」《資治通鑑》懿宗咸通元年四月：「吐蕃、回鶻比配江淮者，其人習險阻，便鞍馬。」均可與元、白詩相互參證。

〔黄衣小使録姓名，領出長安乘遞行〕黄衣小使，唐代流外官、胥吏通服黄。《舊唐書·職官志一》：「朝議郎已下，黄衣執笏，於吏部分番上下承使及親驅使，甚爲猥賤。」《太平廣記》卷三三四《趙佐》（出《廣異記》）：「趙佐者，天寶末補國子四門生，常寢疾，恍惚有二黄衣吏拘行至温泉宫觀風樓西。」乘遞，義同乘傳，由驛站給車馬運送。《舊唐書・吐蕃傳下》：「元和元年正月，福建道送到吐蕃生口十七人，詔給遞乘放還蕃。」

〔忽逢江水憶交河〕《漢書・西域志下》：「車師前國，王治交河城。河水分流繞城下，故號交河。」《舊唐書・地理志三》河西道西州中都督府：「交河，縣界有交河，水源出縣北天山，一名祁連山，縣取水名。地本漢車師前王庭。」《新唐書・地理志四》隴右道：「自禄山之亂，河右暨西平、武都、合川、懷道等郡皆没于吐蕃，寶應元年又陷秦、渭、洮、臨，廣德元年復陷河、蘭、岷、廓，貞元三年陷安西、北庭，隴右州縣盡矣。」按，元稹詩云：「小年隨父戍安西，河渭瓜州眼看没。」主人公之父爲安西北庭都護府之邊軍，故白詩亦連言及交河。

〔自云鄉管本凉原，大曆年中没落蕃〕《新唐書・地理志一》關内道：「原州平凉郡，中都督府，望。廣德元年没吐蕃。」《地理志四》隴右道：「凉州武威郡，中都督府。」《吐蕃傳上》：「（廣德二年）虜圍凉州，河西節度使楊志烈不能守，跳保甘州，而凉州亡。」《元白詩箋證稿》：「吐蕃之陷凉原，實在大曆以前。樂天以代宗一朝大曆紀元最長，遂牽混言之。」

〔唯許正朝服漢儀〕正朝，正月一日。張説《正朝摘梅》：「蜀地寒猶暖，正朝發早梅。」楊重玄《正朝上左相張燕公》：「歲去愁終在，春還命不來。」

〔誓心密定歸鄉計，不使蕃中妻子知〕按，此句下注文即取自元詩之注，唯元詩注：「與蕃妻密定歸計」，而删去「與蕃妻」三字。《元白詩箋證稿》：「自非删去此三字不能與（白詩）詞義相合也。」

〔蕃候嚴兵鳥不飛，脱身冒死奔逃歸〕《酉陽雜俎》續集卷七：「永泰初，豐州烽子暮出，爲党項縛入西蕃易馬。蕃將令穴肩骨，貫以皮索，以馬數百蹄配之。經半歲，馬息一倍，蕃將賞以羊革數百，因轉近牙帳。贊普子愛其了事，遂令執纛左右，有剩肉餘酪與之。又居半歲，因與酪肉，悲泣不食，贊普問之，云有老母頻夜夢見。贊普頗仁，聞之悵然，夜中召帳中語云：『蕃法嚴，無放還例。我與爾馬有力者兩匹，於其道縱爾歸，無言我也。』烽子得馬極騁，俱乏死，遂晝潛夜走，數日後爲刺傷足，倒磧中。忽有風吹物窸窣過其前，因攬之裹足。有頃，不復痛，是起步走如故。經信宿，方及豐州界。」可與此詩參看。

〔驚藏青冢寒草疏〕青冢，見卷二《青冢》（0121）詩注。詩義乃泛引。

〔忽聞漢軍鼙鼓聲〕《周禮・夏官・大司馬》：「中軍以鼙令鼓，鼓人皆三鼓。」《説文》：「鼙，騎鼓也。」

〔配向江南卑濕地，定無存卹空防備〕《史記・貨殖列傳》：「江南卑濕，丈夫早夭。」《史記・楚世家》：「存恤國中，修政教。」

〔若爲辛苦度殘年〕若爲，如何。《北齊書・上洛王思宗傳》：「不義無智，若爲可使？」《南史・明僧紹傳》：「天子若來，居士若爲相對？」

白居易詩集校注卷第四

諷諭四　新樂府　三十首①

驪宮高

高高驪山上有宮，朱樓紫殿三四重③。遲遲兮春日，玉甃暖兮温泉溢④。嫋嫋兮秋風，山蟬鳴兮宮樹紅。翠華不來歲月久，牆有衣兮瓦有松。吾君在位已五載，何不一幸乎其中⑤？西去都門幾多地⑥，吾君不遊有深意⑦。一人出兮不容易，六宮從兮百司備。八十一車千萬騎，朝有宴飫暮有賜。中人之産數百家，未足充君一日費。吾君修己人不知，不自逸兮不自嬉。吾君愛人人不識，不傷財兮不傷力⑧。驪宮高兮高入雲⑨，君之来兮爲一身，君之不來兮爲萬人⑩。（0143）

【校】

①〔諷諭四　新樂府　三十首〕上野本等抄本作「諷諭四　新樂府　雜言凡三十首」。

②〔（序）美天子重惜人之財力也〕「人之財力」公文本、曾本《白氏諷諫》作「民之財力」。

③〔紫殿〕公文本《白氏諷諫》作「紫閣」，曾本、盧校作「翠閣」。

④〔玉甃暖〕公文本、曾本《白氏諷諫》、盧校作「玉蝶甃」。

⑤〔一幸乎〕馬本、《唐音統籤》、汪本作「一幸於」。

⑥〔西去〕《白氏諷諫》作「西出」。〔都門〕《文苑英華》明刊本作「都城」。

⑦〔吾君不遊〕《文苑英華》作「吾君不來」。

⑧〔不傷力〕《白氏諷諫》、《文苑英華》、神田本等抄本作「不奪力」。

⑨〔驪宮高兮高入雲〕「宮」神田本等抄本作「山」。《白氏諷諫》無「兮」字。

⑩〔君之不來兮爲萬人〕《白氏諷諫》無「兮」字。「人」《白氏諷諫》、《文苑英華》作「民」。

【注】

〔驪宮〕驪山華清宮。《唐會要》卷三十華清宮：「開元十一年十月五日，置温泉宮於驪山。至天寶六載十月三日，改温泉宮爲華清宮。至天寶九載九月，幸温泉宮，改驪山爲會昌山。至十載，又改爲昭應山。」《長安志》卷十五臨潼：「驪山在縣東南二里，驪戎來居此山，故以名。」

〔朱樓紫殿三四重〕紫殿，猶言紫宮，即皇宮。謝朓《直中書省》：「紫殿肅陰陰，彤庭赫弘敞。」《文選》李善注：「紫殿，紫宮也。《漢書·成紀》：神光降集紫殿。」李白《宮中行樂詞》：「春風開紫殿，天樂下朱樓。」

〔遲遲兮春日，玉甃暖兮温泉溢〕《詩・豳風・七月》：「春日遲遲，采蘩祁祁。」甃，井壁。李嶠《井》：「玉甃談仙客，銅臺賞魏君。」徐彦伯《奉和幸新豐温泉宫應制》：「青壇環玉甃，紅礎鑠金光。」

〔嫋嫋兮秋風，山蟬鳴兮宫樹紅〕《楚辭・九歌・湘夫人》：「嫋嫋兮秋風，洞庭波兮木葉下。」張説《奉和聖製度蒲關應制》：「樓映行宫日，堤含宫樹春。」

〔翠華不來歲月久〕司馬相如《上林賦》：「建翠華之旗，樹靈鼉之鼓。」後用以指天子儀仗。沈約《從齊武帝琅琊城講武應詔詩》：「方待翠華舉，遠適瑶池宴。」薛道衡《從駕幸晉陽詩》：「方觀翠華反，簪筆上雲亭。」

〔八十一車千萬騎〕《史記・孝文本紀》索隱：「《漢官儀》曰：天子鹵簿有大駕、法駕。大駕公卿奉引，大將軍參乘，屬車八十一乘。」《舊唐書・職官志三》乘黄署：「古者屬車八十一乘，皇朝置十二乘也。」

〔中人之産數百家，未足充君一日費〕《漢書・文帝紀》：「嘗欲作露臺，召匠計之，直百金。上曰：『百金，中人十家之産也。吾奉先帝宫室，常恐羞之，何以臺爲？』」

〔吾君修己人不知，不自逸兮不自嬉〕《論語・憲問》：「子路問君子。子曰：『修己以敬。』曰：『如斯而已乎？』曰：『修己以安人。』曰：『如斯而已乎？』曰：『修己以安百姓。修己以安百姓，堯舜其猶病諸？』」《書・酒誥》：「自成湯咸至于帝乙，成王畏相，惟御事厥棐有恭，不敢自暇自逸。」

百煉鏡

百煉鏡②，鎔範非常規，日辰處所靈且祇④。江心波上舟中鑄，五月五日日午時。瓊粉金膏磨瑩已，化爲一片秋潭水。鏡成將獻蓬萊宫，揚州長史手自封⑤。人間臣妾不合照⑥，背有九五飛天龍⑦。人人呼爲天子鏡⑧，我有一言聞太宗。太宗常以人爲鏡，鑒古鑒今不鑒容。四海安危居掌内⑨，百王治亂懸心中⑩。乃知天子别有鏡，不是揚州百煉銅。（0144）

【校】

①〔（序）辨皇王鑒也〕《白氏諷諫》作「辨皇鑒也」。馬本、《唐音統籤》作「美皇王鑒也」。

②〔百煉鏡〕《文苑英華》校：「一本疊此三字。」

③〔鎔範〕敦煌本、神田本等抄本作「容範」。

④〔處所〕《文苑英華》、汪本作「置處」。〔靈且祇〕敦煌本、《白氏諷諫》、神田本等抄本、《文苑英華》作「靈且奇」。

⑤〔揚州長史手自封〕「史」馬本、《唐音統籤》、汪本、神田本作「吏」。敦煌本、《白氏諷諫》無此句，而有「鈿函珠匣鎖幾重」一句，《白氏諷諫》作「鈿函金匣鎖幾重」。神田本等抄本有此句，而下有「鈿匣珠函鎖幾重」句。

⑥〔不合照〕敦煌本、《文苑英華》、神田本等抄本作「不敢照」，公文本、曾本《白氏諷諫》、盧校作「不合用」。

⑦〔九五〕敦煌本、光緒本《白氏諷諫》作「五色」，公文本、曾本《白氏諷諫》作「五爪」。

⑧〔呼爲〕敦煌本作「呼云」。

⑨〔居掌内〕敦煌本、神田本等抄本作「照掌内」。

⑩〔治亂〕敦煌本作「理化」，《白氏諷諫》、《文苑英華》、神田本等抄本作「理亂」。

【注】

〔百煉鏡〕《舊唐書·德宗紀》：「（大曆十四年六月）己未，揚州每年貢端午日江心所鑄鏡，幽州貢麝香，皆罷之。」

《唐國史補》卷下：「揚州舊貢江心鏡，五月五日揚子江中所鑄也。或言無有百煉者，或至六七十煉，則已易破難成，往往有自鳴者。」《玉海》卷九一引《中興館閣書目》著錄《鑒龍圖記》一卷，題張説撰。《太平廣記》卷二三一《李守泰》（出《異聞錄》）記其事：「唐天寶三載五月十五日，揚州進水心鏡一面，縱横九寸，青瑩耀日，背有盤龍長三尺四寸五分，勢如生動。玄宗覽而異之，進鏡官揚州參軍李守泰曰：鑄鏡時，有一老人自稱姓龍名護，鬚髮皓白，眉如絲，垂下至肩，衣白衫。有小童相隨，年十歲，衣黑衣，龍護呼爲玄冥。以五月朔忽來，神采有異，人莫之識。謂鏡匠呂暉曰：『老人家住近，聞少年鑄鏡，暫來寓目。老人解造真龍，欲爲少年制之，頗將愜于帝意。』遂令玄冥入爐所，扃閉户牖，不令人到。經三日三夜，門左洞開，呂暉等二十人于院内搜覓，失龍護及玄冥所在，鏡爐前獲素書一紙。……呂暉等遂移鏡爐置船中，以五月五日午時，乃于揚子江鑄之。未鑄前，天地青謐。興造之際，左右江水忽高三十餘尺，如雪山浮江。又聞龍吟如笙簧之聲，達于數十里。稽諸古老，自鑄鏡以來，未有如斯之異也。」

〔鎔範非常規〕王融《永明九年策秀才文五首》：「且有後命，事兹鎔範。」《文選》李善注：「《漢書》曰：釋其耒耨，冶鎔炊炭。應劭曰：鎔，錢模也。《禮記》：孔子曰：然後範金合土。鄭玄曰：範，鑄作模器用也。」

〔瓊粉金膏磨瑩已〕瓊粉，猶言玉粉。皮日休《詠白蓮》：「膩於瓊粉白於脂，京兆夫人未畫眉。」《穆天子傳》卷一：「天子之珤，玉果、璿珠、燭銀、黄金之膏。」郭璞注：「金膏，亦猶玉膏，皆其精汋也。」磨瑩，研磨。《西京雜記》卷一：「劍在室中，光景猶照於外，與挺劍不殊。十二年一加磨瑩，刃上常若霜雪。」又特指磨鏡。韋應物《雜體五首》：「美人竭肝膽，思照冰玉色。自非磨瑩工，日日空歎息。」薛逢《靈臺家兄古鏡歌》：「鏡上磨瑩一月餘，日中漸見菱花舒。」《寒山詩注》二〇〇首：「圓滿光華不磨瑩，挂在青天是我心。」

〔鏡成將獻蓬萊宮，揚州長史手自封〕蓬萊宮，即大明宮。參見卷三《馴犀》（0138）注。岑仲勉云：「揚州長史即淮南節度使之本職，用『長史』則意更緊湊，不如『長史』之虛泛。」

〔背有九五飛天龍〕《易·乾·卦》：「九五，飛龍在天，利見大人。」

〔太宗常以人爲鏡，鑒古鑒今不鑒容〕《貞觀政要·任賢》：「太宗後嘗謂侍臣曰：夫以銅爲鏡，可以正衣冠；以古爲鏡，可以知興替；以人爲鏡，可以明得失。朕常保此三鏡，以防己過。今魏徵殂逝，遂亡一鏡矣。」《墨子·非攻中》：「君子不鏡於水，而鏡於人。鏡於水，見面之容。鏡於人，則知吉凶。」《呂氏春秋·恃君覽》：「萬乘之主，人之阿之亦甚矣。而無所鏡，其殘亡無日矣。孰當可而鏡？其唯士乎！」《韓詩外傳》卷五：「夫明鏡者，所以照形也；往古者，所以知今也。」

〔四海安危居掌內〕江淹《無爲論》：「煥乎若睹於鏡中，炳乎若明於掌內。」

青石

青石出自藍田山，兼車運載來長安①。工人磨琢欲何用②？石不能言我代言。不願作人家墓前神道碣，墳土未乾名已滅。不願作官家道旁德政碑，不鐫實錄鐫虛辭③。願爲顏氏段氏碑④，雕鏤太尉與太師。刻此兩片堅貞質⑤，狀彼二人忠烈姿⑥。義心若石屹不轉⑦，死節名流確不移⑧。如觀奮擊朱泚日，似見叱呵希烈時。各於其上題名諡⑨，一置高山一沉水。陵谷雖遷碑獨存⑩，骨化爲塵名不死。長使不忠不烈臣，觀碑改節慕爲人。慕爲人，勸事君⑪。（0145）

【校】

①〔兼車〕《白氏諷諫》作「兼功」。〔運載〕神田本等抄本作「連載」。

②〔磨琢〕《白氏諷諫》作「琢磨」。

③〔虛辭〕《白氏諷諫》、《文苑英華》、神田本等抄本作「虛詞」。

④〔顏氏段氏〕《白氏諷諫》、神田本等抄本作「段氏顏氏」。

⑤〔刻此〕《文苑英華》作「刻用」。

⑥〔狀彼〕公文本、曾本《白氏諷諫》作「狀此」。

⑦〔若石〕公文本、曾本《白氏諷諫》、盧校作「如石」。

⑧〔名流〕《文苑英華》抄本、神田本等抄本作「若石」，《文苑英華》明刊本、汪本作「如石」。

⑨〔名謚〕《文苑英華》作「名字」，上野本等抄本作「名氏」。

⑩〔碑獨存〕《文苑英華》作「碣猶存」。

⑪〔勸事君〕神田本等抄本上有「必」字。「事」《文苑英華》校：「一作助。」

【注】

〔兼車運載來長安〕兼車，連車。張興世《若耶山敬法師誄》：「故晦竇停璞，導兼車以出魏。」

〔願爲顏氏段氏碑，雕鏤太尉與太師〕顏氏、段氏，顏真卿、段秀實。參見卷一《寄唐生》(0033)注。

〔一置高山一沉水〕《晉書·杜預傳》：「預好爲後世名，常言『高岸爲谷，深谷爲陵』，刻石爲二碑，記其勳績，一沉萬山之下，一立峴山之上，曰：『焉知此後不爲陵谷乎？』」

兩朱閣①

兩朱閣②，南北相對起③。借問何人家④？貞元雙帝子。帝子吹簫雙得仙，五雲飄颻飛上天⑤。第宅亭臺不將去，化爲佛寺在人間。妝閣妓樓何寂靜⑥，柳似舞腰池似鏡⑦。花落黄昏悄悄時，不聞歌吹聞鐘磬⑧。寺門敕牓金字書⑨，尼院佛庭寬有餘⑩。青苔明月多閑地，比屋疲人無處居⑪。憶昨平陽宅初置⑫，吞併平人幾家地？仙去雙雙作梵宫⑬，漸恐人間盡爲寺⑭。（0146）

【校】

①〔題〕敦煌本作「兩珠閣」，正文同。

②〔兩朱閣〕神田本等抄本三字重。

③〔相對起〕敦煌本、神田本等抄本作「相並起」。

④〔借問〕醍醐寺本等抄本作「借問是」。

⑤〔飄颻〕《白氏諷諫》、汪本作「飄飄」。〔飛上天〕《文苑英華》、神田本等抄本作「迎上天」。

⑥〔妝閣〕敦煌本、馬本、《唐音統籤》、汪本、神田本等抄本作「妝閣」。〔妓樓〕敦煌本作「妓臺」，《樂府詩集》、《全唐詩》作「伎樓」。

⑦〔柳似舞腰池似鏡〕猿投文和本下有「蓮同笑面濤同文」七字。
⑧〔歌吹〕《文苑英華》作「鼓吹」。
⑨〔敕牓〕《白氏諷諫》作「敕碑」。
⑩〔佛庭〕敦煌本、《白氏諷諫》作「佛亭」。
⑪〔疲人〕敦煌本、《文苑英華》、神田本等抄本作「齊人」，《白氏諷諫》作「齊民」。〔無處居〕敦煌本、神田本等抄本作「何處居」。
⑫〔憶昨〕《白氏諷諫》作「憶昔」。
⑬〔仙去雙雙〕《白氏諷諫》作「帝子昇仙」。
⑭〔人間〕敦煌本、《白氏諷諫》、《文苑英華》、神田本等抄本作「人家」。

【注】

〔兩朱閣〕朱閣既可指宮室樓閣，亦可指佛寺。顧況《寄上兵部韓侍郎奉呈李户部盧刑部杜三侍郎》：「遠寺吐朱閣，春潮浮綠煙。」杜牧《題宣州開元寺》：「青苔照朱閣，白鳥兩相語。」

〔貞元雙帝子〕陳寅恪《元白詩箋證稿》引《新唐書·公主傳》梁國惠康公主：「薨，詔追封及謚。將葬，度支奏義陽義章公主葬，用錢四千萬，詔減千萬」，及《舊唐書·李吉甫傳》：「初，義陽義章二公主咸於墓所造祠一百二十間，費錢數萬」，謂：「則知德宗女義陽義章二公主之薨，恩禮獨優，其後遂引以爲例。此篇所言主第改佛寺事，固與《舊唐書·李吉甫傳》及《新唐書》公主傳所紀於墓所起祠堂者不同，然揆以德宗諸女中，惟此二主齊名並稱，則『貞元雙帝子』殆即指此二主而言耶？」《楚辭·九歌·湘夫人》：「帝子降兮北渚，目眇眇兮愁予。」

〔帝子吹簫雙得仙，五雲飄飖飛上天〕《列仙傳》卷上：「蕭史者，秦穆公時人也。善吹簫，能致孔雀白鶴於庭。穆公有女字弄玉，好之。公遂以女妻焉。日教弄玉作鳳鳴，居數年，吹似鳳聲，鳳凰來止其屋。公爲作鳳臺，夫婦止其上，不下數年，一旦皆偕隨鳳凰飛去。」五雲，五色雲。《周禮・春官・保章氏》：「以五雲之物，辨吉凶，水旱降豐荒之祲象。」鄭注：「物，色也。視日旁雲氣之色。」《漢武帝内傳》：「其次藥有九丹金液，紫華紅英，太清九轉，五雲之漿。」《太平廣記》卷六八《楊敬真》（出《續玄怪録》）：「至三更，有仙樂綵仗，霓旌絳節，鸞鶴紛紜，五雲來降，入於房中。……青衣引白鶴曰：『宜乘此。』初尚懼其危，試乘之，穩不可言，飛起而五雲捧出，綵仗前引。」

〔妝閣妓樓何寂靜，柳似舞腰池似鏡〕妝閣、妓樓，均爲貴族宅第所有。沈佺期《同李舍人冬日集安樂公主山池》：「紫岩妝閣透，青嶂妓樓懸。」何遜《日夕望江山贈魚司馬》：「歌黛慘如綠，舞腰凝欲絶。」《近代曲辭・祓禊曲》：「金谷園中柳，春來已舞腰。」

〔花落黄昏悄悄時，不聞歌吹聞鐘磬〕悄悄，寂靜。陸機《羽扇賦》：「驅囂塵之鬱述，流清氣之悄悄。」韋應物《曉至園中憶諸弟崔都水》：「山郭恒悄悄，林月亦娟娟。」鐘磬，指寺院鐘磬之聲。常建《題破山寺後禪院》：「萬籟此都寂，但餘鐘磬音。」權德輿《戲贈天竺靈隱二寺寺主》：「石路泉流兩寺分，尋常鐘磬隔山聞。」

〔寺門敕牓金字書〕敕牓，皇帝御書題牓。《南史・孝義傳・郭世通》：「文帝嘉之，敕牓表門閭。」

〔比屋疲人無處居〕比屋，房屋相鄰比。《文選》沈約《奏彈王源》李善注引《尚書大傳》：「周民可比屋而封。」《後漢書・楊終傳》：「終聞堯舜之民，可比屋而封；桀紂之民，可比屋而誅。」疲人，疲民。潘岳《西征賦》：「牧疲人于西夏，攜老幼而入關。」《文選》李善注：「《周禮》曰：以嘉石平疲民。」

〔憶昨平陽宅初置，吞併平人幾家地〕漢武帝姊封平陽公主。《漢書・外戚傳》：「子夫爲平陽主謳者，武帝即位，數年無子，平陽主求良家女十餘人，飾置家。帝祓霸上，還過平陽主。主見所侍美人，帝不悦。既飲，謳者進，帝獨説子夫。」後以平陽宅（第）代指公主所居。戴暠《煌煌京洛行》：「詔幸平陽第，騎指伏波營。」上官儀《高密長公主挽歌》：「寂寞平陽宅，月冷洞房深。」岑參《感遇》：「五花驄馬七香車，云是平陽帝子家。」

〔仙去雙雙作梵宫〕梵宫，指佛寺。沈約《瑞石像銘》：「就言鷲室，栖誠梵宫。」

西涼伎

西涼伎①，假面胡人假師子②。刻木爲頭絲作尾，金鍍眼睛銀帖齒③。奮迅毛衣擺雙耳，如從流沙來萬里④。紫髯深目兩胡兒⑤，鼓舞跳粱前致辭⑥。應似涼州未陷日⑦，安西都護進來時。須臾云得新消息⑧，安西路絶歸不得。泣向師子涕雙垂⑨，涼州陷没知不知？師子迴頭向西望，哀吼一聲觀者悲。貞元邊將愛此曲，醉坐笑看看不足⑩。享賓犒士宴三軍⑪，師子胡兒長在目。有一征夫年七十⑫，見弄涼州低面泣。泣罷斂手白將軍，主憂臣辱昔所聞。自從天寶兵戈起，犬戎日夜吞西鄙。涼州陷來四十年，河隴侵將七千里。平時安西萬里疆，今日邊防在鳳翔。平時開遠門外立堠，云去安西九千九百里，以示戍人⑬，不爲萬里行，其實就盈數也⑭。緣邊空屯十萬卒，飽食温衣閑過日⑮。今蕃漢使往來，悉在隴州交易也⑮。遺民腸斷在涼州，將卒相看無意收⑰。天子每思常痛惜⑱，將軍欲説合慚羞。奈何

仍看西涼伎，取笑資歡無所愧⑲。縱無智力未能收，忍取西涼弄爲戲？（0147）

【校】

①〔西涼伎〕《文苑英華》、《樂府詩集》、神田本等抄本三字重。

②〔胡人〕《白氏諷諫》作「胡兒」。〔師子〕馬本、《唐音統籤》、汪本作「獅子」，下文同。

③〔金鍍〕神田本等抄本作「金鏤」。

④〔如從〕神田本等抄本作「始從」。

⑤〔兩胡兒〕《文苑英華》作「兩羌兒」。

⑥〔跳梁〕《白氏諷諫》作「跳踉」。

⑦〔應似〕《白氏諷諫》、《文苑英華》、神田本等抄本作「道是」。

⑧〔新消息〕《白氏諷諫》作「真消息」。

⑨〔泣向〕神田本等抄本作「泣呼」。〔涕雙垂〕神田本作「淚雙垂」，《白氏諷諫》作「雙淚垂」，《文苑英華》作「雙涕垂」。

⑩〔笑看〕《文苑英華》抄本校：「一作教歌。」

⑪〔享賓犒士宴三軍〕《白氏諷諫》、《文苑英華》、神田本等抄本作「娱賓犒士宴監軍」。

⑫〔有一征夫〕《文苑英華》作「有老征夫」，《白氏諷諫》作「有一征人」，神田本作「有一老人」。

⑬〔（注）以示戍人〕《白氏諷諫》、《文苑英華》、神田本等抄本作「以示戎人」。

⑭〔（注）其實就盈數也〕光緒本《白氏諷諫》作「萬乃盈數矣」。

⑮〔（注）隴州交易〕神田本等抄本作「隴州交馬」。

⑯〔温衣〕《文苑英華》作「厚衣」。

⑰〔將卒〕神田本等抄本作「將軍」。

⑱〔常痛惜〕《白氏諷諫》作「嘗痛惜」，《文苑英華》作「長痛惜」。

⑲〔資歡〕公文本、曾本《白氏諷諫》、盧校作「貪歡」。

【注】

〔西涼伎〕此爲李紳、元稹《新題樂府》原題。元稹《西涼伎》：「……哥舒開府設高宴，八珍九醖當前頭。前頭百戲競撩亂，丸劍跳躑霜雪浮。獅子搖光毛彩豎，胡騰醉舞筋骨柔。」所謂西涼伎者，蓋兼及百戲。白詩則專詠「假師子」。《隋書·音樂志下》：「《西涼》者，起苻氏之末，呂光、沮渠蒙遜等，據有涼州，變龜兹聲爲之，號爲秦漢伎。魏太武既平河西得之，謂之《西涼樂》。至魏、周之際，遂謂之《國伎》。今曲項琵琶、豎頭箜篌之徒，並出自西域，非華夏舊器。《楊澤新聲》、《神白馬》之類，生於胡戎。胡戎歌非漢魏遺曲，故其樂器聲調，悉與書史不同。」《通典》卷一四六略同。《舊唐書·音樂志二》：「自周、隋以來，管絃雜曲將數百曲，多用《西涼樂》，鼓舞曲多用《龜兹樂》，其曲度皆時俗所知也。……《西涼樂》者，後魏平沮渠氏所得也。晉宋末，中原喪亂，張軌據有河西，苻秦通涼州，旋復隔絶。其樂具有鍾磬，蓋涼人所傳中國舊樂，而雜以羌胡之聲也。」又：「今立部伎有《安樂》、《太平樂》、《破陣樂》、《慶善樂》、《大定樂》、《上元樂》、《聖壽樂》、《光聖樂》，凡八部。……《太平樂》，亦謂之五方師子舞。師子鷙獸，出於西南夷天竺、師子等國。綴毛爲之，人居其中，像其俛仰馴狎之容。二人持繩秉拂，爲習弄之狀。五色師子各立其方色，百四十人歌《太平樂》，舞以足，持繩者服飾作崑崙像。……自《破陣舞》以下，皆雷大鼓，雜以龜兹之樂，聲震百里，動蕩山谷。《大定樂》加金鉦，惟《慶善舞》獨用《西涼樂》，最爲閑雅。」故所謂《西涼樂》者，實出於後涼，爲中國舊樂而雜以羌胡之聲，至周、隋以後則爲管絃雜曲中最流行者。論者多以《舊唐書》所載之「五方師子舞」即《太平樂》（亦見《樂府雜錄》、《通典》卷一四六等），當白詩此處之描寫。然據上引文，《太平樂》屬鼓舞曲，非伴以西涼樂。又《舊唐書·趙宗儒傳》：「太常有《師子樂》，備五方之色，非會朝聘享不作，幼君荒誕，伶官縱肆，中人掌教坊者移牒取之，宗儒不敢違」，可見五方師子舞亦非平日所演習（王維爲大樂丞，坐伶人舞黄師子出官，見《集異記》，事亦同），與白詩之描寫不符。蓋白詩雖專寫師子舞，其實與元詩同，亦取材于尋常表演之散樂雜曲百戲之獅舞。《教坊記》載曲名有「西河獅子」，《景德傳燈録》卷十四載藥山有「解弄獅子」語，均爲民間獅舞之證。

〔奮迅毛衣擺雙耳，如從流沙來萬里〕奮迅，振奮躍起。王逸《九思·遭厄》：「起奮迅兮奔走，違群小兮謑訽。」禰衡《鸚鵡賦》：「顧六翮之殘毁，雖奮迅其焉如。」《書·禹貢》：「導弱水，至于合黎，餘波入于流沙。」《史記·夏本紀》集解：「鄭玄曰：《地理志》：流沙在居延北，名居延澤。」

〔紫髯深目兩胡兒，鼓舞跳粱前致辭〕張説《蘇摩遮》：「摩遮本出海西胡，琉璃寶服紫髯胡。」岑參《胡笳歌》：「君不聞胡笳聲最悲，紫髯緑眼胡人吹。」《漢書·西域傳上》：「自宛以西至安息國，雖頗異言，然大同，自相曉知也。其人皆深目，多鬚髯。」鼓舞，跳舞。《淮南子·修務訓》：「今鼓舞者，繞身若環，曾撓摩地，扶旋猗那，動容轉曲，便媚擬神。」跳粱，跳躑，跳躍。《莊子·逍遥遊》：「東西跳粱，不辟高下。」成玄英疏：「跳粱，猶走躑。」《漢書·遊俠傳·陳遵》：「遵起舞跳粱，頓仆坐上。」

〔應似涼州未陷日，安西都護進來時〕涼州武威郡，廣德二年陷吐蕃，參見卷三《縛戎人》（0142）注。

〔見弄涼州低面泣〕弄，表演。顧況《越中席上看弄老人》：「此生不復爲年少，今日從他弄老人。」《寒山詩注》二九〇首：「但看木傀儡，弄了一場困。」

〔主憂臣辱昔所聞〕《國語·越語下》：「臣聞之，爲人臣者，君憂臣勞，君辱臣死。」《史記·范睢蔡澤列傳》：「臣聞主憂臣辱，主辱臣死。」

〔犬戎日夜吞西鄙〕《左傳》閔公二年：「虢公敗犬戎于渭汭。」杜預注：「犬戎，西戎別在中國者。」《史記·周本紀》：「西夷犬戎攻幽王，幽王舉烽火徵兵，兵莫至，遂殺幽王驪山下。」此指吐蕃。《左傳》文公七年：「狄侵我西鄙。」

〔平時安西萬里疆，今日邊防在鳳翔〕《舊唐書·吐蕃傳下》：「（建中）四年正月，詔張鎰與尚結贊盟于清水。……文曰：……今國家所守界，涇州西至彈箏峽西口，隴州西至清水縣，鳳州西至同谷縣，暨劍南西山大渡河東，爲漢界。蕃國守鎮在蘭、渭、原、會，西至臨洮，東至成州，抵劍南西界磨些諸蠻，大渡水西南，爲蕃界。」

〔開遠門外立堠〕此注亦爲元稹詩原注。《新唐書·吐蕃傳下》：「初，太宗平薛仁杲，得隴上地，虜李軌，得涼州，破吐谷渾、高昌，開四鎮。玄宗繼收黄河積石、宛秀等軍，中國無斥候警者幾四十年。輪臺、伊吾屯田，禾菽彌望。開遠門外揭候署曰：『西極道九千九百里』，示戍人無萬里行也。」《唐兩京城坊考》卷二：「（長安城）西面三門：北開遠門，中金光門，南延平門。」引《南部新書》：「開遠門外立堠云：西去安西九千九百里，示戍人不爲萬里之行。」

〔今蕃漢使往來，悉在隴州交易也〕交易，疑當從抄本作「交馬」。《新唐書·吐蕃傳上》：「吐蕃又請交馬於赤嶺，互市於甘松嶺。」

〔天子每思常痛惜，將軍欲説合慚羞〕《舊唐書·韓滉傳》：「滉上言吐蕃盜有河湟，爲日已久。近歲以來，兵衆寖弱，……臣請以當道所貯蓄財賦，爲饋運之資，以充三年之費。然後營田積粟，且耕且戰，收復河隴二十餘州，可翹足而待也。上甚納其言。滉之入朝也，路由汴州，厚結劉玄佐，將薦其可任邊事。玄佐納其賂，因許之。及來覲，上訪問焉，初頗禀命。及滉以疾歸第，玄佐意怠，遂辭邊任，盛陳犬戎未衰，不可輕進。滉貞元三年二月以疾薨，遂寢其事。」此德宗朝謀復河湟之舉。《資治通鑑》元和五年：「（李）絳嘗從容諫上聚財，上曰：『今兩河數十州，皆國家政令所不及，河湟數千里淪於左衽。朕日夜思雪祖宗之耻，而財力不贍，故不得不蓄聚耳。』」《新唐書·吐蕃傳下》：「憲宗常覽天下圖，見河湟舊封，赫然思經略之，未暇也。」此憲宗思復河湟之事。

八駿圖

穆王八駿天馬駒①，後人愛之寫爲圖。背如龍兮頸如象②，骨竦筋高脂肉壯③。日行萬里速如飛④，穆王獨乘何所之？四荒八極踏欲遍，三十二蹄無歇時。屬車軸折趁不及，黄屋草生棄若遺。瑶池西赴王母宴⑤，七廟經年不親薦。璧臺南與盛姬遊⑥，明堂不復朝諸侯。白雲黄竹歌聲動⑦，一人荒樂萬人愁。周從后稷至文武⑧，積德累功世勤苦。豈知纔及四代孫⑨，心輕王業如灰土⑩。由來尤物不在大，能蕩君心則爲害⑪。文帝却之不肯乘，千里馬去漢道興⑫。穆王得之不爲戒，八駿駒來周室壞⑬。至今此物世稱珍⑭，不知房星之精下爲怪⑮。八駿圖，君莫愛⑯。（0148）

【校】

①〔穆王八駿〕東洋文庫本等抄本「駿」作「疋」。

②〔頸如象〕《文苑英華》、神田本等抄本作「頸如鳥」。

③〔骨竦〕《文苑英華》作「骨聳」。〔脂肉壯〕《白氏諷諫》、《文苑英華》、神田本等抄本作「脂肉少」，馬本、《唐音統籤》作「肌肉壯」。

④〔速如飛〕「速」《文苑英華》校：「集作疾。」汪本作「疾如飛」。

⑤〔西赴〕《白氏諷諫》、《文苑英華》、神田本等抄本作「西追」。

⑥〔南與〕曾本《白氏諷諫》、盧校作「高與」。

⑦〔白雲〕《文苑英華》、東洋文庫本作「白雪」。

⑧〔至文武〕郭本、《唐文粹》作「到文武」。

⑨〔四代孫〕《白氏諷諫》、《文苑英華》、汪本作「五代孫」。

⑩〔灰土〕神田本等抄本作「灰塵」。

⑪〔則爲害〕《白氏諷諫》、《文苑英華》、《唐文粹》、汪本作「即爲害」。

⑫〔漢道興〕《白氏諷諫》作「漢道平」。

⑬〔八駿駒〕《文苑英華》作「千里馬」。

⑭〔世稱珍〕《文苑英華》作「尚稱珍」。

⑮〔下爲怪〕《白氏諷諫》、馬本、《唐音統籤》作「下爲害」。

⑯〔八駿圖君莫愛〕醍醐寺本等抄本作「八駿之圖君莫愛」。

【注】

〔八駿圖〕此非李紳、元稹《新題樂府》原題。然元稹有《八駿圖》五言古詩一首，《樂府詩集》誤以之入《新樂府辭》，《元白詩箋證稿》有辨。《穆天子傳》卷一：「天子之駿：赤驥，盜驪，白義，踰輪，山子，渠黄，華騮，綠耳。」《列子·周穆王》：「王大悦，不卹國事，不樂臣妾，肆意遠遊。命駕八駿之乘，右服驊騮而左綠耳，右驂赤驥而左白㵒，主車則造父爲御，禽冏爲右。次車之乘，右服渠黄而左踰輪，左驂盜驪而右山子，柏夭主車，參百爲御，奔戎爲右。馳驅千里，至於巨蒐氏之國。巨蒐氏乃獻白鵠之血以飲王，具牛馬之湩以洗王之足，及二乘之人，已飲而行，遂宿於崑崙之阿，赤水之陽。別日升崑崙之丘，以觀黄帝之呂，而封之以詒後事。遂賓於西王母，觴於瑶池之上。西王母爲王謡，王和之，其辭哀焉。乃觀日之所入，一日行萬里。」柳宗元《觀八駿圖説》：「古之書有記周穆王馳八駿升昆侖之墟者，後之好事者爲之圖，宋齊以下傳之。觀其狀甚怪，咸若騫若翔，若龍鳳麒麟，若螳螂然。」《元白詩箋證稿》引《唐國史補》卷上：「德宗幸梁洋，唯御騅馬號望雲騅者。駕還京師，飼以一品料……後老死飛龍廄中，戚貴多圖寫之。」及元稹《望雲騅馬歌》序：「德宗皇帝以八馬幸蜀，唯望雲騅來往不頓，貞元中老死天廄，臣稹作歌以記之。」謂：「蓋此乃當時之風氣也。至此種風氣特盛於貞元元和之故，殆由以德宗幸蜀之史事，比附於周穆王以八駿西巡之物語歟？」按，圖寫歌詠望雲騅自是一事，元稹《八駿圖》詩並未涉及，柳宗元亦明謂《八駿圖》傳自宋、齊，未可遽言當時人有意比附。白此詩立意尤與所謂「八馬幸蜀」事無關，不應牽混言之。

〔骨竦筋高脂肉壯〕骨竦，又作骨聳，精爽貌。杜甫《魏將軍歌》：「魏侯骨聳精爽緊，華岳峰尖見秋隼。」戴叔倫

《懷素上人草書歌》：「神清骨竦意真率，醉來爲我揮健筆。」張祜《寄王尊師》：「天臺南洞一靈仙，骨聳冰稜貌瑩然。」脂肉，脂肪肌肉。元稹《估客樂》：「越婢脂肉滑，奚僮眉眼明。」王揆《長沙六快詩》：「今賢官是邦，刳啖人脂肉。」

〔四荒八極踏欲遍〕《爾雅·釋地》：「觚竹，北户，西王母，日下，謂之四荒。」《莊子·田子方》：「夫至人者，上窺青天，下潛黄泉，揮斥八極，神氣不變。」《淮南子·地形訓》：「天地之間，九州八極。……八紘之外，乃有八極。」

〔屬車軸折趁不及，黄屋草生棄若遺〕《史記·留侯世家》索隱：「按《漢官儀》：天子屬車三十六乘。屬車即副車，而奉車郎御而從後。」《史記·五宗世家》：「（臨江閔王）榮行，祖於江陵北門，既已上車，軸折車廢。江陵父老流涕竊言曰：『吾王不返矣！』」趁，趕。《寒山詩注》〇三三首：「昨朝曾趁却，今日又纏身。」一一四八首：「南見驅歸北，西逢趁向東。」《史記·項羽本紀》：「紀信乘黄屋車，傅左纛。」正義：「李斐云：天子車以黄繒爲蓋裏。」

〔七廟經年不親薦〕《禮記·王制》：「天子七廟，三昭三穆，與大祖之廟而七。」《禮記·禮器》：「太廟之内敬矣。君親牽牲，大夫贊幣而從。君親制祭，夫人薦盎。君親割牲，夫人薦酒。」《後漢書·皇后紀上》：「（鄧皇后）率命婦群妾相禮儀，與皇帝交獻親薦，成禮而還。」

〔璧臺南與盛姬遊，明堂不復朝諸侯〕《穆天子傳》卷六：「甲戌，天子西北□，姬姓也，盛柏之子也。天子賜之上姬之長，是曰盛門。天子乃爲之臺，是曰重璧之臺。……癸卯，大哭殤祀而載。甲辰，天子南葬盛姬於樂池之南。」《禮記·明堂位》：「昔者周公朝諸侯于明堂之位。」

〔白雲黄竹歌聲動〕《穆天子傳》卷三：「乙丑，天子觴西王母於瑶池之上，西王母爲天子謡曰：『白雲在天，山陵自出。道里悠遠，山川間之。將子無死，尚能復來。』」卷五：「日中大寒，北風雨雪，有凍人。天子作詩三章以哀民，曰：『我殂黄竹，□員閟寒。帝收九行，嗟我公侯，百辟冢卿。……』」

〔周從后稷至文武，積德累功世勤苦〕后稷，周之始祖。見《史記・周世家》等。積德，見卷三《法曲歌》（0124）注。《史記・秦楚之際月表》：「昔虞夏之興，積善累功數十年，德洽百姓，攝行政事，考之於天，然後在位。湯武之王，乃由契、后稷修仁行義十餘世，不期而會孟津八百諸侯，猶以爲未可，其後乃放弑。」

〔由來尤物不在大，能蕩君心則爲害〕《左傳》昭公二十八年：「夫有尤物，足以移人。苟非德義，則必有禍。」

〔文帝却之不肯乘，千里馬去漢道興〕《漢書・賈捐之傳》：「捐之上書曰：『至孝文帝時，有獻千里馬者。詔曰：鸞旗在前，屬車在後，吉行日五十里，師行日三十里，朕行千里之馬獨先，安之？於是還馬與道里費而下詔曰：朕不受獻也，其令四方毋求來獻。』」

〔不知房星之精下爲怪〕《史記・天官書》：「房爲府，曰天駟。」正義：「房星，君之位，亦主左驂，亦主良馬，故爲駟。王者恒祠之，是馬祖也。」李賀《馬詩二十三首》之四：「此馬非凡馬，房星本是星。」

澗底松

有松百尺大十圍①，生在澗底寒且卑。澗深山險人路絶，老死不逢工度之。天子明堂欠梁木②，此求彼有兩不知③。誰諭蒼蒼造物意，但與之材不與地？金張世禄原憲貧④，牛衣寒賤貂蟬貴⑤。貂蟬與牛衣，高下雖有殊。高者未必賢，下者未必愚。君不見沉沉海底生珊瑚⑥，歷歷天上種白榆。（0149）

【校】

①〔有松〕《文苑英華》明刊本作「青松」。

②〔梁木〕「木」《白氏諷諫》作「棟」，《文苑英華》校：「集作棟。」

③〔此求彼有兩不知〕《白氏諷諫》作「彼求此棄兩不知」，《文苑英華》作「彼求此棄俱不知」，神田本等抄本作「此求彼棄兩不知」。

④〔世祿〕《白氏諷諫》作「世族」。〔原憲貧〕《白氏諷諫》、《文苑英華》、神田本等抄本作「黄憲賢」。

⑤〔牛衣〕神田本等抄本作「牛醫」，下同。《文苑英華辨證》：「黄憲本牛醫兒，而集本作『原憲貧』，詳上下句，『黄憲賢』是。」盧校、汪本均從之。平岡校據神田本等抄本亦同。朱《箋》：「據『牛衣與貂蟬』詩句，『牛衣』與『貂蟬』是兩相對稱之物，亦不能易作『牛醫』。……（《史記·仲尼弟子列傳》）其中『攝敝衣冠』一語，適與『牛衣』意相近，當爲白氏詩所本。又白氏《效陶潛體詩十六首》之九云：『原生衣百結，顔子食一簞。』亦可參證，原憲蓋唐人詠貧士之習用典。」然神田本等抄本亦作「黄憲賢」、「牛醫」，未可遽斷其非。「牛衣」與「敝衣冠」相去甚遠，於義未安。

⑥〔海底〕《文苑英華》作「水底」。

【注】

〔澗底松〕左思《詠史》：「鬱鬱澗底松，離離山上苗。以彼徑寸莖，蔭此百尺條。世胄躡高位，英俊沉下僚。地勢使之然，由來非一朝。金張藉舊業，七葉珥漢貂。馮公豈不偉，白首不見招。」白詩取其意。參見卷一《悲哉行》（0037）、卷二《續古詩十首》之四（0068）等。《元白詩箋證稿》引白居易《論制科人狀》（《白氏文集》卷五八）所涉元和三年制舉事，謂：「樂天作此詩時，李吉甫雖已出鎮淮南，猶邀恩眷。牛僧孺則仍被斥闕外，未蒙擢用。故此篇必於『金張世祿』之吉甫，『牛衣寒賤』之僧孺，有所憤慨感惜。非泛泛爲『念寒雋』而作也。」

〔(序)念寒儁也〕寒儁，通寒俊、寒雋。《舊唐書·薛元超傳》：「元超既擅文辭，兼好引寒俊。」《魏元忠傳》：「元忠乃親附權豪，抑棄寒俊。」

〔老死不逢工度之〕《左傳》隱公十一年：「周諺有之曰：山有木，工則度之；賓有禮，主則擇之。」

〔天子明堂欠梁木，此求彼有兩不知〕參見卷二《寓意詩五首》之一(0090)。

〔金張世祿原憲貧，牛衣寒賤貂蟬貴〕《漢書·金日磾傳贊》：「金日磾夷狄亡國，羈虜漢庭，而以篤敬寤主，忠信自著，勒功上將，傳國後嗣，世名忠孝，七世内侍，何其盛也。」《張湯傳》：「及禹誅滅，而安世子孫相繼，自宣、元以來爲侍中、中常侍、諸曹散騎、列校尉者，凡十餘人。功臣之世，唯有金氏、張氏，親近寵貴，比于外戚。」《史記·仲尼弟子列傳》：「孔子卒，原憲遂亡在草澤中。子貢相衛，而結駟連騎，排藜藿，入窮閻，過謝原憲。憲攝敝衣冠見子貢，子貢恥之，曰：『夫子豈病乎？』原憲曰：『吾聞之，無財者謂之貧，學道而不能行者謂之病。若憲，貧也，非病也。』子貢慚，不懌而去，終身恥其言之過也。」《後漢書·黄憲傳》：「黄憲字叔度，汝南慎陽人也。世貧賤，父爲牛醫。……同郡戴良才高倨慠，而見憲未嘗不正容，即歸，罔然若有失也。其母問曰：『汝復從牛醫兒來邪？』對曰：『良不見叔度，不自以爲不及，既覩其人，則瞻之在前，忽焉在後，固難得而測矣。』」《後漢書·輿服志下》：「武冠，一曰武弁大冠，諸武官冠之。侍中、中常侍加黄金璫，附蟬爲文，貂尾爲飾。」《漢書·劉向傳》：「今王氏一姓乘朱輪華轂者二十三人，青紫貂蟬充盈幄内，魚鱗左右。」

〔君不見沉沉海底生珊瑚，歷歷天上種白榆〕左思《吳都賦》：「瓊枝抗莖而敷蕊，珊瑚幽茂而玲瓏。」《文選》李善注：「《扶南傳》曰：漲海中有盤石，珊瑚生其上。」《相和歌辭·隴西行》：「天上何所有，歷歷種白榆。」

牡丹芳

牡丹芳，牡丹芳，黄金蘂綻紅玉房。千片赤英霞爛爛②，百枝絳點燈煌煌③。照地初開錦繡段，當風不結蘭麝囊④。仙人琪樹白無色，王母桃花小不香⑤。宿露輕盈汎紫艷⑥，朝陽照耀生紅光。紅紫二色間深淺，向背萬態隨低昂⑦。映葉多情隱羞面，卧叢無力含醉妝。低嬌笑容疑掩口，凝思怨人如斷腸。穠姿貴彩信奇絶，雜卉亂花無比方。石竹金錢何細碎，芙蓉芍藥苦尋常。遂使王公與卿士，遊花冠蓋日相望。庳車軟轝貴公主⑧，香衫細馬豪家郎。衛公宅靜閉東院，西明寺深開北廊⑨。戲蝶雙舞看人久⑩，殘鶯一聲春日長⑪。共愁日照芳難駐，仍張帳幕垂陰凉⑫。花開花落二十日，一城之人皆若狂。三代以還文勝質⑬，人心重華不重實。重華直至牡丹芳⑭，其來有漸非今日。元和天子憂農桑，卹下動天天降祥。去歲嘉禾生九穗，田中寂寞無人至。今年瑞麥分兩岐，君心獨喜無人知。無人知，可嘆息。我願暫求造化力，減却牡丹妖艷色⑮。少迴卿士愛花心⑯，同似吾君憂稼穡⑰。（0150）

【校】

①〔（序）美天子憂農也〕神田本等抄本作「美天子之憂農也」。

②〔千片〕《白氏諷諫》作「千葉」。

③〔絳點〕「點」，《白氏諷諫》、《文苑英華》、神田本等抄本作「焰」，那波本、《樂府詩集》作「艷」，《文苑英華》校：「集作艷。」

④〔蘭麝囊〕馬本、《唐音統籤》作「蘭麝裳」。

⑤〔小不香〕神田本等抄本作「紅不香」。

⑥〔宿露〕馬本、《唐音統籤》作「曉露」。

⑦〔萬態〕神田本等抄本作「兩態」。

⑧〔軟暈〕《白氏諷諫》、汪本作「輕暈」。〔貴公主〕《白氏諷諫》、《文苑英華》、汪本作「貴公子」。

⑨〔北廊〕公文本、曾本《白氏諷諫》、盧校作「曲廊」。

⑩〔看人久〕《文苑英華》作「看花久」。

⑪〔春日〕公文本、曾本《白氏諷諫》、盧校作「嬌日」。

⑫〔帳幕〕「帳」，那波本、馬本、《唐音統籤》、汪本、神田本等抄本、《文苑英華》作「帷」，《文苑英華》校：「集作羅。」

⑬〔以還〕那波本、《白氏諷諫》作「已還」。

⑭〔直至〕《白氏諷諫》作「直指」。

⑮〔減却〕神田本作「滅却」。

⑯〔卿士〕《白氏諷諫》、神田本等抄本作「士女」。〔愛花心〕《文苑英華》作「看花心」。

⑰〔同似〕《文苑英華》、神田本等抄本作「同助」。

【注】

〔黄金蘂綻紅玉房〕蕭統《七契》：「玉樹始落，金蕊初榮。」周繇《看牡丹贈段成式》：「金蕊霞英疊彩香，初疑少女出蘭房。」秦韜玉《牡丹》：「壓枝金蕊香如撲，逐朵檀心巧勝裁。」

〔照地初開錦繡段〕蕭綱《詠初桃詩》：「初桃麗新彩，照地吐其芳。」張衡《四愁詩》：「美人贈我錦繡段，何以報之青玉案。」

〔仙人琪樹白無色，王母桃花小不香〕《山海經·海内西經》：「開明北有視肉、珠樹、文玉樹、玗琪樹、不死樹。」孫綽《遊天台山賦》：「建木滅景於千尋，琪樹璀璨而垂珠。」《漢武帝内傳》：「須臾，以玉盤盛仙桃七顆，大如鴨卵，形圓青色，以呈王母。母以四顆與帝，三顆自食。桃味甘美，口有盈味。帝食輒收其核，王母問帝，帝曰：『欲種之。』母曰：『此桃三千年一生實，中夏地薄，種之不生。』」

〔宿露輕盈汎紫艷，朝陽照耀生紅光〕元稹《感石榴二十韻》：「宿露低蓮臉，朝光借綺霞。」姚合《和王郎中召看牡丹》：「嬋娟涵宿露，爛漫抵春風。」

〔紅紫二色間深淺，向背萬態隨低昂〕參見卷一《白牡丹》（0031）。白居易《山石榴花十二韻》（本書卷二五1800）：「千絲相向背，萬朵互低昂。」盧思道《後園宴詩》：「日日相看轉難厭，千嬌萬態不知窮。」宋子侯《董嬌饒》：「春風東北起，花葉正低昂。」

〔映葉多情隱羞面，卧叢無力含醉妝〕歐陽詹《汝川行》：「垂空玉腕若無骨，映葉朱唇似花發。」元稹《山枇杷》：

「壓枝凝艷已全開，映葉香苞才半裂。」羅虬《比紅兒詩》：「君看紅兒學醉妝，誇裁宮襭砑裙長。」

〔低嬌笑容疑掩口，凝思怨人如斷腸〕陸機《文賦》：「罄澄心以凝思，眇衆慮而爲言。」曹丕《燕歌行》：「朝燕辭歸雁南翔，念君客遊思斷腸。」

〔穠姿貴彩信奇絶，雜卉亂花無比方〕元萬頃《奉和太子納妃太平公主出降》：「鳴瑜合清響，冠玉麗穠姿。」元稹《山枇杷》：「穠姿秀色人皆愛，怨媚羞容我偏別。」江總《宛轉歌》：「後來暝暝同玉床，可憐顔色無比方。」白居易《山石榴花十二韻》：「曄曄復煌煌，花中無比方。」

〔石竹金錢何細碎，芙蓉芍藥苦尋常〕李白《宮中行樂詞》：「山花插寶髻，石竹繡羅衣。」杜甫《山寺》：「麝香眠石竹，鸚鵡啄金桃。」金錢，金錢花。《酉陽雜俎》前集卷十九廣動植：「金錢花，一云本出外國，梁大同二年進來中土。」盧肇《金錢花》：「時時買得佳人笑，本色佳人却不如。」陸龜蒙《石竹花詠》：「而今莫共金錢鬥，買却春風是此花。」苦，極，甚。杜甫《戲贈閿鄉秦少公短歌》：「今日時清兩京道，相逢苦覺人情好。」

〔庫車軟轝貴公主，香衫細馬豪家郎〕庫車，低車。《史記·循吏列傳》：「楚俗好庫車。」索隱：「庫，下也。」《新唐書·宋璟傳》：「將遣刺客殺之，有告璟者，璟乘庫車舍他所，刺不得發。」軟轝，軟轎。《舊唐書·李訓傳》：「又奏曰：『事急矣，請陛下入内。』即舉軟輿迎帝。」王建《宮詞》：「御前新賜紫羅襦，步步金階上軟輿。」細馬，良馬。《舊唐書·職官志三》車府署：「凡馬，有左右監，以別其粗良。以數紀名，著之簿籍。細馬稱左，粗馬稱右。」李白《對酒》：「蒲萄酒，金叵羅，吳姬十五細馬馱。」杜甫《春日戲題惱郝使君兄》：「細馬時鳴金腰褭，佳人屢出董嬌饒。」

〔衛公宅靜閉東院，西明寺深開北廊〕朱《箋》：「衛公指李靖，坊里未詳。李德裕會昌四年封衛國公，必非此詩所指。」西明寺，在長安延康坊。《兩京新記》卷三：「次南曰延康坊。西南隅，西明寺。本隋尚書令越國公楊素宅。」元稹《西明寺牡丹》：「花向琉璃地上生，光風炫轉紫雲英。」參見本書卷九《西明寺牡丹花時憶元九》（0389）。

〔戲蝶雙舞看人久，殘鶯一聲春日長〕蕭繹《後臨荆州詩》：「戲蝶時飄粉，風花乍落香。」盧照鄰《長安古意》：「啼花戲蝶千門側，碧樹銀臺萬種色。」李頎《送人尉閩中》：「閶門折垂柳，御苑聽殘鶯。」

〔花開花落二十日，一城之人皆若狂〕《禮記·雜記下》：「子貢觀於蜡，孔子曰：『賜也樂乎？』對曰：『一國之人皆若狂，賜未知其樂也。』」

〔三代以還文勝質〕《論語·雍也》：「子曰：『質勝文則野，文勝質則史。文質彬彬，然後君子。』」《春秋元命苞》：「夏人之立教以忠，其失野，故救野莫若敬。殷人之立教以敬，其失鬼，故救鬼莫若文。周人之立教以文，其失蕩，故救蕩莫若忠。如此循環，周則復始，窮則相承也。」《史記·高祖本紀》：「三王之道若循環，終而復始。周秦之間，可謂文敝矣。」

〔去歲嘉禾生九穗〕四句　按，白詩所謂「去歲」、「今年」確切時間不詳，於史難徵。《唐會要》卷二九：「元和二年八月，中書門下奏，諸道草木祥瑞及珍禽異獸等，准永貞元年八月敕，自今以後，宜並停進者。伏以貢獻祥瑞，皆緣臘饗告廟，及元會奏聞，若例停奏進，即恐闕于盛禮。准儀制令，其大瑞即隨表奏聞，中瑞下瑞申報有司，元日聞奏。自今以後，望准令式。從之。」「七年十一月，梓州上言，龍州界嘉禾生，有麟食之。」《舊唐書·憲宗紀》略同。據此可知，元和時曾恢復元日貢獻祥瑞之制。《後漢書·光武帝紀下》：「是歲縣界有嘉禾生，一莖九穗，因名光武曰秀。」《後漢書·張堪傳》：「堪爲漁陽太守，百姓歌曰：『桑無附枝，麥穗兩歧，張君爲政，樂不可支。』」

紅線毯

紅線毯，擇繭繰絲清水煮，揀絲練線紅藍染②。染爲紅線紅於藍③，織作披香殿上毯④。披香殿廣十丈餘，紅線織成可殿鋪⑤。綵絲茸茸香拂拂⑥，線軟花虚不勝物⑦。美人踏上歌舞來⑧，羅襪繡鞋隨步没。太原毯澀毳縷硬⑨，蜀都褥薄錦花冷。不如此毯温且柔⑩，年年十月來宣州。宣城太守加樣織⑪，自謂爲臣能竭力。百夫同擔進宫中⑫，線厚絲多卷不得。宣城太守知不知⑬？一丈毯⑭，千兩絲。地不知寒人要暖，少奪人衣作地衣。

貞元中，宣州進開樣加絲毯⑮。（0151）

【校】

①〔（序）憂蠶桑之費也〕《白氏諷諫》、神田本等抄本作「憂蠶絲之費也」。

②〔揀絲〕汪本作「練絲」。〔練線〕光緒本《白氏諷諫》作「揀線」。

③〔紅於藍〕《白氏諷諫》、汪本作「紅於花」。

④〔殿上毯〕《白氏諷諫》作「殿中毯」。

⑤〔紅線織成〕敦煌本作「紅毯合成」，上野本等抄本作「紅毯織成」。

⑥〔綵絲〕敦煌本作「綵細」。

⑦〔線軟〕紹興本補刻作「練軟」，據他本改。《白氏諷諫》作「線厚」。

⑧〔歌舞來〕《白氏諷諫》作「歌舞時」。

⑨〔毯澀毳縷〕敦煌本作「毯毳紅縷」。

⑩〔不如此毯〕《白氏諷諫》作「不知此毯」。

⑪〔宣城太守加樣織〕《白氏諷諫》、汪本作「宣州太守加樣織」。

⑫〔百夫〕敦煌本、神田本等抄本作「十夫」。

⑬〔宣城太守知不知〕《白氏諷諫》、汪本作「宣州太守知不知」。

⑭〔一丈毯〕神田本等抄本作「一丈之毯」。

⑮〔（注）加絲毯〕神田本作「加練毯也」，其他抄本或作「紅線毯」，或作「加線毯」。

【注】

〔紅線毯〕《元和郡縣志》卷二八宣州：「開元貢白紵布。自貞元後，常貢之外，別進五色線毯及綾綺等珍物，與淮南、兩浙相比。」《新唐書·地理志五》宣州宣城郡土貢：「綺、白紵、絲頭紅毯」。《元白詩箋證稿》：「唐代初期以關東西川爲絲織品之主要産地。迨經安史亂後，産絲區域之河北山東，非中央政府權力所及，貢賦不入。故唐室不得不徵取絲織品於江淮，以充國用。由於人力之改進，此後東南遂爲絲織品最盛之産區矣。如宣州者，當開元天寶之時，其土貢爲葛屬之紵布，其特産並無絲織之綾絁等物，而至貞元以後，遂以最精美之絲織線毯著聞，乃其尤顯著之例也。觀於此，亦可以知政治人事之變遷與農産工藝盛衰之關係矣。」

〔揀絲練線紅藍染〕紅藍，紅藍花，可作染料和胭脂。習鑿齒《與燕王書》：「山下有紅藍花，足下先知之不？北方采紅藍，取其花，染緋黄，挼取其英鮮者作烟肢。婦人將用爲顔色。吾少時再三遇見烟肢，今日始視紅藍。」趙彦衛《雲麓漫抄》卷七：「清微子《服飾變古錄》云：燕脂，紂製，以紅藍汁凝而爲之。官賜宫人，塗之，號爲桃花粉。藍地水清，合之色鮮。至唐頗進貢，惟后妃得賜，曰燕脂。崔豹《古今注》云：燕支葉似薊，花似蒲公，出西方，土人以染，名燕支，中國謂之紅藍。以染粉，爲婦人色，謂爲燕支粉。今人以重絳爲燕支，非燕支花所染也。燕支花自爲紅藍耳。舊謂赤白之間爲紅，即今所謂脂藍也。《西河舊事》云：失我祁連嶺，使我六畜不蕃息；失我焉支山，使我婦女無顔色。北方有焉支山，山多紅藍，北人採之染緋，取其英鮮者作燕脂。《本草》：紅藍花堪作燕脂，生梁漢及西域。一名黄藍。《博物志》云：黄藍，張騫所得。今滄魏亦種。近世人多種之，收其花，俟乾以染帛，色鮮於茜，謂之真紅，亦曰乾紅，目其草曰紅花，以染帛之餘爲燕支。乾草初漬則色黄，故又爲黄藍也。《史記·貨殖傳》：『若千畝卮茜。』徐廣注：『卮音支，鮮支也。茜音倩，一名紅藍。其花染繒，赤黄也。』又知今之紅花，乃古之茜；而今之茜，又謂之烏紅，係用蘇方木、棗木染成，非古之茜矣。」

〔織作披香殿上毯〕班固《兩都賦》：「莖若椒風，披香發越。」《文選》李善注：「漢宫閣名。長安有合歡殿、披香殿、鴛鸞殿、飛翔殿。」唐高祖亦造披香殿，在慶善宫。《唐會要》卷三十慶善宫：「其年諫議大夫蘇世長侍宴於披香殿，酒酣，奏曰：『此殿隋煬帝所作耶，何雕麗之若此？』高祖謂曰：『卿好諫似直，其心實詐。豈不知此殿是我所造，何須設詭而疑煬帝乎？』」

〔紅線織成可殿鋪〕可，遍，滿。《酉陽雜俎》前集卷八黥：「又有王力奴，以錢五千召札公，可胸腹爲山、亭院、池榭、草木、鳥獸。」

〔綵絲茸茸香拂拂〕韓翃《宴楊駙馬山池》：「垂楊拂岸草茸茸，繡户簾前花影重。」李賀《河南府試十二月樂詞·七月》：「曉風何拂拂，北斗光闌干。」《寒山詩注》一三七首：「常騎踏雪馬，拂拂紅塵起。」

〔羅襪繡鞋隨步没〕張衡《南都賦》：「修袖繚繞而滿庭，羅襪躡蹀而容與。」盧綸《春詞》：「北苑羅裙帶，塵衢錦繡鞋。」

〔太原毯澀毳縷硬，蜀都褥薄錦花冷〕《淮南子·齊俗訓》：「越人見毳，不知可以爲旃也。」《説文》：「毳，獸細毛也。」《元白詩箋證稿》：「蓋毯本以毛織成，而紅線毯乃以絲爲之，是兼太原毳縷毯與成都錦花褥之長，而無其短，殆同於今之所謂絲絨者。」花蕊夫人《宫詞》：「蜀錦地衣呈隊舞，教頭先出拜君王。」

〔少奪人衣作地衣〕地衣，即地毯。《舊唐書·曹確傳》：「舞人珠翠盛飾者數百人，畫魚龍地衣，用官絁五千匹。」王建《宫詞》：「連夜宫中修別院，地衣簾額一時新。」

杜陵叟

杜陵叟，杜陵居，歲種薄田一頃餘。三月無雨旱風起，麥苗不秀多黄死。九月降霜秋早寒②，禾穗未熟皆青乾。長吏明知不申破，急斂暴徵求考課。典桑賣地納官租，明年衣食將何如？剥我身上帛③，奪我口中粟。虐人害物即豺狼，何必鉤爪鋸牙食人肉④。不知何人奏皇帝，帝心惻隱知人弊。白麻紙上書德音，京畿盡放今年税⑤。昨日里胥方到門⑥，手持敕牒榜鄉村。十家租税九家畢⑦，虚受吾君蠲免恩⑧。（0152）

【校】

①〔（序）傷農夫之困也〕《白氏諷諫》無「之」字。

②〔秋早寒〕《白氏諷諫》、《樂府詩集》作「秋草寒」。

③〔剝我〕《白氏諷諫》作「奪我」。

④〔鉤爪鋸牙〕公文本、曾本《白氏諷諫》、盧校作「鋸牙鉤爪」。

⑤〔今年税〕公文本、曾本《白氏諷諫》、神田本等抄本作「今秋税」。

⑥〔里胥〕《白氏諷諫》作「吏胥」。

⑦〔租税〕光緒本《白氏諷諫》作「租賦」。〔九家畢〕那波本作「八九畢」，《白氏諷諫》作「九家足」。

⑧〔虚受〕《白氏諷諫》作「空受」。〔吾君〕光緒本《白氏諷諫》作「吾皇」。

【注】

〔杜陵叟〕《漢書·宣帝紀》：「元康元年春，以杜東原上爲初陵，更名杜縣爲杜陵。徙丞相、將軍、列侯、吏二千石、訾百萬者杜陵。」《元和郡縣志》卷一：「杜陵在（萬年）縣東二十里，漢宣帝陵也。」《元白詩箋證稿》：「元和四年暮春，京畿實有苦旱之事。……是知樂天此篇：『三月無雨旱風起。』一語，實非詩人泛寫，而此篇之作，蓋亦因此而有所感觸也。」參見卷一《賀雨》（0001）。

〔歲種薄田一頃餘〕《新唐書·食貨志一》：「唐制：度田以步，其闊一步，其長二百四十步爲畝，百畝爲頃。」

〔麥苗不秀多黄死〕《論語·子罕》：「子曰：『苗而不秀者有矣夫！秀而不實者有矣夫！』」

〔急斂暴徵求考課〕考課，官員政績考核。《三國志·魏書·劉劭傳》：「景初中，受詔作《都官考課》。劭上疏曰：百官考課，王政之大較，然而歷代弗務，是以治典闕而未補，能否混而相蒙。」《舊唐書·職官志二》吏部郎中：「每歲選人，有解狀、簿書、資歷、考課，必由之以覈其實，乃上三銓。」

〔虐人害物即豺狼，何必鉤爪鋸牙食人肉〕《北齊書·後主幼主紀論》：「虐人害物，搏噬無厭，賣獄鬻官，溪壑難滿。」左思《吴都賦》：「烏菟之族，犀兕之黨，鉤爪鋸牙，自成鋒穎。」

〔帝心惻隱知人弊〕《孟子·公孫丑上》：「惻隱之心，仁之端也。」人弊，猶言民弊。《梁書·王皇后傳》：「朕屬值時艱，歲飢民弊，方欲以身率下。」

〔白麻紙上書德音〕《唐會要》卷五七翰林院：「故事，中書以黄白二麻爲綸命重輕之辨。近者所由，猶得用黄麻。其白麻皆在此院。自非國之重事拜授，于德音赦宥者，則不得由于斯矣。」《新唐書·百官志一》：「凡拜免將相，號令征伐，皆用白麻。」

〔昨日里胥方到門，手持敕牒榜鄉村〕里胥，見卷二《重賦》(0076)注。《舊唐書·職官志二》中書省：「凡王言之制有七：一曰册書，二曰制書，三曰慰勞制書，四曰發敕，五曰敕旨，六曰論事敕書，七曰敕牒。」《新唐書·百官志二》中書省：「七曰敕牒，隨事承制，不易於舊則用之。」

〔虚受吾君蠲免恩〕《舊唐書·職官志二》户部郎中：「凡丁户皆有優復蠲免之制。」

繚綾①

繚綾繚綾何所似？不似羅綃與紈綺③。應似天台山上月明前④，四十五尺瀑布泉。中有文章又奇絶⑤，地鋪白烟花簇雪⑥。織者何人衣者誰？越溪寒女漢宫姬⑦。去年中使宣口敕，天上取樣人間織⑧。織爲雲外秋雁行⑨，染作江南春水色⑩。廣裁衫袖長製裙，金斗熨波刀剪紋⑪。異彩奇文相隱映，轉側看花花不定。昭陽舞人恩正深⑫，春衣一對直千金。汗沾粉汙不再著，曳土踏泥無惜心。繚綾織成費功績⑬，莫比尋常繒與帛。絲細繰多女手疼，扎扎千聲不盈尺⑭。昭陽殿裏歌舞人⑮，若見織時應也惜⑯。（0153）

【校】

①〔題〕敦煌本作「撩綾歌」，正文亦作「撩綾」。

②〔（序）念女工之勞也〕光緒本《白氏諷諫》作「志女工之勞也」。

③〔羅綃〕敦煌本、《白氏諷諫》作「輕綃」。

④〔月明〕敦煌本、神田本等抄本作「明月」。

⑤〔又奇絶〕《白氏諷諫》作「甚奇絶」。

⑥〔花簇雪〕《白氏諷諫》作「光簇雪」。

⑦〔漢宮姬〕敦煌本、公文本、曾本《白氏諷諫》、盧校作「漢宮妃」。

⑧〔取樣〕敦煌本、神田本等抄本作「送樣」。

⑨〔雲外〕神田本等抄本作「塞北」。

⑩〔江南〕敦煌本、《白氏諷諫》作「池中」。〔春水〕那波本作「春草」。

⑪〔刀剪紋〕神田本等抄本作「刀剪雲」。

⑫〔昭陽舞人〕《白氏諷諫》、神田本等抄本作「昭陽美人」。

⑬〔織成〕敦煌本、《白氏諷諫》、神田本等抄本作「織時」。

⑭〔扎扎〕《白氏諷諫》作「軋軋」，《樂府詩集》、神田本等抄本作「札札」。〔千聲〕《白氏諷諫》作「千梭」。

⑮〔昭陽殿裏歌舞人〕敦煌本作「昭陽人」，神田本等抄本作「昭陽人昭陽人」。

⑯〔若見織時應也惜〕敦煌本、神田本等抄本作「不見織時應不惜」。《白氏諷諫》此句前衍「不見織」三字，「應也惜」作「應合惜」。

【注】

〔繚綾〕亦作撩綾。綾爲高級絲織品，繚綾則採用一種特殊絲織方法。元稹《陰山道》：「挑紋變緝力倍費，棄舊從新人所好。越縠撩綾織一端，十匹素縑工未到。」又《織婦詞》：「繰絲織帛猶努力，變緝繚機苦難織。東家頭白雙女兒，爲解挑紋嫁不得。」《太平廣記》卷二五七《織錦人》（出《盧氏雜説》）：「唐盧氏子不中第，徒步及都城門東。其日，風甚寒，且投逆旅。俄有一人續至，附火良久，忽吟詩云：『學織繚綾功未多，亂投機杼錯拋梭。莫教宮錦行家見，把此文章笑殺他。』又云：『如今不重文章事，莫把文章詩向人。』盧愕然，憶是白居易詩，因問姓名，曰：『姓李，世織繚錦。離亂前屬東都官錦房，織宮錦巧兒。以薄藝投本行，皆云如今花樣與前不同，不謂伎倆兒以文綵求售者，不重於世，且東歸去。』」《舊唐書・敬宗紀》長慶四年九月：「詔浙西織造可幅盤條繚綾一千匹。觀察使李德裕上表論諫，不奉詔，乃罷之。」事又見《李德裕傳》。又《文宗紀》大和三年十一月：「節文禁止奇貢，云：四方不得以新樣織成非常之物爲獻，機杼之麗若花絲布繚綾之類，並宜禁斷。」《元白詩箋證稿》：「取與微之『越縠撩綾』，樂天『織者何人』『越溪寒女』之言相參證，尤足徵當時吳越之地盛産此種精美之絲織品。」

〔不似羅綃與紈綺〕羅綃、紈綺，均爲絲織品。宋玉《神女賦》：「其盛飾也，則羅紈綺繢盛文章。」曹丕《詔群臣》：「夫珍玩必中國。夏則縑總綃繐，其白如雪。冬則羅紈綺縠，衣疊鮮文。未聞衣布服葛也。」

〔應似天台山上月明前，四十五尺瀑布泉〕孫綽《遊天台山賦》：「赤城霞起而建標，瀑布飛流以界道。」《太平寰宇記》卷九八台州天台縣：「天台山在州西一百一十里，《臨海記》云：天台山超然秀出，有八重，視之如一帆。高一萬八千丈，週迴二百里。又有飛泉懸流千仞，似布」；「瀑布山，亦天台之别岫也。西南瀑布懸流，千丈飛瀉，遠望如布。」

〔織爲雲外秋雁行，染作江南春水色〕江淹《别賦》：「值秋雁兮飛日，當白露兮下時。」又：「春草碧色，春水淥波。」

〔廣裁衫袖長製裙，金斗熨波刀剪紋〕庾肩吾《答餉綾綺書》：「廣袖將裁，翻有城中之制。」金斗，熨斗。蕭綱《和徐錄事見内人作卧具詩》：「熨斗金涂色，簪管白牙纏。衣裁合歡褶，文作鴛鴦連。」王建《搗衣曲》：「迴編易裂看生熟，鴛鴦紋成水波曲。重燒熨斗帖兩頭，與郎裁作迎寒裘。」

〔異彩奇文相隱映，轉側看花花不定〕隱映，映照、烘托。丘巨源《詠七寶扇詩》：「拂眄迎嬌意，隱映含歌人。」盧思道《賦得珠簾詩》：「可憐疏復密，隱映當窗人。」轉側，翻轉方向。張翰《周小史詩》：「轉側猗靡，顧眄便妍。」何遜《詠照鏡詩》：「對影獨含笑，看花時轉側。」

〔昭陽舞人恩正深，春衣一對直千金〕《三輔黄圖》卷三未央宫：「武帝時後宫八區，有昭陽、飛翔、增成、合歡、蘭林、披香、鳳凰、鴛鸞等殿」；「成帝趙皇后居昭陽殿……貴傾後宫。」《西京雜記》卷一：「趙飛燕爲皇后，其女弟在昭陽殿遺飛燕書曰：今日嘉辰，貴姊懋膺洪册，謹上襚三十五條，以陳踊躍之心：金華紫輪帽，金華紫羅面衣，織成上襦，織成下裳……。」庾信《春賦》：「宜春苑中春已歸，披香殿裏作春衣。」一對，一副，一套。《太平廣記》卷十五《蘭公》（出《十二真君傳》）：「第二家見有仙衣一對，道經一函。」

〔扎扎千聲不盈尺〕扎扎，同札札，機杼聲，亦作軋軋。《古詩十九首》之九：「纖纖擢素手，札札弄機杼。」札札，一本作軋軋。

賣炭翁

賣炭翁②，伐薪燒炭南山中。滿面塵灰烟火色③，兩鬢蒼蒼十指黑。賣炭得錢何所營④？身上衣裳口中食。可憐身上衣正單，心憂炭賤願天寒。夜來城外一尺雪，曉駕炭車輾冰轍。牛困人飢日已高，市南門外泥中歇。翩翩兩騎來是誰⑤？黄衣使者白衫兒。手把文書口稱敕，迴車叱牛牽向北⑥。一車炭⑦，千餘斤，宮使驅將惜不得⑧。半疋紅紗一丈綾，繫向牛頭充炭直⑨。（0154）

【校】

①〔（序）苦宮市也〕紹興本、那波本、馬本、《唐音統籤》、神田本等抄本均作「苦官市也」。據公文本、曾本《白氏諷諫》、盧校、汪本改。

②〔賣炭翁〕神田本等抄本三字重。

③〔塵灰〕敦煌本、上野本等抄本作「塵埃」。

④〔何所營〕敦煌本作「何所爲」。

⑤〔翩翩兩騎〕《白氏諷諫》、汪本作「兩騎翩翩」。〔來是誰〕敦煌本、《白氏諷諫》作「問是誰」。

⑥〔牽向北〕敦煌本作「令向北」，《白氏諷諫》、上野本等抄本作「驅向北」。

⑦〔一車炭〕馬本、《唐音統籤》、汪本、神田本等抄本作「一車炭重」。

⑧〔宫使〕公文本、曾本《白氏諷諫》、神田本等抄本作「官使」。

⑨〔繫向〕敦煌本、醍醐寺本等抄本作「繫在」，神田本等作「繫著」。〔牛頭〕上野本等抄本作「牛頸」。

【注】

〔宫市〕韓愈《順宗實録》卷二：「舊事，宫中有要，市外物，令官吏主之，與人爲市，隨給其直。貞元末，以宦者爲使，抑買人物，稍不如本估。末年不復行文書，置白望數百人於兩市並要鬧坊，閲人所賣物，但稱宫市，即斂手付與，真僞不復可辨，無敢問所從來，其論價之高下者，率用百錢物買人直數千錢物，仍索進奉門户並脚價錢。將物詣市，至有空手而歸者。名爲宫市，而實奪之。嘗有農夫以驢負柴至城賣，遇宦者稱宫市取之，纔與絹數尺。又就索門户，仍要以驢送至内。農夫涕泣，以所得絹付之，不肯受。曰：『須汝驢送柴至内。』農夫曰：『我有父母妻子，待此然後食。今以柴與汝，不取直而歸，汝尚不肯，我有死而已。』遂毆宦者，街吏擒以聞。詔黜此宦者，而賜農夫絹十匹，然宫市亦不爲之改易。」宫市事又見《舊唐書·張建封傳》、《外戚傳·吴湊》、《新唐書·食貨志二》、《叛臣傳·李錡》等。《元白詩箋證稿》：「此篇所詠，即是此事。退之之史，即樂天詩之注脚也。」

〔伐薪燒炭南山中〕南山，即終南山。參見卷一《送王處士》（0045）、卷二《傷宅》（0077）注。

〔黃衣使者白衫兒〕黃衣使者，指宦官。《舊唐書・宦官傳》：「玄宗在位既久，崇重宮禁……品官黃衣以上三千人，衣朱紫者千餘人。」白衫兒，即《順宗實録》所云「白望數百人」。《舊唐書・張建封傳》：「（蘇）弁對曰：『京師遊手墮業者數千萬家，無土著生業，仰宮市取給。』」白衫，平民所服。于濆《恨從軍》：「不嫁白衫兒，愛君新紫衣。」

〔迴車叱牛牽向北〕《元白詩箋證稿》：「唐代長安城市之建置，市在南而宮在北也。」

〔宮使驅將惜不得〕宮使，宮内使者，指宦官。王建《温泉宮行》：「温泉決決出宮流，宮使年年修玉樓。」白居易《江南遇天寶樂叟》（本書卷十二0579）：「唯有中官作宮使，每年寒食一開門。」驅將，驅趕，將爲語尾助詞，接動詞後。如本卷《西涼伎》（0147）：「河隴侵將七千里。」

〔半疋紅紗一丈綾，繫向牛頭充炭直〕《新唐書・食貨志二》：「是時，宮中取物於市，以中官爲宮市使。兩市置白望數十百人，以鹽估敝衣、絹帛，尺寸分裂酬其直。」《唐會要》卷八六市：「貞元以後，京都多中官市物于廛肆，謂之宮市。不持文牒，口含敕命，皆以鹽估不中衣服、絹帛雜紅紫之物，倍高其估，尺寸裂以酬價。」《元白詩箋證稿》：「此二句關涉唐代估法問題。……『省估』者，乃官方高擡之虛價，『實估』者，乃民間現行之實價，即韓愈《順宗實録》所謂『本估』。唐代實際交易，往往使用絲織品。宮廷購物，依虛估或即依『省估』。」李錦繡《唐代財政史稿》下卷第二編第二章鹽鐵收支第四節鹽鐵司支用「五、供宮禁服御等」：「貞元以後，鹽利多用於進奉，供度支、宮禁錢按虛估折，『率千錢不滿百三十而已』，宮内宦官支用這筆錢也按虛估，甚至市買時强取，使宮市成爲弊民蠹政。鹽利收支有限，而支出有定額，移正額鹽利充進奉，只能減少已固定的支用，固定支用既不可明減，只能利用虛估物價，上下其手，宮市之弊源於宦官跋扈，其根源在於鹽鐵使以虛估供宮禁經費錢。順宗即位取消鹽鐵月進，宮市之弊得到緩解。」

母別子①

母別子，子別母，白日無光哭聲苦。關西驃騎大將軍，去年破虜新策勳②。敕賜金錢二百萬③，洛陽迎得如花人。新人迎來舊人棄④，掌上蓮花眼中刺。迎新棄舊未足悲⑤，悲在君家留兩兒⑥。一始扶行一初坐⑦，坐啼行哭牽人衣⑧。以汝夫婦新嬿婉⑨，使我母子生別離。不如林中烏與鵲⑩，母不失雛雄伴雌。應似園中桃李樹⑪，花落隨風子在枝⑫。新人新人聽我語⑬，洛陽無限紅樓女。但願將軍重立功⑭，更有新人勝於汝⑮。（0155）

【校】

①〔題〕敦煌本作「別母子」。

②〔策勳〕《白氏諷諫》作「册勳」。

③〔二百萬〕京大四本等抄本作「四百萬」。

④〔新人迎來〕《樂府詩集》作「新人來」。

⑤〔迎新〕《白氏諷諫》、《樂府詩集》、神田本等抄本作「寵新」。

⑥〔留兩兒〕敦煌本、東洋文庫本等抄本作「留二兒」，抄本或作「留我二兒」。《唐文粹》、郭本作「有二兒」。

⑦〔扶行〕公文本、曾本《白氏諷諫》、神田本等抄本作「扶床」。〔初坐〕馬本、《唐音統籤》、京大四本等抄本坐「始

坐」。

⑧〔行哭〕《白氏諷諫》作「行泣」。

⑨〔以汝〕敦煌本、《白氏諷諫》、《唐文粹》作「以爾」。

⑩〔林中〕敦煌本、神田本等抄本作「林下」。〔烏與鵲〕神田本等抄本作「烏鵲烏」。

⑪〔應似〕那波本、《唐文粹》作「又似」，《白氏諷諫》作「又不如」。〔桃李樹〕敦煌本、《白氏諷諫》、郭本作「桃與李」。

⑫〔在枝〕公文本、曾本《白氏諷諫》、盧校作「住枳」，汪本作「住枝」。

⑬〔新人新人〕敦煌本作「報新人新人」。

⑭〔重立功〕敦煌本作「更策勳」，神田本等抄本作「更立功」，上野本等抄本作「別立功」，《白氏諷諫》、《唐文粹》、郭本作「重立勳」。

⑮〔更有〕敦煌本作「別有」。

【注】

〔（序）刺新間舊也〕《左傳》隱公三年：「且夫賤妨貴，少陵長，遠間親，新間舊，小加大，淫破義，所謂六逆也。」《管子·五輔》：「下不倍上，臣不殺君，賤不踰貴，少不陵長，遠不間親，新不間舊，小不加大，淫不破義。」

〔關西驃騎大將軍，去年破虜新策勳〕《後漢書·虞詡傳》：「諺曰：關西出將，關東出相。」《舊唐書·職官志一》：「（貞觀十一年）更置驃騎大將軍爲一品武散官。」《元白詩箋證稿》以爲此詩「關西」用楊震號「關西夫子」之典，其人爲楊姓無疑。引《舊唐書·楊朝晟傳》：「斬獲擒生居多，授驃騎大將軍」，謂與此詩適相符合；

然楊卒于貞元十七年，故亦致疑。按，此詩「關西」用「關西出將」之諺，唐人用例極多。如王維《隴頭吟》：「關西老將不勝愁，駐馬聽之雙淚流。」岑參《胡歌》：「關西老將能苦戰，七十行兵仍未休。」「驃騎大將軍」亦泛言，不必姓楊，亦無庸指實。《左傳》桓公二年：「凡公行，告于宗廟；反行，飲至、舍爵、策勳焉，禮也。」杜注：「既飲置爵，則書勳勞於策，言速紀有功也。」《後漢書·光武帝紀下》：「大饗將士，班勞策勳。」亦作册勳。《陳書·章昭達傳》：「王琳平，昭達册勳第一。」《舊唐書·竇抗傳》：「及東都平，册勳太廟者九人。」

〔洛陽迎得如花人〕鮑照《學古詩》：「會得兩少妾，同是洛陽人。嬛綿好眉目，閑麗美腰身。」沈約《洛陽道》：「洛陽大道中，佳麗實無比。燕裙傍日開，趙帶隨風靡。」

〔一始扶行一初坐〕扶行，攙扶而行。杜甫《秋日夔府詠懷一百韻》：「喚起搔頭急，扶行幾屐穿。」元稹《醉醒》：「積善坊中前度飲，謝家諸婢笑扶行。」

〔以汝夫婦新嬿婉〕嬿婉，同燕婉。《詩·邶風·新臺》：「燕婉之求，籧篨不鮮。」毛傳：「燕，安；婉，順也。」

〔但願將軍重立功，更有新人勝於汝〕蕭綱《和蕭侍中子顯春別詩四首》：「故人雖故時經新，新人雖新變應故。」李白《怨情》：「故人昔新今尚故，還見新人有故時。」

陰山道

陰山道，陰山道，紇邏敦肥水泉好。每至戎人送馬時②，道傍千里無纖草③。草盡泉枯馬病羸，飛龍但印骨與皮④。五十疋縑易一匹⑤，縑去馬來無了日。養無所用土非宜⑥，每歲死傷十六七。縑絲不足女工苦，疏織短截充匹數⑦。藕絲蛛網三丈餘⑧，迴鶻訴稱無用處⑨。咸安公主號可敦，遠爲可汗頻奏論⑩。元和二年下新敕，内出金帛酬馬直。仍詔江淮馬價縑⑪，從此不令疏短織。合闕將軍呼萬歲⑫，捧授金銀與縑綵⑬。誰知黠虜啓貪心⑭，明年馬多來一倍⑮。縑漸好，馬漸多。陰山虜，奈爾何！（0156）

【校】

①〔（序）疾貪虜也〕公文本、曾本《白氏諷諫》、盧校下有「胡從陰山來貢馬」七字。

②〔送馬〕《文苑英華》作「進馬」。

③〔道傍〕神田本等抄本作「道旁」。

④〔但印〕《白氏諷諫》作「促節」。

⑤〔五十疋縑易一匹〕公文本、曾本《白氏諷諫》、盧校作「官家縑税五千疋」，光緒本作「官家税縑五十疋」，上野本等抄本作「五十疋縑馬一疋」。

⑥〔土非宜〕「土」紹興本等作「去」，據那波本、《白氏諷諫》、《文苑英華》、《唐文粹》、神田本等抄本改。

⑦〔短截〕神田本原本、郭本作「短裁」。

⑧〔三丈〕馬本、《唐音統籤》作「三尺」。

⑨〔迴鶻〕《文苑英華》作「迴紇」。

⑩〔頻奏論〕公文本、曾本《白氏諷諫》作「時奏論」。

⑪〔江淮〕《白氏諷諫》作「江南」。〔馬價縑〕御物本等作「添價縑」，或作「添馬價」。

⑫〔合闕〕紹興本等作「合羅」，據神田本等抄本及《唐書》改。《白氏諷諫》作「闔闕」。〔呼萬歲〕《文苑英華》作「稱萬歲」。

⑬〔捧授〕《白氏諷諫》、神田本等抄本作「捧受」。

⑭〔黠虜〕《白氏諷諫》、《文苑英華》作「胡虜」。〔啓貪心〕公文本、曾本《白氏諷諫》、盧校作「起貪心」。

⑮〔馬多來一倍〕《白氏諷諫》、《文苑英華》、神田本等抄本作「馬來多一倍」。

【注】

〔陰山道〕此爲李紳、元稹《新題樂府》原題。元詩題下注：「李傳云：元和二年有詔，悉以金銀酬回鶻馬價。」《舊唐書·回紇傳》：「回紇恃功，自乾元之後，屢遣使以馬和市繒帛，仍歲來市，以馬一匹易絹四十匹，動至數萬馬。其使候遣，繼留於鴻臚寺者非一。蕃得帛無厭，我得馬無用。朝廷甚苦之。是時特詔厚賜遣之，示以廣恩。……（貞元八年）仍給市馬絹七萬匹。」《史記·秦始皇本紀》正義：「陰山在朔州北塞外，從河傍陰山，東至遼東，築長城爲北界。」《舊唐書·地理志一》隴右道安北大都護府：「北至陰山七十里，至回紇界七百里。……去京師二千七百里，至東都二千九百里。在黄河之北。」

〔紇邏敦肥水泉好〕《元白詩箋證稿》：「疑『紇邏』爲Kara之譯音，即玄黑或青色之義。（見Radloff《突厥方言字典》）『敦』爲Tuna之對音簡譯，即草地之意。豈『紇邏敦』者，青草之義耶？」並引《昭君出塞變文》：「□□只搜骨利幹，邊草叱沙紇邏分」，及《唐會要》卷一百骨利幹國「地出名馬」、「草多百合」之語，謂：「然則『紇邏分』者，殆即紇邏草之義。豈所謂『草多百合』之『百合』耶？」

〔飛龍但印骨與皮〕飛龍，飛龍厩馬。參見卷一《賀雨》（0001）注。《唐會要》卷七二諸監馬印：「凡馬駒以小官字印印右膊，以年辰印印右髀，以監名依左右廂印印尾側。至二歲起脊，量强弱，漸以飛字印印右膊。細馬次馬俱以龍形印印項左。」諸蕃馬印：「骨利幹馬，本俗無印，惟割耳鼻爲記。」

〔五十疋縑易一匹〕白居易《與回鶻可汗書》（《白氏文集》卷五七）：「達覽將軍等至，省表，其馬數共六千五百匹，據所到印納馬都二萬匹，都計馬價絹五十萬匹。緣近歲已來，或有水旱，軍國之用，不免闕供。今數内且方圓支二十五萬匹。」《元白詩箋證稿》：「《舊唐書·回紇傳》書馬價之絲織品爲絹。樂天所草《與回鶻可汗書》亦作絹。但《新唐書·回鶻傳》及此詩則俱作縑。……何以有絹縑之不同，似甚不可解。考縑之爲絲織品，其質不及絹之精美，……或者馬一匹直絹四十匹，直縑遂五十匹歟？至《新傳》之改易舊文，以絹爲縑則未詳其故。……據《舊傳》言，馬一匹易絹四十匹，若依唐朝以二十五萬匹絹充六千五百匹馬價計之，則約爲四十匹絹易一馬，與《舊傳》言者頗合。若依回鶻印納馬二萬匹而索價絹五十萬匹計之，則每匹馬唯易二十五匹絹，與《舊傳》所言者相差甚遠。此種數值之差異，若以索價付值之不同釋之，既決爲不可能。若以時代之先後釋之，則實物之交易，似亦不應前後相差如此。頗疑回鶻每以多馬賤價傾售，唐室則減其馬數而依定值付價，然亦未敢確言也。」

〔縑絲不足女工苦，疏織短截充匹數〕《元白詩箋證稿》引《舊唐書·食貨志上》有關記載，謂：「唐制絲織品之法定標準爲闊一尺八寸，長四丈，而付回鶻馬價者，僅長三丈餘，此即所謂『短截』也。其品質之好惡，應以官頒之樣爲式，而付回鶻馬價者，則如藕絲蛛網，此即所謂『疏織』也。其惡濫至此，宜回鶻之訴稱無用處矣。觀於唐回馬價問題，彼此據以貪詐行之，既無益，復可笑。樂天此篇足爲後世言國交者之鑑戒也。又史籍所載，只言回鶻之貪，不及唐家之詐，樂天此篇則並言之。是此篇在《新樂府》五十首中，雖非文學上乘，然可補舊史之闕，實爲極佳之史料也。」

〔咸安公主號可敦，遠爲可汗頻奏論〕《唐會要》卷九八回紇：「（元和）三年二月，回鶻使來告咸安大長公主之喪，廢朝三日。公主，德宗第八女也。本降天親可汗，卒，子忠貞可汗立。忠貞可汗卒，子奉誠可汗立。奉誠可汗卒，國人立其相，是爲懷信可汗。皆從胡法繼尚公主。在蕃凡二十一年卒，册贈燕國大長公主，賜謚曰襄穆。三月，御麟德殿對回鶻使多覽將軍等，賜白綵錦衣服銀器有差。」白居易起草有《祭咸安公主文》（《白氏文集》卷五七）。《舊唐書·突厥傳上》：「可汗者，猶古之單于，妻號可賀敦，猶古之閼氏也。」《新唐書·突厥傳》：「妻曰可敦。」

〔元和二年下新敕，内出金帛酬馬直〕元稹詩題注引李傳亦謂「元和二年有詔」，然《唐書》等無載。

〔合闕將軍呼萬歲〕《舊唐書·回紇傳》：「貞元三年八月，回紇可汗遣首領墨啜達干、多覽將軍合闕達干等來貢方物，且請和親。」《新唐書·回鶻傳上》：「（貞元三年）詔咸安公主下嫁，又詔使者合闕達干見公主於麟德殿。」《唐會要》卷九八回紇：「貞元三年八月，回紇使合闕將軍歸蕃。」蓋即其人。按，此「多覽將軍合闕達干」疑與上引《唐會要》卷九八元和三年「回鶻使多覽將軍」（居易《與回鶻可汗書》稱「達覽將軍」）爲一人，蓋居易在朝亦曾親睹其事。

〔明年馬多來一倍〕上引居易《與回鶻可汗書》，作於元和三年。所云「所到印納馬都二萬匹」，即此詩所謂「馬多來一倍」者。

時世妝①

時世妝，時世妝，出自城中傳四方③。時世流行無遠近④，顋不施朱面無粉⑤。烏膏注脣脣似泥⑥，雙眉畫作八字低⑦。妍蚩黑白失本態⑧，妝成盡似含悲啼。圓鬟無鬢堆髻

樣⑨，斜紅不暈赭面狀。昔聞被髮伊川中，辛有見之知有戎。元和妝梳君記取⑩，髻堆面赭非華風⑪。（0157）

【校】

①〔題〕神田本等抄本作「時勢妝」，正文同。

②〔（序）警戒也〕公文本、曾本《白氏諷諫》、盧校作「警時將變也」，光緒本作「警戒女也」，神田本等抄本作「警戎也」。

③〔出自城中〕《白氏諷諫》作「自出城來」。

④〔流行〕敦煌本作「流傳」。

⑤〔施朱〕《白氏諷諫》作「施紅」。

⑥〔烏膏注脣脣似泥〕敦煌本作「烏膏膏脣脣恰似泥」，公文本、曾本《白氏諷諫》作「烏膏烏膏吮如泥」，光緒本作「烏膏烏膏脣如泥」，神田本等抄本作「烏膏膏脣脣如泥」。

⑦〔畫作〕敦煌本、神田本等抄本作「畫爲」。

⑧〔妍蚩〕《白氏諷諫》、郭本作「妍媸」，敦煌本、神田本等抄本作「妍嗤」。

⑨〔堆髻〕公文本、曾本《白氏諷諫》、盧校、神田本等抄本作「椎髻」。

⑩〔元和妝梳〕敦煌本作「元和新妝」。

⑪〔髻堆面赭〕神田本所校本及其他抄本作「椎髻赭面」。

【注】

〔時世妝〕亦作「時勢妝」。胡震亨《唐音癸籤》卷十九：「唐婦人妝名時世頭。《因話録》：『西平王治家整肅，不許時世妝梳。』白樂天《時世妝》歌：『圓鬟無鬢堆髻樣，斜紅不暈赭面狀。』然亦有作『時勢』者。權德輿詩：『叢鬢愁眉時勢新。』元微之《教閨人妝束》詩：『人人總解爭時勢，都大須看各自宜。』豈時人避廟諱改『世』爲『勢』乎？抑以鬆髻危髻，取勢頗高，改『勢』字貌之乎？正不如作『時世』爲雅切耳。」按，權德輿詩爲《雜興五首》：「叢鬢愁眉時勢新，初笄絶代北方人。」元稹詩《有所教》：「莫畫長眉畫短眉，斜紅傷豎莫傷槌。人人總解爭時勢，都大須看各自宜。」又白居易《江南喜逢蕭九徹因話長安舊遊戲贈五十韻》（見本書外集）：「時世高梳髻，風流澹作妝。」秦韜玉《貧女》：「誰愛風流高格調，共憐時世儉梳妝。」

〔出自城中傳四方〕《後漢書·馬廖傳》：「長安語曰：城中好高髻，四方高一尺；城中好廣眉，四方且半額；城中好大袖，四方全匹帛。」

〔時世流行無遠近，顋不施朱面無粉〕白居易《和夢遊春詩一百韻》（本書卷十四0800）：「風流薄梳洗，時世寬裝束。」「薄梳洗」即不施朱粉。

〔烏膏注脣脣似泥，雙眉畫作八字低〕韋應物《送宫人入道》：「金丹擬駐千年貌，寶鏡休匀八字眉。」雍裕之《兩頭纖纖》：「兩頭纖纖八字眉，半白半黑燈影帷。」此八字眉自貞元即流行之例。

〔妍蚩黑白失本態，妝成盡似含悲啼〕白居易《代書詩一百韻寄微之》（本書卷十三0604）：「風流誇墜髻，時世鬭啼眉。」自注：「貞元末，城中復爲墜馬髻、啼眉妝也。」啼眉妝即八字眉。《新唐書·五行志》：「元和末，婦人爲圜鬟椎髻，不設鬢飾，不施朱粉，惟以烏膏注脣，狀似悲啼者。圜鬟者，上不自樹也。悲啼者，憂恤象也。」《元白詩箋證稿》：「《新唐書》此節似即永叔取之於樂天之詩者。然樂天作詩於元和四年，元和紀年共計十五歲，而志言元和末何耶？」王涯《准敕詳度諸司制度條件奏》：「婦人高髻險妝，去眉開額，甚乖風俗，頗壞常儀。」按，據《舊唐書·文宗紀》大和三年十一月「節文禁止奇貢」，王涯此奏上於大和三年，「高髻險妝」於時猶流行。趙壹《刺世疾邪賦》：「榮納由於閃榆，孰知辨其蚩妍。」

〔圓鬟無鬢堆髻樣，斜紅不暈赭面狀〕堆髻，同椎髻。《漢書·西南夷傳》：「此皆椎結。」顔注：「結讀曰髻，爲髻如椎之形也。」赭面，見卷三《城鹽州》(0136)注。

〔昔聞被髮伊川中，辛有見之知有戎〕《左傳》僖公二十二年：「辛有適伊川，見被髮而祭於野者，曰：『不及百年，此其戎乎？其禮先亡矣。』」

李夫人

漢武帝，初喪李夫人①。夫人病時不肯別，死後留得生前恩。君恩不盡念未已②，甘泉殿裏令寫真。丹青畫出竟何益③，不言不笑愁殺人④。又令方士合靈藥⑤，玉釜煎煉金爐焚。九華帳深夜悄悄⑥，反魂香降夫人魂⑦。夫人之魂在何許？香烟引到焚香處。既來何苦不須臾，縹緲悠揚還滅去。去何速兮來何遲，是耶非耶兩不知。翠蛾髣髴平生貌，不似昭陽寢疾時。魂之不來君心苦，魂之來兮君亦悲。背燈隔帳不得語，安用暫來還見違⑧？傷心不獨漢武帝⑨，自古及今皆若斯⑩。君不見穆王三日哭，重璧臺前傷盛姬。又不見泰陵一掬淚，馬嵬坡下念楊妃⑪。縱令妍姿艷質化爲土⑫，此恨長在無銷期。生亦惑，死亦惑，尤物惑人忘不得⑬。人非木石皆有情，不如不遇傾城色。（0158）

【校】

①〔初喪〕那波本、《白氏諷諫》、《樂府詩集》作「初哭」。

②〔君恩不盡〕神田本作「君恩未盡」，公文本、曾本《白氏諷諫》、盧校作「君王之恩」。

③〔畫出〕馬本、《唐音統籤》、汪本作「寫出」。

④〔愁殺人〕神田本等抄本作「愁殺君」。

⑤〔又令〕公文本、曾本《白氏諷諫》作「又命」，光緒本作「遂命」。

⑥〔帳深〕那波本、《樂府詩集》作「帳中」。

⑦〔反魂香降〕神田本等抄本作「反魂香反」。

⑧〔還見違〕《樂府詩集》、神田本原本作「還見爲」，其他抄本作「遥見爲」。

⑨〔不獨漢武帝〕神田本等抄本作「不獨武皇帝」。

⑩〔皆若斯〕神田本等抄本作「多若斯」。

⑪〔馬嵬坡下〕《白氏諷諫》、《樂府詩集》、神田本等抄本作「馬嵬路上」。

⑫〔艷質〕神田本等抄本作「艷骨」。

⑬〔尤物惑人〕神田本等抄本作「尤物感人」。

【注】

〔李夫人〕《史記・封禪書》：「上有所幸王夫人，夫人卒，少翁以方術蓋夜致王夫人及竈鬼之貌云，天子自帷中望見焉。於是乃拜少翁爲文成將軍。」《漢書・郊祀志》作「李夫人」。《漢書・外戚傳》：「孝武李夫人，本以倡進。初，夫人兄延年性知音，善歌舞，武帝愛之。每爲新聲變曲，聞者莫不感動。延年侍上起舞，歌曰：『北方有佳人，絕世而獨立。一顧傾人城，再顧傾人國。寧不知傾城與傾國，佳人難再得。』上嘆息曰：『善。世豈有此人乎？』平陽主因言延年有女弟，上乃召見之，實妙麗善舞。由是得幸，生一男。是爲昌邑哀王。李夫人少而蚤卒，上憐閔焉，圖畫其形於甘泉宮。……初，李夫人病篤，上自臨候之，夫人蒙被謝曰：『妾久寢病，形貌毀壞，不可以見帝，願以王及兄弟爲托。』……夫人曰：『所以不欲見帝者，乃欲以深托兄弟也。我以容貌之好，得從微賤愛幸於上。夫以色事人者，色衰而愛弛，愛弛則恩絕。上所以攣攣顧念我者，乃以平生容貌也。今見我毀壞，顏色非故，必畏惡吐棄我，意尚肯復追思閔錄其兄弟哉！』及夫人卒，上以后禮葬焉。……上思念李夫人不已，方士齊人少翁言能致其神。乃夜張燈燭，陳酒肉，而令上居他帳，遥望見好女如李夫人之貌，還幄坐而步。又不得就視。上愈益相思悲感，爲作詩曰：『是邪，非邪？立而望之，偏何姍姍其來遲！』令樂府諸音家絃歌之。上又自爲作賦，以傷悼夫人。」

〔甘泉殿裏令寫真〕《史記・孝武本紀》：「於是甘泉更置前殿，始廣諸宮室。」索隱：「姚氏案，揚雄云：甘泉本因秦離宮，既奢泰，武帝增通天臺、迎風宮。」

〔又令方士合靈藥，玉釜煎煉金爐焚〕《海內十洲記》聚窟洲：「山多大樹，與楓木相類，而花葉香聞數百里，名爲反魂樹。扣其樹，亦能自作聲，聲如群牛吼，聞之者皆心震神駭。伐其木根心，於玉釜中煮，取汁，更微火煎，如黑錫狀，令可丸之。名曰驚精香，或名之爲震靈丸，或名之爲反生香，或名之爲震檀香，或名之爲人鳥精，或名之爲却死香。」

〔九華帳深夜悄悄〕九華帳，言帳之精美。《宋書·后妃傳》：「自元嘉以降，内職稍繁，椒庭綺觀，千門萬户，而淫妝怪飾，變炫無窮。自漢氏昭陽之輪奐，魏室九華之照耀，曾不能概其萬一。」王維《洛陽女兒行》：「羅幃送上七香車，寶扇迎歸九華帳。」

〔不似昭陽寢疾時〕昭陽，見本卷《繚綾》（0153）注。此借用。

〔君不見穆王三日哭，重璧臺前傷盛姬〕見本卷《八駿圖》（0148）注。

〔又不見泰陵一掬淚，馬嵬坡下念楊妃〕《舊唐書·玄宗紀》：「以廣德元年三月辛酉葬於泰陵。」《地理志一》關内道京兆府奉先縣：「寶應二年，又置玄宗泰陵於縣東北。」參見卷十二《長恨歌》（0593）。《元白詩箋證稿》：「此篇以《李夫人》爲題，即取《長恨歌》及傳改縮寫成者也。……蓋此篇融合《長恨歌》及傳爲一體，俾史才詩筆議論俱匯集於一詩之中，已開元微之《連昌宮詞》新體之先聲矣。」

〔人非木石皆有情〕司馬遷《報任安書》：「身非木石，獨與法吏爲伍，深幽囹圄之中，誰可告訴者？」郗超《奉法要》：「夫彼以惡來，我以善應，苟心非木石，理無不感。」

陵園妾

陵園妾②，顔色如花命如葉。命如葉薄將奈何？一奉寢宮年月多。年月多③，春愁秋思知何限？青絲髮落䕺鬢疏④，紅玉膚銷繫裙縵⑤。憶昔宮中被妬猜⑥，因讒得罪配陵來⑦。老母啼呼趁車別，中宫監送鎖門迴⑧。山宫一閉無開日⑨，未死此身不令出⑩。松門到曉月徘徊，柏城盡日風蕭瑟。松門柏城幽閉深，聞蟬聽燕感光陰。眼看菊蘂重陽淚，手把梨花寒食心。把花掩淚無人見⑪，綠蕪牆遶青苔院⑫。四季徒支妝粉錢⑬，三朝不識君王面⑭。遥想六宫奉至尊，宣徽雪夜浴堂春。雨露之恩不及者⑮，猶聞不啻三千人。三千人⑯，我爾君恩何厚薄，願令輪轉直陵園，三歲一來均苦樂。（0159）

【校】

①〔（序）憐幽閉也〕公文本、曾本《白氏諷諫》、盧校、汪本作「託幽閉喻被讒遭黜也」。

②〔陵園妾〕《白氏諷諫》、神田本等抄本三字重。

③〔年月多〕神田本等抄本三字不重。《白氏諷諫》、馬本、《唐音統籤》、汪本下有「時光换」三字。

④〔蕠鬢〕《白氏諷諫》、神田本等抄本作「拔鬢」。平岡校：「疑『拔』當是『撥』簡體字。『拔剌』之『拔』同例。『撥鬢』或類『撥鬟』。」郭本作「牙齒」。

⑤〔裙縵〕《白氏諷諫》、《樂府詩集》作「裙幔」，神田本等抄本、《全唐詩》作「裙慢」。岑校：「上句『青絲髮落蕠鬢疎』，『疎』字與髮落相針對，『慢』字亦與『膚銷』相針對；『幔』通常爲名詞，『膚銷繫裙幔』，毫無意味，當以《全唐詩》爲可從。『縵』一釋緩縵，亦比『幔』字好。」

⑥〔憶昔〕《白氏諷諫》、神田本等抄本作「憶在」。

⑦〔配陵〕《白氏諷諫》作「配令」。

⑧〔中官〕那波本、神田本等抄本作「中宮」。太田校：「誤。」

⑨〔一閉〕神田本等抄本作「一鏁」。

⑩〔未死此身〕馬本、《唐音統籤》作「此身未死」。〔不令出〕神田本等抄本作「不合出」。

⑪〔把花掩淚〕神田本等抄本作「手把梨花」，郭本作「把花掩袂」。

⑫〔牆遶〕公文本、曾本《白氏諷諫》作「遶牆」。

⑬〔徒支〕東洋文庫本等作「徒費」。

⑭〔三朝〕《樂府詩集》作「一朝」。

⑮〔不及〕《白氏諷諫》作「未及」。

⑯〔三千人〕馬本、《唐音統籤》、汪本三字不重。

【注】

〔(序)憐幽閉也〕《周禮·秋官·司刑》：「司刑掌五刑之法，以麗萬民之罪。墨罪五百，劓罪五百，宮罪五百，刖罪五百，殺罪五百。」鄭注：「宮者，丈夫割其勢，女子閉於宮中。」《後漢書·陳球傳》：「陳、竇既冤，皇太后無故幽閉，臣常痛心，天下憤歎。」

〔陵園妾〕《漢書·貢禹傳》：「武帝時又多取好女至數千人，以填後宮。及棄天下，昭帝幼弱，霍光專事，不知禮正，妄多藏金錢財物，鳥獸魚鱉牛馬虎豹生禽，凡百九十物，盡瘞埋之。又皆以後宮女置於園陵，大失禮，逆天心，又未必稱武帝意也。昭帝晏駕，光復行之。」此前代宮女守陵寢事。《資治通鑑》大中十二年二月胡注：「宋白曰：「凡諸帝升遐，宫人無子者悉遣詣山陵供奉朝夕，具盥櫛，治衾枕，事死如事生。」杜甫《橋陵詩》：「宫女晚知曙，祠官朝見星。空梁簇畫戟，陰井敲銅瓶。」韓愈《豐陵行》：「設官置衛鎖嬪妓，供養朝夕象平居。」薛調《無雙傳》：「忽報有中使押領内家三十人往園陵，以備灑掃。」皆叙唐事。

〔青絲髮落叢鬢疏〕叢鬢，一種髮式。王建《送宫人入道》：「休梳叢鬢洗紅妝，頭戴芙蓉出未央。」權德輿《雜興五首》：「叢鬢愁眉時勢新，初笄絶代北方人。」元稹《追昔遊》：「醉摘櫻桃投小玉，懶梳叢鬢舞曹婆。」

〔憶昔宫中被妬猜，因讒得罪配陵來〕《元白詩箋證稿》：「（此二句）殆受《上陽白髮人》李傳所言：『楊貴妃專寵，後宫人無復進幸矣。六宫有美色者，輒置别所。』之暗示而來。」按，守園陵與置别宫非一事，白詩蓋含混言之。

〔老母啼呼趁車别〕趁，追趕。杜甫《重過何氏五首》：「花妥鶯捎蝶，溪喧獺趁魚。」《太平廣記》卷二三《崔生》（出《逸史》）：「進士崔偉，嘗遊青城山，乘驢歇鞍，收放無僕使，驢走，趁不及。」

〔松門到曉月徘徊，柏城盡日風蕭瑟〕松門，指墓地。《南齊書·明帝紀》：「晋元締構伊始，簡文遺詠在民，而松門夷替，埏路榛蕪。」宋之問《范陽王挽詞二首》：「蒿里衣冠送，松門印綬迎。」柏城，皇帝陵寢。《新唐書·禮樂志四》：「若太子、諸王、公主陪葬柏城者，皆祭寢殿東廡。」《儒學傳·韋彤》：「且寢宫所占，在柏城中，距陵不遠，使諸陵之寢，皆有區限，故不可徙。」張籍《拜豐陵》：「寒更報點來山殿，曉炬分行照柏城。」

〔四季徒支妝粉錢，三朝不識君王面〕妝粉錢，猶言脂粉錢。《東京夢華録》卷六元月十六日：「宫中有宣賜茶酒妝粉錢之類。」三朝，歲首朔日。班固《東都賦》：「春王三朝，會同漢京。」《文選》李善注：「三朝，歲首朔日也。《漢書·谷永傳》：今年正月朔，日有蝕之於三朝之會。」

〔宣徽雪夜浴堂春〕宣徽、浴堂，宣徽殿、浴堂殿。《唐兩京城坊考》卷一：「由紫宸而東，經綾綺殿、浴堂殿、宣徽殿、温室殿、明德寺，以達左銀臺門。」王建《宫詞》：「浴堂門外抄名入，公主家人謝面脂。」參見卷一《賀雨》

（0001）注。

〔雨露之恩不及者〕武平一《奉和幸新豐温泉宫應制》：「謬忝王枚列，多慚雨露恩。」李白《書情題蔡舍人雄》：「愧無横草功，虚負雨露恩。」

鹽商婦

鹽商婦，多金帛，不事田農與蠶績②。南北東西不失家③，風水爲鄉船作宅。本是揚州小家女，嫁得西江大商客④。緑鬟富去金釵多⑤，皓腕肥來銀釧窄⑥。前呼蒼頭後叱婢，問爾因何得如此⑦？壻作鹽商十五年，不屬州縣屬天子⑧。每年鹽利入官時⑨，少入官家多入私。官家利薄私家厚⑩，鹽鐵尚書遠不知。何況江頭魚米賤，紅鱠黄橙香稻飯⑪。飽食濃妝倚柂樓，兩朵紅顋花欲綻⑫。鹽商婦，有幸嫁鹽商⑬。終朝美飯食⑭，終歲好衣裳。好衣美食有來處⑮，亦須慚愧桑弘羊⑯。桑弘羊，死已久，不獨漢時今亦有⑰。（0160）

【校】

①〔（序）惡幸人也〕公文本、曾本《白氏諷諫》、盧校作「化淳人也」，光緒本作「無淳人也」。

②〔田農〕公文本、曾本《白氏諷諫》、盧校作「田園」。

③〔不失家〕慶安刊本作「不居家」，神田本等抄本作「不定家」。

④〔嫁得〕敦煌本作「嫁與」。

⑤〔富去〕《白氏諷諫》作「溜去」，神田本作「富將」。

⑥〔皓腕〕《白氏諷諫》作「玉腕」。

⑦〔因何〕神田本等抄本作「何因」。

⑧〔州縣〕神田本等抄本作「州鄉」。

⑨〔鹽利入官〕敦煌本、神田本等抄本作「鹽課納官」。

⑩〔私家厚〕敦煌本、神田本等抄本作「私家富」。

⑪〔紅鱠黄橙〕敦煌本作「鱠紅橙」。

⑫〔兩朵〕神田本校改及其他抄本作「兩頰」。

⑬〔有幸〕敦煌本、《白氏諷諫》作「何幸」。

⑭〔終朝〕除神田本外其他抄本作「終日」。〔美飯食〕敦煌本作「好飲食」，公文本、曾本《白氏諷諫》、盧校、神田本等抄本作「美飲食」。

⑮〔好衣美食〕敦煌本作「美飲食」，上野本等抄本作「衣裳美食」。〔有來處〕馬本、《唐音統籤》、汪本作「來何處」。

⑯〔亦須〕《白氏諷諫》、上野本等抄本作「汝須」，敦煌本、神田本作「爾須」。

⑰〔漢時〕神田本等抄本作「漢朝」。

【注】

〔鹽商婦〕唐自安史之亂後實行榷鹽，官府以榷價糶鹽與商人，商人加價糶與百姓。《新唐書·食貨志四》：「自兵起，流庸未復，稅賦不足供費，鹽鐵使劉晏以爲因民所急而稅之，則國足用。於是上鹽法輕重之宜，以鹽吏多則州縣擾，出鹽鄉因舊監置吏，亭户糶商人，縱其所之。江、嶺去鹽遠者，有常平鹽，每商人不至，則減價以糶民，官收厚利而人不知貴。……然諸道加榷鹽錢，商人舟所過有稅。晏奏罷州縣率稅，禁堰埭邀以利者。晏之始至也，鹽利歲纔四十萬緡，至大曆末，六百餘萬緡。天下之賦，鹽利居半，宮闈服御、軍饟、百官祿俸皆仰給焉。明年而晏罷。貞元四年，淮南節度使陳少遊奏加民賦，自此江淮鹽每斗亦增二百，爲錢三百一十，其後復增六十，河中兩池鹽每斗爲錢三百七十。江淮豪賈射利，或時倍之，官收不能過半，民始怨矣。劉晏鹽法既成，商人納絹以代鹽利者，每緡加錢二百，以備將士春服。包佶爲汴東水路運、兩稅、鹽鐵使，許以漆器、玳瑁、綾綺代鹽價，雖不可用者亦高估而售之，廣虛數以罔上。亭户冒法，私鬻不絶，巡捕之卒，遍于州縣。鹽估益貴，商人乘時射利，遠鄉貧民困高估，至有淡食者。」白居易《策林》二十三《議鹽法之弊・論鹽商之幸》（《白氏文集》卷六三）：「臣又見，自關以東，上農大賈，易其資産，入爲鹽商。率皆多藏私財，別營稗販，少出官利，唯求隸名。居無征徭，行無榷稅。身則庇於鹽籍，利盡入於私室。此乃下有耗於農商，上無益於筦榷，明矣。」《元白詩箋證稿》：「樂天此篇之意旨，與其前數年所擬《策林》之言殊無差異。」

〔南北東西不失家，風水爲鄉船作宅〕《唐國史補》卷下：「舟船之盛，盡於江西。編蒲爲帆，大者或數十幅。自白沙泝流而上，常待東北風，謂之潮信。……江湖語云：水不載萬。言大船不過八九千石。然則大曆貞元間有俞大娘，航船最大。居者養生送死嫁娶，悉在其間。開巷爲圃，操駕之工數百。南至江西，北至淮南，歲一往來，其利甚博。此則不啻載萬也。洪、鄂之水居頗多，與邑殆相半。凡大船必爲富商所有，奏商聲樂，從婢僕，以據柂樓之下。」

〔本是揚州小家女，嫁得西江大商客〕劉禹錫《夜聞商人船中箏》：「大艑高船一百尺，新聲促柱十三絃。揚州市里商人女，來占西江明月天。」洪邁《容齋隨筆》卷九《唐揚州之盛》：「唐鹽鐵轉運使在揚州，盡斡利權，判官多至數十人，商賈如織。故諺稱：「揚一益二。」謂天下之盛，揚爲一而蜀次之也。」《元白詩箋證稿》：「蓋唐代揚州爲經濟繁盛之都市，鉅商富賈薈集之處所。江西商人航乘大舟，每年來往於江西淮南之間。……其娶揚州倡女爲外婦或妾，自是尋常之事。」

〔前呼蒼頭後叱婢〕蒼頭，蒼頭奴。《漢書·鮑宣傳》：「蒼頭廬兒皆用致富。」顔師古注：「漢名奴爲蒼頭，非純黑，以別於良人也。」

〔鹽鐵尚書遠不知〕鹽鐵尚書，即鹽鐵使。《唐會要》卷八七轉運鹽鐵總叙：「肅宗初，第五琦始以錢穀得見，請於江淮分置租庸使，市輕貨以濟軍食。遂拜監察御史，爲之使。乾元元年，加度支郎中。尋兼中丞，爲鹽鐵使。於是始立鹽鐵法，就山海井竈，收榷其鹽。」鹽鐵使之設始於此。又卷八八鹽鐵使：「乾元元年，度支郎中第五琦充諸道鹽鐵使。……（貞元）一五年，以浙西觀察使李錡充諸道鹽鐵使。永貞元年，以司空平章事杜佑兼諸道鹽鐵使。元和元年四月，兵部侍郎李巽充諸道鹽鐵使。三年六月，刑部尚書李鄘充諸道鹽鐵使。」

〔飽食濃妝倚柁樓〕柁樓，船樓。杜甫《陪鄭廣文遊何將軍山林十首》：「鮮鯽銀絲膾，香芹碧澗羹。翻疑柁樓底，晚飯越中行。」參見上引《唐國史補》卷下。

〔桑弘羊，死已久，不獨漢時今亦有〕《漢書·食貨志下》：「元封元年，卜式貶爲太子太傅，而桑弘羊爲治粟都尉，領大農，盡代僅斡天下鹽鐵。弘羊以諸官各自市相爭，物以故騰躍，而天下賦輸或不償其僦費，乃請置大農部丞數十人，分部主郡國，各往往置均輸、鹽鐵官，令遠方各以其物如異時商賈所轉販者爲賦，而相灌輸，置平準于京師，都受天下委輸。召工官治車諸器，皆仰給大農。大農諸官盡籠天下之貨物，貴則賣之，賤則買之。如此，富商大賈亡所牟大利則反本，而萬物不得騰躍。故抑天下之物，名曰『平準』。……弘羊又請令民得入粟補吏，及罪以贖。……一歲之中，太倉、甘泉倉滿，邊餘穀，諸均輸帛五百萬匹。民不益賦而天下用饒。於是弘羊賜爵左庶長，黄金者再百焉。」《元白詩箋證稿》：「樂天賦此篇時，鹽鐵尚書爲李巽。巽爲唐代主計賢臣，其名僅亞於劉晏。李巽之後，繼以李鄘，鄘以當官嚴重知名。似此二人者，俱不應招致譏刺。樂天此篇結語毋乃過刻乎？意者其或别有所指耶？」

杏爲梁

杏爲梁，桂爲柱，何人堂室李開府②。碧砌紅軒色未乾，去年身没今移主。高其牆，大其門，誰家第宅盧將軍。素泥朱板光未滅，今歲官收别賜人。開府之堂將軍宅，造未成時頭已白③。逆旅重居逆旅中，心是主人身是客。更有愚夫念身後④，心雖甚長計非久。窮奢極麗越規模，付子傳孫令保守。莫教門外過客聞，撫掌迴頭笑殺君。君不見，馬家宅，尚猶存⑤，宅門題作奉誠園⑥。君不見，魏家宅⑦，屬他人⑧，詔贖賜還五代孫⑨。元和四年詔，特以官錢贖魏徵勝業坊中舊宅⑩，以還其後孫⑪，用獎忠儉⑫。儉存奢失今在目，安用高牆圍大屋⑬？（0161）

【校】

①〔（序）刺居處奢也〕《白氏諷諫》作「刺居房奢也」，汪本、《全唐詩》作「刺居處僭也」。

②〔堂室〕《白氏諷諫》作「堂宇」。

③〔造未成時〕神田本等抄本作「未造成時」。

④〔愚夫〕神田本等抄本作「愚翁」。

⑤〔尚猶存〕《白氏諷諫》無「尚」字，神田本等抄本作「子猶存」。

⑥〔宅門〕公文本、曾本《白氏諷諫》作「元和」。〔奉誠園〕紹興本作「奉成園」，據他本改。《唐音統籤》作「奉城園」。神田本等抄本作「鳳城園」，或作「奉城園」。《樂府詩集》作「奉宸園」。

⑦〔君不見魏家宅〕《白氏諷諫》作「又不見魏家宅」。

⑧〔屬他人〕《白氏諷諫》作「猶存」。

⑨〔詔贖賜還〕《白氏諷諫》作「元和詔還」。

⑩〔（注）勝業坊中〕神田本等抄本作「勝業里」。

⑪〔（注）以還其後孫〕馬本、《唐音統籤》、汪本作「以還其孫」，神田本等抄本作「以還其後」，光緒本《白氏諷諫》作「還其子孫」。

⑫〔（注）用獎忠儉〕光緒本《白氏諷諫》作「以資其儉」。

⑬〔大屋〕公文本、曾本《白氏諷諫》作「大宅」。

【注】

〔杏爲梁，桂爲柱〕司馬相如《長門賦》：「刻木蘭以爲榱兮，飾文杏以爲梁。」《文選》李善注：「木蘭似桂木，文杏亦木名。」《楚辭·九歌·湘夫人》：「桂棟兮蘭橑，辛夷楣兮藥房。」蕭綱《艷歌曲》：「雲楣桂成户，飛棟杏爲梁。」

〔何人堂室李開府〕《元白詩箋證稿》：「李錡爲鎮海軍節度使，是合於開府之稱也。」《舊唐書・職官志一》：「武德七年定令：……又以開府儀同三司，從一品，……並爲文散官。」參見卷一《賀雨》(0001)注。

〔碧砌紅軒色未乾〕蕭綱《晚日後堂詩》：「幔陰通碧砌，日影度城隅。」王翰《春女行》：「紫臺穹跨連綠波，紅軒鈴匝垂纖羅。」

〔誰家第宅盧將軍〕《舊唐書・憲宗紀》：「（元和五年四月）甲申，鎮州行營招討使吐突承璀執昭義節度使盧從史，載從史送京師。……戊戌，貶前昭義節度使盧從史爲驩州司馬。」《元白詩箋證稿》：「李先而盧後，又俱爲元和初年時事無疑。……盧從史得稱將軍，亦無疑問也。……而《杏爲梁》一篇詠及盧從史之敗，是其作成至少亦在元和五年四月以後也。頗疑白氏此五十篇，未必悉寫成或寫定於元和四年，斯爲一例證矣。」參見卷一《孔戡》(0003)注。

〔素泥朱板光未滅〕白居易《題新居呈王尹兼簡府中三掾》（本書卷二三1602）：「朱板新猶濕，紅英暖漸開。」

〔逆旅重居逆旅中，心是主人身是客〕《列子・仲尼》：「處吾之家，如逆旅之舍。」張翼《詠德詩》：「一世皆逆旅，安悼電往速。」陶淵明《雜詩十二首》：「家爲逆旅舍，我如當去客。去去欲何之，南山有舊宅。」《楞嚴經》卷一：「我今長老，於大衆中，獨得解名，因悟『客塵』二字成果。世尊！譬如行客投寄旅亭，或宿或食，宿食事畢，俶裝前途，不遑安住。若實主人，自無攸往。如是思惟，不住名客，住名主人。以不住者，名爲客義。」《寒山詩注》二四〇首：「世有一般人，不惡又不善。不識主人公，隨客處處轉。」按，佛教以外緣爲客，以心、自性爲主人。詩意本此。

〔馬家宅，尚猶存，宅門題作奉誠園〕馬燧宅第，爲子暢獻爲奉誠園。參見卷二《傷宅》(0077)。

〔魏家宅，屬他人，詔贖賜還五代孫〕《舊唐書・白居易傳》：「又淄青節度使李師道進絹爲魏徵子孫贖宅，居易諫曰：『徵是陛下先朝宰相，太宗嘗賜殿材，成其正室，尤與諸家第宅不同，子孫典貼，其錢不多，自可官中爲之收贖，而令師道掠美，事實非宜。』憲宗深然之。」《資治通鑑》元和四年閏三月：「魏徵玄孫稠貧甚，以故地質錢於人，平盧節度使李師道請以私財贖出之。上命白居易草詔，居易奏言：『事關激勸，宜出朝廷。師道何人，敢掠私美！望敕有司以官錢贖還後嗣。』上從之，出内庫錢二千緡贖賜魏稠，仍禁質賣。」居易有《論魏徵舊宅狀》（《白氏文集》卷五八）。

井底引銀瓶

井底引銀瓶，銀瓶欲上絲繩絶①。石上磨玉簪，玉簪欲成中央折。瓶沉簪折知奈何②，似妾今朝與君别③。憶昔在家爲女時④，人言舉動有殊姿⑤。嬋娟兩鬢秋蟬翼，宛轉雙蛾遠山色⑥。笑隨戲伴後園中⑦，此時與君未相識⑧。妾弄青梅憑短牆⑨，君騎白馬傍垂楊。牆頭馬上遥相顧⑩，一見知君即斷腸⑪。知君斷腸共君語，君指南山松柏樹。感君松柏化爲心，暗合雙鬟逐君去。到君家舍五六年，君家大人頻有言。聘則爲妻奔是妾⑫，不堪主祀奉蘋蘩。終知君家不可住，其奈出門無去處。豈無父母在高堂，亦有親情滿故鄉⑬。潛來更不通消息⑭，今日悲羞歸不得。爲君一日恩，悮妾百年身。寄言癡小人家女⑮，慎勿將身輕許人⑯。（0162）

【校】

①〔欲上〕神田本等抄本作「半上」。

②〔知奈何〕神田本等抄本作「其奈何」。

③〔今朝〕神田本等抄本作「如今」。

④〔憶昔〕神田本等抄本作「憶昨」。

⑤〔有殊姿〕《白氏諷諫》作「足嬌姿」。

⑥〔雙蛾〕《白氏諷諫》作「蛾眉」。

⑦〔戲伴〕《白氏諷諫》作「女伴」。

⑧〔此時與君未相識〕《白氏諷諫》、神田本等抄本作「此時未與君相識」。

⑨〔憑短牆〕《白氏諷諫》、汪本作「倚短牆」。

⑩〔遥相顧〕《白氏諷諫》、汪本作「遥相見」。

⑪〔知君〕上野本等抄本作「正知」。〔斷腸〕神田本等抄本作「腸斷」。

⑫〔聘則爲妻〕《白氏諷諫》作「聘即是妻」。

⑬〔親情〕那波本作「情親」。

⑭〔更不〕《白氏諷諫》作「既不」。

⑮〔痴小〕神田本等抄本作「痴少」。

⑯〔慎勿〕《白氏諷諫》作「慎莫」。

【注】

〔（序）止淫奔也〕《詩·鄘風·蝃蝀》序：「《蝃蝀》，止奔也。衛文公能以道化其民，淫奔之耻，國人不齒也。」

〔井底引銀瓶，銀瓶欲上絲繩絶〕《舞曲歌辭·淮南王》：「後園鑿井銀作床，金瓶素綆汲寒漿。」釋寶月《估客樂》：「有信數寄書，無信心相憶。莫作瓶落井，一去無消息。」王昌齡《行路難》：「雙絲作綆繫銀瓶，百尺寒泉轆轤上。懸絲一絶不可望，似妾傾心在君掌。」

〔石上磨玉簪，玉簪欲成中央折〕沈約《江南曲》：「羅衣織成帶，墮馬碧玉篸。但令舟楫渡，寧計路嶄嵌。」玉篸同玉簪。

〔人言舉動有殊姿〕牽秀《王喬赤松頌》：「妙哉松橋，稟此殊姿。」

〔嬋娟兩鬢秋蟬翼，宛轉雙蛾遠山色〕徐幹《冠賦》：「纖麗細纓，輕配蟬翼。」白居易《江南喜逢蕭九徹因話長安舊遊戲贈五十韻》（見本書外集）：「鬢動懸蟬翼，釵垂小鳳行。」趙鸞鸞《雲鬟》：「擾擾香雲濕未乾，鴉領蟬翼膩光寒。」《西京雜記》卷二：「文君姣好，眉色望如遠山。」白居易《和夢遊春詩一百韻》（本書卷十四0800）：「眉斂遠山青，鬟低片雲綠。」杜牧《少年行》：「豪持出塞節，笑别遠山眉。」

〔妾弄青梅憑短牆，君騎白馬傍垂楊〕李白《長干行》：「妾髮初覆額，折花門前劇。郎騎竹馬來，繞床弄青梅。」

〔君指南山松柏樹〕《吳聲歌曲·子夜歌》：「歡從何處來，端然有憂色。三喚不一應，有何比松柏。」《冬歌》：「我心如松柏，君情復何似。」

〔暗合雙鬟逐君去〕女子未出嫁時梳雙鬟，結婚時合雙鬟爲一。劉孝威《和定襄侯初笄詩》：「合鬟仍昔髮，略鬢即前絲。從今一梳罷，無復更縈時。」杜甫《負薪行》：「至老雙鬟只垂頸，野花山葉銀釵並。」張籍《鄰婦哭征夫》：「雙鬟初合便分離，萬里征夫不得隨。」

〔聘則爲妻奔是妾，不堪主祀奉蘋蘩〕《禮記・内則》：「聘則爲妻，奔則爲妾，不必有罪。」《詩・召南・采蘩》序：「《采蘩》，夫人不失職也。夫人可以奉祭祀，則不失職矣。」《采蘋》序：「《采蘋》，大夫妻能循法度也。能循法度，則可以承先祖共祭祀矣。」

〔豈無父母在高堂，亦有親情滿故鄉〕高堂，父母所居。《論衡・薄葬》：「親之生也，坐之高堂之上；其死也，葬之黄泉之下。」陳子昂《宿空舲峽青樹林浦》：「委别高堂愛，窺覦明主恩。」王維《觀别者》：「愛子遊燕趙，高堂有老親。」親情，親戚，多指姻親。《魏書・崔光韶傳》：「刺史元弼前妻，是光韶之繼室兄女，而弼貪婪，多諸不法，光韶以親情，亟相非責。」《太平廣記》卷一八四《汝州衣冠》（出《盧氏雜説》）：「有汝州參軍亦令族内，於一家求親，其家不肯曰：『某家不共軒冕家作親情。』」王建《送韋處士老舅》：「風雨一飄摇，親情多阻隔。」

〔爲君一日恩，悮妾百年身〕鮑照《行藥至城東橋》：「爭先萬里塗，各事百年身。」李益《雜曲》：「誰言配君子，以奉百年身。有義即夫婿，無義還他人。」

官牛

官牛官牛駕官車，滻水岸邊般載沙①。一石沙②，幾斤重③，朝載暮載將何用④？載向五門官道西，緑槐陰下鋪沙堤⑤。昨來新拜右丞相，恐怕泥塗汙馬蹄⑥。右丞相，馬蹄踏沙雖淨潔，牛領牽車欲流血⑦。右丞相，但能濟人治國調陰陽⑧，官牛領穿亦無妨。（0163）

【校】

①〔般載〕《白氏諷諫》、《文苑英華》、汪本、神田本等抄本作「驅載」。

②〔一石沙〕神田本等抄本作「一石之沙」。

③〔幾斤重〕《白氏諷諫》、神田本等抄本作「幾石重」。

④〔朝載〕《白氏諷諫》、《文苑英華》作「朝駕」。

⑤〔鋪沙堤〕《白氏諷諫》、《文苑英華》作「填沙堤」。

⑥〔恐怕〕《文苑英華》、神田本等抄本作「恐畏」。〔泥塗〕《白氏諷諫》、《文苑英華》作「泥深」。

⑦〔牛領牽車〕神田本等抄本作「牛頸牽沙」。

⑧〔濟人治國〕《白氏諷諫》作「濟民理國」。

【注】

〔（序）諷執政也〕《元白詩箋證稿》：「元和四年時，三公及宰相凡五人。其中鄭絪裴垍李藩三人皆不應爲樂天所譏誚，而《新樂府·司天臺》一篇則專詆杜佑，是則此篇之所指言者，其唯于頔乎？……于頔居鎮驕蹇，迫於事勢，不得已而入朝。雖其執政原是虚名，但以如是人而忝相位，固宜譏諷也。」

〔滻水岸邊般載沙〕《太平寰宇記》卷二五雍州萬年縣：「滻水，荆溪、狗枷二水之下流也。《封禪書》：秦都咸陽，霸、滻、長水，皆非大川，以近咸陽，盡得祠之。」般載，裝載運輸。《舊唐書·食貨志下》：「入洛即漕路乾淺，船艘隘鬧，般載停滯，備極艱辛。」敦煌文書S. 6551《佛説阿彌陀經講經文》：「如似積柴過北斗，車牛般載定應遲。」

〔載向五門官道西，緑槐陰下鋪沙堤〕五門、沙堤，見卷二《傷友》（0078）注。

〔但能濟人治國調陰陽〕《書·周官》：「立太師、太傅、太保，兹惟三公。論道經邦，燮理陰陽。」《説苑·臣術》：「伊尹對曰：『三公者，知通於大道，應變而不窮，辨於萬物之情，通於天道者也。其言足以調陰陽，正四時，節風雨，如是者舉以爲三公。』」

紫毫筆

紫毫筆，尖如錐兮利如刀②。江南石上有老兔，喫竹飲泉生紫毫③。宣城之人采爲筆④，千萬毛中揀一毫⑤。毫雖輕⑥，功甚重，管勒工名充歲貢，君兮臣兮勿輕用。勿輕用，將何如？願賜東西府御史，願頒左右臺起居⑦。搦管趨入黄金闕⑧，抽毫立在白玉除⑨。臣有奸邪正衙奏，君有動言直筆書⑩。起居郎，侍御史，爾知紫毫不易致。每歲宣城進筆時，紫毫之價如金貴⑪。慎勿空將彈失儀⑫，慎勿空將録制詞。（0164）

【校】

①〔（序）譏失職也〕《白氏諷諫》作「誡失職也」。

②〔尖如錐〕《白氏諷諫》、神田本等抄本作「纖如錐」。

③〔喫竹〕《白氏諷諫》、神田本等抄本作「齧竹」。〔生紫毫〕神田本等抄本作「生紫毛」。

④〔宣城之人〕公文本、曾本《白氏諷諫》作「宣城宫人」，光緒本作「宣城工人」，神田本等抄本作「宣城筆人」。
⑤〔千萬毛中〕公文本、曾本《白氏諷諫》作「千萬毫中」。〔揀一毫〕馬本、《唐音統籤》、汪本作「選一毫」。
⑥〔毫雖輕〕神田本等抄本作「一毫雖輕」。
⑦〔願頒左右臺起居〕《白氏諷諫》作「願賜左右史起居」。
⑧〔搦管〕馬本、《唐音統籤》作「握管」。
⑨〔立在〕《白氏諷諫》作「直立」。〔白玉除〕《白氏諷諫》、汪本作「白玉墀」。
⑩〔直筆書〕《白氏諷諫》作「草筆書」。
⑪〔紫毫之價〕神田本等抄本作「兔毛之價」。
⑫〔空將〕《白氏諷諫》作「虚將」。

【注】

〔江南石上有老兔，喫竹飲泉生紫毫〕《元和郡縣志》卷二八宣州溧水縣：「中山在縣東南一十五里，出兔毫，爲筆精妙。」《太平寰宇記》卷一百三昇州溧水縣：「中山又名獨山，在縣東南十五里，不與群山連結，古老相傳中山有白兔，世稱爲筆最精。」張耒《明道雜志》：「余守宣州，問筆工：毫用何處兔？答云：皆陳、亳、宿數州客所販。宣自有兔，毫不可用。蓋兔居原田則毫全，以出入無傷也。宣兔居山，出入爲荆棘樹枝所傷，則短秃。則白詩所云非也。」《宣和畫譜》卷一八崔慤：「大抵四方之兔，賦形雖同，而毛色小異。山林原野，所處不一。如山林間者，往往無毫，而腹下不白。平原淺草，則毫多而腹白。大率如此相異也。白居易曾作《宣州筆》詩謂……，此大不知物之理。聞江南之兔，未嘗有毫。宣州筆工，復取青齊中山兔毫作筆耳。」《元白詩箋證稿》：

「恐是古今產物之殊異。上引唐人之文，足證白詩之不妄。文潛（張耒）拘於時代，致疑古人，其言未必可爲定論也。」按，宣州貢筆，又見《新唐書·地理志五》。陶穀《清異錄》卷下：「僞唐宜春王從謙喜書札，學晉二王楷法，用宣城諸葛筆，一枝酬以十金，勁妙甲當時。」蔡絛《鐵圍山叢談》卷五：「宣州諸葛氏素工管城子，自右軍以來世其業。」見諸唐人歌詠者，有耿湋《詠宣州筆》，薛濤《十離詩·筆離手》：「越管宣毫始稱情，紅箋紙上灑花瓊。」齊己《謝人自鍾陵寄紙筆》：「霜雪剪裁新剡硾，鋒鋩管束本宣毫。」然其原料是否如張耒所言取自他州，殊難確考。

〔願賜東西府御史，願頒左右臺起居〕《新唐書·百官志三》御史臺侍御史：「分京城諸司及諸州爲東西。次一人知西推、贓贖、三司受事，號副端；次一人知東推、理匭等，有不糾舉者罰之。」此所謂東西府御史。《舊唐書·職官志一》：「（龍朔二年二月七日）改起居郎爲左史，起居舍人爲右史。」《職官志二》：「起居郎掌起居注，錄天子之言動法度，以修記事之史」；「起居舍人，掌記言之史，錄天子之制誥德音，如記事之制，以記時政損益。」朱《箋》謂此句當從《白氏諷諫》作「左右史起居」。按，「左右史」與「起居」不應疊稱，起居郎與起居舍人分屬門下、中書省，作「左右臺」即分指門下省與中書省。

〔搦管趨入黃金闕，抽毫立在白玉除〕黃金闕，指皇宮。杜審言《蓬萊三殿侍宴奉敕詠終南山應制》：「雲標金闕迥，樹杪玉堂懸。」玉除，玉階。曹植《贈丁儀》：「凝霜依玉除，清風飄飛閣。」

〔臣有奸邪正衙奏〕正衙，正式朝會之所。《舊唐書·哀帝記》：「貞觀大殿，朝廷正衙，遇正至之辰，受群臣朝賀。」

〔慎勿空將彈失儀〕《新唐書·百官志一》禮部郎中：「凡朝，晚入、失儀，御史錄名奪俸。」

隋堤柳

隋堤柳，歲久年深盡衰朽②。風飄飄兮雨蕭蕭③，三株兩株汴河口。老枝病葉愁殺人，曾經大業年中春。大業年中煬天子，種柳成行夾流水④。西自黄河東至淮⑤，綠影一千三百里。大業末年春暮月，柳色如烟絮如雪⑥。南幸江都恣佚遊，應將此柳繫龍舟⑦。紫髯郎將護錦纜，青娥御史直迷樓⑧。海内財力此时竭⑨，舟中歌笑何日休？上荒下困勢不久，宗社之危如綴旒。煬天子⑩，自言福祚長無窮⑪，豈知皇子封酅公⑫。龍舟未過彭城閣，義旗已入長安宫。蕭牆禍生人事變⑬，晏駕不得歸秦中。土墳數尺何處葬？吴公臺下多悲風。二百年來汴河路，沙草和烟朝復暮⑭。後王何以鑒前王，請看隋堤亡國樹。（0165）

【校】

①〔（序）憫亡國也〕光緒本《白氏諷諫》作「憫國亡也」。

②〔年深〕神田本等抄本作「秋深」。

③〔風飄飄〕《白氏諷諫》、神田本等抄本作「風颯颯」。

④〔夾流水〕《白氏諷諫》作「傍流水」。

⑤〔東至淮〕《白氏諷諫》、《文苑英華》、《唐音統籤》作「東接淮」，神田本等抄本作「東到淮」。

⑥〔如雪〕《文苑英華》、《唐音統籤》作「似雪」。

⑦〔此柳〕《白氏諷諫》、神田本等抄本作「此樹」。〔繫龍舟〕公文本、曾本《白氏諷諫》、汪本作「蔭龍舟」。

⑧〔御史〕神田本等抄本作「御女」。〔迷樓〕公文本、曾本《白氏諷諫》作「妝樓」，神田本等抄本作「紅樓」，或作「朱樓」。

⑨〔此時竭〕神田本等抄本作「此時歇」。

⑩〔煬天子〕《文苑英華》、《唐音統籤》、神田本等抄本此句上有「煬天子，自言歡樂殊未極，豈知明年正朔歸武德」十九字，《白氏諷諫》「殊未極」作「殊無極」。

⑪〔長無窮〕《白氏諷諫》、《文苑英華》、上野本等抄本作「垂無窮」。

⑫〔豈知〕光緒本《白氏諷諫》、《文苑英華》、神田本等抄本下有「後年」二字，公文本、曾本《白氏諷諫》作「明年」。

⑬〔人事變〕公文本、曾本《白氏諷諫》作「事太變」。

⑭〔沙草和煙〕公文本、曾本《白氏諷諫》、盧校作「露草水煙」，光緒本作「莎草水煙」，神田本等抄本作「沙草水煙」。

【注】

〔隋堤柳〕《隋書·食貨志》：「煬帝即位，……又自板渚引河，達于淮海，謂之御河。河畔築御道，樹以柳。……又造龍舟鳳䴀，黄龍赤艦，樓船篾舫。募諸水工，謂之殿脚，衣錦行幐，執青絲纜挽船，以幸江都。帝御龍舟，文武官五品已上給樓船，九品已上給黃篾舫，舳艫相接，二百餘里。所經州縣，並令供頓，獻食豐辦者，加官爵，闕乏者，譴至死。」

〔紫髯郎將護錦纜，青娥御史直迷樓〕《三國志·吴書·吴主傳》注引《獻帝春秋》：「張遼問吴降人：『向有紫髯將軍，長上短下，便馬善射，是誰？』降人答曰：『是孫會稽。』」後以稱武將。李白《司馬將軍歌》：「身居玉帳臨河魁，紫髯若戟冠崔嵬。」杜甫《送張二十參軍赴蜀州》：「御史新驄馬，參軍舊紫髯。」《新唐書·百官志二》内官：「唐因隋制，有……御女二十七人，正七品。」朱《箋》引何焯云：「隋唐内職有御史名。」未詳所據。《大業拾遺記》：「帝嘗幸昭明文選樓，車駕未至，先命宫娥數千人升樓迎侍。微風東來，宫娥衣被風綽直泊肩項，帝睹之，色荒愈熾，因此乃建迷樓，擇下俚稚女居之，使衣輕羅單裳，倚檻望之，勢若飛翠。」

〔宗社之危如綴旒〕此指唐受命滅隋。《荀子·臣道》：「奪然後義，殺然後仁，上下易位然後貞，功參天地，澤被生民，夫是之謂權險之平：湯武是也。過而通情，和而無經，不卹是非，不論曲直，偷合苟容，迷亂狂生，夫是之謂禍亂之從生：飛廉惡來是也。傳曰：『斬而齊，枉而順，不同而一。』《詩》曰：『受小球大球，爲下國綴旒。』此之謂也。」楊倞注：「《商頌·長發》之篇。球，玉也。鄭玄曰：『綴，猶結也。旒，旌旗之垂者。』言湯既爲天所命，則受小玉，謂尺二寸圭也。受大玉，謂珽也，長三尺。執圭搢珽以與諸侯會同，結定其心如旌旗之旒縿著焉。』引此以明湯武取天下，權險之平，爲救下國者也。」

〔豈知皇子封酅公〕見卷三《二王後》（0125）注。

〔龍舟未過彭城閣〕《大唐創業起居注》卷下：「宇文化及等謀同逆，遂夜率驍果者圍江都宫，殺後主於彭城閣。」《嘉慶重修一統志》揚州府：「彭城閣，在甘泉縣彭城邨。《大業雜記》：煬帝建，閣中有温室。」

〔蕭牆禍生人事變〕《論語·季氏》：「吾恐季氏之憂，不在顓臾，而在蕭牆之内也。」集解：「鄭氏曰：蕭之言肅也。牆謂屏也。君臣相見之禮，至屏而加肅敬焉。是以謂之蕭牆。後季氏家臣陽虎果囚季桓子。」《後漢書·傅燮傳》：「此皆釁發蕭牆而禍延四海也。」

〔吴公臺下多悲風〕《隋書·煬帝紀》：「大業十二年，幸江都。義寧二年，上崩於温室，葬吴公臺下。」《嘉慶重修一統志》揚州府：「吴公臺在甘泉縣西北四里，一名雞臺。」

草茫茫

草茫茫，土蒼蒼，蒼蒼茫茫在何處①？驪山脚下秦皇墓。墓中下涸二重泉②，當時自以爲深固③。下流水銀象江海④，上綴珠光作烏兔。別爲天地於其間⑤，擬將富貴隨身去。一朝盜掘墳陵破⑥，龍椁神堂三月火。可憐寶玉歸人間，暫借泉中買身禍。奢者狼藉儉者安，一凶一吉在眼前⑦。憑君迴首向南望⑧，漢文葬在灞陵原⑨。（0166）

【校】

①〔蒼蒼茫茫〕《白氏諷諫》作「茫茫蒼蒼」。〔在何處〕《白氏諷諫》、神田本等抄本作「此何處」。

②〔下涸〕公文本、曾本《白氏諷諫》、盧校、神田本等抄本作「下錮」。〔二重〕馬本、《唐音統籤》作「三重」。

③〔深固〕敦煌本作「深錮」。

④〔水銀〕敦煌本、神田本等抄本作「銀水」。平岡校：「蓋以銀水偶珠光。互倒者後人求合於《始皇本紀》而改。」

〔象江海〕敦煌本作「作江海」，《白氏諷諫》作「似江海」。

⑤〔於其間〕《白氏諷諫》作「在其間」。

⑥〔墳陵〕敦煌本作「墳墓」。

⑦〔一凶一吉〕敦煌本作「一吉一凶」。

⑧〔迴首〕敦煌本作「迴目」，神田本等抄本作「迴眼」。

⑨〔灞陵〕神田本等抄本作「霸陵」。

【注】

〔驪山脚下秦皇墓〕《史記・秦始皇本紀》：「始皇初即位，穿治驪山。及并天下，天〻徒送詣七十餘萬人，穿三泉，下銅而致椁，宮觀百官奇器珍怪徙臧滿之。令匠作機弩矢，有所穿近者輒射之。以水銀爲百川江河大海，機相灌輸，上具天文，下具地理。以人魚膏爲燭，度不滅者久之。二世曰：『先帝後宮非有子者，出焉不宜。』皆令從死，死者甚衆。葬既已下，或言工匠爲機，臧皆知之，臧重即泄。大事畢，已臧，閉中羨，下外羨門，無復出者，樹草木以象山。」銅，集解：「徐廣曰：一作錮。錮，鑄塞。」正義：「顔師古云：三重之泉，言至水也。」《貞觀政要・儉約》貞觀十一年詔：「洎乎闔閭違禮，珠玉爲鳧雁；始皇無度，水銀爲江海；季孫擅魯，斂以璵璠；桓魋專宋，葬以石槨。莫不因多藏以速禍，由有利而招辱。玄廬既發，致焚如於夜臺；黄腸再開，同暴骸於中野。」《元白詩箋證稿》：「太宗之詔，旨在懲革臣民厚葬之俗，而亦以秦始皇帝爲言，是可與樂天此篇相參證。」

〔一朝盜掘墳陵破，龍椁神堂三月火〕《漢書・劉向傳》載向上疏：「秦始皇帝葬於驪山之阿，下錮三泉，上崇山墳，其高五十餘丈，周迴五里有餘，石槨爲遊館，人膏爲燈燭，水銀爲江海，黄金爲鳧雁。珍寶之藏，機械之變，棺槨之麗，宮館之盛，不可勝原。又多殺宮人，生薶工匠，計以萬數。天下苦其役而反之。驪山之作未成，而周張百萬之師至其下矣。項籍燔其宮室營宇，往者咸見發掘。其後牧兒亡羊，羊入其鑿，牧者持火照求羊，失火燒其臧槨。」

〔漢文葬在灞陵原〕《史記·孝文本紀》載遺詔：「霸陵山川因其故，毋有所改，歸夫人以下至少使。」集解：「應劭曰：因山爲藏，不復起墳，山下川流不遏絶也。就其水名以爲陵號。」索隱：「霸是水名，水徑於山，亦曰霸山，即芷陽地也。」

古冢狐

古冢狐，妖且老①，化爲婦人顔色好。頭變雲鬟面變妝，大尾曳作長紅裳。徐徐行傍荒村路，日欲暮時人靜處②。或歌或舞或悲啼③，翠眉不舉花顔低④。忽然一笑千萬態，見者十人八九迷。假色迷人猶若是，真色迷人應過此。彼真此假俱迷人，人心惡假貴重真。狐假女妖害猶淺，一朝一夕迷人眼。女爲狐媚害即深⑤，日長月長溺人心⑥。何况褒妲之色善蠱惑⑦，能喪人家覆人國。君看爲害淺深間，豈將假色同真色？（0167）

【校】

①〔古冢狐妖且老〕《白氏諷諫》作「古冢有狐妖且老」。

②〔日欲暮〕神田本等抄本作「日欲没」。
③〔或舞〕京大四本等抄本作「或歎」。
④〔花顔〕馬本、《唐音統籤》、汪本作「花鈿」。
⑤〔狐媚〕《白氏諷諫》作「狐魅」。〔害即深〕公文本、曾本《白氏諷諫》、汪本、神田本等抄本作「害則深」。
⑥〔日長〕馬本、《唐音統籤》、汪本作「日增」。〔月長〕公文本、曾本《白氏諷諫》、盧校作「月久」。
⑦〔褒妲〕《白氏諷諫》作「褒姒妲己」，光緒本「己」作「姬」。

【注】

〔古冢狐，妖且老，化爲婦人顔色好〕參見卷二《和古社》（0108）注。

〔何況褒妲之色善蠱惑，能喪人家覆人國〕《國語・晉語一》：「殷辛伐有蘇，有蘇氏以妲己女焉，妲己有寵，於是乎與膠鬲比而亡殷。周幽王伐有褒，褒人以褒姒女焉。褒姒有寵，生伯服，於是乎與虢石甫比，逐太子宜臼而立伯服。太子出奔申。申人、繒人召西戎以伐周，周於是乎亡。」參見《史記・殷本紀》、《周本紀》。《元白詩箋證稿》：「此篇之作以妖狐幻化美女迷惑行人爲言，乃示戒於民間一般男子者。至於篇末一節『何況褒妲之色善蠱惑，能喪人家覆人國』之句，恐不過充類至盡，痛陳其害，未必即與少陵《北征》詩『不聞夏殷衰，中自誅褒妲』所述者同其意也。」

黑潭龍

黑潭水深色如墨②，傳有神龍人不識。潭上架屋官立祠，龍不能神人神之③。豐凶水旱與疾疫④，鄉里皆言龍所爲。家家養豚漉清酒，朝祈暮賽依巫口。神之來兮風飄飄⑤，紙錢動兮錦傘摇。神之去兮風亦靜，香火滅兮杯盤冷。肉堆潭岸石⑥，酒潑廟前草⑦。不知龍神饗幾多⑧，林鼠山狐長醉飽。狐何幸，豚何辜，年年殺豚將餧狐。狐假龍神食豚盡⑨，九重泉底龍知無⑩？（0168）

【校】

①〔（序）疾貪吏也〕《白氏諷諫》作「戒貪嫉也」。

②〔色如墨〕公文本、曾本《白氏諷諫》、盧校作「黑如墨」。

③〔龍不能神〕神田本等抄本作「龍不自神」。〔人神之〕公文本、曾本《白氏諷諫》、盧校作「人異之」。

④〔豐凶〕《白氏諷諫》作「災凶」。

⑤〔風飄飄〕神田本等抄本作「風飄颻」。

⑥〔潭岸〕《白氏諷諫》、神田本等抄本作「潭畔」。

⑦〔酒潑〕《白氏諷諫》作「酒滴」。

⑧〔龍神〕《白氏諷諫》、神田本等抄本作「神龍」。下文同。

⑨〔狐假〕《白氏諷諫》作「假託」。

⑩〔九重泉底〕《白氏諷諫》作「重泉之下」。

【注】

〔黑潭龍〕《元白詩箋證稿》：「《韓昌黎集》伍有《炭谷湫祠堂》五言古詩一首，題下注引歐本云：『在京兆之南，終南之下，祈雨之所也。』……樂天此篇所詠黑潭之龍祠，豈即昌黎詩所詠炭谷湫之龍祠耶？」朱《箋》引《元和郡縣志》卷一京兆府長安縣：「龍首山在縣北一十里，長六十里，頭入渭水，尾達樊川。秦時有黑龍從南山出飲水，其行道因成土山。」及白居易《黑龍飲渭賦》、武平一《登驪山》「日下黑龍川」句，謂：「凡此或當爲白詩所本。」按，黑龍飲渭之説在當日雖頗著名，然其地見於唐人之稱者則爲黑龍川或黑龍津，與此詩之「黑潭」不符。唐時龍祠所在多有，此「黑潭」亦非某處確切地名。然此詩所稱，或與居易嘗遊之仙遊寺有關。居易《送王十八歸山寄題仙遊寺》（本書卷十四0711）：「曾於太白峰前住，數到仙遊寺裏來。黑水澄時潭底出，白雲破處洞門開。」李華《仙遊寺有龍潭穴弄玉祠》：「嶷然龍潭上，石勢若奔走。」岑參《冬夜宿仙遊寺南涼堂呈謙道人》：「石潭積黛色，每歲投金龍。」《長安志》卷十八盩厔縣：「仙遊潭在縣南三十里，闊二丈，其水黑色，相傳號五龍潭，每歲降中使投金龍。」可知此潭色黑，稱龍潭，每歲亦有「投金龍」即祀龍之事，並爲居易所熟悉。

〔（序）嫉貪吏也〕《元白詩箋證稿》：「是所謂龍者，似指天子而言。狐鼠者，乃指貪吏而言。豚者，即謂無辜小民也。……（白居易）《論于頔狀》、《論王鍔狀》，俱爲元和三年所上。《論裴均狀》爲元和四年所上。樂天既於作此篇前屢論進奉之情事，而進奉之情事，又恰與此篇所詠者切合，則此篇至爲直接詆誚當日剝削生民，進奉財貨，以邀恩寵，求相位之藩鎮者也。」

〔九重泉底龍知無〕九重泉，即九重淵。《莊子·列禦寇》：「夫千金之珠，必在九重之淵而驪龍頷下。」

天可度

天可度，地可量①，唯有人心不可防②。但見丹誠赤如血③，誰知僞言巧似簧④。勸君掩鼻君莫掩，使君夫婦爲參商⑤。勸君掇蜂君莫掇⑥，使君父子成豺狼⑦。海底魚兮天上鳥⑧，高可射兮深可釣。唯有人心相對時⑨，咫尺之間不能料⑩。君不見，李義府之輩笑欣欣，笑中有刀潛殺人。陰陽神變皆可測，不測人間笑是瞋⑪。（0169）

【校】

①〔天可度地可量〕《白氏諷諫》作「天可度兮地可量」。

②〔唯有人心〕敦煌本、神田本等抄本作「唯人之心」。

③〔丹誠〕《白氏諷諫》、神田本等抄本作「真誠」。

④〔巧似簧〕敦煌本作「巧如簧」。

⑤〔爲參商〕敦煌本作「成參商」。

⑥〔勸君掇蜂〕《白氏諷諫》、神田本等抄本作「請君掇蜂」。

⑦〔使君父子〕神田本等抄本作「變君父子」。〔成豺狼〕《白氏諷諫》、那波本、馬本、《唐音統籤》作「爲豺狼」。

⑧〔海底魚兮〕《白氏諷諫》、神田本等抄本作「海底魚」。

⑨〔唯有人心相對時〕敦煌本作「唯人之心相對時」，神田本等抄本作「獨有人心相對時」。

⑩〔不能料〕公文本、曾本《白氏諷諫》、盧校作「不可料」。

⑪〔不測〕敦煌本、神田本等抄本作「唯不測」。〔笑是瞋〕敦煌本、《白氏諷諫》、汪本、神田本等抄本作「笑是嗔」。

【注】

〔（序）惡詐人也〕《元白詩箋證稿》：「疑白氏之意乃專有所刺。其所刺者，殆李吉甫乎？」引《唐會要》卷八十張仲方駁吉甫謚議及《李相國論事集》卷二論鄭絪事、辨裴武疏條。然其言出推測，不盡録。

〔天可度，地可量〕揚雄《法言·問道》：「天俄而可度，則其覆物也淺矣；地俄而可測，則其載物也薄矣。」《周易參同契》卷中：「天地神明，不可度量。」張衡《靈憲》：「天有九位，地有九域。天有三辰，地有三形。有象可效，有形可度。情性萬殊，旁通感薄，自然相生，莫之能紀。」

〔唯有人心不可防〕《左傳》襄公三十一年：「子産曰：『人心之不同，如其面焉。吾豈敢謂子面如吾面乎？抑心所謂危，亦以告也。』」《莊子·列禦寇》：「孔子曰：凡人心險於山川，難於知天。天猶有春秋冬夏旦暮之期，人者厚貌深情。」

〔但見丹誠赤如血，誰知僞言巧似簧〕曹植《求薦問親戚疏》：「承答聖問，拾遺左右，乃臣丹誠之至願。」《詩·小雅·巧言》：「巧言如簧，顔之厚矣。」

〔勸君掩鼻君莫掩，使君夫婦爲參商〕見卷二《讀史五首》之四（0098）注。

〔勸君掇蜂君莫掇，使君父子成豺狼〕見卷二《讀史五首》之四（0098）注。

〔李義府之輩笑欣欣，笑中有刀潛殺人〕《太平廣記》卷二四〇《李義府》（出《譚賓録》）：「唐李義府狀貌温恭，與人語，必嬉怡微笑，而褊忌陰賊。既處權要，欲人附己，微忤意者輒加傾陷。故時人言義府笑中有刀。」亦見新舊《唐書・李義府傳》。

〔陰陽神變皆可測，不測人間笑是瞋〕《易・繫辭上》：「通變之謂事，陰陽不測之謂神。」《宋書・顔竣傳》：「顔竣嗔而與人官，謝莊笑而不與人官。」《南史・顔竣傳》「嗔」作「瞋」。

秦吉了

秦吉了，出南中②，彩毛青黑花頸紅。耳聰心慧舌端巧③，鳥語人言無不通。昨日長爪鳶，今朝大嘴烏④。鳶捎乳燕一窠覆⑤，烏啄母雞雙眼枯。雞號墮地燕驚去，然後拾卵攫其雛⑥。豈無鵰與鶚，嗉中肉飽不肯搏⑦。亦有鸞鶴羣，閑立颺高如不聞⑧。秦吉了，人云爾是能言鳥⑨，豈不見雞燕之冤苦⑩？吾聞鳳凰百鳥主，爾竟不爲鳳凰之前致一言⑪，安用噪噪閑言語⑫！（0170）

【校】

①〔（序）哀冤民也〕公文本、曾本《白氏諷諫》、盧校作「哀冤民刺諫臣之蹇者也。」

②〔出南中〕神田本校改及其他抄本作「出南山中」。

③〔心慧〕神田本等抄本作「情慧」。

④〔今朝〕馬本、《唐音統籤》、神田本等抄本作「今日」。

⑤〔一窠〕《文苑英華》、神田本等抄本作「一巢」。

⑥〔攫其鶵〕光緒本《白氏諷諫》、神田本等抄本作「獲其鶵」。

⑦〔肉飽〕那波本、馬本、《唐音統籤》作「食飽」。

⑧〔飂高〕《文苑英華》、盧校作「高飂」，光緒本作「風高」，神田本等抄本作「養高」。

⑨〔人云〕神田本等抄本作「人言」。

⑩〔豈不見〕《白氏諷諫》作「爾不見」，神田本等抄本作「爾豈不見」。

⑪〔致一言〕《文苑英華》作「致一詞」。

⑫〔噪噪〕《白氏諷諫》作「日噪」，《文苑英華》作「嗏嗏」，校：「集作噪噪，又作喋喋。」神田本等抄本作「喋喋」。

【注】

〔秦吉了〕《舊唐書·音樂志二》：「《鳥歌萬歲舞》，武太后所造也。武太后時，宮中養鳥能人言，又常稱萬歲，爲樂以象之。……今案嶺南有鳥。似鸜鵒而稍大，乍視之，不相分辨，籠養久，則能言，無不通，南人謂之吉了，亦云料。開元中，廣州獻之，言音雄重如丈夫，委曲識人情，慧於鸚鵡遠矣，疑即此鳥也。《漢書·武帝本紀》書南越獻馴象、能言鳥。注《漢書》者，皆謂鳥爲鸚鵡。若是鸚鵡，不得不舉其名，而謂之能言鳥。鸚鵡秦、隴尤多，亦不足重。所謂能言鳥，即吉了也。北方常言鸜鵒踰嶺乃能言，傳者誤矣。嶺南甚多鸜鵒，能言者非鸜鵒也。」《太平廣記》卷四六三《秦吉了》（出《嶺表録異》）：「秦吉了，容管廉白州産此鳥，大約似鸚鵡。觜脚皆紅，兩眼後夾腦，有黄肉冠，善效人言，語音雄大，分明於鸚鵡。以熟雞子和飯如棗飼之。或云容州有純赤、純白色者，俱未之見也。」同卷《劉景陽》（出《朝野僉載》）：「天后時，左衛兵曹劉景陽使嶺南，得吉了鳥，雄雌各一隻，解人語。

至都進之，留其雌者，雄煩怨不食。則天問曰：『何乃無聊也？』鳥爲言曰：『其配爲使者所得，今頗思之。』乃呼景陽曰：『卿何故藏一鳥不進？』景陽叩頭謝罪，乃進之。則天不罪也。」李白《自代内贈》：「安得秦吉了，爲人道寸心。」張籍《昆侖兒》：「言語解教秦吉了，波濤初過鬱林洲。」明張岱《陶庵夢憶》卷四寧了：「一異鳥名寧了，身小如鴿，黑翎如八哥，能作人語，絶不唅嘲。……寧了疑即秦吉了，蜀敘州出，能人言。」《元白詩箋證稿》：「詩中之鵰鶚，乃指憲臺京尹搏擊肅理之官，鸞鶴乃指省閣翰苑清要禁近之臣，秦吉了即指謂大小諫。是此篇所譏刺者至廣，而樂天尤憤慨于冤民之無告，言官之不言也。」

〔大嘴烏〕參見卷二《和大觜烏》（0103）。

〔閑立颺高如不聞〕颺高，疑當從抄本作「養高」。《三國志·魏書·高柔傳》載柔上疏：「今公輔之臣，皆國之棟梁，民所具瞻，而置之三事，不使知政，遂各偃息養高，鮮有進納。」李康《運命論》：「封己養高，勢動人主。」

〔吾聞鳳凰百鳥主〕《大戴禮記·易本命》：「有羽之蟲三百六十，而鳳皇爲之長；有毛之蟲三百六十，而麒麟爲之長；有甲之蟲三百六十，而神龜爲之長；有鱗之蟲三百六十，而蛟龍爲之長；倮之蟲三百六十，而聖人爲之長。此乾坤之美類，禽獸萬物之數也。」

〔安用噪噪閑言語〕噪噪，疑當從《文苑英華》校本及抄本作「喋喋」。《史記·匈奴列傳》：「嗟土室之人，顧無多辭，令喋喋而佔佔，冠固何當？」索隱：「服虔曰：口舌喋喋。……小顔曰：喋喋，利口也。」

鴟九劍

歐冶子死千年後，精靈暗授張鴟九。鴟九鑄劍吴山中，天與日時神借功②。金鐵騰精火翻焰③，踊躍求爲鏌鋣劍。劍成未試十餘年④，有客持金買一觀。誰知閉匣長思用⑤，三尺青蛇不肯蟠⑥。客有心⑦，劍無口，客代劍言告鵶九⑧。君勿矜我玉可切⑨，君勿誇我鍾可剸。不如持我決浮雲，無令漫漫蔽白日。爲君使無私之光及萬物⑩，蟄蟲昭蘇萌草出⑪。（0171）

【校】

①〔（序）思決壅也〕《白氏諷諫》作「悪決壅也」。

②〔天與日時神借功〕公文本、曾本《白氏諷諫》、盧校作「地與時辰傳借功」，光緒本作「物與時辰傳借功」。

③〔騰精〕《文苑英華》作「騰光」。

④〔劍成未試〕公文本、曾本《白氏諷諫》、盧校作「劍芒不試」。

⑤〔閉匣〕《樂府詩集》、《唐音統籤》作「開匣」。

⑥〔三尺青蛇不肯蟠〕公文本、曾本《白氏諷諫》、盧校作「劍本無媒客肯言」，光緒本作「三尺青蛇不肯言」。

⑦〔客有心〕《文苑英華》作「客有心兮」。

⑧〔告鵶九〕《白氏諷諫》、《文苑英華》作「報鵶九」。

⑨〔玉可切〕公文本、曾本《白氏諷諫》、盧校作「犀可剸」。

⑩〔爲君使無私之光及萬物〕公文本、曾本《白氏諷諫》、盧校作「白日白無私之光照萬物」。

⑪〔昭蘇〕公文本、曾本《白氏諷諫》、神田本等抄本作「照蘇」。〔萌草〕《文苑英華》作「萌芽」。

【注】

〔鵶九劍〕元稹《説劍》：「吾友有寶劍，密之如舊友。……何人爲鑄之，干將别來久。……今復誰人鑄，挺然千載後。既非古風壺，無乃近鴟九。」《元白詩箋證稿》：「取與此篇相較，頗疑樂天是題之作，不能與之無關。……蓋『歐冶子死千年』者，喻周衰秦興六義始刓，迄於樂天之時約有千年之久也。『張鴟九』者，樂天所以自喻。『鴟九鑄劍』者，樂天以喻其作《新樂府》欲扶起詩道之崩壞也。」

〔歐冶子死千年後，精靈暗授張鴟九〕《吳越春秋》卷二：「干將者，吳人也，與歐冶子同師，俱能爲劍。……莫耶，干將之妻也。干將作劍，采五山之鐵精，六合之金英，候天伺地，陰陽同光，百神臨觀，天氣下降，而金鐵之精不銷淪流。於是干將不知其由。……莫耶曰：『夫神物之化，須人而成。今夫子作劍，得無得其人而後成乎？』……於是干將妻乃斷髮剪爪投於爐中，使童女童男三百人鼓橐裝炭，金鐵乃濡，遂以成劍，陽曰干將，陰曰莫耶。」《越絶書》卷十一：「（楚王）乃令風胡子之吳，見歐冶子、干將，使人作鐵劍。歐冶子、干將鑿茨山，洩其溪，取鐵英作爲鐵劍三枚，一曰龍淵，二曰泰阿，三曰工布，畢成，風胡子奏之楚王。」

〔天與日時神借功〕《越絶書》卷十一：「薛燭曰：……臣聞王之造此劍，吉時良辰，雨師灑道，雷公發鼓，蛟龍捧爐，天地裝炭，太一下觀。」

〔金鐵騰精火翻焰，踊躍求爲鏌鋣劍〕《莊子·大宗師》：「今之大冶鑄金，金踴躍曰：『我且必爲莫耶。』大冶必以爲不祥之金。」

〔誰知閉匣長思用，三尺青蛇不肯蟠〕《莊子·刻意》：「夫有干越之劍，柙而藏之，不敢用也。」青蛇，見卷一《折劍頭》(0025)注。

〔君勿矜我玉可切，君勿誇我鍾可刜〕《列子·湯問》：「周穆王大征西戎，西戎獻錕鋘之劍，火浣之布。其劍長尺有咫，練鋼赤刃，用之切玉如切泥焉。」《説苑·雜言》：「干將、鏌鋣，拂鍾不錚，揚刃離金斬羽契鐵斧，此至利也。」

〔不如持我決浮雲，無令漫漫蔽白日〕《莊子·説劍》：「天子之劍……上決浮雲，下絶地紀。此劍一用，匡諸侯，天下服矣。」《史記・龜策列傳》：「日月之明，而時蔽於浮雲。」
〔爲君使無私之光及萬物，蟄蟲昭蘇萌草出〕《禮記・孔子閒居》：「天無私覆，地無私載，日月無私照。」《禮記・樂記》：「天地訢合，陰陽相得，煦嫗覆育萬物，然後草木茂，區萌達，羽翼奮，角觡生，蟄蟲昭蘇。」

采詩官

采詩官，采詩聽歌導人言。言者無罪聞者誡，下流上通上下泰②。周滅秦興至隋氏，十代采詩官不置。郊廟登歌讚君美，樂府艷詞悦君意。若求興諭規刺言③，萬句千章無一字。不是章句無規刺④，漸及朝廷絶諷議⑤。諍臣杜口爲冗員，諫鼓高懸作虚器⑥。一人負扆常端默，百辟入門兩自媚⑦。夕郎所賀皆德音⑧，春官每奏唯祥端。君之堂兮千里遠，君之門兮九重閟⑨。君耳唯聞堂上言⑩，君眼不見門前事。貪吏害民無所忌，奸臣蔽君無所畏⑪。君不見，厲王胡亥之末年⑫，羣臣有利君無利。君兮君兮願聽此⑬，欲開壅蔽達人情⑭，先向歌詩求諷刺。（0172）

【校】

①〔（序）鑒前王亂亡之由也〕公文本、曾本《白氏諷諫》、盧校作「鑒前政之由也」，光緒本「政」作「王」。神田本等抄本作「鑒前王亂亡之所由也」。

②〔下流上通上下泰〕神田本等抄本作「下情上通上下安」，公文本、曾本《白氏諷諫》、盧校作「上無失政下皆安」，光緒本作「上流下通上下安」。

③〔興諭〕馬本、《唐音統籤》作「諷諭」。

④〔不是〕神田本校改及其他抄本作「始從」，公文本、曾本《白氏諷諫》、盧校作「如何」，光緒本作「自始」。

⑤〔漸及〕《白氏諷諫》作「漸恐」。

⑥〔諫鼓高懸作虛器〕公文本、曾本《白氏諷諫》、盧校作「太常進樂爲虛器」。

⑦〔兩自媚〕神田本等抄本作「多自媚」，馬本、《唐音統籤》、汪本作「皆自媚」。

⑧〔夕郎所賀皆德音〕公文本、曾本《白氏諷諫》、盧校作「夏廷磬鐸寂無聲」，光緒本作「夏郎所賀皆德音」。

⑨〔九重閟〕公文本、曾本《白氏諷諫》、盧校作「九重邃」。

⑩〔堂上言〕《白氏諷諫》作「堂上音」。

⑪〔無所畏〕《白氏諷諫》作「無畏意」。

⑫〔厲王胡亥〕《白氏諷諫》作「厲王胡亥煬帝」。

⑬〔願聽此〕《白氏諷諫》、神田本等抄本無三字。

⑭〔欲開壅蔽〕公文本、曾本《白氏諷諫》、盧校作「若要除貪害開壅蔽」。

【注】

〔采詩官〕《漢書·食貨志》：「孟春之月，群居者將散，行人振木鐸於路以采詩，獻之太師，比其音律，以聞於天子。」《藝文志》：「故古有采詩之官，王者所以觀風俗，知得失，自考正也。」白居易《策林》六十九《採詩》（《白氏文集》卷六五）：「聖王酌人之言，補己之過，所以立理本，導化源也。將在乎選觀風之使，建採詩之官，俾乎歌詠之聲，諷刺之興，日採於下，歲獻於上者也。所謂言之者無罪，聞之者足以自誡。」又《進士策問五道》（《白氏文集》卷四七）第三道：「大凡人之感於事，則必動於情，發於歎，興於詠，而後形於歌詩焉。……古之君人者，採之以補察其政，經緯其人焉。夫然則人情通而王澤流矣。今有司欲請於上，遣觀風之使，復採詩之官，俾無遠邇，無美刺，日採於下，歲聞于上，以副我一人憂萬人之旨，識者以爲如何？」《元白詩箋證稿》：「上引二文皆樂天於元和四年賦《新樂府》以前所作，可知樂天於復古採詩之意，蓋蓄之胸中久矣。」

〔言者無罪聞者誡，下流上通上下泰〕《毛詩序》：「故詩有六義焉：一曰風，二曰賦，三曰比，四曰興，五曰雅，六曰頌。上以風化下，下以風刺上，主文而譎諫，言之者無罪，聞之者足以戒，故曰風。」《管子·形勢解》：「人主，猶日月也。群臣多姦立私，以壅蔽主，則主不得昭察其臣下。臣下之情不得上通，故姦邪日多而人主愈蔽。」《韓詩外傳》卷三：「無使下情不上通，則膈不作。」

〔郊廟登歌讚君美，樂府艷詞悦君意〕《周禮·春官·大師》：「祭祀，帥瞽登歌，令奏擊拊。」鄭注：「鄭司農云：登歌，歌者在堂也。」《文心雕龍·樂府》：「暨武帝崇禮，始立樂府，總趙代之音，撮齊楚之氣。延年以曼聲協律，朱馬以騷體制歌。桂華雜曲，麗而不經；赤雁群篇，靡而非典。……若夫艷歌婉孌，怨志詄絶，淫辭在曲，正響焉生？然俗聽飛馳，職競新異。雅詠温恭，必欠伸魚睨；奇辭切至，則拊髀雀躍。詩聲俱鄭，自此階矣。」

〔若求興諭規刺言，萬句千章無一字〕《文心雕龍·比興》：「觀夫興之託諭，婉而成章，稱名也小，取類也大。」

〔諫鼓高懸作虚器〕《管子·桓公問》：「禹立諫鼓於朝，而備訊唉。湯有總街之庭，而觀人之非也。」《後漢書·楊震傳》載震上疏：「臣聞堯舜之世，諫鼓謗木，立之於朝。」

〔一人負扆常端默，百辟入門兩自媚〕一人，指宰臣。《淮南子·齊俗訓》：「周公踐東宮，履乘石，攝天子之位，負扆而朝諸侯。」《論衡・書虚》：「説《尚書》者曰：『周公居攝，帶天子之綬，戴天子之冠，負扆南面而朝諸侯。』户牖之間曰扆，南面之坐位也。負南面鄉坐，扆在後也。」端默，垂拱緘默。《隋書・音樂志中》食舉樂辭：「當陽端默，垂拱無爲。」《舊唐書・齊映傳》：「(劉)滋以端默雅重寡言，映謙和美言悦下，無所是非，政事多決于造。」《詩・大雅・假樂》：「百辟卿士，媚于天子。」

〔夕郎所賀皆德音，春官每奏唯祥端〕《藝文類聚》卷四八引《漢舊儀》：「黄門郎，日暮入對青瑣門，名曰夕郎。」黄門郎即唐代的給事中。錢起《酬趙給事相尋不遇留贈》：「忽看童子掃花處，始愧夕郎題鳳來。」《舊唐書・職官志二》：「禮部尚書一員，……龍朔改爲司禮太常伯，光宅改爲春官尚書，神龍復也。」

〔君之堂兮千里遠，君之門兮九重閟〕《孟子・公孫丑下》：「千里而見王，是予所欲也。不遇故去，豈予所欲哉？予不得已也。」《楚辭・九辯》：「豈不鬱陶而思君兮，君之門以九重。」

〔厲王胡亥之末年〕《國語・周語上》：「厲王虐，國人謗王。邵公告曰：『民不堪命矣。』王怒，得衛巫，使監謗者，以告，則殺之。國人莫敢言，道路以目。王喜，告邵公曰：『吾能弭謗矣，乃不敢言。』邵公曰：『是障之也。防民之口，甚於防川。……』王不聽，於是國莫敢出言，三年，乃流王于彘。」胡亥，秦二世。參見卷二《讀史五首》之四(0098)「趙高謀李斯」注。

〔欲開壅蔽達人情，先向歌詩求諷刺〕《荀子・成相》：「上壅蔽，失輔執，任用讒夫不能制，郭公長父之難，厲王流於彘。周幽厲，所以敗，不聽規諫忠是害，嗟我何人，獨不遇時，當亂世。」

中國古典文學基本叢書

白居易詩集校注

第三册

〔唐〕白居易 著
謝思煒 校注

中華書局

白居易詩集校注卷第十三

律詩

五言　七言　自兩韻至一百韻　凡九十九首

代書詩一百韻寄微之

憶在貞元歲，初登典校司①。身名同日授，心事一言知。貞元中，與微之同登科第，俱授秘書省校書郎，始相識也。肺腑都無隔，形骸兩不羈。疏狂屬年少，閑散爲官卑。分定金蘭契，言通藥石規。交賢方汲汲，友直每偲偲。有月多同賞，無杯不共持。秋風拂琴匣，夜雪卷書帷②。高上慈恩塔，幽尋皇子陂。唐昌玉蘂會，崇敬牡丹期。唐昌觀玉蘂，崇敬寺牡丹，花時多與微之有期。笑勸迂辛酒，閑吟短李詩。辛大丘度，性迂嗜酒。李二十紳，形短能詩③，故當時有迂辛短李之號。儒風愛敦質，佛理尚玄師。劉三十二敦質，雅有儒風。庾七玄師，談佛理，有可賞者。度日曾無悶，通宵靡不爲。雙聲聯律句，八面對宮棋④。雙聲聯句，八面宮棋，皆當時事。往往遊三省，騰騰出九逵。寒銷直城路，春到曲江池⑤。樹暖枝條弱，山晴彩翠奇。峰攢石綠點，柳宛麴塵絲⑥。岸草煙鋪地，園花雪壓枝。早光紅照耀，新溜碧逶迤。幄幕侵堤布⑦，盤筵占地施。徵伶皆絶藝⑧，選妓悉名姬⑨。鉛黛凝春態⑩，金鈿耀水嬉。風流誇墜髻⑪，時世鬭啼眉⑫。貞元末，城中復爲墜馬髻、啼眉妝也。密坐隨歡促，華樽逐勝移。香飄歌袂動，翠落舞釵遺⑬。籌插紅螺椀，觥飛白玉卮。打嫌調笑易，飲訝卷波遲。抛打曲有《調笑》，飲酒有《卷白波》。殘席諠譁散，歸鞍酩酊騎。酡顔烏帽側，醉袖玉鞭垂。紫陌傳鐘鼓，紅塵塞路歧。幾時曾暫别，何處不相隨？荏苒星霜換，迴環節候推⑭。兩衙多請假⑮，三考欲成資⑯。運偶千年聖⑰，天成萬物宜。皆當少壯日，同惜盛明時。光景嗟虚擲，雲霄竊闇闚。攻文朝矻矻，講學夜孜孜。策目穿如札，時與微之結集策略之目，其數至百十。毫鋒鋭若錐⑱。時與微之各有纖鋒細管筆，攜以就試，相顧輒笑，目爲毫錐。繁張獲鳥網，堅守釣魚坻。謂自冬至夏，頻改試期，竟與微之堅待制試也。並受夔龍薦，齊陳晁董詞⑲。萬言經濟略，三道太平基⑳。中第争無敵㉑，專場戰不疲。輔車排勝陣，掎角搴降旗㉒。並謂同鋪席、共筆硯。雙闕紛容衛，千僚儼等衰。謂制舉人欲唱第之時也。恩隨紫泥降，名向白麻披。既在高科選，還從好爵縻。東垣君諫諍，西邑我驅馳。元和元年㉓，同登制科。微之拜拾遺，予授盩厔尉。再喜登烏府，多慚侍赤墀。四年，微之復拜監察，予爲拾遺、學士也。官班分内外，遊處遂參差。每列鵷鸞序，偏瞻獬豸姿。簡威霜凛冽㉔，衣彩繡葳蕤。正色摧强禦，剛腸嫉喔咿。常憎持禄位，不擬保妻兒。養勇期除惡㉕，輸忠在滅私。下韝鷙燕雀㉖，當道懾狐狸。南國人無怨㉗，東臺吏不欺。微之使東川，奏冤八十餘家，詔從而平之，因分司東都。理冤多定國㉘，切諫甚辛毗㉙。造次行於是，平生志在兹㉚。道將心共直，言與行兼危㉛。水闇波翻覆，山藏路險巇。未爲明主識，已被倖臣疑。木秀遭風折，蘭芳遇霰萎。千鈞勢易壓，一柱力難支㉜。騰口因成痏㉝，吹毛遂得疵。憂來吟貝錦，謫去詠江蘺。邂逅塵中遇，殷勤馬上辭。賈生離魏闕，王粲向荊夷。水過清源寺㉞，山經綺季祠㉟。心搖漢皋珮，淚墮峴亭碑㊱。并途中所經歷者也。驛路緣雲際，城樓枕水湄。思鄉多繞澤，望闕獨登陴㊲。林晚青蕭索，江平綠渺瀰。野秋鳴蟋蟀，沙冷聚鸕鷀。官舍黃茅屋，人家苦竹籬。白醪充夜酌，紅粟備晨炊。寡鶴摧風翮，鰥魚失水鬐。闇雞啼渴旦㊳，涼葉墜相思。此四句兼含微之鰥居之思。一點寒燈滅㊴，三聲曉角吹。藍衫經雨故，驄馬卧霜羸。念涸誰濡沫，嫌醒自啜醨。耳垂無伯樂㊵，舌在有張儀㊶。負氣衝星劍，傾心向日葵。金言自銷鑠，玉性肯磷緇？伸屈須看蠖，窮通莫問龜。定知身是患，當用道爲醫。想子今如彼，嗟予獨在斯㊷。無憀當歲杪㊸，有夢到天涯。坐阻連襟帶，行乖接履綦。潤銷衣上霧，香散室中芝。念遠緣遷貶㊹，驚時爲別離㊺。素書三往復，明月七盈虧。自與微之別經七月，三度得書。舊里非難到，餘歡不可追㊻。樹依興善老，草傍靜安衰㊼。微之宅在靜安坊西，近興善寺。前事思如昨，中懷寫向誰？北村尋古柏，南宅訪辛夷。開元觀西北院，即隋時龍村佛堂，有古柏一株，至今存焉。微之宅中有辛夷兩樹，常此與微之遊息其下。此日空搔首㊽，何人共解頤？病多知夜永，年長覺秋悲。不飲長如醉，加餐亦似飢。狂吟一千字㊾，因使寄微之。（0604）

【校】

①〔初登〕《才調集》、汪本作「俱昇」。

②〔夜雪〕馬本、《唐音統籤》作「夜月」。

③〔（注）形短能詩〕馬本、《唐音統籤》作「體短能詩」。

④〔對宮棋〕《才調集》、汪本作「數宮棋」。

⑤〔春到〕《才調集》作「春滿」。

⑥〔柳宛〕那波本、《才調集》、汪本作「柳惹」。

⑦〔侵堤布〕《才調集》作「分堤布」。

⑧〔皆絶藝〕《才調集》作「求絶藝」。

⑨〔選妓〕《才調集》作「迎妓」。〔悉名姬〕《才調集》作「選名姬」。

⑩〔鉛黛〕馬本、《唐音統籤》作「粉黛」，《才調集》作「鉛粉」。〔凝春態〕《才調集》作「凝春艷」。

⑪〔墜髻〕《才調集》、汪本作「墮髻」。

⑫〔啼眉〕《才調集》作「愁眉」。

⑬〔翠落〕《才調集》、馬本、《唐音統籤》作「醉落」。
⑭〔節候推〕馬本、《唐音統籤》作「節候催」。
⑮〔請假〕《才調集》、汪本作「請告」。
⑯〔欲成資〕《才調集》作「遂成資」。
⑰〔運偶〕《才調集》、汪本作「運啓」。
⑱〔毫鋒〕馬本、《唐音統籤》作「鋒毫」。
⑲〔齊陳〕《才調集》作「齊登」。
⑳〔三道〕馬本、《唐音統籤》、汪本作「三策」。盧校：「案集中有『甲乙三道科，蘇杭兩州主』之句。」
㉑〔中第〕《才調集》作「取第」。
㉒〔搴降旗〕《才調集》作「奪降旗」。
㉓〔（注）元和元年〕紹興本作「元和年」，據馬本等改。
㉔〔霜凛冽〕馬本、《唐音統籤》作「寒凛冽」。
㉕〔期除惡〕馬本、《唐音統籤》作「當除惡」。
㉖〔燕雀〕《才調集》作「鸞雀」。
㉗〔無怨〕《才調集》作「無枉」。
㉘〔理冤〕《才調集》作「雪冤」。
㉙〔切諫〕《才調集》作「犯諫」。
㉚〔志在兹〕《才調集》作「志在斯」。

㉛〔行兼危〕《才調集》作「行相危」。
㉜〔力難支〕《才調集》作「力難搘」。
㉝〔因成痏〕《才調集》作「方成痏」。
㉞〔水過〕《才調集》作「水渡」。
㉟〔綺季〕《才調集》作「綺里」。
㊱〔峴亭〕《才調集》作「峴山」。
㊲〔望闕〕《才調集》作「望國」。
㊳〔渴旦〕那波本作「旦渴」，《才調集》作「鶡旦」。
㊴〔寒燈〕《才調集》作「秋燈」。
㊵〔無伯樂〕《才調集》作「懷伯樂」。
㊶〔有張儀〕《才調集》作「感張儀」。
㊷〔獨在斯〕《才調集》作「獨在兹」。
㊸〔無憀〕《才調集》作「無悰」。
㊹〔緣遷貶〕《才調集》作「傷遷貶」。
㊺〔爲别離〕《才調集》作「歎别離」。
㊻〔不可追〕《才調集》作「不易追」。
㊼〔静安〕《才調集》、汪本作「靖安」。
㊽〔空搔首〕《才調集》作「徒搔首」。

㊾〔狂吟〕《才調集》作「狂書」。

【注】

汪《譜》、朱《箋》：作於元和五年（八一〇），長安。

〔律詩〕白居易《與元九書》（《白氏文集》卷四五）：「又有五言、七言、長句、絶句，自一百韻至兩韻者四百餘首，謂之雜律詩。」蓋初編集時名爲「雜律詩」。元稹《唐檢校工部員外郎杜君墓係銘》：「唐興，官學大振，歷世之文，能者互出，而又沈宋之流，研練精切，穩順聲勢，謂之爲律詩。由是而後文變之體極焉。」又《叙詩寄樂天》：「聲勢沿順，屬對穩切者，爲律詩，仍以五言、七言爲兩體。」又《上令狐相公詩啓》：「稹與同門生白居易友善，居易雅能爲詩，就中愛驅駕文字，窮極聲韻，或爲千言，或爲五百言律詩，以相投寄。小生自審不能以過之，往往戲排舊韻，别創新詞，名爲次韻相酬，蓋欲以難相挑耳。」「律詩」之名，蓋定於元、白時。此前則稱爲「今體」、「近體」。

〔微之〕元稹。見卷一《贈元稹》（0015）注。

〔憶在貞元歲，初登典校司〕貞元十九年（八〇三）元稹、白居易登吏部科第，授秘書省校書郎。參見卷五《常樂里閑居偶題十六韻兼寄劉十五公輿王十一起吕二炅吕四穎崔十八玄亮元九稹劉三十二敦質張十五仲方時爲校書郎》（0173）。典校司，指秘書省。《舊唐書·温大雅傳》：「彦將與愍楚弟遊秦，典校秘閣。」元稹《酬樂天東南行詩一百韻》：「科試銓衡局，衙參典校厨。」

〔分定金蘭契，言通藥石規〕《易·繫辭》：「二人同心，其力斷金；同心之言，其臭如蘭。」《吴聲歌·子夜四時歌·冬歌十七首》：「果欲結金蘭，但看松柏林。經霜不墮地，歲寒無異心。」《左傳》襄公二十三年：「孟孫之惡我，藥石也。」

〔交賢方汲汲，友直每偲偲〕《論語·季氏》：「益者三友，損者三友。友直，友諒，友多聞，益矣。」《子路》：「朋友切切偲偲。」集解：「馬曰：切切偲偲，相切責之貌。」

〔高上慈恩塔，幽尋皇子陂〕慈恩塔，慈恩寺塔。《長安志》卷八：「慈恩寺，隋無漏寺之地，武德初廢。貞觀二十二年十二月二十四日，高宗在春宮，爲文德皇后立爲寺，故以慈恩爲名。」《唐國史補》卷上：「進士爲時所尚久矣。……既捷，列書其姓名於慈恩寺塔，謂之題名會。」《長安志》卷十一萬年縣：「永安坡在縣南二十五里，周七里。《十道志》曰：秦葬皇子，起冢陂北原上，因名皇子陂。」白居易《與元九書》（《白氏文集》卷四五）：「如今年春遊城南時，與足下馬上相戲，因各誦新艷小律，不雜他篇。自皇子陂歸昭國里，不絶聲者二十里餘。樊、李在旁，無所措口。」

〔唐昌玉蘂會，崇敬牡丹期〕唐昌觀玉蘂，見卷一《白牡丹》（0031）注。崇敬寺，在朱雀門街東第二街靖安坊。《長安志》卷七：「崇敬尼寺，本僧寺，隋文帝立。大業中廢。龍朔二年，高宗爲長女定安公主薨後改立爲尼寺。」

〔笑勸迂辛酒，閑吟短李詩〕辛大丘度，朱《箋》：「元、白之科第同年。」白居易有《辛丘度可工部員外郎制》（《白氏文集》卷四八），元稹有《病減逢春期白二十二辛大不至十韻》。《南部新書》辛：「元和十五年，辛丘度、丘紓、杜元穎同時爲遺補令史分直，故事但舉其姓，曰辛、丘、杜當入。」《雲溪友議》卷上江都事：「辛氏郎君，即丘度之子也。謂李公（紳）曰：『小子每憶白廿二丈詩：悶勸疇昔酒，閑吟廿丈詩。』李公笑曰：『辛大有此狂兒，吾敢不存舊矣。』」李紳，字公垂。新舊《唐書》有傳。白居易《編集拙詩成一十五卷因題卷末戲贈元九李二十》（本書卷十六1000）：「每被老元偷格律，苦教短李伏歌行。」朱《箋》：「紳元和元年進士，是年由長安東歸，經潤州，浙西（鎮海軍）節度使李錡留掌書記。至元和四年始至長安爲校書郎。元和八年前後爲國子助教。舊、新《書》本傳謂紳『元和初登進士第，釋褐國子助教』，誤。考白氏作此詩時，紳仍爲校書郎。」

〔儒風愛敦質，佛理尚玄師〕劉敦質，見卷一《哭劉敦質》(0016)注。庾玄師，見卷六《聞庾七左降因詠所懷》(0239)注。

〔雙聲聯律句，八面對宮棋〕《南史·謝莊傳》：「王玄謨問莊：『何者爲雙聲？何者爲疊韻？』答曰：『玄護爲雙聲，磝碻爲疊韻。』」《文心雕龍·聲律》：「凡聲有飛沈，響有雙疊；雙聲隔字而每舛，疊韻雜句而必睽。」吳聿《觀林詩話》：「謝靈運有『蘋苹泛沈深，菰蒲冒清淺』，上句雙聲疊韻，下句疊韻雙聲。後人如杜少陵『卑枝低結子，接葉暗巢鶯』，杜荀鶴『胡盧杓酌春濃酒，舴艋舟流夜漲灘』，温庭筠『廢砌翳薜荔，枯湖無菰蒲』，『老媼寶藁草，愚夫輸逋租』，皆出於疊韻，不若靈運之工也。」皮日休有《奉和魯望疊韻雙聲二首》：「疏杉低通灘，冷鷺立亂浪。草彩欲夷猶，雲容空淡蕩。」白居易《北亭招客》(本書卷十六0917)：「能來盡日宮棋否，太守知慵放晚衙。」王建《夜看美人宮棋》：「宮棋布局不依經，黑白分明子數停。巡拾玉沙天漢曉，猶殘織女兩三星。」趙光遠《詠手二首》：「象床珍簟宮棋處，拈定文楸占角邊。」宮棋亦名逼棋，以黑白棋子雜布局中，各認一子爲標，左右巡拾，以所得多少爲勝負。參翟灝《通俗編》卷三一。

〔寒銷直城路，春到曲江池〕直城，即長安城。《三輔黄圖》卷一：「長安城西出第二門曰直城門。」張九齡《登樂遊園春望書懷》：「花間直城路，草際曲江流。」馬懷素《興慶池侍宴應制》：「積水逶迤繞直城，含虛皎鏡有餘清。」白居易《早春獨遊曲江》(本卷0662)：「朝從直城出，春傍曲江行。」裴夷直《春色滿皇州》：「氛氳直城北，駘蕩曲江頭。」興慶池(即興慶宮龍池，見《長安志》卷九)、曲江均在長安城東南，「直城」、「曲江」又恰成偶對，故諸詩每連言之。

〔峰攢石綠點，柳宛麴塵絲〕石綠，一種顔料。白居易《裴常侍以題薔薇架十八韻見示因廣爲三十韻以和之》(本書卷三一2217)：「烟條塗石綠，粉蘂撲雄黄。」《宋朝事實類苑》卷七道釋：「其彩色則宜勝庫之銀朱，桂州之丹砂，河南之赭土，衢州之朱土，梓州之石青、石綠……。」麴塵，見卷十二《山石榴寄元九》(0590)注。

〔幄幕侵堤布，盤筵占地施〕《開元天寶遺事》卷下：「長安貴家子弟，每至春時，遊宴供帳於園圃中，隨行載以油幕，或遇陰雨，以幕覆之，盡歡而歸」；「長安士女遊春野步，遇名花則設席藉草，以紅裙遞相插挂，以爲宴幄，其奢逸如此也。」杜甫《樂遊園歌》：「閶闔晴開詄蕩蕩，曲江翠幕排銀牓。」

〔風流誇墜髻，時世鬭啼眉〕《後漢書・梁冀傳》：「（冀妻孫壽）色美而善爲妖態，作愁眉，啼妝，墮馬髻，折腰步，齲齒笑，以爲媚惑。」李賢注引《風俗通》：「愁眉者，細而曲折。啼妝者，薄拭目下若啼處。墮馬髻者，側在一邊。折腰步者，足不任體。齲齒笑者，若齒痛不忻忻。始自冀家所爲，京師翕然皆放效之。」另參見卷四《時世妝》(0157)注。

〔密坐隨歡促，華樽逐勝移〕密坐，見卷二《歌舞》(0083)注。逐勝，逐勝景，逐勝遊。《寒山詩注》一七八首：「憶昔遇逢處，人間逐勝遊。」姚合《題宣義池亭》：「尋芳行不困，逐勝坐還遷。」

〔籌插紅螺椀，觥飛白玉卮〕籌，酒令籌，酒令中有以籌巡酒之籌令。劉禹錫《浙西李大夫述夢四十韻並浙東元相公酬和斐然繼聲》：「罰籌長樹纛，觥盞樣如舠。」元稹《元和五年予官不了罰俸西歸》：「能唱犯聲歌，偏精變籌義。」《何滿子歌》：「何如有態一曲終，牙籌記令紅螺碗。」白居易《東南行一百韻》（本書卷十六0902）：「籌併頻逃席，觥嚴别置盂。」螺椀，又參見卷七《題元十八溪亭》(0299)注。

〔打嫌調笑易，飲訝卷波遲〕打，打令。巡酒行令，伴以舞蹈。《唐國史補》卷下：「古之飲酒，有杯盤狼籍、揚觶絶纓之説，甚則甚矣，然未有言其法者。國朝麟德中，壁州刺史鄧宏慶始創平、索、看、精四字。令至李稍雲而大備，自上及下，以爲宜然。大抵有律令，有頭盤，有抛打。」白居易《江南喜逢蕭九徹因話長安舊遊戲贈五十韻》：

「舊曲翻調笑，新聲打義揚。」敦煌文書P. 3501－2號舞譜：「前四段打令（前）兩拍送，後四段打令後兩拍送。」《朱子語類》卷九二：「唐人俗舞，謂之打令。其狀有四，曰招，曰搖，曰送，其一記不得。蓋招則邀之意，搖則搖手呼喚之意，送者送酒之意。……舞時皆裹幞頭，列坐飲酒，少刻起舞。」抛打令亦为酒令之一。洪邁《容齋續筆》卷十六：「予按皇甫松所著《醉鄉日月》三卷，載《骰子令》云……又有《旗旛令》、《閃擪令》、《抛打令》，今人不復曉其法矣。惟優伶家猶用手打令以爲戲云。」王昆吾《唐代酒令藝術》第一章三抛打令：「抛打令的特點是通過巡傳行令器物，以及巡傳中止時的抛擲遊戲，來決定送酒歌舞的次序。……抛打二字涵義原指抛擲，亦即抛擲香毬、酒盞、花束、柳枝等巡傳之物；由於這些抛擲行爲亦用入舞蹈，故抛與打後來都被用爲小舞與小唱的代名。」同氏《隋唐五代燕樂雜言歌辭研究》第五章著辭：「各種酒令伎藝，只有抛打令才擁有一批專門的歌舞曲調。……《調笑》是比較複雜的抛打舞蹈，所謂『易』，是取極難者而概括其他；《調笑》是在貞元末作爲抛打曲流行的，它應來源於教坊新翻曲。」《尊前集》收韋應物等《調笑令》，《樂府詩集》卷八二題《宮中調笑》。卷白波，亦爲一種酒令，與籌令同屬律令。《唐語林》卷八：「壁州刺史鄧宏慶，飲酒至平、索、看、精四字。酒令之設，本骰子、卷白波律令。」白居易《東南行一百韻》：「鞍馬呼教住，骰盤喝遣輸。長驅波卷白，連擲采成盧。」自注：「骰盤、卷白波、莫走、鞍馬，皆當時酒令。」

〔荏苒星霜換，迴環節候推〕星霜，見卷五《贈吳丹》（0194）注。

〔酡顔烏帽側，醉袖玉鞭垂〕《楚辭·招魂》：「美人既醉，朱顔酡些。」

〔兩衙多請假，三考欲成資〕兩衙，早衙、晚衙。王建《昭應官舍書事》：「兩衙早被官拘束，登閣巡溪亦屬忙。」白居易《舒員外遊香山寺數日不歸兼辱尺書大誇勝事》（本書卷二二1511）：「白頭老尹府中坐，早衙纔退暮衙催。」《郡齋旬假命宴呈座客示郡寮》（本書卷二一1398）：「公門日兩衙，公假月三旬。」《書·舜典》：「三載考績，三考黜陟幽明。」《舊唐書·職官志一》：「職事官資，則清濁區分，以次補授。……開元中，裴光庭爲吏部尚書，始用循資格以注擬六品以下選人。其後每年雖小有移改，然相承至今用之。」

〔運偶千年聖，天成萬物宜〕偶聖，見卷十一《西掖早秋直夜書意》（0564）注。《左傳》僖公二十四年：「《夏書》曰：『地平天成。』」杜預注：「地平其化，天成其施，上下相稱爲宜。」

〔策目穿如札，毫鋒鋭若錐〕白居易《策林序》（《白氏文集》卷六二）：「元和初，予罷校書郎，與元微之將應制舉。退居於上都華陽觀，閉户累月，揣摩當代之事，構成策目七十五門。及微之首登科，予次焉。凡所應對者，百不用其一二，其餘目以精力所致，不能棄捐，次而集之，分爲四卷，命曰《策林》云耳。」《左傳》成公十六年：「潘尫之黨與養由基蹲甲而射之，徹七札焉。」《藝林伐山》卷十七：「白樂天詩：『策目穿如札，毫鋒利似錐。』札，甲也。」革甲内外厚薄複疊七層，稱七札。詳《周禮·考工記·函人》孫詒讓《正義》。《清異録》卷下：「唐世舉子將入場，嗜利者爭賣健毫圓鋒筆，其價十倍，號定名筆。」

〔並受夔龍薦，齊陳晁董詞〕《書·舜典》：「伯拜稽首，讓於夔龍。」傳：「夔、龍，二臣名。」晁、董，晁錯、董仲舒。二人均舉賢良對策，見《史記·袁盎晁錯列傳》及《漢書·董仲舒傳》。

〔萬言經濟略，三道太平基〕《册府元龜》卷六三九貢舉部條制一：「永淳二年三月敕：令應詔舉人並試策三道，即爲永例。」《唐會要》卷七六制科舉：「開元八年三月，上親策試應制舉人於含元殿，謂曰：古有三道，今減從一道。」詩所言蓋從舊制。《漢書·楚元王傳附劉向傳》：「使是非炳然可知，則百異消滅，而衆祥並至，太平之基，萬世之利也。」

〔中第爭無敵，專場戰不疲〕曹植《鶡賦》：「若有翻雄駭逝，孤雌驚翔，則長鳴挑敵，鼓翼專場。」應瑒《鬥雞詩》：

「專場驅衆敵，剛捷逸等羣。」

〔輔車排勝陣，掎角搴降旗〕《左傳》僖公五年：「諺所謂輔車相依，脣亡齒寒。」《呂氏春秋・權勳》：「虞之與虢也，若車之有輔也。車依輔，輔亦依車，虞、虢之勢是也。」《左傳》襄公十四年：「譬如捕鹿，晉人角之，諸戎掎之。」《史記・劉敬叔孫通列傳》：「漢王方蒙矢石爭天下，諸生寧能鬥乎？故先言斬將搴旗。」

〔雙闕紛容衛，千僚儼等衰〕容衛，儀仗護衛。《荀子・正論》：「居則設張容，負依而坐。」楊倞注：「容謂羽衛也。」《宋書・周朗傳》：「車騎容衛，當職以施。」《魏書・太武五王傳》：「出入容衛，道路榮之。」《左傳》桓公二年：「故天子建國，諸侯立家，卿置側室，大夫有貳宗，士有隸子弟，庶人、工、商各有分親，皆有等衰。」

〔恩隨紫泥降，名向白麻披〕紫泥，指詔書，見卷五《和錢員外禁中夙興見示》（0190）注。白麻，見卷四《杜陵叟》（0152）注。

〔既在高科選，還從好爵縻〕縻，通靡。《易・中孚・卦》：「我有好爵，吾與爾靡之。」孔穎達疏：「靡，散也。」

〔東垣君諫諍，西邑我驅馳〕東垣，指門下省。元稹元和元年授左拾遺，爲門下省屬官。崔峒《酬李補闕雨中寄贈》：「獨愧東垣友，新詩慰旅魂。」

〔再喜登烏府，多慚侍赤墀〕烏府，御史臺。《漢書・朱博傳》：「是時御史府吏舍百餘區，井水皆竭。又其府中列柏樹，常有野烏數千棲宿其上。」武元衡《酬元十二》：「偶尋烏府客，同醉習家池。」赤墀，見卷六《自題寫真》（0226）注。

〔每列鵷鸞序，偏瞻獬豸姿〕鵷鸞，猶言鵷行。宋之問《春日宴宋主簿山亭得寒字》：「帝城歸路直，留興接鵷鸞。」儲光羲《渭橋北亭作》：「不見鵷鸞道，如聞歌吹聲。」參見卷六《朝迴遊城南》（0270）注。獬豸，御史戴獬豸冠，見卷五《見蕭侍御憶舊山草堂詩因以繼和》（0181）注。

〔簡威霜凜冽，衣彩繡葳蕤〕《宋書·樂志》載晉江左宗廟歌：「威厲秋霜，惠過春風。」葳蕤，草木初生貌。此謂御史繡服之圖案。陳羽《送戴端公赴容州》：「分命諸侯重，葳蕤繡服香。」

〔正色摧强禦，剛腸嫉喔咿〕强禦，强暴。《後漢書·黨錮傳》：「學中語曰：天下模楷李元禮，不畏强禦陳仲舉，天下俊秀王叔茂。」喔咿，强語笑貌。《楚辭·卜居》：「寧超然高舉，以保真乎？將哫訾栗斯，喔咿嚅兒，以事婦人乎？」

〔常憎持祿位，不擬保妻兒〕《史記·秦始皇本紀》：「上樂以刑殺爲威，天下畏罪持祿，莫敢盡忠。」《漢書·匡張孔馬傳贊》：「然皆持祿保位，被阿諛之譏。」司馬遷《報任安書》：「今舉事一不當，而全軀保妻子之臣，隨而媒櫱其短，僕誠私心痛之。」

〔下韝驚燕雀，當道懾狐狸〕《太平御覽》卷二五三引《東觀漢記》：「善吏如良鷹矣，下韝即中。」參見卷一《放鷹》(0039)注。《漢書·孫寶傳》：「入見，敕曰：『今日鷹隼始擊，當順天氣取姦惡，以成嚴霜之誅，掾部其有人乎？』(侯)文卬曰：『無其人不敢受空職。』寶曰：『誰也？』文曰：『霸陵杜稚季。』寶曰：『其次？』文曰：『豺狼横道，不宜復問狐狸。』寶默然。」《後漢書·酷吏傳·陽球》：「因求見帝，叩頭曰：『臣無清高之行，横蒙鷹犬之任。前雖糾誅王甫、段熲，蓋簡落狐狸，未足宣示天下。願假臣一月，必令豺狼鴟梟，各服其辜。』」王楙《野客叢書》卷七鷹犬喻人：「頌人之美以飛走比况者，不過用麟鳳虎豹鷹鸇之類而已，然罕有以犬爲美况者。觀後漢張表碑云：『仕郡爲督郵，鷹撮盧擊。』此何理哉？今人以掾曹取媚上官奔走爲用者爲鷹犬，乃知亦有自云。」蓋未知《陽球傳》。

〔理冤多定國，切諫甚辛毗〕《漢書·于定國傳》：「其决疑平法，務在哀鰥寡，罪疑從輕，加審慎之心。朝廷稱之曰：張釋之爲廷尉，天下無冤民；于定國爲廷尉，民自以不冤。」《三國志·魏書·辛毗傳》：「帝欲徙冀州士家十萬户實河南。時連蝗民饑，羣司以爲不可，而帝意甚盛。毗與朝臣俱求見，帝知其欲諫，作色以見之，皆莫敢言。毗曰：『陛下欲徙士家，其計安出？』帝曰：『卿謂我徙之非邪？』毗曰：『誠以爲非也。』帝曰：『吾不與卿共議也。』毗曰：『陛下不以臣不肖，置之左右，厠之謀議之官，安得不與臣議邪！臣所言非私也，乃社稷之慮也，安得怒臣！』帝不答，起入内。毗隨而引其裾，帝遂奮衣不還，良久乃出，曰：『佐治，卿持我何太急邪？』毗曰：『今徙，既失民心，又無以食也。』帝遂徙其半。」

〔造次行於是，平生志在兹〕《論語·里仁》：「君子去仁，惡乎成名？君子無終食之間違仁。造次必於是，顛沛必於是。」《左傳》襄公二十一年：「《夏書》曰：念兹在兹，釋兹在兹，名言兹在兹，允出兹在兹，惟帝念功。」

〔木秀遭風折，蘭芳遇霰萎〕李康《運命論》：「故木秀于林，風必摧之；堆出于岸，流必湍之；行高于人，衆必非之。」《楚辭·離騷》：「余既滋蘭之九畹兮，又樹蕙之百畝。畦留夷與揭車兮，雜杜衡與芳芷。冀枝葉之峻茂兮，願竢時乎吾將刈。雖萎絶其亦何傷兮，哀衆芳之蕪穢。」

〔千鈞勢易壓，一柱力難支〕《淮南子·説林訓》：「以天下之大，託于一人之才，譬若懸千鈞之重于木之一枝。」

〔騰口因成痏，吹毛遂得疵〕釋惠琳《龍光寺竺道生法師誄》：「默蔭去大，弭此騰口。」張衡《西京賦》：「所好生毛羽，所惡成瘡痏。」《韓非子·大體》：「不吹毛而求小疵，不洗垢而察難知。」

〔憂來吟貝錦，謫去詠江蘺〕《詩·小雅·巷伯》：「萋兮斐兮，成是貝錦。彼譖人者，亦已大甚。」毛傳：「興也。萋、斐，文章相錯也。貝錦，錦文也。」鄭箋：「錦文者，文如餘泉餘蚳之貝文也。興者，喻讒人集作己過，以成於罪，猶女工之集采色以成錦文。」《楚辭·離騷》：「扈江離與辟芷兮，紉秋蘭以爲佩。」

〔賈生離魏闕，王粲向荆夷〕賈生，賈誼。見卷二《讀史五首》之二(0095)注。《莊子·讓王》：「身在江海之上，心居乎魏闕之下。」《三國志·魏書·王粲傳》：「年十七，司徒辟，詔除黄門侍郎，以西京擾亂，皆不就，乃之荆州依劉表。」王粲《七哀詩》：「西京亂無象，豺虎方遘患。復棄中國去，委身適荆蠻。」

〔水過清源寺，山經綺季祠〕清源寺，在藍田縣輞谷。見卷八《宿清源寺》(0335)注。綺季祠，即四皓廟。見卷二《答四皓廟》(0104)注。

〔心摇漢皋珮，淚墮峴亭碑〕《列仙傳》卷上：「江妃二女者，不知何所人也。出遊於江漢之湄，逢鄭交甫。見而悦之，不知其神人也。謂其僕曰：『我欲下，請其佩。』……遂手解佩與交甫，交甫悦受而懷之中當心，趨去數十步，視佩，空懷無佩。顧二女，忽然不見。」《晉書·羊祜傳》：「祜樂山水，每風景，必造峴山，置酒言詠，終日不倦。嘗慨然歎息，顧謂從事中郎鄒湛等曰：『自有宇宙，便有此山，由來賢達勝士登此遠望，如我與卿者多矣。皆湮滅無聞，使人悲傷。如百歲後有知，魂魄猶應登此也。』……襄陽百姓於峴山祜平生游憩之所建碑立廟，歲時饗祭焉。望其碑者莫不流涕，杜預因名爲墮淚碑。」

〔闇雛啼渴旦，凉葉墜相思〕《禮記·坊記》：「詩云：相彼盍旦，尚猶患之。」鄭注：「盍旦，夜鳴求旦之鳥也，求不可得也。」盍旦，或作渴旦。

〔藍衫經雨故，驄馬卧霜羸〕驄馬，見卷五《見蕭侍御憶舊山草堂詩因以繼和》(0181)注。

〔念涸誰濡沫，嫌醒自啜醨〕《莊子·大宗師》：「泉涸，魚相與處於陸，相呴以濕，相濡以沫，不如相忘於江湖。」《楚辭·漁父》：「屈原曰：『舉世皆濁我獨清，衆人皆醉我獨醒，是以見放。』漁父曰：『聖人不凝滯於物，而能與世推移。世人皆濁，何不淈其泥而揚其波？衆人皆醉，何不餔其糟而歠其釃？』」

〔耳垂無伯樂，舌在有張儀〕《戰國策·楚策四》：「君亦聞驥乎？夫驥之齒至矣，服鹽車而上太行，蹄申膝折，尾湛胕潰，漉汁灑地，白汗交流，中阪遷延，負轅不能上。伯樂遭之，下車攀而哭之，解紵衣以冪之。驥於是俛而噴，仰而鳴，聲達於天，若出金石者何也？欣見伯樂之知己也。」《史記·張儀列傳》：「張儀已學而遊説諸侯，嘗從楚相飲，已而楚相亡璧，門下意張儀，曰：『儀貧無行，必此盜相君之璧。』共持張儀，掠笞數百，不服。釋之。其妻曰：『嘻！子毋讀書遊説，安得此辱乎？』張儀謂其妻曰：『視吾舌尚在不？』其妻笑曰：『舌在也。』儀曰：『足矣。』」

〔負氣衝星劍，傾心向日葵〕負氣衝星劍，見卷一《李都尉古劍》(0010)注。曹植《求通親親表》：「若葵藿之傾葉，太陽雖不爲之迴光，然終向之者，誠也。」

〔金言自銷鑠，玉性肯磷緇〕《莊子·大宗師》：「今之大冶鑄金，金踴躍曰：『我且必爲莫耶。』大冶必以爲不祥之金。」枚乘《七發》：「雖有金石之堅，猶將銷鑠而挺解也。」《淮南子·俶真訓》：「譬若鍾山之玉，炊以爐炭，三日三夜而色澤不變，則至德天地之精也。」《論語·陽貨》：「不曰堅乎，磨而不磷；不曰白乎，涅而不緇。」

〔伸屈須看蠖，窮通莫問龜〕屈蠖，見卷一《哭劉敦質》(0016)注。問龜，參見卷二《答桐花》(0102)注。

〔定知身是患，當用道爲醫〕《老子》十三章：「吾所以有大患者，爲吾有身。及吾無身，吾有何患？」

〔坐阻連襟帶，行乖接履綦〕履綦，見卷十《感情》(0508)注。

〔樹依興善老，草傍静安衰〕《唐兩京城坊考》卷二朱雀門街東第一街靖善坊：「大興善寺，盡一坊之地。」朱雀街東第二街靖安坊元稹宅引居易此詩：「按興善寺在靖善坊，靖善東與靖安鄰，故元宅西與之接也。」

〔北村尋古柏，南宅訪辛夷〕《長安志》卷九朱雀門街西第一街道德坊：「開元觀，本隋秦王浩宅。武后朝置永昌縣。神龍元年縣廢，遂爲長寧公主宅。景雲元年置道士，開元五年金仙公主居之，改爲女冠觀，十年改爲開元觀。」

和鄭方及第後秋歸洛下閑居①　同高侍郎下隔年及第。

勤苦成名後，優遊得意間。玉憐同匠琢，桂恨隔年攀。山静豹難隱，谷幽鶯暫還。微吟詩引步，淺酌酒開顔。門迥暮臨水，窗深朝對山②。雲衢日相待，莫誤許身閑。（0605）

【校】

①〔鄭方〕那波本、馬本、《唐音統籤》、汪本等作「鄭元」，朱《箋》：「非。鄭元，新舊《唐書》有傳，元和二年已爲户部侍郎、御史大夫，如在貞元末始進士及第，則升遷必不能如是之速也。」

②〔朝對山〕《文苑英華》作「秋對山」。

【注】

朱《箋》：作於貞元十七年（八〇一），洛陽。「花房英樹繫此詩於貞元十八年，非是。考鄭方進士及第在貞元十七年，《登科記考》卷十五貞元十七年：『蓋高郢連放三榜，樂天在十六年第二榜，鄭方在十七年第三榜。』」

〔玉憐同匠琢，桂恨隔年攀〕《楚辭·招隱士》：「猨狖羣嘯兮虎豹嘷，攀援桂枝兮聊淹留。」攀桂原指隱居，後與「折桂」義混。武元衡《長安秋夜懷陳京昆季》：「甲乙科攀桂，圖書閣踐蓬。」

〔山静豹難隱，谷幽鶯暫還〕《列女傳》卷二：「妾聞南山有玄豹，霧雨七日而不下食者，何也？欲以澤其毛而成文章也，故藏而遠害。」《詩·小雅·伐木》：「伐木丁丁，鳥鳴嚶嚶。出自幽谷，遷于喬木。」

〔雲衢日相待，莫誤許身閑〕《古詩類苑》卷三《艷歌》：「今日樂上樂，相從步雲衢。」

與諸同年賀座主侍郎新拜太常同宴蕭尚書亭子

座主於蕭尚書下及第，得羣字韻。

寵新卿典禮，會盛客徵文。不失遷鶯侶，因成賀燕羣。池臺晴間雪，冠蓋暮和雲。共仰曾攀處，年深桂尚薰。（0606）

【注】

朱《箋》：作於貞元十七年（八〇一），洛陽。「《舊唐書·德宗紀》：（貞元十六年十一月）戊申，以太府卿韋渠牟爲太常寺卿。……（貞元十九年十一月）庚申，以太常卿高郢爲中書侍郎、同中書門下平章事。又據《舊唐書·韋渠牟傳》，渠牟卒於貞元十七年，則高郢初除太常卿必在是年，乃韋渠牟之後任。白氏此詩當作於貞元十七年，陳《譜》繫於貞元十六年，非。」

〔座主侍郎〕朱《箋》：「高郢。郢知貢舉時官禮部侍郎。見新舊《唐書》本傳。居易貞元十六年在高郢放第二榜時進士及第。見《登科記考》卷十五。」

〔蕭尚書〕朱《箋》：「蕭昕。」《舊唐書·蕭昕傳》：「貞元初，兼禮部尚書。尋復知貢舉。五年，致仕。」洪邁《容齋五筆》卷七：「予考《登科記》，樂天以貞元十六年庚辰中書舍人高郢下第四人登科，郢以寶應二年癸卯禮部侍郎蕭昕下第九人登科，迨郢拜太常時，幾四十年矣。昕自癸卯放進士之後二十四年丁卯，又以禮部尚書再知貢舉，可謂壽俊。觀白公所賦，亦可見唐世舉子之尊尚主司也。」

〔不失遷鶯侶，因成賀燕羣〕陽慎《從駕祀麓山廟詩》：「檞巢始入燕，軒樹已遷鶯。」蘇味道《使嶺南聞崔馬二御史並拜臺郎》：「振鷺齊飛日，遷鶯遠聽聞。」

東都冬日會諸同聲宴鄭家林亭①　得先字。

盛時陪上第，暇日會羣賢。桂折應同樹②，鶯遷各異年。賓階紛組珮③，妓席儼花鈿。促膝齊貧賤④，差肩次後先。助歌林下水，銷酒雪中天。他日昇沈者，無忘共此筵。（0607）

【校】

①〔題〕「同聲」《文苑英華》同，他本作「同年」。

②〔應同樹〕馬本、《唐音統籤》、汪本作「因同樹。」

③〔組珮〕《文苑英華》作「組綬」。

④〔貧賤〕《文苑英華》作「榮賤」。

【注】

朱《箋》：作於貞元十七年（八〇一），洛陽。

〔桂折應同樹，鶯遷各異年〕桂折，見卷十二《醉後走筆酬劉五主簿長句之贈兼簡張大賈二十四先輩昆季》（0581）注。杜甫《同豆盧峰知字韻》：「夢蘭他日應，折桂早年知。」

〔促膝齊貧賤，差肩次後先〕《管子·輕重》：「皆差肩而立。」《梁書·王僧孺傳》：「抱接膝之歡，履足差肩。」

敍德書情四十韻上宣歙崔中丞①

宣州薦送及第後重投此詩。

元聖生乘運，忠賢出應期。還將稽古力，助立太平基。土控吳兼越，州連歙與池。山河地襟帶，軍鎮國藩維。廉察安江甸，澄清肅海夷。股肱分外守，耳目付中司。楚老歌來暮，秦人詠去思。望如時雨至，福似歲星移②。政靜民無訟，刑行吏不欺。撝謙驚主寵，陰德畏人知。白玉慚温色，朱繩讓直辭。行爲時領袖，言作世蓍龜。盛幕招賢士，連營訓鋭師。光華下鵷鷺，氣色動熊羆。出入麾幢引，登臨劍戟隨。好風迎解榻，美景待褰帷。晴野霞飛綺，春郊柳宛絲。城烏驚畫角，江雁避紅旗。藉草朱輪駐，攀花紫綬垂。山宜謝公屐，洲稱柳家詩。酒氣和芳杜，絃聲亂子規。分毬齊馬首，列舞匝蛾眉。醉惜年光晚，歡憐日影遲。迴塘排玉棹，歸路擁金羈。自顧龍鍾者，嘗蒙噢咻之。仰山塵不讓，涉海水難爲。身忝鄉人薦，名因國士推。提攜增善價，拂拭長妍姿。射策端心術，遷喬整羽儀。幸穿楊遠葉，謬折桂高枝。佩德潛書帶，銘仁闇勒肌。飭躬趨館舍③，拜手挹階墀。霄漢程雖在，風塵迹尚卑。弊衣羞布素④，敗屋厭茅茨。養乏晨昏膳，居無伏臘資。盛時貧可耻，壯歲病堪嗤。擢第名方立，躭書力未疲。磨鉛重剸割，策蹇再奔馳。相馬須憐瘦，呼鷹正及飢。扶搖重即事，會有答恩時。（0608）

【校】

①〔題〕「崔中丞」馬本、《唐音統籤》作「翟中丞」，誤。

②〔福似〕《唐音統籤》作「福是」。

③〔飭躬〕紹興本「飭」訛作「飭」，據那波本、汪本改。馬本、《唐音統籤》作「鞠躬」。

④〔布素〕馬本、《唐音統籤》作「素布」。

【注】

朱《箋》：作於貞元十六年（八〇〇），宣州。

〔宣歙崔中丞〕朱《箋》：「崔衍。」新舊《唐書》有傳。《舊唐書·德宗紀》：「（貞元十二年八月）癸酉，以虢州刺史崔衍爲宣歙池觀察使。」《憲宗紀》：「（永貞元年八月甲寅）以前宣歙觀察使崔衍爲工部尚書。」《崔衍傳》：「居宣州十年，頗勤儉，府庫盈溢。」白居易《送侯權秀才序》（《白氏文集》卷四三）：「貞元十五年秋，予始舉進士，與侯生俱爲宣城守所貢。明年春，予中春官第。」朱《箋》：「舊、新《唐書》俱未言衍官御史中丞，據此詩知衍官宣州必帶有中丞之憲銜也。」《類説》卷二五引《楊文公談苑》：「唐德宗幸奉天還京，應諸州郡衙吏並假憲銜，後至有郡王者，訖今用之。」

〔元聖生乘運，忠賢出應期〕《書·湯誥》：「聿求元聖，與之戮力。」《史記·司馬相如列傳》：「符瑞衆變，期應紹至。」

〔還將稽古力，助立太平基〕《書·堯典》：「曰若稽古帝堯。」太平基，見本卷《代書詩一百韻寄微之》(0604)注。

〔土控吴兼越，州連歙與池〕《舊唐書·地理志三》江南東道：「歙州，隋新安郡。……天寶元年，改爲新安郡。乾元元年，復爲歙州。」江南西道：「宣州，……永泰元年，割秋浦、青陽、至德三縣置池州。」

〔山河地襟帶，軍鎮國藩維〕《戰國策·秦策五》：「王襟以山東之險，帶以河曲之利。」李尤《函谷關銘》：「函谷險要，襟帶喉咽。」《詩·大雅·板》：「价人維藩，大師維垣。」毛傳：「藩，屏也。」蕭統《答晉安王書》：「思我友于，各事藩維。」

〔股肱分外守，耳目付中司〕《書·益稷》：「帝曰：臣作朕股肱耳目。予欲左右有民，汝翼。予欲宣力四方，汝爲。」

〔楚老歌來暮，秦人詠去思〕《後漢書·廉范傳》：「成都民物豐盛，邑宇逼側，舊制禁民夜作，以防火災，而更相隱蔽，燒者日屬。范乃毁削先令，但嚴使儲水而已。百姓爲便，乃歌曰：廉叔度，來何暮。不禁火，民安作。平生無襦今五絝。」《漢書·何武傳》：「武爲人仁厚，好進士，將稱人善。爲楚内史厚兩龔，在沛郡厚兩唐，及爲公卿，薦之朝廷。……其所居亦無赫赫名，去後常見思。」沈約《齊故安陸昭王碑文》：「去思一借之情，愈久彌結。」《舊唐書·崔衍傳》：衍「歷蘇、虢二州刺史」。故詩云「楚老」、「秦人」。

〔望如時雨至，福似歲星移〕《孟子·滕文公下》：「民之望之，若大旱之望雨也。歸市者弗止，芸者不變，誅其君，弔其民，如時雨降。」《淮南子·天文訓》：「歲星之所居，五穀豐昌，其對爲衝，歲乃有殃。」

〔政静民無訟，刑行吏不欺〕《論語·顔淵》：「子曰：聽訟，吾猶人也。必也使無訟乎。」

〔撝謙驚主寵，陰德畏人知〕《易·謙·卦》：「六四，无不利撝謙。」王弼注：「指撝皆謙，不違則也。」《淮南子·人間訓》：「夫有陰德者，必有陽報。有陰行者，必有昭名。」《漢書·于定國傳》：「定國父于公，其閭門壞，父老方共治之，于公謂曰：『少高大閭門，令容駟馬高蓋車。我治獄多陰德，未嘗有所冤，子孫必有興者。』」

〔白玉慚温色，朱繩讓直辭〕《禮記·聘義》：「夫昔者，君子比德於玉焉。温潤而澤，仁也。縝密以栗，知也。廉而不劌，義也。垂之如隊，禮也。叩之其聲清越以長，其終詘然，樂也。瑕不揜瑜，瑜不揜瑕，忠也。孚尹旁達，信也。氣如白虹，天也。精神見于山川，地也。圭璋特達，德也。天下莫不貴者，道也。詩云：言念君子，温其如玉。故君子貴之也。」《易·説卦》：「巽爲木，爲風，爲長女，爲繩直。」《禮記·深衣》：「故規矩取其無私，繩取其直，權衡取其平，故先王貴之。」

〔行爲時領袖，言作世蓍龜〕《晉書·魏舒傳》：「魏舒堂堂，人之領袖也。」《易·繫辭上》：「鉤深致遠，以定天下之吉凶，成天下之亹亹者，莫大乎蓍龜。」

〔光華下鵷鷺，氣色動熊羆〕鵷鷺，見卷六《朝迴遊城南》（0270）注。《書·牧誓》：「尚桓桓如虎，如貔，如熊，如羆。」

〔出入麾幢引，登臨劍戟隨〕《晉書·輿服志》：「輕車，駕二，古之戰車也。前後二十乘，分居左右。輿輪洞朱，不巾不蓋，建矛戟麾幢，置弩箙於軾上。」

〔好風迎解榻，美景待褰帷〕《後漢書·徐穉傳》：「（陳）蕃在郡不接賓客，唯穉來特設一榻，去則縣之。」謝靈運《登池上樓》：「衾枕昧節候，褰開暫窺臨。」

〔晴野霞飛綺，春郊柳宛絲〕謝朓《晚登三山還望京邑》：「餘霞散成綺，澄江靜如練。」蕭綱《折楊柳》：「楊柳亂成絲，攀折上春時。」

〔山宜謝公屐，洲稱柳家詩〕《宋書·謝靈運傳》：「尋山陟嶺，必造幽峻。岩嶂千重，莫不備盡。登躡常著木履，上山則去前齒，下山則去其後齒。」《南史·謝靈運傳》「木履」作「木屐」。李白《夢遊天姥吟留别》：「脚著謝公屐，身登青雲梯。」柳惲《江南曲》：「汀洲采白蘋，日落江南曲。」朱長文《吳興送梁補闕歸朝賦得荻花》：「柳家汀洲孟冬月，雲寒水清荻花發。」

〔分毬齊馬首，列舞匝蛾眉〕分毬，唐代盛行之打毬。《封氏聞見記》卷六：「太宗常御安福門，謂侍臣曰：聞西番人好爲打毬，比亦令習，會一度觀之。」參向達《唐代長安與西域文明》六《長安打毬小考》。

〔自顧龍鍾者，嘗蒙噢咻之〕龍鍾，潦倒貌。見卷五《題贈鄭秘書徵君石溝溪隱居》(0207)注。《左傳》昭公三年：「民人痛疾，而或燠休之。」杜預注：「燠休，痛念之聲。」亦作噢咻。《舊唐書·陸贄傳》：「瘡痛呻吟之聲，噢咻未息。」盧肇《漢隄詩》：「我公用諧，苴茅杖節。來視裹人，噢咻提挈。」

〔仰山塵不讓，涉海水難爲〕《淮南子·泰族訓》：「海不讓水潦以成其大，山不讓土石以成其高。」《孟子·盡心下》：「觀於海者難爲水，遊於聖人之門者難爲言。」

〔提攜增善價，拂拭長妍姿〕《戰國策·燕策二》：「人有賣駿馬者，比三旦立市，人莫知之。往見伯樂，曰：『臣有駿馬，欲賣之。比三旦立於市，人莫與言。願子還而視之，去而顧之，臣請獻一朝之賈。』伯樂乃還而視之，去而顧之，一旦而馬價十倍。」劉峻《廣絶交論》：「至於顧盼增其倍價，翦拂使其長鳴。」

〔射策端心術，遷喬整羽儀〕射策，指策試。《漢書·儒林傳》贊：「自武帝立五經博士，開弟子員，設科射策，勸以官祿。」

〔幸穿楊遠葉，謬折桂高枝〕《史記·周本紀》：「楚有養由基者，善射者也。去柳葉百步而射之，百發而百中之。」薛業《晚秋贈張折衝》：「位以穿楊得，名因折桂還。」

〔佩德潛書帶，銘仁闇勒肌〕書帶，見卷一《高僕射》(0030)注。曹植《上責躬應詔詩表》：「臣自抱釁歸藩，刻肌銘骨。」李端《下第上薛侍郎》：「銘肌非厚答，肉骨是前期。」

〔飭躬趨館舍，拜手挹階墀〕《説苑・修文》：「冠者所以別成人也，修德束躬以自申飭，所以檢其邪心，守其正意也。」《書・益稷》：「臯陶拜手稽首。」

〔養乏晨昏膳，居無伏臘資〕《禮記・曲禮上》：「凡爲人子之禮，冬温而夏凊，昏定而晨省。」參見卷九《思歸》(0424)注。

〔磨鉛重剸割，策蹇再奔馳〕《後漢書・班超傳》：「况臣奉大漢之威，萬死之志，而無鉛刀一割之用乎。」左思《詠史》：「鉛刀貴一割，夢想騁良圖。」東方朔《七諫・哀命》：「駕蹇驢而無策兮，又何路之能極。」

〔相馬須憐瘦，呼鷹正及飢〕《史記・滑稽列傳》：「諺曰：相馬失之瘦，相士失之貧。」呼鷹，參見卷一《放鷹》(0039)注。

和渭北劉大夫借便秋遮虜寄朝中親友

巨鎮爲邦屏，全材作國楨。韜鈐漢上將，文墨魯諸生。豹虎關西卒，金湯渭北城。寵深初受棨，威重正揚兵。陣占山河布，軍諳水草行①。夏苗侵虎落②，宵遁失蕃營。雲隊攢戈戟，風行卷旆旌③。候空烽火滅，氣勝鼓鼙鳴。胡馬辭南牧，周師罷北征。迴頭問天下，何處有欃槍？（0609）

【校】

①〔軍諳〕馬本、《唐音統籤》作「軍由」。

②〔虎落〕馬本、《唐音統籤》、汪本作「部落」。

③〔風行〕馬本、《唐音統籤》作「風馳」。

【注】

朱《箋》：作於貞元十九年（八〇三），長安。

〔渭北劉大夫〕朱《箋》：「渭北節度使劉公濟。」《舊唐書・德宗紀》：「（貞元十八年）十一月丙辰，以同州刺史劉公濟爲鄜州刺史、鄜坊丹延節度使」；「（貞元二十年正月）己亥，以鄜坊丹延節度使劉公濟爲工部尚書。」柳宗元《先友記》：「劉公濟，河間人，寬厚碩大，與物無忤，爲渭北節度，入爲工部尚書。卒。」朱《箋》：「權德輿《哭劉四尚書》詩中之『劉四尚書』，劉禹錫《許給事見示哭工部劉尚書因命同作》詩中之『劉尚書』，均指公濟。禹錫詩自注云：『從叔自渭北節度以疾歸朝，比及拜尚書，竟不克中謝。』則公濟卒於貞元二十年春間，白氏此詩蓋作于貞元十九年無疑。」

〔遮虜〕《漢書・李陵傳》：「令軍士人持二升糒，一半冰，期至遮虜障者相待。」《新唐書・劉弘基傳》：「自豳北東拒子午嶺，西抵臨涇，築障遮虜。」

〔巨鎮爲邦屏，全材作國禎〕《詩・大雅・板》：「大邦維屏，大宗維翰。」國禎，同國楨。《詩・大雅・文王》：「王國克生，維周之楨。」任昉《出郡傳舍哭范僕射》：「平生禮數絶，式瞻在國楨。」

〔韜鈐漢上將，文墨魯諸生〕張説《將赴朔方軍應制》：「禮樂逢明主，韜鈐用老臣。」原注：「《太公兵法》有《玄女六韜》及《玉鈐篇》。」杜甫《八哀詩・贈左僕射鄭國公嚴公武》：「記室得何遜，韜鈐延子荆。」《史記・蕭相國世家》：「今蕭何未嘗有汗馬之勞，徒操文墨議論，不戰，顧反居臣等上，何也？」《劉敬叔孫通列傳》：「臣願徵魯諸生，與臣弟子共起朝儀。」

〔豹虎關西卒，金湯渭北城〕《後漢書・鄭太傳》：「關西諸郡，頗習兵事，自頃以來，數與羌戰，婦女猶戴戟操矛，挾弓負矢，况其壯勇之士，以當妄戰之人乎！其勝必也。」《三國志・魏書・武帝紀》：「公敕諸將：關西兵精悍，堅壁勿與戰。」《漢書・蒯通傳》：「必將嬰城固守，皆爲金城湯池，不可攻也。」《後漢書・光武帝紀》：「金湯失驗，車書共道。」

〔寵深初受棨，威重正揚兵〕《後漢書・輿服志上》：「古者軍出，師旅皆從。秦省其卒，取其師旅之名焉。公以下至二千石，騎吏四人；千石以下至三百石，縣長二人，皆帶劍，持棨戟爲前列。」

〔夏苗侵虎落，宵遁失蕃營〕《左傳》隱公五年：「故春蒐、夏苗、秋獮、冬狩，皆於農隙以講事也。」虎落，陣名。何遜《長安少年行》：「虎落夜方寢，魚麗曉復前。」辛德源《星名》：「虎落驚氛斂，龍城宿霧通。」

〔胡馬辭南牧，周師罷北征〕賈誼《過秦論》：「乃使蒙恬北築長城而守藩籬，却匈奴七百餘里，胡人不敢南下而牧馬。」《史記・司馬相如列傳》：「然後興師出兵，北征匈奴。」

〔迴頭問天下，何處有攙槍〕攙槍，同欃槍。《爾雅・釋天》：「彗星爲欃槍。」張衡《東京賦》：「欃槍旬始，群兇靡餘。」《文選》薛綜注：「欃槍，星名也。謂王莽在位，如妖氣之在天。世祖除之，兇惡無餘。」

題故曹王宅　宅在檀溪。

甲第何年置，朱門此地開。山當賓閣出，溪繞妓堂迴。覆井桐新長，蔭窗竹舊栽。池荒

紅菡萏，砌老綠莓苔。捐館梁王去，思人楚客來。西園飛蓋處，依舊月徘徊。（0610）

【注】

朱《箋》：「或作於貞元十八年（八〇二）以前，襄州。」

〔曹王〕朱《箋》：「李皋。字子蘭。曹王明玄孫，嗣王戢之子。貞元三年除襄州刺史、山南東道節度使。貞元八年暴卒於位。見《舊唐書》本傳及韓愈《曹成王碑》。居易貞元九年從父至襄州任，曹王已卒。」

〔檀溪〕《元和郡縣志》卷二三山南道襄州襄陽縣：「檀溪在縣西南。……今溪已涸，非其舊矣。」

〔山當賓閣出，溪繞妓堂迴〕賓閣、妓堂，參見卷四《兩朱閣》（0146）「妝閣妓樓」注。

〔捐館梁王去，思人楚客來〕《史記·梁孝王世家》：「孝王，竇太后少子也。愛之，賞賜不可勝道。於是孝王築東苑，方三百餘里。廣睢陽城七十里。」

自江陵之徐州路上寄兄弟①

岐路南將北，離憂弟與兄。關河千里別，風雪一身行。夕宿勞鄉夢，晨裝慘旅情。家貧憂後事，日短念前程。煙鴈翻寒渚，霜烏聚古城。誰憐陟岡者，西楚望南荊。（0611）

【校】

①〔題〕「路上」馬本、《唐音統籤》作「路上作」。

【注】

朱《箋》：「或作于貞元十八年（八〇二）以前。」

〔徐州〕《舊唐書・地理志一》：「徐州上，隋彭城郡。……天寶元年，改徐州爲彭城郡。乾元元年，復爲徐州。」

〔誰憐陟岡者，西楚望南荆〕《詩・魏風・陟岵》：「陟彼岡兮，瞻望兄兮。」

酬哥舒大見贈 去年與哥舒等八人同共登科第，今叙會散之愁意①。

去歲歡遊何處去②，曲江西岸杏園東。花下忘歸因美景，樽前勸酒是春風。各從微宦風塵裏，共度流年離别中。今日相逢愁又喜，八人分散兩人同。（0612）

【校】

①〔題〕題下注「同共」馬本、《唐音統籤》作「同」，「愁意」馬本、《唐音統籤》作「意」。

②〔何處去〕紹興本、《唐音統籤》校：「一作何處好。」

【注】

朱《箋》：作于貞元二十年（八〇四），長安。「汪《譜》繫此詩於貞元十九年，非是。居易貞元十九年与哥舒恒等八人應吏部試同登第。詩注云『去年』，故此詩當作于二十年。」

〔哥舒大〕元稹《酬哥舒大少府寄同年科第》原注：「同年科第：宏詞呂二炅、王十一起，拔萃白二十二居易，平判李十一復禮、呂四頻（潁）、哥舒大頰、崔十八玄亮、不肖八人，皆奉榮養。」《登科記考》卷十五作「哥舒恒」，「恒」一作「垣」。

〔去歲歡遊何處去，曲江西岸杏園東〕曲江、杏園，見卷一《杏園中棗樹》（0056）注。

和談校書秋夜感懷呈朝中親友

遥夜凉風楚客悲，清砧繁漏月高時。秋霜似鬢年空長，春草如袍位尚卑。詞賦擅名來已久，煙霄得路去何遲。漢庭卿相皆知己，不薦揚雄欲薦誰？（0613）

【注】

朱《箋》：約作于貞元十九年（八〇三）至貞元二十年，長安。

〔談校書〕朱《箋》：「疑爲居易婿談弘謩之先人。」

〔秋霜似鬢年空長，春草如袍位尚卑〕《玉臺新詠》卷一《古詩五首》：「青袍似春草，長條隨風舒。」

〔漢庭卿相皆知己，不薦揚雄欲薦誰〕《漢書·揚雄傳》：「孝成帝時，客有薦雄文似相如者，上方郊祠甘泉泰畤、汾陰后土，以求繼嗣，召雄待詔承明之庭。正月，從上甘泉，還奏《甘泉賦》以風。」

感秋寄遠

惆悵時節晚，兩情千里同。離憂不散處，庭樹正秋風。燕影動歸翼，蕙香銷故叢。佳期

與芳歲，牢落兩成空。（0614）

【注】

朱《箋》：約作於貞元十九年（八〇三）至永貞元年（八〇五）。

〔佳期與芳歲，牢落兩成空〕司馬相如《上林賦》：「牢落陸離，爛漫遠遷。」《文選》李善注：「牢落，猶遼落也。」

朱《箋》：「本卷另有《冬至夜怀湘靈》、《寄湘靈》二詩，時間相去甚邇，疑此詩亦係寄其早年戀人湘靈之作。」

春題華陽觀

觀即華陽公主故宅，有舊内人存焉。

帝子吹簫逐鳳凰，空留仙洞號華陽。落花何處堪惆悵，頭白宮人掃影堂。（0615）

【注】

朱《箋》：作於永貞元年（八〇五），長安。

〔華陽觀〕見卷五《永崇里觀居》（0177）注。並參見本卷《代書詩一百韻寄微之》（0604）。

秋雨中贈元九①

不堪紅葉青苔地，又是涼風暮雨天。莫怪獨吟秋思苦，比君校近二毛年。（0616）

【校】

①〔題〕「秋雨」馬本、《唐音統籤》作「大雨」。

【注】

朱《箋》：作於貞元十八年（八〇二），長安。

〔贈元九〕此爲居易贈元稹之早期作品。朱《箋》：「元、白當訂交於是年之前，陳《譜》謂相識於貞元十九年，恐非是。白氏元和五年所作《酬元九對新栽竹有怀見寄》詩亦云：『昔我十年前，與君始相識。』以時間逆數，亦當爲（貞元）十八年前。」

〔莫怪獨吟秋思苦，比君校近二毛年〕二毛年，三十二歲。潘岳《秋興賦序》：「余春秋三十有二，始見二毛。」

城東閑遊①

寵辱憂歡不到情，任他朝市自營營。獨尋秋景城東去，白鹿原頭信馬行。（0617）

【校】

〔題〕馬本、《唐音統籤》作「城中閑遊」。

【注】

朱《箋》：約作於貞元十八年（八〇二）至貞元十九年（八〇三），長安。

〔白鹿原〕《元和郡縣志》卷一萬年縣：「白鹿原在縣東二十里，亦謂之霸上。漢文帝葬其上，謂之霸陵。」

答韋八

麗句勞相贈，佳期恨有違①。早知留酒待，悔不趁花歸。春盡綠醅老，雨多紅萼稀。今朝如一醉，猶得及芳菲。（0618）

【校】

①〔佳期恨〕《文苑英華》作「佳音悵」。

【注】

朱《箋》：約作于貞元十八年（八〇二）至貞元十九年（八〇三），長安。

〔韋八〕名不詳。朱《箋》：「與白氏《贈韋八》詩（本書卷十七1075）中之『韋八』當爲同一人。」

〔春盡綠醅老，雨多紅萼稀〕韓翃《宴楊駙馬山池》：「鱠下玉盤紅縷細，酒開金甕綠醅濃。」

華陽觀桃花時招李六拾遺飲

華陽觀裏仙桃發，把酒看花心自知。爭忍開時不同醉，明朝後日即空枝。（0619）

【注】

朱《箋》：　約作于永貞元年（八〇五）至元和五年（八〇六），長安。

〔李六拾遺〕朱《箋》：　「李諒。諒，字復言。兩《唐書》俱無傳。」柳宗元《爲王户部薦李諒表》：　「臣自任度支等副使，以諒爲巡官，未及薦聞。至某月日荆南奏官敕下本道。……伏望天恩，授以諫官。」《册府元龜》卷四八一臺省部譴責：　「李諒爲左拾遺。元和二年，……以交遊猥雜，……貶諒爲澄城縣令。」朱《箋》：　「『王户部』爲王叔文，所謂『交遊猥雜』即譴責永貞時李諒參加王叔文政治集團。據此可考知李諒元和二年前爲左拾遺，岑仲勉《唐人行第錄》謂白氏《華陽觀桃花時招李六拾遺飲》及《自城東至以詩代書戲招李六拾遺》（本卷0630）兩詩中之『李六拾遺』指李景儉，失考。」

和友人洛中春感

莫悲金谷園中月，莫歎天津橋上春。若學多情尋往事，人間何處不傷人①？（0620）

【校】

①〔傷人〕馬本、《唐音統籤》、汪本作「傷神」。

【注】

朱《箋》：　作于永貞元年（八〇五），長安。

〔莫悲金谷園中月，莫歎天津橋上春〕石崇《金谷詩序》：　「余以元康六年，從太僕卿出爲使，持節監青徐諸軍事征虜將軍，有别廬在河南縣界金谷澗中，去城十里，或高或下，有清泉茂林衆果竹柏藥草之屬。」《太平寰宇記》河南府河南縣：「金谷，郭緣生《述征記》云：金谷，谷也。地有金水，自太白原南流經此谷，晉衛尉石崇因即川阜而造爲園館。」《元和郡縣志》卷五河南縣：「天津橋在縣北四里，隋煬帝大業元年初造此橋，以架雒水，用大纜維舟，皆以鐵鎖鉤連之，南北夾路對起四樓，其樓爲日月表勝之象。然雒水溢，浮橋輒壞。貞觀十四年更令石工累方石爲脚。《爾雅》：斗牛之間爲天漢之津。故取名焉。」《唐兩京城坊考》卷五：「唐人由西京至東都，皆由天津橋。高宗還東都，百官見於天津橋南是也。」

送張南簡入蜀

昨日詔書下，求賢訪陸沈。無論能與否，皆起徇名心。君獨南遊去，雲山蜀路深。（0621）

【注】

朱《箋》：作於永貞元年（八〇五），長安。

〔張南簡〕未詳。

〔昨日詔書下，求賢訪陸沈〕陸沈，見卷五《贈能七》（0205）注。

寄陸補闕　前年同登科。

忽憶前年科第後，此時雞鶴暫同羣。秋風惆悵須吹散，雞在中庭鶴在雲①。（0622）

【校】

①〔中庭〕馬本、《唐音統籤》作「庭前」。

【注】

朱《箋》：作於永貞元年（八〇五），長安。

〔陸補闕〕朱《箋》：「名未詳。《登科記考》卷十五謂陸係貞元十六年居易同年進士。然據此詩云『忽憶前年科第後』及白氏自注，則『前年』似指貞元十九年，而非貞元十六年。徐氏所考疑誤。」唐人禮部試通常稱「及第」，吏部科稱「登科」，朱《箋》是。

〔忽憶前年科第後，此時雞鶴暫同羣〕《世説新語·容止》：「有人語王戎曰：『嵇延祖卓卓如野鶴之在雞羣。』答曰：『君未見其父耳。』」

華陽觀中八月十五日夜招友玩月

人道秋中明月好，欲邀同賞意如何？華陽洞裏秋壇上，今夜清光此處多。（0623）

【注】

朱《箋》：作於永貞元年（八〇五），長安。

〔華陽觀〕見本卷《春題華陽觀》（0615）注。

曲江憶元九

春來無伴閑遊少，行樂三分減二分。何况今朝杏園裏，閑人逢盡不逢君。（0624）

【注】

朱《箋》：約作於貞元十九年（八〇三）至貞元二十年（八〇四），長安。

〔何况今朝杏園裏，閑人逢盡不逢君〕杏園，見本卷《酬哥舒大見贈》（0612）注。

過劉三十二故宅

不見劉君來近遠，門前兩度滿枝花。朝來惆悵宣平過，柳巷當頭第一家。（0625）

【注】

朱《箋》：作於永貞元年（八〇五），長安。

〔劉三十二〕劉敦質。見卷一《哭劉敦質》（0016）注。

〔朝來惆悵宣平過，柳巷當頭第一家〕《唐兩京城坊考》卷三朱雀門街東第四街宣平坊：「劉太白宅。」引居易此詩。

下邽莊南桃花

村南無限桃花發，唯我多情獨自來。日暮風吹紅滿地，無人解惜爲誰開。（0626）

【注】

朱《箋》：作於貞元二十年（八〇四），下邽。

〔下邽莊〕見卷九《重到渭上舊居》（0420）等注。

三月三十日題慈恩寺

慈恩春色今朝盡，盡日徘徊倚寺門。惆悵春歸留不得，紫藤花下漸黄昏。（0627）

【注】

朱《箋》：作於永貞元年（八〇五），長安。

〔慈恩寺〕見本卷《代書詩一百韻寄微之》（0604）注。

看渾家牡丹花戲贈李二十①

香勝燒蘭紅勝霞，城中最數令公家。人人散後君須看，歸到江南無此花。（0628）

【校】

①〔題〕「渾」馬本、《唐音統籤》、汪本作「惲」，誤。

【注】

朱《箋》：作於永貞元年（八〇五），長安。

〔渾家〕朱《箋》：「渾瑊宅。」《唐兩京城坊考》卷三朱雀街東第四街大寧坊：「渾瑊宅。……白居易有《看渾家牡丹花》詩，疑渾令之宅也。」劉禹錫《渾侍中宅牡丹》：「徑尺千餘朵，人間有此花。今朝見顔色，更不問諸家。」又《送渾大夫赴豐州》：「其奈明年好春日，無人喚看牡丹花。」朱《箋》：「渾大夫即渾瑊第三子渾鐬。則渾宅之牡丹花擅名可知，宜劉、白一再以之爲詩料也。」

〔李二十〕李紳。新舊《唐書》有傳。朱《箋》：「紳於貞元二十年至長安，準備應進士試。其年九月，曾宿於元稹靖安里第，《太平廣記》卷四八八《鶯鶯傳》云：『貞元歲九月，執事李公垂宿于予靖安里第，語及于是，公垂卓然稱異，遂爲《鶯鶯歌》以傳之。崔氏小名鶯鶯，公垂以命篇。』傳中所稱之『貞元歲』即貞元二十年。是年紳因元稹識白居易，故此詩作於永貞元年。」

春中與盧四周諒華陽觀同居①

性情懶慢好相親，門巷蕭條稱作鄰。背燭共憐深夜月，踏花同惜少年春。杏壇住僻雖宜病，芸閣官微不救貧。文行如君尚憔悴，不知霄漢待何人？（0629）

【校】

②〔題〕「周諒」馬本、《唐音統籤》作「周綜」，誤。

【注】

朱《箋》：作於永貞元年（八〇五），長安。

〔盧四周諒〕《新唐書・宰相世系表三上》盧氏道將後有周諒，大理評事長宗子，黄州長史諭孫。

〔華陽觀〕見本卷《春題華陽觀》（0615）注。

〔杏壇住僻雖宜病，芸閣官微不救貧〕周弘讓《春夜醮五嶽圖文詩》：「夜静瓊筵謐，月出杏壇明。」杜甫《八哀詩・鄭公虔》：「空聞紫芝歌，不見杏壇丈。」靈一《送王穎悟歸左綿》：「夢摇玉珮隨旄節，心到金華憶杏壇。」俞樾《九九消夏錄》：「白香山《長慶集》有《春中与盧四周諒華陽觀同居》詩云：『杏壇住僻雖宜病，芸閣官微不救貧。』又有《尋王道士藥堂》詩云：『行行覓路緣松嶠，步步尋花到杏壇。』是唐人於杏壇二字多用之道觀也。按杏壇二字出《莊子・漁父》篇，所謂『孔子游乎緇帷之林，休坐乎杏壇之上』。本屬寓言。……是唐以前孔氏無杏壇之名。然用之道觀，未詳其故。或別有所出乎？」朱《箋》：「杏壇謂道家修煉之所，蓋用三國吳時董奉杏林事，見《神仙傳》。」芸閣，見卷九《西明寺牡丹花時憶元九》「芸香」（0389）注。

自城東至以詩代書戲招李六拾遺崔二十六先輩

青門走馬趁心期，惆悵歸來已校遲。應過唐昌玉蘂後，猶當崇敬牡丹時。暫遊還憶崔先輩，欲醉先邀李拾遺。尚殘半月芸香俸，不作歸糧作酒資。（0630）

【注】

朱《箋》：作於元和元年（八〇六），長安。

〔李六拾遺〕李諒。見本卷《華陽觀桃花時招李六拾遺飲》（0619）注。

〔崔二十六先輩〕名不詳。

〔青門走馬趁心期，惆悵歸來已校遲〕青門，見卷一《寄隱者》（0058）注。

〔應過唐昌玉蘂後，猶當崇敬牡丹時〕唐昌觀玉蘂，崇敬寺牡丹，見本卷《代書詩一百韻寄微之》（0604）注。

盩厔縣北樓望山　自此後詩爲畿尉時作。

一爲趨走吏，塵土不開顏。辜負平生眼，今朝始見山。（0631）

【注】

陳《譜》、汪《譜》、朱《箋》：作於元和元年（八〇六），盩厔。

〔盩厔縣〕見卷一《觀刈麥》（0006）注。

縣西郊秋寄贈馬造①

紫閣峰西清渭東，野煙深處夕陽中。風荷老葉蕭條緑②，水蓼殘花寂寞紅③。我厭宦遊君失意，可憐秋思兩心同。（0632）

【校】

①〔題〕「造」《文苑英華》校：「集作逵。」

②〔老葉〕《文苑英華》作「落葉」。

③〔殘花〕《文苑英華》作「開花」。

【注】

朱《箋》：作於元和元年（八〇六），盩厔。

〔馬造〕朱《箋》：「疑爲馬逢之昆仲輩。」參見卷十四《答馬侍御見贈》（0742）注。

〔紫閣峰西清渭東，野煙深處夕陽中〕紫閣峰，見卷一《宿紫閣山北村》（0021）注。

别韋蘇①

百年愁裏過，萬感醉中來。惆悵城西别，愁眉兩不開。（0633）

【校】

①〔題〕馬本、《唐音統籤》、汪本作「别韋蘇州」，誤。趙翼《甌北詩話》卷四謂：「此詩必非香山所作，或他人詩摻入耳。」亦據誤本爲説。

【注】

朱《箋》：作於元和二年（八〇七），盩厔。

〔韋蘇〕未詳。

戲題新栽薔薇　時尉盩厔。

移根易地莫憔悴，野外庭前一種春。少府無妻春寂寞，花開將爾當夫人。（0634）

【注】

朱《箋》：作於元和二年（八〇七），盩厔。「居易應才識兼茂明於體用科登第在元和元年四月，見《舊唐書》本傳及《通鑑》卷二三七，則尉盩厔當已過春時。花房英樹繫此詩於元和元年，疑非。」

〔少府無妻春寂寞，花開將爾當夫人〕洪邁《容齋隨筆》卷一贊公少公：「唐人呼縣令爲明府，丞爲贊府，尉爲少府。」朱《箋》：「時居易猶未婚，此詩孤寂之意，溢於言表。」

酬王十八李大見招遊山

自憐幽會心期阻，復愧嘉招書信頻。王事牽身去不得，滿山松雪屬他人。（0635）

【注】

朱《箋》：作於元和元年（八〇六），盩厔。

〔王十八〕王質夫。見卷五《招王質夫》（0179）注。

〔李大〕名不詳。

縣南花下醉中留劉五

百歲幾迴同酩酊，一年今日最芳菲。願將花贈天台女，留取劉郎到夜歸。（0636）

【注】

朱《箋》：作於元和二年（八〇七），盩厔。

〔劉五〕參見卷十二《醉後走筆酬劉五主簿長句之贈兼簡張大賈二十四先輩昆季》（0581）注。

〔願將花贈天台女，留取劉郎到夜歸〕《幽明録》：「漢明帝永平五年，剡縣劉晨、阮肇共入天台山，取穀皮，迷不得返。……溪邊有二女子資質妙絶，……便呼其姓，如似有舊，相見忻喜，詢問來何晚耶？因要還家。……共送劉、阮，指示還路。既出，親舊零落，邑屋全異，無復相識。問訊得七世孫，傳聞上世入山，迷不得歸。至晉太元八年，忽復去，不知何所。」

宿楊家

楊氏弟兄俱醉臥，披衣獨起下高齋。夜深不語中庭立，月照藤花影上階①。（0637）

【校】

①〔上階〕馬本、《唐音統籤》作「下階」。

【注】

朱《箋》：作於元和二年（八〇七），盩厔。「居易是年三月間赴長安，宿楊汝士家，時已屬意汝士之妹。」

〔楊家〕朱《箋》：「楊汝士家。」《唐兩京城坊考》卷三朱雀街東第五街靖恭坊：「刑部尚書楊汝士宅，與其弟虞卿、漢公、魯士同居，號靖恭楊家，爲冠蓋盛游。」《舊唐書·楊虞卿傳》：「虞卿，元和五年進士擢第，又應博學宏辭科。元和末，累官至監察御史」；「虞卿從兄汝士。汝士字幕巢，元和四年進士擢第，又登博學宏詞科，累辟使府。長慶元年爲右補闕。坐弟殷士貢舉覆落，貶開江令。入爲户部員外，再遷職方郎中。」白居易《與楊虞卿書》（《白氏文集》卷四四）：「且與師皐，始於宣城相識，迨于今十七八年，可謂故矣。又僕之妻，即足下從父妹，可謂親矣。親如是，故如是，人之情，又何加焉？」

醉中留别楊六兄弟　三月二十日别。

春初攜手春深散，無日花間不醉狂。别後何人堪共醉，猶殘十日好風光。（0638）

【注】

朱《箋》：作於元和二年（八〇七），盩厔。

〔楊六兄弟〕朱《箋》：「楊汝士兄弟。」見前詩注。

醉中歸盩厔

金光門外昆明路，半醉騰騰信馬迴。數日非關王事繫，牡丹花盡始歸來。（0639）

【注】

朱《箋》：作於元和二年（八〇七），盩厔。

〔金光門外昆明路，半醉騰騰信馬迴〕《長安志》卷七唐京城：「西面三門：北曰開遠門，中曰金光門，南曰延平門。」《唐兩京城坊考》卷二：「金光門西出趣昆明池。」

遊雲居寺贈穆三十六地主

亂峰深處雲居路，共踏花行獨惜春。勝地本來無定主，大都山屬愛山人。（0640）

【注】

朱《箋》：作於元和二年（八〇七），盩厔。

〔雲居寺〕見卷一《雲居寺孤桐》（0011）注。朱《箋》：「白氏《寄王質夫》（本書卷十一0529）：『春尋仙遊洞，秋上雲居閣。』以此詩之編次參證，時間與地點俱相合。」

〔穆三十六〕名未詳。

和王十八薔薇澗花時有懷蕭侍御兼見贈

霄漢風塵俱是繫，薔薇花委故山深。憐君獨向澗中立，一把紅芳三處心。（0641）

【注】

朱《箋》：作於元和二年（八〇七），盩厔。

〔王十八〕朱《箋》：「王質夫。」見本卷《酬王十八李大見招遊山》（0635）注。

〔蕭侍御〕見卷五《見蕭侍御憶舊山草堂詩因以繼和》（0181）注。

再因公事到駱口驛

今年到時夏雲白，去年來時秋樹紅。兩度見山心有愧，皆因王事到山中。（0642）

【注】

朱《箋》：作於元和二年（八〇七），盩厔。

〔駱口驛〕見卷五《祗役駱口因與王質夫同遊秋山偶題三韻》（0180）注。

期李二十文略王十八質夫不至獨宿仙遊寺

文略也從牽吏役，質夫何故戀囂塵？始知解愛山中宿，千萬人中無一人。（0643）

【注】

朱《箋》：作於元和二年（八〇七），盩厔。

〔李二十文略〕未詳。

酬趙秀才贈新登科諸先輩

莫羡蓬萊鸞鶴侶，道成羽翼自生身。君看名在丹臺者，盡是人間修道人。（0644）

【注】

朱《箋》：作於元和二年（八〇七），長安。

〔君看名在丹臺者，盡是人間修道人〕丹臺，見卷一《夢仙》（0005）注。

過天門街

雪盡終南又欲春，遥憐翠色對紅塵。千車萬馬九衢上，迴首看山無一人。（0645）

【注】

朱《箋》：作於元和二年（八〇七），長安。

〔天門街〕長安承天門街。《唐兩京城坊考》卷一：「宫城南門外有東西大街，謂之横街。横街之南有南北大街，曰承天門街。」宋張禮《遊城南記》：「翠台莊，不知其所以。莊之前有南北大路，俗曰天門界。北直京城之明德門，皇城之朱雀門，宫城之承天門，則界當爲街，俗呼之訛耳。許渾有《天門街望雲》詩，可證。」李休烈《詠銅柱》：「天門街裏倒天樞，火急先須卸火珠。」

惜玉蘂花有懷集賢王校書起

芳意將闌風又吹，白雲離葉雪辭枝。集賢讎校無閑日，落盡瑶花君不知。（0646）

【注】

朱《箋》：作於元和二年（八〇七），長安。

〔玉蘂花〕唐昌觀玉蘂花，見卷一《白牡丹》（0031）注。

〔王校書起〕見卷五《常樂里閑居偶題十六韻》（0173）注。

春送盧秀才下第遊太原謁嚴尚書

未將時會合，且與俗浮沈。鴻養青冥翮，蛟潛雲雨心。煙郊春别遠，風磧暮程深。墨客投何處，并州舊翰林。（0647）

【注】

朱《箋》：作於元和二年（八〇七），長安。

〔嚴尚書〕朱《箋》：「嚴綬。」綬貞元十三年兼太原尹、北都留守，充河東節度使，在鎮九年，元和四年入拜尚書右僕射。見《舊唐書·德宗紀》及《嚴綬傳》。

〔墨客投何處，并州舊翰林〕岑仲勉《翰林學士壁記注補·開元至咸通間翰林學士辨疑》：「據《舊唐書·紀》十三，貞元十三年『八月戊午，以河東行軍司馬嚴綬檢校工部尚書，兼太原尹、御史大夫、河東節度使。』則『嚴尚書』即綬無疑。『并州舊翰林』云者亦指綬無疑。顧考之《元氏長慶集》五五《嚴綬行狀》暨《舊唐書》一四六、《新唐書》一二九綬本傳，綬在元和已前所颺歷，除嘗一度召充刑部員外，皆任外職，唐代嚴姓曾充翰林者亦止有晚唐嚴祁，此詩翰林兩字，乃一般藻飾之辭耳。」

長安送柳大東歸

白社羈遊伴①，青門遠別離。浮名相引住，歸路不同歸。（0648）

【校】

①〔白社〕紹興本、殘宋本、那波本誤「白杜」。

【注】

朱《箋》：作於元和二年（八〇七），長安。

〔柳大〕名未詳。朱《箋》：「據詩意，似爲居易之洛陽舊友。」

〔白社羈遊伴，青門遠別離〕白社，見卷二《傷友》（0078）「洛陽社」注。青門，見卷一《寄隱者》（0058）注。

送文暢上人東遊

得道即無著，隨緣西復東。貌依年臘老，心到夜禪空。山宿馴溪虎，江行濾水蟲。悠悠塵客思，春滿碧雲中①。（0649）

【校】

①〔滿碧〕《文苑英華》明刊本作「色滿」。

【注】

朱《箋》：作於元和二年（八〇七），長安。

〔文暢上人〕《宋高僧傳》卷十一唐池州南泉院普願傳：「言訖而謝，春秋八十七，僧臘五十八。契元、文暢等凡九百人，皆布衣墨巾，泣血于山門。」據此，文暢乃南泉普願弟子。權德輿、呂温亦有《送文暢上人東遊》詩，並收入《文苑英華》卷二二一。

〔得道即無著，隨緣西復東〕敦煌本《壇經》：「悟此法者，即是無念、無憶、無著，莫起誑妄，即自是真如性。」又：「善知識，此法門中，坐禪元不著心，亦不著淨，亦不言不動。若言看心，心元是妄，妄如幻故，無所看也。若言看淨，人性本淨，爲妄念故，蓋覆真如，离妄念本性淨，不見自性本淨，起心看淨，却生淨妄，妄無處所，故知看者却是妄也。」

〔貌依年臘老，心到夜禪空〕年臘，又稱戒臘、法臘、夏臘，指僧人受戒出家之年歲。《景德傳燈錄》卷二十雲居道簡：「以臘高居堂中爲第一座。」沈炯《從遊天中寺應令詩》：「石座應朝講，山龕擬夜禪。」王維《藍田山石門精舍》：「朝梵林未曙，夜禪山更寂。」

〔山宿馴溪虎，江行濾水蟲〕《高僧傳》卷六晉廬山釋慧永：「永屋中常有一虎，人或畏者，輒驅令上山，人去後，還復馴伏。」濾水蟲，比丘出家有濾水羅，亦稱濾水囊，用以濾除水中之蟲。《翻譯名義集》卷七：「薩羅伐拏，此云濾水羅。《會正記》云：西方用上白氎，東夏宜將密絹，若是生絹小。」《四分律删繁補闕行事鈔》卷下二：「伽論要須漉除滓澄清如水。若有濁汁與時食雜，若咽飲隨犯波逸提。」《景德傳燈錄》卷四智巖：「常以弓掛一濾水囊，隨行所至汲用。」張籍《律僧》：「避草每移徑，濾蟲還入泉。」

社日關路作

晚景函關路，涼風社日天。青巖新有燕，紅樹欲無蟬。愁立驛樓上，厭行官堠前。蕭條秋興苦，漸近二毛年。（0650）

【注】

朱《箋》：約作於貞元十六年（八〇〇）至貞元十七年（八〇一）。

〔函關〕函谷關，見卷九《出關路》(0409)注。

〔愁立驛樓上，厭行官堠前〕韓愈《路旁堠》：「堆堆路傍堠，一只復一只。迎我出秦關，送我入楚澤。」羅隱《堠子》：「終日歧路旁，前程亦可量。未能慚面黑，只是恨頭方。」圓仁《入唐求法巡禮行記》卷一：「唐國行五里立一候子，行十里立二候子。築土堆，四角上狹下闊，高四尺或五尺不定。」

〔蕭條秋興苦，漸近二毛年〕潘岳《秋興賦序》：「余春秋三十有二，始見二毛。」

重到毓材宅有感①

欲入中門淚滿巾，庭花無主兩迴春。軒窗簾幕皆依舊，只是堂前欠一人。(0651)

【校】

①〔題〕「毓材」那波本、馬本作「毓村」，誤。

【注】

朱《箋》：作於貞元十六年(八〇〇)，洛陽。

〔毓材〕毓材坊。在東京東城之東第五南北街，見《唐兩京城坊考》卷七。《唐代墓誌彙編》開元四一九《唐故中大夫太子內直監白府君(羨言)墓誌銘》：「龍朔壬戌八月十有五日，遘疾毓材里。」按，羨言爲北齊白建之後，居易之族亦自稱爲白建之後，詳居易《故鞏縣令白府君事狀》(《白氏文集》卷四六)，故與羨言之族或有瓜葛。姑記此備考。

亂後過流溝寺

九月徐州新戰後，悲風殺氣滿山河。唯有流溝山下寺，門前依舊白雲多。(0652)

【注】

朱《箋》：作於貞元十六年(八〇〇)。

〔流溝寺〕見卷十二《醉後走筆酬劉五主簿長句之贈兼簡張大賈二十四先輩昆季》(0581)注。

〔九月徐州新戰後，悲風殺氣滿山河〕《舊唐書·德宗紀》：「(貞元十六年五月)徐泗濠節度使、檢校尚書右僕射、徐州刺史張建封卒。壬子，徐州軍亂，不納行軍司馬韋夏卿，迫建封子愔爲留後」；「(六月丙午)以(杜)佑兼領徐泗濠節度，以前虢州參軍張愔起復驍衛將軍，兼徐州刺史、御史中丞、本州團練使、知徐州留後。」《張建封傳》：「建封卒，判官鄭通誠權知留後事，通誠懼軍士謀亂，適遇浙西兵遷鎮，通誠欲引入州城爲援。事泄，三軍怒，五六千人斫甲仗庫取戈甲，執帶環繞衙城，請愔爲留後，乃殺通誠、楊德宗、大將段伯熊、吉遂、曲澄、張秀等。軍衆請於朝廷，乞授愔旄節，初不之許，乃割濠、泗二州隷淮南，加杜佑同平章事以討徐州。既而泗州刺史張伾以兵攻埇橋，与徐軍接戰，伾大敗而還。朝廷不獲已，乃授愔起復右驍衛將軍同正，兼徐州刺史、御史中丞，充本州團練使，知徐州留後。」

歎髮落

多病多愁心自知，行年未老髮先衰。隨梳落去何須惜，不落終須變作絲。（0653）

【注】

朱《箋》：或作於貞元十七年（八〇一）。

留别吳七正字

成名共記甲科上，署吏同登芸閣間。唯是塵心殊道性，秋蓬常轉水長閑。（0654）

【注】

朱《箋》：作於貞元十九年（八〇三），長安。

〔吳七正字〕朱《箋》：「吳丹。」見卷五《贈吳丹》（0194）注。

除夜宿洺州

家寄關西住，身爲河北遊。蕭條歲除夜，旅泊在洺州。（0655）

【注】

朱《箋》：作於貞元二十年（八〇四），洺州。「蓋此時已自洛陽移家下邽，故必係貞元二十年所作無疑。花房英樹繫於貞元十六年，疑非是。」

〔洺州〕《舊唐書·地理志二》河北道：「洺州，隋武安郡。……天寶元年，改爲廣平郡。乾元元年，復爲洺州。」

邯鄲冬至夜思家①

邯鄲驛裏逢冬至②，抱膝燈前影伴身③。想得家中夜深坐，還應説著遠行人。（0656）

【校】

①〔題〕「冬至」紹興本、殘宋本、那波本作「至除」，誤。

②〔邯鄲驛〕馬本作「邯鄲夜」。

③〔伴身〕那波本作「對身」。

【注】

朱《箋》：作於貞元二十年（八〇四），邯鄲。

〔邯鄲〕《舊唐書·地理志二》河北道洺州：「貞觀元年，又以廢磁州之邯鄲來屬。……永泰之後，復以武安、邯鄲屬磁州。」

冬至夜懷湘靈

艷質無由見，寒衾不可親。何堪最長夜，俱作獨眠人。（0657）

【注】

朱《箋》：作於貞元二十年（八〇四），邯鄲。

〔湘靈〕朱《箋》：「居易早年之戀人。」參見卷十《感情》（0508）等詩注。

感故張僕射諸妓

黃金不惜買蛾眉，揀得如花三四枝。歌舞教成心力盡，一朝身去不相隨。（0658）

【注】

朱《箋》：作於元和元年（八〇六）以後。「張愔卒於元和元年十二月，故此詩之作不得早於元和二年，花房英樹繫於元和元年，非是。」

〔張僕射〕朱《箋》：「張愔。……白氏《燕子樓詩序》（本書卷十五0855）云：『徐州故張尚書有愛妓曰盼盼，善歌舞，雅多風態。』此張尚書亦即張愔。」《舊唐書·張建封傳》：「朝廷不獲已，乃授愔起復右驍衛將軍同正，兼徐州刺史、御史中丞，充本州團練使，知徐州留後。……正授武寧軍節度、檢校工部尚書。元和元年，被疾，上表請代，徵爲兵部尚書，……而愔遂赴京師，未出界卒。愔在徐州七年，百姓稱理，詔贈右僕射。」

明蔣一葵《堯山堂外記》卷三二：「樂天《感故張僕射諸妓》詩云：『黄金不惜買蛾眉，檢得如花三四枝。歌舞教成心力盡，一朝身去不相隨。』此詩爲諷關盼盼而作。盼盼得詩，反復讀之，泣曰：『自我公薨背，妾非不能死。恐百載之後，人以我公重色，有從死之妾，是玷我公清範也。』乃答白公詩曰：『自守空房恨斂眉，形同春後牡丹枝。舍人不會人深意，訝道泉台不去隨。』旬日不食而死。」此蓋承《麗情集》之《燕子樓》及《唐詩紀事》卷七八張建封妓之傳説，前人多有辨。參見本書卷十五《燕子樓三首》（0855）注。

遊仙遊山

闇將心地出人間，五六年來人怪閑。自嫌戀著未全盡，猶愛雲泉多在山。（0659）

【注】

朱《箋》：作於元和元年（八〇六），盩厔。

〔仙遊山〕見卷九《秋霖中過尹縱之仙遊山居》（0393）注。

〔闇將心地出人間，五六年來人怪閑〕心地，見卷六《贈杓直》（0267）注。

見尹公亮新詩偶贈絶句

袖裏新詩十首餘，吟看句句是瓊琚。如何持此將干謁，不及公卿一字書？（0660）

【注】

朱《箋》：作於元和元年（八〇六），長安。

〔尹公亮〕朱《箋》：「疑即卷九《秋霖中過尹縱之仙遊山居》詩中之尹縱之。」

〔袖裏新詩十首餘，吟看句句是瓊琚〕《詩·衛風·木瓜》：「投我以木瓜，報之以瓊琚。」

長安閑居

風竹松煙晝掩關①，意中長似在深山。無人不怪長安住，何獨朝朝暮暮閑？（0661）

【校】

①〔松煙〕馬本、《唐音統籤》、汪本作「煙松」。

【注】

朱《箋》：約作於貞元十八年（八〇二）至貞元十九年（八〇三），長安。

早春獨遊曲江　時爲校書郎。

散職無羈束①，羸驂少送迎。朝從直城出，春傍曲江行。風起池東暖，雲開山北晴。冰銷泉脉動，雪盡草牙生。露杏紅初坼，烟楊緑未成。影遲新度雁，聲澀欲啼鶯。閑地心俱靜②，韶光眼共明。酒狂憐性逸，藥效喜身輕。慵慢疏人事，幽棲遂野情③。迴看芸閣笑，不似有浮名。（0662）

【校】

①〔羈束〕馬本、《唐音統籤》作「拘束」。

②〔閑地〕馬本作「關地」。

③〔遂野情〕馬本、《唐音統籤》、汪本作「逐野情」。

【注】

汪《譜》、朱《箋》：作於貞元十九年（八〇三），長安。

〔朝從直城出，春傍曲江行〕直城，見本卷《代書詩一百韻寄微之》（0604）注。

〔迴看芸閣笑，不似有浮名〕芸閣，見卷九《西明寺牡丹花時憶元九》「芸香」（0389）注。

秘書省中憶舊山

厭從薄宦校青簡，悔别故山思白雲。猶喜蘭臺非傲吏，歸時應免動移文。（0663）

【注】

朱《箋》：約作於貞元十九年（八〇三）至永貞元年（八〇五），長安。

〔猶喜蘭臺非傲吏，歸時應免動移文〕蘭臺，秘書省。見卷五《常樂里閑居偶題十六韻》（0173）注。郭璞《遊仙詩》：「漆園有傲吏，萊氏有逸妻。」王維《漆園》：「古人非傲吏，自闕經世務。」《文選》孔稚珪《北山移文》吕向注：「鍾山在都北。其先，周彦倫隱於此。後應詔出爲海鹽縣令，欲却過此山。孔生乃假山靈之意移之，使不許得至。故云《北山移文》。」

凉夜有懷　自此後詩並未應舉時作。

清風吹枕席①，白露濕衣裳。好是相親夜，漏遲天氣凉。（0664）

【校】

①〔清風〕汪本作「凉風」。

【注】

朱《箋》：約作於貞元十六年（八〇〇）以前。

〔好是相親夜，漏遲天氣涼〕朱《箋》：「此詩亦白氏懷念其戀人所作，疑與湘靈有關。」參見本卷《冬至夜怀湘靈》（0657）。

送武士曹歸蜀

士曹即武中丞兄。

花落鳥嚶嚶，南歸稱野情。月宜秦嶺宿①，春好蜀江行②。鄉路通雲棧③，郊扉近錦城。烏臺陟岡送④，人羨別時榮。（0665）

【校】

①〔秦嶺宿〕《文苑英華》作「秦嶺過」。

②〔蜀江〕《文苑英華》作「蜀川」。

③〔鄉路〕《文苑英華》作「江路」。

④〔陟岡送〕《文苑英華》作「陟岡老」。

【注】

汪《譜》、朱《箋》：作於元和元年（八〇六），長安。

〔武中丞〕朱《箋》：「武元衡。」《舊唐書·武元衡傳》：「貞元二十年，遷御史中丞。……憲宗即位，……復拜御史中丞。」

〔烏臺陟岡送，人羨别時榮〕烏臺，御史臺。見本卷《代書詩一百韻寄微之》(0604)「烏府」注。此指武元衡。陟岡，見本卷《自江陵之徐州路上寄兄弟》(0611)注。

江南送北客因憑寄徐州兄弟書　時年十五。

故園望斷欲何如，楚水吴山萬里餘。今日因君訪兄弟，數行鄉淚一封書。(0666)

【注】

陳《譜》、汪《譜》、朱《箋》：作於貞元二年(七八六)。按，白居易《吴郡詩石記》(《白氏文集》卷六八)：「貞元初，韋應物爲蘇州牧，房孺復爲杭州牧。……予始年十四五，旅二郡。……然二郡之物狀人情，與曩時不異，前後相去三十七年。」傅璇琮《韋應物繫年考證》(收入《唐代詩人叢考》)考證韋應物爲蘇州刺史在貞元四年七月後，白氏此文作於寶應元年(八二五)，以所云「三十七年」前推，亦當爲貞元四年(七八八)或五年(七八九)。又據白居易《襄州别駕府君事狀》(《白氏文集》卷四六)，其父季庚爲徐州别駕在貞元初，再除衢州别駕亦當在貞元四、五年。貞元四年居易年十七，從父任初至江南，此詩注云「時年十五」與《吴郡詩石記》「始年十四五」者均不確。

賦得古原草送別

離離原上草，一歲一枯榮。野火燒不盡，春風吹又生。遠芳侵古道，晴翠接荒城。又送王孫去，萋萋滿別情。（0667）

【注】

陳《譜》、汪《譜》、朱《箋》：作於貞元三年（七八七）。《舊唐書·白居易傳》：「年十五六時，袖文一篇，投著作郎吳人顧況。」《唐摭言》卷七：「白樂天出舉，名未振，以歌詩謁顧況，況謔之曰：『長安百物貴，居大不易。』及讀至《賦得原上草送友人》詩曰：『野火燒不盡，春風吹又生。』況歎之曰：『有句如此，居天下有甚難？老夫前言戲之耳。』」事又見《幽閑鼓吹》等。顧況貞元五年（七八九）貶饒州司户參軍，而居易此前從未至長安，朱《箋》因謂：「此詩或係在江南時作。」傅璇琮《顧況考》（收入《唐代詩人叢考》）謂此爲「故事傳説」，不可據此確定此詩爲居易十五六歲時的作品。按，貞元五年居易從父任在衢州，顧況貶官饒州取道蘇、杭、睦州，隨後即經衢州，故此時居易極有可能拜謁，傳説或即由此生發。

〔遠芳侵古道，晴翠接荒城〕劉義恭《登景陽樓詩》：「弱蕊布遐馥，輕葉振遠芳。」權德輿《送孔江州》：「秋光連瀑布，晴翠辨香爐。」

〔又送王孫去，萋萋滿別情〕《楚辭·招隱士》：「王孫遊兮不歸，春草生兮萋萋。」

夜哭李夷道

逝者絶影響，空庭朝復昏。家人哀臨畢，夜鎖壽堂門。無妻無子何人葬，空見銘旌向月翻。（0668）

【注】

朱《箋》：約作於貞元十六年（八〇〇）以前。

〔李夷道〕未詳。

〔家人哀臨畢，夜鎖壽堂門〕壽堂，墓室。陸機《挽歌詩三首》：「豐肌饗螻蟻，妍姿永夷泯。壽堂延螭魅，虚無自相賓。」《文選》李善注引《楚辭·九歌·雲中君》「蹇將憺兮壽宫」王逸注：「壽宫，供神之處也。」不確。彼乃祀雲神之所。唐人用例亦作墓室解。司空曙《哭苗員外呈張參軍》：「壽堂乖一慟，奠席阻長辭。」權德輿《贈鄭國莊穆公主挽歌二首》：「舊館閉平陽，容車啓壽堂。」

病中作　年十八。

久爲勞生事，不學攝生道。少年已多病①，此身豈堪老？（0669）

【校】

①〔少年〕馬本、《唐音統籤》、汪本作「年少」。

【注】

陳《譜》、汪《譜》、朱《箋》：作於貞元五年（七八九）。

〔久爲勞生事，不學攝生道〕盧思道《勞生論》：「《莊子》曰：大塊勞我以生。誠哉斯言也。余年五十，羸老云至，追惟疇昔，勤矣厥生，乃著兹論，因言時云爾。」《老子》五十章：「蓋聞善攝生者，陸行不遇兕虎，入軍不被甲兵。」

秋江晚泊

扁舟泊雲島，倚棹念鄉國。四望不見人，煙江澹秋色。客心貧易動，日入愁未息。（0670）

【注】

朱《箋》：約作於貞元十六年（八〇〇）以前。

旅次景空寺宿幽上人院①

不與人境接，寺門開向山。暮鐘鳴鳥聚②，秋雨病僧閑。月隱雲樹外，螢飛廊宇間。幸投花界宿，暫得静心顔。（0671）

【校】

①〔題〕「旅次」《文苑英華》作「旅泊」。

②〔鳴鳥〕《文苑英華》、汪本作「寒鳥」。

【注】

朱《箋》：或作於貞元十六年（八〇〇）。按，當爲貞元十年在襄州作，詳注。

〔景空寺〕在襄州。張説《襄州景空寺題融上人蘭若》：「高名出漢陰，禪閣跨香岑。」孟浩然《遊景空寺蘭若》：「龍象經行處，山腰度石關。」

〔幸投花界宿，暫得靜心顔〕花界，蓮花界，指寺院。沈佺期《奉和聖制同皇太子遊慈恩寺應制》：「肅肅蓮花界，熒熒貝葉宮。」韋應物《遊琅琊山寺》：「填壑躋花界，疊石構雲房。」

長安正月十五日

諠諠車騎帝王州，羈病無心逐勝遊。明月春風三五夜，萬人行樂一人愁。（0672）

【注】

朱《箋》：作於貞元十六年（八〇〇），長安。「是年正月在長安準備應試，二月十四日于高郢主試下以第四人登進士第。」

〔諠諠車騎帝王州，羈病無心逐勝遊〕逐勝遊，見本卷《代書詩一百韻寄微之》（0604）「逐勝」注。

過高將軍墓

原上新墳委一身，城中舊宅有何人？妓堂賓閣無歸日，野草山花又欲春。門客空將感恩淚，白楊風裏一霑巾。（0673）

【注】

朱《箋》：約作於貞元十六年（八〇〇）以前。

〔妓堂賓閣無歸日，野草山花又欲春〕妓堂賓閣，見本卷《題故曹王宅》（0610）注。

寒食卧病

病逢佳節長歎息，春雨濛濛榆柳色。羸坐全非舊日容，扶行半是他人力。諠諠里巷踏青歸，笑閉柴門度寒食。（0674）

【注】

朱《箋》：約作於貞元十六年（八〇〇）以前。

宿桐廬館同崔存度醉後作

江海漂漂共旅遊，一樽相勸散窮愁。夜深醒後愁還在，雨滴梧桐山館秋。（0675）

【注】

朱《箋》：約作於貞元十六年（八〇〇）以前。按，居易從父任之衢州在貞元四、五年至貞元七年，詩當作於此期間。參本卷《江南送北客因憑寄徐州兄弟書》（0666）注。

〔桐廬館〕《舊唐書·地理志三》江南東道睦州：「桐廬，……（武德七年）以桐廬屬睦州。」按，衢州與睦州爲鄰州。

〔崔存度〕未詳。

江樓望歸　時避難在越中①。

滿眼雲水色，月明樓上人。旅愁春入越，鄉夢夜歸秦。道路通荒服②，田園隔虜塵。悠悠滄海畔，十載避黄巾。（0676）

【校】

①〔題〕《文苑英華》作「江樓望歸時避難越地」。

②〔通荒服〕《文苑英華》作「遥荒服」。

【注】

汪《譜》、朱《箋》：作於貞元二年（七八六），越中。按，此詩亦當作於從父之衢州期間。

〔時避難在越中〕按，所謂避難，當指建中三年（七八二）李希烈叛唐，陷汝州、汴州等地，白家自新鄭遷居徐州。其後貞元四年（七八八）居易隨父改官之衢州，非此時又有難事出逃至越中。

〔道路通荒服，田園隔虜塵〕《書·禹貢》：「五百里荒服，三百里蠻，二百里流。」田園，指白家在新鄭之田園。白居易《故鞏縣令白府君事狀》（《白氏文集》卷四六）：「夫人河東薛氏，……大曆十二年六月十九日，殁於新鄭縣私第。」蓋白家自居易祖父白鍠起即在新鄭置有田産。按，李希烈叛唐，貞元二年四月爲部將所殺，戰亂稍息。詩所言蓋追述前事。

〔悠悠滄海畔，十載避黄巾〕自建中三年亂起，下推至貞元七年（七九一）爲十年。然此「十載」者，或爲虛數。

除夜寄弟妹

感時思弟妹，不寐百憂生。萬里經年别，孤燈此夜情。病容非舊日，歸思逼新正。早晚重歡會，羈離各長成。（0677）

【注】

汪《譜》、朱《箋》：作於貞元三年（七八七）。按，當作於貞元五年（七八九）以後。參本卷《江南送北客因憑寄徐州兄弟書》（0666）注。

寒食月夜①

風香露重梨花濕，草舍無燈愁未入②。南鄰北里歌吹時③，獨倚柴門月中立。（0678）

【校】

①〔題〕「月夜」《文苑英華》抄本、《唐音統籤》作「夜月」。

②〔無燈〕《文苑英華》、汪本作「無煙」。

③〔北里〕《文苑英華》作「十里」。

【注】

朱《箋》：約作於貞元十六年（八〇〇）以前。

感芍藥花寄正一上人

今日階前紅芍藥，幾花欲老幾花新？開時不解比色相，落後始知如幻身。空門此去幾多地，欲把殘花問上人。（0679）

【注】

朱《箋》：約作於貞元十六年（八〇〇）以前。

〔正一上人〕未詳。

〔開時不解比色相，落後始知如幻身〕《楞嚴經》卷三：「當知虛空，生出色相。」《圓覺經》：「一切諸衆生，身心皆如幻。」《維摩經·方便品》：「是身如幻，從顛倒起。」

晚秋閑居

地僻門深少送迎，披衣閑坐養幽情。秋庭不掃攜藤杖，閑踏梧桐黃葉行。（0680）

【注】

朱《箋》：約作於貞元十六年（八〇〇）以前。

秋暮郊居書懷

郊居人事少，晝卧對林巒。窮巷厭多雨，貧家愁早寒。葛衣秋未換，書卷病仍看。若問生涯計，前溪一釣竿。（0681）

【注】

朱《箋》：約作於貞元十六年（八〇〇）以前。

爲薛台悼亡

半死梧桐老病身，重泉一念一傷神。手攜稚子夜歸院①，月冷房空不見人。（0682）

【校】

①〔稚子〕紹興本、殘宋本、那波本作「雉子」，據馬本等改。

【注】

朱《箋》：約作於貞元十六年（八〇〇）以前。

〔薛台〕未詳。

〔手攜稚子夜歸院，月冷房空不見人〕范晞文《對牀夜話》卷五：「潘安仁《悼亡》云：『望廬思其人，入室想所歷。』思有餘而意無盡。江文通擬之云：『明月入綺窗，仿佛想蕙質。』工於述者也。白樂天用之云：『手攜稚子夜歸院，月冷房空不見人。』」

途中寒食

路旁寒食行人盡①，獨占春愁在路旁。馬上垂鞭愁不語，風吹百草野田香。（0683）

【校】

①〔行人盡〕殘宋本作「行人絶」。紹興本、《唐音統籤》校：「盡，一作絶。」

【注】

朱《箋》：約作於貞元十六年（八〇〇）以前。

題流溝寺古松

煙葉葱蘢蒼麈尾①，霜皮駁落紫龍鱗②。欲知松老看塵壁，死却題詩幾許人。（0684）

【校】

①〔蒼麈〕馬本、《唐音統籤》作「蒼麆」。

②〔駁落〕馬本、《唐音統籤》、汪本作「剝落」。

【注】

朱《箋》：約作於貞元十六年（八〇〇）以前。

〔流溝寺〕見本卷《亂後過流溝寺》（0652）注。

感月悲逝者

存亡感月一潸然，月色今宵似往年。何處曾經同望月，櫻桃樹下後堂前。（0685）

【注】

朱《箋》：約作於貞元十六年（八〇〇）以前。

代鄰叟言懷

人生何事心無定，宿昔如今意不同。宿昔愁身不得老，如今恨作白頭翁。（0686）

【注】

朱《箋》：約作於貞元十六年（八〇〇）以前。

自河南經亂關内阻飢兄弟離散各在一處因望月有感聊書所懷寄上浮梁大兄於潛七兄烏江十五兄兼示符離及下邽弟妹

時難年饑世業空①，弟兄羈旅各西東。田園寥落干戈後，骨肉流離道路中。弔影分爲千里鴈，辭根散作九秋蓬。共看明月應垂淚，一夜鄉心五處同。（0687）

【校】

①〔年饑〕馬本、《唐音統籤》、汪本作「年荒」。

【注】

朱《箋》：約作於貞元十五年（七九九），洛陽。

〔自河南經亂關内阻飢〕《舊唐書·德宗紀》：「（建中三年十一月）是月，朱滔、田悦、王武俊於魏縣軍壘各相推獎，僭稱王號。……丁丑，李希烈自稱天下都元帥、太尉、建興王，與朱滔等四盜膠固爲逆」；「（四年春正月）庚寅，李希烈陷汝州，執州將李元平而去，東都震駭」；「（冬十月）丁未，涇原軍出京城，至滻水，倒戈謀叛，姚令言不能禁。上令載繒綵二車，遣晉王往慰諭之，亂兵已陣於丹鳳闕下，促神策軍拒之，無一人至者。與太子諸王妃主百餘人出苑北門，……其夕至咸陽，飯數匕而過。戊申，至奉天。……亂兵既剽京師，屯於白華，乃於晉昌里迎朱泚爲帥，稱太尉，居含元殿。上以奉天隘，欲幸鳳翔，壬子，鳳翔軍亂，殺節度使張鎰，乃止。癸丑，李希烈陷襄城」；「（十二月）庚午，李希烈陷汴州」；「（興元元年）是秋，螟蝗蔽野，草木無遺。」

〔浮梁大兄〕朱《箋》：「居易之長兄幼文。」按，幼文爲居易同父异母兄，行大。白居易《傷遠行賦》（《白氏文集》卷三八）：「貞元十五年春，吾兄吏于浮梁，分微禄以歸養，命予負米而還鄉。」《祭浮梁大兄文》（《白氏文集》卷四十）：「維元和十二年歲次丁酉閏五月己亥，居易等謹以清酌庶羞之奠，再拜跪奠大哥于座前。」

〔於潛七兄〕朱《箋》：「居易之從兄。白季康之長子，曾官於潛尉。」按，其人爲居易同曾祖兄，白敏中之同父異母兄。白居易《唐故溧水縣令太原白府君墓誌銘》（《白氏文集》卷七十）：「公諱季康，……曾祖諱士通，皇朝利州都督。祖諱志善，尚醫奉御。父諱鏻，揚州録事參軍。……公前夫人河東薛氏，……長子某，杭州於潛尉。……后夫人高陽敬氏，……子曰敏中。」按，居易祖名鍠，曾祖名温，高祖志善。此文鏻上漏書一代。《新唐書・宰相世系表五下》「鏻」作「潾」，爲温之子。

〔烏江十五兄〕朱《箋》：「居易之從兄白逸。」白居易《祭烏江十五兄文》（《白氏文集》卷四十）：「維貞元十七年七月七日，從弟居易謹以清酌庶羞之奠敬祭於故烏江主簿十五兄之靈。……惟兄之生，生而不辰。孩失其怙，幼喪所親。旁無弟兄，藐然一身。自强自立，以至成人。蓋以孤子靡託，孝友彌敦。自居易與兄，及高九、行簡，雖從祖之昆弟，甚同氣之天倫。……追思乎早歲離阻，各悲零俜。中年集會，共喜長成。同參選於東都，俱署吏於西京。居則共被而寢，出則連騎而行。友于四人，同年成名。……及兄辭滿淮南，薄遊江東，居易亦以行邁，忽逆旅而逢。……嗚呼！位始及一命，祿未滿數鍾，年又不得四十，而殁於道途之中。……況舊業東洛，先塋北邙，三千里外，身殁陵陽。有妹出嫁，無男主喪。」據文意，十五兄爲居易從祖兄，然其先塋在北邙，與《襄州別駕府君事狀》（《白氏文集》卷四六）記白温以上葬韓城縣、《故鞏縣令白府君事狀》記白鍠權厝下邽縣不符。乾隆《江南通志》卷四一：「白逸墓在（寧國）府城西，居易兄也。居易有《祭十五兄文》。」

〔符離及下邽弟妹〕符離，見卷十二《醉後走筆酬劉五主簿長句之贈兼簡張大賈二十四先輩昆季》（0581）注。白家隨居易父季庚官徐州而移居符離，《與微之書》（《白氏文集》卷四五）：「長兄去夏自徐州至，又有諸院孤小弟妹六七人提挈同來。」文作於元和十二年（八一七）。蓋幼文家人始終居符離，又有同宗族人同居。又居易有《祭符離六兄文》（《白氏文集》卷四十）：「維貞元十七年某月某日，從祖弟居易等，謹祭于符離主簿六兄之靈。」此亦同宗兄弟。下邽，《故鞏縣令白府君事狀》：「（白鍠）大曆八年五月三日，遇疾殁于長安，春秋六十八，以其年權厝於下邽縣下邑里。」蓋白氏自此時即已在下邽有莊田。據《故鞏縣令白府君事狀》，白鍠有子五人：季庚、季般、季軫、季寧、季平。其中或有此時居下邽者。

〔共看明月應垂淚，一夜鄉心五處同〕朱《箋》：「指浮梁、於潛、烏江、符離、洛陽五處，而下邽乃故鄉，居易自身則在洛陽。」

長安早春旅懷

軒車歌吹諠都邑，中有一人向隅立。夜深明月卷簾愁，日暮青山望鄉泣。風吹新綠草牙拆，雨灑輕黃柳條濕。此生知負少年春，不展愁眉欲三十。（0688）

【注】

朱《箋》：　作於貞元十六年（八〇〇），長安。

寒閨夜

夜半衾裯冷，孤眠懶未能。籠香銷盡火，巾淚滴成冰。爲惜影相伴，通宵不滅燈。（0689）

【注】

朱《箋》：　約作於貞元十六年（八〇〇）以前。

〔夜半衾裯冷，孤眠懶未能〕朱《箋》：「視詩意當與後一首《寄湘靈》有關。」

寄湘靈

淚眼凌寒凍不流①，每經高處即迴頭。遥知别後西樓上，應凭欄干獨自愁。（0690）

【校】

①〔凌寒〕那波本作「零寒」。

【注】

朱《箋》：作於貞元十六年（八〇〇），旅洛州時所作。

〔湘靈〕見本卷《冬至夜懷湘靈》（0657）注。

冬至宿楊梅館

十一月中長至夜，三千里外遠行人。若爲獨宿楊梅館，冷枕單牀一病身？（0691）

【注】

朱《箋》：約作于貞元十六年（八〇〇）前。

〔楊梅館〕朱《箋》：「即楊梅驛。」《古今圖書集成·方輿彙編·職方典》池州府古迹考：「楊梅坦在城西九十里石嶺，多楊梅，唐有楊梅館，宋改爲楊梅驛。今廢。」

臨江送夏瞻① 瞻年七十餘。

悲君老别我霑巾，七十無家萬里身。愁見舟行風又起，白頭浪裏白頭人。（0692）

【校】

①〔題〕「夏瞻」殘宋本作「夏侯瞻」。

【注】

朱《箋》：約作于貞元十六年（八〇〇）以前。

冬夜示敏巢 時在東都宅。

爐火欲銷燈欲盡，夜長相對百憂生。他時諸處重相見，莫忘今宵燈下情。（0693）

【注】

朱《箋》：約作于貞元十六年（八〇〇）以前。

〔敏巢〕當爲居易兄弟行。

〔他時諸處重相見，莫忘今霄燈下情〕諸處，别處。詳蔣禮鴻《敦煌變文字義通釋》。

客中守歲 在柳家莊。

守歲樽無酒，思鄉淚滿巾。始知爲客苦，不及在家貧。畏老偏驚節，防愁預惡春①。故園今夜裏，應念未歸人。（0694）

【校】

①〔防愁〕《文苑英華》作「懷愁」。

【注】

朱《箋》：約作于貞元十六年（八〇〇）以前。

問淮水

自嗟名利客，擾擾在人間。何事長淮水，東流亦不閑？（0695）

【注】

朱《箋》：約作于貞元十六年（八〇〇）以前。

宿樟亭驛

夜半樟亭驛，愁人起望鄉。月明何所見，潮水白茫茫。（0696）

【注】

朱《箋》：約作于貞元十六年（八〇〇）以前。按，當作於貞元四、五年至貞元七年間。

〔樟亭驛〕朱《箋》：「在杭州。」《咸淳臨安志》卷五五：「樟亭驛，晏元獻公《輿地志》云：在錢唐縣舊治之南五里，今爲浙江亭。」吳自牧《夢粱錄》卷十：「樟亭驛即浙江亭也。在跨浦橋南江岸，凡宰執辭免名出居此驛行報矣。向有白樂天先生《往驛訪楊舊曾賦詩》曰：『往恨今愁應不殊，題詩梁下又踟躕。羡君獨夢見兄弟，我到天明睡亦無。』『夜半樟亭驛，愁人起望鄉。月明何處見，潮水白茫茫。』」朱《箋》：「『往恨今愁應不殊』一絶，爲白氏長慶二年赴杭州途中作，題作《赴杭州重宿棣華驛見楊八舊詩》（本書卷二十1306），……《咸淳臨安志》及《夢粱錄》均誤載此詩於樟亭驛條下。」

及第後憶舊山

偶獻子虛登上第，却吟招隱憶中林。春蘿秋桂莫惆悵，縱有浮名不繫心。（0697）

【注】

朱《箋》：作于貞元十六年（八〇〇），長安。汪《譜》貞元十六年庚辰：「《唐登科記》：貞元十六年二月，高郢下及第第四人。」

〔偶獻子虛登上第，却吟招隱憶中林〕《史記·司馬相如列傳》：「居久之，蜀人楊得意爲狗監，侍上。上讀《子虛賦》而善之，曰：『朕獨不得與此人同時哉！』得意曰：『臣邑人司馬相如自言爲此賦。』上驚，乃召問相如。相如曰：『有是。然此乃諸侯之事，未足觀也。請爲《天子遊獵賦》，賦成奏之。』上許，令尚書給筆札。」《楚辭·招隱士》序：「《招隱士》者，淮南小山之所作也。」

題李次雲窗竹①

不用裁爲鳴鳳管，不須截作釣魚竿。千花百草凋零後，留向紛紛雪裏看。（0698）

【校】

①〔題〕「李次雲」馬本、《唐音統籤》作「李次虛」。

【注】

朱《箋》：作于貞元十六年（八〇〇）。未詳所據。

〔李次雲〕未詳。

花下自勸酒

酒盞酌來須滿滿，花枝看即落紛紛。莫言三十是年少，百歲三分已一分。（0699）

【注】

朱《箋》：作于貞元十七年（八〇一）。

題李十一東亭

相思夕上松臺立，蛬思蟬聲滿耳秋①。惆悵東亭風月好，主人今夜在鄜州。（0700）

【校】

〔蛬〕那波本、馬本、《唐音統籤》、汪本作「蛩」，字通。

【注】

朱《箋》：作于元和三年（八〇八），長安。

〔李十一〕朱《箋》：「李建。」見卷五《寄李十一》（0199）注。

〔惆悵東亭風月好，主人今夜在鄜州〕朱《箋》：「元稹《贈工部尚書李公墓誌銘》云：『會朝廷以觀察防禦事授路愬，治於鄜，愬即日就，公乃自貳降拜。』據《舊書憲宗紀》，路愬節度鄜坊爲元和三年二月。此詩當爲是年所作。」

春村

二月村園暖，桑間戴勝飛。農夫春舊穀，蠶妾禱新衣。牛馬因風遠，雞豚過社稀。黄昏林下路，鼓笛賽神歸。（0701）

【注】

朱《箋》：約作于貞元十六年（八〇〇）至貞元十七年（八〇一）。

〔二月村園暖，桑間戴勝飛〕《禮記·月令》：「季春之月，……鳴鳩拂其羽，戴勝降於桑。」鄭注：「戴勝，織紝之鳥，是時恒在桑。」

題施山人野居

得道應無著，謀生亦不妨。春泥秧稻暖，夜火焙茶香。水巷風塵少，松齋日月長。高閑真是貴，何處覓侯王？（0702）

【注】

朱《箋》：約作于貞元十六年（八〇〇）至貞元十七年（八〇一）。

〔得道應無著，謀生亦不妨〕無著，見本卷《送文暢上人東遊》（0649）注。

白居易詩集校注卷第十四

律詩

五言　七言　自兩韻至一百韻　凡一百首

翰林中送獨孤二十七起居罷職出院

碧落留雲住，青冥放鶴還。銀臺向南路，從此到人間。（0703）

【注】

朱《箋》：作于元和五年（八一〇），長安。

〔獨孤二十七起居〕朱《箋》：「獨孤郁。」韓愈《唐故獨孤秘書少監贈絳州刺史獨孤府君墓誌銘》：「（元和）五年，遷起居郎，爲翰林學士，愈被親信，有所補助。權公既相，君以嫌自列，改尚書考功員外郎，復史館職。」《舊唐書·憲宗紀》：「（元和五年九月）丁卯，翰林學士獨孤郁守本官起居，以妻父權德輿在中書，避嫌也。」朱《箋》：「花房英樹繫此詩於元和二年，非是。」

〔銀臺向南路，從此到人間〕銀臺，指大明宫右銀臺門，翰林院在其内。見卷九《早朝賀雪寄陳山人》（0417）注。李肇《翰林志》：「前輩傳《楞伽經》一本，函在屋壁。每下直出門，相謔謂之小三昧，出銀臺乘馬，謂之大三昧，如釋氏之去纏縛而自在也。」所言銀臺門皆謂右銀臺門，參《長安志》卷六、《雍錄》卷四。元稹《杏花》：「常年出入右銀臺，每怪春光例早迴。」

重尋杏園

忽憶芳時頻酩酊，却尋醉處重徘徊。杏花結子春深後，誰解多情又獨來。（0704）

【注】

朱《箋》：約作於元和三年（八〇八）至元和五年（八一〇），長安。

〔杏園〕見卷一《杏園中棗樹》（0056）注。

曲江獨行　自此後在翰林時作①。

獨來獨去何人識，厩馬朝衣野客心。閑愛無風水邊坐，楊花不動樹陰陰。（0705）

【校】

①〔題〕題下注「自此後」金澤本、馬本、汪本作「自此後詩」。

【注】

朱《箋》：約作於元和三年（八〇八）至元和五年（八一〇），長安。

〔獨來獨去何人識，廄馬朝衣野客心〕廄馬，仗内閑廄馬。《唐六典》卷一一殿中省尚乘奉御直長：「掌内外閑廄之馬，辨其粗良，而率其習馭。」注：「今仗内有飛龍、祥麟、鳳苑、鵷鸞、吉良、六群等六廄，奔星、内駒等兩閑。」李肇《翰林志》：「序立拜恩訖，候就宴。又賜衣一副，絹三十匹，飛龍司借馬一匹。」韋應物《温泉行》：「身騎廄馬引天仗，直入華清列御前。」白居易《初授拾遺獻書》（《白氏文集》卷五八）：「豈意聖慈，擢居近職，每宴飫無不先及，每慶賜無不先霑。中廄之馬代其勞，内厨之膳給其食。」

同李十一醉憶元九

花時同醉破春愁，醉折花枝作酒籌①。忽憶故人天際去，計程今日到梁州②。（0706）

【校】

①〔作酒籌〕汪本作「當酒籌」。

②〔梁州〕紹興本等均作「凉州」，金澤本作「梁州」。顧校、朱箋據《才調集》改「梁州」。

【注】

汪《譜》、朱《箋》：作於元和四年（八〇九），長安。

〔李十一〕朱《箋》：「李建。」見卷五《寄李十一建》（0199）注。

〔忽憶故人天際去，計程今日到梁州〕《舊唐書·地理志二》山南西道：「梁州興元府，隋漢川郡。武德元年，置梁州總管府，管梁、洋、集、興四州。……開元十三年，改梁州爲褒州，依舊都督府。二十年，又爲梁州。天寶元年，改爲漢中郡，仍爲都督府。乾元元年，復爲梁州。興元元年六月，昇爲興元府。」元稹元和四年奉使東蜀，見卷一《贈樊著作》（0023）注。朱《箋》：「興元府即梁州漢中郡，唐屬山南西道，爲元稹使蜀所經之地。涼州武威郡屬隴右道。梁、凉音同而誤。」

白行簡《三夢記》（《説郛》卷四）：「元和四年，河南元微之爲監察御史，奉使劍外，去踰旬，予與仲兄樂天、隴西李杓直同遊曲江，詣慈恩佛舍，遍歷僧院，淹留移時，日已晚，同詣杓直修行里第，命酒對酬，甚歡暢。兄停杯久之曰：『微之當達梁矣。』命題一篇於屋壁，其詞曰：『春來無計破春愁，醉折花枝作酒籌。忽憶故人天際去，計程今日到梁州。』實二十一日也。十許日，會梁州使適至，獲微之書一函，後寄《紀夢詩》一篇，其詞曰：『夢君兄弟曲江頭，也向慈恩院裏遊。驛吏喚人排馬去，忽驚身在古梁州。』日月與遊寺題詩日月率同，蓋所謂此有所爲而彼夢之者矣。」孟棨《本事詩》所載略同。朱《箋》謂：「其説荒誕不經，蓋文人故弄狡獪而已。」事有偶合，不必深究。

同錢員外題絶糧僧巨川

三十年來坐對山，唯將無事化人間。齋時往往聞鐘笑，一食何如不食閑？（0707）

【注】

朱《箋》：作於元和四年（八〇九），長安。

〔錢員外〕朱《箋》：「錢徽。」見卷五《冬夜與錢員外同直禁中》（0189）注。

〔齋時往往聞鐘笑，一食何如不食閑〕《佛説四十二章經》：「受道法者，去世資財，乞求取足。日中一食，樹下一宿，慎勿再矣。」

絶句代書贈錢員外①

欲尋秋景閑行去，君病多慵我興孤。可惜今朝山最好，强能騎馬出來無？（0708）

【校】

①〔題〕「絶句」金澤本作「以絶句」。

【注】

朱《箋》：作於元和四年（八〇九），長安。

〔錢員外〕錢徽。見上詩注。

晚秋有懷鄭中舊隱

天高風嫋嫋，鄉思繞關河。寥落歸山夢，殷勤採蕨歌。病添心寂寞，愁入鬢蹉跎。晚樹

蟬鳴少①，秋階日上多。長閑羨雲鶴，久别愧烟蘿。其奈丹墀上，君恩未報何？（0709）

【校】

①〔蟬鳴〕金澤本作「蟬聲」。

【注】

朱《箋》：作於元和四年（八〇九），長安。

〔鄭中舊隱〕指白氏新鄭縣舊居。白居易《故鞏縣令白府君事狀》（《白氏文集》卷四六）：「夫人河東薛氏……大曆十二年六月十九日，殁於新鄭縣私第。」蓋居易祖父白鍠（鞏縣令）時，即在新鄭有田宅。白居易《宿滎陽》（本書卷二一1434）：「生長在滎陽，少小辭鄉曲。迢迢四十載，復到滎陽宿。去時十一二，今年五十六。」

〔寥落歸山夢，殷勤採蕨歌〕採蕨歌，即採薇歌。《史記·伯夷列傳》：「武王已平殷亂，天下宗周，而伯夷、叔齊耻之，義不食周粟，隱於首陽山，采薇而食之。及餓且死，作歌。其辭曰：登彼西山兮，采其薇矣。以暴易暴兮，不知其非矣。」索隱：「薇，蕨也。《爾雅》云：蕨，虌也。」張九齡《在郡懷秋二首》：「掛冠東都門，採蕨南山岑。」王維《春夜竹亭贈錢少府歸藍田》：「羨君明發去，採蕨輕軒冕。」

禁中九日對菊花酒憶元九

元九云：「不是花中唯愛菊，此花開盡更無花。」①

賜酒盈杯誰共持，宮花滿把獨相思。相思只傍花邊立，盡日吟君詠菊詩。（0710）

【校】

①〔題〕題下注「元九云」金澤本作「元九有詠菊詩云」，「開盡」作「開後」。

【注】

朱《箋》：作於元和四年（八〇九），長安。

〔相思只傍花邊立，盡日吟君詠菊詩〕元稹《菊花詩》（《元氏長慶集》卷十六、《全唐詩》卷四一一）：「秋叢繞舍似陶家，遍繞籬邊日漸斜。不是花中偏愛菊，此花開盡更無花。」

送王十八歸山寄題仙遊寺

曾於太白峰前往，數到仙遊寺裏來。黑水澄時潭底出，白雲破處洞門開。林間暖酒燒紅葉，石上題詩掃綠苔。惆悵舊遊無復到①，菊花時節羨君迴②。（0711）

【校】

①〔無復到〕《文苑英華》作「那復到」。

②〔羨君迴〕「羨」《文苑英華》校：「一作待。」

【注】

朱《箋》：作於元和四年（八〇九），長安。

〔王十八〕朱《箋》：「王質夫。」見卷十三《酬王十八李大見招遊山》（0635）注。

〔仙遊寺〕見卷五《仙遊寺獨宿》（0183）注。

〔曾於太白峰前往，數到仙遊寺裏來〕太白峰，見卷五《病假中南亭閑望》（0182）注。

〔黑水澄時潭底出，白雲破處洞門開〕仙遊寺潭，見卷四《黑潭龍》（0168）注。

答張籍因以代書

憐君馬瘦衣裘薄，許到江東訪鄙夫①。今日正閑天又暖，可能扶病暫來無？（0712）

【校】

①〔江東〕金澤本作「街東」。

【注】

朱《箋》：作於元和四年（八〇九），長安。

〔張籍〕見卷一《讀張籍古樂府》（0002）注。

〔憐君馬瘦衣裘薄，許到江東訪鄙夫〕江東，朱《箋》：「指長安曲江之東。時居易居新昌里，在曲江東北，故曰江東。張籍此時居長安西部延康里。白氏《酬張十八訪宿見贈》（本書卷六0262）云：『遠從延康里，來訪曲江濱。』可證。」按，從金澤本作「街東」更妥，新昌里在長安朱雀街東第五街。

曲江早春

曲江柳條漸無力，杏園伯勞初有聲。可憐春淺遊人少，好傍池邊下馬行①。（0713）

【校】

①〔池邊〕金澤本作「池東」。

【注】

朱《箋》：作於元和五年（八一〇），長安。

〔曲江柳條漸無力，杏園伯勞初有聲〕曲江、杏園，見卷一《杏園中棗樹》（0056）注。伯勞，見卷六《春眠》（0230）注。

見元九悼亡詩因以此寄

夜淚闇銷明月幌，春腸遥斷牡丹庭①。人間此病治無藥，唯有楞伽四卷經。（0714）

【校】

①〔牡丹庭〕金澤本作「牡丹亭」。

【注】

朱《箋》：作於元和五年（八一〇），長安。

〔元九悼亡詩〕《元氏長慶集》卷九《夜閑》題注：「此後並悼亡。」陳寅恪《元白詩箋證稿》：「其第玖卷中《夜閑》至《夢成之》等詩，皆爲悼亡詩」；「第玖卷悼亡詩中有關韋氏之作，共三十三首。」其中最著名者爲《遣悲懷三首》。韓愈《監察御史元君妻京兆韋氏夫人墓誌銘》：「夫人諱叢，字茂之，姓韋氏。……王考夏卿以太子少保卒贈左僕射。僕射娶裴氏皐女。皐爲給事中，皐父宰相耀卿。夫人於僕射爲季女。愛之，選壻得今御史河南元稹。……年二十七，以元和四年七月九日卒。」

〔夜淚闇銷明月幌，春腸遥斷牡丹庭〕白居易《和元九悼亡》（卷九0419）：「舊宅牡丹院，新墳松柏林。」

〔人間此病治無藥，唯有楞伽四卷經〕參見卷九《勸酒寄元九》（0413）注。

寒食夜

無月無燈寒食夜，夜深猶立闇花前①。忽因時節驚年幾，四十如今欠一年。（0715）

【校】

①〔猶立〕金澤本作「獨立」。

【注】

朱《箋》：作於元和四年（八一〇），長安。

杏園花落時招錢員外同醉

花園欲去去應遲，正是風吹狼籍時。近西數樹猶堪醉，半落春風半在枝。（0716）

【注】

朱《箋》：作於元和五年（八一〇），長安。

〔杏園〕見本卷《重尋杏園》（0704）注。

〔錢員外〕錢徽。見本卷《同錢員外題絶糧僧巨川》（0707）注。

重題西明寺牡丹　時元九在江陵。

往年君向東都去，曾歎花時君未迴。今年況作江陵别，惆悵花前又獨來。只愁離别長如此，不道明年花不開。（0717）

【注】

朱《箋》：作於元和五年（八一〇），長安。

〔西明寺〕見卷四《牡丹芳》（0150）注及卷九《西明寺牡丹花時憶元九》（0389）。

〔元九在江陵〕元稹貶江陵府士曹參軍，見卷一《登樂遊園望》（0026）注。

同錢員外禁中夜直

宮漏三聲知半夜①，好風涼月滿松筠。此時閑坐寂無語，藥樹影中唯兩人。（0718）

【校】

①〔半夜〕金澤本作「夜半」。

【注】

朱《箋》：作於元和五年（八一〇），長安。

〔錢員外〕錢徽。見本卷《同錢員外題絶糧僧巨川》（0707）注。

〔此時閑坐寂無語，藥樹影中唯兩人〕李肇《翰林志》：「（翰林院）院内多古槐、松、藥樹、柿子、木瓜、菴羅峘、山桃、李、杏、櫻桃、紫薔薇、辛夷、蒲萄、冬青、玫瑰、凌霄、牡丹、山丹、芍藥、石竹、紫花蕪菁、青菊、當陸、茂葵、萱草、紫苑，署學士至者，雜植其間，殆至繁隘。」李德裕《述夢詩四十韻》：「倚簷蔭藥樹，落格蔓蒲桃。」注：「此八句悉是内署中物，惟嘗遊者依然可想也。」其名藥樹，或爲枸杞之類。劉禹錫《楚州開元寺北院枸杞臨井繁茂可觀羣賢賦詩因以繼和》：「僧房藥樹依寒井，井有香泉樹有靈。」

禁中夜作書與元九

心緒萬端書兩紙，欲封重讀意遲遲。五聲宮漏初明後①，一點窗燈欲滅時。（0719）

【校】

①〔初明〕馬本、《唐音統籤》、汪本作「初鳴」。〔後〕《全唐詩》作「夜」。

【注】

朱《箋》：作於元和五年（八一〇），長安。汪立名云：「元和十二年，公在江州，作書與微之，封題有詩：『憶昔封書與君夜，金鑾殿後欲明天。今夜封書知何處，廬山庵裏曉燈前。』即指此書也。」按，詩即本書卷十六《山中與元九書因題書後》（0978）。

八月十五日夜禁中獨直對月憶元九①

銀臺金闕夕沈沈，獨宿相思在翰林。三五夜中新月色，二千里外故人心。渚宮東面煙波冷，浴殿西頭鐘漏深。猶恐清光不同見，江陵卑濕足秋陰。（0720）

【校】

①〔題〕「憶」《文苑英華》作「寄」。

【注】

朱《箋》：作於元和五年（八一〇），長安。

〔銀臺金闕夕沈沈，獨宿相思在翰林〕銀臺，大明宮右銀臺門。見本卷《翰林中送獨孤二十七起居罷職出院》（0703）注。金闕，見卷四《紫毫筆》（0164）注。

〔渚宮東面煙波冷，浴殿西頭鐘漏深〕渚宮，春秋楚國别宮。《左傳》文公十年：「子西沿江泝漢將入郢，王在渚宮下見之。」孔穎達疏：「渚宮當郢都之南，蓋楚成王所建。」《通典》卷一八三古荆州：「江陵，故楚之郢地。秦分郢，置江陵縣。……又有紀南城、楚渚宮。」浴殿，浴堂殿，見卷四《陵園妾》（0159）注。

寄陳式五兄

年來白髮兩三莖，憶别君時髭未生。惆悵料君應滿鬢，當初是我十年兄。（0721）

【注】

朱《箋》：作於元和五年（八一〇），長安。

〔陳式五兄〕朱《箋》：「白氏《訪陳二》詩（本書卷十九1276）：『此外皆閑事，時時訪老陳。』疑即此人。」按，此人當名式，行五，爲居易外家之兄。參見卷六《喜陳兄至》（0266）注。

庾順之以紫霞綺遠贈以詩答之

千里故人心鄭重，一端香綺紫氛氳。開緘日映晚霞色，滿幅風生秋水文。爲褥欲裁憐葉破，製裘將翦惜花分。不如縫作合歡被，寤寐相思如對君。（0722）

【注】

朱《箋》：作於元和五年（八一〇），長安。

〔庾順之〕朱《箋》：「庾敬休，字順之。」參見卷十《夢與李七庾三十三同訪元九》（0519）注。

〔紫霞綺〕白居易《病中辱崔宣城長句見寄兼有觥綺之贈因以四韻總而酬之》（本書卷三五2593）：「信題霞綺緘情重，酒試銀觥表分深。」按，謝朓《晚登三山還望京邑》：「餘霞散成綺」，以綺喻霞，唐人反以霞稱綺之美者。

〔不如縫作合歡被，寤寐相思如對君〕《古詩十九首》：「客從遠方來，遺我一端綺。相去萬餘里，故人心尚爾。文彩雙鴛鴦，裁爲合歡被。」

送元八歸鳳翔

莫道岐州三日程，其如風雪一身行。與君況是經年別，暫到城來又出城①。（0723）

【校】

①〔城來〕金澤本作「城東」。

【注】

朱《箋》：作於元和五年（八一〇），長安。

〔元八〕朱《箋》：「元宗簡。」見卷五《答元八宗簡同遊曲江後明日見贈》（0174）注。

〔鳳翔〕《舊唐書·地理志一》關内道：「鳳翔府，隋扶風郡。武德元年，改爲岐州。……在京師西三百一十五里。」

雨雪放朝因懷微之

歸騎紛紛滿九衢，放朝三日爲泥塗。不知雨雪江陵府，今日排衙得免無？（0724）

【注】

朱《箋》：作於元和五年（八一〇），長安。

〔不知雨雪江陵府，今日排衙得免無〕元稹貶江陵府士曹參軍，見卷一《登樂遊園望》（0026）注。元稹《紀懷贈李六户曹崔二十功曹五十韻》：「竦足良甘分，排衙苦未曾。」《太平廣記》卷一七五《路德延》載德延《孩兒詩》：「排衙朱榻上，喝道畫堂前。」

詠懷

歲去年來塵土中①，眼看變作白頭翁。如何辨得歸山計，兩頃村田一畝宮。（0725）

【校】

①〔年來〕金澤本作「歲來」。

【注】

朱《箋》：作於元和五年（八一〇），長安。

〔如何辨得歸山計，兩頃村田一畝宮〕《史記·蘇秦列傳》：「且使我有雒陽負郭田二頃，吾豈能佩六國相印乎！」《禮記·儒行》：「儒有一畝之宮，環堵之室。」

聞微之江陵卧病以大通中散碧腴垂雲膏寄之因題四韻

已題一帖紅消散，又封一合碧雲英。憑人寄向江陵去，道路迢迢一月程。未必能治江上瘴，且圖遥慰病中情。到時想得君拈得，枕上開看眼暫明。（0726）

【注】

朱《箋》：作於元和五年（八一〇），長安。按，據卞孝萱《元稹年譜》，元稹在江陵患瘧，時在元和八年（八一三）；元稹《予病瘴樂天寄通中散碧腴垂雲膏仍題四韻以慰遠懷開拆之間因有酬答》亦繫於元和八年。

〔大通中散〕一種散藥。《雲笈七籤》卷七六《靈寶還魂丹方》：「凡疾人不問年月遠近，先次以紅雪或通中散茶下半丸。」張九齡《謝賜香藥面脂表》：「臣某言，某至宣敕旨，賜臣裛衣香、面脂及小通中散等藥。」苑咸《爲李林甫謝臘日賜藥等狀》：「右，昨晚内使曹侍仙至，奉宣聖旨，賜臣臘日所合通中散、駐顏面脂及鈿合，並吃力伽丸、白黑蒺藜、煎揩齒藥等。」參上二例，居易所寄或亦内廷所賜。

〔碧腴垂雲膏〕蓋亦道家所製膏散。陸龜蒙《奉和襲美太湖詩二十首·上真觀》：「霄裙或霞粲，侍女忽玉姹。坐進金碧腴，去馳飆欻駕。」

酬錢員外雪中見寄

松雪無塵小院寒，閉門不似住長安。煩君想我看心坐，報道心空無可看。（0727）

【注】

朱《箋》：作於元和五年（八一〇），長安。

〔錢員外〕錢徽。見本卷《同錢員外題絶糧僧巨川》（0707）注。

〔煩君想我看心坐，報道心空無可看〕看心，指北宗神秀所傳禪法，爲慧能南宗禪所批判。敦煌文書S.0735《大乘無生方便門》：「看心若淨，名淨心地。莫卷縮身心，舒展身心，放曠遠看，平等盡虚空看。和問言：見何物？子云：一物不見。」敦煌本《壇經》：「善知識，此法門中，坐禪元不著心，亦不著淨，亦不言不動。若言看心，心元是妄，妄如幻故，無所看也。若言看淨，人性本淨，爲妄念故，蓋覆真如，离妄念本性淨，不見自性本淨，起心看淨，却生淨妄，妄無處所，故知看者却是妄也。」

重酬錢員外

雪中重寄雪山偈，問答殷勤四句中。本立空名緣破妄，若能無妄亦無空。（0728）

【注】

朱《箋》：作於元和五年（八一〇），長安。

〔雪中重寄雪山偈，問答殷勤四句中〕北本《大般涅槃經》卷十四載：世尊於過去之世作婆羅門修菩薩行，住於雪山，爾時大梵天王釋提桓因自變其身，作羅刹像，形甚可畏，宣過去佛所説半偈：「諸行無常，是生滅法。」婆羅門聞是半偈，心生歡喜，願聞是偈竟，當以身奉施供養，羅刹爲説其餘半偈：「生滅滅已，寂滅爲樂。」

〔本立空名緣破妄，若能無妄亦無空〕《中論》：「大聖説空法，爲離諸見故。若復見有空，諸佛所不化。」《荷澤神會禪師語錄》：「崇遠法師問：云何爲空？若道有空，還同質礙；若説無空，即何所歸依？答曰：只爲未見性，是以説空。若見本性，空亦不有。如此見者，是名歸依。」

獨酌憶微之　時對所贈盞。

獨酌花前醉憶君，與君春别又逢春。惆悵銀杯來處重，不曾盛酒勸閑人。（0729）

【注】

朱《箋》：作於元和五年（八一〇），長安。

微之宅殘牡丹

殘紅零落無人賞，雨打風摧花不全①。諸處見時猶悵望，况當元九小亭前②。（0730）

【校】

①〔風摧〕馬本、《唐音統籤》作「風吹」。

②〔小亭〕馬本、《唐音統籤》作「小庭」。

【注】

朱《箋》：作於元和五年（八一〇），長安。

〔微之宅〕在長安朱雀門街東第二街靖安坊。元稹《答姨兄胡靈之見寄五十韻》注：「予宅在靖安北里。」《太平廣記》卷四八八元稹《鶯鶯傳》：「貞元歲九月，執事李公垂宿予靖安里第。」元稹宅有牡丹庭，見本卷《見元九悼亡詩因以此寄》（0714）。

〔諸處見時猶悵望，況當元九小亭前〕諸處，別處。見卷十三《冬夜示敏巢》（0693）注。

新磨鏡

衰容常晚櫛①，秋鏡偶新磨。一與清光對，方知白髮多。鬢毛從幻化，心地付頭陀。任意渾成雪，其如似夢何②？（0731）

【校】

①〔常晚〕汪本作「當晚」。

②〔似夢〕金澤本作「如夢」。

【注】

朱《箋》：作於元和五年（八一〇），長安。

〔鬢毛從幻化，心地付頭陀〕心地，見卷六《贈杓直》（0267）注。頭陀，見卷二《和思歸樂》（0100）注。

感髮落

昔日愁頭白，誰知未白衰？眼看應落盡①，無可變成絲。（0732）

【校】

①〔眼看〕汪本作「眼前」。

【注】

朱《箋》：作於元和五年（八一〇），長安。

八月十五夜聞崔大員外翰林獨直對酒玩月因懷禁中清景偶題是詩

秋月高懸空碧外①，仙郎靜玩禁闈間②。歲中唯有今宵好，海内無如此地閑。皓色分明雙闕牓③，清光深到九門關。遥聞獨醉還惆悵，不見金波照玉山。（0733）

【校】

①〔高懸空碧〕馬本、《唐音統籤》作「空懸高碧」。

②〔禁闈〕金澤本作「禁圍」。蓋唐人書寫之異。

③〔分明〕金澤本作「明分」。

【注】

朱《箋》：作於元和四年（八〇九），長安。

〔崔大員外〕朱《箋》：「崔羣。」參見卷十《自覺二首》（0480）等。岑仲勉《翰林學士壁記注補》：「崔羣元和二年十一月六日自左補闕充。三年四月二十八日，加庫部員外郎。五月五日，加庫部郎中知制誥。十二月賜緋。七年四月二十九日，遷中書舍人。」

〔秋月高懸空碧外，仙郎静玩禁闈間〕仙郎，唐人稱尚書省各部郎中、員外郎。李白《江夏使君叔席上贈史郎中》：「仙郎久爲别，客舍問何如。」

酬王十八見寄

秋思太白峰頭雪，晴憶仙遊洞口雲。未報皇恩歸未得，慚君爲寄北山文。（0734）

【注】

朱《箋》：約作於元和三年（八〇八）至元和六年（八一一），長安。

〔王十八〕王質夫。見卷十三《酬王十八李大見招遊山》（0635）注。

〔秋思太白峰頭雪，晴憶仙遊洞口雲〕太白峰，見卷五《病假中南亭閑望》（0182）注。仙遊洞，在仙遊寺。見卷五《仙遊寺獨宿》（0183）注。

〔未報皇恩歸未得，慚君爲寄北山文〕北山文，見卷十三《秘書省中憶舊山》（0663）注。

立春日酬錢員外曲江同行見贈

下直遇春日，垂鞭出禁闈①。兩人攜手語，十里看山歸。柳色早黄淺，水文新緑微。風

光向晚好，車馬近南稀。機盡笑相顧，不驚鷗鷺飛。（0735）

【校】

①〔禁闈〕金澤本作「禁闈」。

【注】

朱《箋》：約作於元和四年（八〇九）至元和六年（八一一），長安。

〔錢員外〕錢徽。見本卷《同錢員外題絶糧僧巨川》（0707）注。

〔機盡笑相顧，不驚鷗鷺飛〕《列子·黄帝》：「海上之人有好漚鳥者，每旦之海上，從漚鳥遊，漚鳥之至者百數而不止。其父曰：『吾聞漚鳥皆從汝遊，汝取來，吾玩之。』明日之海上，漚鳥舞而不下也。」

和錢員外青龍寺上方望舊山

舊峰松雪舊溪雲，悵望今朝遥屬君。共道使臣非俗吏，南山莫動北山文。（0736）

【注】

朱《箋》：約作於元和四年（八〇九）至元和六年（八一一），長安。

〔錢員外〕錢徽。

〔青龍寺上方〕青龍寺，見卷九《青龍寺早夏》(0411)注。杜甫《山寺》：「上方重閣晚，百里見秋毫。」仇注引邵注：「上方謂僧之方丈，在山頂也。《維摩詰經》：昇於上方。」《景德傳燈録》卷二五羅漢守仁：「止東安興教寺上方院。」寶塔紹巖：「續入居塔寺上方淨院。」

〔共道使臣非俗吏，南山莫動北山文〕南山，終南山。本卷《和錢員外早冬玩禁中新菊》(0745)注：「錢嘗居藍田山下。」北山文，見卷十三《秘書省中憶舊山》(0663)注。

宴周皓大夫光福宅 座上作。

何處風光最可憐，妓堂階下砌臺前。軒車擁路光照地，絲管入門聲沸天①。緑蕙不香饒桂酒，紅櫻無色讓花鈿。野人不敢求他事，唯借泉聲伴醉眠②。(0737)

【校】

①〔沸天〕《文苑英華》作「徹天」。

②〔泉聲〕《文苑英華》作「流泉」。

【注】

朱《箋》：約作於元和三年（八〇八）至元和六年（八一一），長安。

〔周皓大夫〕白居易又有《題周皓大夫新亭子二十二韻》（本書卷十五0822）：「十載歌鐘地，三朝節鉞臣。」陸贄

《奉天薦袁高等狀》：「周皓，曾任丹延鄜觀察使。」蓋即此人。《太平廣記》卷二一三《周昉》（出《畫斷》）：「長兄皓善騎射，隨哥舒往征吐蕃，收石堡城，以功授執金吾。時德宗修章敬寺，召皓問曰：『卿弟昉善畫，朕欲請畫章敬寺神，卿特言之。』」以時代、身分考之，當即一人，皓、皓或傳寫之異。然以時間論，其人至元和間年當逾八十。

〔光福宅〕光福坊在長安朱雀門街東第一街。見《唐兩京城坊考》卷二。

〔何處風光最可憐，妓堂階下砌臺前〕妓堂，見卷十三《題故曹王宅》（0610）注。阮閲《詩話總龜》前集卷十五引《談苑》：「砌臺，即今之撥擦臺也。王侯家作，以爲臨觀之戲。唐張仲素詩云：『寫望臨香閣，登高下砌臺。林間踏青去，席上意錢來。』即知唐以來有之。太祖乾德，王都尉家，其子承裕幼時，其父戲補砌臺使。」任半塘《唐戲弄》六《設備》：「按唐楊汝士詩：『拋却弓刀上砌臺，上方樓殿窣雲開。』与張仲素詩所云，皆指有梯級之高臺，初非上述舞臺或錦筵可擬也。……惟白居易《宴周大夫光福宅》……將『砌臺』与『妓堂』、『絲管』等聯繫，雖仍曰憐賞風光，又似爲奏伎之地。」按，砌臺之名，宋時猶存。洪适《盤洲文集》卷七十《南華齋羅漢疏并序》：「紹興二十年十二月一日，舟泊虔州，夢至一古屋……予入穴，覺其中盡是沙，努力以下，頗如今人砌臺。」

晚秋夜

碧空溶溶月華靜，月裏愁人弔孤影。花開殘菊傍疏籬①，葉下衰桐落寒井。塞鴻飛急覺秋盡，鄰雞鳴遲知夜永。凝情不語空所思，風吹白露衣裳冷。（0738）

【校】

①〔殘菊〕金澤本作「淺菊」。

【注】

朱《箋》：約作於元和三年（八〇八）至元和六年（八一一），長安。

惜牡丹花二首　一首翰林院北廳花下作，一首新昌竇給事宅南亭花下作①。

惆悵階前紅牡丹，晚來唯有兩枝殘②。明朝風起應吹盡，夜惜衰紅把火看③。（0739）

【校】

①〔題〕題下注「給事」馬本、《唐音統籤》作「給事中」。

②〔兩枝〕金澤本、《文苑英華》作「兩花」。

③金澤本詩末注：「翰林院北廳花前作。」

【注】

朱《箋》：約作於元和三年（八〇八）至元和六年（八一一），長安。

〔翰林院北廳〕李肇《翰林志》：「其北門爲翰林院。……南廳五間，本學士駙馬都尉張垍飾爲公主堂。……北廳五間，東一間是承旨閣子，並學士雜處之。……北廳之西南小樓，王涯率人爲之。院内多古槐、松、櫱樹、柿子、木瓜、菴羅峘、山桃、李、杏、櫻桃、紫薔薇、辛夷、蒲萄、冬青、玫瑰、凌霄、牡丹、山丹、芍藥、石竹、紫花蕪菁、青菊、當陸、茂葵、萱草、紫苑，署學士至者，雜植其間，殆至繁隘。」

〔竇給事〕朱《箋》：「竇易直，字宗玄，京兆人。元和八年自御史中丞改給事中。見《舊唐書》卷一六七本傳。」按，注稱「竇給事」，蓋後來所加。新昌坊，在朱雀門街東第五街，白居易宅亦在新昌坊，見卷二《和答詩十首》（0100～0109）序注。

寂寞萎紅低向雨，離披破艷散隨風。晴明落地猶惆悵①，何況飄零泥土中②？（0740）

【校】

①〔晴明〕《文苑英華》作「晴天」。

②金澤本詩末注：「新昌竇給事宅南亭花前作。」

答元奉禮同宿見贈①

相逢俱歎不閑身，直日常多齋日頻。曉鼓一聲分散去②，明朝風景屬何人？（0741）

【校】

①〔題〕「元奉禮」金澤本作「元八奉禮」。

②〔曉鼓〕馬本、《唐音統籤》作「晚鼓」。

【注】

朱《箋》：約作於元和三年（八〇八）至元和六年（八一一），長安。

〔元奉禮〕《舊唐書·職官志三》太常寺：「奉禮二人，從九品上。」《通典》卷二五太常卿：「大唐初有理禮郎四員，掌設板位，執儀行事。至永徽二年，以廟諱改爲奉禮郎。開元二十三年減二員。」金澤本作「元八奉禮」，則元宗簡曾任此職。參見卷五《答元八宗簡同遊曲江後明日見贈》（0174）注。

答馬侍御見贈

謬入金門侍玉除，煩君問我意何如。蟠木詎堪明主用①，籠禽徒與故人疏。苑花似雪同隨輦②，宫月如眉伴直廬。淺薄求賢思自代，嵇康莫寄絶交書。（0742）

【校】

①〔詎堪〕金澤本作「誰堪」。

②〔苑花〕「苑」殘宋本、金澤本作「菀」，實爲「苑」之別寫。

【注】

朱《箋》：約作元和三年（八〇八）至元和六年（八一一），長安。

〔馬侍御〕朱《箋》：「馬逢。花房英樹謂係馬總，非是。據《舊唐書》卷一五七本傳，總，元和初爲虔州刺史。元和四年，兼御史中丞、充嶺南都護。八月，轉桂州刺史、桂管經略使。此時已非侍御史。」《元和姓纂》卷七馬：「著署生逢，監察御史。」岑仲勉《元和姓纂四校記》：「《庫》本無『著』字，是也。《會要》七八：『元和二年正月，鄂、岳等州觀察使呂元膺奏新妹壻京兆府咸陽尉馬縫授試大理評事、充京兆觀察支度使。』似即其人。《元氏長慶集》十一有《送東川馬逢侍御使迴十韻》，同集十六《天壇詩》自注：『貞元二十年五月，得盩厔馬逢少府書。』《全詩》六函三册劉禹錫有《送人赴江陵謁馬逢侍御》詩，又十一函七册收馬逢詩。王仲舒與逢友善，見《廣記》四九七引《國史補》。裴度《劉太真碑》，元和中作，稱殿中侍御史馬逢。《唐才子傳》五：馬逢，關中人，貞元五年進士。」

〔蟠木詎堪明主用，籠禽徒與故人疏〕蟠木，見卷六《適意二首》之二(0234)注。潘岳《秋興賦序》：「譬猶池魚籠鳥，有江湖山藪之思。」

〔苑花似雪同隨輦，宮月如眉伴直廬〕駱賓王《艷情代郭氏答盧照鄰》：「峨眉山上月如眉，濯錦江中霞似錦。」戴叔倫《蘭溪棹歌》：「涼月如眉掛柳灣，越中山色鏡中看。」

〔淺薄求賢思自代，嵇康莫寄絶交書〕《晉書・嵇康傳》：「山濤將去選官，舉康自代。康乃與濤書告絶。……此書既行，知其不可羈屈也。」

上巳日恩賜曲江宴會即事①

賜歡仍許醉，此會興如何？翰苑主恩重，曲江春意多。花低羞艷妓，鶯散讓清歌。共道升平樂，元和勝永和。（0743）

【校】

①〔題〕「上巳」馬本作「上元」,誤。

【注】

朱《箋》: 約作於元和三年(八〇八)至元和六年(八一一),長安。

〔上巳日恩賜曲江宴會〕《唐會要》卷二九節日: 「元和二年正月,詔停中和、重陽二節賜宴,其上巳日仍舊。」《劇談錄》卷下曲江: 「上巳即賜宴臣僚,京兆府大陳筵席,長安、萬年兩縣以雄盛相較,錦繡珍玩無所不施。百辟會於山亭,恩賜太常及教坊聲樂。池中備彩舟數只,唯宰相、三使、北省官與翰林學士登焉。每歲傾動皇州,以爲盛觀。」

〔共道升平樂,元和勝永和〕《晉書·王羲之傳》: 「嘗與同志宴集於會稽山陰之蘭亭,羲之自爲之序以申其志,曰: 永和九年,歲在癸丑,暮春之初,會於會稽山陰之蘭亭,修禊事也。群賢畢至,少長咸集。」

夜惜禁中桃花因懷錢員外

前日歸時花正紅,今夜宿時枝半空。坐惜殘芳君不見,風吹狼藉月明中。(0744)

【注】

朱《箋》: 約作於元和四年(八〇九)至元和六年(八一一),長安。

〔錢員外〕朱《箋》: 「錢徽。」見前注。

和錢員外早冬玩禁中新菊

禁署寒氣遲，孟冬菊初拆①。新黄間繁緑，爛若金照碧。仙郎小隱日②，心似陶彭澤。秋憐潭上看，日慣籬邊摘。今來此地賞，野意潛自適。金馬門内花，玉山峰下客。寒芳引清句，吟玩煙景夕③。賜酒色偏宜，握蘭香不敵。淒淒百卉死，歲晚冰霜積。唯有此花開④，殷勤助君惜。錢嘗居藍田山下，故云。（0745）

【校】

①〔初拆〕「初」《文苑英華》校：「一作花。」

②〔小隱日〕「日」《文苑英華》校：「集作月。」

③〔吟玩〕《文苑英華》作「賞玩」。

④〔唯有此花開〕《文苑英華》作「有此花開時」。

【注】

朱《箋》：約作於元和三年（八〇八）至元和五年（八一〇），長安。

〔錢員外〕朱《箋》：「錢徽。」見前注。

〔仙郎小隱日，心似陶彭澤〕仙郎，見本卷《八月十五夜聞崔大員外翰林獨直對酒玩月因懷禁中清景偶題是詩》

（0733）注。王康琚《反招隱詩》：「小隱隱陵藪，大隱隱朝市。」陶彭澤，陶淵明。

〔金馬門内花，玉山峰下客〕金馬門，見卷十《别李十一後重寄》（0486）注。玉山，藍田山。見卷六《遊藍田山卜居》（0247）注。

〔賜酒色偏宜，握蘭香不敵〕《太平御覽》卷二一五引《漢官儀》：「尚書郎……握蘭含香，趨走丹墀奏事。」權德輿《伏蒙十六叔寄示喜慶感懷三十韻因獻之》：「握蘭中台並，折桂東堂春。」

答劉戒之早秋别墅見寄

涼風木槿籬，暮雨槐花枝。併起新秋思，爲得故人詩。避地鳥擇木，升朝魚在池①。城中與山下，喧靜闇相思。（0746）

【校】

①〔升朝〕馬本、《唐音統籤》、汪本作「入朝」。

【注】

朱《箋》：約作於元和三年（八〇八）至元和五年（八一〇），長安。

〔劉戒之〕未詳。

涼夜有懷

念別感時節，早蛩聞一聲。風簾夜涼入，露簟秋意生。燈盡夢初罷，月斜天未明。闇凝無限思，起傍藥欄行。（0747）

【注】

朱《箋》：約作於元和三年（八〇八）至元和五年（八一〇），長安。

〔闇凝無限思，起傍藥欄行〕藥欄，見卷二《傷宅》（0077）注。

秋思

病眠夜少夢，閑立秋多思。寂寞餘雨晴，蕭條早寒至。鳥栖紅葉樹，月照青苔地。何況鏡中年，又過三十二。（0748）

【注】

朱《箋》：作於貞元十九年（八〇三），長安。

禁中聞蛩

悄悄禁門閉，夜深無月明。西窗獨闇坐，滿耳新蛩聲。（0749）

【注】

朱《箋》：約作於元和三年（八〇八）至元和五年（八一〇），長安。

秋蟲

切切闇窗下，喓喓深草裏。秋天思婦心，雨夜愁人耳。（0750）

【注】

朱《箋》：約作於元和三年（八〇八）至元和五年（八一〇），長安。

〔切切闇窗下，喓喓深草裏〕《詩·召南·草蟲》：「喓喓草蟲，趯趯阜螽。」毛傳：「喓喓，聲也。」

贈別宣上人

上人處世界，清淨何所似？似彼白蓮花，在水不著水。性真悟泡幻①，行潔離塵滓。修道來幾時，身心俱到此？嗟予牽世網，不得長依止。離念與碧雲，秋來朝夕起。

(0751)

【校】

①〔性真〕《文苑英華》作「真空」。〔泡幻〕《全唐詩》校：「一作幻泡。」

【注】

朱《箋》：約作於元和三年(八〇八)至元和五年(八一〇)，長安。

〔宣上人〕當即廣宣。白居易有《廣宣上人以應制詩見示因以贈之詔許上人居安國寺紅樓院以詩供奉》(本書卷十五0810)。《唐詩紀事》卷七二廣宣：「宣，會昌間有詩名，與劉夢得最善。」李益、元稹、韓愈、劉禹錫、楊巨源、雍陶、王起(《全唐詩》誤王涯)等均有和廣宣詩，詩題亦有稱宣上人、宣大師者。參傅璇琮主編《唐才子傳校箋》卷三。

〔上人處世界，清淨何所似〕上人，見卷九《客路感秋寄明準上人》(0426)注。世界，見卷五《永崇里觀居》(0177)注。

〔似彼白蓮花，在水不著水〕《華嚴經》卷七七：「善知識者不染世法，譬如蓮華不著於水。」

〔性真悟泡幻，行潔離塵滓〕《維摩經・方便品》：「是身如泡，不得久立。是身如焰，從渴愛生。是身如芭蕉，中無有堅。是身如幻，從顛倒起。」

〔嗟予牽世網，不得長依止〕世網，見卷七《香爐峰下新置草堂即事詠懷題於石上》(0300)注。依止，謂師事之。

《大集法門經》卷上：「是佛所説，謂善説妙法，依止正士，願心平等。」《五燈會元》卷七天皇道悟禪師：「後參馬祖，重印前解，法無異説，依止二夏。」

春夜喜雪有懷王二十二①

夜雪有佳趣，幽人出書帷。微寒生枕席，輕素封階墀②。坐罷楚絃曲，起吟班扇詩。明宜滅燭後，淨愛褰簾時③。窗引曙色早，庭銷春氣遲。山陰應有興，不卧待徽之④。

（0752）

【校】

①〔題〕「有懷」《文苑英華》作「寄」。

②〔封階墀〕《文苑英華》、馬本、《唐音統籤》作「對階墀」。

③〔褰簾〕《文苑英華》作「卷簾」。

④〔徽之〕紹興本、那波本、馬本、《唐音統籤》作「微之」，顧校、朱《箋》據《文苑英華》、汪本改。金澤本作「徽之」。

【注】

朱《箋》：約作於元和三年（八〇八）至元和五年（八一〇），長安。

〔王二十二〕名不詳。

〔坐罷楚絃曲，起吟班扇詩〕阮研《棹歌行》：「且停白雪和，共奏激楚絃。」皎然《送李季良北歸》：「掩抑楚絃絶，離披湘葉衰。」謝朓《和王主簿怨情》：「相逢詠靡蕪，辭寵悲班扇。」《文選》李善注：「班婕妤《怨詩》曰：新製齊紈素，鮮潔如霜雪。裁爲合歡扇，團團似明月。」

〔山陰應有興，不卧待徽之〕《世説新語・任誕》：「王子猷居山陰，夜大雪，眠覺，開室，命酌酒，四望皎然。因起彷徨，詠左思《招隱詩》，忽憶戴安道。時戴在剡，即便夜乘小船就之。經宿方至，造門不前而返。人問其故，王曰：『吾本乘興而行，興盡而返，何必見戴？』」王徽之字子猷。

酬和元九東川路詩十二首

十二篇皆因新境追憶舊事，不能一一曲叙，但隨而和之，唯予與元知之耳。

駱口驛舊題詩

拙詩在壁無人愛，鳥污苔侵文字殘。唯有多情元侍御，繡衣不惜拂塵看。（0753）

【注】

朱《箋》：作於元和四年（八〇九），長安。以下十一首均同。

〔元九東川路詩〕元稹元和四年二月授監察御史，使東川劾奏故劍南東川節度使嚴礪，見卷一《贈樊著作》（0023）

注。元稹《使東川詩序》：「元和四年三月七日，予以監察御史使東川，往來鞍馬間賦詩凡三十二章，秘書省校書郎白行簡爲予手寫爲東川卷。今所錄者但七言絶句、長句耳。起《駱口驛》，盡《望驛臺》，二十二首云。」

〔駱口驛〕駱口，見卷五《祗役駱口因與王質夫同遊秋山偶題三韻》（0180）注。

〔拙詩在壁無人愛，鳥污苔侵文字殘〕元稹《駱口驛二首》注：「東壁上有李二十員外逢吉、崔二十二侍御韶使雲南題名處，北壁有翰林白二十二居易《題擁石關》、《雲開雪紅樹》等篇，有王質夫和焉。王不知是何人也。」

〔唯有多情元侍御，繡衣不惜拂塵看〕繡衣，見卷五《見蕭侍御憶舊山草堂詩因以繼和》（0181）注。

南秦雪

往歲曾爲西邑吏，慣從駱口到南秦。三時雲冷多飛雪，二月山寒少有春。我思舊事猶惆悵，君作初行定苦辛。仍賴愁猿寒不叫，若聞猿叫更愁人。（0754）

【注】

〔往歲曾爲西邑吏，慣從駱口到南秦〕西邑吏，指爲盩厔縣尉。參見卷五《祗役駱口因與王質夫同遊秋山偶題三韻》（0180）等詩。

山枇杷花二首

萬重青嶂蜀門口，一樹紅花山頂頭①。春盡憶家歸未得，低紅如解替君愁。（0755）

【校】

①〔山頂〕金澤本作「山上」。

【注】

〔山枇杷〕亦作山琵琶。李紳《南梁行》注：「駱谷中多毒樹，名山琵琶。其花明艷，與杜鵑花同。樵者識之，言曰早花殺人。」《本草綱目》卷十七下洋躑躅：「按唐李紳文集言，駱谷多山枇杷，毒能殺人，其花明艷，與杜鵑花相似，樵者識之。其説似羊躑躅，未知是否，要亦其類耳。」元稹《山枇杷》：「山枇杷，花似牡丹殷潑血。往年乘傳過青山，正值山花好時節。壓枝凝艷已全開，映葉香苞纔半裂。緊博紅袖欲支頤，慢解絳囊初破結。金綫叢飄繁蕊亂，珊瑚朵重纖莖折。」

葉如裙色碧綃淺①，花似芙蓉紅粉輕。若使此花兼解語，推囚御史定違程。（0756）

【校】

①〔碧綃〕馬本、《唐音統籤》作「碧紗」。

【注】

〔若使此花兼解語，推囚御史定違程〕孟郊《看花》：「問花不解語，勸得酒無多。」《太平廣記》卷二五二《羅隱》（出《抒情詩》）：「唐羅隱與周繇分深，謂隱曰：『閣下有《女障子》詩極好，乃爲絶唱。』隱不喻何爲也。曰：『若教解語應傾國，任是無情也動人。』是隱《題花詩》。隱撫掌大笑。」隱詩蓋襲白居易詩意。

江樓月①

嘉陵江曲曲江池②，明月雖同人別離。一宵光景潛相憶，兩地陰晴遠不知。誰料江邊懷我夜，正當池畔望君時。今朝共語方同悔，不解多情先寄詩。（0757）

【校】

①〔題〕《文苑英華》明刊本作「江樓望月」。

②〔曲江池〕紹興本、那波本作「曲江遲」，據金澤本、馬本等改。

【注】

〔嘉陵江〕《水經注》漢水：「漢水又南入嘉陵道，而爲嘉陵水。世俗名之爲階陵水，非也。」《太平寰宇記》卷八六劍南東道閬州：「嘉陵水，又名西漢水，又名閬中水。《周地圖記》云：水源出秦州嘉陵，因名嘉陵。經閬中，即閬中水。」

亞枝花

山郵花木似平陽，愁殺多情驄馬郎①。還似昇平池畔坐，低頭向水自看妝。（0758）

【校】

①〔愁殺〕金澤本作「思煞」。

【注】

〔亞枝〕見卷二《和松樹》(0106)注。

〔山郵花木似平陽，愁殺多情驄馬郎〕元稹《亞枝紅》：「平陽池上亞枝紅」，注：「往歲與樂天曾於郭家亭子竹林中，見亞枝紅桃花半在池水。」郭家亭子，指長安親仁坊郭子儀宅。平陽，指公主宅第，參見卷四《兩朱閣》(0146)注。非郭宅池之專名。驄馬，見卷五《見蕭侍御憶舊山草堂詩因以繼和》(0181)注。

〔還似昇平池畔坐，低頭向水自看妝〕昇平，指代宗女昇平公主。《舊唐書·郭子儀傳》：「子儀第六子，年十餘歲，尚代宗第四女昇平公主。」《因話錄》卷一：「郭曖嘗與昇平公主琴瑟不調，曖罵公主：『倚乃父爲天子耶？我父嫌天子不作。』公主恚啼，奔車奏之。上曰：『汝不知，他父實嫌天子不作。使不嫌，社稷豈汝家有也。』因泣下，但命公主還。尚父拘曖，自詣朝堂待罪。」

江上笛

江上何人夜吹笛，聲聲似憶故園春？此時聞者堪頭白，況是多愁少睡人。(0759)

【注】

〔江上何人夜吹笛，聲聲似憶故園春〕元稹《漢江上笛》注：「二月十五日夜於西縣白馬驛南樓聞笛悵然，憶得小年曾與從兄長楚寫《漢江聞笛賦》，因而有愴耳。」

嘉陵夜有懷二首

露濕牆花春意深，西廊月上半牀陰。憐君獨卧無言語，唯我知君此夜心。（0760）

【注】

〔嘉陵〕朱《箋》：「嘉陵驛。」武元衡《題嘉陵驛》：「悠悠風旆繞山川，山驛空濛雨似煙。路半嘉陵頭已白，蜀門西上更青天。」《輿地紀勝》卷一八四利州引此詩。《明一統志》卷六九保寧府：「嘉陵驛在廣元縣西二里。」

不明不闇朧朧月①，非暖非寒慢慢風②。獨卧空牀好天氣，平明閑事到心中③。（0761）

【校】

①〔朧朧〕馬本、《唐音統籤》、汪本作「朦朧」。

②〔非暖非寒〕《唐音統籤》作「不暖不寒」。

③〔平明〕金澤本作「平生」。

【注】

〔不明不闇朧朧月，非暖非寒慢慢風〕朱《箋》：「《文選》潘岳《悼亡詩三首》之二云：『歲寒無與同，朗月何朧朧。』蓋爲白詩所本。」

夜深行

百牢關外夜行客①，三殿角頭宵直人。莫道近臣勝遠使，其如同是不閑身②。（0762）

【校】

①〔百牢〕馬本作「百年」。

②〔其如〕馬本、《唐音統籤》作「其時」。

【注】

〔百牢關外夜行客，三殿角頭宵直人〕《元和郡縣志》卷二五興元府西縣：「百牢關，在縣西南三十步。隋置白馬關，後以黎陽有白馬關，改名百牢關。自京師趣劍南，達淮左，皆由此也。」三殿，長安大明宮麟德殿。見卷九《早朝賀雪寄陳山人》（0417）注。

望驛臺　三月三十日。

靖安宅裏當窗柳，望驛臺前撲地花。兩處春光同日盡①，居人思客客思家。（0763）

【校】

①〔春光〕馬本、《唐音統籤》作「春風」。

【注】

〔望驛臺〕馮浩《玉谿生詩詳注》卷二《望喜驛别嘉陵江水二絶》注：「《廣元縣志》：南去有望喜驛，今廢。按，香山《酬元九東川路詩》中有嘉陵縣望驛臺，即望喜驛也。」

〔靖安宅裏當窗柳，望驛臺前撲地花〕元稹靖安坊宅，見卷十《夢與李七庾三十三同訪元九》(0519)注。

江岸梨①

梨花有思緣和葉②，一樹江頭惱殺君。最似孀閨少年婦，白妝素袖碧紗裙。(0764)

【校】

①〔題〕汪本、《全唐詩》作「江岸梨花」。

②〔有思〕馬本、《唐音統籤》、汪本作「有意」。

【注】

〔梨花有思緣和葉，一樹江頭惱殺君〕元稹《江花落》：「日暮嘉陵江水東，梨花萬片逐江風。江花何處最斷腸，半落江流半在空。」

答謝家最小偏憐女 感元九悼亡詩，因爲代答三首。

嫁得梁鴻六七年，耽書愛酒日高眠。雨荒春圃唯生草，雪壓朝厨未有煙。身病憂來緣女少，家貧忘却爲夫賢。誰知厚俸今無分，枉向秋風吹紙錢①。（0765）

【校】

①〔吹紙錢〕金澤本作「燒紙錢」。

【注】

朱《箋》：作於元和四年（八〇九），長安。按，此詩及後二首應爲同時所和，未必作於元和四年韋叢卒之當年，以《答山驛夢》爲准，或作於元和五年（八一〇）。

〔答謝家最小偏憐女〕參見本卷《見元九悼亡詩因以此寄》（0714）注。元稹《遣悲懷三首》之一：「謝公最小偏憐女，嫁與黔婁百事乖。顧我無衣搜書篋，泥他沽酒拔金釵。野蔬充腸甘長藿，落葉添薪仰古槐。今日俸錢過十萬，與君營奠復營齋。」《晉書·列女傳》：「王凝之妻謝氏，字道韞，安西將軍奕之女也。聰識有才辯。」按，元稹妻韋叢爲韋夏卿季女。

〔嫁得梁鴻六七年，耽書愛酒日高眠〕梁鴻，見卷一《贈内》（0032）注。陳寅恪《元白詩箋證稿》第一章：「《白氏長慶集》六一《河南元公墓誌銘》云：『（貞元十八年）年二十四，試判入四等，署秘省校書。』是又必在貞元十八年微之婚于韋氏之後。」朱《箋》：「元稹授秘書省校書郎在貞元十九年春，據韓愈《韋氏墓誌》，則知婚於韋氏亦必在是年春間之後。證之此詩，以貞元十九年推算，至元和四年適爲七年。如提前一年至貞元十八年，則爲八年，與白氏詩所記不合。……蓋唐代選制以十一月爲期，至次年三月畢，見徐松《登科記考》卷十五。元、白貞元十八年十一月同應書判拔萃科試，至次年春始登第，同授校書郎。故白氏《養竹記》（《白氏文集》卷四三）云：『貞元十九年春，居易以拔萃選及第，授校書郎。』可證《河南元公墓誌》誤記。陳氏承白文之誤，亦失考。《侯鯖錄》卷五《微之年譜》亦誤繫於貞元十八年。」

答騎馬入空臺

君入空臺去，朝往暮還來。我入泉臺去，泉門無復開。鰥夫仍繫職，稚女未勝哀。寂寞咸陽道，家人覆墓迴。（0766）

【注】

〔答騎馬入空臺〕元稹《空屋題》：「朝從空屋裏，騎馬入空臺。盡日推閑事，還歸空屋來。月明穿暗隙，燈盡落殘灰。更想咸陽道，魂車昨夜迴。」

〔我入泉臺去，泉門無復開〕泉臺，陰間。駱賓王《樂大夫挽詞五首》：「忽見泉臺路，猶疑水鏡懸。」《寒山詩注》二三七首：「冥冥泉臺路，被業相拘絆。」

〔鰥夫仍繫職，稚女未勝哀〕元稹《琵琶歌》：「去年御史留東臺，公私蹙促顔不開。」朱《箋》：「陳寅恪據此詩及

『鰥夫仍繫職』句，謂韋氏葬時，微之尚在洛陽，爲職務羈絆，未能躬往，僅遣家人營葬。所考良是。」〔寂寞咸陽道，家人覆墓迴〕韋叢葬咸陽，見本卷《見元九悼亡詩因以此寄》（0714）注。

答山驛夢

入君旅夢來千里，閉我幽魂欲二年。莫忘平生行坐處，後堂階下竹叢前。（0767）

【注】

朱《箋》：作於元和五年（八一〇），長安。

〔答山驛夢〕元稹《感夢》：「行吟坐歎知何極，影絶魂銷動隔年。今夜商山館中夢，分明同在後堂前。」

和元九與吕二同宿話舊感贈

見君新贈吕君詩，憶得同年行樂時。爭入杏園齊馬首，潛過柳曲鬭蛾眉。八人雲散俱遊宦，七度花開盡別離。聞道秋娘猶且在①，至今時復問微之。（0768）

【校】

①〔且在〕金澤本作「自在」。

【注】

朱《箋》：作於元和四年（八〇九），長安。

〔呂二〕朱《箋》：「呂炅。」見卷五《常樂里閑居偶題十六韻兼寄劉十五公輿王十一起呂二炅呂四穎崔十八玄亮元九積劉三十二敦質張十五仲方時爲校書郎》（0173）注。

〔爭入杏園齊馬首，潛過柳曲鬭蛾眉〕杏園，見卷一《杏園中棗樹》（0056）注。

〔聞道秋娘猶且在，至今時復問微之〕秋娘，見卷十二《琵琶引》（0599）注。

憶元九

眇眇江陵道①，相思遠不知。近來文卷裏，半是憶君詩。（0769）

【校】

①〔江陵道〕金澤本作「江陵路」。

【注】

朱《箋》：作於元和五年（八一〇），長安。

〔眇眇江陵道，相思遠不知〕元稹貶江陵府士曹參軍，見卷一《登樂遊園望》（0026）注。

蕭員外寄新蜀茶

蜀茶寄到但驚新，渭水煎來始覺珍。滿甌似乳堪持玩，況是春深酒渴人。（0770）

【注】

朱《箋》：作於元和五年（八一〇），長安。

〔蕭員外〕名不詳。

〔蜀茶寄到但驚新，渭水煎來始覺珍〕《唐國史補》卷下：「風俗貴茶，茶之名品益重。劍南有蒙頂石花，或小方，或散芽，號爲第一。」

寄上大兄 已後詩在下邽村居作①。

秋鴻過盡無書信②，病戴紗巾强出門。獨上荒臺東北望，日西愁立到黄昏。（0771）

【校】

①〔題〕題下注「下邽」紹興本等脱「下」字，據金澤本、《唐音統籤》補。

②〔書信〕金澤本作「書至」。

【注】

朱《箋》：作於元和六年（八一一），下邽。

〔大兄〕居易長兄幼文，見卷十三《自河南經亂關内阻飢兄弟離散各在一處因望月有感聊書所懷寄上浮梁大兄於潛七兄烏江十五兄兼示符離及下邽弟妹》（0687）注。白居易《與微之書》（《白氏文集》卷四五）：「長兄去夏自徐州至，又有諸院孤小弟妹六七人，提攜同來。」書作於元和十二年（八一七）。此前幼文或已退閑家居徐州符離。

病中哭金鑾子　小女子名。

豈料吾方病，翻悲汝不全。卧驚從枕上，扶哭就燈前。有女誠爲累，無兒豈免憐？病來纔十日，養得已三年。慈淚隨聲迸①，悲腸遇物牽②。故衣猶架上，殘藥尚頭邊。送出深村巷，看封小墓田。莫言三里地，此别是終天。（0772）

【校】

①〔隨聲〕金澤本作「尋聲」。

②〔悲腸〕馬本、《唐音統籤》作「悲傷」。

【注】

朱《箋》：作於元和六年（八一一），下邽。「此詩陳《譜》繫於元和五年，誤。陳《譜》元和四年己丑，『是歲生女曰金鑾。』此詩云：『病來纔十日，養得已三年。』據以推算，應爲元和六年。」

〔金鑾子〕參見卷九《金鑾子晬日》（0410）及卷十《念金鑾子二首》（0465）。

〔有女誠爲累，無兒豈免憐〕《顔氏家訓·治家》：「太公曰：『養女太多，一費也。』陳番曰：『盜不過五女之門。』女之爲累，亦以深矣。然天生蒸民，先人傳體，其如之何？世人多不舉女，賊行骨肉，豈當如此，而望福於天乎？」《藝文類聚》卷三五引《六韜》：「太公曰：盜在其室，計之不熟。一盜收種不時，二盜取婦無能，三盜養女太多，四盜棄事就酒，五盜衣服過度。」

寄内

桑條初緑即爲别，柿葉半紅猶未歸。不如村婦知時節，解爲田夫秋擣衣。（0773）

【注】

朱《箋》：約作於元和六年（八一一）至元和八年（八一三），下邽。

〔寄内〕朱《箋》：「此爲白氏寄楊夫人之作。楊夫人爲楊汝士及虞卿之從妹。」參見卷一《贈内》（0032）。

病氣

自知氣發每因情，情在何由氣得平？若問病根深與淺，此身應與病齊生。（0774）

【注】

朱《箋》：約作於元和六年（八一一）至元和八年（八一三），下邽。

歎元九

不入城門來五載①，同時班列盡官高。何人牢落猶依舊，唯有江陵元士曹。（0775）

【校】

①〔城門〕馬本、《唐音統籤》、汪本作「城中」。

【注】

朱《箋》：作於元和九年（八一四），下邽。

〔何人牢落猶依舊，唯有江陵元士曹〕牢落，見卷十三《感秋寄遠》（0614）注。元稹元和五年三月自監察御史貶江陵府士曹參軍，元和九年移唐州從事。參見卷一《登樂遊園望》（0026）注。

眼暗

早年勤倦看書苦，晚歲悲傷出淚多。眼損不知都自取，病成方悟欲如何？夜昏乍似燈將滅，朝闇長疑鏡未磨。千藥萬方治不得，唯應閉目學頭陀。（0776）

【注】

朱《箋》：作於元和九年（八一四），下邽。

〔千藥萬方治不得，唯應閉目學頭陀〕頭陀，佛教頭陀行。參見卷二《和思歸樂》（0100）注。

得袁相書

穀苗深處一農夫，面黑頭班手把鋤。何意使人猶識我，就田來送相公書。（0777）

【注】

朱《箋》：作於元和九年（八一四），下邽。

〔袁相〕袁滋。永貞元年七月拜中書侍郎、同中書門下平章事。元和八年正月爲襄州刺史、山南東道節度使。九年九月移江陵尹、荆南節度使。見《舊唐書·順宗紀》、《憲宗紀》。朱《箋》：「居易得書時，滋仍在襄州任，蓋居易於是年冬始召爲太子左贊善大夫。」參見卷五《旅次華州贈袁右丞》（0200）。

病中作①

病來城裏諸親故，厚薄親疎心總知。唯有蔚章於我分，深於同在翰林時。（0778）

【校】

①〔題〕金澤本題下注：「寄錢舍人。」

【注】

朱《箋》：作於元和九年（八一四），下邽。

〔唯有蔚章於我分，深於同在翰林時〕蔚章，錢徽。見卷一《白牡丹》（0031）注。

感化寺見元九劉三十二題名處

微之謫去千餘里，太白無來十一年。今日見名如見面，塵埃壁上破窗前。（0779）

【注】

朱《箋》：作於元和九年（八一四），下邽。

〔感化寺〕在藍田。《宋高僧傳》卷九《義福傳》：「初止藍田化感寺。」《舊唐書·方伎傳·義福》同。嚴挺之《大智禪師（義福）碑銘》作「終南化感寺」。王維有《過感化寺曇興上人院》，《文苑英華》亦作「化感寺」。

〔劉三十二〕朱《箋》：「劉敦質。」見卷一《哭劉敦質》（0016）注，參見卷五《常樂里閑居偶題十六韻兼寄劉十五公輿王十一起呂二炅呂四穎崔十八玄亮元九稹劉三十二敦質張十五仲方時爲校書郎》（0173）、卷十一《晚歸有感》（0568）、卷十三《過劉三十二故宅》（0625）等詩。

〔微之謫去千餘里，太白無來十一年〕朱《箋》：「劉敦質卒於貞元十二年，至元和九年爲十一年。」

遊悟真寺迴山下別張殷衡

世緣未了住不得①，孤負青山心共知。愁君又入都門去，即是紅塵滿眼時。（0780）

【校】

①〔住不得〕馬本作「治不得」。

【注】

朱《箋》：作於元和九年（八一四），藍田。

〔悟真寺〕見卷六《遊悟真寺詩一百三十韻》（0261）注。

〔張殷衡〕《白氏文集》卷五一有《李石楊穀張殷衡並授官充涇原判官同制》。朱《箋》：「當爲同一人，可知長慶元年殷衡嘗爲涇原節度判官。」《全唐詩逸》卷中録張殷衡《清明日》詩斷句。

村居寄張殷衡

金氏村中一病夫，生涯濩落性靈迂。唯看老子五千字，不踏長安十二衢。藥銚夜傾殘酒煖，竹牀寒取舊氈鋪。聞君欲發江東去①，能到茅菴訪別無？（0781）

【校】

①〔江東〕金澤本作「關東」。

【注】

朱《箋》： 作於元和九年（八一四），下邽。

〔金氏村中一病夫，生涯濩落性靈迂〕金氏村，見卷六《村中留李三顧言宿》（0259）注。濩落，見卷十《感秋懷微之》（0511）注。性靈，見卷十一《同韓侍郎遊鄭家池吟詩小飲》（0567）注。

〔唯看老子五千字，不踏長安十二衢〕十二衢，見卷一《登樂遊園望》（0026）注。

病中得樊大書

荒村破屋經年卧，寂絶無人問病身。唯有東都樊著作，至今書信尚殷勤。（0782）

【注】

朱《箋》： 作於元和九年（八一四），下邽。

〔樊大〕樊宗師。見卷一《贈樊著作》（0023）注。

開元九詩書卷

紅牋白紙兩三束，半是君詩半是書。經年不展緣身病，今日開看生蠹魚。（0783）

【注】

朱《箋》：作於元和九年（八一四），下邽。

晝卧

抱枕無言語，空房獨悄然。誰知盡日卧，非病亦非眠。（0784）

【注】

朱《箋》：作於元和九年（八一四），下邽。

夜坐

庭前盡日立到夜，燈下有時坐徹明。此情不語何人會①，時復長吁一兩聲。（0785）

【校】

①〔此情〕金澤本作「此心」。

【注】

朱《箋》：作於元和九年（八一四），下邽。

暮立

黄昏獨立佛堂前，滿地槐花滿樹蟬。大抵四時心總苦，就中腸斷是秋天。（0786）

【注】

朱《箋》：作於元和九年（八一四），下邽。

有感

絶絃與斷絲，猶有却續時①。唯有衷腸斷②，無應續得期③。（0787）

【校】

①〔却續〕金澤本作「却連」。

②〔衷腸〕金澤本作「中腸」。

③〔無應〕《唐音統籤》作「應無」。

【注】

朱《箋》：作於元和九年（八一四），下邽。

〔絶絃與斷絲，猶有刦續時〕蕭衍《子夜四時歌·秋歌四首》：「吹漏未可停，絃斷當更續。」吳融《古别離》：「莫道斷絲不可續，丹穴鳳皇膠不遠。」《海内十洲記》：「鳳麟洲在西海之中央，地方一千五百里。洲四面有弱水繞之，鴻毛不浮，不可越也。洲上多鳳麟，數萬各爲群。又有山川池澤，及神藥百種，亦多仙家。煮鳳喙及麟角，合煎爲膏，名之爲續絃膠，或名連金泥。此膠能續弓弩已斷之絃，刀劍斷折之金，更以膠連續之，使力士掣之，他處乃斷，所續之際終無斷也。」

答友問

似玉童顔盡，如霜病鬢新。莫驚身頓老，心更老於身。（0788）

【注】

朱《箋》：作於元和九年（八一四），下邽。

村夜

霜草蒼蒼蟲切切，村南村北行人絶。獨出前門望野田①，月明蕎麥花如雪。（0789）

【校】

①〔前門〕金澤本、《唐音統籤》作「門前」。

【注】朱《箋》：作於元和九年（八一四），下邽。

聞蟲

闇蟲唧唧夜緜緜，況是秋陰欲雨天。猶恐愁人暫得睡，聲聲移近卧牀前。（0790）

【注】朱《箋》：作於元和九年（八一四），下邽。

寒食夜有懷

寒食非長非短夜，春風不熱不寒天。可憐時節堪相憶，何況無燈各早眠。（0791）

【注】朱《箋》：作於元和九年（八一四），下邽。

贈内

漠漠闇苔新雨地，微微凉露欲秋天。莫對月明思往事，損君顔色減君年。（0792）

【注】

朱《箋》：作於元和九年（八一四），下邽。

得錢舍人書問眼疾

春來眼闇少心情，點盡黄連尚未平。唯得君書勝得藥，開緘未讀眼先明。（0793）

【注】

朱《箋》：作於元和九年（八一四），下邽。

〔錢舍人〕朱《箋》：「錢徽。」《舊唐書·錢徽傳》載徽元和九年拜中書舍人，丁居晦《重修承旨學士壁記》記錢徽元和八年五月九日轉司封郎中、知制誥，十年七月二十三日遷中書舍人。朱《箋》：「知制誥亦得稱爲舍人。」參見卷七《答崔侍郎錢舍人書問因繼以詩》（0304）。

〔春來眼闇少心情，點盡黄連尚未平〕《重修政和證類本草》卷七：「黄連，味苦寒，微寒無毒，主熱氣目痛，眥傷泣出明目，腸澼腹痛下痢……。《藥性論》云：黃連臣，一名支連，惡白殭蠶，忌豬肉，惡冷水，殺小兒疳蟲，點赤眼昏痛，鎮肝去熱毒。」蘇軾《寒食日答李公擇三絶次韻》：「欲脱布衫攜素手，試開病眼點黃連。」

還李十一馬

傳語李君勞寄馬，病來唯著杖扶身①。縱擬强騎無出處，却將牽與趁朝人②。（0794）

【校】

①〔唯著〕馬本、《唐音統籤》、汪本作「唯拄」。〔扶身〕馬本、《唐音統籤》作「持身」。

②〔將牽〕金澤本作「牽將」。

【注】

朱《箋》：作於元和九年（八一四），下邽。

〔李十一〕朱《箋》：「李建。」見卷五《寄李十一》（0199）注。

〔縱擬强騎無出處，却將牽與趁朝人〕趁朝，趁有追趕意，見卷四《八駿圖》（0148）注。趁朝即趕着上朝之意。王建《贈索暹將軍》：「淚滴先皇階下土，南衙班裏趁朝迴。」元稹《仁風李著作園醉後寄李十》：「却笑西京李員外，五更騎馬趁朝時。」

九日寄行簡

摘得菊花攜得酒，遶村騎馬思悠悠①。下邽田地平如掌，何處登高望梓州？（0795）

【校】

①〔遶村〕紹興本作「澆將」，據金澤本、那波本等改。

【注】

朱《箋》：作於元和九年（八一四），下邽。

〔行簡〕居易弟白行簡。元和九年五六月間入劍南東川節度使盧坦幕赴梓州，見卷十《别行簡》（0459）注。

夜坐

斜月入前楹，迢迢夜坐情①。梧桐上階影，蟋蟀近牀聲。曙傍窗間至，秋從簟上生。感時因憶事，不寢到雞鳴②。（0796）

【校】

①〔迢迢〕馬本、《唐音統籤》作「迢遞」。

②〔不寢〕金澤本作「不寐」。

【注】

朱《箋》：作於元和九年（八一四），下邽。

村居二首

田園莽蒼經春早，籬落蕭條盡日風。若問經過談笑者，不過田舍白頭翁。（0797）

【注】

朱《箋》：作於元和九年（八一四），下邽。

門閉仍逢雪，厨寒未起煙。貧家重寥落①，半爲日高眠。（0798）

【校】

①〔寥落〕金澤本作「零落」。

早春

雪散因和氣，冰開得暖光。春銷不得處，唯有鬢邊霜①。（0799）

【校】

①〔鬢邊〕金澤本作「鬢間」。

【注】

朱《箋》：作於元和九年（八一四），下邽。

和夢遊春詩一百韻　并序

微之既到江陵，又以《夢遊春詩七十韻》寄予，且題其序曰：「斯言也，不可使不知吾者知，知吾者亦不可使不知。樂天知吾也，吾不敢不使吾子知。」予辱斯言，三復其旨，大抵悔既往而悟將來也。然予以爲苟不悔不寤則已，若悔於此，則宜悟於彼也①；反於彼而悟於妄，則宜歸於真也。况與足下外服儒風、内宗梵行者有日矣。而今而後，非覺路之返也，非空門之歸也，將安反乎？將安歸乎？今所和者，其卒章指歸於此②。夫感不甚則悔不熟，感不至則悟不深，故廣足下七十韻爲一百韻，重爲足下陳夢遊之中所以甚感者，叙婚仕之際所以至感者，欲使曲盡其妄，周知其非，然後返乎真，歸乎實；亦猶《法華經》序火宅、偈化城，《維摩經》入淫舍、過酒肆之義也。微之、微之，予斯文也，尤不可使不知吾者知，幸藏之爾云③。

昔君夢遊春，夢遊仙山曲。怳若有所遇，似愜平生欲。因尋昌蒲水④，漸入桃花谷。到一紅樓家，愛之看不足。池流渡清泚，草嫩蹋綠蓐。門柳闇全低，簷櫻紅半熟。轉行深深院，過盡重重屋。烏龍卧不驚，青鳥飛相逐。漸聞玉珮響，始辨珠履躅。遥見窗下人，娉婷十五六。霞光抱明月，蓮艷開初旭。縹緲雲雨仙，氛氲蘭麝馥。風流薄梳洗，時世寬裝束。袖軟異文綾，裾輕單絲縠。裙腰銀線壓，梳掌金筐蹙。帶纈紫蒲萄，袴花紅石竹。凝情都未語，付意微相矚。眉斂遠山青，鬟低片雲綠。帳牽翡翠帶，被解鴛鴦襆。秀色似堪餐，穠華如可掬。半卷錦頭席，斜鋪繡腰褥。朱脣素指勻⑤，粉汗紅綿撲⑥。心驚睡易覺⑦，夢斷魂難續。籠委獨棲禽，劍分連理木。存誠期有感，誓志貞無黷。京洛八九春，未曾花裏宿。壯年徒自棄，佳會應無復。鸞歌不重聞，鳳兆從兹卜。韋門女清貴，裴氏甥賢淑。羅扇夾花燈，金鞍攢繡轂。既傾南國貌，遂坦東牀腹。劉阮心漸忘，潘楊意方睦。新修履信第，初食尚書祿。九醞備聖賢，八珍窮水陸。秦家重簫史，彦輔憐衛叔。朝饌饋獨盤，夜醪傾百斛。親賓盛輝赫，妓樂紛曄煜。宿醉纔解醒，朝歡俄枕麴。飲過君子爭⑧，令甚將軍酷。酩酊歌鷓鴣，顛狂舞鴝鵒。月流春夜短，日下秋天速。謝傅隙奔光⑨，蕭娘風過燭⑩。全凋蕣花折，半死梧桐禿。闇鏡對孤鸞，哀弦留寡鵠。凄凄隔幽顯，冉冉移寒燠。萬事此時休，百身何處贖？提攜小兒女，將領舊姻族。再入朱門行，一傍青樓哭。櫪空無厩馬，水涸失池鶩。摇落廢井梧，荒凉故籬菊。莓苔上几閣，塵土生琴筑。舞榭綴蟏蛸，歌梁聚蝙蝠。嫁分紅粉妾，賣散蒼頭僕。門客思彷徨，家人泣咿噢。心期正蕭索，宦序仍拘跼。懷策入殽函，驅車辭郟鄏。逢時念既濟，聚學思大畜。端詳筮仕蓍，磨拭穿楊鏃。始從讎校職，首中賢良目。一拔侍瑶墀，再升紆繡服。誓酬君主寵，願使朝庭肅。密勿奏封章，清明操憲牘。鷹鞲中病下，豸角當邪觸。糺謬静東周⑪，中冤動南蜀。危言詆閹寺，直氣忤鈞軸。不忍曲作鉤，乍能折爲玉。捫心無愧畏，騰口有謗讟。只要明是非，何曾虞禍福？車摧太行路⑫，劍落酆城獄。襄漢問修途，荆蠻指殊俗。謫爲江府掾，遣事荆州牧。趨走謁麾幢，喧煩視鞭扑⑬。簿書常自領，縲囚每親鞫。竟日坐官曹，經旬曠休沐。宅荒渚宫草，馬瘦畬田粟。薄俸等涓毫，微官同桎梏。月中照形影⑭，天際辭骨肉。鶴病翅羽垂，獸窮爪牙縮。行看鬢間白，誰勸杯中綠？時傷大野麟，命問長沙鵩。夏梅山雨漬，秋瘴江雲毒⑮。巴水白茫茫，楚山青簇簇。吟君七十韻，是我心所蓄。既去誠莫追，將來幸前勗。欲除憂惱病，當取禪經讀。須悟事皆空，無令念將屬⑯。請思遊春夢，此夢何閃倏。艷色即空花，浮生乃焦穀。良姻在嘉偶⑰，頃尅爲單獨。入仕欲榮身，須臾成黜辱。合者離之始，樂兮憂所伏。愁恨僧祇長，歡榮刹那促。覺悟因傍喻，迷執由當局。膏明誘闇蛾，陽焱奔癡鹿。貪爲苦聚落，愛是悲林麓。水蕩無明波，輪迴死生輻。塵應甘露灑，垢待醍醐浴。障要智燈燒，魔須慧刀戮。外熏性易染，内戰心難衄。法句與心王，期君日三復。微之常以《法句》及《心王頭陀經》相示，故申言以卒其志也。（0800）

【校】

①〔序〕「宜悟於彼」金澤本作「宜反於彼」。

②「其卒章指」馬本、《唐音統籤》、汪本作「其章指卒」。

③「爾云」馬本、《唐音統籤》、汪本作「云爾」。

④〔昌蒲〕那波本、馬本、《唐音統籤》、汪本作「菖蒲」。

⑤〔朱脣〕金澤本作「脣朱」。

⑥〔粉汗〕金澤本作「粉汙」。〔紅綿〕金澤本作「紅錦」。

⑦〔睡易覺〕殘宋本作「睡未覺」，「易」金澤本旁注「未」。
⑧〔君子爭〕「爭」金澤本注：「去聲。」
⑨〔奔光〕馬本、《唐音統籤》、汪本作「過隙」。
⑩〔過燭〕馬本、《唐音統籤》、汪本作「送燭」。
⑪〔靜東周〕馬本、《唐音統籤》、汪本作「盡東周」。
⑫〔太行路〕金澤本作「太行道」。
⑬〔鞭扑〕各本作「鞭朴」，唐人混書。從朱《箋》改。
⑭〔照形影〕金澤本作「予形影」。
⑮〔江雲〕馬本、《唐音統籤》、汪本作「海雲」。
⑯〔念將屬〕金澤本作「念相屬」。
⑰〔在嘉偶〕金澤本作「存嘉偶」。

【注】

汪《譜》、朱《箋》：作於元和五年（八一〇），長安。

〔微之既到江陵，又以《夢遊春詩七十韻》寄予〕參見卷二《和答詩十首》（0100～0109）序。陳寅恪《元白詩箋證稿》第四章《艷詩及悼亡詩》：「微之自編詩集，以悼亡詩與艷詩分歸兩類。其悼亡詩即爲元配韋叢而作。其艷詩則多爲其少日之情人所謂崔鶯鶯者而作」；「至《夢遊春》一詩，乃兼涉雙文成之者」；「元白《夢遊春》詩，實非尋常遊戲之偶作，乃心儀浣花草堂之鉅製，而爲元和體之上乘，且可視作此類詩最佳之代表者也。」朱

《箋》：「微之原詩乃其至江陵後追憶少日風流事迹及感歎韋叢早逝所作，與其所撰之《鶯鶯傳》互爲表裏，足以參證。陳寅恪《元白詩箋證稿》據唐人『會仙』及締婚高門甲族之風尚，謂鶯鶯出身微賤，爲微之所棄，此一始亂終棄之劣行亦見諸於當時社會，其論極爲精辟。今視元、白之詩意，俱以一夢取譬於鶯鶯之姻緣，而視爲不足道，蓋亦見陳氏所論之不誣。」

〔外服儒風、内宗梵行〕《法華經·序品》：「發大乘意，常修梵行。」釋道安《二教論·歸宗顯本一》：「釋教爲内，儒教爲外。」宗炳《明佛論》：「外贊儒玄之迹，以導世情所極；内稟無生之學，以精神理之求。」

〔《法華經》序火宅、偈化城〕《法華經·譬喻品》：「諸有智者以譬喻得解，舍利弗，若國邑聚落有大長者，其年衰邁財富無量，多有田宅及諸僮僕。其家廣大，唯有一門，多諸人衆，一百二百乃至五百人止住其中。堂閣朽故，牆壁隤落，柱根腐敗，梁棟傾危，周匝俱時，欻然火起，焚燒舍宅。長者諸子，若十二十或三十，在此宅中。長者見是大火從四面起，即大驚怖而作是念：我雖能於此所燒之門安隱得出，而諸子等於火宅内樂著嬉戲，不覺不知，不驚不怖，火來逼身，苦痛切己，心不厭患，無求出意。……長者即作是念，此舍已爲大火所燒，我及諸子若不時出，必爲所焚。我今當設方便，令諸子等得免斯害。父知諸子先心各有所好種種珍玩奇異之物，情必樂著，而告之言：汝等所可玩好希有難得，如若不取，後必憂悔，如此種種。羊車、鹿車、牛車，今在門外，可以遊戲。汝等於此火宅宜速出來，隨汝所欲，皆當與汝。爾時諸子聞父所説珍玩之物，適其願故，心各勇鋭，互相推排，競共馳走，爭出火宅。」《化城喻品》：「但是如來方便之力，於一佛乘分別説三。如彼導師，爲止息故，化作大城，既知息已，而告之言：寶處在近，此城非實，我化作耳。」

〔《維摩經》入淫舍、過酒肆〕《維摩經·方便品》：「入諸淫舍，示欲之過。入諸酒肆，能立其志。」

〔因尋昌蒲水，漸入桃花谷〕元稹《夢遊春七十韻》：「昔歲夢遊春，夢遊何所遇。夢入深洞中，果遂平生趣。清泠淺漫流，畫舫蘭篙渡。過盡萬株桃，盤旋竹林路。」陳寅恪《元白詩箋證稿》第四章《艷詩及悼亡詩》：「似與張文成所寫《遊仙窟》之窟及其桃李澗之桃亦有冥會之處。蓋微之襲用文成舊本，以作傳文，固樂天之所稔知者也。」張鷟《遊仙窟》：「須臾之間，忽至松柏巖、桃花澗，香風觸地，光彩遍天。」按，菖蒲亦喻艷情。《吳聲歌曲·烏夜啼》：「歌舞諸少年，娉婷無種迹。菖蒲花可憐，聞名不曾識。」喬知之《定情篇》：「共君結新婚，歲寒心未卜。相與遊春園，各遂情所逐。君念菖蒲花，妾感苦寒竹。菖花多艷姿，寒竹有貞葉。」

〔烏龍卧不驚，青鳥飛相逐〕元稹《夢遊春七十韻》：「未敢上階行，頻移曲池步。烏龍不作聲，碧玉曾相慕。」烏龍，謂犬。《搜神後記》卷九：「會稽句章民張然，滯役在都，經年不得歸。家有少婦，無子，惟與一奴守舍，婦遂與奴私通。然在都養一狗，甚快，名曰烏龍，常以自隨，後假婦。婦與奴謀，欲得殺然。……然涕泣不食，乃以盤中肉及飯擲狗，祝曰：『養汝數年，吾當將死，汝能救我否？』狗得食不啖，惟注睛舐脣視奴，然亦覺之。奴催食轉急，然決計，拍膝大呼曰：『烏龍與手！』狗應聲傷奴。奴失刀仗倒地，狗咋其陰，然因取刀殺奴。」王楙《野客叢書》卷二四烏龍黄耳：「今諺有唤狗作烏龍語。按《搜神記》張然、《續仙傳》韋善俊家有犬名烏龍，呼犬有自也。」《漢武故事》：「王母遣使謂帝曰：『七月七日我當暫來。』帝至日，掃宫内，然九華燈。七月七日，上於承華殿中齋，日正中，忽見有青鳥從西方來集殿前。」後以青鳥喻傳情之信使。杜甫《麗人行》：「楊花雪落覆白蘋，青鳥飛去銜紅巾。」

〔漸聞玉珮響，始辨珠履躅〕何遜《苑中詩》：「樓殿聞珠履，竹樹隔羅衣。」

〔縹緲雲雨仙，氛氲蘭麝馥〕宋玉《高唐賦》：「昔者先王嘗遊高唐，怠而晝夢，夢見一婦人曰：『妾，巫山之女也，爲高唐之客。聞君遊高唐，願薦枕席。』王因幸之。去而辭曰：『妾在巫山之陽，高丘之阻。旦爲朝雲，暮爲行雨。朝朝暮暮，陽臺之下。』」《清商曲辭·遊女曲》：「氛氲蘭麝體芳華，容色玉耀眉如月。」

〔風流薄梳洗，時世寬裝束〕《吴聲歌曲·阿子歌》：「風流世希有，窈窕無人雙。」蕭綱《美女篇》：「佳麗盡關情，風流最有名。」貞元時妝尚寬肥，與天寶前女妝窄衣小袖適相反，參見卷三《上陽白髮人》（0129）、卷四《時世妝》（0157）。元稹《叙詩寄樂天書》：「近世婦人暈淡眉目，綰約頭鬢，衣服修廣之度及匹配色澤尤劇怪艷。」《唐會要》卷三一雜録大和六年六月敕：「婦人制裙不得闊五幅已上，裙條曳地不得長三寸已上，襦袖等不得廣一尺五寸已上。」又：「開成四年二月，淮南觀察使李德裕奏：管内婦人衣袖先闊四尺，今令闊一尺五寸；裙先曳地四五寸，今令減五寸。從之。」

〔袖軟異文綾，裾輕單絲縠〕異文綾，參見卷四《繚綾》（0153）。單絲縠，當是一種極薄的絲織品。《朝野僉載》卷三：「汴州刺史王志愔飲食精細，……又令買單絲羅，匹至三千。愔問：『用幾兩絲？』對曰：『五兩。』愔令豎子取五兩絲來，每兩别與十錢手功之直。」《太平廣記》卷三一《許老翁》（出《仙傳拾遺》）：「著黄羅銀泥裙，五暈羅銀泥衫子，單絲羅紅地銀泥帔子，蓋益都之盛服也。裴顧衣而嘆曰：『世間之服，華麗止此耳。』」王建《織錦曲》：「錦江水涸貢轉多，宫中盡著單絲羅。」宋趙與時《賓退録》卷十引《元豐九域志》歲貢之數，亦有「單絲羅一十匹」。

〔裙腰銀線壓，梳掌金篦蹙〕金篦，一種簪飾。温庭筠《鴻臚寺有開元中錫宴堂樓臺池沼雅爲勝絶荒凉遺址僅有存者偶成四十韻》：「艷帶畫銀絡，寶梳金鈿篦。」又《歸國遥》詞：「鈿篦交勝金粟，越羅春水緑。」

〔帶纈紫葡萄，袴花紅石竹〕元稹《夢遊春詩七十韻》：「叢梳百葉髻，（原注：時勢頭。）金蹙重臺履。（原注：踏殿樣。）紕軟鈿頭裙，（原注：瑟瑟色。）玲瓏合歡袴。（原注：夾纈名。）」白居易《江南喜逢蕭九徹因話長安舊遊戲贈五十韻》：「時世高梳髻，風流澹作妝。戴花紅石竹，帔暈紫檳榔。」夾纈，《唐語林》卷四：「玄宗柳婕妤有才學，上甚重之。婕妤妹適趙氏，性巧慧，因使工鏤板爲雜花，象之而爲夾結。因婕妤生日，獻王皇后一四。上見而賞之，因敕宮中依樣製之。當時甚秘，後漸出，遍於天下，乃爲至賤所服。」參見卷九《和元九悼往》（0419）注。石竹，見卷四《牡丹芳》（0150）注。此謂印花圖案。

〔眉斂遠山青，鬟低片雲緑〕眉斂遠山，見卷四《井底引銀瓶》（0162）注。

〔帳牽翡翠帶，被解鴛鴦襆〕襆，見卷十《司馬廳獨宿》（0518）注。

〔秀色似堪餐，穠華如可掬〕陸機《日出東南隅行》：「鮮膚一何潤，秀色若可餐。」

〔存誠期有感，誓志貞無黷〕陶淵明《閑情賦》：「坦萬慮以存誠，憩遥情于八遐。」孔稚珪《北山移文》：「或先貞而後黷，何其謬哉。」

〔鸞歌不重聞，鳳兆從兹卜〕《山海經·海内經》：「有鸞鳥自歌，鳳鳥自舞。」鮑照《代淮南王二首》：「紫房彩女弄明璫，鸞歌鳳舞斷君腸。」蕭繹《玄覽賦》：「無復鸞歌鳳舞，唯對緑柳青松。」《左傳》莊公二十二年：「初，懿氏卜妻敬仲，其妻占之，曰：吉。是謂『鳳皇于飛，和鳴鏘鏘，有嬀之後，將育于姜。五世其昌，並于正卿。八世之後，莫之與京。』」陸雲《祖考頌》：「貞龜發鳴鳳之兆，周史表觀國之繇。」

〔韋門女清貴，裴氏甥賢淑〕元稹妻韋叢，叢爲韋夏卿季女，夏卿娶裴皋女。故叢爲裴氏甥。見本卷《見元九悼亡詩因以此寄》（0714）注。

〔羅扇夾花燈，金鞍攢繡轂〕周弘正《名都一何綺詩》：「繡轂遊丹水，雕輦出平陽。」張正見《劉生》：「金門四姓聚，繡轂五香來。」

〔既傾南國貌，遂坦東牀腹〕傾國，見卷十二《長恨歌》（0593）注。《世説新語·雅量》：「郗太傅在京口，遣門生與王丞相書，求女壻。丞相語郗信：『君往東廂，任意選之。』門生歸白郗曰：『王家諸郎亦皆可嘉，聞來覓壻，咸自矜持，唯有一郎在東牀上坦腹卧，如不聞。』郗公云：『正此好。』訪之，乃是逸少，因嫁女與焉。」

〔劉阮心漸忘，潘楊意方睦〕劉阮，劉晨、阮肇。見卷十三《縣南花下醉中留劉五》(0636)注。潘岳《楊仲武誄》：「既藉三葉世親之恩，而子之姑，余之伉儷焉。……潘楊之穆，有自來矣。」沈約《奏彈王源》：「王滿連姻，寔駭物聽，潘楊之睦，有異於此。」《文選》李善注引《楊仲武誄》亦作「潘楊之睦」。

〔新修履信第，初食尚書祿〕元稹在洛陽履信坊有宅。白居易有《過元家履信宅》(本書卷二七1989)。《太平御覽》卷五一〇引嵇康《聖賢高士傳・鄭仲虞》：「天子以尚書祿終其身，世號之白衣尚書。」然此詩非謂元稹食尚書之祿，而謂其從尚書求其祿。《南齊書・王僧虔傳》載檀珪與僧虔書：「尚書能以郎見轉不？若使日得五升祿，則不耻執鞭。」

〔九醞備聖賢，八珍窮水陸〕九醞、八珍，見卷二《輕肥》(0081)注。《三國志・魏書・徐邈傳》：「時科禁酒，而邈私飲至於沈醉。校事趙達問以曹事，邈曰：『中聖人。』達白之太祖，太祖怒甚。度遼將軍鮮于輔進曰：『平日醉客謂酒清者爲聖人，濁者爲賢人。』竟幸坐得免刑。」杜甫《飲中八仙歌》：「左相日興廢萬錢，飲如長鯨吸百川，銜杯樂聖稱避賢。」

〔秦家重簫史，彦輔憐衛叔〕簫史，即蕭史。《列仙傳》卷上：「蕭史者，秦穆公時人也。善吹簫，能致孔雀白鶴於庭。穆公有女字弄玉，好之。公遂以女妻焉。日教弄玉作鳳鳴，居數年，吹似鳳聲，鳳凰來止其屋。公爲作鳳臺，夫婦止其上，不下數年，一旦皆偕隨鳳凰飛去。」《晉書・衛玠傳》：「玠字叔寶，年五歲，風神秀異。……玠妻父樂廣，有海内重名，議者以爲『婦公冰清，女壻玉潤』。」樂廣字彦輔。

〔宿醉纔解酲，朝歡俄枕麴〕《詩・小雅・節南山》：「憂心如酲，誰秉國成。」毛傳：「病酒曰酲。」《後漢書・第五倫傳》：「三輔論議者，至云以貴戚廢錮，當復以貴戚浣濯之，猶解酲當以酒也。」劉伶《酒德頌》：「先生于是方奉罌承槽，銜杯漱醪，奮髯箕踞，枕麴藉糟。」

〔飲過君子爭，令甚將軍酷〕《論語・八佾》：「子曰：君子無所爭，必也射乎！揖讓而升，下而飲。其爭也君子。」令，謂行酒令。參見卷十三《代書詩一百韻寄微之》（0604）。《史記・絳侯周勃世家》：「軍中聞將軍令，不聞天子之詔。」

〔酩酊歌鷓鴣，顛狂舞鴝鵒〕《教坊記》載曲名有「山鷓鴣」。《樂府詩集》卷八十近代曲辭《山鷓鴣》：「《歷代歌辭》曰：《山鷓鴣》，羽調曲也。」《世説新語・任誕》：「王長史、謝仁祖同爲王公掾，長史云：『謝掾能做異舞。』謝便起舞，神意甚暇。」注引《語林》：「謝鎮西酒後，於槃案間爲洛市肆工鴝鵒舞，甚佳。」元稹《酬樂天東南行詩一百韻》：「舞態翻鴝鵒，歌詞咽鷓鴣。」許渾《聽歌鷓鴣辭》：「鴝鵒未知狂客醉，鷓鴣先讓美人歌。」

〔謝傅隙奔光，蕭娘風過燭〕謝傅，晉謝安卒贈太傅。此指韋叢父夏卿，以太子少保卒贈左僕射。奔光，亦喻時光流速，人生短暫。《楚辭・九思・逢尤》：「奔電兮光晃，涼風兮愴凄。」《南史・梁宗室傳》：「北軍歌曰：不畏蕭娘與呂姥，但畏合肥有韋武。」沈滿願《戲蕭娘詩》：「清晨插步摇，向晚解羅衣。托意風流子，佳情詎可私。」此指韋叢。《相和歌辭・怨詩行》古辭：「百年未幾時，奄若風吹燭。」

〔全凋蕣花折，半死梧桐秃〕郭璞《遊仙詩》：「蕣榮不終朝，蜉蝣豈見夕。」《文選》李善注：「潘岳《朝菌賦序》曰：朝菌者，時人以爲蕣華，莊生以爲朝菌，其物向晨而結，絶日而殞。」枚乘《七發》：「龍門之桐，高百尺而無枝，中鬱結之輪菌，根扶疏以分離，上有千仞之峰，下臨百丈之溪，湍流溯波，又澹淡之，其根半死半生。」庾信《慨然成詠》：「交讓未全死，梧桐唯半生。」

〔闇鏡對孤鸞，哀弦留寡鵠〕謝朓《詠風詩》：「時拂孤鸞鏡，星鬢視參差。」蕭綱《詠人棄妾》：「獨鵠罷中路，孤鸞死鏡前。」徐陵《鴛鴦賦》：「山雞映水那自得，孤鸞照鏡不成雙。」參見卷三《太行路》（0132）注。《文選》蘇武詩：「黄鵠一遠別，千里顧徘徊。胡馬失其群，思心常依依。何況雙飛龍，羽翼臨當乖。幸有絃歌曲，可以喻中懷。請爲遊子吟，泠泠一何悲。絲竹厲清聲，慷慨有餘哀。」

〔淒淒隔幽顯，冉冉移寒燠〕幽顯，陰間與陽間。《太平廣記》卷一二八《公孫綽》（出《逸史》）：「與公幽顯異路，何故相干？」卷三四〇《李章武》：「分從幽顯隔，豈謂有佳期。」寒燠，寒暑。見卷一《春雪》（0029）注。

〔萬事此時休，百身何處贖〕沈佺期《從驩州廨宅移住山間水亭贈蘇使君》：「棄置一身在，平生萬事休。」《寒山詩注》〇八五首：「死了萬事休，誰人承後嗣。」《景德傳燈錄》卷三十石頭希遷《草庵歌》：「納帔幪頭萬事休，此時山僧都不會。」《詩·秦風·黃鳥》：「彼蒼天者，殲我良人。如可贖兮，人百其身。」

〔再入朱門行，一傍青樓哭〕青樓，見卷十二《長安道》（0595）注。

〔櫪空無厩馬，水涸失池鵞〕厩馬，見本卷《曲江獨行》（0705）注。

〔舞榭綴蠨蛸，歌梁聚蝙蝠〕《詩·豳風·東山》：「伊威在室，蠨蛸在户。」毛傳：「蠨蛸，長踦也。」《釋文》：「長踦，長脚蜘蛛。」

〔嫁分紅粉妾，賣散蒼頭僕〕《左傳》宣公十五年：「魏武子有嬖妾，無子。武子疾，命顆曰：『必嫁是。』疾病，則曰：『必以爲殉。』及卒，顆嫁之，曰：『疾病則亂，吾從其治也。』」蒼頭，見卷四《鹽商婦》（0160）注。

〔門客思傍徨，家人泣咿噢〕咿噢，同噢咿、懊咿。嵇康《琴賦》：「淒愴傷心，含哀懊咿。」《文選》李善注：「《字林》曰：懊咿，内悲也。」皮日休《吳中苦雨因書一百韻寄魯望》：「雞犬並淋漓，兒童但咿噢。」

〔心期正蕭索，宦序仍拘跼〕《南史·向柳傳》：「我與士遜心期久矣。」李邕《兗州曲阜縣孔子廟碑》：「宦序通德，儒林秀士。」

〔懷策入殽函，驅車辭郟鄏〕陳子昂《送梁李二明府》：「負書猶在漢，懷策未聞秦。」殽同崤。《史記·留侯世家》：「夫關中左殽函，右隴蜀。」正義：「殽，二殽山也，在洛州永寧縣西北二十八里。函谷關在陝州桃林縣西南十二里。」《左傳》宣公三年：「成王定鼎于郟鄏。」杜注：「郟鄏，今河南也。」

〔逢時念既濟，聚學思大畜〕《易·既濟·卦》：「亨小，利貞。初吉終亂。」《象》：「水在火上，既濟。君子以思患而豫防之。」《易·大畜·卦》：「利貞。不家食吉。利涉大川。」《象》：「天在山中，大畜。君子以多識前言往行，以畜其德。」

〔端詳筮仕蓍，磨拭穿楊鏃〕筮仕，見卷七《答故人》(0278)注。《書·洪範》：「稽疑，擇建立卜筮人。」傳：「龜曰卜，蓍曰筮。」穿楊，見卷十三《叙德書情四十韻上宣歙崔中丞》(0608)注。

〔始從讎校職，首中賢良目〕元稹貞元十八年(八〇二)以書判拔萃登科，授校書郎。元和元年(八〇六)應才識兼茂明於體用科，爲第一，授左拾遺。參見卷一《贈元稹》(0015)等。

〔一拔侍瑶墀，再升紆繡服〕瑶墀，猶言玉墀。蘇頲《授韋振通事舍人制》：「宜擢才於金穴，俾趨侍於瑶墀。」杜甫《追酬故高蜀州人日見寄》：「錦里春光空爛漫，瑶墀侍臣已冥莫。」紆繡服，見卷五《見蕭侍御憶舊山草堂詩因以繼和》(0181)注。元稹元和四年(八〇九)二月除監察御史，見卷一《贈樊著作》(0023)注。

〔密勿奏封章，清明操憲牘〕傅季友《爲宋公求加贈劉前軍表》：「密勿軍國，心力俱盡。」《文選》李善注：「《韓詩》曰：密勿同心，不宜有怒。密勿，黽勉也。」張敞《爲膠東相與朱邑書》：「足下以清明之德，掌周稷之業。」《南齊書·王晏傳》：「既内愧于心，外懼憲牘。」

〔鷹韝中病下，豸角當邪觸〕鷹韝，見卷十三《代書詩一百韻寄微之》(0604)注。豸角，見卷五《見蕭侍御憶舊山草堂詩因以繼和》(0181)注。

〔糺謬静東周，申冤動南蜀〕元稹爲御史，劾東川節度使嚴礪等違法加税，平八十八家冤事，奏河南尹房式不法事，見卷一《贈樊著作》(0023)注。

〔危言詆閽寺，直氣忤鈞軸〕閽寺，宦官。《禮記・内則》：「深宮固門，閽寺守之。」鈞軸，喻執政。張説《論幽州邊事書》：「開元之始，首典鈞軸。智小任大，福過災生。」韓愈《酒中留上襄陽李相公》：「知公不久歸鈞軸，應許閑官寄病身。」元稹與宦官劉士元爭廳，爲執政所惡，貶江陵士曹參軍，見卷一《登樂遊園望》(0026)注。

〔不忍曲作鉤，乍能折爲玉〕曲作鉤，見卷一《折劍頭》(0025)注。《荀子・法行》：「夫玉者，君子比德焉。……折而不撓，勇也。」《管子・水地》、《説苑・雜言》説同。庾闡《孫登贊》：「道攜薰芳，鮮不玉折。」陸雲《九愍・行吟》：「貞節志而玉折，厲勁心而蘭摧。」顏延之《祭屈原文》：「蘭薰而摧，玉縝則折。」《文選》李善注：「《語林》曰：毛伯成負其才氣，常稱寧爲蘭摧玉折，不作蒲芬艾榮。」」

〔車摧太行路，劍落酆城獄〕太行路，見卷一《初入太行路》(0043)注。酆城獄，即豐城獄。見卷一《李都尉古劍》(0010)注。

〔襄漢問修途，荆蠻指殊俗〕襄漢，襄陽、漢水，元稹赴江陵之路。荆蠻，春秋楚地，指荆州。《詩・小雅・采芑》：「蠢爾荆蠻，大邦爲仇。」王粲《七哀詩》：「復棄中國去，委身適荆蠻。」

〔謫爲江府掾，遣事荆州牧〕江府，江陵府。《舊唐書・地理志》：「荆州江陵府……上元元年九月，置南郡，以荆州爲江陵府。」

〔趨走謁麾幢，喧煩視鞭扑〕張衡《思玄賦》：「前祝融使舉麾兮，纚朱鳥以承旗。」《文選》舊注：「秦漢以來，即以所執之旌名曰麾，謂麾幢曲蓋者也。」《藝文類聚》卷六八引《東觀漢記》：「建初八年，稱班超爲將兵長史，假鼓吹幢麾。」《書・舜典》：「鞭作官刑，扑作教刑。」《漢書・刑法志》：「薄刑用鞭扑。」參見卷一《納粟》(0047)注。

〔簿書常自領，縲囚每親鞫〕《北齊書・顏之推傳》：「縲囚膏乎野草。」潘岳《西征賦》：「陷社稷之王章，俾幽死而莫鞫。」《文選》李善注：「張晏《漢書》曰：鞫，窮也。謂窮問囚情也。」

〔竟日坐官曹，經旬曠休沐〕《唐會要》卷八二休假：「永徽三年二月十一日，上以天下無虞，百司務簡，每至旬假，許不視事，以與百僚休沐。」

〔宅荒渚宫草，馬瘦畬田粟〕渚宫，見本卷《八月十五日夜禁中獨直對月憶元九》(0720)注。畬田，見卷二《贈友》之二(0086)注。

〔行看鬢間白，誰勸杯中緑〕李白《對雪醉後贈王厲陽》：「子猷聞風動窗竹，相邀共醉杯中緑。」

〔時傷大野麟，命問長沙鵩〕《左傳》哀公十四年：「春，西狩於大野，叔孫氏之車子鉏商獲麟。以爲不祥，以賜虞人。仲尼觀之，曰：『麟也。』然後取之。」杜預《春秋序》：「麟鳳五靈，王者之嘉瑞也。今麟出非其時，虚其應而失其歸，此聖人所以爲感也。絶筆於獲麟之一句者，所感而起，固所以爲終也。」長沙鵩，《史記·屈原賈生列傳》：「賈生爲長沙王太傅，三年，有鴞飛入賈生舍，止於坐隅。楚人名鴞曰鵩。賈生既已謫居長沙，長沙卑濕，自以爲壽不得長，乃爲賦以自廣。」

〔巴水白茫茫，楚山青簇簇〕《元和郡縣志》卷三四渝州：「古之巴國也。閬、白二水東南流，曲折如巴字，故謂之巴。然則巴國因水爲名。」《方輿勝覽》卷六十重慶府：「巴江，在巴縣，水折三面如巴字。」按，巴水不經江陵府，此蓋泛言。

〔既去誠莫追，將來幸前勗〕《論語·微子》：「往者不可諫，來者猶可追。」

〔欲除憂惱病，當取禪經讀〕《觀無量壽經》：「唯願世尊，爲我廣説無憂惱處。」禪經，此指佛經。

〔須悟事皆空，無令念將屬〕屬念，思念，放心不下。沈約《桐柏山金庭館碑》：「翹心屬念，晚卧晨興。」《太平廣記》卷三七八《張汶》(出《宣室志》)：「我自去人間，常常屬念親友。」

〔艷色即空花，浮生乃焦穀〕《圓覺經》：「知彼如空華，即能免流轉。又如夢中人，了達於無明。」《楞嚴經》卷五：「識性虛妄，猶如空華。」焦穀，謂雖種不可復生。《百喻經》卷二：「如彼焦種，無復生理。」《法句經》卷下：「種焦不復生，意盡如火滅。」

〔良姻在嘉偶，頃尅爲單獨〕劉長卿《見秦系離婚後出山居作》：「豈知偕老重，垂老絶良姻。」陸機《爲陸思遠婦作》：「二合兆嘉偶，女子禮有行。」

〔合者離之始，樂兮憂所伏〕《莊子·山木》：「合則離，成則毀。」《呂氏春秋·大樂》：「離則復合，合則復離，是謂天常。」湛方生《北叟贊》：「樂爲憂根，禍爲福始。數極則旋，往復迭起。」

〔愁恨僧祇長，歡榮刹那促〕僧祇，阿僧祇，意譯無量數。《翻譯名義集》卷三：「《大論》云：僧祇，秦言數。阿，秦言無。問：幾時名阿僧祇？答：天人中能知算數者極數不能知，是名一阿僧祇。如一一名二，二二名四，三三名九，十十名百，十百名千，十千名萬，千萬名億，千萬億名那由他，千萬那由他名頻婆，千萬頻婆名迦他，過迦他名阿僧祇。」刹那，意譯須臾、念頃。《翻譯名義集》卷二：「《俱舍》云：壯士一彈指頃六十五刹那。《仁王》云：一念中有九十刹那，一刹那經九百生滅。毗曇翻爲一念。」

〔覺悟因傍喻，迷執由當局〕《中阿含經》卷十六：「慧者聞喻則解其義。」《鹽鐵論·救匱》：「議不在己者易稱，從旁議者易是，其當局則亂。」

〔膏明誘闇蛾，陽焱奔癡鹿〕《淮南子·繆稱訓》：「膏燭以明自鑠。」《佛本行集經》卷十六：「此處損害，愚痴之人，爭競投入，猶如飛蛾，奔赴燈燭。」陽焱，見卷十一《開元寺東池早春》(0550)注。《楞伽經》卷二：「譬如群鹿，爲渴所逼，見春時焰，而作水想，迷亂馳趣，不知非水。」

〔貪爲苦聚落，愛是悲林麓〕《雜阿含經》卷五：「若於色欲不斷、貪不斷、愛不斷、念不斷、渴不斷者，彼色若變若異，則生憂悲惱苦。受想行識，亦復如是。」《華嚴經》卷二三：「根塵相對生觸，觸故生受，貪樂受故生愛，愛增長故生取，取因緣故，復起後有，有因緣故，有生老死憂悲苦惱。如是因緣，集諸苦聚，受諸苦惱。」

〔水蕩無明波，輪迴死生輻〕無明，佛教以爲十二因緣之始，生老病死諸苦之源。《別譯雜阿含經》卷十：「是故因於無明，則有行生，因行故有識，因識故有名色，因名色故有六入，因六入故有觸，因觸故有受，因受故有愛，因愛故有取，因取故有有，因有故有生，因生故有老死憂悲苦惱衆苦聚集因。」水蕩無明波，喻無明攪動衆生自性清淨。《大乘起信論》：「無明之相，不離覺性，非可壞，非不可壞。如大海水，因風波動，水相風相不相捨離。而水非動性，若風止滅，動相則滅，濕性不壞故。如是衆生自性清淨心，因無明風動，心與無明俱無形相，不相捨離。而心非動性，若無明滅，相續則滅，智性不壞故。」輪迴，衆生因貪痴業因而生死輪迴於三界六道之中，如車輪之迴轉。《法華經·方便品》：「我知此衆生，未曾修善本。堅著於五欲，痴愛故生惱。以諸欲因緣，墜墮三惡道。輪迴六趣中，備受諸苦毒。」

〔塵應甘露灑，垢待醍醐浴〕《法華經·普門品》：「澍甘露法雨，滅除煩惱焰。」醍醐，由牛乳提煉之最上者，佛教以喻佛法、佛性。《增壹阿含經》卷十二：「由牛得乳，由乳得酪，由酪得酥，由酥得醍醐。然復醍醐於中，最尊最上，無能及者。」《涅槃經》卷十四：「從佛出生十二部經，從十二部經出修多羅，從修多羅出方等經，從方等經出般若波羅蜜，從般若波羅蜜出大涅槃，猶如醍醐。言醍醐者，喻於佛性。」《景德傳燈錄》卷十七洞山師虔：「金篦撥破腦，頂上灌醍醐。」

〔障要智燈燒，魔須慧刀戮〕梵語魔羅意譯爲障，亦連稱爲魔障。《別譯雜阿含經》卷三：「不護三業者，邪見及眠睡。障蔽諸善法，隨從於惡魔。」《大乘本生心地觀經》卷七：「八萬四千總持門，能除惑障鎖魔法。」《維摩經·菩薩行品》：「以智慧劍，破煩惱賊。」《別譯雜阿含經》卷三：「於大黑暗中，能燃智慧燈。」《大方便佛報恩經》

卷二：「是故吾今以身供養，欲爲汝等及一切衆生，於大暗室燃大智燈，照汝生死無明黑暗，斷衆累結生死之患，超度衆難得至涅槃故。」

〔外熏性易染，内戰心難衄〕熏，熏習。染，染污。《大乘起信論》將熏習分爲淨法熏習与染法熏習：「熏習義者，如世間衣服，實無於香。若人以香而熏習故，則有香氣。此亦如是。真如淨法，實無於染，但以無明而熏習故，則有染相。無明染法，實無淨業，但以真如而熏習故，則有淨用。」《淮南子·精神訓》：「故子夏見曾子，一臞一肥。曾子問其故，曰：『出見富貴之樂而欲之，入見先王之道又説之，兩者心戰，故臞；先王之道勝，故肥。』」

〔法句與心王，期君日三復〕《元白詩箋證稿》第四章：「寅恪少讀樂天此詩，遍檢佛藏，不見所謂《心王頭陀經》者，頗以爲恨。近歲始見倫敦博物院藏斯坦因號貳肆柒肆，《佛爲心王菩薩説投陀經》卷上，五陰山室寺惠辨禪師注殘本（《大正續藏》貳捌捌陸號）。乃一至淺俗之書，爲中土所僞造者。至於《法句經》，亦非吾國古來相傳舊譯之本，乃别是一書，即倫敦博物院藏斯坦因號貳仟貳壹《佛説法句經》（又中村不折藏敦煌寫本，《大正續藏》貳玖零壹號）。及巴黎國民圖書館藏伯希和號貳叁貳伍《法句經疏》（《大正續藏》貳玖零貳號）。此書亦是淺俗僞造之經。夫元、白二公自許禪梵之學，叮嚀反復於此二經。今日得見此二書，其淺陋鄙俚如此，則二公之佛學造詣，可以推知矣。」朱《箋》：「陳氏考釋兩書極精確，而謂元、白佛學造詣淺陋之論則殊偏頗，蓋不能僅據微之、樂天詩中引用此二經即輕下斷語也。」按，白居易《與濟法師書》（《白氏文集》卷四五）亦引用中土僞造之《法王經》，蓋以新奇相炫也。

王昭君二首　時年十七。

滿面胡沙滿鬢風①，眉銷殘黛臉銷紅。愁苦辛勤顦顇盡，如今却似畫圖中②。（0801）

【校】

①〔滿鬢〕《文苑英華》明刊本、北圖抄本甲作「滿面」。

②〔却似〕馬本、《唐音統籤》作「却是」，誤。

【注】

陳《譜》、汪《譜》、朱《箋》：作於貞元四年（七八八）。

〔王昭君〕《後漢書·南匈奴傳》：「昭君字嬙，南郡人也。初，元帝時以良家子選入掖庭，時呼韓邪來朝，帝敕以宮女五人賜之。昭君入宮數歲，不得見御，積悲怨，乃請掖庭令求行。呼韓邪臨辭大會，帝召五女以示之。昭君豐容靚飾，光明漢宮，顧景裴回，竦動左右。帝見大驚，意欲留之，而難於失信，遂與匈奴。生二子。及呼韓邪死，其前閼氏子代立，欲妻之。昭君上書求歸，成帝敕令從胡俗，遂復爲後單于閼氏焉。」《西京雜記》遂演爲畫工醜圖之事，見卷二《青冢》（0121）注。

漢使却迴憑寄語，黄金何日贖蛾眉？君王若問妾顔色，莫道不如宮裏時。（0802）

【注】

《王直方詩話》（《詩話總龜前集》卷八、《苕溪漁隱叢話前集》卷二一引）：「古今人作昭君詞多矣，余獨愛白樂天一絶云：漢使却迴憑寄語……。蓋其意優游而不迫切故也。然樂天賦此時，年甚少。」説又見《詩人玉屑》等。瞿佑《歸田詩話》卷上：「不言怨恨，而惓惓舊主，高過人遠甚。其與『漢恩自淺胡自深，人生樂在相知心』者異矣。」

白居易詩集校注卷第十五

律詩

五言　七言　自兩韻至一百韻　凡一百首①

渭村退居寄禮部崔侍郎翰林錢舍人詩一百韻

聖代元和歲，閑居渭水陽。不才甘命舛，多幸遇時康。朝野分倫序，賢愚定否臧。重文疏卜式，尚少棄馮唐。由是推天運，從兹樂性場。籠禽放高翥，霧豹得深藏。世慮休相擾，身謀且自强。猶須務衣食，未免事農桑。薙草通三徑，開田占一坊。晝扉扃白版，夜碓掃黄粱。隙地治場圃，閑時糞土疆。枳籬編刺夾，薤壟擘科秧。穡力嫌身病，農心願歲穰。朝衣典杯酒，佩劍博牛羊。困倚栽松鍤，飢提採蕨筐。引泉來後澗，移竹下前岡。生計雖勤苦，家資甚渺茫。塵埃常滿甑，錢帛少盈囊。弟病仍扶杖，妻愁不出房。傳衣念繿縷，舉案笑糟糠。犬吠村胥鬧，蟬鳴織婦忙。納租看縣帖，輪粟問軍倉。夕歇攀村樹，秋行繞野塘。雲容陰慘澹，月色冷悠揚。蕎麥鋪花白，棠梨間葉黄。早寒風槭槭，新霽月蒼蒼。園菜迎霜死，庭蕪過雨荒。簷空愁宿燕，壁闇思啼螿。眼爲看書損，肱因運甓傷。病骸渾似木，老鬢欲成霜。少睡知年長，端憂覺夜長。舊遊多廢忘，往事偶思量。忽憶煙霄路，常陪劍履行。登朝思檢束，入閣學趨蹌。命偶風雲會，恩覃雨露霶。沾枯發枝葉，磨鈍起鋒鋩。崔閣連鑣騖，錢兄接翼翔。齊竽混韶夏，燕石厠琳琅。同日升金馬，分宵直未央。共詞加寵命，合表謝恩光。厩馬驕初跨，天厨味始嘗。朝晡頒餅餌，寒暑賜衣裳。對秉鵝毛筆，俱含雞舌香。青縑衾薄絮，朱裹幕高張。晝食恒連案，宵眠每並牀。差肩承詔旨，連署進封章。起草偏同視，疑文最共詳。滅私容點竄，窮理析毫芒②。便共輸肝膽，何曾異肺腸。慎微參石奮，決密與張湯③。禁闥青交瑣，宫垣紫界牆④。井欄排菡萏，簷瓦鬭鴛鴦。樓額題鳷鵲，池心浴鳳凰。風枝萬年動，温樹四時芳。宿露凝金掌，晨暉上璧璫⑤。砌筠塗綠粉，庭果滴紅漿。曉從朝興慶，春陪宴栢梁。傳呼鞭索索，拜舞珮鏘鏘。仙仗環雙闕，神兵闢兩廂。火翻紅尾旆，冰卓白竿槍。滉瀁經魚藻，深沉近浴堂。分庭皆命婦，對院即儲皇⑥。貴主冠浮動，親王轡鬧裝。金鈿相照耀，朱紫間熒煌。毬簇桃花騎⑦，歌巡竹葉觴。窪去銀中貴帶，昂黛内人妝。賜禊東城下，頒酺曲水傍。樽罍分聖酒，妓樂借仙倡。淺酌看紅藥，徐吟把綠楊。宴迴過御陌，行歇入僧房。白鹿原東脚⑧，青龍寺北廊。望春花景暖，避暑竹風凉。下直閑如社，尋芳醉似狂。有時還後到，無處不相將。雞鶴初雖雜，蕭蘭久乃彰。來燕隗貴重，去魯孔恓惶。聚散期難定，飛沉勢不常。五年同晝夜，一别似參商。屈折孤生竹，銷摧百煉剛⑨。途窮任憔悴，道在肯慞惶⑩。尚念遺簪折，仍憐病雀瘡。卹寒分賜帛，救餒減餘糧。藥物來盈裹，書題寄滿箱。殷勤翰林主，珍重禮闈郎⑪。呴沫誠多謝，摶扶豈所望。提攜勞氣力，吹簸不飛揚。拙劣才何用，龍鍾分自當。妝嫫徒費黛，磨甋詎成璋？習隱將時背，干名與道妨。外身宗老氏，齊物學蒙莊。疏放遺千慮，愚蒙守一方。樂天無怨歎，倚命不劻勷。憤懣胸須豁，交加臂莫攘。珠沉猶是寶，金躍未爲祥。泥尾休摇掉，灰心罷激昂。漸閑親道友，因病事醫王。息亂歸禪定，存神入坐亡。斷癡求慧劍，濟苦得慈航。不動爲吾志，無何是我鄉。可憐身與世，從此兩相忘。（0803）

【校】

①〔凡一百首〕紹興本、那波本等實得九十九首，殘宋本《松樹》後有《城西别元九》一首，合一百首。

②〔析毫芒〕那波本作「辯毫芒」。

③〔與張湯〕馬本、《唐音統籤》作「學張湯」。

④〔宫垣〕馬本、《唐音統籤》、汪本作「官垣」。

⑤〔壁璫〕紹興本、那波本作「壁璫」，據馬本、《唐音統籤》改。

⑥〔對院〕馬本、《唐音統籤》作「對面」。

⑦〔桃花騎〕馬本、《唐音統籤》作「桃花綺」。

⑧〔東脚〕那波本、馬本、《唐音統籤》、汪本作「東郭」。

⑨〔百煉剛〕馬本、《唐音統籤》、汪本作「百煉鋼」。

⑩〔慞惶〕馬本、《唐音統籤》、汪本作「傍徨」。

⑪〔禮闈〕紹興本作「禮圍」，據他本改。

【注】

朱《箋》：作於元和九年（八一四），下邽。陳《譜》繫於元和五年：「自二年爲學士至此五年。」朱《箋》：「二年至五年，前後僅四年，安可云『五年同晝夜』？據丁居晦《重修承旨學士壁記》，元和六年，崔羣庫部郎中、知制誥，錢徽祠部郎中，何得題稱禮部崔侍郎及錢舍人？至元和九年六月二十六日，崔始出拜禮部侍郎。八年五月九日，錢徽轉司封郎中、知制誥（唐人知制誥得稱舍人）。而居易元和九年入朝。合此推之，是詩斷爲九年秋所作無疑。」

〔禮部崔侍郎〕朱《箋》：「崔羣。」參見卷七《答崔侍郎錢舍人書問因繼以詩》（0304）。《重修承旨學士壁記》崔羣：「（元和）九年六月二十六日出院，拜禮部侍郎。」

〔翰林錢學士〕朱《箋》：「錢徽。」《重修承旨學士壁記》：「錢徽……（元和）八年五月九日轉司封郎中、知制誥。十一月賜緋。十年七月二十三日遷中書舍人。十一月出守本官。」參見卷七《答崔侍郎錢舍人書問因繼以詩》（0304）、卷十一《登龍昌上寺望江南山懷錢舍人》（0556）。

〔重文疏卜式，尚少棄馮唐〕《漢書・卜式傳》：「卜式，河南人，以田畜爲事。……時漢方事匈奴，式上書，願輸家財半助邊。……元鼎中，徵式代石慶爲御史大夫。式既在位，言郡國不便鹽鐵而船有算，可罷。上由是不説式。明年封禪，式又不習文章，貶秩爲太子太傅，以兒寬代之。」《文選》張衡《思玄賦》李善注引《漢武故事》：「顔駟，不知何許人。漢文帝時爲郎，至武帝，嘗輦過郎署，見駟尨眉皓髮，上問曰：『叟何時爲郎？何其老也！』答曰：『臣文帝時爲郎，文帝好文而臣好武。至景帝好美而臣貌醜。陛下即位，好少而臣已老。是以三世不遇，故老於郎署。』」此言馮唐，蓋混言。《史記・張釋之馮唐列傳》：「武帝立，求賢良，舉馮唐。唐時年九十餘，不能復爲官。」王楙《野客叢書》卷五顔駟事與馮唐同：「《漢武故事》載顔駟一事，甚與馮唐同。……人往往誤以此事爲馮唐用。如《白氏六帖》曰：『漢文帝時，馮唐白首爲郎，帝問之，曰：臣三朝不遇。』樂天詩亦曰：『重文疏卜式，尚少棄馮唐。』……如此甚多。諸詩誤引承襲而然。《六帖》云云，尤爲可笑。」

〔由是推天運，從兹樂性場〕《三國志・蜀書・郤正傳》：「是以達人研道，探賾索微，觀天運之符表，考人事之盛衰。」本書卷五《養拙》(0198)：「無憂樂性場，寡欲清心源。」

〔籠禽放高翥，霧豹得深藏〕潘岳《秋興賦序》：「譬猶池魚籠鳥，有江湖山藪之思。」《列女傳》卷二：「妾聞南山有玄豹，霧雨七日而不下食者，何也？欲以澤其毛而成文章也，故藏而遠害。」

〔薙草通三徑，開田占一坊〕陶淵明《歸去來兮辭》：「三徑就荒，松菊猶存。」《文選》李善注引《三輔決録》：「蔣詡，字元卿，舍中三徑，唯羊仲、求仲從之遊，皆挫廉逃名不出。」

〔晝扉扃白版，夜碓擣黄粱〕王維《田家》：「雀乳青苔井，雞鳴白板扉。」元稹《春分投簡陽明洞天作》：「村扉以白板，寺壁耀赬糊。」

〔隙地治場圃，閑時糞土疆〕《禮記・月令》：「可以糞田疇，可以美土疆。」孔穎達疏：「糞，壅苗之根也。」

〔枳籬編刺夾，薤壟擘科秧〕《韓非子·外儲説左下》：「樹枳棘者，成而刺人。」《齊民要術》卷四園籬：「枳棘之籬，折柳樊圃。」科，同棵。《齊民要術》卷三種葵：「掐秋菜，必留五六葉。不掐則莖孤，留葉多則科大。」本書卷二六《和微之春日投簡陽明洞天五十韻》(1851)：「緑科秧早稻，紫笋折新蘆。」

〔朝衣典杯酒，佩劍博牛羊〕本書卷六《晚春沽酒》(0236)：「賣我所乘馬，典我舊朝衣。盡將沽酒飲，酩酊步行歸。」《漢書·龔遂傳》：「民有帶持刀劍者，使賣劍買牛，賣刀買犢，曰：『何爲帶牛佩犢？』」

〔塵埃常滿甑，錢帛少盈囊〕《後漢書·獨行傳·范冉》：「所止單陋，有時糧粒盡，窮居自若，言貌無改，閭里歌之曰：甑中生塵范史雲，釜中生魚范萊蕪。」

〔傳衣念縕縷，舉案笑糟糠〕《後漢書·梁鴻傳》：「爲人賃舂。每歸，妻爲具食，不敢於鴻前仰視，舉案齊眉。」《後漢書·宋弘傳》：「臣聞貧賤之知不可忘，糟糠之妻不下堂。」

〔納租看縣帖，輸粟問軍倉〕《新唐書·食貨志》：「國有所須，先奏而斂。凡税斂之數，書於縣門、村坊，與衆知之。」軍倉，指太倉或東渭橋北倉，所貯供給諸軍。《舊唐書·順宗紀》：「（貞元二十一年七月）甲午，度支使杜佑奏：太倉見米八十萬石，貯來十五年，東渭橋米四十五万石，支諸軍皆不悦。」《資治通鑑》德宗建中四年九月：「以東渭橋有轉輸積粟，癸亥，進屯東渭橋。」唐德宗《西平王李晟東渭橋紀功碑》：「東渭橋抵王城東北四十里，而國之廪積在焉。」常衮《放京畿丁役及免税制》：「其京兆府今年秋税，於所徵數内減十萬石，百姓應納諸色物等，比緣朔方軍糧，轉輸勞弊，又時方收斂，務從便省，其草粟等，並於中渭橋、東渭橋納。」沈亞之《東渭橋給納使新廳記》：「渭水東附河，輸流逶迤于帝垣之後。倚垣而跨爲梁者三，名分中、東、西。天廪居最東，内淮江之粟，而群曹百衛於是仰給。」

〔眼爲看書損，肱因運甓傷〕《晉書·陶侃傳》：「侃在州無事，輒朝運百甓於齋外，暮運於齋内。人問其故，答曰：『吾方致力中原，過爾優逸，恐不堪事。』」

〔少睡知年長，端憂覺夜長〕端憂，憂愁狀。謝莊《月賦》：「陳王初喪應劉，端憂多暇。」吴均《奉使廬陵》：「悵然不自怡，端憂坐漠漠。」

〔忽憶煙霄路，常陪劍履行〕《史記・蕭相國世家》：「於是乃令蕭何第一，賜帶劍履上殿，入朝不趨。」《隋書・禮儀志七》：「大臣優禮，皆劍履上殿。」

〔登朝思檢束，入閣學趨蹌〕《舊唐書・楊憑傳》：「徵爲監察御史，不樂檢束，遂求免。」韓愈《感春四首》：「近憐李杜無檢束，爛漫長醉多文辭。」司馬光《涑水記聞》卷八：「上問宰相唐世入閣之儀，參知政事宋庠退而講求以進曰：唐有大内，有大明宫。大内謂之西内，大明宫謂之東内。高宗以後，多居東内。其正南門曰丹鳳，丹鳳之内曰含元殿，每至大朝會則御之。次曰宣政殿，謂之正衙，朔望大册拜則御之。次曰紫宸殿，謂之上閤，亦曰内衙，奇日視朝則御之。唐制天子日視朝，則必立仗於正衙，或乘輿止於紫宸，則呼仗自東西閤門入，故唐世謂奇日視朝爲入閤。」《詩・齊風・猗嗟》：「巧趨蹌兮，射則臧兮。」毛傳：「蹌，巧趨貌。」韓愈《答張徹》：「點綴簿上字，趨蹌閣前鈴。」

〔命偶風雲會，恩覃雨露霶〕《爾雅・釋言》：「覃，延也。」謝靈運《謝封康樂侯表》：「澤洽往德，恩覃來胤。」

〔崔閣連鑣鶩，錢兄接翼翔〕張協《七命》：「肴駟連鑣，酒駕方軒。」枚乘《梁王菟園賦》：「翺翔群熙，交頸接翼。」劉峻《辯命論》：「薰蕕不同器，梟鸞不接翼。」

〔齊竽混韶夏，燕石廁琳琅〕《韓非子・内儲説上》：「齊宣王使人吹竽，必三百人。南郭處士請爲王吹竽，宣王説之，廩食以數百人。宣王死，湣王立，好一一聽之，處士逃。」《藝文類聚》卷九引《闞子》：「宋之愚人，得燕石於梧臺之東，歸而藏之以爲寶。周客聞而觀焉，主人齋七日，端冕玄服以發寶，革匱十重，緹巾十襲。客見之，掩口而笑曰：『此特燕石也。其與瓦甓不殊。』」李白《古風》：「宋人梧臺東，野人得燕石。夸作天下珍，却哂趙王璧。」

〔同日升金馬，分宵直未央〕金馬，金馬門。見卷十《别李十一後重寄》(0486)注。未央，漢未央宮。見卷十二《長恨歌》(0593)注。

〔厩馬驕初跨，天厨味始嘗〕厩馬，閑厩馬。見卷十四《曲江獨行》(0705)注。天厨，御厨，朝廷常參官厨。《王梵志詩校注》二七三首：「仕人作官職，人中第一好。行即食天厨，坐時請月料。」參見卷六《朝歸書事寄元八》(0263)「廊下餐」注。王楙《野客叢書》卷十天厨：「今歲首門神有書曰：『口食天倉。』觀顧長康所畫《清夜遊西園圖》，梁朝諸王跋尾有云：『圖上若干人，並食天厨。』知此語舊矣。」

〔朝晡頒餅餌，寒暑賜衣裳〕朝晡，朝夕。《後漢書·趙憙傳》：「諸王並令就邸，唯朝晡入臨。」《太平御覽》卷二一五引《漢官儀》：「尚書郎給青縑白綾被，以錦被、帷帳、氈褥、通中枕，太官供食，湯官供餅餌、五熟果實，下天子一等級。」《唐會要》卷三二異文袍：「至(貞元)八年十一月三日，賜文武常參官大綾袍。」

〔對秉鵝毛筆，俱含雞舌香〕吳均《和蕭洗馬子顯古意詩六首》：「淚研兔枝墨，筆染鵝毛素。」劉禹錫《浙西李大夫述夢四十韻並浙東元相公酬和斐然繼聲》：「懷鉛辨蟲蠹，染素學鵝毛。」《初學記》卷十一引應劭《漢官儀》：「尚書郎含雞舌香，伏奏事，黄門郎對揖跪受。」

〔青縑衾薄絮，朱裏幕高張〕青縑衾，見卷五《冬夜與錢員外同直禁中》(0189)注。朱裏幕，見卷五《和錢員外禁中夙興見示》(0190)注。

〔起草偏同視，疑文最共詳〕《漢書·韋賢傳》：「經傳無明文，至尊至重，難以疑文虛説定也。」

〔滅私容點竄，窮理析毫芒〕《三國志·魏書·武帝紀》：「公又與遂書，多所點竄，如遂改定者，超等愈疑遂。」《唐摭言》卷三：「或文字乖訛，便在點竄矣。」

〔便共輸肝膽，何曾異肺腸〕《史記·淮陰侯列傳》：「臣願披腹心，輸肝膽，效愚計。」賈島《再投李益常侍》：「淹留花柳變，然諸肺腸傾。」

〔慎微參石奮，決密與張湯〕《漢書·萬石君傳》：「萬石君石奮，其父趙人也。……奮積功勞，孝文時官至太中大夫。無文學，恭謹，舉無與比。……即孝景即位，以奮爲九卿。迫近，憚之，徙奮爲諸侯相。奮長子建，次甲，次乙，次慶，皆以馴行孝謹，官至二千石。於是景帝曰：『石君及四子皆二千石，人臣尊寵乃舉集其門。』凡號奮爲萬石君。孝景季年，萬石君以上大夫祿歸老於家，以歲時爲朝臣。過宮門闕必下車趨，見路馬必軾焉。子孫爲小吏，來歸謁，萬石君必朝服見之，不名。子孫有過失，不誚讓，爲便坐，對案不食。然後諸子相責，因長老肉袒固謝罪，改之，乃許。子孫勝冠者在側，雖燕必冠，申申如也。僮僕訢訢如也，唯謹。上時賜食於家，必稽首俯伏而食，如在上前。其執喪，哀戚甚。子孫尊教，亦如之。萬石君家以孝謹聞乎郡國，雖齊魯諸儒質行，皆自以爲不及。」《漢書·張湯傳》：「張湯，杜陵人也。……是時，上方鄉文學，湯決大獄，欲傅古義，乃請博士弟子治《尚書》、《春秋》，補廷尉史，平亭疑法。奏讞疑，必奏先爲上分別其原，上所是，受而著讞法廷尉挈令，揚主之名。……及治淮南、衡山、江都反獄，皆窮根本。嚴助、伍被，上欲釋之，湯爭曰：『伍被本造反謀，而助親幸出入禁闥，腹心之臣，乃交私諸侯如此，弗誅，後不可治。』上可論之。其治獄所巧排大臣自以爲功，多此類。繇是益尊任，遷御史大夫。會渾邪等降，漢大興兵伐匈奴，山東水旱，貧民流徙，皆仰給縣官，縣官空虛。湯承上旨，請造白金及五銖錢，籠天下鹽鐵，排富商大賈，出告緡令，鉏豪强並兼之家，舞文巧詆以輔法。湯每朝奏事，語國家用，日旰，天子忘食。丞相取充位，天子事皆決湯。百姓不安其生，騷動，縣官所興未獲其利，奸吏並侵漁，於是痛繩以罪，自公卿以下至於庶人咸指湯。湯嘗病，上自至舍視，其隆貴如此。」

〔禁闥青交瑣，宮垣紫界牆〕張衡《西京賦》：「右平左墄，青瑣丹墀。」《文選》李善注：「《漢書》曰：赤壁青瑣。《音義》曰：以青畫户邊鏤中。」范雲《古意贈王中書》：「攝官青瑣闥，遥望鳳皇池。」《初學記》卷二四引蔡質《漢官典職》：「省中皆以胡粉塗壁，紫素界之，畫古烈士也。」本書卷十七《聞楊十二新拜省郎遥以詩賀》(1073)：「文昌新入有光輝，紫界宮牆白粉闈。」

〔井欄排菡萏，簷瓦鬭鴛鴦〕王延壽《魯靈光殿賦》：「圓淵方井，反植荷蕖。發秀吐榮，菡萏披敷。」鴛鴦瓦，見卷十二《長恨歌》(0593)注。

〔樓額題鳷鵲，池心浴鳳凰〕司馬相如《上林賦》：「過鳷鵲，望露寒。」《文選》李善注：「張揖曰：此四觀，武帝建元中作，在雲陽甘泉宮外。」謝朓《暫使下都夜發新林至京邑贈西府同僚》：「金波麗鳷鵲，玉繩低建章。」鳳凰池，見卷八《宿藍橋對月》(0336)注。

〔風枝萬年動，温樹四時芳〕萬年枝，見卷七《聞早鶯》(0292)注。温樹，温室樹，見卷一《廬山桂》(0061)注。

〔宿露凝金掌，晨暉上璧璫〕《漢武故事》：「上於未央宮以銅作露盤，仙人掌擎玉杯，以取雲表之露，擬和玉屑，服以求仙。」王筠《和衛尉新渝侯巡城口號》：「銅烏迎早風，金掌承朝露。」司馬相如《上林賦》：「華榱璧璫，輦道纚屬。」《文選》李善注：「韋昭曰：裁金爲璧，以當榱頭也。」

〔曉從朝興慶，春陪宴柏梁〕興慶，興慶宮。《唐兩京城坊考》卷一：「興慶宮在皇城之東，外郭城之興慶坊，是曰南内。」《史記·平準書》：「是時越欲與漢用船戰逐，乃大修昆明池，列觀環之。治樓船，高十餘丈，旗幟加其上，甚壯。於是天子感之，乃作柏梁臺，高數十丈。宮室之修，由此日麗。」《東方朔別傳》：「孝武元封三年，作柏梁臺。詔群臣二千石有能爲七言者，乃得上坐。」沈約《長歌行》：「一倍茂陵道，寧思柏梁宴。」

〔傳呼鞭索索，拜舞珮鏘鏘〕此寫朝儀。《新唐書·儀衛志上》：「朝日，殿上設黼扆、躡席、熏爐、香案。御史大夫領屬官至殿西廡，從官朱衣傳呼，促百官就班，文武列於兩觀。……侍中奏『外辦』，皇帝步出西序門，索扇，扇合。皇帝升御座，扇開。左右留扇各三。」杜甫《寄岳州賈司馬六丈巴州嚴八使君兩閣老五十韻》：「貔虎開金甲，麒麟受玉鞭。侍臣諳入仗，厩馬解登仙。」和凝《宮詞百首》：「摵鞭聲定初開扇，百辟齊呼萬歲長。」

〔仙仗環雙闕，神兵闢兩廂〕蘇頲《奉和晦日幸昆明應制》：「御杯蘭薦葉，仙仗柳交枝。」岑參《奉和中書舍人賈至早朝大明宮》：「金闕曉鐘開万户，玉階仙仗擁千官。」陳子昂《和陸明府贈將軍重出塞》：「黄金裝戰馬，白羽集神兵。」杜甫《送靈州李判官》：「近和中興主，神兵動朔方。」

〔火翻紅尾旆，冰卓白竿槍〕高適《部落曲》：「雕戈蒙豹尾，紅旆插狼頭。」卓，立也。王建《送吴郎中赴忠州》：「何處忠州界，山頭卓望旗。」李賀《白虎行》：「朱旗卓地白虎死，漢皇知是真天子。」《太平廣記》卷二四二《竇少卿》（出《王氏見聞》）：「店主遂坎路側以坦之，卓一牌向道曰：竇少卿墓。」

〔滉瀁經魚藻，深沉近浴堂〕魚藻宮，在禁苑。《舊唐書·穆宗紀》：「（元和十五年）八月壬辰，幸魚藻池，發神策軍二千人浚魚藻池。……九月辛丑，大合樂於魚藻宮，觀競渡。」《唐兩京城坊考》卷一：「魚藻宮，……《通鑑注》言自東内苑光華門入禁苑，魚藻宮在其西。按，《玉海》云：禁苑池中有山，山上建魚藻宮，在大明宮北。則胡氏説非也。」浴堂殿，見卷四《陵園妾》（0159）注。《舊唐書·李絳傳》：「絳後因浴堂北廊奏對，極論中官縱恣、方鎮進獻之事。」《柳公權傳》：「充翰林書詔學士，每浴堂召對，繼燭見跋。」此皆皇帝於浴堂殿召見翰林學士之例。

〔分庭皆命婦，對院即儲皇〕「分庭」指朝廷典禮中内外命婦各有其位。《唐會要》卷二六命婦朝皇后：「國朝命婦之制，皇帝妃嬪及皇太子良娣已下，爲内命婦，公主及王妃已下，爲外命婦」；「元和元年十月太常奏：外命婦參賀皇太后儀制，自今已後，每年元日冬至，外命婦有邑號者，並准式赴皇太后所居宮殿門進名參賀。其立夏立秋立冬，並進名參。如泥雨即停。依奏。」「對院」指大明宮少陽院，爲太子所居。李肇《翰林志》：「入其北門爲翰林院，又北爲少陽院。」《長安志》卷六大明宮：「學士院又東翰林院，北有少陽院。」《唐兩京城坊考》卷一大明宮：「《通鑑注》少陽院在浴堂殿之東，蓋近東南也。《長安志》言右銀臺門北，翰林院北有少陽院，誤。」辛德勇《隋唐兩京叢考》四十六《少陽院位置》：「李肇爲唐人，元和年間曾居職翰苑，翰林院北有少陽院，當爲其親歷所知，不應有誤。同樣，弘文館東有少陽院也見於唐人和唐代史料記述。如《唐會要》卷三十載，元和十五年十月，『發(左)右神策兵各千人，於門下省東少陽院前築墻及造樓觀』；唐李庾《西都賦》叙大明宮云：『宣徽洞達，温室隅南，接以重離，綿乎少陽。』……那麼，如何解釋這兩個少陽院之間的關係呢？少陽院實爲太子所居，而太子宮寢實際上是分爲兩個部分的。一部分爲太子料理政務的『外廷』，一部分爲其寢居燕樂的『内宮』。這兩部分在太極宮是一前一後合處在宮城東側的『東宮』裏面的。但大明宮却没有這樣單建『東宮』，替代的辦法是在大明宮中劃出一塊地方設置『少陽院』。這樣就産生了一個矛盾，即少陽院設在外廷則不便寢居，設在内宮有礙政務。要避免這一矛盾，只能在外廷和内宮分設南北兩處『少陽院』。」

〔貴主冠浮動，親王轡鬧裝〕元稹《臺中鞫獄憶開元觀舊事呈損之兼贈周兄四十韻》：「鬧裝轡頭觽，靜拭腰帶斑。」白居易《和高僕射罷節度讓尚書授少保分司喜遂遊山水之作》（本書卷三一2228）：「鞍轡鬧裝光滿馬，何人信道是書生。」王楙《燕翼詒謀録》卷一：「太平興國七年正月，詔常參官銀裝鞍、絲縧，六品以下不得鬧裝，不得用刺繡金皮飾韉。」楊慎《升庵集·藝林伐山》：「京師鬧裝帶，其名始於唐。」引白此詩作「親王帶鬧裝」。胡應麟《少室山房筆叢·藝林學山》三：「楊因近有『鬧裝帶』之名，遂改白詩『轡』字爲『帶』字，以附會之。……余遊燕日，嘗見於東市中，合衆寶雜綴而成，故曰鬧裝。白詩之『轡』，薛詩之『韉』，蓋皆此類。」

〔毬簇桃花騎，歌巡竹葉觴〕毬，打毬。見卷十三《叙德書情四十韻上宣歙崔中丞》（0608）注。王勃《春思賦》：

「桃花萬騎喧長薄，蘭葉千旗照平浦。」杜審言《戲贈趙使君美人》：「紅粉青娥映楚雲，桃花馬上石榴裙。」張協《七命》：「乃有荆南烏程，豫北竹葉，浮蟻星沸，飛華萍接。」《文選》李善注：「張華《輕薄篇》曰：『蒼梧竹葉清，宜城九醖酒。』」庾信《春日離合詩》：「三春竹葉酒，一曲鵾雞絃。」

〔窪銀中貴帶，昂黛内人妝〕窪，使凹，用如動詞。本書卷三四《奉和思黯相公以李蘇州所寄太湖石奇狀絶倫因題二十韻見示兼呈夢得》(2508)：「尖削琅玕笋，窪剜馬瑙罍。」《西遊記》第七十五回：「老怪一飲而乾，窪着口，著實一嘔。」昂，高聳。劉禹錫《淮陰行五首》：「隔浦望行船，頭昂尾幰幰。」洪邁《容齋隨筆》卷四《翰院親近》：「白樂天《渭村退居寄錢翰林詩》叙翰林之親近云：『曉從朝興慶，……妓樂借仙倡。』蓋唐世宮禁與外廷不至相隔絶，故杜子美詩：『户外昭容紫袖垂，又瞻御座引朝儀。』又云：『舍人退食收封事，宮女開函近御筵。』而學士獨稱内相，至與内婦分廷，見貴主冠服、内人黛妝，假仙倡以佐酒，他司無比也。」

〔賜禊東城下，頒酺曲水傍〕賜禊，指上巳祓禊。參見卷十四《上巳日恩賜曲江宴會即事》(0743)。《唐會要》卷二九追賞：「貞觀十七年十一月詔曰：天下宜賜酺三日。自漢魏以來，或賜牛酒，牛之爲用，耕稼所資，多有宰殺，深乖惻隱。其男子年七十以上，量給酒米麵。」此即指曲江賜宴。

〔宴迴過御陌，行歇入僧房〕徐彦伯《奉和新豐温泉宮應制》：「御陌開函次，離宮夾樹行。」楊巨源《同太常尉遲博士闕下待漏》：「方瞻御陌三條廣，猶覺仙門一刻遲。」

〔白鹿原東脚，青龍寺北廊〕白鹿原，見卷十三《城東閑遊》(0617)注。青龍寺，見卷九《青龍寺早夏》(0411)注。

〔雞鶴初雖雜，蕭蘭久乃彰〕雞鶴，見卷十三《寄陸補闕》(0622)注。《楚辭·離騷》：「蘭芷變而不芳兮，荃蕙化而爲茅。何昔日之芳草兮，今直爲此蕭艾也。」呂温《道州觀野火》：「豈復辨蕭蘭，焉能分玉石。」

〔來燕隗貴重，去魯孔恓惶〕《史記·燕召公世家》：「燕昭王於破燕之後即位，卑身厚幣以招賢者，謂郭隗曰：

『齊因孤之國亂而襲破燕，孤極知燕小力少，不足以報。然誠得賢士以共國，以雪先王之耻，孤之願也。』郭隗曰：『王必欲致士，先從隗始。况賢於隗者，豈遠千里哉！』於是昭王爲隗改築宫而師事之。樂毅自魏往，鄒衍自齊往，劇辛自趙往，士爭趨燕。燕王弔死問孤，與百姓同甘苦。」《史記·孔子世家》：「孔子貧且賤，及長，嘗爲季氏史，料量平。嘗爲司職吏而畜蕃息。由是爲司空。已而去魯，斥乎齊，逐乎宋、衛，困于陳、蔡之間，於是反魯。」《論衡·定賢》：「孔子栖栖，墨子惶惶。」宋之問《晚泊湘江》：「五嶺恓惶客，三湘憔悴顔。」

〔五年同晝夜，一别似參商〕參商，見卷四《太行路》(0132)注。

〔屈折孤生竹，銷摧百煉剛〕《古詩十九首》：「冉冉孤生竹，結根泰山阿。」剛同鋼。陳琳《武軍賦》：「鎧則東胡闕鞏，百煉精剛。」劉琨《重贈盧諶》：「何意百煉鋼，化爲繞指柔。」

〔途窮任憔悴，道在肯慞惶〕慞惶，又作章皇、章偟。潘岳《哀永逝文》：「嫂侄兮慞惶，慈姑兮垂矜。」

〔尚念遺簪折，仍憐病雀瘡〕《韓詩外傳》卷九：「孔子出遊少源之野，有婦人中澤而哭，其音甚哀。孔子使弟子問焉，曰：『夫人何哭之哀？』婦人曰：『鄉者刈蓍薪，亡吾蓍簪，吾是以哀。』弟子曰：『刈蓍而亡蓍簪，有何悲焉？』婦人曰：『非傷亡簪也，蓋不忘故也。』」朱放《九日陪劉中丞宴昌樂寺送梁廷評》：「不棄遺簪舊，寧辭落帽還。」謝朓《臨楚江賦》：「願希光兮秋月，承永照於遺簪。」病雀，見卷七《贖雞》(0316)「銜環雀」注。

〔呴沫誠多謝，摶扶豈所望〕《莊子·大宗師》：「泉涸，魚相與處於陸，相呴以濕，相濡以沫，不如相忘於江湖。」《莊子·逍遥遊》：「鵬之徙於南冥也，水擊三千里，摶扶摇而上者九萬里。」

〔提攜勞氣力，吹簸不飛揚〕《詩·小雅·大東》：「維南有箕，不可以簸揚。」簸，揚也。「吹簸」蓋言簸不得法。

〔拙劣才何用，龍鍾分自當〕龍鍾，潦倒貌。見卷五《題贈鄭秘書徵君石溝溪隱居》(0207)注。

〔妝嫫徒費黛，磨甋詎成璋〕嫫母，見卷一《杏園中棗樹》(0056)注。《淮南子·修務訓》：「雖粉白黛黑弗能爲美者，嫫母、仳倠也。」《爾雅・釋宫》：「瓴甋謂之甓。」郭璞《音釋》：「甗甎也。今江東呼瓴甓。」《詩・小雅・斯干》：「乃生男子，載寢之床，載衣之裳，載弄之璋。」「乃生女子，載寢之地，載衣之裼，載弄之瓦。」毛傳：「半珪曰璋。」「瓦，紡塼也。」按，《寒山詩注》○九七首：「用力磨甗甎，那堪將作鏡。」《景德傳燈録》卷五南嶽懷讓禪師：「開元中有沙門道一住傳法院，常日坐禪。師知是法器，往問曰：『大德坐禪圖什麽？』一曰：『圖作佛。』師乃取一塼於彼庵前石上磨。一曰：『磨塼作麽？』師曰：『磨作鏡。』一曰：『磨塼豈得成鏡耶？』師曰：『磨塼既不成鏡，坐禪豈得成佛耶？』」詩蓋涉此意。

〔外身宗老氏，齊物學蒙莊〕《老子》七章：「聖人後其身而身先，外其身而身存。」《史記・老子韓非列傳》：「莊子者，蒙人也，名周。」

〔樂天無怨歎，倚命不劻勷〕《易・繫辭上》：「樂天知命故不憂。」劻勷，不安貌。韓愈《劉統軍碑》：「新師不牢，劻勷將逋。」杜牧《冬至日寄小侄阿宜詩》：「參軍與縣尉，塵土驚劻勷。」

〔憤懣胸須豁，交加臂莫攘〕司馬遷《悲士不遇賦》：「炤炤洞達，胸中豁也。」《老子》三十八章：「上禮爲之而莫之應，則攘臂而仍之。」

〔珠沉猶是寶，金躍未爲祥〕《莊子・大宗師》：「今之大冶鑄金，金踴躍曰：『我且必爲莫耶。』大冶必以爲不祥之金。」

〔泥尾休摇掉，灰心罷激昂〕《莊子・秋水》：「此龜者，寧其死爲留骨而貴乎？寧其生而曳尾於塗中乎？」元稹《送友封二首》：「甘將泥尾隨龜後，尚有雲心在鶴前。」《莊子・齊物論》：「形固可使如槁木，而心固可使如死灰乎？」

〔漸閑親道友，因病事醫王〕醫王，指佛、菩薩。《維摩經・問疾品》：「勿生憂惱，常起精進，當作醫王療治衆病。」

〔息亂歸禪定，存神入坐亡〕馮衍《顯志賦》：「陂山谷而閑處兮，守寂寞而存神。」坐亡，同坐忘。見卷六《冬夜》（0258）注。

〔斷癡求慧劍，濟苦得慈航〕《維摩經·菩薩行品》：「以智慧劍，破煩惱賊。」蕭統《開善寺法會詩》：「法輪明暗室，慧海渡慈航。」

〔不動爲吾志，無何是我鄉〕不動，不動心，見卷六《隱几》（0229）注。又敦煌文書S. 0735《大乘無生方便門》：「第二開智慧門，亦名不動門。……此不動是從定發慧方便，是開智慧門，聞是慧。此方便，非但能發慧，亦能正定，是開智門，即得智，是名開智慧門。」《莊子·列禦寇》：「彼至人者，歸精神乎无始而甘瞑乎无何有之鄉。」

〔可憐身與世，從此兩相忘〕本書卷六《適意二首》之二（0234）：「悠悠身與世，從此兩相棄。」參見該詩注。

酬盧秘書二十韻

時初奉詔除贊善大夫。

謬歷文場選，慚非翰苑才。雲霄高暫致，毛羽弱先摧。識分忘軒冕，知歸返草萊。杜陵書積蠹，豐獄劍生苔。晦厭鳴雞雨，春驚震蟄雷。舊恩收墜履，新律動寒灰。鳳詔容徐起，鵷行許重陪。衰顏雖拂拭，蹇步尚低徊①。睡少鐘偏警，行遲漏苦催。風霜趁朝去，泥雪拜陵迴②。上感君猶念，傍慚友或推。石頑鐫費力③，女醜嫁勞媒。倏忽青春度，奔波白日積④。性將時共背，病與老俱來。聞有蓬壺客，知懷杞梓材。世家標甲地⑤，官職滯麟臺。筆盡鉛黄點，詩成錦繡堆。嘗思豁雲霧，忽喜訪塵埃。心爲論文合，眉因勸善

開。不勝珍重意，滿袖寫瓊環。（0804）

【校】

①〔低徊〕馬本、《唐音統籤》、汪本作「徘徊」。

②〔泥雪〕馬本、《唐音統籤》、汪本作「雨雪」。

③〔費力〕汪本作「費匠」。

④〔白日〕馬本、《唐音統籤》、汪本作「白石」。

⑤〔甲地〕馬本、《唐音統籤》、汪本作「甲第」。何校：「宋刻作『地』。甲地謂甲乙族姓乜。」

【注】

朱《箋》：作於元和十年（八一五），長安。「陳《譜》及汪《譜》均繫此詩於元和九年，非是。居易以元和九年冬入朝，詩云『春驚震蟄雷』，當係十年春所作。」

〔盧秘書〕朱《箋》：「盧拱。元和十年間爲秘書郎。《元稹集》卷十二《酬盧秘書詩序》云：『予自唐歸京之歲，秘書郎盧拱作《喜遇白贊善學士詩二十韻》，兼以見貽。白詩酬和先出，予草蹙未暇皇，頗有致師之挑。』」

〔謬歷文場選，慚非翰苑才〕王勃《山亭思友人序》：「至若開辟翰苑，掃蕩文場，得宮商之正律，受山川之傑氣。」《唐摭言》卷一散序進士：「進士科始於隋大業中，盛於貞觀、永徽之際，……其有老死於文場者，亦所無恨。」

〔雲霄高暫致，毛羽弱先摧〕李白《觀放白鷹二首》：「寄言燕雀莫相啅，自有雲霄萬里高。」應瑒《侍五官中郎將建章臺集詩》：「遠行蒙霜雪，毛羽日摧頹。」

〔識分忘軒冕，知歸返草萊〕鮑照《放歌行》：「一言分珪爵，片善辭草萊。」

〔杜陵書積蠹，豐獄劍生苔〕「杜陵」疑當爲「羽陵」。《太平御覽》卷五三引《穆天子傳》：「天子東遊，次於雀梁，曝蠹書於羽陵。」徐陵《玉臺新詠序》：「辟惡生香，聊防羽陵之蠹。」李白《玉真公主別館苦雨贈衛尉張卿二首》：「飢從漂母食，閑綴羽陵簡。」豐獄劍，見卷一《李都尉古劍》(0010)注。

〔晦厭鳴雞雨，春驚震蟄雷〕《詩·鄭風·風雨》：「風雨如晦，雞鳴不已。」《禮記·月令》：「仲春之月，……雷乃發生，始電，蟄蟲咸動。」

〔舊恩收墜履，新律動寒灰〕賈誼《新書·諭誠》：「昔楚昭王與吳人戰，楚軍敗。昭王走而履決，背而行，失之。行三十步，復旋取履。及至於隨，左右問曰：『王何曾惜一踦屨乎？』昭王曰：『楚國雖貧，豈愛一踦屨哉？惡與偕出弗與偕反也。』」陸機《文賦》：「是以江漢之君，悲其墜屨；少原之婦，哭其亡簪。」《周書·韋敻傳》：「昔人不棄遺簪墜履者，惡與之同出，不與同歸。」李白《爲吳王謝責赴行在遲滯表》：「慚墜履之還收，喜遺簪之再御。」《後漢書·律曆志上》：「候氣之法，爲室三重，户閉，塗釁必周，密布緹縵。室中以木爲案，每律各一，内庳外高，從其方位，加律其上，以葭莩灰抑其内端，案曆而候之。氣至者灰動。其爲氣所動者其灰散，人及風所動者其灰聚。」李孝貞《奉和從叔光祿愔元日早朝》：「銅渾變春節，玉律動年灰。」

〔鳳詔容徐起，鵷行許重陪〕鳳詔，見卷八《長慶二年七月自中書舍人出守杭州路次藍溪作》(0332)注。鵷行，見卷六《朝迴遊城南》(0270)注。

〔風霜趁朝去，泥雪拜陵迴〕趁朝，見卷十四《還李十一馬》(0794)注。《唐會要》卷二十公卿巡陵：「貞元四年二月，國子祭酒包佶奏：……僅按《開元禮》，有公卿拜陵舊儀，望宣傳所司，詳定儀注，稍令備禮，以爲永式。」「元和元年正月，禮儀使杜黃裳奏：二月公卿拜諸陵，准禮太上皇昇遐，惟祭天地社稷，其拜陵及諸享祀，並令權停。」「長慶元年六月二十七日，吏部奏：公卿拜陵，通取尚書省及四品以上清望官，中書省及諸司五品以上清望官，及京兆少尹充。從之。」

〔聞有蓬壺客，知懷杞梓材〕蓬壺，見卷五《題楊穎士西亭》（0206）注。此指秘書省。《後漢書·竇章傳》：「是時學者稱東觀爲老氏藏室，道家蓬萊山，康遂薦章入東觀爲校書郎。」李紳《趨翰苑遭誣構四十六韻》：「脱鱗超沆瀣，翻翼集蓬壺。」《左傳》襄公二十六年：「晉卿不如楚，其大夫則賢，皆卿材也。如杞梓皮革，自楚往也。雖楚有材，晉實用之。」蕭繹《中書令庾肩吾墓誌》：「杞梓之材，有均廊廟。」

〔世家標甲地，官職滯麟臺〕魏收《官人失序表》：「自公卿令僕之子，甲乙丙丁之族，上則散騎秘著，下逮御史長兼，皆條列昭然，無有虧没。自比或身非三事之子，解褐公府正佐；地非甲乙之類，而得上宰行僚。」《舊唐書·職官志二》秘書省：「龍朔改爲蘭臺，光宅改爲麟臺，神龍復爲秘書省。」

〔筆盡鉛黄點，詩成錦繡堆〕劉知幾《史通·雜説中》：「觀其朱墨所圖，鉛黄所拂，猶有可識者。」陶翰《贈鄭員外》：「何必守章句，終年事鉛黄。」《西京雜記》卷二：「（司馬）相如曰：合綦組以成文，列錦繡而爲質。一經一緯，一宫一商，此賦之迹也。」《南史·顔延之傳》：「延之嘗問鮑照己與靈運優劣，照曰：『謝五言如初發芙蓉，自然可愛；君詩若鋪錦列繡，亦雕績滿眼。』」《敦煌變文集·維摩詰講經文》：「分分空裏絃歌鬧，蔟蔟雲中錦繡堆。」又：「乾坤似把紅羅展，世界如鋪錦繡堆。」施肩吾《冬詞》：「錦繡堆中卧初起，芙蓉面上粉猶殘。」

〔嘗思豁雲霧，忽喜訪塵埃〕豁雲霧，參見卷一《寄唐生》（0033）「雲霧披」注。

〔不勝珍重意，滿袖寫瓊瓌〕《詩·秦風·渭陽》：「何以贈之，瓊瓌玉佩。」

題盧秘書夏日新栽竹二十韻

湘竹初封植，盧生此考槃。久持霜節苦，新託露根難。等度須當砌①，疏稠要滿欄。買憐分薄俸，栽稱作閑官。葉翦藍羅碎，莖抽玉琯端。幾聲清淅瀝，一簇綠檀欒。未夜青嵐入，先秋白露團②。拂肩搖翡翠③，熨手弄琅玕④。韻透窗風起⑤，陰鋪砌月殘。炎天聞覺冷，窄地見疑寬。梢動勝搖扇，枝低好掛冠。碧籠煙冪冪，珠灑雨珊珊。晚籜晴雲展⑥，陰牙蟄虺蟠。愛從抽馬策，惜未截魚竿。松韻徒煩聽⑦，桃夭不足觀。梁慚當家杏，臺陋本司蘭。古詩云：「盧家蘭室杏爲梁。」又，秘書府即蘭臺也。撑撥詩人興，勾牽酒客歡。靜連蘆簟滑，涼拂葛衣單。豈止消時暑，應能保歲寒。莫同凡草木，一種夏中看。（0805）

【校】

①〔須當砌〕《文苑英華》作「雖當户」。

②〔白露團〕「團」《文苑英華》作「溥」。

③〔拂肩〕《文苑英華》作「拂樓」。

④〔熨手〕殘宋本、馬本作「慰手」。

⑤〔韻透〕《文苑英華》作「韻遶」。

⑥〔晚籜〕《文苑英華》作「曉籜」。

⑦〔煩聽〕《文苑英華》作「頻聽」。

【注】

朱《箋》：作於元和十年（八一五），長安。

〔盧秘書〕見前詩注。

〔湘竹初封植，盧生此考槃〕《詩·衛風·考槃》：「考槃在澗，碩人之寬。」毛傳：「考，成也。槃，樂也。」

〔等度須當砌，疏稠要滿欄〕等度，度量相等。謝靈運《遊名山志》：「又有石帆，修廣與破石等度。」

〔葉翦藍羅碎，莖抽玉琯端〕《風俗通義》卷六：「《尚書大傳》：舜之時，西王母來獻其白玉琯。昔章帝時，零陵文學奚景於泠道舜祠下得笙，白玉管。知古以玉爲管，後乃易之以竹耳。」庾信《賦得鸞臺詩》：「九成吹玉琯，百尺上瑶臺。」

〔幾聲清淅瀝，一簇綠檀欒〕謝惠連《雪賦》：「霰淅瀝而先集，雪粉糅而遂多。」枚乘《梁王菟園賦》：「修竹檀欒，夾池水，旋菟園。」謝朓《和王著作八公山》：「仟眠起雜樹，檀欒蔭修竹。」

〔碧籠煙冪冪，珠灑雨珊珊〕張説《蜀路二首》：「磷磷含水石，冪冪覆林煙。」韓愈《叉魚招張功曹》：「蓋江煙冪冪，拂棹影寥寥。」宋玉《神女賦》：「動霧縠以徐步兮，拂墀聲之珊珊。」《文選》李善注：「珊珊，聲也。」孟郊《寒溪》：「溪老哭甚哀，涕泗冰珊珊。」

〔晚籜晴雲展，陰牙蟄虺蟠〕鮑照《采桑》：「早蒲時結陰，晚篁初解籜。」

〔愛從抽馬策，惜未截魚竿〕劉長卿《同郭參謀詠崔僕射淮南節度使廳前竹》：「開花成鳳食，嫩筍長魚竿。」

〔松韻徒煩聽，桃夭不足觀〕《詩·周南·桃夭》：「桃之夭夭，灼灼其華。」毛傳：「桃有華之盛者。夭夭，其少壯也。」

〔梁慚當家杏，臺陋本司蘭〕司馬相如《長門賦》：「刻木蘭以爲榱兮，飾文杏以爲梁。」《舊唐書·職官志一》：「龍朔二年二月甲子，改百司及官名。……秘書省爲蘭臺。」

〔莫同凡草木，一種夏中看〕一種，一樣。見卷一《白牡丹》(0031)注。

渭村酬李二十見寄

百里音書何太遲，暮秋把得暮春詩。柳條綠日君相憶，梨葉紅時我始知。莫歎學官貧冷落，猶勝村客病支離。形容意緒遥看取，不似華陽觀裏時。(0806)

【注】

朱《箋》：作於元和九年(八一四)，下邽。

〔李二十〕朱《箋》：「李紳。」參見卷十三《代書詩一百韻寄微之》(0604)注。

〔莫歎學官貧冷落，猶勝村客病支離〕朱《箋》：「時李紳任國子助教。」謝靈運《永初三年七月十六日之郡初發都》：「良時不見遺，醜狀不成惡。曰余亦支離，依方早有慕。」《文選》李善注：「《莊子》曰：支離疏者，頤隱於齊，肩高於頂，會撮指天，五管在上，兩髀爲脅。《七賢音義》曰：形體離，不全正也，名疏。」按，見《莊子·人間世》。

〔形容意緒遥看取，不似華陽觀裏時〕意緒，意想，志意。何遜《臨行公車》：「平生多意緒，懷抱皆徂謝。」杜甫《江亭送眉州辛别駕升之》：「别離傷老大，意緒日荒蕪。」華陽觀，見卷五《永崇里觀居》（0155）注。朱《箋》：「永貞元年至元和元年，白居易與元稹居華陽觀準備應制試，時紳亦至長安應進士試，三人過從甚密。」參見卷十三《看渾家牡丹花戲贈李二十》（0628）。

初授贊善大夫早朝寄李二十助教

病身初謁青宫日，衰貌新垂白髮年。寂寞曹司非熟地①，蕭條風雪是寒天。遠坊早起常侵鼓，瘦馬行遲苦費鞭。一種共君官職冷，不如猶得日高眠。（0807）

【校】

①〔熟地〕那波本、馬本、《唐音統籤》、汪本作「熱地」。

【注】

朱《箋》：作於元和九年（八一四），長安。

〔李二十助教〕朱《箋》：「李紳。」朱《箋》：「元和四年紳至長安爲校書郎。八年至九年間任國子助教。據此詩及《渭村酬李二十見寄》詩可証。舊新《唐書》本傳謂紳『元和初登進士第，釋褐國子助教』，非是。」

〔病身初謁青宫日，衰貌新垂白髮年〕青宫，太子東宫。見卷十《寄楊六》（0483）注。

欲與元八卜鄰先有是贈

平生心迹最相親，欲隱牆東不爲身。明月好同三徑夜，綠楊宜作兩家春。每因暫出猶思伴，豈得安居不擇鄰？可獨終身數相見①，子孫長作隔牆人？（0808）

【校】

①〔可獨〕馬本、《唐音統籤》作「何獨」。

【注】

朱《箋》：作於元和十年（八一五），長安。

〔元八〕朱《箋》：「元宗簡。」見卷五《答元八宗簡同遊曲江後明日見贈》（0174）注。《唐兩京城坊考》卷三：「按白居易詩，每言與元八卜鄰，其後《哭元尹詩》云『水竹卜鄰竟不成』，是終未結鄰也。」朱《箋》：「元宗簡宅在長安昇平坊，白時居昭國坊，地雖鄰近，然亦非隔墻之鄰，其《和元八侍御升平新居四絶句》自注云：『時方與元八卜鄰』，亦指欲卜鄰而言也。」

〔平生心迹最相親，欲隱牆東不爲身〕《後漢書·逸民傳·逢萌》：「初，萌與同郡徐房、平原李子雲、王君公相友善，並曉陰陽，懷德穢行。房與子雲養徒各千人，君公遭亂獨不去，儈牛自隱。時人爲之論曰：避世牆東王君公。」庾信《和樂儀同苦熱》：「寂寥人事屏，還得隱牆東。」王維《登樓歌》：「執戟疲于下位，老夫好隱兮牆東。」

〔明月好同三徑夜，綠楊宜作兩家春〕三徑，見本卷《渭村退居寄禮部崔侍郎翰林錢舍人詩一百韻》（0803）注。

〔可獨終身數相見，子孫長作隔牆人〕可獨，朱《箋》：「即『豈獨』之意。」可即豈，如「可能」即「豈能」，見卷一《夏旱》（0051）注。

遊城南留元九李二十晚歸

老遊春飲莫相違，不獨花稀人亦稀。更勸殘杯看日影，猶應趁得鼓聲歸。（0809）

【注】

朱《箋》：作於元和十年（八一五），長安。

〔元九李二十〕元稹、李紳。朱《箋》：「元和十年正月，元稹自唐州召還長安（見元稹《酬樂天東南行》詩自注），與白居易、樊宗師、李紳等同遊長安城南，復出爲通州司馬。是年三月二十九日，與居易别于鄠東蒲池村。又白氏《與元九書》云：『如今年春遊城南時，與足下馬上相戲，因各誦新艷小律，不雜他篇。自皇子陂歸昭國里，迭吟遞唱，不絕聲者二十里餘，樊、李在傍，無所措口。』與此詩相證，知爲李紳，而非李建。」

廣宣上人以應制詩見示因以贈之詔許上人居安國寺紅樓院以詩供奉①

道林談論惠休詩，一到人天便作師②。香積筵承紫泥詔，昭陽歌唱碧雲詞。紅樓許住請平銀鑰，翠輦陪行蹋玉墀。惆悵甘泉曾侍從，與君前後不同時。（0810）

【校】

①〔題〕《文苑英華》明刊本無「許」字。

②〔人天〕《文苑英華》作「人間」。

【注】

朱《箋》：作於元和十年（八一五），長安。

〔廣宣上人〕見卷十四《贈別宣上人》（0751）注。

〔安國寺紅樓院〕《酉陽雜俎》續集卷五：「長樂坊安國寺紅樓，睿宗在藩時舞榭。」《唐會要》卷四八寺：「安國寺，長樂坊。景雲元年九月十一日，敕捨龍潛舊宅爲寺，便以本封安國爲名。」《唐兩京城坊考》卷三朱雀門街東第四街長樂坊：「大半以東，大安國寺。睿宗在藩舊宅，景雲元年立爲寺，以本封安國爲名。……寺有紅樓，睿宗在藩時舞榭。元和中，廣宣上人住此院，有詩名時，號爲《紅樓集》。」

〔道林談論惠休詩，一到人天便作師〕《高僧傳》卷四：「支遁，字道林，本姓關氏，陳留人，或云河東林慮人。幼有神理，聰明秀徹。……年二十五出家，每至講肆，善標宗會，而章句或有所遺，時爲守文者所陋。謝安聞而善之，曰：『此乃九方堙之相馬也，略其玄黄，而取其駿逸。』」宋之問《湖中别鑑上人》：「願與道林近，在意逍遥篇。」《宋書·徐湛之傳》：「時有沙門釋惠休，善屬文，辭采綺艷，湛之與之甚厚。世祖命之還俗。本姓湯，位至揚州從事史。」《南史·顔延之傳》：「延之每薄湯惠休詩，謂人曰：『惠休製作，委巷中歌謡耳，方當誤後生。』」鍾嶸《詩品》齊惠休上人：「惠休淫靡，情過其才，世遂匹之鮑照，恐商、周矣。羊曜璠云：『是顔公忌照之文，故立休、鮑之論。』」人天，六道之一。《别譯雜阿含經》卷十六：「輪轉五道，所謂人天、地獄、餓鬼及以畜生。」《大乘本生心地觀經》卷五：「人天大師薄伽梵，難見難遇過優曇。」《古尊宿語録》卷一《百丈懷海大智禪師廣録》：「有人天師有導師，了義教中，不爲人天師，不師於法。」

〔香積筵承紫泥詔，昭陽歌唱碧雲詞〕《維摩經·香積佛品》：「於是香積如來，以滿鉢香飯一切香具，與化菩薩。」紫泥詔，見卷五《和錢員外禁中夙興見示》（0190）注。昭陽，昭陽殿，見卷四《繚綾》（0153）注。江淹《雜體詩三十首·休上人怨别》：「日暮碧雲合，佳人殊未來。」吴曾《能改齋漫録》卷三江文通雜擬詩：「《文選》有江文通《雜擬詩》，如擬休上人云：『日暮碧雲合，佳人殊未來。』非休上人作也。白樂天《題道宗上人》詩云：『不似休上人，空多碧雲思。』又唐次休上人亦有詩與白云：『聞有餘霞千萬首，何妨一句乞閑人。』白答之云：『禪心不合生分别，莫愛餘霞嫌碧雲。』則白直以碧雲之句爲湯惠休作矣。」白此詩亦同。王楙《野客叢書》卷十二「江淹擬古」又引唐人詩多例，謂：「惟韋蘇州《贈皎上人詩》曰：『願以碧雲思，方君怨别詞。』似不失本意。」「碧雲詞」者蓋謂廣宣綺艷之詩也。何焯云：「前六句文與而實不與，觀第四句固戲之也。」

〔惆悵甘泉曾侍從，與君前後不同時〕甘泉，見卷十二《東墟晚歇》（0583）注。何焯云：「廣宣幾欲自比惠琳，假天子餘寵以邀結朝士。落句淡得妙，言外亦隱然偶不同時，不爲顏監耳。『惆悵』二字含糊兩借，此詩人之譎也。」

重過秘書舊房因題長句　時爲贊善大夫。

閣前下馬思徘徊，第二房門手自開。昔爲白面書郎去，今作蒼鬚贊善來①。吏人不識多新補，松竹相親是舊栽。應有題牆名姓在，試將衫袖拂塵埃。（0811）

【校】

①〔蒼鬚〕馬本、《唐音統籤》、汪本作「蒼頭」。

【注】

朱《箋》：作於元和十年（八一五），長安。

重到城七絶句

見元九①

容貌一日減一日，心情十分無九分。每逢陌路猶嗟歎，何況今朝是見君。（0812）

【校】

①〔題〕紹興本、那波本、殘宋本總題作「重到城見元九七絶句」，無「見元九」題。據馬本、《唐音統籤》、汪本改。

【注】

朱《箋》：作於元和十年（八一五），長安。「元和十年正月，元稹自唐州召還，月末至長安。三月二十五日再出爲通州司馬，元白即在此時相見。」

高相宅

青苔故里懷恩地，白髮新生抱病身。涕淚雖多無哭處，永寧門館屬他人。（0813）

【注】

朱《箋》：作於元和十年（八一五），長安。

〔高相宅〕朱《箋》：「高郢宅第。」《唐兩京城坊考》卷三朱雀街東第三街永寧坊：「尚書右僕射致仕高郢宅。白居易《高相宅》詩……謂高郢也。」高郢，見卷一《高僕射》（0030）注。

張十八

諫垣幾見遷遺補，憲府頻聞轉殿監。獨有詠詩張太祝，十年不改舊官銜。（0814）

【注】

朱《箋》：作於元和十年（八一五），長安。

〔張十八〕朱《箋》：「張籍。」見卷一《讀張籍古樂府》（0002）注。

〔獨有詠詩張太祝，十年不改舊官銜〕朱《箋》：「籍官太常寺太祝在元和初，據此詩可證。」白居易《與元九書》（《白氏文集》卷四五）：「張籍五十，未離一太祝。」參見卷九《酬張太祝晚秋卧病見寄》（0415）。

劉家花

劉家牆上花還發，李十門前草又春。處處傷心心始悟，多情不及少情人。（0815）

【注】

朱《箋》：作於元和十年（八一五），長安。

〔劉家〕朱《箋》：「劉敦質家。」參見卷十三《過劉三十二故宅》（0625）注。

〔李十〕朱《箋》：「名未詳。此『李十』非白氏詩中之『李十使君』（李渤），蓋是時渤方在長安，元和十年八月與居易同日貶官，與詩意不合也。」

裴五

莫怪相逢無笑語，感今思舊戟門前。張家伯仲偏相似，每見清揚一惘然①。（0816）

【校】

①〔清揚〕那波本、馬本作「清楊」。

【注】

朱《箋》： 作於元和十年（八一五），長安。

〔裴五〕岑仲勉《唐人行第錄》： 「味詩意似裴垍之子，名未詳。」

〔莫怪相逢無笑語，感今思舊戟門前〕《唐會要》卷三二戟： 「（貞元）五年十二月十九日，中書門下奏： 應請列戟官准儀制令，正一品、開府儀同三司、嗣王郡王並勳官上柱國、柱國等帶職事三品以上，並許列戟，準天寶六載敕。」

〔張家伯仲偏相似，每見清揚一悵然〕張家伯仲，朱《箋》： 「疑爲張徹、張復兄弟。」見卷十二《醉後走筆酬劉五主簿長句之贈兼簡張大賈二十四先輩昆季》（0581）注。 曹丕《秋胡行》： 「有美一人，婉如清揚。」曹攄《思友人》： 「自我別旬朔，微言絶於耳。 褰裳不足難，清揚未可俟。」蔣防《霍小玉傳》： 「今日幸會，得睹清揚。」

仇家酒

年年老去歡情少，處處春來感事深。 時到仇家非愛酒，醉時心勝醒時心。（0817）

【注】

朱《箋》： 作於元和十年（八一五），長安。

〔仇家酒〕朱《箋》： 「當係指長安之仇家酒肆。」本書卷十六《東南行一百韻寄通州元九侍御》（0902）： 「軟美仇家酒，幽閑葛氏姝。十千方得斗，二八正當壚。」

恒寂師

舊遊分散人零落，如此傷心事幾條？會逐禪師坐禪去，一時滅盡定中消。（0818）

【注】

朱《箋》：作於元和十年（八一五），長安。

〔恒寂師〕未詳。朱《箋》：「《元稹集》卷十九有《和樂天贈雲寂師》詩，疑爲此詩之和篇。」

靖安北街贈李二十

榆莢抛錢柳展眉，兩人並馬語行遲。還似往年安福寺，共君私試却迴時。（0819）

【注】

朱《箋》：作於元和十年（八一五），長安。

〔靖安北街〕靖安坊在長安朱雀街東第二街。元稹居此。元稹《答姨兄胡靈之》詩自注：「予宅在靖安北街。」

〔李二十〕朱《箋》：「李紳。」見本卷《初授贊善大夫早朝寄李二十助教》（0807）注。

〔還似往年安福寺，共君私試却迴時〕朱《箋》：「安福寺在長安皇城安福門，當係應試時必經之處。」《杜陽雜編》：「咸通十四年四月八日，佛骨入長安，自開遠門安福樓夾道佛聲振地，上御安福寺親自頂禮。」

重傷小女子

學人言語憑牀行，嫩似花房脆似瓊。纔知恩愛迎三歲，未辨東西過一生。汝異下殤應殺禮，吾非上聖詎忘情？傷心自歎鳩巢拙，長墮春雛養不成。（0820）

【注】

朱《箋》：作於元和十年（八一五），長安。

〔小女子〕指殤女金鑾子。參見卷九《金鑾子晬日》（0410）等。

〔汝異下殤應殺禮，吾非上聖詎忘情〕《儀禮·喪服》鄭玄注：「年十九至十六爲長殤，十五至十二爲中殤，十一至八歲爲下殤，不滿八歲以下皆爲無服之殤。無服之殤以日易月，以日易月之殤，殤而無服。故子生三月則父名之，死則哭之，未名則不哭也。」《世説新語·傷逝》：「王戎喪兒萬子，山簡往省之，王悲不自勝。簡曰：『孩抱中物，何至於此？』王曰：『聖人忘情，最下不及情。情之所鍾，正在我輩。』」

〔傷心自歎鳩巢拙，長墮春雛養不成〕《荀子·勸學》：「南方有鳥焉，名曰蒙鳩，以羽爲巢而編之以髮，繫之葦苕，風至苕折，卵破子死。」《禽經》：「鳩拙而安。」張華注：「《方言》云：蜀謂拙鳥，不善營巢，取鳥巢居之，雖拙而安處也。」

過顏處士墓

向墳道徑没荒榛①，滿室詩書積闇塵。厚夜肯教黄壤曉②，悲風不許白楊春。簞瓢顔子生仍促，布被黔婁死更貧。未會悠悠上天意，惜將富壽與何人？（0821）

【校】

①〔道徑〕馬本、汪本作「通徑」。

②〔厚夜〕馬本、《唐音統籤》、汪本作「長夜」。

【注】

朱《箋》：作於元和十年（八一五），長安。

〔顔處士〕名不詳。

〔厚夜肯教黄壤曉，悲風不許白楊春〕《左傳》襄公十三年：「唯是春秋窀穸之事。」杜預注：「窀，厚也。穸，夜也。厚夜，猶長夜。」王勃《益州德陽縣善寂寺碑》：「建靈幢於厚夜，珠飾年深。」《三國志·魏書·閻温傳》：「願不以下流之愛，使就有恨於黄壤也。」江淹《倡婦自悲賦》：「曲臺歌未徙，黄壤哭已新。」《古詩十九首》：「出郭門直視，但見丘與墳。古墓犁爲田，松柏摧爲薪。白楊多悲風，蕭蕭愁殺人。」

〔簞瓢顔子生仍促，布被黔婁死更貧〕顔子，顔回。見卷一《諭友》（0052）注。黔婁，見卷一《贈内》（0032）注。

題周皓大夫新亭子二十二韻①

東道常爲主，南亭別待賓②。規模何日創，景致一時新③。廣砌羅紅藥，疏窗蔭綠筠④。鎖開賓閣曉⑤，梯上妓樓春。置醴寧三爵，加籩過八珍。茶香飄紫筍，膾縷落紅鱗。輝赫車輿鬧，珍奇鳥獸馴。獼猴看櫪馬，鸚鵡喚家人。錦額簾高卷，銀花盞慢巡。勸嘗光祿酒，許看洛川神。周兼光祿卿，有家妓數十人。斂翠凝歌黛，流香動舞巾。裙翻繡鸂鶒，梳陷鈿麒麟。笛怨音含楚，箏嬌語帶秦。侍兒催畫燭，醉客吐文茵。投轄多連夜⑥，鳴珂便達晨⑦。入朝紆紫綬，待漏擁朱輪。貴介交三事，光榮照四鄰。甘濃將奉客，穩煖不緣身。十載歌鐘地，三朝節鉞臣。愛才心倜儻，敦舊禮殷勤。門以招賢盛，家因好事貧。始知豪傑意，富貴爲交親。（0822）

【校】

①〔題〕「皓」《文苑英華》校：「一作浩。」

②〔別待〕《文苑英華》作「列大」。

③〔景致〕《文苑英華》作「境致」。

④〔疏窗〕《文苑英華》作「高窗」。

⑤〔賓閣曉〕《文苑英華》作「賓閣晚」。

⑥〔連夜〕《文苑英華》作「連曙」。

⑦〔便達晨〕《文苑英華》作「更達晨」。

【注】

朱《箋》：作於元和十年（八一五），長安。

〔周皓大夫〕見卷十四《宴周皓大夫光福宅》（0737）注。

〔東道常爲主，南亭别待賓〕《左傳》僖公三十年：「若舍鄭以爲東道主，行李之往來，供其困乏。」

〔鎖開賓閣曉，梯上妓樓春〕參見卷四《兩朱閣》（0146）、卷十三《題故曹王宅》（0610）注。

〔置醴寧三爵，加籩過八珍〕《左傳》宣公二年：「臣侍君宴，過三爵，非禮也。」《禮記·玉藻》：「君子之飲酒也，受一爵而色洒如也，二爵而言言斯，禮已三爵，而油油以退。」《周禮·天官·籩人》：「籩人掌四籩之實。」鄭注：「籩，竹器如豆者，其容實皆四升。」又：「加籩之實。」鄭注：「加籩，謂尸既食，後亞獻尸所加之籩。」八珍，見卷二《輕肥》（0081）注。

〔獼猴看櫪馬，鸚鵡唤家人〕《藝文類聚》卷九三引《搜神記》：「趙固所乘馬忽死，固甚悲惜之，問郭璞，璞曰：可遣數十人持竹竿，東行三十里，當有丘陵林樹，便攪打之，當有一物出，急抱將歸。於是如璞言，果得一物，似猴。入門見死馬，嘘吸其鼻，馬即起，亦不復見猴。」《獨異志》卷上説略同，謂：「今以獼猴置馬厩，此其義也。」《太平廣記》卷三六六《朱從本》（出《稽神録》）：「本家厩中畜猴，圉人夜起秣馬。」《四時纂要》卷二馬所忌：「常繫獼猴於馬坊内，辟惡消百病，令馬不患疥。」

〔錦額簾高卷，銀花盞慢巡〕本書卷二四《奉和汴州令狐相公二十二韻》(1615)：「平展絲頭毯，高褰錦額簾。」《東京夢華錄》卷七清明節：「莫非金裝紺幰，錦額珠簾，繡扇雙遮，紗籠前導。」

〔勸嘗光祿酒，許看洛川神〕《太平御覽》卷四九七引《史典論》：「大駕都許，使光祿大夫劉松北鎮袁紹軍，與紹子弟宴飲，松常以盛夏三伏之際，晝夜酣飲，二方化之。故南荆有三雅之爵，河朔有避暑之飲。」曹植《洛神賦序》：「黄初三年，余朝京師，還濟洛川。古人有言：斯水之神，名曰宓妃。感宋玉對楚王神女之事，遂作斯賦。」

〔斂翠凝歌黛，流香動舞巾〕歌黛，歌者之黛眉。何遜《日夕望江山贈魚司馬》：「歌黛慘如緑，舞腰凝欲絶。」劉禹錫《八月十五日夜半雲開然後玩月因書一時之景寄呈樂天》：「影透衣香潤，光凝歌黛愁。」元稹《痁卧聞幕中諸公徵樂會飲因有戲呈三十韻》：「白紵顰歌黛，同蹄墜舞釵。」

〔裙翻繡鸂鶒，梳陷鈿麒麟〕左思《吴都賦》：「鸂鶒鷛鷞。」《文選》劉逵注：「鸂鶒，水鳥也。色赤黄，有斑紋。食短狐蟲。在水中，無毒。江東諸郡皆有之。」温庭筠《菩薩蠻》：「寶函鈿雀金鸂鶒，沈香閣上吴山碧。」

〔侍兒催畫燭，醉客吐文茵〕《漢書·丙吉傳》：「吉馭吏嗜酒，數逋蕩，嘗從吉出，醉歐丞相車上。西曹主吏白，欲斥之，吉曰：『以醉飽之失去士，使此人將復何容？西曹第忍之，此不過汙丞相車茵耳。』」竇牟《奉誠園聞笛》：「曾絶朱纓吐錦茵，欲披荒草訪遺塵。」

〔投轄多連夜，鳴珂便達晨〕《漢書·陳遵傳》：「遵嗜酒，每大飲，賓客滿堂，輒關門，取客車轄投井中，雖有急，終不得去。」沈佺期《同李舍人東日集安樂公主山池》：「興盡方投轄，金聲還復傳。」何遜《車中見新林分別甚盛》：「隔林望行幰，下阪聽鳴珂。」

〔貴介交三事，光榮照四鄰〕《詩·小雅·雨無正》：「三事大夫，莫肯夙夜。」鄭箋：「王流在外，三公及諸侯隨王而行者，皆無君臣之禮。」孔穎達疏：「鄭言三公者，以『三事大夫』爲三公也。」

賦得聽邊鴻

驚風吹起塞鴻羣，半拂平沙半入雲。爲問昭君月下聽，何如蘇武雪中聞？（0823）

【注】

朱《箋》：作於元和十年（八一五），長安。

〔爲問昭君月下聽，何如蘇武雪中聞〕昭君，見卷十四《王昭君二首》（0801）注。《漢書·蘇武傳》：「單于愈益欲降之，乃幽武置大窖中，絶不飲食。天雨雪，武卧病嚙雪與旃毛並咽之，數日不死。匈奴以爲神，乃徙武北海上無人處，使牧羝，羝乳乃得歸。武既至海上，廩食不至，掘野鼠去草食而食之。杖漢節牧羊，卧起操持，節旄盡落。」

見楊弘貞詩賦因題絶句以自諭

賦句詩章妙入神，未年三十即無身。常嗟薄命形顦顇，若比弘貞是幸人。（0824）

【注】

朱《箋》：作於元和十年（八一五），長安。

〔楊弘貞〕見卷五《酬楊九弘貞長安病中見寄》（0201）、卷九《傷楊弘貞》（0390）注。

病中早春

今朝枕上覺頭輕，强起堦前試脚行。羶膩斷來無氣力，風痰惱得少心情。暖銷霜瓦津初合，寒減冰渠凍不成。唯有愁人鬢間雪，不隨春盡逐春生。（0825）

【注】

朱《箋》：作於元和十年（八一五），長安。

送人貶信州判官

地僻山深古上饒，土風貧薄道程遥。不唯遷客須恓屑，見説居人也寂寥。溪畔毒砂藏水弩，城頭枯樹下山魈。若於此郡爲卑吏，刺史廳前又折腰。（0826）

【注】

朱《箋》：作於元和十年（八一五），長安。

〔信州〕《舊唐書·地理志三》江南東道：「信州上，乾元元年，割衢州之常山、饒州之弋陽、建州之三鄉、撫州之一鄉，置信州。又置上饒、永豐二縣。」按，居易少年曾隨父之衢州，與信州接壤。

〔不唯遷客須恓屑，見説居人也寂寥〕恓屑，同栖屑。李騫《釋情賦》：「在下僚而栖屑，願奮迅於泥滓。」杜甫《詠懷二首》：「疲薾苟懷策，栖屑無所施。」

〔溪畔毒砂藏水弩，城頭枯樹下山魈〕《博物志》卷三：「江南溪水中射工蟲，甲類也。長一二寸，口中有弩，形氣射人影，隨所著處發瘡，不治則殺人。」《唐國史補》卷中：「南中山川，有鴆之地，必有犀牛。有沙虱水弩之處，必有鸜鵒，及生可療之草。」《太平廣記》卷四二八《斑子》（出《廣異記》）：「山魈者，嶺南所在有之，獨足反踵，手足三歧。其牝好傅脂粉。於大樹空中做窠，有木屏風帳幔。食物甚備。南人山行者，多持黄脂鉛粉及錢等以自隨。雄者謂之山公，必求金錢。遇雌者謂之山姑，必求脂粉。與者能相護。……其難曉者，每歲中與人營田，人出田及種，餘耕地種植，並是山魈，穀熟則來喚人平分。性質直，與人分，不取其多。人亦不敢取多，取多者遇天疫病。」

曲江醉後贈諸親故

郭東丘墓何年客，江畔風光幾日春？只合殷勤逐杯酒，不須疏索向交親。中天或有長生藥，下界應無不死人。除却醉來開口笑，世間何事更關身？（0827）

【注】

朱《箋》：作於元和十年（八一五），長安。

〔只合殷勤逐杯酒，不須疏索向交親〕疏索，疏遠。蕭子雲《東郊望春酬王建安雋晚遊》：「相去能幾許，一水終疏索。」駱賓王《疇昔篇》：「當時門客今何在，疇昔交朋已疏索。」交親，見卷五《效陶潛體詩十六首》「天秋無片雲」（0215）首注。

〔除却醉來開口笑，世間何事更關身〕《莊子・盜跖》：「人上壽百歲，中壽八十，下壽六十，除病瘦死喪憂患，其中開口而笑者，一月之中，不過四五日而已矣。」

和元八侍御升平新居四絶句　時方與元八卜鄰。

看花屋

忽驚映樹新開屋，却似當簷故種花。可惜年年紅似火，今春始得屬元家。（0828）

【注】

朱《箋》：作於元和十年（八一五），長安。

〔元八侍御〕朱《箋》：「元宗簡。」參見卷五《答元八宗簡同遊曲江後明日見贈》（0174）、本卷《欲與元八卜鄰先有是贈》（0808）諸詩。

累土山

堆土漸高山意出，終南移入户庭間。玉峰藍水應惆悵，恐見新山忘舊山①。元舊居在藍田山。（0829）

【校】

①〔忘舊山〕馬本作「望舊山」，誤。

【注】

〔玉峰藍水應惆悵，恐見新山忘舊山〕玉峰，藍田山。藍水，藍溪水。見卷六《遊藍田山卜居》（0247）注。

高亭

亭脊太高君莫坼，東家留取當西山。好看落日斜銜處，一片春嵐映半環。（0830）

松樹①

白金换得青松樹，君既先栽我不栽。幸有西風易憑仗，夜深偷送好聲來②。（0831）

【校】

①殘宋本此後有《城西別元九》一首。

②〔偷送〕馬本、《唐音統籤》作「偷得」。

醉後却寄元九

蒲池村裏匆匆別，澧水橋邊兀兀迴①。行到城門殘酒醒，萬重離恨一時來。（0832）

【校】

①〔澧水〕紹興本等誤「澧水」，據《唐音統籤》、何校、《全唐詩》改。

【注】

朱《箋》：作於元和十年（八一五），長安。「《元稹集》卷二有《酬樂天醉別》詩。元和十年春，元稹自唐州召回長安，與劉禹錫、柳宗元同時，而再貶通州司馬又與劉、柳之出刺連、柳二州同時。由此可知，元和九年末之徵還遷客不止王、韋黨人，而徵還后斥者，亦有稹在内，不僅劉、柳也。又按，元稹《酬樂天東南行詩一百韻序》云：『元和十年三月二十五日，予司馬通州。二十九日，與樂天於鄠東蒲池村別，各賦一絶。』後白氏元和十四年作《十年三月三日別微之於澧上十四年三月十一日夜遇微之於峽中停舟夷陵三宿而別言不盡者以詩終之因賦七言十七韻以贈且欲寄所遇之地與相見之時爲他年會話張本也》（本書卷十七1100）云：『澧水店頭春盡日，送君上馬謫通川。』元稹又有《澧西別樂天博載樊宗憲李景信兩秀才侄谷三月三十日相餞送》詩云：『今朝相送自同遊，酒語詩情替別愁。忽到灃西總回去，一身騎馬向通州。』白氏復有《城西別元九》詩云：『城西三月三十日，別友辭春兩恨多。帝里却歸猶寂寞，通州獨去又如何。』考元稹赴通州，乃取道灃鄠通向巴蜀之陸路，蒲池村居灃水西岸橋邊。綜合元稹、白居易前後酬答諸詩，可知元稹三月二十九日自長安首途，居易等人相送至灃水西岸橋邊蒲池村，天色已晚，依依惜別不捨，同在灃水橋邊旅店内借宿一宵，至次日（三十日）復於蒲池村分別，居易等人再渡過灃水橋返回長安城。白氏此詩：『蒲池村裏匆匆別，灃水橋邊兀兀迴。行到城門殘酒醒，萬重離恨一時來。』乃自遠及近之倒寫手法，而爲研究元、白此次分別日期提供有用之資料。顧肇倉、周汝昌《白居易詩選》附錄《白居易年譜簡編》、顧學頡《白居易年譜簡編》、日本花房英樹《元稹年譜》俱繫元稹、白居易三月二十九日別于鄠東蒲池村，疑非是。又拙著《白居易年譜》第六八頁云：『則知居易等元和十年三月二十九日送稹至鄠東蒲池村，不忍離去，復送至灃水，至三十日始於灃水西岸橋邊分手。』此蓋誤以蒲池村與灃水西岸橋邊爲兩處，復考更正於此。」

〔蒲池村裏匆匆別，灃水橋邊兀兀迴〕《長安志》卷十五鄠縣：「豐水經縣東二十八里，北流入渭。」

重寄

蕭散弓驚雁，分飛劍化龍。悠悠天地内，不死會相逢。（0833）

【注】

朱《箋》：作於元和十年（八一五），長安。

〔蕭散弓驚雁，分飛劍化龍〕《戰國策·楚策四》：「更羸與魏王處京臺之下，仰見飛鳥，更羸謂魏王曰：『臣爲王引弓虛發而下鳥。』魏王曰：『然則射可至此乎？』更羸曰：『可。』有間，雁從東方來，更羸虛發而下之。……更羸曰：『此孽也。』王曰：『先生何以知之？』對曰：『其飛徐而鳴悲。飛徐者，故瘡痛也。鳴悲者，久失群也。故瘡未息，而驚心未去也。聞弦音，引而高飛，故隕也。』」《晉書·張華傳》：「初，吳之未滅也，斗牛間常有紫氣，道術者皆以吳方强盛，未可圖也，惟華以爲不然。及吳平之後，紫氣愈明。華聞豫章人雷焕妙達緯象，乃要焕宿，……華曰：『是何祥也？』焕曰：『寶劍之精，上徹於天耳。』……華大喜，即補焕爲豐城令。焕到縣，掘獄屋基，入地四丈餘，得一石函，光氣非常，中有雙劍，並刻題，一曰龍泉，一曰太阿。其夕，斗牛間氣不復見焉。……遣使送一劍並土與華，留一自佩。或謂焕曰：『得兩送一，張公豈可欺乎？』焕曰：『本朝將亂，張公當受其禍。此劍當繫徐君墓樹耳。靈異之物，終當化去，不永爲人服也。』……華誅，失劍所在。焕卒，子華爲州從事，持劍行經延平津，劍忽於腰間躍出墮水，使人没水取之，不見劍，但見兩龍各長數丈，蟠縈有文章，没者懼而反。須臾光彩照水，波浪驚沸，於是失劍。」

李十一舍人松園飲小酎酒得元八侍御詩序云在臺中推院有鞫獄之苦即事書懷因酬四韻①

愛酒舍人開小酌，能文御史寄新詩。亂松園裏醉相憶，古柏廳前忙不知。早夏我當逃暑日，晚衙君是慮囚時。唯應清夜無公事，新草亭中好一期。元於升平宅新立草亭。（0834）

【校】

①〔題〕「序」汪本作「叙」。

【注】

朱《箋》：　作於元和十年（八一五），長安。

〔李十一舍人〕朱《箋》：「李建。」見卷十一《早祭風伯因懷李十一舍人》（0539）諸詩注。

〔小酎酒〕《西京雜記》卷一：「漢制，宗廟八月飲酎，用九醖太牢。皇帝侍祠以正月旦作酒，八月成，名曰酎，一曰九醖，一名醇酎。」小酎，蓋釀製簡省者。

〔元八侍御〕元宗簡。見本卷《和元八侍御升平新居四絶句》（0828）注。

〔早夏我當逃暑日，晚衙君是慮囚時〕慮囚，唐時多指審核寬宥囚犯。唐玄宗《慮囚詔》：「此月少雨，蓋非徒然。深慮繫囚，或有冤滯。京城内諸司見禁囚徒，並以來日過，朕將親慮。所司量準舊典，其杖下情不可恕者速决，自餘即放過。」

重到華陽觀舊居

憶昔初年三十二，當時秋思已難堪。若爲重入華陽院，病鬢愁心四十三？（0835）

【注】

朱《箋》：　作於元和九年（八一四），長安。

〔華陽觀〕見卷五《永崇里觀居》(0177)注。

答勸酒

莫怪近來都不飲，幾迴因醉却沾巾。誰料平生狂酒客，如今變作酒悲人。(0836)

【注】

朱《箋》：約作於元和九年(八一四)至元和十年(八一五)，長安。

題王侍御池亭

朱門深鎖春池滿，岸落薔薇水浸莎。畢竟林塘誰是主，主人來少客來多。(0837)

【注】

朱《箋》：作於元和十年(八一五)，長安。

〔王侍御〕朱《箋》：「王起。元和間爲殿中侍御史。」

聽水部吴員外新詩因贈絶句

朱紱仙郎白雪歌，和人雖少愛人多。明朝與向詩家道①，水部如今不姓何。（0838）

【校】

①〔與向〕馬本、《唐音統籤》作「説向」，《全唐詩》作「説與」。

【注】

朱《箋》：作於元和十年（八一五），長安。

〔水部吴員外〕朱《箋》：「吴丹。元和間官水部員外郎。」見卷五《贈吴丹》（0194）注。

〔朱紱仙郎白雪歌，和人雖少愛人多〕朱紱，見卷二《輕肥》（0081）注。仙郎，見卷十四《八月十五夜聞崔大員外翰林獨直對酒玩月因懷禁中清景偶題是詩》（0733）注。

〔明朝與向詩家道，水部如今不姓何〕《梁書·何遜傳》：「遜八歲能爲詩，弱冠，州舉秀才。……遷中衛建安王水曹行參軍，兼記室。王愛文學之士，日與遊宴，及還江州，遜猶掌書記。還爲安西安成王參軍事，兼尚書水部郎。」秦系《山中奉寄錢起員外兼簡苗發員外》：「借問省中何水部，今人幾個屬詩家。」

雨夜憶元九

天陰一日便堪愁，何况連宵雨不休。一種雨中君最苦，偏梁閣道向通州。（0839）

【注】

朱《箋》：作於元和十年（八一五），長安。

〔一種雨中君最苦，偏梁閣道向通州〕偏梁閣道，依懸崖一偏所造之閣道。《水經注》汾水：「又南過冠爵津，汾津名也，在界休縣之西南，俗謂之雀鼠谷。數十里間，道險隘，水左右悉結偏梁閣道，累石就路，縈帶巖側，或去水一丈。」張載《敘行賦》：「歲大荒之孟夏，余將往乎蜀都。……緣阻岑之絶崖，蹈偏梁之懸閣。」薛逢《鑷白曲》：「前年依亞成都府，月請俸緡六十五。妻兒骨肉愁欲來，偏梁閣道歸得否。」

雨中攜元九詩訪元八侍御

微之詩卷憶同開，假日多應不入臺①。好句無人堪共詠，衝泥蹋水就君來。（0840）

【校】

①〔假日〕馬本、《唐音統籤》作「暇日」。

【注】

朱《箋》：作於元和十年（八一五），長安。

〔元八侍御〕元宗簡。見本卷《和元八侍御升平新居四絶句》（0828）注。

贈楊秘書巨源

楊嘗有贈盧洺州詩云：「三刀夢益州，一箭取遼城。」由是知名。

早聞一箭取遼城，相識雖新有故情。清句三朝誰是敵，白鬚四海半爲兄。貧家薙草時時入，瘦馬尋花處處行。不用更教詩過好，折君官職是聲名。（0841）

【注】

朱《箋》：作於元和十年（八一五），長安。

〔楊秘書巨源〕《唐才子傳》卷五：「巨源字景山，蒲中人。貞元五年劉太真下第二人及第。初爲張弘靖從事。拜虞部員外郎，後遷太常博士、國子祭酒。大和中，爲河中少尹。入拜禮部郎中。」朱《箋》：「（楊巨源）由秘書郎擢太常博士，虞部員外郎。《唐才子傳》誤自虞部遷太常博士。」參見卷十七《答元八郎中楊十二博士》（1060）注。

〔早聞一箭取遼城，相識雖新有故情〕《唐詩紀事》卷三五：「楊巨源以『三刀夢益州，一箭取遼城』得名，故樂天詩云『早聞一箭取遼城……。』」朱《箋》：「此蓋本之居易自注，《全唐詩話》卷二所記略同。考唐人『一箭』典故多用魯仲連事。……疑『遼城』爲『聊城』之誤。」

和武相公感韋令公舊池孔雀

同用深字。

索寞少顏色，池邊無主禽。難收帶泥翅，易結著人心。頂毳落殘碧，尾花銷闇金。放歸

飛不得，雲海故巢深。（0842）

【注】

朱《箋》：作於元和十年（八一五），長安。

〔武相公〕朱《箋》：「武元衡。」新舊《唐書》有傳。元和二年拜門下侍郎、平章事。淮蔡用兵，憲宗悉以機務委之，以是爲王承宗所咎怨。元和十年六月三日將赴朝，爲盜殺於靖安里宅第東北隅墻之外。朱《箋》：「《全唐詩》卷三一六有武元衡《西川使宅有韋令公時孔雀存焉暇日與諸公同玩座中兼故府賓妓興嗟久之因賦此詩用廣其意》詩，即白詩所和原作。」

〔韋令公〕朱《箋》：「韋皋。」新舊《唐書》有傳。貞元時爲劍南西川節度使，封南康郡王。永貞元年卒。朱《箋》：「韓愈有《奉和武相公鎮蜀時詠使宅韋太尉所養孔雀》詩，《劉禹錫集》外七有《和西川李尚書傷韋令孔雀及薛濤之什》詩，兩詩與白詩均涉及韋皋。皋蓋永貞政變幕後策動人物之一，王、韋之敗，皋有以啓之。故禹錫詩云：『玉兒已逐金環葬，翠羽先隨秋草萎。唯見芙蓉含曉露，數行紅淚滴清池。』其間含有無窮隱恨，與《靖安佳人怨》追憾武元衡之詞意略相似，深可玩味，較之韓、白兩人漠然無關之和作實迥不相同也。」

〔索寞少顏色，池邊無主禽〕索寞，亦作索莫，寂寞。曹攄《贈石崇》：「野次何索寞，薄暮愁人心。」孟浩然《留別王侍御維》：「只應守索寞，還掩故園扉。」

寄生衣與微之因題封上

淺色縠衫輕似霧①，紡花紗袴薄於雲②。莫嫌輕薄但知著，猶恐通州熱殺君。（0843）

【校】

①〔縠衫〕馬本、《唐音統籤》作「縠紗」。

②〔薄於雲〕馬本、《唐音統籤》作「薄如雲」。

【注】

朱《箋》：作於元和十年（八一五），長安。

〔生衣〕夏日所服，與熟衣（暖衣）相對而言。《太平御覽》卷二二引《齊人月令》：「四月八日，不宜殺草木，始服生衣。」戎昱《駱家亭子納涼》：「生衣宜水竹，小酒入詩篇。」王建《寄賈島》：「傍暖旋收紅落葉，覺寒猶著舊生衣。」

白牡丹

白花冷澹無人愛，亦占芳名道牡丹。應似東宫白贊善①，被人還喚作朝官。（0844）

【校】

①〔應似〕馬本、《唐音統籤》作「應是」。

【注】

朱《箋》：作於元和十年（八一五），長安。

〔應似東宫白贊善，被人還唤作朝官〕白贊善，居易時爲太子左贊善大夫。

夢舊

別來老大苦修道，煉得離心成死灰。平生憶念消磨盡，昨夜因何入夢來？（0845）

【注】

朱《箋》：作於元和十年（八一五），長安。

〔別來老大苦修道，煉得離心成死灰〕《圓覺經》：「一切菩薩及末世衆生，應當遠離一切幻化虚妄境界，由堅執遠離心故。心如幻者，亦復遠離。如來爲幻，亦復遠離。」心如死灰，見卷五《隱几》（0229）注。

戲題盧秘書新移薔薇

風動翠條腰嫋娜①，露垂紅萼淚蘭干。移他到此須爲主，不別花人莫使看②。（0846）

【校】

①〔嫋娜〕馬本作「嫋嫋」。

②〔不別〕馬本、《唐音統籤》作「不愛」。

【注】

朱《箋》：　作於元和十年（八一五），長安。

〔盧秘書〕朱《箋》：　「盧拱。」見本卷《酬盧秘書二十韻》（0804）注。

〔移他到此須爲主，不别花人莫使看〕《韻語陽秋》卷十六：　「樂天詩多説别花，如《紫薇花》詩云：　『除却微之見應愛，世間少有别花人。』《薔薇花》詩云：　『移他到此須爲主，不别花人莫使看。』」陳友琴《白居易資料彙編》：　「所謂『别花』即辨别得花、識别得花之意。樂天《謝李六郎中寄新蜀茶》詩末云：　『不寄他人先寄我，應緣我是别茶人。』『别茶』即辨别得茶、識别得茶之意。『别花人』與『别茶人』涵義正同。惟另有《除蘇州刺史别洛城東花》詩云：　『别花何用伴，勸酒有殘鶯。』《遊趙村杏花》詩云：　『七十三人難再到，今春來是别花來。』此等處『别花』二字則是與花分别之意。」

曲江夜歸聞元八見訪

自入臺來見面稀，班中遥得揖容輝。早知相憶來相訪，悔待江頭明月歸。（0847）

【注】

朱《箋》：　作於元和十年（八一五），長安。

〔元八〕朱《箋》：　「元宗簡。」見本卷《和元八侍御升平新居四絶句》（0828）注。

苦熱題恒寂師禪室

人人避暑走如狂，獨有禪師不出房。可是禪房無熱到，但能心静即身凉。（0848）

【注】

朱《箋》：作於元和十年（八一五），長安。

〔恒寂師〕與本卷《恒寂師》（0818）所題同爲一人。

〔可是禪房無熱到，但能心静即身凉〕可是，即豈是。猶可能即豈能。

微之到通州日授館未安見塵壁間有數行字讀之即僕舊詩其落句云緑水紅蓮一朵開千花百草無顔色然不知題者何人也微之吟歎不足因綴一章兼録僕詩本同寄省其詩乃是十五年前初及第時贈長安妓人阿軟絶句緬思往事杳若夢中懷舊感今因酬長句

十五年前似夢遊，曾將詩句結風流。偶助笑歌嘲阿軟，可知傳誦到通州？昔教紅袖佳

人唱，今遣青衫司馬愁。惆悵又聞題處所，雨淋江館破牆頭。（0849）

【注】

朱《箋》：作於元和十年（八一五），長安。

〔通州〕元稹元和十年三月，自唐州從事移任通州司馬。見卷九《感逝寄遠》（0442）注。

〔阿軟〕《才調集》卷一白居易《江南喜逢蕭九徹因話長安舊遊戲贈五十韻》：「多情推阿軟，巧語屬秋娘。」朱《箋》：「汪立名《白香山詩集》補遺卷上及《全唐詩》卷四六二均作『阿軌』，據此詩，疑『軌』字係『軟』字之譌。」《天中記》卷二十引《善謔集》：「貞元末，妓阿軟産一女，求小名於樂天。樂天曰：『此兒甚白皙，可名之曰皎皎。』有文士過之，見呼皎皎爲什，其久始寤樂天之戲。蓋其種姓不明，取古詩云『皎皎河漢女』也。」

得微之到官後書備知通州之事悵然有感因成四章

來書子細説通州，州在山根峽岸頭。四面千重火雲合，中心一道瘴江流。蟲蛇白晝攔官道，蚊蟆黄昏撲郡樓①。何罪遣君居此地，天高無處問來由。（0850）

【校】

①〔蚊蟆〕馬本、《唐音統籤》、汪本作「蚊蚋」。

【注】

汪《譜》、朱《箋》：作於元和十年（八一五），長安。

匼匝巔山萬仞餘，人家應似甑中居。寅年籬下多逢虎，亥日沙頭始賣魚。衣斑梅雨長須熨，米澀畬田不解鉏。努力安心過三考，已曾愁殺李尚書。李實尚書先貶此州，身没於彼處。

（0851）

【注】

〔寅年籬下多逢虎，亥日沙頭始賣魚〕《抱朴子内篇·登陟》：「山中寅日，有自稱虞吏者，虎也。」此謂寅年虎多，蓋唐時迷信。張籍《江南行》：「江村亥日長爲市，落帆度橋來浦里。」本書卷十六《東南行一百韻》（0902）：「亥日饒蝦蟹，寅年足虎貙。」卷十七《江州赴忠州至江陵已來舟中示舍弟五十韻》（1097）：「亥市魚鹽聚，神林鼓笛鳴。」吴景旭《歷代詩話》卷五一：「《青箱雜記》：荆、吴俗有寅、申、巳、亥日集於市，故曰亥市。蜀有痎市，間日一集，如痎瘧之發歟爲市喻。徐筠《水志》云：分寧縣，本常州亥市也。西蜀曰痎，如瘧疾間日復作也。江南人惡以痎稱，故止曰亥耳。《豫章漫鈔》云：南中每以丑、卯、酉日爲市，故曰兔場、牛場、雞場。豈用亥日爲市，故謂之亥？余按《月令廣義》云：亥音皆。《釋名》：亥，核也。收藏百物，核取其好惡真僞也。市之爲亥，或取此義，當取亥日爲正。」

〔李實尚書〕《舊唐書·李實傳》：「李實者，道王元慶玄孫。……貞元十九年，爲京兆尹……尋封嗣道王。自爲京尹，恃寵强愎，不顧文法，人皆側目。二十年春夏旱，關中大歉，實爲政猛暴，方務聚斂進奉，以固恩顧，百姓所訴，一不介意。因入對，德宗問人疾苦，實奏曰：『今年雖旱，穀田甚好。』由是租税皆不免。……順宗在諒闇逾月，實斃人於府者十數，遂議逐之，乃貶通州長史。……後遇赦量移虢州，在道卒。」

人稀地僻醫巫少，夏旱秋霖瘴瘧多。老去一身須愛惜，别來四體得如何？侏儒飽笑東方朔，薏苡讒憂馬伏波。莫遣沈愁結成病，時時一唱濯纓歌。（0852）

【注】

〔侏儒飽笑東方朔，薏苡讒憂馬伏波〕《漢書·東方朔傳》：「居有頃，聞上過，朱儒皆號泣頓首。上問：『何爲？』對曰：『東方朔言上欲盡誅臣等。』上知朔多端，召問朔：『何恐朱儒爲？』對曰：『臣朔生亦言，死亦言。朱儒長三尺餘，奉一囊粟，錢二百四十。臣朔長九尺餘，亦奉一囊粟，錢二百四十。朱儒飽欲死，臣朔飢欲死。臣言可用，幸異其禮；不可用，罷之，無令但索長安米。』上大笑，因使待詔金馬門。」《後漢書·馬援傳》：「初，援在交阯，常餌薏苡實，用能輕身省欲，以勝瘴氣。南方薏苡實大，援欲以爲種，軍還，載之一車。時人以爲南土珍怪，權貴皆望之。援時方有寵，故莫以聞。及卒後，有上書譖之者，以爲前所載還，皆明珠文犀。馬武與於陵侯侯昱等，皆以章言其狀，帝益怒。援妻孥惶懼，不敢以喪還舊塋，裁買城西數畝地槀葬而已。賓客故人莫敢弔會。嚴與援妻子草索相連，詣闕請罪。帝乃出松書以示之，方知所坐，上書訴冤，前後六上，辭甚哀切，然後得葬。」

〔莫遣沈愁結成病，時時一唱濯纓歌〕《孟子·離婁上》：「有孺子歌曰：滄浪之水清兮，可以濯我纓；滄浪之水濁兮，可以濯我足。」

通州海内恓惶地，司馬人間冗長去官。傷鳥有弦驚不定，臥龍無水動應難。劍埋獄底誰深掘，松偃霜中盡冷看。舉目爭能不惆悵，高車大馬滿長安。（0853）

【注】

〔通州海内恓惶地，司馬人間冗長官〕恓惶，見本卷《渭村退居寄禮部崔侍郎翰林錢舍人詩一百韻》（0803）注。陸機《文賦》：「要辭達而理舉，故無取乎冗長。」「長」《文選》五臣注：「佇亮反。」讀去聲。

〔傷鳥有弦驚不定，臥龍無水動應難〕驚弦，見本卷《重寄》（0833）注。

〔劍埋獄底誰深掘，松偃霜中盡冷看〕埋劍，見本卷《重寄》（0833）注。

病中答招飲者

顧我鏡中悲白髮，盡津上君花下醉青春。不緣眼痛兼身病，可是樽前第二人。（0854）

【注】

朱《箋》：作於元和十年（八一五），長安。

〔顧我鏡中悲白髮，盡君花下醉青春〕本書卷十六《題山石榴花》（0908）：「爭及此花簷户下，任人採弄盡人看。」「盡」《文苑英華》注：「上聲。」元稹《望雲騅馬歌》：「銀鞍繡韂不復施，空盡天年御槽活。」「盡」注：「兹引反。」盡，任，任從。歐陽修《玉樓春》：「盡人言語盡人憐，不解此情惟解笑。」後或寫作「緊」。《金瓶梅》第十二回：「你這賊天殺的，單管弄死了人，緊着他恁麻犯人。」《紅樓夢》第一百九回：「夜深了，二爺也睡罷，别緊着坐着，看着凉。」

〔不緣眼痛兼身病，可是樽前第二人〕可是，恰是。司空圖《春山》：「可是武陵溪，春芳著路迷。」齊己《送謝尊師自南嶽出入京》：「中朝舊有知音在，可是悠悠入帝鄉。」

燕子樓三首　并序

徐州故張尚書有愛妓曰眄眄①，善歌舞，雅多風態。予爲校書郎時，遊徐、泗間。張尚書宴予，酒酣，出眄眄以佐歡，歡甚。予因贈詩云：「醉嬌勝不得，風嫋牡丹花。」一歡而去②，邇後絶不相聞，迨兹僅一紀矣。昨日，司勳員外郎張仲素績之訪予③，因吟新詩，有《燕子樓》三首，詞甚婉麗。詰其由，爲眄眄作也。績之從事武寧軍累年，頗知眄眄始末，云：「尚書既殁，歸葬東洛。而彭城有張氏舊第，第中有小樓，名燕子。眄眄念舊愛而不嫁，居是樓十餘年，幽獨塊然，于今尚在。」予愛績之新詠，感彭城舊遊，因同其題，作三絶句。

滿窗明月滿簾霜，被冷燈殘拂卧牀。燕子樓中霜月夜，秋來只爲一人長。（0855）

【校】

①〔張尚書〕馬本、《唐音統籤》作「尚書張」。〔眄眄〕汪本、《全唐詩》作「盼盼」。眄、盼宋人版刻常混淆。

②〔一歡〕那波本、馬本、《唐音統籤》、汪本作「盡歡」。

③〔張仲素繢之〕「繢」馬本、汪本作「績」，誤。朱《箋》：「《論語·八佾》云：繪事後素。繪同繢，當以作繢爲正。」

【注】

朱《箋》：作於元和十年（八一五），長安。

〔燕子樓〕《類説》卷二九引《麗情集》之《燕子樓》（又見《紺珠集》卷十一）云：「張建封僕射節制武寧，舞妓盼盼，僕射納之于燕子樓。白樂天使經徐，與詩曰：『醉嬌無氣力，風嫋牡丹花。』公薨，盼盼誓不他適，多以詩代問答。有詩近三百首，名《燕子樓集》。嘗作三詩云：『樓上殘燈伴曉霜，獨眠人起合歡床。相思一夜情多少，地角天涯不是長。』『北邙松柏鎖愁煙，燕子樓人思悄然。自埋劍履歌塵散，紅袖香消已十年。』『適看鴻雁岳陽迴，又覩玄禽逼社來。瑶琴玉簫無意緒，任從蛛網任從灰。』樂天和曰」，即居易此三詩。《才調集》卷十已錄「盼盼一首《燕子樓》」，即《麗情集》所載盼盼詩第一首。《麗情集》謂白又贈一絶云「黄金不惜買蛾眉」，即本書卷十三《感故張僕射諸妓》（0658）；「盼盼泣曰：『妾非不能死，恐百載之後，人以我公重於色。』乃和白詩云：『自守空樓斂恨眉，形同春後牡丹枝。舍人不會人深意，訝道泉臺不去隨。』」《唐詩紀事》卷七八《張建封妓》引居易

《燕子樓三首》序，唯「詰其由，爲盼盼作也」作「詰其由，乃盼盼所作也」，亦載居易所和三詩，以爲盼盼所作。餘同《麗情集》。《唐詩紀事》又謂盼盼得詩後怏怏旬日不食而卒，吟詩云：「兒童不識沖天物，漫把青泥汚雪毫。」後人多沿《麗情集》及《唐詩紀事》之説。汪立名《白香山詩集》以居易所和《燕子樓三首》原作爲盼盼作，《全唐詩》亦連盼盼和白公詩及臨終絶句均歸於關盼盼名下。郎瑛《七修類稿》卷十九「重名美婦」又謂：「建封娶者關盼盼。」卷三六「燕子樓」：「姓關，或曰許。」其事陳振孫《白文公年譜》有辨：「燕子樓事，世傳爲張建封。按建封死在貞元十六年，且其官爲司空，非尚書也。尚書乃其子愔，《麗情集》誤以爲建封耳。」張宗泰《質疑删存》：「汪立名《白公年譜》（按應爲陳振孫《白文公年譜》）辨《麗情集》以爲張建封有誤，良是。然謂建封未爲尚書，亦非。《唐書張建封傳》：建封於貞元七年進位檢校禮部尚書，十二年加檢校右僕射，不過加僕射後不可仍稱尚書耳。不若據貞元二十年斷之，建封卒於貞元十六年，則二十年非愔而何？」張宗泰考居易之爲校書郎在貞元二十年，自詩序所云「迨兹一紀」算起，作詩當在元和十二三年間，詩云：「自從不舞霓裳曲，疊在空箱十一年」（序云「十餘年」），亦當從愔卒之元和二年算起，兩數相合，距居易之爲中書舍人尚有五年，故盼盼和詩中稱「舍人」作僞顯然，其當出於宋人附會。朱《箋》謂，張愔被疾請代在元和元年十一月，居易授校書郎在貞元十九年，張氏亦微誤；並據白詩此序，斷言《燕子樓三首》原作必非盼盼之作，當爲張仲素之作。按，《燕子樓三首》原作不見於今本白集，然當存於唐五代白集傳本中，故《才調集》、《麗情集》、《唐詩紀事》得引用，並加附會改編。朱《箋》繫此詩於元和十年自不誤，然與上述推算亦微有出入。

〔張仲素繢之〕《舊唐書·張濬傳》：「張濬字禹川，河間人。祖仲素，位至中書舍人。」《唐才子傳》卷五、《登科記考》卷十四謂其爲貞元十四年李隨榜進士。《重修承旨學士壁記》：「張仲素，元和十一年八月十五日自禮部郎中充。」岑仲勉《翰林學士壁記注補》考其曾爲禮部郎中者可信。朱《箋》指出，《唐才子傳》謂仲素貞元二十年遷司勳員外郎、除翰林學士，大誤。《唐才子傳》謂：「仲素能屬文，法度嚴確。……善詩，多警句。尤精樂府，往往和在宫商，古人有未能慮者。」

鈿暈羅衫色似煙，幾迴欲著即潸然。自從不舞霓裳曲，疊在空箱十一年。（0856）

【注】

〔自從不舞霓裳曲，疊在空箱十一年〕霓裳羽衣曲，見卷三《法曲歌》（0124）及卷二一《霓裳羽衣歌》（1406）注。

今春有客洛陽迴，曾到尚書墓上來。見説白楊堪作柱，爭教紅粉不成灰？（0857）

初貶官過望秦嶺

自此後詩江州路上作。

草草辭家憂後事，遲遲去國問前途。望秦嶺上迴頭立，無限秋風吹白鬚。（0858）

【注】

汪《譜》、朱《箋》：作於元和十年（八一五），長安至江州途中。

〔望秦嶺〕參見卷六《自望秦赴五松驛馬上偶睡睡覺成吟》（0337）注。

藍橋驛見元九詩

詩中云：「江陵歸時逢春雪。」

藍橋春雪君歸日，秦嶺秋風我去時。每到驛亭先下馬①，循牆遶柱覓君詩。（0859）

【校】

①〔每到〕《才調集》作「每去」。

【注】

朱《箋》：作於元和十年（八一五），長安至江州途中。

〔藍橋驛〕見卷八《宿藍橋對月》（0336）注。

韓公堆寄元九

韓公堆北澗西頭，冷雨涼風拂面秋。努力南行少惆悵，江州猶似勝通州。（0860）

【注】

朱《箋》：作於元和十年（八一五），長安至江州途中。

〔韓公堆〕參見卷十《初出藍田路作》（0487）注。

發商州

商州館裏停三日，待得妻孥相逐行。若比李三猶自勝，兒啼婦哭不聞聲。時李顧言新歿①。

（0861）

【校】

①〔（注）李顧言〕紹興本等作「李固言」，據卷六《村中留李三顧言宿》（0259）改。

【注】

朱《箋》：作於元和十年（八一五），長安至江州途中。

〔商州〕《舊唐書·地理志二》山南西道：「商州，隋上洛郡。武德元年，改爲商州。」

〔李三〕朱《箋》：「李顧言。」參見卷六《村中留李三顧言宿》（0259）及卷十《哭李三》（0485）注。

武關南見元九題山石榴花見寄

往來同路不同時，前後相思兩不知。行過關門三四里，榴花不見見君詩。（0862）

【注】

朱《箋》：作於元和十年（八一五），長安至江州途中。

〔武關〕《史記·蘇秦列傳》正義：「商阪即商山也，在商洛縣南一里。亦曰楚山。武關在焉。」《太平寰宇記》卷一四一商州商洛縣：「武關在縣東南九十里。」

〔山石榴〕見卷十二《山石榴寄元九》（0590）注。

紅鸚鵡　商山路逢。

安南遠進紅鸚鵡，色似桃花語似人。文章辯慧皆如此，籠檻何年出得身？（0863）

【注】

朱《箋》：作於元和十年（八一五），長安至江州途中。

題四皓廟

卧逃秦亂起安劉，舒卷如雲得自由。若有精靈應笑我，不成一事謫江州。（0864）

【注】

朱《箋》： 作於元和十年（八一五），長安至江州途中。

〔四皓廟〕見卷二《答四皓廟》（0104）注。

罷藥

自學坐禪休服藥，從他時復病沈沈。此身不要全强健，强健多生人我心。（0865）

【注】

朱《箋》： 作於元和十年（八一五），長安至江州途中。

〔此身不要全强健，强健多生人我心〕人我心，爭强鬬勝之心。《王梵志詩校注》二九二首：「兩兩相啖食，强弱自相征。平生事人我，何處有公名。」《寒山詩注》二三一首：「心高如山嶽，人我不伏人。」

白鷺

人生四十未全衰，我爲愁多白髮垂。何故水邊雙白鷺，無愁頭上亦垂絲？（0866）

【注】

朱《箋》：作於元和十年（八一五），長安至江州途中。

襄陽舟夜①

下馬襄陽郭，移舟漢陰驛。秋風截江起，寒浪連天白。本是多愁人，復此風波夕。

（0867）

【校】

①〔題〕殘宋本、馬本、《唐音統籤》作「襄陽舟中」。

【注】

朱《箋》：作於元和十年（八一五），長安至江州途中。

〔襄陽〕見卷九《遊襄陽懷孟浩然》（0427）注。

〔下馬襄陽郭，移舟漢陰驛〕《太平寰宇記》卷一四五襄州：「漢陰城在穀城縣北，漢爲縣，今廢城存。」

江夜舟行

煙澹月濛濛，舟行夜色中。江鋪滿槽水，帆展半檣風。叫曙嗷嗷雁，啼秋唧唧蟲。只應

催北客，早作白鬚翁。（0868）

【注】

朱《箋》：作於元和十年（八一五），長安至江州途中。

紅藤杖

交親過滻別，車馬到江迴。唯有紅藤杖，相隨萬里來。（0869）

【注】

朱《箋》：作於元和十年（八一五），長安至江州途中。

〔紅藤杖〕即赤藤杖。見卷三《蠻子朝》（0140）、卷八《朱藤杖紫驄吟》（0339）注。《白氏文集》卷三九《朱藤謠》：「朱藤朱藤，温如紅玉，直如朱繩。自我得爾以爲杖，大有裨於股肱。前年左遷，東南萬里。交遊別我于國門，親友送我于滻水。登高山兮車倒輪摧，渡漢水兮馬跙蹄開。中途不進，部曲多迴。唯此朱藤，實隨我來。」

〔交親過滻別，車馬到江迴〕《三輔黄圖》卷六：「關中八水皆出上林苑。霸水出藍田谷，西北入渭。滻水亦出藍田谷，北至霸陵入霸。」《太平寰宇記》卷二五雍州萬年縣：「滻水，荆溪、狗枷二水之下流也。《封禪書》：秦都咸陽，霸、滻、長水，皆非大川，以近咸陽，盡得祠之。」《長安志》卷十一萬年縣：「滻水在縣東北，流四十里入渭。」

江上吟元八絶句

大江深處月明時，一夜吟君小律詩。應有水仙潛出聽，翻將唱作步虛詞。（0870）

【注】

朱《箋》：作於元和十年（八一五），長安至江州途中。

〔元八〕朱《箋》：「元宗簡。」見本卷《和元八侍御升平新居四絶句》（0828）注。

〔大江深處月明時，一夜吟君小律詩〕小律詩，四句律詩，即絶句。沈括《夢溪筆談》卷十四：「小律詩雖末技，工之不造微，不足以名家，故唐人皆盡一生之業爲之，至於字字皆煉，得之甚難。」

〔應有水仙潛出聽，翻將唱作步虛詞〕《樂府詩集》卷七八：「《樂府解題》云：步虛詞，道家曲也。備言衆仙縹緲輕舉之美。」《唐詩紀事》卷十一李行言：「中宗時爲給事中，能唱步虛歌。帝七月七日御兩儀殿會宴，帝命爲之。行言於御前長跪，作三洞道士音詞，歌數曲，貌偉聲暢，上頻嘆美。」

途中感秋

節物行摇落，年顔坐變衰。樹初黄葉日，人欲白頭時。鄉國程程遠，親朋處處辭。唯殘病與老①，一步不相離。（0871）

【校】

①〔唯殘〕馬本、《唐音統籤》、汪本作「唯憐」。

【注】

朱《箋》： 作於元和十年（八一五），長安至江州途中。

〔樹初黄葉日，人欲白頭時〕范晞文《對牀夜語》卷四：「詩人發興造語，往往不約而合。如『雨中山果落，燈下草蟲鳴』，王維也。『樹出黄葉日，人欲白頭時』，樂天也。司空曙有云：『雨中黄葉樹，燈下白頭人。』句法王而意參白，然詩家不以爲襲也。」按，司空曙爲大曆詩人，謂白詩與其相合則可，非其詩意參白。

登郢州白雪樓

白雪樓中一望鄉，青山簇簇水茫茫。朝來渡口逢京使，説道煙塵近洛陽。時淮西寇未平。

（0872）

【注】

朱《箋》： 作於元和十年（八一五），長安至江州途中。

〔郢州〕《舊唐書·地理志二》山南東道：「郢州，後魏置温州。武德四年，置郢州於長壽縣，置京山、藍水二縣屬焉。……天寶元年，改爲富水郡。乾元元年，復爲郢州。」

〔白雪樓〕《太平寰宇記》卷一四四郢州：「白雪樓基在州子城西。」《輿地紀勝》卷八四：「白雪樓，《圖經》：子城三面墉基皆天造，正西絶壁，下臨漢江，白雪樓冠其上，石城之名本此。今在郡治。」《明一統志》卷六十興都承天府：「白雪樓，在府治石城西邊，下臨漢江，取宋玉對楚襄王問，客有歌於郢中，爲陽春白雪之辭爲名。」

〔淮西寇〕指吳元濟之叛。參見卷七《春遊二林寺》（0289）注。

舟夜贈内

三聲猿後垂鄉淚，一葉舟中載病身。莫凭水窗南北望，月明月闇總愁人。（0873）

【注】

朱《箋》：作於元和十年（八一五），長安至江州途中。

〔三聲猿後垂鄉淚，一葉舟中載病身〕《太平御覽》卷五三引盛弘之《荆州記》：「巴東三峽巫峽長，猿鳴三聲淚沾衣。」

逢舊

我梳白髮添新恨，君掃青蛾減舊容。應被傍人怪惆悵，少年離別老相逢。（0874）

【注】

朱《箋》：作於元和十年（八一五），長安至江州途中。

〔我梳白髮添新恨，君掃青蛾減舊容〕據詩意，此舊人爲女子。此詩亦透露詩人早年情事。

臼口阻風十日

洪濤白浪塞江津①，處處邅迴事事迍。世上方爲失途客，江頭又作阻風人。魚鰕遇雨腥盈鼻，蚊蚋和煙癢滿身。老大光陰能幾日，等閑臼口坐經旬。（0875）

【校】

①〔白浪〕《文苑英華》作「波浪」。

【注】

朱《箋》：作於元和十年（八一五），長安至江州途中。

〔臼口〕《方輿勝覽》卷三三郢州：「臼水，在京山南四十里。《左傳》：楚昭王奔隨，將涉成臼，即此。」《湖廣通志》卷十三鍾祥縣：「……臼口渡、瓦子灘俱在縣南。」《嘉慶重修一統志》安陸府：「臼水，在鍾祥縣東，南接京山縣界，今名臼成河，源出聊屈山，西流合寨子河，注於漢水，其入漢處謂之臼口。」

〔洪濤白浪塞江津，處處邅迴事事迍〕《淮南子·原道訓》：「邅迴川谷之間。」高誘注：「邅迴，猶委曲也。」劉向

《九歎·離世》：「寧浮沅而馳騁兮，下江湘以邅迴。」王逸注：「邅迴，運轉也。」

浦中夜泊

闇上江隄還獨立，水風霜氣夜稜稜。迴看深浦停舟處，蘆荻花中一點燈。（0876）

【注】

朱《箋》：作於元和十年（八一五），長安至江州途中。

〔闇上江隄還獨立，水風霜氣夜稜稜〕稜稜，高峻貌，又深重貌。鮑照《蕪城賦》：「稜稜霜氣，蔌蔌風威。」《文選》李善注：「稜稜霜氣，嚴冬之貌。」參見卷二《和分水嶺》（0109）注。

盧侍御與崔評事爲予於黄鶴樓致宴宴罷同望

江邊黄鶴古時樓，勞致華筵待我遊①。楚思淼茫雲水冷，商聲清脆管絃秋。白花浪濺頭陀寺，紅葉林籠鸚鵡洲。總是平生未行處，醉來堪賞醒堪愁。（0877）

【校】

①〔勞致〕馬本作「勞置」。

【注】

朱《箋》：　作於元和十年（八一五），長安至江州途中。

〔盧侍御〕朱《箋》：「本卷有《盧侍御小妓乞詩座上留贈》（0901），當同爲一人。」

〔崔評事〕未詳。

〔黄鶴樓〕《元和郡縣志》卷二七鄂州：「城西臨大江西南角，因磯爲樓，名黄鶴樓。」《輿地紀勝》卷六六鄂州：「黄鶴樓在子城西南隅黄鵠磯山上，自南朝已著，因山得名。鵠、鶴，古通用字。」

〔楚思淼茫雲水冷，商聲清脆管弦秋〕商聲，清商樂之清調以商聲爲主。《魏書・樂志》：「又依琴五調調聲之法，以均樂器。其瑟調以宫爲主，清調以商爲主，平調以宫爲主，五調各以一聲爲主。」《唐國史補》卷下：「凡東南郡邑，無不通水。……凡大船必爲富商所有，奏商聲樂，從婢僕，以據柂樓之下。」丘瓊蓀《燕樂探微・法曲與清樂的消長》：「所謂商聲樂，疑即清商。……這些清商曲，都不用在典禮中，而于日常娛樂遊宴奏之，可以代表民間音樂的概貌。惟自開元時起，這類奏清商曲的記載已少，漸由法曲來代替，多見法曲而少見清商。」

〔白花浪濺頭陀寺，紅葉林籠鸚鵡洲〕王中《頭陀寺碑文》：「頭陀寺者，沙門釋慧宗之所立也。南則大川浩汗，雲霞之所沃蕩。北則層峰削成，日月之所迴薄。西眺城邑，百雉紆餘。東望平臯，千里超忽。」《元和郡縣志》卷二七江夏縣：「頭陀寺在縣東南二里。」《輿地紀勝》卷六六鄂州：「頭陀寺在清遠門外黄鵠山上。」王得臣《麈史》卷中：「白傅自九江赴忠州，過江夏，有《與盧侍御於黄鶴樓宴罷同望》詩曰：『白花浪濺頭陀寺，紅葉林籠鸚鵡洲。』句則秀矣，然頭陀寺在郡城之東絶頂處，西去大江最遠，風濤雖惡，何由及之？或曰甚云之辭，如『峻極於天』之謂也。」《元和郡縣志》卷二七江夏縣：「鸚鵡洲在縣西南二里。」《太平御覽》卷六九引《江夏記》：「鸚鵡洲在縣北。案《後漢書》曰：黄祖爲江夏太守，黄祖太子射賓客大會，有獻鸚鵡於此州，故以爲名。」《輿地紀勝》卷六六鄂州：「鸚鵡洲舊自城南跨城西大江中，尾直黄鵠磯，黄祖殺禰衡處。衡嘗作《鸚鵡賦》，故遇害之處得名。」

舟中讀元九詩

把君詩卷燈前讀，詩盡燈殘天未明。眼痛滅燈猶闇坐，逆風吹浪打船聲。（0878）

【注】

朱《箋》：作於元和十年（八一五），長安至江州途中。

《唐宋詩醇》卷二三：「字字沈著，二十八字中無限層折。元微之《聞樂天左降江州》詩云：『殘燈無焰影幢幢，此夕聞君謫九江。垂死病中驚坐起，暗風吹雨入寒窗。』居易以爲此句他人尚不可聞，况僕心哉！此詩真可謂同調。」

舟行阻風寄李十一舍人

扁舟厭泊煙波上，輕策閑尋浦嶼間。虎蹋青泥稠似印，風吹白浪大於山。且愁江郡何時

到，敢望京都幾歲還。今日料君朝退後，迎寒新酎煖開顏。李十一好小酎酒，故云。（0879）

【注】

朱《箋》：作於元和十年（八一五），長安至江州途中。

〔李十一舍人〕朱《箋》：「李建。」見卷五《寄李十一》（0199）注。

〔小酎酒〕參見本卷《李十一舍人松園飲小酎酒得元八侍御詩序云在臺中推院有鞫獄之苦即事書懷因酬四韻》（0834）注。

雨中題衰柳

濕屈青條折，寒飄黃葉多。不知秋雨意，更遣欲如何？（0880）

【注】

朱《箋》：作於元和十年（八一五），長安至江州途中。

題王處士郊居

半依雲渚半依山，愛此令人不欲還。負郭田園八九頃，向陽茅屋兩三間。寒松縱老風標

在，野鶴雖飢飲啄閑。一卧江村來早晚，著書盈帙鬢毛斑。（0881）

【注】

朱《箋》：作於元和十年（八一五），長安至江州途中。

〔寒松縱老風標在，野鶴雖飢飲啄閑〕沈約《齊故安陸昭王碑文》：「風標秀舉，清暉映世。」《莊子·養生主》：「澤雉十步一啄，百步一飲，不蘄畜乎樊中。」何承天《雉子遊原澤篇》：「雉子遊原澤，幼懷耿介心。飲啄雖勤苦，不願棲園林。」

歲晚旅望

朝來暮去星霜换，陰慘陽舒氣序牽。萬物秋霜能壞色，四時冬日最凋年。煙波半露新沙地，鳥雀羣飛欲雪天。向晚蒼蒼南北望，窮陰旅思兩無邊①。（0882）

【校】

①〔旅思〕馬本、《唐音統籤》作「離思」。

【注】

朱《箋》：作於元和十年（八一五），長安至江州途中。

〔朝來暮去星霜換，陰慘陽舒氣序牽〕星霜，猶言歲月。見卷五《贈吳丹》（0194）注。權德輿《祭薛殿中文》：「晚忝嘗寮，載換星霜。」張衡《西京賦》：「夫人在陽時則舒，在陰時則慘，此牽乎天者也。」《文選》薛綜注：「陽謂春夏，陰謂秋冬。」

〔向晚蒼蒼南北望，窮陰旅思兩無邊〕鮑照《舞鶴賦》：「於是窮陰殺節，急景凋年。」江淹《去故鄉賦》：「窮陰帀海，平蕪蔕天。」

晏坐閑吟

昔爲京洛聲華客，今作江湖老倒翁①。意氣銷磨羣動裏，形骸變化百年中。霜侵殘鬢無多黑，酒伴衰顔只暫紅。賴學禪門非想定，千愁萬念一時空。（0883）

【校】

①〔老倒〕馬本、《唐音統籤》、汪本作「潦倒」。

【注】

朱《箋》：作於元和十年（八一五），長安至江州途中。

〔昔爲京洛聲華客，今作江湖老倒翁〕聲華，聲名。任昉《宣德皇后令》：「客遊梁朝，則聲華籍甚。」韋應物《送劉評事》：「聲華滿京洛，藻翰發陽春。」老倒，同潦倒。《太平廣記》卷八二《鄭相如》（出《廣異記》）：「虔因之叙叔侄，見其老倒，未甚敬之。」卷一八四《賈泳》（出《摭言》）：「賈泳老倒可哀，吾當報之以德。」

〔賴學禪門非想定，千愁萬念一時空〕《大般涅槃經》卷上：「有八解脱，……七者非想非非想解脱。八者滅盡定解脱。」《楞嚴經》卷九：「識性不動，以滅窮研，於無盡中，發宣盡興，如存不存，若盡非盡，如是一類，名爲非想非非想處。」《祖堂集》卷一釋迦牟尼佛：「復至鬱透藍弗處，一年學非想非非想定，知非亦捨。」

題李山人

厨無煙火室無妻，籬落蕭條屋舍低。每日將何療飢渴，井華雲粉一刀圭。（0884）

【注】

朱《箋》：作於元和十年（八一五），長安至江州途中。

〔每日將何療飢渴，井華雲粉一刀圭〕井華，清晨初汲之井水。《抱朴子内篇·金丹》：「又取此丹置雄黄銅燧中，覆以汞曝之，二十日發而治之，以井華水服如小豆。」《宋書·劉懷慎傳》：「平旦開城門取井華水服，至食鼓後，心動如刺，中間便絶。……此乃道家所謂屍解者也。」雲粉，雲母粉。刀圭，取葯之器具，亦表示度量。《政和証類本草》卷一引陶弘景《名醫別録》：「凡散藥有云刀圭者，十分方寸匕之一，准如梧桐子大也。」

讀莊子

去國辭家謫異方，中心自怪少憂傷。爲尋莊子知歸處，認得無何是本鄉。（0885）

【注】

朱《箋》： 作於元和十年（八一五），長安至江州途中。

〔爲尋莊子知歸處，認得無何是本鄉〕《莊子·列禦寇》：「彼至人者，歸精神乎无始而甘瞑乎无何有之鄉。」

江樓偶宴贈同座

南浦閑行罷，西樓小宴時。望湖凭檻久，待月放杯遲。江果嘗盧橘，山歌聽竹枝。相逢且同樂，何必舊新知①。（0886）

【校】

①〔新知〕馬本、《唐音統籤》、汪本作「相知」。

【注】

朱《箋》： 作於元和十年（八一五），長安至江州途中。

〔江果嘗盧橘，山歌聽竹枝〕司馬相如《上林賦》：「盧橘夏熟。」《文選》李善注：「應劭曰：《伊尹書》曰：箕山之東，青鳥之所，有盧橘夏熟。晉灼曰： 此雖賦上林，博引異方珍奇，不繫於一也。盧，黑也。」竹枝曲，見卷八《題小橋前新竹招客》（0362）注。

放言五首　并序

元九在江陵時，有《放言》長句詩五首，韻高而體律，意古而詞新。予每詠之，甚覺有味，雖前輩深於詩者，未有此作。唯李頎有云：「濟水至清河自濁，周公大聖接輿狂。」斯句近之矣。予出佐潯陽，未屆所任，舟中多暇，江上獨吟，因綴五篇，以續其意耳。

朝真暮僞何人辨，古往今來底事無？但愛臧生能詐聖①，可知甯子解佯愚？草螢有耀終非火，荷露雖團豈是珠？不取燔柴兼照乘，可憐光彩亦何殊？（0887）

【校】

①〔臧生〕馬本、《唐音統籤》、汪本作「莊生」。

【注】

汪《譜》、朱《箋》：作於元和十年（八一五），長安至江州途中。

〔元九在江陵時，有《放言》長句詩五首〕元稹《放言五首》，見《元稹集》卷十八。長句詩，即七言詩。見卷十一《招蕭處士》（0531）注。《論語·微子》：「虞仲、夷逸，隱居放言，身中清，廢中權。」《後漢書·荀韓鍾陳傳論》：

「漢由中世以下，閹豎擅恣，故俗遂以遁身矯絜放言爲高。」

〔唯李頎有云〕李頎《雜興》（《全唐詩》卷一三三）：「濟水自清河自濁，周公大聖接輿狂。千年魑魅逢華表，九日茱萸作佩囊。善惡生死齊一貫，祇應斗酒任蒼蒼。」

〔但愛臧生能詐聖，可知甯子解佯愚〕《左傳》襄公二十二年：「臧武仲如晉，雨，過御叔。御叔在其邑，將飲酒，曰：『焉用聖人？我將飲酒，而己雨行，何以聖爲？』穆叔聞之，曰：『不可使也，而傲使人，國之蠹也。』令倍其賦。」杜預注：「武仲多知，時人謂之聖。」又二十三年：「仲尼曰：知之難也。有臧武仲之知，而不容於魯國，抑有由也，作不順而施不恕也。」《論語・公冶長》：「子曰：甯武子，邦有道，則知；邦無道，則愚。其知可及也，其愚不可及也。」集解：「孔曰：佯愚似實，故曰不可及也。」

〔草螢有耀終非火，荷露雖團豈是珠〕《論衡・定賢》：「故螢火之明，掩於日月之光。」陸雲《芙蓉詩》：「盈盈荷上露，灼灼如明珠。」

〔不取燔柴兼照乘，可憐光彩亦何殊〕《禮記・觀禮》：「祭天，燔柴。」《史記・田敬仲完世家》：「梁王曰：『若寡人國小，尚有徑寸之珠照車前後各十二乘者十枚，奈何以萬乘之國而無寶乎？』」高適《漣上別王秀才》：「何意照乘珠，忽然欲暗投。」

世途倚伏都無定，塵網牽纏卒未休。禍福迴還車轉轂，榮枯反覆手藏鉤。龜靈未免刳腸患，馬失應無折足憂。不信君看弈棋者，輸贏須待局終頭。（0888）

【注】

〔世途倚伏都無定，塵網牽纏卒未休〕《老子》五十八章：「禍兮福之所倚，福兮禍之所伏。」陶淵明《歸園田居五首》：「少無適俗韻，性本愛丘山。誤落塵網中，一去三十年。」

〔禍福迴還車轉轂，榮枯反覆手藏鉤〕《淮南子·原道訓》：「鈞旋轂轉，周而復匝。」《藝文類聚》卷七四引《風土記》：「義陽臘日飲祭之後，叟嫗兒童，爲藏鉤之戲，分爲二曹，以效勝負。若人偶即敵對，人奇即人爲遊附，或屬上曹，或屬下曹，名爲飛烏，以齊二人之數。一鉤藏在數手中，曹人當射知所在。一藏爲一籌，三籌爲一都。」又引辛氏《三秦記》：「昭帝母鉤弋夫人，手拳而有國色，先帝寵之，世人藏鉤法此也。」

〔龜靈未免刳腸患，馬失應無折足憂〕靈龜刳腸，見卷二《答桐花》（0102）注。《淮南子·人間訓》：「近塞上之人有善術者，馬無故亡而入胡，人皆弔之。其父曰：『此何遽不爲福乎？』居數月，其馬將胡駿馬而歸，人皆賀之。其父曰：『此何遽不能爲禍乎？』家富良馬，其子好騎，墮而折其髀，人皆弔之。其父曰：『此何不遽爲福乎？』居一年，胡人大入塞，丁壯者引弦而戰，近塞之人，死者十九，此獨以跛之故，父子相保。」

贈君一法決狐疑，不用鑽龜與祝蓍。試玉要燒三日滿，真玉燒三日不熱。辨材須待七年期。豫章木生七年而後知。周公恐懼流言後①，王莽謙恭未篡時。向使當初身便死②，一生真僞復誰知？（0889）

【校】

①〔流言後〕馬本、《唐音統籤》、汪本作「流言日」。

②〔當初〕馬本、《唐音統籤》、汪本作「當時」。

【注】

〔贈君一法決狐疑，不用鑽龜與祝蓍〕《韓非子·存韓》：「趙氏破膽，荆人狐疑。」《顔氏家訓·書証》：「狐之爲獸，又多猜疑，故聽河冰無流水聲，然後敢渡。今俗云：狐疑虎卜，則其義也。」《太平御覽》卷九百九引《水經注》：「狐性多疑，故俗有狐疑之説。」《易·繫辭上》：「是故蓍之德圓而神，卦之德方以知，六爻之義易以貢。……成天下之亹亹者，莫大乎蓍龜。」

〔試玉要燒三日滿，辨材須待七年期〕試玉，見卷一《答友問》（0017）注。辨材，見卷二《寓意詩五首》之一（0090）注。

〔周公恐懼流言後，王莽謙恭未篡時〕《史記·魯周公世家》：「周公恐天下聞武王崩而畔，周公乃踐阼代成王攝行政當國。管叔及其群弟流言於國曰：『周公將不利于成王。』」集解：「孔安國曰：放言於國，以誣周公，以禍成王也。」王莽，見卷二《有木詩八首》（0110）序注。

誰家第宅成還破，何處親賓哭復歌？昨日屋頭堪炙手，今朝門外好張羅。北邙未省留閑地，東海何曾有定波？莫笑賤貧誇富貴，共成枯骨兩如何？（0890）

【注】

〔昨日屋頭堪炙手，今朝門外好張羅〕崔顥《長安道》：「莫言炙手手可熱，須臾火盡灰亦滅。」《史記·汲鄭列傳》：「始翟公爲廷尉，賓客闐門。及廢，門外可設雀羅。翟公復爲廷尉，賓客欲往，翟公乃署其門曰：一死一生，乃知交情。一貧一富，乃知交態。一貴一賤，交情乃見。」

〔北邙未省留閑地，東海何曾有定波〕北邙，見卷一《孔戡》（0003）注。王建《北邙行》：「北邙山頭少閑土，盡是洛陽人舊墓。」未省，未曾。本書卷三三《尋春題諸家園林》（2389）：「平生身得所，未省似而今。」《敦煌變文集·佛説阿彌陀經講經文》：「軌範每常長不闕，威儀未省暫離身。」《神仙傳》卷七：「麻姑自説云：『接待以來，已見東海三爲桑田。向到蓬萊，水又淺於往者會時略半也。豈將復還爲陵陸乎？』方平笑曰：『聖人皆言，海中復揚塵也。』」

〔莫笑賤貧誇富貴，共成枯骨兩如何〕《列子·楊朱》：「然而萬物齊生齊死，齊賢齊愚，齊貴齊賤。十年亦死，百年亦死，仁聖亦死，凶愚亦死。生則堯舜，死則腐骨。生則桀紂，死則腐骨。腐骨一矣，孰知其異。」《王梵志詩校注》〇六二首：「世間何物平，不過死一色。老少終須去，信前業道力。縱使公王侯，用錢遮不得。各身改頭皮，相逢定不識。」《寒山詩注》〇四六首：「誰家長不死，死事舊來均。」參見卷十二《浩歌行》（0577）注。

泰山不要欺毫末，顔子無心羨老彭。松樹千年終是朽，槿花一日自爲榮。何須戀世常憂
死，亦莫嫌身漫厭生。生去死來都是幻，幻人哀樂繫何情？（0891）

【注】

〔泰山不要欺毫末，顏子無心羨老彭〕顏子，顏回。參見卷五《效陶潛體詩十六首》「濟水澄而潔」(0225)首注。老彭，彭祖。《莊子·齊物論》：「天下莫大於秋豪之末，而大山爲小；莫壽於殤子，而彭祖爲夭。」

〔松樹千年終是朽，槿花一日自爲榮〕槿花，見卷一《秋池二首》之一(0049)注。

〔何須戀世常憂死，亦莫嫌身漫厭生〕《老子》七十二章：「無狹其所居，無厭其所生。」《列子·楊朱》：「百年猶厭其多，况久生之苦也乎。」《關尹子·一宇》：「人之厭生死超生死者，皆是大患也。譬如化人，若有厭生死心，超生死心，止名爲妖，不名爲道。」《維摩經·問疾品》：「説身無常，不説厭離於身。」《圓覺經》：「當知菩薩，不與法縛，不求法脱，不厭生死，不愛涅槃，不敬持戒。」本書卷十一《逍遥詠》(0574)：「此身何足厭，一聚虚空塵。」

歲暮道情二首

壯日苦曾驚歲月，長年都不惜光陰。爲學空門平等法，先齊老少死生心。(0892)

【注】

朱《箋》：作於元和十年(八一五)，長安至江州途中。

〔道情〕通達大道之言。皎然《詩式》卷二引王梵志《道情》詩：「我昔未生時，冥冥無所知。天公强生我，生我復何爲。」賈島有《和孟逸人林下道情》(《全唐詩》卷五七三)。謝靈運《述祖德詩二首》：「拯溺由道情，龕暴資神理。」《文選》李善注：「《莊子》曰：夫道有情有信。」

〔壯日苦曾驚歲月，長年都不惜光陰〕長年，老年。見卷十《歎老三首》之三（0452）注。

〔爲學空門平等法，先齊老少死生心〕《圓覺經》：「與諸眷屬皆入三昧，同住如來平等法會。」《金剛經》：「是法平等，無有高下。」

半故青衫半白頭，雪風吹面上江樓。禪功自見無人覺，合是愁時亦不愁。（0893）

【注】

〔禪功自見無人覺，合是愁時亦不愁〕合是，應是，應當是。見卷六《自題寫真》（0226）注。

讀李杜詩集因題卷後

翰林江左日，員外劍南時。不得高官職，仍逢苦亂離。暮年逋客恨，浮世謫仙悲。吟詠流千古，聲名動四夷。文場供秀句，樂府待新辭。天意君須會，人間要好詩。賀監知章目李白爲謫仙人。（0894）

【注】

朱《箋》：作於元和十年（八一五），長安至江州途中。

〔翰林江左日，員外劍南時〕范傳正《唐左拾遺翰林學士李公新墓碑》：「天寶初，召見於金鑾殿，玄宗明皇帝降輦步迎，……遂直翰林，專掌密命。」《舊唐書・文苑傳・李白》：「祿山之亂，玄宗幸蜀，在途以永王璘爲江淮兵馬都督、揚州節度大使，白在宣州謁見，遂辟從事。永王謀亂，兵敗，白坐長流夜郎。」元稹《唐故工部員外郎杜君墓係銘》：「京師亂，步謁行在，拜左拾遺。歲餘，以直言失官，出爲華州司功，尋遷京兆功曹。劍南節度使嚴武狀爲工部員外、參謀軍事。旋又棄去，扁舟下荆楚間，竟以寓卒。」

〔暮年逋客恨，浮世謫仙悲〕逋客，謂杜甫晚年漂泊。孔稚珪《北山移文》：「請回俗士駕，爲君謝逋客。」《文選》李善注：「孔安國《尚書傳》曰：逋，亡也。」浮世，見卷六《聞哭者》(0251)注。《本事詩・高逸》：「李太白初自蜀至京師，舍於逆旅。賀監知章聞其名，首訪之。既奇其姿，復請所爲文。出《蜀道難》以示之。讀未竟，稱歎者數四，號爲謫仙，解金龜換酒，與傾盡醉。」

〔文場供秀句，樂府待新辭〕文場，見本卷《酬盧秘書二十韻》(0804)注。鍾嶸《詩品》齊吏部謝朓詩：「奇章秀句，往往警遒。」《唐國史補》卷上：「李白在翰林多沈飲，玄宗命撰樂詞，醉不可待，以水沃之，白稍能動，索筆一揮十數章，文不加點。」《松窗雜錄》：「開元中，禁中初種木芍藥，即今牡丹也。得四本紅、紫、淺紅、通白者，上因移植於興慶池東沉香亭前。會花方繁開，上乘月夜召太真妃以步輦從。詔特選梨園弟子中尤者，得樂十六色。李龜年以歌擅一時之名，手捧檀板，押衆樂前欲歌之。上曰：『賞名花，對妃子，焉用舊樂詞爲？』遂命龜年持金花牋宣賜翰林學士李白，進《清平調》詞三章。白欣承詔旨，猶苦素酲未解，因援筆賦之。」元稹《樂府古題序》：「在音聲者，因聲以度詞，審調以節唱，……斯皆由樂以定詞，非選調以配樂也。……近代唯詩人杜甫《悲陳陶》、《哀江頭》、《兵車》、《麗人》等，凡所歌行，率皆即事名篇，無復依傍。余少時與友人樂天、李公垂輩，謂是爲當，遂不復擬賦古題。」

强酒

若不坐禪銷妄想，即須行醉放狂歌①。不然秋月春風夜，爭那閑思往事何？（0895）

【校】

①〔行醉〕馬本作「吟醉」。

【注】

朱《箋》：作於元和十年（八一五），長安至江州途中。

〔不然秋月春風夜，爭那閑思往事何〕爭那，爭奈，怎奈。薛逢《春晚東園曉思》：「也知留滯年華晚，爭那樽前樂未央。」敦煌詞《酒泉子》：「長槍短劍如麻亂，爭那失計無投竄。」《敦煌變文集·廬山遠公話》：「我佛雖有慈悲，爭那佛力不似他業力。」

獨樹浦雨夜寄李六郎中

忽憶兩家同里巷，何曾一處不追隨？閑遊預算分朝日，靜話多同待漏時①。花下放狂衝黑飲，燈前起坐徹明棊。可知風雨孤舟夜，蘆葦叢中作此詩？（0896）

【校】

①〔靜話〕馬本、《唐音統籤》、汪本作「靜語」。

【注】

朱《箋》：作於元和十年（八一五），長安至江州途中。

〔獨樹浦〕其地近潯陽而在江北。《太平廣記》卷四九一《謝小娥傳》：「時春一家住大江北獨樹浦。……時潯陽太守張公，善娥節行，爲具其事上旌表。」《新唐書·列女傳·謝小娥》採此作：「物色歲餘，得蘭於江州，春於獨樹浦。」

〔李六郎中〕朱《箋》：「李諒。」見卷十三《華陽觀桃花時招李六拾遺飲》（0619）注。岑仲勉《郎官石柱題名新考訂》度支郎中補李諒：「任此在憲、穆間。」《白氏文集》卷五十《李諒除泗洲刺史制》：「以諒自澄城長訖尚書郎中間，又再爲州牧，三宰劇縣。」朱《箋》：「故知長慶前諒曾官郎中。」

〔花下放狂衝黑飲，燈前起坐徹明棊〕衝黑，向黑，冒黑。如言衝熱、衝雨。《敦煌變文集·燕子賦》：「使人遠來衝熱，且向窟裏逐涼。」王建《贈盧汀諫議》：「間過寺觀長衝夜，立送封章直上天。」

聽崔七妓人箏

花臉雲鬟坐玉樓，十三絃裏一時愁。憑君向道休彈去，白盡江州司馬頭。（0897）

【注】

朱《箋》：作於元和十年（八一五），長安至江州途中。

〔花臉雲鬟坐玉樓，十三絃裏一時愁〕元稹《恨妝成》：「凝翠暈蛾眉，輕紅拂花臉。」《太平廣記》卷四二九《申屠澄》（出《河東記》）：「其女年方十四五，雖蓬髮垢衣，而雪膚花臉，舉止妍媚。」《太平御覽》卷五七六引《風俗通》：「謹按《禮樂記》：箏，五絃筑身也。今并、凉州箏形如瑟，不知誰所改作也。按京房制五音，惟加瑟十三絃，此乃箏也。今雅樂，箏十二絃，他樂皆十三絃。」《隋書·音樂志下》：「絲之屬四：……四曰箏，十三絃，所謂秦聲，蒙恬所作者也。」

〔憑君向道休彈去，白盡江州司馬頭〕向道，對（他）説。李賀《京城》：「兩事誰向道，自作秋風吟。」《太平廣記》卷二五一《馮衮》（出《抒情詩》）：「低聲向道人知也，隔坐剛拋豆蔻花。」去，語末助詞。《敦煌變文集·漢將王陵變》：「不但今夜斫營去，前頭風火亦須湯。」皮日休《寄潤卿博士》：「若使華陽終卧去，漢家封禪有誰文。」

望江州

江迴望見雙華表，知是潯陽西郭門。猶去孤舟三四里，水煙沙雨欲黄昏。（0898）

【注】

朱《箋》：作於元和十年（八一五），江州。

〔江州〕見卷一《放魚》（0059）注。

初到江州

潯陽欲到思無窮，庾亮樓南湓口東。樹木凋疏山雨後，人家低濕水煙中。菰蔣餧馬行無力，蘆荻編房卧有風。遥見朱輪來出郭，相迎勞動使君公。（0899）

【注】

朱《箋》：作於元和十年（八一五），江州。

〔潯陽欲到思無窮，庾亮樓南湓口東〕陸游《入蜀記》卷三：「庾亮嘗爲江、荆、豫州刺史，其實則治武昌。若武昌南樓名庾樓猶有理，今江州治所，在晉特柴桑縣之湓口關耳。此樓附會甚明。然白樂天詩固已云：『潯陽欲到思無窮，庾亮樓南湓口東。』則承誤已久矣。張芸叟《南遷録》云：『庾亮鎮潯陽，經始此樓。』其誤尤甚。」洪亮吉《北江詩話》卷四：「九江府署後距城有樓三楹，人傳爲晉庾亮與殷浩等登眺之所，不知非也。亮鎮荆州時，治所實在今湖北武昌縣，土人呼爲小武昌，以别於今。武昌府在江之北，樓正面江，故名南樓。若九江府在江南，有樓面江，乃北樓耳，何得云亮與浩等所登乎？余同年方太守體以爲亮弟翼鎮江州時所築樓，近之。」

〔菰蔣餧馬行無力，蘆荻編房卧有風〕菰，亦名蔣。張衡《南都賦》：「其草則藨苧薠莞，蔣蒲蒹葭。」《文選》李善注：「《説文》曰：蔣，菰蔣也。」陸龜蒙《田舍賦》：「江上有田，田中有廬。屋亦菰蔣，扉以籧篨。」

〔遥見朱輪來出郭，相迎勞動使君公〕朱輪，見卷八《馬上作》（0344）注。

醉後題李馬二妓

行摇雲髻花鈿節，應似霓裳趁管絃。艷動舞裙渾是火，愁凝歌黛欲生煙。有風縱道能迴雪，無水何由忽吐蓮？疑是兩般心未决，雨中神女月中仙。（0900）

【注】

朱《箋》：作於元和十年（八一五），江州。

〔艷動舞裙渾是火，愁凝歌黛欲生煙〕歌黛，見本卷《題周皓大夫新亭子二十二韻》（0822）注。

〔有風縱道能迴雪，無水何由忽吐蓮〕迴雪，見卷三《胡旋女》（0130）注。

盧侍御小妓乞詩座上留贈

鬱金香汗裛歌巾，山石榴花染舞裙。好似文君還對酒，勝於神女不歸雲。夢中那及覺時見，宋玉荆王應羨君。（0901）

【注】

朱《箋》：作於元和十年（八一五），江州。

〔盧侍御〕朱《箋》謂與本卷《盧侍御與崔評事爲予於黄鶴樓致宴宴罷同望》（0877）中之「盧侍御」爲同一人，然若此則此詩當非江州作。

〔鬱金香汗裛歌巾，山石榴花染舞裙〕《雜謡歌辭・河中之水歌》：「盧家蘭室桂爲梁，中有鬱金蘇合香。」盧照鄰《長安古意》：「雙燕雙飛繞畫梁，羅緯翠被鬱金香。」山石榴，見卷十二《山石榴寄元九》（0590）注。此由舞女所著之石榴裙而生發。韓翃《贈别太常李博士兼寄兩省舊遊》：「玉鐙初迴酸棗館，金鈿正舞石榴裙。」

〔好似文君還對酒，勝於神女不歸雲〕《史記・司馬相如列傳》：「文君夜亡奔相如，相如乃與馳歸成都。……相如與俱之臨邛，盡賣其車騎，買一酒舍沽酒，而令文君當壚。」宋玉《高唐賦》：「昔者先王嘗遊高唐，怠而晝夢，夢見一婦人曰：『妾，巫山之女也，爲高唐之客。聞君遊高唐，願薦枕席。』王因幸之。去而辭曰：『妾在巫山之陽，高丘之阻。旦爲朝雲，暮爲行雨。朝朝暮暮，陽臺之下。』」

白居易詩集校注卷第十六

律詩

五言　七言　自兩韻至一百韻　凡一百首

東南行一百韻寄通州元九侍御澧州李十一舍人果州崔二十二使君開州韋大員外庾三十二補闕杜十四拾遺李二十助教員外竇七校書①

南去經三楚，東來過五湖。山頭看候館，水面問征途。地遠窮江界，天低極海隅②。飄零同落葉，浩蕩似乘桴。漸覺鄉原異，深知土產殊③。夷音語嘲哳，蠻態笑睢盱。水市通闤闠，煙村混舳艫。吏徵魚户税，人納火田租。亥日饒蝦蟹，寅年足虎貙。成人男作丱，事鬼女爲巫④。樓闇攢倡婦⑤，隄喧簇販夫⑥。夜船論鋪賃，春酒斷瓶沽。見果多盧橘⑦，聞禽悉鷓鴣。山歌猿獨叫，野哭鳥相呼。嶺徼雲成棧，江郊水當郛。月橋翹柱鶴⑧，風汎颭檣烏。鼇礙潮無信，蛟驚浪不虞。鼉鳴泉窟室⑨，蜃結氣浮圖⑩。樹裂山魈穴，沙含水弩樞。喘牛犁紫芋，羸馬放青菰。繡面誰家婢，鴉頭幾歲奴？泥中採菱芡，燒後拾樵蘇。鼎膩愁烹鼈，盤腥厭膾鱸。鍾儀徒戀楚，張翰浪思吴。氣序凉還熱，光陰旦復晡。身方逐萍梗，年欲近桑榆。渭北田園廢，江西歲月徂。憶歸恒慘澹，懷舊忽踟躕。自念咸秦客，嘗爲鄒魯儒。蘊藏經國術，輕棄度關繻。賦力凌鸚鵡，詞鋒敵轆轤。戰文重掉鞅，射策一彎弧⑪。謂十六年予進士出身，十八年又拔萃及第，二十一年又應制，一上登科。崔杜鞭齊下，元韋轡並驅⑫。予與崔廿二、杜廿四同年進士，與元九、韋大同敕制科。名聲逼揚馬⑬，交分過蕭朱。世務經磨揣，周行竊覬覦。風雲皆會合，雨露各霑濡。共偶昇平代⑭，偏慚固陋軀。承明連夜直，建禮拂晨趨。美服頒王府，珍羞降御厨。議高通白虎，諫切伏青蒲。柏殿行陪宴，花樓走看酺。神旗張鳥獸，天籟動笙竽。丸劍星芒耀，魚龍電策驅。定場排漢旅⑮，促座進吴歈。縹緲疑仙樂，嬋娟勝畫圖。歌鬟低翠羽，舞汗墮紅珠。別選閑遊伴，潛招小飲徒。一杯愁已破，三盞氣彌粗。軟美仇家酒，幽閑葛氏姝。十千方得斗，二八正當壚。論笑杓胡硉⑯，李十一杓直性多可，不持確論，故衆號胡硉王。談憐鞏囁嚅⑰。竇七鞏善談謔而口微吃，衆或呼爲吃鞏。李酣尤短竇⑱，庾醉更蔫迂⑲。李廿身軀短小，庾卅三神貌迂徐。每因醉中，各滋本態，當時亦因爲短李蔫庾。鞍馬呼教住，骰盤喝遣輸。長驅波卷白⑳，連擲采成盧。骰盤、卷白波、莫走、鞍馬，皆當時酒令。籌併頻逃席，觥嚴别置盂。滿卮那可灌㉑，頹玉不勝扶。入視中樞草，歸乘内厩駒。醉曾銜宰相，驕不揖金吾。日近恩雖重，雲高勢却孤㉒。翻身落霄漢，失脚到泥塗㉓。博望移門籍，潯陽佐郡符。予自太子贊善大夫出爲江州司馬。時情變寒暑，世利算錙銖。即日辭雙闕㉔，明朝别九衢。播遷分郡國，次第出京都㉕。十年春，微之移佐通州。其年秋，予出佐潯陽。明年冬，杓直出牧澧州，崔二十二出牧果州，韋大牧開州。秦嶺馳三驛，商山上二邘。商山險道中，有東西二邘。峴陽亭寂寞㉖，夏口路崎嶇。大道全生棘，中丁盡執殳。江關未徹警，淮寇尚稽誅。時淮西未平，路經襄、鄂二州界，所見如此。林對東西寺，山分大小姑。東林、西林寺在廬山北，大姑、小姑在廬山南彭蠡湖中。廬峰蓮刻削，湓浦帶縈紆㉗。蓮花峰在廬山北，湓水在江城南。何遜詩云：「湓城對湓水，湓水縈如帶。」九派吞青草，潯陽江九派，南通青草、洞庭湖。孤城覆綠蕪。南方城壁，多以草覆。黄昏鐘寂寂，清曉角嗚嗚。春色辭門柳，秋聲到井梧。殘芳悲鶗鴂，音啼决，見《楚詞》。暮節感茱萸。蘂坼金英菊，花飄雪片蘆。波紅日斜没，沙白月平鋪。幾見林抽筍，頻驚燕引鶵。歲華何倏忽，年少不須臾。眇默思千古，蒼茫想八區。孔窮緣底事，顔夭有何辜？龍智猶經醢㉘，龜靈未免刳。窮通應已定，聖哲不能逾。况我身謀拙，逢他厄運拘。漂流隨大海㉙，鎚鍛任洪爐。險阻嘗之矣，栖遲命也夫。沈冥消意氣，窮餓耗肌膚。防瘴和殘藥，迎寒補舊襦。書牀鳴蟋蟀，琴匣網蜘蛛㉚。貧室如懸磬，端憂劇守株。時遭人指點㉛，數被鬼揶揄。兀兀都疑夢，昏昏半似愚㉜。女驚朝不起，妻怪夜長吁。萬里抛朋侶㉝，三年隔友于。自然悲聚散，不是恨榮枯。去夏微之瘧，今春席八徂。天涯書達否，泉下哭知無？去年，聞元九瘴瘧，書去竟未報。今春，聞席八歿。久與還往，能無慟矣！謾寫詩盈卷㉞，空盛酒滿壺。只添新悵望，豈復舊歡娛？壯志因愁減，衰容與病俱。相逢應不識，滿頷白髭鬚。（0902）

【校】

①〔題〕《才調集》無「寄」以下五十字。〔澧州〕馬本、《唐音统籤》、汪本作「灃州」，誤。

②〔極海隅〕《才調集》、汪本作「接海隅」。

③〔土産〕《才調集》、汪本作「土俗」。

④〔事鬼〕馬本、《唐音统籤》作「似鬼」。

⑤〔倡婦〕紹興本、那波本、馬本做「猖婦」，據《才調集》、《唐音统籤》、汪本改。

⑥〔隄喧〕《才調集》作「隄長」。

⑦〔多盧橘〕《才調集》、汪本作「皆盧橘」。

⑧〔月橋〕《才調集》、汪本作「月移」。

⑨〔鼉鳴〕那波本作「黽鳴」。〔泉窟室〕《才調集》、汪本作「江擂鼓」。

⑩〔蜃結氣〕《才調集》、汪本作「蜃氣海」。

⑪〔射策一彎弧〕此句下夾注據花房英樹《白氏文集の批判的研究》引書陵部校本補。

⑫〔元韋轡並驅〕此句下夾注據花房英樹《白氏文集の批判的研究》引書陵部校本補。朱《箋》：「『杜廿四』當作『杜十四』。」

⑬〔逼揚馬〕《才調集》作「敵揚馬」。

⑭〔共偶〕「偶」汪本校：「一作遇。」《全唐詩》作「遇」。

⑮〔漢旅〕《才調集》、汪本作「越妓」。

⑯〔論笑杓胡硉〕「胡硉」《全唐詩》作「胡律」。此句下夾注據花房英樹《白氏文集の批判的研究》引林羅山校本補。「性多可」原作「多性可」，據文意改。

⑰〔談憐鞏囁嚅〕此句下夾注據花房英樹《白氏文集の批判的研究》引林羅山校本補。

⑱〔尢短竇〕「尢」馬本、《唐音统籤》作「猶」，誤。

⑲〔庾醉更蔫迂〕此句下夾注據花房英樹《白氏文集の批判的研究》引天海校本補。

⑳〔長驅〕《才調集》作「急驅」。

㉑〔滿巵〕《才調集》作「漏巵」。

㉒〔勢却孤〕《才調集》作「勢易孤」。

㉓〔到泥塗〕《才調集》作「倒泥塗」。

㉔〔即日〕《才調集》、汪本作「望日」。

㉕〔次第出京都〕此句下夾注「韋大牧開州」，馬本、《唐音统籤》、汪本作「韋大出牧開州」。

㉖〔峴陽〕馬本、《唐音统籤》作「崑陽」，誤。

㉗〔湓浦〕《才調集》作「湓水」。

㉘〔龍智〕《才調集》作「聖智」。〔經醘〕《才調集》作「遭醘」。

㉙〔隨大海〕《才調集》作「從大海」。

㉚〔蜘蛛〕馬本作「踟躕」，誤。

㉛〔人指點〕《才調集》作「答客難」。

㉜〔半似愚〕馬本、《唐音统籤》作「半是愚」。

㉝〔拋朋侶〕《才調集》作「離朋執」。

㉞〔詩盈卷〕《才調集》作「詩盈軸」。

【注】

朱《箋》：作於元和十二年（八一七），江州。「汪《譜》繫此詩於元和十三年，非是。元稹《酬樂天東南行詩一百韻詩序》云：『（元和）十三年，予以赦當遷，簡省書籍，得是八篇，吟歎方極。適崔果州使至，爲予致樂天去年十二月二日書，書中寄予百韻至兩韻，凡二十四章。』則當作於元和十二年。」

〔通州元九侍御〕朱《箋》：「元稹。元和四年，積任監察御史，故有此稱。」《因話錄》卷五：「御史臺三院，一曰臺院，其僚曰侍御史，衆呼爲端公。二曰殿院，其僚曰殿中侍御史，衆呼爲侍御。三曰察院，其僚曰監察御史，衆亦呼爲侍御。」元稹元和十年三月，自唐州從事移任通州司馬。見卷九《感逝寄遠》（0442）注。

〔澧州李十一舍人〕朱《箋》：「李建。」李建初刺澧州在元和十一年冬，前此曾以兵部郎中知制誥。參見卷十一《早祭風伯因懷李十一舍人》（0539）注。《舊唐書・地理志三》江南西道：「澧州下，隋澧陽郡。……天寶初，割屬山南東道。」

〔果州崔二十二使君〕朱《箋》：「崔韶。」《舊唐書·憲宗紀》：元和十一年九月辛未，「禮部員外郎崔韶爲果州刺史，並爲補闕張宿所構，言與（韋）貫之朋黨故也。」《舊唐書·地理志四》劍南道：「果州中，隋巴西郡之南充縣。」

〔開州韋大員外〕朱《箋》：「韋處厚。」《舊唐書·憲宗紀》：元和十一年九月，「考功郎中韋處厚爲開州刺史。」朱《箋》：「此詩稱員外，疑《舊紀》有誤。」

〔庾三十二補闕〕朱《箋》：「庾敬休。」按，詩中天海校本夾注亦作「庾卅二」。參見卷十《夢與李七庾三十三同訪元九》（0519）注。據《舊唐書·庾敬休傳》，曾官右補闕。

〔杜十四拾遺〕朱《箋》：「杜元穎。」《舊唐書·杜元穎傳》：「元和中爲左拾遺，右補闕，召入翰林充學士。」《重修承旨學士壁記》：「杜元穎，元和十二年□月十三日，自太常博士充。」朱《箋》：「以白氏此詩證之，元穎蓋以拾遺改太博召入，隨復改官補闕。……岑仲勉《翰林學士壁記注補》據鄧本校補元穎入翰林爲元和十二年二月十三日，所考良是。」

〔李二十助教員外〕朱《箋》：「李紳。」見卷十三《代書詩一百韻寄微之》（0603）注。朱《箋》：「據李紳《南梁行》詩原注云：『元和十四年，故山南節度、僕射崔公奏觀察判官，蒙以書奏見委，常戲拙速。』故知紳元和十四年春間猶爲國子助教」；「元稹《酬樂天東南行詩一百韻》『投分刻肌膚』句下自注引白詩原題『李二十助教』下無『員外』二字，疑此二字衍。」

〔竇七校書〕朱《箋》：「竇鞏。」新舊《唐書》有傳。朱《箋》：「鞏何時爲校書，各書均未載，此詩作於元和十二年，是時鞏或已爲外任，蓋唐人喜以内職相稱也。」

〔南去經三楚，東來過五湖〕《史記·貨殖列傳》：「夫自淮北沛、陳、汝南、南郡，此西楚也。……彭城以東，東海、吴、廣陵，此東楚也。……衡山、九江、江南、長沙，是南楚也。」《水經注》淮水引此：「是爲三楚者。」《文選》阮籍《詠懷》「三楚多秀士」李善注：「孟康《漢書注》曰：舊名江陵爲南楚，吴爲東楚，彭城爲西楚。」《史記・河渠書》：「於吴，則通渠三江、五湖。」集解：「韋昭曰：五湖，湖名耳。實一湖，今太湖是也，在吴西南。」索隱：「五湖者，郭璞《江賦》云具區、洮滆、彭蠡、青草、洞庭是也。又云太湖周五百里，故曰五湖。」按，詩下文「九派吞青草」用《江賦》語意，此亦用《江賦》之説。

〔飄零同落葉，浩蕩似乘桴〕《論語・公冶長》：「道不行，乘桴浮于海。」集解：「馬曰：桴，編竹木大者曰筏，小者曰桴。」

〔夷音語嘲哳，蠻態笑睢盱〕嘲哳，見卷十二《琵琶引》(0599)注。《易・豫・卦》：「盱豫悔，遲有悔。」王弼注：「若其睢盱而豫，悔亦生焉。」孔穎達疏：「盱謂睢盱。睢盱者，喜説之貌。」

〔水市通闤闠，煙村混舳艫〕張衡《西京賦》：「爾乃廓開九市，通闤帶闠。」《文選》薛綜注：「闤，市營也。闠，中隔門也。崔豹《古今注》曰：市墻曰闤，市門曰闠。」《漢書・武帝紀》：「舳艫千里，薄樅陽而出。」郭璞《江賦》：「舳艫相屬，萬里連檣。」《文選》李善注：「《説文》曰：舳，舟尾也。艫，船頭也。」

〔亥日饒蝦蟹，寅年足虎貙〕亥日，見卷十五《得微之到官後書備知通州之事悵然有感因成四章》(0850)注。《爾雅・釋獸》：「貙、獌，似狸。」郭璞注：「今山民呼貙虎之大者爲貙豻。」虎貙即貙虎之倒文，然實非虎，詩蓋連言之。

〔成人男作丱，事鬼女爲巫〕《詩・齊風・甫田》：「婉兮孌兮，總角丱兮。」毛傳：「丱，幼稺也，弁冠也。」此謂土風殊異，成年男子爲丱髻。

〔夜船論鋪賃，春酒斷瓶沽〕鋪，一鋪之地，用法略同於「試鋪」之鋪。《太平廣記》卷二四三《竇乂》（出《乾贌子》）：「於其中立標，懸幡子，繞池設六七鋪。」《唐摭言》卷十二：「策試夜，有一同人突入試鋪，爲吴語謂光業曰：『必先必先，可以相容否？』光業爲輟半鋪之地。」斷，亦論也。如言斷事、斷罪，即論事、論罪。唐人所著《書斷》、《畫斷》，即書論、畫論。

〔見果多盧橘，聞禽悉鷓鴣〕盧橘，見卷十五《江樓偶宴贈同座》（0886）注。

〔月橋翹柱鶴，風汎颭檣烏〕月橋，《才調集》作「月移」，恐是他人臆改。橋亦可用以形容橋狀物。敦煌文書S. 6171《宫詞》：「新進橋瓦是黄檀，聞到朝來退玉鞍。不信匠人能巧取，天生曲處是龍盤。」柱鶴，柱上雕刻鶴形。取化鶴之傳説。《藝文類聚》卷七八引《搜神記》：「遼東城門有華表柱，忽有一白鶴集柱頭。時有少年，舉弓欲射之，鶴乃飛，徘徊空中而言曰：『有鳥有鳥丁令威，去家千歲今來歸。城郭如故人民非，何不學仙冢壘壘。』」胡曾《早發潛水驛謁郎中員外》：「樓臺稍辨烏城東，更漏微聞鶴柱西。」殷文圭《後唐張崇修廬州外羅城記》：「鶴柱雕欄，畫檻縱横。」檣烏，檣桅刻爲烏形，以示風向。陰鏗《廣陵岸送北使》：「亭嘶背櫪馬，檣囀向風烏。」杜甫《大曆三年春白帝城放船出瞿塘峽久居夔府將適江陵》：「雁兒爭水馬，燕子逐檣烏。」

〔鼇礙潮無信，蛟驚浪不虞〕《太平御覽》卷九四七引《符子》：「東海有鼇焉，冠蓬萊而浮游於滄海。騰躍而上，則千雲之峰類邁於群岳；沉没而下，則隱天之丘潛嶠於重川。」另參見卷一《題海圖屏風》（0007）「突兀海底鼇」注。鮑照《登大雷岸與妹書》：「西南望廬山，又特驚異。基壓江潮，峰與辰漢連接。」《漢書·武帝紀》：「自尋陽浮江，親射蛟江中，獲之。」《江西通志》卷十二山川九江府：「射蛟浦在湖口縣西南十里，一名黄牛洑，昔漢武帝自潯陽浮江，親射蛟江中，獲之，疑即此地。」

〔鼉鳴泉窟室，蜃結氣浮圖〕《藝文類聚》卷九引《紀年》：「周穆王三十七年，伐楚，大起九師，至於九江，比黿鼉爲梁。」《太平御覽》卷九三二引《吴志》：「孫亮初，公安有鼉鳴。謡曰：『白鼉鳴，龜背平，南郡城中可求生，守死不去義無成。」《漢書・天文志》：「海旁蜃氣象樓臺。」《太平御覽》卷九三二引《周書》：「成王時，長沙獻鱉蜃。」浮圖，見卷十《自覺二首》之二（0481）注。此指佛寺。

〔樹裂山魈穴，沙含水弩樞〕山魈、水弩，見卷十五《送人貶信州判官》（0825）注。

〔喘牛犂紫芋，羸馬放青菰〕《世説新語・言語》：「臣猶吳牛，見月而喘。」劉孝標注：「今之水牛，惟生江淮間，故謂之吳牛也。南土多暑，而此牛畏熱，見月疑日，所以見月則喘。」《齊民要術》卷二種芋引《廣志》：「蜀漢既繁芋，民以爲資。凡十四等：……有談善芋，魁大如瓶，少子，葉如散蓋，紺色，紫莖，長丈餘，易熟，長味，芋之最善者也。」蕭詧《遊七山寺賦》：「綠椋冬獻，紫芋秋來。」

〔繡面誰家婢，鵶頭幾歲奴〕繡面，文面。《新唐書・南蠻傳下》：「有繡面種，生逾月，涅黛於面。」《酉陽雜俎》前集卷八：「越人習水，必鏤身以避蛟龍之患。今南中繡面佬子，蓋雕題之遺俗也。」鵶頭，亦作丫頭，髮髻樣。《太平廣記》卷二七三《杜牧》（出《唐闕史》）：「有里姥引鵶頭女，年十餘歲。」劉禹錫《寄贈小樊》：「花面丫頭十三四，春來綽約向人時。」元稹《酬樂天東南行一百韻》：「芒屩泅牛婦，丫頭蕩槳夫。」蓋原不限於女性。

〔鍾儀徒戀楚，張翰浪思吳〕《左傳》成公九年：「晉侯觀于軍府，見鍾儀。問之曰：『南冠而縶者，誰也？』有司對曰：『鄭人所獻楚囚也。』使税之。召而弔之。再拜稽首。對曰：『泠人也。』……使與之琴，操南音。」《晉書・張翰傳》：「翰因見秋風起，乃思吳中菰菜、蓴羹、鱸魚膾，曰：『人生貴得適志，何能羈宦數千里以要名爵乎！』遂命駕而歸。」

〔身方逐萍梗，年欲近桑榆〕萍梗，浮萍漂梗。王褒《九懷・昭世》：「竊哀兮浮萍，泛淫兮無根。」漂梗，見卷十一《初到忠州登東樓寄萬州楊八使君》（0525）注。賈島《洛陽道中寄弟》：「生類梗萍泛，悲無金石堅。」曹植《贈白馬王彪》：「年在桑榆間，影響不能追。」《文選》李善注：「日在桑榆，以喻人之將老。」《東觀漢記》光武曰：

失之東隅，收之桑榆。」

〔憶歸恒慘澹，懷舊忽踟躕〕杜甫《喜晴》：「干戈雖横放，慘澹鬥龍蛇。」又《送從弟亞赴安西判官》：「踴躍常人情，慘澹苦士志。」

〔自念咸秦客，嘗爲鄒魯儒〕咸秦，指秦地關中。儲光羲《敬酬陳掾親家翁秋夜有贈》：「晝遊還荆吳，迷方客咸秦。」《莊子・天下》：「其在詩書禮樂者，鄒魯之士、搢紳先生多能明之。」《漢書・韋賢傳》：「賢爲人質樸少欲，篤志於學，兼能《禮》、《尚書》，以《詩》教授，號稱鄒魯大儒。」

〔藴藏經國術，輕棄度關繻〕《漢書・終軍傳》：「初，軍從濟南當詣博士，步入關，關吏與軍繻。軍問：『以此何爲？』吏曰：『爲復傳，還當以合符。』軍曰：『大丈夫西遊，終不復傳還。』棄繻而去。軍爲謁者，使行郡國，建節東出關，關吏識之，曰：『此使者乃前棄繻生也。』」

〔賦力凌鸚鵡，詞鋒敵轆轤〕《後漢書・文苑傳・禰衡》：「射時大會賓客，人有獻鸚鵡者，射舉卮於衡曰：『願先生賦之，以娱嘉賓。』衡攬筆而作，文無加點，辭采甚麗。」庾信《周上柱國齊王憲神道碑》：「水涌詞鋒，風飛文雅。」駱賓王《疇昔篇》：「潘陸詞鋒駱驛飛，張曹翰苑縱横起。」轆轤，鹿盧劍，字亦作轆轤。《燕丹子》卷下琴女歌：「鹿盧之劍，可負而拔。」《相和歌辭・陌上桑》：「要中鹿盧劍，可值千萬餘。」王筠《有所思》：「徒歌轆轤劍，空貽玳瑁簪。」

〔戰文重掉鞅，射策一彎弧〕白居易《与元九書》（《白氏文集》卷四五）：「策蹇步於利足之途，張空拳於戰文之場。」文戰，唐人特指應試。《太平廣記》卷二六一《李秀才》（出《大唐新語》）：「此是大人文戰時卷也，兼箋翰未更。」元稹《鶯鶯傳》：「明年，文戰不勝，張遂止于京。」《左傳》宣公十二年：「許伯曰：『吾聞致師者，御靡旌，摩壘而還。』樂伯曰：『吾聞致師者，左射以菆，代御執轡，御下，兩馬，掉鞅而還。』攝叔曰：『吾聞致師者，右入壘，折馘、執俘而還。』皆行其所聞而復。」杜注：「掉，正也。」射策，指策試。《漢書·儒林傳》贊：「自武帝立五經博士，開弟子員，設科射策，勸以官祿。」張衡《思玄賦》：「彎威弧之撥剌兮，射嶓冢之封狼。」

〔名聲逼揚馬，交分過蕭朱〕揚馬，揚雄、司馬相如。《文心雕龍·辨騷》：「是以枚賈追風以入麗，馬揚沿波而得奇。」《麗辭》：「自揚馬張蔡，崇盛麗辭。」李白《古風》：「揚馬激頹波，開流蕩無垠。」《漢書·蕭望之傳附蕭育》：「少與陳咸、朱博爲友，著聞當世。往者有王陽、貢公，故長安諺曰：蕭朱結綬，王貢彈冠。……育與博後有隙，不能終，故世以交爲難。」駱賓王《帝京篇》：「趙李經過密，蕭朱交結親。」

〔世務經磨揣，周行竊覬覦〕《鹽鐵論·論儒》：「孟軻守舊術，不知世務，故困于梁宋。」《顏氏家訓·涉務》：「故江南冠帶，有才幹者，擢爲令僕已下，尚書郎、中書舍人已上，典掌機要。其餘文義之士，多迂誕浮華，不涉世務。」磨揣，揣摩。《戰國策·秦策一》：「得《太公陰符》之謀，伏而誦之，簡練以爲揣摩。……期年揣摩成，曰：『此真可以説當世之君矣。』」《白氏文集》卷六二《策林序》：「元和初，予罷校書郎，與元微之將應制舉，退居於上都華陽觀，閉户累月，揣磨當代之事，構成策目七十五門。」

〔承明連夜直，建禮拂晨趨〕承明，承明廬。見卷七《聞早鶯》(0292)注。建禮，漢洛陽宮門。《初學記》卷十一引《漢官儀》：「尚書郎主作文書起草，晝夜更直，五日於建禮門内。」沈約《酬謝宣城朓》：「晨趨朝建禮，晚沐卧郊園。」

〔議高通白虎，諫切伏青蒲〕《後漢書·章帝紀》：「于是下太常，將、大夫、博士、議郎、郎官及諸生、諸儒會白虎觀，講議《五經》同異，使五官中郎將魏應承制問，侍中淳于恭奏，帝親稱制臨決，如孝宣甘露石渠故事，作《白虎議奏》。」《漢書·史丹傳》：「竟寧元年，上寢疾，傅昭儀及定陶王常在左右，而皇后、太子希得進見。……丹以親密臣得侍視疾，候上間獨寢時，丹直入卧内，頓首伏青蒲上，涕泣言曰。」《太平御覽》卷四五二引應劭注：「以青規地曰青蒲，自非皇后不得至此。」

〔柏殿行陪宴，花樓走看酺〕柏殿，即柏梁臺。見卷十五《渭村退居寄禮部崔侍郎翰林錢舍人詩一百韻》（0803）注。花樓，花萼樓。《唐會要》卷三十《興慶宮》：「開元二年七月二十九日，以興慶里舊邸爲興慶宮。……後於西南置樓，西面題曰花萼相輝之樓，南面題曰勤政務本之樓。」《舊唐書・玄宗紀》：開元十七年八月，「上以降誕日，宴百僚於花萼樓下，百僚表請以每年八月五日爲千秋節，王公已下獻鏡及承露囊，天下諸州咸令宴樂，休暇三日，仍編爲令，從之。」看酺，見卷十五《渭村退居寄禮部崔侍郎翰林錢舍人詩一百韻》（0803）注。

〔神旗張鳥獸，天籟動笙竽〕徐陵《册陳公九錫文》：「曜聖武于匡山，迴神旗于蠡派。」劉禹錫《闕下口號呈柳儀曹》：「彩仗神旗獵曉風，雞人一唱鼓蓬蓬。」《莊子・齊物論》：「子游曰：『地籟則衆竅是已，人籟則比竹是已。敢問天籟。』子綦曰：『夫天籟者，吹萬不同，而使其自己也，咸其自取，怒者其誰邪！』」

〔丸劍星芒耀，魚龍電策驅〕丸劍，見卷三《立部伎》（0127）「舞雙劍，跳七丸」注。《漢書・西域傳》：「設酒池肉林以饗四夷之客，作巴渝都盧、海中碭極、漫衍魚龍、角抵之戲以觀視之。」

〔定場排漢旅，促座進吳歈〕定場，肅靜場地，又指開場演出。《南部新書》甲：「開元中，花萼樓大酺，人衆莫遏，遂命嚴安之定場，以笏畫地，無一輩敢犯。」元稹《連昌宮詞》：「夜半月高絃索鳴，賀老琵琶定場屋。」旅，樂舞之隊，蓋取意「賨旅」之旅。左思《蜀都賦》：「奮之則賨旅，玩之則渝舞。」《文選》李善注：「《風俗通》曰：巴有賨人，剽勇，高祖爲漢王時，閬中人范因説高祖募取賨人，定三秦。……閬中有渝水，賨人左右居，鋭氣喜舞。高祖樂其猛鋭，數觀其舞，後令樂府習之。」《晉書・樂志》：「漢高祖自蜀漢將定三秦，閬中范因率賨人以從帝，爲前鋒。……其俗喜舞，高祖樂其猛鋭，數觀其舞，後使樂人習之。閬中有渝水，因其所居，故名曰《巴渝舞》。……黄初三年，又改《巴渝舞》曰《昭武舞》。至景初元年，尚書奏，考覽三代禮樂遺曲，據功象德，奏作《武始》、《咸熙》、《章斌》三舞，皆執羽籥。」促座，即密坐。參見卷二《歌舞》(0083)注。《楚辭·招魂》：「吳歈蔡謳，奏大呂些。」王逸注：「歈、謳，皆歌也。」

〔軟美仇家酒，幽閑葛氏姝〕仇家酒，見卷十五《仇家酒》(0817)注。

〔十千方得斗，二八正當壚〕曹植《名都篇》：「我歸宴平樂，美酒斗十千。」王維《少年行》：「新豐美酒斗十千，咸陽遊俠多少年。」辛延年《羽林郎》：「胡姬年十五，春日獨當壚。」

〔論笑杓胡硨，談憐鞏囁嚅〕胡硨，亦作兀硨、忽硨，顛倒爲硨兀，渾圓光滑貌。《王梵志詩校注》一一一首：「菩薩常梳髮，如來不剃頭。何須禿兀硨，然始學薰修。」《敦煌變文集·燕子賦》：「燕子忽硨出頭，曲躬分疏。」李涉《却歸巴陵途中走筆寄唐知言》：「巧綴五言才刮骨，却怕柱天身硨矻。」按，器物之杓亦爲圓頭，故「杓胡硨」有雙關義。參見蔣禮鴻《敦煌變文字義通釋》、黄征、張涌泉《敦煌變文校注》。《楚辭·七諫·怨世》：「改前聖之法度兮，喜囁嚅而妄作。」王逸注：「囁嚅，小語私謀貌也。」韓愈《送李愿歸盤谷序》：「足將進而趑趄，口將言而囁嚅。」《敦煌變文集·燕子賦》：「更被脣口囁嚅，與你到頭尿却。」《舊唐書·竇鞏傳》：「性温雅，多不能持論，士友言議之際，吻動而不發，白居易等或目爲囁嚅翁。」

〔李酣尤短竇，庾醉更蔫迂〕卷十三《代書詩一百韻寄微之》(0604)：「笑勸迂辛酒，閑吟短李詩。」注：「辛大丘度，性迂嗜酒。李二十紳，形短能詩，故當時有迂辛短李之號。」蔫，萎蔫。《齊民要術》卷四種木瓜：「欲啖者，截著熱灰中，令萎蔫。」元結《演興四首·初祀》：「塗木蘭兮蒔糅蔫，被弱草兮禘衿聯。」杜牧《春晚題韋家亭子》：「蔫紅半落平池晚，曲渚飄成錦一張。」《大寶積經》卷六一：「身無疲勞床臥具，如花在岸不蔫萎。」《古尊宿語録》卷二十法演和尚：「太平蔫湉漢，事事盡經遍。」

〔鞍馬呼教住，骰盤喝遣輸〕鞍馬、骰盤，酒令名。洪邁《容齋續筆》卷十六：「白樂天詩：『鞍馬呼教住，骰盤喝遺輸。長驅波卷白，連擲采成盧。」注云：『骰盤、卷白波、莫走、鞍馬，皆當時酒令。』予按皇甫松所著《醉鄉日月》三卷，載《骰子令》云：『聚十只骰子齊擲，自出手六人，以采飲焉。堂印，本采人勸合席。碧油，勸擲外三人。骰子聚于一處，謂之酒星，依采聚散。《骰子令》中改易不過三章，次改《鞍馬令》不過一章。』又有《旗旛令》、《閃厭手令》、《拋打令》，今人不復曉其法矣。惟優伶家猶用手打令以爲戲云。」王昆吾《唐代酒令藝術》第一章二骰盤令：「鞍馬令是一種近於集體遊戲的酒令，類似於現在的擊鼓傳花。所謂『呼教住』，指的是擊鼓巡傳之時，鼓隨樂曲聲住，所巡之物亦住，持物者須應令飲酒。」《唐國史補》卷下：「令至李稍雲而大備，自上及下，以爲宜然。大抵有律令，有頭盤，有拋打。」頭盤即骰盤。王昆吾前引書：「骰盤令是一種同博戲相結合的酒令類型。其特點是根據擲骰所得的『采』以及與之相對應的條例來決定飲次。唐代主要流行三種博戲：陸博、樗蒱、雙陸。在這三種博戲中，骰子都是必備的用具。因此，我們可以把骰盤令看作各種博戲酒令的總稱。」

餘參前引《容齋續筆》所引皇甫松《醉鄉日月》。

〔長驅波卷白，連擲采成盧〕卷白波酒令，見卷十三《代書詩一百韻寄微之》(0604)注。《太平御覽》卷七五四引《晉書》：「劉裕於東府聚樗蒱，大擲一判應至數百萬。餘人並黑犢以還，唯劉裕及毅在後。毅次擲得雉，大喜褰衣繞床，叫謂同座曰：『非不能盧，不事此耳。』裕惡之，因挼五木，久之曰：『老兄試爲卿答。』既而四子皆黑，其一子轉躍未定，裕厲聲喝之，即成盧焉。」《唐國史補》卷下：「洛陽令崔師本又好爲古之樗蒱。其法三分其子三百六十，限以二關，人執六馬。其骰五枚，分上爲黑，下爲白。黑者刻二爲犢，白者刻二爲雉。擲之全黑者爲盧，其采十六。二雉三黑爲雉，其采十四。二犢三白爲犢，其采十。全白爲白，其采八。四者貴采也。開爲十二，塞爲十一，塔爲五，秃爲四，撅爲三，梟爲二。六者雜采也。貴采得連擲，得打馬，得過關。餘采則否。新加進九、退六兩采。」

〔籌併頻逃席，觥嚴别置盂〕籌，酒令籌。見卷十三《代書詩一百韻寄微之》(0604)注。觥，觥使。元稹《痁卧聞幕中諸公徵樂會飲因有戲呈三十韻》：「紅娘留醉打，觥使及醒差。」注：「酒中觥使，席上右職。」

〔滿巵那可灌，頹玉不勝扶〕曹植《與吴質書》：「食若填巨壑，飲若灌漏巵。」《世説新語・容止》：「時人目夏侯太初朗朗如日月之入懷，李安國頹唐如玉山之將崩。」

〔醉曾衝宰相，驕不揖金吾〕《漢書・百官公卿表》：「中尉，秦官，掌徼巡京師，有兩丞、候、司馬、千人。武帝太初元年更名執金吾。」《太平御覽》卷三四七引崔豹《輿服注》：「兩漢京兆、河南尹及執金吾同隷校尉，皆使人導引傳呼，行者止，坐者起，四人持角弓，走者射之，有乘高窺者亦射之。」

〔博望移門籍，潯陽佐郡符〕《漢書・戾太子傳》：「及冠就宫，上爲立博望苑，使通賓客，從其所好，故多以異端進者。」劉孝威《奉和簡文帝太子詩》：「延賢博望苑，視膳長安城。」居易爲左贊善大夫，爲太子屬官。《史記・魏其武安侯列傳》：「太后除竇嬰門籍，不得入朝請。」

〔時情變寒暑，世利算錙銖〕《禮記・儒行》：「雖分國如錙銖，不臣不仕。」鄭注：「言君分國以禄之，視之輕如錙銖矣。八兩曰錙。」孔穎達疏：「案算法：十黍爲參，十參爲銖，二十四銖爲兩，八兩爲錙。」

〔峴陽亭寂寞，夏口路崎嶇〕峴陽亭，即峴亭。見卷十三《代書詩一百韻寄微之》(0604)注。《太平寰宇記》卷一一二鄂州：「鄂州江夏郡，……《漢志》應劭注云：沔水自江别至南郡華容爲夏水，過郡入江，故江夏爲名。……又《江夏記》云：一名夏口，一名魯口。」

〔大道全生棘，中丁盡執殳〕中丁，即中男。《通典》卷七丁中：「大唐武德七年定令，男女始生爲黄，四歲爲小，十六爲中，二十一爲丁，六十爲老。……玄宗天寶三載十二月制，自今已后，百姓宜以十八以上爲中男，二十三以上爲成丁。」後晉少帝《修省詔》：「兵士不足，則取人之中丁。」《文獻通考》卷十：「北齊武成清河三年，乃令男子十八以上、六十五以下爲丁，十六以上、十七以下爲中丁。」

〔江關未徹警，淮寇尚稽誅〕《漢書・地理志上》：「（巴郡魚復縣）江關，都尉治。」《水經注》江水：「又東出江關，入南郡界，江水自關東逕弱關、捍關。」此指長江荆、鄂一帶。崔湜《野燎賦》：「郢國東走，楚藩南極，江關蒼茫，千里一色。」淮寇，指吳元濟之叛。參見卷七《春遊二林寺》(0289)注。

〔林對東西寺，山分大小姑〕東林寺、西林寺，見卷一《廬山桂》(0061)、卷七《春遊二林寺》(0289)注。《太平寰宇記》卷一一一江州：「彭蠡湖在縣東南，與都昌縣分界，湖心有大孤山。顧況詩云：『大孤山盡小孤出，月照洞庭歸客船。』」南唐陳致雍《正大姑小姑山神像議》：「准祠部牒，據彭澤鎮申，大姑小姑，乞改神儀者。《釋山》云：獨山曰蜀。蜀，孤也。今下民訛言，穿鑿浮傷，作爲淫祠，何所尚哉。……但依常式去婦人位，立山神廟貌。」陸游《入蜀記》卷三：「過澎浪磯、小孤山。二山東西相望，小孤屬舒州宿松縣，有戍兵。凡江中獨山，如金山、焦山、落星之類，皆名天下。然峭拔秀麗，皆不可與小孤比。自數十里外望之，碧峰巉然孤起，上干雲霄。」「大孤狀類西梁，雖不可擬小姑之秀麗，然小孤之旁，頗有沙洲葭葦，大孤則四際渺彌皆大江，望之如浮水面，亦一奇也。」

〔廬峰蓮刻削，湓浦帶縈紆〕《太平寰宇記》卷一一一江州：「蓮花峰在（廬）山北，州南直望如芙蓉。今州城有蓮花門。」何遜《日夕望江山贈魚司馬》：「湓城帶湓水，湓水縈如帶。」湓浦，見卷一《廬山桂》(0061)注。

〔九派吞青草，孤城覆綠蕪〕《太平寰宇記》卷一一一江州：「九江，《尚書注》云：江於此分爲九道。《潯陽記》云：九江在潯陽，去州五里，名曰馬江，是大禹所疏治，於桑落洲上二三百餘里合流。昔秦皇、漢武並登廬山以望九江也。」青草，青草湖。郭璞《江賦》：「總括漢泗，兼包淮湘，併吞沅澧，汲引沮漳。源二分於崌崍，流九派乎潯陽。」

〔殘芳悲鶗鴂，暮節感茱萸〕《楚辭·離騷》：「恐鵜鴂之先鳴兮，使夫百草爲之不芳。」王逸注：「鵜鴂，一名買鵤，常以春分鳴也。」洪興祖《補注》：「鵜，一作鷤。……顔師古云：鷤鴂一名買鵤，一名子規，一名杜鵑，常以立夏鳴，鳴則衆芳皆歇。」《藝文類聚》卷四引《風土記》：「九月九日，律中無射而數九，俗尚此月折茱萸以插頭，言辟除惡氣禦初寒。」《太平御覽》卷三二引《續齊諧記》：「汝南桓景隨費長房遊學累年，長房謂之曰：『九月九日，汝家當有災厄，宜急去。令家人各作絳囊盛茱萸以繫臂，登高飲菊花酒，此禍可消。』景如言，舉家登山，夕還，見雞犬牛羊一時暴死。長房聞之曰：『此可以代矣。』今世人每至九月九日登高飲酒，婦人帶茱萸囊，因此也。」

〔蘂坼金英菊，花飄雪片蘆〕王筠《摘園菊贈謝僕射舉》：「菊花偏可憙，碧葉媚金英。」陰鏗《和傅郎中歲暮還湘州》：「棠枯絳葉盡，蘆凍白花輕。」

〔幾見林抽筍，頻驚燕引鶵〕謝靈運《山居賦》：「抽筍自篁，摘箬於谷。」殷遥《春晚山行》：「野花成子落，江燕引鶵飛。」元稹《哭子十首》：「寂寞空堂天欲曙，拂簾雙燕引新鶵。」

〔歲華何倏忽，年少不須臾〕《淮南子·修務訓》：「且夫精神滑淖纖微，倏忽變化，與物推移。」不須臾，不長久。見卷二《議婚》(0075)注。

〔眇默思千古，蒼茫想八區〕王儉《褚淵碑文》：「感逝川之無捨，哀清暉之眇默。」《文選》李善注：「眇默，遠貌也。《楚辭》曰：路眇眇兮默默。」揚雄《長楊賦》：「英華沈浮，洋溢八區。」左思《蜀都賦》：「豐蔚所盛，茂八區而菴藹焉。」《文選》劉逵注：「八區，四方四隅也。」

〔孔窮緣底事，顔夭有何辜〕孔，孔子。顔，顔回。見卷五《效陶潛體詩十六首》「濟水澄而潔」(0225)首、卷六《贈杓直》(0267)注。

〔龍智猶經醢，龜靈未免刳〕《左傳》昭公二十九年：「有陶唐氏既衰，其後有劉累，學扰龍於豢龍氏，以事孔甲，能飲食之。夏后嘉之，賜氏曰御龍，以更豕韋之後。龍一雌死，潛醢以食夏后。夏后饗之，既而使求之。」杜預注：「潛，藏也。藏以爲醢，明龍不知。」靈龜刳腸，見卷二《答桐花》(0102)注。

〔窮通應已定，聖哲不能逾〕揚雄《反離騷》：「夫聖哲之遭兮，固時命之所有。」班彪《悼離騷》：「聖哲之有窮達，亦命之故也。」劉峻《辯命論》：「命也者，自天之命也。定於冥兆，終然不變。鬼神莫能預，聖哲不能謀。」

〔況我身謀拙，逢他厄運拘〕《南史·王思遠傳》：「凡人多拙于自謀，而巧于謀人。」孫萬壽《遠戍江南寄京邑親友》：「粤余非巧宦，少小拙謀身。」

〔漂流隨大海，鎚鍛任洪爐〕《雜阿含經》卷十五：「譬如大地悉成大海，有一盲龜壽無量劫，百年一出其頭。海中有浮木，止有一孔，漂流海浪，隨風東西。盲龜百年一出其頭，當得遇此孔不？」《莊子·大宗師》：「夫大塊載我以形，勞我以生，佚我以老，息我以死。故善吾生者，乃所以善吾死也。今之大冶鑄金，金踴躍曰：『我且必爲莫耶。』大冶必以爲不祥之金。今一犯人之形，而曰人耳人耳，夫造化者必以爲不祥之人。今一以天地爲大爐，以造化爲大冶，惡乎往而不可哉！」

〔險阻嘗之矣，栖遲命也夫〕《左傳》僖公二十八年：「險阻艱難，備嘗之矣。」《史記·仲尼弟子列傳》：「伯牛有惡疾，孔子往問之，自牖執其手，曰：『命也夫！斯人也而有斯疾，命也夫！』」

〔貧室如懸磬，端憂劇守株〕《左傳》僖公二十六年：「室如縣磬。」端憂，見卷十五《渭村退居寄禮部崔侍郎翰林錢舍人詩一百韻》(0803)注。《韓非子·五蠹》：「宋人有耕田者，田中有株，兔走，觸株折頸而死，因釋其耒而守株，冀復得兔。兔不可復得，而身爲宋國笑。」

〔時遭人指點，數被鬼揶揄〕褚遂良《諫五品以上妻犯奸没官表》：「朝廷之所嗤笑，儕流之所指點，自貽伊戚，理須屏跡。」《世説新語・任誕》「襄陽羅友」劉孝標注引《晉陽秋》：「始仕荆州，後在（桓）温府，以家貧乞祿，温雖以才學遇之，而謂其誕肆，非治民才，許而不用。後同府人有得郡者，温爲席起別，友至尤晚。問之，友答曰：『民性飲道嗜味，昨奉教旨，乃是首旦出門，於中路奉一鬼，大見揶揄云：「我只見汝送人作郡，何以不見人送汝作郡？」民始怖終慚，回還以解，不覺成淹緩之罪。』温雖笑其滑稽，而心頗愧焉。」

〔去夏微之瘧，今春席八徂〕元稹《遣病十首》：「服藥備江瘴，四年方一瘧。」又《痁卧聞幕中諸公徵樂會飲因有戲呈三十韻》，時在元和八年。參見卞孝萱《元稹年譜》。席八，朱《箋》：「席夔。」《元和姓纂》卷十安定席氏：「夔，中書舍人。」參見岑仲勉《元和姓纂四校記》。

謫居

面瘦頭斑四十四，遠謫江州爲郡吏。逢時棄置從不才，未老衰羸爲何事？火燒寒澗松爲燼，霜降春林花委地。遭時榮悴一時間，豈是昭昭上天意？（0903）

【注】

汪《譜》、朱《箋》：作於元和十年（八一五），江州。

〔遭時榮悴一時間，豈是昭昭天上意〕《禮記・中庸》：「今夫天，斯昭昭之多，及其無窮也，日月星辰繫焉，萬物覆焉。」

初到江州寄翰林張李杜三學士

早攀霄漢上天衢，晚落風波委世途。雨露施恩無厚薄，蓬蒿隨分有榮枯。傷禽側翅驚弓箭，老婦低顔事舅姑。碧落三仙曾識面，年深記得姓名無①？（0904）

【校】

①〔記得〕紹興本作「寄得」，據他本改。

【注】

汪《譜》、朱《箋》：作於元和十年（八一五），江州。

〔張、李、杜三學士〕朱《箋》：「居易以元和十年秋貶江州。數年間張、李、杜三學士，唯張仲素十一年八月充，杜元穎十二年充，李肇十三年七月充。十三年冬居易亦改忠州刺史矣。非『初到江州』所記有訛，則張、李、杜三姓有誤。」按，人物不當有誤，詩題或當爲「初到忠州」。蓋因編入詩集時記憶有誤。

〔雨露施恩無厚薄，蓬蒿隨分有榮枯〕隨分，見卷二《續古詩十首》之六（0071）注。

〔傷禽側翅驚弓箭，老婦低顔事舅姑〕傷禽，見卷十五《重寄》（0833）注。鮑照《代東門行》：「傷禽惡弦驚，倦客惡離聲。」

〔碧落三仙曾識面，年深記得姓名無〕碧落，見卷十二《長恨歌》（0593）注。

庾樓曉望

獨憑朱檻立凌晨，山色初明水色新。竹霧曉籠銜嶺月，蘋風暖送過江春①。子城陰處猶殘雪，衙鼓聲前未有塵。三百年來庾樓上，曾經多少望鄉人。（0905）

【校】

①〔暖送〕馬本、《唐音统籤》作「送暖」。

【注】

朱《箋》：作於元和十一年（八一六），江州。

〔庾樓〕庾亮樓。見卷十五《初到江州》（0899）注。

宿西林寺

木落天晴山翠開，愛山騎馬入山來。心知不及柴桑令，一宿西林便却迴①。柴桑令，劉遺民是也。（0906）

【校】

①〔却迴〕馬本、《唐音统籤》、汪本作「欲迴」。

【注】

朱《箋》：作於元和十一年（八一六），江州。

〔西林寺〕見卷七《春遊二林寺》(0289)注。

〔心知不及柴桑令，一宿西林便却迴〕《廣弘明集》卷二七：「彭城劉遺民，以晉太元中除宜昌、柴桑二縣令。值廬山靈邃，足以往而不反。遇沙門釋慧遠，可以服膺。丁母憂，去職入山，遂有終焉之志。於西林澗北，別立禪坊，養志閑處，安貧不營貨利。是時閑退之士輕舉而集者，若宗炳、張野、周續之、雷次宗之徒，咸在會焉。遺民與群賢遊處，研精玄理，以此永日。」

江樓宴別

樓中別曲催離酌，燈下紅裙間綠袍。縹緲楚風羅綺薄，錚摐越調管絃高①。寒流帶月澄如鏡，夕吹和霜利似刀。樽酒未空歡未盡，舞腰歌袖莫辭勞。（0907）

【校】

①〔錚摐〕馬本、《唐音统籤》、汪本作「錚鏦」。

【注】

朱《箋》：作於元和十一年（八一六），江州。

〔縹緲楚風羅綺薄，錚摐越調管絃高〕錚摐，同錚鏦，撥絃聲。劉禹錫《傷秦姝行》：「蜀絃錚摐指如玉，皇帝弟子常家曲。」本書卷二一《九日宴集醉題郡樓兼呈周殷二判官》（1404）：「胡琴錚摐指撥利，吳娃美麗眉眼長。」越調，燕樂二十八調之一，屬商調。段安節《樂府雜錄》「別樂識五音輪二十八調圖」：「……入聲商七調，第一運越調。」《新唐書·禮樂志十二》：「凡所謂俗樂者，二十有八調：……越調、大食調、高大食調、雙調、小食調、歇指調、林鍾商爲七商。」《唐會要》卷三三「諸樂」載天寶十三載七月十日太樂署供奉曲名及改諸樂名：「黄鐘商，時號越調：……《高麗》改爲《來賓引》，《耶婆地胡歌》改爲《静邊引》，《婆羅門》改爲《霓裳羽衣》、《思歸》，《達牟雞胡歌》改爲《金方引》、《昇朝陽》，《三部羅》改爲《三輔安》。」是越調多爲外來曲調。

題山石榴花

一叢千朶壓欄干，翦碎紅綃却作團。風嫋舞腰香不盡，露銷妝臉淚新乾①。薔薇帶刺攀應懶②，菡萏生泥玩亦難。爭及此花簷户下③，任人採弄盡人看④。（0908）

【校】

①〔新乾〕《文苑英華》作「初乾」。

②〔應懶〕《文苑英華》作「常懶」。

③〔爭及〕《文苑英華》明刊本作「不及」。

④〔盡〕《文苑英華》注：「上聲。」

【注】

朱《箋》：作於元和十一年（八一六），江州。

〔山石榴〕見卷十二《山石榴寄元九》（0590）注。

〔爭及此花簷户下，任人採弄盡人看〕盡，任，任從。見卷十五《病中答招飲者》（0854）注。

代春贈

山吐晴嵐水放光①，辛夷花白柳梢黄。但知莫作江西意，風景何曾異帝鄉。（0909）

【校】

①〔晴嵐〕馬本、《唐音统籤》作「晴峰」。

【注】

朱《箋》：作於元和十一年（八一六），江州。

〔但知莫作江西意，風景何曾異帝鄉〕帝鄉，帝都。見卷七《答崔侍郎錢舍人書問因繼以詩》（0304）注。

答春

草煙低重水花明，從道風光似帝京。其奈山猿江上叫，故鄉無此斷腸聲。（0910）

【注】

朱《箋》：作於元和十一年（八一六），江州。

櫻桃花下歎白髮

逐處花皆好，隨年貌自衰。紅櫻滿眼日，白髮半頭時。倚樹無言久，攀條欲放遲。臨風兩堪歎，如雪復如絲。（0911）

【注】

朱《箋》：作於元和十一年（八一六），江州。

〔逐處花皆好，隨年貌自衰〕逐處，隨處。唐玄宗《迎氣東郊推恩制》：「忠臣義士先有祠廟者，各令郡縣逐處設祭。」

惜落花贈崔二十四

漠漠紛紛不奈何，狂風急雨兩相和。晚來悵望君知否，枝上稀疏地上多。（0912）

【注】

朱《箋》：作於元和十一年（八一六），江州。

〔崔二十四〕朱《箋》：「崔咸。」岑仲勉《唐人行第錄》：「《白集》一六《惜落花贈崔二十四》，此詩在江州時作。按同集卷六一大和九年《祭弟（行簡）文》：『……題爲《白郎中集》……擬憑崔二十四舍人譔序。』考《英華》三八二《授賈餗等中書舍人制》內，職方郎中、知制誥崔咸遷中書舍人，《郎官考》五據《新唐書賈餗傳》，謂此回遷授在大和三年七月，『知制誥』在唐人文字得稱曰舍人，此大和二年末崔舍人可爲崔咸者一。又《祭崔常侍文》云：『又膳部房與同聲塵之遊，定膠漆之分。』膳部房即指行簡，此擬請替行簡作序之崔舍人應爲咸者二。白氏兄弟與咸早已定交，故信江州贈詩之崔二十四亦必是咸也。」

移山櫻桃

亦知官舍非吾宅，且斸山櫻滿院栽。上佐近來多五考，少應四度見花開。（0913）

【注】

朱《箋》：作於元和十一年（八一六），江州。

〔上佐近來多五考，少應四度見花開〕《唐會要》卷八一考上：「元和二年五月中書門下舉今年正月敕文上言：……今請京常參官五品已上前資見任，起元和二年量定考數，置員具簿，應諸州刺史、次赤府少尹、次赤令、諸陵令、五府司馬，及東宫官除左右庶子、王府官四品已下，並請五考。」少，至少。

官舍閑題

職散優閑地，身慵老大時。送春唯有酒，銷日不過棋。禄米麞牙稻，園蔬鴨脚葵。飽餐仍晏起①，餘暇弄龜兒。龜兒，即小侄名。（0914）

【校】

①〔仍晏起〕馬本、《唐音统籤》作「晨晏起」。

【注】

朱《箋》：作於元和十一年（八一六），江州。按，此詩當作於元和十三年白行簡至江州後。參見卷十七《聞龜兒詠詩》（1027）。

〔禄米麞牙稻，園蔬鴨脚葵〕《太平御覽》卷九七九引鮑照《葵賦》：「别有鴨脚、豚耳。」注：「言葵似之。」《齊民要術》卷三種葵：「按今世葵有紫莖、白莖二種，種別復有大小之殊。又有鴨脚葵也。」

〔飽餐仍晏起，餘暇弄龜兒〕龜兒，白行簡子。見卷七《弄龜羅》（0309）注。

晚春登大雲寺南樓贈常禪師

花盡頭新白，登樓意若何？歲時春日少，世界苦人多。愁醉非因酒，悲吟不是歌。求師治此病，唯勸讀楞伽。（0915）

【注】

朱《箋》：作於元和十一年（八一六），江州。

〔大雲寺〕《舊唐書·則天皇后紀》：「載初元年春正月，……有沙門十人僞撰《大雲經》，表上之，盛言神皇受命之事。制頒於天下，令諸州各置大雲寺，總度僧千人。」

〔常禪師〕朱《箋》：「僧智常。」《宋高僧傳》卷十七唐廬山歸宗寺智常傳：「釋智常者，挺拔出倫，操履清約，遍參知識，影附南泉，同遊大寂之門，乃見江西之道。元和中，駐錫廬山歸宗淨院。……無何，白樂天貶江州司馬，最加欽重。續以李渤員外，元和六年隱嵩少，以著作徵起，杜元穎排之，出爲虔州刺史南康，曾未足歲，遷江州刺史。渤洽聞多識，百家之書，無不該綜，號李萬卷矣。……白彊勸遊二林，意同見常耳。及到歸宗，李問曰：『教中有言，須彌納芥子，芥子納須彌。如何芥子納得須彌？』常曰：『人言博士學覽萬卷書籍，還是否耶？』李曰：『忝此虛名。』常曰：『摩踵至頂只若干尺身，萬卷書向何處著？』李俛首無言，再思稱歎。」《祖堂集》卷十五：「歸宗和尚嗣馬大師，在江州廬山。師諱智常，未詳姓氏。……白舍人爲江州刺史，頗甚殷敬。舍人參師，師泥壁次。師迴首云：『君子儒？小人儒？』白舍人云：『君子儒。』師以泥鏟敲泥板，侍郎以泥挑挑泥送與師，師便接了云：『莫是俊機白侍郎以不？』對云：『不敢。』師云：『只有送泥之分。』」李渤爲江州刺史在長慶二年。參見本書卷二十《贈江州李十使君員外十四韻》（1314）。

〔歲時春日少，世界苦人多〕《修行本起經》卷上：「育養衆生，救濟苦人。」

〔求師治此病，唯勸讀楞伽〕楞伽經，參見卷九《勸酒寄元九》（0413）注。《續高僧傳》卷十六慧可傳：「初，達摩禪師以四卷《楞伽》授可曰：『我觀漢地，惟有此經，仁者依行，自得度世。』」《景德傳燈錄》卷六江西道一禪師：「一日謂衆曰：『汝等諸人各信自心是佛，此心即是佛心。達磨大師從南天竺國來，躬至中華，傳上乘一心之法，令汝等開悟。又引《楞伽經》文，以印衆生心地，恐汝顛倒不自信。此心之法，各各有之。故《楞伽經》云：佛語心爲宗。無門爲法門。』」智常出馬祖道一（大寂）之門，此道一以《楞伽經》傳授之實錄。

北樓送客歸上都

憑高送遠一悽悽①，却下朱欄即解攜②。京路人歸天直北，江樓客散日平西。長津欲度迴船尾，殘酒重傾簇馬蹄。不獨別君須强飲，窮愁自要醉如泥。（0916）

【校】

①〔送遠〕馬本、《唐音统籤》作「眺遠」。

②〔即解攜〕馬本、《唐音统籤》、汪本作「手共攜」。

【注】

朱《箋》：作於元和十一年（八一六），江州。

〔憑高送遠一悽悽，却下朱欄即解攜〕解攜，解攜手，即分別。陸機《赴洛二首》：「撫膺解攜手，永歎結遺音。」駱賓王《與博昌父老書》：「自解攜襟袖，一十五年。」《北夢瑣言》卷六：「其餘面交，皆如攜手過市，見利即解攜而去。」

〔長津欲度迴船尾，殘酒重傾簇馬蹄〕簇馬，見卷八《初出城留別》（0333）注

北亭招客

疏散郡丞同野客，幽閑官舍抵山家。春風北户千莖竹，晚日東園一樹花。小盞吹醅嘗冷酒，深爐敲火炙新茶。能來盡日宫棋否①？太守知慵放晚衙。（0917）

【校】

①〔宫棋〕馬本、《唐音统籤》作「觀棋」。

【注】

朱《箋》：作於元和十一年（八一六），江州。

〔能來盡日宫棋否，太守知慵放晚衙〕宫棋，見卷十三《代書詩一百韻寄微之》（0604）注。

宿西林寺早赴東林滿上人之會因寄崔二十二員外

謫辭魏闕鵷鸞隔，老入廬山麋鹿隨。薄暮蕭條投寺宿，凌晨清淨與僧期。雙林我起聞鐘後，隻日君趨入閤時。鵬鷃高低分皆定，莫勞心力遠相思。（0918）

【注】

朱《箋》：作於元和十一年（八一六），江州。

〔東林滿上人〕朱《箋》：「東林寺僧智滿。」白居易《遊大林寺序》：「余與河南元集虚、范陽張允中、南陽張深之、廣平宋郁、安定梁必復、范陽張特、東林寺沙門法演、智滿、士堅、利辯、道深、道建、神照、雲臯、恩慈、寂然，凡十七人。」劉軻《智滿律師塔銘》：「昔長沙桓公有定傾翊戴之勳，藏盟晉府。曾孫潛，高尚不仕，其後世爲匡廬高民乎。……大師諱智滿，先生九代孫也。」陳思《寶刻叢編》卷十五《唐寶稱大律師塔銘》：「唐秘書丞、史館修撰劉軻撰，……律師，江南講僧也。名智滿，陶靖節之九世孫，始出家於寶稱寺，故以爲號。」

〔崔二十二〕朱《箋》：「崔韶。」見本卷《東南行一百韻寄通州元九侍御澧州李十一舍人果州崔二十二使君開州韋大員外庾三十二補闕杜十四拾遺李二十助教員外竇七校書》（0902）注。

〔謫辭魏闕鵷鸞隔，老入廬山麋鹿隨〕《莊子·讓王》：「身在江海之上，心居乎魏闕之下。」鵷鸞，見卷十三《代書詩一百韻寄微之》（0604）注。麋鹿，見卷六《自題寫真》（0226）注。

〔雙林我起聞鐘後，隻日君趨入閣時〕雙林，見卷七《贖雞》（0316）注。隻日，見卷八《郡中即事》（0358）注。入閣，見卷十五《渭村退居寄禮部崔侍郎翰林錢舍人詩一百韻》（0803）注。

〔鵬鷃高低分皆定，莫勞心力遠相思〕《莊子·逍遥遊》：「鵬之徙於南冥也，水擊三千里，摶扶摇而上者九萬里。……斥鷃笑之曰：『彼且奚適也？我騰躍而上，不過數仞而下，翺翔蓬蒿之間，此亦飛之至也。而彼且奚適也？』」

遊寶稱寺

竹寺初晴日，花塘欲曉春①。野猿疑弄客，山鳥似呼人。酒懶傾金液②，茶新碾玉塵。可憐幽靜地，堪寄老慵身。（0919）

【校】

①〔欲曉春〕馬本、《唐音统籤》、汪本作「欲晚春」。

②〔酒懶〕馬本、《唐音统籤》、汪本作「酒嫩」。

【注】

朱《箋》：作於元和十一年（八一六），江州。

〔寶稱寺〕在廬山。陳思《寶刻叢編》卷十五《唐寶稱大律師塔銘》：「唐秘書丞、史館修撰劉軻撰，……律師，江南講僧也。名智滿，陶靖節之九世孫，始出家於寶稱寺，故以爲號。碑以開成四年立，大中八年重建，在廬山。」劉軻《智滿律師塔銘》：「匡阜之下，爐峰之北。有白馬香象，甚奇特兮。……石埨巍巍，二林側兮。」又《棲霞寺故大德玭律師碑》：「門人臨壇者，有若……九江寶珍（按當作寶稱）寺智滿……。今寶稱領摩訶苾芻衆，壇壓廬岳，大江西南，卓然首出。」皆謂智滿所在之寶稱寺。

早春聞提壺鳥因題鄰家

厭聽秋猿催下淚，喜聞春鳥勸提壺。誰家紅樹先花發，何處青樓有酒沽？進士麄豪尋靜盡，拾遺風采近都無。欲期明日東鄰醉①，變作騰騰一俗夫。（0920）

【校】

①〔欲期明日東鄰醉〕「東鄰」馬本、《唐音統籤》作「東林」。據花房英樹《白氏文集の批判的研究》引天滿宮文庫校本，金澤本作：「東鄰説話西鄰醉」。

【注】

朱《箋》：作於元和十一年（八一六），江州。

〔提壺鳥〕見卷二《寓意詩五首》之三（0092）注。

〔進士麄豪尋靜盡，拾遺風采近都無〕靜盡，同淨盡，消失盡。劉禹錫《再遊玄都觀》：「百畝庭中半是苔，桃花淨盡菜花開。」

見紫薇花憶微之

一叢暗淡將何比，淺碧籠裙襯紫巾。除却微之見應愛，人間少有别花人。（0921）

【注】

朱《箋》：作於元和十一年（八一六），江州。

薔薇花一叢獨死不知其故因有是篇

柯條未嘗損，根蔕不曾移。同類今齊茂，孤芳忽獨萎。仍憐委地日，正是帶花時。碎碧初凋葉，燋紅尚戀枝。乾坤無厚薄，草木自榮衰。欲問因何事，春風亦不知。（0922）

【注】

朱《箋》：作於元和十一年（八一六），江州。

〔柯條未嘗損，根蔕不曾移〕根蔕，見卷二《有木詩八首》之五（0114）注。

湖亭望水

久雨南湖漲，新晴北客過。日沉紅有影，風定緑無波。岸没閭閻少，灘平船舫多。可憐心賞處，其奈獨遊何。（0923）

【注】

朱《箋》：作於元和十一年（八一六），江州。

〔久雨南湖漲，新晴北客過〕南湖，彭蠡湖。見卷一《放魚》（0059）注。

〔可憐心賞處，其奈獨遊何〕心賞，見卷五《首夏同諸校正遊開元觀因宿玩月》（0176）注。

閑遊

外事因慵廢，中懷與静期。尋泉上山遠，看筍出林遲。白石磨樵斧，青竿理釣絲。澄清深淺好，最愛夕陽時。（0924）

【注】

朱《箋》：作於元和十一年（八一六），江州。

憶微之傷仲遠

李三仲遠，去年春喪。

幽獨辭羣久，漂流去國賒。只將琴作伴，唯以酒爲家。感逝因看水，傷離爲見花。李三埋地底，元九謫天涯。舉眼青雲遠，迴頭白日斜。可能勝賈誼，猶自滯長沙？（0925）

【注】

朱《箋》：作於元和十一年（八一六），江州。「李顧言卒於元和十年，故此詩自注云：『李三仲遠去年春喪。』此詩應作於元和十一年，汪《譜》誤繫於元和十年。」

〔李三仲遠〕李顧言。見卷六《村中留李三顧言宿》（0259）及卷十《哭李三》（0485）注。

〔可能勝賈誼，猶自滯長沙〕賈誼，見卷二《讀史五首》之一（0095）注。可能，豈能。見卷一《夏旱》（0051）注。

過鄭處士

聞道移居村塢間，竹林多處獨開關。故來不是求他事，暫借南亭一望山。（0926）

【注】

朱《箋》：作於元和十一年（八一六），江州。

霖雨苦多江湖暴漲塊然獨望因題北亭①

自作潯陽客，無如苦雨何。陰昏晴日少，閑悶睡時多。湖闊將天合，雲低與水和。籬根舟子語，巷口釣人歌。霧島沉黄氣，風帆蹙白波。門前車馬道，一宿變江河。（0927）

【校】

①〔題〕馬本「江湖」作「江河」。《唐音统籤》無「因題」二字。

【注】

朱《箋》：作於元和十一年（八一六），江州。

春末夏初閑遊江郭二首

閑出乘輕屐，徐行蹋軟沙。觀魚傍湓浦，看竹入楊家。湓浦多魚，浦西有楊侍郎宅，多好竹。林迸穿籬筍，藤飄落水花。雨埋釣舟小，風颺酒旗斜。嫩剝青菱角，濃煎白茗芽。淹留不知夕，城樹欲栖鴉①。（0928）

【校】

①〔茗芽〕馬本、《唐音统籤》作「茗茶」。

【注】

朱《箋》：作於元和十一年（八一六），江州。

柳影繁初合，鶯聲澀漸稀。早梅迎夏結，殘絮送春飛。西日韶光盡，南風暑氣微。展張新小簟，熨帖舊生衣。緑蟻杯香嫩，紅絲鱠縷肥。故園無此味，何必苦思歸。（0929）

【注】

〔展張新小簟，熨帖舊生衣〕展張，鋪展，張開。本書卷十七《春生》（1014）：「展張草色長河畔，點綴花房小樹頭。」錢珝《授傅德昭羅州刺史裴袒維州刺史趙贇崖州刺史等制》：「以袒展張勁力，强於繁弱之弓。」生衣，見卷十五《寄生衣與微之因題封上》（0843）注。

〔緑蟻杯香嫩，紅絲鱠縷肥〕謝朓《在郡卧病呈沈尚書》：「嘉魴聊可薦，淥蟻方獨持。」《文選》李善注：「《釋名》曰：酒有汎齊，浮蟻在上洗洗然。」淥蟻，一作緑蟻。李百藥《和許侍郎遊昆明池》：「羽觴傾緑蟻，飛日落紅鮮。」王勃《夏日宴宋五官宅觀畫障序》：「樽浮緑蟻，每披仙霧之文。」

紅藤杖　杖出南蠻。

南詔紅藤杖，西江白首人。時時攜步月，處處把尋春。勁健孤莖直，疏圓六節勻。火山生處遠，瀘水洗來新。粗細纔盈手，高低僅過身。天邊望鄉客，何日拄歸秦？（0930）

【注】

朱《箋》：作於元和十一年（八一六），江州。

〔紅藤杖〕見卷十五《紅藤杖》（0869）注。

〔南詔紅藤杖，西江白首人〕西江，長江。見卷一《放魚》（0059）注。

〔火山生處遠，瀘水洗來新〕《太平御覽》卷八百二引東方朔《神異經》：「南荒之外有火山，長四十里，廣五十里，其中皆生不燼之木，晝夜火燒，得暴風猛雨不滅。」瀘水，見卷三《新豐折臂翁》（0131）注。

風雨中尋李十一因題船上

匹馬來郊外，扁舟在水濱。可憐衝雨客，來訪阻風人。小榼沽清醑，行厨煮白鱗。停杯看柳色，各憶故園春①。（0931）

【校】

①〔各憶〕《唐音統籤》作「客憶」。

【注】

朱《箋》：作於元和十一年（八一六），江州。

〔李十一〕朱《箋》：「疑爲李景信。」岑仲勉《唐人行第錄》：「此李十一是乘船來江州者，李建時方在長安，無從忽然來臨江州。若曰赴貶所澧州，亦必不迂道江州。况居易尚未知建外貶之消息乎。此李十一極難覓其主名，無已，唯李景信或可當之。據《元氏集》一九《澧西別樂天博載樊宗憲李景信兩秀才侄谷三月三十日相餞送》，則元和十年三月景信猶與居易在長安。至是年八月居易貶江州，又至十三年底而景信受居易屬至川。合前後事情推之，似景信早到江州隨白氏也。」

〔可憐衝雨客，來訪阻風人〕衝雨，冒雨。參見卷十五《獨樹浦雨夜寄李六郎中》（0896）注。

題廬山山下湯泉

一眼湯泉流向東，浸泥澆草煖無功。驪山温水因何事，流入金鋪玉甃中？（0932）

【注】

朱《箋》：作於元和十一年（八一六），江州。

〔廬山山下湯泉〕《太平寰宇記》卷一一一江州：「温泉在山南，闊三步，深三尺。今有黄龍湯院，僧居之。」陳舜俞

《廬山記》卷三：「淨慧舊名黄龍湯院，有湯泉，四時沸騰，爲丹黄之臭，須臾熟生物，病瘡人浴之有愈者。」

〔驪山温水因何事，流入金鋪玉甃中〕參見卷四《驪宫高》（0143）注。

寄蘄州簟與元九因題六韻　時元九鰥居。

笛竹出蘄春，霜刀劈翠筠。織成雙入簟①，寄與獨眠人。卷作筒中信②，舒爲席上珍。滑如鋪薤葉，冷似卧龍鱗。清潤宜乘露，鮮華不受塵。通州炎瘴地③，此物最關身。

（0933）

【校】

①〔雙入簟〕那波本、馬本、《唐音统籤》作「雙鎖簟」。

②〔筒中信〕馬本、《唐音统籤》作「筒中布」。

③〔炎瘴〕殘宋本作「炎鄣」。

【注】

朱《箋》：作於元和十一年（八一六），江州。

〔蘄州〕《舊唐書·地理志三》淮南道：「蘄州中，隋蘄春郡。……領蘄春、蘄水、羅田、黄梅、浠水五縣。」

〔笛竹出蘄春，霜刀劈翠筠〕《方輿勝覽》卷四九蘄州：「土産蘄席。」《施注蘇詩》卷二二引《蘄春地志》：「笛竹生羅田縣山中，蘄竹亦生於此，用以爲簟。」韓愈《鄭羣贈簟》：「蘄州笛竹天下知，鄭君所寶尤瓌奇。攜來當晝不得卧，一府傳看黃琉璃。」

〔織成雙入簟，寄與獨眠人〕仲子陵《清簟賦》：「以清命簟，惟簟斯清。雙入巧作，連心織成。」

〔滑如鋪薤葉，冷似卧龍鱗〕本書卷三四《寄李蘄州》（2511）：「笛愁春盡梅花裏，簟冷秋生薤葉中。」自注：「蘄州出好笛并薤葉簟。」

秋熱

西江風候接南威，暑氣常多秋氣微①。猶道江州最凉冷，至今九月著生衣。（0934）

【校】

①〔秋氣〕馬本作「風氣」。

【注】

朱《箋》：作於元和十一年（八一六），江州。

〔西江風候接南威，暑氣常多秋氣微〕南威，南方暑氣。鮑照《苦熱行》：「赤阪横西阻，火山赫南威。」

題元十八谿居①

溪嵐漠漠樹重重，水檻山窗次第逢②。晚葉尚開紅躑躅③，秋房初結白芙蓉④。聲來枕上

千年鶴，影落杯中五老峰。更愧殷勤留客意，魚鮮飯細酒香濃。（0935）

【校】

①〔題〕各本「元十八」作「元八」，顧校、朱《箋》據本集改正。

②〔山窗〕《唐音统籤》作「山牖」。

③〔晚葉〕殘宋本作「晚蘂」。

④〔秋房〕馬本、《唐音统籤》作「秋芳」。

【注】

朱《箋》：作於元和十一年（八一六），江州。

〔元十八〕朱《箋》：「元八宗簡此時在長安。據此詩……其人必居廬山，顯非在長安之元八宗簡。又據白氏《題元十八溪亭》……等作，可知『元八』必爲『元十八』之訛。」元十八集虛，見卷七《題元十八溪亭》（0299）注。《廬山志》卷九：「唐元集虛，河南人。貞元、元和間避地來廬山，居相辭澗。白樂天在江州時常與往來。隱居今不知處。」

〔晚葉尚開紅躑躅，秋房初結白芙蓉〕紅躑躅，山躑躅。見卷十二《山石榴寄元九》（0590）注。白芙蓉，白蓮。見卷一《東林寺白蓮》（0063）注。

〔聲來枕上千年鶴，影落杯中五老峰〕五老峰，見卷七《題元十八溪亭》（0299）注。

晚出西郊

散吏閑如客，貧州冷似村。早涼湖北岸，殘照郭西門。懶鑷從鬢白，休治任眼昏①。老

來何所用，少興不多言。（0936）

【校】

①〔休治〕馬本、《唐音统籤》作「休醫」。

【注】

朱《箋》：作於元和十一年（八一六），江州。

〔懶鑷從鬢白，休治任眼昏〕左思《白髮賦》：「星星白髮，生於鬢垂。雖非青蠅，穢我光儀。策名觀國，以此見疵。將拔將鑷，好爵是縻。」李白《秋日煉藥院鑷白髮贈元六兄林宗》：「長吁望青雲，鑷白坐相看。」

階下蓮

葉展影翻當砌月，花開香散入簾風。不如種在天池上，猶勝生於野水中。（0937）

【注】

朱《箋》：作於元和十一年（八一六），江州。

端居詠懷

賈生俟罪心相似，張翰思歸事不如。斜日早知驚鵩鳥，秋風悔不憶鱸魚。胸襟曾貯匡時

策，懷袖猶殘諫獵書。從此萬緣都擺落，欲攜妻子買山居。（0938）

【注】

朱《箋》：作於元和十一年（八一六），江州。

〔賈生俟罪心相似，張翰思歸事不如〕賈生，見卷二《讀史五首》之一（0095）注。張翰，見本卷《東南行一百韻寄通州元九侍御澧州李十一舍人果州崔二十二使君開州韋大員外庾三十二補闕杜十四拾遺李二十助教員外竇七校書》（0902）注。

〔斜日早知驚鵩鳥，秋風悔不憶鱸魚〕驚鵩鳥，見卷十四《和夢遊春詩一百韻》（0800）注。

〔胸襟曾貯匡時策，懷袖猶殘諫獵書〕《史記·司馬相如列傳》：「常從上至長楊獵，是時天子方好自擊熊彘，馳逐野獸，相如上疏諫之。」

夜宿江浦聞元八改官因寄此什①

君遊丹陛已三遷，我泛滄浪欲二年。劍珮曉趨雙鳳闕，煙波夜宿一漁船。交親盡在青雲上，鄉國遙抛白日邊。若報生涯應笑殺，結茅栽芋種畬田。（0939）

【校】

①〔題〕「此什」馬本、《唐音统籤》作「此詩」，非。「元八」《文苑英華》作「元九」，校：「集作八。」

【注】

汪《譜》、朱《箋》：作於元和十一年（八一六），江州。

〔元八〕朱《箋》：「元宗簡。」見卷五《答元八宗簡同遊曲江後明日見贈》（0174）注。

〔交親盡在青雲上，鄉國遥抛白日邊〕交親，見卷五《效陶潛體詩十六首》「天秋無片雲」首（0215）注。

百花亭

朱檻在空虛，涼風八月初。山形如峴首，江色似桐廬。佛寺乘船入，人家枕水居。高亭仍有月，今夜宿何如？（0940）

【注】

朱《箋》：作於元和十一年（八一六），江州。

〔百花亭〕《輿地紀勝》卷三十江州：「百花亭在都統司，梁刺史邵陵王綸建。梁元帝詩：『極目纔千里，何由望楚津。落花洒行路，垂柳拂砌塵。』」

〔山形如峴首，江色似桐廬〕峴首，即峴山。沈炯《歸魂賦》：「望隆中之大宅，映峴首之沈碑。」孟浩然《送元公之鄂渚尋觀主張驂鸞》：「峴首辭蛟浦，江中問鶴樓。」參見卷十三《代書詩一百韻寄微之》（0604）注。桐廬，見卷十三《宿桐廬館同崔存度醉後作》（0675）注。

江樓早秋

南國雖多熱，秋來亦不遲。湖光朝霽後，竹氣晚凉時。樓閣宜佳客，江山入好詩。清風水蘋葉，白露木蘭枝。欲作雲泉計，須營伏臘資。匡廬一步地，官滿更何之？（0941）

【注】

朱《箋》：作於元和十一年（八一六），江州。

〔欲作雲泉計，須營伏臘資〕伏臘資，見卷九《思歸》（0424）注。

送客之湖南

年年漸見南方物，事事堪傷北客情。山鬼趫跳唯一足，峽猿哀怨過三聲。帆開青草湖中去，衣濕黄梅雨裏行。別後雙魚難定寄，近來潮不到湓城。（0943）

【注】

朱《箋》：作於元和十一年（八一六），江州。

〔山鬼趫跳唯一足，峽猿哀怨過三聲〕《莊子·秋水》：「夔謂蚿曰：『吾以一足跉踔而行，予無如矣。』」《太平廣記》卷三九七《山精》（出《異苑》）：「又有山精，或如鼓，赤色一足，其名渾。」〔帆開青草湖中去，衣濕黄梅雨裏行〕青草湖，見本卷《東南行一百韻寄通州元九侍御澧州李十一舍人果州崔二十二使君開州韋大員外庾三十二補闕杜十四拾遺李二十助教員外竇七校書》（0902）注。《初學記》卷二引蕭繹《纂要》：「梅熟而雨曰梅雨。」《太平御覽》卷九百七引周處《風土記》：「夏至之雨名爲黄梅雨。」杜甫《多病執熱奉懷李尚書》：「思霑道暍黄梅雨，敢望宮恩玉井冰。」〔别後雙魚難定寄，近來潮不到湓城〕雙魚，謂書信。《相和歌辭·飲馬長城窟行》：「客從遠方來，遺我雙鯉魚。呼兒烹鯉魚，中有尺素書。長跪讀素書，書中竟何如。上言加餐飯，下言長相憶。」

百花亭晚望夜歸

百花亭上晚徘徊，雲景陰晴掩復開①。日色悠揚映山盡，雨聲蕭颯渡江來。鬢毛遇病雙如雪，心緒逢秋一似灰。向夜欲歸愁未了，滿湖明月小船迴。（0943）

【校】

①〔雲景〕馬本、《唐音統籤》作「雲影」。

【注】

朱《箋》：作於元和十一年（八一六），江州。

西樓

小郡大江邊，危樓夕照前。青蕪卑濕地，白露泬寥天。鄉國此時阻，家書何處傳？仍聞陳蔡戍，轉戰已三年。(0944)

【注】

朱《箋》：作於元和十一年（八一六），江州。

〔青蕪卑濕地，白露泬寥天〕泬寥，見卷七《湖亭晚望殘水》(0330)注。

〔仍聞陳蔡戍，轉戰已三年〕見卷七《春遊二林寺》(0289)注。

尋李道士山居兼呈元明府

盡日行還歇，遲遲獨上山。攀藤老筋力，照水病容顔。陶巷招居住，茅家許往還。飽諳榮辱事，無意戀人間。(0945)

【注】

朱《箋》：作於元和十一年（八一六），江州。

〔元明府〕名不詳。

〔陶巷招居住，茅家許往還〕陶巷，陶淵明宅。參見卷七《訪陶公舊宅》(0275)。茅家，謂茅君。《太平御覽》卷六六一引《茅君傳》：「盈字叔申，咸陽人也。父祚，有三子，盈、固、衷也。……以漢元帝時，天官下迎來渡江東至句曲山。於是天皇大帝遣授黄金紫玉，策爲太元貞人東岳上卿，司命神君。」

四十五

行年四十五，兩鬢半蒼蒼。清瘦詩成癖，粗豪酒放狂。老來尤委命，安處即爲鄉。或擬廬山下，來春結草堂。(0946)

【注】

朱《箋》：作於元和十一年(八一六)，江州。

寄李相公崔侍郎錢舍人

曾陪鶴馭兩三仙，親侍龍輿四五年。天上歡華春有限①，世間漂泊海無邊。榮枯事過都成夢，憂喜心忘便是禪②。官滿更歸何處去，香爐峰在宅門前。(0947)

【校】

①〔歡華〕汪本作「歡娱」。

②〔心忘〕汪本作「情忘」。

【注】

朱《箋》：作於元和十一年（八一六），江州。

〔李相公〕朱《箋》：「李絳。」元和六年十二月拜中書侍郎、同中書門下平章事。見《舊唐書·憲宗紀》及本傳。

〔崔侍郎〕朱《箋》：「崔羣。據白氏《答户部崔侍郎書》（《白氏文集》卷四五）云：『户部牒中奉八月十七日書。』又據《舊唐書》本傳，元和十二年自户部侍郎拜中書侍郎、同中書門下平章事。則知元和十一年作此詩時，羣方爲户部侍郎。」

〔錢舍人〕朱《箋》：「錢徽。」《重修承旨學士壁記》：「（元和）十年七月二十三日，遷中書舍人。」參見卷七《答崔侍郎錢舍人書問因繼以詩》（0304）注。

〔曾陪鶴馭兩三仙，親侍龍輿四五年〕劉峻《東陽金華山栖志》：「將乃雲衣霓裳，乘龍馭鶴。」慧淨《與英才言聚賦得昇天行》：「馭風過閬苑，控鶴下瀛洲。」劉峻《始居山營室》：「將馭六龍輿，行從三鳥食。」武三思《奉和春日遊龍門應制》：「鳳駕臨香地，龍輿上翠微。」

〔榮枯事過都成夢，憂喜心忘便是禪〕北本《大般涅槃經》卷五：「無憂喜者即真解脱，真解脱者即是如來。」

〔宫滿更歸何處去，香爐峰在宅門前〕香爐峰，見卷七《題潯陽樓》（0274）注。

廳前桂

天台嶺上凌霜樹，司馬廳前委地叢。一種不生明月裹，山中猶校勝塵中。（0948）

【注】

朱《箋》：作於元和十一年（八一六），江州。

〔一種不生明月裹，山中猶校勝塵中〕月中桂，見卷一《廬山桂》（0061）注。

尋王道士藥堂因有題贈①

行行覓路緣松嶠，步步尋花到杏壇。白石先生小有洞，黄牙姹女大還丹。常悲東郭千家冢，欲乞西山五色丸。但恐長生須有籍，仙臺試爲撿名看。（0949）

【校】

①〔題〕「王道士」馬本作「黄道士」。

【注】

朱《箋》：作於元和十一年（八一六），江州。

〔行行覓路緣松嶠，步步尋花到杏壇〕杏壇，見卷十三《春中與盧四周諒華陽觀同居》（0629）注。

〔白石先生小有洞，黃牙姹女大還丹〕《藝文類聚》卷六引《神仙傳》：「白石生者，恒煮白石爲糧，就白石山居，故號白石先生。」《雲笈七籤》卷六六《丹論訣旨心照五篇·明辨章》：「《金碧經》云：煉銀於鉛，神物自生，灰池炎鑠，鉛沉銀浮，潔白見寶，可造黃金牙。又隱言名黃輕，又曰黃牙，又名秋石。」又《丹論訣旨心照五篇·大還丹宗旨》：「夫言還丹者，即神仙服食也。……夫論還丹皆至藥而爲之，即丹砂之玄珠，金汞之靈異。」卷七十《還金術三篇》：「夫汞者，姹女之别名。」

〔常悲東郭千家冢，欲乞西山五色丸〕曹丕《遊仙詩》：「西山一何高，高高殊無極。上有兩仙童，不飲亦不食。與我一丸藥，光曜有五色。服藥四五日，胸臆生羽翼。」

〔但恐長生須有籍，仙臺試爲撿名看〕長生籍，參見卷六《歸田三首》之一（0241）注。仙臺，猶言丹臺，見卷一《夢仙》（0005）注。

秋晚

籬菊花稀砌桐落，樹陰離離日色薄。單幕疏簾貧寂寞，涼風冷露秋蕭索。光陰流轉忽已晚，顏色凋殘不如昨。萊妻卧病月明時①，不擣寒衣空擣藥。（0950）

【校】

①〔萊妻〕《唐音統籤》作「老妻」。

【注】

朱《箋》：作於元和十一年（八一六），江州。

〔萊妻卧病月明時，不擣寒衣空擣藥〕劉向《列女傳》卷二楚老萊妻：「萊子逃世，耕於蒙山之陽，……楚王駕至老萊之門，老萊方織畚，王曰：『寡人愚陋，獨守宗廟，願先生幸臨之。』……妻曰：『妾聞之，可食以酒肉者，可隨以鞭捶；可授以官禄者，可隨以鈇鉞。今先生食人酒肉，受人官禄，爲人所制也，能免於患乎？妾不能爲人所制。』」空，僅，只。本書卷三三《楊六尚書新授東川節度使代妻戲賀兄嫂二絶》（2448）：「覓得黔婁爲妹壻，可能空寄蜀茶來？」

南浦歲暮對酒送王十五歸京

臘後冰生覆溢水，夜來雲闇失廬山。風飄細雪落如米，索索蕭蕭蘆葦間。此地二年留我住，今朝一酌送君還。相看漸老無過醉，聚散窮通總是閑。（0951）

【注】

朱《箋》：作於元和十一年（八一六），江州。

〔王十五〕名不詳。

〔相看漸老無過醉，聚散窮通總是閑〕無過，不如、最好。《王梵志詩校注》一九五首：「欲得能行事，無過不避人。」《祖堂集》卷三懶瓚《樂道歌》：「若欲度衆生，無過且自度。」《舊唐書・李峴傳》：「欲得米粟賤，無過追李峴。」

除夜

薄晚支頤坐，中宵枕臂眠。一從身去國，再見日周天。老度江南歲，春抛渭北田。潯陽來早晚，明日是三年。（0952）

【注】

汪《譜》、朱《箋》：作於元和十一年（八一六），江州。

聞李十一出牧澧州崔二十二出牧果州因寄絶句①

平生相見即眉開，靜念無如李與崔。各是天涯爲刺史，緣何不覓九江來？（0953）

【校】

①〔題〕「澧州」馬本、《唐音統籤》、汪本作「灃州」，誤。

【注】

朱《箋》：作於元和十一年（八一六），江州。

〔李十一〕朱《箋》：「李建。」見本卷《東南行一百韻寄通州元九侍御澧州李十一舍人果州崔二十二使君開州韋大員外庾三十二補闕杜十四拾遺李二十助教員外竇七校書》(0902)注。

〔崔二十二〕朱《箋》：「崔韶。」見本卷《東南行一百韻寄通州元九侍御澧州李十一舍人果州崔二十二使君開州韋大員外庾三十二補闕杜十四拾遺李二十助教員外竇七校書》(0902)注。

元和十二年淮寇未平詔停歲仗憤然有感率爾成章①

聞停歲仗軫皇情，應爲淮西寇未平。不分氣從歌裏發②，無明心向酒中生。愚計忽思飛短檄，狂心便欲請長纓。從來妄動多如此，自笑何曾得事成。(0954)

【校】

①〔題〕「十二年」各本作「十三年」，汪本、顧校、朱《箋》改正。

②〔不分〕殘宋本作「不憤」。

【注】

汪《譜》、朱《箋》：作於元和十二年(八一七)，江州。汪《譜》：「按淮西平於十二年十月，時本作十三年，誤。」

〔聞停歲仗軫皇情，應爲淮西寇未平〕《舊唐書·憲宗紀》：「(元和)十二年春正月辛酉朔，以用兵不受朝賀。」歲仗，元日儀仗。張祜《元日仗》：「文武千官歲仗兵，萬方同軌奏升平。」《舊五代史·樂志上》：「周顯德五年冬，將立歲仗，有司以崇牙樹羽，宿設於殿庭。」

〔不分氣從歌裏發，無明心向酒中生〕不分，不憤，不忿。徐摛《賦得簾塵》：「恒教羅袖拂，不分秋風吹。」崔湜《婕妤怨》：「不分君恩斷，新妝視鏡中。」《敦煌變文集·李陵變文》：「單于見陣輸失，心懷不分。」無明，見卷十四《和夢遊春詩一百韻》（0800）注。

〔愚計忽思飛短檄，狂心便欲請長纓〕《漢書·終軍傳》：「南越與漢和親，乃遣軍使南越，説其王，欲令入朝，比内諸侯。軍自請：願受長纓，必羈南越王而致之闕下。」

庾樓新歲

歲時銷旅貌，風景觸鄉愁。牢落江湖意，新年上庾樓。（0955）

【注】

朱《箋》：作於元和十二年（八一七），江州。

〔庾樓〕庾亮樓。見卷十五《初到江州》（0899）注。

上香爐峰

倚石攀蘿歇病身，青筇竹杖白紗巾。他時畫出廬山郭，便是香爐峰上人。（0956）

【注】

朱《箋》：作於元和十二年（八一七），江州。

〔香爐峰〕見卷七《題潯陽樓》（0274）注。

憶微之

與君何日出屯蒙，魚戀江湖鳥厭籠。分手各抛滄海畔，折腰俱老綠衫中。三年隔闊音塵斷，兩地飄零氣味同。又被新年勸相憶，柳條黄軟欲春風。（0957）

【注】

朱《箋》：作於元和十二年（八一七），江州。

〔與君何日出屯蒙，魚戀江湖鳥厭籠〕屯、蒙，《易》二卦名。屯，艱難。蒙，蒙昧。喻困厄。李白《流夜郎半道承恩放還兼欣克復之美書懷示息秀才》：「半道雪屯蒙，曠如鳥出籠。」

雨夜贈元十八

卑濕沙頭宅，連陰雨夜天。共聽簷溜滴，心事兩悠然。把酒循環飲，移牀曲尺眠。莫言非故舊，相識已三年。（0958）

【注】

朱《箋》：作於元和十二年（八一七），江州。

〔元十八〕朱《箋》：「元集虛。」見卷七《題元十八溪亭》（0299）注。

〔把酒循環飲，移牀曲尺眠〕曲尺，矩。《史記·禮書》：「規矩誠錯，則不可欺以方圓。」索隱：「矩，曲尺也。」《祖堂集》卷八欽山：「僧問：『如何是祖師西來意？』師曰：『梁公曲尺，志公剪刀。』」

寒食江畔

草香沙暖水雲晴，風景令人憶帝京。還似往年春氣味，不宜今日病心情。聞鶯樹下沈吟立，信馬江頭取次行。忽見紫桐花悵望，下邽明日是清明。（0959）

【注】

朱《箋》：作於元和十二年（八一七），江州。

三月三日登庾樓寄庾三十二

三日歡遊辭曲水，二年愁卧在長沙。每登高處長相憶，何況兹樓屬庾家。（0960）

【注】

朱《箋》：作於元和十二年（八一七），江州。

〔庾三十二〕朱《箋》：「庾敬休。」見本卷《東南行一百韻寄通州元九侍御澧州李十一舍人果州崔二十二使君開州韋大員外庾三十二補闕杜十四拾遺李二十助教員外竇七校書》（0902）注。

〔三日歡遊辭曲水，二年愁臥在長沙〕曲水，曲江。長沙，見卷二《讀史五首》之一（0095）注。

聞李六景儉自河東令授唐鄧行軍司馬以詩賀之

誰能淮上靜風波，聞道河東應此科。不獨文詞供奏記，定將談笑解兵戈。泥埋劍戟終難久，水借蛟龍可在多①？四十著緋軍司馬，男兒官職未蹉跎。（0961）

【校】

①〔可在〕馬本、《唐音統籤》作「何在」。

【注】

朱《箋》：作於元和十二年（八一七），江州。

〔李六景儉〕《舊唐書·李景儉傳》：「李景儉字寬中，漢中王瑀之孫，……貞元十五年登進士第。……自負王霸之略，於士大夫間無所屈降。……（竇）羣以罪左遷，景儉坐貶江陵户曹。累轉忠州刺史。元和末入朝，執政惡之。出爲澧州刺史。」

〔四十著緋軍司馬，男兒官職未蹉跎〕《通典》卷三二都督：「其邊方有戎寇之地，則加以旌節，謂之節度使。……有副使一人，行軍司馬一人。」《新唐書·百官志四下》：「行軍司馬，掌弼戎政。居則習搜狩，有役則申戰守之法，器械、糧糒、軍籍、賜予皆專焉。」陸游《老學庵筆記》卷八：「白樂天詩云：『四十著緋軍司馬，男兒官職未蹉跎。』『一爲州司馬，三見歲重陽。』……蓋此音司字作入聲讀。」洪邁《容齋隨筆》卷一説略同。王楙《野客叢書》卷十九司字作去聲：「僕謂二詩司字非入聲，乃去聲耳。觀白詩無注，《廣韻》入聲不收，《集韻》去聲伺字韻收，曰：『司，主也。』僕觀《西漢叙傳》与夫《文選》司字作伺字協，疑此詩亦以司爲伺。」

石楠樹①

可憐顔色好陰涼，葉翦紅牋花撲霜。傘蓋低垂金翡翠，薰籠亂搭繡衣裳。春芽細炷千燈焰，夏蘂濃焚百和香。見説上林無此樹，只教桃柳占年芳②。（0962）

【校】

①〔題〕馬本、《唐音統籤》作「石榴樹」。

②〔桃柳〕馬本、《唐音統籤》、汪本校：「柳，一作李。」

【注】

朱《箋》：作於元和十二年（八一七），江州。

〔石楠樹〕見卷十《早蟬》(0507)注。

〔傘蓋低垂金翡翠，薰籠亂搭繡衣裳〕薰籠，火籠，薰衣被用。《藝文類聚》卷七十火籠引《東宮舊事》：「太子納妃，有漆畫手巾薰籠二，大被薰籠三，衣薰籠三。」

〔見説上林無此樹，只教桃柳占年芳〕上林苑，見卷一《春雪》(0029)注。

大林寺桃花

人間四月芳菲盡，山寺桃花始盛開。長恨春歸無覓處，不知轉入此中來。(0963)

【注】

朱《箋》：作於元和十二年（八一七），江州。

〔大林寺〕白居易《遊大林寺序》（《白氏文集》卷四三）：「自遺愛草堂歷東西二林，抵化城，憩峰頂，登香爐峰，宿大林寺。大林窮遠，人迹罕到，環寺多清流蒼石，短松瘦竹。寺中惟板屋木器，其僧皆海東人，山高地深，時節絶晚。於時孟夏，如正二月天。……因口號絶句云：人間四月芳菲盡……。」《清一統志》九江府：「上大林寺在廬山大林峰南，晉建，元末燬，明宣德中重建。寺前有寶樹二，曲幹垂枝，圓旋如蓋。又中大林寺在廬山錦澗橋北。下大林寺在橋西。」白詩所言乃上大林寺。

詠懷

自從委順任浮沈，漸覺年多功用深①。面上滅除憂喜色②，胸中消盡是非心。妻兒不問唯耽酒，冠帶皆慵只抱琴。長笑靈均不知命，江蘺叢畔苦悲吟③。（0964）

【校】

①〔漸覺〕紹興本、那波本作「漸學」，據馬本、《唐音統籤》、汪本改。

②〔滅除〕馬本、《唐音統籤》作「減除」。

③〔江蘺〕紹興本、那波本作「江籬」，據馬本、《唐音統籤》、汪本改。

【注】

朱《箋》：作於元和十二年（八一七），江州。

〔自從委順任浮沈，漸覺年多功用深〕委順，見卷五《松齋自題》（0188）注。

〔長笑靈均不知命，江蘺叢畔苦悲吟〕屈原《離騷》：「名余曰正則兮，字余曰靈均。」江蘺，見卷十一《郊下》（0557）注。

早發楚城驛

過雨塵埃滅，沿江道徑平①。月乘殘夜出，人趁早涼行。寂歷閑吟動，冥濛闇思生。荷

塘翻露氣，稻壟瀉泉聲。宿犬聞鈴起，棲禽見火驚。曨曨煙樹色，十里始天明。（0965）

【校】

①〔沿江〕《文苑英華》作「緣江」。

【注】

朱《箋》：作於元和十二年（八一七），江州。

〔楚城驛〕《太平寰宇記》卷一一一江州：「楚城驛在（德化）縣南，即舊柴桑縣也。」

〔寂歷閑吟動，冥濛闇思生〕江淹《雜題詩三十首·王徵君微養疾》：「寂歷百草晦，欻吸鵾雞悲。」《文選》李善注：「寂歷，彫疏貌。」冥濛，同冥蒙。左思《吳都賦》：「曠瞻迢遞，迥眺冥蒙。」

箬峴東池

箬峴亭東有小池，早荷新荇綠參差。中宵把火行人發，驚起雙棲白鷺鷥。（0966）

【注】

朱《箋》：作於元和十二年（八一七），江州。

建昌江

建昌江水縣門前，立馬教人喚渡船。忽似往年歸蔡渡，草風沙雨渭河邊。（0967）

【注】

朱《箋》：作於元和十二年（八一七），江州。

〔建昌江〕《舊唐書·地理志三》江南西道：「洪州上都督府，……舊領縣四：豫章、豐城、高安、建昌。」建昌縣臨修水，有渡口。建昌江蓋指修水。

〔建昌江水縣門前，立馬教人喚渡船〕《太平寰宇記》卷一一一南康軍：「喚渡亭，白居易貶江州司馬過此作詩云：建昌江水縣門前，立馬教人喚渡船。好似往年歸蔡渡，草風花語渭河邊。」

〔忽似往年歸蔡渡，草風沙雨渭河邊〕蔡渡，見卷九《重到渭上舊居》（0420）注。

哭從弟

傷心一尉便終身，叔母年高新婦貧。一片綠衫消不得，腰金拖紫是何人？（0968）

【注】

朱《箋》：作於元和十二年（八一七），江州。

香爐峰下新卜山居草堂初成偶題東壁①

五架三間新草堂，石階桂柱竹編牆。南簷納日冬天暖，北户迎風夏月涼。灑砌飛泉纔有點，拂窗斜竹不成行。來春更葺東廂屋，紙閣蘆簾著孟光。（0969）

【校】

①〔題〕紹興本、殘宋本、那波本、馬本、《唐音統籤》題後有「五首」二字，乃合「重題」四首計，據汪本、朱《箋》改。

【注】

汪《譜》、朱《箋》：作於元和十二年（八一七），江州。

〔草堂〕白居易《草堂記》（《白氏文集》卷四三）：「匡廬奇秀甲天下山，山北峰曰香爐，峰北寺曰遺愛寺。介峰寺間，其境勝絶，又甲廬山。元和十一年秋，太原人白樂天見而愛之，若遠行客過故鄉，戀戀不能去，因面峰腋寺，作爲草堂。明年春，草堂成，三間兩柱，二室四牖，廣袤豐殺，一稱心力。」

〔來春更葺東廂屋，紙閣蘆簾著孟光〕孟光，見卷一《贈内》（0032）注。

重題

喜入山林初息影，厭趨朝市久勞生。早年薄有煙霞志，歲晚深諳世俗情。已許虎溪雲裏卧，不爭龍尾道前行。從兹耳界應清淨，免見啾啾毁譽聲。（0970）

【注】

〔喜入山林初息影，厭趨朝市久勞生〕謝靈運《遊南亭》：「逝將候秋水，息景偃舊崖。」

〔已許虎溪雲裏卧，不爭龍尾道前行〕《高僧傳》卷六慧遠傳：「自遠卜居廬阜三十餘年，影不出山，跡不入俗。每送客遊履，常以虎溪爲界焉。」龍尾道，見卷十一《早祭風伯因懷李十一舍人》（0539）注。

〔從兹耳界應清淨，免見啾啾毁譽聲〕《雜阿含經》卷十六：「云何爲種種界？謂眼界、色界、眼識界、耳界、聲界、耳識界、鼻界、香界、鼻識界、舌界、味界、舌識界、身界、觸界、身識界、意界、法界、意識界，是名種種界。」《佛説大乘菩薩藏正法經》卷三一：「彼於是處得法界清淨，即耳界智界亦得清淨。」

長松樹下小谿頭，斑鹿胎巾白布裘。藥圃茶園爲産業，野麋林鶴是交遊。雲生澗户衣裳潤，嵐隱山厨火燭幽①。最愛一泉新引得，清泠屈曲遶階流。（0971）

【校】

①〔火燭〕馬本作「火獨」。

【注】

〔長松樹下小谿頭，斑鹿胎巾白布裘〕上官昭容《遊長寧公主流杯池二十五首》：「横鋪豹皮褥，側帶鹿胎巾。」唐求《贈道者》：「披霞戴鹿胎，歲月不能摧。」又有以鹿胎爲弁冠，貴者所服。《舊唐書·輿服志》：「五品以上，亦以鹿胎爲弁，犀爲簪導者。」

日高睡足猶慵起，小閣重衾不怕寒。遺愛寺鐘欹枕聽①，香爐峰雪撥簾看。匡廬便是逃名地，司馬仍爲送老官。心泰身寧是歸處，故鄉可獨在長安②？（0972）

【校】

①〔寺鐘〕馬本、《唐音統籤》、汪本作「寺泉」。

②〔可獨〕《唐音統籤》作「何獨」。

【注】

〔匡廬便是逃名地，司馬仍爲送老官〕《後漢書·逸民傳·法真》：「友人郭正稱之曰：法真名可得聞，身難得而見。逃名而名我隨，避名而名我追，可謂百世之師者矣。」白居易《江州司馬廳記》（《白氏文集》卷四三）：「自武德以來，庶官以便宜制事，大攝小，重侵輕。郡守之職總於諸侯帥，郡佐之職移於部從事。故自五大都督府至于上中下郡，司馬之事盡去，唯員與俸在。凡内外文武官左遷右移者第居之，凡執伎事上與給事於省寺軍府者遥署之，凡仕久資高耄昏軟弱不任事而時不忍棄者實蒞之。蒞之者，進不課其能，退不殿其不能。才不才，一也。若有人畜器貯用，急於兼濟者居之，雖一日不樂也。若有人養志忘名，安於獨善者處之，雖終身無悶。」

宦途自此心長別，世事從今口不言。豈止形骸同土木，兼將壽夭任乾坤。胸中壯氣猶須遣，身外浮榮何足論①？還有一條遺恨事，高家門館未酬恩。（0973）

【校】

①〔浮榮〕馬本、《唐音統籤》、汪本作「浮雲」。

【注】

〔豈止形骸同土木，兼將壽夭任乾坤〕《世説新語·容止》：「劉伶身長六尺，貌甚醜悴，而悠悠忽忽，土木形骸。」

〔還有一條遺恨事，高家門館未酬恩〕高家，朱《箋》：「指高郢。」居易於高郢門下進士及第。見卷十三《與諸同年賀座主侍郎新拜太常同宴蕭尚書亭子》（0606）注。

山中問月

爲問長安月，誰教不相（思必切）離①？昔隨飛蓋處，今照入山時。借助秋懷曠，流連夜卧遲。

如歸舊鄉國，似對好親知。松下行爲伴，谿頭坐有期。千巖將萬壑，無處不相隨。（0974）

【校】

①〔相離〕《文苑英華》、馬本、《唐音統籤》作「暫離」。

【注】

朱《箋》：作於元和十二年（八一七），江州。

〔爲問長安月，誰教不相離〕陸游《老學庵筆記》卷十：「世多言白樂天用相字多從俗語，作思必切。如『爲問長安月，誰教不相離』是也。然北人大抵以相字作入聲，至今猶然，不獨樂天。老杜云：『恰似春風相欺得，夜來吹折數枝花。』亦從入聲讀，乃不失律。俗謂南人入京師，效北語，過相藍，輒讀其牓曰大廝國寺，傳以爲笑。」陳友琴《白居易資料彙編》：「相讀爲思必切，有一至今還存在的例子。安徽涇縣土話稱妻爲『老相得』，相即讀入聲思必切。」

〔昔隨飛蓋處，今照入山時〕曹植《公宴詩》：「清夜遊西園，飛蓋相追隨。」

正月十五日夜東林寺學禪偶懷藍田楊六主簿因呈智禪師①

新年三五東林夕，星漢迢迢鍾梵遲②。花縣當君行樂夜，松房是我坐禪時。忽看月滿還相憶，始歎春來自不知。不覺定中微念起，明朝更問鴈門師。（0975）

【校】

①〔題〕「楊六」原脱「六」字，據《文苑英華》補。

②〔迢迢〕馬本、《唐音統籤》作「迢遥」。

【注】

朱《箋》：作於元和十二年（八一七），江州。

〔楊六主簿〕朱《箋》：「楊汝士。」見卷十《寄楊六》（0483）注。白居易《代書》（《白氏文集》卷四三）：「持此書，爲予謁……秘書省正字、藍田楊主簿兄弟。」朱《箋》：「蓋汝士自萬年尉遷藍田主簿也。」

〔智禪師〕朱《箋》：「僧智滿。」見本卷《宿西林寺早赴東林滿上人之會因寄崔二十二員外》（0918）注。

〔花縣當君行樂夜，松房是我坐禪時〕庾信《春賦》：「河陽一縣並是花，金谷從來滿園樹。」《白孔六帖》卷七七：「潘岳爲河陽令，樹桃李花，人號曰河陽一縣花。」王維《送嚴秀才還蜀》：「别路經花縣，還鄉入錦城。」

〔不覺定中微念起，明朝更問鴈門師〕《華嚴經》卷四二：「一念入億劫起，億劫入一念起。」《景德傳燈録》卷三十法融《心銘》：「念起念滅，前後無别。後念不生，前念自絶。」雁門師，慧遠。此代指智滿。《高僧傳》卷六《慧遠傳》：「釋慧遠，本姓賈氏，雁門婁煩人也。」參見卷七《詠意》（0295）注。

臨水坐

昔爲東掖垣中客，今作西方社内人。手把楊枝臨水坐，閑思往事似前身。（0976）

【注】

朱《箋》：作於元和十二年（八一七），江州。

〔昔爲東掖垣中客，今作西方社内人〕東掖，門下省。見卷十《早蟬》（0507）注。《高僧傳》卷六慧遠傳：「彭城劉遺民、豫章雷次宗、雁門周續之、新蔡畢穎之、南陽宗炳、張萊民、張季碩等，並棄世遺榮，依遠遊止。遠乃於精舍無量壽像前，建齋立誓，共期西方。乃令劉遺民著其文。」呂温《南嶽彌陀寺承遠和尚碑》：「永泰中，有高僧法照者，越自東吳，求於廬阜，尊遠公道跡，結西方道場。」

〔手把楊枝臨水坐，閑思往事似前身〕《增壹阿含經》卷二八：「爾時，世尊告諸比丘，施人楊枝有五功德。云何爲五？一者除風，二者除涎唾，三者生藏得消，四者口中不臭，五者眼得清淨。」《華嚴經》卷六：「手執楊枝，當願衆生，心得正法。」

山居

山齋方獨往，塵事莫相仍。藍輿辭鞍馬，緇徒換友朋。朝餐唯藥菜，夜伴只紗燈。除却青衫在，其餘便是僧。（0977）

【注】

朱《箋》：作於元和十二年（八一七），江州。

〔藍輿辭鞍馬，緇徒換友朋〕緇徒，僧侶。孟浩然《陪張丞相祠紫蓋山途經玉泉寺》：「皂蓋依松憩，緇徒擁錫迎。」

遺愛寺

弄石臨谿坐①，尋花遶寺行。時時聞鳥語，處處是泉聲。（0978）

【校】

①〔弄石〕馬本、《唐音統籤》作「弄日」。

【注】

朱《箋》：作於元和十二年（八一七），江州。

〔遺愛寺〕白居易《草堂記》（《白氏文集》卷四三）：「匡廬奇秀甲天下山，山北峰曰香爐，峰北寺曰遺愛寺。介峰寺間，其境勝絕，又甲廬山。」陳舜俞《廬山記》卷二：「白公草堂在（東林）寺之東北隅，……公作記，見於本集。後與遺愛寺並廢。」

山中與元九書因題書後

憶昔封書與君夜，金鑾殿後欲明天。今夜封書在何處，廬山菴裏曉燈前①。籠鳥檻猿俱未死，人間相見是何年？（0979）

【校】

①〔曉燈〕馬本作「晚燈」。

【注】

朱《箋》：作於元和十二年（八一七），江州。

〔山中與元九書因題書後〕白居易《與微之書》（《白氏文集》卷四五）：「微之微之，作此書夜，正在草堂中山窗下。信手把筆，隨意亂書。封題之時，不覺微曙。舉頭但見山僧一兩人，或坐或睡。又聞山遠谷鳥哀鳴啾啾，平生故人，去我萬里，瞥然塵念，此際暫生。餘習所遷，便成三韻云：憶昔封書與君夜……。」

〔憶昔封書與君夜，金鑾殿後欲明天〕金鑾殿，見卷一《賀雨》（0079）注。

汪立名云：「此詩乃七言小律也。《事文類聚》：《白氏金針》有扇對，謂第一句對第三句，二句對四句也。梅聖俞作《續金針》引詩云：『昔時花下留連飲，暖日夭桃鶯亂吟。今日江邊容易別，淡煙衰草馬嘶頻。』正同此格。」

黄石巖下作

久别鵷鸞侶，深隨鳥獸羣。教他遠親故，何處覓知聞？昔日青雲意，今移向白雲。（0980）

【注】

朱《箋》：作於元和十二年（八一七），江州。

〔黄石巖〕見卷七《白雲期》（0302）注。

戲贈李十三判官

垂鞭相送醉醺醺，遥見廬山指似君。想君初覺從軍樂，未愛香爐峰上人。（0981）

【注】

朱《箋》：作於元和十二年（八一七），江州。

〔李十三判官〕名不詳。

〔垂鞭相送醉醺醺，遥見廬山指似君〕指似，指給。似爲介詞，引進接受方。《祖堂集》卷四石頭：「侍者却來舉似和尚，和尚便合掌頂戴。」竇鞏《贈阿史那都尉》：「年來馬上渾無力，望見飛鴻指似人。」

醉中戲贈鄭使君①　時使君先歸，留妓樂重飲。

密座移紅毯，酡顔照緑杯②。雙娥留且住，五馬任先迴。醉耳歌催醒，愁眉笑引開。平生少年興，臨老暫重來。（0982）

【校】

①〔題〕「贈」《文苑英華》做「酬」。

②〔綠杯〕殘宋本、那波本作「淥杯」。

【注】

朱《箋》：作於元和十二年（八一七），江州。

〔雙娥留且住，五馬任先迴〕五馬，見卷八《馬上作》（0344）注。

江亭夕望

憑高望遠思悠哉①，晚上江亭夜未迴。日欲没時紅浪沸，月初生處白煙開。辭枝雪蘂將春去，滿鑷霜毛送老來。爭敢三年作歸計，心知不及賈生才。（0983）

【校】

①〔望遠〕馬本、《唐音統籤》做「遠望」。

【注】

朱《箋》：作於元和十二年（八一七），江州。

〔爭敢三年作歸計，心知不及賈生才〕賈生，見卷二《讀史五首》之一（0095）注。

酬元員外三月三十日慈恩寺相憶見寄

悵望慈恩三月盡，紫桐花落鳥關關。誠知曲水春相憶，其奈長沙老未還。赤嶺猿聲催白首，黃茅瘴色換朱顔。誰言南國無霜雪，盡在愁人鬢髮間。（0984）

【注】

朱《箋》：作於元和十二年（八一七），江州。

〔元員外〕朱《箋》：「元宗簡。」見卷五《答元八宗簡同遊曲江後明日見贈》（0174）及卷十《答元郎中楊員外喜烏見寄》（0521）注。白居易《代書》（《白氏文集》卷四三）：「持此札爲予謁……金部元八員外。」知宗簡此時官金部員外郎。

〔慈恩寺〕見卷十三《代書詩一百韻寄微之》（0604）注。

〔誠知曲水春相憶，其奈長沙老未還〕曲水，曲江。見卷一《杏園中棗樹》（0056）注。長沙，指賈誼。見卷二《讀史五首》之一（0095）注。

〔赤嶺猿聲催白首，黃茅瘴色換朱顔〕《太平廣記》卷四六六《赤嶺溪》（出《歙州圖經》）：「歙州赤嶺下有大溪。俗傳昔有人造橫溪魚梁，魚不得下，半夜飛從此嶺過。其人遂於嶺上張網以捕之。魚有越網而過者，有飛不過而變爲石者。今每雨，其石即赤。故謂之赤嶺，而浮梁縣得名因此。」《方輿勝覽》卷十六：「赤嶺山，在祁門縣北百二十里，下有大溪。」《北夢瑣言》卷五：「成令雖甚敬憚，猶以嶺外黃茅瘴，患者發落，而戲曰：『黃茅瘴，望相公保重。』相國曰：『南海黃茅瘴，不死成和尚。』蓋讖成令曾爲僧也。」

偶然二首

楚懷邪亂靈均直，放棄合宜何惻惻？ 漢文明聖賈生賢，謫向長沙堪歎息。 人事多端何足怪，天文至信猶差忒。 月離于畢合滂沱，有時不雨誰能測？（0985）

【注】

朱《箋》：作於元和十二年（八一七），江州。

〔楚懷邪亂靈均直，放棄合宜何惻惻〕見卷二《讀史五首》之一（0095）注。

〔漢文明聖賈生賢，謫向長沙堪歎息〕見卷二《讀史五首》之一（0095）注。

〔月離于畢合滂沱，有時不雨誰能測〕《詩・小雅・漸漸之石》：「月離于畢，俾滂沱矣。」毛傳：「畢，噣也。月離陰星則雨。」

火發城頭魚水裏，救火竭池魚失水。 乖龍藏在牛領中，雷擊龍來牛枉死。 人道蓍神龜骨聖①，試卜魚牛那至此？ 六十四卦七十鑽，畢竟不能知所以。（0986）

【校】

①〔龜骨聖〕馬本、《唐音統籤》作「龜骨靈」。

【注】

〔火發城頭魚水裏，救火竭池魚失水〕《太平廣記》卷四六六《池中魚》（出《風俗通》）：「城門失火，殃及池魚。舊說：池仲魚，人姓字也。居宋城門。城門失火，延及其家。仲魚燒死。又云：宋城門失火，人汲取池中水，以沃灌之。池中空竭，魚悉露死。喻惡之滋，並傷良謹也。」

〔乖龍藏在牛領中，雷擊龍來牛枉死〕《太平廣記》卷四二五《郭彥郎》（出《北夢瑣言》）：「世言乖龍苦於行雨，而多竄匿，爲雷神捕之。或在古木及楹柱之内。若曠野之間，無處逃匿，即入牛角或牧童之身，往往爲此物所累而震死也。」

〔六十四卦七十鑽，畢竟不能知所以〕七十鑽，見卷二《答桐花》（0102）注。

中秋月①

萬里清光不可思②，添愁益恨遶天涯③。誰人隴外久征戍，何處庭前新別離④？失寵故姬歸院夜，没蕃老將上樓時。照他幾許人腸斷，玉兔銀蟾遠不知⑤。（0987）

【校】

①〔題〕《文苑英華》作「秋月」。

②〔不可思〕「思」《文苑英華》注：「一作私。」

③〔益恨〕《文苑英華》作「足恨」。

④〔庭前〕《文苑英華》作「亭前」。

⑤〔銀蟾〕《文苑英華》作「金蟾」。

【注】

朱《箋》：作於元和十二年（八一七），江州。

〔照他幾許人腸斷，玉兔銀蟾遠不知〕《太平御覽》卷四引傅玄《擬天問》：「月中何有玉兔搗藥？」《初學記》卷一引《春秋元命苞》：「月之爲言闕也，而設以蟾蜍與兔者，陰陽雙居，明陽之制陰，陰之倚陽。」劉孝綽《林下映月》：「攢柯半玉蟾，總葉彰金兔。」

謝李六郎中寄新蜀茶

故情周匝向交親，新茗分張及病身。紅紙一封書後信，綠芽十片火前春。湯添勺水煎魚眼，末下刀圭攪麴塵。不寄他人先寄我，應緣我是別茶人。（0988）

【注】

朱《箋》：作於元和十二年（八一七），江州。

〔李六郎中〕朱《箋》：「〔元和十一年九月〕屯田郎中李宣爲忠州刺史。」

〔故情周匝向交親，新茗分張及病身〕分張，分開、分給。鍾會《檄蜀文》：「而巴蜀一州之衆，分張守備，難以禦天下之師。」庾信《傷心賦》：「兄弟則五郡分張，父子則三州離散。」

〔紅紙一封書後信，綠芽十片火前春〕齊己《詠茶十二韻》：「甘傳天下口，貴占火前名。」《苕溪漁隱叢話》前集卷四六：「《學林新編》云：茶之佳品，造在社前。其次在火前，謂寒食前也。其下則雨前，謂穀雨前也。佳品其色白。若碧綠者，乃常品也。……齊己《茶》詩曰：『甘傳天下口，貴占火前名。』又曰：『高人愛惜藏喦裏，白瓿封題寄火前。』……凡此皆言火前，蓋未知社前之品爲佳也。」「《蔡寬夫詩話》云：唐以前茶，惟貴蜀中所產。……唐茶品雖多，亦以蜀茶爲重。然惟湖州紫筍入貢。每歲以清明日貢到，先薦宗廟，然後分賜近臣。」

〔湯添勺水煎魚眼，末下刀圭攪麴塵〕魚眼，湯初沸狀。《齊民要術》卷七造神麴並酒：「浸麴三日，如魚眼湯沸。」刀圭，見卷十五《題李山人》(0884)注。麴塵，見卷十二《山石榴寄元九》(0590)注。

擕諸山客同上香爐峰遇雨而還沾濡狼藉互相笑謔題此解嘲

蕭灑登山去，龍鍾遇雨迴。磴危攀薜荔，石滑踐莓苔。襪污君相謔，鞋穿我自咍。莫欺泥土脚，曾踏玉階來。(0989)

【注】

朱《箋》：作於元和十二年(八一七)，江州。

〔蕭灑登山去，龍鍾遇雨迴〕龍鍾，見卷五《題贈鄭秘書徵君石溝溪隱居》（0207）注。

彭蠡湖晚歸

彭蠡湖天晚，桃花水氣春。鳥飛千白點，日没半紅輪。何必爲遷客，無勞是病身。但來臨此望，少有不愁人。（0990）

【注】

朱《箋》：作於元和十二年（八一七），江州。

〔彭蠡湖天晚，桃花水氣春〕桃花水，見卷十《春晚寄微之》（0500）注。

酬贈李煉師見招

幾年司諫直承明，今日求真禮上清。曾犯龍鱗容不死，欲騎鶴背覓長生。劉綱有婦仙同得，伯道無兒累更輕。若許移家相近住，便驅雞犬上層城。（0991）

【注】

朱《箋》：作於元和十二年（八一七），江州。

〔幾年司諫直承明，今日求真禮上清〕承明，見卷七《聞早鶯》（0292）注。上清，見卷一《夢仙》（0005）注。

〔曾犯龍鱗容不死，欲騎鶴背覓長生〕《韓非子·説難》：「夫龍之爲蟲也，柔可狎而騎也。然其喉下有逆鱗徑尺，若人有嬰之者，則必殺人。人主亦有逆鱗，説者能無嬰人主之逆鱗，則幾矣。」騎鶴，見卷一《夢仙》（0005）注。

〔劉綱有婦仙同得，伯道無兒累更輕〕《太平廣記》卷六十《樊夫人》（出《女仙傳》）：「樊夫人者，劉綱妻也。綱仕爲上虞令，有道術，能檄召鬼神。……暇日，常與夫人較其術用。……綱每共試術，事事不勝，將升天。縣廳側先有大皂莢樹，綱升樹數丈，方能飛舉。夫人平坐，冉冉如雲氣之升。同升天而去。」《晉書·良吏傳·鄧攸》：「鄧攸字伯道，……永嘉末，没於石勒。……石勒過泗水，攸乃斫壞車，以牛馬負妻子而逃。又遇賊，掠其牛馬，步走，擔其兒及其弟子綏。度不能兩全，乃謂其妻曰：『吾弟早亡，唯有一息，理不可絶，止應自棄我兒耳。幸得而存，我後當有子。』妻泣而從之，乃棄之。其子朝棄而暮及。明日，攸繫之於樹而去。……攸棄子之後，妻不復孕。過江，納妾。甚寵之，訊其家屬，説是北人遭亂，憶父母姓名，乃攸之甥。攸素有德行，聞之感恨，遂不復畜妾，卒以無嗣。時人義而哀之，爲之語曰：天道無知，使鄧伯道無兒。」

〔若許移家相近住，便驅雞犬上層城〕《藝文類聚》卷七八引《列仙傳》：「漢淮南王劉安，言神仙黄白之事，名爲《鴻寶萬畢》三卷，論變化之道。於是八公乃詣王，授丹經及三十六水方。俗傳安之臨去，餘藥器在庭中，雞犬舐之，皆得飛升。」《淮南子·墬形訓》：「掘昆侖虚以下地，中有增城九重，其高萬一千里百一十四步二尺六寸。上有木禾，其修五尋，珠樹、玉樹、旋樹，不死樹在其西。」

西河雨夜送客①

雲黑雨翛翛，江昏水闇流。有風催解纜，無月伴登樓。酒罷無多興，帆開不少留。唯看

一點火，遥認是行舟。（0992）

【校】

①〔題〕《文苑英華》作「江西雨夜送客」。

【注】

朱《箋》：作於元和十二年（八一七），江州。

登西樓憶行簡

每因樓上西南望，始覺人間道路長。礙日暮山青簇簇，浸天秋水白茫茫。風波不見三年面，書信難傳萬里腸。早晚東歸來下峽，穩乘船舫過瞿唐。（0993）

【注】

朱《箋》：作於元和十二年（八一七），江州。

〔行簡〕居易弟白行簡。見卷七《對酒示行簡》（0324）注。

〔早晚東歸來下峽，穩乘船舫過瞿唐〕瞿唐峽，見卷十一《初入峽有感》（0522）注。

羅子

有女名羅子，生來纔兩春。我今年已長，日夜二毛新。顧念嬌啼面，思量老病身。直應頭似雪，始得見成人。（0994）

【注】

朱《箋》：作於元和十二年（八一七），江州。

〔羅子〕參見卷七《弄龜羅》（0309）。

讀靈澈詩①

東林寺裏西廊下，石片鎸題數首詩。言句怪來還校別，看名知是老湯師。（0995）

【校】

①〔題〕「靈澈」汪本作「僧靈澈」。

【注】

朱《箋》：作於元和十二年（八一七），江州。

〔靈澈〕劉禹錫《澈上人文集紀》：「上人生於會稽，本湯氏子。聰察嗜學，不肯爲凡夫，因辭父兄出家。號靈澈，字源澄。雖受經論，一心好篇章，從越客嚴維學爲詩，遂籍籍有聞。維卒，乃抵吴興，與長老詩僧皎然遊，講藝益至。皎然以書薦於詞人包侍郎佶，包得之大喜，又以書致於李侍郎紓。是時以文章風韻主盟於世者曰包李，以是上人之名，由二公而颺。……貞元中，西遊京師，名振輦下。緇流疾之，造飛語激動中貴人。因侵誣得罪，徙汀州。會赦歸東越。時吴楚間諸侯，多賓禮招延之。元和十一年，終於宣州開元寺，年七十有一。」李肇《東林寺經藏碑銘并序》：「元和四年，雲門僧靈澈，流竄而歸，棲泊此山。」

聽李士良琵琶　人各賦二十八字。

聲似胡兒彈舌語，愁如塞月恨邊雲。閑人暫聽猶眉斂，可使和蕃公主聞？（0996）

【注】

朱《箋》：作於元和十二年（八一七），江州。

〔聲似胡兒彈舌語，愁如塞月恨邊雲〕《太平廣記》卷九六《金剛仙》（出《傳奇》）：「唐開成中，有僧金剛仙者，西域人也，居於清遠峽山寺，能梵音彈舌，摇錫而咒物。」《林間録》卷下大愚芝禪師《僧問洞山如何是佛答云麻三斤》偈：「横眸讀梵字，彈舌念真言。」

〔閑人暫聽猶眉斂，可使和蕃公主聞〕石崇《琵琶引序》：「王明君者，本爲王昭君，以觸文帝諱，改之。匈奴盛，請婚於漢元帝，以明君配焉。昔公主嫁烏孫，令琵琶馬上作樂，以慰其道路之思。其送明君，亦必爾也。」

昭君怨

明妃風貌最娉婷，合在椒房應四星。只得當年備宮掖①，何曾專夜奉幃屏②？見疏從道迷圖畫，知屈那教配虜庭？自是君恩薄如紙③，不須一向恨丹青。（0997）

【校】

①〔當年〕《文苑英華》作「常年」。

②〔幃屏〕《文苑英華》作「帷屏」。

③〔君恩薄如紙〕馬本、《唐音統籤》、汪本校：「一作命卑如紙薄。」

【注】

朱《箋》：作於元和十二年（八一七），江州。

〔昭君怨〕《樂府詩集》卷五九琴曲歌辭《昭君怨》：「《樂府解題》曰：王嬙，字昭君。《琴操》載：昭君，齊國王穰女。端正閑麗，未嘗窺門户。穰以其有異於人，求之者皆不與。年十七，獻之元帝。元帝以地遠不之幸，以備後宮。積五六年，帝每遊後宮，常怨不出。後單于遣使朝貢，帝宴之，盡召後宮。昭君盛飾而至，帝問欲以一女賜單于，能者往。昭君乃越席請行。……昭君恨帝始不見遇，乃作怨思之歌。」參見卷二《青冢》（0121）、卷十四《王昭君二首》（0801）注。

〔明妃風貌最娉婷，合在椒房應四星〕《晉書·天文志》：「鈎陳，后宫也。大帝之正妃也，大帝之常居也。北四星曰女御宫，八十一御妻之象也。」

閑吟

自從苦學空門法，銷盡平生種種心。唯有詩魔降未得，每逢風月一閑吟。（0998）

【注】

朱《箋》：作於元和十二年（八一七），江州。

〔自從苦學空門法，銷盡平生種種心〕《楞嚴經》卷一：「由心生故，種種法生。由法生故，種種心生。」《祖堂集》卷二惠能：「故經云：心生即種種法生，心滅即種種法滅。」

戲問山石榴

小樹山榴近砌栽，半含紅萼帶花來。爭知司馬夫人妬，移到庭前便不開。（0999）

【注】

朱《箋》：作於元和十二年（八一七），江州。

編集拙詩成一十五卷因題卷末戲贈元九李二十

一篇長恨有風情，十首秦吟近正聲。每被老元偷格律，⑪元九向江陵日，嘗以拙詩一軸贈行，自是格變。苦教短李伏歌行。⑪李二十嘗自負歌行，近見予樂府五十首，默然心伏。世間富貴應無分，身後文章合有名。莫怪氣粗言語大，新排十五卷詩成。（1000）

【注】

朱《箋》：作於元和十年（八一五），江州。

〔編集拙詩成一十五卷〕白居易《与元九書》（《白氏文集》卷四五）：「僕數月來，檢討囊袠中，得新舊詩，各以類分，分爲卷目……凡爲十五卷，約八百首。」此在江州第一次編集詩集所得。

〔一篇長恨有風情，十首秦吟近正聲〕長恨，《長恨歌》。風情，此特指男女之情。《太平廣記》卷六九《封陟》（出《傳奇》）：「仙姝遂索追狀曰：『不能於此人無情。』遂索大筆判曰：『封陟往雖執迷，操惟堅洁，實由樸戇，難責風情。宜更延一紀。』」卷二七三《杜牧》（出《唐闕史》）：「僧孺於中堂餞，因戒之曰：『以侍御史氣概達馭，固當自極夷途。然常慮風情不節，或至尊體乖和。』」《奉天錄》卷一：「時有風情女子李季蘭上泚詩，言多悖逆。」秦吟，《秦中吟》十首。正聲，見卷二《議婚》（0075）注。

〔每被老元偷格律，苦教短李伏歌行〕格律，格詩、律詩。然唐人亦常以「格律」概稱作爲法律的律令格式，故格律亦可單指詩之格調或律法。高仲武《中興間氣集序》：「今之所收，殆革斯弊。但使體格風雅，理致清新。斯觀者易心，聽者竦耳。則朝野同載，格律兼收。」白居易《與元九書》（《白氏文集》卷四五）：「至於貫穿今古，覼縷格律，盡工盡善，又過於李。」短李，見本卷《東南行一百韻寄通州元九侍御澧州李十一舍人果州崔二十二使君開州韋大員外庾三十二補闕杜十四拾遺李二十助教員外竇七校書》（0902）注。歌行，唐人指七言雜言樂府之體。武元衡《劉商郎中集序》：「著歌行等篇，皆思入窅冥，勢含飛動。」白居易《與元九書》：「如近歲韋蘇州歌行，清麗之外，頗近興諷。其五言詩又高雅閑澹，自成一家之體。」元稹《樂府古題序》：「近代唯詩人杜甫《悲陳陶》、《哀江頭》、《兵車》、《麗人》等，凡所歌行，率皆即事名篇，無復依傍。」

湖上閑望

藤花浪沸紫茸條①，菰葉風翻綠翦刀。閑弄水芳生楚思，時時合眼詠離騷。（1001）

【校】

①〔浪沸〕馬本、《唐音統籤》、汪本作「浪拂」。

【注】

朱《箋》：作於元和十二年（八一七），江州。

白居易詩集校注卷第十七①

律詩

五言　七言　自兩韻至五十韻　凡一百首

江南謫居十韻

自哂沈冥客，曾爲獻納臣。壯心徒許國，薄命不如人。纔展淩雲翅，俄成失水鱗。葵枯猶向日，蓬斷即辭春②。澤畔長愁地，天邊欲老身。蕭條殘活計，冷落舊交親。草合門無徑，煙消甑有塵。憂方知酒聖，貧始覺錢神。虎尾難容足，羊腸易覆輪。行藏與通塞，一切任陶鈞。（1002）

【校】

①〔卷第十七〕金澤本有小字注：「江州詩。」

②〔即辭春〕馬本、《唐音統籤》、汪本作「欲辭春」。

【注】

朱《箋》：作於元和十二年（八一七），江州。

〔自哂沈冥客，曾爲獻納臣〕揚雄《法言·問明》：「蜀莊沈冥。」《漢書·王貢兩龔鮑傳》作：「蜀嚴湛冥。」謂嚴君平。慧遠《與隱士劉遺民等書》：「以今而觀，則知沈冥之趣，豈得不以佛理爲先？」

〔鵷展淩雲翅，俄成失水鱗〕《淮南子·主術訓》：「吞舟之魚，蕩而失水，則制於螻蟻，離其居也。」潘岳《西征賦》：「靈若翔於神島，奔鯨浪而失水。」

〔葵枯猶向日，蓬斷即辭春〕曹植《求通親親表》：「若葵藿之傾葉，太陽雖不爲之迴光，然終向之者，誠也。」錢起《同鄔戴關中旅寓》：「殘雪迷歸雁，韶光棄斷蓬。」

〔澤畔長愁地，天邊欲老身〕《史記·屈原賈生列傳》：「屈原至於江濱，被髮行吟澤畔，顔色憔悴，形容枯槁。」張九齡《登總持寺》：「林裏春容變，天邊客思催。」杜甫《天邊行》：「天邊老人歸未得，日暮東臨大江哭。」

〔蕭條殘活計，冷落舊交親〕韓愈《崔十六少府攝伊陽以詩及書見投因酬三十韻》：「謀拙日焦拳，活計似鋤剗。」交親，見卷五《效陶潛體詩十六首》「天秋無片雲」首（0215）注。

〔草合門無徑，煙消甑有塵〕門無徑，見卷十五《渭村退居寄禮部崔侍郎翰林錢舍人詩一百韻》（0803）「三徑」注。甑有塵，見卷十三《醉後狂言酬贈蕭殷二協律》（0602）注。

〔憂方知酒聖，貧始覺錢神〕《三國志·魏書·徐邈傳》：「時科禁酒，而邈私飲至於沈醉。校事趙達問以曹事，邈曰：『中聖人。』達白之太祖，太祖怒甚。度遼將軍鮮于輔進曰：『平日醉客謂酒清者爲聖人，濁者爲賢人。』竟幸坐得免刑。」晉魯褒作《錢神論》。干寶《晉紀總論》：「核傅咸之奏，《錢神》之論，而睹寵賂之彰。」

〔虎尾難容足，羊腸易覆輪〕《書·君牙》：「心之憂危，若蹈虎尾，涉于春冰。」羊腸，見卷一《初入太行路》（0043）注。

〔行藏與通塞，一切任陶鈞〕行藏，見卷二《雜感》（0122）注。鄒陽《獄中上書自明》：「是以聖王制世禦俗，獨化於陶鈞之上。」《文選》李善注：「張晏曰：陶家名模下圓轉者爲鈞，以其能製器爲大小，比之於天也。」

江樓夜吟元九律詩成三十韻①

昨夜江樓上，吟君數十篇。詞飄朱檻底，韻墮淥江前②。清楚音諧律，精微思入玄。收將白雪麗，奪盡碧雲妍。寸截金爲句，雙雕玉作聯③。八風淒間發，五彩爛相宣。冰扣聲聲冷，珠排字字圓。文頭交比繡④，筋骨軟於緜。澒湧同波浪，錚摐過管絃⑤。醴泉流出地，鈞樂下從天。神鬼聞如泣，魚龍聽似禪。星迴疑聚集⑥，月落爲留連。雁感無鳴者，猿愁亦悄然。交流遷客淚，停住賈人船。闇被歌姬乞⑦，潛聞思婦傳。斜行題粉壁，短卷寫紅牋。肉味經時忘，頭風當日痊。老張知定伏，短李愛應顛。張十八籍、李二十紳，皆攻律詩⑧，故云。道屈才方振，身閑業始專。天教聲烜赫，理合命迍邅。顧我文章劣，知他氣力全。功夫雖共到，巧拙尚相懸。各有詩千首，俱抛海一邊。白頭吟處變，青眼望中穿。酬答朝妨食，披尋夜廢眠。老償文債負，宿結字因緣。每歎陳夫子，陳子昂著《感遇詩》

稱於世。常嗟李謫仙⑨。賀知章謂李白爲謫仙人。名高折人爵，思苦減天年。李竟無官，陳亦早夭。不得當時遇，空令後代憐。相悲今若此，湓浦與通川。（1003）

【校】

①〔題〕「律詩」金澤本作「新律詩」，「成」金澤本作「因成」。

②〔韻墮〕金澤本、馬本、《唐音統籤》作「韻墜」。〔淥江〕那波本、馬本、《唐音統籤》作「綠江」。

③〔玉作聯〕金澤本小字夾注：「詩家以兩句爲一聯。」

④〔交比〕金澤本作「高比」。

⑤〔錚摐〕馬本、《唐音統籤》、汪本作「錚鏦」。

⑥〔聚集〕馬本、《唐音統籤》作「聚散」，誤。

⑦〔歌姬〕金澤本作「歌妃」。

⑧〔（注）皆攻律詩〕金澤本作「皆工律詩」。

⑨〔常嗟〕金澤本作「嘗嗟」。

【注】

朱《箋》：作於元和十二年（八一七），江州。

〔清楚音諧律，精微思入玄〕清楚，清越嘹亮。《太平廣記》卷四四五《王長史》（出《宣室志》）：「聞其哀嘯之音，極清楚，若風籟焉。」蕭綱《昭明太子集序》：「體天經而總文緯，揭日月而諧律呂。」呂温《聯句詩序》：「審韻諧律，同聲相應。」《世説新語・文學》：「司馬太傅問謝車騎：『惠子其書五車，何以無一言入玄？』謝曰：『故當是其妙處不傳。』」

〔收將白雪麗，奪盡碧雲妍〕《淮南子・覽冥訓》：「昔者，師曠奏白雪之音，而神物爲之下降，風雨暴至。」碧雲妍，見卷十五《廣宣上人以應制詩見示因以贈之詔許上人居安國寺紅樓院以詩供奉》(0810)注。

〔寸截金爲句，雙雕玉作聯〕以對偶爲一聯，蓋起於中唐。《唐摭言》卷十二：「賈島不善程試，每自疊一幅，巡鋪告人曰：『乞一聯！乞一聯！』」

〔八風淒間發，五彩爛相宣〕《左傳》隱公五年：「夫舞，所以節八音而行八風。」杜預注：「八風，八方之風也。」《禮記・樂記》：「五色成文而不亂，八風從律而不奸。」《通典》卷一四三五聲八音名義：「八音者，八卦之音。卦各有風，謂之八風也。一曰乾之音石，其風不周。二曰坎之音革，其風廣莫。三曰艮之音匏，其風融。四曰震之音竹，其風明庶。五曰巽之音木，其風清明。六曰離之音絲，其風景。七曰坤之音土，其風涼。八曰兑之音金，其風閶闔。」

〔冰扣聲聲冷，珠排字字圓〕《文心雕龍・聲律》：「聲轉於吻，玲玲如振玉；辭靡於耳，累累如貫珠矣。」又《練字》：「善酌字者，參伍單復，磊落如珠矣。」

〔文頭交比繡，筋骨軟於綿〕文頭，文句、文章。猶制詞稱詞頭。楊巨源《酬崔駙馬惠箋百張兼貽四韻》：「百張雲樣亂花開，七字文頭艷錦回。」《太平廣記》二四四《韓皐》(出《國史補》)：「西省故事，閣老改官詞頭，送以次舍人。」《舊唐書・袁高傳》：「德宗復用吉州長史盧杞爲饒州刺史，令高草詔書。高執詞頭以謁宰相盧翰、劉從一。」

〔澒溶同波浪，錚摐過管絃〕澒溶，水勢洶湧。應瑒《靈河賦》：「紛澒涌而騰鶩兮，恒亹亹而徂征。」錚摐，見卷十六《江樓宴别》(0907)注。

〔醴泉流出地，鈞樂下從天〕《禮記·禮運》：「故天降膏露，地出醴泉。」《史記·趙世家》：「簡子寤，語大夫曰：『我之帝所甚樂，與百神游于鈞天，廣樂九奏萬舞，不類三代之樂，其聲動人心。』」

〔神鬼聞如泣，魚龍聽似禪〕《般泥洹經》卷下：「於是佛作一禪之思惟，……從一禪思復至三禪，便從四禪反於無知，棄所受泥洹之情，便般泥洹。當此之時，地大震動，諸天龍神，側塞空中，散花如雨，莫不歎慕，而來供養。」

〔肉味經時忘，頭風當日痊〕《論語·述而》：「子在齊，聞《韶》，三月不知肉味。」《三國志·魏書·陳琳傳》裴注引《典略》：「琳作諸書及檄，草成呈太祖。太祖先苦頭風，是日疾發，卧讀琳所作，翕然而起曰：『此愈我病。』」

〔老張知定伏，短李愛應顛〕張籍，見卷一《讀張籍古樂府》(0002)注。短李，李紳，見卷十六《東南行一百韻寄通州元九侍御澧州李十一舍人果州崔二十二使君開州韋大員外庾三十二補闕杜十四拾遺李二十助教員外竇七校書》(0902)注。

〔天教聲烜赫，理合命迍邅〕李白《俠客行》：「千秋二壯士，烜赫大梁城。」左思《詠史》：「英雄有迍邅，由來自古昔。」

〔老償文債負，宿結字因緣〕宿緣，先世之緣。《佛說興起行經·佛說頭痛宿緣經第三》：「如來頭痛如是，佛爾時說宿緣偈曰：……故說先世緣，阿耨大泉中。」

〔每歎陳夫子，常嗟李謫仙〕陳子昂，參見卷一《初授拾遺》(0014)。謫仙，見卷十五《讀李杜詩集因題卷後》(0894)注。

潯陽歲晚寄元八郎中庾三十三員外①

閲水年將暮，燒金道未成。丹砂不肯死，白髮事須生②。病肺慚杯滿，衰顔忌鏡明。春深舊鄉夢，歲晚故交情。一別浮雲散，雙瞻列宿榮。螭頭階下立，龍尾道前行。封事頻聞奏，除書數見名。虛懷事僚友，平步取公卿。漏盡雞人報，朝迴幼女迎③。可憐白司馬④，老大在湓城。（1004）

【校】

①〔題〕「庾三十三」馬本、《唐音統籤》、汪本作「庾三十二」。

②〔事須〕馬本、《唐音統籤》、汪本作「自須」。平岡校：「事須唐人語也。」

③〔幼女〕金澤本作「女史」，《文苑英華》作「女使」。平岡校：「女史對偶雞人。謂『侍女護朝衣』者。使即史之訛。」

④〔白司馬〕「白」平岡校：「金澤本原文作魯。後塗粉改作白。『魯司馬』又見《夜送孟司功》詩。」按，參見本卷《夜送孟司功》（1038）注。

【注】

朱《箋》：作於元和十二年（八一七），江州。

〔元八郎中〕朱《箋》：「元宗簡。」見卷五《答元八宗簡同遊曲江後明日見贈》（0174）及卷十《答元郎中楊員外喜烏見寄》（0521）注。白居易《代書》（《白氏文集》卷四三）：「持此札爲予謁……金部元八員外。」朱《箋》：「宗簡曾官倉部郎中，見《郎官考》。……當自金部員外郎遷授也。」

〔庾三十三員外〕朱《箋》：「庾敬休。」見卷十《夢與李七庾三十三同訪元九》（0519）注。

〔閱水年將暮，燒金道未成〕陸機《歎逝賦》：「川閱水以成川，水滔滔而日度。世閱人而爲世，人冉冉而行暮。」

〔丹砂不肯死，白髮事須生〕事須，要須，必須。《佛本行集經》卷二四：「彼等諸人，事須憐愍。」易靜《兵要望江南》占氣二十：「必有伏兵埋氣下，事須謹慎探其情。」

〔一別浮雲散，雙瞻列宿榮〕列宿，見卷十一《宿溪翁》(0562)注。

〔螭頭階下立，龍尾道前行〕《唐會要》卷五六起居郎起居舍人：「自隋氏因前代史官有起居注，故置起居舍人，以紀君舉，國朝因之。貞觀初，置郎而省舍人。顯慶中，始兩置之，分侍左右仗下，秉筆隨相入禁殿，命令謨猷，皆得詳錄。若伏在紫宸閣内，則夾香案，分立殿下，正直第二螭首。和墨濡翰，皆即螭首之坳處。由是諺傳謂螭頭有水。官既密侍，號爲清美。」《唐國史補》卷下：「兩省謔起居郎爲螭頭，以其立近石螭也。」《唐兩京城坊考》卷一大明宮：「龍尾道自平地七轉，上至朝堂，分爲三層。上層高二丈，中下層各高五尺，邊有青石扶欄。上層之欄，柱頭刻螭文，謂之螭頭，左右二史所立也。諫議大夫立於此，則謂之諫議坡。兩省供奉官立於此，亦謂之蛾眉班。其中、下二層石欄，刻蓮花頂。」龍尾道，見卷十一《早祭風伯因懷李十一舍人》(0539)注。

〔漏盡雞人報，朝迴幼女迎〕《周禮·春官·雞人》：「雞人掌共雞牲，辨其物。大祭祀，夜嘑旦以嘂百官。」鄭玄注：「夜，夜漏未盡，雞鳴時也。」王維《和賈舍人早朝大明宮之作》：「絳幘雞人送曉籌，尚衣方進翠雲裘。」

元九以綠絲布白輕褣見寄製成衣服以詩報知①

綠絲文布素輕褣，珍重京華手自封②。貧友遠勞君寄附，病妻親爲我裁縫。袴花白似秋雲薄，衫色青於春草濃。欲著却休知不稱，折腰無復舊形容。(1005)

【校】

①〔題〕「榕」金澤本作「庸」，汪本作「容」，正文同。汪本謂：「容字之改，蓋以末句有容字耳。不知唐人用字異義不嫌重押也。」

②〔京華〕金澤本作「珍重」。

【注】

朱《箋》：作於元和十三年（八一八），江州。

〔輕榕〕王建《宮詞》：「縑羅不著索輕容，對面教人染退紅。」李賀《惱公》：「蜀煙飛重錦，峽雨濺輕容。」周密《齊東野語》卷十：「紗之至輕者，有所謂輕容，出唐《類苑》云：『輕容，無花薄紗也。』王建《宮詞》云：『嫌羅不著愛輕容。』元微之有《寄白樂天白輕容樂天製而爲衣》，而詩中容字乃爲流俗妄改爲庸，又作榕，蓋不知其所出。《元豐九域志》：『越州歲貢輕容紗五疋。』是也。」

〔袴花白似秋雲薄，衫色青於春草濃〕《玉臺新詠》卷一《古詩五首》：「青袍似春草，長條隨風舒。」

清明日送韋侍御貶虔州①

寂寞清明日，蕭條司馬家。留餳和冷粥，出火煑新茶。欲別能無酒，相留亦有花②。南遷更何處，此地已天涯。（1006）

【校】

①〔題〕「侍御」馬本、《唐音統籤》作「侍郎」。

②〔相留〕金澤本作「相思」。

【注】

朱《箋》：作於元和十三年（八一八），江州。

〔韋侍御〕朱《箋》：「與卷十《早秋晚望兼呈韋侍御》（0516）及本卷《山中戲問韋侍御》（1054）所贈爲同一人。」

〔虔州〕《舊唐書·地理志三》江南西道：「虔州中，隋南康郡。……天寶元年，改爲南康郡。乾元元年，復爲虔州。」

〔留餳和冷粥，出火煑新茶〕《太平御覽》卷三十：「陸翽《鄴中記》曰：寒食三日作醴酪，又煮粳米及麥爲酪，擣杏仁煮作粥。案《玉燭寶典》：近日悉爲大麥粥，研杏仁爲酪，别餳沃之。」

九江春望

淼茫積水非吾土，漂泊浮萍是我身①。身外信緣爲活計，眼前隨事覓交親。爐煙豈異終南色②，湓草寧殊渭北春？此地何妨便終老，匹如元是九江人③。香爐峰上多煙，湓水岸足草④，因而記之⑤。（1007）

【校】

①〔是我身〕馬本、《唐音統籤》作「自我身」。

②〔終南色〕金澤本作「終南夜」。

③〔匹如〕金澤本作「疋如」，馬本、《唐音統籤》作「譬如」。

④〔（注）岸足草〕金澤本作「岸宜草」，馬本、《唐音統籤》作「岸邊有草」。

⑤〔（注）記之〕紹興本作「寄之」，據他本改。

【注】

朱《箋》：作於元和十三年（八一八），江州。

〔身外信緣爲活計，眼前隨事覓交親〕信緣，任運。《王梵志詩校注》○五三首：「賢愚不相識，壤壤信緣行。」《敦煌變文集・李陵變文》：「左右李陵，各自信緣，若至天明，必當受縛。左右聞語，當即星分。」交親，見卷五《效陶潛體詩十六首》「天秋無片雲」首（0215）注。

〔爐煙豈異終南色，湓草寧殊渭北春〕香爐峰，見卷七《題潯陽樓》（0274）注。湓水，見卷一《廬山桂》（0061）注。

〔此地何妨便終老，匹如元是九江人〕匹如，就如。元稹《酬樂天醉別》：「好住樂天休悵望，匹如原不到京來。」

晚題東林寺雙池

向晚雙池好，初晴百物新。裛枝翻翠羽，濺水躍紅鱗①。萍汎同遊子，蓮開當麗人。臨流一惆悵，還憶曲江春②。（1008）

【校】

①〔躍紅鱗〕金澤本作「濯紅鱗」，誤。

②〔曲江〕金澤本作「九江」，誤。

【注】

朱《箋》：作於元和十三年（八一八）州。

〔東林寺雙池〕朱《箋》：「即東林寺白蓮池。」《輿地紀勝》卷三十江州：「蓮池，晉謝靈運負才傲物，一見慧遠肅然心服。鑿東西二池，種白蓮，求入淨社，而師止之。」

贈内子①

白髮方興歎②，青娥亦伴愁③。寒衣補燈下，小女戲牀頭。闇澹屏帷故，淒涼枕席秋④。貧中有等級，猶勝嫁黔婁。（1009）

【校】

①〔題〕金澤本作「贈内」。

②〔方興歎〕《唐音統籤》作「長興歎」。

③〔青娥〕金澤本、汪本作「青蛾」。〔亦伴〕金澤本作「所伴」。

④〔淒涼〕金澤本作「淒清」。

【注】

朱《箋》：作於元和十三年（八一八），江州。

〔貧中有等級，猶勝嫁黔婁〕黔婁，見卷一《贈内》（0032）注。

送客春遊嶺南二十韻 因叙嶺南方物以諭之，并擬微之送崔二十一之作①。

已訝遊何遠，仍嗟别太頻。離容君蹙促，贈語我殷勤。迢遞天南面，蒼茫海北濱。訶陵國分界，交趾郡爲鄰。蓊鬱三光晦，温暾四氣勻。陰晴變寒暑，昏曉錯星辰。瘴地難爲老，蠻陬不易馴。土民稀白首，洞主盡黄巾。戰艦猶驚浪，戎車未息塵。時黄家賊方動。紅旗圍卉服，紫綬裹文身。麵苦桄榔裛②，漿酸橄欖新。牙檣迎海舶，銅鼓賽江神③。不凍貪泉暖，無霜毒草春。雲煙蟒蛇氣，刀劍鰐魚鱗。路足羇棲客，官多謫逐臣④。天黄生颶母，颶母如斷虹，欲大風即見。雨黑長楓人。楓人因夜雷雨，輒闇長數丈。迴使先傳語⑤，征軒早返輪。須防杯裏蠱，南方蠱毒，多置酒中。莫愛橐中珍。北與南殊俗，身將貨孰親？嘗聞君子誡，憂道不憂貧。（1010）

【校】

①〔題〕金澤本無「春」字。題下注「崔二十一」，馬本、《唐音統籤》、汪本作「崔二十二」。朱《箋》謂當爲「崔二十」，詳注。

②〔桄榔裛〕馬本、《唐音統籤》作「桄榔製」。

③〔賽江神〕金澤本作「送江神」。

④〔謫逐〕金澤本作「譴逐」。

⑤〔傳語〕金澤本作「傳信」。

【注】

朱《箋》：作於元和十三年（八一八），江州。

〔崔二十一〕元稹有《送崔侍御之嶺南二十韻》，卞孝萱《元稹年譜》謂爲崔韶。崔韶見卷十六《東南行一百韻寄通州元九侍御澧州李十一舍人果州崔二十二使君開州韋大員外庾三十二補闕杜十四拾遺李二十助教員外竇七校書》（0902）注。朱《箋》：「崔韶是時方爲果州刺史，安能遠遊嶺南？……元稹貶江陵時又有《紀懷贈李六户曹崔二十功曹五十韻》等詩，疑『崔侍御』即『崔二十功曹』，乃元和元年與元稹同登才識兼茂明於體用科之崔琯。」按，元稹原詩只稱「崔侍御」，「崔二十一」或「崔二十二」者或爲居易誤記。

〔離容君蹙促，贈語我殷勤〕蹙促，同戚促，不安貌。元稹《琵琶歌》：「去年御史留東臺，公私蹙促顏不開。」李白《空城雀》：「嗷嗷空城雀，身計何戚促。」李紳《逾嶺嶠止荒陬抵高要》：「鷓鴣猿鳥聲相續，椎髻嘵呼同戚促。」

〔迢遞天南面，蒼茫海北濆〕班固《東都賦》：「西蕩河源，東澹海濆。」

〔訶陵國分界，交趾郡爲鄰〕《舊唐書·南蠻傳》：「訶陵國，在南方海中洲上居，東與婆利、西與墮婆登、北與真臘接，南臨大海。豎木爲城，作大屋重閣，以棕櫚皮覆之。王坐其中，悉用象牙爲床。」《新唐書·地理志七下》：「廣州東南海行，二百里至屯門山，乃帆風西行，二日至九州石。又南二日至象石。又西南三日行，至占不勞山，山在環王國東二百里海中。又南二日行至陵山。又一日行，至門毒國。又一日行，至古笪國。又半日行，至奔陀浪洲。又兩日行，到軍突弄山。又五日行至海硤，蕃人謂之質，南北百里，北岸則羅越國，南岸則佛逝國。佛逝國東水行四五日，至訶陵國，南中洲之最大者。」《舊唐書·地理志四》：「安南都督府，隋交趾郡。武德五年，改爲交州總管府。管交、峰、愛、仙、鳶、宋、慈、險、道、龍十州。其交州領交趾、懷德、南定、宋平四縣。」

〔蓊鬱三光晦，温暾四氣匀〕張衡《南都賦》：「杳藹蓊鬱於谷底，森蓴蓴而刺天。」《文選》李善注：「皆茂盛貌也。」温暾，見卷十一《開元寺東池早春》(0550)注。

〔瘴地難爲老，蠻陬不易馴〕左思《魏都賦》：「蠻陬夷落，譯導而通。」《文選》劉逵注：「陬、落，蠻夷之居處名也。一名聚居爲陬。」

〔土民稀白首，洞主盡黄巾〕《新唐書·南蠻傳下》：「貞元十年，黄洞首領黄少卿者，攻邕管，圍經略使孫公器，請發嶺南兵窮討之，德宗不許，命中人招諭，不從，俄陷欽、横、潯、貴四州。……元和初，邕管擒其別帥黄承慶。明年，少卿歸款，拜歸順州刺史。弟少高爲有州刺史。未幾復叛。又有黄少度、黄昌瓘二部，陷賓、巒二州，據之。十一年，攻欽、横二州，邕管經略使韋悦破走之，取賓、巒二州。是歲，復屠巖州。……長慶初，以容管經略使留後嚴公素爲經略使，復上表請討黄氏。」

〔紅旗圍卉服，紫綬裹文身〕卉服，草服。《書·禹貢》：「島夷卉服。」傳：「南海島夷草服葛越。」文身，見卷三

《驃國樂》(0141)注。

〔麵苦桄榔裛，漿酸橄欖新〕《南方草木狀》卷中：「桄榔，樹似栟櫚實，其皮可作綆，胡人以此聯木爲舟。皮中有屑如麵，多者至數斛，食之與常麵無異。木性如竹，紫黑色，有文理。工人解之，以製弈枰。出九真、交趾。」《太平御覽》卷九七二引《南方草木狀》：「橄欖，子大如棗，二月華，八九月熟。生食味酢，蜜藏乃甜美。交趾、武平、興古、九真有之。」

〔牙檣迎海舶，銅鼓賽江神〕庾信《哀江南賦》：「蒼鷹赤雀，鐵軸牙檣。」杜甫《城西陂泛舟》：「春風自信牙檣動，遲日徐看錦纜牽。」《晉書·食貨志》：「廣州夷人寶貴銅鼓，而州境素不出銅，聞官私賈人皆于此下貪比輪錢斤兩差重，以入廣州，貨與夷人，鑄敗作鼓。」《太平廣記》卷二〇五《銅鼓》（出《嶺表録異》）：「蠻夷之樂，有銅鼓焉。形如腰鼓，而一頭有面，鼓面圓二尺許。面與身連，全用銅鑄。其身遍有蟲魚花草之狀，通體均勻，厚二分以來。爐鑄之妙，實爲奇巧。擊之響亮，不下鳴鼉。」陸游《老學庵筆記》卷二：「予初見梁歐陽頠傳，稱頠在嶺南，多致銅鼓，獻奉珍異。又云銅鼓累代所無。及予在宣撫司，見西南夷所謂銅鼓者，皆精銅，極薄而堅，文鏤亦頗精。叩之冬冬如鼓，不作銅聲。秘閣下古器庫亦有二枚。此鼓南蠻至今用之戰陣、祭享，初非古物，實不足辱秘府之藏。然自梁時已珍貴如此，不知何理也。」

〔不凍貪泉暖，無霜毒草春〕《晉書·吴隱之傳》：「朝廷欲革嶺南之弊，隆安中，以隱之爲龍驤將軍、廣州刺史，假節，領平越中郎將。未至州二十里，地名石門，有水曰貪泉，飲者懷無厭之慾。隱之既至，語其親人曰：『不見可慾，使心不亂。越嶺喪清，吾知之矣。』乃至泉所，酌而飲之。」

〔天黄生颶母，雨黑長楓人〕《太平廣記》卷三九四《南海》（出《嶺表録異》）：「南海秋夏間，或雲物慘然，則見其暈如虹，長六七尺，此候則颶風必發，故呼爲颶母。見忽有震雷，則颶風不作矣。舟人常以爲候，預爲備之。」《南方草木狀》卷中：「楓人，五嶺之間多楓木，歲久則生瘤癭，一夕遇暴雷驟雨，其樹贅暗長三五尺，謂之楓人。越巫取之作術，有通神之驗。取之不以法，則能化去。」

〔須防杯裏蠱，莫愛橐中珍〕鮑照《苦熱行》：「含沙射流影，吹蠱痛行暉。」《文選》李善注：「顧野王《輿地志》曰：江南數郡有畜蠱者，主人行之以殺人，行食飲中，人不覺也。其家滅絕者，則飛游妄走，中之則斃。」《太平廣記》卷四七八《水弩》（出《錄異記》）：「復有蠱毒，行者尤宜慎之。凡入蠱家，慎告主人曰：『汝家有蠱毒，不得容易害我。』如此則毒不行矣。」《史記·酈生陸賈列傳》：「尉他平南越，因王之。高祖使陸賈賜尉他印爲南越王。陸生至，尉他魋結箕倨見陸生。陸生因進説他曰……乃大悦陸生，留與飲數月，曰：『越中無足與語，至生來，令我日聞所不聞。』賜陸生橐中裝直千金。……有五男，乃出所使越得橐中裝賣千金，分其子，子二百金，令爲生産。」

〔嘗聞君子誡，憂道不憂貧〕《論語·衛靈公》：「君子憂道不憂貧。」

自題

功名宿昔人多許，寵辱斯須自不知。一旦失恩先左降，三年隨例未量移。馬頭覓角生何日，石火敲光住幾時？前事是身俱若此，空門不去欲何之？（一〇一一）

【注】

汪《譜》、朱《箋》：作於元和十三年（八一八），江州。

〔馬頭覓角生何日，石火敲光住幾時〕馬頭生角，見卷十《答元郎中楊員外喜烏見寄》（0521）注。石火，見卷二《寓意詩五首》之二（0091）注。

自悲

火宅煎熬地，霜松摧折身。因知羣動内，難死不過人①。（1012）

【校】

①〔難死〕紹興本等作「易死」，據金澤本、管見抄本改。「難死」，謂以死爲難。

【注】

朱《箋》：作於元和十三年（八一八），江州。

〔火宅煎熬地，霜松摧折身〕火宅，見卷十四《和夢遊春詩一百韻》（0800）注。

尋郭道士不遇

郡中乞假來相訪，洞裏朝元去不逢。看院秪留雙白鶴，入門唯見一青松。藥爐有火丹應伏，雲碓無人水自舂①。廬山中雲母多，故以水碓擣煉，俗呼爲雲碓。欲問參同契中事，更期何日得從容？（1013）

【校】

①〔水自春〕此句夾注金澤本作：「廬山中多以水碓擣練雲母，故俗呼爲雲碓。」

【注】

朱《箋》：作於元和十三年（八一八），江州。

〔郭道士〕朱《箋》：「道士郭虚舟。」參見卷七《郭虚舟相訪》（0331）。

〔郡中乞假來相訪，洞裏朝元去不逢〕朝元，朝見元君。《抱朴子内篇·金丹》：「元君者，老子之師也。」李益《登天壇夜見海》：「八鸞五鳳紛在御，王母欲上朝元君。」呂岩《七言》：「玉京殿裏朝元始，金闕宫中拜老君。」

〔藥爐有火丹應伏，雲碓無人水自春〕伏火，煉丹術語。《雲笈七籤》卷六九陳少微《七返靈砂論》：「論曰：火之成數是七，七度變轉，以應陽九極體也。且七度變轉者，是丹砂煉冶得伏火也，鼓成白銀出砂，令伏火鼓成黄花銀，即是第二返。將黄花銀化出砂，伏火鼓成青金砂，即是第三返。……只如第一返伏火丹砂，服餌一兩，即去除萬病。」《玉篇》：「碓，所以春也。」李白《送内尋廬山女道士李騰空二首》：「水春雲母碓，風掃石楠花。」

〔欲問參同契中事，更期何日得從容〕參同契，《周易參同契》，傳魏伯陽作。《太平廣記》卷二《魏伯陽》（出《神仙傳》）：「伯陽作《參同契》，五行相類，凡三卷，其説是《周易》，其實假借爻象，以論作丹之意。而世之儒者，不知神丹之事，多作陰陽注之，殊失其旨矣。」

潯陽春三首　元和十二年作。

春生

春生何處闇周遊，海角天涯遍始休。先遣和風報消息，續教啼鳥説來由。展張草色長河畔，點綴花房小樹頭。若到故園應覓我，爲傳淪落在江州。（1014）

【注】

陳《譜》、汪《譜》、朱《箋》：作於元和十二年（八一七），江州。

〔展張草色長河畔，點綴花房小樹頭〕展張，見卷十六《春末夏初閑遊江郭二首》之一（0928）注。

春來

春來觸動故鄉情，忽見風光憶兩京。金谷蹋花香騎入，曲江碾草鈿車行①。誰家淥酒歡連夜②，何處紅樓睡失明？獨有不眠不醉客，經春冷坐古湓城。（1015）

【校】

①〔鈿車〕「鈿」金澤本作「庳」，平岡校以爲「庳」之訛。

②〔淥酒〕馬本、《唐音統籤》、汪本作「緑酒」。

【注】

〔金谷蹋花香騎入，曲江碾草鈿車行〕金谷，見卷十三《和友人洛中春感》（0620）注。

春去

一從澤畔爲遷客，兩度江頭送暮春。白髮更添今日鬢，青衫不改去年身。百川未有迴流水，一老終無却少人①。四十六時三月盡，送春爭得不殷勤？（1016）

【校】

①〔終無〕金澤本作「應無」。

夢微之 十二年八月二十日夜①。

晨起臨風一惆悵，通川湓水斷相聞。不知憶我因何事，昨夜三迴夢見君②。（1017）

【校】

①〔題〕題下注「二十日」金澤本作「廿三日」，馬本、《唐音統籤》作「二十二日」。

②〔三迴〕汪本作「三更」。

【注】

汪《譜》、朱《箋》：作於元和十二年（八一七），江州。

〔晨起臨風一惆悵，通川溢水斷相聞〕通川，通州。元稹元和十年三月，自唐州從事移任通州司馬，見卷九《感逝寄遠》（0442）注。

贈韋煉師

潯陽遷客爲居士，身似浮雲心似灰。上界女仙無嗜慾，何因相顧兩徘徊？共疑過去人間世，曾作誰家夫婦來？（1018）

【注】

朱《箋》：作於元和十二年（八一七），江州。

〔潯陽遷客爲居士，身似浮雲心似灰〕《維摩經·方便品》：「是身如浮雲，須臾變滅。」《莊子·齊物論》：「形固可使如槁木，而心固可使如死灰乎？」

問劉十九

綠螘新醅酒，紅泥小火爐。晚來天欲雪，能飲一杯無？（1019）

【注】

朱《箋》：作於元和十二年（八一七），江州。

〔劉十九〕朱《箋》：「嵩陽處士也，名未詳。……白氏在江州常往還者尚有彭城人劉軻，並非一人。……又據劉軻《上座主書》、《與馬植書》、《廬山東林寺故臨壇大德塔銘》、《唐摭言》卷十一、清阮福《劉軻傳》引《廣東通志人物志》所載，知彭城爲軻之郡望，寄籍嶺南，幼爲僧，元和初由嶺南至江州，隱居廬山，亦與嵩陽無涉。則劉十九非軻可以斷言。」參見本卷《劉十九同宿》（1034）。

〔綠螘新醅酒，紅泥小火爐〕螘同蟻。綠蟻，見卷十六《春末夏初閑遊江郭二首》之二（0929）注。

得行簡書聞欲下峽先以此寄

朝來又得東川信，欲取春初發梓州①。書報九江聞暫喜，路經三峽想還愁。瀟湘瘴霧加餐飯，灧澦驚波穩泊舟。欲寄兩行迎爾淚，長江不肯向西流。（1020）

【校】

①〔欲取〕金澤本作「知取」。

【注】

汪《譜》、朱《箋》：作於元和十三年（八一八），江州。

〔朝來又得東川信，欲取春初發梓州〕白行簡元和十三年自東川至江州，見卷七《對酒示行簡》（0324）注。

南湖早春

風迴雲斷雨初晴，反照湖邊暖復明。亂點碎紅山杏發，平鋪新緑水蘋生。翅低白雁飛仍重，舌澀黄鸝語未成。不道江南春不好，年年衰病減心情。（1021）

【注】

朱《箋》：作於元和十三年（八一八），江州。

〔南湖〕彭蠡湖，見卷一《放魚》（0059）注。

元十八從事南海欲出廬山臨別舊居有戀泉聲之什因以投和兼伸別情①

賢侯辟士禮從容，莫戀泉聲問所從。雨露初承黄紙詔，煙霞欲別紫霄峰。傷弓未息新驚鳥，得水難留久卧龍。我正退藏君變化，一杯可易得相逢？（1022）

【校】

①〔題〕「伸」金澤本作「申」。

【注】

朱《箋》： 作於元和十三年（八一八），江州。

〔元十八〕朱《箋》： 「元集虛。」見卷七《題元十八溪亭》（0299）注。

〔雨露初承黄紙詔，煙霞欲别紫霄峰〕《唐會要》卷五七翰林院： 「故事，中書以黄白二麻爲綸命重輕之辨。近者所由，猶得用黄麻。其白麻皆在此院。自非國之重事拜授，于德音赦宥者，則不得由于斯矣。」陳舜俞《廬山記》： 「（簡寂）觀在白雲峰下，其間一峰獨出而秀卓者曰紫霄峰。」

〔傷弓未息新驚鳥，得水難留久卧龍〕傷弓，見卷十五《重寄》（0833）注。《三國志·蜀書·諸葛亮傳》： 「徐庶見先主，先主器之，謂先主曰： 『諸葛孔明者，卧龍也。』」

題韋家泉池

泉落青山出白雲，縈村遶郭幾家分。自從引作池中水，深淺方圓一任君。（1023）

【注】

朱《箋》： 作於元和十三年（八一八），江州。

醉中對紅葉

臨風杪秋樹，對酒長年人。醉貌如霜葉，雖紅不是春。（1024）

【注】

朱《箋》：作於元和十三年（八一八），江州。

〔臨風杪秋樹，對酒長年人〕長年，見卷十《歎老三首》之三（0452）注。

遣懷

羲和走馭趁年光，不許人間日月長。遂使四時都似電，爭教兩鬢不成霜。榮銷枯去無非命，壯盡衰來亦是常。已共身心要約定，窮通生死不驚忙。（1025）

【注】

朱《箋》：作於元和十三年（八一八），江州。

〔羲和走馭趁年光，不許人間日月長〕羲和，見卷七《題舊寫真圖》（0322）注。趁，追趕。見卷四《陵園妾》（0159）注。

點額魚

龍門點額意何如①，紅尾青鬐却返初②。見説在天行雨苦，爲龍未必勝爲魚。（1026）

【校】

①〔何如〕那波本作「如何」，誤倒。

②〔却返〕金澤本作「且返」。

【注】

朱《箋》：作於元和十三年（八一八），江州。

〔龍門點額意何如，紅尾青鬐却返初〕《水經注》河水：「《爾雅》曰：鱣，鮪也。出鞏穴，三月則上渡龍門，得渡爲龍矣，否則點額而還。」《太平廣記》卷四六六《龍門》（出《三秦記》）：「龍門山在河東界，禹鑿山斷門，闊一里餘。黄河自中流下，兩岸不通車馬。每暮春之際，有黄鯉魚逆流而上，得者便化爲龍。又林登云：龍門之下，每歲季春有黄鯉魚，自海及諸川爭來赴之。一歲中，登龍門者，不過七十二。初登龍門，即有雲雨隨之，天火自後燒其尾，乃化爲龍矣。」

〔見説在天行雨苦，爲龍未必勝爲魚〕《太平廣記》卷四二五《郭彦郎》（出《北夢瑣言》）：「世言乖龍苦於行雨，而多竄匿，爲雷神捕之。」卷四一八《李靖》（出《續玄怪録》）：「此非人宅，乃龍宫也，……適奉天符，次當行雨。」元稹《出門行》：「酬客雙龍女，授客六龍轡。遣充行雨神，雨澤隨客意。」

聞龜兒詠詩

憐渠已解詠詩章，摇膝支頤學二郎。莫學二郎吟太苦，纔年四十鬢如霜。（1027）

【注】

朱《箋》：作於元和十三年（八一八），江州。「行簡元和十三年春自梓州至江州，此詩當作於是年。汪《譜》繫於元和六年，非是。」

〔龜兒〕白行簡子。見卷七《弄龜羅》（0309）注。

〔憐渠已解詠詩章，摇膝支頤學二郎〕二郎，當指白行簡。然居易兄弟三人，行簡爲三弟。長兄幼文非同母生，居易或因此稱行簡爲二郎？

對酒

未濟卦中休卜命，參同契裏莫勞心。無如飲此銷愁物，一餉愁消直萬金。（1028）

【注】

朱《箋》：作於元和十三年（八一八），江州。

〔未濟卦中休卜命，參同契裏莫勞心〕《易・未濟・象》：「火在水上，未濟。君子以慎辨物居方。」參同契，見本卷《尋郭道士不遇》（1013）注。

〔無如飲此銷愁物，一餉愁消直萬金〕銷愁物，見卷九《勸酒寄元九》（0413）注。

東牆夜合樹去秋爲風雨所摧今年花時悵然有感

碧荑紅縷今何在，風雨飄將去不迴。惆悵去年牆下地，今春唯有薺花開。（1029）

【注】

朱《箋》：作於元和十三年（八一八），江州。

〔夜合樹〕《太平御覽》卷九五八引《風土記》：「夜合，葉晨舒而暮合。一名合昏。」

病起

病不出門無限時，今朝强出與誰期？經年不上江樓醉，勞動春風颺酒旗。（1030）

【注】

朱《箋》：作於元和十三年（八一八），江州。

夢亡友劉太白同遊章敬寺①

三千里外卧江州，十五年前哭老劉。昨夜夢中章敬寺，死生魂魄暫同遊。（1031）

【校】

①〔題〕「章」各本作「彰」，正文同。何校：「疑作章。」朱《箋》從改。

【注】

朱《箋》：作於元和十三年（八一八），江州。

〔劉太白〕朱《箋》：「即劉敦質。」見卷一《哭劉敦質》（0016）注。

〔章敬寺〕《唐會要》卷四八寺：「章敬寺，通化門外。大曆二年七月十九日，内侍魚朝恩請以城東庄爲章敬皇后立爲寺。因拆哥舒翰宅及曲江百司看屋及觀風樓造焉。」

興果上人殁時題此訣別兼簡二林僧社①

本結菩提香火社，爲嫌煩惱電泡身。不須惆悵從師去，先請西方作主人。（1032）

【校】

①〔題〕「興」紹興本等作「與」，朱《箋》據白文改。今從金澤本、要文抄本、管見抄本改。

【注】

朱《箋》：作於元和十二年（八一七），江州。

〔興果上人〕神湊。白居易《唐江州興果寺律大德湊公塔碣銘》（《白氏文集》卷四一）：「如來滅後後五百年，有持戒見性者，曰興果律師。師姓成，號神湊，京兆藍田人。既出家，具戒於南岳希操大師，參禪於鍾陵大寂大師。……詔配江州興果寺。後從僧望，移隸東林寺，即雁門遠大師舊道場，有甘露壇、白蓮池在焉。師既居是寺，嗣興佛事。元和十二年九月七日遘疾，二十六日反真，十月十九遷全身于寺道北，祔雁門墳左。……及還化時，予又題四句詩爲別，蓋欲會前心，集後緣也。不能改作，因取爲銘。」按，所題詩即此詩。

〔本結菩提香火社，爲嫌煩惱電泡身〕菩提，意譯正覺。白居易《聖善寺白氏文集記》（《白氏文集》卷七十）：「與東都聖善寺鉢塔院故長老智如大師有齋戒之因，與今長老振大士爲香火之社。」《舊唐書·白居易傳》：「與香山僧如滿結香火社，每肩輿往來，白衣鳩杖，自稱香山居士。」香火社之稱，爲居易屢用。《金剛經》：「一切有爲法，如夢幻泡影，如露亦如電，應作如是觀。」《維摩經·方便品》：「是身如泡，不可久立。……是身如電，念念不住。」

〔不須惆悵從師去，先請西方作主人〕西方社，見卷十六《臨水坐》（0976）注。

贈寫真者

子騁丹青日，予當醜老時。無勞役神思，更畫病容儀①。迢遞麒麟閣，圖功未有期。區

區尺素上，焉用寫真爲。（1033）

【校】

①〔病容〕馬本作「病客」，誤。

【注】

朱《箋》：作於元和十三年（八一八），江州。

〔迢遞麒麟閣，圖功未有期〕《漢書·李廣蘇建傳》：「甘露三年，單于始入朝。上思股肱之美，乃圖畫其人于麒麟閣，法其形貌，署其官爵、姓名。唯霍光不名。」參見卷七《題舊寫真圖》（0322）注。

劉十九同宿　時淮寇初破。

紅旗破賊非吾事，黄紙除書無我名。唯共嵩陽劉處士，圍棋賭酒到天明①。（1034）

【校】

①〔賭酒〕金澤本、要文抄本作「賭紙」。

【注】

朱《箋》：作於元和十二年（八一七），江州。「吳元濟誅於元和十二年十一月，則此詩當作於是時之後。」

〔劉十九〕見本卷《問劉十九》(1019)注。

〔淮寇〕見卷七《春遊二林寺》(0289)注。

〔紅旗破賊非吾事，黄紙除書無我名〕黄紙除書，見本卷《元十八從事南海欲出廬山臨别舊居有戀泉聲之什因以投和兼伸别情》(1022)注。

十二年冬江西温暖喜元八寄金石凌到因題此詩①

今冬臘候不嚴凝②，暖霧温風氣上騰。山脚崦中纔有雪，江流慢處亦無冰。欲將何藥防春瘴，只有元家金石凌。(1035)

【校】

①〔題〕「凌」馬本、《唐音統籤》、汪本作「稜」，正文同。

②〔臘候〕馬本、《唐音統籤》作「臘後」。

【注】

朱《箋》： 作於元和十二年(八一七)，江州。

〔元八〕朱《箋》： 「元宗簡。」見卷五《答元八宗簡同遊曲江後明日見贈》(0174)注。

閑意

不爭榮耀任沉淪，日與時疏共道親。北省朋僚音信斷，東林長老往還頻。病停夜食閑如社，慵擁朝裘暖似春。漸老漸諳閑氣味，終身不擬作忙人。（1036）

【注】

朱《箋》：作於元和十二年（八一七），江州。

〔北省朋僚音信斷，東林長老往還頻〕北省，中書、門下省。《通典》卷二一中書省：「時謂尚書省爲南省，門下、中書爲北省，亦謂門下省爲左省，中書爲右省，或通謂之兩省。」《唐闕史》卷上：「近世逢掖，耻呼本字。南省官局則曰版圖、小績、春闈、秋曹，北省官位則曰紫微、貂蟬、側坡、夕拜，未嘗正名其名。」

送友人上峽赴東川辟命

見説瞿唐峽，斜銜灧澦根①。難於尋鳥路②，險過上龍門。羊角風頭急，桃花水色渾。山迴若鼇轉，舟入似鯨吞。岸合愁天斷③，波跳恐地翻。憐君經此去，爲感主人恩。（1037）

【校】

①〔斜衘〕《文苑英華》作「斜横」。

②〔鳥路〕《文苑英華》、汪本作「鳥道」。

③〔岸合〕馬本、《唐音統籤》作「巖合」。

【注】

朱《箋》：作於元和十二年（八一七），江州。

〔見説瞿唐峽，斜衘灧澦根〕瞿唐、灧澦，見卷十一《初入峽有感》（0522）注。

〔難於尋鳥路，險過上龍門〕謝朓《暫使下都夜發新林至京邑贈西府同僚》：「風雲有鳥路，江漢限無梁。」《文選》李善注：「《南中八志》曰：交趾郡治龍編縣，自興古鳥道四百里。」龍門，參見本卷《點額魚》（1026）注。

〔羊角風頭急，桃花水色渾〕《莊子・逍遥游》：「有鳥焉，其名爲鵬，背若太山，翼若垂天之雲，摶扶摇羊角而上者九萬里。」桃花水，見卷十《春晚寄微之》（0500）注。

〔山迴若鼇轉，舟入似鯨吞〕鼇轉，見卷十六《東南行一百韻寄通州元九侍御澧州李十一舍人果州崔二十二使君開州韋大員外庾三十二補闕杜十四拾遺李二十助教員外竇七校書》（0902）注。潘岳《滄海賦》：「其魚則有吞舟鯨鯢，烏賊龍鬚。」

夜送孟司功

潯陽白司馬①，夜送孟功曹②。江闇管絃思③，樓明燈火高。湖波翻似箭④，霜草殺如

刀⑤。且莫開征棹，陰風正怒號。（1038）

【校】

①〔白司馬〕金澤本所校本作「魚司馬」，平岡校以爲「魚」蓋「魯」字之訛。詳注。

②〔孟功曹〕金澤本作「范功曹」，平岡校：「謂後漢汝南范滂也。各本失檢。」

③〔管絃思〕那波本、馬本、《唐音統籤》、汪本作「管絃急」。平岡校：「蓋求對偶而改。」

④〔湖波翻〕金澤本作「潮翻波」。

⑤〔草殺〕金澤本作「殺草」。

【注】

朱《箋》：作於元和十二年（八一七），江州。

〔孟司功〕名不詳。《舊唐書·職官志三》：「上州……司功、司倉、司户、司兵、司法、司士六曹參軍事各一人。……功曹、司功掌官吏考課、祭祀、禎祥、道佛、學校、表疏、醫藥、陳設之事。」

〔潯陽白司馬，夜送孟功曹〕白司馬，金澤本所校本作「魚司馬」，可從。何遜《日夕望江山贈魚司馬》：「湓城望湓水，湓水縈如帶。」傅璇琮先生謂白詩蓋用此。平岡武夫謂「魚」爲「魯」之破體，「魯司馬」指晉良吏魯芝，不確。「孟功曹」金澤本作「范功曹」，平岡武夫謂指後漢范滂。《後漢書·黨錮傳·范滂》：「太守宗資先聞其名，請署功曹，委任政事。」

〔江閣管絃思，樓明燈火高〕思，愁思。《毛詩序》：「亡國之音哀以思。」《釋文》：「思，息吏反。」孔穎達疏：

「亡國之音既哀又以愁思者，由其民之困苦故也。」

衰病①

老辭遊冶尋花伴，病別荒狂舊酒徒。更恐五年三歲後，些些談笑亦應無。（1039）

【校】

①〔題〕金澤本、要文抄本作「衰疾」。

【注】

朱《箋》：作於元和十二年（八一七），江州。

題詩屏風絶句 并序

十二年冬，微之猶滯通州①，予亦未離湓上。相去萬里，不見三年，鬱鬱相念②，多以吟詠自解。前後辱微之寄示之什，殆數百篇。雖藏於篋中，永以爲好，不若置之座右，如見所思。由是掇律句中短小麗絶者，凡一百首，手自題錄③，合爲一屏④。舉目會心，參若其人在於前矣。前輩作事，多出偶然。則安知此屏，不爲好事者所傳，異日作九江一故事爾？因題絶句，聊以獎之。

相憶采君詩作障，自書自勘不辭勞。障成定被人爭寫，從此南中紙價高⑤。（1040）

【校】

①〔通州〕金澤本作「通川」。

②〔鬱鬱相念〕金澤本作「每鬱鬱相念」。

③〔手自〕紹興本等脱二字，據金澤本補。

④〔一屏〕紹興本等作「一屏風」，據金澤本改。

⑤〔南中〕金澤本作「江州」。

【注】

朱《箋》：作於元和十二年（八一七），江州。

〔十二年冬，微之猶滯通州〕元稹元和十年三月移任通州司馬，見卷九《感逝寄遠》（0442）注。

〔障成定被人爭寫，從此南中紙價高〕南中，蜀之南中諸郡。《華陽國志》卷四南中志：「南中在昔蓋夷越之地，滇濮、句町、夜郎、葉榆、桐師、嶲唐侯王國以十數。」

答微之　微之於閬州西寺，手題予詩。予又以微之百篇，題此屏上。各以絶句，相報答之①。

君寫我詩盈寺壁，我題君句滿屏風。與君相遇知何處，兩葉浮萍大海中。（1041）

【校】

①〔題〕題下注「相報答之」金澤本作「相報答焉」，馬本、《唐音統籤》作「報答」。

【注】

朱《箋》：作於元和十二年（八一七），江州。

〔微之於閬州西寺，手題予詩〕元稹《閬州開元寺壁題樂天詩》：「憶君無計寫君詩，寫盡千行説向誰。題在閬州東寺壁，幾時知是見君時。」

〔與君相遇知何處，兩葉浮萍大海中〕本書卷二《和思歸樂》（0100）：「人生百歲内，天地暫寓形。太倉一稊米，大海一浮萍。」參見該詩注。又《雜阿含經》卷十五：「譬如大地悉成大海，有一盲龜壽無量劫，百年一出其頭。海中有浮木，止有一孔，漂流海浪，隨風東西。盲龜百年一出其頭，當得遇此孔不？」詩蓋兼用此意。

偶宴有懷

遇興尋文客，因歡命酒徒①。春遊憶親故，夜會似京都。詩思閑仍在，鄉愁醉暫無。狂

來欲起舞，慚見白髭鬚。（1042）

【校】

①〔酒徒〕金澤本作「飲徒」。

【注】

朱《箋》：作於元和十三年（八一八），江州。

山中酬江州崔使君見寄

眷眄情無限①，優容禮有餘。三年爲郡吏②，一半許山居。酒熟心相待，詩來手自書。庾樓春好醉，明日且迴車③。（1043）

【校】

①〔眷眄〕馬本、《唐音統籤》作「眷盼」。〔無限〕馬本、《唐音統籤》作「無恨」。

②〔郡吏〕馬本、《唐音統籤》作「部吏」。

③〔明日〕馬本、《唐音統籤》作「明月」，誤。

【注】

朱《箋》：作於元和十三年（八一八），江州。

〔江州崔使君〕朱《箋》：「江州刺史崔能。」崔能字子才，新舊《唐書》有傳。陳思《寶刻叢編》卷十五引《復齋碑録》：「唐崔融《遊東林寺詩》，正書，無姓名，元和十三年二月二十九日曾孫江州刺史能重刻。」《舊唐書·崔能傳》：「元和初爲蜀州刺史，六年轉黔中觀察使，坐爲南蠻所攻，陷郡邑，貶永州刺史。穆宗即位，弟從居顯列，召拜將作監。長慶四年九月出爲廣州刺史、御史大夫、嶺南節度使，卒。」朱《箋》：「能或自永州刺史量移江州刺史，再召爲將作監。」

〔眷眄情無限，優容禮有餘〕夏侯惠《景福殿賦》：「周步堂宇，東西眷眄。」《漢書·何武傳》：「九江太守戴聖，《禮經》號小戴者，行治多不法，前刺史以其大儒，優容之。」

〔庾樓春好醉，明日且迴車〕庾樓，見卷十五《初到江州》（0899）注。

山枇杷①

深山老去惜年華，況對東谿野枇杷。火樹風來翻絳艷②，瓊枝日出曬紅紗。迴看桃李都無色，映得芙蓉不是花。爭奈結根深石底，無因移得到人家。（1044）

【校】

①〔題〕《文苑英華》作「山枇杷花」。

②〔絳艷〕金澤本、《文苑英華》、汪本作「絳焰」。

【注】

朱《箋》：作於元和十三年（八一八），江州。

〔山枇杷〕參見卷十二《山石榴寄元九》(0590)、卷十四《山枇杷花二首》(0755)注。

〔深山老去惜年華，況對東谿野枇杷〕王楙《野客叢書》卷十九司字作去聲：「白詩多犯鄙俗語，又如枇杷之枇，蒲萄之蒲，亦協入聲。……其詩句有曰：『況對東谿野枇杷』，『燭淚粘盤累蒲萄』，『燕姬酌蒲萄』，是協入聲者也。」

聞李尚書拜相因以長句寄賀微之

憐君不久在通川，知己新提造化權。夔卨定求才濟世，張雷應辯氣衝天①。那知淪落天涯日，正是陶鈞海内年。肯向泥中抛折劍，不收重鑄作龍泉？（1045）

【校】

①〔應辯〕金澤本、《唐音統籤》作「應辨」。

【注】

朱《箋》：作於元和十三年（八一八），江州。

〔李尚書〕朱《箋》：「（元和十三年）三月庚子，以御史大夫李夷簡爲門下侍郎、同平章事。宰相李鄘守户部尚書，罷知政事。……（七月）辛丑，以門下侍郎同平章事李夷簡檢校左僕射、同平章事、揚州大都督府長史、淮南節度使。」朱《箋》：「考元和十二年十月至元和十三年三月間，李姓入相者，除李夷簡外尚有李鄘。……夷簡元和八年正月檢校户部尚書、成都尹、充劍南西川節度使，十三年三月召爲御史大夫，再入相。故白氏此詩稱之曰『尚書』。……花房英樹謂指李鄘，失考。」

〔憐君不久在通川，知己新提造化權〕元稹元和十年三月移任通州司馬，見卷九《感逝寄遠》（0442）注。李白《爲趙宣城與楊右相書》：「伏惟相公開張徽猷，寅亮天地，入夔龍之室，持造化之權。」

〔夔卨定求才濟世，張雷應辯氣衝天〕卨，契之本字。《漢書·司馬相如傳》：「禹不能名，卨不能計。」楊炯《祭汾陰公文》：「若夔龍稷卨之寅亮舜朝兮，若蕭曹魏邴之謀猷漢室。」張雷，張華、雷煥。見卷十五《重寄》（0833）注。

〔那知淪落天涯日，正是陶鈞海内年〕陶鈞，見本卷《江南謫居十韻》（1002）注。

歲暮

窮陰急景坐相催①，壯齒韶顔去不迴。舊病重因年老發，新愁多是夜長來②。膏明自爇緣多事，雁默先烹爲不才。禍福細尋無會處，不如且進手中杯。（1046）

【校】

①〔坐相催〕《文苑英華》作「暗相催」。

②〔多是〕金澤本、管見抄本作「多待」，《文苑英華》校：「集作待。」

【注】

朱《箋》：作於元和十三年（八一八），江州。

〔窮陰急景坐相催，壯齒韶顏去不迴〕鮑照《舞鶴賦》：「於是窮陰殺節，急景凋年。」《文選》李善注：「《禮記》曰：季冬之月，日窮於次。《神農本草經》曰：秋冬爲陰。」

〔膏明自爇緣多事，雁默先烹爲不才〕《淮南子·繆稱訓》：「膏燭以明自鑠。」《莊子·山木》：「莊子行於山中，見大木，枝葉盛茂，伐木者止其旁而不取也。問其故，曰：『无所可用。』莊子曰：『此木以不材得終其天夫。』出於山，舍於故人之家。故人喜，命豎子殺雁而烹之。豎子請曰：『其一能鳴，其一不能鳴，請奚殺？』主人曰：『殺不能鳴者。』明日，弟子問於莊子曰：『昨日山中之木，以不材得終其天年，今主人之雁，以不材死。先生將何處？』莊子笑曰：『周將處乎材與不材之間。』」

雨中赴劉十九二林之期及到寺劉已先去因以四韻寄之①

雲中臺殿泥中路，既阻同遊懶却還。將謂獨愁猶對雨，不知多興已尋山。纔應行到千峰裏，只校來遲半日閒。最惜杜鵑花爛熳，春風吹盡不同攀。（1047）

【校】

①〔題〕「寺」金澤本作「山寺」。

【注】

朱《箋》：作於元和十三年（八一七），江州。

〔劉十九〕見本卷《問劉十九》（1019）注。

〔二林〕東林寺、西林寺。見卷一《廬山桂》（0061）、卷七《春遊二林寺》（0289）注。

薔薇正開春酒初熟因招劉十九張大崔二十四同飲①

甕頭竹葉經春熟，階底薔薇入夏開。似火淺深紅壓架，如餳氣味綠粘臺。試將詩句相招去②，儻有風情或可來。明日早花應更好，心期同醉卯時杯。（1048）

【校】

①〔題〕「張大」各本作「張大夫」，金澤本「夫」下注：「異本無。」盧校：「夫字疑衍。」

②〔詩句〕金澤本作「詩思」。

【注】

朱《箋》：作於元和十三年（八一八），江州。

〔劉十九〕見本卷《問劉十九》（1019）注。

〔張大〕白居易《遊大林寺序》（《白氏文集》卷四三）：「余與河南元集虛、范陽張允中、南陽張深之、廣平宋郁、安定梁必復、范陽張特……自遺愛草堂，歷東西二林，抵化城，憩峰頂，登香爐峰，宿大林寺。」張大疑爲其中一人。

〔崔二十四〕朱《箋》：「崔咸。」見卷十六《惜落花贈崔二十四》（0912）注。

〔甕頭竹葉經春熟，階底薔薇入夏開〕甕頭，初熟酒。《太平廣記》卷二〇八《購蘭亭序》（出《法書要錄》）：「便留夜宿，設缸面藥酒茶果等。江東云缸面，猶河北稱甕頭，謂初熟酒也。」孟浩然《戲題》：「已言雞黍熟，復道甕頭清。」竹葉酒，見卷十五《渭村退居寄禮部崔侍郎翰林錢舍人詩一百韻》（0803）注。

〔似火淺深紅壓架，如餳氣味綠粘臺〕本卷《江州赴忠州至江陵已來舟中示舍弟五十韻》（1097）：「甌汎茶如乳，臺粘酒似餳。」王楙《野客叢書》卷三唐時酒味：「三山老人云：唐人好飲甜酒，殆不可曉。子美曰：『人生幾何春與夏，不放香醪如蜜甜。』退之曰：『一尊春酒甘若飴，丈人此樂無人知。』僕謂唐人以酒比飴蜜者，大率謂醇乎醇者耳，非謂好飲甜酒也。且以樂天詩驗之，曰：『甕頭竹葉經春熟，如餳氣味綠粘臺。』曰：『春攜酒客過，綠餳粘盞杓。』曰：『宜城酒似餳。』曰：『粘臺酒似餳。』樂天詩非不言酒之甜也，至要其極論則曰：『甘露太甜非正味，醴泉雖潔不芳馨。』曰：『户大嫌甜酒，才高笑小詩。』曰：『甕揭聞時香酷烈，瓶封貯後味甘辛。』酒味至於甘辛乃爲佳耳。樂天之詩又如此，豈好甜酒哉！且退之詩亦自有『酒爲泠洌』之語，又豈嘗專好甜酒邪！樂天『户大嫌甜酒』之句，正屬退之，非好甜酒矣。大抵酒味之適口，古今所同。豈唐之所好，與今異邪！三山蓋不深考耳。」

〔明日早花應更好，心期同醉卯時杯〕本書卷二十《與諸客空腹飲》（1340）：「麴神寅日合，酒聖卯時歡。」卷二一《卯時酒》：「未如卯時酒，神速功力倍。」爲居易屢言。

李白墓

採石江邊李白墳①，遶田無限草連雲②。可憐荒隴窮泉骨，曾有驚天動地文。但是詩人多薄命，就中淪落不過君。（1049）

【校】

①〔採石〕馬本、《唐音統籤》、汪本作「采石」，字通。

②〔遶田〕金澤本、管見抄本作「遶墳」。

【注】

朱《箋》：作於元和十三年（八一八），江州。

〔李白墓〕范傳正《唐左拾遺翰林學士李公新墓碑》：「訪公之子孫，欲申慰薦，凡三四年，乃獲孫女二人。……因云先祖志在青山，遺言宅兆，頃屬多故，殯于龍山東麓，地近而非本意。墳高三尺，日益摧圮，力且不及，知如之何？聞之憫然，將遂其請，因當塗令諸葛縱會計在州，得諭其事。……卜新宅于青山之陽，以元和十二年正月二十三日遷神于此，遂公之志也。西去舊墳六里，南抵驛路三百步。北倚謝公山，即青山也。」趙令畤《侯鯖錄》卷六：「李白墳在太平州采石鎮民家菜圃中，遊人亦多留詩。然州之南有青山，乃有正墳。或云太白平生愛謝家青山，葬其處，采石特空墳耳。世傳太白過采石，酒狂捉月。竊意當時藁殯于此，至范侍郎爲遷窆青山焉。」

《方輿勝覽》卷十五太平州：「采石山，在當塗北三十里。山下有磯。《江源記》：人於此取石，因名。……李白懇求還山，帝賜金放還，白嘗乘月與崔宗之自采石至金陵，著宮錦袍坐舟中，旁若無人。」

〔但是詩人多薄命，就中淪落不過君〕但是，只要是。《魏書·太武五王傳》：「但是隨臣征者，即便爲所嫉。」劉禹錫《和楊師皐給事傷小姬英英》：「但是好花皆易落，從來尤物不長生。」

對酒

漫把參同契，難燒伏火砂。有時成白首，無處問黃牙①。幻世如泡影，浮生抵眼花。唯將淥醽酒②，且替紫河車。（1050）

【校】

①〔黃牙〕馬本、《唐音統籤》、汪本作「黃芽」。

②〔淥醽〕金澤本、《唐音統籤》、汪本作「綠醽」。

【注】

朱《箋》：作於元和十三年（八一八），江州。

〔漫把參同契，難燒伏火砂〕參同契、伏火砂，見本卷《尋郭道士不遇》（1013）注。

〔有時成白首，無處問黃牙〕黃牙，見卷十六《尋王道士藥堂因有題贈》（0949）注。

〔幻世如泡影，浮生抵眼花〕《金剛經》：「一切有爲法，如夢幻泡影，如露亦如電，應作如是觀。」《圓覺經》：「譬彼病目見空中華及第二月，善男子，空實無華，病者妄執。」《敦煌變文集·維摩詰經講經文》：「且精進，勿疏散，愛把眼花空裏玩。」

〔唯將淥醅酒，且替紫河車〕紫河車，丹液。《雲笈七籤》卷六六《丹論訣旨心照·金丹論第三》：「白液爐中化，黄牙變漸成。憶初相見日，難看水銀形。陽極生陰火，火衰陽炁並。自變紫河車，服食堪長生。」

戲答諸少年

顧我長年頭似雪，饒君壯歲氣如雲。朱顔今日雖欺我，白髮他時不放君。（1051）

【注】

朱《箋》：作於元和十三年（八一八），江州。

風雨晚泊①

苦竹林邊蘆葦叢，停舟一望思無窮。青苔撲地連春雨②，白浪掀天盡日風③。忽忽百年行欲半④，茫茫萬事坐成空。此生飄蕩何時定，一縷鴻毛天地中。（1052）

【校】

①〔題〕「晚」馬本、《唐音統籤》作「夜」。

②〔春雨〕馬本作「香雨」。

③〔掀天〕金澤本、要文抄本作「軒天」。

④〔行欲〕那波本作「皆欲」。

【注】

朱《箋》：作於元和十三年（八一八），江州。

〔此生飄蕩何時定，一縷鴻毛天地中〕王襃《聖主得賢臣頌》：「翼乎如鴻毛過順風，沛乎如巨魚縱大壑。」《文選》任昉《爲齊明帝讓宣城郡公第一表》李善注引楊泉《養性賦》：「況性命之幾微，如鴻毛之漂輕。」

題崔使君新樓

憂人何處可銷憂，碧甃紅欄溢水頭。從此潯陽風月夜，崔公樓替庾公樓。（1053）

【注】

朱《箋》：作於元和十三年（八一八），江州。

〔崔使君〕朱《箋》：「江州刺史崔能。」見本卷《山中酬江州崔使君見寄》（1043）注。

〔從此潯陽風月夜，崔公樓替庾公樓〕庾公樓，見卷十五《初到江州》（0899）注。嘉慶《九江府志》卷三：「崔使君新樓，唐刺史崔某起新樓於庾樓故址，故白司馬詩有『崔公樓替庾公樓』之句。後仍名庾樓。」

山中戲問韋侍御①

我抱棲雲志，君懷濟世才。常吟反招隱，那得入山來？（1054）

【校】

①〔題〕「侍御」馬本、《唐音統籤》作「侍郎」。

【注】

朱《箋》：作於元和十三年（八一八），江州。

〔韋侍御〕見本卷《清明日送韋侍御貶虔州》（1006）注。

〔常吟反招隱，那得入山來〕《文選》王康琚《反招隱詩》李善注：「《古今詩英華》題云：晉王康琚，然爵里未詳也。」

贈曇禪師　夢中作。

五年不入慈恩寺，今日尋師始一來。欲知火宅焚燒苦，方寸如今化作灰。（1055）

【注】

朱《箋》：作於元和十三年（八一八），江州。

〔五年不入慈恩寺，今日尋師始一來〕慈恩寺，見卷十三《代書詩一百韻寄微之》（0604）注。

〔欲知火宅焚燒苦，方寸如今化作灰〕火宅，見卷十四《和夢遊春詩一百韻》（0800）注。

寄微之

帝城行樂日紛紛，天畔窮愁我與君。秦女笑歌春不見，巴猿啼哭夜常聞①。何處琵琶絃似語，誰家咼墮髻如雲②？人生多少歡娛事③，那獨千分無一分？（1056）

【校】

①〔常聞〕馬本、《唐音統籤》作「長聞」，汪本作「嘗聞」。

②〔咼墮〕管見抄本作「苕蔕」，《唐音統籤》作「倭墮」。汪本作「卨墮」，誤。

③〔多少〕金澤本、管見抄本作「年少」。

【注】

朱《箋》：作於元和十三年（八一八），江州。

〔何處琵琶絃似語，誰家咼墮髻如雲〕咼墮，即倭墮。《陌上桑》：「頭上倭墮髻，耳中明月珠。」

醉吟二首①

空王百法學未得②，姹女丹砂燒即飛③。事事無成身老也④，醉鄉不去欲何歸？（1057）

【校】

①〔題〕「二首」管見抄本作「二絶」。

②〔百法〕管見抄本作「白法」。平岡校：「釋氏以正法爲白法。又與下句丹方爲對。」〔丹砂〕管見抄本作「丹方」。

③〔即飛〕管見抄本作「却飛」。

④〔老也〕管見抄本作「也老」。

【注】

朱《箋》：作於元和十三年（八一八），江州。

〔空王百法學未得，姹女丹砂燒即飛〕空王，佛。《楞嚴經》卷五：「有佛出世，名曰空王。」《景德傳燈錄》卷十三風穴延昭：「不曾博覽空王教，略借玄機試道看。」玄奘譯有《百法明門論》。《觀無量壽經》：「經三小劫，得百法明門，住歡喜地，是名上品下生者。」《祖堂集》卷十三山谷：「律部精嚴，長講百法。」作「白法」亦有據。《長阿含經》卷十二：「説黑、白法，緣、無緣法，照、無照法。」姹女，見卷十六《尋王道士藥堂因有題贈》（0949）注。

〔事事無成身老也，醉鄉不去欲何歸〕醉鄉，參見本卷《九日醉吟》（1066）注。

兩鬢千莖新似雪，十分一盞欲如泥。酒狂又引詩魔發，日午悲吟到日西。（1058）

曉寢

轉枕重安寢，迴頭一欠伸。紙窗明覺曉，布被暖知春。莫強疏慵性，須安老大身。雞鳴一覺睡①，不博早朝人。（1059）

【校】

①〔一覺睡〕馬本、《唐音統籤》、汪本作「猶獨睡」。

【注】

朱《箋》：作於元和十三年（八一八），江州。

答元八郎中楊十二博士

身覺浮雲無所著①，心同止水有何情？但知蕭灑疏朝市，不要崎嶇隱姓名。盡日觀魚臨澗坐，有時隨鹿上山行。誰能拋得人間事，來共騰騰過此生？（1060）

【校】

①〔身覺〕紹興本校：「覺，一作學。」

【注】

朱《箋》：作於元和十三年（八一八），江州。

〔元八郎中〕朱《箋》：「元宗簡。」見本卷《潯陽歲晚寄元八郎中庾三十三員外》（1004）注。

〔楊十二博士〕朱《箋》：「楊巨源。」見卷十五《贈楊秘書巨源》（0841）注。

〔身覺浮雲無所著，心同止水有何情〕《維摩經·方便品》：「是身如浮雲，須臾變滅。」止水，見卷九《酬李少府曹長官舍見贈》（0433）注。

〔誰能抛得人間事，來共騰騰過此生〕騰騰，見卷七《約心》（0283）注。

湖亭與行簡宿

潯陽少有風情客，招宿湖亭盡却迴。水檻虚涼風月好，夜深唯共阿連來①。（1061）

【校】

①〔唯共〕馬本作「誰共」。〔阿連〕紹興本等作「阿憐」。何校以意改爲「阿連」，顧校同。今據金澤本、《唐音統籤》改。平岡校：「居易常稱弟以謝惠連。《唐詩紀事》據此以阿憐爲行簡小字，汪立名從之。皆非是。」

【注】

朱《箋》：作於元和十三年（八一八），江州。

〔水檻虚涼風月好，夜深唯共阿連來〕阿連，謝靈運族弟謝惠連。《宋書·謝靈運傳》：「靈運既東還，與族弟惠連、東海何長瑜、潁川荀雍、泰山羊璿之，以文章賞會，……惠連幼有才悟，而輕薄不爲父方明所知。……靈運嘗自始寧至會稽造方明，過視惠連，大相知賞，……謂方明曰：『阿連才悟如此，而尊作常兒遇之。』」

八月十五日夜湓亭望月

昔年八月十五夜，曲江池畔杏園邊①。今年八月十五夜，湓浦沙頭水館前。西北望鄉何處是，東南見月幾迴圓②？臨風一歎無人會，今夜清光似往年。（1062）

【校】

①〔杏園〕馬本、《唐音統籤》作「杏林」。

②〔東南〕《唐音統籤》作「東西」。

【注】

朱《箋》：作於元和十三年（八一八），江州。

〔昔年八月十五夜，曲江池畔杏園邊〕杏園，見卷一《杏園中棗樹》（0056）注。

贈江客

江柳影寒新雨地①，塞鴻聲急欲霜天。愁君獨向沙頭宿，水遶蘆花月滿船。（1063）

【校】

①〔柳影〕馬本、《唐音統籤》作「柳陰」。

【注】

朱《箋》：作於元和十三年（八一八），江州。

殘暑招客

雲截山腰斷，風驅雨脚迴。早陰江上散，殘熱日中來①。却取生衣著，重拈小簟開②。誰能淘晚熱③，閑飲兩三杯。（1064）

【校】

①〔殘熱〕汪本作「殘暑」。

②〔小簟〕馬本、《唐音統籤》作「竹簟」。

③〔晚熱〕金澤本作「晚暑」。平岡校從金澤本，謂：「汪本徒改殘熱爲殘暑。」

【注】

朱《箋》：作於元和十三年（八一八），江州。

〔却取生衣著，重拈小簟開〕生衣，見卷十五《寄生衣與微之因題封上》（0843）注。

潯陽秋懷贈許明府

霜紅二林葉，風白九江波。暝色投煙鳥，秋聲帶雨荷。馬閑無處出，門冷少人過。鹵莽還鄉夢，依稀望闕歌。共思除醉外，無計奈愁何。試問陶家酒，新篘得幾多？（1065）

【注】

朱《箋》：作於元和十三年（八一八），江州。

〔許明府〕名不詳。

〔試問陶家酒，新篘得幾多〕陶家，謂陶淵明。王勃《九日》：「不知來送酒，若個是陶家。」崔國輔《九日》：「九日陶家雖載酒，三年楚客已沾裳。」新篘，新漉酒。篘爲漉酒器。《玉篇》：「篘，酒籠也。」陸龜蒙《和酒中十詠·酒篘》：「山齋醖方熟，野童編近成。持來歡伯内，坐使賢人清。不待盎中滿，旋供花下傾。汪洋日可挹，未羨黄金籯。」

九日醉吟

有恨頭還白，無情菊自黄。一爲州司馬，三見歲重陽。劍匣塵埃滿，籠禽日月長。身從漁父笑，門任雀羅張。問疾因留客，聽吟偶置觴。歎時論倚伏，懷舊數存亡。奈老應無計，治愁或有方①。無過學王勣②，唯以醉爲鄉。（1066）

【校】

①〔治愁〕馬本、《唐音統籤》作「醫愁」。

②〔王勣〕汪本作「王績」。

【注】

朱《箋》：作於元和十三年（八一八），江州。

〔一爲州司馬，三見歲重陽〕司馬之司，見卷十六《聞李六景儉自河東令授唐鄧行軍司馬以詩賀之》（0961）注。

〔身從漁父笑，門任雀羅張〕《楚辭·漁父》：「屈原既放，游於江潭，行吟澤畔，顔色憔悴，形容枯槁。漁父見而問之曰：『子非三閭大夫與？何故至於斯？』屈原曰：『舉世皆濁我獨清，衆人皆醉我獨醒，是以見放。』漁父曰：『聖人不凝滯於物，而能與世推移。世人皆濁，何不淈其泥而揚其波？衆人皆醉，何不餔其糟而歠其釃？』……漁父莞爾而笑，鼓枻而去。乃歌曰：『滄浪之水清兮，可以濯吾纓；滄浪之水濁兮，可以濯吾足。』

遂去不復與言。」雀羅，見卷二《寓意詩五首》之二(0091)注。

〔無過學王勣，唯以醉爲鄉〕無過，不如、最好。見卷十六《南浦歲暮對酒送王十五歸京》(0951)注。《新唐書·隱逸傳·王績》：「王績字無功，絳州龍門人。性簡放，不喜拜揖。……大業中，舉孝悌廉絜，授秘書省正字。不樂在朝，求爲六合丞，以嗜酒不任事。……游北山東皐，著書自號東皐子。……高祖武德初，以前官待詔門下省。……棄官去。……追述革酒法爲經，又采杜康、儀狄以來善酒者爲譜。……著《醉鄉記》以次劉伶《酒德頌》。」

問韋山人　山甫①。

身名身事兩蹉跎②，試就先生問若何。從此神仙學得否③，白鬚雖有未爲多④。(1067)

【校】

①〔題〕題下注「山甫」金澤本、馬本、《唐音統籤》、汪本作大字與題相連。

②〔身事〕金澤本、管見抄本作「年事」。

③〔神仙〕金澤本、管見抄本作「學仙」。〔學得〕管見抄本作「猶得」。

④〔爲多〕管見抄本作「全多」。

【注】

朱《箋》：作於元和十三年(八一八)，江州。

〔韋山人山甫〕《唐國史補》卷中：「韋山甫以石流黄濟人嗜慾，故其術大行，多有暴風死者。其徒盛言山甫與陶貞白同壇受籙，以爲神仙之儔。長慶二年卒于餘干，江西觀察使王仲舒遍告人曰：『山甫老病而死，死而速朽，無小異於人者。』」《舊唐書·裴潾傳》：「潾上疏諫曰：……伏見自去年以來，諸處頻薦藥術之士，有韋山甫、柳泌等。」

送蕭煉師步虛詩十首卷後以二絶繼之①

欲上瀛洲臨別時，贈君十首步虛詞。天仙若愛應相問，向道江州司馬詩②。（1068）

【校】

①〔題〕「詩」馬本、《唐音統籤》、汪本作「詞」，「絶」下金澤本校補「句」字。

②〔向道〕馬本、《唐音統籤》作「可道」。

【注】

朱《箋》：作於元和十三年（八一八），江州。

〔步虛詩〕見卷十五《江上吟元八絶句》（0870）注。

〔欲上瀛洲臨別時，贈君十首步虛詞〕瀛洲，海上三神山之一。見卷一《題海圖屏風》（0007）注。

花紙瑶緘松墨字，把將天上共誰開？試呈王母如堪唱，發遣雙成更取來。（1069）

【注】

〔試呈王母如堪唱，發遣雙成更取來〕雙成，見卷十二《長恨歌》（0593）注。

贈李兵馬使

身得貳師餘氣概，家藏都尉舊詩章。江南别有樓船將，燕頷虯鬚不姓楊。（1070）

【注】

朱《箋》：作於元和十三年（八一八），江州。

〔李兵馬使〕名不詳。

〔身得貳師餘氣概，家藏都尉舊詩章〕《史記·大宛列傳》：「天子已嘗使浞野侯攻樓蘭，以七百騎先至，虜其王，以定漢等言爲然，而欲侯寵姬李氏，拜李廣利爲貳師將軍，發屬國六千騎，及郡國惡少數萬人，以往伐宛，期至貳師城取善馬，故號貳師將軍。」都尉，李陵。見卷一《李都尉古劍》（0010）注。

〔江南别有樓船將，燕頷虯鬚不姓楊〕《漢書·酷吏傳·楊僕》：「楊僕，宜陽人也。……南越反，拜爲樓船將軍，有功，封將梁侯。」《後漢書·班超傳》：「生燕頷虎頸，飛而食肉，此萬里侯相也。」張説《右羽林大將軍王公神道碑》：「公威聲發於雷泉，武毅標於峒嶺，小頭鋭上，猿臂虬鬚。」顔真卿《有唐故中大夫使持節壽州諸軍事壽州刺史上柱國贈太保郭公廟碑銘》：「河目電照，虬鬚猬磔。」李翰《淮南節度使行軍司馬廳壁記》：「有吳楚鋭士，燕韓勁卒，奇材劍客，猿臂虬鬚。」

題遺愛寺前溪松①

偃亞長松樹，侵臨小石溪。靜將流水對，高共遠峰齊。翠蓋煙籠密，花幢雪壓低。與僧清影坐，借鶴穩枝棲。筆寫形難似，琴偷韻易迷。暑天風槭槭②，晴夜露淒淒③。獨憩依爲舍，閑行繞作蹊。棟梁君莫採，留著伴幽棲。（1071）

【校】

①〔題〕「松」馬本作「村」，誤。

②〔槭槭〕金澤本作「瑟瑟」，《文苑英華》校：「一作瑟瑟。」

③〔晴夜露〕金澤本作「晴夜雨」，《文苑英華》校：「集作靜夜雨。」

【注】

朱《箋》：作於元和十三年（八一八），江州。

〔遺愛寺〕見卷十六《遺愛寺》（0980）注。

〔偃亞長松樹，侵臨小石溪〕偃亞，見卷十《司馬廳獨宿》（0518）注。

〔暑天風槭槭，晴夜露淒淒〕槭槭，見卷十一《庭松》（0565）注。

廬山草堂夜雨獨宿寄牛二李七庾三十二員外①

丹霄攜手三君子，白髮垂頭一病翁。蘭省花時錦帳下，廬山雨夜草菴中。終身膠漆心應在，半路雲泥迹不同。唯有無生三昧觀，榮枯一照兩成空。（1072）

【校】

①〔題〕「李七」管見抄本作「李十七」，平岡校：「誤。」「庾三十二」金澤本、管見抄本作「庾三十三」。

【注】

朱《箋》：作於元和十三年（八一八），江州。

〔廬山草堂〕見卷七《香爐峰下新置草堂即事詠懷題於石上》（0300）注。

〔牛二〕朱《箋》：「牛僧孺。」見卷二《和答詩十首》（0100）序注。朱《箋》：「元和十四年白氏在忠州所作《京使迴累得南省諸公書因以長句詩寄謝》詩（本書卷十八1107）中稱僧孺爲『牛二員外』。又元和十三年所作之《代書》（《白氏文集》卷四三）仍稱其爲『監察牛二侍御』，則僧孺自監察御史改官員外當在十三年至十四年間。」

〔李七〕朱《箋》：「李宗閔。」見卷十《夢與李七庾三十三同訪元九》（0519）注。朱《箋》：「據《郎官考》卷四，宗閔曾爲吏部員外郎，此詩稱員外或即指此。」

〔庾三十二員外〕朱《箋》：「庾敬休。曾官禮部員外郎。」見卷十《夢與李七庾三十三同訪元九》（0519）注。

〔蘭省花時錦帳下，廬山雨夜草菴中〕蘭省，秘書省。《唐會要》卷六五秘書省：「龍朔二年二月四日，改爲蘭臺。」張説《送考功武員外使嵩山署舍利塔》：「雖在神仙蘭省間，常持清淨蓮花葉。」

〔終身膠漆心應在，半路雲泥迹不同〕膠漆、雲泥，見卷二《傷友》（0078）注。

〔唯有無生三昧觀，榮枯一照兩成空〕無生三昧，諸三昧之一。《悲華經》卷八：「有一切法無生三昧，如是三昧示一切三昧無生無滅。」亦通謂修諸三昧而得無生法忍。《觀無量壽經》：「於諸佛所，修諸三昧，經一小劫，得無生忍。」

聞楊十二新拜省郎遥以詩賀

文昌新入有光輝，紫界宫墻白粉闈。曉日雞人傳漏箭①，春風侍女護朝衣。雪飄歌句高難和②，鶴拂煙霄老慣飛。官職聲名俱入手，近來詩客似君稀。頃曾有贈楊詩③，落句云：「不用更教詩過好，折君官職是聲名④。」今故云「俱入手」。（1073）

【校】

①〔曉日〕金澤本作「曉月」。

②〔歌句〕那波本作「歌響」，馬本、《唐音統籤》作「歌曲」。

③〔（注）頃曾有〕金澤本作「頃嘗有」。

④〔（注）聲名〕汪本作「詩名」。

【注】

朱《箋》：作於元和十三年（八一八），江州。

〔楊十二〕朱《箋》：「楊巨源。」見卷十五《贈楊秘書巨源》（0841）注。

〔文昌新入有光輝，紫界宮墻白粉闈〕文昌，尚書省。《唐會要》卷五七尚書省：「光宅元年九月五日，改爲文昌臺。」宋之問《和姚給事寓直之作》：「曉河低武庫，流火度文昌。」駱賓王《疇昔篇》：「揮戈出武帳，荷筆入文昌。文昌隱隱皇城裏，由來奕奕多才子。」

〔曉日雞人傳漏箭，春風侍女護朝衣〕雞人，見本卷《潯陽歲晚寄元八郎中庾三十三員外》（1004）注。

三月三日懷微之

良時光景長虛擲，壯歲風情已闇銷①。忽憶同爲校書日，每年同醉是今朝②。（1074）

【校】

①〔壯歲〕馬本、《唐音統籤》作「壯氣」，誤。〔已闇銷〕金澤本、要文抄本作「亦暗銷」。

②〔同醉〕金澤本、要文抄本作「狂醉」。

【注】

朱《箋》：作於元和十三年（八一八），江州。

贈韋八

辭君歲久見君初①，白髮驚嗟兩有餘。容鬢別來今至此，心情料取合何如？曾同曲水花亭醉，亦共華陽竹院居。豈料天南相見夜，哀猿瘴霧宿匡廬。（1075）

【校】

①〔歲久〕馬本、《唐音統籤》作「雖久」。

【注】

朱《箋》：作於元和十三年（八一八），江州。

〔韋八〕名不詳。朱《箋》：「疑與《早秋晚望兼呈韋侍御》（本書卷十0516）、《答韋八》（本書卷十三0618）、《清明日送韋侍御貶虔州》（本卷1008）等詩中之『韋八』及『韋侍御』同爲一人。」

〔曾同曲水花亭醉，亦共華陽竹院居〕華陽，華陽觀。見卷五《永崇里觀居》（0177）注。

春江閑步贈張山人

江景又妍和，牽愁發浩歌。晴砂金屑色，春水麴塵波。紅簇交枝杏，青含卷葉荷。藉莎

憐軟暖，憩樹愛婆娑。書信朝賢斷，知音野老多①。相逢不閑語，爭奈日長何？（1076）

【校】

①〔知音〕金澤本作「知聞」。

【注】

朱《箋》：作於元和十三年（八一八），江州。

〔晴砂金屑色，春水麴塵波〕麴塵，見卷十二《山石榴寄元九》（0590）注。

春聽琵琶兼簡長孫司户

四絃不似琵琶聲，亂寫真珠細撼鈴。指底商風悲颯颯，舌頭胡語苦醒醒。如言都尉思京國，似訴明妃厭虜庭。遷客共君相勸諫，春腸易斷不須聽。（1077）

【注】

朱《箋》：作於元和十三年（八一八），江州。

〔長孫司户〕朱《箋》：「疑即白氏《盧昂量移虢州司户長孫鉉量移遂州司户同制》（《白氏文集》卷五一）文中之『長孫鉉』。《國史補》卷中云：『盧昂主福建鹽鐵，贓罪大發，有瑟瑟枕大如半斗，以金牀承之。御史中丞孟簡案鞫旬月，乃得而進。』考孟簡爲御史中丞在元和十三年，見《舊唐書·孟簡傳》。盧昂貶官當在是時，長孫鉉或係偕盧昂同時貶官者，亦與白氏此詩時間相合。」

〔指底商風悲颯颯，舌頭胡語苦醒醒〕商風，見卷六《酬吴七見寄》（0264）注。醒醒，同惺惺，清醒、清楚。《祖堂集》卷三慧忠：「惺惺直言惺惺，歷歷直言歷歷，以後莫受人謾。」《古尊宿語録》卷二四偈頌：「寂寂無一事，醒醒亦復然。」段成式《醉中吟》：「只愛糟牀滴滴聲，長愁聲絶又醒醒。」

〔如言都尉思京國，似訴明妃厭虜庭〕都尉，李陵。見卷一《李都尉古劍》（0010）注。明妃，見卷二《青冢》（0121）注。

吴宫詞

一入吴王殿，無人覩翠蛾。樓高時見舞，宫靜夜聞歌。半露胸如雪，斜迴臉似波。妍蚩各有分，誰敢妬恩多？（1078）

【注】

朱《箋》：作於元和十三年（八一八），江州。

〔吴宫詞〕《樂府詩集》卷九一新樂府辭《吴宫怨》收衛萬、張籍之作各一首，詠西施故事。此詩題旨稍異。

送韋侍御量移金州司馬 時予官獨未出。

春歡雨露同霑澤，冬歎風霜獨滿衣。留滯多時如我少，遷移好處似君稀。卧龍雲到須先起，蟄燕雷驚尚未飛。莫恨東西溝水别，滄溟長短擬同歸。（1079）

【注】

朱《箋》：作於元和十三年（八一八），江州。

〔韋侍御〕見本卷《清明日送韋侍御貶虔州》（1006）注。

〔金州〕《舊唐書·地理志二》山南西道：「金州，隋西城郡。武德元年，改爲金州。……天寶元年，改爲安康郡。至德二年二月，改爲漢南郡。乾元元年，復爲金州。」

〔卧龍雲到須先起，蟄燕雷驚尚未飛〕庾信《謝趙王賚米啓》：「剝榆皮於秋塞，掘蟄燕於寒山。」

〔莫恨東西溝水别，滄溟長短擬同歸〕《相和歌辭·白頭吟》：「今日斗酒會，明旦溝水頭。躞蹀御溝上，溝水東西流。」王彪之《遊仙詩》：「遠遊絶塵霧，輕舉觀滄溟。」

自到潯陽生三女子因詮真理用遣妄懷

宦途本自安身拙，世累由來向老多。遠謫四年徒已矣，晚生三女擬如何？預愁嫁娶真

成患，細念因緣盡是魔。賴學空王治苦法，使從煩惱入頭陀①。（1080）

【校】

①〔使從〕紹興本等作「須抛」，據金澤本改。

【注】

朱《箋》：作於元和十三年（八一八），江州。

〔預愁嫁娶真成患，細念因緣盡是魔〕《菩薩本緣經》卷下：「慈悲熏心調和軟善，悉能消滅諸魔因緣。」

〔賴學空王治苦法，使從煩惱入頭陀〕空王，見本卷《醉吟二首》之一（1057）注。頭陀，十二頭陀行。《菩薩念佛三昧經》卷四：「安住十二頭陀之行，不求己利以名譽，捨心愛滯得四神足，離四顛倒及煩惱刺。」《法苑珠林》卷一百：「西云頭陀，此云抖擻。能行此法，即能抖擻煩惱，去離貪著，如衣抖擻能去塵垢，是故從譬爲名。」

江西裴常侍以優禮見待又蒙贈詩輒叙鄙誠用伸感謝①

一從簪笏事金貂，每借温顔放折腰②。長覺身輕離泥滓，忽驚手重捧瓊瑶。馬因迴顧雖增價，桐遇知音已半燋。他日秉鈞如見念，壯心直氣未全銷。（1081）

【校】

①〔題〕「用伸感謝」金澤本作「以中答謝」。

②〔放折腰〕《唐音統籤》作「故折腰」。

【注】

朱《箋》：作於元和十三年（八一八），江州。

〔江西裴常侍〕朱《箋》：「江西觀察使裴堪。」《舊唐書·憲宗紀》：「（元和七年）十一月甲申，以同州刺史裴堪爲江西觀察使。」朱《箋》：「裴堪，長慶初致仕，卒於寶曆元年，罷江西之時間不詳，據白氏此詩及《初除官蒙裴常侍贈鶻銜瑞草緋袍魚袋因謝惠貺兼抒離情》（本卷1084），劉禹錫《送湘陽熊判官孺登罷歸鍾陵因寄呈江西裴中丞二十三兄》詩，可證元和十三年底白氏遷忠州刺史時，裴堪仍在江西任，吳廷燮《唐方鎮年表》繫裴次元於元和十三年，誤。」

〔一從簪笏事金貂，每借温顔放折腰〕潘岳《秋興賦》：「登春臺之熙熙兮，珥金貂之蛹蛹。」《文選》李善注：「《漢書》：谷永對詔曰：戴金貂之飾，執常伯之職也。董巴《輿服志》曰：侍中冠金璫，附蟬爲文，貂尾爲飾。」《魏書·柳崇傳》：「人人別借以温顔，更問其親老存不，農桑多少。」

〔馬因迴顧雖增價，桐遇知音已半燋〕增價，見卷十三《叙德書情四十韻上宣歙崔中丞》（0608）注。《藝文類聚》卷四四引《搜神記》：「漢靈帝時，陳留蔡邕，……至吳，吳人有燒桐以爨者，邕聞火烈聲，曰：『此良材也。』因請之，削以爲琴，果有美音，而其尾焦，因名焦尾琴。」

〔他日秉鈞如見念，壯心直氣未全銷〕秉鈞，見卷一《贈樊著作》（0023）注。

自江州司馬授忠州刺史仰荷聖澤聊書鄙誠

炎瘴抛身遠，泥塗索脚難。網初鱗撥剌，籠久翅摧殘。雷電頒時令①，陽和變歲寒。遺簪承舊念，剖竹授新官。鄉覺前程近，心隨外事寬。生還應有分②，西笑問長安③。（1082）

【校】

①〔雷電〕金澤本作「雷雨」。

②〔有分〕金澤本作「有望」。

③〔問長安〕金澤本作「向長安」。平岡校：「關東俚語云：人聞長安樂則西向而笑。」

【注】

朱《箋》：作於元和十三年（八一八），江州。

〔忠州〕見卷十一《自江州至忠州》(0524)注。白居易《忠州刺史謝上表》（《白氏文集》卷六一）：「臣以去年十二月二十日伏奉敕旨授臣忠州刺史，以今月二十八日到本州，當日上訖。……元和十四年三月二十八日。」

〔網初鱗撥剌，籠久翅摧殘〕撥剌，見卷一《放魚》(0069)注。

〔遺簪承舊念，剖竹授新官〕遺簪，見卷十五《渭村退居寄禮部崔侍郎翰林錢舍人詩一百韻》(0803)注。謝靈運《過始寧墅》：「剖竹守滄海，枉帆過舊山。」《文選》李善注：「《漢書》曰：初與郡守爲使符。《説文》曰：符，信。漢制爲竹，分而相合。」

〔生還應有分，西笑問長安〕桓譚《新論·袪蔽》：「關東鄙語曰：人聞長安樂，則出門西向而笑。」

除忠州寄謝崔相公①

提拔出泥知力竭，吹噓生翅見情深。劍鋒缺折難衝斗，桐尾燒焦豈望琴？感舊兩行年老淚，酬恩一寸歲寒心。忠州好惡何須問，鳥得辭籠不擇林②。（1083）

【校】

①〔題〕「寄」上金澤本有「後」字。

②〔擇林〕金澤本作「揀林」。

【注】

汪《譜》、朱《箋》：作於元和十三年（八一八），江州。

〔崔相公〕朱《箋》：「崔羣。」見卷七《答崔侍郎錢舍人書問因繼以詩》（0304）注。朱《箋》：「居易自江州司馬除忠州刺史，崔羣之力也。」

〔提拔出泥知力竭，吹噓生翅見情深〕《宋書·沈攸之傳》：「愛之若子，卵翼吹噓。」

〔劍鋒缺折難衝斗，桐尾燒焦豈望琴〕衝斗，見卷十五《重寄》（0833）注。焦尾琴，見本卷《江西裴常侍以優禮見待又蒙贈詩輒叙鄙誠用伸感謝》(1081)注。

初除官蒙裴常侍贈鶻銜瑞草緋袍魚袋因謝惠貺兼抒離情①

新授銅符未著緋，因君裝束始光輝。惠深范叔綈袍贈②，榮過蘇秦佩印歸③。魚綴白金隨步躍，鶻銜紅綬遶身飛。明朝戀别朱門淚，不敢多垂恐汙衣。（1084）

【校】

①〔題〕「初除」馬本、《唐音統籤》作「初授」。

②〔綈袍〕那波本作「綿袍」。

③〔蘇秦〕金澤本作「蘇君」。

【注】

朱《箋》：作於元和十三年（八一八），江州。

〔裴常侍〕裴堪。見本卷《江西裴常侍以優禮見待又蒙贈詩輒叙鄙誠用伸感謝》(1081)注。

〔惠深范叔綈袍贈，榮過蘇秦佩印歸〕綈袍，見卷十三《醉後狂言酬贈蕭殷二協律》(0602)注。蘇秦佩印，見卷二《讀史五首》之五(0099)注。

〔魚綴白金隨步躍，鶻銜紅綬遶身飛〕《唐會要》卷三一内外官章服：「舊制，凡授都督刺史，皆未及五品者，並聽著緋佩魚，離任則停之。……（開元）八年二月二十日敕，都督刺史品卑者，借緋及魚袋，永爲常式。」魚袋：「垂拱二年正月二十日敕文，諸州都督刺史，並準京官帶魚袋。」《新唐書・車服志》：「隨身魚符者，以明貴賤，應召命，左二右一，左者進内，右者隨身。……皆盛以魚袋，三品以上飾以金，五品以上飾以銀。」《舊唐書・德宗紀》貞元七年：「（三月）壬申詔：頃來賜衣，文彩不常，非制也。朕今思之，宜有定制。節度使宜以鶻銜綬帶，觀察使宜以雁銜威儀。威儀，瑞草也。」《唐會要》卷三二異文袍：「太和六年六月敕，三品以上，許服鶻銜瑞草，雁銜綬帶，及對孔雀綾袍襖。四品五品，許服地黄交枝綾。」

洪州逢熊孺登①

靖安院裏辛夷下②，醉笑狂吟氣最粗。莫問別來多少苦，低頭看取白髭鬚。（1085）

【校】

①〔題〕「洪州」金澤本作「江州」，平岡校：「疑誤。」

②〔辛夷〕紹興本作「新荑」，那波本作「辛荑」。據馬本、《唐音統籤》、汪本改。

【注】

朱《箋》：作於元和十三年（八一八），江州。

〔洪州〕《舊唐書・地理志三》江南西道：「洪州上都督府，隋豫章郡。……天寶元年，改爲豫章郡。乾元元年，復爲洪州。」

〔熊孺登〕白居易《與微之書》(《白氏文集》卷四五)：「僕初到潯陽時，有熊孺登來，得足下前年病甚時一札。」劉禹錫有《送湘陽熊判官孺登罷歸鍾陵因寄呈江西裴中丞二十三兄》詩。《唐才子傳》卷六：「孺登，鍾陵人。有詩名。元和中，爲西川從事。與白舍人、劉賓客善，多贈答。亦衹役湘中數年。」朱《箋》：「孺登蓋先官西川，再赴湘中也。」《直齋書録解題》著録《熊孺登集》一卷。

〔靖安院裏辛夷下，醉笑狂吟氣最粗〕靖安院，元稹靖安里宅。見卷十《夢與李七庾三十三同訪元九》(0519)注。

初著刺史緋答友人見贈

故人安慰善爲辭，五十專城道未遲。徒使花袍紅似火①，其如蓬鬢白成絲②。且貪薄俸君應悉③，不稱衰容我自知。銀印可憐將底用，只堪歸舍嚇妻兒。(1086)

【校】

①〔徒使〕金澤本作「從使」。

②〔成絲〕馬本、《唐音統籤》作「如絲」。

③〔應悉〕紹興本等作「應惜」，據金澤本改。

【注】

朱《箋》：作於元和十三年(八一八)，江州。

〔故人安慰善爲辭，五十專城道未遲〕《相和歌辭·陌上桑》：「三十侍中郎，四十專城居。」

又答賀客

銀章暫假爲專城，賀客來多懶起迎。似掛緋衫衣架上，朽株枯竹有何榮？（1087）

【注】

朱《箋》：作於元和十三年（八一八），江州。

別草堂三絶句

正聽山鳥向陽眠，黄紙除書落枕前。爲感君恩須暫起①，爐峰不擬別多年②。（1088）

【校】

①〔暫起〕金澤本作「暫赴」。

②〔別多年〕紹興本等作「住多年」，據金澤本、管見抄本改。

【注】

陳《譜》、朱《箋》：作於元和十四年（八一九），江州。

久眠褐被爲居士，忽掛緋袍作使君。身出草堂心不出，廬山未要動移文①。（1089）

【校】

①〔動移文〕馬本、《唐音統籤》作「勒移文」。

【注】

〔身出草堂心不出，廬山未要動移文〕移文，見卷十三《秘書省中憶舊山》（0663）注。

三間茅舍向山開，一帶山泉遶舍迴。山色泉聲莫惆悵，三年官滿却歸來。（1090）

鍾陵餞送

翠幕紅筵高在雲，歌鐘一曲萬家聞。路人指點滕王閣，看送忠州白使君。（1091）

【注】

朱《箋》：作於元和十四年（八一九），江州。

〔鍾陵〕洪州治所。《舊唐書·地理志三》江南西道洪州：「鍾陵，漢南昌縣，豫章郡所治也。隋改爲豫章縣，置洪州，煬帝復爲豫章郡。寶應元年六月，以犯代宗諱，改爲鍾陵，取地名。」

〔路人指點滕王閣，看送忠州白使君〕《舊唐書·高祖二十二子傳》：「滕王元嬰，高祖第二十二子也。……（永徽）三年遷蘇州刺史，尋轉洪州都督。」韋慤《重建滕王閣記》：「鍾陵郡背郛郭不二百步，有巨閣稱滕王者，考尋結構之姓，蓋自永徽後，時滕王作蘇州刺史轉洪州都督所營造也。」韓愈《新修滕王閣記》：「江南多臨觀之美，而滕王閣獨爲第一。及得三王所爲序、賦、記等，壯其文辭。」

潯陽宴别　此後忠州路上作①。

鞍馬軍城外，笙歌祖帳間。乘潮發湓口，帶雪别廬山。暮景牽行色，春寒散醉顔。共嗟炎瘴地，盡室得生還。（1092）

【校】

①〔題〕題下注「忠州」上金澤本有「赴」字。

【注】

朱《箋》：作於元和十四年（八一九），江州。

〔鞍馬軍城外，笙歌祖帳間〕《漢書·疏廣傳》：「公卿大夫故人邑子設祖道，供張東門外。」張九齡《餞王尚書出邊》：「祖帳傾朝列，軍麾駐道傍。」

戲贈户部李巡官

好去民曹李判官①，少貪公事且謀歡。男兒未死爭能料，莫作忠州刺史看。（1093）

【校】

①〔好去〕馬本、《唐音統籤》、汪本作「好語」。

【注】

朱《箋》：作於元和十四年（八一九），江州至忠州途中。

〔巡官〕《唐會要》卷五八户部侍郎：「元和六年四月，户部奏請置巡官二人，從之。」

〔好去民曹李判官，少貪公事且謀歡〕好去，道別語。見卷一《送王處士》（0045）注。民曹，户部。《唐會要》卷五八户部尚書：「武德元年，因隋爲民部尚書。貞觀二十三年六月二十日，改爲户部尚書。」

行次夏口先寄李大夫

連山斷處大江流，紅旆逶迤鎮上游①。幕下翱翔秦御史，軍前奔走漢諸侯。曾陪劍履升鸞殿，欲謁旌幢入鶴樓②。假著緋袍君莫笑，恩深始得向忠州。（1094）

【校】

①〔上游〕金澤本作「上頭」。

②〔旌幢〕金澤本作「麾幢」。

【注】

朱《箋》：作於元和十四年（八一九），江州至忠州途中。

〔夏口〕鄂州。見卷十六《東南行一百韻寄通州元九侍御澧州李十一舍人果州崔二十二使君開州韋大員外庾三十二補闕杜十四拾遺李二十助教員外竇七校書》（0902）注。

〔李大夫〕朱《箋》：「李程。」《舊唐書・李程傳》：「（元和）十三年六月出爲鄂州刺史、鄂岳觀察使。」

〔連山斷處大江流，紅旆逶迤鎮上游〕本書卷二六《送令狐相公赴太原》（1885）注：「藩鎮例驅紅旆。」葉夢得《石林燕語》卷六：「節度使旌節門旗二，龍虎旌一，節一，麾槍二，豹尾二，凡八物。旗以紅繒爲之，九幅，上爲塗金龍頭，以揭旌，加木盤。……旗則綢以紅繒，節及麾槍則綢以碧油，故謂之碧油紅旆。」

〔幕下翺翔秦御史，軍前奔走漢諸侯〕《史記・蕭相國世家》：「秦御史監郡者與從事，常辨之。」集解：「蘇林曰：秦時無刺史，以御史監郡。」漢諸侯，漢水諸侯，指當地官員。《左傳》僖公二十年：「隨以漢東諸侯叛楚。」

〔曾陪劍履升鸞殿，欲謁旌幢入鶴樓〕劍履，見卷十五《渭村退居寄禮部崔侍郎翰林錢舍人詩一百韻》（0803）注。《初學記》卷二四引《廟記》：「長安有披香殿、鴛鸞殿、飛翔殿。」鶴樓，黄鶴樓。見卷十五《盧侍御與崔評事爲予於黄鶴樓致宴宴罷同望》（0877）注。

重贈李大夫

早接清班登玉陛，同承別詔直金鑾①。鳳巢閣上容身穩，鶴鎖籠中展翅難。流落多年應是命②，量移遠郡未成官③。慚君獨不欺顛頓，猶作銀臺舊眼看。（1095）

【校】

①〔金鑾〕金澤本作「金鸞」。平岡校：「上首云鸞殿，以對偶鶴樓。此下句又云鳳閣、鶴籠，當從金澤本。」

②〔多年〕《唐音統籤》作「三年」。

③〔量移〕金澤本作「遷移」。

【注】

朱《箋》：作於元和十四年（八一九），江州至忠州途中。

〔李大夫〕朱《箋》：「李程。」

〔早接清班登玉陛，同承別詔直金鑾〕據《重修承旨學士壁記》，李程貞元二十年九月二十七日自監察御使充翰林學士，二十一年三月十七日加水部員外郎，元和三年七月二十三日知制誥，其年出院，授隨州刺史。故曾與居易同在翰林。《舊唐書·李程傳》謂：「順宗即位，爲王叔文所排，罷學士。」朱《箋》謂此詩所記甚明，與《壁記》相合，《舊唐書》誤。金鑾殿，見卷一《賀雨》（0001）注。

〔鳳巢閣上容身穩，鶴鎖籠中展翅難〕《初學記》卷三十引《尚書中候》：「堯即政七十年，鳳皇止庭，伯禹拜曰：黄帝軒轅時，鳳皇巢阿閣。」《唐會要》卷五四中書省：「光宅元年，改爲鳳閣。」

〔慚君獨不欺顦顇，猶作銀臺舊眼看〕銀臺門，見卷九《早朝賀雪寄陳山人》(0417)注。

對鏡吟

閑看明鏡坐清晨，多病姿容半老身。誰論情性乖時事，自想形骸非貴人①。三殿失恩宜放棄，九宮推命合漂淪。如今所得須甘分②，腰佩銀龜朱兩輪。(1096)

【校】

①〔自想〕金澤本、管見抄本作「自相」。

②〔須甘分〕金澤本、管見抄本作「猶過分」。

【注】

朱《箋》：作於元和十四年(八一九)，江州至忠州途中。

〔誰論情性乖時事，自想形骸非貴人〕韓愈《原性》：「性也者，與生俱生也。情也者，接於物而生也。性之品有三，而其所以爲性者五。情之品有三，而其所以爲情者七。……今之言性者異於此，何也？曰今之言者，雜佛老而言也。雜佛老而言也者，奚言而不異？」李翺《復性書上》：「人之所以爲聖人者，性也。人之所以惑其性者，情也。喜、怒、哀、懼、愛、惡、慾七者，皆情之所爲也。情既昏，性斯匿矣，非性之過也。」此韓愈及門人之情性論。

〔三殿失恩宜放棄，九宫推命合漂淪〕三殿，見卷九《早朝賀雪寄陳山人》(0417)注。《後漢書·張衡傳》：「聖人明審律曆以定吉凶，重之以卜筮，雜之以九宫，經天驗道，本盡於此。」李賢注：「《易乾鑿度》曰：『太一取其數以行九宫。』鄭玄注云：『太一者，北辰神名也。下行八卦之宫，每四乃還於中央。中央者，地神之所居。故謂之九宫。』」庾信《周柱國大將軍紇干弘神道碑》：「青鳥甲乙之占，白馬星辰之變，九宫推步，三門起伏，天弧射法，太乙營圖，並皆成誦在心，若指諸掌。」又敦煌文書P. 3838有推九宫行年法，S. 5553爲「三元九宫行年」，日藏《百忌曆》有「推九宫鬼煞臨人運命方所」。參黄正建《敦煌占卜文書與唐五代占卜研究》。

〔如今所得須甘分，腰佩銀龜朱兩輪〕《唐會要》卷三一魚袋：「天授元年九月二十六日，改内外官所佩魚爲龜。至神龍二年二月四日，京文武官五品已上，依舊式佩魚袋。久視元年十月十三日，職事三品已上龜袋，宜用金飾，四品用銀飾，五品用銅飾。」

江州赴忠州至江陵已來舟中示舍弟五十韻①

昔作咸秦客②，常思江海行。今來仍盡室，此去又專城。典午猶爲幸，分憂固是榮。箄篁州乘送③，艛艓驛船迎。共載皆妻子④，同遊即弟兄。寧辭浪迹遠，且貴賞心并。雲展帆高掛，颷馳棹迅征。泝流從漢浦⑤，循路轉荆衡。山逐時移色，江隨地改名。風光近東早，水木向南清⑥。夏口煙孤起，湘川雨半晴⑦。日煎紅浪沸，月射白砂明。北渚寒留雁，南枝暖待鶯。駢朱桃露萼，點翠柳含萌。亥市魚鹽聚，神林鼓笛鳴。壺漿椒葉氣，歌曲竹枝聲。繫纜憐沙靜⑧，垂綸愛岸平。水餐紅粒稻，野茹紫花菁。甌汎茶如乳，臺粘酒似餳。膾長抽錦縷，藕脆削瓊英。容易來千里，斯須進一程。未曾勞氣力，漸覺有心情。臥穩添春睡，行遲帶酒醒⑨。忽愁牽世網，便欲濯塵纓。早接文場戰，曾爭翰苑盟。掉頭稱俊造⑩，翹足取公卿。且昧隨時義，徒輸報國誠。衆排恩易失，偏壓勢先傾。虎尾憂危切，鴻毛性命輕。燭蛾誰救護⑪，蠶繭自纏縈。斂手辭雙闕，迴眸望兩京。長沙抛賈誼，漳浦臥劉楨。鶗鴂鳴還歇，蟾蜍破又盈。年光同激箭，鄉思極摇旌⑫。潦倒親知笑⑬，衰羸舊識驚。烏頭因感白，魚尾爲勞赬。劍學將何用，丹燒竟不成。孤舟萍一葉，雙鬢雪千莖。老見人情盡，閑思物理精。如湯探冷熱，似博鬭輸贏。險路應須避，迷塗莫共爭。此心知止足，何物要經營？玉向泥中潔，松經雪後貞⑭。無妨隱朝市，不必謝寰瀛。但在前非悟⑮，期無後患嬰。多知非景福，少語是元亨。晦即全身藥，明爲伐性兵。昏昏隨世俗，蠢蠢學黎甿。鳥以能言⿰糸冓⑯，龜緣入夢烹。知之一何晚，猶足保餘生。（1097）

【校】

①〔題〕金澤本、要文抄本、管見抄本「江州」上有「自」字，「至」上有「行」字，「舟中」作「途中」。

②〔咸秦〕金澤本、管見抄本作「周秦」。

③〔篺篁〕金澤本、管見抄本作「屛篁」。

④〔皆妻子〕金澤本、管見抄本作「唯妻子」。

⑤〔漢浦〕「浦」金澤本作「汕」，管見抄本作「汚」，平岡校：「並沔字之訛。」

⑥〔向南〕馬本、《唐音統籤》作「向前」。

⑦〔湘川〕馬本、《唐音統籤》作「湘州」，誤。

⑧〔沙靜〕金澤本、管見抄本作「波靜」。

⑨〔酒醒〕金澤本、管見抄本作「宿醒」，「醒」金澤本、馬本誤「醒」。

⑩〔掉頭〕那波本作「棹頭」。〔俊造〕馬本、《唐音統籤》作「俊逸」。

⑪〔救護〕馬本、《唐音統籤》作「救活」。

⑫〔極搖旌〕金澤本、管見抄本作「劇搖旌」。

⑬〔親知〕金澤本、管見抄本作「新知」。

⑭〔經雪〕金澤本、管見抄本作「經霜」。

⑮〔但在〕金澤本、管見抄本作「但有」。

⑯〔能言縟〕金澤本、管見抄本作「能言緤」。

【注】

朱《箋》：作於元和十四年（八一九），江州至忠州途中。

〔昔作咸秦客，常思江海行〕咸秦，見卷十六《東南行一百韻寄通州元九侍御澧州李十一舍人果州崔二十二使君開州韋大員外庾三十二補闕杜十四拾遺李二十助教員外竇七校書》（0902）注。

〔典午猶爲幸，分憂固是榮〕典午，司馬。原指晉司馬氏。《三國志·蜀書·譙周傳》：「周語次，因書版示立曰：『典午忽兮，月酉没兮。』典午者謂司馬也，月酉者謂八月也，至八月而文王果崩。」又以指司馬官職。《太平廣記》卷四一一《紫花梨》（出《耳目記》）：「嘗以守樹不謹，曾風折一枝，降爲冀州典午。」分憂，分憂寄，出守。見卷八《初下漢江舟中作寄兩省給舍》（0350）注。

〔箳篁州乘送，艛艓驛船迎〕《廣雅·釋器》：「箳篁，蔽篖也。」行車中用以遮蔽塵土。本書卷二十《重到江州感舊遊題郡樓十一韻》（1315）：「還乘小艛艓，却到古湓城。」艛艓蓋指小型樓船。韓偓《阻風》：「肥鱖香粳小艛艓，斷腸滋味阻風時。」楊慎《升菴詩話》卷十三以爲「艛䑳」之誤，不確。

〔亥市魚鹽聚，神林鼓笛鳴〕亥市，見卷十五《得微之到官後書備知通州之事悵然有感因成四章》（0850）注。

〔壺漿椒葉氣，歌曲竹枝聲〕《太平御覽》卷九五八引陸機《毛詩疏義》：「椒樹似茱萸，有針刺，葉堅而滑澤。蜀人作茶，吴人作茗，皆煮其葉，以爲香。」竹枝曲，見卷八《題小橋前新竹招客》（0362）注。

〔甌泛茶如乳，臺粘酒似餳〕本書卷十四《蕭員外寄新蜀茶》（0770）：「蜀茶寄到但驚新，渭水煎來始覺珍。滿甌似乳堪持玩，况是春深酒渴人。」臺粘，參見本卷《薔薇正開春酒初熟因招劉十九張大崔二十四同飲》（1048）。

〔忽愁牽世網，便欲濯塵纓〕世網，見卷七《香爐峰下新置草堂即事詠懷題於石上》（0300）注。濯纓，見卷五《答元八宗簡同遊曲江後明日見贈》(0174)注。

〔早接文場戰，曾爭翰苑盟〕文場，見卷十五《酬盧秘書二十韻》(0804)注。

〔掉頭稱俊造，翹足取公卿〕掉頭，搖頭。掉有搖義，見卷六《遊悟真寺詩一百三十韻》(0261)注。李白《答王十二寒夜獨酌有懷》：「世人聞此皆掉頭，有如東風射馬耳。」杜甫《秋野五首》：「掉頭紗帽仄，曝背竹書光。」俊造，指選舉之士。《禮記・王制》：「升於學者不征於司徒，曰造士。……國之俊選，皆造焉。」《三國志・魏書・武帝紀》：「其令郡國各修文學，縣滿五百户置校官，選其鄉之俊造而教學之。」

〔且昧隨時義，徒輸報國誠〕《易・隨・彖》：「隨時之義大矣哉。」

〔虎尾憂危切，鴻毛性命輕〕《書・君牙》：「心之憂危，若蹈虎尾，涉于春冰。」司馬遷《報任安書》：「人固有一死，或重於泰山，或輕於鴻毛。」

〔燭蛾誰救護，蠶繭自纏縈〕《大方便佛報恩經》卷三：「因妄想故禍害如是，一切衆生亦復如是。如蠶處繭，如蛾赴燈。」《方廣大莊嚴經》卷六：「此處自燒，猶如飛蛾赴於明燭。」《大乘本生心地觀經》卷一：「自業所因，受大苦惱，如世蠶繭，自爲縈纏。」

〔長沙拋賈誼，漳浦卧劉楨〕賈誼，見卷二《讀史五首》之二(0095)注。劉楨《贈五官中郎將詩四首》：「余嬰沉痼疾，竄身清漳濱。自夏涉玄冬，彌曠十餘旬。常恐遊岱宗，不復見故人。」

〔鶗鴂鳴還歇，蟾蜍破又盈〕鶗鴂，見卷十六《東南行一百韻寄通州元九侍御澧州李十一舍人果州崔二十二使君開州韋大員外庾三十二補闕杜十四拾遺李二十助教員外竇七校書》(0902)注。張衡《靈憲》：「羿請不死之藥于西王母，姮娥竊之以奔月。將往，枚筮之于有黄，有黄占之，曰：『吉。翩翩歸妹，獨將西行。逢天晦芒，毋驚毋恐，後且大昌。』姮娥遂託身于月，是爲蟾蠩。」《初學記》卷一引《春秋元命苞》：「月之爲言闕也，而設以蟾蜍與兔者，陰陽雙居，明陽之制陰，陰之倚陽。」

〔年光同激箭，鄉思極摇旌〕謝朓《至尋陽詩》：「過客無留軫，馳暉有奔箭。」《戰國策·楚策一》：「寡人卧不安席，食不甘味，心摇摇如懸旌。」

〔烏頭因感白，魚尾爲勞赬〕烏頭白，參見卷十《答元郎中楊員外喜烏見寄》(0521)注。《詩·周南·汝墳》：「魴魚赬尾，王室如燬。」毛傳：「赬，赤也。魚勞則尾赤。」

〔如湯探冷熱，似博鬬輸贏〕《論語·季氏》：「孔子曰：見善如不及，見不善如探湯。」

〔無妨隱朝市，不必謝寰瀛〕王康琚《反招隱詩》：「小隱隱陵藪，大隱隱朝市。」寰瀛，猶言寰宇。《晉書·地理志上》：「昔大禹觀於濁河而受綠字，寰瀛之内可得而言也。」劉禹錫《八月十五日夜玩月》：「天將今夜月，一遍洗寰瀛。」

〔但在前非悟，期無後患嬰〕悟前非，見卷八《自詠》(0381)「知非」注。

〔多知非景福，少語是元亨〕《莊子·在宥》：「慎女内，閉女外，多知爲敗。」《詩·小雅·小明》：「神之聽之，介爾景福。」《易·乾·卦》：「乾，元亨利貞。」《文言》：「元者善之長也，亨者嘉之會也，利者義之和也，貞者事之幹也。」

〔鳥以能言縛，龜緣入夢烹〕成公綏《鸚鵡賦》：「鸚鵡，小鳥也。以其能言解意，故爲人所愛玩，育之以金籠，升之以堂殿，可謂珍之矣，然未得鳥之性也。」龜烹，見卷二《答桐花》(0102)注。

題岳陽樓

岳陽城下水漫漫，獨上危樓凭曲欄。春岸綠時連夢澤，夕波紅處近長安①。猿攀樹立啼

何苦，雁點湖飛渡亦難。此地唯堪畫圖障，華堂張與貴人看。（1098）

【校】

①〔夕波〕《文苑英華》作「夕陽」。

【注】

朱《箋》：作於元和十四年（八一九），江州至忠州途中。

〔岳陽樓〕《方輿勝覽》卷二九岳州：「岳陽樓在郡治西南，西面洞庭，左顧君山，不知創始爲誰。唐開元四年中書令張説出守是邦，日與才士登臨賦詠，自爾名著。」張説《岳陽早霽南樓》：「山水佳新霽，南樓玩初旭。夜來枝半紅，雨後洲全緑。」李白《與夏十二登岳陽樓》：「樓觀岳陽盡，川迥洞庭開。雁引愁心去，山銜好月來。雲間連下榻，天上接行杯。醉後涼風起，吹人舞袖迴。」

〔春岸緑時連夢澤，夕波紅處近長安〕《輿地紀勝》卷六九岳州：「夕波亭即合江亭也。舊名夕波。白樂天詩云：夕波紅處是長安。」

入峽次巴東

不知遠郡何時到，猶喜全家此去同。萬里王程三峽外，百年生計一舟中。巫山暮足霑花雨，隴水春多逆浪風。兩片紅旌數聲鼓，使君艛艓上巴東。（1099）

【注】

朱《箋》：作於元和十四年（八一九），江州至忠州途中。

〔巴東〕《舊唐書·地理志二》山南東道：「歸州，隋巴東郡之秭歸縣。武德二年，割夔州之秭歸、巴東二縣，分置歸州。三年，分秭歸置興山縣，治白帝城。天寶元年，改爲巴東郡。乾元元年，復爲歸州。」

十年三月三日别微之於澧上十四年三月十一日夜遇微之於峽中停舟夷陵三宿而别言不盡者以詩終之因賦七言十七韻以贈且欲記所遇之地與相見之時爲他年會話張本也①

澧水店頭春盡日，送君上馬謫通川。夷陵峽口明月夜②，此處逢君是偶然。一别五年方見面，相攜三宿未迴船。坐從日暮唯長歎，語到天明竟未眠③。齒髮蹉跎將五十，關河迢遞過三千④。生涯共寄滄江上⑤，鄉國俱抛白日邊。往事渺茫都似夢，舊游零落半歸泉。醉悲灑淚春杯裏，吟苦支頤曉燭前。莫問龍鍾惡官職，且聽清脆好文篇⑥。微之别來有新詩數百篇，麗絶可愛。别來只是成詩癖，老去何曾更酒顛。各限王程須去住，重開離宴貴留連。黄牛渡北移征棹，白狗崖東卷别筵⑦。黄牛、白狗，皆峽中地名，即與微之遇别之所也。神女臺雲閑繚繞，使君灘水急潺湲。風淒暝色愁楊柳，月弔宵聲哭杜鵑。萬丈赤幢潭底日，一條白練峽中天。君還秦地辭炎徼，我向忠州入瘴煙。未死會應相見在，又知何地復何年？（1100）

【校】

①〔題〕「澧」紹興本等誤「澧」，正文同。據馬本、《唐音統籤》、汪本改。「記」紹興本、那波本作「寄」，紹興本校：「一作記。」據金澤本等改。

②〔明月〕金澤本、要文抄本、管見抄本作「月明」。

③〔未眠〕金澤本、要文抄本、管見抄本作「不眠」。

④〔關河〕金澤本作「關城」。

⑤〔滄江〕金澤本、要文抄本、管見抄本作「滄波」。

⑥〔文篇〕馬本、《唐音統籤》、汪本作「詩篇」。

⑦〔白狗崖〕金澤本、管見抄本作「白狗岸」。此下夾注紹興本「與微之遇」四字在「皆」字下，據他本改。

【注】

朱《箋》：作於元和十四年（八一九），江州至忠州途中。

〔遇微之於峽中停舟夷陵〕白居易《三遊洞序》（《白氏文集》卷四三）：「平淮西之明年冬，予自江州司馬授忠州刺史，微之自通州司馬授虢州長史。又明年，各祇命之郡，與知退偕行。三月十日，參會於夷陵。翌日，微之反棹送予至下牢戍。又翌日，將別未忍，引舟上下者久之。」《舊唐書·地理志二》山南東道：「硤州下，隋夷陵郡。……（貞觀）九年，自下牢鎮移治陸抗故壘。天寶元年，改爲夷陵郡。乾元元年，復爲硤州。」

〔澧水店頭春盡日，送君上馬謫通川〕見卷十五《醉後却寄元九》（0832）注。

〔黄牛渡北移征棹，白狗崖東卷别筵〕《水經注》江水：「逕狗峽西，峽崖龕中石，隱起有狗形，形狀具足，故以狗名峽。」又：「江水又東逕黄牛山下，有灘名曰黄牛灘。南岸重嶺疊起，最外高崖間，有石色如人負刀牽牛，人黑牛黄，成就分明。既人迹所絶，莫能究焉。此崖既高，加江湍迂迴，雖途經信宿，猶望見此物。故行者謡云：朝發黄牛，暮宿黄牛，三朝三暮，黄牛如故。言水路迂深，迴望如一。」

〔神女臺雲閑繚繞，使君灘水急潺湲〕《水經注》江水：「又東逕羊腸虎臂灘，楊亮爲益州，至此舟覆，懲其波瀾，蜀人至今猶名之爲使君灘。」又：「丹山西即巫山者也，又帝女居焉。宋玉所謂天帝之季女，名曰瑶姬，未行而亡，封于巫山之陽，精魂爲草，寔爲靈芝。所謂巫山之女，高唐之阻，旦爲行雲，暮爲行雨，朝朝暮暮，陽臺之下。旦早視之，果如其言。故爲立廟，號朝雲焉。」《太平寰宇記》卷一四八夔州：「神女廟在峽之岸。」卷一四九萬州：「使君灘在州東二里大江中。」《方輿勝覽》卷五七夔州：「神女廟在巫山縣西北二百五十步，有陽臺。」

題峽中石上

巫女廟花紅似粉，昭君村柳翠於眉。誠知老去風情少，見此爭無一句詩？（1101）

【注】

汪《譜》、朱《箋》：作於元和十四年（八一九），江州至忠州途中。

〔巫女廟花紅似粉，昭君村柳翠於眉〕巫女廟，即神女廟。昭君村，見卷十一《過昭君村》（0523）注。

白居易詩集校注卷第十八

律詩　五言　七言　自兩韻至三十韻　凡一百首①

夜入瞿唐峽

瞿唐天下險，夜上信難哉②。岸似雙屏合③，天如匹帛開④。逆風驚浪起，拔篸闇船來。欲識愁多少，高於灩澦堆。（1102）

【校】

①〔凡一百首〕本卷白居易詩共九十九首，另有白行簡《望郡南山》一首。

②〔難哉〕《文苑英華》作「艱哉」。

③〔岸似〕《文苑英華》作「峰似」。

④〔匹帛〕那波本、《文苑英華》、汪本作「匹練」。

【注】

汪《譜》、朱《箋》：作於元和十四年（八一九），江州至忠州途中。

〔瞿唐峽〕見卷十一《初入峽有感》（0522）注。

〔逆風驚浪起，拔簽闇船來〕簽，見卷十一《初入峽有感》（0522）注。

初到忠州贈李六①

好在天涯李使君，江頭相見日黄昏。吏人生梗都如鹿②，市井疏蕪只抵村③。一隻蘭船當驛路④，百層石磴上州門⑤。更無平地堪行處，虚受朱輪五馬恩。（1103）

【校】

①〔題〕《文苑英華》作「初到忠州贈李大夫」。

②〔生梗〕馬本、《唐音統籤》作「生硬」。

③〔疏蕪〕馬本、《唐音統籤》、汪本作「蕭疏」。

④〔蘭船〕《文苑英華》作「葉舟」。〔驛路〕《文苑英華》作「驛步」。

⑤〔石磴〕《唐音統籤》作「竹磴」。

【注】

朱《箋》：作於元和十四年（八一九），忠州。

〔忠州〕見卷十一《自江州至忠州》(0524)注。

〔李六〕朱《箋》：「李景儉。」新舊《唐書》有傳。岑仲勉《唐人行第録》：「按《舊唐書》卷一五，元和十一年九月，屯田郎中李宣爲忠州刺史。余初檢得此一條史料，認白氏替者必李宣。但《舊唐書景儉傳》固云：『坐貶江陵户曹，累轉忠州刺史，元和末入朝。』白以元和十三年底授忠州，宣以十一年九月授忠州，中經兩考，當已受代而去（參《元稹集》二十《與李十一夜飲》詩），是白氏所替者仍屬李六景儉，此居易詩中之景儉也。」

〔好在天涯李使君，江頭相見日黄昏〕好在，唐人存問語。見卷十一《哭諸故人因寄元八》(0548)注。

〔吏人生梗都如鹿，市井疏蕪只抵村〕生梗，未開化。《周書・郭彦傳》：「蠻左生梗，未遵朝憲。」《隋書・令狐熙傳》：「州縣生梗，長吏多不得之官。」

〔更無平地堪行處，虚受朱輪五馬恩〕朱輪、五馬，見卷八《馬上作》(0344)注。

郡齋暇日憶廬山草堂兼寄二林僧社三十韻多叙貶官已來出處之意①

諫諍知無補，遷移分所當。不堪匡聖主②，只合事空王。龍象投新社，鵷鸞失故行。沈吟辭北闕，誘引向西方。便住雙林寺，仍開一草堂。平治行道路③，安置坐禪牀。手板支爲枕，頭巾閣在牆。先生烏几舄，居士白衣裳。竟歲何曾悶，終身不擬忙。滅除殘夢想，換盡舊心腸。世界多煩惱，形神久損傷。正從風鼓浪，轉作日銷霜。佛經云：此生死無休已④，如風鼓海浪。又云：煩惱如霜露，慧日能消除。吾道尋知止，君恩偶未忘。忽蒙頒鳳詔，兼謝剖魚章⑤。蓮静方依水，葵枯重仰陽。三車猶夕會，五馬已晨裝。去似尋前世，來如别故鄉。眉低出鷲嶺，脚重下蛇崗。廬山崗名。漸望廬山遠，彌愁峽路長。香爐峰隱隱，巴字水茫茫。瓢掛留庭樹⑥，經收在屋梁。春抛紅藥圃，夏憶白蓮塘。唯擬捐塵事，將何答寵光？有期追永遠⑦，晉時永、遠二法師，曾居此寺。無政繼龔黄。南國秋猶熱，西齋夜暫凉⑧。閑吟四句偈，静對一爐香。身老同丘井，心空是道場。覓僧爲去伴，留俸作歸糧。爲報山中侣，憑看竹下房。會應歸去在，松菊莫教荒。（1104）

【校】

①〔題〕「暇日」《文苑英華》作「月下」，「多叙」馬本、《唐音統籤》、汪本作「皆叙」。

②〔不堪〕《文苑英華》作「不能」。

③〔道路〕《文苑英華》作「道地」。

④〔此生死〕《文苑英華》、汪本無「此」字。

⑤〔兼謝〕「謝」《文苑英華》校：「集作借。」

⑥〔庭樹〕《文苑英華》作「亭樹」。

⑦〔追永遠〕此下注《文苑英華》作：「晉宋間遠法師、永禪師同隱廬山二林。」

⑧〔暫凉〕《文苑英華》作「漸凉」。

【注】

朱《箋》：作於元和十四年（八一九），忠州。

〔草堂〕見卷十六《香爐峰下新卜山居草堂初成偶題東壁》（0969）注。

〔二林〕東林寺、西林寺。見卷一《廬山桂》（0061）、卷七《春遊二林寺》（0289）注。

〔不堪匡聖主，只合事空王〕空王，佛。見卷十七《醉吟二首》（1057）注。

〔龍象投新社，鵷鸞失故行〕龍象，象之上者，喻入道修行者。《維摩經·不思議品》：「譬如龍象蹴踏，非驢所堪。」僧肇注：「象之上者名龍象。」鵷鸞，見卷十三《代書詩一百韻寄微之》（0604）注。

〔沈吟辭北闕，誘引向西方〕西方，修西方淨土。參見卷十六《臨水坐》（0976）注。

〔便住雙林寺，仍開一草堂〕雙林寺，指東林寺、西林寺。見卷七《贖雞》（0316）注。

〔平治行道路，安置坐禪牀〕平治，整理修治。《長阿含經》卷四：「平治道路，掃灑燒香。」《增壹阿含經》卷十一：「鉢摩大王今請定光如來至真等正覺，衣食供養，故平治道路，懸繒幡蓋耳。」

〔手板支爲枕，頭巾閣在牆〕手板，笏。《宋書·禮志五》：「手板，則古笏矣。」《隋書·禮儀志七》笏：「晉宋以來，謂之手板，此乃不經，今還謂之笏，以法古名。自西魏已降，通用象牙，六品已下，兼用竹木。」閣，即擱。蕭綱《與湘東王書》：「雖是庸音，不能閣筆。」《太平廣記》卷二五六《柳宗元》（出《嘉話錄》）：「元茂閣筆曰：『請辛先輩言其族望。』」

〔先生烏几舄，居士白衣裳〕謝朓《烏皮隱几》：「蟠木生附枝，刻削豈無施。曲躬奉微用，聊承終宴疲。」杜甫《將赴成都草堂途中有作先寄嚴鄭公》：「錦官城西生事微，烏皮几在還思歸。」仇兆鰲注引《高士傳》：「晉宋明不仕，杜門注黄老，孫登惠烏羔皮裏几。」又，烏皮舄爲官員朝服。《舊唐書·輿服志》：「並絳紗單衣，……烏皮舄。是爲朝服。」《維摩經·方便品》：「雖爲白衣，奉持沙門清淨律行。」《弟子品》：「爲白衣居士説法，不當如仁者所説。」

〔正從風鼓浪，轉作日銷霜〕《佛開解梵志阿颰經》：「譬如風吹海水波浪相逐，生死亦然，往來無休。」《華嚴經》卷十六：「或有衆生入大海，遇風鼓浪如雪山。」《佛説觀普賢菩薩行法經》：「衆罪如霜露，慧日能消除。」《祖堂集》卷十五歸宗：「衆罪如霜露，慧日忽頓，消前罪去。」

〔吾道尋知止，君恩偶未忘〕《老子》三十二章：「名亦既有，天將知止，知止不殆。」

〔忽蒙頒鳳詔，兼謝剖魚章〕魚章，猶言魚書。鳳詔、魚書，並見卷八《長慶二年七月自中書舍人出守杭州路次藍溪作》(0332)注。

〔三車猶夕會，五馬已晨裝〕三車，羊車、鹿車、牛車。見卷十四《和夢遊春詩一百韻》(0800)「火宅」注。五馬，見卷八《馬上作》(0344)注。

〔眉低出鷲嶺，脚重下蛇崗〕鷲嶺，耆闍崛山。《大唐西域記》卷九摩揭陁國：「宫城東北行六十里，至姞栗陁羅矩吒山。唐言鷲峰，亦謂鷲臺。舊曰耆闍崛山，訛也。接北山之陽，孤標特起，既棲鷲鳥，又類高臺，空翠相映，濃淡分色。如來御世，垂五十年，多居此山，廣説妙法。」此代指廬山。

〔香爐峰隱隱，巴字水茫茫〕香爐峰，見卷七《題潯陽樓》(0274)注。巴水，《元和郡縣志》卷三四渝州：「古之巴國也。閬、白二水東南流，曲折如巴字，故謂之巴。然則巴國因水爲名。」《方輿勝覽》卷六十重慶府：「巴江，在巴縣，水折三面如巴字。」

〔瓢掛留庭樹，經收在屋梁〕《琴操・箕山操》：「許由者，古之貞固士也。……飢則仍山而食，渴則仍河而飲。無懷器，以手掬水而飲之。人見其無器，以一瓢遺之。由操飲畢，以瓢掛樹。風吹樹動，歷歷有聲。由以爲煩擾，遂取捐之。」

〔唯擬捐塵事，將何答寵光〕《詩・小雅・蓼蕭》：「既見君子，爲龍爲光。」毛傳：「龍，寵也。」《左傳》昭公十二年：「寵光之不宣。」

〔有期追永遠，無政繼龔黄〕慧永、慧遠，見卷七《詠意》(0295)注。龔黄，龔遂、黄霸。《漢書・公孫弘卜式兒寬傳》：「治民則黄霸、王成、龔遂、鄭弘……。」

〔閑吟四句偈，静對一爐香〕四句偈，見卷十四《重酬錢員外》(0728)注。

〔身老同丘井，心空是道場〕《大寶積經》卷三五：「眼如丘井，常爲老逼。」《佛説大乘菩薩藏正法經》卷四：「此眼如丘井，爲老所逼。」《維摩經・方便品》：「是身如丘井，爲老所逼。」《維摩經・菩薩品》：「直心是道場，無虚假故。」

贈康叟

八十秦翁老不歸，南賓太守乞寒衣。再三憐汝非他意，天寶遺民見漸稀。(1105)

【注】

朱《箋》：作於元和十四年(八一九)，忠州。

〔康叟〕王士禎《古夫于亭雜録》卷五：「盛唐詩人多有贈康洽之作，最傳者李頎所謂『西上雖因長公主，還須一見曲陽侯』，……後長慶中白居易作忠州刺史，亦有贈康詩云……天寶至是已歷六朝而康猶在。」朱《箋》：「李端《贈康洽》詩云：『邇來七十遂無機，空是咸陽一布衣。』……亦當作于大曆間，洽時年已七十餘。復考《唐才子傳》卷四云：『洽……至大曆間，年已七十餘。』以辛文房所記證之，則元和末，康洽已在百歲以上，顯非白詩中之『八十秦翁』康叟，漁洋蓋失考。」朱《箋》又引《寶刻叢編》卷十九引《復齋碑録》「唐御製御書詩刻石記，唐南賓太守康昭遠謹述，天寶十三年甲午二月七日癸酉建」，疑康叟爲康昭遠後人。此不過姓氏偶同，不必論。

〔八十秦翁老不歸，南賓太守乞寒衣〕南賓郡，忠州。見卷十一《自江州至忠州》(0524)注。

鸜鵒

竟日語還默，中宵棲復驚。身囚緣彩翠，心苦爲分明。暮起歸巢思，春多憶侣聲。誰能拆籠破，從放快飛鳴？(1106)

【注】

朱《箋》：作於元和十四年(八一九)，忠州。

京使迴累得南省諸公書因以長句詩寄謝蕭五劉二元八吳十一韋大陸郎中崔二十二牛二李七庾三十三李六李十楊三樊大楊十二員外①

雪壓泥埋未死身，每勞存問媿交親。浮萍漂泊三千里，列宿參差十五人。禁月落時君待漏，畬煙深處我行春。瘴鄉得老猶爲幸，豈敢傷嗟白髮新。（1107）

【校】

①〔題〕「陸」下顧校、朱《箋》以爲脱排行字。「庾三十三」馬本、《唐音統籤》、汪本作「庾三十二」。

【注】

朱《箋》：作於元和十四年（八一九），忠州。

〔蕭五〕朱《箋》：「蕭俛。」《舊唐書》有傳。元和九年改駕部郎中，十三年轉御史中丞。參見《重修承旨學士壁記》。

〔劉二〕名未詳。

〔元八〕朱《箋》：「元宗簡。」見卷五《答元八宗簡同遊曲江後明日見贈》（0174）及卷十《答元郎中楊員外喜烏見寄》（0521）注。

〔吴十二〕朱《箋》：「吴士矩。」《新唐書》有傳。開成初爲江西觀察使。

〔韋大〕朱《箋》：「韋處厚。」見卷十六《東南行一百韻寄通州元九侍御澧州李十一舍人果州崔二十二使君開州韋大員外庾三十二補闕杜十四拾遺李二十助教員外竇七校書》（0902）注。

〔陸郎中〕朱《箋》：「疑爲陸紹。」《酉陽雜俎》前集卷五：「虞部郎中陸紹，元和中曾看表兄於定水寺。」劉禹錫《唐故宣歙池等州都團練觀察處置使宣州刺史兼御史中丞贈左散騎常侍王公神道碑》：「羔雁所禮，則……吴郡陸紹。」

〔崔二十二〕朱《箋》：「崔韶。」見卷十六《東南行一百韻寄通州元九侍御澧州李十一舍人果州崔二十二使君開州韋大員外庾三十二補闕杜十四拾遺李二十助教員外竇七校書》（0902）注。

〔牛二〕朱《箋》：「牛僧孺。」見卷十七《廬山草堂夜雨獨宿寄牛二李七庾三十二員外》（1072）注。

〔李七〕朱《箋》：「李宗閔。」見卷十七《廬山草堂夜雨獨宿寄牛二李七庾三十二員外》（1072）注。

〔庾三十三〕朱《箋》：「庾敬休。」見卷十《夢與李七庾三十三同訪元九》（0519）注。

〔李六〕朱《箋》：「李景儉。」見本卷《初到忠州贈李六》（1103）注。

〔李十〕朱《箋》：「李渤。」新舊《唐書》有傳。本書卷二十《贈江州李十使君員外十二韻》（1314）自注：「元和末，余與李員外同日黜官，今又相次出爲刺史。」參見岑仲勉《唐人行第録》。

〔楊三〕朱《箋》：「楊嗣復。」《舊唐書·楊嗣復傳》：「元和十年累遷至刑部員外郎。鄭餘慶爲詳定禮儀使，奏爲判官。改禮部員外郎。」參見岑仲勉《唐人行第録》。

〔樊大〕朱《箋》：「樊宗師。」見卷一《贈樊著作》（0023）注。朱《箋》：「宗師元和三年擢軍謀宏遠科授著作佐郎，見《新唐書》本傳。後爲金部郎中及左司郎中，見《郎官考》。員外當其必歷之階也。」

〔楊十二〕朱《箋》：「楊巨源。」見卷十五《贈楊秘書巨源》（0841）注。

〔浮萍漂泊三千里，列宿參差十五人〕列宿，見卷十一《宿溪翁》（0562）注。

東城春意

風軟雲不動，郡城東北隅。晚來春澹澹，天氣似京都。絃管隨宜有，杯觴不道無。其如親故遠，無可共歡娛。（1108）

【注】

朱《箋》：作於元和十五年（八二〇），忠州。

木蓮樹生巴峽山谷間巴民亦呼爲黄心樹大者高五丈涉冬不凋身如青楊有白文葉如桂厚大無脊花如蓮香色豔膩皆同獨房蘂有異四月初始開自開迨謝僅二十日忠州西北十里有鳴玉谿生者穠茂尤異元和十四年夏命道士毌丘元志寫惜其遐僻因題三絶句云①

如折芙蓉栽旱地，似抛芍藥掛高枝。雲埋水隔無人識，唯有南賓太守知。（1109）

【校】

①〔題〕汪本題爲「木蓮樹圖」，而以此題爲序。

【注】

陳《譜》、汪《譜》、朱《箋》：作於元和十五年（八二〇），忠州。

〔木蓮樹〕陸游《老學菴筆記》卷四：「白樂天有《忠州木蓮》詩。予遊臨邛白鶴山寺，佛殿前有兩株，其高數丈，葉堅厚如桂，以仲夏發花，狀如芙蕖，香亦酷似。寺僧云，花坼時有聲如破竹。然一郡止此二株，不知何自至也。成都多奇花，亦未嘗見。」或説即木蘭。《本草綱目》卷三四木蘭：「釋名：杜蘭，林蘭，木蓮，黄心。時珍曰：其香如蘭，其花如蓮，故名。其木心黄，故曰黄心。」「集解：……時珍曰：木蘭枝葉俱踈，其花内白外紫，亦有四季開者，深山生者尤大，可以爲舟。按白樂天集云：木蓮生巴峽山谷間，民呼爲黄心樹。……此説乃真木蘭也。其花有紅黄白數色，其木肌細而心黄，梓人所重。」

〔鳴玉谿〕《太平寰宇記》卷一四九忠州：「鳴玉溪在州西十里，上有懸岩瀑布，高五十餘丈，淵洞幽邃，古木蒼然。唐刺史房式嘉其幽絶，特置蘭若，凡置五橋以渡溪水，今廢。」《清一統志》忠州：「木蓮洞在州西北五里鳴玉溪濱，地産木蓮樹，巴人呼爲黄心木。白居易有詩。」

紅似燕支膩如粉，傷心好物不須臾。山中風起無時節，明日重來得在無？（1110）

已愁花落荒巖底，復恨根生亂石間。幾度欲移移不得，天教抛擲在深山。（1111）

種桃杏

無論海角與天涯，大抵心安即是家。路遠誰能念鄉曲，年深兼欲忘京華。忠州且作三年計，種杏栽桃擬待花。（1112）

【注】

朱《箋》：作於元和十四年（八一九），忠州。

〔無論海角與天涯，大抵心安即是家〕徐陵《答族人梁東海太守長孺書》：「燕南趙北，地角天涯。」本書卷八《初出城留别》（0333）：「我生本無鄉，心安是歸處。」參見該詩注。

趙翼《甌北詩話》卷四：「至如六句成七律一首，青蓮集中已有之，香山最多，而其體又不一。如《忠州種桃杏》云……。前後單行，中間成對，此六句律正體也。」

新秋

二毛生鏡日，一葉落庭時。老去爭由我，愁來欲泥誰？空銷閑歲月，不見舊親知。唯弄扶牀女，時時强展眉。（1113）

【注】

朱《箋》：作於元和十四年（八一九），忠州。

〔老去爭由我，愁來欲泥誰〕泥，糾纏。見卷十二《山石榴寄元九》（0590）注。

龍昌寺荷池

冷碧新秋水，殘紅半破蓮。從來寥落意，不似此池邊。（1114）

【注】

朱《箋》：作於元和十四年（八一九），忠州。

〔龍昌寺〕見卷十一《登龍昌上寺望江南山懷錢舍人》（0556）。

聽竹枝贈李侍御

巴童巫女竹枝歌，懊惱何人怨咽多。暫聽遺君猶悵望，長聞教我復如何？（1115）

【注】

朱《箋》：作於元和十四年（八一九），忠州。

〔李侍御〕名不詳。

〔巴童巫女竹枝歌，懊惱何人怨咽多〕竹枝歌，見卷八《題小橋前新竹招客》（0362）注。劉禹錫《竹枝詞》：「懊惱人心不如石，少時東去復西來。」

寄胡餅與楊萬州

胡麻餅樣學京都，麵脆油香新出爐。寄與飢饞楊大使，嘗看得似輔興無？（1116）

【注】

朱《箋》：作於元和十四年（八一九），忠州。

〔楊萬州〕朱《箋》：「楊歸厚。」見卷十一《南賓郡齋即事寄楊萬州》（0530）注。

〔胡麻餅樣學京都，麵脆油香新出爐〕唐人胡餅有素餅、肉餅、油餅、麻餅等不同種類，亦有爐烤與蒸製之别。參黄正建《唐代衣食住行研究》。

〔寄與飢饞楊大使，嘗看得似輔興無〕輔興，長安輔興坊，在朱雀門街西第三街。見《唐兩京城坊考》卷四。

感櫻桃花因招飲客

櫻桃昨夜開如雪，鬢髮今年白似霜。漸覺花前成老醜，何曾酒後更顛狂。誰能聞此來相勸，共泥春風醉一場。（1117）

【注】

朱《箋》：作於元和十四年（八一九），忠州。

〔誰能聞此來相勸，共泥春風醉一場〕泥，貪戀、糾纏。見卷十二《山石榴寄元九》（0590）注。

東亭閑望①

東亭盡日坐，誰伴寂寥身？綠桂爲佳客②，紅蕉當美人。笑言雖不接，情狀似相親。不作悠悠想③，如何度晚春？（1118）

【校】

①〔題〕《文苑英華》作「東亭閑坐」。

②〔綠桂〕《文苑英華》作「綠樹」。

③〔不作〕《文苑英華》作「若不」。

【注】

朱《箋》：作於元和十四年（八一九），忠州。

畫木蓮花圖寄元郎中

花房膩似紅蓮朵，豔色鮮如紫牡丹。唯有詩人應解愛①，丹青寫出與君看。（1119）

【校】

①〔應解〕馬本、《唐音統籤》作「能解」。

【注】

朱《箋》：作於元和十四年（八一九），忠州。

〔元郎中〕朱《箋》：「元宗簡。」見卷五《答元八宗簡同遊曲江後明日見贈》（0174）及卷十《答元郎中楊員外喜烏見寄》（0521）注。

和李澧州題韋開州經藏詩

既悟蓮花藏，須遺貝葉書。菩提無處所，文字本空虛。觀指非知月，忘筌是得魚。聞君登彼岸，捨筏復如何？（1120）

【注】

朱《箋》：作於元和十四年（八一九），忠州。

〔李澧州〕朱《箋》：「李建。」見卷十六《東南行一百韻寄通州元九侍御澧州李十一舍人果州崔二十二使君開州韋大員外庾三十二補闕杜十四拾遺李二十助教員外竇七校書》（0902）注。

〔韋開州〕朱《箋》：「韋處厚。」見卷十六《東南行一百韻寄通州元九侍御澧州李十一舍人果州崔二十二使君開州韋大員外庾三十二補闕杜十四拾遺李二十助教員外竇七校書》（0902）注。白居易《祭中書韋相公文》（《白氏文集》卷六九）：「元和中出守開、忠二郡日，公先以《喻金鑛偈》相問，往復再三，繇是法要心期，始相會合。」

〔既悟蓮花藏，須遺貝葉書〕蓮花藏，蓮花法藏，指佛教經典。貝葉，貝多羅葉，古印度用以書寫，因稱佛教經典爲貝葉經。王維《苑舍人能書梵字兼達梵音皆曲盡其妙戲爲之贈》：「蓮花法藏心懸悟，貝葉經文手自書。」

〔菩提無處所，文字本空虛〕《圓覺經》：「一切如來妙圓覺心，本無菩提及涅槃。」敦煌本《壇經》惠能偈：「菩提本無樹，明鏡亦無臺。佛性常清淨，何處有塵埃。」《維摩經·弟子品》：「至於智者，不著文字，故無所懼。何以故？文字性离，無有文字，是則解脱。」《祖堂集》卷二達摩：「達摩曰：『我法以心傳心，不立文字。』」

〔觀指非知月，忘筌是得魚〕《楞伽經》卷四：「如愚見指月，觀指不觀月。計著名字者，不見我真實。」《楞嚴經》卷二：「如人以手指月示人，彼人因指當應看月。若復觀指以爲月體，此人豈唯亡失月輪，亦亡其指。」《莊子・外物》：「筌者所以在魚，得魚而忘筌；蹄者所以在兔，得兔而忘蹄；言者所以在意，得意而忘言。」

〔聞君登彼岸，捨筏復如何〕《中阿含經》卷五四：「世尊告曰：如是，我爲汝等長夜說筏喻法，欲令棄捨，不欲令受。若汝等知我長夜說筏喻法者，當以捨是法，況非法耶。」《金剛經》：「如來常說，汝等比丘，知我說法如筏喻者，法尚應捨，何況非法。」

九日題塗谿

蕃草席鋪楓葉岸，竹枝歌送菊花杯。明年尚作南賓守，或可重陽更一來。（1121）

【注】

朱《箋》：作於元和十四年（八一九），忠州。

〔塗谿〕《華陽國志》卷一巴志臨江縣：「有鹽官，在監、塗二溪，一郡所仰。」道光《忠州志》卷一：「塗溪，在州東五十五里，發源於梁邑盤龍洞，南流一百三十里達塗井，又十五里入江。」

即事寄微之

畬田澀米不耕鉏，旱地荒園少菜蔬。想此土風今若此①，料看生計合何如？衣縫紕纇

黄絲絹，飯下腥鹹白小魚。飽暖飢寒何足道，此身長短是空虚。（1122）

【校】

①〔想此〕馬本、《唐音統籤》、汪本作「想念」。

【注】

朱《箋》：作於元和十四年（八一九），忠州。

〔衣縫紕纇黄絲絹，飯下腥鹹白小魚〕《淮南子·氾論訓》：「明月之珠，不能無纇。」注：「纇，磐若絲之結纇也。」杜甫《白小》：「白小群分命，天然二寸魚。細微霑水族，風俗當園蔬。」

題郡中荔枝詩十八韻兼寄萬州楊八使君

奇果標南土，芳林對北堂。素華春漠漠，丹實夏煌煌。葉捧低垂户，枝擎重壓牆。始因風弄色，漸與日爭光。夕訝條懸火，朝驚樹點妝。深於紅躑躅，大校白檳榔。星綴連心朵，珠排耀眼房。紫羅裁襯殼，白玉裹填瓤。早歲曾聞説，今朝始摘嘗。嚼疑天上味，嗅異世間香。潤勝蓮生水，鮮逾橘得霜。燕脂掌中顆，甘露舌頭漿。物少尤珍重①，天高苦渺茫。已教生暑月，又使阻遐方。粹液靈難駐，妍姿嫩易傷。近南光影熱②，向北道途長。不得充王賦，無由寄帝鄉。唯君堪擲贈，面白似潘郎。（1123）

【校】

①〔尤珍重〕馬本、《唐音統籤》作「猶珍重」。

②〔光影〕那波本、馬本、《唐音統籤》、汪本作「光景」。

【注】

朱《箋》：作於元和十四年（八一九），忠州。

〔郡中荔枝〕忠州産荔枝，見卷十一《郡中》（0526）注。

〔楊八使君〕朱《箋》：「楊歸厚。」見卷十一《南賓郡齋即事寄楊萬州》（0530）注。

〔夕訝條懸火，朝驚樹點妝〕點妝，畫妝。見卷十二《簡簡吟》（0600）注。

〔深於紅躑躅，大校白檳榔〕紅躑躅，見卷十二《山石榴寄元九》（0590）注。檳榔，《南方草木狀》卷下：「檳榔樹，高十餘丈，皮似青桐，節如桂竹，下本不大，上枝不小，調直亭亭，千萬若一。森秀無柯，端頂有葉。葉似甘蕉，條派開破，仰望眇眇，如插叢蕉於竹杪。風至獨動，似舉羽扇之掃天。葉下繫數房，房綴數十實，實大如桃李。天生棘重累其下，所以禦衛其實也。」

〔唯君堪擲贈，面白似潘郎〕《世説新語·容止》注引《語林》：「安仁甚美，每行，老嫗以果擲之滿車。」

留北客

峽外相逢遠，樽前一會難。即須分手別，且强展眉歡。楚袖蕭條舞，巴絃趣數從速反彈。笙歌隨分有，莫作帝鄉看。（1124）

【注】

朱《箋》：作於元和十四年（八一九），忠州。

〔笙歌隨分有，莫作帝鄉看〕隨分，照樣。見卷十一《郡中春讌因贈諸客》（0549）注。

重寄荔枝與楊使君時聞楊使君欲種植故有落句戲之①

摘來正帶凌晨露，寄去須憑下水船。映我緋衫渾不見，對公銀印最相鮮。香連翠葉真堪畫，紅透青籠實可憐。聞道萬州方欲種，愁君得喫是何年。（1125）

【校】

①〔題〕「戲之」馬本、汪本作「之戲」。

【注】

朱《箋》：作於元和十四年（八一九），忠州。

〔楊使君〕朱《箋》：「楊歸厚。」見卷十一《南賓郡齋即事寄楊萬州》（0530）注。

和萬州楊使君四絶句

競渡

競渡相傳爲汨羅，不能止遏意無他。自經放逐來顦顇，能校靈均死幾多？（1126）

【注】

朱《箋》：作於元和十四年（八一九），忠州。

〔競渡〕《荆楚歲時記》：「五月五日……是日，競渡，採雜藥。」注：「五月五日競渡，俗爲屈原投汨羅日，傷其死，故並命舟楫以拯之。舸舟取其輕利，謂之飛鳧，一自以爲水軍，一自以爲水馬。州將及士人悉臨水而觀之。邯鄲淳《曹娥碑》云：『五月五日，時迎伍君逆濤而上，爲水所淹。』斯又東吳之俗，事在子胥，不關屈平也。《越地傳》云起於越王勾踐，不可詳矣。」

江邊草

聞君澤畔傷春草，憶在天門街裏時。漠漠淒淒愁滿眼，就中惆悵是江蘺。（1127）

【注】

〔聞君澤畔傷春草，憶在天門街裏時〕天門街，見卷十三《過天門街》（0645）注。

〔漠漠凄凄愁滿眼，就中惆悵是江蘺〕江蘺，見卷十一《郊下》（0557）注。

嘉慶李①

東都綠李萬州栽，君手封題我手開。把得欲嘗先悵望，與渠同別故鄉來。（1128）

【校】

①〔題〕「嘉」紹興本、那波本、馬本作「喜」，據《唐音統籤》、汪本、《全唐詩》改。詳注。

【注】

〔嘉慶李〕程大昌《演繁露》卷十五嘉慶李：「韋述《兩京記》：東都嘉慶坊内有李樹，其實甘鮮，爲京城之美，故稱嘉慶李。今人但言嘉慶子，蓋稱謂既熟，不加李亦可記也。」《南部新書》戊：「秦中綠李美小，謂之嘉慶李，此坊名也。」謂「秦中」，蓋有誤。《唐兩京城坊考》卷六：「長夏門街東第三街，從南第一曰嘉慶坊。」

白槿花

秋蕣晚英無艷色，何因栽種在人家①？使君只別羅敷面②，爭解迴頭愛白花。（1129）

【校】

①〔人家〕《唐音統籤》作「誰家」。

②〔只別〕馬本、《唐音統籤》作「自別」。

【注】

〔秋蕣晚英無艷色，何因栽種在人家〕《詩·鄭風·有女同車》：「有女同車，顔如舜華。」毛傳：「舜，木槿也。」

〔使君只別羅敷面，爭解迴頭愛白花〕《相和歌辭·陌上桑》：「日出東南隅，照我秦氏樓。秦氏有好女，自名爲羅敷。……使君從南來，五馬立踟躕。使君遣吏往，問是誰家姝。」

望郡南山①　　行簡

臨江一嶂白雲間，紅綠層層錦繡斑。不作巴南天外意，何殊昭應望驪山。

【校】

①〔題〕那波本、馬本、《唐音統籤》作「望郡南山寄行簡」，誤爲居易詩。盧校：「『望郡南山』下空八格，題『行簡』二字。此行簡詩也。俗本乃作『寄行簡』，大誤。六朝陰、何及唐人韋蘇州、劉隨州等集，凡他人元倡，皆置在前，和章則置在後，俱與本集平寫，不低一格。至明代以來，刻《唐四傑集》、《杜少陵集》，不分元倡和章，盡置本人詩後，又低一字以別之。近來名公刻集，亦依此例，遂不知古法矣。」

和行簡望郡南山

反照前山雲樹明，從君苦道似華清。試聽腸斷巴猿叫，早晚驪山有此聲？（1130）

【注】

朱《箋》：作於元和十四年（八一九），忠州。

〔南山〕《蜀中名勝記》卷十九忠州：「南山即翠屏也。在對岸二里，山中有禹廟、陸宣公墓、玉虛觀、朝真洞、望夫臺、仙履迹諸勝。」

〔反照前山雲樹明，從君苦道似華清〕華清，驪山華清宮。見卷四《驪宮高》（0143）注。

種荔枝

紅顆真珠誠可愛①，白髮太守亦何癡。十年結子知誰在，自向庭中種荔枝②。（1131）

【校】

①〔真珠〕馬本、《唐音統籤》、汪本作「珍珠」。

②〔庭中〕馬本、《唐音統籤》作「庭前」。

【注】

朱《箋》：作於元和十四年（八一九），忠州。

陰雨

嵐霧今朝重，江山此地深。灘聲秋更急，峽氣曉多陰。望闕雲遮眼，思鄉雨滴心①。將何慰幽獨，賴此北窗琴。（1132）

【校】

①〔雨滴〕《文苑英華》抄本作「淚滴」。

【注】

朱《箋》：作於元和十四年（八一九），忠州。

〔將何慰幽獨，賴此北窗琴〕本書卷二《五絃》（0082）：「所以綠窗琴，日日生塵土。」「綠窗」一作「北窗」。參見該詩注。

送客歸京

水陸四千里，何時歸到秦？舟辭三峽雨，馬入九衢塵。有酒留行客，無書寄貴人。唯憑

遠傳語，好在曲江春。（1133）

【注】

朱《箋》：作於元和十四年（八一九），忠州。

〔舟辭三峽雨，馬入九衢塵〕九衢，指長安。韋應物《長安道》：「歸來甲第拱皇居，朱門峨峨臨九衢。」

送蕭處士遊黔南

能文好飲老蕭郎，身似浮雲鬢似霜。生計抛來詩是業，家園忘却酒爲鄉。江從巴峽初成字，猿過巫陽始斷腸。不醉黔中爭去得，磨圍山月正蒼蒼。（1134）

【注】

朱《箋》：作於元和十四年（八一九），忠州。

〔蕭處士〕朱《箋》謂與卷十一《招蕭處士》（0531）爲同一人。

〔江從巴峽初成字，猿過巫陽始斷腸〕巴峽，《太平御覽》卷六五引《三巴記》：「閬、白二水合流，自漢中至始寧城下入武勝，曲折三曲有如巴字，亦曰巴江。經峻峽中謂之巴峽，即此水也。」杜甫《聞官軍收河南河北》：「即從巴峽穿巫峽，便下襄陽向洛陽。」另參見本卷《郡齋暇日憶廬山草堂兼寄二林僧社三十韻多叙貶官已來出處之意》（1104）「巴字水茫茫」注。巫陽，巫山之陽。本卷《發白狗峽次黄牛峽登高寺却望忠州》（1172）：「巴曲春全盡，巫陽雨半收。」

〔不醉黔中爭去得，磨圍山月正蒼蒼〕《舊唐書·地理志三》江南西道：「黔州下都督府，隋黔安郡。……天寶元年，改黔州爲黔中郡。……乾元元年，復以黔中郡爲黔州都督府。」磨圍山，即摩圍山。《輿地紀勝》卷一七六黔州：「摩圍山在彭水縣西，隔江四里與州城對面。夷獠呼天曰圍，言山摩天，號曰摩圍。」

東樓醉

天涯深峽無人地，歲暮窮陰欲夜天。不向東樓時一醉，如何擬過二三年？（1135）

【注】

朱《箋》：作於元和十四年（八一九），忠州。

〔東樓〕見卷十一《初到忠州登東樓寄萬州楊八使君》（0525）注。

寄微之

時微之爲虢州司馬①。

高天默默物茫茫，各有來由致損傷。鸚爲能言長翦翅，龜緣難死久搘牀。莫嫌冷落拋閑地，猶勝炎蒸臥瘴鄉。外物竟關身底事，謾排門戟繫腰章。（1136）

【校】

①〔題〕題下注「司馬」，朱《箋》謂爲「長史」之誤。顧校徑改。

【注】

朱《箋》：作於元和十四年（八一九），忠州。

〔微之〕《舊唐書・元稹傳》：「（元和）十四年，自虢州長史徵還，爲膳部員外郎。」元稹移任虢州長史，在元和十四年春，參見本書卷十七《十年三月三日别微之於灃上十四年三月十一日夜遇微之於峽中》（1100）。

〔鸚爲能言長翦翅，龜緣難死久搘牀〕鸚能言，見卷十七《江州赴忠州至江陵已來舟中示舍弟五十韻》（1097）注。《史記・龜策列傳》：「南方老人用龜支牀足，行二十餘歲，老人死，移牀，龜尚生不死。」

〔外物竟關身底事，謾排門戟繫腰章〕門戟，見卷十五《裴五》（0816）注。

東樓招客夜飲

莫辭數數醉東樓，除醉無因破得愁。唯有綠樽紅燭下，暫時不似在忠州。（1137）

【注】

朱《箋》：作於元和十四年（八一九），忠州。

醉後戲題

自知清冷似冬凌，每被人呼作律僧。今夜酒醺羅綺暖①，被君融盡玉壺冰。（1138）

【校】

①〔酒醺〕馬本、《唐音統籤》作「醉醺」。

【注】

朱《箋》：作於元和十四年（八一九），忠州。

〔自知清冷似冬凌，每被人呼作律僧〕冬凌，冰凌。魏泰《東軒筆錄》卷五：「唐天寶中冰稼而寧王死，故當時諺曰：『冬凌樹稼達官怕。』」

〔今夜酒醺羅綺暖，被君融盡玉壺冰〕鮑照《代白頭吟》：「直如朱絲繩，清如玉壺冰。」

冬至夜

老去襟懷常濩落，病來鬚鬢轉蒼浪。心灰不及爐中火，鬢雪多於砌下霜。三峽南賓城最遠，一年冬至夜偏長。今宵始覺房櫳冷，坐索寒衣託孟光①。（1139）

【校】

①〔詎孟光〕那波本作「詆孟光」，馬本、《唐音統籤》作「託孟光」，誤。

【注】

汪《譜》、朱《箋》：作於元和十四年（八一九），忠州。

〔老去襟懷常濩落，病來鬚鬢轉蒼浪〕濩落，見卷十《感秋懷微之》（0511）注。

〔今宵始覺房櫳冷，坐索寒衣詎孟光〕房櫳，見卷二《和大觜烏》（0103）注。詎，同泥，糾纏。見卷十二《山石榴寄元九》（0590）注。孟光，見卷一《贈内》（0032）注。

竹枝詞

瞿唐峽口水煙低①，白帝城頭月向西。唱到竹枝聲咽處，寒猿闇鳥一時啼②。（1140）

【校】

①〔水煙〕《文苑英華》作「水冷」。

②〔闇鳥〕《樂府詩集》作「晴鳥」。

【注】

朱《箋》：作於元和十四年（八一九），忠州。

〔竹枝詞〕見卷八《題小橋前新竹招客》（0362）注。

〔瞿唐峽口水煙低，白帝城頭月向西〕《華陽國志》卷一巴志巴東郡：「魚復縣，郡治。公孫述更名白帝，章武二年改曰永安，咸熙初復。」《初學記》卷二四引《荆州圖記》：「魚復縣西北赤甲城，東南連白帝城，西臨大江。」王應麟《通鑑地理通釋》引《元和志》：「白帝城周回七里，西南二面因江爲池，東臨瀼西，惟北一面小差逶迤，羊腸數轉，然後得上。」

竹枝苦怨怨何人，夜靜山空歇又聞①？蠻兒巴女齊聲唱，愁殺江樓病使君②。（1141）

【校】

①〔山空〕《唐音統籤》作「山寒」。

②〔江樓〕馬本、汪本作「江南」。

巴東船舫上巴西，波面風生雨脚齊。水蓼冷花紅簇簇，江蘺濕葉碧淒淒。（1142）

江畔誰人唱竹枝，前聲斷咽後聲遲。怪來調苦緣詞苦，多是通州司馬詩。（1143）

【注】

〔怪來調苦緣詞苦，多是通州司馬詩〕通州司馬，謂元稹。

酬嚴中丞晚眺黔江見寄

江水三迴曲，愁人兩地情。磨圍山下色①，明月峽中聲。晚後連天碧，秋來徹底清。臨流有新恨，照見白鬚生。（1144）

【校】

①〔山下〕馬本作「山川」。

【注】

朱《箋》：作於元和十四年（八一九），忠州。

〔嚴中丞〕朱《箋》：「黔中觀察使嚴謨。」《舊唐書·憲宗紀》：「（元和十四年）二月己酉朔，以商州刺史嚴謨爲黔中觀察使。」

〔黔江〕《元和郡縣志》卷三十：「黔州西有巴江水，一名涪陵江。」

〔磨圍山下色，明月峽中聲〕磨圍山，見本卷《送蕭處士遊黔南》（1134）注。《太平御覽》卷五三引李膺《益州記》：「廣陽洲東七里……至明月峽，峽前南岸壁高四十丈，其壁有圓孔，形如滿月，因以爲名。」《方輿勝覽》卷六十重慶府：「明月峽在巴縣，石壁高四十丈，有孔若明月。」

寄題楊萬州四望樓

江上新樓名四望，東西南北水茫茫。無由得與君攜手，同凭欄干一望鄉。（1145）

【注】

朱《箋》：作於元和十四年（八一九），忠州。

〔楊萬州〕朱《箋》：「楊歸厚。」見卷十一《南賓郡齋即事寄楊萬州》（0530）注。

〔四望樓〕《方輿勝覽》卷五九萬州有「四望樓」，引居易此詩。

答楊使君登樓見憶

忠萬樓中南北望，南州煙水北州雲。兩州何事偏相憶，各是籠禽作使君。（1146）

【注】

朱《箋》：作於元和十四年（八一九），忠州。

〔楊使君〕萬州刺史楊歸厚。

除夜

歲暮紛多思，天涯渺未歸。老添新甲子，病減舊容輝。鄉國仍留念，功名已息機。明朝四十九，應轉悟前非。（1147）

【注】

朱《箋》：作於元和十四年（八一九），忠州。

〔明朝四十九，應轉悟前非〕見卷八《自詠》（0381）注。

聞雷

瘴地風霜早，温天氣候催。窮冬不見雪，正月已聞雷。震蟄蟲蛇出，驚枯草木開。空餘客方寸，依舊似寒灰。（1148）

【注】

朱《箋》：作於元和十五年（八二〇），忠州。

〔空餘客方寸，依舊似寒灰〕客方寸，客心。見卷一《贈元稹》（0015）注。

春至

若爲南國春還至，爭向東樓日又長？白片落梅浮澗水，黄梢新柳出城牆。閑拈蕉葉題詩詠，悶取藤枝引酒嘗。樂事漸無身漸老，從今始擬負風光。（1149）

【注】

汪《譜》、朱《箋》：作於元和十五年（八二〇），忠州。

〔閑拈蕉葉題詩詠，悶取藤枝引酒嘗〕藤枝引酒，見卷十一《郡中春讌因贈諸客》（0549）注。

感春

巫峽中心郡，巴城四面春。草青臨水地，頭白見花人。憂喜皆心火，榮枯是眼塵。除非一杯酒，何物更關身？（1150）

【注】

朱《箋》：作於元和十五年（八二〇），忠州。

〔巫峽中心郡，巴城四面春〕巴城，巴子城，見卷十一《南賓郡齋即事寄楊萬州》（0530）注。

〔憂喜皆心火，榮枯是眼塵〕《大方廣佛華嚴經》卷三六：「蘊宅界蛇諸見箭，心火猛熾痴闇重。」《諸法集要經》卷四：「若人多起愛，心火常燒然。」佛教以眼、耳、鼻、舌、身、意爲六根，所對色、聲、香、味、觸、法爲六塵。

春江

炎涼昏曉苦推遷，不覺忠州已二年。閉閣只聽朝暮鼓，上樓空望往來船。鶯聲誘引來花下，草色勾留坐水邊。唯有春江看未厭，縈砂遶石淥潺湲。（1151）

【注】

朱《箋》：作於元和十五年（八二〇），忠州。

〔鶯聲誘引來花下，草色勾留坐水邊〕勾留，挽留，有時有强迫意。《太平廣記》卷三八一《六合縣丞》（出《廣異記》）：「何得勾留譚家女子？」卷三八四《景生》（出《玄怪錄》）：「景生未合來，故非冥間之所勾留。」

題東樓前李使君所種櫻桃花

身入青雲無見日，手栽紅樹又逢春。唯留花向樓前著①，故故抛愁與後人。（1152）

【校】

①〔樓前著〕馬本、《唐音統籤》、汪本作「樓前看」。

【注】

朱《箋》：作於元和十五年（八二〇），忠州。

〔李使君〕朱《箋》：「忠州刺史李宣。《舊唐書・憲宗紀》，元和十一年九月，屯田郎中李宣爲忠州刺史。其後任爲李景儉。白氏又爲景儉之後任。」

〔唯留花向樓前著，故故抛愁與後人〕故故，屢次，常常。杜甫《月三首》：「時時開暗室，故故滿青天。」薛能《春日使府寓懷二首》：「青春背我堂堂去，白髮欺人故故生。」張文成《遊仙窟》：「故故將纖手，時時弄小絃。」

巴水

城下巴江水，春來似麴塵。軟砂如渭曲，斜岸憶天津。影蘸新黄柳，香浮小白蘋。臨流搔首坐，惆悵爲何人？（1153）

【注】

朱《箋》：作於元和十五年（八二〇），忠州。

〔城下巴江水，春來似麴塵〕麴塵，見卷十二《山石榴寄元九》（0590）注。

〔軟砂如渭曲，斜岸憶天津〕天津，洛陽天津橋。見卷十三《和友人洛中春感》（0620）注。

野行

草潤衫襟重，沙乾屐齒輕。仰頭聽鳥立，信脚望花行。暇日無公事，衰年有道情。浮生短於夢，夢裏莫營營。（1154）

【注】

朱《箋》：作於元和十五年（八二〇），忠州。

〔草潤衫襟重，沙乾屐齒輕〕屐齒，參見卷十三《叙德書情四十韻上宣歙崔中丞》（0608）注。

〔暇日無公事，衰年有道情〕道情，見卷十五《歲暮道情二首》（0892）注。

〔浮生短於夢，夢裏莫營營〕參見卷八《自望秦赴五松驛馬上偶睡睡覺成吟》（0337）注。

送高侍御使迴因寄楊八

明月峽邊逢制使，黄茅岸上是忠州。到城莫説忠州惡，無益虚教楊八愁。（1155）

【注】

朱《箋》：作於元和十五年（八二〇），忠州。

〔高侍御〕名不詳。

〔楊八〕朱《箋》：「楊歸厚。」見卷十一《南賓郡齋即事寄楊萬州》（0530）注。

〔明月峽邊逢制使，黄茅岸上是忠州〕明月峽，見本卷《酬嚴中丞晚眺黔江見寄》（1144）注。《唐律疏議》卷一十惡：「制使者，謂奉敕定名及令所司差遣者是也。」《太平御覽》卷五三引庾仲雍《荆州記》：「巴楚有三峽，明月峽、兹不峽、東突峽。」兹不峽，《華陽國志》卷一巴志、《藝文類聚》卷六引《荆州記》均作廣德峽。今名黄草峽。元稹《黄草峽聽柔之琴二首》：「憐君伴我涪州宿，猶有心情徹夜彈。」唐時蓋已有黄草峽之稱。黄茅岸蓋指此。

奉酬李相公見示絶句　時初聞國哀。

碧油幢下捧新詩，榮賤雖殊共一悲。涕淚滿襟君莫怪，甘泉侍從最多時。（1156）

【注】

朱《箋》：作於元和十五年（八二〇），忠州。

〔李相公〕朱《箋》：「李絳。」見卷十六《寄李相公崔侍郎錢舍人》（0947）注。元和十五年，李絳自河中觀察使復入爲兵部尚書。見《舊唐書》本傳。

〔碧油幢下捧新詩，榮賤雖殊共一悲〕《舊唐書·憲宗紀》：「（元和十五年春正月庚子）是夕，上崩於大明宮之中和殿，享年四十三。時以暴崩，皆言内官陳弘志弑逆，史氏諱而不書。」碧油幢，節度使旌節。張仲素《塞下曲五首》：「獵馬千行雁幾雙，燕然山下碧油幢。」《文獻通考》卷一一五：「旌節，唐天寶中置，節度使受命日賜之，得以專制軍事，行即建節，府樹六纛。……麾槍設髹漆木盤，綢以紫繒複囊，又綢以碧油絹袋。」卷一一七：「金節，隋制也。……王公以下皆有節，制同金節，韜以碧油。」

〔涕淚滿襟君莫怪，甘泉侍從最多時〕甘泉侍從，見卷十二《東墟晚歇》（0583）注。

喜山石榴花開　去年自廬山移來。

忠州州裏今日花，廬山山頭去年樹。已憐根損斬新栽，還喜花開依舊數。赤玉何人小琴軫①，紅纈誰家合羅袴？但知爛熳姿情開，莫怕南賓桃李妬。（1157）

【校】

①〔小琴〕馬本、《唐音統籤》作「少琴」。

【注】

汪《譜》、朱《箋》：作於元和十五年（八二〇），忠州。

〔山石榴〕見卷十二《山石榴寄元九》（0590）注。

〔已憐根損斬新栽，還喜花開依舊樹〕斬新，新。杜甫《三絶句》：「楸樹馨香倚釣磯，斬新花蕊未應飛。」盧儲《官舍迎內子有庭花開》：「芍藥斬新栽，當庭數朵開。」

〔赤玉何人小琴軫，紅纈誰家合羅袴〕本書卷十九《江亭玩春》（1279）：「水蒲漸展書帶葉，山榴半含琴軫房。」亦以琴軫喻石榴。紅纈，見卷九《和元九悼往》（0419）注。《新唐書·地理志四》：「隋州漢東郡上，土貢合羅綾葛、覆盆。」本書卷三一《裴常侍以題薔薇架十八韻見示因廣爲三十韻以和之》（2217）：「合羅排勘纈，醉暈淺深妝。」長沙銅官窑唐代瓷器題詩（《全唐詩續拾》卷五六錄）：「日紅衫子合羅裙，盡日看花不厭春。」

戲贈蕭處士清禪師

三杯嵬峩忘機客，百納頭陀任運僧。又有放慵巴郡守，不營一事共騰騰。（1158）

【注】

朱《箋》：作於元和十五年（八二〇），忠州。

〔蕭處士〕見本卷《送蕭處士遊黔南》（1134）注。

〔清禪師〕未詳。

〔三杯嵬峩忘機客，百納頭陀任運僧〕駱賓王《詠懷》：「忘機殊會俗，守拙異懷安。」陳子昂《酬暉上人秋夜山亭有贈》：「多謝忘機人，塵憂未能整。」參見卷六《渭上偶釣》（0228）「無機」注。百納，即百衲，僧衣。《大寶積經》卷九五：「然我自有百衲之衣，恒掛樹枝以爲箱篋。」《景德傳燈錄》卷三十蘇溪牧護歌：「一條百衲瓶盂，便是生涯調度。」

錢虢州以三堂絶句見寄因以本韻和之

同事空王歲月深，相思遠寄定中吟。遥知清淨中和化，衹用金剛三昧心。予早歲與錢君同習讀《金剛三昧經》，故云。（1159）

【注】

朱《箋》：作於元和十五年（八二〇），忠州。

〔錢虢州〕朱《箋》：「錢徽。」見卷十一《登龍昌上寺望江南山懷錢舍人》（0556）注。

〔三堂〕呂温《虢州三堂記》：「開元初，天子思二南之風，並選宗英共持理柄，虢大而近，匪親不居。時惟五王出入相授，承平易理，逸政多暇，考卜惟勝，作爲三堂。三者，明臣子在三之節。堂者，勵宗室克構之義。」韓愈《奉和虢州劉給事使君伯芻三堂新題二十一詠》序：「虢州刺史宅，連水池竹林，往往爲亭臺島渚，目其處爲三堂。劉兄自給事中出刺此州，在任逾歲，職修人治，州中稱無事，頗復增飾。」《清一統志》陝州：「三堂在靈寶縣舊虢州治内。《名勝志》：唐岐、薛二王時建，呂温記。韓愈有《和劉伯芻三堂二十一詠》。」

〔同事空王歲月深，相思遠寄定中吟〕空王，佛。見卷十七《醉吟二首》（1057）注。本書卷十六《正月十五日夜東林寺學禪偶懷藍田楊六主簿因呈智禪師》（0975）：「不覺定中微念起，明朝更問鴈門師。」

〔遥知清淨中和化，衹用金剛三昧心〕北凉失譯人名《金剛三昧經》：「佛説是經已，結跏趺坐，即入金剛三昧，身心不動。」「善男子，修空法者，不依三界，不住戒相，清淨無念，無攝無放，性等金剛。」

三月三日

暮春風景初三日，流世光陰半百年。欲作閑遊無好伴，半江惆悵却迴船。（1160）

【注】

朱《箋》：作於元和十五年（八二〇），忠州。

〔三月三日〕《後漢書·禮儀志上》：「（三月）是月上巳，官民皆潔於東流水上，曰洗濯祓除。」《宋書·禮志二》：「自魏以後但用三日，不以巳也。」

寒食夜

四十九年身老日，一百五夜月明天。抱膝思量何事在，癡男騃女唤鞦韆。（1161）

【注】

陳《譜》、汪《譜》、朱《箋》：作於元和十五年（八二〇），忠州。

〔四十九年身老日，一百五夜月明天〕《荆楚歲時記》：「去冬至一百五日，即有疾風甚雨，謂之寒食。」

代州民問

龍昌寺底開山路，巴子臺前種柳林。官職家鄉都忘却，誰人會得使君心？（1162）

【注】

朱《箋》：作於元和十五年（八二〇），忠州。

〔龍昌寺底開山路，巴子臺前種柳林〕龍昌寺，見卷十一《登龍昌上寺望江南山懷錢舍人》（0556）。巴子臺，見卷十一《九日登巴臺》（0535）注。

答州民

宦情抖擻隨塵去，鄉思銷磨逐日無。唯擬騰騰作閑事，遮渠不道使君愚。（1163）

【注】

朱《箋》：作於元和十五年（八二〇），忠州。

〔宦情抖擻隨塵去，鄉思銷磨逐日無〕抖擻，見卷六《遊悟真寺詩一百三十韻》（0261）注。

〔唯擬騰騰作閑事，遮渠不道使君愚〕騰騰，見卷七《約心》（0283）注。遮渠，任他。遮渠不道，任他料想不到。賀知章《答朝士》：「鄉曲近來佳此味，遮渠不道是吳兒。」元稹《放言五首》：「乞我杯中松葉滿，遮渠肘上柳枝生。」

荔枝樓對酒

荔枝新熟雞冠色，燒酒初開琥珀香。欲摘一枝傾一盞，西樓無客共誰嘗？（1164）

【注】

朱《箋》：作於元和十五年（八二〇），忠州。

〔荔枝樓〕《方輿勝覽》卷六一咸淳府：「荔枝樓在城西南隅，白公置。公有《荔枝樓對酒》詩。」范成大《吳船錄》卷下：「癸丑，發竹平，七十里至忠州。有四賢閣，繪劉晏、陸贄、李吉甫、白居易像，皆嘗謫此州者。又有荔枝樓，樂天所作。」

〔荔枝新熟雞冠色，燒酒初開琥珀香〕《唐國史補》卷下：「酒則有……劍南之燒春。」此酒名「燒」者。《嶺表錄異》卷上：「南中醞酒……既熟，貯以瓦瓮，用糞掃火燒之。亦有不燒者，沽爲清酒。」此釀製用火燒者。色如琥珀，或稱爲赤酒。陸游《老學庵筆記》卷七：「唐人喜赤酒、甜酒、灰酒，皆不可解。李長吉云：『琉璃鍾，琥珀濃，小槽酒滴真珠紅。』白樂天云：『荔枝新熟雞冠色，燒酒初開琥珀香。』」

房家夜宴喜雪戲贈主人

風頭向夜利如刀，賴此温爐軟錦袍。桑落氣薰珠翠暖，柘枝聲引管絃高。酒鉤送盞推蓮子，燭淚粘盤壘蒲萄。不醉遣儂爭散得，門前雪片似鵝毛。（1165）

【注】

朱《箋》：作於元和十五年（八二〇），忠州。

〔桑落氣薰珠翠暖，柘枝聲引管絃高〕桑落，酒名。《水經注》河水：「河東郡民有姓劉名墮者，宿善工釀，採挹河流，釀成芳酎。排於桑落之辰，故酒得其名矣。」《齊民要術》卷七造神麴並酒等：「十月桑落初凍則收水釀者，爲上時春酒。」《舊唐書·職官志三》光禄寺良醞署：「若應進者，則供春暴、秋清、酴醾、桑落等酒。」魏慶之《詩人玉屑》卷十六引《後史補》：「河中桑落坊有井，每至桑落時，取其寒暄得所，以井水釀酒甚佳，故號桑落酒。舊京人呼爲桑郎，蓋語訛耳。」柘枝，健舞曲。《教坊記》：「阿遼、柘枝、黄獐、拂林、大渭州、達摩支之屬，謂之健舞。」《樂府雜録》舞工：「健舞曲有棱大、阿連、柘枝、劍器、胡旋、胡騰。」《樂府詩集》卷五六柘枝詞：「一説曰，柘枝本柘枝舞也，其後字訛爲柘枝。沈亞之賦云：『昔神祖之克戎，賓雜舞以混會。柘枝信其多妍，命佳人以繼態。』然則似是戎夷之舞。按今舞人衣冠類蠻服，疑出南蠻諸國者也。」向達考證出石國，説見《柘枝舞小考》（收入《唐代長安与西域文明》）。楊憲益認爲出南詔，説見《譯餘偶拾》。

〔酒鉤送盞推蓮子，燭淚粘盤壘蒲萄〕《説郛》卷四八程大昌《程氏則古·古詩分韻》：「偶閲陳後主集，見其序《宣猷堂宴集五首》曰：『披鈎賦詠，逐韻多少，次第而用。』座有江總、陸瑜、孔範等三人。後主韻得迮、格、易、夕、擲、折、唶字。其詩用韻，與所得前後正同，曾不攙亂一字。乃知其説是先書韻爲鈎，座客探鈎，各據所得，循序賦之，正後世之次韻也。」啓功《南朝詩中的次韻問題》（《啓功叢稿·論文卷》）：「韻鈎：鈎不可能是帶鈎、釣鈎等物，應是鬮字的同音字，古今用字不同，所指實即一物。否則鈎上怎麽『書韻』，又怎麽去『披』。可知鈎即是小紙卷、小紙團的鬮。『探鈎』即是『抓鬮』，『披鈎』即是展開紙鬮。唐代李商隱詩『隔坐送鈎春酒暖，分曹射覆蠟燈紅』，送鈎即是送鬮，但所送的鬮不一定是分韻的字，也有酒令題目一類的可能。」庾信《春賦》：「芙蓉玉碗，蓮子金杯。」王楙《野客叢書》卷十九司字作去聲：「白詩多犯鄙俗語，又如枇杷之枇，蒲萄之蒲，亦協入聲。……其詩句有曰：『況對東谿野枇杷』，『燭淚粘盤累蒲萄』，『燕姬酌蒲萄』，是協入聲者也。」

醉後贈人

香毬趁拍迴環匼，花盞抛巡取次飛。自入春來未同醉①，那能夜去獨先歸？（1166）

【校】

①〔未同〕馬本、《唐音統籤》作「不同」。

【注】

朱《箋》：作於元和十五年（八二〇），忠州。

〔香毬趁拍迴環匼，花盞抛巡取次飛〕《太平廣記》卷四八九《冥音錄》：「每宴飲，即飛毬舞盞，爲佐酒長夜之歡。」

王昆吾《隋唐五代燕樂雜言歌辭研究》：「行抛打酒令時主賓皆回環而坐，先用香毬或杯盞巡傳，以樂曲定其始終，曲急促近殺拍時，則有嬉戲性的抛擲，中毬（或杯盞）者須持杯盞香毬起舞。」取次，隨意、隨便。見卷十一《步東坡》（0553）注。

初除尚書郎脱刺史緋

親賓相賀問何如，服色恩光盡反初。頭白喜抛黄草峽，眼明驚拆紫泥書。便留朱紱還鈴閣，却著青袍侍玉除。無奈嬌癡三歲女，繞腰啼哭覓銀魚①。（1167）

【校】

①〔銀魚〕馬本、《唐音統籤》作「金魚」。

【注】

陳《譜》、汪《譜》、朱《箋》：作於元和十五年（八二〇），忠州。《舊唐書·白居易傳》：「其年冬，召還京師，拜司門員外郎。明年，轉主客郎中、知制誥，加朝散大夫，始著緋。」叙事接元和十四年後。陳《譜》、汪《譜》均繫召還於元和十五年冬。朱《箋》：「白氏長慶二年作《商山路有感》（本書卷二十1303）詩序：『前年夏，予自忠州刺史除書歸闕。』又《發白狗峽次黄牛峽登高寺却望忠州》（本卷1172）詩云：『巴曲春全盡，巫陽雨初收。』可證離忠州約在十五年夏初，絶非十五年冬。」

〔親賓相賀問何如，服色恩光盡反初〕程大昌《演繁露》卷十六魚符：「唐制有二種，有隨身符，即以給其人者，故書其人姓名，及其致仕，即以納官。有傳符，即不刻某官姓名，但言某司符契。《六典》注文所謂『皆須遞相付，十月内申禮部』是也。白樂天嘗暫爲拾遺佩銀魚，已而不爲此官則不佩。故其詩曰：『親朋相見問何如，物色恩光盡反初。無奈嬌癡三歲女，繞腰啼哭覓銀魚。』即《六典》謂六品以下、守五品以上不佩者，而白雖暫借，尋亦歸之于官也。」朱《箋》：「白氏此詩係元和十五年作于忠州，非官左拾遺時之作，程氏所引有誤」；「唐制，章服以散階論，五品始得服緋。故散階未至者常有賜緋之舉，刺史常得假緋以重其臨民。解刺史後如散階未至，仍反衣綠，故曰『脱刺史緋』也。居易自忠州除司門員外郎時，蓋猶未至從五品下階朝散大夫，故仍須著青袍。」

〔頭白喜抛黄草峽，眼明驚拆紫泥書〕黄草峽，見本卷《送高侍御使迴因寄楊八》(1155)注。紫泥書，見卷五《和錢員外禁中夙興見示》(0190)注。

〔便留朱紱還鈴閣，却著青袍侍玉除〕鈴閣，見卷八《郡齋暇日辱常州陳郎中使君早春晚坐水西館書事詩十六韻見寄亦以十六韻酬之》(0359)注。

〔無奈嬌癡三歲女，繞腰啼哭覓銀魚〕銀魚袋，見卷十七《初除官蒙裴常侍贈鶻銜瑞草緋袍魚袋因謝惠貺兼抒離情》(1084)注。

留題開元寺上方

東寺臺閣好，上方風景清。數來猶未厭，長別豈無情？戀水多臨坐，辭花剩繞行。最憐新岸柳，手種未全成。(1168)

【注】

朱《箋》：作於元和十五年（八二〇），忠州。

〔開元寺上方〕開元寺，見卷十一《開元寺東池早春》（0550）注。上方，見卷十四《和錢員外青龍寺上方望舊山》（0734）注。

別種東坡花樹兩絶

二年留滯在江城①，草樹禽魚盡有情。何處殷勤重迴首，東坡桃李種新成。（1169）

【校】

①〔二年〕馬本、《唐音統籤》、汪本作「三年」。

【注】

陳《譜》、朱《箋》：作於元和十五年（八二〇），忠州。

〔東坡〕見卷十一《東坡種花二首》（0545）注。

花林好住莫顦顇，春至但知依舊春。樓上明年新太守，不妨還是愛花人。（1170）

别橋上竹

穿橋迸竹不依行，恐礙行人被損傷。我去自慚遺愛少，不教君得似甘棠。（1171）

【注】

朱《箋》：作於元和十五年（八二〇），忠州。

〔我去自慚遺愛少，不教君得似甘棠〕甘棠，見卷八《三年爲刺史二首》（0370）注。

發白狗峽次黄牛峽登高寺却望忠州

白狗次黄牛，灘如竹節稠。路穿天地險，人續古今愁。忽見千花塔，因停一葉舟。畏途常迫促，靜境暫淹留。巴曲春全盡，巫陽雨半收。北歸雖引領，南望亦迴頭。昔去悲殊俗，今來念舊遊。别僧山北寺，抛竹水西樓。郡樹花如雪，軍厨酒似油。時時大開口，自笑憶忠州。（1172）

【注】

陳《譜》、朱《箋》：作於元和十五年（八二〇），忠州至長安途中。

〔白狗峽　黃牛峽〕見卷十七《十年三月三日別微之於澧上十四年三月十一日夜遇微之於峽中停舟夷陵三宿而別言不盡者以詩終之因賦七言十七韻以贈且欲記所遇之地與相見之時爲他年會話張本也》（1100）注。

棣華驛見楊八題夢兄弟詩

遥闻旅宿夢兄弟，應爲郵亭名棣華。名作棣華來早晚，自題詩後屬楊家。（1173）

【注】

朱《箋》：作於元和十五年（八二〇），忠州至長安途中。

〔棣華驛〕本書卷二十有《赴杭州重宿棣華驛見楊八舊詩感題一絶》（1306）。

〔楊八〕朱《箋》：「楊虞卿。白氏又有《送楊八給事赴常州》（本書卷三一2230）詩，亦爲贈虞卿之作。視詩意，必非楊八歸厚。」虞卿字師臯，新舊《唐書》有傳。居易之妻楊氏從兄。參見卷五《題楊穎士西亭》（0206）注。

〔遥闻旅宿夢兄弟，應爲郵亭名棣華〕《詩·小雅·常棣》：「常棣之華，鄂不韡韡。凡今之人，莫如兄弟。」序：「常棣，燕兄弟也。閔管蔡之失道，故作常棣焉。」

商山路有感

萬里路長在，六年身始歸。所經多舊館，太半主人非。（1174）

【注】

汪《譜》、朱《箋》：作於元和十五年（八二〇），忠州至長安途中。

〔商山路〕見卷八《登商山最高頂》（0346）注。

商山路驛桐樹昔與微之前後題名處

與君前後多遷謫，五度經過此路隅。笑問中庭老桐樹，這迴歸去免來無？（1175）

【注】

朱《箋》：作於元和十五年（八二〇），忠州至長安途中。

〔商山路驛桐樹〕見卷八《桐樹館重題》（0340）注。

〔笑問中庭老桐樹，這迴歸去免來無〕這，近指指示代詞。唐時始作此用。盧仝《送好法師歸江南》：「爲報江南二三日，這回應見雪中人。」

惻惻吟

惻惻復惻惻，逐臣返鄉國。前事難重論，少年不再得。泥塗絳老頭斑白，炎瘴靈均面黎黑。六年不死却歸來，道著姓名人不識。（1176）

【注】

朱《箋》：作於元和十五年（八二〇），長安。

〔泥塗絳老頭斑白，炎瘴靈均面黎黑〕《左傳》襄公三十年：「晉悼夫人食輿人之城杞者，絳縣人或年長矣，無子而往，與於食。有與疑年，使之年。曰：『臣小人也，不知紀年。臣生之歲，正月甲子朔，四百有四十五甲子矣，其季於今三之一也。』」劉長卿《歲日見新曆因寄都官裴郎中》：「絳老更能經幾歲，賈生何事又三年。」

德宗皇帝挽歌詞四首

執象宗玄祖，貽謀啓孝孫。文高柏梁殿，禮薄灞陵原。宮仗辭天闕，朝儀出國門。生成不可報，二十七年恩①。（1177）

【校】

①〔年恩〕汪本作「年春」。

【注】

朱《箋》：作於永貞元年（八〇五），長安。《舊唐書·德宗紀》：「（貞元二十一年春正月癸巳），是日，上崩於會寧殿，享壽六十四。……永貞元年九月丁卯，羣臣上謚曰神武孝文，廟號德宗。十月己酉，葬于崇陵，昭德皇后王氏祔焉。」

〔執象宗玄祖，貽謀啓孝孫〕玄祖，玄元皇帝老子。司空曙《御制雨後出城觀覽敕朝臣已下屬和》：「時新薦玄祖，歲足富蒼生。」杜光庭《白可球明真齋贊老君詞》：「遂爲玄祖幽扃，塑造真像。」《詩·大雅·文王有聲》：「詒厥孫謀，以燕翼子。」

〔文高柏梁殿，禮薄灞陵原〕柏梁殿，見卷十五《渭村退居寄禮部崔侍郎翰林錢舍人詩一百韻》（0803）注。灞陵原，見卷四《草茫茫》（0166）注。

〔生成不可報，二十七年恩〕德宗以大曆十四年（七七九）即位，至貞元二十一年（八〇五）崩，歷二十七年。

虞帝南巡後，殷宗諒闇中。初辭鑄鼎地，已閉望仙宮。曉落當陵月，秋生滿旆風。前星承帝座，不使北辰空。（1178）

【注】

〔虞帝南巡後，殷宗諒闇中〕《書・舜典》：「五月南巡守，至於南岳。」《書・無逸》：「其在高宗，時舊勞於外，爰暨小人。作其即位，乃或亮陰，三年不言。」《禮記・喪服四制》：「《書》曰：高宗諒闇，三年不言。」王楙《野客叢書》卷十九司字作去聲：「白詩多犯鄙俗語，……如請召之請協平聲，諒闇之闇協去聲，……『當時綺季不請錢』，『高宗諒闇中』，是協平聲、去聲者也。」

〔初辭鑄鼎地，已閉望仙宮〕《史記・封禪書》：「黄帝采首山銅，鑄鼎於荆山下。鼎既成，有龍垂胡髯下迎黄帝。黄帝上騎，群臣后宮從上者七十餘人，龍乃上去。餘小臣不得上，乃悉持龍髯，龍髯拔，墮，墮黄帝之弓。百姓仰望黄帝既上天，乃抱其弓與胡髯號。故後世因名其處曰鼎湖，其弓曰烏號。」《初學記》卷二四引《洞冥記》：「元封三年起望仙宮。」《太平御覽》卷一七三引《漢宮闕名》：「長安有長樂宮……望仙宮。」

〔前星承帝座，不使北辰空〕《晉書・天文志上》：「北極，北辰最尊者也。其紐星，天之樞也。……第一星主月，太子也。第二星主日，帝王也。」何焯云：「謂憲宗以廣陵王監國。」

業大承宗祖，功成付子孫。睿文詩播樂，遺訓史標言。節表中和德，方垂廣利恩。懸知千載後，理代數貞元。（1179）

【注】

〔節表中和德，方垂廣利恩〕《唐會要》卷二九節日：「（貞元）五年正月十一日敕，四序嘉辰，歷代增置。漢崇上巳，晉紀重陽。……自今以後，以二月一日爲中和節，……更晦日于往月之中，揆明辰于來月之始。請令文武百僚，以是日進農書，司農獻穜稑之種，王公戚里上春服，士庶以尺刀相遺，村社作中和酒，祭句芒神，聚會宴樂，名爲饗句芒，祈年穀。」《舊唐書·德宗紀》：「（貞元十二年春正月）上制《貞元廣利藥方》五百八十六首，頒降天下。」劉禹錫《謝賜廣利方表》：「臣某言，中使某至，奉某月日敕書手詔，賜臣《元集要廣利方》五卷。……伏惟皇帝陛下，玄風御宇，教以五常；赤子愛人，念其六疾。」白居易《策林》十七《興五福銷六極》（《白氏文集》卷六二）：「德宗皇帝病人之病，憂人之憂，於是救之以廣利之方，悦之以中和之樂。」何焯云：「此刺史詩也，言貞元之理唯此而已。」深文之説，不必論。

夢減三齡壽，哀延七月期。寢園愁望遠，宮仗哭行遲。雲日添寒慘，笳簫向晚悲。因山有遺詔，如葬漢文時。（1180）

【注】

〔夢減三齡壽，哀延七月期〕《禮記·文王世子》：「文王問武王曰：『女何夢矣？』武王對曰：『夢帝與我九齡。』文王曰：『女以爲何也？』武王曰：『西方有九國焉，君王其終撫諸？』文王曰：『非也。古者謂年齡，齒亦齡也。我百，爾九十，吾與爾三焉。』文王九十七乃終，武王九十三而終。」《禮記·王制》：「天子七日而殯，七月而葬。」《唐會要》卷三八葬：「（元和）十五年閏正月……太常博士王彦威復奏曰：臣按《禮經》，天子七月而葬。國朝故事，高祖六月而葬，太宗四月而葬，高宗九月而葬，中宗六月而葬，睿宗五月而葬，順宗七月而葬。玄宗、肅宗二聖山陵，以聖誕吉凶相屬，有司懼不給，故並十二月而葬。蓋有爲而然，非常典也。今國哀在正月，並閏至六月，即合《禮經》七月之數。」德宗自崩至葬爲九個月。

〔因山有遺詔，如葬漢文時〕唐德宗《遺詔》：「朕每覽漢史，至孝文薄葬之詔，未嘗不歎息嘉尚，緬慕其風，園陵制度，務從簡約。」

昭德王皇后挽歌詞①

仙去逍遥境，詩留窈窕章。春歸金屋少，夜入壽宮長。鳳引曾辭輦，蠶休昔採桑。陰靈何處感，沙麓月無光。（1181）

【校】

①〔題〕「昭德王皇后」馬本作「昭德王后」，《唐音統籤》、《全唐詩》作「昭德皇后」。

【注】

朱《箋》：作於貞元三年（七八七）。按，此當與《德宗皇帝挽歌詞》作於同時，時以王皇后祔葬。

〔昭德王皇后〕《舊唐書·后妃傳下》：「德宗昭德皇后王氏，父遇，官至秘書監。德宗爲魯王時，納后爲嬪。上元二年生順宗皇帝，特承寵異。德宗即位，册爲淑妃。貞元二年妃病，十一月甲午册爲皇后，是日崩於兩儀殿。……（貞元三年）五月葬於靖陵。」

〔仙去逍遥境，詩留窈窕章〕《詩·周南·關雎》：「關關雎鳩，在河之洲。窈窕淑女，君子好逑。」序：「關雎，后妃之德也。」

〔春歸金屋少，夜入壽宮長〕金屋，見卷二《續古詩十首》之五（0069）注。壽宮，墓室。參見卷十三《夜哭李夷道》（0668）注。

〔鳳引曾辭輦，蠶休昔採桑〕《禮記·月令》：「季春之月，……后妃齊戒，親東鄉躬桑。禁婦女毋觀，省婦使以勸蠶事。」

〔陰靈何處感，沙麓月無光〕《漢書·元后傳》：「元城建公曰：『昔春秋沙麓崩，晉史卜之，曰：「陰爲陽雄，土火相乘，故有沙麓崩。後六百四十五年，宜有聖女興。其齊田乎！」今王翁孺徙，正直其地，日月當之。元城郭東有五鹿之虚，即沙麓地也。後八十年，當有貴女興天下』云。」揚雄《元后誄》：「渡河濟旁，沙麓之靈。」

太平樂詞二首　已下七首在翰林時奉敕撰進。

歲豐仍節儉，時泰更銷兵。聖念長如此，何憂不泰平？（1182）

【注】

汪《譜》、朱《箋》：作於元和二年（八〇七），長安。

湛露浮堯酒，薰風起舜歌。願同堯舜意，所樂在人和。（1183）

【注】

〔湛露浮堯酒，薰風起舜歌〕《詩·小雅·湛露》：「湛湛露斯，匪陽不晞。厭厭夜飲，不醉無歸。」《孔子家語·辨樂解》：「昔者舜彈五絃之琴，造《南風》之詩，其詩曰：南風之薰兮，可以解吾民之慍兮；南風之時兮，可以阜吾民之財兮。」

小曲新詞二首

霽色鮮宮殿，秋聲脆管絃。聖明千歲樂，歲歲似今年。（1184）

【注】

汪《譜》、朱《箋》：作於元和二年（八〇七），長安。

紅裾明月夜①，碧簟早秋時。好向昭陽宿，天凉玉漏遲。（1185）

【校】

①〔紅裾〕馬本、《唐音統籤》作「紅裙」。

【注】

〔好向昭陽宿，天凉玉漏遲〕昭陽，見卷四《繚綾》(0153)注。

閨怨詞三首

朝憎鶯百囀，夜妬燕雙棲。不慣經春別，唯知到曉啼。(1186)

【注】

汪《譜》、朱《箋》：作於元和二年(八〇七)，長安。

珠箔籠寒月，紗窗背曉燈。夜來巾上淚，一半是春冰。(1187)

關山征戍遠，閨閣別離難。苦戰應顦顇，寒衣不要寬。(1188)

殘春曲 禁中口號。

禁苑殘鶯三四聲，景遲風慢暮春情。日西無事牆陰下，閑踏宮花獨自行。(1189)

【注】

朱《箋》：作於元和二年（八〇七）至元和五年（八一〇），長安。

長安春

青門柳枝軟無力，東風吹作黃金色。街東酒薄醉易醒，滿眼春愁銷不得。（1190）

【注】

朱《箋》：作於元和二年（八〇七）至元和六年（八一一），長安。

〔青門柳枝軟無力，東風吹作黃金色〕青門，見卷一《寄隱者》（0058）注。

長樂坡送人賦得愁字

行人南北分征路，流水東西接御溝。終日坡前恨離別，謾名長樂是長愁。（1191）

【注】

朱《箋》：作於元和二年（八〇七）至元和六年（八一一），長安。

〔長樂坡〕《長安志》卷十一萬年縣：「長樂坡在縣東北十一里，即滻水之西岸。《十道志》曰：舊名滻坂，隋文帝惡之，改曰長樂坡。蓋漢長樂宮在其西北。」

〔行人南北分征路，流水東西接御溝〕《相和歌辭·白頭吟》：「今日斗酒會，明旦溝水頭。躞蹀御溝上，溝水東西流。」

獨眠吟二首

夜長無睡起階前，寥落星河欲曙天。十五年來明月夜，何曾一夜不孤眠？（1192）

【注】

朱《箋》：約作於元和二年（八〇七）以前。

〔十五年來明月夜，何曾一夜不孤眠〕按，所謂「十五年」蓋指與早年戀人湘靈分別以來。參見卷十三《冬至夜懷湘靈》（0657）等詩。

獨眠客夜夜，可憐長寂寂。就中今夜最愁人，涼月清風滿牀席。（1193）

期不至

紅燭清樽久延佇，出門入門天欲曙。星稀月落竟不來，煙柳朧朧鵲飛去（1194）。

【注】

朱《箋》：約作於長慶二年（八二二）以前。

長洲苑

春入長洲草又生，鷓鴣飛起少人行。年深不辨娃宮處，夜夜蘇臺空月明。（1195）

【注】

朱《箋》：約作於長慶三年（八二三）以前。

〔長洲苑〕《元和郡縣志》卷二六蘇州長洲縣：「本萬歲通天元年析吳縣置，取長洲苑爲名。苑在縣西南七十里。」《吳郡圖經續記》卷下：「長洲苑，吳故苑，在郡界。昔枚乘諫吳王云：『漢修治上林，雜以離宮，積聚玩好，圈守禽獸，不如長洲之苑。游曲臺，臨上路，不如朝夕之池。』《吳都賦》亦云：『帶朝夕之濬池，佩長洲之茂苑。』注云：『有朝夕池，謂潮水朝盈夕虛，因名焉。』庾信《哀江南賦》云：『連茂苑於海陵，跨横塘於江浦。』亦取諸此。」王應麟《困學紀聞》卷十：「余仕于吳郡，嘗見長洲宰其圃扁曰茂苑，蓋取諸《吳都賦》。余曰：『長洲非此地也。』問其故，余曰：『吳王濞都廣陵，《漢郡國志》廣陵郡東陽縣有長洲澤，吳王濞太倉在此。東陽，今盱眙縣。故枚乘説吳王云：長洲之苑。服虔以爲吳苑。韋昭以爲長洲在吳東，蓋謂廣陵之吳也。』曰：『它有所據乎？』曰：『隋虞綽撰《長洲玉鏡》，蓋煬帝在江都所作也。長洲之名縣，始於唐武后時。』」閻若璩《潛邱劄記》卷二引王説謂：「余謂是矣，但未及所以名長洲者何。案萬歲通天元年析吳縣置長洲，蓋取《越絶書》、《吳越春秋》『走犬長洲』以名，非枚乘所説長洲之苑者。又《漢王莽傳》臨淮瓜田儀等爲盜賊依阻會稽長洲，亦指在蘇州者言，非東陽縣也。果屬東陽，不得冠以會稽。《元和志》：苑在長洲縣西南七十里，吴王闔廬遊獵處。又一長洲苑矣。」此辨長洲不在蘇州，然非唐人所謂。

〔年深不辨娃宮處，夜夜蘇臺空月明〕《太平寰宇記》卷九一吴縣：「硯石山在縣西三十里胥門外，山西有石鼓，亦名石鼓山。又有琴臺。《越書》云：吴人於硯石置館娃宮。劉逵注《吴都賦》引揚雄《方言》云：吴有館娃宮，吴人呼美女爲娃。故《三都賦》云：幸乎館娃之宮。」「姑蘇臺，吴王夫差爲西施造以望越。按《吴地志》云：闔閭十一年，起臺於胥門姑蘇山山南，造九曲路，高三百尺。《越絶書》云：臺高見三百里。故太史公云：登姑蘇，望五湖。是此。」

憶江柳

曾栽楊柳江南岸，一别江南兩度春。遥憶青青江岸上，不知攀折是何人？（1196）

【注】

朱《箋》：約作於長慶三年（八二三）以前。

南浦别

南浦淒淒别，西風嫋嫋秋。一看腸一斷，好去莫迴頭。（1197）

【注】

朱《箋》：約作於長慶三年（八二三）以前。

〔南浦淒淒別，西風嫋嫋秋〕《楚辭·九歌·河伯》：「子交手兮東行，送美人兮南浦。」釋慧琳《龍光寺竺道生法師誄》：「送別南浦，交手分路。茫茫去止，淒淒情顧。」

三年別

悠悠一別已三年，相望相思明月天。腸斷青天望明月，別來三十六迴圓。（1198）

【注】

朱《箋》：約作於長慶三年（八二三）以前。

傷春詞

深淺簷花千萬枝，碧紗窗外囀黄鸝。殘妝含淚下簾坐，盡日傷春春不知。（1199）

【注】

朱《箋》：約作於長慶三年（八二三）以前。

後宮詞

淚盡羅巾夢不成①，夜深前殿按歌聲。紅顏未老恩先斷，斜倚薰籠坐到明。（1200）

【校】

①〔淚盡〕馬本、《唐音統籤》作「淚濕」。

【注】

朱《箋》：約作於長慶三年（八二三）以前。

〔後宮詞〕《苕溪漁隱叢話》後集卷十四：「予閱王建《宮詞》，選其佳者，亦自少得，只世所膾炙者數詞而已。其間雜以他人之詞，如……『淚盡羅巾夢不成，夜深前殿按歌聲。紅顏未老恩先斷，斜倚薰籠坐到明。』此白樂天詩也。」汪立名云：「按此詩舊作王建《宮詞》，惟《紀事》作白詩。」